河南省高等學校哲學社會科學創新團隊支持計劃項目

中国古典文學基本叢書

花間集校注

第一册

〔後蜀〕趙崇祚 編

楊景龍 校注

中華書局

圖書在版編目(CIP)數據

花間集校注:典藏本/(後蜀)趙崇祚編;楊景龍校注. —北京:中華書局,2015.8(2023.8 重印)
(中國古典文學基本叢書)
ISBN 978-7-101-11065-4

Ⅰ.花…　Ⅱ.①趙…②楊…　Ⅲ.①詞(文學)-作品集-中國-古代　Ⅳ.I222.82

中國版本圖書館 CIP 數據核字(2015)第 149054 號

責任編輯:李天飛
責任印製:管　斌

中國古典文學基本叢書
花間集校注(典藏本)
(全四册)
〔後蜀〕趙崇祚 編
楊景龍 校注
*
中 華 書 局 出 版 發 行
(北京市豐臺區太平橋西里 38 號　100073)
http://www.zhbc.com.cn
E-mail:zhbc@zhbc.com.cn
三河市宏達印刷有限公司印刷
*
850×1168 毫米 1/32 · 58¾印張 · 8 插頁 · 1350 千字
2015 年 8 月第 1 版　2023 年 8 月第 4 次印刷
印數:4901-5900 册　定價:248.00 元

ISBN 978-7-101-11065-4

目録

花間集校注卷二

花間集校注卷三

花間集校注卷四

花間集校注卷五

花間集未收詞

花間集校注卷六

花間集校注卷七

花間集校注卷八

花間集校注卷九

花間集校注卷十

附　録

序

或問：詩有《詩經》，詞有《詞經》乎？應之曰：無其名而有其實也。詞史若舉一經，捨《花間集》而莫屬。蓋《花間集》萃早期詞作之菁華，詞體定型於斯，詞風亦肇基於斯。集中所録詞人十八家，乃仿唐太宗故事。太宗初得天下，鋭意經籍，於宫城之西開文學館，以待四方之士，於是杜如晦、房玄齡、于志寧、蘇世長、薛收、褚亮、姚思廉、陸德明、孔穎達、李元道、李守素、虞世南、蔡允恭、顔相時、許敬宗、薛元敬、蓋文達、蘇勖盡皆入選。閻立本圖其狀，題其爵里，褚亮爲文贊，號曰「十八學士」，天下景慕，謂之「登瀛洲」。《花間集》仿其意，盡選當世並前代詞壇之英哲，亦十八家，所取皆清麗之詞、絶唱之什。宋人填詞，無不奉爲圭臬。北宋李之儀即力倡「以《花間集》中所載爲宗」；南宋陳振孫則曰《花間集》爲「近世倚聲填詞之祖」；陳善亦謂《花間集》「當爲長短句之宗」；林景熙又稱《花間集》「詞家爭慕效之」。主婉約者，固奉爲典範；重豪放者，亦仿之效之，辛稼軒即有「效花間集」之作，劉克莊亦有「且教兒誦《花間集》」之句。兩宋之世，《花間集》既可開蒙，亦堪貺贈。南宋紹興間晁謙之序刻《花間集》，謂建康凡郡將、監司、僚幕離任，皆以《花間集》贐之。明清之世，《花間集》與《草堂詩餘》盛行於世，並稱「花草」，陳耀文有增廣之《花草粹編》，王士禛有評論之《花草蒙拾》。嗣後詞林諸集，無出《花間集》之右者，故目之爲「詞經」，諒非虚譽也夫。

自南宋以降，《花間集》傳本甚夥，魯魚亥豕之誤，時復見之。近代以來，校勘家多有矚目，李一氓氏《花間集校》尤爲精善，而失校、誤校難免。至若箋注解析之本，坊間刊佈者已不下十數種，李冰若氏《花間集評注》、華鍾彦氏《花間集注》問世既早，精義亦多，最爲學林所稱，然或病其注釋過簡，不敷初學之需。其它注本箋解雖詳，又或失於淺顯，難愜大雅之意。景龍教授遍取海内外傳藏諸本詳加校勘，今哲未校之本取校之，前賢已校之本覆校之，訂正失校、誤校之處無慮數百，既校是非，兼校異同，諸本文字之出入異同遂瞭然矣。注釋詳贍，語典故事，無不追本溯源；句意章法，悉予詮釋疏解，覃思精研，新義疊出；序跋評點，盡行搜采網羅。允稱後出轉精、集大成之作也。

余識景龍教授有年，愛其爲人敦厚，治學謹嚴。前讀《蔣捷詞校注》，已知其學問根基深厚；今讀《花間集校注》，愈益嘆曰：其有功於詞學豈淺哉！故樂爲序引，冀廣其傳。

王兆鵬　甲午立秋序於五大連池旅次

前言

五代後蜀廣政三年（九四〇），衛尉少卿趙崇祚在「廣會衆賓，時延佳論」的基礎上慎重擇取，編定《花間集》。這是中國文學史上第一部文人詞總集，它的出現，標誌著一種新興詩體——長短句曲子詞的正式成熟。在題材内容和美感風格上，《花間集》規約了嗣後宋詞和歷代詞創作，影響深遠，其詞史意義庶幾於詩史上的《詩經》。武德軍節度判官歐陽炯應編者約請作《花間集序》，冠於書前，旨在説明編選的緣起與宗旨，從理論的角度揭櫫《花間》詞體的美感特質與《花間》詞人的創作趨向。序文是現存最早的一篇詞學專論，在詞學理論批評史上佔有重要地位。《花間集》全書十卷，收録以温庭筠爲首的十八家詞人五百首詞作。十八家詞人中，温庭筠、皇甫松是晚唐人，和凝仕於後晉，孫光憲是蜀人仕於荆南，其餘韋莊、薛昭藴、牛嶠、張泌、毛文錫、牛希濟、歐陽炯、顧敻、魏承班、鹿虔扆、閻選、尹鶚、毛熙震、李珣諸家，或爲蜀人，或仕於蜀。緣此，《花間集》向來被視爲五代十國時期西蜀詞人詞作的集結，這是中國早期詞史上一部時代特徵和地域特徵鮮明的詞選本。

一、《花間集》的時代、地域特徵與集序的理論宣示

（一）《花間集》的時代特徵

説《花間集》是一部時代、地域特徵鮮明的詞選本，這就涉及到《花間》詞産生的時代背景和地域環境問題。《花間》詞産生的時代背景，包括社會政治、思想文化和文學思潮幾個方面。晚唐五代是中國古代頗有「循環」意味的歷史發展過程中，又一個「合久必分」的階段。自安史之亂以來的各種社會矛盾愈演愈烈，終至不可收拾，昭宣帝天祐四年（九〇七），强藩朱温篡唐，建立後梁政權，標誌著歷史正式進入五代時期。這一時期，戰亂不息，政變迭作，中原王朝國祚短暫，中原以外小邦林立，朝代輪替更换不斷。五代立國最短的後漢只有區區四年，最長的後唐也不過十六七年時間。如所周知，政治上没有絶對權威的亂世，往往成爲中國思想文化史上自由解放的時代。唐代思想本較開

放，值此亂世，正統的儒家倫理觀念和道德意識，受到持續不斷的衝擊，對人的束縛力更爲減弱。亂世人命危淺、朝不保夕的嚴酷現實，也進一步誘發人的個體生命意識的覺醒，使得這一時期士人們的行爲更加「通脱」，性格更加「放浪」，沉溺酒色，「以不耽玩爲恥」（李肇《國史補》），紛紛向醉鄉和翠紅鄉裹體驗個體生命的感性快樂，消解現實的壓抑苦悶，「時代精神」遂「從馬上轉入閨房」之内（李澤厚《美的歷程》）。

受到時代思想解放的影響，晚唐五代時期的文學領域裹，湧動著反對「文以明道」、帶有明顯異端色彩的反功利、反教化思潮。晚唐李商隱提倡「直揮筆爲文」（《上崔華州書》），自由抒發自己的真情實感，不必以周公孔子之是非爲是非。這種大膽尖鋭的觀點，可視爲此期離經叛道的文學思潮的代表。久遭壓抑的人性因「王綱解紐」而得到紓放，文學領域遂翻卷起一股表現人的欲望情感的洪流。從元白「豔麗淺近」的「元和體」才子小詩，到李賀、杜牧、李商隱、韓偓、吴融等人的詩歌，再到傳奇小説，以及登上文壇不久的長短句曲子詞，男女兩性之愛、悲歡離合之情逐漸成爲以上各類文體表現的一個重心和熱點。尤其是李商隱密麗幽約的《無題》詩和韓偓「皆裙裾脂粉之語」的「香匳體」詩（嚴羽《滄浪詩話》），在題材選取、語言風格和文學精神上，已經與詞體十分接近。試看韓偓的兩首作品：

絶代佳人何寂寞，梨花未發梅花落。東風吹雨入西園，銀綫千條度虚閣。粉臉難匀蜀酒濃，口脂易印吴綾薄。嬌饒儀態不勝羞，願倚郎肩永相著。（《意緒》）

侍女動妝奩，故故驚人睡。那知本無眠，背面偷垂淚。懶卸鳳凰釵，羞入鴛鴦被。時復見殘燈，和煙墜金穗。（《生查子》）

雖體分詩詞，但其表現的情感和呈現的美感，已無本質區别。所以人們往往一體視之，彭定求等人編《全唐詩》，即把上引《生查子》收録爲詩；林大椿則把《意緒》當作《玉樓春》，收入《唐五代詞》。詩衰而詞興，晚唐五代由詩到詞的嬗遞與詞的興起，社會和文學領域高漲的愛情意識，無疑是一隻力量巨大的推手。清人田同之即認爲：「大曆、元和後，温、李、韋、杜漸入《香匳》，遂啟詞端。」（《西圃詞説》）指出了下筆在「洞房蛾眉」之間的「香匳體」詩歌所承載的「愛情意識」，向詞中的轉移滲透，以及這種轉移滲透對詞體的成長發育所起到的催化作用（楊海明《唐宋詞史》）。新興的音樂文學性質的長短句詞，因其「格卑」，免去了以言志載道爲主的詩文的諸多顧忌，加上它的形式優勢，言情顯得更爲方便，「情有文不能達，詩不能道者，獨於長短句中可以委婉形容之」（查禮《銅鼓書堂詞話》）。所以，它代香匳體詩而起，發揮了更爲出色的言情作用。在諸種文體裏，詞可以説是晚唐五代時期愛情意識尋找到的最佳文學載體。從文學史上第一個大力填詞的文人作家温庭筠開始，詞即多寫離别相思、男歡女愛的兩性情感，晚唐五代詞人群起效之，形成《花間》詞派。《花間集》收録多爲香豔情詞，烙上了鮮明的時代印記。

（二）《花間集》的地域特徵

從地域環境的角度看，當中原王朝走馬燈似的迅速更迭之時，蜀地以其得天獨厚的地理位置，先後建立了前蜀、後蜀兩個割據性質的政權；在長達半個多世紀的時間裏，保持了相對安定承平的局面。蜀中地處秦嶺以南，四面環山，形成天然屏障，這裏山川秀美，氣候温潤，物阜民豐，號稱「天府之國」。其富庶繁華在唐代即足與揚州比美，有「揚一益二」之譽。至唐末五代，據盧求《成都記序》云：「大凡今之推名鎮爲天下第一者曰揚、益。以揚爲首，蓋其聲勢也。人物繁盛，悉皆土著，江山之秀，羅錦之麗，管絃歌舞之侈，伎巧百工之富……揚不足以侔其半。」（《全蜀藝文志》卷三〇）可知蜀中此時已超越揚州，富甲天下。在此雄厚的物質財富積累的基礎上，蜀中從上到下鼓蕩著遊樂奢靡之風。前後蜀主既無心力經營天下，問鼎中原，便在此温柔富貴之地耽玩逸樂，優遊卒歲。史載前蜀後主王衍「酷好靡麗之詞，嘗集豔體詩二百篇，號曰《煙花集》」（吴任臣《十國春秋》），又曾「裹小巾，其尖如錐，宫人皆衣道服，簪蓮花冠，施胭脂夾臉，號曰『醉妝』」（孫光憲《北夢瑣言》）。因作《醉妝詞》曰：

者邊走，那邊走，只是尋花柳。那邊走，者邊走，莫厭金杯酒。

就是其奢侈享樂、醉生夢死生活的形象寫照。張唐英《蜀檮杌》稱：後蜀孟昶亦窮極奢華，令成都「城上植芙蓉，盡以幄幙遮護。……九月間盛開，望之皆如錦繡。昶謂左右曰：『自古以蜀爲錦城，今日觀之，真錦城也。』」廣政十二年（九四九）八月，孟昶「遊浣花溪。是時蜀中百姓富庶，夾江皆創亭榭遊賞之處。都人士女，傾城遊玩，珠翠綺羅，名花異香，馥郁森列。昶御龍舟觀水嬉，上下十里，人望之如神仙之境」。這種尋勝追歡、歌舞宴集的風習，在社會上廣泛流行，「每春三月，夏四月，有遊花院者，遊錦浦者，歌樂掀天，珠翠填咽」，「屯落間巷之間，絃管歌誦，合筵社會，晝夜相接」。其實，蜀中的享樂之風，並非始自前後蜀，而是長期形成的傳統。《隋書·地理志》即稱蜀人「多溺於逸樂」，「士多自閑，聚會宴飲」。這種風氣歷唐五代而愈趨熾盛，至宋亦然，《宋史·地理志》亦云：蜀中人士「所獲多爲遨遊之費，踏青、藥市之集尤勝，動至連月」。宋初兩度守蜀的張詠，也在詩中對富庶的蜀地「風俗矜浮薄」、「狂佚務娛樂」的現象發出過感慨（《乖崖先生文集》）。這種歷久不衰、自上而下彌漫於整個社會的享樂風氣，正是用於宴樂演唱助興的《花間集》小歌詞，得以產生、傳播的適宜氣候和土壤。由於中原動亂，唐末有許多士人入蜀避難定居，出仕爲官，在嗜好詞曲的蜀主身邊，聚集起一批文士，如「（鹿）虔扆與歐陽烱、韓琮、閻選、毛文錫等俱以小歌詞供奉」孟昶，「時人忌之者，號曰五鬼」（《十國春秋》）。這裏提到的五個人，除韓琮外都有作品入選《花間集》。這些陪侍蜀主「自旦至暮，繼之以燭」、「雜以婦人，以恣荒宴」的文人，就是《花間》詞的創作主體。一些《花間》詞作，可能就是在君臣歡娱的場合創作並交付演唱、以資笑樂的。

（三）《花間集序》的理論宣示

冠於《花間集》前的歐陽烱《序》，即明確地宣示了《花間》詞應歌而作的娱樂消遣功能。與《詩大序》大力闡揚「温柔敦厚」的「詩教」，標舉詩歌「美刺比興」的社會功能，推尊詩歌「經夫婦，成孝敬，厚人倫，美教化，移風俗」的倫理教化作用的旨趣不同，《花間集序》這篇爲詞史上第一部文人詞總集而作的序文，倒是和南朝徐陵《玉臺新詠序》的觀點頗爲相似，傳遞出與儒家文藝觀渺不相涉的「新變」觀念，溢出了傳統詩教的範圍，顯示出與詩分途的離心傾向。圍繞著「娱樂消遣」這個中心，《花間集序》

説明該集的編選目的，就是爲了「綉幌佳人」（歌女）在「綺筵公子」面前演唱這些「清絶之辭」時，更添「嬌嬈之態」，收到更好的娱賓遣興的演唱效果；「將使西園英哲」們「用資羽蓋之歡」，也就是讓那些飲酒聽歌的達官貴族、士夫文人享受到更大的官能快樂和心理滿足。因此，這些歌詞必然要求文字精美，詞采鮮豔，「鏤玉雕瓊，擬化工而迥巧；裁花剪葉，奪春豔以爭鮮」，就是對《花間》詞琢煉的語言和豔麗的藻采的比擬形容。歌詞語言的精雕細琢，是新興的「曲子詞」吸引「詩客」染指的結果，正是具有高度藝術修養的詩人們效法温韋，競相參與填詞，裁剪提煉，切磋琢磨，以人力而與天工爭巧，才有力地提高了詞體的語言水平與藝術質量。用「詩客曲子詞」的稱謂，與語言質樸淺俗的早期民間詞加以區隔，顯示了晚唐五代時期詞體由民間逐步文人化的發展趨勢。

序文在描述《花間》詞寫作、演唱的環境場合時，突出强調的是其間的富豔豪華與兩性情愛因素：「楊柳大堤之句，樂府相傳；芙蓉曲渚之篇，豪家自製。莫不爭高門下，三千玳瑁之簪；競富罇前，數十珊瑚之樹。」「則有綺筵公子，綉幌佳人，遞葉葉之花箋，文抽麗錦；舉纖纖之玉指，拍按香檀。」「家家之香逕春風，寧尋越豔；處處之紅樓夜月，自鎖嫦娥。」《花間》詞就是在這樣的環境場合裏産生，並爲那些追求兩性情愛和官能滿足的人們助興的。所以，這些詞作必然背離儒家文學傳統，與言志之詩和載道之文劃開界限。《花間集序》公然宣稱：《花間》詞繼承的是文學史上的「南朝宫體」詩傳統，煽揚的是里巷狹斜淫詞豔曲的柔靡風調。其目的當然是使詞作的風格情韻，與「香徑紅樓」、「繡幌綺筵」、「豪家樽前」的環境氣氛更爲愜洽調協。南朝宫體詩綺靡浮豔，「清辭巧製，止乎衽席之間；彫琢蔓藻，思極閨闈之内」（《隋書·經籍志》），自初唐以來就受到批評和抵制，詩人視之爲負面影響，不願與之有染。歐陽炯卻坦率承認《花間》詞與梁陳宫體詩之間的裔親關係，其大膽叛逆的姿態的確有些驚人。

這樣大膽叛逆的言論背後，有著更深層次的原因，牽涉到自晚唐五代開始，文人普遍持有的詩莊詞媚、詞爲豔科的文學觀念。對待詩詞，他們採取的是雙重標準和尺度。《宋史·蜀世家》、《十國春秋》分别記載了歐陽炯、顧夐作詩諷諫之事；牛希濟嘗著《文章論》，對「忘於教化之道，以妖豔相勝」之文痛加貶斥；孫光憲《北夢瑣言》記述和凝因早年寫作曲子詞而被稱爲「曲子相公」，把寫作「豔詞」當作「有玷厚德令名」的「惡事」看待。但這都不影響他們自己的「豔詞」創作，一旦寫起豔詞來，似乎就把儒家的正統文學觀念置諸腦後了。那些爲言志之詩、載道之文不屑於或不便於表現的男女私情，可以毫無顧忌地借助不登大雅之堂的小歌詞、借助歌詞附著的流行通俗音樂，加以暢快淋漓的抒泄。

晚唐五代詞主要是供娛樂消遣的「應歌之具」，歐序指出了《花間集》中的「詩客曲子詞」在字聲上「合鸞歌」、「諧鳳律」的特點，這是詞作得以應用、傳播的前提。詞是爲歌唱而作的，從屬於音樂，作詞號稱「倚聲填詞」，必須與所「倚」的樂曲協調配合。從早期民間詞的體式聲律未嚴，到白居易、劉禹錫的「依曲拍爲句」，再到温庭筠的「逐絃吹之音，爲側豔之詞」，進至《花間》詞的「聲聲而自合鸞歌」，「字字而偏諧鳳律」，説明歌詞寫作至此已形成定式。歌詞所倚之聲，即隋唐新興之燕樂。這是一種與莊重典雅的「華夏之正聲」——雅樂、清樂有别的世俗流行音樂，它由外來音樂和民間土樂融合而成，所謂「胡夷里巷之曲」，清新活潑，哀樂極情，富有感染力：「是以感其聲者，莫不奢淫躁競，舉止輕飆，或踴或躍，乍動乍息，蹻腳彈指，撼頭弄目，情發於中，不能自止」（杜佑《通典》卷一四二），乃是一種真正的通俗音樂，抒情音樂。這種音樂多在娛樂場合演唱使用，聲腔上偏重「女音」，所以要求詞情「媚豔」，以與樂曲聲情相配合。《花間》詞多爲言情香豔之作，和它所倚的燕樂曲調有著很大的關係，誠如施議對先生所言：「在一定程度上講，詞的特性是在燕樂孕育下形成的。」（《詞與音樂關係研究》）歐陽烱「知音能詩」，又是列名《花間》十八家的詞人，基於自身的創作經驗，他對詞體的音樂文學屬性有著深刻的理解，序文指出《花間》詞「聲聲字字」皆「合歌諧律」，是他對詞體藝術本質特徵的準確把握與特別强調。合律可歌，是當時和後世詞人共同遵守的基本創作規則。

二、《花間》詞的主要内容

（一）離别相思的閨怨情感

我們在談論《花間》詞産生的時代背景、地域環境和《花間集序》的理論宣示時，就已經涉及了《花間》詞的題材内容。配合燕樂演唱、屬於流行歌曲歌詞性質的五百首《花間》詞，主要表現的是男歡女愛，花情柳思，這一點和當代流行歌曲的性質大致相近。飲食男女，古今攸同，這是由其娱樂消遣的創作動機、演唱目的所决定的。在《花間集》裏，怨女思婦的離别相思之情，觸目皆是。《花間》詞人用「玉樓」、「小庭」、「池沼」、「花樹」、「鶯燕」、「鴛鸞」、「闌干」、「簾幕」、「錦屏」、「繡茵」、「冰簟」、「檀枕」、「鈿釵」、「妝奩」、「麝煙」、「蠟淚」等意象，爲美麗多情、寂寞憂傷的女性構築了一個精美而狹小的生活空間。在這個封閉的空間裏，從春到秋，從夜到曉，一年四季，一日朝暮，孤寂的女子或憑欄遠眺，或門倚黄昏，或輾轉衾裯，或慵對鏡臺，始終處於期待、守候、盼望、失望、落空的無窮循環之中。雙燕歸來伊人未歸，鱗鴻過處音書全無，借酒消愁而宿酒已醒，夢中相會又被鶯語燕呢、鐘聲漏響驚破好夢……《花間集》中這些衣飾華麗、妝容美豔、儀態柔婉、心性慵懶的女子，處於情感和欲望不能得到正常滿足的飢渴狀態，經受著無有了時的思念之情的熬煎折磨。這就是多數《花間》情詞抒寫的基本内容，大致形成了一種模式套路，凝成了一種抒情定勢，幾乎無需舉例加以印證説明。

給《花間》詞中的美麗女性造成無盡的情感痛苦的當然是男子。《花間》詞中的男子多是放蕩的「風流子」、「醉公子」，女性的痛苦都由此輩的不負責任所致。《花間》詞人没有從更深廣的社會現實和歷史文化方面楔入思考，而是把女性空閨獨守、青春虚度、歲華空耗、相思煩惱、寂寞憂傷的原因，直接歸之於男子。温庭筠《河傳》「蕩子天涯歸棹遠」，韋莊《天仙子》「玉郎薄幸去無蹤」，顧夐《浣溪沙》「何處不歸音信斷」，孫光憲《虞美人》「天涯一去無消息」，《臨江仙》「杳杳征輪何處去」，魏承班《滿宮花》「玉郎何處狂飲」，《生查子》「何處貪歡樂」，《黄鐘樂》「何事春來君不見」，鹿虔扆《臨江仙》「一自玉郎遊冶去」，毛熙震《木蘭花》「一去不歸花又落」，《菩薩蠻》「五陵薄幸無消息」，李珣《望遠行》「玉郎一去負佳期」，《菩薩蠻》「舊歡何處尋」等，所寫都屬此種情形。花間詞人和詞中的女子，基本上没有對這些男子作出道德譴責和倫理評判。這是因爲，在封建時代的男權社會裏，男子的風流放蕩已是常態，爲大衆所接受認可。所以，當男子離家出走，浪遊不歸，留給空閨獨守的女性的，也只剩下這無以排遣的無盡空虚和寂寞。

（二） 女子的覺悟與自救

值得注意的是，在這轆轤迴轉的無盡痛苦折磨之中，耽溺情藪的《花間》詞中女子，也有了對異性、對感情、對人生、對命運的某種程度的覺悟，在一派思念憂傷情緒匯聚成的茫茫情海之上，星點漁火般的，閃爍出絲縷稀見的理性光亮。顧敻《虞美人》「舊歡時有夢魂驚。悔多情」，《浣溪沙》「薄情年少悔思量」，均寫女子爲情所累的煩惱怨悔。這番悔意，正是女子理性意識開始覺醒的標誌。魏承班《菩薩蠻》「少年何事負初心」，寫女子對「少年負心」的困惑疑問。《漁歌子》「少年郎容易别」，觸及了年齡、性别所導致的愛情心理差異。毛熙震《河滿子》「相望只教添悵恨」，是對「相思了無益」的真切感知；孫光憲《浣溪沙》「何處去來狂太甚，空推宿酒睡無厭。爭教人不别猜嫌」，寫女子對男子的責怨和猜嫌。《臨江仙》「杳杳征輪何處去，離愁别恨千般。不堪心緒正多端」，展示女子的複雜心理。《清平樂》「終是疎狂留不住」，則是女子從一次次痛苦的經歷中總結出的沉痛經驗，是對男人心性的本質認識。《謁金門》最有情感和心理深度：

留不得。留得也應無益。白紵春衫如雪色。揚州初去日。　輕别離，甘抛擲。江上滿帆風疾。卻羨彩鴛三十六，孤鸞還一隻。

開口即斷言「留不得」，是知男子去意已決，自己回天無力。「留得也應無益」，則在首句説足説絶後略加轉圜，退一步説，意爲即使能留下人，也留不住心，似此雖留又有何益。「帆滿風疾」，寫男子去程之速，是主觀上欲急去，也是客觀上助其急去，或許這就是所謂「天意」吧，這一句更印證了「留不得」和「留得也應無益」的判斷正確。詞中展現女子别時怨尤無奈、矛盾痛苦的複雜心情，見出對人心和命運、對事物和情感本質的洞察透徹。毛熙震《河滿子》「寂寂芳菲暗度，歲華如箭堪驚」，《菩薩蠻》「光影暗相催，等閒秋又來」，詞句中流露的時間生命意識，可以看作女子走出蒙昧狀態的起點。於是，在可能的情況下，女子甚至積極行動起來，嘗試主動改變自己的生存境遇，改變被動承受的命運，尹鶚《菩薩蠻》「上馬出門時，金鞭莫與伊」二句，即寫女子打算藏起馬鞭，試圖阻止天天遊樂縱酒的男子出門。這是女子自救的努力，但採取這種抗爭方式實堪悲憫，其間似乎更多嬌妬的意味，顯然不能解決根本問題。也就是説，在女性没有取得社會、經濟、人格獨立的時代，即便覺醒，也無出路，柔弱的《花間》女子，的確是「無計那他狂耍壻」的（顧夐《玉樓春》）。李珣《臨江仙》「離情別恨，相隔欲何如」，即道出了女子面對生存現實、面對情感命運的終極困惑與無力無奈之感。

（三）男子的相思情戀

當然，《花間》詞中的男子，也不全是「浪子」、「蕩子」。有「怨女」就有「癡男」，從男性角度切入抒情的一些詞作，多表現他們用情的深摯專一。顧夐《浣溪沙》「露白蟾明又到秋」，寫男子對女子的思念。「佳期幽會」兩無著落的境況，使男子「夢牽情役」，承受著漫長期盼的痛苦熬煎。「記得」二字，鄭重強調對女子的「泥人」之態，印象深刻，無法忘懷。結句直抒舊事縈心的惆悵之情，讀來十分感人。閻選《浣溪沙》「寂寞流蘇冷繡茵」寫男子單戀。詞中的男子居處環境描寫，仿佛思婦閨中，女性色彩明顯，折射出《花間》詞人偏嗜陰柔的女性化審美心態。詞中連用三個典故，比對方爲月中仙子、東鄰美女，自認的確不是劉晨阮肇，慨歎此生無分，表達相思望絶的沉痛心情。特别是韋莊那些帶有自叙傳性質的情詞，如《女冠子》二首、《荷葉盃》二首等，無不情真意摯，深切動人。《荷葉盃》其二：

記得那年花下。深夜。初識謝娘時。水堂西面畫簾垂。攜手暗相期。　惆悵曉鶯殘月。相别。從此隔音塵。如今俱是異鄉人。相見更無因。

詞寫一場萍水相逢的短暫情愛，當是韋莊青壯年時代浪遊江南的親身經歷。一别之後，音塵斷絶，各自流落異鄉，從此再無相見之由。詞中有著動亂時代的濃重陰影，亂世人生，一切均無著落，包括最使人銘心難忘的愛情。「如今俱是異鄉人，相見更無因」二句，雖出語平淡，實寫盡亂離之悲，真有使人「不堪多讀」的藝術感染力（許昂霄《詞綜偶評》）。尤其難能可貴的是，韋莊還在詞中多次寫到自己的「愧意」。《歸國遥》一起托鳥傳意，抒寫思念江南舊歡之情，表明自己雖身不能歸，但歸心急切。雖夜夜相思，舊歡難忘，然未能中試，無法團聚，心中感到十分愧疚。詞中的「愧」意，是一份非常難得的思想感情。在古代男權社會裏，男人對女子任意而爲，輕易抛擲，遊樂不歸，把不負責任當作風流瀟灑。他們似乎認爲這一切天經地義，從來都不曾捫心自問，感到過愧疚。所以，韋莊對空閨獨守的女子所生出的這一份真切的「愧」意，乃是幾千年歷史上稀有的極具人性深度的情感，值得予以充分的重視與肯定。

（四）邂逅生情

《花間》情詞裏還有不少表現邂逅生情的作品，並不給人以輕浮之感。如韋莊《思帝鄉》「春日游」，張泌《浣溪沙》「晚逐香車入鳳城」、「小市東門欲雪天」，牛希濟《臨江仙》「柳帶摇風漢水濱」，孫光憲《菩薩蠻》「木綿花映叢祠小」，《生查子》「暖日策花驄」，《風流子》「樓倚長衢欲暮」，李珣《南鄉子》「沙月靜」、「相見處」等皆是。這類作品，讓我們具體瞭解那一時代人們情感生活的某些真實狀況。因詞中所寫是乍見初遇，第一印象，「一顧難酬覺命輕」，所以往往體驗更爲飽滿，情緒更爲强烈，創生的美感也更爲鮮活。在一些民歌性質的作品中，這種乍見生情被表現得更加淳樸生動。如温庭筠《河傳》「江畔，相唤」，詞寫採蓮女的微妙心理反應。從漢樂府《江南》起，南國水鄉女子的採蓮勞動，就是和愛情相伴而生的，歷代採蓮類詩詞，大多同時兼具勞歌和情歌性質，此詞亦不例外。「那岸邊」插滿鮮花的船上「少年」，吸引採蓮女的注意力從勞動轉向愛情。紅袖飄舉、玉腕低垂的少女，此刻已是心不在焉，魂不守舍。當濃密的柳絲遮住少年的身影，採蓮女一時竟有「斷腸」之感。她不知道「那岸邊」的少年晚歸去向，心裏溢滿惆悵失落。此詞曉起晚收，描寫採蓮女一天的勞動和愛情生活，參差錯落的體式，質樸自然的語言，帶有清新的江南民歌氣息。皇甫松《採蓮子》摹寫採蓮少女的嬌羞之態：

船動湖光灩灩秋。貪看年少信船流。無端隔水抛蓮子，遥被人知半日羞。

秋日荷塘，波光瀲灩，採蓮少女偶一抬頭，便被水邊少年的風姿深深吸引，一時忘記划船，頻頻看覷。看到入迷，少女竟然下意識地隔水向著少年抛擲「蓮子」，主動示愛。結果被人看見了，她才驀然驚覺，羞澀不已。詞作通過動作、表情、細節描寫，展示情竇初開的少女愛情心理，生動傳神。採蓮女的「貪看」，是未經世俗戕害的人類天性之自然流露，渾金璞玉，無比美好。生逢唐代社會，又處江南民間，禮教的束縛較爲寬鬆，所以才有詞中少女那份令人著迷的天真爛漫，這是青春生命自由舒展的原始狀態。緣此，這首《採蓮子》雖是文人詞，但其清新質樸的風格，更像是一首採蓮民歌。再如李珣的《南鄉子》其七：「沙月靜，水煙輕。芰荷香裏夜船行。緑鬟紅臉誰家女。遥相顧。緩唱棹歌極浦去。」詞寫月夜行船，邂逅相遇。擦舷而過時的偶遇一瞥，緑鬟紅臉，已自印象鮮明，遥相回顧，似覺牽情不捨。這是一種愛情的「前發生」狀態，纖塵不染，見出人性之純真自然。他的《南鄉子》其十，表現的男女愛情方式很有風俗畫意味：

相見處，晚晴天。刺桐花下越臺前。暗裏迴眸深屬意。遺雙翠。騎象背人先過水。

詞作染有鮮明的地域、民俗色彩。越王臺前的刺桐花下，一對男女乍見生情，少女暗裏回眸，頻送秋波，「目成」之後，贈以翠羽。自己則趁人不注意的時候，騎象先過河那邊等待去了。這裏所寫南粤地方青年男女的愛情，既不同於《花間》文人的狹邪豔遇，也没有中土那麽多的禮教束縛，它健康而又樸實，含蓄而又大膽。尤其是那位騎象約會的少女形象，在古典詩詞中實屬絶無僅有。此詞所寫與歐陽炯《南鄉子》「水上遊人沙上女。回顧。笑指芭蕉林裏住」情形略相仿佛，有異曲同工之妙。

（五）情愛的泛化

《花間》詞中的情愛表現，具有明顯的泛化傾向。在《花間》詞人的筆下，竟然出現了豔情化的「宫怨」文本。尹鶚的《滿宫花》寫「風流帝子不歸來」，詞中的「帝子」竟是冶遊尋歡的「浪子」，這樣的寫法前所未有。宗教題材的作品，更是大面積染上了濃重的豔情色彩。如《女冠子》、《臨江仙》、《河瀆神》、《天仙子》、《巫山一段雲》諸調，各家雖大多題詠本調，但就題發揮之時，往往和男女之情夾纏不清，透射出已融入《花間》詞人潛意識的荒荒雲雨之欲和戀戀紅塵之念。《花間》詞人和詞中男女，皆爲「本我」

而非「超我」，他們的人格真面，在這類似「化裝舞會」的詞作裏，被讀者看覷得愈加清晰。這類詞中，僅少數作品如薛昭蘊《女冠子》「求仙去也」、鹿虔扆《女冠子》「步虛壇上」、李珣《女冠子》「星高月午」純寫女冠修道；張泌《臨江仙》「煙收湘渚秋江靜」爲「詠水仙之雅調」，毛文錫《臨江仙》「暮蟬聲盡落斜陽」詠湘妃而有「騷雅之意」，俱屬難得。至於温庭筠兩首《女冠子》，雖不涉豔情，但他筆下的「女冠」，豔美嬌媚，除將場景從閨房庭院轉換爲道觀，實和世俗女子無異。韋莊的《女冠子》二首則乾脆「跑題」，完全撇開「女冠」，直寫他自己的愛情經歷去了。此類作品的大多數，都是借宗教題材寫世間男女之情，能如毛熙震《女冠子》「碧桃紅杏」、「修蛾慢臉」二首做到「豔而不俗」，已是不易。牛嶠的《菩薩蠻》「畫屏重疊巫陽翠」，用巫山雲雨典故寫瞿塘賈客的艷思：「風流今古隔。虚作瞿唐客。」論者評曰「文人無賴，至馳思杳冥」，「太涉淫穢」（賀裳《皺水軒詞筌》）。牛希濟的《臨江仙》「江繞黄陵春廟閑」詠湘妃之事，後結「風流皆道勝人間。須知狂客，判死爲紅顔」，忽作癡狂情語，雖「妙在語拙而情深。然以詠二妃廟，又頗覺其不倫」（李冰若《栩莊漫記》）。之所以出現這種情況，一是因《花間》小詞乃應歌之具，雖神聖莊嚴，亦須豔情點染，如此方合歌酒歡場所需。於是就有了這與整首詞情不諧、跡近褻瀆的詞句。二是自上古時代起，民俗宗教活動中多有誘發男女交接生情之事，這在《詩經》的《桑中》、《溱洧》，《楚辭》的《九歌》裏，早有表現。《花間集》此類詞作紛紛將宗教題材豔情化，既符合唐五代道教修習者的實際，又迎合了歌宴酒席上演唱者的需要；在最深的層次上，則是上古民俗的原始記憶在詞人心理積澱中的下意識流露。

（六）情詞中的極豔之作

《花間》情詞中還有一些較爲「特殊」的作品，亦需在此略作評介。牛嶠《菩薩蠻》「玉樓冰簟鴛鴦錦」，一起單刀直入，正面描寫床笫歡愛場面，此等筆法，即《花間》詞中亦所僅見。結二句「須作一生拚。盡君今日歡」，乃「決絶盡頭」語，與李煜「奴爲出來難，教君恣意憐」意近。這一結「雖只十字，可抵千言萬語」（劉永濟《唐五代兩宋詞簡釋》）。對這首詞，在看到它「豔冶極矣」（李冰若《栩莊漫記》）、「豔語無以復加」（彭孫遹《金粟詞話》）的同時，更應該感受它所表現出的攝人心魄的人性和感情的力量。如仿照湯顯祖《牡丹亭·題詞》的語氣，似應贊之曰：「如詞中女子者，真可謂有情之人矣。」歐陽炯《浣溪沙》「相見休言有淚珠」，亦寫床笫之歡，與牛嶠《菩薩蠻》同爲《花間》豔詞中「尤豔」者。歐陽炯是《花間集序》的作者，此詞典型地體現了序中「南朝宫體」、「北里倡風」的詞學主張，被況周頤評爲「自有艷詞以來，殆莫艷於此矣」（《蕙風詞話》卷二）。影響下及宋代柳永、黄庭堅及清代孫原湘等人的豔情俗詞。好在此詞雖「叙情淋漓盡態，而著語尚有分寸」（李冰若《栩莊漫記》），比之柳七、黄九此類詞作的「粗俗不堪」，終有文野之分。處理此等題材，非十分膽量和筆力，自是難以措手，故而獲致「重拙大」之褒賞。站在道學和道德立場上看，此詞的是「淫詞」。若换以平常心看待，其實也不過俗話説的「久别勝新婚」罷了，並無甚奇處。紅塵俗世，欲海衆生，似正未免於此。和凝《柳枝》寫耳鬢厮磨、「黛眉偎破」之親昵。「醉來咬損新花子，拽住仙郎儘放嬌」二句，與李煜《一斛珠》所寫「爛嚼紅茸，笑向檀郎唾」相似，而更加大膽放恣。閻選《虞美人》寫男女幽會恣情狂歡，「臂留檀印齒痕香」七字豔極，是一個銘心難忘又難以言喻的細節。還有李珣《虞美人》「金籠鸚報天將曙」寫偷歡起遲，孫光憲《浣溪沙》「烏帽斜倚倒佩魚」寫青樓冶遊，已經不是一般意義上的「豔」了。難怪陸游讀罷《花間集》，要發出「士大夫乃流宕至此」的感歎（汲古閣本《花間集》陸游跋）。此類詞作的認識價值大於審美價值，有了這一類詞，可以讓人瞭解彼一時代社會生活的全部。還有尹鶚的《醉公子》「暮煙籠蘚砌」，描寫盡日尋春的公子月夜歸來，爛醉如泥，全仗妻子攙扶方能行走。結句「何處惱佳人。檀痕衣上新」，寫妻子攙扶時發現丈夫衣服上留有唇膏印痕，讓她氣惱莫名。這是一個很有表現力的細節描寫，以其「低俗」而更富生活氣息，甚至可以溝通現代社會的某些場景。如不站在道德立場説話，就應該承認：日常生活，俗世男女，舊恩新怨，無非如此。這個細節倒是能讓讀者對人性本能、家庭關係和夫妻倫理，會心莞爾。

（七）《花間》情詞的深層内涵

《花間》情詞雖有少數浮薄之作，但多數作品並未停留在追逐欲望滿足的淺層次，而是由欲到情，表現出人類愛情心理中專注思念的憂傷寂寞之美。這些情詞中的男女主人公，大都具有精神向度與心理深度。温庭筠《更漏子》「知我意，感君憐。此情須問天」，韋莊《浣溪沙》「夜夜相思更漏殘」，《應天長》「夜夜緑窗風雨，斷腸君信否」，《荷葉盃》「碧天無路信難通」，《思帝鄉》「説盡人間天上，兩心知」，顧敻《玉樓春》「鎮長獨立到黄昏」，《醉公子》「衰柳數聲蟬，銷魂似去年」，孫光憲《更漏子》「此情江海深」等，皆情深一往，執著不渝。張泌《浣溪沙》「此情誰會倚斜陽」，毛熙震《河滿子》「獨倚朱扉閒立，誰知别有深情」，孫光憲《浣溪沙》「蕙心無處與人同」，均是情有獨鍾，意有專屬，芳心自持，幽獨自守，非浮花浪蕊所可比數。還有兩處文本裏出現了「詩」字，它們是顧敻《荷葉盃》「我憶君詩最苦。知否。字字盡關心。紅牋寫寄表情深」，魏承班《訴衷情》「高歌宴罷月初盈。詩情引恨情」。「詩」不僅是由欲到情遷移昇華的結晶，同時也表徵著人的情感、精神品位之高度。

《花間》情詞的精神向度與心理深度，或體現爲詞人想像力的展開，或落實到表現手法的層面。前者如毛文錫的《醉花間》其二：

深相憶。莫相憶。相憶情難極。銀漢是紅牆，一帶遥相隔。　金盤珠露滴。兩岸榆花白。風摇玉珮清，今夕爲何夕。

喻一道「紅牆」爲迢迢「銀漢」，然後就天上七夕展開美麗的想像。一首言情小詞，「創意奇聳」，神思飛越，鑿空亂道，構建出如此奇幻縹緲的境界，可見《花間》情詞的精神空間是無邊延展的，並非只局限於「閨閣袵席之間」。沈初《蘭韻堂集》評此詞爲「絶調」，認爲「晚唐風格無逾此，莫道詩家降格還」。即强調這首《醉花間》詞格之高。後者如和凝《臨江仙》：「披袍窣地紅宫錦，鶯語時囀輕音。碧羅冠子穩犀簪。鳳皇雙颭步摇金。　肌骨細匀紅玉軟，臉波微送春心。嬌羞不肯入鴛衾。蘭膏光裏兩情深。」詞中對女子妝容儀態風韻的鋪寫形容，都屬《花間》慣見的俗人俗事，俗情俗筆。結二句於俗中見不俗，關鍵時刻，不曾手滑。按照萊辛《拉奥孔》的美學理論，這叫「接近頂點，不到頂點」的寫法，留有餘地，既免除了詞筆可能沾染的穢褻，又利於讀者去想像和回味。「蘭膏光裹兩情深」一句，由實入虛，動中取靜，彷佛燥熱時拂過的一絲涼風，蘭膏光影裹，達成了由「欲」到「情」的過濾和昇華，使一首描寫男女合歡的「奇豔絶倫」之形而下情詞，不僅「能狀難狀之情景」，更獲致了男女相悅之事不可或缺的某種情感和精神内涵。而這一點，正是往往膠著於女子容貌服飾工細描畫的温詞所欠缺的，論者認爲「飛卿所不逮」者（李冰若《栩莊漫記》），當在於此。至如張泌《浣溪沙》其六：

枕障燻鑪隔繡幃。二年終日兩相思。杏花明月始應知。天上人間何處去，舊歡新夢覺來時。黄昏微雨畫簾垂。

《花間》情詞對精神向度和心理深度的表現，到此已是「蔑以加矣」。天上人間無處尋覓蹤跡，舊歡新愁齊聚夢醒之時，可謂訴盡相思悲愴，真乃「不惜以金針度盡世人者也」（李冰若《栩莊漫記》）。此等筆力，直欲將古今癡情之人一網打盡。詞筆已然觸及人類面對兩性情感的終極迷惘，讓人感歎「一陰一陽之謂道」，措語猶淺。

這樣，我們就可以把話題進一步引向深入。在《花間集》衆多看似淺近世俗的情詞裏，含蘊著一些容易被忽略的比情感心理更深層次的内容。《花間》情詞總是借助描寫客觀的季節、天氣、時令、花柳、禽鳥，來烘托、喚起人的主觀情緒，將情感與季節、心理與風物對接。如孫光憲《虞美人》「翠簷愁聽乳禽聲。此時春態暗關情。獨難平」，簷間雛鳥叫聲，觸動女子的懷春之情，讓她心潮難平。季節與人情之間，有著深刻的内在感應。顧敻《虞美人》「深閨春色勞思想。恨共春蕪長」，春色與春思相伴，春恨與春草共生，季節與人，物色與人情，綰合一處，打成一片，到此地步，奚分景語抑或情語，客體抑或主體。和凝《菩薩蠻》「越梅半拆輕寒裹」，寫閨中春思。半拆的梅花，是逗起閨婦思情的因由。暖風吹開杏花，飄蕩遊絲，則暗示閨婦春思興發，心旌摇漾。詞作也是把懷春之情放置於季節的背景之上加以表現的。所以説，要想真正探得《花間》情詞主客對應的深度内蕴，需從「比德論」入手，將一般性的理解詮釋，上昇到人與自然異質同構的生命哲學高度。

《花間》情詞是詞史上「詞爲豔科」這一理論觀點形成的基礎。李冰若先生《栩莊漫記》、吴世昌先生《詩詞論叢》、詹安泰先生《宋詞散論》皆分《花間》詞人爲各具特色之三派，但在寫作豔麗情詞這一點上，十八家卻表現出了高度的相似性，共同組成一個「《花間》派」。温庭筠詞「精豔絶人」（劉熙載《藝概》），韋莊詞「淒豔入人骨髓，飛卿之流亞也」（陳廷焯《雲韶集》），皇甫松詞「淒豔似飛卿」（陳廷焯《雲韶集》），薛昭藴詞「雅近韋相，清綺精豔」（李冰若《栩莊漫記》），牛嶠詞「大體皆瑩豔縟麗，近於飛卿」（李冰若《栩莊漫記》），張泌詞「時有幽豔語」（沈雄《古今詞話》），毛文錫詞「尤工豔語」（吴任臣《十國春秋》），牛希濟詞「辭藻富麗，方諸乃叔，有過之無不及」（姜方錟《蜀詞人評傳》），歐陽炯詞「豔而質，質而愈豔」（況周頤《歷代詞人考略》），和凝詞「自是《花間》一大家，其詞有清秀處，有富豔處，蓋介乎温韋之間也」（李冰若《栩莊漫記》），顧敻詞「五十五首，皆豔詞也。濃淡疏密，一歸於豔。五代豔詞之上乘也」（況周頤語，轉引自李冰若《花間集評注》），孫光憲詞「以香豔穠縟見長，亦《花間》之雋也」（姜方錟《蜀詞人評傳》），魏承班詞「濃豔處近飛卿」（李冰若《栩莊漫記》），鹿虔扆《思越人》「詞雖淒麗，尚非《臨江仙》之比也」（吴任臣《十國春秋》），閻選詞「多側豔語，頗近温尉一派，然意多平衍，蓋與毛文錫伯仲耳」（李冰若《栩莊漫記》），尹鶚詞「多豔冶態」（張德瀛《詞徵》），毛熙震詞「豔處、質處並近温方城。……或筆豔而凝，或體麗而清，其于五季卓然名家矣」（況周頤《歷代詞人考略》），李珣詞「不純以婉豔爲長」（姜方錟《蜀詞人評傳》）。上引評點顯示：温韋而下，諸家詞或近温或近韋，雖各有偏勝，但詞情「豔麗」則是相同的。正是肇基於《花間》情詞題材、語言、風格之「豔麗」，才形成了詞學領域「詞爲豔科」、「别是一家」的詞體觀，影響並制約著此後千年詞史的創作實踐與理論批評。尊《花間集》

爲「倚聲填詞之祖」（陳振孫《直齋書録解題》），其誰曰不宜！

三、題材内容的豐富性

如果《花間》詞僅如上節所論，只在男女情愛的天地裏打轉的話，那麽其所表現的題材領域確實太過狹窄。愛情雖然是文學藝術的永恒主題，但畢竟遠不是生活的全部，因此不應該也不可能成爲文學藝術表現的全部内容。説《花間集》是女性和愛情的世界，只是言其大略。情詞在《花間集》裏佔有壓倒的比重，是不爭的事實，但其他類别的詞作，諸如邊塞題材、隱逸題材、懷古題材、宗教題材、南粤風土、農村風光、科舉取士等，也都多少不同地進入了《花間》詞人題材攝取的視閾，在花間詞人靈妙的筆下，得到了相當出色的表現，值得讀《花間》情詞産生「審美疲勞」的讀者，予以特别的關注。

（一）邊塞詞

例之唐代邊塞詩，這一題材類别包含描寫邊塞風光，戰爭生活，表現戍邊將士的愛國情感和英雄精神，抒發征人思婦兩地相思之情等方面。按這個標準比照《花間》詞，計有温庭筠的《定西番》「漢使昔年别離」、「細雨曉鶯春晚」，《遐方怨》「憑繡檻」，《蕃女怨》「萬枝香雪開已遍」、「磧南沙上驚雁起」，《訴衷情》「鶯語花舞」，韋莊《木蘭花》「獨上小樓春欲暮」，牛嶠《定西番》「紫塞月明千里」，毛文錫《甘州遍》「秋風緊」，《河滿子》「紅粉樓前月照」，顧敻《遐方怨》「簾影細」，孫光憲《酒泉子》「空磧無邊」，《定西番》「雞鹿山前遊騎」、「帝子枕前秋夜」，毛文錫《醉花間》「休相問」等十五首作品，屬於邊塞詞性質。這些詞不排除詠題調的因素，詞人們也未必有過邊塞生活的實際體驗，大都屬於模擬邊塞詩文本的「互文性」寫作。但像温庭筠《蕃女怨》「磧南沙上驚雁起」，牛嶠《定西番》「紫塞月明千里」，毛文錫《甘州遍》「秋風緊」，孫光憲《酒泉子》「空磧無邊」、《定西番》「雞鹿山前游騎」諸作，意象、風格、情調與唐代邊塞詩幾無差别，藝術造詣還是相當高的。戍邊征戰之事，征人思婦之情，在邊塞詩中已是司空見慣，將其引入詞中，則有著拓展題材領域、增富美感風格的特殊意義。牛嶠《定西番》寫征人鄉愁，上下片分别使用望月思鄉、遠望當歸的原型模式，描寫邊關月夜、拂曉的荒寒之景，抒發征人苦寒思鄉之情，仿佛「盛唐諸公《塞下曲》」（卓人月《古今詞統》）。孫光憲《酒泉子》「空磧無邊」，抒寫戰爭給人民生活和情感造成的痛苦。上片著眼征夫，下片轉寫思婦。「空磧無邊，萬里陽關道路」、「胡霜千里白」等句子，類似於温庭筠《蕃女怨》的「磧南沙上驚雁起。飛雪千里」，皆爲《花間》小詞中罕見之壯闊境界。湯顯祖譽之爲「三疊之《出塞曲》，而長短句之《弔古戰場文》也。再讀不禁鼻酸」（湯評本《花間集》卷三）。孫光憲《定西番》描寫邊關騎將的矯健身手，如一幀剪影，畫面感很强，異域色彩和戰爭氣氛濃郁。詞中特寫騎將弓開滿月、仰射飛鴻的颯爽英姿，見其性格豪邁，武藝高强。小詞一改《花間》綺靡香軟的格調，抒寫一種奮發蹈厲的昂揚情懷，强烈的英雄氣質與浪漫的美感風格，有類盛唐邊塞詩。毛文錫《甘州遍》則正面描寫邊塞征戰：

秋風緊，平磧雁行低。陣雲齊。蕭蕭颯颯，邊聲四起。愁聞戍角與征鼙。青塚北，黑山西。沙飛聚散無定，往往路人迷。鐵衣冷，戰馬血沾蹄。破蕃奚。鳳皇詔下，步步躡丹梯。

上片總寫邊地景色，視覺聽覺雙管齊下，一派肅殺悲涼之氣。下片具體描寫青塚之北、黑山以西的嚴酷環境和慘烈戰事，表現戍邊將士浴血奮戰、不怕犧牲的英勇精神。結以破敵立功，朝廷封賞，洋溢的喜氣與邊塞的殺氣，形成鮮明對比。這詞尾的一抹亮色，是征人的理想，也是「供奉内廷」的需要。總體上把握《花間》邊塞詞，有幾點需要説明：一是這些詞中處理的邊塞題材，形成的蒼茫意境和悲壯風格，是對《花間》詞境的突破，實屬難能可貴；二是這類詞影響下及宋詞的邊塞、戰爭題材寫作，在詞史上具有開創性意義；三是《花間》詞人，生活在偏安一隅、花團錦陣的西蜀小朝廷治下，多無邊塞生活的閲歷體驗，這類寫作皆是對前代邊塞詩意象、語彙、意境、風格的襲取，帶有程度不同的仿寫擬作的互文性質；四是《花間》詞人審美心理和價值取向的多面性，他們在某些時候也會産生對壯美境界和壯烈人生的向慕，於是邊塞詞寫作就成爲他們這種需求的有效滿足方式；最後一點，説出可能稍顯刻薄，那就是本無雄圖遠略、經營心力的偏安小朝廷，以及供職在這小朝廷裏的士大夫文人，也需要一種哪怕虚幻的宏大功業和壯偉人生，來安慰自己，提振精神。如此説來，《花間集》中這類邊塞詞寫作，就帶有某種「意淫」的反諷意味。

（二）懷古詞

韋莊《河傳》「何處煙雨」，薛昭藴《浣溪沙》「傾國傾城恨有餘」，毛文錫《柳含煙》「隋堤柳」，歐陽炯《江城子》「晚日金陵岸草平」，和凝《臨江仙》「海棠香老春江晚」，孫光憲《河傳》「太平天子」、「柳拖金縷」，《後庭花》「景陽鐘動宮鶯囀」、「石城依舊空江國」，《思越人》「古臺平」、「渚蓮枯」，《楊柳枝》「萬株枯槁怨亡隋」，鹿虔扆

《臨江仙》「金鎖重門荒苑静」,毛熙震《臨江仙》「南齊天子寵嬋娟」,《後庭花》「鶯啼燕語芳菲節」,李珣《巫山一段雲》「古廟依青嶂」等十六首詞,内容上屬於詠史懷古性質。其中,薛昭藴《浣溪沙》「傾國傾城恨有餘」,韋莊《河傳》「何處煙雨」,歐陽炯《江城子》「晚日金陵岸草平」,孫光憲《河傳》「太平天子」、《思越人》「古臺平」、「渚蓮枯」,鹿虔扆《臨江仙》「金鎖重門荒苑静」,李珣《巫山一段雲》「古廟依青嶂」幾首,堪稱佳作,藝術水準不低於唐代詠史懷古詩,影響下及宋人柳永《雙聲子》「晚天蕭索」、蘇軾《念奴嬌·赤壁懷古》等同類詞作。韋莊《河傳》以「何處煙雨」的淒迷之景,領起隋煬帝龍舟游幸江都的盛況。結句「古今愁」三字,勾連歷史與現實,「化實爲空,以盛映衰」,抒發弔古傷今之意和興亡盛衰之感,與起句的煙雨淒迷之景相呼應。詞作感慨蒼涼,陳廷焯認爲韋莊「《浣花集》中,此詞最有骨」(《雲韶集》)。孫光憲《河傳》亦詠煬帝開河南遊、逸豫亡國的歷史,以爲現實的戒鑒。全詞「妙在『燒空』二字一轉,使上文花團錦簇,頓形消滅」,這種結構藝術,「蓋出自太白『越王勾踐破吴歸』一詩」(李冰若《栩莊漫記》)。孫光憲《思越人》二首皆詠西施舊事,抒發思古幽情。尤其是第二首,描寫吴王宫苑蓮枯樹老、蕙死蘭愁,大似李賀詩中「荒國陊殿、梗莽丘壟」的敗落境界,其字面句法也是李賀式的。結二句用「風流傷心」概括西施舊事和吴宫舊地，進一步抒寫詞人懷古的銷魂感受。這種疏冷而又淒豔俊逸的詞筆，爲孫光憲所獨有。歐陽炯《江城子》詠金陵六朝興亡，抒今昔盛衰的悲涼之感：

晚日金陵岸草平。落霞明。水無情。六代繁華，暗逐逝波聲。空有姑蘇臺上月，如西子鏡，照江城。

此詞感情極沉鬱，表現上卻能蘊藉空靈，用晚日、岸草、落霞、逝水、明月，略加點染襯托，而不落得過實，説得過重，既臻於懷古之佳境，又無礙小詞之體段，允稱合作。鹿虔扆《臨江仙》抒亡國感傷。此詞寫法上最大的特點，就是借助景物描寫，抒發詞人憑弔故國的《黍離》之悲，「但寫景物而情在其中」，可謂「善言情者」（況周頤《蕙風詞話》）。李珣《巫山一段雲》詠本調，由神女廟帶出細腰宫。「雲雨朝暮」寫神女，「煙花春秋」寫宫人，而又互文見義，彼此映襯，見出襄王靈王，同一荒淫。而時序流轉，神人皆空，往事如煙，古今一慨。「啼猿何必近孤舟。行客自多愁」二句一結，「語淺情深」，而意藴曲折，令人低迴。

上述詠史懷古詞出現在《花間集》裏，説明《花間》詞人並没有完全忘記現實，古代士人究心治亂、憂念天下的傳統，在頻繁出入於歌宴舞席的《花間》詞人身上，還能依稀看到。歷史意識是一種理性意識和憂患意識，它維繫著《花間》詞人愛河戲水而不至於沉淪滅頂。當然，我們在給予這些詞作以較高評價的同時，也應該看到，畢竟是《花間集》裏的詠史懷古詞，所以沾染《花間》豔色在所不免，孫光憲《河傳》其二很能説明問題，詞寫煬帝荒淫導致中原鼎沸、天下大亂的嚴重後果，煬帝身死國亡，社稷無主。詞意本甚沉痛，卻忽然嵌入「桃葉」一句晉人豔事，「嬖花牋」四句綺辭豔語。一首懷古詞，結以豔情，正見《花間》本色。

（三）南粤風土詞

包括歐陽炯《南鄉子》八首，李珣《南鄉子》十首，加上毛文錫《中興樂》「豆蔻花繁煙豔深」、孫光憲《菩薩蠻》「青巖碧洞經朝雨」、《八拍蠻》「孔雀尾拖金線長」三首，共計二十一首。在「采麗競繁」的《花間》詞林，以歐陽炯、李珣《南鄉子》爲代表的南粤風土詞，用樸素清新的筆調描寫南粤風光，是兩組有著特殊認識和審美價值的作品。組詞中的地名意象如「越南、南中、越王臺、采香洞」等，動植物意象如「孔雀、大象、猩猩、珍珠、紅豆、荔枝、豆蔻、桄榔、椰子」等，在古典詩詞意象系列裏較少出現，富有鮮明的南粤地域特色，洋溢著濃鬱的異域情調，讀之新人耳目。如歐陽炯的《南鄉子》其三：

岸遠沙平。日斜歸路晚霞明。孔雀自憐金翠尾。臨水。認得行人驚不起。

詞寫孔雀「顧影自憐」的細節，生動地表現了孔雀這種禽鳥的個性神態，頗富情趣。同時也寫出了南粵土人和野生動物相安一處、友好睦鄰的原始親和關係，民風之良善淳樸，不難從中想見。李珣的《南鄉子》之十四、孫光憲的《八拍蠻》也寫到孔雀，似都不及此首寫得成功。再看李珣的《南鄉子》其三：

歸路近，扣舷歌。採真珠處水風多。曲岸小橋山月過。煙深鎖。荳蔻花垂千萬朵。

詞寫採珠晚歸。比之採蓮，採珠是更富於南中地方色彩的勞動。吹著水風，沐著煙月，穿過荳蔻萬朵的曲岸小橋，扁舟棹歌、悠然歸來的情景，洋溢著收穫的快樂氣息。詞裏的荳蔻花和珍珠，都是南中特有的地域風物意象。

歐陽炯和李珣這兩組「皆紀嶺海風土，語義與《竹枝》爲近」的《南鄉子》組詞（鄭文焯《大鶴山人詞話·附録》），俞陛雲先生稱其「爲詞家特開新采」，唐圭璋先生評曰「開《花間集》之新境」，都肯定了它們拓寬《花間》詞題材領域的功勞。歐陽炯一方面在《花間集序》中煽揚「宫體倡風」，寫作豔詞；同時又有《南鄉子》這樣的詠寫南粵風土民俗之詞。這説明《花間》詞人的美感趣味和《花間》詞作的取材範圍還是相當寬泛的，並不僅僅局限於豔情一隅。

（四）隱逸詞

《花間集》裏，還有八首吟詠江湖漁樂的隱逸題材詞作，它們是和凝的《漁父》「白芷汀寒立鷺鷥」，顧夐的《漁歌子》「曉風清」，孫光憲的《漁歌子》「草纖纖」、「泛流螢」，李珣的《漁歌子》「楚山青」、「荻花秋」、「柳垂絲」、「九疑山」。李珣的《南鄉子》「雲帶雨」一首，也可視同隱逸詞。孫光憲的兩首《漁歌子》，寫江湖月夜泛舟之樂，表達詞人遺落世務、瀟灑出塵之想，閑適疏曠，論者歎賞其「竟奪了張志和、張季鷹坐位，忒覺狠些」（湯顯祖評《花間集》卷四）。看他的《漁歌子》其一：

> 草芊芊，波漾漾。湖邊草色連波漲。沿蓼岸，泊楓汀，天際玉輪初上。扣舷歌，聯極望。槳聲伊軋知何向。黄鵠叫，白鷗眠，誰似儂家疏曠。

一輪皓月從天際昇起，水月上下一片空明。如此美好的湖光月色，讓漁父情不自禁地蕩舟湖上，賞玩水月之美。「知何向」三字，見出漁父信舟而行，没有明確的目的地，湖光月色，無非美景，娱目賞心，是處皆可，這種無目的而合目的的狀態，正是審美陶醉的美妙境界。李珣四首《漁歌子》，皆「緣題自抒胸境，灑然高逸」（李冰若《栩莊漫記》），當作於「蜀亡不仕」以後。看他的《漁歌子》其三：

柳垂絲，花滿樹。鶯啼楚岸春天暮。棹輕舟，出深浦。緩唱漁歌歸去。罷垂綸，還酌醑。孤村遥指雲遮處。下長汀，臨淺渡。驚起一行沙鷺。

詞寫漁父晚歸情景。白描手法，清新明麗，通篇寫景，不著議論，因而更饒江湖漁樂之逸氣，幾可與張志和「斜風細雨不須歸」比美，允推同調四首之「尤佳」者。李珣組詞裏的「漁父」，將醉鄉和白雲鄉融合爲一，在江湖中爲自己覓得了避難逍遥之所。這裏有魚羹稻飯可以療飢，有滿架圖書可以醫俗。漁父既已忘卻人間名利榮辱、是非曲直，身心也就得到了最大限度的自我解放，擺去物累，舒展自由。於是，九嶷三湘，雲間月裏，清琴寄情，緑酒助興，信流東西，烏有定止，無往而非快活之地也。其遊戲人生、逍遥自放的旨趣，有著明顯的道家思想影響痕跡。這等高逸的行爲方式、價值取向和生命境界，自非《花間》豔詞所能拘囿，故而瞿髯贊曰「波斯估客醉巫山，一棹悠然泊水灣。唱到玄真漁父曲，數聲清越出《花間》」（夏承燾《論詞絶句》）。《花間集》裏這八首隱逸題材詞作，影響下及宋代朱敦儒、向子諲等人。

（五）科舉詞等

唐五代科考，進士録取名額很少，成進士極爲不易。「人人能詩」的唐人又特別看重「以詩賦取士」的進士科，而有「三十老明經，五十少進士」説法。士子一旦中試，便如落籜成竹，奔波化龍，即刻被視爲「一品白衫」（王定保《唐摭言》）。《花間》詞裏，也定格了新進士們「得意正當年」的「影像」。韋莊《喜遷鶯》「人洶洶」、「街鼓動」，和凝《小重山》「正是神京爛漫時」，薛昭藴《喜遷鶯》「殘蟾落」、「金門曉」、「清明節」等六詞，均寫科舉題材。如果放寬尺度，還可以加進和凝《柳枝》「鵲橋初就咽銀河」一首。綜合這些詞，内容上涉及了禮部南院五更放榜、舉子看榜，成進士者杏園探花、曲江歡宴、跨馬遊街，以及貴家女眷紮結彩樓、萬人空巷爭睹新進士風采等唐五代科舉故實。這些詞給人最深的印象，就是一舉成名的新科進士們，那種抑制不住、難以形容的得意和快樂。縱馬馳騁在京城大道上，恍惚登上天界，置身雲霄。回看中第前的隱居生活，感覺直如塵土一般微不足道。「休羡谷中鶯」，表現的就是唐五代時期士子們熱衷科名的普遍價值取向。

宗教題材也是《花間》詞中大宗，有近四十首作品，這類詞多染豔情色彩，實同《花間》情詞，僅有四五首不涉男女私情。上文談《花間》詞情愛泛化時已言及，此處不贅。以上幾類之外，《花間集》中尚有孫光憲的《風流子》值得拈出一看：

茅舍槿籬溪曲。雞犬自南自北。菰葉長，水葓開，門外春波漲渌。聽織。聲促。軋軋鳴梭穿屋。

此詞寫農村田園生活，仿佛「一小《桃花源記》」（鍾本《花間集》評語）。論者指出此詞「擴放《花間》詞境」的意義（李冰若《栩莊漫記》），其影響下及宋代蘇辛等人的農村題材詞作。

其餘還有毛文錫《浣溪沙》「七夕年年信不違」寫節令；毛文錫《酒泉子》「緑樹春深」，毛熙震《菩薩蠻》「繡簾高軸臨塘看」，寫時間生命意識；皇甫松《摘得新》二首，韋莊《菩薩蠻》「勸君今夜須沉醉」、《天仙子》「深夜歸來長酩酊」寫及時行樂，抒人生感慨；皇甫松《夢江南》「蘭燼落」、韋莊《清平樂》「春愁南陌」寫遊子鄉愁；温庭筠《酒泉子》「日映紗窗」、「楚女不歸」寫遊女鄉思；毛文錫《月宫春》「水精簾裏桂花開」寫神話想像；和凝《小重山》「春入神京萬木芳」寫都市繁華，影響下及宋代柳永的都市詞；毛文錫《甘州遍》寫遊春，旨歸於頌聖，也滲透到宋詞中的同類寫作；韋莊《河傳》「春晚，風暖」、「錦浦，春女」，寫游春賞景；温庭筠《楊柳枝》「南内牆東」、「館娃宫外」、「御柳如絲」，和凝《望梅花》「春草全無消息」，孫光憲《楊柳枝》「閶門風暖」、「有池有榭」、「根柢雖然」、「萬株枯槁」，《望梅花》「數枝開與短牆平」，李珣《酒泉子》「秋月嬋娟」，毛文錫《柳含煙》「河橋柳」、「章臺柳」、「御溝柳」，《接賢賓》「香韉鏤襜五花驄」，《喜遷鶯》「芳春景」，《贊成功》「海棠未坼」，張泌《臨江仙》「煙收湘渚秋江靜」、《河傳》「紅杏」，牛嶠《夢江南》「銜泥燕」，《柳枝》五首，皆爲詠物之詞；皇甫松《浪淘沙》「灘頭細草接疎林」寫滄桑之感，「蠻歌豆蔻北人愁」寫北人旅愁；温庭筠《更漏子》「背江樓，臨海月」，李珣《河傳》「去去，何處」，寫羈旅行役；温庭筠《清平樂》「洛陽愁絶」，韋莊《上行盃》「芳草霸陵春岸」，孫光憲《浣溪沙》「蓼岸風多橘柚香」、《上行盃》「草草離亭鞍馬」、「離棹逡巡欲動」，牛嶠《江城子》「極浦煙消水鳥飛」，薛昭藴《浣溪沙》「江館清秋纜客船」、「握手河橋柳似金」，寫故人送别；毛熙震《浣溪沙》「暮春黄鶯下砌前」，張泌《河瀆神》「古樹噪寒鴉」，張泌《南歌子》「柳色遮樓暗」，係純粹寫景；温庭筠《荷葉盃》「一點露珠凝冷」、「鏡水夜來秋月」，皇甫松《竹枝》「菡萏香連十頃陂」寫採蓮少女；孫光憲《竹枝》「門前春水白蘋花」寫船家風俗等。以上約六十首詞作，雖某些篇略沾豔色，但都算不上真正的情詞。

綜上各類，《花間集》中的非豔情詞計有一百二十首左右，比重超過《花間集》總首數的五分之一，這個比例已經不算很小。《花間》詞「題材狹窄」云者，看來也只能是相對而言了。由上面的簡單分類評介，我們可以清楚地看到，《花間》詞的取材範圍，和歷代古典詩詞基本是一致的，並不顯得特別狹窄。我們不能囿於成見，戴著一副「有色」眼鏡去看《花間集》，而應該通過扎實具體的分析比量，實事求是地給出一個恰如其分的評價。其實，真正有特殊價值、全新美感的作品，不一定非得占到多數，比如開豪放詞風的東坡詞，真正能稱得上豪放的作品，在存詞總數三百五六十首的《東坡樂府》裏，充其量也就是一二十首。但這並不影響豪放詞風的形成，並不影響東坡詞「自是一家」（蘇軾《與鮮于子駿書》）。因此，我們也就没有必要斤斤於非豔情類詞作在《花間集》裏的數量了。

四、《花間》詞藝術

在大致理清了《花間》詞的題材内容之後，我們可以轉入討論《花間》詞藝、詞風了。前人對於《花間》詞藝、詞風，發表過許多很好的看法，諸如「情真而調逸，思深而言婉」（晁謙之《花間集跋》），「《花間》以小語致巧」（王世貞《藝苑巵言》），「香而弱」（沈曾植《菌閣瑣談》引王士禛語），「《花間》字法，最著意設色」（王士禛《花草蒙拾》），「工致而綺靡」（鄒祗謨《遠志齋詞衷》）等，雖角度不同，皆切中肯綮，給我們提供了很多重要的啟示，足資借鑒。我們認爲，要想較爲準確全面地把握《花間》詞藝、詞風，需要採取辯證、相對的思路，從以下幾個方面入手進行具體的比較分析。

（一）穠豔與清麗

温庭筠居《花間》十八家詞人之首，號稱「《花間》鼻祖」（王士禛《花草蒙拾》），他的詞是《花間》諸家效法的楷模。討論《花間》詞藝、詞風，温庭筠詞最具典範意義。温詞語言風格的最大特點就是「穠豔」，喜用麗字，塗飾抹畫，敷彩著色。如《菩薩蠻》其一：

> 小山重疊金明滅。鬢雲欲度香腮雪。懶起畫蛾眉。弄粧梳洗遲。照花前後鏡。花面交相映。新帖繡羅襦。雙雙金鷓鴣。

詞以綺豔的藻采，映襯女子傷春傷别的閨怨情感。起句描寫閨房屏山曲折有致、日光初照明滅閃爍的景況，已覺强烈的光色晃人眼目。次句特寫，屏邊枕畔、春睡初醒的女子鬢髮如雲，香腮似雪。「香雪」二字修飾中心詞「腮」，可謂色香俱佳。下片承上繼續描寫女子梳妝，簪花照鏡，人花相映，人耶花耶，人花莫辨，雖無情緒，然美豔已極。結句寫女子妝成著衣，彩羅短襖上，是金線繡出的鷓鴣鳥圖案。全詞的色彩感極强，富豔精美，下字造語，顯得「極爲綺靡」（胡仔《苕溪漁隱叢話》）。温詞中的麗字豔語最多，諸如「水精簾裏頗黎枕。暖香惹夢鴛鴦錦」（《菩薩蠻》其二）、「翠翹金縷雙鸂鶒。水紋細起春池碧」（《菩薩蠻》其四）、「香玉。翠鳳寶釵垂㬰𣝜。鈿筐交勝金粟。越羅春水渌」（《歸國遥》）、「臉上金霞細，眉間翠鈿深」（《南歌子》）、「金帶枕，宫錦。鳳凰帷」（《訴衷情》）等，可謂觸目皆是。就是處理邊塞題材，如《蕃女怨》中「鈿蟬箏，金雀扇」、「玉連環，金鏃箭」一類句子，辭色仍是穠豔如故。

温詞語言的穠豔綺麗，普遍影響了《花間》詞人。即使總體語言風格趨於「清淡」的韋莊，亦有許多綺詞麗語，如他的《菩薩蠻》其一「琵琶金翠羽」，其三「翠屏金屈曲。醉入花叢宿」，《歸國遥》「金翡翠」，《荷葉盃》「翠屏金鳳」，《河傳》「錦浦春女。繡衣金縷」，《酒泉子》「渌雲傾。金枕膩，畫屏深」等，雖不似温詞重彩堆垛，但這些語詞意象畢竟也在温詞裏常見。説「端己之視飛卿，離而合者也」（陳廷焯《白雨齋詞話》），確有見地。其他詞人如牛嶠「大體皆瑩豔縟麗，近於飛卿」，歐陽炯「極爲穠麗……上承温飛卿，豔而近於靡也」，和凝「其詞有清秀處，有富豔處，蓋介乎温韋之間也」，顧敻「詞穠麗，實近温尉」，魏承班「濃豔處近飛卿」，閻選「詞多側豔語，頗近温尉一派」，毛熙震「其詞穠麗處似學飛卿」（李冰若《栩莊漫記》）。可知《花間》詞人群，普遍籠罩在温庭筠穠麗綺豔的語言風格的影響之下。

當然，温詞並非一味穠豔綺麗，他時常用清辭淡語以爲調劑，使他的「蹙金結繡」之詞，不至於濃到化不開的程度。一般而言，温詞描寫女性首飾妝容、居室環境多用麗語，寫景多用清辭，如他的《菩薩蠻》其十：

寶函鈿雀金鸂鶒。沉香閣上吴山碧。楊柳又如絲。驛橋春雨時。　畫樓音信斷。芳草江南岸。鸞鏡與花枝。此情誰得知。

詞用麗語描寫女子妝奩首飾容貌與閨閣居處環境之美，用清辭描寫吴山碧色、芳草江南的遠景，與楊柳如絲、驛橋春雨的近景。「楊柳又如絲，驛橋春雨時」，爲温詞雋句，清新明秀，暗示比興，烘染别情，其辭色意韻之妙，有不可方物者，對濃稠的「麗語」起到了極好的調劑稀釋作用。此類濃淡相濟之處，在温詞中甚多。其他《花間》詞人亦大抵如此。如李珣的《浣溪沙》：「入夏偏宜澹薄粧。越羅衣褪鬱金黄。翠鈿檀注助容光。相見無言還有恨，幾迴拚卻又思量。月窗香逕夢悠颺。」上片衣飾妝容描寫，是「麗語之香豔者」（鍾本《花間集》評語），下片抒情寫景則用語淺淡，全詞因此顯得「豔而能清，疏而有致」（蕭繼宗《評點校注花間集》）。

與温庭筠齊名並稱的韋莊，作爲「飛卿之流亞」（陳廷焯《雲韶集》卷一），在《花間》詞人群中處於關鍵的位置。《花間》詞人非並世而出，他們的年輩相差三到四代人。温庭筠卒於《花間集》編成之前約七十年，成爲「《花間》鼻祖」，實際上出於某種追認。韋莊年輩介於温庭筠和其他多數《花間》詞人之間，他繼承温庭筠寫作豔詞，引導蜀中詞人群起效温，終至形成了《花間》詞派。所以在《花間集》裏，他排在兩位唐人温庭筠、皇甫松之後，而處於西蜀詞人之前，總領西蜀詞人，可以説是連接温庭筠與西蜀詞人的一座橋梁。韋莊學温而形成自家面目，在總體語言風格上，偏於清麗，與温庭筠的「穠豔」不同。所以詞論家有「飛卿，嚴粧也；端己，淡妝也」之喻（周濟《介存齋論詞雜著》）。他的《菩薩蠻》五首、《歸國遥》二首、《荷葉盃》二首、《女冠子》二首等，均當得起「清豔絶倫，如初日芙蓉，曉風楊柳」之譽（顧憲融《詞論》）。看他的《菩薩蠻》其一：

紅樓別夜堪惆悵。香燈半捲流蘇帳。殘月出門時。美人和淚辭。琵琶金翠羽。絃上黄鶯語。勸我早歸家。緑窗人似花。

詞賦別情。雖有「琵琶金翠羽」這樣的豔字麗句，但總體上較爲典型地體現出韋莊的清淡詞風。紅樓燈影，殘月美人，辭色麗而不豔。一結五字，形神色香具足，而又出語自然，無絲毫刻畫塗飾，只用淡筆客觀描寫形容，而文字之外的一種深情，已是讓人心馳神迷。論者云：「『畫屏金鷓鴣』，飛卿語也，其詞品似之。『弦上黄鶯語』，端己語也，其詞品亦似之。」（王國維《人間詞話》）即是拈出此詞中的句子，作爲韋詞清麗風格的形容。唐圭璋先生評此詞「清秀絶倫」，指出它雖「與温詞之濃豔者不同，然各極其妙」（《唐宋詞簡釋》）。韋莊的語言風格，也吸引了《花間》詞人學習模仿，況周頤評歐陽炯詞「行間字句，卻有清氣往來」（《歷代詞人考略》），這清氣當與學韋有關。毛文錫、牛希濟、孫光憲、李珣諸家詞，總體語言風格不似温詞穠豔，而與韋莊的清麗爲近。

（二）深隱與疎朗

從抒情方式和效果來看，温詞深隱，韋詞疏朗。張惠言《詞選序》説「温庭筠最高，其言深美閎約」，周濟《介存齋論詞雜著》説温詞「醖釀最深」，均爲有得之論。他的《菩薩蠻》其一，寫閨中獨處的美豔女子晨起懶於梳妝，陳廷焯《白雨齋詞話》評曰「無限傷心，溢於言表」，似覺言重。但那慵懶遲緩的起床梳洗的動作情態，確實暗示著詞中女子一段隱約難言的心曲。詞至結句方借「雙雙金鷓鴣」的衣飾圖案以爲反襯，暗點題旨，終不説破。全詞以描寫代抒情，典型地體現了温詞「深美閎約」、「醞釀最深」的表現特點。再如他的《菩薩蠻》其二：

水精簾裏頗黎枕。暖香惹夢鴛鴦錦。江上柳如煙。雁飛殘月天。藕絲秋色淺。人勝參差剪。雙鬢隔香紅。玉釵頭上風。

詞寫女子閨夢。起二句描寫水晶簾裏玻璃枕上，暖香氤氳，逗引著鴛鴦錦被中的女子酣然入夢。接二句以江天月夜的清麗景色，烘染女子的夢境。下片轉寫女子的衣服和首飾，香弱可愛，尤其是「風」字，筆致輕靈，表現女子鬢上釵飾的輕微顫動，映襯夢醒之後心理的微妙波動，極爲細膩傳神。此詞理解的重點和難點，在於上片後二句與前二句之間的關係，各家説法分歧很大。細讀上下文，「江上」二句當是以江天月夜的大背景來烘托居室香閨的小環境，除點明時間爲春曉、地點爲江畔外，江上的水霧，柳梢的輕煙，北歸的飛雁，微明的殘月等意象，共同組合成淒清朦朧的意境，更襯出閨閣的靜謐、香夢的沉酣和夢中人心意的幽眇微茫。温詞表情的深隱性，於此可見一斑。

導致温詞表情深隱的原因，有以下幾個方面：一是辭藻過於穠豔，所謂「密麗」，豔詞麗藻在某種程度上遮蔽了語言背後的意藴，如上舉《菩薩蠻》其二，只見香閨陳設的富麗和女子妝容的美妍，「暖香惹夢」所言者何？釵飾的輕微顫動又透出女子怎樣微妙的心理？思之思之，似乎還是不知所以。藻采穠豔如亂花迷眼，分散了讀者的注意力，反而不去深究詞意了。二是注重寫心理印象，詞的結構不主故常。俞平伯先生《讀詞偶得》云：「飛卿之詞，每截取可以調和的諸印象而雜置一處，聽其自然融合，在讀者心眼中仁者見仁，知者見知，不必問其脈絡神理如何如何。」説的其實就是温詞並置意象、詞句的章法安排，以之表寫心理印象，使温詞意象、詞句常有跳轉，時現斷接，給解讀帶來不小的困難。如他的《更漏子》其五，每一句的畫面色彩均可見可感，但到底是寫遠行還是寫歸家，是寫送别還是寫行役，是寫遊子見聞還是寫思婦望歸，頗難論定。而不管作哪一種理解，都會出現前後不接、彼此齟齬的説不圓處。這種寫法和穠麗的藻飾一起，不僅影響了宋代周邦彦、吴文英等「風格尚豔尚密的大家」（劉揚忠《唐宋詞流派史》），而且跨越古今，影響了二十世紀三十年代的現代主義詩人（廢名《談新詩》）。三是創作主體潛意識心理的滲透。温詞裏的女性，無不衣飾華豔，儀容姣好，然卻體態慵懶，情緒低迷，她們麗色不偶，空閨獨守，外表美麗而内心寂寞。十四首《菩薩蠻》中，美豔的女子或懶畫早妝，或殘夢迷離，或憑欄無語，或淚濕繡衣。温庭筠筆下的貴族女性如此，民間採蓮女也是這樣。在《河傳》闃寂的向晚暮色裏，採蓮女「腸向柳絲斷」；在《荷葉盃》如雪的皎潔月色裏，她又對著鏡水寒浪「惆悵」「思惟」，一縷遊絲般莫名無訴的憂傷，似有若無地縈繫著她。温庭筠筆下的這些女性身上，確有他自己心靈隱秘的投射。以女子之麗色，比士子之長才；以女子的麗色不偶，比士子的懷才不遇，乃是古典詩詞的慣常思路。詞人才華傑出，但一生坎坷，沉淪下僚，心中藴蓄的寂寞憂傷之感無以抒泄，在作詞時有意無意地滲入筆下女性人物身上，深合創作主體的心理發生機制。正是這一層原因，導致了温庭筠部分詞作題旨的難以索解，也讓清代常州詞派在倡言「比興寄託」説時，得以借重温詞，以之爲立論依據，並從中抽繹出了「《離騷》『初服』之義」（張惠言《詞選》）。

夏承燾先生嘗比較温韋差異云：「温詞較密，韋詞較疏；温詞較隱，韋詞較顯。」（《論韋莊詞》）與温庭筠的深密隱約不同，韋莊詞表情顯得較爲疎朗明晰。這有前文談到的語言層面的因素，還有詩學背景在起作用。韋莊詩學白居易，以平易淺近爲宗，把寫詩的方法拿來填詞，自然疎而不密，顯而不晦。温庭筠詞多代言女性，韋莊情詞則帶有自叙傳性質，如他的《女冠子》二首：

四月十七。正是去年今日。别君時。忍淚佯低面，含羞半斂眉。　不知魂已斷，空有夢相隨。除卻天邊月，没人知。

昨夜夜半。枕上分明夢見。語多時。依舊桃花面，頻低柳葉眉。　半羞還半喜，欲去又依依。覺來知是夢，不勝悲。

二詞屬聯章體，前章憶舊，後章記夢。事如春夢了無痕，回憶亦如夢幻般惘然。但韋詞裏的夢境與回憶卻是異常分明：「四月十七，正是去年今日。」言之鑿鑿；「忍淚佯低面，含羞半斂眉」，「依舊桃花面，頻低柳葉眉」，歷歷如繪。詞中所寫，就是詞人自己的情感經歷和體驗，故能生動真切如此。二詞純用白描，「淡語無限深情」，是最能體現韋詞風格的作品。第二首結句雖不如前首含蓄，但「將夢境點明」，使詞情顯得「凝重而沉痛」（唐圭璋《唐宋詞簡釋》），這正是韋詞結句的慣用手法，與温詞結句多用景語的藴藉深隱不同。韋莊的《荷葉盃》「記得那年花下」，銘心難忘的也是早年一次萍水相逢的愛情邂逅。《菩薩蠻》其二：

人人盡説江南好。遊人只合江南老。春水碧於天。畫船聽雨眠。　鑪邊人似月。皓腕凝雙雪。未老莫還鄉。還鄉須斷腸。

在鄉愁主題詩詞作品裏，身處異鄉的遊子總是因爲思念故鄉而斷腸；這首詞中的遊子則完全相反，他擔心回到故鄉，會因思念異鄉而斷腸。作爲鄉愁主題的反題，這首詞顛覆了鄉愁主題詩詞的情感定勢和抒寫模式。詞中迷醉於南國水鄉美景和當鑪麗人的「遊人」，就是詞人自己。其三：

如今却憶江南樂。當時年少春衫薄。騎馬倚斜橋。滿樓紅袖招。翠屏金屈曲。醉入花叢宿。此度見花枝。白頭誓不歸。

一起揭出題旨，以下即是「江南樂」的具體展開。「當時年少春衫薄」七字，寫出人生中最美好的一段，時光正好，年華正好，風度正好，這今生難再的少年歲月和青春風采，當時只似尋常，而今回首，讓人倍覺懷戀。「騎馬」二句寫少年冶遊的浪漫生活，是江南樂事留在記憶中的畫面閃回，寫來興高采烈，風流自賞之意溢於言表。這兩首《菩薩蠻》，皆寫自己青壯年時期浪遊江南的親身經歷體驗，所以格外精彩動人。

韋詞表情疎朗的成因，主要是其自叙傳性質，寫個人親歷之事，表露自己的愛情心理。温詞裏的抒情主人公，大都是美麗憂傷的女性；韋詞的抒情主人公，往往就是詞人自己；温詞裏詞人隱身於女子背後，幾乎從不出場；韋詞裏詞人走到了前臺，直接抒情，詞情緣此變得明晰，詞的抒情力度也緣此得以加强。情愛之外，韋莊還在詞裏直抒人生感慨，如他的《菩薩蠻》「勸君今夜須沉醉」；或感歎朝代興亡，如《河傳》「何處。煙雨」。此後的《花間》詞人張泌、和凝、顧敻、孫光憲、閻選、尹鶚、毛熙震、李珣等，都有自道經歷體驗的情詞，或有詠史、隱逸詞攄懷寄意，走的都是韋莊的路子。其中孫光憲、李珣的表情方式，總體上接近韋莊。文本裏的抒情形象與文本的創作主體合一，這原是詩歌的表現方式，韋莊把它引入詞中，不僅爲《花間》詞人效法，而且通過南唐詞，普遍地影響了宋代詞人。

（三）香弱與勁健

清人王士禛用「香弱」二字，形容《花間》詞體特徵，可謂準確傳神。「香弱」的詞體風格，是由《花間》詞人的題材選取、語言使用、表現手法所決定的。花間詞多寫閨閣女性，用雅潔優美的語言，通過描寫時令物候、季節天氣烘托渲染，描寫閨閣環境、衣飾妝容、動作表情襯托暗示，含蓄而又細膩地表現她們怨別傷離、惜春悲秋的幽深情感、幽眇心理、幽微意緒，形成《花間》詞體「香弱」的風格特點。如温庭筠《菩薩蠻》其六：

玉樓明月長相憶。柳絲裊娜春無力。門外草萋萋。送君聞馬嘶。　畫羅金翡翠。香燭銷成淚。花落子規啼。緑窗殘夢迷。

這是一首體現《花間》詞「香弱」體格的典型作品。詞寫離别相思，均取側筆。温詞每把相思離情放置在月夜的背景下展開抒寫，此詞亦然，起句即寫玉樓月夜懷人，其深層的意蕴結構，與自《詩經·陳風·月出》肇端的「望月懷思」的原型心理模式相契合。接以「柳絲裊娜春無力」一句襯寫，風華流美，暗示樓上女子在暮春天氣裏，體態的慵懶和情思的嬌弱。「春」字見出温詞字法之妙，「無力」者，柳絲、東風、離人也，下一「春」字，化實爲虛，增强了語言的意蘊彈性與張力。三、四句承接「長相憶」寫入夢，黯然銷魂的送别，通過夢境再現出來，詞筆亦不取正面。換頭二句羅帳垂綵、香燭燃淚的閨閣物象，烘托女子的夢境心情，喻示時間推移，長夜將盡。結二句接寫女子清曉夢醒，「迷」字狀啼鵑驚夢之一刻，女子的心神恍惚之態，極爲傳神。而「緑窗」意象，以其辭色之鮮麗，映現出窗内之人的美妍。詞作語言綺麗而又清新，月夜懷人的女子形象和情感，典型地體現出「香弱」的特點。

慵倦無力之外，《花間》詞中多有女性的「嬌羞」、「泥人」情態描寫，也是「香弱」的表現。這類「香弱」美感風格的作品很多，如毛熙震的《浣溪沙》其三：「晚起紅房醉欲銷。緑鬟雲散裊金翹。雪香花語不勝嬌。　好是向人柔弱處，玉纖時急繡裙腰。春心牽惹轉無憀。」其四：「一隻横釵墜髻叢。靜眠珍簟起來慵。繡羅紅嫩抹酥胸。　羞斂細蛾魂暗斷，困迷無語思猶濃。小屏香靄碧山重。」其六：「碧玉冠輕裊燕釵。捧心無語步香堦。緩移弓底繡羅鞋。　暗想歡娛何計好，豈堪期約有時乖。日高深院正忘懷。」其七：「半醉凝情卧繡茵。睡容無力卸羅裙。玉籠鸚鵡厭聽聞。　慵整落釵金翡翠，象梳欹鬢月生雲。錦屏綃幌麝煙薰。」香閨中美麗的女子或纖手繫裙，或困迷無語，或捧心緩步，或睡容無力，嬌弱是她們共同的特點。孫光憲《浣溪沙》其四抒春愁別恨：「攬鏡無言淚欲流。凝情半日懶梳頭。一庭疎雨濕春愁。楊柳祇知傷怨別，杏花應信損嬌羞。淚沾魂斷軫離憂。」女子攬鏡無言、出神半日、流淚罷妝的感傷慵懶情態，亦是「香弱」詞格的典型作品。顧夐《荷葉盃》其四寫幽會情景：「記得那時相見。膽顫。鬢亂四肢柔。泥人無語不抬頭。羞摩羞。羞摩羞。」風情萬種的魅惑裏，盡顯少女的柔弱嬌羞。「『柔』字入木三分」（李冰若《栩莊漫記》），可謂「香弱」極矣。

情詞之外，詠史懷古、宗教題材、南粵風土、江湖隱逸等類别的詞作，也都程度不同地沾染香豔色彩，顯示出某種「香弱」的格調。和凝《漁父》「香引芙蓉惹釣絲」一句，堪爲「香弱」二字形象的注腳。《花間》「香弱」體格影響深遠，它和《花間》詞離别相思的題材選取，穠豔倩麗的語言運用，含蓄婉轉的抒情手法一起，凝定爲詞體的最高範式，成爲後代詞人追摹難及的典範。不僅是宋初晏歐小令，宋代婉約詞整體處於它的滲透籠罩之下。明人楊慎的《升庵長短句》、陳子龍的《湘真詞》，清人王士禛的《衍波詞》、納蘭容若的《飲水詞》等，均爲《花間》「香弱」詞格的異代嗣響。更爲重要的是，它肇始了貫穿千年詞史的詞「别是一家」的「本色論」和「正變論」，以婉約爲本色、以婉約爲詞體之正的理念，深植於詞人、詞論家的潛意識，使他們推尊本色、崇正抑變，幾乎本能地排斥、貶低以詩爲詞、以文爲詞的豪放之作。「大抵詞體以婉約爲正」（張綖《詩餘圖譜》），「要當以婉約爲正」（徐師曾《文體明辨序説》），「以詩爲詞，雖極天下之工，要非本色」（陳師道《後山詩話》），「温飛卿詞曰《金荃》，唐人詞有集曰《蘭畹》，蓋取其香而弱也。然則雄壯者固次之矣」（沈曾植《菌閣瑣談》引），這些説法，就是他們推尊本色、崇正抑變詞學觀的表述。《花間》「香弱」體格的影響，功與過密不可分，同樣巨大而深遠。

正如情詞在相當大的程度上並不能代表《花間》詞題材内容的全部，《花間》詞體，也遠非「香弱」二字可以括盡。温庭筠的詞中，比較質直的、較有情感力度的抒情即已出現。論者時常談及的《夢江南》其一的起句「千萬恨，恨極在天涯」，其二的結句「腸斷白蘋洲」，自不待言；還有人們不大談論的《南歌子》「不如從嫁與，作鴛鴦」，其情感表達與韋莊《思帝鄉》「妾擬將身嫁與」可有一比。還有他的《清平樂》「洛陽愁絶」賦别，一起四字，出手即爲重筆，將别情推向頂點。顯示此番東都辭别，非是兒女之别，乃是丈夫之别，悲感之中自有豪氣湧動。此詞悲慨淋漓，在温詞中洵爲别調，與「香弱」渺不相涉。韋莊詞的自叙傳性質，使這種直白勁質的抒情更爲常見，如他的《菩薩蠻》其二「未老莫還鄉。還鄉須斷腸」，其三「此度見花枝。白頭誓不歸」，均直抒胸臆，如同賭咒發誓，既不「香弱」，也不含蓄。他代言體的《思帝鄉》其二：

春日遊。杏花吹滿頭。陌上誰家年少，足風流。妾擬將身嫁與，一生休。縱被無情棄，不能羞。

可説是唐五代詞「愛情奏鳴曲」中的一個最響亮的音符。詞中少女被春天的蓬勃生機感染、被異性不可抗拒的魅力激活的全部生命熱情，如火山爆發、洪水潰堤。這種源自本能、不計得失的情感態度，簡直體解未變、九死不悔，震撼人心，絲毫不見「香弱」的影子。詞的風格也因此和柔婉纏綿的南朝小樂府、晚唐香奩詩、《花間》體詞不類，而更接近於漢樂府《上邪》、北朝樂府《地驅樂歌》、唐五代民間詞的爽直奔放。

温韋之外，《花間》詞中以勁健之筆抒情者多有。如毛文錫《醉花間》寫思婦念遠，一起三句「休相問。怕相問。相問還添恨」，情語陡健，迴環顛倒，重疊復遝，跌轉出思婦惱恨交加的複雜心理狀態。顧敻《酒泉子》上片：「羅帶縷金。蘭麝煙凝魂斷。畫屏欹，雲鬢亂。恨難任。」詞寫春怨，「魂斷」、「恨難任」揭示思婦的情感狀態，用字下語極重，見其不堪之情狀。毛熙震《南歌子》「惹恨還添恨，牽腸即斷腸」，二句情語對起，疊言成文，奇警質重。孫光憲詞總體上可視爲《花間》「香弱」體格的「滋補」，陳廷焯曾指出「孟文詞在五代時最顯氣格」（《雲韶集》卷一），「孫孟文詞，氣骨甚遒，措語亦多警煉」（《白雨齋詞話》卷一）。他的《河滿子》「冠劍不隨君去，江河還共恩深」，《思帝鄉》「如何。遣情情更多」，《謁金門》「留不得。留得也應無益」等，均是一起有力，頂點抒情，與《花間》常見的含蓄柔婉不是一副筆墨。看他的《浣溪沙》其一：

蓼岸風多橘柚香。江邊一望楚天長。片帆煙際閃孤光。　目送征鴻飛杳杳，思隨流水去茫茫。蘭紅波碧憶瀟湘。

詞寫送别，江邊一望楚天遼闊的整體印象，視野開闊，境界宏大，爲《花間》詞中罕見。「片帆煙際閃孤光」一句，與李白「孤帆遠影」所寫情景相似，有「壓遍古今詞人」之譽（陳廷焯《雲韶集》卷一）。過片兩句「情中景」，進一步擴大了詞作的情感空間，將牽掛關注、依依不捨的别情，拓展至無限。這是「作者一氣斡旋筆力清健的藝術特色的又一種表現」（詹安泰《宋詞散論》）。孫光憲可爲《花間》詞「香弱」體格「補鈣壯骨」的「清健」詞風，極受詹安泰先生推崇，他認爲「孫詞有一種特色，飄忽奇警，矯健爽朗，是温、韋所不能範圍的。這種藝術風格，正可以和温、韋鼎足而三」，並進而指出孫詞的詞史影響：「張先、賀鑄的小詞，其警健處，往往從孫詞出；即號稱繼承温詞的周邦彦，也有神似孫詞的。」（《宋詞散論》）

（四）小語致巧與大筆濡染

清人嘗謂「《花間》逸格，原以少許勝人多許」（楊芳燦《納蘭詞序》），拈出了《花間》詞藝術表現上的一個突出特點。《花間集》所收皆小令，無慢詞長調，體段有限，章句短小，必然追求含蓄藴藉、以少勝多的抒情效果，這就對語言的表現力提出了更高的要求。所謂「《花間》以小語致巧」（王世貞《藝苑卮言》），從積極方面來理解，就是指《花間》詞要在有限的篇幅字句内，追求語言的巧妙靈動，風致韻度，以使作品具有更高、更充分的表現力。《花間》詞因「小語致巧」，名章雋句間見層出，時常給讀者帶來新鮮甚至驚喜的美感享受。這裏借鑒詞話的「摘句批評」方式，分寫景、寫人、抒情幾類，各拈數例，略加評鑒，以爲印證。

先看寫景雋句：鹿虔扆《虞美人》「緑嫩擎新雨」，摹寫亭亭田田的嫩荷上雨珠點點，五字「何等鮮脆」（蕭繼宗《評點校注花間集》），再讀周邦彦《蘇幕遮》「葉上初陽乾宿雨」，轉覺費力。毛熙震《清平樂》結句「東風滿樹花飛」，攝取眼前景，映襯女子空閨獨守、黄昏難耐的「銷魂」之情，含蓄入妙。清代詞評家曾以此句質諸當時詞人云：「試問今人弄筆，能出一頭地否？」（沈雄《古今詞話·詞評》）李珣《浣溪沙》結句「斷魂何處一蟬新」，寫新蟬一聲，驀然驚秋，令人魂斷，言外含有不盡之意，可謂「情境交融，盡遺俗腐」（蕭繼宗《評點校注花間集》）。顧敻《更漏子》「江鷗接翼飛」五字歷歷如畫，是樓上悵望的女子眼中所見江天晚景，比翼翱翔的鷗鳥反襯出女子獨處無侶的孤寂。毛文錫《更漏子》「紅紗一點燈」，寫閨怨女子夢醒所見，寂寂空幃，凄凄暗室，唯餘紅紗罩裏殘燈一點，映照出深閨黎明前的寂寞黯淡，女子夢醒癡望出神之際，殊覺觸目驚心。那一片寂黯中殷紅如血的一點，對女子的情感心理，是刺激也是喚醒。陳廷焯《雲韶集》卷一云：「『紅紗一點燈』，真妙。我讀之不知何故，只是瞠目呆望，不覺失聲一哭。我知普天下世人讀之，亦無不瞠目呆望失聲一哭也。」説得雖稍覺誇張，亦見出雋句釋放的藝術感染力之强大。

次看寫人雋句：韋莊《浣溪沙》「一枝春雪凍梅花。滿身香霧簇朝霞」，以春雪中綻放的梅花作喻，以香霧繚繞、霞光輝映烘襯女子雅潔、明麗的風姿神韻。對女子形象不作具體、静態的細致刻畫，運用比擬形容其仿佛，留給讀者更大的審美想像餘地。李冰若先生贊曰：「善於擬人，妙於形容，視滴粉搓脂以爲美者，何啻仙凡。」（《栩莊漫記》）蕭繼宗先生進一步指出：「梅花春雪，香霧朝霞，不獨寫美人容貌，亦極狀美人標格。象徵手法，可云高絶。」（《評點校注花間集》）閻選《臨江仙》寫男子荷塘懷人，後結「藕花珠綴，猶似汗凝妝」，是男子憑欄排遣時所見，人花合寫，那池塘中綴滿露珠的藕花，看上去還像是女子汗濕姣面的模樣，記憶中細節的恍惚再現，見出往事的難以忘懷。從結構上看，「藕花」回應起句的「荷芰」，前後照應，脈理細密。李珣《臨江仙》「小池一朵芙蓉」，比擬修辭，寫女子臨鏡梳妝，「是人是花，一而二，二而一。句中絶無曲折，卻極形容之妙」（況周頤《蕙風詞話》）。「工於形容，語妙天下。世之笨詞，當以此爲換骨金丹」（蕭繼宗《評點校注花間集》）。其餘像魏承班《玉樓春》「鶯囀一枝花影裏」，毛熙震《南歌子》「鬢動行雲影」，《定西番》「餘香出繡衣」，《酒泉子》「曉花微斂輕呵展」等，亦頗佳妙。

再看抒情雋句：孫光憲《生查子》「繡工夫，牽心緒。配盡鴛鴦縷」，寫閨中女子爲繡鴛鴦圖案而精心搭配彩線。「牽心緒」三字，明説牽心於刺繡，實乃因所繡爲「鴛鴦」而牽動懷春的心緒，含蓄微妙，頗耐尋味。論者指出：「『牽心緒』三字，雖尋常語，但與上下文相融合，便不尋常。」（蕭繼宗《評點校注花間集》）魏承班《生查子》寫閨怨，「腸斷斷絃頻」一句連用兩個「斷」字，前一個「斷」字虚寫看不見的「斷腸」，後一個

「斷」字實寫看得見的「斷絃」，把女子抽象的痛苦情感轉化爲眼前的具象，構句很有特點。《訴衷情》寫男子秋夜相思，結句「夢成幾度繞天涯。到君家」，語勢曲折，不是入夢即到「君家」，而是「幾度繞天涯」之後，始才得到「君家」，以見出男子用情之深摯。毛文錫《柳含煙》「能使離腸斷續」，言離别之時吹奏的《折楊柳曲》，其悲傷哀怨能夠摧斷離人肝腸的音樂效果，湯顯祖贊曰「斷續絶妙」（湯評本《花間集》）。斷而復續，正見笛曲入人之深，感人之甚，未有完了，下字構句，可稱神奇。顧敻《訴衷情》結句「換我心、爲你心。始知相憶深」，更是膾炙人口。感情强烈，語言質樸，全用白描，直探人心。此三句「乃人人意中語，卻能説出，所以可貴」（劉永濟《唐五代兩宋詞簡析》），被譽爲「透骨情語」。在此需要强調的是，這三句雖是直言質語，但仍復有曲折含蓄，不止如一些論者所樂道的僅是愛之深切强烈的表現，這其中也包含著女子難過的怨艾之意，正因爲負心男子太無心肝，不知體諒珍惜，所以才需「換心始知」。這種直中有曲的筆法，正是《花間》小語雋句藝術上的「高處」。

雋句之外，「小語」還應包括《花間》詞的篇章格局之小，可參本書文本「疏解」，此處不贅。由上舉例分析，可知《花間》「小語」確如劉熙載所言「雖小卻好」（劉熙載《藝概》）。但劉熙載緊接著下一轉語曰「雖好卻小」，即辯證地指出了《花間》詞

「小語致巧」的局限性。「小語致巧」的負面，就是前人指出的《花間》詞「猶傷促碎」、「有句無篇」等流弊。所以讀《花間》詞尚不能僅止滿足於賞其「小語」的風致巧思，而應該放開眼光，更多關注《花間集》中那些雖不夠多但似乎更有價值的大筆濡染之篇句。

《花間》「致巧」的「小語」，主要出現在情詞裏。題材類別轉換，「小語」即轉成「大筆」，説明《花間》詞人是有著更大的藝術魄力，具備多副筆墨手腕的。邊塞之作如温庭筠《蕃女怨》「磧南沙上驚雁起」，牛嶠《定西番》「紫塞月明千里」，毛文錫《甘州遍》「秋風緊」，孫光憲《酒泉子》「空磧無邊」、《定西番》「雞鹿山前遊騎」等，其意象、風格、境界與唐代邊塞詩幾無差别。如牛嶠《定西番》：

紫塞月明千里，金甲冷，戍樓寒。夢長安。鄉思望中天闊。漏殘星亦殘。畫角數聲嗚咽。雪漫漫。

寫征人鄉愁，上下片分别使用望月思鄉、遠望當歸的原型模式，描寫邊關月夜、拂曉的荒寒之景，抒發征人苦寒思鄉之情。紫塞逶迤，月明千里，金甲光冷，戍樓風寒，境界闊大，情調蒼涼。詞中化用盛唐邊塞詩的語彙意象，追摹盛唐邊塞詩的悲壯風格和宏大意境，仿佛「盛唐諸公《塞下曲》」（卓人月《古今詞統》），是《花間集》中難得一聞的大聲鏜鎔的「盛唐遺音」（沈雄《古今詞話》引陸游語）。隱逸之作如孫光憲《漁歌子》其二：

杜若泛流螢，明又滅。夜涼水冷東灣闊。風浩浩，笛寥寥，萬頃金波澄澈。洲，香郁烈。一聲宿鴈霜時節。經霅水，過松江，盡屬儂家日月。

詞詠本調。上片描寫湖上夜景，漁父迎著浩蕩的長風，吹奏清越的漁笛，但見眼前萬頃金波滉漾，一片水月空明。「萬頃」句承接「東灣闊」，展示空闊浩大的境界，宋張孝祥《念奴嬌·過洞庭》詞句「玉鑒瓊田三萬頃，著我扁舟一葉。素月分輝，明河共影，表裏俱澄澈」，所寫與之相似。宗教題材如牛希濟《臨江仙》：

洞庭波浪颭晴天。君山一點凝煙。此中真境屬神仙。玉樓珠殿，相映月輪邊。萬里平湖秋色冷，星辰垂影參然。橘林霜重更紅鮮。羅浮山下，有路暗相連。

此詞藝術上的成功，不在於題詠湘君是否切題入妙，而在於其出色的景物描寫。起二句視界開闊，秋日洞庭湧浪連空、水天相接的浩瀚氣勢，盡收筆底。從構圖的角度看，這兩句散點與焦點、平面與立體，配置極佳。過片二句洞庭月夜景色描繪，更有神韻，萬里平湖，水月輝映，星斗垂影，冷光相射，意境清曠瑩澈，而又幽渺渾茫。至於「橘林霜重更紅鮮」一句，雖明麗可喜，然自鄶以下，究屬小景點綴了。

其實，即便在情詞裏，也不乏闊大的句境，如温庭筠《菩薩蠻》其二：「江上柳如煙。

雁飛殘月天。」其九：「滿宫明月梨花白。故人萬里關山隔。」《更漏子》其五：「背江樓。臨海月。城上角聲嗚咽。堤柳動，島煙昏。兩行征鴈分。」韋莊《菩薩蠻》其二：「春水碧於天。畫船聽雨眠。」薛昭藴《浣溪沙》其一：「燕歸帆盡水茫茫。」其四：「楚煙湘月兩沉沉。」其六：「月高霜白水連天。」張泌《河傳》其一：「渺莽，雲水。惆悵暮帆，去程迢遞。夕陽芳草，千里萬里。雁聲無限起。」《酒泉子》其二：「紫陌青門。三十六宫春色。」顧敻《臨江仙》：「碧染長空池似鏡。倚樓閑望凝情。」孫光憲《菩薩蠻》：「一隻木蘭船。波平遠浸天。」《上行盃》：「草草離亭鞍馬，從遠道、此地分衿。燕宋秦吴千萬里。」李珣《菩薩蠻》：「殘日照平蕪。雙雙飛鷓鴣。」等等。

上舉大筆濡染、境界宏闊的篇句，即便放置在宋代蘇辛爲代表的豪放詞中，似也略無遜色。那麽，在宋人普遍「以《花間集》爲長短句之宗」的接受視野裏（陳善《捫蝨新話》），《花間》詞的影響就不會僅只局限於婉約詞人，詞人們也不會只是摹習它的言情、香弱、小巧等特色。宋人對《花間》詞闊大境界的傳承，與他們對《花間》邊塞詞、懷古詞、隱逸詞、風土詞的傳承一起，都將是《花間集》在宋代的影響史與接受史的題中應有之義。宋代豪放詞的詞史源頭，當亦不能自外於《花間》詞中的大筆濡染之篇句。

以上從四個大的方面，對《花間》詞藝、詞風進行了辯證相對的討論。其他如寫實與寄託、聯章與叙事、虛實與離合、母題與原型模式、擬作效體與互文性、人物描寫與心理刻畫、宫體餘習與民歌風味、就美的效果寫美、情詞詞境構建，以及體調特點、語言瑕疵等，散見於箋注、疏解、集評之中，讀者自行參酌，限於篇幅，此處不再詳論。

五、《花間》詞校勘説明

（一）版本與校勘的大致情況

在《花間集》千年傳播史上，出現了較多的版本。一般認爲，現存最早的版本是南宋紹興十八年刊印的晁謙之跋建康郡齋本，和南宋淳熙年間鄂州册子紙本，簡稱「晁本」、「鄂本」。楊慎《詞品》卷二所説的得之昭覺寺的版本，毛晉汲古閣本《花間集》所據的南宋陸游跋本，汲古閣秘本書目著録的「北宋本」和「南宋版精鈔」本，或已佚失，或在疑似有無之間。元代無《花間集》新版本出現。隨著《花間集》典範地位的進一步確立，明清兩代及近現代刊行了衆多版本的《花間集》，這些版本基本都是從南宋晁本和鄂本系統孳孽出來。李一氓先生《花間集校》書後所附《關於花間集的版本源流》

一文，將宋明清《花間集》版本梳理爲三個系統，論多確當，嘉惠學林，善莫大焉。惟是認定陸跋本爲毛本之所出，而湯評本則不知所出，似有商榷餘地。筆者近年細讀《花間》文本時，借助國内館藏的宋明清本《花間集》，仔細比勘相關版本文字出入異同後，認爲所謂「陸跋本」，大約就是鄂州册子紙本，並不是一個新出的獨立版本，毛本實出鄂本，但參校了晁本或陸本。湯評本目録近似鄂本，文字上與陸元大覆晁本爲近，應是以陸本爲底本，參校鄂本等版本而成的一個本子，似難斷言没有版本出處。

在歷代刊印《花間集》的過程中，各本之間不可避免地出現了不少的文字歧異。大致從明代正德年間陸元大覆晁本開始，明清兩代在刊行、傳播《花間集》的時候，都進行了程度不同的版本異文校勘工作。這些異文校勘，有的是與《花間集》作品一同印行，有些是在閲讀過程中，比勘不同版本，以眉批、夾批、隨文或文後小注的形式，隨手批校上去的。民國時期，《花間集》異文校勘以王國維先生輯校《唐五代二十一家詞》、林大椿先生輯校《唐五代詞》和華鍾彦先生《花間集注》等書，貢獻爲大。二十世紀五十年代以後，則以李一氓先生《花間集校》、張璋先生等《全唐五代詞》、曾昭岷、王兆鵬先生等《全唐五代詞》諸書，最具版本價值。李校本、張全本、曾全本後出轉精，吸收了明清以來《花間集》作品的校勘成果，比勘了傳世的宋明清及近代《花間集》主要版本，以及

《花間》諸詞人存世詞集和選本收録作品，堪稱精校。尤其是李校本，被學界譽爲迄今爲止版本最可靠、校勘最精良的《花間集》校本。但金無足赤，李校本似亦未臻於盡善盡美，仍可作進一步的完善。一是於明紫芝漫鈔本、鍾人傑本、張尚友本《花間集》、清《花間正集》等書棄之不校，未竟全功；二是千慮一失，於所校勘諸本，時有失校、誤校現象。

本書共校閱宋明清時期二十餘個《花間集》版本，詳見「凡例」，規模空前。中國大陸圖書館藏宋明清本《花間集》，除吴勉學師古齋刻本未見外，其餘重要版本均曾取校。其中紫芝漫鈔本、鍾人傑本、張尚友本、湯評墨本（二册本與四册本兩種）、汲古閣後印本、明殘本、文治堂本、詞壇合璧本、花間正集本、清刻本等十餘個明清版本，皆是此前校勘《花間集》的學者未曾取校過的本子。對於此前校勘《花間集》的學者取校過的版本，本書皆重加校勘，共改正失校、誤校數百處。僅以號稱精校的李一氓先生《花間集校》爲例，本次校勘，即改正、補充其誤校、失校達一百五十處，其中失校一百三十三處，誤校十七處，涉及《花間集》十八家詞人的一百一十五首詞作。一個頗有意思的現象是，列《花間集》前六卷的詞人詞作，失校、誤校較少，計有四十首五十處；而列《花間集》後四卷的詞人詞作，失校、誤校的情況則相對較多，達七十五首一百處。詳見拙文《〈花間集〉校勘拾零》（二〇一一年《詞學國際學術研討會論文集》）。可見校勘這種瑣碎、疲累的工作，確乎是越到後來越容易懈怠疏忽的。賢哲如李先生，似亦不免。不賢如筆者，恐怕更難保證拙書不會出現新的差錯，這是需要首先在此祈諒於方家時賢的。

自宋迄清，《花間集》版本較多。本次校勘的原則是：兼顧是非、異同，並作相應按斷，一並寫入校勘記中。本來，按照一般的校勘規矩，假借字、異體字是不需出校的。但假借、異體字又確實是兩個書寫不同的字，刻書者選擇書寫不同的假借、異體字，有時也許並不僅是用字習慣問題。並且，假借、異體字也是構成版本的整體風貌的有機組成部分，經常比勘版本的人，一般都會有這樣的體驗，有時對一個版本的鮮明印象，就是和這個本子的用字特點密不可分的。所以，爲了最大限度留存不同版本之真，方便讀者和研究者一册在手，即可詳知各本文字出入、歧異情況，免去手頭版本不全之苦與四處訪書的奔波翻檢之勞，本次校勘對各個版本使用的假借、異體字亦出校記，這是需要特別加以説明的。

（二）人棄我取之版本叙略

對於古今學者重視、熟知的《花間集》版本，筆者不擬再談。對於近人校理《花間集》時不取而爲本書取校之版本，這裏略作叙説。

紫芝漫鈔本：北京大學圖書館藏。此本爲毛扆校明紫芝漫鈔《宋元名家詞》本，係殘本，分上下二卷，略同吴鈔本。惟上下卷前後次序顛倒，且下卷詞人排序與吴鈔本亦有出入。

湯墨本：上海圖書館藏。分二册和四册兩種，皆爲四卷本。前有行楷《花間集序》，署「婁縣季許書」。無總目，卷目爲細目，卷目後有「音釋」。半葉八行，行十八字，眉批、夾批同朱墨套印本，惟文字亦小有出入。

詞壇合璧本：北京大學圖書館藏。「合璧」云者，謂此本彙刻《草堂詩餘》、《花間集》、《詞的》、《四宫詞》等數部著作也。題「楊慎輯」，共兩函十六册，七、八兩册爲《花間集》。半葉八行，行十八字，歐陽炯序、湯顯祖題辭、無暇道人跋、卷目、署名、音釋、批語、行款同湯本。惟文字與湯本小有出入。

文治堂本：青海圖書館藏。此本亦稱湯評，但全書無一條湯顯祖評語。詞作文字正誤與湯本大同小異，應是湯本的翻刻本。

鍾人傑本：上海圖書館藏。即讀書堂本。明天啟四年（一六二四）與《草堂詩餘》合刻，題「合楊升庵批選《花間》、《草堂》二集」。書前無歐陽炯序，有天啟甲子張師繹序與鍾人傑序。分上、下二卷，總目爲簡目。此本以字數多少爲順序，以調集詞，將《花間集》與温博《花間集補》混合編排。書款半葉九行，行十九字，長方宋體，規範美觀。有朱筆、墨筆點斷句逗，有墨點、墨圈標賞佳句。但此本存《花間集》詞僅三百九十四首，存《花間集補》僅五十九首，於二書均有遺漏。卷一、卷二有「新都楊慎品定，武林鍾人傑箋校」題署，但全書實無箋校，僅少數詞作後有簡單評語。

張尚友本：上海圖書館藏。二册本，以正德陸元大覆晁本爲底本，合原書十卷爲上、下二卷，序後有簡目，題署「銀青光禄大夫行衛尉少卿趙崇祚集，姑蘇葑溪後學張尚友重校」。書中遺漏作品於書後補入。後有「右《花間集》二卷」字樣，暨晁謙之跋語。此本半葉十行，行二十二字，詞作上下片以「〇」分隔。有清葉樹廉校並跋，暨民國袁克文跋。

明殘本：上海圖書館藏。此本二册，僅存卷八至卷十，且卷九、卷十爲鈔配，有清劉毓家跋。卷八爲一册，半葉十行，行十八字。卷九、卷十爲一册，正楷鈔補，行款同卷八。卷十後有晁謙之題跋，末有「正德辛巳吴郡陸元大宋本重梓」字樣，知此殘本係出陸本。

汲古閣後印本：上海圖書館藏。此本四册，歐陽烱序後爲花間集目録，係詳目。每卷前又有分卷細目。版心有「汲古閣」、「毛氏正本」字樣。半葉九行，行二十字。字體美觀，朱筆斷句。書後有陸游二跋和毛晉二跋。乃毛氏汲古閣刻《詞苑英華》本之後印本。

花間正集本：南京圖書館藏。清康熙十七年金張介山等校刻，因校刻者把《花間集》未收的唐五代詞人詞作另輯爲《花間續集》一卷，故稱《花間集》爲《花間正集》。此本分上、下二卷，有金張介山康熙戊午《刻正續花間集自序》，序後爲陸游二跋與毛晋二跋，知此書係出毛氏汲古閣本。書前總目爲詳目。半葉九行，行二十字，與毛本同。校勘較精，文字與毛本爲近。每葉左右上角均缺損一二字不等。

清刻本：上海圖書館藏。此本歐陽炯序後爲陸游二跋與毛晋二跋，是知亦出毛本。「繡」作「綉」、「鶯」作「鸎」、「暮」作「莫」，字體使用習慣皆同毛本。對毛本錯字亦加是正，如將毛本「團蘇」改作「團酥」等。總目爲簡目，卷目爲詳目，又同晁本、陸本。同調連章接排，不以「其……」或「又」標示。半葉十行，行二十字。書前無題辭，書後無跋語，書中無批校文字，朱筆斷句、圈點，校刻較精。

（三）各本《花間集》總目簡介

最後再簡單介紹一下各本《花間集》總目異同。擇爲本書校勘底本的晁本，書前總目爲簡目。宋明清《花間集》諸本總目，以毛本最爲詳備。本書因重新編列《花間集校注》目録，爲避免重複，未採毛本之總目。但爲了存留版本之真，讓讀者瞭解底本、毛本暨各本總目真相，這裏將宋明清各本《花間集》總目分爲無總目、總目爲簡目、總目爲詳目三類，略加介紹如下：

書前無總目：鄂本、湯評本、湯墨本、合璧本、雪本、四印齋本書前無總目。鄂本於每卷前列卷目，爲詳目；正文同調各首連排，不以「其……」或「又」標示。四印齋本同鄂本。湯本爲四卷本，朱墨套印本每卷前列詳目，正文同調第二首起以「其……」標示；墨本、合璧本同套印本。雪本《花間集》與《花間集補》合一，以調集詞，分上、下二卷，無總目與卷目。

書前總目爲簡目：晁本序後簡目作「花間集一部十卷，銀青光禄大夫行衛尉少卿趙崇祚集。温助教庭筠六十六首，皇甫先輩松十一首，韋相莊四十七首，薛侍郎昭蘊十九首，牛給事嶠三十三首，張舍人泌二十七首，毛司徒文錫三十一首，牛學士希濟十一首，歐陽舍人炯十七首，和學士凝二十首，顧太尉敻五十五首，孫少監光憲六十一首，魏太尉承斑十五首，鹿太尉虔扆六首，閻處士選八首，尹參卿鶚六首，毛秘書熙震三十首，李秀才洵三十七首」。徐本序後簡目同晁本。陸本、影刊本序後簡目除「温庭筠」作「温廷筠」、李洵「三十七首」作「三十一首」外，與晁本同。茅本序後簡目作「花間集叙目」，除「温庭筠」作「温廷筠」、顧敻「五十五首」作「十七首」、李洵「三十七首」作「三十一首」外，與晁本同。玄本序後簡目作「花間集叙目」，除「温庭筠」作「温廷筠」、牛嶠「三十三首」作「三十二首」、孫光憲「六十一首」作「六十首」、毛熙震「三十首」作「二十九首」外，與晁本同。張本序後簡目作「花間集上下二卷目録，銀青光禄大夫衛尉少卿趙崇祚集」，朱筆改「上下二卷」爲「一部十卷」，圈去「目録」二字，簡目除「温庭筠」作「温廷筠」、「張泌」作「張秘」、「李洵」「三十七首」作「李珣」「三十一首」外，與晁本同。影刊本簡目在序前，除「温庭筠」作「温廷筠」、李洵「三十七首」作「三十一首」外，與晁本同。清刻本序後作「花間集目録」，列十卷簡目。

書前總目爲詳目：鍾本係二卷本，以調集詞，且將《花間集補》作品與《花間集》混編，此處略去各調細目。吴鈔本爲二卷本，序後作「花間集總目」，依次爲「唐温助教詞六十六首，唐皇甫先輩詞十二首，唐毛秘書詞二十九首，唐牛給事詞三十二首，唐韋相詞四十八首，唐歐陽舍人詞十七首，唐和學士詞二十首，唐張舍人詞二十七首，唐薛侍郎詞十九首」；薛昭藴詞後，爲「花間集總目下」，依次爲「唐毛司徒詞三十一首，唐顧太尉詞五十五首，唐魏太尉詞十五首，唐孫少監詞六十首，唐牛學士詞十一首，唐鹿太尉詞六首，唐閻處士詞八首，唐尹參卿詞六首，唐李秀才詞三十七首」，此處略去各家細目。紫芝本係殘本，總目略同吴鈔本，惟上下卷前後次序顛倒，且下卷詞人排序亦與吴鈔本有出入。正本爲二卷本，其「花間正集目録」爲詳目，卷上爲「温庭筠六十六首，皇甫松十一首，韋莊四十七首，薛昭藴十九首，牛嶠三十一首，張泌二十七首」，卷下爲「毛文錫三十一首，牛希濟十一首，歐陽炯十七首，和凝二十首，顧敻五十五首，孫光憲六十首，魏承班十五首，鹿虔扆六首，閻選八首，尹鶚六首，毛熙震二十九首，李珣三十七首」，此處略去各家細目。毛本爲十卷本，總目完備，依次爲：「卷一，温庭筠五十首；卷二，温庭筠十六首，皇甫松十一首，韋莊二十二首；卷三，韋莊二十五首，薛昭藴十九首，牛嶠五首；卷四，牛嶠二十六首，張泌二十三首；卷五，張泌四首，毛文錫三十一首，牛希濟十一首，歐陽炯四首；卷六，歐陽炯十三首，和凝二十首，顧敻十八首；卷七，顧敻三十七首，孫光憲十三首；卷八，孫光憲四十七首，魏承班二首；卷九，魏承班十三首，鹿虔扆六首，閻選八首，尹鶚六首，毛熙震十六首；卷十，毛熙震十三首，李珣三十七首。」此處略去各家細目。後印本、四庫本同毛本。文治堂本總目與毛本略同，惟卷十毛熙震無「木蘭花一首」。

筆者竭十年之駑鈍成此書，冀爲「長短句之宗」《花間集》添一較爲完善之新本。蓋用力如彼，而拙陋如斯，可勝歎哉！這篇已顯過長的「前言」，到此應該打住了。

楊景龍

二〇一四年八月

凡例

一、本書爲詞史上第一部文人詞總集《花間集》的校勘、箋注、疏解、集評本。

二、本書的正文部分，爲《花間集》十卷五百首詞作的校勘、箋注、疏解、集評，《花間集》未收詞、存目詞、題跋敘録、詞人總評分置各家之後。

三、本書的附録部分，依次爲温博《花間集補》、金張介山等《花間續集》目録、《花間集》詞人傳記資料、《花間集》詞人著述存目、《花間集》題跋敘録、《花間集》總評、歷代重要詞選詞譜收録《花間集》作品篇目等七種。

四、爲方便讀者總體瞭解，本書摭拾相關文獻資料，爲《花間》十八家詞人各立一小傳，簡介其生平創作，分置於各家名下。

五、本書以南宋紹興十八年晁謙之建康郡齋本《花間集》爲底本，參校各本，校勘所用版本及簡稱、藏地列出如下：

宋紹興十八年刊晁謙之跋本　底本　晁本　國家圖書館藏

宋淳熙刊鄂州册子紙本　校本　鄂本　國家圖書館藏

明紫芝漫鈔本　校本　紫芝本　北京大學圖書館藏

明吴訥輯《唐宋名賢百家詞》鈔本　校本　吴鈔本　天津圖書館藏

明正德十六年陸元大覆晁本　校本　陸本　上海圖書館藏

明萬曆八年茅氏淩霞山房刊本　校本　茅本　上海圖書館藏

明萬曆三十年玄覽齋刊巾箱本　校本　玄本　上海圖書館藏

明萬曆四十八年刊湯顯祖評朱墨本　校本　湯評本　國家圖書館藏

明萬曆間刊湯顯祖評墨本　校本　湯墨本　上海圖書館藏

明文治堂刊湯顯祖評本　校本　文治堂本　青海圖書館藏

明朱之蕃詞壇合璧本　校本　合璧本　北京大學圖書館藏

明天啟四年刊鍾人傑合刻花間草堂本　校本　鍾本　上海圖書館藏

明張尚友刊本　校本　張本　上海圖書館藏

明雪豔亭活字印本　校本　雪本　李一氓先生藏

明毛氏汲古閣刊本　校本　毛本　上海圖書館藏

明毛氏汲古閣刻後印本	校本	後印本	上海圖書館藏
明刻殘本	校本	殘本	上海圖書館藏
清康熙十七年刻花間正集本	校本	正本	南京圖書館藏
清四庫全書本	校本	四庫本	（文淵閣本）
清刻本	校本	清本	上海圖書館藏
清光緒十四年邵武徐氏重刻本	校本	徐本	上海圖書館藏
清光緒十九年王鵬運四印齋所刻詞本	校本	四印齋本	上海圖書館藏
民國吴氏雙照樓景刊宋元本詞本	校本	影刊本	上海圖書館藏
《全唐詩》附詞	校本	全本	（揚州詩局本）
王國維《唐五代二十一家詞輯》本	校本	王輯本	上海圖書館藏

六、本書除比勘上列諸本外，收録《花間》詞的歷代重要詞選、詞譜，暨唐五代詞總集等，亦加參校，此處不再一一列出。

七、《花間集》自宋迄清，版本較多，爲方便讀者和研究者一册在手，詳知各本文字出入、歧異情況，本次校勘兼顧是非、異同，並作相應按斷，一並寫入校勘記中。

八、原則上不改動底本原文，底本顯誤而據他本改正者，在校勘記中説明。

九、本書對前人已校過的部分版本，皆重加校勘，以改正誤校，增補漏校。

十、底本序後總目係簡目。宋明清《花間集》諸本總目，以毛本最爲詳備。本書因重新編列目録，未採毛本總目。

十一、箋注體例爲語詞詮釋在前，句意詮釋與引證例句在後。所引例句，儘量選擇時代早出者，至遲不晚於《花間集》成書的五代時期。

十二、對《花間集》五百首詞，均作意藴和詞藝之簡要疏解。

十三、书中酌採前修時賢的相關成果，原則上均注明出處。限於體例無法注明者，在此並致謝忱。

十四、詞作評語、詞人總評、《花間集》總評，以萃集、揀擇古近代人之評點爲主，現當代名家評語，酌加採摘。評語排列依時代先後爲序。

十五、《花間集》少數作品之「本事」，不立專項，並入「集評」。

十六、限於篇幅，不録《花間》詞人年譜，將之存目於詞人傳記資料之後。

花間集序①

武德軍節度判官歐陽炯撰②

鏤玉雕瓊③，擬化工而迥巧④；裁花剪葉，奪春豔以爭鮮⑤。是以唱雲謡則金母詞清⑥；挹霞醴則穆王心醉。名高白雪⑦，聲聲而自合鸞歌；響遏行雲⑧，字字而偏諧鳳律⑨。楊柳大堤之句，樂府相傳；芙蓉曲渚之篇，豪家自製。莫不爭高門下，三千玳瑁之簪⑩；競富樽前⑪，數十珊瑚之樹。則有綺筵公子⑫，繡幌佳人，遞葉葉之花箋，文抽麗錦⑬；舉纖纖之玉指，拍按香檀。不無清絶之辭⑭，用助嬌嬈之態⑮。自南朝之宫體，扇北里之倡風⑯。何止言之不文，所謂秀而不實⑰。有唐已降⑱，率土之濱，家家之香逕春風，寧尋越豔；處處之紅樓夜月⑲，自鎖嫦娥⑳。在明皇朝，則有李太白應制《清平樂》詞四首㉑。近代温飛卿復有《金筌集》。邇來作者，無愧前人。今衛尉少卿字弘基，以拾翠洲邊，自得羽毛之異；織綃泉底，獨殊機杼之功[22]。廣會衆賓，時延佳論[23]。因集近來詩客曲子詞五百首，分爲十卷[24]。以炯粗預知音[25]，辱請命題，仍爲序引[26]。昔郢人有歌陽春者[27]，號爲絶唱[28]，乃命之爲《花間集》[29]。庶以陽春之甲[30]，將使西園英哲[31]，用資羽蓋之歡[32]；南國嬋娟，休唱蓮舟之引。時大蜀廣政三年夏四月日序[33]。

【校　記】

①鄂本無此四字，他本皆有，正本作「花間正集原序」，四庫本作「花間集原序」。

②鄂本、湯本於序前無題名，毛本、後印本、正本、清刻本僅署「歐陽炯」，茅本、玄本、雪本署「唐歐陽炯撰」，今從晁本、紫芝本、吴鈔本、陸本、徐本、影刊本。

③雕：晁本作「彫」。

④擬：鄂本、湯墨本、文治堂本作「儗」。

⑤奪：鄂本、湯本、合璧本、文治堂本作「效」。

⑥金母：紫芝本作「金毋」。

⑦白雪：鄂本、吴鈔本作「白雲」。

⑧行雲：從鄂本、湯本、四印齋本。他本均作「青雲」，與「白雪」相對。列子「響遏行雲」句爲其所本。

⑨玄本「聲聲」、「字字」二句均無「而」字。
⑩爭高門下：玄本作「爭門高下」。玭瑁：後印本、正本、清刻本、徐本作「瑇瑁」。
⑪競：晁本、陸本、徐本、影刊本缺末筆避諱。紫芝本、合璧本作「兢」。張本作「竟」，誤。樽：晁本、陸本、玄本、張本、影刊本作「罇」，紫芝本、吴鈔本、合璧本、文治堂本作「尊」。
⑫綺筵：玄本、四部叢刊本作「錦筵」。
⑬抽：鄂本作「柚」，誤。
⑭辭：晁本、吴鈔本、陸本、茅本、合璧本、文治堂本、後印本、影刊本作「辭」，他本作「詞」。
⑮嬌嬈：晁本、影刊本作「嬌饒」，徐本「饒」墨校爲「嬈」。吴鈔本作「嬌妖」，誤。
⑯倡：李一氓《花间集校》作「娼」。
⑰所謂：正本作「所以」。
⑱已：文治堂本作「以」。
⑲玄本、雪本「家家」、「處處」兩句無「之」字。
⑳鎖：晁本作「瑣」，據他本改。嫦娥：晁本、陸本、茅本、張本、徐本、影刊本作「常娥」。
㉑「李太白」下湯本、合璧本、文治堂本、四印齋本有「之」字。「樂詞」，鄂本、湯本、合璧本、文治堂本、四印齋本作「樂調」。
㉒殊：吴鈔本作「珠」。

㉓佳論：正本作「嘉論」。

㉔十卷：吴鈔本、正本作「十卷」，實並爲「上下」二卷；玄本作「十二卷」，雪本據玄本亦作「十二卷」，但實並作兩卷；湯本作「十卷」，但實並作「四卷」。張本作「分爲上下二卷」。

㉕粗預：紫芝本、吴鈔本無此二字。粗：正本作「麁」。預知：鄂本作「知預」。

㉖序引：湯本、合璧本作「叙引」。

㉗陽春：後印本作「昜旾」。

㉘绝唱：正本作「繼唱」。

㉙乃命：雪本作「乃合」。

㉚鄂本、湯本、四印齋本無「庶以」句，毛本、正本、四庫本、清刻本「甲」作「曲」。《花間集校》曰：「陽春之甲於義未安，陽春之曲文義雖正，但既重上文，又與下駢句不接應。今從鄂本、湯本删去。」

㉛將使：鄂本、湯本、合璧本、四印齋本作「庶使」，《花間集校》曰：「他本皆作『將使』，因前贅一『庶以陽春之甲』句，故改『庶』爲『將』。」西：毛本作「卤」。

㉜羽蓋：鄂本、湯本、文治堂本作「羽盂」，非。

㉝鄂本序前無題名，故序末作「唐廣政三年夏四月大蜀歐陽烱序」。湯本、合璧本、文治堂本如鄂本，皆於後蜀孟昶年號「廣政」前冠一「唐」字，非。四印齋本序末署「廣政三年夏四月大蜀

歐陽炯叙」。四庫本序前亦無題名，序末作「時大蜀廣政三年夏四月日歐陽炯序」。雪本序後無年月。玄本序後作「萬曆壬寅孟夏玄覽齋重梓」。晁本、陸本、吴鈔本、毛本、後印本、正本、清刻本、徐本、影刊本序後作「時大蜀廣政三年夏四月日序」。

花間集校注卷一　五十首

温助教庭筠　五十首①

菩薩蠻　十四首　更漏子　六首
歸國遥　二首　酒泉子　四首
定西番　三首　楊柳枝　八首
南歌子　七首　河瀆神　三首
女冠子　二首　玉胡蝶　一首②

【校　記】

①鄂本作「花間集卷第一」，「温助教庭筠五十首」，下列細目。紫芝本、吴鈔本序後作「花間集

總目」，不分卷，每家名下列首數、細目。陸本、影刊本作「花間集卷第一」，「銀青光禄大夫行衛尉少卿趙崇祚集」，「温廷筠五十首」，無細目。茅本作「花間集卷第一」，「唐趙崇祚集，明温博點句，茅一楨校釋」，「温廷筠五十首」。玄本作「花間集卷一」，「唐衛尉少卿趙崇祚集」，「温廷筠四十四首」。張本作「花間集上卷」，「銀青光禄大夫行衛尉少卿趙崇祚集，姑蘇葑溪後學張尚友重校」。湯本、合璧本作「花間集卷之一」，「唐趙崇祚集，明湯顯祖評」，下列細目，附音釋。鍾本作「花間集卷之一」，「新都楊慎品定，錢塘鍾人傑箋校」，下列細目。毛本、後印本、清刻本作「花間集卷一，五十首」，「温助教庭筠五十首」，下列細目。正本作「花間正集卷上」，「浙西卓長齡蔗村、金張介山、吴卜雄震一、卓松齡丹崖仝校」。四庫本作「花間集卷一，五十首」，「後蜀趙崇祚編」，下列細目。

②胡：紫芝本、吴鈔本、湯本、合璧本、張本作「蝴」。

温庭筠

【小　傳】

温庭筠（八一二—八七〇），本名岐，字飛卿，太原祁（今山西祁縣）人。相貌醜陋，人稱「温鍾馗」。少敏悟，工爲辭章，詩與李商隱齊名，時號「温李」。初至京師，人士翕然推重。才思敏捷，每入試，八吟或八叉手成八韻，人稱「温八吟」、「温八叉」。然放浪不羈，生性傲岸，又恃才詭激，好譏嘲權貴，取憎於時，尤爲宰相令狐綯所不容，由是累年不第。宣宗大中十三年（八五九），爲隨縣尉，後改方城尉，終國子助教。坎坷一生，流落而死。生平事蹟見《舊唐書》卷一九〇、《新唐書》卷九一、《唐詩紀事》卷五四、《唐才子傳》卷八、夏承燾《温飛卿繫年》。著述參見本書「附録」四。歐陽炯《花間集序》稱温詞原有《金筌集》，未言卷數篇目。清顧嗣立跋《温飛卿詩集》謂見宋刻《金荃詞》一卷，然此本未見公私著録、流傳。近人劉毓盤、王國維均輯有《金荃詞》一卷。今存温詞，《花間集》録六十六首，另從彊村本《尊前集》補録一首，從稗海本《雲溪友議》補録二首，共六十九首。

菩薩蠻〔一〕 温助教庭筠①

小山重疊金明滅〔二〕。鬢雲欲度香腮雪②〔三〕。懶起畫蛾眉③，弄粧梳洗遲〔四〕。　照花前後鏡④，花面交相映⑤〔五〕。新帖繡羅襦⑥。雙雙金鷓鴣⑦〔六〕。

【校　記】

① 明楊慎改「蠻」爲「鬘」，又作「菩薩鬘」。毛本、後印本、正本、四庫本、詞苑英華本《唐宋諸

賢絶妙詞選》作「鬘」。晁本此處直署姓名，不署職銜。紫芝本、吴鈔本作「唐温助教詞」，「温庭筠」，「菩薩蠻十四首」。張本作「菩薩蠻十四首，温廷筠」，朱筆改爲「温廷筠五十首」。毛本、後印本作「菩薩鬘，温廷筠」。合璧本作「温庭筠，菩薩蠻」。清刻本作「菩薩鬘，温助教庭筠」。庭筠：陸本、茅本、玄本、張本、鍾本、影刊本均作「廷筠」。

②香：雪本作「春」。腮：底本、玄本、四庫本作「顋」。雪：詞苑英華本《唐宋諸賢絶妙詞選》作「雲」。

③懶：正本、四庫本作「嬾」。畫：玄本作俗體「画」。蛾：王輯本《金荃詞》作「娥」。

④鏡：晁本、陸本、影刊本作「鏡」，缺末筆。

⑤面：底本、玄本作「靣」。交相映：紫芝本、吴鈔本作「相交映」。

⑥新帖句：詞苑英華本《唐宋諸賢絶妙詞選》作「新着綺羅褥」。帖：同「貼」，紫芝本、吴鈔本、鍾本作「貼」。羅：王輯本作「罗」。

⑦雙雙：王輯本作「双双」。

【箋　注】

〔一〕菩薩蠻：屬燕樂二十八調之「夾鐘宫」，俗稱「中吕宫」，《金奩集》入「中吕宫」。雙調四十四字，有平仄韻互叶、平仄韻互叶不换韻、三聲叶韻諸體。平仄韻互叶體見《尊前集》李白詞「平林漠漠煙如織」，平仄韻互叶不换韻見《敦煌歌辭總集》唐無名氏詞「霏霏點點回塘雨」，三聲叶韻體見《絶妙好詞箋》卷五宋樓扶詞「絲絲楊柳鶯聲近」。華鍾彦《花間集注》曰：「此調爲李白創制。」宋釋文瑩《湘山野録》曰：「魏泰得古風集于曾子宣家，始知鼎州滄水驛所題詞（即「平林漠漠煙如織」一首），爲李白作。」唐玄宗時，崔令欽作《教坊記》載有此調。楊憲益《零墨新箋·李白與菩薩蠻》云，《菩薩蠻》係緬甸古樂，玄宗時傳入，乃《驃苴蠻》、《符詔蠻》之音譯。敦煌曲子詞中現存多首《菩薩蠻》，即有盛中唐時之作品。然蘇鶚《杜陽雜編》曰：「大中初，女蠻國貢雙龍犀、明霞錦。其國人危髻金冠，瓔珞被體，故謂之菩薩蠻。當時倡優遂制《菩薩蠻》曲，文士亦往往聲其詞。」以爲此調乃宣宗大中時作。胡應麟《少室山房筆叢》亦疑太白時尚未有詞，胡震亨《唐音癸籤》卷十三曰：「今《李太白集》有其詞（指《菩薩蠻》），後人妄託也。」浦江清《詞的講解》曰：「《菩薩蠻》疑從信奉佛教的邊裔之國進奉，由佛曲脱化而出，後爲宫中舞曲，始盛于宣、懿之世。崔令欽《教坊記》雖已著録，但崔氏之書可能爲後人所補綴。……温飛卿好遊狹斜，又能逐弦吹之音，爲側豔之詞，正當宣宗大中初年，當時倡優好此新曲，飛卿遂倚聲爲詞，本作倡優之樂府，原非宫詞也。」孫光憲《北夢瑣言》曰：「温庭筠……才思姸麗，工於小賦。宣宗愛唱《菩薩蠻》詞，令狐相國假其新撰，密進之。」據此，十四首《菩薩蠻》或大中四年至十三年（八五〇—八五九）令狐綯爲相時作。故傅璇琮《唐五代文學編年史》酌編於大中六年（八五二）

前後。

〔二〕小山句：許昂霄《詞綜偶評》云：「『小山重疊金明滅』，『小山』蓋指屏山而言。」李冰若《花間集評注·栩莊漫記》：「『小山』，當即屏山，猶言屏山之金碧晃靈也。此種雕鏤太過之句，已開吴夢窗堆砌晦澀之徑。」華鍾彦《花間集注》云：「小山，屏山也。金，日光也。屏山之上，日光動盪，故明滅也。温庭筠《郭處士擊甌歌》云『晴碧煙滋重疊山，羅屏午掩桃花月』。又《歸國遥》云：『曉屏山斷續。』皆其證。一説小山，謂髮也，言雲髻高聳，如小山之重疊也。陳陶詩：『低叢小鬟膩倭墮，碧牙鏤掌山參差。』陸游詩：『遠山何所似，倭墮千髻緑。』皆其證。金，鈿餌之屬。」俞平伯《讀詞偶得》云：「『小山』，屏山也，其另一首『枕上屏山掩』可證。『金明滅』三字狀初日生輝與畫屏相映。日華與美人連文，古代早有此描寫，見《詩·東方之日》、《楚辭·神女賦》，以後不勝枚舉。此句從寫景起筆，明麗之色現於毫端。」浦江清《詞的講解》云：「『小山』可以有三個解釋。一謂屏山，其另一首『枕上屏山掩』可證，『金明滅』指屏上彩畫。二謂枕，其另一首『山枕隱穠妝，緑檀金鳳凰』可證，『金明滅』指枕上金漆。三謂眉額，飛卿《遐方怨》云『宿妝眉淺粉山横』，又本詞另一首『蕊黄無限當山額』，『金明滅』指額上所傅之蕊黄，飛卿《偶遊》詩『額黄無限夕陽山』是也。三説皆可通，此是飛卿用語晦澀處。」吴世昌《詞林新話》卷二云：「『小山』，或謂指『眉山』，或謂指『屏山』，或謂指畫屏上之畫景，按各説均誤。『小山』，山枕也。枕平放，故能重疊，『屏山』、『畫景』豎立，豈能重疊？如何疊法？豈得『金明滅』？下接『鬢雲度腮』，可見猶藉枕未起，若已起床離枕，則髮不能度腮。次韻又加『懶起』二字，證其未起。若爲『屏山』、『畫景』，則與下文『鬢雲』及『懶起』均不相干矣，只有作『山枕』解，方能全首貫通。山枕之名《花間集》屢見，如『山枕上，私語口脂香』。『金明滅』者，謂枕上金線之花紋隨螓首之轉側時可見時不可見也。此金線與下文『金鷓鴣』同，參見『苦恨年年壓金線，爲他人作嫁衣裳』。」夏承燾《唐宋詞欣賞》云：「『小山』是指眉毛（唐明皇造出十種女子畫眉的樣式，有遠山眉、三峰眉等等。小山眉是十種眉樣之一），『小山重疊』即指眉暈褪色。『金』是指額黄（在額上塗黄色叫『額黄』，這是六朝以來婦女的習尚）。『金明滅』是説褪了色的額黄有明有暗。」沈從文《中國古代服飾研究》曰：「中晚唐時，婦女髮髻效法吐蕃，作『蠻鬟椎髻』式樣，或上部如一棒槌，側向一邊，加以花釵梳子點綴其間……當成裝飾，講究的用金、銀、犀、玉或牙等材料，露出半月形梳背，有的多到十來把的。……『小山重疊金明滅』，即對當時婦女髮間金背小梳而詠。……所形容的，也正是當時婦女頭上金、銀、牙、玉小梳背在頭髮間重疊閃爍情形。」綜合諸家，計有「小山屏」、「小山枕」、「小山眉」、「小山髻」四説，似均可通，而以「小山屏」較勝。細繹詞的層次，首句先寫遮護女子卧榻之屏風，而後及於榻上已醒未起之女子，是爲第二句所寫内容。

〔三〕鬢雲句：鬢雲，形容女性鬢髮美如烏雲。《樂府詩集》卷四六《讀曲歌》：「花釵芙蓉髻，雙鬢如浮雲。」度，度越。香腮雪，既香且白的臉腮。許昂霄《詞綜偶評》曰：「猶言鬢絲撩亂也。」俞平伯《讀詞偶得》曰：「第二句寫未起之狀，古之帷屏與床榻相連。『鬢雲』寫亂髮，呼起全篇弄妝之文。『欲度』二字似難解，卻妙。譬如改作『鬢雲欲掩』，徑直易明，而點金成鐵矣。此不但寫晴日下之美人並寫晴日小風下之美人，其巧妙固在此難解之二字耳。難解並不是不可解。」俞平伯《唐宋詞選釋》曰：「『度』字含有飛動意。」浦江清《詞的講解》曰：「『度』，過也，是一輕軟的字面。非必鬢髮鬅鬆，斜掩至頰，其借力處在『雲』、『雪』兩字。鬢既稱『雲』，又比腮於『雪』，於是兩者之間若有關涉，而此『雲』乃有出岫之動態，故曰『欲度』。」

〔四〕懶起二句：寫女子起床後畫眉、梳妝情形。蛾眉，蠶蛾觸鬚細長彎曲，以喻女子眉毛。《詩經·衛風·碩人》：「螓首蛾眉，巧笑倩兮，美目盼兮。」弄粧：「粧」用同「妝」，妝飾，打扮。南朝梁何遜《詠舞》：「逐唱回纖手，聽曲轉蛾眉。」唐施肩吾《夜宴曲》：「碧窗弄粧梳洗晚，户外不知銀漢轉。」俞平伯《讀詞偶得》曰：「三、四兩句一篇主旨，『懶』、『遲』二字點睛之筆，寫豔俱從虚處落墨，最醒豁而雅。欲起而懶，弄妝則遲，情事已見。『弄妝』二字，『弄』字妙，大有千回百轉之意，愈婉愈温厚矣。」

〔五〕照花二句：寫女子簪花、照鏡。前後鏡，俞平伯《唐宋詞選釋》曰：「這裏寫『打反鏡』，措詞簡明。」即用前後兩面鏡子對照，瞻前顧後，審視髻鬟簪戴是否妥帖完美。花面句，寫女子鬢髮所簪之花與面頰在鏡中交相映襯、比美。南朝梁蕭綱《和林下妓應令詩》：「泉將影相得，花與面相宜。」

〔六〕新帖二句：帖，同「貼」，貼金，將用金箔剪成或金線繡成的飾物圖案貼在衣服上。或謂貼絹，黄進德《唐五代詞選集》曰：「貼，指堆綾、貼絹法，以彩色綾絹照圖案需要剪好釘在衣料上。」或謂「穿緊身衣」，吴世昌《詞林新話》卷二曰：「『帖』通『貼』，或以『貼』與下文『金』字遥接，解爲『貼金』，亦誤。按『貼』，穿緊身衣也，與下文『金』字無涉。羅襦上本有金線繡成之金鷓鴣也。穿緊身衣用『貼』字描摹盡矣。」羅襦，絲羅短襖。《説文》段注引《急就篇》顔注：「短衣曰襦，自膝以上。」漢樂府《陌上桑》：「緗綺爲下裙，紫綺爲上襦。」唐盧照鄰《長安古意》：「羅襦寶帶爲君解，燕歌趙舞爲君開。」金鷓鴣：指羅襦上貼之金色鷓鴣圖案。鷓鴣，鳥名，參見晉崔豹《古今注·鳥獸》或《本草綱目·禽部》，形似鶴鶉，俗謂其鳴聲曰「行不得也哥哥」。浦江清《詞的講解》曰：鷓鴣是舞曲，伎人衣上畫鷓鴣，「故知飛卿所寫正是伎樓女子」。

【疏　解】

此首閨怨之作。詞寫閨中獨處的女子晨起梳妝過程，表現其傷春傷别情懷。藻采綺豔，抒情深曲。首句寫閨房屏山曲折有致、日光初照明滅閃爍的景況。次句特寫，屏邊枕畔、春睡初醒的女子鬢髮如雲，香腮似雪，「欲度」見其欲遮未遮之狀，如雲之烏髮映襯如雪之香腮，髮愈青而腮愈白。「香腮雪」三字聚焦女子臉腮，先以「香」在前寫其氣息，再以「雪」綴後描其顔色。「香雪」二字修飾中心詞「腮」，可謂色香俱佳。「鬢雲欲度香腮雪」七字，實有畫筆難傳之妙，文字所引發的想像聯想，其表現力是高過任何色彩畫圖的。「懶起」兩句承前，轉寫女子起床、梳洗、畫眉、弄妝的一系列動作，而用「懶」、「遲」二字點睛傳神，見出她的怠倦情態。這兩句以「懶」字領起，復以「遲」字收束，遣詞造句，安排十分講究。由「鬢雲」句知其爲青春女性，一夜睡眠之後，體力又得到恢復，人本該情緒飽滿精神振作的，可她爲什麽會無精打采地「懶起」呢？結合下文「雙雙金鷓鴣」一句暗示來看，她若是一位「少女」，則是睡眠觸起了她「盛年處房室」的懷春之情；若是一位少婦，則是睡眠加重了她空房獨守、傷離怨别之恨。「畫蛾眉」即是梳妝打扮之意，「女爲悦己者容」，早早起來，妝成又有誰人看呢？所以她醒了老半天還倚在床上懶得起來。但她終究還是下床了，磨磨蹭蹭地洗臉梳頭，拖拖遝遝地描眉簪花，「遲」字表現的正是她梳妝時一派恍恍惚惚、委靡不振的樣子。陳廷焯《白雨齋詞話》評這兩句云「無限傷心，溢於言表」，似覺言重。但那慵懶遲緩的起床梳洗的動作情態，確實傳達出了詞中女子一段隱約難言的心曲。下片承上繼續描寫女子梳妝，簪花照鏡，人花相映，人耶花耶，人花莫辨，雖無情緒，然美豔已極。結二句寫女子妝成著衣，「雙雙金鷓鴣」的衣飾圖案，反襯出女子的空閨孤獨，至此方暗點題旨。此詞只寫晨起梳妝過程，上片雖有「懶」、「遲」二字表情，但也只描情態，未言原因，僅於詞末描寫衣飾圖案加以暗示。全詞以描寫代抒情，温詞「深美閎約」、「醖釀最深」的特點，於此足見。至於張惠言《詞選》評此詞云「此感士不遇也。……『照花』四句，《離騷》『初服』之意」，則是比興説詞，陳義甚高。飛卿此詞有否以女子之麗色比士子之長才，以女子麗色不偶比士子懷才不遇，疑似之間，全憑讀者解會。

【集　評】

鍾本評語：「新帖繡羅襦，雙雙金鷓鴣」，如此麗語，正復不厭。此《草堂》諸公所不能作，亦不欲作。

卓人月《古今詞統》卷五徐士俊評語：此詞又名《重疊金》，因首句也。

許昂霄《詞綜偶評》：「小山重疊金明滅」，「小山」蓋指屏山而言。「鬢雲欲度香腮雪」，猶言鬢絲撩亂也。「照花前後鏡，花面交相映」，承上梳妝言之。「新帖繡羅襦」，「帖」疑當作「貼」，花庵選本作「著」。

張惠言《詞選》卷一：此感士不遇也。篇法仿佛《長門賦》，而用節節逆叙。此章從夢曉後，領起「懶起」二字，含後文情事；「照花」四句，《離騷》「初服」之意。

譚獻《詞辨》卷一評「懶起」句：起步。

陳廷焯《白雨齋詞話》卷一：所謂沉鬱者，意在筆先，神餘言外。寫怨夫思婦之懷，寓孽子孤臣之感。凡交情之冷淡，身世之飄零，皆可於一草一木發之。而發之又必若隱若現，欲露不露，反復纏綿，終不許一語道破。匪獨體格之高，亦見性情之厚。飛卿詞，如「懶起畫蛾眉，弄妝梳洗遲」，無限傷心，溢於言表。

陳廷焯《雲韶集》卷一：温麗芊綿，已是宋元人門徑。

張德瀛《詞徵》卷一：詞有與風詩意義相近者，自唐迄宋，前人巨制，多寓微旨。……温飛卿「小山重疊」，《柏舟》寄意也。

王國維《人間詞話删稿》：固哉，皋文之爲詞也！飛卿《菩薩蠻》、永叔《蝶戀花》、子瞻《卜算子》，皆興到之作，有何命意？皆被皋文深文羅織。

李冰若《花間集評注·栩莊漫記》：「小山」，當即屏山，猶言屏山之金碧晃靈也。此種雕鏤太過之句，已開吴夢窗堆砌晦澀之徑。「新貼繡羅襦」二句，用十字止説得襦上繡鷓鴣而已。統觀全詞意，諛之則爲盛年獨處，顧影自憐；抑之則侈陳服飾，搔首弄姿。「初服」之意，蒙所不解。

丁壽田等《唐五代四大名家詞》甲篇：此詞表面觀之，固一幅深閨美人圖耳。張惠言、譚獻輩將此詞與以下十四章一併串講，謂係「感士不遇」之作。此説雖曾盛行一時，而今人多持反對之論。竊以爲單就此一首而言，張、譚之説尚可從。「懶起畫蛾眉」句暗示蛾眉謡諑之意。「弄妝」、「照花」各句，從容自在，頗有「人不知而不愠」之概。

劉永濟《唐五代兩宋詞簡析》：此調本二十首，今存十四首，此則十四首之一。二十首之主題皆以閨人因思别久之人而成夢，因而將夢前、夢後、夢中之情事組合而成。此首則寫夢醒時之情思也。首言思婦睡夢初醒，見枕屏而引動離情。「小山重疊」，興起人遠之感；「金明滅」，牽動別久之思。次句言睡餘之態。三、四句，梳妝也；曰「懶」、曰「遲」，以見梳妝時之心情。五、六句，簪花也；花面交映，言其美也。七、八句，著衣也；「雙雙」句，又從見衣上之鳥成雙引起人孤單之感。全首以人物之態度、動作、衣飾、器物作客觀之描寫，而所寫之人之心情乃自然呈現。此種心情，又爲因夢見離人而起者，雖詞中不曾明言，而離愁別恨已縈繞筆底，分明可見，讀之動人。此庭筠表達藝術之高也。

俞平伯《讀詞偶得》：過片以下全從「妝」字連綿而下。……此章就結構論，只一直線耳，由景寫到人，由未起寫到初起，梳洗，簪花照鏡，换衣服，中間並未間斷，似不經意然，而其實針線甚密。本篇旨在寫豔，而只説「妝」，手段高絶。寫妝太多似有賓主倒置之弊，故於結句曰「雙雙金鷓鴣」，此乃暗點豔情，就表面看總還是妝耳。謂與《還魂記・驚夢》折上半有相似之處。

浦江清《浦江清文録・詞的講解》：此章寫美人晨起梳妝，一意貫穿，脈絡分明。論其筆法，則是客觀的描寫，非主觀的抒情，其中只有描寫體態語，無抒情語。易言之，此首通體非美人自道心事，而是旁邊的人見美人如此如此。

廢名《談新詩》：此詞我以爲是寫妝成之後，係倒裝法，首二句乃寫新妝，然後乃説今天起來得晚一點，「懶起畫蛾眉，弄妝梳洗遲」，其實這時眉毛已經畫好了。下半又寫對了鏡子照了又照，總是一切已打扮停當了。「小山重疊金明滅，鬢雲欲度香腮雪」，上句是説頭，温詞另有「蕊黄無限當山額」句，也是把山來説額黄以上。頭上戴了釵頭之類，所謂「翠釵金作股」者是，所以看起來「小山重疊金明滅」了。這一句之佳要待「鬢雲欲度香腮雪」而完成，「鬢雲」固然是詩裏用慣了的字眼，在温詞裏則是想像，於髮曰雲，於頰上粉白則曰雪，而又於第一句「小山」之山引動來的，在詩人的想像裏仿佛那兒的鬢雲也將有動狀，真是在那裏描風捕影，於是「鬢雲欲度香腮雪」矣。這是極力寫一個新妝的臉，粉白黛緑，金釵明滅。然而我們要替他解説那「鬢」的狀態，大約無能爲力，用温庭筠自己的句子或者可以用「楚山如畫煙開」這一句罷。……這正是描畫髮雲與粉雪的界限，而「欲度」二字正是想像裏的呼吸，寫出來的東西乃有生命了。……若「鬢雲欲度香腮雪」決與梳洗的人個性無關，亦不是作者抒情，是作者幻想。他一面想著金釵明滅，華麗不過的事情，一面卻又拉來雪與雲作比興。「鬢雲」因爲亂用慣了自然人人可以用，若與雪度相關，便不是偶然寫來的。

龍榆生《詞曲概論》第二章：他用濃厚的彩色，刻畫一個貴族少婦，從大清早起身，在太陽斜射進來的窗前，慢條斯理地理髮、畫眉、抹粉、塗脂，不斷照著鏡子，一面想著心事。最後梳妝好了，著上繡了成雙小鳥的新衣，又顧影自憐起來，感到獨處深閨的苦悶。他的手法，著實靈巧，而且把若干名詞當了形容詞用，如「雲」字形容髮多，「雪」字形容膚白，又用「欲度」二字將兩種靜態的東西貫串起來，就使讀者感到這美人風韻栩栩如生。在這短短的四十四個字中，情景雙融，神氣畢現。詞的藝術造詣是很高的，可惜所描寫的對象只是一個豔麗而嬌弱的病態美人。

夏承燾《唐宋詞欣賞・温庭筠的〈菩薩蠻〉》：全篇點睛的是「雙雙」兩字，它是上片「懶」和「遲」的根源。全詞描寫女性，這裏面也可能暗寓這位没落文人自己的身世之感。至若清代常州派詞家拿屈原來比他，説「照花前後鏡」四句即《離騷》「初服」之意（見張惠言《詞選》），那無疑是附會太過了（《離騷》：「退將復修吾初服。」「初服」是説我原來穿的衣服）。

又：這首詞代表了温庭筠的藝術風格：深而又密。深是幾個字概括許多層意思，密是一句話可起幾句話的作用。這首詞短短的篇章，一共只八句，而深密曲折如此，這是唐人重含蓄的絶句詩的進一步的演化。

夏承燾《唐宋詞欣賞・詞的轉韻》：這首詞寫一個女子孤獨的哀愁。全詞用美麗的字句，寫她的曉妝：開首寫額黄褪色，頭髮散亂，是未妝之前。三四句是懶妝意緒。五六句是妝成以後對影自憐的心情。最後七八兩句表面還是寫裝扮，她在試衣時忽然看見衣上的「雙雙金鷓鴣」，於是悵觸自己的孤獨的生活。全詞寓意，於最後豁出。「雙雙」二字是全首的詞眼，七八兩句是全文的高峰。但表面還是平叙曉妝過程，好像不轉，實是一個大轉折。這手法比明轉更高。

唐圭璋《唐宋詞簡釋》：此首寫閨怨，章法極密，層次極清。首句，寫繡屏掩映，可見環境之富麗；次句，寫鬢絲繚亂，可見人未起之容儀。三、四兩句叙事，畫眉梳洗，皆事也。然「懶」字、「遲」字，又兼寫人之情態。「照花」兩句承上，言梳洗停當，簪花爲飾，愈增豔麗。末句，言更换新繡之羅衣，忽睹衣上有鷓鴣雙雙，遂興孤獨之哀與膏沐誰容之感。有此收束，振起全篇。上文之所以懶畫眉、遲梳洗者，皆因有此一段怨情蘊蓄於中也。

吴世昌《詞林新話》卷二：此詞全首寫睡時、懶起、梳妝、著衣全部情景，如畫幅逐漸展開，如電影冉冉映演，動中見靜，靜中有動。又有謂金明滅，牽動別久之思，因夢見離人而起，離愁別恨，縈繞筆底云云，真是無中生有，詞中人未做夢，解詞者卻夢囈連篇。復有人謂此詞乃寫一貴族少婦，從大清早起身，在太陽射進來的窗前梳妝，一面想著心事顧影自憐，感到獨處深閨的苦悶云云，如此增字解經，亦不足爲訓。

《百家唐宋詞新話》顧學頡評語：如果用繪畫作比擬，這就是一幅高超的仕女畫——美人春睡圖。上面有小山（屏風），有金，有鬢雲，有香腮，有蛾眉，有妝，有花、鏡、羅襦等等，一望而知，描繪的是一位華貴佳人。形象渲染得如此富麗堂皇，調配的色調尤爲光彩煥發：「明滅」之金鈿，「鬢雲」之烏黑，「香腮」之潔白，花紅、鏡明、羅襦、鷓鴣，五光十色，陸離焜耀，相映相宣，眩眼奪目。用强烈的色調刺激，使人産生一種異樣的感受，達到文字藝術的特殊妙用。

《百家唐宋詞新話》馬興榮評語：一、二句勾勒出一個醒後殘妝、額黄依約、鬢髮蓬鬆的少婦形象。緊接著三、四句中的「懶」、「遲」承前點出了少婦的倦怠。下片筆鋒一轉，寫少婦梳洗之後鏡前「照花」，花面相映，花豔人豔，花嬌人亦嬌。低頭忽見「新貼繡羅襦，雙雙金鷓鴣」。詞至此戛然而止。然少婦命薄如花之感，孤獨寂寞之怨，盡在不言中，給讀者留下思想馳騁的廣闊天地。較之飛卿《憶江南》以「腸斷白蘋洲」作結，勝千百倍矣。

詞的上片寫少婦之嬌慵，下片抒寫少婦之情思。而上下片之間以「殘妝」、「梳洗」、「照鏡」、「視衣」四個畫面一氣貫穿。整首詞，形象鮮明，情意宛轉，欲露不露。張惠言《詞選》云：「此感士不遇也。」未免穿鑿。

蕭繼宗《評點校注花間集》：自皋文倡言比興，亦峰標舉沈鬱，遂使古人詞旨，盡如霧豹雲龍，不可捉摸。《花間》諸作，命意甚明，遣詞非晦，而一經此輩强詞曲解，深文羅織，將無作有，幻實爲虚，舉凡閨帷閒冶之思，倡女逢迎之語，無不以孤臣孽子怨悱忠愛之情釋之。此輩强作解人，如中魔魘，喃喃囈語，累卷不休，後人震於其説，信爲幽深莫測，和而張之，蒸爲瘴霧，歷久不散。試以飛卿此語而論，只寫婦人曉妝，本無深意，何有於怨悱？何關於初服？況飛卿爲人，亦跅弛無行士耳，有何忠愛可言？謂爲美人香草，竊比靈均，其誰能信？以後此等夢囈，聊亦隨文附録，不復一一駁正，讀者自能喻之。《漫記》所云，庶幾近理，惟小山之義，則顯爲誤解，已於注中辨之矣。

其　二①

水精簾裏頗黎枕②。暖香惹夢鴛鴦錦〔一〕。江上柳如煙③。雁飛殘月天④〔二〕。藕絲秋色淺〔三〕。人勝參差剪⑤〔四〕。雙鬢隔香紅〔五〕。玉釵頭上風〔六〕。

【校　記】

①紫芝本、吴鈔本作「又」。陸本、茅本、玄本、湯本、合璧本、張本、徐本、影刊本作「其二」。陸本、茅本、玄本、湯本、合璧本、張本、徐本、影刊本同調組詞第二首起均以「其……」表順序，晁本、鄂本、毛本、正本、四印齋本不加「又」或序號。下同，不另出校。

②水精：李校本作「水晶」。裏：玄本作「裡」。頗黎：詞苑英華本《唐宋諸賢絶妙詞選》作「玻瓈」。彊村本《金奩集》作「珊瑚」。紫芝本、吴鈔本作「玻璃」。

③江：王輯本無「江」字。

④月：《唐宋諸賢絶妙詞選》卷一作「日」。

⑤差：吴鈔本作「羞」，毛本、後印本作「羌」，並誤。

【箋　注】

〔一〕水精二句：謂女子居室之精美、雅潔、温馨。水精簾：即水晶簾，精美的簾子。唐李白《玉階怨》：「卻下水晶簾，玲瓏望秋月。」唐高駢《山亭夏日》：「水晶簾動微風起，滿架薔薇一院香。」水精：即水晶，古稱水玉，多無色透明，可爲飾物，亦有所含礦物質不同而呈黄、紫、灰、黑等色者。《山海經·南山經》：「堂庭之山……多水玉。」注曰：「水玉，今水精也。」唐温庭筠《題李處士幽居》：「水玉簪頭白角巾，瑶琴寂歷拂輕塵。」頗黎：同「玻璃」、「玻瓈」。頗黎亦天然水晶之類，有各種顔色，非後世人工所造者，與水晶同名水玉。《本草綱目》卷八《金》一《玻瓈》：「本作頗黎。頗黎，國名也。其瑩如水，其堅如玉，故名水玉，與水精同名。」惹：撩逗，牽引。鴛鴦錦：指繡有鴛鴦圖案的錦被，即鴛鴦被，省稱鴛衾、鴛被。漢無名氏《古詩十九首》之十八：「文采雙鴛鴦，裁爲合歡被。」唐錢起《長信怨》：「鴛衾久别難爲夢，鳳管遥聞更起愁。」

〔二〕江上二句：或謂寫室外黎明之江景，或謂寫室内女子之夢境。

〔三〕藕絲句：謂衣裳淡白如素秋之色。唐元稹《白衣裳二首》之二：「藕絲衫子柳花裙，空著沉香慢火薰。」唐李賀《天上謡》：「粉霞紅綬藕絲裙，青洲步拾蘭苕春。」温庭筠《歸國謡》：「舞衣無力風斂，藕絲秋色染。」

〔四〕人勝句：謂剪成大小不等的綵勝以爲首飾。人勝：綵勝，花勝，以人日爲之，又像人形，故稱。南朝梁宗懔《荆楚歲時記》：「正月七日爲人日，以七種菜爲羹，剪綵爲人，或鏤金薄爲人，以貼屏風，亦戴之頭鬢。」參差：謂大小不一，姿態各異。唐李商隱《人日即事》：「鏤金作勝傳荆俗，剪綵爲人起晉風。」

〔五〕雙鬢句：花分戴於兩鬢，故曰「隔」。香紅：指花。唐顧況《春懷》：「園鶯啼已倦，樹樹隕香紅。」或謂「香紅」借指女子之面頰，兩鬢烏髮，愈襯出面頰之芳香紅潤。

〔六〕玉釵句：謂釵頭花勝隨人的動作而微顫。華鍾彦曰：「風，顫動。韓偓《安貧》：『手風慵展八行書，眼暗休尋九局圖。』温庭筠《春幡詩》：『玉釵風不定，香步獨徘徊。』是其例。」

【疏　解】

詞寫女子閨夢。起二句描寫水晶簾裏玻璃枕上，暖香氤氳，逗引著鴛鴦錦被中的女子酣然入夢。接二句以江天月夜的清麗景色，烘染女子的夢境。下片轉寫女子的衣服和首飾，香弱可愛，尤其是「風」字，筆致輕靈，表現女子鬢上釵飾的輕微顫動，映襯夢醒之後女子心理的微妙波動，極爲細膩傳神。一字之設，點活了整個下片的人物服飾描寫。此詞理解的重點和難點，在於上片後二句與前二句之間的關係，以下結合全詞，略作申説。詞中所寫女子居室和服飾的華美，意象稠密，詞藻綺麗，色彩濃豔，很能代表温詞風格。好在詞人常以清疏的景語，點染其「蹙金結繡」的詞作，使他的詞不至於到「濃得化不開」的程度。他的代表作十四首《菩薩蠻》，在傾力摹繪女性居室、衣飾、容貌的綺艷詞句中，往往調劑以清新明麗的自然景物描寫，濃淡相濟，疏密相間，收相反相成之效。即如「江上」兩句，緊接「水晶簾裏頗黎枕，暖香惹夢鴛鴦錦」之後，章法安排的匠心正在於此。但對於「江上」二句與前二句在意脈上的聯繫，各家理解分歧很大。清人張惠言、陳廷焯認爲這兩句是寫「夢境」；近人浦江清認爲是寫「樓外景物」；夏承燾認爲上片四句分寫居者、行者兩種人物兩種環境；而俞平伯又説「千載之下，無論識與不識，解與不解，都知是好言語矣」。葉嘉瑩更進一步發揮俞說：「但賞其色澤、音節、意象之美，或者尚不無可取也。」二家則是以審美直覺來不解解之。細讀上下文，「江上」二句當是以江天月夜的大背景來烘托居室香閨的小環境，除點明時間爲春曉、地點爲江畔外，江上的水霧，柳梢的輕煙，北歸的飛雁，微明的殘月等意象，共同組合成淒清朦朧的意境，更襯出閨閣的靜謐、香夢的沉酣和夢中人心意的幽眇微茫。詞人已把室內室外兩組精美清麗的畫面出色地組接在一起，個中況味聽憑解會。温詞表情的深隱，於此可見一斑。

【集評】

楊慎《升庵詩話》卷十一：王右丞詩：「楊花惹暮春。」李長吉詩：「古竹老梢惹碧雲。」温庭筠詞：「暖香惹夢鴛鴦錦。」孫光憲詞：「六宮眉黛惹春愁。」用「惹」字凡四，皆絶妙。

鍾本評語：「雁飛殘月天」，真詞手。

田藝蘅《留青日札》卷四：詩中用「惹」字，有有情之「惹」，有無情之「惹」。惹，縫也，亂也，引著也。隋煬帝「被惹香黛殘」，賈至「衣冠身惹御爐香」，古辭「至今衣袖惹天香」，温庭筠「暖香惹夢鴛鴦錦」，孫光憲「眉黛惹春愁」，皆有情之「惹」也。王維「楊花惹暮春」，李賀「古竹老梢惹碧雲」，皆無情之「惹」也。

卓人月《古今詞統》卷五徐士俊評語：「藕絲秋色染」，牛嶠句也。「染」、「淺」二字皆精。

張惠言《詞選》卷一：「夢」字提，「江上」以下，略叙夢境。「人勝參差」，「玉釵香隔」，言夢亦不得到也。「江上柳如煙」是關絡。

譚獻《詞辨》卷一評「江上柳如煙」句：觸起。

吴衡照《蓮子居詞話》卷一：飛卿《菩薩蠻》云：「江上柳如煙。雁飛殘月天。」《更漏子》云：「銀燭背，繡簾垂。夢長君不知。」《酒泉子》云：「月孤明，風又起，杏花稀。」作小令不似此著色取致，便覺寡味。

陳廷焯《白雨齋詞話》卷七：「江上柳如煙。雁飛殘月天。」飛卿佳句也。好在是夢中情況，便覺綿邈無際；若空寫兩句景物，意味便減，悟此方許爲詞。不則即金氏所謂「雅而不豔，有句無章」者矣。

陳廷焯《雲韶集》卷一：「楊柳岸曉風殘月」，從此脱胎。「紅」字韻，押得妙。

陳廷焯《詞則·大雅集》卷一：夢境淒涼。

孫麟趾《詞逕》：何謂渾？如「淚眼問花花不語，亂紅飛過秋千去」，「江上柳如煙。雁飛殘月天」，「西風殘照，漢家宫闕」，皆以渾厚見長者也。詞至渾，功候十分矣。

俞陛雲《唐五代兩宋詞選釋》：飛卿詞極流麗，爲《花間集》之冠。《菩薩蠻》十四首，尤爲精湛之作。兹從《花庵詞選》録四首以見其概。十四首中言及楊柳者凡七，皆託諸夢境。風詩託興，屢言楊柳，後之送客者，攀條贈别，輒離思黯然，故詞中言之，低回不盡，其託於夢境者，寄其幽渺之思也。張皋文云「此感士不遇也」，詞中「青瑣金堂，故國吴宫，略露寓意」。其言妝飾之華妍，乃

「《離騷》初服之意」。

李冰若《花間集評注・栩莊漫記》：「暖香惹夢」四字與「江上」二句均佳，但下闋又雕繢滿眼，羌無情趣。即謂夢境有柳煙殘月之中，美人盛服之幻，而四句晦澀已甚，韋相便無此種笨筆也。

俞平伯《讀詞偶得》：以想像中最明淨的境界起筆。李義山詩「水精簟上琥珀枕」，與此略同，不可呆看。「鴛鴦錦」依文法當明言衾褥之類，但詩詞中例可不拘。「暖香」乃入夢之因，故「惹」字妙。三四忽宕開，名句也。舊説「『江上』以下略叙夢境」，本擬依之立説。以友人言，覺直指夢境似尚可商。仔細評量，始悟昔説之殆誤。飛卿之詞，每截取可以調和的諸印象而雜置一處，聽其自然融合，在讀者心眼中仁者見仁，知者見知，不必問其脈絡神理如何如何，而脈絡神理按之則儼然自在。……固未易以跡象求也。即以此言，簾内之情穠如斯，江上之芊眠如彼，千載以下，無論識與不識，解與不解，都知是好言語矣。若昧於此理，取古人名作，以今人之理法習慣，尺寸以求之，其不枘鑿也幾希。……過片以下，妝成之象。「藕絲」句其衣裳也。……「人勝」句其首飾也。……「雙鬢」句承上，著一「隔」字，而兩鬢簪花如畫，香紅即花也。末句尤妙，著一「風」字，神情全出，不但兩鬢之花氣往來不定，釵頭幡勝亦顫摇於和風駘蕩中。……過片似與上文隔斷，按之則脈絡具在。「香紅」二字與上文「暖香」映射，「風」字與「江上」二句映射，然此猶形跡之末耳。循其神理，又有節序之感，如弦外餘悲，增人懷想。……點「人勝」一名自非泛泛筆，正關合「雁飛殘月天」句，蓋「人歸落雁後，思發在花前」，固薛道衡《人日》詩也，不特有韶華過隙之感，深閨遥怨亦即於藕斷絲連中輕輕逗出。

俞平伯《唐宋詞選釋》：本詞詠立春或人日。全篇上下兩片大意從隋薛道衡《人日》詩「人歸落鴈後，思發在花前」脱化。……説本篇者亦多採用張説。説實了夢境似亦太呆，不妨看作遠景，詳見《讀詞偶得》。

浦江清《詞的講解》：水精頗黎，亦詞人誇飾之語，想像之詞，初非寫實。……鴛鴦謂錦被上之繡鴛鴦者。「暖香惹夢」四字所以寫此鴛鴦錦者，亦以點逗春日曉寒，美人尚貪戀暖衾而未起。此兩句寫閨樓鋪設之富麗精雅，説了枕衾兩事，以文法言，只有名詞而無述語。……「江上」兩句，忽然開宕，言樓外之景，點春曉。張惠言謂是夢境，大誤。……下半闋正寫人，而以初春之服飾爲言。……此章之時令，在「人勝参差剪」一句中，蓋初春情事也。……此章亦但寫美人之妝飾體態，兼以初春之時令景物爲言。

夏承燾《唐宋詞欣賞·詞的轉韻》評温庭筠《菩薩蠻》：《菩薩蠻》這個調子，温庭筠各首最早最有名，他的第二首的上片，轉意最奇特：「水精簾裏玻璃枕，暖香惹夢鴛鴦錦。江上柳如煙，鴈飛殘月天。」這是寫戀情的詞，上片四句平列兩種環境：前兩句閨房陳飾，是寫十分温暖舒適的生活。後兩句是寫客途光景，極其荒涼寂寞。中間轉换處不著一字，而依戀不舍之情自見。柳永的《雨霖鈴》：「今宵酒醒何處？楊柳岸曉風殘月。」也許即從此脱化。

吴世昌《詞林新話》卷二：或以飛卿《菩薩蠻》爲立春或人日之景，僅憑「人勝」一語。人日爲正月初七，月是上弦，何得稱「殘月」？「殘月」者團圓以後下弦之月也。又首句用「頗黎枕」，即指明夏景。藕絲最細，絲如細極，便同藕絲。「藕絲秋色淺」此言薄紗之衣。人日豈能衣藕絲薄衣？秋色，即秋香色。乃黄緑相和之色。至於「人勝」，隨時可用爲妝飾，不必人日或立春日也。且人日或立春日花亦少有。或以爲此詞大意從薛道衡《人日》詩「人歸落鴈後，思發在花前」脱化。其實『鴈飛』與『落鴈』亦無涉，若見一「鴈」字便引做證據，則可引千百條、立千百個不同之解説矣。或謂此詞自室内之「頗黎枕」、「鴛鴦錦」，突接以室外之「江上」、「鴈飛」，除予人以一片精美之意象外，並無明顯之層次脈絡可尋云。余以爲「江上」、「鴈飛」，正「暖香」所「惹」之「夢」中所見者，層次分明，非突接也。既在夢中，則行動自由，江上天涯，俱可去得。

詹安泰《宋詞散論·温詞管窺》：這首詞一開首就寫簾，接著寫枕頭，寫繡被，寫江上早晨的景物，寫女人的服飾和形狀，自始至終，都是人物形象、家常設備和客觀景物的描繪，五光十色，層見疊出，使人目迷神奪，很難看出其中貫串的線索，這確實是温詞中較難理解的一首。張惠言評這首詞説：「夢字提。江上以下略叙夢境。人勝參差，玉釵香隔，言夢亦不得到也。『江上柳如煙』是關絡。」自這評語出，越發使人莫名其妙。如果能夠擺脱張氏那種以比興理解温詞的觀點，而直截了當地結合温飛卿的生平行徑來理解這首詞，那麼，這首詞只是作者一樁風流事蹟的追述，是没有什麼深遠的意義的。第一二句是説，他曾歇宿過那個地方的設備非常精美，有水晶簾，有玻璃枕，還有又暖又香能惹起好夢的鴛鴦被。第三四句是説，在一個足以引動離愁的風景淒清的早上，他就離開那個地方了。第五六句是説，那女子打扮得很漂亮，穿上淡黄色的衣服，簪上玉釵，還戴上「花勝」來送他。第七八句是説，那女子劃著小艇，穿過花港，摇摇蕩蕩地送他到岸上。「雙鬢隔香紅」，是那女子的雙鬢隔開了又香又紅的東西，那只有在花叢中穿過，才有這種現象。……爲什麽知道那女子是劃著小艇呢？「玉釵頭上風」已寫得很清楚。玉釵簪在頭上，本身是不會生風的，風也吹不動它，只有當著頭上不斷摇擺的時候，玉釵才會在頭上顫動得煞像給風吹著一樣。頭爲什麽會不斷摇擺？那不是劃著小艇用力穿過花港是什麽？所以，我們只要不囿於舊説，仔細玩索體會，這首詞是十分美妙的，簡直是一幅完整而又鮮明的異常動人的畫面！由於篇中只羅列了各種各樣的現象，人物活動的情況一點也没有表露出來，這就使得讀這詞的人亂猜一頓，猜不透時，就只能説是作者「截取可以調和諸物象而雜置一處，聽其自然融合」了。

蕭繼宗《評點校注花間集》：柳煙雁月，造境奇佳。謂爲夢境，則皋文、亦峰曲爲之説耳。若然，則下文必須點醒方是，《漫記》譏其晦澀，蓋姑信其説也。實則不獨人未入夢，亦未就枕交睫。所謂惹夢云者，不過晶簾舊枕，繡被餘香，惹人魂夢，往事縈懷而已。全詞通貫，初無扞格。一經此輩盲目捫搎，翻成語障，致使知言如栩莊尚漫信而譏温詞爲笨筆，其貽誤初學，更何待言！至於升庵極言「惹」字之妙，彼亦自言之耳，不足深論也。

張以仁《花間詞論集·温庭筠詞舊説商榷》：此蓋傷别之詞，寫戀人之離别也。故寓以旅雁，示以殘月，所謂「雁飛殘月天」是也。古人行旅，多發於清晨……下片寫女子頭戴人勝，則是早春時節。此詞佳處，結構是其一。首句寫「簾」，次及枕衾，由外而内。三句寫江上煙柳，四句寫天邊雁月，由近而遠，是一對稱；首次兩句寫室中物，三四兩句寫室外景，是又一對稱……衣藕白之衫，戴金箔之勝，鬢插紅花，頭簪玉釵，其色彩莫不兩兩對比，而又與首次二句有呼應之妙。似此安排，非無意也，蓋與暫聚而又别兩種情感相縈繫也。是景有冷暖，而情亦有歡悲，景之冷暖，亦即情之歡悲，則又一對稱也。上闋寫景，下闋寫人，此又一對稱；上闋寫景而人在其中，情亦在其中。下闋寫人，妙在只間接烘托，决不直接描狀，專從衣物首飾上着色落筆，捕捉其特點。或濃染之，或細勾之，或圖其貌，或傳其神，而人之容色、氣味、姿態，無不一一襯托而出，此畫家圖雲狀水之法也。「玉釵頭上風」，此「風」字實虚設，風之有無，非此句重點也，特以之烘托其人首飾顫動之貌與其款款行來婀娜之姿也。再深一層看，其首飾顫動之貌實亦狀其體態之婀娜有致也。彼抽象難描難畫之無限神韻，盡藉此一具體之「風」字呈現，此飛卿之所以爲高也。

其　三

蕊黄無限當山額[一]。宿粧隱笑紗窗隔①[二]。相見牡丹時[三]。暫來還别離②。翠釵金作股[四]。釵上蝶雙舞③[五]。心事竟誰知④。月明花滿枝[六]。

【校　記】

①隱笑：鍾本作「微笑」。

②暫：吴鈔本作「新」。

③蝶雙：鄂本、湯評本、合璧本、四印齋本作「雙蝶」。徐本朱筆眉批：「毛本作雙雙舞。」墨筆眉批：「雙蝶，晁本作蝶雙。」

④竟：晁本、陸本、徐本、影刊本「竟」缺末筆。

【箋　注】

〔一〕蕊黄句：謂眉額間塗飾的黄色已模糊一片了，此句寫隔夜殘妝，即下句「宿粧」。明田藝蘅《留青日札》卷二十一：「額上塗黄，漢宫妝也。」《五代詩話》卷四引《西神脞説》謂「婦人匀面，惟施朱傅粉而已。至六朝乃兼尚黄」。古時女子化妝，常以黄色塗額，因似花蕊，故名蕊黄。此習至唐五代猶存。南朝梁蕭綱《戲贈麗人詩》：「同安鬟裏撥，異作額間黄。」唐李商隱《無題二首》之一：「壽陽公主嫁時妝，八字宫眉捧額黄。」無限：額黄邊緣模糊不清。山額：眉額。或謂額間高處。温庭筠《偶游》：「雲髻幾迷芳草蝶，額黄無限夕陽山。」

〔二〕宿粧：隔夜的妝飾。唐岑參《醉戲竇子美人》：「朱唇一點桃花殷，宿妝嬌羞偏髻鬟。」

〔三〕牡丹時：暮春牡丹花開時節。華鍾彦《花間集注》曰：「言相見之遲，相别之速，與《離騷》中美人遲暮之意同。」

〔四〕翠釵：翡翠鑲嵌之釵。南朝梁劉孝綽《淇上戲蕩子婦》：「翠釵掛已落，羅衣拂更香。」金作股：指以金鑄成釵之兩股。股：分支，釵分兩股以夾髪。唐張籍《古釵歎》：「蘭膏已盡股半折，雕紋刻様無年月。」白居易《長恨歌》：「釵留一股合一扇，釵擘黄金合分鈿。」

〔五〕蝶雙舞：指釵頭所飾之雙蝶顫動如飛舞之狀。釵雙股，蝶雙舞，皆以作對成雙暗示、反襯女子之孤獨。

〔六〕心事二句：華鍾彦《花間集注》曰：「温庭筠詩：『心許故人知此意，古來知者竟誰人？』意與此合。」

【疏　解】

詞抒相思别情。起二句描寫紗窗内女子宿妝，但見額黄一片模糊，爛漫狼藉，富有誘人想像的暗示作用。「隱笑」二字，更加微妙，昨夜歡會的快樂幸福之感，女子想要掩飾而又掩飾不住，都從她的笑容裏隱約透出。接二句轉爲叙述，託出本事，暮春時候，女子與情人得以短暫相聚，起二句所寫即是相聚之歡樂。但情人旋即别去，又惹起女子的相思心事。换頭二句轉寫女子的蝶形釵飾，託物比興，以釵頭顫動的雙蝶，比襯女子别後的孤單，引發她的别離之感。這樣自然過渡到相思之情的抒發。閨中心事，無人告語，女子的孤寂情緒已是相當强烈，爲了避免「單情則露」之弊，詞作於結句宕開一筆，轉寫月夜花樹之景，「以淡語收濃詞」，點染映襯，意境幽艷，餘味不盡，收到良好的言情效果。結句的「知」、「枝」二字，係自《越人歌》「山有木兮木有枝，心悦君兮君不知」脱化而出，諧音切意，情景妙合，艷詞麗句之中，别饒一種生動活潑的民歌風味。

【集　評】

李漁《窺詞管見》：有以淡語收濃詞者，别是一法。……大約此種結法，用之憂怨處居多，如懷人、送客、寫憂、寄慨之詞，自首至終，皆訴凄怨。其結句獨不言情，而反述眼前所見者，皆自狀無可奈何之情，謂思之無益，留之不得，不若且顧目前。而目前無人，止有此物，如「心事竟誰知，月明花滿枝」、「曲終人不見，江上數峰青」之類是也。此等結法最難，非負雄才、具大力者不能。即前人亦偶一爲之，學填詞者慎勿輕敵。

張惠言《詞選》卷一：提起。以下三章，本入夢之情。

李冰若《花間集評注·栩莊漫記》：以一句或二句描寫一簡單之妝飾，而其下突接别意，使詞意不貫，浪費麗字，轉成贅疣，爲温詞之通病。如此詞「翠釵」二句是也。

浦江清《詞的講解》：此章换筆法，極生動靈活。其中有描繪語，有叙述語，有託物起興語，有抒情語，隨韻轉折，絶不呆滯。「蕊黄」兩句是描繪語，「相見」兩句是叙述語，「翠釵」兩句託物起興，「心事」兩句抒情語也。……詞在戲曲未起以前，亦有代言之用，詞中抒情非必作者自己之情，乃代爲各色人等語，其中尤以張生、鶯鶯式之才子佳人語爲多，亦即男女鍾情的語言。宫閨體之詞譬諸小旦的曲子。上兩章但描寫美人的體態，尚未抒情，筆法近於客觀，猶之《詩經·碩人》之章。此間涉及抒情，且崔、張夾寫，生、旦並見，於抒情中又略有敍事的成份。何以言之？「蕊黄無限當山額，宿妝隱笑紗窗隔」，此張生之見鶯鶯也。「相見牡丹時，暫來還别離」，此崔、張合寫也。「翠釵」以下四句，則轉入鶯鶯心事。……宿妝者與新妝對稱，謂晨起未理新妝，猶是昨日之梳妝也，故謂之宿。「翠釵」兩句是託物起興。凡詩歌開端，往往隨所見之物觸起情感，謂之「託物起興」。此在下片之始，故可用此句法。乃是另一開端。於興之中，又有比義，釵上雙蝶，心事可喻。用以結出離别之感，脈絡甚細。知、枝爲諧音雙關語，《説苑·越人歌》：「山有木兮木有枝，心悦君兮君不知。」主要還在説「心事竟誰知」一句，而以「月明花滿枝」爲陪襯，在語音本身上的關聯更爲緊湊。在意境上，則對此明月庭花能不更增幽獨之感？是語音與意境雙方關聯，調融得一切不隔。《越人歌》古樸有味，飛卿的詞句更其新鮮出色，樂府中之好言語也。

蕭繼宗《評點校注花間集》：由「蝶」之「雙舞」，聯想至人之「别離」，亦未嘗「不貫」，但恨其水清無魚耳。

張以仁《花間詞論集·温飛卿詞舊説商榷》：所謂「心事」者，實即卿卿我我雙宿雙飛之意願也。際此佳辰令夕，月白風輕，睹春花之盛放，末二句豈但言「别意」？實更涵觸景傷懷惜流光而怨幽獨之不盡感傷，正與此雙股雙蝶之意緊扣密接，乃栩莊譏其「詞意不貫」，何也？

其　四

翠翹金縷雙鸂鶒①〔一〕。水紋細起春池碧②〔二〕。池上海棠梨③〔三〕。雨晴紅滿枝④〔四〕。繡衫遮笑靨⑤〔五〕。煙草粘飛蝶⑥〔六〕。青瑣對芳菲〔七〕。玉關音信稀⑦〔八〕。

【校　記】

①縷：玄本作「鏤」。

②紋：吴鈔本作「紱」，全本作「文」。詞苑英華本《唐宋諸賢絶妙詞選》「水」下空格，無「紋」字。

③梨：王輯本作「黎」。

④晴：吴鈔本作「暗」，林大椿《唐五代詞》作「青」。

⑤靨：吴鈔本作「壓」。

⑥粘：吴鈔本、全本、王輯本、林大椿《唐五代詞》作「黏」。

⑦玉關：紫芝本、毛本、後印本、正本、四庫本、清刻本作「玉門」。

【箋注】

〔一〕翠翹句：翠翹：翠鳥尾上的長羽。《楚辭・招魂》：「砥室翠翹，絓曲瓊些。」王逸注：「翠，鳥名也；翹，羽也。」此指鸂鶒尾羽。金縷：金絲。唐白居易《秦中吟・議婚》：「紅樓富家女，金縷繡羅襦。」此指鸂鶒的毛色。鸂鶒：亦作「鸂鶇」，水鳥名。形大於鴛鴦，而多紫色，好並遊。俗稱紫鴛鴦。唐温庭筠《開成五年秋以抱疾郊野一百韻》：「溟渚藏鸂鶒，幽屏卧鷫鳷。」顧嗣立補注：「《臨海異物志》：鸂鶒，水鳥，毛有五采色。」華鍾彦《花間集注》曰：「此以鸂鶒之成雙，興閨人之獨處也。」或謂此句寫女子鸂鶒形翡翠金縷首飾。

〔二〕水紋句：承上，因鸂鶒並游而春池紋起。

〔三〕海棠梨：又名海紅、秋子、柰子。明李時珍《本草綱目・果二・海紅》：「《飲膳正要》：果類有海紅，不知出處，此即海棠梨之實也。狀如木瓜而小，二月開紅花，實至八月乃熟。」鄭樵《通志》：「海棠子名海紅，即《爾雅》赤棠也。」唐韓偓《見花》：「血染蜀羅山躑躅，肉紅宫錦海棠李。」

〔四〕紅滿枝：繁花滿枝，言花盛也。五代馮延巳《長相思》：「紅滿枝，緑滿枝，宿雨厭厭睡起遲。」

〔五〕笑靨：笑時頰上的酒窩。南朝梁蕭統《擬古》：「眼語笑靨近來情，心懷心想甚分明。」靨：靨輔。頰邊微窩，俗稱酒窩。《文選・曹植〈洛神賦〉》：「明眸善睞，靨輔承權。」劉良注：

「言靨文之生輔承其頰。」或謂指女子面部所飾之面靨。明胡震亨《唐音癸籤・詁箋四》：「自吳宮有獺髓補痕之事。唐韋固妻少時爲盜刃所刺，以翠掩之，女粧遂有靨飾。」杜甫《琴臺》「野花留寶靨」仇兆鼇注引清朱鶴齡曰：「唐時婦女多貼花鈿於面，謂之靨飾。」

〔六〕煙草句：或謂實寫春景，或謂女子繡衫之花紋圖案。煙草：煙霧籠罩的草叢。亦泛指蔓草。唐劉滄《秋日旅途即事》：「驅羸多自感，煙草遠郊平。」

〔七〕青瑣：亦作青鎖。裝飾皇宮門窗的青色連環花紋。《漢書・元后傳》：「曲陽侯根驕奢僭上，赤墀青瑣。」顔師古注：「孟康曰：『以青畫户邊鏤中，天子之制也。』……孟説是。青瑣者，刻爲連環文，而青塗之也。」後華貴的宅第、寺院等門窗亦用此種裝飾。《後漢書・梁冀傳》：「冀乃大起第宅……窗牖皆有綺疎青瑣。」北魏楊衒之《洛陽伽藍記・永寧寺》：「僧房樓觀一千餘間，雕梁粉壁，青璅綺疎。」代指刻鏤成格的窗户。南朝宋劉義慶《世説新語・惑溺》：「韓壽美姿容，賈充辟以爲掾。充每聚會，賈女於青璅中看，見壽，説之。」此指瑣窗中女子。芳菲：花草盛美。南朝陳顧野王《陽春歌》：「春草正芳菲，重樓啟曙扉。」此指大好春景。

〔八〕玉關：即玉門關。漢武帝置。因西域輸入玉石時取道於此而得名。漢時爲通往西域各地的門户。故址在今甘肅敦煌西北小方盤城。《漢書・西域傳上・鄯善》：「時漢軍正任文將兵屯玉門關，爲貳師後距，捕得生口，知狀以聞。」北周庾信《竹杖賦》：「玉關寄書，章臺留釧。」唐駱賓王《在軍中贈先還知己》：「魂迷金闕路，望斷玉門關。」此泛指邊塞。

【疏　解】

此首相思閨情。上片描寫雨過天晴，園池之内春水細浪，一雙華羽的紫鴛鴦游戲其間。池邊上幾樹海棠，繁花滿枝。換頭二句緊承上意，描寫繡衫女子池園游樂。煙草飛蝶一句，是對芳春豔景的進一步補足。結二句轉寫女子游園賞春之後，回到閨房憑窗而坐，感此大好春光，念起邊關近來音信稀疏，展示女子的心理活動和情緒變化。此詞結構上很有特色，全詞共八句，以前六句描寫園池的爛漫春景和游春之樂，末二句掉轉詞意，結出閨中念遠題旨，詞情由樂轉悲。這種結構方式，顯然是對王昌齡《閨怨》一詩構思立意的借鑒，往好處説，即「其作風猶是盛唐佳句」（俞平伯《讀詞偶得》）；往負面説，則「爲唐人詩歌中陳套」（浦江清《詞的講解》）。因是詞體，不像絶句起承轉合，過渡自然，前後比重的過於失衡，使人讀之不免稍有突兀之感，於是有論者轉换思路，將前六句解爲「追叙昔日歡會時之情景」，而「後二句則以今日孤寂之情，與上六句作對比」（劉永濟《唐五代兩宋詞簡析》），以使前後的銜接顯得較爲自然緊密。不過作此解説，這首詞的意脈結構就變成憶昔感今了。

【集　評】

劉永濟《唐五代兩宋詞簡析》：此首追叙昔日歡會時之情景也。上半闋描寫景物，極其鮮豔，襯出人情之歡欣。下半闋前二句補明歡欣之人情，後二句則以今日孤寂之情，與上六句作對比，以見芳菲之景物依然，而人則音信亦稀，故思之而怨也。

俞平伯《讀詞偶得》：上二首皆以妝爲結束，此則以妝爲起筆，可悟文格變化之方。「水紋」以下三句，突轉入寫景，由假的水鳥，飛渡到春池春水，又説起池上春花的爛漫來。此種結構正與作者之《更漏子》「驚塞雁，起城烏，畫屏金鷓鴣」同一奇絶。「水紋」句初聯上讀，頃乃知其誤。金翠首飾，不得云「春池碧」，一也。飛卿《菩薩蠻》另一首「寶函鈿雀金鸂鶒。沉香閣上吴山碧」，兩句相連而絶不相蒙，可以互證，二也。「海棠梨」即海棠也。昔人於外來之品物每加「海」字。……上云「鸂鶒」，下云「春池」，非僅屬聯想，亦寫美人游春之景耳。於過片云「繡衫遮笑靨」乃承上「翠翹」句，「煙草黏飛蝶」乃承上「水紋」三句。「青瑣」以下點明春恨緣由，「芳菲」仍從上片「棠梨」生根，言良辰美景之虚設也。其作風猶是盛唐佳句。

浦江清《詞的講解》：此章賦美女遊園，而以春日園池之美起筆。首句託物起興。……俞平伯釋此詞，以釵飾立説，謂「水紋」句不宜連上讀……按俞説殆誤。飛卿此處實寫鸂鶒，下句實寫春池，非由釵飾而聯想過渡也。俞先生因連讀前數章均言妝飾，心理上遂受影響，又「翠翹」一詞藻，詩人用以指釵飾者多，鳥尾的意義反爲所掩……飛卿原意所在，實指鴛鴦之類，不必由假借立説矣。……上半闋寫景，乃是美人遊園所見，譬如畫仕女畫者，先畫園亭池沼，然後著筆寫人。「繡衫」兩句，正筆寫人。寫美女遊園，情景如畫，讀此仿佛見《牡丹亭·驚夢》折前半主婢兩人遊園唱

「原來姹紫嫣紅開遍」一曲時之身段。飛卿詞大開色相之門，後來《牡丹亭》曲、《紅樓夢》小説皆承之而起，推爲詞曲之鼻祖，宜也。作宫闈體詞，譬如畫仕女圖，須用輕細的筆致，描繪柔軟的輪廓。「繡衫遮笑靨」之「遮」字，「煙草黏飛蝶」之「黏」字，「鬢雲欲度」之「度」字，「暖香惹夢」之「惹」字，皆詞人煉字處。……此章言美女遊園，而以一人獨處思念玉關征戍作結，此爲唐人詩歌中陳套的説法，猶之「忽見陌頭楊柳色，悔教夫婿覓封侯」之類也。

蕭繼宗《評點校注花間集》：閨人念遠，亦「陌頭楊柳」之意耳。詞餘於情，以視龍標絶句，遂覺不逮。

張以仁《花間詞論集·温飛卿詞舊説商榷》：此詞就其佈局結構言，從髮飾展開，所謂近取諸身也。由金縷之水禽而及水紋細起之春池，而及池上之海棠梨，海棠梨枝頭盛放之花朵。從物之聯想，到景之展佈，採遞進之法，層次分明。便如乘車遊覽，車行景變，應接不暇，而又連續不斷。然詞中女主角實未嘗移動，正所謂「平春遠緑窗中起」也。由下片「青瑣對芳菲」句可知……此女身坐窗前，而縱目馳騁，畫面因而逐一展開，由近而遠，由内而外，而神思飛越。……情景激蕩，而情語出焉：「玉關音信稀」，一語鎮紙。又曰：詞中通篇多用顔色字：「金」者鸂鶒，「碧」者春池，「紅」者海棠梨之花；窗則曰「青瑣」，地則曰「玉關」；飛煙之草上著翩躚之蝴蝶，則一片生氣之新緑間，時見翔動之彩翼，是極盡色彩敷陳之能事，而又化静爲動，使此一片陽和春景，色彩鮮明且兼生動活潑……飛卿善以穠麗之字面，精巧之筆法，敷寫景物，實即加强物象之可感性，藉此物象以傳達其難以言狀之心曲，其辭之深密處即其情之細膩處也。

其　五

杏花含露團香雪〔一〕。緑楊陌上多離別①〔二〕。燈在月朧明②〔三〕。覺來聞曉鶯。玉鈎褰翠幕③〔四〕。粧淺舊眉薄④〔五〕。春夢正關情〔六〕。鏡中蟬鬢輕⑤〔七〕。

【校　記】

① 多：紫芝本、吴鈔本作「雙」。

② 燈：王輯本作「灯」。月朧明：玄本作「月隴明」，雪本作「月籠明」。

③ 褰：王輯本作「寒」。

④ 粧淺：鍾本作「粧殘」。

⑤ 鏡：晁本、陸本、徐本、影刊本缺末筆。

【箋　注】

〔一〕杏花句：言清晨杏花含露盛開，枝頭團簇如香雪。唐劉兼《春夜》：「薄薄春雲籠皓月，杏花滿地堆香雪。」香雪：此指杏花，亦可喻指白菊、梅花、梨花、柳絮等白色的花。唐韓偓《和吴子華侍郎令狐昭化舍人歎白菊衰謝之絶次用本韻》：「正憐香雪披千片，忽訝殘霞覆一叢。」

〔二〕緑楊句：陌上種柳，正堪離人攀折，故云。唐白居易《離别難》：「緑楊陌上送行人，馬去車回一望塵。」

〔三〕朧明：微明。唐元稹《嘉陵驛》之一：「仍對牆南滿山樹，野花撩亂月朧明。」

〔四〕玉鉤：玉制掛鉤。亦用爲掛鉤之美稱。《楚辭·招魂》「掛曲瓊些」漢王逸注：「曲瓊，玉鉤也……雕飾玉鉤，以懸衣物也。」褰：撩起。翠幕：翠色的帷幕。晉潘岳《藉田賦》：「青壇蔚其嶽立兮，翠幕黕以雲布。」

〔五〕舊眉：宿妝所畫之眉。五代馮延巳《采桑子》：「香印成灰，獨背寒屏理舊眉。」薄：淺淡也。

〔六〕關情：牽動情懷。南朝梁蕭綸《車中見美人》：「關情出眉眼，軟媚著腰支。」

〔七〕蟬鬢：古代女子髮式。兩鬢薄如蟬翼，故稱。晉崔豹《古今注·雜注》：「魏文帝宫人絶所寵者，有莫瓊樹、薛夜來、田尚衣、段巧笑四人，日夕在側，瓊樹乃製蟬鬢。縹眇如蟬翼，故曰蟬鬢。」南朝梁蕭繹《登顔園故閣》：「妝成理蟬鬢，笑罷斂蛾眉。」輕：輕盈縹緲。

【疏　解】

詞寫閨情。起二句描寫杏花、楊柳的芳春景色，興起傷别之意，總説當此大好季節，陌上卻多别離感傷之事。或謂這兩句是夢中所見情景，雖泛泛感慨，也不排除個人的經歷體驗包含在内。接二句寫清晨夢醒，室内殘燈猶燃，簾外斜月朦朧，曉鶯聲聲啼鳴，聽來聒耳煩心。這兩句的省略部分，應是女子因别離而思念，因思念而入夢，然後才是清晨夢醒的所見所聞。意脈上從前兩句的泛言，落實到這兩句裏女子自己身上。换頭描寫女子晨起捲簾、宿妝未描的動作情態，見其情緒的落寞。結二句寫她對鏡梳妝之時，心裏還在回憶著夢中光景，「淒涼哀怨，真有欲言難言之苦」（陳廷焯《白雨齋詞話》）。對比組詞前幾首，此首應屬中平之作，詞意和表現均乏格外醒豁之處。

【集評】

湯顯祖評《花間集》卷一：「碧紗如煙隔窗語」，得畫家三昧，此更覺微遠。

陳廷焯《白雨齋詞話》卷一：「春夢正關情，鏡中蟬鬢輕。」淒涼哀怨，真有欲言難言之苦。

陳廷焯《詞則·大雅集》卷一：夢境迷離。

丁壽田等《唐五代四大名家詞》甲篇：此詞「杏花」二句，從遠處泛寫，關合本題於有意無意之間，與前「水精」一首中「江上柳如煙」二句同一筆法。飛卿詞每如織錦圖案，吾人但賞其調和之美可耳，不必泥於事實也。

俞平伯《讀詞偶得》：「杏花」二句亦似夢境，而吾友仍不謂然，舉「含露」爲證，其言殊諦。夫入夢固在中夜，而其夢境何妨白日哉。然在前章則曰「雁飛殘月天」，此章則曰「含露團香雪」，均取殘更清曉之景，又何説耶？故首二句只是從遠處泛寫，與前謂「江上」二句忽然宕開同，其關合本題，均在有意無意之間。若以爲上文或下文有一「夢」字，即謂指此而言，未免黑漆了斷紋琴也。以作者其他《菩薩蠻》觀之，歷歷可證。……「燈在」，燈尚在也；「月朧明」，殘月也；此是在下半夜偶然醒來，忽又朦朧睡去的光景。「覺來聞曉鶯」，方是真醒了。此二句連讀，即誤。「玉鉤」句晨起之象。「妝淺」句宿妝之象，即另一首所謂「卧時留薄妝」也。對鏡妝梳，關情斷夢，「輕」字無理得妙。

浦江清《詞的講解》：此章亦寫美人曉起，惟變換章法，先説樓外陌上之景物。「杏花、緑楊」兩句雖同爲寫景，而「團香雪」給人以感覺，「多離別」給人以情緒。「團」字煉。……以層次而言，先是美人聞鶯而醒，殘燈猶在，曉月朧明，於是搴幕以觀，見陌上一片春景。看了半晌，方想到理妝，取鏡過來，自覺舊眉之薄，蟬鬢之輕，復惦念於昨宵的殘夢，心緒亦不甚佳。散文的層次，應是如此，詩詞原可參差錯落地説。以詩詞作法而論，則先以寫景起筆，而杏花、緑楊亦是託物起興，樂府之正當開始也。先説春天景物，容易唤起聽曲者之想像，至「燈在月朧明，覺來聞曉鶯」，則若有人焉，呼之欲出。至下半闋則少婦樓頭，全露色相，明鏡靚妝之際，略窺心事。章法是一致的由外及内。

唐圭璋《唐宋詞簡釋》：此首抒懷人之情。起點杏花、緑楊，是芳春景色。此際景色雖美，然人多離別，亦黯然也。「燈在」兩句，拍到己之因別而憶，因憶而夢；一夢覺來，簾内之殘燈尚在，簾外之殘月尚在，而又聞曉鶯惱人，其境既迷離惝恍，而其情尤可哀。换頭兩句，言曉來妝淺眉薄，百無聊賴，亦懶起畫眉弄妝也。「春夢」兩句倒裝，言偶一臨鏡，忽思及宵來好夢，又不禁自憐憔悴，空負此良辰美景矣。張皋文云：「飛卿之詞，深美閎約。」觀此詞可信。末兩句，十字皆陽聲字，可見温詞聲韻之響亮。

蕭繼宗《評點校注花間集》：「燈在」兩句，謂因别恨而損朝眠，語亦淒婉有致。「妝淺」句，「舊」字宜平，殆以陽上代之爾。然「舊眉」字亦未見佳。意「舊」字或有異文，然無别本可證。以飛卿之才，當不至「貧於一字」也。

張以仁《花間詞論集·温飛卿詞舊説商榷》：此詞首二句寫春夢，三、四兩句寫夢醒，五句下牀，六句對鏡，七句以「春夢」二字正面關應前文，末句自傷亦自憐，更呼應第六句……謂鏡中人青春若是，貌美如斯，何堪離别相思之苦！

其六

玉樓明月長相憶①〔一〕。柳絲裊娜春無力②〔二〕。門外草萋萋③。送君聞馬嘶〔三〕。畫羅金翡翠④〔四〕。香燭銷成淚〔五〕。花落子規啼〔六〕。緑窗殘夢迷⑤〔七〕。

【校　記】

① 明：鄂本作「眀」。

② 裊娜：雪本作「嬝娜」。全本作「嫋娜」。

③ 萋萋：紫芝本、吴鈔本作「淒淒」。

④ 畫：玄本作「画」。

⑤ 窗：四庫本皆作「窓」。

【箋　注】

〔一〕玉樓句：乃是古典詩詞中常用的「望月懷思」模式。《詩經・陳風・月出》：「月出皎兮，佼人僚兮。舒窈糾兮，勞心悄兮。」三國魏曹植《七哀詩》：「明月照高樓，流光正徘徊。上有愁思婦，悲歎有餘哀。」唐張若虚《春江花月夜》：「誰家今夜扁舟子，何處相思明月樓。」上引諸詩是其所本。玉樓：傳説中天帝或仙人的居所。《十洲記・崑崙》：「天墉城，面方千里，城上安金臺五所，玉樓十二所。」唐詩言玉樓，或以指宫樓，如顧況《宫詞》：「玉樓天半起笙歌，風送宫嬪笑語和。」或以指豪貴之家的華麗樓舍，如宗楚客《奉和幸安樂公主山莊應制》：「玉樓銀榜枕嚴城，翠蓋紅旂列禁營。」或以指道觀，如李商隱《河陽詩》：「黄河摇溶天上來，玉樓影近中天臺。」或以指妓樓，如白居易《聽崔七妓人箏》：「花臉雲鬟坐玉樓，十三弦裏一時愁。」此指思婦所居。今人浦江清《詞的講解》、劉學鍇《温庭筠全集校注》認爲此指妓樓。長相憶：即長相思。唐杜甫《夢李白》：「故人入我夢，明我長相憶。」

〔二〕柳絲句：以柳絲在拂拂春風中的裊娜無力之狀，暗示思婦的慵懶無聊之態。裊娜：細長柔美貌。南朝梁蕭綱《贈張纘》：「洞庭枝嫋娜，澧浦葉參差。」唐白居易《別柳枝》：「兩枝楊柳小樓中，裊娜多年伴醉翁。」春無力：言春風無力，即李商隱《無題》「東風無力百花殘」之意，點出暮春之時令。温庭筠《郭處士擊甌歌》：「莫沾香夢緑楊絲，千里春風正無力。」

〔三〕門外二句：乃思婦月夜回憶當初送別之時的情景。萋萋：草木茂盛貌。《詩經·周南·葛覃》：「葛之覃兮，施于中谷，維葉萋萋。」毛《傳》：「萋萋，茂盛貌。」漢淮南小山《招隱士》：「王孫遊兮不歸，春草生兮萋萋。」古人常以芳草萋萋興起念遠懷人之情緒。浦江清《詞的講解》曰：「從草萋萋三字上可以聯想到王孫，加以驕馬之嘶，知此玉樓中人所送者爲公子貴人也。」

〔四〕畫羅句：或言蠟燈羅罩上畫有翡翠圖案，唐李商隱《無題》：「蠟罩半籠金翡翠，麝熏微度繡芙蓉。」或言絲羅衣衫、帷幕上繡有翡翠花紋。均可通。翡翠：水鳥名。《逸周書·王會》：「倉吾翡翠，翡翠者所以取羽。」《異物志》：「翠鳥形如燕，赤而雄曰翡，青而雌曰翠。其羽可以飾帷帳。」

〔五〕香燭句：蠟脂燃成燭淚。以燭殘寫更深，見出思婦夜不成寐。淚字雙關，既指殘燭蠟滴，亦喻思婦淚滴。唐杜牧《贈别》：「蠟燭有心還惜别，替人垂淚到天明。」香燭：摻有香料、製作精美的蠟燭。温庭筠《池塘七夕》：「香燭有光妨宿燕，畫屏無睡待牽牛。」

〔六〕花落句：回應上片「春無力」，寫暮春光景。子規：杜鵑的别名，又名鶗鴂。傳爲蜀帝杜宇魂魄所化，見晉常璩《華陽國志·蜀志》。常夜鳴，聲音淒切，故藉以抒悲苦哀怨之情。陸佃《埤雅·釋鳥》：「杜鵑，一名子規。苦啼，啼血不止。一名怨鳥。夜啼達旦，血漬草木。凡始皆北向，啼苦則倒懸於樹。」唐李白《聞王昌齡左遷龍標遥有此寄》：「楊花落盡子規啼，聞道龍標過五溪。」又，戰國楚屈原《離騷》：「恐鶗鴂之先鳴兮，使夫百草爲之不芳。」花落鴂鳴，暗示青春將逝，美人遲暮。

〔七〕緑窗：即玉樓之緑紗窗，代指思婦居室。唐權德輿《雜言和常州李員外副使春日戲題十首》之八：「緑窗銷暗燭，蘭徑掃清塵。」唐韋莊《菩薩蠻》：「勸我早還家，緑窗人似花。」

【疏解】

詞寫離别相思。温詞每把相思離情放置在月夜的背景下展開抒寫，此詞亦是如此。起句即寫玉樓月夜懷人，其深層的意藴結構，與自《詩經·陳風·月出》肇端的「望月懷思」的原型心理模式相契合。接以「柳絲裊娜春無力」一句襯筆，風華流美，暗示樓上女子在暮春天氣裏，體態的慵懶和情思的嬌弱。「春」字見出温詞字法之妙;「無力」者,柳絲、東風、離人也,下一「春」字,化實爲虛,增强了語言的意藴彈性與張力。三、四句承接「長相憶」,寫女子由相憶而入夢,夢中送君門外,目隨行人遠去,惟見路邊芳草萋萋,隱聞遠處馬嘶頻頻。這裏描寫的送别場景,實際上是當初别離之時黯然銷魂的一幕。唯是最難忘懷,故而在女子的相思夢境裏清晰再現。换頭二句室内羅帳垂綵、香燭燃淚的物象描寫,濃豔而又凄黯,産生强烈的視覺刺激效果,以之烘托女子的夢境心情,喻示時間推移,長夜將盡。於是結二句接寫女子清曉夢醒,緑窗之外,花落鳥啼,景象不堪視聽;緑窗之内,殘夢迷離,幻象猶在眼前。「迷」字狀啼鵑驚夢之一刻,女子的心神恍惚之態,極爲傳神。而「緑窗」意象,以其辭色之鮮麗,而映現出窗内之人的美妍。此詞從室外的明月柳絲寫到室内的羅帳香燭,從相憶到入夢再到夢醒,脈絡清晰,層次井然,爲抒情線索時有斷脱的温詞中一篇難得的氣韻流貫之作。

【集　評】

鍾本評語:「門外草萋萋,送君聞馬嘶」,唐律起語之佳者。末二句幽宛,詞家當行。

張惠言《詞選》卷一:「玉樓明月長相憶」,又提。「柳絲裊娜」,送君之時。故「江上柳如煙」,夢中情境亦爾。七章「闌外垂絲柳」,八章「緑楊滿院」,九章「楊柳色依依」,十章「楊柳又如絲」,皆本此「柳絲裊娜」言之,明相憶之久也。

譚獻《詞辨》卷一：「玉樓明月」句，提。「花落子規啼」句，小歇。

陳廷焯《白雨齋詞話》卷一：「花落子規啼，緑窗殘夢迷」，又「鸞鏡與花枝，此情誰得知」，皆含深意。此種詞，第自寫性情，不必求勝人，已成絶響。後人刻意争奇，愈趨愈下。安得一二豪傑之士，與之挽回風氣哉！

陳廷焯《雲韶集》卷一：音節淒清。字字哀豔，讀之銷魂。

陳廷焯《詞則·大雅集》卷一：低回欲絶。

況周頤《蕙風詞話續編》卷一：姚令威《憶王孫》云：「毿毿楊柳緑初低。淡淡梨花開未齊。樓上情人聽馬嘶。憶郎歸。細雨春風濕酒旗。」與温飛卿「送君聞馬嘶」各有其妙，正可參看。

李冰若《花間集評注·栩莊漫記》：前數章時有佳句，而通體不稱，此較清綺有味。

浦江清《詞的講解》：此章獨以抒情語開始，在讀者心弦上驟然觸撥一下。此句總提，下文叙惜别情事……云「長相憶」者，此章言美人晨起送客，曉月朧明，珍重惜别，居者憶行者，行者憶居者，雙方的感情均在其内。曹子建詩：「明月照高樓，流光正徘徊。」在行者則此景宛然，永在心目，能不相念；在居者則從此樓居寂寞，三五之夕，益難爲懷。故此句單立成一好言語，兩面有情。「柳絲」句見春色，又見别意。「春」字見字法，若云「風無力」則質直無味。柳絲的裊娜，東風的柔軟，人的懶洋洋地失情失緒，諸般無力的情景，都是春的表現。……下片言送客歸來。「畫羅金翡翠」言幔帳之屬。金翡翠，興而比也，觸起離緒。燭淚滿盤，猶憶長夜惜别之景象，而窗外鳥啼花落，一霎癡迷，前情如夢。舉緑窗以見窗中之佳人，思憶亦曰夢。往日情事至人去而斷，僅有斷片的回憶，故曰殘夢。「迷」字寫癡迷的神情，人既遠去，思隨之遠，夢繞天涯，迷不知蹤跡矣。

唐圭璋《唐宋詞簡釋》：此首寫懷人，亦加倍深刻。首句即説明相憶之切，虚籠全篇。每當玉樓有月之時，總念及遠人不歸，今見柳絲，更添傷感；以人之思極無力，故覺柳絲摇漾亦無力也。「門外」兩句，憶及當時分别之情景，宛然在目。换頭又入今情。繡幃深掩，香燭成淚，較相憶無力，更深更苦。着末以相憶難成夢作結。窗外殘春景象，不堪視聽；窗内殘夢迷離，尤難排遣。通體景真情真，渾厚流轉。

蕭繼宗《評點校注花間集》：通篇婉麗。

張以仁《花間詞論集·温飛卿詞舊説商榷》：此（指首句）但直叙玉樓之上明月之夜之相思意也。「長相憶」者，謂思念無時或已也。二、三、四句即承此意而轉寫當日别離情景，如以舞臺擬之，則另一場景耳。……下片又回到現場，舞臺在玉樓之上，香閨之中。夜深，故燃燭，與「明月」應；「香燭銷成淚」，思念之情與别離之情相應，不覺曙色已臨，眼中見辭樹之花，耳中聞思歸之鳥，花零落而春難駐，鳥思歸而人未回，而閨中之人猶迷離於往夢之中，夢而曰「殘」，可見希望日益渺茫矣。

其七

鳳皇相對盤金縷①〔一〕。牡丹一夜經微雨〔二〕。明鏡照新粧②。鬢輕雙臉長〔三〕。　畫樓相望久。欄外垂絲柳③。音信不歸來④〔四〕。社前雙燕迴〔五〕。

【校　記】

①皇：鄂本、合璧本作「凰」。

②鏡：晁本、陸本、徐本、影刊本缺末筆。

③欄：紫芝本、毛本、後印本、正本、四庫本、清刻本作「闌」。

④音信：鄂本、湯本、四印齋本作「意信」。

【箋　注】

〔一〕鳳凰句：言衣衫上用金線盤繡著一雙鳳凰圖案。襯出盛裝女子之孤寂。盤：盤錦，用金線在絲織物上盤出的圖案。金縷：金線。

〔二〕牡丹句：華鍾彦《花間集注》曰：「前闋四句皆言曉妝。牡丹句爲插句狀詞，言妝成如牡丹之經微雨也。」劉學鍇《温庭筠全集校注》曰：此寫「晨起所見庭院中實景」，象徵「新妝之女子容顔之明豔」。李宜《花間集注釋》曰：「以牡丹經雨即敗，喻閨人的憔悴。」

〔三〕鬢輕：鬢薄。雙臉：兩頰，兩腮。雙臉長：即曼臉，梁吴均《小垂手》：「蛾眉與曼臉，見此空愁人。」長：猶容長，面目姣好。唐韋莊《傷灼灼》：「桃臉曼長横緑水，玉肌香膩透紅紗。」或云臉長指人消瘦。

〔四〕音信：音書。唐王維《送秘書晁監還日本國》：「别離方異域，音信若爲通。」此指女子所思之人的音書。

〔五〕社前句：言春社前雙燕已按時歸來。言外責怨所思之人音訊杳然，遲遲不歸。社：社日，古時祭祀土神的日子。分春社與秋社。唐宋以前，逢社日男女輟業休息。唐張籍《吴楚歌》：「今朝社日停針線，起向朱櫻樹下行。」宋陳元靚《歲時廣記》：「《統天萬年曆》曰：立春後五戊爲春社，立秋後五戊爲秋社。」《文昌雜録》：「燕子以春社來，秋社去，謂之社燕。」

【疏　解】

此首閨中懷人之詞。上片描寫女子晨妝之美。首句寫其身著金線繡成雙鳳圖案的華美衣裳，二句形容其嬌豔的儀態像一朵經過夜來微雨洗濯的牡丹。明鏡照出她美麗的新妝，她的鬢髮和容顔顯得那樣曼麗姣好。女爲悦己者容，如此精心地妝扮自己，當然是懷有深切的期待。果然，甫一妝畢，女子就登上畫樓，憑眺遠人，希望他能快些回到自己身邊。她久久地倚欄等待，仍是不見歸人，惟見樓前陌上絲絲緑柳，裊裊低垂。最後，她還是没有等來歸人，只收到了遠人的來信，信上卻告以不歸的消息，讓她極度失望痛苦。她感歎遠人還不如燕子守信多情，春社之前，燕子雙雙如期而返，堪嗟遠人卻愆期不歸。細繹詞意，女子與遠人當有約定在先，至期女子精心妝飾，傾情相迎，男子卻没有如期歸來。此詞上片寫得滿懷期望，興高采烈，比襯出下片的失望痛苦，低沉哀怨。上下片之間，巨大的心理落差，使詞情顯得起伏跌宕。全詞看似明白，理解起來歧義頗多，如對「鳳凰」二句，「鬢輕」一句，「音信」一句，看法多不統一。

【集評】

湯顯祖評《花間集》卷一：（「牡丹」二句）眼前景，非會心人不知。

李冰若《花間集評注·栩莊漫記》：飛卿慣用「金鷓鴣」、「金鸂鶒」、「金鳳凰」、「金翡翠」諸字以表富麗，其實無非繡金耳。十四首中既累見之，何才儉若此？本欲假以形容豔麗，乃徒彰其俗劣。正如小家碧玉初入綺羅叢中，只能識此數事，便矜羨不已也。此詞「雙臉長」之「長」字，尤爲醜惡，明鏡瑩然，一雙長臉，思之令人發笑。故此字點金成鐵，純爲湊韻而已。

浦江清《詞的講解》：此章寫别後憶人。「鳳凰」句竟不易知其所指。或是香爐之作鳳凰形者，李後主詞「爐香閑裊鳳凰兒」，「金縷」指鳳凰毛羽，猶前章之「翠翹金縷雙鸂鶒」也，或指香煙之絲縷。……「牡丹」句接得疏遠。……歌謡之發句及次句有此等但以韻脚爲關聯之句法。另説，「牡丹」非真實之牡丹花，亦衣上所繡；「微雨」是啼痕。……燕以春社日來，秋社日去。曰「雙燕迴」，見人之幽獨，比也。

蕭繼宗《評點校注花間集》：《漫記》云云，誠非苛責。「音信」句，亦欠圓足，不必爲名家諱也。

張以仁《花間詞論集·温飛卿詞舊説商榷》：「音信不歸來」爲事，「相望久」爲情，二者乃詞之關鍵，他則物焉景焉。鳳凰相對，牡丹經雨，前者寫衣著，後者狀容態……得情語點破，皆化物爲情矣。前者實亦暗示舊日之恩愛纏綿，後者則亦狀寫此際相思之長夜悲苦。故明鏡所照，其人消瘦也（按：張氏從華鍾彦《花間集注》，解「雙臉長」爲消瘦）。作者以穠麗之筆凸顯此二物，乃使一切相關情事，若隱若現於可感可觸之曖昧彷彿中，此飛卿慣技也。

其八

牡丹花謝鶯聲歇①。緑楊滿院中庭月〔一〕。相憶夢難成〔二〕。背窗燈半明〔三〕。翠鈿金壓臉〔四〕。寂寞香閨掩。人遠淚闌干〔五〕。燕飛春又殘。

【校記】

①謝：鍾本作「榭」。鶯：毛本、後印本、正本、四庫本、清刻本作「鸎」。後同此，不另出校。

【箋注】

〔一〕牡丹二句：寫暮春景色，興起傷春懷人之意。滿院柳色，一庭月光，都是撩人離思的觸媒。

〔二〕夢難成：唐無名氏《閨情》：「千回萬轉夢難成，萬遍千回夢裏驚。」

〔三〕背窗句：言窗後的燈燭摇曳明滅。後蜀毛熙震《菩薩蠻》：「小窗燈影背。」燈背或背燈，乃唐五代俗語，唐五代詩詞中多有言及。或釋爲燈盡，或釋爲燈閉，按諸文本例句，均有未愜。浦江清《詞的講解》曰：「燈燭之背，是唐時俗語。臨睡時燈燭未熄，移向屏帳之背，故曰背。」於義較勝。

〔四〕翠鈿：用翠玉製成的首飾。南朝樂府《西洲曲》：「樹下即門前，門中露翠鈿。」亦指翠靨，古代女子面飾。用緑色「花子」粘在眉心，或製成小圓形貼在嘴邊酒窩地方。後蜀顧敻《虞美人》：「遲遲少轉腰身裊，翠靨眉心小。」唐温庭筠《南歌子》：「臉上金霞細，眉間翠鈿深。」是貼於眉間。此詞曰「金壓臉」，或爲黄色金箔面靨，而施於面頰者。

〔五〕淚闌干：淚流滿面。漢趙曄《吴越春秋·勾踐入臣外傳》：「言竟掩面，涕泣闌干。」唐戎昱

《謫官辰州冬至日有懷》：「北望南郊消息斷，江頭唯有淚闌干。」

【疏　解】

詞寫相思怨情。起句描寫牡丹花謝、鶯聲不起的暮春衰殘之景，交待季節背景。接寫緑楊滿院，中庭月明，點出産生相思怨情的具體時間，仍是望月懷思的原型心理模式。在這月色融融的美好夜晚，女子相思情切，難以成眠。現實中不能相見，離人總是在夢中求得安慰，詞中的女子卻是夢也難成，真不知其情何以堪！閨中半明半昧的燈光，愈益烘襯出女子心境的黯淡幽渺。换頭二句，轉寫女子的妝容和香閨的寂寞。由於得不到任何安慰，連一個虚幻的相思夢都没有，所以女子的内心格外痛苦，想著遠人，她止不住熱淚横流。詞中的怨情至此臻於高潮，詞末便又宕開一筆，結以燕飛春殘的景語，呼應起句，使快要漫溢的情感融入景物描寫之中，諳盡「孤眠滋味」的女子情感雖然「淒淒惻惻」，不堪已極，但「以景結情」，最終的抒寫仍然不失含蓄藴藉。

【集　評】

張惠言《詞選》卷一：「相憶夢難成」，正是「殘夢迷」情事。

陳廷焯《雲韶集》卷一：領略孤眠滋味，逐句逐字，淒淒惻惻，飛卿大是有心人。

陳廷焯《詞則·大雅集》卷一：三章云「相見牡丹時」，五章云「覺來聞曉鶯」，此云「牡丹花謝鶯聲歇」，言良辰已過，故下云「燕飛春又殘」也。

浦江清《詞的講解》：此章寫春光將盡、寂寞香閨之情事。……言燈燭之背，是唐時俗語。臨睡時燈燭未熄，移向屏帳之背，故曰背。或唐時之燈，有特殊裝置，睡時不使太明，可以扭轉，故曰背，今不可曉。翠鈿即花鈿，唐代女子點於眉心。「金壓臉」疑即金靨子，點於兩頰者，孫光憲《浣溪沙》「膩粉半粘金靨子」是也。「淚闌干」謂淚痕介面横斜也。

蕭繼宗《評點校注花間集》：「香閨寂寞」，明爲婦人語耳，則所謂「孤眠滋味」者，非飛卿親身「領略」可知。此中有何寄託？有何比興？白雨齋中人，强作解事，斯真可謂「有心人」矣。

其九

滿宫明月梨花白①〔一〕。故人萬里關山隔〔二〕。金鴈一雙飛〔三〕。淚痕沾繡衣②。小園芳草緑〔四〕。家住越溪曲〔五〕。楊柳色依依。燕歸君不歸③〔六〕。

【校記】

①梨：王輯本作「黎」。

②沾：合璧本作「沽」。

③ 燕歸：雪本作「鴈歸」。

【箋　注】

〔一〕滿宮句：謂皎潔的月光灑落在滿院雪白的梨花上。温庭筠《舞衣曲》：「不逐秦王卷象床，滿樓明月梨花白。」宫：《説文》：「宫，室也。」《爾雅·釋宫》：「宫謂之室，室謂之宫。」《釋文》：「古者貴賤同稱宫。秦漢以來，惟王者所居稱宫焉。」華鍾彦《花間集注》曰：「此宫字當用古意……叙民間女子事，故下文云故人遠隔也。」浦江清《詞的講解》曰：「今云『滿宫』，是文人變化辭藻，不可拘泥。」又云：此詞或是教坊兩院妓人入宫者所唱，「『滿宫』者或實指宫苑而言」。劉學鍇《温庭筠全集校注》云：「此詞之女主人公即是西施，借指宫中嬪妃宫女。」此「宫」乃指吴宫。

〔二〕故人：本指老友舊交，亦指前妻、前夫或舊日情人。此當指所懷之情人。《玉臺新詠·古詩爲焦仲卿妻作》：「悵然遥相望，知是故人來。」唐李白《怨情》：「新人如花雖可寵，故人似玉猶來重。」劉學鍇《温庭筠全集校注》曰：指「以前與西施一起浣紗的女伴」。關山：關隘山嶺，泛指遥遠的邊塞之地。南朝梁江淹《恨賦》：「紫臺稍遠，關山無極。」

〔三〕金鴈：「鴈」同「雁」。華鍾彦《花間集注》曰：「劉貢父《中山詩話》云：『金雁，箏柱也。』謂離懷至深，彈箏以寫之也。……竊疑雁當指遠人書信，金，言其貴重。杜甫詩『家書抵萬金』是也。」俞平伯《唐宋詞選釋》謂金雁「指衣上的繡紋」。黄進德《唐五代詞選集》曰：「金雁，此指遠人書信。司空曙《燈花三首》之一：『幾時金雁傳信歸，剪斷香魂一縷愁。』」劉學鍇《温庭筠全集校注》曰：「此處『金雁』似解爲高空飛雁更爲直捷……舊有雁足傳書之説，今只見南雁雙雙北飛，而不見『故人』（浣紗女伴）的音訊，故思念故鄉舊伴，不禁淚沾繡衣。」按：解「金雁」爲遠隔關山的「故人」信使，於義較勝。女子月夜懷人，雁過而信不至，不覺淚下沾濕繡衣。

〔四〕小園：當指女子所居之庭園。芳草緑：含有睹芳草而思遠人之意。唐王維《送别》：「芳草年年緑，王孫歸不歸。」劉學鍇《温庭筠全集校注》曰：指西施「越中故鄉的小園」。

〔五〕越溪：傳説爲西施浣紗之處，又名浣沙溪。即若耶溪，出浙江紹興若耶山，北流入運河。唐李白《送祝八之江東賦得浣紗石》：「西施越溪女，明艷光雲海。」女子言家住越溪，有以西施之美自況之意味。唐王維《洛陽女兒行》：「誰憐越女顔如玉，貧賤江頭自浣紗。」

〔六〕楊柳二句：言柳緑燕來，遠人不歸。君：指爲萬里關山所阻隔的「故人」。劉學鍇《温庭筠全集校注》曰：「君，浣紗女伴稱居於吴宫的西施。」

【疏　解】

此首懷人之詞。一起描寫庭院春夜景色，滿院皎潔的月光與雪白的梨花融成一片，詞筆素淨出塵，極有韻味。聯繫下句，起句所寫仍是望月懷思的原型心理模式。下一句即直寫對於萬里之外、關山阻隔的故人的思念。「金鴈」二句，寫女子月夜懷人之際，征雁横空飛過，卻没有捎來故人的書信，讓她感傷不已，淚濕繡衣。對於「金鴈」二字，不必作過多聯想，也不必作過深的解釋。其實很簡單，「金鴈」就是傳書的大雁，冠以「金」字，正是温詞好用麗字的修辭習慣的反映。换頭叙説女子家住越溪水灣，與西子同里，暗示女子容貌的妍美。當春天來臨，她看見小園中芳草又緑，便情不自禁地懷想起遠遊不歸的故人。結二句再以依依柳色强化相思别情，以燕歸反襯故人不歸，完成懷人的題旨表達。詞作以主要篇幅描寫明麗清新的自然景物，一變温詞綺艷的主體風格，可知飛卿長才，亦擅疏朗之筆。至於此詞的意藴，如上分析，本甚明瞭，説者看見「宫」字，便云宫怨；看見「金雁」，便説箏柱；看見「越溪」，便謂西施；於是此「宫」又成「吴宫」。如此曲意解説，求之過深，反使詞意晦昧，歧義紛紜。

【集　評】

湯顯祖評《花間集》卷一：興語似李賀，結語似李白，中間平調而已。

陳廷焯《雲韶集》卷二十四：淒豔是飛卿本色。從摩詰「春草年年緑」化出。

陳廷焯《詞則·大雅集》卷一：結句即七章「音信不歸來」二語意，重言以申明之，音更促，語更婉。

俞平伯《唐宋詞選釋》：「越溪」即若耶溪……相傳西施浣紗處。本詞疑亦借用西施事。或以爲越兵入吴經由的越溪，恐未是。杜荀鶴《春宫怨》：「年年越溪女，相憶采芙蓉。」亦指若耶溪。上片寫宫廷光景；下片寫若耶溪，女子的故鄉。結句即從故人的懷念中寫，猶前注所引杜荀鶴詩意。「君」蓋指宫女，從對面看來，用字甚新。柳色如舊，而人遠天涯，活用經典語。

浦江清《詞的講解》：或謂温庭筠之《菩薩蠻》爲宫詞者，此論非也。……此章如詠宫中美人，則不應有「故人萬里關山隔」之句。……首句託物起興。見梨花而忽憶故人者，「梨」字借作離别之「離」，樂府中之諧音雙關語也。……「金雁」從「關山」帶出，雁而曰金，豈非秋之季候于五行屬金，謂金雁者猶言秋雁乎？曰：梨花非秋令之物，不應作如此解。……另解，金雁者言箏上所設之柱，箏柱成雁行之形，故曰雁柱，亦有稱金雁者，温飛卿詠彈箏人詩云「鈿蟬金雁今零落，一曲《伊州》淚萬行」，與此詞意略同。以此解爲最勝……此章上下兩片，隨意捏合，無甚關聯。「小園芳草緑」之「小園」，與「滿宫明月梨花白」之「滿宫」是否爲一地，抑兩地，不可究詰。由小園芳草之緑，憶及南國越溪之家，意亦疏遠。

吴世昌《詞林新話》卷二：有見此詞開首曰「滿宫」，即以爲上片寫宫廷光景，進而以爲「君」指宫女，並贊之爲「用字甚新」云。按「宫」蓋泛指房屋，若必欲泥爲宫殿，則「故人」非帝王不可，與下片「小園」亦不相稱。以「君」爲宫女，尤妄。宫女豈容久出不歸？謂之「用字甚新」，謬矣。

蕭繼宗《評點校注花間集》：結語未嘗不佳，後人頻效，遂成濫套。

張以仁《花間詞論集·温飛卿詞舊説商榷》：俞氏謂此詞「越溪」即若耶溪，且係暗用西施事，皆有見地。惟謂「君」指宫女，則頗費解。依俞氏之説，謂「結句即從故人的懷念中寫」，則此詞上片之「故人」，與下片之「君」，其非同一人甚明。下片寫「故人」懷念此宫女，上片是否寫宫女懷念彼「故人」？上下兩片，各寫一方，類此結構雖非絶無僅有，亦殊不多見，此姑不論。然如暗用西施事，則彼「故人」應指夫差。吴越之戰，夫差兵敗自殺，西施與范蠡偕遊於五湖。俞氏之説，無論情事，皆與故典不合。此其一。且「君」字飛卿詞凡十一見，除此處不計，其他十見……其中「君」字，皆指男性，一望而知，無稱呼女性者……此其二也。竊謂此詞有自傷自惜而欲近無方之意：下片以越女爲況，自矜國色也；上片託宫怨爲之，示遭冷落也。待重拾舊歡乎？奈阻隔重重無能親近何？眼前與念中，場景變换。實外託男女眷戀之貌，内寄感士不遇之情。

其十

寶函鈿雀金鸂鶒〔一〕。沉香閣上吴山碧①〔二〕。楊柳又如絲。驛橋春雨時〔三〕。　畫樓音信斷〔四〕。芳草江南岸〔五〕。鸞鏡與花枝②〔六〕。此情誰得知〔七〕。

【校　記】

①沉香閣：從雪本改，全本、《詞綜》、《詞選》同。閣：晁本、鄂本、紫芝本、陸本、茅本、鍾本、張本、湯本、合璧本、毛本、後印本、正本、徐本、四印齋本、影刊本、林大椿《唐五代詞》作「關」。沉：鄂本作「沈」。

②鏡：晁本、陸本缺末筆。

【箋　注】

〔一〕寶函句：並置女子之妝奩首飾，而省去動詞、關聯詞。寶函：即鈿函、鈿匣，華美精緻的首飾盒。或釋爲枕函，似不確切。鈿雀：鏤金的雀釵。金鸂鶒：言雀釵爲鸂鶒形。鸂鶒名紫鴛鴦，取其偶對成雙之習性，興起獨處傷別之怨情。

〔二〕沉香閣句：言女子晨起妝畢，於妝閣上眺望吴山春色。所謂登高懷遠，爲以下抒寫離情伏筆鋪墊。沉香閣：王仁裕《開元天寶遺事》卷下：「楊國忠又用沉香爲閣，檀香爲欄，以麝香、乳香篩土和爲泥飾壁。每於春時，木芍藥盛開之際，聚賓友于此閣上賞花焉。禁中沉香之閣，殆不侔此壯麗也。」此指女子香美的妝閣。沉香：木名。嵇含《南方草木狀》：「交趾有蜜香樹，幹似櫸柳，其花白而繁，其葉如橘，欲取香，伐仄之，經年，其根幹支節，各有别色也。木心與節堅黑，沉水者爲沉香。」吴山：浙江杭州和陜西隴縣均有吴山。《新唐書·地理志》：「左界大江，右瞰太湖，峰巒相續，總曰吴山。」詩言吴山，或指三國吴故地之山，如南齊謝朓《和伏武昌登孫權故城》：「鵲起登吴山，鳳翔陵楚甸。」或指春秋吴故地之山。如唐賈島《送朱可久歸越中》：「吴山侵越衆，隋柳入唐疏。」此處非實指，泛言吴地、江南之山也。浦江清《詞的講解》、劉學鍇《温庭筠全集校注》均言「吴山」非實景，乃女子閣中屏風上所畫，並指男子所往之地。

〔三〕楊柳二句：爲女子望中之景。又：言别離已經年，又是一番春色。驛橋：驛站邊的橋。唐李益《逢歸信偶寄》：「鄉關若有東流信，遣送揚州近驛橋。」

〔四〕畫樓：即上片之沉香閣。音信斷：言所懷之人音書斷絶。唐李白《大堤曲》：「不見眼中人，天長音信斷。」

〔五〕芳草句：女子望中春色。暗含淮南小山《招隱士》「春草王孫」典故。劉學鍇《温庭筠全集校注》曰：「芳草江南岸，係女子遥想中的男子所居的江南吴地的春天景象。」

〔六〕鸞鏡：背面鏤刻鸞鳥圖案的妝鏡。南朝宋范泰《鸞鳥詩》序：「昔罽賓王結罝峻卯之山，獲一鸞鳥，王甚愛之，欲其鳴而不致也。乃飾以金樊，饗以珍羞。對之逾戚，三年不鳴。其夫人曰：『嘗聞鳥見其類而後鳴，何不縣鏡以映之？』王從其意。鸞覩形悲鳴，哀響沖霄，一奮而絶。」後因泛稱妝鏡爲「鸞鏡」。唐駱賓王《代女道士王靈妃贈道士李榮》：「龍飆去去無消息，鸞鏡朝朝減容色。」花枝：女子簪鬢之花。

〔七〕此情：指女子對鏡簪花，顧影自憐，傷遠人之不歸，歎芳年之虚度的怨艾之情。誰得知：言無人知曉也。唐李白《江夏行》：「如今正好同歡樂，君去容華誰得知。」

【疏　解】

詞寫春閨懷人。起句描寫妝奩首飾之美，暗示女子晨妝，且以鈿雀㶉鶒興起離别相思之意。次句描寫居處環境之美，吴山碧色，乃是女子妝罷閣上凴眺所見，遠望懷人，目極山色。「楊柳又如絲，驛橋春雨時」，爲温詞雋句，其辭色意韻之妙，有不可方物者。這兩句是收回視線，所見閣前近景，景物畫面明麗清新，而又迷離縹緲。楊柳、驛橋，皆是别離的象徵，一個「又」字，將現實倒入回憶，當日也是楊柳如絲、春雨霏微的天氣，他們在驛橋邊依依惜别。而今柳絲又緑，别已經年，其間多少相思牽念，都融入眼前春雨霏霏、楊柳絲絲的畫面之中。上片雖無一語言及别情，但暗示比興，烘托渲染，思婦别情實已氤氲一片。换頭回到現實，叙寫離别之後，音訊渺茫，江南春歸，芳草又緑。别已堪傷，況又斷絶音訊；春草萋萋，徒感離人不歸。結二句回應開頭，女子凴眺已罷，趨回空閨，覽鏡自照，人貌如花，滿腹相思情意，無人知解，亦唯有自憐自傷而已。此詞由晨妝起情，到登閣遠眺，感今憶昔，然後再回到現實，承接轉换，連貫自然。意象畫面，除起句稍覺堆垛凝滯外，閣上吴山碧色，驛橋柳絲春雨，江南芳草緑岸，視界開闊，色調清新。是《菩薩蠻》組詞中辭色較爲疏朗的一首。

【集　評】

湯顯祖評《花間集》卷一：「沉香」、「芳草」句，皆詩中畫。

張惠言《詞選》卷一：「鸞鏡」二句，結，與「心事竟誰知」相應。

譚獻《詞辨》卷一：「寶函鈿雀」句，追叙。「畫樓」句，指點今情。「鸞鏡」句，頓。

陳廷焯《雲韶集》卷一：只一「又」字，多少眼淚，音節淒緩。凡作香奩詞，音節愈緩愈妙。

丁壽田等《唐五代四大名家詞》甲篇：沉香閣，《開天遺事》：「楊國忠用沉香爲閣，檀香爲闌。」此處借用以喻華貴耳。

浦江清《詞的講解》：首句「寶函鈿雀金鸂鶒」，託物起興。鸂鶒，興而比也。下接「沉香閣上吴山碧」，意甚疏遠，亦韻的傳遞作用。以詞意言之，則首句言女子所用之奩具及釵飾，次句寫女子所居樓及樓外之景。……今温飛卿詞中所云，乃文人之誇飾，不過言樓居之精美，非真有沉香之閣矣。「吴山碧」是樓外所見之景，吴地諸山，概可稱爲吴山。……「楊柳又如絲，驛橋春雨時」，寫景如畫，句法開宕，與「江上柳如煙，雁飛殘月天」絶類，皆晚唐詩人之格調也。上片言樓内樓外，下片接説人事。言畫樓以見樓中之人，此女子憑樓盼遠，但見江南芳草萋萋，興起王孫不歸之感歎，故曰「音信斷」。……（鸞鏡）句遠承第一句，脈絡可尋，知此女子晨起理妝，對鏡簪花插釵而憶念遠人。……枝、知同音雙關語，例見《詩經》及《説苑·越人歌》，飛卿於此《菩薩蠻》中兩用之，皆甚高妙。……飛卿熟悉民歌中之用語，樂府之意味特見濃厚。《白雨齋詞話》特稱賞此兩句，謂含有深意，初不知深意之究竟何在，蓋陳氏但從直覺體味，尚未抉發語言中之秘奥耳。

唐圭璋《唐宋詞簡釋》：此首，起句寫人妝飾之美，次句寫人登臨所見春山之美，亦「春日凝妝上翠樓」之起法。「楊柳」兩句承上，寫春水之美，仿佛畫境。曉來登高騁望，觸目春山春水，又不能已於興感。一「又」字，傳驚歎之神，且見相别之久，相憶之深。换頭，説明人去信斷。末兩句，自傷苦憶之情，無人得知。以美豔如花之人，而獨處淒寂，其幽怨深矣。「此情」句，千回百轉，哀思洋溢。

《詹安泰詞學論稿》上編第七章：精巧工麗，字字幾經錘煉而後出，驟覽之不易得解，細加咀嚼，情味乃覺無窮，非深於此道者不易爲亦不易辨，斯真修辭之上駟也。爲此等詞者，色、味、聲、情種種，無一可以忽略，大抵色須鮮妍明豔，味須雋永濃至，聲須響亮諧協，情須委婉深曲，諸美畢具，而後能使實質平庸者成爲美妙，實質美妙者彌增其動人之力量。

蕭繼宗《評點校注花間集》：「驛橋春雨」，淒豔動人。「又」字正點明今昔，惆悵之情，溢於辭外。陳亦峰必謂「有多少眼淚」，可謂自作多情者矣。然「音節愈緩愈妙」之説，正有見地。

其十一

南園滿地堆輕絮〔一〕。愁聞一霎清明雨〔二〕。雨後却斜陽〔三〕。杏花零落香①。無言匀睡臉②〔四〕。枕上屏山掩③〔五〕。時節欲黄昏。無憀獨倚門④〔六〕。

【校　記】

①杏花：鄂本、四印齋本作「杏華」。徐本墨校爲「華」。零落香：紫芝本作「落又香」。

②匀：詞苑英華本、彊村本《尊前集》、林大椿《唐五代詞》作「彈」。

③枕上屏山：紫芝本作「枕山屏上」。

④倚：王輯本作「閉」。

【箋　注】

〔一〕南園：《後漢書·百官志》：「南園丞一人二百石。」石本注：「南園在洛水南。」此泛指庭園。晉張協《雜詩》之八：「借問此何時，蝴蝶飛南園。」温庭筠《醉歌》：「唯恐南園風雨作，碧蕪狼籍棠梨花。」堆輕絮：墜地成堆的柳絮。

〔二〕一霎：一陣，謂時間極短。唐孟郊《春後雨》：「昨夜一霎雨，天意蘇群物。」五代馮延巳《蝶戀花》：「紅杏開時，一霎清明雨。」

〔三〕雨後句：言一霎雨過，天又轉晴。却：同「卻」，倒反，回轉。唐杜甫《自京竄至鳳翔喜達行在所》之一：「西憶岐陽信，無人遂卻回。」

〔四〕勻：勻面。因睡起面妝模糊，故用手搓臉使脂粉勻淨。

〔五〕屏山：曲折如山之屏風。明楊慎《升庵詩話》卷七引唐人詩句：「山屏六疊郎歸夜。」此指枕屏，放置枕前以爲遮護。

〔六〕無憀：因精神無所寄託而覺空虛煩悶。憀：依賴。《淮南子·兵略訓》：「上下不相寧，吏民不相憀。」唐李商隱《楊柳枝》：「暫憑樽酒送無憀，莫損愁眉與細腰。」

【疏解】

詞抒閨情。上片寫景，下片寫人。起二句描寫清明時節，南園落絮滿地，一霎細雨灑然而至。接二句寫一霎雨過，天又放晴，陽光從云隙裏斜照過來，園中的杏花經雨之後，一片一片地從枝頭簌簌飄落。這上片四句，純是描寫暮春景物，只「愁聞」二字，約略透出人的感情色彩。清明時節的一陣小雨，清爽宜人，卻讓人「愁聞」，蓋因地上落絮，枝頭杏花，皆已不堪承受風吹雨打，可知此愁乃爲惜花傷春而起。換頭從園內轉入閨中，描寫女子午睡醒來，因惜花傷春而心情落寞之態。這屏後枕上、無言勻臉的女子，就是上片裏没有出場的「愁聞」雨聲之人。結二句寫黄昏來臨，空閨中百無聊賴的女子，一個人斜倚在門邊，孤獨地守望著門外蒼茫的暮色。此詞上片的景物描寫，衰颯而又明妍；「雨後」二句，閑淡芳鮮之氣，畫筆難摹。上片的暮春之景，對下片人物情感的襯托烘染，一片渾化無痕。凡此都是值得稱賞之處，但不是理解詞意的關鍵之處。此詞的關鍵之處，在於

「黄昏」的時段和「倚門」的動作。黄昏時分，獨自倚門守望，當是有所期盼，對閨中獨處的女子來説，唯一的解釋就是盼歸。黄昏盼歸，是從《詩經·王風·君子于役》起始的一個詩歌母題，這首詞可視爲同一母題下無數重複寫作中的一個文本例證。而黄昏這個時間意象，又是盼歸者心理的一個臨界點，「最難消遣是昏黄」，「斷送一生憔悴，只消幾個黄昏」，都是强調一天的等待又將落空的黄昏，對於盼歸者情感心理的巨大折磨。此詞的結句，亦當作如是觀。

【集　評】

沈際飛《草堂詩餘正集》卷一：雋逸之致，追步太白。

鍾本評語：此首置草堂集中，不復可辨。如「雨後卻斜陽，杏花零落香」，更非草堂可得。

張惠言《詞選》卷一：此下乃叙夢。此章言黄昏。

譚獻《詞辨》卷一評「雨後卻斜陽」句：餘韻。評「無憀獨倚門」句：收束。

劉毓盤《詞史》第二章：温庭筠《菩薩蠻》詞，按張惠言《茗柯詞選》曰：「温氏《菩薩蠻》皆感士不遇之作。」細味之良然。

王國維《人間詞話》附録：温飛卿《菩薩蠻》：「雨後卻斜陽，杏花零落香。」少遊之「雨餘芳草斜陽。杏花零落燕泥香」雖自此脱胎，而實有出藍之妙。

浦江清《詞的講解》：到底如何是「清明雨」，讀者自能想像。蓋當寒食清明之際，春光明媚之時，一陣小雨，密密漾漾，收去十丈軟塵，換來一片新鮮的空氣。然而柳絮沾泥，落紅成陣，使人覺著春光將老，引起傷春的情緒，這「清明雨」三字就可以帶來這些個想像。勻，勻拭。「勻睡臉」，謂午後小睡，睡起脂粉模糊，又加勻拭。

蕭繼宗《評點校注花間集》：雨後斜陽，杏花零落，亦美景，亦淒涼之景。末句平淡已極，然古代深閨寂寞之情，正於此見之。大抵《花間》小令著墨不多，戛然而止，尚饒餘味；以言深曲，則猶有未至。蓋是時詞體新出，文人涉筆，多寫閨情，代人立言，無關身世，故不能刻摯也。

其十二

夜來皓月纔當午〔一〕。重簾悄悄無人語①〔二〕。深處麝煙長②〔三〕。卧時留薄粧③〔四〕。當年還自惜〔五〕。往事那堪憶。花露月明殘④〔六〕。錦衾知曉寒〔七〕。

【校記】

① 簾：彊村本《尊前集》、林大椿《唐五代詞》作「門」。

② 麝煙：雪本作「麝香」。

③ 卧時：雪本作「夢魂」。

④花露：鄂本、鍾本、湯本、合璧本、四印齋本作「花落」。露：徐本墨校爲「落」。

【箋注】

〔一〕皓月纔當午：月至午夜，正高懸中天。《隋書·律曆志》：「月兆日光，當午更耀。」宋高似孫《緯略·五夜》：「所謂午夜者，爲半夜時如日之午也。」唐劉禹錫《送惟良上人》：「燈明香滿室，月午霜凝地。」

〔二〕重簾：重重簾幕。唐李商隱《楚宫二首》：「月姊曾逢下彩蟾，傾城消息隔重簾。」

〔三〕深處：言簾幕深處，即女子閨房。麝煙：焚燒麝香之煙。

〔四〕臥時句：浦江清《詞的講解》曰：「薄妝者與濃妝相對，謂濃妝既卸，猶少留梳裹，脂粉匀面。古代婦女濃妝高髻，梳裹不易，睡時少留薄妝，支枕以睡，使髻髮不致散亂。」南朝梁沈約《麗人賦》：「來脱薄妝，去留餘膩。」

〔五〕自惜：自憐。唐李白《贈易秀才》：「蹉跎君自惜，竄逐我因誰。」

〔六〕花露句：言花沾露珠，明月將沉，已是黎明時分。唐趙嘏《寄梁佾兄弟》：「荀家兄弟來還去，獨倚闌干花露中。」

〔七〕錦衾：錦被。《詩經·唐風·葛生》：「角枕粲兮，錦衾爛兮。」

【疏解】

此首閨思。以月亮升落的時間推移結構全詞，抒寫女子長夜難眠的孤寂情懷，仍是古典詩詞「望月懷思」的原型心理模式的展開。起二句描寫午夜時分，皎潔的月亮升上中天，閨房重簾之内一片寂靜。「纔」字傳寫女子的心理感覺，暗示女子入夜未眠，艱難地挨度著撩人的月夜時光。「無人語」正寫月夜靜謐，實則側寫女子閨中獨處。接二句描寫重簾之内香煙繚繞不斷，益發襯出境地之幽深闃寂。而女子卧時薄妝尚留，則見出她於孤寂獨處中的矜持自憐情態。换頭二句，切入女子月夜追憶當年的心理活動，芳年雖知自愛，然而往事仍然不堪回首，一段蹉跎的青春歲月，又一次讓女子自夕至曉，無法平靜。結二句即描寫簾外花浥朝露、殘月西斜的曉景，而簾内獨宿之人，正忍受著錦衾曉寒的難堪折磨。結句的「月明殘」與起句的「月當午」前後呼應，在月升月落的時間過程中，完成了女子往事漫憶的心理活動過程，詞作的結構縝密完整。

【集評】

湯顯祖評語：「卧時留薄妝」，可思。

張惠言《詞選》卷一：此自卧時至曉，所謂「相憶夢難成」也。

陳廷焯《詞則·大雅集》卷一：「知」字淒警，與「愁人知夜長」同妙。

李冰若《花間集評注·栩莊漫記》：《菩薩蠻》十四首中，全首無生硬字句而復饒綺怨者，當推「南園滿地」、「夜來皓月」二闋。餘有佳句而無章，非全璧也。

浦江清《詞的講解》：此章脈絡分明，寫美人春夜獨睡情事，自午夜至天明。……皓月中天是半夜庭除之景。「重簾悄悄」言院落之幽深。重簾深處即是卧室。……流光如水，一年又是春殘；靜夜獨卧，不禁追思往事，自惜當年青春美好，匆匆度過，有不堪回憶者。「花落月明殘」，賦而比也。花落月殘是庭中之景，此人既獨卧重簾之内，何由見此？此句只是虛寫，取其比興之義，以喻往事難回，舊歡已墜，起美人遲暮之傷感。言錦衾，見衾中之人一夜轉側，難以入睡，驟覺曉寒之重。「知」字有力。

吴世昌《詞林新話》卷二：此詞下片兩聯，上聯言當年自惜，下聯言今已色衰，如花落月殘，雖有錦衾，亦只獨宿，故曰「曉寒」。或以爲花落月殘，不必記實，如此則「錦衾」、「曉寒」豈非儘是空話？又「花落」一句，毛本作「花露月明殘」，則謂「花露」在「月明」之中滴殘，易安「簾卷西風」正用此句法。「錦衾」乃指衾中人。

唐圭璋《詞學論叢·温韋詞之比較》：《菩薩蠻》云「夜來皓月才當户，重簾悄悄無人語」、「竹風輕動庭除冷，珠簾月上玲瓏影」、「楊柳又如絲，驛橋春雨時」、「雨後卻斜陽，杏花零落香」、「牡丹花謝鶯歌歇，緑楊滿院中庭月」，皆寫景如畫，韻味雋永。

蕭繼宗《評點校注花間集》：婦人夜寢必卸妝，所以養顔。前結用一「留」字，言外謂猶有所待也。換頭不勝追昔，未以「知曉寒」作結，空虛之感，以極婉曲之辭達之，庶幾温柔敦厚之遺。

張以仁《花間詞論集·温飛卿詞舊説商榷》：此詞上片云「夜來皓月纔當午」，月上中天而著「纔」字，可見輾轉難眠之狀；下片云「當年還自惜，往事那堪憶」，傷今惜往，言其不眠之故也；又云「花露月明殘」，月明而曰「殘」，自是曉月將沉之時；又云「錦衾知曉寒」，則通宵失眠明矣。

其十三

雨晴夜合玲瓏日①〔一〕。萬枝香裊紅絲拂②〔二〕。閑夢憶金堂〔三〕。滿庭萱草長〔四〕。

繡簾垂䍁䍁〔五〕。眉黛遠山緑〔六〕。春水渡溪橋③〔七〕。凭欄魂欲銷④。

【校　記】

①日：詞苑英華本、彊村本《尊前集》、林大椿《唐五代詞》作「月」。

②裊：全本作「嫋」。

③渡：雪本作「度」。

④欄：後印本、正本、清刻本作「闌」。銷：玄本、王輯本、林大椿《唐五代詞》作「消」。

【箋　注】

〔一〕夜合：合歡的别名。《太平御覽》卷九五八引晉周處《風土記》：「夜合，葉晨舒而暮合。一名合昏。」玲瓏：日光明徹貌。《文選·揚雄〈甘泉賦〉》：「前殿崔巍兮，和氏玲瓏。」李善注引晉灼曰：「玲瓏，明見皃也。」南朝宋鮑照《中興歌》之四：「白日照前窗，玲瓏綺羅中。」或以「玲瓏」屬夜合，則「夜合玲瓏日」，乃謂夜合玲瓏之時。日：又作「月」。張以仁《花間詞論集》曰：「『月』與『拂』同在詞韻十八部，『日』則在十七部。就韻言，作『月』爲諧。然既謂『雨晴』，下文景物，亦非夜間；而《花間》各本並作『日』，則作『日』似爲原貌。且就《花間》言，十七部與十八部，亦有叶韻之同例：薛昭藴《離别難》：『未别心先咽，欲語情難説出。』『咽』在十八部，『出』在十七部，而亦相叶，則作『日』是矣。」

〔二〕香裊：香氣繚繞。紅絲拂：紅絲披拂。夜合花蕊簇絲狀，雨後日晴，格外紅豔。

〔三〕閑夢句：言女子因離居寂寞而夢憶金堂，重温當日的歡樂生活。金堂：指華麗宏偉之廳堂。漢樂府《古歌》：「入金門。上金堂。」唐李庾《兩都賦·賦東都》：「金堂玉户，絲哇管語。」此指女子當年居處。或謂「金堂」乃「鬱金堂」之省寫。唐沈佺期《古意》：「盧家少婦鬱金堂，海燕雙棲玳瑁梁。」

〔四〕滿庭句：言夢中看到金堂滿院茂密的萱草。萱草：亦作諼草。植物名。俗稱金針菜、黄花菜，多年生宿根草本，花橘黄色或橘紅色。古人以爲種植此草，可以使人忘憂，因稱忘憂草。《詩經·衛風·伯兮》：「焉得諼草，言樹之背。」毛傳：「諼草令人忘憂。」漢蔡琰《胡笳十八拍》：「對萱草兮憂不忘，彈鳴琴兮情何傷。」三國魏嵇康《養生論》：「合歡蠲忿，萱草忘憂。」

〔五〕罳㲯：流蘇類的穗狀垂飾物。同「罳㲯」、「簏簌」。唐李賀《春坊正字劍子歌》：「挼絲團金懸簏簌，神光欲截藍田玉。」

〔六〕眉黛句：言女子畫遠山眉。《西京雜記》卷二：「文君姣好，眉色如望遠山，臉際常若芙蓉。」

〔七〕春水句：女子憑欄所見之景。

【疏　解】

此首閨怨之詞。起二句描寫雨後初晴，無數合歡花的紅蕊與日光相映，顯得格外明豔。接二句寫女子因爲獨處寂寞而夢憶金堂，重温昔日的歡樂生活。她在夢中看到金堂滿院長滿令人忘憂的萱草，心中的憂愁也爲之一掃而光。過片從夢境回到現實，描寫繡簾罳㲯隱映處，女子眉如遠山的姣好容貌。結二句寫夢醒之後，女子憑欄眺望，追尋夢中光景，遥念遠别之人，惆悵不已，幾欲魂銷。「春水渡溪橋」一句，當是女子憑欄所見之景。單獨看這句詞，堪稱雋句，但這句景語和詞意似乎没有什麽必然關係。還有，夜合夏日開花，起二句描寫夜合花盛，表明季節是在夏天，這裏卻説「春水」，上下片的季節相互矛盾。凡此，都是解讀時應該注意的地方。

【集評】

張惠言《詞選》卷一：此章正寫夢。垂簾、憑欄，皆夢中情事，正應「人勝參差」三句。

陳廷焯《詞則·大雅集》卷一：「繡簾」四語婉雅。叔原「夢中慣得無拘檢，又踏楊花過謝橋」，聰明語，然近於輕薄矣。

浦江清《詞的講解》：詞人言夜合，言萱草，皆託物起興，閨怨之辭也。……「閑夢憶金堂」者，即金堂中人有所閑憶，亦即美人有所想念之意。此女子見夜合萱草之盛開，不能忘憂蠲忿，反起離索之感。憶者憶念遠人，夢者神思飛越，非真烈日炎炎，作南柯一夢也。閑思閑想，無情無緒，亦可稱夢，亦可稱憶。……「眉黛」句接得疏遠，亦遞韻之法。「春水渡溪橋，憑欄魂欲銷」，情詞俱美，惟究與上文作如何之關聯乎？勉强説來，則「春水」從上句「遠山緑」三字中逗出，但遠山是比喻，從虚忽度到實，其猶「驚塞雁，起城烏，畫屏金鷓鴣」之從實忽度到虚之一様奇絶乎？此皆可以聯想作用解釋之。但上片言盛夏之景，此處忽曰春水溪橋，究嫌抵觸。飛卿《菩薩蠻》於七八兩句結句有極工妙不可移易者，如「雙鬢隔香紅，玉釵頭上風」，「花落子規啼，緑窗殘夢迷」之類，有敷衍陳套語如「楊柳色依依，燕歸君不歸」，「時節欲黄昏，無憀獨倚門」之類。亦有語句雖工，但類似遊離的句子，入此首固可，入另首亦無不可者，如「人遠淚闌干，燕飛春又殘」，「春水渡溪橋，憑欄魂欲銷」之類是也。

蕭繼宗《評點校注花間集》：首句「日」字，微嫌趁韻，餘亦平平。皋文聊串諸章，癡人説夢。

張以仁《花間詞論集·温飛卿詞舊説商榷》：所謂「繡簾垂罣𥷚」者，因人出簾動以相及，意脈不斷，非虚寫也。故下文以眉黛狀遠山，「眉黛遠山緑」即「遠山眉黛緑」，情景相合，純任自然，且與人以芳草羅裙之聯想。此種手法，宜會其神韻，不當呆看。……下文接寫春水溪橋，憑欄魂銷，眼前景猶當年景，此時情即昔時情，二者交織纏綿，神承意協，筆勢不沾不滯，讀者不必强解而自能得其流利之暢美，會其心曲之深密矣。

其十四

竹風輕動庭除冷〔一〕。珠簾月上玲瓏影〔二〕。山枕隱穠粧①〔三〕。緑檀金鳳皇②〔四〕。

兩蛾愁黛淺③〔五〕。故國吴宫遠④〔六〕。春恨正關情⑤。畫樓殘點聲〔七〕。

【校記】

① 穠：全本、王輯本作「濃」。

② 鳳皇：鄂本、紫芝本、湯本、合璧本、鍾本作「鳳凰」。

③兩：正本作「雨」，誤。蛾：詞苑英華本《尊前集》作「娥」。

④故國：鄂本作「故園」。

⑤春恨：王輯本作「春夢」。

【箋注】

〔一〕竹風：拂竹之風。唐杜甫《遠遊》：「竹風連野色，江沫擁春沙。」庭除：庭階。晉曹攄《思友人》：「密雲翳陽景，霖潦淹庭除。」唐劉兼《對鏡》：「風送竹聲侵枕簟，月移花影過庭除。」

〔二〕珠簾句：化用李白《玉階怨》「卻下水晶簾，玲瓏望秋月」辭意。玲瓏影：或謂月影，或謂簾影。

〔三〕山枕：枕頭。古代枕頭多用木、瓷等製作，中凹，兩端突起，其形如山，故名。隱：憑倚。靠著几案，伏在几案上。《孟子·公孫丑下》：「有欲爲王留行者，坐而言，不應，隱几而卧。」《莊子·齊物論》：「南郭子綦隱机而坐，仰天而噓。」成玄英疏：「隱，憑也。子綦憑几坐忘，凝神遐想。」

〔四〕緑檀句：華鍾彦《花間集注》曰：「緑檀，枕之質也；金鳳凰，枕之紋也。」均承「山枕」。或曰：「金鳳皇」承「濃妝」，指金鳳釵。

〔五〕兩蛾：雙眉。蠶蛾觸鬚細長而彎曲，以喻女子眉毛纖長秀麗，女子眉毛因稱蛾眉。《詩經·衛風·碩人》：「螓首蛾眉，巧笑倩兮。」南朝梁何遜《詠舞》：「逐唱回纖手，聽曲轉蛾眉。」愁黛：即愁眉。黛，青黑色顔料，用以畫眉。故用爲眉毛的代稱。唐盧照鄰《折楊柳》：「露葉凝愁黛，風花亂舞衣。」

〔六〕故國：故鄉。唐杜甫《上白帝城》之一：「取醉他鄉客，相逢故國人。」吴宫：泛指春秋時吴國宫殿，或謂指吴王夫差爲西施所修之館娃宫，用以代指吴地。此句理解頗有歧義：華鍾彦《花間集注》曰「吴宫，指自己懷念之所在」，並引張惠言、陳廷焯諸家之説，認爲此句乃歎君門九重之意。劉學鍇《温庭筠全集校注》曰：「此章與『滿宫明月梨花白』一首均爲宫詞，詞中主角，亦均爲西施式之宫嬪。句意謂女子（按指西施）的故里離吴宫甚遠。」

〔七〕殘點：宋程大昌《演繁露》卷四《更點》：「一夜分五更，以五夜更易爲名也。……點者，則以下漏滴水爲名，每一更又分爲五點也。」銅壺滴漏記時，一夜分爲五更，一更分爲五點。殘點謂漏點將盡，天將破曉。唐劉禹錫《冬日晨興寄樂天》：「庭樹曉禽動，郡樓殘點聲。」

【疏　解】

此詞解讀頗有歧義。或謂閨中思鄉，或謂宫女怨情，或謂詞人託寓身世之感。關鍵在於對「故國吴宫遠」一句的不同理解，詳見「箋注」和「集評」，不再贅言。此處取「閨中思鄉」的説法略加詮釋。起二句描寫庭院竹風輕動、月上珠簾的清冷夜景，興起望月思鄉之意。接二句由庭院外景轉入閨中，描寫枕上女子的穠艷妝容。過片由女子的妝容聚焦她的一雙愁眉，然後順勢點出致愁的原因，乃是思念遠在吳地的故鄉親人。結二句寫正當女子鄉愁春恨難以排解之際，又傳來了殘漏更點之聲。長夜將盡，天已拂曉，則女子通宵不眠，其鄉愁春恨之深長，已不待言。

這十四首《菩薩蠻》，究竟「全是變化楚騷」，還是「自寫少女情態」，諸家視角不同，理路各異，作出的解釋差別很大。張惠言所謂「感士不遇」，顯然陳義過高，求之過深，固不足取。但是完全否定詞中這些美麗、寂寞、憂傷的女性形象含有比興之義，恐怕也不符合詞人的創作心理實際。以女子之麗色，比士子之長才，乃是古典詩詞的慣常思路。詞人才華傑出，但一生不遇，沉淪下僚，心中藴蓄的寂寞憂傷之感，在作詞時有意無意地滲入筆下女性人物身上，深合創作主體的心理發生機制。所以，對詞意的領悟，不必説得過死，高下深淺，蹈虚坐實，聽憑各人解會即可。至於十四首之間的關係，究竟是前後映帶的渾然一體，還是别具匠心的兩兩相對，抑或未必一時之作的各自獨立，比較而言，前二説見出立論者的眼光和深度，後一説似更接近作品的實際。

【集　評】

鍾本評語：「春恨正關情，畫樓殘點聲」，較「殘更和夢長」勝。

湯顯祖評《花間集》卷一：芟《花間》者，額以温飛卿《菩薩蠻》十四首，而李翰林一首爲詞家鼻祖，以生不同時，不得例入。今讀之，李如藐姑仙子，已脱盡人間煙火氣；温如芙蕖浴碧，楊柳挹青，意中之意，言外之言，無不巧雋而妙入。珠璧相耀，正是不妨並美。

又：十五調中，如「團」字、「留」字、「知」字、「冷」字，皆一字法。如「惹夢」，如「香雪」，皆二字法。如「當山額」，如「金靨臉」，皆三字法。四五字、六七字皆有法，解人當自知之，不能悉記。

張惠言《詞選》卷一：此言夢醒。「春恨正關情」與五章「春夢正關情」相對雙鎖。「青瑣」、「金堂」、「故國吴宫」，略露寓意。

陳廷焯《雲韶集》卷一：「春恨」二語是兩層，言春恨正自關情，況又獨居畫樓而聞殘點之聲乎？

陳廷焯《詞則·大雅集》卷一：纏綿無盡。

陳廷焯《白雨齋詞話足本》卷一：飛卿《菩薩蠻》十四章，全是《楚騷》變相，古今之極軌也。徒賞其芊麗，誤矣！

陳廷焯《白雨齋詞話足本》卷六：飛卿《菩薩蠻》，古今絶調，難求嗣響。

蔡嵩雲《柯亭詞論》：看人詞極難，看作家之詞尤難。非有真賞之眼光，不易發見其真意。有原意本淺，而視之過深者。如飛卿《菩薩蠻》，本無甚深意，張皋文以爲感士不遇，爲後人所譏是也。

陳匪石《舊時月色齋詞譚》：詞固言情之作，然但以情言，薄矣。必須融情入景，由景見情。温飛卿之《菩薩蠻》，語語是景，語語即是情，馮正中《蝶戀花》亦然，此其味所以醇厚也。

吴梅《詞學通論》第六章：今所傳《菩薩蠻》諸作，固非一時一境所爲，而自抒性靈，旨歸忠愛，則無弗同焉。張皋文謂皆感士不遇之作，蓋就其寄託深遠者言之。即其直寫景物，不事雕繢處，亦復絶不可追及。如「花落子規啼，緑窗殘夢迷」、「楊柳又如絲，驛橋煙雨時」、「鸞鏡與花枝，此情誰得知」等語，皆含思淒婉，不必求工，已臻絶詣，豈獨以瑰麗勝人哉？

汪東《唐宋詞選評語》：集中十餘首未必皆一時作，故辭意有重復。張皋文比而釋之，以爲前後映帶，自成章節，此則求之過深，轉不免於附會穿鑿之病已。

俞平伯《讀詞偶得》：「竹風」以下説人晚無憀，憑枕閑卧。「隱」當讀如「隱几而卧」之隱。「緑檀」承「山枕」言，檀枕也；「金鳳凰」承「濃妝」言，金鳳釵也；描寫明豔。「吴宫」明點是宫詞，昔人傅會立説，謬甚。其又一首「滿宫明月梨花白」可互證。歐陽炯之序《花間》曰：「自南朝之宫體，扇北里之倡風。」此二語詮詞之本質至爲分明。温氏《菩薩蠻》諸篇本以呈進唐宣宗者，事見《樂府紀聞》，其述宫怨，更屬當然。末二句不但結束本章，且爲十四首之總結束，韻味悠然無盡。畫樓殘點，天將明矣。

浦江清《詞的講解》：「故國吴宫遠」用西施之典故，不必指實，猶上章之「家住越溪曲」也。「春恨正關情」較前章之「春夢正關情」僅换一字，此十數章本非接連敘一人一事，故亦不妨重復。前章言晨起，故曰春夢；此章尚未入睡，故云春恨。春恨者，春閨遥怨也。畫樓殘點，天將明矣，見其心事翻騰，一夜未睡，故鄉既遠，彼人又遥，身世萍飄，一無著落，不勝淒涼之感。飛卿特以此章作結，不但畫樓殘點，結語悠遠，而且自首章言晨起理妝，中間多少時日風物之美，歡笑離别之情，直至末章寫夜深入睡，是由動而返静也。

又：此十四章如十四扇美女屏風，各有各的姿態。但細按之，此十四章之排列，確有匠心，其中兩兩相對，譬如十四扇屏風，展成七疊。不特此也，章與章之間，亦有蟬蜕之痕跡。首章言晨起理妝，次章言春日簪花，皆以樓居及服飾爲言，此兩章自然成對，意境相同，互相補足。三章言相見牡丹時，四章言春日遊園；三章有「釵上雙蝶舞」之句，四章言「煙草粘飛蝶」，亦相關之兩扇屏風也。而二三兩章之間有「雙鬢隔香紅，玉釵頭上風」與「翠釵金作股，釵上雙蝶舞」作爲蟬聯之過渡。第五章言「杏花含露團香雪，緑楊陌上多離别」，第六章言「玉樓明月長相憶，柳絲嫋娜春無力」，意境相同，而其下即寫離别情事，此兩章成爲一疊。第七章「牡丹一夜經微雨」，第八章「牡丹花謝鶯聲歇」，亦互相關聯者。而六七之間，以「玉樓明月長相憶」與「畫樓相望久」、「柳絲裊娜春無力」與「闌外垂絲柳」作爲蟬聯之過渡也。九章「小園芳草緑，家住越溪曲」，十章「畫樓音信斷，芳草江南岸」；九章「楊柳色依依」，十章「楊柳又如絲」，此兩章互相綰合。十一章「時節欲黄昏，無憀獨倚門」，十二章「夜來皓月才當午，重簾悄悄無人語」，亦自然銜接。而十章與十一章之間，一云「驛橋春雨」，一云「一霎清明雨」，亦不無蟬蜕之過渡。第十三章「雨晴夜合玲瓏日」，第十四章「珠簾月上玲瓏影」；第十三章「眉黛遠山緑」，第十四章「兩蛾愁黛淺」，此兩章自然成對。而第十二與第十三之間則以「重簾悄悄」與「繡簾垂罣䍦」作爲蟬蜕。由此言之，則連章之説亦無可厚非，但作者若不經意而出此。其中所叙既非一人一日之事，謂爲相連成一整篇即不可。

吴世昌《詞林新話》卷二：亦峰云：「飛卿《菩薩蠻》十四章，全是變化楚騷。」飛卿自寫少女情態，與楚騷何涉？

《百家唐宋詞新話》萬雲駿評語：詞以婉約爲宗，詞爲豔科，就是指它的特殊題材、特殊風格而言。晚唐文人中作詞最多的是温庭筠，他存詞約七十首，可以説是第一個奠定了詞的傷春傷别的基調。如他的《菩薩蠻》十四首（另一首風格不類），張惠言《詞選》把它們當做一組詞，説是「感士不遇也」。王國維竭力反對此説，譏之爲「固哉皋文之爲詞也」。謂此十四首「皆興到之作」，没有什麽寄託。但這十四首詞都是抒寫男女相思離别之情，則是無疑的，也不能説絶無寄託。她們都是一個閨中婦女，思念遠出的行者之詞。而所著力描寫的多是春天的景物，楊柳、花、月、鶯燕等等。……和這個思念遠人的居婦一道，交組成一幅牽愁惹恨的傷春傷别的圖畫。這幅圖畫，反復在大量的唐宋詞作中出現，但令人驚奇讚歎的是，大致相同的景物、事物、人物，卻在衆多詞家的生花妙筆之下，都能夠寫出如此千姿百態、生香活色的優秀作品來。這裏用「題材決定論」是不能解釋的。

蕭繼宗《評點校注花間集》：湯臨川極言「字法」，矜爲創獲。至謂「當山額」與「金靨臉」皆三字法，不知「山額」爲一詞，「當」字謂「蕊黄」正著於「山額」之中；「金靨臉」三字，則

「靨」爲「壓」字之訛。「靨臉」已不成語，乃誇言爲「字法」，令人失笑。張皋文謂「『青瑣』、『吴宫』，略露寓意」，「寓意」云何？始終不敢明説，閃爍其辭，伎倆可憎。陳亦峰謂後結意有兩層，其見甚是。然原文明甚，正不待亦峰沈思深玩，而後得之也。

右《菩薩蠻》十四首，未必飛卿一時之作，不過以同調相從，彙結於此，實無次第關聯。且飛卿此調，未必止於十四，趙氏亦止就存者編録耳。而張皋文以「聯章詩」眼光，勉强鉤合，若自成首尾者。繪影繪聲，加枝添葉，一若飛卿身上之三尺蟲，能爲作者説明心曲，而又不敢真正明説，可笑孰甚！海綃之説夢窗，同一伎倆，誤人實甚，故不惜辭而闢之。

更漏子①

柳絲長②，春雨細。花外漏聲迢遞〔一〕。驚塞雁，起城烏③〔二〕。畫屏金鷓鴣〔三〕。　香霧薄〔四〕。透簾幕④。惆悵謝家池閣⑤〔五〕。紅燭背〔六〕，繡簾垂⑥。夢長君不知⑦。

【校　記】

① 更漏子：《金奩集》入林鐘商。《更漏子》六首，鍾本誤作牛嶠詞。彊村本《尊前集》作李煜詞，注曰：「大石調刻李王作。」吴本《尊前集》注云：「《金奩集》作温飛卿。」傅幹《注坡

詞》傳共序又誤作蘇軾詞。曾昭岷等《全唐五代詞》王兆鵬「考辨」曰：「《花間集》所録温詞中有此闋。《花間》成書於廣政三年夏四月，其時李煜年僅四歲，此詞非其所作甚明。當從《花間集》作温詞。」張本作「《更漏子》本五首，令增一首」。按：「令」應爲「另」或「今」之誤。

②柳絲：彊村本《尊前集》校記云：「原本『絲』作『絮』，從毛本。」

③城：彊村本《尊前集》作「寒」。

④簾幕：彊村本《尊前集》作「重幙」。

⑤惆悵：彊村本《金奩集》作「怊悵」。家池：彊村本《金奩集》作「池家」。

⑥繡簾：彊村本《尊前集》作「繡幃」，他本均作「繡簾」。

⑦夢長：玄本作「夢殘」。

【箋　注】

〔一〕漏聲：銅壺滴漏之聲。或謂據滴漏計時打更報點的聲音。唐杜甫《奉和賈至舍人早朝大明宫》：「五夜漏聲催曉箭，九重春色醉仙桃。」迢遞：遥遠貌。三國魏嵇康《琴賦》：「指蒼梧之迢遞，臨迴江之威夷。」

〔二〕驚塞雁二句：言花外遠遠傳來的漏聲，驚起了從北方飛來的大雁和城上棲息的烏鵲。唐馬戴

《贈前蔚州崔使君》：「戰回脱劍縮銅魚，塞雁迎風避隼旗。」唐儲光羲《尚書省受誓誡貽太廟裴丞》：「沉沉雲閣見，稍稍城烏起。」

〔三〕畫屏句：轉寫室内，言卧聽更漏的女子，看着屏上繪飾的金色鷓鴣出神。

〔四〕香霧：燃香飄起的煙氣。唐許渾《觀章中丞夜按歌舞》：「彩檻燭煙光吐日，畫屏香霧暖如春。」

〔五〕謝家池閣：謝娘家的華美居所。謝娘：在南朝梁劉令嫺《摘同心梔子贈謝娘因附此詩》題中已出現，當是某位謝姓歌女。明胡震亨《唐音癸籤》卷十三《唐曲》載：唐太尉李德裕有愛妾謝秋娘，眷之甚隆，貯以華屋。德裕後鎮浙江，爲悼念秋娘，用煬帝《望江南》撰《謝秋娘曲》。後因以謝娘指代愛妾或歌妓，以謝家指代青樓。或云：「謝家池閣」指東晉謝氏豪門家宅，用以指代豪華宅第。

〔六〕紅燭背：即燈燭的背面。唐韓偓《聞雨》：「羅帳四垂紅燭背，玉釵敲著枕函聲。」

【疏　解】

詞寫春閨懷人。起句「柳絲長」雖是襯筆，但置於篇首，用作起興，實有貫通全詞之功用。接寫春雨霏霏之夜，花外傳來迢遞的滴漏聲，驚起了棲宿的塞雁城烏，雁鳴嘹唳，烏啼啞呀，和著迢遞漏聲，傳響在寂靜的雨夜裏，顯得格外的刺耳驚心。這是深夜不眠的女子，輾轉反側之際的敏感聽覺，顛之倒之，聲聲入耳，更讓她聽得難以入眠。恍惚之間，她甚至感覺到枕畔屏上所繪的一雙鷓鴣鳥，也欲作驚起飛鳴之狀。足見種種夜聲對不眠女子的痛苦折磨。過片上承前結，轉寫畫屏繡幃之內的情景。夜深香殘，在透入簾幕的稀薄煙霧裏，無眠的女子看著屏繪的「雙雙金鷓鴣」圖案，自傷孤寂，惆悵不已。幾番掙扎、遣愁無計的她，最終無奈地背過紅燭，垂下繡簾，希望借助睡眠能夠做一個好夢，來消此難遣之煩惱。然而夢中相思光景，天涯遠人想亦未必能夠感知。「夢長君不知」一結收束，點出題旨，仍不加説破；似含幽怨，但不失藴藉；與「此事竟誰知」、「此情誰得知」，同一副筆墨手腕。或謂此首乃「思君之詞，託於棄婦，以自寫哀怨」（陳廷焯《詞則》），則是遵循男女君臣、比興寄託的思路，從中抽繹出的微言大義。所得結論雖未必可取，但不失爲一種文本解讀的方法。

【集　評】

尤侗：飛卿《玉樓春》、《更漏子》，最爲擅長之作（《花間集評注》卷一引）。

張惠言《詞選》卷一：「驚塞雁」三句，言歡戚不同，興下「夢長君不知」也。

陳廷焯《白雨齋詞話》卷一：「驚塞雁，起城烏，畫屏金鷓鴣。」此言苦者自苦，樂者自樂。

陳廷焯《詞則·大雅集》卷一：思君之詞，託於棄婦，以自寫哀怨，品最工，味最厚。

陳廷焯《雲韶集》卷二十四：明麗。

俞陛雲《唐五代兩宋詞選釋》：《更漏子》四首，與《菩薩蠻》詞同意。「夢長君不知」即《菩薩蠻》之「心事竟誰知」、「此情誰得知」也。前半詞意以鳥爲喻，即引起後半之意。塞雁、城烏，俱爲驚起，而畫屏上之鷓鴣，仍漠然無知。猶簾垂燭背，耐盡淒涼，而君不知也。

李冰若《花間集評注・栩莊漫記》：全詞意境尚佳，惜「畫屏金鷓鴣」一句强植其間，文理均因而扞格矣。

廢名《談新詩》：温詞《更漏子》：「花外漏聲迢遞。驚塞雁，起城烏。畫屏金鷓鴣。」也是寫静而從動勢寫。眼前本是「畫屏金鷓鴣」，而「花外漏聲迢遞」，這個音聲大概可以驚塞外之雁，起城上之烏，於是我們覺得畫屏金鷓鴣仿佛也要飛了。

俞平伯《唐宋詞選釋》：「塞雁」、「城烏」是真的鳥，屏上的「金鷓鴣」，卻是畫的，意想極妙。……「謝家池閣」，字面似從謝靈運《登池上樓》詩來，詞意蓋爲「謝娘家」，指女子所居。韋莊《浣溪沙》：「小樓高閣謝娘家。」這裏不過省去一「娘」字而已。

夏承燾《唐宋詞欣賞・不同風格的温韋詞》：這一首是描寫相思的詞。上片開頭三句是説：在深夜裏聽到遥遠的地方傳來的漏聲，這聲音好像柳絲那樣長，春雨那樣細。由此可知，已經是夜深人静的時候了。同時也點出人的失眠，因爲只有夜深失眠的人，才會聽見這又遠、又細、又長的聲響。下面「驚塞雁」三句是説：這漏聲雖細，卻能驚起邊疆關塞上的雁兒和城牆上的烏鴉，而只有屏風上畫的金鷓鴣卻不驚不起，無動於衷。事實上細長的漏聲是不會驚起「塞雁」

與「城烏」的，這是作者極寫不眠者的心情不安，感覺特别靈敏。……鷓鴣不驚不起，是何道理？這使我們想起温庭筠《菩薩蠻》詞中有「雙雙金鷓鴣」之句，由此可以悟這首詞寫金鷓鴣不驚不起，是由於它成雙成對，無憂無愁。這樣寫的目的，正是反襯人的孤獨。……下片結句點明「惆悵」的原因，也很隱微曲折。一首四十多字的小令，而寫來這樣婉約、含蓄，這正是温庭筠小令的特有風格。

吴世昌《詞林新話》卷二：飛卿《更漏子》寫暮春景色。柳絮已飄盡，無絮可飄，不可詠絮，故曰「惆悵謝家池閣」，正用詠絮故事，亦兼歎春色已盡。「謝家池閣」，或注爲謝娘家，添入一「娘」字，把道韞之大家閨秀，改成倡家之通稱，豈不唐突古人？……此詞關鍵全在下片。由末句説明上片之「塞雁」、「城烏」，皆夢中所見，因而驚醒，則其人仍獨宿於金鷓鴣之畫屏前。下片寫醒後情景，點出簾幕中所卧者乃謝家姑娘（以專名作爲共名用）。「紅燭背，繡簾垂」二句，正小山「酒醒簾幕低垂」一語所本。凡此皆文人代怨女作懷人之詞也。而張惠言《詞選》評上片末三句曰：「三句言歡戚不同。」亦峰亦曰：「此言苦者自苦，樂者自樂。」真不知所云，試問誰歡誰戚，誰苦誰樂？

華鍾彦《花間集注》卷一：按塞雁，城烏，對文。此言漏聲迢遞，非但感人，即征塞之雁，聞之則驚；宿城之烏，聞之則起，其不爲感動者，惟畫屏上之金鷓鴣耳。以真鳥與假鳥對比，襯出胸中難言之痛，此法惟飛卿能之。

蕭繼宗《評點校注花間集》：前半寫侵曉之景，「塞雁城烏」，因「春雨」而起，原無苦樂之情寓乎其間。亦峰妄生分别，差無所據。「畫屏」一句，真成「强植」，栩莊洵知言者。

張以仁《花間詞論集·温飛卿詞舊説商榷》：此詞佈局，上片偏重聽覺，下片偏重視覺。彼雨聲也，漏聲也，初尚隱約，不甚清晰，故著「細」字、「迢遞」字，正狀甫醒神志尚帶模糊仿佛情況。繼聞塞雁驚飛，城烏群起，或天將明，或雨漸急，乃音聲大作。妙在以「雁」、「烏」引出「鷓鴣」（閨中之人，豈非畫屏之金鷓鴣哉），所謂以類相從，飛卿慣用此等手法。……又妙在由耳聞轉爲目視，此過程之必然者。夢回之人張目所見，畫屏最近，故承之以「畫屏金鷓鴣」。

其二①

星斗稀，鍾鼓歇②。簾外曉鶯殘月〔一〕。蘭露重〔二〕，柳風斜〔三〕。滿庭堆落花③〔四〕。

虚閣上〔五〕。倚欄望④。還似去年惆悵⑤〔六〕。春欲暮⑥，思無窮。舊歡如夢中〔七〕。

【校記】

①此首又誤入《張子野詞》卷二。按：張先《安陸集》亡佚不傳。《張子野詞》不知何人所輯，晚出且多舛錯。此首既在《花間集》中作温詞，當從之爲是。

②鍾：吴鈔本、清刻本作「鐘」。

③堆：《張子野詞》卷二作「階」。紫芝本作「惟」。

④欄：鄂本、四印齋本作「蘭」，誤。詞苑英華本《唐宋諸賢絶妙詞選》、湯本、合璧本、毛本、後印本、正本、清刻本、林大椿《唐五代詞》作「闌」。

⑤似：王輯本作「是」。

⑥暮：毛本、正本、四庫本、清刻本皆作「莫」。

【箋注】

〔一〕星斗三句：寫破曉之景。鍾鼓：古代擊以報時之器。鍾：亦作「鐘」。唐杜甫《院中晚晴懷西郭茅舍》：「復有樓臺銜暮景，不勞鐘鼓報新晴。」歇：停止。曉鶯：清晨的鶯啼聲。唐張建封《競渡歌》：「五月五日天晴明，楊花繞江啼曉鶯。」

〔二〕蘭露重：蘭草上晨露濃重。唐曹唐《張碩重寄杜蘭香》：「碧落香銷蘭露秋，星河無夢夜悠悠。」

〔三〕柳風斜：晨風斜拂柳絲。唐元稹《遣春十首》：「暗芳飄露氣，輕寒生柳風。」

〔四〕滿庭句：滿庭落花，已是暮春。

〔五〕虚閣：高閣。或言空閣。唐雍陶《題大安池亭》：「幽島曲池相隱映，小橋虚閣半高低。」

〔六〕還似句：言憑欄所見風物，還像去年一樣令人惆悵。暗示去年此時，已與所歡分别。

〔七〕舊歡：舊時的歡樂。唐皇甫冉《送錢塘陸少府赴制舉》：「公車待詔赴長安，客裏新正阻舊歡。」

【疏解】

詞寫暮春閨思。起二句從曉景切入，視聽並用，從星斗漸稀的天空寫到鐘鼓聲歇的城闕，展開一個廣大的時空背景。習慣説《花間》詞境狹小，也只能是相對而言。接一句由大背景收縮爲小環境，寫閨閣簾外的曉鶯鳴囀與殘月輝光，這就像是長鏡頭摇過後的近景鏡頭，這一句仍然是視覺聽覺同步展開。「蘭露」三句，寫簾外庭院的清晨景色，蘭葉露重低垂，柳絲風裏吹斜，落花滿地堆積，一派春意闌珊的光景，與曉鶯殘月的淒清一起，烘襯出傷春傷别的寂寞情緒。在上片通過寫景提供抒情背景、完成烘托渲染之後，下片集中表現人物活動。過片寫女子晨起登閣眺望，情繫遠人，感受著和去年此時一樣的惆悵。可知當初的别離，是遠在去年之前的事了。「去年」是心理時間的倒流，表明這離别相思之愁，已是年復一年，無有了時。「春欲暮」回應上片「滿庭落花」，透出良辰虚度之歎惋。「思無窮」概言千種相思風情，内涵豐富複雜。「舊歡如夢中」，是無窮情思的一個焦點，點出了女子相思心理的明確指向。「如夢」之感，是别離長久、歡情不再、記憶徒存的反映，言外含有無限感傷之意。

【集評】

鍾本評語：杜甫「悲秋向夕終」，牛嶠「春欲暮，思無窮」，皆有深怨。

湯顯祖評《花間集》卷一：「簾外曉鶯殘月」，妙矣。而「楊柳岸，曉風殘月」更過之。宋詩遠不及唐，而詞多不讓，其故殆不可解。

張惠言《詞選》卷一：「蘭露重」三句，與「塞雁」、「城烏」義同。

陳廷焯《白雨齋詞話》卷一：「蘭露重，柳風斜，滿庭堆落花」，此又言盛者自盛，衰者自衰，亦即上章苦樂之意。顛倒言之，純是風人章法，特改換面目，人自不覺耳。

陳廷焯《詞則·大雅集》卷一：「蘭露」三句，即上章意，略將歡戚顛倒爲變換。「還是去年惆悵」，欲語復咽，中含無限情事，是爲沉鬱。「舊歡」五字，結出不堪回首意。

俞陛雲《唐五代兩宋詞選釋》：下闋追憶去年已在惆悵之時，則此日舊歡回首，更迢遥若夢矣。

蕭繼宗《評點校注花間集》：臨川就「曉風殘月」一語，以爲耆卿勝飛卿，理不可解。勝則勝矣，何須言理？將謂宋必遜唐，方爲合理耶？如必欲知其「故」，則亦有可得而言者：詩之形式成立甚早，唐人專力爲之，亦三百年；至宋不能無變，風貌寖異，亦未必遽不及唐。詞則晚唐始出，至飛卿始以此名家，《花間》諸賢，類不出綺羅薌澤，風骨未遒，無論變化。迨天水一朝，始臻極盛，柳之邁温，固意中事耳，又奚足怪？「塞雁」、「城烏」，與「畫屏」不屬，固栩莊譏其文理扞格；「柳風蘭露」，則與「滿庭堆落花」，語氣一貫矣。亦峰於前首言「苦樂」，於此首言「盛衰」，且謂「改換面目」，如此則顛倒反復，只此一意，千言萬語，何求不得？予謂其喃喃囈語，累卷不休，非過責也。

施蟄存《讀温飛卿詞札記》：次章上片言曉鶯殘月中，露重風斜，落花滿庭，此皆即景，以引起下片之抒情。下片即言在此景色中登樓望遠，倏已經年，舊歡如夢，秋思無窮。所謂「盛者自盛，衰者自衰」，此意又何從得之？此二詞（按：指上章與本章）皆賦閨情，念昔日之雙棲，怨今日之暌隔。第二首可言今昔之感，而非盛衰之感。陳氏於飛卿詞求之過深，適成穿鑿，此皆以比興説詞之失也。

其　三①

金雀釵〔一〕，紅粉面〔二〕。花裏暫時相見②〔三〕。知我意，感君憐。此情須問天〔四〕。　香作穗〔五〕。蠟成淚③〔六〕。還似兩人心意④。山枕膩⑤，錦衾寒。覺來更漏殘⑥。

【校　記】

①此詞《尊前集》歸入李王，後人遂據以輯入《南唐二主詞》。《花間集》既列爲温詞，而各選本又多從之，仍以作温詞爲是。

②花裏：雪本作「花裹」，誤。暫時：鄂本、四印齋本作「暫如」。

③蠟：晁本、鄂本、紫芝本、陸本、茅本、鍾本、張本、湯本、合璧本、毛本、後印本、正本、四庫本、清刻本、徐本、四印齋本、影刊本作「蝎」。

④似：彊村本《尊前集》作「是」。

⑤山：王國維輯本《南唐二主詞》作「珊」。膩：文治堂本作「賦」。

⑥覺：王國維輯本《南唐二主詞》作「夜」。

【箋注】

〔一〕金雀釵：釵頭作雀形的金釵，又名金爵釵。三國魏曹植《美女篇》：「頭上金爵釵，腰佩翠琅玕。」

〔二〕紅粉面：言面部塗飾胭脂鉛粉。

〔三〕花裏句：回憶花間歡會情景。

〔四〕知我三句：言君知我意，我感君憐，兩情相悦，心意相通，蒼天可鑒。唐李端《王敬伯歌》：「君初感妾歎，妾亦感君心。」

〔五〕香作穗：香爐結出穗狀下垂物。唐韓偓《生查子》：「時復見殘燈，和煙墜金穗。」

〔六〕蠟成淚：蠟脂滴瀝如淚。唐李賀《惱公》：「蠟淚垂蘭燼，秋蕪掃綺櫳。」

【疏　解】

詞寫戀情。上片表現青年男女相愛的熱烈纏綿。起三句敘寫美麗的女子與情人花間相會的場面。「暫時」可能是實寫，更大的可能是歡樂苦短的愛情心理的反映。接三句抒發互相愛悦、兩心相契的熱烈纏綿之情。「此情須問天」句，極言彼此相愛之深，唯有蒼天解知。換頭三句，理解上有歧義，或謂承接前結，以香燼成灰、蠟燃成淚的熱烈，喻指兩心相同；或謂男子如香穗心意灰冷，女子如蠟燭熬煎流淚，喻指兩心不同。結三句描寫分别之後，女子孤枕寒衾、卧聽殘漏的淒涼情狀。歡情易逝，樂盡哀來，令人悲惘。此詞言情大膽熱烈，坦率直露，在温詞中洵爲别調。

【集　評】

蕭繼宗《評點校注花間集》：栩莊譏飛卿累用「金鷓鴣」、「金鳳凰」之類，爲貧於見識；而不知其累用漏盡衾寒，亦有情辭俱竭之感。

其　四

相見稀，相憶久。眉淺淡煙如柳〔一〕。垂翠幕〔二〕，結同心〔三〕。待郎燻繡衾①〔四〕。城上月。白如雪。蟬鬢美人愁絶②〔五〕。宫樹暗〔六〕，鵲橋横〔七〕。玉籤初報明③〔八〕。

【校　記】

①待：鄂本、徐本、四印齋本作「侍」，當以作「待」爲優。燻：毛本、後印本、正本作「熏」，四庫本、王輯本作「熏」。

②鬢：合璧本作「髩」。

③籤：全本作「籖」。

【箋　注】

〔一〕眉淺句：言女子畫眉淺淡，如柳葉含輕煙。

〔二〕垂翠幕：放下翠色簾幕，見出時已入夜。

〔三〕結同心：女子用羅帶綰成同心結。同心：指同心結，用錦帶編成的連環回文樣式的結子，用以象徵堅貞的愛情。南朝梁蕭衍《有所思》：「腰中雙綺帶，夢爲同心結。」唐劉禹錫《楊柳枝》：「如今綰作同心結，將贈行人知不知？」

〔四〕燻繡衾：用香籠燻暖繡被。

〔五〕愁絶：極端憂愁。唐戴叔倫《三臺令》：「明月，明月。胡笳一聲愁絶。」

〔六〕宮樹：宮苑中的樹木。唐王維《奉和聖制御春明樓臨右相園亭賦樂賢詩應制》：「小苑接侯家，飛甍映宮樹。」暗：因拂曉月落而覺樹影沉暗。

〔七〕鵲橋橫：言銀河横斜，天將破曉。隋王昚《七夕》之一：「天河横欲曉，鳳駕儼應飛。」鵲橋：傳説牛女七夕渡河相會，喜鵲在天河搭橋，稱鵲橋。唐韓鄂《歲華紀麗·七夕》：「七夕鵲橋已成，織女將渡。」原注引《風俗通》：「織女七夕當渡河，使鵲爲橋。」

〔八〕玉籤：指漏箭，以竹木製成，上有刻度以計時。籤：同籤。或謂指更籤。《陳書·世祖紀》：「每雞人伺漏，傳更籤於殿中，乃敕送者必投籤于階石之上，令鎗然有聲，云：『吾雖眠，亦令驚覺也。』」南朝梁蕭繹《秋興賦》：「聽玉籤之響殿，聞懸魚之扣扉。」報明：報曉。

【疏解】

詞寫通宵候人。起三句叙寫女子與情人聚少離多，倍受相思之苦的折磨，眉色淺淡如煙中柳色，也無心思描畫。接三句描寫女子放下卧室簾帷，烘暖燻香繡被，綰結羅帶同心，做好一切準備工作，熱切地等待情郎的到來。過片三句轉寫一輪冷月高掛城頭，灑下滿地如雪的冷光。夜已深沉，所待之人仍然未至，讓美麗的女子極度焦慮惆悵。末三句只寫月落樹影轉暗、天上銀河横斜的黎明前景色，不再描寫徹夜等待落空的女子情態，把她無以言表的失望痛苦，留給讀者的想像去補充完成，不了了之，亦是一收煞之法。此詞不寫宮怨，而篇中出現「宮樹」意象，當是詞人信筆之時的小小疏忽。詞乃閨怨，若是宮怨，豈容「待郎」？

【集評】

湯顯祖評《花間集》卷一：口頭語，平衍不俗，亦是填詞當家。

王士禛《花草蒙拾》：「蟬鬢美人愁絶」，果是妙語。飛卿《更漏子》、《河瀆神》，凡兩見之。李空同所謂自家物終久還來耶。

李冰若《花間集評注·栩莊漫記》：飛卿詞中重句重意，屢見《花間集》中，由於意境無多，造句過求妍麗，故有此弊，不僅「蟬鬢美人」一句已也。

蕭繼宗《評點校注花間集》：《蒙拾》婉而謔，《漫記》嚴而真。

其五

背江樓，臨海月〔一〕。城上角聲嗚咽〔二〕。堤柳動，島煙昏①。兩行征鴈分〔三〕。　京口路②〔四〕。歸帆渡。正是芳菲欲度③〔五〕。銀燭盡，玉繩低〔六〕。一聲村落雞。

【校　記】

① 島：陸本、鍾本作「㠀」。昏：正本、清刻本作「昬」。

② 京口路：鄂本、湯本、合璧本、四印齋本作「西陵路」。王輯本眉批：「『京口』宋本作『西陵』。」

③ 欲度：雪本作「欲渡」。

【箋　注】

〔一〕背江樓，臨海月：言行人背對江邊樓閣，面向著月亮。海月：因月亮從東海升起，故稱海月。唐張説《送王光庭》：「楚雲眇羈翼，海月倦行舟。」唐白居易《飲後夜醒》：「枕上酒容和睡醒，樓前海月伴潮生。」

〔二〕城上句：寫早行人聽著城頭嗚咽的角聲。角聲：古時軍中吹角以報時報警。此指潤州城戍軍的號角聲。角：號角。《宋書·樂志》：「角長五尺，形如竹筒，本細，末稍大，未詳所起。今軍中用之，或以竹木，或以皮爲之，無定制。」唐杜甫《宿府》：「永夜角聲悲自語，中天月色好誰看。」

〔三〕堤柳三句：行人眼中所見。言江堤上的柳樹在晨風中拂動，江中洲島上雲霧沉沉，空中兩行大雁呈人字形分飛。島：指江中洲渚。征鴈：指春秋兩季南北遷徙之雁。鴈：同雁。南朝梁劉潛《從軍行》：「木落雕弓燥，氣秋征鴈肥。」唐李涉《送魏簡能東遊》之二：「燕市悲歌又送君，目隨征雁過寒雲。」

〔四〕京口路：京口一帶的道路。京口：唐潤州，今江蘇鎮江市。顧祖禹《讀史方輿紀要》卷二十五《南直》七《鎮江府》：「《禹貢》揚州之域。春秋時吴地，後屬越。戰國屬楚。秦爲會稽郡地。漢因之。後漢屬吴郡。三國吴曰京口鎮。漢建安十三年，孫權自吴徙治丹徒，號曰京城。十六年，遷建業，復於此置京督爲重鎮。」「京口」又作「西陵」，李一氓《花間集校》云：「京口在今鎮江，西陵屬今湖北，承上『海月』、『島煙』句，作『京口』是。」

〔五〕芳菲欲度：春光將盡。芳菲：花草盛美。南朝陳顧野王《陽春歌》：「春草正芳菲，重樓啟曙扉。」此指代大好春光。度：過。

〔六〕玉繩：星名。《文選·張衡〈西京賦〉》：「上飛闥而仰眺，正睹瑶光與玉繩。」李善注引《春秋元命苞》曰：「玉衡北兩星爲玉繩。」南朝齊謝朓《暫使下都夜發新林至京邑贈西府同僚》：「金波麗鳷鵲，玉繩低建章。」玉繩低：爲將曉之天象。

【疏解】

温詞有時仿佛印象派繪畫，只塗抹色彩，而不用線條連貫勾勒；又如影視的蒙太奇鏡頭，只並置畫面，而不作任何解釋説明。局部清晰，整體朦朧，詞句之間往往出現不可解處，甚至整篇無解。即如此詞，每一句的畫面色彩均可見可感，但到底是寫遠行還是寫歸家，是寫送别還是寫行役，是寫遊子見聞還是寫思婦望歸，頗難論定。而不管作哪一種理解，都會出現前後不接、彼此齟齬的説不圓處。最明顯的矛盾，就是上片的「兩行征鴈分」喻示分别，下片的「歸帆渡」卻寫回歸。文本裏明明是「歸帆」，論者爲了解通，卻硬要把它説成「征帆遠行」。這種情況，還真是有些像晦澀無解、莫名其妙的現代詩，都是論者把前言不搭後語的破碎句子、意象强爲整合，然後給出一種似是而非、很難有説服力的解釋。也難怪温庭筠詞會在二十世紀三十年代，受到一群現代主義詩人的熱情追捧。當然，這樣講並非是説此詞一無是處，詞的上片所寫江樓、海月、島煙、征雁等意象，所展示出的蒼茫闊大的畫面意境，在狹小香弱的温詞乃至整個《花間》詞中，顯得彌足珍貴。結句「一聲村落雞」，也讓人聯想起他的《商山早行》名句「雞聲茅店月，人跡板橋霜」，從而加深對行旅之人道路辛苦之狀的體會。甚至這首詞整體上蒼茫迷蒙、蕭索荒寂的情調氛圍，都能讓讀者鮮明强烈地加以感知。但詞作前後無法用一條清晰的意脈綫索加以貫穿，仍是横亘在人們面前的一道難以逾越的閱讀障礙。

【集評】

湯顯祖評《花間集》卷一：（「兩行征雁分」）句好。

丁壽田等《唐五代四大名家詞》甲篇：全詞從頭到尾寫舟中所見實景，條理井然，景色如畫。

俞陛雲《唐五代兩宋詞選釋》：就行役昏曉之景，由城内而堤邊，而渡口，而村落，次第寫來，不言愁而離愁自見。其「征雁」句寓分手之感。唐人七歲女子詩「所嗟人異雁，不作一行飛」，亦即此意。結句與飛卿《過潼關》詩「十里曉雞關樹暗，一行寒雁隴雲愁」，清真詞「露寒人遠雞相應」，皆善寫曉行光景。

華鍾彦《花間集注》：前闋六句，由天色未明，説到已明，次序甚清。皆己親見親聞之景。過片以後，既叙遠人情事，「銀燭」三句，當是自己所見所聞者。

蕭繼宗《評點校注花間集》：此詞似爲行役之作，不盡爲閨情矣。

其　六①

玉爐香②〔一〕，紅蠟淚③。偏照畫堂秋思④〔二〕。眉翠薄⑤，鬢雲殘⑥。夜長衾枕寒⑦〔三〕。

梧桐樹。三更雨。不道離情正苦⑧〔四〕。一葉葉，一聲聲。空堦滴到明⑨〔五〕。

【校　記】

①其六：敦煌寫卷伯三九九四調名作《更漏長》。此首張本列「補遺摘入」第一首，作「更漏子

其六，温廷筠」。詞苑英華本《草堂詩餘》題作《秋思》，茅本調下朱筆補題《秋思》。《尊前集》此首作馮延巳詞，又見馮延巳《陽春集》。四印齋本《陽春集》注云：「別作温庭筠。」《全唐詩》作温詞，又作馮詞，一詞兩見。姜亮夫《詞選箋注》云：「詞境不類温作，當從《尊前》。」案：此首《花間集》列温詞中。《尊前集》誤題作者姓氏者多有，自宋以來諸家選本如《花庵詞選》、《花草粹編》、《詞譜》、《詞律》、《詞選》、《詞辨》等皆題温作，《苕溪漁隱叢話》且謂温此詞極爲綺靡。「詞境不類」之説，未爲確論。當從《花間集》作温庭筠詞。此首別又誤作牛嶠詞，見《古今詞統》卷四。

② 玉爐：敦煌寫卷伯三九九四作「金鴨」。香：《陽春集》、《尊前集》作「煙」。爐：文治堂本作「鑪」。

③ 紅蠟：《陽春集》、《尊前集》作「紅燭」。他本均作「紅蠟」。

④ 照：《陽春集》、明代各本《花間集》、彊村本《尊前集》作「對」。

⑤ 薄：敦煌寫卷伯三九九四作「盡」。

⑥ 鬢：湯本、合璧本作「髩」。

⑦ 長：敦煌寫卷伯三九九四作「來」。

⑧ 情：敦煌寫卷伯三九九四作「心」。《詞選》作「愁」。正：明刻本《尊前集》、《陽春集》作「最」。苦：張本作「若」，誤。

⑨ 堦：文治堂本作「階」。

【箋　注】

〔一〕玉爐：香爐的美稱。唐胡杲《七老會》：「霜鬢不嫌杯酒興，白頭仍愛玉爐熏。」

〔二〕偏照：特地照著。南朝陳陰鏗《侯司空宅詠妓》：「翠柳將斜日，偏照晚妝鮮。」畫堂：宫中飾有彩繪的殿堂。《漢書·成帝紀》：「元帝在太子宫生甲觀畫堂，爲世嫡皇孫。」顔師古注：「畫堂，但畫飾耳……霍光止畫室中，是則宫殿中通有綵畫之堂室。」泛指華麗的堂舍。南朝梁蕭綱《餞廬陵内史王修應令》：「迴池瀉飛棟，濃雲垂畫堂。」唐崔顥《王家少婦》：「十五嫁王昌，盈盈入畫堂。」秋思：秋日寂寞淒涼的思緒。唐沈佺期《古歌》：「落葉流風向玉臺，夜寒秋思洞房開。」此指畫堂女子的秋夜離思。

〔三〕眉翠三句：言女子爲離思所苦，黛眉翠減，雲鬢散亂，輾轉難眠，忍受著孤衾中的秋夜寒意。

〔四〕不道：不顧，不管。唐李白《長干行》：「相迎不道遠，直至長風沙。」

〔五〕空堦句：堦：同階。南朝何遜《臨行與故遊夜別》：「夜雨滴空階，曉燈暗離室。」

【疏　解】

《更漏子》即夜曲之意，此首内容切合題調，寫空閨獨守、徹夜不寐的女子的秋思。起三句以鑪香、蠟淚托出畫堂秋思，接三句描寫爲秋思所苦，眉薄鬢殘、輾轉無眠的思婦形象。此詞妙在下片，借「秋雨梧桐」的典型情境，來抒寫女子的離愁别苦。梧桐葉片闊且厚，雨滴淋在上面發出的響聲較大，兼之深秋季節，梧葉已枯，雨打其上，一片「嘭嘭嗒嗒」如擊似扣之聲。夜深人靜的時候，聽來就覺特别刺耳。爲離情所苦的女子本就不易入睡，這夜半的梧桐雨聲，更攪擾得她心煩意亂，輾轉難眠。「不道」一句是無理有情之語，埋怨梧桐夜雨一點兒也不體諒人的苦衷，只管自個兒下個没完没了。寫雨的無情，更襯出人的爲情所累、不得解脱的無可奈何苦況。末三句通過女子的聽覺，來寫梧桐雨徹夜不停，暗示她徹夜不眠。這三句用筆既細又曲，「葉葉」、「聲聲」的疊字，更給人以單調重複、無窮無盡的感覺。思婦就是在這難以忍受的熬煎之中，挨過了漫漫長夜。謝章鋌説這幾句「語彌淡，情彌苦」（《賭棋山莊詞話》），李冰若評之爲「尋常情景，寫來淒婉動人」（《栩莊漫記》）。陳廷焯《雲韶集》認爲「結三語開宋人先聲」，更指出了這幾句的語言、意境影響後世的詞「史」意義。白居易《長恨歌》「秋雨梧桐葉落時」的詩句，經過此詞的創造性繼承發展，對宋人的創作諸如「一聲聲，一更更，不道愁人不喜聽，空階滴到明」（万俟詠《長相思》）、「梧桐更兼細雨，到黄昏，點點滴滴」（李清照《聲聲慢》）等，産生了明顯的滲透。到元人白樸作《梧桐雨》雜劇，其第四折八支曲子共八十四句，全寫梧桐夜雨，可謂淋漓盡致，登峰造極。

【集　評】

胡仔《苕溪漁隱叢話》後集卷十七：庭筠工於造語，極爲綺靡，《花間集》可見矣。《更漏子》一詞尤佳（詞略）。

楊慎《評點草堂詩餘》卷一：飛卿此詞亦佳，總不若張子野「深院鎖黄昏，陣陣芭蕉雨」更妙。

玄本頁眉朱批：得無心碎。

卓人月《古今詞統》卷六徐士俊評語：「夜雨滴空階」，五字不爲少；十三字不爲多。

沈際飛《草堂詩餘正集》卷一：子野句「深院鎖黄昏，陣陣芭蕉雨」，似足該括此首，第觀此始見其妙。

李廷機《草堂詩餘評林》卷四：前以夜闌爲思，後以夜雨爲思，善能體出秋夜之思者。

謝章鋌《賭棋山莊詞話》卷八：太白如姑射仙人，温尉是王謝子弟。温尉詞當看其清真，不當看其繁縟。胡元任謂庭筠工於造語，極爲奇麗。然如《更漏子》云：「梧桐樹。三更雨。不道離情正苦。一葉葉，一聲聲。空階滴到明。」語彌淡，情彌苦，非奇麗爲佳者矣。

許昂霄《詞綜偶評》：《更漏子》（玉爐香）已上三首，與後毛文錫作，皆言夜景，略及清晨，想亦緣調所賦耳。

譚獻《詞辨》卷一：「梧桐雨」以下，似直下語，正從「夜長」逗出，亦書家無垂不縮之法。

陳廷焯《白雨齋詞話》卷一：飛卿《更漏子》三章，自是絶唱，而後人獨賞其末章「梧桐樹」數語。胡元任云：「庭筠工於造語，極爲奇麗，此詞尤佳。」即指「梧桐樹」數語也。不知「梧桐樹」數語，用筆較快，而意味無上二章之厚。胡氏不知詞，故以「奇麗」目飛卿，且以此章爲飛卿之冠，淺視飛卿者也。後人從而和之，何也？

陳廷焯《白雨齋詞話足本》卷六：飛卿《更漏子》三章，後來無人爲繼。

陳廷焯《雲韶集》卷一：遣詞凄絶，是飛卿本色。結三語開北宋先聲。

陳廷焯《詞則·大雅集》卷一：後半闋無一字不妙，沉鬱不及上二章，而凄警特絶。

劉坡公《學詞百法》：小令結語，如温庭筠之「一葉葉，一聲聲，空階滴到明」，正是用重筆也。此等句法，極鍛鍊，亦極自然。故能令人掩卷後，猶作三日之想。

俞陛雲《唐五代兩宋詞選釋》：此首亦以上半闋引起下文。惟其錦衾角枕，耐盡長宵，故桐葉雨聲，徹夜聞之。後人用其詞意入詩云：「枕邊淚共窗前雨，隔個窗兒滴到明。」（按：此爲宋聶勝瓊《鷓鴣天》詞句）加一淚字，彌見離情之苦。但語意説盡，不若此詞之含渾。

李冰若《花間集評注·栩莊漫記》：飛卿此詞，自是集中之冠，尋常情景，寫來凄婉動人，全由秋思離情爲其骨幹。宋人「枕前淚共窗前雨，隔個窗兒滴到明」，本此而轉成淡薄。温詞如此凄麗有情致，不爲設色所累者，寥寥可數也。温韋並稱，賴有此耳。

俞平伯《唐宋詞選釋》：「梧桐樹」以下，譚獻評《詞辨》：「似直下語，正從『夜長』逗出。亦書家無垂不縮之法。」譚評末句不大明白。後半首寫得很直，而一夜無眠卻終未説破，依然含蓄。

唐圭璋《唐宋詞簡釋》：此首寫離情，濃淡相間，上片濃麗，下片疏淡。通篇自晝至夜，自夜至曉，其境彌幽，其情彌苦。上片，起三句寫境，次三句寫人。畫堂之内，惟有爐香、蠟淚相對，何等戚寂。迨至夜長衾寒之時，更愁損矣。眉薄鬢殘，可見輾轉反側、思極無眠之況。下片，承夜長來，單寫梧桐夜雨，一氣直下，語淺情深。宋人句云：「枕前淚共階前雨，隔個窗兒滴到明。」從此脱胎，然無上文之濃麗相配，故不如此詞之深厚。

蕭繼宗《評點校注花間集》：後半六句，只是一語，語淡情苦，胡元任、謝枚如得之矣。陳亦峰獨不謂然，亦峰以喃喃爲沈鬱，以駿利爲直率，毋怪其然也。

歸國遥①

香玉〔一〕。翠鳳寶釵垂⿱罒录⿱罒欶②〔二〕。鈿筐交勝金粟③〔三〕。越羅春水淥④〔四〕。畫堂照簾殘燭。夢餘更漏促〔五〕。謝娘無限心曲〔六〕。曉屏山斷續〔七〕。

【校　記】

①《金奩集》入「雙調」。全本調下小字注曰：「國一作自，遥一作謡。」鄂本此首不分片。鍾本此首作牛嶠詞，誤。《古今詞統》卷四亦題牛嶠作，《陽春集》又録作馮延巳詞。四印齋本《陽春集》注云：「别作温庭筠，又作牛嶠。」《花草粹編》卷二亦題馮作，注云：「《花間》作

温。」《歷代詩餘》、《全唐詩》均作温詞。案：《古今詞統》所題作者姓氏多訛，不足爲據；且此首及前首《花間集》牛嶠詞未收，各家選本亦無作牛嶠詞者。陳世修輯《陽春集》多有舛錯，以此詞爲馮延巳作，未可據信。當從《花間集》作温庭筠詞爲是。

②翠鳳：雪本作「金鳳」。

③鈿筐：宋刻諱「匡」字缺筆作「鈿筐」，明本均誤作「鈿筐」，雪本作「筐鈿」，尤誤。徐本、四印齋本作「鈿筐」。影刊本缺末筆。

④淥：紫芝本、吴本、《陽春集》、《金奩集》、全本、林大椿《唐五代詞》作「緑」。

【箋注】

〔一〕香玉：有香氣的玉。唐蘇鶚《杜陽雜編》卷上：「肅宗賜輔國香玉辟邪，其玉之香聞數百步，雖鏁之金函石匱，終不能掩其氣。」此指美玉頭飾。或謂喻美女香潤的面頰。唐温庭筠《晚歸曲》：「彎堤弱柳遥相矚，雀扇團圓掩香玉。」上片全寫服飾，似作前解較勝。

〔二〕罣㲉：翠釵之穗飾。見本卷《菩薩蠻》「雨晴夜合玲瓏日」注〔五〕。

〔三〕鈿筐：鑲嵌金、銀、玉、貝等物的小簪。《淮南子·齊俗訓》：「筐不可以持屋。」高誘注曰：「筐，小簪也。」温庭筠《鴻臚寺偶成四十韻》「鬣帶畫銀絡，寶梳金鈿筐」。交勝：交相爲美。或解爲彩勝。金粟：花蕊狀金質首飾。唐楊炯《老人星賦》：「晃如金粟，燦若銀燭。」

〔四〕越羅句：女子之越羅衣衫，色如春水般碧嫩。越羅：越地所産的絲織品，以輕柔精緻著稱。唐劉禹錫《酬樂天衫酒見寄》：「酒法衆傳吴米好，舞衣偏尚越羅輕。」

〔五〕夢餘：夢後。唐許渾《秦樓曲》：「秦女夢餘仙路遥，月窗風簟夜迢迢。」

〔六〕謝娘：見本卷《更漏子》「柳絲長」注〔五〕。心曲：猶心緒，心事。《詩經·秦風·小戎》：「言念君子，温其如玉。在其板屋，亂我心曲。」鄭玄箋：「心曲，心之委曲也。」唐孟郊《古怨别》：「心曲千萬端，悲來卻難説。」

〔七〕曉屏句：謂屏風曲折錯落如山斷續。

【疏　解】

詞寫閨情。上片以密麗的詞筆，鋪寫玉簪、鳳釵、罘罳、鈿筐、綵勝、金粟、緑羅等女性華艷的首飾衣著，以之烘托女子的豔美，堆砌羅列，蹙金結繡，體現出典型的温詞語言特點。過片轉寫女子夢醒後視覺和聽覺印象，殘燭照簾，漏聲頻催，夜色將盡，烘染暗淡衰颯的情緒氛圍。結句點出「謝娘無限心曲」，但不加説明，轉以「曉屏山斷續」的景語映襯喻示，把女子難以言表的微妙「心曲」，表現得既形象可感，又含蓄藴藉，可謂神來之筆。此詞專看上片，確有「堆積麗字」之弊，但「越羅春水緑」一句清新淡雅，對前面的穠麗綺艷已是某種程度的調劑。如與下片合觀，則上片的濃豔與下片的暗淡適成對照，起到有力的襯托作用，在表現上並非純粹是消極意義。還有「曉屏」一句對女子心事的傳神形容，也值得稱道。所以，批評此詞「情境俱屬下劣」，似有一筆抹倒之嫌。這是評點派的通病，逮住一點好處，止不住大加稱讚，任意發揮，往往不著邊際；抓住一點問題，忍不住痛加貶斥，以偏概全，常常不及其餘。這樣的揄揚評騭，難免失之偏頗。嚴謹的態度，還是應該記取《文心雕龍·知音篇》裏的「六觀」批評方法，對文本進行全面觀察和具體分析，則長短彰明較著，優劣無以隱遁，庶幾能夠得出切合實際的評價。

【集評】

湯顯祖評《花間集》卷一：芙蓉脂膩緑雲鬟，故覺釵頭玉亦香。

李調元《雨村詞話》卷一：温庭筠喜用「罣罽」及「金鷓鴣」、「金鳳凰」等類字，是西崑積習。「金」皆衣上織金花紋，「罣罽」，今垂纓也。

李冰若《花間集評注·栩莊漫記》：此詞及下一首，除堆積麗字之外，情境俱屬下劣。

蕭繼宗《評點校注花間集》：予亦云然。

其二①

雙臉。小鳳戰篦金颭豔〔一〕。舞衣無力風斂②〔二〕。藕絲秋色染〔三〕。錦帳繡幃斜掩③。露珠清曉簟〔四〕。粉心黄蕊花靨〔五〕。黛眉山兩點〔六〕。

【校　記】

① 鍾本此首作牛嶠詞。

② 斂：《詞譜》作「軟」。

③ 繡幃：紫芝本作「綉帪」。

【箋　注】

〔一〕小鳳戰篦：飾以金鳳的篦梳，在髮鬟上顫動。戰：通「顫」。《吕氏春秋·審應》：「公子沓相周，申向説之而戰。」颭豔：光豔閃爍。颭，占琰切。《説文》：風吹浪動也。《正字通》：凡風動與物受風摇動者，皆謂之颭。柳宗元《登柳州城樓寄漳汀封連四州刺史》：「驚風亂颭芙蓉水，密雨斜侵薜荔墻。」

〔二〕風斂：言舞罷風歇，蕩起的舞衣垂斂下來。

〔三〕藕絲句：狀舞衣顔色。參本卷《菩薩蠻》「水晶簾裏頗黎枕」注〔三〕。

〔四〕露珠句：言竹席上似有晨露沾濕，透出涼意。

〔五〕粉心黄蕊：言花靨的蕊黄底色上點出紅心。花靨：婦女頰上用彩色塗點的妝飾。多以金、翠顔色製成星狀或花狀，故稱「金靨」、「翠靨」、「星靨」、「花靨」。唐五代時俗稱「花子」。唐段成式《酉陽雜俎》曰：「今婦人面飾用花子，起自昭容上官氏所製，以掩點跡。」五代馬縞《中華古今注》則謂：「秦始皇好神仙，常令宫人梳仙髻，貼五色花子，畫爲雲鳳虎飛升。……至後周，又詔宫人帖五色雲母花子，作碎妝以侍宴。如供奉者，帖勝花子，作桃花妝，插通草朵子，著短袖衫子。」

〔六〕黛眉山兩點：《花間》詞多曰「山兩點」，是山眉其狀如「點」，似不可解。

【疏解】

詞寫豔妝仕女。上片描寫女子的首飾衣著，富麗華美。「小鳳」一句，摹寫髮鬟上篦梳的輕微顫動，金彩閃爍不定，筆法細膩入微。换頭轉寫女子的閨幃陳設，然後細描女子枕上的面部宿妝，濃豔嫵媚。此詞宛如一幅工筆重彩仕女圖，自首至尾「全寫一美人顔色服飾之態，而情醖釀其中，卻無一句寫出」（唐圭璋《詞學論叢》），人物情感隱匿在豔詞麗藻之後，含蓄藴藉，典型地體現出温詞「深美閎約」的藝術特色。但是，與温詞中其它同類作品一樣，此詞也並非一味濃豔深隱。温詞每於極濃處染以淡筆，極麗處間以清辭。如此詞上片的「藕絲秋色染」、下片的「露珠清曉簟」二句，就對整體的濃豔風格起到了有效的稀釋作用；而「舞衣無力」、「繡幃斜掩」的客觀描寫之中，似也暗示出一縷低抑、落寞的情緒，在可以意會之間，給讀者的審美聯想大幅留白。凡此，都是温詞表現上的獨到之處，解讀時應該細心加以體會，方能感悟飛卿詞心之妙。

【集　評】

鍾本評語：藕絲秋色染，即小小句，草堂所無。

唐圭璋《詞學論叢·温韋詞之比較》：《歸國遥》……則全寫一美人顏色服飾之態，而情醖釀其中，卻無一句寫出。

蕭繼宗《評點校注花間集》：《歸國謡》二首，寫歌舞伎耳，略無深意，飛卿他詞，與此大同小異，不過稍入離别相思之念已。皋文、亦峰，擅於曲解，至此亦不免技窮。

袁行霈《中國詩歌藝術研究·温詞藝術研究》：以静態的描繪代替人物的抒情，尤其著力於細部的渲染，因細部的膨脹而失去整體的均衡感也在所不惜。……一首詞就像一幅工筆的毫髮畢見的仕女。……詞中的女性大多是静態的。……上闋寫女子的首飾、衣服，下闋寫她的卧牀和她的妝扮，把她的外部特徵描繪得極其細緻。篦子、舞衣、花靨、黛眉，各個細部渲染得十分逼真。

酒泉子①

花映柳條。閑向緑萍池上②〔一〕。凭欄干③，窺細浪。雨蕭蕭④。　近來音信兩疏索⑤〔二〕。

洞房空寂寞〔三〕。掩銀屏〔四〕，垂翠箔⑥〔五〕。度春宵。

【校記】

①《金奩集》入「高平調」。鍾本此四首作牛嶠詞。吳鈔本作「酒泉子四首」。

② 閑：鄂本、玄本、湯評本、四印齋本作「吹」，林大椿《唐五代詞》作「間」。

③ 凭：晁本、紫芝本、陸本、茅本、湯評本、合璧本、徐本、四印齋本、《唐五代詞》作「凭」。他本作「憑」。欄干：吳鈔本、湯評本、合璧本、毛本、後印本、正本、清刻本、四印齋本、林大椿《唐五代詞》作「闌干」。干：上圖藏茅本似作「千」或「十」，墨筆校改爲「干」。

④ 蕭蕭：玄本作「瀟瀟」。王輯本作「簫簫」。

⑤ 踈：吳鈔本、合璧本、毛本、後印本作「疎」。

⑥ 翠箔：鄂本、四印齋本作「翠泊」，誤。吳鈔本、雪本作「翠幕」。

【箋注】

〔一〕緑萍池上：長滿浮萍的池塘邊。温庭筠《春日訪李十四處士》：「一局殘棋千點雨，緑萍池上暮方還。」

〔二〕踈索：稀疏，稀少。唐司空圖《寄考功王員外》：「白鳥間踈索，青山日滯留。」

〔三〕洞房：幽深的内室。多指卧室、閨房。《楚辭·招魂》：「姱容修態，絚洞房些。」漢司馬相如《長門賦》：「懸明月以自照兮，徂清夜於洞房。」唐沈亞之《賢良方正能直言極諫策》：「市言唯恐田園陂地之不廣也，簪珥羽鈿之不侈也，洞房綺闥之不邃也。」

〔四〕銀屏：鑲銀的屏風。唐温庭筠《湘東宴曲》：「欲上香車俱脈脈，清歌響斷銀屏隔。」

〔五〕翠箔：绿色的簾幕。

【疏解】

詞寫春閨懷人。上片叙寫長日閑暇，女子轉出閨房，來到花柳掩映的绿萍池邊，憑欄眺望。池中的粼粼細浪和空中的瀟瀟春雨，烘襯出女子迷離的情緒和微茫的心意。换頭交待近來雙方音信稀疏，女子深感閨中寂寞。「空」字與上片的「閑」字呼應，上片所寫池邊憑欄，就是她排遣寂寞的一種表現。結三句描寫女子掩屏垂簾，虚度春宵，流露出無限的蕭疏寂寞之意。

【集評】

湯顯祖評《花間集》卷一：《酒泉子》强半用三字句，最易。

李冰若《花間集評注·栩莊漫記》：銀屏翠箔麗矣，奈洞房寂寞度春宵何。

蕭繼宗《評點校注花間集》：一種空虚寂寞之感，信爲古時閨閣所同，作者百説不厭，其奈讀者何。「兩疏索」之「兩」字，亦不免小疵。

其二

日映紗窗。金鴨小屏山碧①〔一〕。故鄉春〔二〕，煙靄隔②〔三〕。背蘭釭③〔四〕。

宿粧惆悵倚高閣④〔五〕。千里雲影薄⑤。草初齊〔六〕，花又落。燕雙雙⑥。

【校記】

①碧：鄂本、湯本、四印齋本無「碧」字。華鍾彥《花間集注》曰：「碧：石印本作□，蓋石印本依四印齋本。刻版存疑之誤也。兹據明巾箱本改正。」

②靄：鄂本、湯評本、四印齋本作「藹」。

③釭：鄂本、吴鈔本、玄本、毛本、後印本、正本、四庫本、徐本作「缸」。

④惆悵：林大椿《唐五代詞》作「怊悵」。

⑤千里：合璧本作「十里」。

⑥雙雙：全本、王輯本作「雙飛」。

【箋　注】

〔一〕金鴨：一種鍍金的鴨形銅香爐。唐戴叔倫《春怨》：「金鴨香消欲斷魂，梨花春雨掩重門。」

山碧：指小屏風上所畫的青緑山水。

〔二〕故鄉春：唐杜甫《贈别何邕》：「五陵花滿眼，傳語故鄉春。」

〔三〕煙靄：從上片寫室内景看，應指燃香散發的煙氣。唐長孫佐輔《幽思》：「金爐煙靄微，銀釭殘影滅。」但從上下句看，則應指隔斷故鄉春色的迢遥途程上的煙雲霧靄。

〔四〕背蘭釭：指燈盞放置在床幃的背面，既不影響睡眠，又可起到適度的照明作用。蘭釭：亦作「蘭缸」。燃蘭膏的燈，代指精緻的燈具。《文選》卷三十三《招魂》：「蘭膏明燭，華燈錯些。」李周翰注：「以蘭漬膏，取其香也。」南朝齊王融《詠幔》：「但願置尊酒，蘭釭當夜明。」唐施肩吾《夜宴詞》：「蘭釭如晝曉不眠，玉堂夜起沉香煙。」

〔五〕宿粧句：言晨起未及梳妝，即倚閣憑欄遠眺故鄉。宿粧：猶舊妝，殘妝。唐岑參《醉戲竇子美人》：「朱唇一點桃花殷，宿妝嬌羞偏髻鬟。」

〔六〕草初齊：唐唐彦謙《春雨》：「新豐樹已失，長信草初齊。」

【疏　解】

詞寫暮春鄉思。上片描寫閨中晨景。日光映入紗窗，照在金鴨香爐和碧色屏風上。已醒未起的女子，看著屏風上繪飾的青緑山水，眼前恍然幻化出記憶中的故鄉春色。但由於金鴨香爐散出的煙縷繚繞滿室，蘭膏香燈的殘焰又被帳幃掩遮，她感覺眼前的故鄉春色看不真切，有些恍惚迷離。下片承上，描寫女子起來未及梳妝，就登上閣樓遠眺故鄉，但見千里雲影，一片模糊，故鄉春色，依然渺不可及。結三句是女子收回遠眺的視線，所看到的樓閣旁的近景，芳草萋萋、落花飛燕的暮春景色，唤起女子歲月流逝、身世飄零之感，使她的懷鄉之情更加濃郁。全詞從早晨醒來見屏山而起鄉思，寫到起床之後登樓閣而望故鄉，脈絡層次十分清楚，不存在「前後舛錯」的「隱晦艱澀」問題，所寫爲一日晨起之事，而非「兩天的情事」。至於詞中女子流離他鄉，是因爲遠嫁，還是因爲戰亂，抑或其他原因所致，則不得而知。

【集評】

鍾本評語：「草初齊，花又落。燕雙雙。」寫春光一段，三語而足。

陸侃如、馮沅君《中國詩史》：這首詞確有點前後舛錯的嫌疑。因爲此詞的背景，若就「千里雲影薄」、「日映紗窗」諸句看，顯然是白晝；但就「背蘭釭」句論，又似乎是夜間。……這些隱晦艱澀、前後舛錯的作品，便是温詞失敗的處所。

詹安泰《宋詞散論·温詞管窺》：這首詞是不是「前後舛錯」呢？我看，並不見得。前闋寫日色穿窗，到默對爐香，背著燈光，由外寫到内；後闋寫倚閣悵望，看看遠景，看看近景，緊接上結自内向外，後由遠到近，由模糊到明晰，而以景結情終，含有餘不盡之味。通篇思路流貫，層次分明，絲毫也没有「舛錯」。寫的不是一天的情事，而是兩天的情事（也可以説是日復一日的情事），過闋已用「宿妝」兩字交代清楚。……詞的後闋連用雲影、芳草、落花、雙燕幾種足以觸動離情的景物，寫來又很鮮明生動。

《百家唐宋詞新話》蕭滌非評語：在陸侃如、馮沅君先生的《中國詩史》卷下第九一一頁，曾評論到温庭筠的這首《酒泉子》，説是「晝夜不分，前後舛錯」。這批評，我們是不能苟同的。……統觀全詞，由室内寫到室外，由未起床寫到起床後的倚閣凝望，觸景傷情，脈絡分明，層次井然，人物形象也很生動。

蕭繼宗《評點校注花間集》：末三句，有春盡人孤之意，尚藴藉。

劉學鍇《温庭筠全集校注》下：中國古代詩賦向有游子思歸之傳統主題，而無「游女」懷鄉者。此詞可能是表現此類主題極少數作品之一，反映出隨著城市商業經濟的發展，城市中聚集了一大批離鄉背井，以歌舞技藝謀生的單身女性，她們的思想情緒，包括懷念故鄉的感情，已引起熟悉市井生活之詞人如温庭筠之注意，並在詞中加以表現。此詞與下篇「楚女不歸」均爲同一類型作品，在詞的題材、主題的擴大與創新方面值得注意。

其 三①

楚女不歸〔一〕。樓枕小河春水。月孤明〔二〕，風又起。杏花稀②。　玉釵斜篸雲鬟髻③〔三〕。裙上金縷鳳④〔四〕。八行書⑤〔五〕，千里夢。鴈南飛⑥。

【校 記】

① 此首又見馮延巳《陽春集》。四印齋本《陽春集》注云：「別作温庭筠。」《花草粹編》卷二亦題作馮詞。按：此首《花間集》作温詞。《金奩》、《詞綜》、《詞律》、《詞譜》、全本、《續詞選》亦俱作温詞。《陽春集》顯係誤收，《花草粹編》未可據信。當從《花間集》作温庭筠詞。別又誤作牛嶠詞，見《古今詞統》卷三。

② 杏花稀：玄本、雪本作「杏花飛」，與下「鴈南飛」重韻，誤。

③ 篸：《陽春集》作「插」。髻：《金奩集》、全本、王輯本《金荃詞》、林大椿《唐五代詞》作「重」。華鍾彦《花間集注》作「重」，注曰：「明本作髻，《詞律》謂髻字叶前段仄韻，非是。今據戈氏校本改，重與下句鳳叶韻。」李一氓《花間集校》曰：「『雲鬟髻』，叶『水』、『起』仄韻；戈順卿校改『雲鬟重』以叶『鳳』、『夢』韻。但下首『一雙嬌燕語雕梁』句，亦不叶

『節』、『歇』韻，反叶『香』、『陽』韻。」

④ 裙上：吴鈔本「裙」下空一格，無「上」字。金縷鳳：《陽春集》作「縷金釵鳳」。

⑤ 八：《陽春集》作「一」。

⑥ 南飛：紫芝本、吴鈔本、毛本、後印本作「南歸」，與上「楚女不歸」重韻，誤。

【箋　注】

〔一〕楚女：家在楚地的南國女子。或曰此句用《高唐賦》巫山神女典故，言此女子係歌妓身份。不歸：無法回歸故鄉。

〔二〕月孤明：即孤月明。唐姚鵠《送費煉師供奉赴上都》：「蘿磴靜攀雲共過，雪壇當醮月孤明。」

〔三〕斜簪：斜插。簪：插住。《廣韻》釋簪：「以針簪物。」唐白居易《同諸客嘲雪中馬上妓》：「銀篦穩簪烏羅帽，花襜宜乘叱撥駒。」此詞又見馮延巳《陽春集》，「簪」即作「插」。

〔四〕金縷鳳：金線繡出的鳳凰圖案。

〔五〕八行書：書信。《後漢書・竇章傳》：「更相推薦。」李賢注引漢馬融《與竇伯向（章）書》曰：「孟陵奴來，賜書，見手跡，歡喜何量，見於面也。書雖兩紙，紙八行，行七字。」謂信紙一頁八行。後世信箋亦多每頁八行，因以稱書信。北齊邢邵《齊韋道遜晚春宴》：「誰能千里外，獨寄八行書。」唐李治《寄校書七兄》：「因過大雷岸，莫忘八行書。」

【疏　解】

此首思鄉之詞。一起即用重筆點明「楚女不歸」的現實境況，其間多少滯留思鄉的痛苦，盡在不言之中。那閣樓前的小河春水，就像她的思鄉之情，日夜流淌，悠悠不盡。又是杏花飄飛、孤月朗照的暮春之夜，不眠的楚女見落花而起春愁，望明月而懷故鄉，内心經受著傷春傷別感情的痛苦折磨。换頭二句，補寫楚女的衣飾妝容之美，以鮮麗繁密之詞采，映襯楚女内心的孤寂，顯出温詞的淒豔特色。末三句以景結情，寫月夜楚女鄉情難遣、欲歸無計之際，適有夜鴻飛過，便欲請託鴻雁捎書傳夢，聊寄鄉情。詞作前後照應，「楚女」即南國女子，家鄉當然是在南方，所以纔生出託南飛的鴻雁傳書捎夢的想法。或謂詞寫男子思念楚女，則「不歸」就是指楚女留戀南國家鄉，没有回到北方男子的身邊。所以在暮春月夜，男子望月懷人，眼前幻化出楚女美麗的身影，這時適有遷徙的大雁飛過小樓，男子便想託鴻雁給滯留不歸的楚女捎書傳夢，寄託自己的深切思念之情。如此解讀，似亦可通。但細讀文本，詞中還是有一處瑕疵，即「鴈南飛」的結句，詞作展開的季節背景是暮春，其時正值大雁北歸，斷無南飛之理。可能是詞人信手寫來，也可能是爲了楚女捎書方便，於是就留下了一處小小的筆誤。

【集　評】

鍾本評語：「樓枕小河春水」，佳絶。

吴衡照《蓮子居詞話》卷一：《酒泉子》云：「月孤明，風又起，杏花稀。」作小令不似此著色取致，便覺寡味。

陳廷焯《詞則·别調集》卷一：情詞淒怨。（月孤明）三句中有多少層折。

唐圭璋《詞學論叢·温韋詞之比較》：《酒泉子》云「裙上金縷鳳」，《菩薩蠻》云「新貼繡羅襦，雙雙金鷓鴣」，皆寫人之衣裙也。

蕭繼宗《評點校注花間集》：末謂雁過而音書不至，三言三句，無迴旋餘地，純以意轉，微嫌不醒。至前結三句，「有多少層折」，惟白雨齋中人能知之矣。

其　四①

羅帶惹香〔一〕。猶繫别時紅豆②〔二〕。淚痕新③，金縷舊〔三〕。斷離腸〔四〕。　一雙嬌燕語雕梁④。還是去年時節。緑陰濃⑤，芳草歇⑥。柳花狂⑦〔五〕。

【校　記】

① 鍾本此首作「酒泉子牛嶠」，再出調名作者。

② 繫：《歷代詩餘》作「憶」。紅豆：湯本、合璧本無「紅」字。

③痕：王輯本作「恨」。

④雕：晁本、毛本、後印本、正本、四庫本、清刻本、四印齋本作「彫」。

⑤陰：紫芝本、吳鈔本、毛本、後印本、正本、徐本、全本、《歷代詩餘》、王輯本《金荃詞》作「楊」。

⑥歇：雪本作「節」。

⑦柳花：華鍾彥《花間集注》曰：「或本作杏花，茲據明巾箱本改正。」柳：湯本、合璧本作「枕」。

【箋注】

〔一〕羅帶：絲織的衣帶。隋李德林《夏日》：「微風動羅帶，薄汗染紅粧。」惹香：沾染香氣。岑參《寄左省杜拾遺》：「曉隨天仗入，暮惹御香歸。」

〔二〕猶繫句：言羅帶上還繫著去年别時對方贈與的紅豆。紅豆：紅豆樹、海紅豆及相思子等植物種子的統稱。其色鮮紅，常用以象徵愛情或相思。唐王維《相思》：「紅豆生南國，春來發幾枝。願君多採擷，此物最相思。」《資暇集》卷下：「相思子，即紅豆之異名也。……其子若藊豆，處於莢中，通身皆紅。李善云『其實如珊瑚』是也。」李時珍《本草綱目》卷三五《木部》：「相思子生嶺南。樹高丈餘，白色。其葉似槐，其花似皂莢，其莢似扁豆。其子大如小豆，半截紅色，半截黑色，彼人以嵌首飾。」又引《古今詩話》云：「相思子圓而紅，故老言昔有人歿於邊，其妻思之，哭於樹下而卒，因以名之。」

〔三〕金縷舊：此言金縷衣已穿舊，以見别離之久。

〔四〕離腸：充滿離愁的心腸。唐武元衡《南徐别業早春有懷》：「虚度年華不相見，離腸懷土併關情。」。

〔五〕緑陰三句：寫暮春景色。芳草歇：芳草香氣消竭。唐孟郊《獨愁》：「常恐百鳥鳴，使我芳草歇。」柳花狂：形容柳絮漫天飛舞。唐白居易《裴常侍以題薔薇架十八韻見示因廣爲三十韻以和之》：「怯教蕉葉戰，妒得柳花狂。」。

【疏　解】

詞寫别後相思之情。一起二句，即是表現相思之情的典型細節，羅帶是贈别的信物，紅豆是戀情的象徵，羅帶猶繫紅豆，表明此情永不忘懷。接以「淚痕新，金縷舊」兩句對比性的描寫，見出這别後的漫長時光裏，女子日復一日的相思痛苦。换頭二句，是女子眼前所見與心理記憶的疊印閃回，看到梁上呢喃的雙燕，想起去年此時相聚的歡樂。倏忽又是一年春，去年的燕子又雙雙飛回梁上的故巢，去年的歡情而今難再，讓女子倍感孤寂傷懷。末三句以暮春景物收束，光色深暗，畫面迷離，映襯出女子意亂情迷的黯淡相思心境。

【集評】

湯顯祖評《花間集》卷一：纖詞麗語，轉折自如，能品也。

李冰若《花間集評注·栩莊漫記》：離情別恨，觸緒紛來。

華鍾彦《花間集注》卷一：温詞《酒泉子》四首，獨此首此句（「一雙嬌燕語雕梁」），「梁」字不與下句叶，而與前闋「香」、「腸」，後闋「狂」字叶，與前三首均各不同。

蕭繼宗《評點校注花間集》：《酒泉子》體式甚繁，長短不一，用韻尤參錯，但其音律特徵，仍可按之而得。此詞首句「香」字爲韻，依例語氣小頓，而作者以「猶繫」二字，一氣貫下，直至「離腸」句爲止。不爲音節所窘，頗見手段。

黄進德《唐五代詞選集》：此詞一反先寫景後抒情的通例，以直賦别情起始，寫景結穴。機杼獨運，情致哀怨，感慨深沉，結句尤覺雋永。

定西番①

漢使昔年離别〔一〕。攀弱柳②〔二〕，折寒梅③〔三〕。上高臺〔四〕。　千里關春雪〔五〕。鴈來人不來。羌笛一聲愁絶〔六〕。月徘徊④〔七〕。

【校　記】

①吴鈔本、張本作「定西番三首」。《金奩集》入高平調。

②柳：文治堂本作「節」。

③折：吴鈔本作「析」，誤。梅：王輯本作「海」，誤。

④徘徊：全本作「裵回」。

【箋　注】

〔一〕漢使：華鍾彦《花間集注》曰：「漢使：指張騫言。此詞之作，是就題發揮也。張騫既殁，西域人思之，故此云然。」東漢班固《漢書·張騫傳》：「漢方欲事滅胡。……乃募能使者。騫以郎應募，使月氏。」「拜騫爲中郎將，將三百人。……多持節副使，道可便遣之旁國。騫既至烏孫，……即分遣副使使大宛、康居、月氏、大夏……於是西北國始通於漢矣。」「騫爲人强力，寬大信人，蠻夷愛之。」劉學鍇《温庭筠全集校注》曰：「此泛指唐朝出使西北邊塞的使者。係詞中女主人公之丈夫。」昔年離别：或指漢使辭家遠使，或指漢使離開邊地東歸。

〔二〕攀弱柳：折柳贈别。《三輔黄圖》卷六《橋》：「霸橋在長安東，跨水作橋，漢人送客至此橋，折柳贈别。」

〔三〕折寒梅：折梅寄遠，表達思念之情。《太平御覽》卷九七〇引南朝宋盛弘之《荆州記》：「陸凱與范曄友善，自江南寄梅花一枝詣長安與曄，並贈詩曰：『折梅逢驛使，寄與隴頭人。江南無所有，聊贈一枝春。』」

〔四〕上高臺：登高望遠，寄託思鄉之情。《樂府詩集》卷十六《臨高臺》，《樂府解題》曰：「若齊謝朓『千里常思歸』，但言臨望傷情而已。」或謂此指女子登上高臺，眺望遠行的漢使。

〔五〕玉關：即玉門關。見卷一温庭筠《菩薩蠻》「翠翹金縷雙鸂鶒」注〔七〕。唐李白《王昭君》之一：「一上玉關道，天涯去不歸。」

〔六〕羌笛：古代的管樂器。長二尺四寸，三孔或四孔。因出於羌中，故名。陳暘《樂書》：「羌笛五孔，馬融《笛賦》謂出於羌中，舊制四孔而已。京房加一孔，以備五音。」宋沈括《夢溪筆談·樂律》：「笛有雅笛，有羌笛，其形制所始，舊説皆不同。」唐王之渙《涼州詞》之一：「羌笛何須怨楊柳，春風不度玉門關。」

〔七〕月徘徊：月影移動。三國魏曹植《七哀詩》：「明月照高樓，流光正徘徊。」唐張若虚《春江花月夜》：「可憐樓上月徘徊，應照離人妝鏡臺。」

【疏解】

此詞就題發揮，可作二解：或謂寫西北邊地之人懷念張騫，或謂從女子角度抒征人思婦之情。

作第一解，上片追叙張騫當年離開西域時的情景，邊地之人用折柳、贈梅、高臺憑眺等方式，表達依依惜别之情。下片以玉門關外千里春雪爲背景，以月夜悲涼的羌笛聲作烘托，抒寫邊地之人對張騫一去不歸的强烈思念之情。作第二解，上片即是思婦追憶當年送别征人的情景，下片也變成了對思婦别後期盼雁書、愁聽羌笛、望月懷人等思念惆悵情態的描叙。二解均可説通，但第一解於義較長，春雪雁來，應是北歸的春雁，而非南飛的秋雁，所以還是解爲西北邊地之人盼望張騫隨著春雁一起北歸爲是。詞作選取的邊塞題材，也改變了温詞的綺艷風格，給讀者帶來别樣的美感。

【集 評】

湯顯祖評《花間集》卷一：「月徘徊」是「香稻啄殘鸚鵡粒」句法。

董其昌《新鋟訂正評注便讀草堂詩餘》卷七：攀柳折梅，皆所以寫離别之思。末二句聞笛見月，傷之也。

王奕清等《詞譜》卷二：此詞前後段起句及後段第三句俱間押仄韻，温庭筠别首「海燕欲飛」詞與此同，其平仄如一。

蕭繼宗《評點校注花間集》：唐人邊塞之作，最擅勝場，大多只及征戍。此詞則以奉使持節爲篇旨，兩節三字句，著墨不多，而怨在辭外。

其　二

海燕欲飛調羽〔一〕。萱草緑〔二〕，杏花紅。隔簾櫳①〔三〕。　雙鬟翠霞金縷〔四〕。一枝春豔濃〔五〕。樓上月明三五〔六〕。瑣窗中②〔七〕。

【校　記】

① 櫳：晁本、鄂本、陸本、茅本、張本、玄本、影刊本作「攏」。

② 瑣：鄂本、紫芝本、吴鈔本、毛本、後印本、正本、四庫本、清刻本、四印齋本作「鎖」。

【箋　注】

〔一〕海燕：燕子的别稱。古人認爲燕子産於南方，須渡海而至，故名。唐沈佺期《古意呈補闕喬知之》：「盧家少婦鬱金堂，海燕雙棲玳瑁梁。」調羽：調弄羽翼，准備飛翔。

〔二〕萱草二句：唐温庭筠《禁火日》：「舞衫萱草緑，春鬢杏花紅。」

〔三〕簾櫳：窗簾和窗牖。也泛指門窗的簾子。南朝宋謝惠連《七月七日夜詠牛女詩》：「落日隱欄楹，升月照簾櫳。」

〔四〕翠霞金縷：華鍾彦《花間集注》曰：「翠霞，釵色；金縷，釵穗也。」唐楊容華《新妝詩》：「鳳釵金作縷，鸞鏡玉爲臺。」

〔五〕一枝句：言鬢邊插一枝濃豔的鮮花。亦喻女子妝成，豔如春花。

〔六〕三五：謂十五天。《禮記·禮運》：「是以三五而盈，三五而闕。」後以指農曆月之十五日。《古詩十九首·孟冬寒氣至》：「三五明月滿，四五蟾兔缺。」

〔七〕瑣窗：鏤刻有連瑣圖案的窗欞。南朝宋鮑照《玩月城西門廨中》：「蛾眉蔽珠櫳，玉鉤隔瑣窗。」

【疏　解】

詞賦春日美人。上片描寫簾櫳之外燕子調羽、草緑花紅的大好春色。换頭轉寫簾内之人的妍美妝容，如一枝盛開的鮮花。結二句寫花好月圓之夜，美人把自己深掩於瑣窗之内，幽閨獨處。小詞到此收束，一種「盛年處房室」的孤寂憂傷之意，留給讀者解會，温詞言情含蓄深隱的特點，於此可見一斑。

【集　評】

湯顯祖評《花間集》卷二：（結尾二句）不知秋思在誰家。

丁壽田等《唐五代四大名家詞》：如此良辰美景，而佳人幽居樓上，垂簾不卷，其情緒可想見矣。

蕭繼宗《評點校注花間集》：前首及後首，均及邊塞事，與調名本意有關，此首則仍不外「翠霞金縷」，無可論者。臨川云云，不知用意何在。

其　三

細雨曉鶯春晚。人似玉，柳如眉〔一〕。正相思。　羅幕翠簾初捲。鏡中花一枝①〔二〕。腸斷塞門消息②。鴈來稀〔三〕。

【校　記】

① 鏡：晁本、陸本、徐本、影刊本缺末筆。

② 腸：吴鈔本作「暘」，誤。

【箋　注】

〔一〕柳如眉：即眉如柳，與上句成對句。唐白居易《長恨歌》：「芙蓉如面柳如眉，對此如何不淚垂。」

〔二〕鏡中句：喻女子貌美如花。

〔三〕腸斷二句：傳書的鴻雁來得稀少，戍邊的征人久無音訊，思婦爲之腸斷。塞門：邊關。《文選》南朝宋顏延之《赭白馬賦》：「簡偉塞門，獻狀絳闕。」李善注：「塞，紫塞也。有關，故曰門。」

【疏　解】

詞寫思婦閨怨。起句先寫天氣季節，接寫閨中女子醒來，在暮春細雨霏霏的早晨，聽著曉鶯的鳴囀，沉浸在對遠人的思念之中。换頭描寫女子晨起捲簾，對鏡梳妝，「鏡中花一枝」的暗喻，與上片「人似玉，柳如眉」的明喻，都是形容女子的美麗。結二句交待上片「正相思」的原因，是邊關征人音信稀疏，讓女子牽掛不已，爲之腸斷。

【集　評】

俞陛雲《唐五代兩宋詞選釋》：《定西番》三首有「雁來人不來」、「腸斷塞門消息，雁來稀」句，亦藉鶯雁以寄離情，其意境與《蕃女怨》詞相類。

蕭繼宗《評點校注花間集》：思婦之情，見於後結。「息」字宜叶，否則太孤。

楊柳枝①

宜春苑外最長條②〔一〕。閑裊春風伴舞腰〔二〕。正是玉人腸絶處③〔三〕，一渠春水赤欄橋④〔四〕。

【校　記】

①《金奩集》入高平調。《全唐詩》、席啟寓本《温庭筠詩集》題作《楊柳八首》。《全唐詩》題下小字注曰：「一作楊柳枝。」吴鈔本、張本作「楊柳枝八首」，鍾本此八首作牛嶠詞。鄂本此首至「玉」字，以下闕，並闕《楊柳枝》其二至其八，《南歌子》其一、其二。

②「宜春」句：湯評本、合璧本作「宜春花外又長條」。苑：吴鈔本、文治堂本作「花」。宜：鄂本、晁本、陸本、茅本、四印齋本、影刊本作「宜」。

③腸絶：《樂府詩集》、玄本、《全唐詩》、《温庭筠詩集》作「腸斷」。

④渠：湯本、合璧本作「溪」。欄：毛本、後印本、正本、清刻本作「闌」。

【箋　注】

〔一〕宜春苑：苑囿名。秦時在宜春宫之東，漢稱宜春下苑。即後所稱曲江池者。故址在今陝西長安縣南。《史記·秦始皇本紀》：「以黔首葬二世杜南宜春苑中。」《藝文類聚》卷三引北周庾信《春賦》：「宜春苑中春已歸，披香殿裏作春衣。」《史記·司馬相如列傳》：「還過宜春宫。」張守節《正義》引唐李泰等《括地志》：「秦宜春宫，在雍州萬年縣西南三十里，宜春苑在宫之東，杜之南。」唐馬懷素《奉和立春遊苑迎春應制》：「仙輿暫下宜春苑，御醴行開薦壽觴。」最長條：指柳條。唐杜甫《絶句漫興九首》之九：「誰謂朝來不作意，狂風挽斷最長條。」

〔二〕閑裊句：言柳條在春風中裊娜飄動，堪與舞女的纖腰比美。唐白居易《楊柳枝》：「葉含濃露如啼眼，枝裊輕風似舞腰。」

〔三〕玉人：容貌美麗的人。《晉書·衛玠傳》：衛玠「年五歲，風神秀異……總角乘羊車入市，見者皆以爲玉人，觀之者傾都」。南朝宋劉義慶《世説新語·容止》：裴楷「麤服亂頭皆好，時人以爲玉人」。後多用以稱美麗的女子。唐元稹《鶯鶯傳》：「隔牆花影動，疑是玉人來。」腸絶：猶腸斷。唐段安節《樂府雜録·歌》：「永新乃撩鬢舉袂，直奏曼聲，至是廣場寂寂，若無一人，喜者聞之氣勇，愁者聞之腸絶。」

〔四〕一渠春水：唐白居易《板橋路》：「梁苑城西二十里，一渠春水柳千條。」赤欄橋：長安城郊橋名。唐杜佑《通典》：「隋開皇三年，築京城，引香積渠水自赤欄經第五橋西北入城。」亦泛指紅色欄杆的橋。唐顧況《葉道士山房》：「水邊垂柳赤闌橋，洞裏仙人碧玉簫。」

【疏　解】

詞詠本調，寫宜春苑外柳樹。前二句把柳樹纖長的枝條在風中飄拂的樣子，比擬爲舞女纖細的腰肢，輕盈的舞姿，賦予柳樹一抹女性化的香豔色彩。後二句再引入感傷的别離場景，赤欄橋下，柳絲低拂一渠春水；赤欄橋上，柳條折處玉人腸斷。這樣，就把柳樹枝條的外形特點和情感内涵，都巧妙地寫到了，詞作顯得風神旖旎，可謂深得題調之神韻。

【集　評】

盧前《温飛卿及其詞》引鄭文焯云：宋人詩好處，便是唐詞。然飛卿《楊柳枝》八首，終爲宋詩中振絶之境，蘇、黄不能到也。唐人以餘力爲詞而骨氣奇高，文藻温麗。有宋一代學人，專志於此，駸駸入古，畢竟不能脱唐五代之窠臼。其道亦難矣。

李冰若《花間集評注·栩莊漫記》：風神旖旎，得題之神。

華鍾彦《花間集注》卷一：（末二句）言柳條雖新，而舞腰不在。玉人感物自傷，不覺一溝春水，已流過赤欄橋邊。而橋邊楊柳，更覺依依可憐也。

蕭繼宗《評點校注花間集》：以下《楊柳枝》八首，實皆七言絶句，往日譜書，以《花間》入集，故混列入詞。此八首具見温集詩中，則前人初不視之爲詞。按其音節，既不異於詩，自不宜闌入詞中，存而不論可也。鄭文焯謂爲「骨氣奇高，文藻温麗」，「爲宋詩中振絶之境，蘇黄所不能到」。彼胸中先有一段唐高於宋，詩高於詞之成見，故有此似是而非之論，辯之亦無從辯。讀者試逐一分析，平心而衡量之，其謬故可立見也。

張以仁《花間詞論集》：春風緑柳，所言者時也；渠水紅橋，所指者地也；舞腰輕軟，玉人腸絶，所懷念者，人與事也。第三句著「正是」二字，直點出舊地重遊之旨，作者追懷往事，有不盡纏綿之意；縈想其人，有無限悲悼之情。且苑號「宜春」，而情牽離恨，四句之中，著三「春」字，作者意在强調青春之絢美乎？然强烈烘托懷舊之傷感矣。……物猶是也，景猶是也，而人事全非矣。……綿綿之情，悠悠其恨，此所以讀之令人徘徊不已也。故鄭文焯《詞源斠律》云：「宋人詩好處，便是唐詞。然飛卿《楊柳枝》八首，終爲宋詞中振絶之境，蘇、黄不能到也。」夫宋詩以理見長而短於情，陳卧子乃謂「終宋之世無詩」也。晚唐詩境已窮，作者以其歡愉愁苦之情，一發之於詩餘，王國維所以盛稱晚唐五代之詞「其所造獨工」之故也，飛卿《楊柳枝》又其中上乘者焉。

其二

南内牆東御路傍①〔一〕。須知春色柳絲黄②〔二〕。杏花未肯無情思③〔三〕，何事行人最斷腸④〔四〕。

【校記】

①牆：彊村本《金奩集》、林大椿《唐五代詞》作「橋」。路：吴鈔本作「佫」，旁校爲「路」。傍：《全唐詩》作「旁」。

②須：《樂府詩集》、《全唐詩》、《温飛卿詩集》卷九作「預」。絲：王輯本作「枝」。

③杏：王輯本作「朱」，誤。肯：鍾本、四印齋本作「肻」。

④何事行：《全唐詩》作「何是情」，小字注曰「一作事」、「一作行」。《金奩集》、《唐五代詞》作「惱亂何」。行：《樂府詩集》作「情」，《温飛卿詩集》注云：「一作情。」

【箋注】

〔一〕南内：《舊唐書·玄宗紀》：「興慶宮，在隆慶坊，本玄宗在藩時故宅。西南隅有花萼相輝、勤政務本之樓。在東内之南，故名南内。」《讀史方輿紀要》卷五十三《陝西》二《西安府》：「興慶宮在今府治東南五里。初曰隆慶坊，玄宗在藩時宅也。開元初避諱，改曰興慶坊，宋王成器等居之。二年，成器等獻興慶坊宅爲離宮，許之，始建興慶宮。後謂之南内。宫中有文泰、南薰、大同諸殿，宫南臨大道，有長慶樓。其西南隅，又有二樓，西曰花萼相輝，南曰勤政務本。至德中，上皇自蜀還居此。上元二年，李輔國逼遷上皇於西内，而南内漸廢。《雍録》：南内在皇城中，直東内之南。是也。」御路：即御道。《晉書·五行志中》：「太和末，童謡曰：『犁牛耕御路，白門種少麥。』」唐王泠然《汴河柳》：「穿地鑿山開御路，鳴笳疊鼓泛清流。」

〔二〕須知句：言要想知道春色如何，須看嫩黄的柳絲顔色。

〔三〕未肯：唐李商隱《寄遠》：「姮娥擣藥無時已，玉女投壺未肯休。」此處乃未必之意。

〔四〕何事句：言杏花亦爲有情有思之花木，行人爲什麽獨對柳枝憂傷斷腸呢？何事：爲何，何故。晉左思《招隱》之一：「何事待嘯歌？灌木自悲吟。」《新唐書·沈既濟傳》：「若廣聰明以收淹滯，先補其缺，何事官外置官？」

【疏　解】

詞詠本調，寫御路邊的柳樹。前兩句説此柳樹長在南内牆東，地近皇宫，早霑陽光雨露，所以要想知道人間春色幾分，只須看看這御路柳絲是否黄嫩即可。言外似有寓託之意。后二句以杏花與柳絲相比較，謂明豔的杏花未必不解離愁別緒，可是爲什麽遠行之人卻總是看到柳絲感覺銷魂斷腸呢？這一比一問，無理而妙，使小詞别添一番撩人的風韻。

【集　評】

華鍾彦《花間集注》卷一：言柳乃無情之物，非杏花可比。杏花未肯似柳之無情，何爲亦令人斷腸耶！

張以仁《花間詞論集》：覺此詞宜有深慨存焉。所謂「南内」，即宫廷也。顧學頡以爲飛卿被貶在大中十二年春（《新舊唐書温庭筠傳訂補》），劉範弟《温庭筠貶謫時地辨》以爲在大中十三年，疑此詞即作於其時，寄彼下第貶謫衷懷之哀怨悲憤者，非但表面之傷春怨别而已也。

其　三

蘇小門前柳萬條〔一〕，毵毵金線拂平橋①〔二〕。黄鶯不語東風起，深閉朱門伴舞腰②〔三〕。

【校　記】

①金：王輯本作「旌」。

②舞腰：《樂府詩集》、《全唐詩》、《温飛卿詩集》作「細腰」。

【箋　注】

〔一〕蘇小：即蘇小小，南朝齊時錢塘名妓。《樂府詩集·雜歌謡辭》三《蘇小小歌》序：「《樂府廣題》曰：『蘇小小，錢塘名倡也。蓋南齊時人。』」門前柳萬條：唐白居易《杭州春望》：「濤聲夜入伍員廟，柳色春藏蘇小家。」唐杜牧《自宣城赴官上京》：「謝公城畔溪驚夢，蘇小門前柳拂頭。」

〔二〕毵毵：垂拂紛披貌。《詩經·陳風·宛丘》「值其鷺羽」三國吴陸璣疏：「白鷺，大小如鴟，青脚，高尺七八寸，尾如鷹尾，喙長三寸許，頭上有毛十數枚，長尺餘，毵毵然與衆毛異。」此言柳條垂拂紛披。唐孟浩然《高陽池送朱二》：「澄波澹澹芙蓉發，緑岸毵毵楊柳垂。」金線：言柳絲纖長嫩黄如金線。唐韓偓《柳》：「一籠金線拂彎橋，幾被兒童損細腰。」平橋：没有弧度的橋。唐温庭筠《春洲曲》：「門外平橋連柳堤，歸來晚樹黄鶯啼。」

〔三〕朱門：紅漆大門。指貴族豪富之家。晋葛洪《抱朴子·嘉遯》：「背朝華於朱門，保恬寂乎蓬戶。」唐杜甫《自京赴奉先縣詠懷五百字》：「朱門酒肉臭，路有凍死骨。」

【疏解】

詞詠本調，寫蘇小門前柳。唐人詠蘇小，言其家門多説及柳，未知僅出於點染詞色，還是其門前多植柳故，此詞亦然。前二句叙寫蘇小門前柳絲萬條，紛披垂裊，低拂平橋，一派盎然春意。后二句寫風中柳姿，仍以舞腰作比擬，當是近取譬，指蘇小纖細輕軟的舞腰。值得注意的是「黄鶯不語」、「深閉朱門」二語，表現環境的清幽，給人以門庭寂寂的感覺，似有若無間，帶出幾許傷悼蘇小舊事的惆悵意緒。

【集評】

邢昉《唐風定》：《瑶瑟怨》亦佳，而痕跡太露。此作乃極渾成，骨韻蒼古，不特聲調之美，所以高於「清江一曲」也。

其四

金縷毿毿碧瓦溝①〔一〕。六宮眉黛惹香愁②〔二〕。晚來更帶龍池雨③〔三〕，半拂欄干半入樓④。

【校　記】

①溝：鄂本、四印齋本缺末筆避諱。

②香：《樂府詩集》、《全唐詩》、《温飛卿詩集》作「春」。張本作「香」，朱筆校爲「春」。

③晚：顧嗣立秀野草堂本《温飛卿詩集》作「曉」。《全唐詩》「晚」字下小字注曰「一作曉」。

④欄：吴鈔本、文治堂本、毛本、後印本、正本、清刻本作「闌」。樓：紫芝本、吴鈔本作「橋」，誤，旁校爲「樓」。

【箋　注】

〔一〕金縷：指柳條，言其纖長黄嫩如金色絲線。唐戴叔倫《長亭柳》：「雨搓金縷細，煙褭翠絲柔。」瓦溝：瓦楞之間的泄水溝。戴侗《六書故》：「仰瓦受覆瓦之流，所謂瓦溝也。」唐白居易《宿東亭曉興》：「雪依瓦溝白，草繞牆根緑。」

〔二〕六宫：古代皇后的寢宫，正寢一，燕寢五，合爲六宫。《禮記·昏義》：「古者，天子后立六宫，三夫人、九嬪、二十七世婦、八十一御妻，以聽天下之内治，以明章婦順，故天下内和而家理。」鄭玄注：「天子六寢，而六宫在後，六官在前，所以承副施外内之政也。」因用以稱后妃或其所居之地。唐白居易《長恨歌》：「回眸一笑百媚生，六宫粉黛無顔色。」眉黛：即粉黛，指六宫嬪妃宫女。香愁：唐魏朴《和皮日休悼鶴》：「風林月動疑留魄，沙島香愁似藴情。」此指嬪妃宫女之春愁。

〔三〕龍池：池名。所名之池非一。其一在唐長安隆慶坊玄宗未即位時所居的舊邸旁，中宗曾泛舟其中。玄宗即位後於隆慶坊建興慶宫，龍池被包容於内。在今陝西西安興慶公園内。唐蘇頲《龍池篇》：「西京鳳邸躍龍泉，佳氣休光鎮在天。」朱鶴齡箋注：「《雍録》：『明皇爲諸王時，故宅在京城東南角隆慶坊。宅有井，井溢成池，中宗時數有雲龍之祥。後引龍首堰水注池，池面益廣，即龍池也。開元二年七月，以宅爲宫，是爲興慶宫。』」唐錢起《贈闕下裴舍人》：「長樂鐘聲花外盡，龍池柳色雨中深。」龍池雨：喻皇帝恩澤。唐温庭筠《長安春晚二首》之二：「九重細雨惹春色，輕染龍池楊柳煙。」

【疏解】

詞詠本調，寫宫中柳樹。前二句言春日宫柳金絲披拂，與碧瓦相映生色，惹得六宫粉黛感物起情，生出青春虚度之愁緒。后二句轉寫傍晚時分，雨中新沐的柳條帶著濕潤的水氣，拂欄入樓，更讓宫女們情懷不堪。把傍晚的雨説成「龍池雨」，一者關合宫中龍池，切近宫柳的題面；更重要的，是喻「龍池雨」爲皇帝的恩澤，宫柳得霑而宫女無分，藉以襯出她們的怨艾自傷之意。

【集　評】

李冰若《花間集評注·栩莊漫記》：新詞麗句，令人想見張緒風流。

張以仁《花間詞論集》：此詞實非懷古之作，「龍池」蓋暗擬天子，前二句由柳色而及眉黛，比類聯想也。六宮粉黛三千，其得寵幸者有幾？未若宮中楊柳，猶能沾天子之恩澤也。藉柳以寫宮怨。

其　五

館娃宮外鄴城西〔一〕。遠映征帆近拂堤①〔二〕。繫得王孫歸意切②〔三〕，不關芳草緑萋萋③。

【校　記】

①拂：吴鈔本作「佛」，誤。

②歸意：鍾本作「歸去」。意：顧本《温飛卿詩集》卷九作「思」。

③不關：晁本、紫芝本、陸本、吴鈔本、張本、毛本、後印本、正本、四庫本、清刻本、徐本、四印齋本、影刊本作「不同」。從茅本、玄本、湯評本、王輯本改。芳：《樂府詩集》、《全唐詩》、《温飛卿詩集》作「春」。

【箋注】

〔一〕館娃宫：吴宫名。春秋時吴王夫差爲西施所造，或云爲吴王闔閭養越美人之處。在今江蘇省蘇州市西南靈巖山上，靈巖寺即其舊址。《越絶書》：「吴人于硯石山作館娃宫」，「硯石山去姑蘇山十里，闔廬養越美人於此，上有兩湖。」硯石山即靈巖山。晉左思《吴都賦》：「幸乎館娃之宫，張女樂而娱群臣。」鄴城：古地名。《正字通》：「今相州鄴城，齊桓公所築。」秦置縣。三國魏爲鄴都。晉避懷帝諱，改爲臨漳。後爲前秦、後趙、東魏、北齊都城。隋復爲鄴縣，宋廢。故址在今河北省臨漳縣西，河南省安陽市北。華鍾彦《花間集注》曰：「二地並多楊柳。」

〔二〕征帆：指遠行的船。南朝梁何遜《贈諸舊遊》：「無由下征帆，獨與暮潮歸。」

〔三〕繫得二句：反用淮南小山《招隱士》「王孫遊兮不歸，春草生兮萋萋」句意，言柳絲牽繫得王孫歸心急切，與萋萋芳草無關。王孫：王的子孫。後泛指貴族子弟。《左傳·哀公十六年》：「王孫若安靖楚國，匡正王室，而後庇焉。啟之願也。」唐杜甫《哀王孫》：「腰下寶玦青珊瑚，可憐王孫泣路隅。」用爲對人的尊稱。《史記·淮陰侯列傳》：「吾哀王孫而進食，豈望報乎？」司馬貞《索隱》引劉德曰：「秦末多失國，言王孫、公子，尊之也。」亦代指隱士。《楚辭》淮南小山《招隱士》：「王孫遊兮不歸，春草生兮萋萋。」王夫之《通釋》：「王孫，隱士也。秦漢以上，士皆王侯之裔，故稱王孫。」此指遊子。

【疏解】

詞詠本調，寫吴宫、鄴都柳樹。館娃宫與鄴城，雖地分南北，相距遥遠，但都以多柳聞名，且並以貯美見稱。吴宫臨太湖，鄴都傍漳水，柳樹宜植水邊，水光可助柳色，故而每當春來，館娃宫外，銅雀臺畔，柳絲遠映征帆，近拂堤岸，裊裊飄動，依依有情，牽繫得遠行之人歸意濃摯。末句以「萋萋芳草」襯托柳色，言遊子歸心切至，非關草色，實爲柳絲牽繫之故。這是尊題的手法，因題目詠柳，故而推開芳草，以爲反襯。目的不是翻案，而是爲了突出詠柳這一主題。

【集評】

李攀龍《唐詩廣選》凌宏憲集評引楊慎曰：「王孫」、「芳草」，創自《楚辭》，而詠入詩句，則自謝、陸始。唐人競相效慕，好以此作。

李攀龍、袁宏道《唐詩訓解》曰：美色可愛，非關柳茂。

周敬《删補唐詩選脈箋釋會通評林》卷五十八：宗臣云：「構語閑曠，結趣蕭散，豪縱自然。」唐汝詢云：「館娃、鄴城多柳，映帆、拂堤，狀其盛也。古人見春草而思王孫，我以爲添王孫歸意者，在此不在彼。」周珽云：「推開春草，爲楊柳立門户，一種深思，含蓄不盡，奇意奇調，超出此題多矣。」郭睿云：「『繫』字實著柳上，妙，落句反結有情。」

吴昌祺《增訂唐詩解》：借客尊主之法。

黄生《唐詩摘抄》卷四：言王孫歸意雖切，而楊柳能繫之，非爲春草之故，蓋諷惑溺之士也。

徐增《而庵説唐詩》：館娃，吴地；鄴城，魏都。此二處多柳樹，遠近皆是。「映征帆」與「拂堤」，乃是襯貼的字面。「繫得王孫歸意切，不關春草緑萋萋」，此不是翻案，又不是重添注脚。作詩要知賓主，此題是《楊柳枝》，則柳爲主，定當抬舉他也。此詩妙有風致。

周詠棠《唐賢小三昧集續集》：刻意生新。

李冰若《花間集評注·栩莊漫記》：聲情綿邈，「繫」字甚佳。與白傅永豐一首，可謂異曲同工。

其 六

兩兩黄鸝色似金〔一〕。裊枝啼露動芳音①〔二〕。春來幸自長如線②〔三〕，可惜牽纏蕩子心〔四〕。

【校記】

①動：王輯本《金荃詞》作「惹」。

②自：席本《温飛卿詩集》作「有」。顧本《温飛卿詩集》、《全唐詩》校云：「一作『有』。」王輯本作「目」。

【箋注】

〔一〕兩兩句：華鍾彦《花間集注》曰：「以黄鸝襯出柳枝，與杜甫『兩個黄鸝鳴翠柳』意同。」黄鸝：黄鶯。《詩經·周南·葛覃》：「黄鳥於飛，集於灌木。」陸璣《草木疏》：「黄鳥，黄鸝留也，或謂之黄栗留。幽州人謂黄鶯，一名倉庚，一名商庚，一名鵹黄，一名楚雀。齊人謂之摶黍。」唐王維《積雨輞川莊作》：「漠漠水田飛白鷺，陰陰夏木囀黄鸝。」

〔二〕芳音：美妙的聲音。張祜《箏》：「芳音何更妙，清月共嬋娟。」

〔三〕幸自：本自，原來。唐韓愈《戲題牡丹》：「幸自同開俱隱約，何須相倚鬬輕盈。」

〔四〕可惜：猶言可愛，贊賞之詞。蕩子：指辭家遠出、羈旅忘返的男子。《文選·古詩〈青青河畔草〉》：「蕩子行不歸，空牀難獨守。」李善注：「《列子》曰：有人去鄉土游於四方而不歸者，世謂之爲狂蕩之人也。」唐杜甫《冬晚送長孫漸舍人歸州》：「參卿休坐幄，蕩子不還鄉。」

【疏　解】

詞詠本調，寫閨中懷人之情。初春柳色以嫩黄見賞，「柳色黄金嫩」，「嫩于黄金軟于絲」，都是讚賞嫩柳金黄之色的名句，此首前二句也是寫柳色黄嫩的，但不直接去寫，採用間接手法，描寫金羽的黄鸝雙雙對對，在帶露的柳枝間婉轉啼唱，以之暗寫柳色，筆致十分靈動；同時，成雙成對的黄鸝，又對思婦構成反襯，和柳色一起，興起思婦的孤寂之感，懷人之情。這樣自然過渡到后二句，寫思婦慶幸春來柳條依舊長如絲線，它或許能夠將遊子飄蕩忘返之心牽住，讓他早日回到自己身邊。因此，在思婦眼裏，金黄的柳絲就顯得特别可愛了。前二句明寫黄鸝、暗寫柳色、反襯思婦的靈動筆法，后二句借柳絲所表現的思婦微妙心理，都是此詞藝術上的足多之處。

【集　評】

張以仁《花間詞論集》：此處柳絲比擬情絲，春來柔絲千尺，惜所繫者爲蕩子之心，無能爲力也。「幸」字與「惜」字，一往一反，最爲關鍵。

其　七

御柳如絲映九重〔一〕。鳳皇窗映繡芙蓉①〔二〕。景陽樓畔千條路②〔三〕，一面新粧待曉風③〔四〕。

【校　記】

①皇：《樂府詩集》、吴鈔本、湯評本、合璧本、正本、四印齋本、王輯本作「凰」。窗映：《樂府詩集》、《全唐詩》、《温飛卿詩集》作「窗柱」。劉毓盤輯本《金荃詞》、林大椿《唐五代詞》作「窗近」。芙蓉：毛本、後印本、正本作「芙容」。

②畔：《樂府詩集》作「伴」，劉輯本《金荃詞》作「外」。路：《樂府詩集》、《全唐詩》、《温飛卿詩集》作「露」。

③風：《樂府詩集》、《全唐詩》、《温飛卿詩集》作「鐘」。

【箋　注】

〔一〕御柳：宫禁中的柳樹。唐沈佺期《和户部岑尚書參跡樞揆》：「御柳垂仙掖，公槐覆禮闈。」如絲：《南史》卷三十一《張裕傳》附《張緒傳》：「劉悛之爲益州，獻蜀柳數株，枝條甚長，狀若絲縷。時舊宫芳林苑始成，武帝以植於太昌靈和殿前，常賞玩咨嗟，曰：『此楊柳風流可愛，似張緒當年時。』」九重：天子所居有門九重，代指皇宫。戰國楚宋玉《九辯》：「豈不鬱陶而思君兮，君之門以九重。」《禮記·月令》鄭注：「天子九門者，路門也，應門也，雉門也，庫門也，皋門也，城門也，近郊門也，遠郊門也，關門也。」唐錢起《和李員外扈駕幸温泉宫》：「未央月曉度疏鐘，鳳輦時巡出九重。」

〔二〕鳳皇窗：當言宫中後妃所居之窗。繡芙蓉：繡有芙蓉圖案的簾帳之屬。李商隱《無題》：「蠟照半籠金翡翠，麝熏微度繡芙蓉。」

〔三〕景陽樓：南朝宫樓名，故址在今南京市。《南齊書》卷二十《武穆裴皇后傳》：「上數遊幸諸苑囿，載宫人從後車。宫内深隱，不聞端門鼓漏聲，置鐘於景陽樓上，應五鼓及三鼓，宫人聞鐘聲，早起粧飾。」千條：言柳枝茂密，萬縷千條。

〔四〕一面句：華鍾彦《花間集注》曰：「承上言宫女一面曉粧，一面領略此柳風也。」

【疏解】

詞詠本調，寫南齊宫苑柳樹。首句總寫宫中柳色，次句轉寫宫女居室裝飾陳設的華美，將可人的柳色與美麗的宫女聯繫起來，爲后二句鋪墊。三、四句寫景陽樓畔柳色繁茂，萬縷千條，低拂御路，那一抹青翠之色，像是宫女晨粧初成，新美動人。景陽樓乃南齊武帝所置鐘樓，宫女聞鐘聲起來晨妝，詞中「一面新粧」，即暗含這個典故，詞筆佳處，在於不知不覺之間，就把詠柳和寫人、把新柳之美和新妝之美融爲一體，渾然不分，柳耶人耶，人柳莫辨，深得點染映襯之妙。

【集　評】

丁壽田等《唐五代四大名家詞》甲篇：言清曉柳色清新，如晨妝初罷，以待曉風也。「萬木無風待雨來」，可爲「待」字箋。此句乃承上景陽樓而來，極有境界。

其　八①

織錦機邊鶯語頻〔一〕。停梭垂淚憶征人②〔二〕。塞門三月猶蕭索③〔三〕，縱有垂楊未覺春〔四〕。

【校　記】

① 此首《古今詞統》卷二作牛嶠詞，誤。

② 征人：彊村本《金奩集》、劉輯本《金荃詞》、林大椿《唐五代詞》作「行人」。

③ 塞：《全唐詩》小字注曰：「一作寒。」席本《温飛卿詩集》作「寒」。

【箋注】

〔一〕織錦機：用蘇蕙織錦迴文典事。《晉書·列女傳·竇滔妻蘇氏傳》：「竇滔妻蘇氏，始平人也，名蕙，字若蘭，善屬文。滔，苻堅時爲秦州刺史，被徙流沙。蘇氏思之，織錦爲迴文旋圖詩以贈滔。宛轉循環以讀之，詞甚悽惋。」據《四庫全書總目提要·集部一·别集類一》引唐武則天《織錦迴文詩序》稱：其錦縱横八寸，題詩二百餘首，計八百餘言，縱横反復，皆成章句。後遂以「織錦迴文」借指妻子的書信詩簡，亦用以讚揚婦女的絶妙才思。鶯語頻：黄鶯不停地啼叫。

〔二〕停梭句：言女子因思念征人而無心織錦，傷感落淚。唐李白《烏夜啼》：「停梭悵然憶遠人，獨宿孤房淚如雨。」

〔三〕蕭索：蕭條冷落，淒涼。晉陶潛《自祭文》：「天寒夜長，風氣蕭索。」

〔四〕縱有句：言邊塞三月天氣猶寒，即使有垂楊也感覺不到太多春意。

【疏解】

詞詠本調，寫邊塞柳樹，抒思婦懷遠之情。前二句化用蘇蕙織錦的典故，寫家中思婦在黄鶯嬌囀聲裏，停梭垂淚，憶念遠戍邊關的征人。這裏仍是明寫黄鶯，暗寫柳色，所謂「柳浪聞鶯」，黄鶯和柳樹作爲春天的標誌性景物，總是緊密地聯繫在一起。后二句切題，言邊塞三月天氣猶寒，即使有幾株垂柳泛緑，也感覺不到多少春天的氣息。這兩句翻用王之涣《涼州詞》「羌笛何須怨楊柳，春風不度玉門關」詩意，轉進一層，極寫邊塞苦寒，這正是思婦垂淚、格外牽掛的原因。

關於這一組《楊柳枝》，清人鄭文焯發表過如下看法：「宋人詩好處，便是唐詞。然飛卿《楊柳枝》八首，終爲宋詩中振絶之境，蘇、黄不能到也。唐人以餘力爲詞，而骨氣奇高，文藻温麗。有宋一代學人，專志於此，駸駸入古，畢竟不能脱唐、五代之窠臼，其道亦難矣。」（龍榆生《唐宋名家詞選》引），讀者可以作爲總體參考。

【集　評】

黄叔燦《唐詩箋注》：此詠塞門柳也。感鶯語而傷春，卻停梭而憶遠，悲塞門之蕭索，猶春到而不知，少婦閨中，能無垂淚。

湯顯祖評《花間集》卷一：《楊柳枝》，唐自劉禹錫、白樂天而下，凡數十首。然惟詠史詠物，比諷隱含，方能各極其妙。如「飛入宮牆不見人」、「隨風好去入誰家」、「萬樹幹條各自垂」等什，皆感物寫懷，言不盡意，真託詠之名匠也。此中三、五、卒章，真堪方駕劉、白。

杜庭珠《中晚唐詩叩彈集》卷八：温李二家詩，非徒巧麗奪目，只是風骨不凡。雖造意幽邃，温不逮李，而雋爽過之，總未可漫爲軒輊云。

劉永濟《唐人絶句精華》：結句乃進一層説，塞上三月尚無柳，故曰「三月猶蕭索」。結句縱有柳亦不覺是春時，征人之情苦矣，此所以思之垂淚也。

李冰若《花間集評注·栩莊漫記》：「塞門」二句，亦猶「春風不度玉門關」之意，而翻用之。亦復綺怨撩人。

俞平伯《唐宋詞選釋》：「塞門」兩句，翻用王之焕《涼州詞》「羌笛何須怨楊柳，春風不度玉門關」意，更深一層。

南歌子①

手裏金鸚鵡，胸前繡鳳皇②〔一〕。偷眼暗形相〔二〕。不如從嫁與，作鴛鴦〔三〕。

【校　記】

① 此首鍾本、《古今詞統》卷一作牛嶠詞，誤。《金奩集》入「仙呂宫」。全本調下小字注曰：「歌或作柯。一名春宵曲。」吴鈔本、張本作「南歌子七首」。

② 鳳皇：紫芝本、吴鈔本、湯評本、合璧本、清刻本、四印齋本、王輯本作「鳳凰」。

【箋　注】

〔一〕手裏二句：描寫手攜鸚鵡，身穿繡衣的少年公子形象。

〔二〕偷眼句：轉寫少女。偷眼：暗中窺視。唐杜甫《數陪李梓州泛江有女樂在諸舫戲爲豔曲二首贈李》之一：「競將明媚色，偷眼豔陽天。」形相：察看，端詳。唐王建《同于汝錫賞白牡丹》：「價數千金貴，形相兩眼疼。」

〔三〕不如二句：乃少女心願。從嫁與：任從心願嫁給他。唐顧況《梁廣畫花歌》：「心相許，爲白阿娘從嫁與。」作鴛鴦：喻結爲夫妻。

【疏　解】

詞寫少女春情。從青年男子形象描寫起筆，鸚鵡是他手中逗弄的寵物，鳳凰是他衣飾所繡的圖案，見出其人的豪華與瀟灑。三句始寫少女的動作情態，交待前二句裏的男子形象，乃是從少女的眼中見出，曰偷曰暗，少女情不自禁打量男子時的羞澀、忐忑，摹寫得生動傳神，五字「開後人多少香奩佳話」（陳廷焯《雲韶集》）。「不如從嫁與，作鴛鴦」，是少女幾番偷覷中意後，產生的一個大膽的心願。一結比韋莊《思帝鄉》「妾擬將身嫁與」幾句，濃烈雖有不及，但也是温詞中少見的直快盡頭語，允稱「單調中重筆」（譚獻《復堂詞話》）。小詞四句中嵌入三個鳥名，用鸚鵡、鳳凰引出鴛鴦，且以鸚鵡「真鳥」與鳳凰「假鳥」對舉，呼起「鴛鴦」這一女子願望寄託的「抽象之鳥」，頗多趣味。如果從人與自然異質同構的角度加以品讀，則鳥性暗通人情，更能使人莞爾。

【集評】

鍾本楊慎評語：以鸚鵡、鳳凰字，遂生下「作鴛鴦」句，似隨意爲戲耳。佳絶。

湯顯祖評《花間集》卷一：短調中能尖新而轉折，自覺雋永可思。腐句腐字一毫用不著。

卓人月《古今詞統》卷一徐士俊評語：《峨嵋山月》四句五地名，此詞四句三鳥名。

譚獻《復堂詞話》：盡頭語，單調中重筆，五代後絶響。

陳廷焯《雲韶集》卷二十四：「偷眼暗形相」五字，開後人多少香奩佳話。

陳廷焯《詞則・閒情集》卷一：五字摹神。「鴛鴦」二字與上「鸚鵡」、「鳳凰」，映射成趣。

李冰若《花間集評注・栩莊漫記》：《花間集》詞多婉麗，然亦有以直快見長者，如「不如從嫁與，作鴛鴦」、「此時還恨薄情無」等詞，蓋有樂府遺風也。

俞平伯《唐宋詞選釋》：（「手裏」二句）一指小針線，一指大針線。小件拿在手裏，所以説「手裏金鸚鵡」。大件綳在架子上，俗稱「緞子」，古言「繡床」，人坐在前，約齊胸，所以説「胸前繡鳳凰」。和下面「作鴛鴦」對照，結出本意。「形相」，猶説打量，相看。……「從」，任從。「從嫁與」，就這樣嫁給他，不仔細考慮。

吴世昌《詞林新話》卷二：有注首二句爲：一指小針線，一指大針線，小件拿在手裏，故説「手裏金鸚鵡」，大件綳在架子上，古稱「繡床」，人坐在前，約齊胸，故説「胸前繡鳳凰」云云。按：首句謂貴公子手裏持金籠鸚鵡，次句寫女子妝束，故有三句偷看少年，存心嫁他之意。若如注云，第三句便無著落，首二句亦不通，一女子豈能同時繡二件？繡時「形相」誰？要嫁誰？嫁給鸚鵡、鳳凰嗎？

華鍾彦《花間集注》卷一：金鸚鵡，手裏所攜者；繡鳳凰，衣上之花也。此指貴介公子言。以真鳥與假鳥對舉，引起下文抽象之鳥。其意境較前《更漏子》第一首，尤爲顯明。

蕭繼宗《評點校注花間集》：各家所評，均有見地。介存謂爲「盡頭語」，栩莊賞其「直快」，可謂得之。而臨川謂有「轉折」，持論獨異。有「轉折」則非「盡頭」，有「轉折」則不「直快」，誠不知所謂「轉折」果何在也？

袁行霈《中國詩歌藝術研究·温詞藝術研究》：象徵着美好姻緣的鴛鴦，是由巧舌傳情的鸚鵡和成雙成對的鳳凰引起的聯想。而這首詞的構思就是建立在這三種禽鳥的類比和聯想上。感情真率，語言巧妙，帶有濃厚的民間詞的氣息。

其二

似帶如絲柳〔一〕，團酥握雪花①〔二〕。簾捲玉鉤斜。九衢塵欲暮②〔三〕，逐香車〔四〕。

【校　記】

①團酥：毛本、後印本、四印齋本作「團蘇」。正本作「團蘓」。

②暮：毛本、後印本、正本、四庫本、清刻本、王輯本作「莫」。

【箋　注】

〔一〕似帶句：言女子纖腰如柳。似帶如絲：狀柳條之細裊，以喻女子腰肢。唐杜甫《絶句漫興九首》：「隔户楊柳弱裊裊，恰似十五女兒腰。」

〔二〕團酥句：言女子玉顔如花。團酥：猶凝脂。多形容白梅。握雪：握中之雪團。亦言潔白。

〔三〕九衢：縱横交叉的繁華街道。《楚辭·天問》：「靡蓱九衢，枲華安居。」王逸注：「九交道曰衢。」游國恩《纂義》：「靡蓱九衢，即謂其分散如九達之衢也。」唐韋應物《長安道》：「歸來甲第拱皇居，朱門峨峨臨九衢。」

〔四〕香車：用香木做的車。泛指華美的車或轎。唐盧照鄰《行路難》：「春景春風花似雪，香車玉轝恒闐咽。」

【疏　解】

此詞三解：一謂從男子角度，寫對女子的追慕之情，前二句形容女子的美麗，后三句交待這是在黄昏大街上，男子從香車捲起的簾子内一瞥所見，於是，男子上演了一幕張泌《浣溪沙》裏也寫過的「晚逐香車」鬧劇。一謂從女子角度，寫美麗的女子黄昏盼歸，她捲簾憑眺，看到九衢暮色中車馬馳逐的熱鬧，愈發襯出她内心的孤寂。一謂詞寫鬧市紅塵中的香車女子，或是遊春晚歸，或是趕赴約會，推敲不定。小詞簡略的句子，句與句之間連接關係的省卻，都加大了解讀的彈性和難度。三五句二三十字的一首小令，當初作者信筆而書，片時寫定，後人解讀起來卻頗費猜詳。

【集　評】

李調元《雨村詞話》卷一：温庭筠《南歌子》「團蘇握雪花」，言花之白如團蘇也，與酥同義。

譚獻《詞辨》卷一：源出古樂府。

蕭繼宗《評點校注花間集》：似結未結，亦有餘韻。

其　三

鬌墮低梳髻①〔一〕，連娟細掃眉〔二〕。終日兩相思。爲君憔悴盡，百花時〔三〕。

【校　記】

①鬌墮：全本、王輯本作「倭墮」。

【箋　注】

〔一〕鬌墮：同倭墮，髮髻樣式。髮髻向額前俯偃。《樂府詩集・相和歌辭三・陌上桑》：「頭上倭墮髻，耳中明月珠。」晉崔豹《古今注・雜注》：「墮馬髻，今無復作者。倭墮髻，一云墮馬之餘形也。」宛委山堂本《説郛》卷七七引唐段成式《髻鬟品》：「長安城中有盤桓髻、驚鵠髻，又抛家髻及倭墮髻。」

〔二〕連娟：彎曲而纖細。《史記・司馬相如列傳》：「長眉連娟，微睇緜藐。」司馬貞《索隱》引郭璞曰：「連娟，眉曲細也。」《漢書・外戚傳》「美連娟以脩嫮兮」顔師古注：「連娟，纖弱也。」南朝梁柳惲《七夕穿針詩》：「的皪愁睇光，連娟思眉聚。」掃眉：描畫眉毛。唐王建《貽小尼師》：「新剃青頭髮，生來未掃眉。」

〔三〕百花時：百花盛開時候，指春天。唐蘇頲《山鷓鴣詞二首》之二：「人坐青樓晚，鶯語百花時。」

【疏　解】

詞寫相思閨情。前二句描寫女子美麗淡雅的妝容，「低」、「細」二字，兼作女子心緒落寞之暗示。三句直抒女子終日相思之愁情，曰「兩相思」，見出與對方兩心相同。然而不能相守共度，而受此仳離之苦，則必有客觀上的重大原因，或爲雙方所無法克服。這當然更加重了相思痛苦的折磨，以致女子憔悴不堪。結句「百花時」三字，既交代季節時令，更重要的是以百花盛開、姹紫嫣紅的麗景，來反襯女子相思憔悴的哀情，是加倍手法的重拙之筆。

【集　評】

鍾本評語：猶似六朝豔曲。

譚獻《詞辨》卷一：「百花時」三字，加倍法，亦重筆也。

陳廷焯《詞則·閑情集》卷一：低回欲絶。

唐圭璋《唐宋詞簡釋》：此首寫相思，純用拙重之筆。起兩句，寫貌。「終日」句，寫情。「爲君」句，承上「相思」，透進一層，低回欲絶。

蕭繼宗《評點校注花間集》：如聞哽咽之音，只以「百花時」三字作結，極見深厚。亦峰云「低徊欲絶」，信然。

其　四

臉上金霞細，眉間翠鈿深①〔一〕。欹枕覆鴛衾②〔二〕。隔簾鶯百囀③，感君心。

【校　記】

① 鈿：王輯本作「細」，誤。

② 欹枕：吴鈔本作「枕欹」。

③ 隔簾：湯評本、合璧本作「隔𢫬」。百囀：全本作「百轉」。

【箋　注】

〔一〕臉上二句：描寫女子面妝。金霞：額黄。華鍾彦《花間集注》曰：「金霞，謂額黄也。古者女裝勾面，惟施朱傅粉而已，六朝乃兼尚黄。」翠鈿：眉間所飾翠色花鈿。

〔二〕鴛衾：繡有鴛鴦的錦被。唐錢起《長信怨》：「鴛衾久别難爲夢，鳳管遥聞更起愁。」又，指一種特製的闊被。陶宗儀《輟耕録·鴛衾》：「孟蜀主一錦被，其濶猶今之三幅帛，而一梭織成。被頭作二穴，若雲版樣，蓋以叩於項下，如盤領狀，兩側餘錦則擁覆於肩，此之謂鴛衾也。」

【疏　解】

詞寫相思閨情，題旨同前首。前兩句以細膩的筆觸，描寫閨中女子嬌豔的妝容。三句轉寫她倚枕覆衾的慵卧情態，錦衾上的鴛鴦圖案，對空閨獨守的女子當然是刺激也是反襯。與閨中沉寂形成對比的，是簾外啼囀不歇的鶯聲，説明正是青春大好的季節。在這樣的季節裏，女子生出相思春情，就是自然而然的事。所以，詞末用「感君心」三字，結出本意。

【集　評】

鍾本評語：杜詩「恨别鳥驚心」，意勝此。

李冰若《花間集評注·栩莊漫記》：婉孌纏綿。

蕭繼宗《評點校注花間集》：末三句作問句或祈望語，語意始圓。小令字數短絀，恒苦不暢，真欲含蓄有餘，正復不易。

其　五①

撲蕊添黄子②〔一〕，呵花滿翠鬟〔二〕。鴛枕映屏山③〔三〕。月明三五夜④，對芳顔〔四〕。

【校　記】

①此首《古今詞統》卷一作牛嶠詞，誤。

②黄子：吴鈔本「黄」下空格，無「子」字。

③映：湯本、合璧本作「暗」。

④三：王輯本作「柳」。

【箋　注】

〔一〕撲蕊：撲蕊黄粉。可參本卷《菩薩蠻》「蕊黄無限當山額」注〔一〕。或謂取花蕊爲飾。又云用花蕊撲粉。黄子：指額黄、花黄。唐李商隱《宫中曲》：「賺得羊車來，低扇遮黄子。」

〔二〕呵花：簪花前吹展花朵。或云呵去花上露水。唐韓偓《密意》：「呵花貼鬢黏寒髮，凝酥光透猩猩血。」

〔三〕鴛枕：即鴛鴦枕，繡有鴛鴦圖案的枕頭。屏山：指枕屏。

〔四〕月明二句：謂芳顔獨對圓月，月圓人未圓。或謂月圓之夜，又對芳顔。

【疏　解】

詞寫男女歡會。前二句描寫女子精心妝扮，「撲蕊」、「呵花」的連續忙碌動作，顯示出女子激動喜悦的心情。三句描寫閨房環境，充滿暗示和期待，屏風後面衾枕鋪展，表明一切都已準備就緒。結二句直接描寫歡會場面，滿月的清輝映照著嬌美的容顔，月圓人聚，十分温馨美滿。或謂詞寫女子傷離，一結言芳顔獨對圓月，取月圓人未圓之意。

【集　評】

湯顯祖評《花間集》卷一：「撲蕊」、「呵花」四字，未經人道過。

李冰若《花間集評注·栩莊漫記》：此詞與上闋同一機杼而更怊悵自憐。

蕭繼宗《評點校注花間集》：「撲蕊呵花」，豈真絶詣？栩莊似謂更勝前闋，亦未必然。飛卿《南歌子》七首，以「倭墮低梳髻」一首爲最勝，「手裏金鸚鵡」次之，「似帶如絲柳」又其次也，其餘皆有小疵矣。

其　六①

轉眄如波眼②〔一〕，娉婷似柳腰〔二〕。花裏暗相招〔三〕。憶君腸欲斷，恨春宵。

【校　記】

①此首調名《選聲集》作《春宵曲》。

②轉眄：紫芝本、吴鈔本、鍾本、湯評本、合璧本、毛本、正本、四庫本、清刻本、《詞綜》、全本、王輯本、林大椿《唐五代詞》作「轉盼」。

【箋　注】

〔一〕轉眄：轉動目光。三國魏曹植《洛神賦》：「轉眄流精，光潤玉顔。」唐李頎《别梁鍠》：「回頭轉眄似雕鶚，有志飛鳴人豈知。」

〔二〕娉婷：姿態美好貌。漢辛延年《羽林郎》：「不意金吾子，娉婷過我廬。」南朝樂府《子夜四時歌·春歌》：「娉婷揚袖舞，阿那曲身輕。」

〔三〕相招：相邀約。唐陸龜蒙《奉酬襲美病中見寄》：「逢花逢月便相招，忽卧雲航隔野橋。」

【疏　解】

詞寫相思閨怨。前二句描寫女子明眸善睞的嫵媚容顔，纖腰輕盈的娉婷身姿。三句切入女子的回憶，追叙昔日暗相邀約、花裏歡會的情事。後二句寫往事漫憶加重了女子的相思之情，她想得柔腸欲斷，無以排遣，於是轉恨春宵。一結「恨春宵」三字，語直情婉，陳廷焯與李冰若的評點，各執一端，難免彼此齟齬。

【集評】

陳廷焯《雲韶集》卷二十四：「恨春宵」三字，有多少宛折。

李冰若《花間集評注·栩莊漫記》：末二句率致無餘味。

蕭繼宗《評點校注花間集》：格局短小，不易迴旋，故轉折不明。

張以仁《花間詞論集·温飛卿詞舊説商榷》：末二句情上落筆，幾許哀愁，無限相思，正賴此一會傾訴。二句正是全詞重點，否則便顯輕佻。……此詞非追憶之作，實寫女方久别重逢心意情態，末二句乃傾訴相思之久，而恨春宵之短，其急切，其纏綿，得此二句，躍然欲出。又曰：此詞首句寫表情，知伊人已來，狀聞聲而喜也；次句描姿態，以狀字作動詞，蓋急切行來，不覺其花枝招展矣；三句述動作，連帶説明環境，謂私會也。一句一變，各有重點，各擅風情，而又一氣呵成，有如電影連續之特寫鏡頭。

其　七①

懶拂鴛鴦枕，休縫翡翠裙②〔一〕。羅帳罷鑪燻③〔二〕。近來心更切，爲思君。

【校記】

①玄本卷一至此首終。

②休縫：玄本作「休逢」。

③鑪：湯本、玄本作「鑪」，吴鈔本、毛本、清刻本作「爐」。燻：紫芝本、吴鈔本作「熏」，毛本、後印本、正本作「煄」。

【箋注】

〔一〕休縫：停止縫紉。翡翠裙：繡有翡翠圖案的裙子。唐戎昱《送零陵妓》：「寶鈿香娥翡翠裙，妝成掩泣欲行雲。」

〔二〕鑪燻：古人以薰爐烘烤衣被，取其香暖。

【疏解】

詞寫思婦懷人之情。前三句描寫女子的慵懶萎靡，懶拂、休縫、罷燻，見其百無聊賴之狀。這應是女子長期以來無情無緒的日常狀態，由下句的「近來」二字可知。「近來」句更進一層，從動作描寫轉入心理刻畫，言女子的心情近來越加急切不耐。然則這是爲何？「爲思君」三字給出了答案。小詞篇幅雖短，但層層蓄勢，筆法甚緊，末句揭破，點出題旨，顯得飽滿有力。

這組《南歌子》，「有《菩薩蠻》之綺豔，而無其堆砌」（李冰若《花間集評注》），短章小語，清麗真率，在温詞中别饒風情。或謂組詞前後一貫，寫一對青年男女追慕、相思、歡合而再相思的過程，屬聯章體。其説可資參考。

【集評】

陸游《渭南文集》卷十四《徐大用樂府序》：温飛卿作《南鄉子》九闋，高勝不減夢得《竹枝》，迄今無深賞音者。

陸游《渭南文集》卷二十七《跋金奩集》：飛卿《南鄉子》八闋，語意工妙，殆可追配劉夢得《竹枝》，信一時傑作也。

陳廷焯《詞則·閒情集》卷一：上三句三層，下接「近來」五字甚緊，真是一往情深。

陳廷焯《雲韶集》卷一：上三句三層，下接「近來」二字，妙甚。

李冰若《花間集評注·栩莊漫記》：「懶」、「休」、「罷」三字皆爲思君之故，用「近來」二字，更進一層，於此可悟用字之法。

又：飛卿《南歌子》七首，有《菩薩蠻》之綺豔，而無其堆砌，天機雲錦，同其工麗。而人之盛推《菩薩蠻》爲集中之冠者，何耶？

唐圭璋《唐宋詞簡釋》：此首，起三句三層。「近來」句，又深一層。「爲思君」句總束，振起全詞，以上所謂「懶」、「休」、「罷」者，皆思君之故也。

蕭繼宗《評點校注花間集》：二家所評，未嘗不是；但「爲思君」三字，只是總結全文，並無更進一層之處；使別有它辭，則精光發射矣。

張以仁《花間詞論集·温飛卿詞舊説商榷》：首句寫晨起之慵懶，次句寫白日之無聊，三句寫入夜之意緒缺乏，一天情況如此。加「近來」一句，重之以「更」字，則天天如此且情況日益嚴重矣。白雨齋之所以作爲此評也。然白雨齋但識「近來」二字之妙，不知「更」字著力深厚處，猶一間未達也。

河瀆神①

河上望叢祠〔一〕。廟前春雨來時②。楚山無限鳥飛遲〔二〕。蘭棹空傷別離〔三〕。　何處杜鵑啼不歇。豔紅開盡如血〔四〕。蟬鬢美人愁絶。百花芳草佳節。

【校　記】

①《金奩集》入「仙吕宫」。吴鈔本、張本作「河瀆神三首」。玄本此首調前作「花間集卷二，温

廷筠二十二首」。鍾本此三首作牛嶠詞，誤。

②春：《歷代詩餘》作「風」。

【箋　注】

〔一〕叢祠：建在叢林中的神廟。《史記·陳涉世家》：「又間令吴廣之次所旁叢祠中，夜篝火，狐鳴呼曰：『大楚興，陳勝王。』」司馬貞《索隱》引《戰國策》高誘注：「叢祠，神祠也。叢，樹也。」唐吴融《叢祠》：「叢祠一炬照秦川，雨散雲飛二十年。」

〔二〕楚山：專指荆山或商山。或泛指楚地之山。唐張説《對酒行巴陵作》：「鳥哭楚山外，猿啼湘水陰。」

〔三〕蘭棹：即蘭舟。本船槳的美稱，用爲船的美稱。唐張九齡《東湖臨泛餞王司馬》：「蘭棹無勞速，菱歌不厭長。」

〔四〕何處二句：言杜鵑鳥啼血不止，杜鵑花豔紅如血。極寫别離之愁苦。杜鵑：又名杜宇、子規。相傳爲古蜀王杜宇之魂所化。春末夏初，常晝夜啼鳴，其聲哀切。南朝宋鮑照《擬行路難》之六：「中有一鳥名杜鵑，言是古時蜀帝魂。其聲哀苦鳴不息，羽毛憔悴似人髡。」

【疏　解】

詞寫女子傷别。以河邊祠廟爲别離地點，雖不甚切題，但也不完全離題。上片描寫祠前河邊的别離場景，以瀟瀟春雨渲染别時的迷蒙氛圍，然後以連綿不盡的楚山爲背景，凸顯一隻緩慢的飛鳥影子，作爲即將踏上迢遥旅途而又依戀不捨的離人的喻象。因爲背景格外巨大無邊，所以鳥翅的速度似乎顯得遲緩起來，這一句觀察和表現均極爲細微。「蘭棹」句寫人已乘船而去，别時多少感傷留戀，終歸徒然。下片轉寫别後，杜鵑鳥聲啼血和杜鵑花色如血，從聽覺和視覺兩個方面，强烈地刺激著女子的情感心理，把這位「蟬鬢美人」的離愁别恨推向頂點。然後宕開一筆，以景結情，再用季節景色的美好進行反襯，把女子的傷别之情表現得濃烈飽滿而又藴藉動人。此詞展現的别離背景，從香閨繡簾轉换爲江邊山前，也在一定程度上拓展了《花間》情詞的藝術空間，給這類豔情詞添加了一些新的美感質素。

【集評】

陳廷焯《詞則·别調集》卷一：《河瀆神》三章，寄哀怨於迎神曲中，得《九歌》之遺意。

蕭繼宗《評點校注花間集》：《河瀆神》三闋，皆依本意，雖係有意爲之，亦復大佳。「蟬鬢」句重見，未足深病。後半境實而人幻，無端淒豔。

其二

孤廟對寒潮。西陵風雨蕭蕭①〔一〕。謝娘惆悵倚蘭橈②〔二〕。淚流玉筯千條〔三〕。暮天愁聽思歸樂③〔四〕。早梅香滿山郭④〔五〕。迴首兩情蕭索⑤。離魂何處飄泊⑥。

【校記】

①蕭蕭：鍾本、全本、王輯本作「瀟瀟」。

②蘭橈：晁本作「欄橈」，鄂本作「欗橈」，並誤。據明清諸本校改。陸本、吴鈔本、茅本、鍾本、張本、湯評本、合璧本、玄本、毛本、正本、四庫本、清刻本、徐本、影刊本、全本、王輯本、林大椿《唐五代詞》均作「蘭橈」。

③暮：毛本、後印本、四庫本、清刻本作「莫」。樂：鄂本、毛本、後印本、正本、四庫本、清刻本、四印齋本作「落」。毛本、正本、四庫本、清刻本注云：「『落』一作『樂』。」紫芝本作「洛」。

④郭：合璧本作「部」。

⑤蕭索：鍾本作「消索」。

⑥離魂：雪本作「離痕」。

【箋注】

〔一〕西陵：長江三峽之一，又名巴峽。《水經注·江水》：「江水又東，逕西陵峽。《宜都記》曰：『自黄牛灘東入西陵界，至峽口百許里，山水紆曲，而兩岸高山重障，非日中夜半，不見日月。』」

又：浙江蕭山西興鎮古稱西陵。唐李白《送友人尋越中山水》：「東海横秦望，西陵遶越臺。」又：南朝樂府《蘇小小歌》：「何處結同心，西陵松柏下。」地名西陵者甚多，不可執一。此泛指男女分別之處。蕭蕭：同「瀟瀟」。《詩經·鄭風·風雨》：「風雨瀟瀟，雞鳴膠膠。」毛傳：「瀟瀟，暴疾也。」

〔二〕謝娘：參見本卷温庭筠《更漏子》「柳絲長」注〔五〕。此指傷別之女子。倚蘭橈：唐徐昌圖《河傳》：「倚蘭橈，眉黛蹙。」蘭橈：蘭木船槳，代指船。

〔三〕玉筯：喻眼淚。南朝梁蕭綱《楚妃歎》：「金簪鬌下垂，玉筯衣前滴。」

〔四〕思歸樂：樂曲名。宋王溥《唐會要》卷三三《諸樂》：「太常梨園別教院，教法曲樂章等：《王昭君樂》一章、《思歸樂》一章、《傾杯樂》一章、《破陣樂》一章、《聖明樂》一章、《五更轉樂》一章、《玉樹後庭花樂》一章、《泛龍舟樂》一章、《萬歲長生樂》一章、《飲酒樂》一章、《鬥百草樂》一章、《雲韶樂》一章。」或謂杜鵑的別名。俗謂杜鵑鳴聲近似「不如歸去」，故名。施蟄存《讀温飛卿詞札記》云：「此『思歸樂』乃是鳥名。」舉元稹《思歸樂》詩爲證，並引陶岳《零陵記》云：「狀如鳩而慘色，三月則鳴，其音云『不如歸去』。」蓋即杜鵑也。唐元稹《思歸樂》：「山中思歸樂，盡作思歸鳴。」

〔五〕山郭：山城。唐杜甫《秋興》之三：「千家山郭靜朝暉，日日江樓坐翠微。」

【疏　解】

詞寫離別相思之情，仍以祠廟爲背景展開抒寫，與題調保持一種不即不離的關係。一起二句，描寫峽江孤廟前寒潮滾滾、風雨瀟瀟的景色，「蒼茫中有神韻，音節湊合」（陳廷焯《雲韶集》）。接二句摹畫女子倚船惆悵、淚流滿面的悲傷情態，切入別情。然則女子於風雨寒潮中泊船江邊，躑躅送別乎，抑或殷勤盼歸乎？難以確定。換頭轉寫黄昏裏傳來的思歸樂曲聲，讓女子聞之生愁。而飄滿山郭的早梅清香，也似乎在唤醒著又一個山花爛漫的季節，從而引起女子青春生命的微妙感應。結二句寫女子在蕭索的晚景中顧盼尋覓往日的感情記憶，心裏更加牽掛不知漂泊何處的天涯遊子蹤跡。

【集　評】

湯顯祖評《花間集》卷一：二詞頗無深致，亦復千古並傳。柏梁、金谷、蘭亭，帶挈中乘人不少，上駟之冤，亦下駟之幸。聊擱筆爲之一噱。

陳廷焯《雲韶集》卷一：起筆蒼茫中有神韻，音節湊合。

蕭繼宗《評點校注花間集》：全文坐實，便欲損味。

其　三

銅鼓賽神來〔一〕。滿庭幡蓋徘徊①〔二〕。水村江浦過風雷②〔三〕。楚山如畫煙開③〔四〕。離別櫓聲空蕭索④〔五〕。玉容惆悵粧薄⑤〔六〕。青麥燕飛落落〔七〕。捲簾愁對珠閣⑥〔八〕。

【校記】

①徘徊：全本、王輯本作「裵回」。

②過：紫芝本作「遇」。

③玄本「畫」字多作「画」，此首作「畫」。

④櫓：林大椿《唐五代詞》作「艫」。

⑤容：林大椿《唐五代詞》作「客」，誤。

⑥珠：紫芝本、吴鈔本作「朱」。

【箋注】

〔一〕銅鼓：西南少數民族節日及宗教活動中所使用的樂器。《後漢書·馬援傳》：「援好騎，善別名馬，於交趾得駱越銅鼓，乃鑄爲馬式。」唐杜佑《通典》：「銅鼓，鑄銅爲之，虛其一面，覆而擊其上。」唐劉恂《嶺表録異》：「蠻夷之樂有銅鼓焉，形如腰鼓，一頭有面，鼓圓二尺許，面與身連，全用銅鑄，其身遍有蟲魚、花草之狀，通體均勻，厚二分以外，爐鑄之妙，實爲奇巧，擊之響亮，不下鳴鼉。」宋范成大《桂海虞衡志·志器》：「銅鼓，古蠻人所用。南邊土中時有掘得者，相傳爲馬伏波所遺，其制如坐墩而空其下。滿鼓皆細花紋，極工緻。四角有小蟾蜍。兩人舁行，以手拊之，聲全似鞞鼓。」唐白居易《送客春遊嶺南二十韻》：「牙檣迎海舶，銅鼓賽江神。」賽神：謂設祭酬神。華鍾彦《花間集注》曰：「唐時賽神之始，建臺觀，設道場，具儀仗，簫鼓雜戲，迎神於河上。又謂之賽會。今河南猶有此俗。」唐張籍《江村行》：「一年耕種長苦辛，田熟家家將賽神。」

〔二〕幡蓋：迎神所用的幡幢華蓋之類。唐岑參《登千福寺楚金禪師法華院多寶塔》：「焚香如雲屯，幡蓋珊珊垂。」徘徊：旗幡往復揮動飄展。

〔三〕過風雷：言迎神之車行過水邊江村，聲勢喧闐如風雷滚滚。或謂實寫賽神時天降雷雨。

〔四〕煙開：煙消霧散。唐虞世南《奉和幽山雨後應令》：「雨歇連峰翠，煙開竟野通。」

〔五〕櫓聲：摇櫓聲。唐劉禹錫《步出武陵東亭臨江寓望》：「戍摇旗影動，津晚櫓聲促。」

〔六〕玉容：女子容貌之美稱。晉陸機《擬〈西北有高樓〉》：「玉容誰得顧，傾城在一彈。」唐王建《調笑令》：「玉容顦顇三年，誰復商量管絃。」

〔七〕青麥燕飛：應是農曆三月光景。落落：形容多而連續不斷的樣子。唐趙牧《對酒》：「手挼六十花甲子，循環落落如弄珠。」此言燕子在麥田上空翩飛不停。

〔八〕珠閣：華麗的樓閣。晉孫綽《天台山賦》：「珠閣玲瓏於林間，玉堂陰映於高隅。」唐李白《雙燕離》：「玉樓珠閣不獨棲，金窗繡户長相見。」

【疏　解】

此首與題調關聯最緊，上片以煙霧消散的如畫楚山爲地域背景，展開江村祠廟賽神盛況的場面描寫，銅鼓咚咚敲響、滿庭幡蓋徘徊、車馬馳驟風雷的喧闐鬧嚷，正是自《楚辭・九歌》以來，詩人多所言及的楚人「好淫祀」的南土風俗寫照。這種宗教民俗活動場所，也是遊樂的青年男女遇合生情的地方。這種情形不只是《楚辭・九歌》寫及，早在《詩經・鄘風・桑中》裏，桑林祭祀的宗教活動中，就迴蕩著男女自由戀愛的歌聲。這首小詞的内容亦是如此，所以下片撇開祠廟賽神的熱鬧，轉寫情人别離的冷清感傷。「離别」二句寫賽神中燃起愛情之火的一對男女，江邊别離的情景，目送行舟漸去漸遠，耳聽櫓聲漸遠漸小，女子心中無限惆悵。結二句寫别後女子捲簾憑眺、愁坐空閨的情態，簾外村野麥田上翩飛的雙燕，進一步反襯出女子的孤寂。此詞上下片之間，冷熱對比，反差巨大，有力地强化了詞作的抒情效果。

【集　評】

鍾本評語：銅鼓賽神，《花間》往往用此，蓋風俗纖靡，正是歌詞料耳。

李冰若《花間集評注・栩莊漫記》：上半闋頗有《楚辭・九歌》風味。「楚山」一語最妙。

劉瑞潞《唐五代詞鈔小箋》：此調多用以詠鬼神、祠廟。如《臨江仙》、《女冠子》則以詠神仙、女冠。唐五代詞多以調爲題，絶無另標題目者。至宋人始以調爲律，而别標題，以明其事。北宋猶多不書題者。至南宋，則幾乎無詞無題。如唐五代詞之本調意者，絶鮮矣。

蕭繼宗《評點校注花間集》：前半誠《九歌》遺韻，後半則八叉本色矣，微覺不侔。右調三首，换頭之句，音節無一同者，或有譌文，要以作律句爲是。

施蟄存《讀温飛卿詞札記》：飛卿亦有拙句，如「新歲清平思同輦，爭奈長安路遠」，「青麥燕飛落落，卷簾愁對珠閣」，「樓上月明三五，瑣窗中」，「淚流玉箸千條」等句，皆俚俗。

女冠子①

含嬌含笑②。宿翠殘紅窈窕〔一〕。鬢如蟬。寒玉簪秋水〔二〕，輕紗捲碧煙③〔三〕。　雪胸鸞鏡裏④，琪樹鳳樓前〔四〕。寄語青娥伴⑤〔五〕，早求仙〔六〕。

【校　記】

① 《金奩集》入「歇指調」。吴鈔本、張本作「女冠子二首」，鍾本、《古今詞統》卷四、《詞律》作牛嶠詞，非是。《草堂詩餘别集》、《古今詩餘醉》調下有題《女冠》。冠：正本作「冠」。

② 含：吴鈔本作「金」，誤。笑：紫芝本作「咲」。

③輕：《詞軌》作「春」。

④雪胸：《詞律》、《詞譜》作「雪肌」。鏡：晁本、徐本、影刊本缺末筆。

⑤娥：湯評本、合璧本作「蛾」。

【箋注】

〔一〕宿翠殘紅：隔夜的眉翠和脂粉。言女冠尚留昨日殘妝。

〔二〕寒玉：玉石。玉質清涼，故稱。唐白居易《苦熱中寄舒員外》：「藤牀鋪晚雪，角枕截寒玉。」秋水：形容玉簪有如秋水的清碧之色。南朝梁沈約《攜手曲》：「斜簪映秋水，開鏡比春妝。」

〔三〕輕紗句：言女冠著輕紗衣裾，行走拖曳，如緑煙飄卷。或云：輕紗指唐代流行的女子「披帛」。

〔四〕琪樹：玉樹。《文選》孫綽《游天台山賦》：「建木滅景於千尋，琪樹璀璨而垂珠。」吕延濟注：「琪樹，玉樹。」此喻亭亭玉立的女冠。鳳樓：傳説中蕭史弄玉居住的樓閣。漢劉向《列仙傳》卷上《蕭史》：「蕭史善吹簫，作鳳鳴。秦穆公以女弄玉妻之，作鳳樓，教弄玉吹簫，感鳳來集，弄玉乘鳳，蕭史乘龍，夫婦同仙去。」南朝陳江總《簫史曲》：「來時兔月滿，去後鳳樓空。」亦泛指女子的居處，此指道觀。

〔五〕寄語：傳話，轉告。南朝宋鮑照《代少年時至衰老行》：「寄語後生子，作樂當及春。」唐劉希夷《晚春》：「寄語同心伴，迎春且薄妝。」青娥伴：年輕的女伴。青娥：美麗的少女。唐王建《白紵歌》之二：「城頭烏棲休擊鼓，青娥彈瑟白紵舞。」

〔六〕求仙：學道，入道做女冠。

【疏　解】

詞詠本調。起二句描寫女冠晨起心情愉悦、宿妝嬌美的情態，詞語頗富張力，誘人産生「宿翠殘妝尚窈窕，新妝又當如何」的審美想像（沈際飛《草堂詩餘别集》）。接三句，喻寫女冠鬢髮、簪珥、披紗之美，一種難以言説的脱俗仙意，隱約於字裹行間。换頭再寫女冠鏡裹倩影、樓前丰姿，進一步形容女冠玉樹臨風般的超凡艷質。結二句以女冠寄語同伴、勸其學仙收束，表現出對修道生活的熱愛之情。這類作品雖無甚深意，但反映了唐代女子多喜出家入道的社會心理風習，具有一定的認識價值；其纖麗的語詞意象，美妙的女冠形象，也能夠給人帶來審美的愉悦享受。

【集　評】

湯顯祖評《花間集》卷一：「宿翠殘紅窈窕」，新妝初試，當更嫵媚撩人，情語不當爲登徒子見也。

沈際飛《草堂詩餘别集》卷一：宿翠殘妝尚窈窕，新妝又當如何？

又云：「寒玉」二句，仙乎？幽閒之情。浪子風流，豔詞發之。

陳廷焯《雲韶集》卷二十四：綺語撩人，麗而秀，秀而清，故佳。清而能煉。

陳廷焯《詞則·閒情集》卷一：仙骨珊珊，知非凡豔。

蕭繼宗《評點校注花間集》：《女冠子》爲調戲女道士之詞，二首均同。此調須以方外境與兒女情，極不協調之事融合出之，始饒幽豔淒迷之致。飛卿此作，尚未至也。

其二

霞帔雲髮①〔一〕。鈿鏡仙容似雪〔二〕。畫愁眉〔三〕。遮語迴輕扇，含羞下繡幃②。　玉樓相望久〔四〕，花洞恨來遲〔五〕。早晚乘鸞去〔六〕，莫相遺③〔七〕。

【校記】

① 髮：紫芝本作「鬓」。

② 羞：王輯本作「笑」。繡幃：玄本、鍾本作「翠幃」。

③ 遺：《金奩集》、林大椿《唐五代詞》作「違」，王輯本作「遺」。

【箋注】

〔一〕霞帔：以雲霞爲衣。此指道服。《新唐書·隱逸傳·司馬承禎》：「帝嗟味曰：『廣成之言也。』錫寶琴、霞紋帔，還之。」《雲笈七籤》卷二五：「並頭戴寶冠，身披霞帔，手執玉簡。」唐劉禹錫《和令狐相公送趙常盈煉師與中貴人同拜岳及天台投龍畢卻赴京師》：「銀璫謁者引霓旌，霞帔仙官到赤城。」雲髮：鬢髮豐茂如雲。唐温庭筠《郭處士擊甌歌》：「蘭釵委墜垂雲髮，小響丁當逐回雪。」

〔二〕鈿鏡：金玉鑲嵌之妝鏡。唐李賀《惱公》：「鈿鏡飛孤鵲，江圖畫水葒。」仙容似雪：形容女冠面容白皙。

〔三〕愁眉：一種細而曲折的眉妝。《後漢書》卷二十三《五行志》一：「桓帝元嘉中，京都婦女作愁眉、啼妝、墮馬髻、折腰步、齲齒笑。所謂愁眉者，細而曲折。」唐白居易《代書一百韻寄微之》：「風流誇墮髻，時勢鬬愁眉。」

〔四〕玉樓：傳説中天帝或仙人的居所。見本卷温庭筠《菩薩蠻》「玉樓明月長相憶」注〔一〕。前蜀杜光庭《莫庭乂青城本命醮詞》：「洞裏之玉樓金闕，塵俗難窺。」此指女冠所居。

〔五〕花洞：道教稱仙人或道士居處。唐柳公綽《贈毛仙翁》：「桃源千里遠，花洞四時春。」

〔六〕早晚：何日，幾時。北齊顔之推《顔氏家訓·風操》：「嘗有甲設讌席，請乙爲賓，而旦於公庭見乙之子，問之曰：『尊侯早晚顧宅？』」唐李商隱《重有感》：「晝號夜哭兼幽顯，早晚星關雪涕收。」乘鸞：喻成仙。《集仙録》：「天使降時，鸞鶴千萬，衆仙畢集，位高者乘鸞，次乘麒麟，次乘龍，鸞鶴每翅各大丈餘。」唐李群玉《玉真觀》：「高情帝女慕乘鸞，紺髮初簪玉葉冠。」

〔七〕相遺：相忘，相棄。唐李頻《寄范評事》：「行坐不相遺，轅門載筆時。」

【疏　解】

詞詠本調。起二句描寫女冠的服飾、容貌，而有逼人的仙氣拂拂筆端。接三句，再寫女冠細描愁眉、回扇遮語、含羞出幃的動作情態，顯示出某種世俗的人情味，似與起二句不相銜接，所以華鍾彦認爲這三句非寫女冠，而是寫女冠入道前的女伴。换頭二句，「言玉樓中之女伴，思念女冠，望其早歸，而花洞中之女冠，懷想女伴，恨其遲來也」（華鍾彦《花間集注》），是對寫女冠與女伴雙方，承接上首「寄語早求仙」之意。結二句，仍是從女伴的角度寫，希望女冠修成神仙時，莫要忘記攜帶自己一同乘鸞飛升，表達其接受女冠規勸，向慕入道修仙之心願。此詞看似簡單，實有多處難以講通，如果解爲只寫女冠，結句「莫相遺」無法落實；但如采華鍾彦説，上片前二句與後三句的銜接，亦覺有些突兀。究竟作何解釋，尚需仔細推敲。

【集　評】

鍾本評語：四調（此二首與薛昭藴二首）俱遊仙雅曲。

唐圭璋《詞學論叢・温韋詞之比較》：如《菩薩蠻》云「蕊黄無限當山額」、「鬢雲欲度香腮雪」，《南歌子》云「倭墮低梳髻，連娟細掃眉」、「臉上金霞細，眉間翠鈿深」，《女冠子》云「霞帔雲髮，鈿鏡仙容似雪」，皆寫人之容貌也。

華鍾彦《花間集注》：（開頭）言女冠服飾之盛也。「畫愁」三句，叙女冠在凡時女伴，終日含羞倚愁也。「玉樓」二句，言玉樓中之女伴，思念女冠，望其早歸；而花洞中之女冠，懷想女伴，恨其遲來也。「早晚」二句，女伴之願詞也。

蕭繼宗《評點校注花間集》：略用道流衣器點綴，是矣，而未至也。

張以仁《花間詞論集・温庭筠兩首〈女冠子〉的訓解與題旨的問題》：她的生活奢華、姿容美豔、風情動人……這樣一個類似交際花的女道士，她所盼望的會不會是一個男伴一類情人呢？他們早訂舊約，而竟久候未來。她……珍視眼前短暫的歡聚，希望對方不要遺棄她。……題旨應該是：「寫女冠之姿容與凡情。」

玉胡蝶①

秋風淒切傷離。行客未歸時②〔一〕。塞外草先衰〔二〕。江南鴈到遲〔三〕。　芙蓉凋嫩臉③〔四〕。楊柳墮新眉。摇落使人悲〔五〕。斷腸誰得知④。

【校　記】

①《金奩集》入「中吕調」。玉：影刊本作「王」，誤。胡：紫芝本、吴鈔本、湯本、合璧本、張本作「蝴」。鍾本作牛嶠詞，誤。徐本此首後作「花間集卷第一」、「光緒十四年邵武徐榦字小勿據宋濟陽晁氏刊本重雕」。

②時：王輯本《金荃詞》無此字。

③蓉：毛本、正本作「容」。凋嫩臉：玄本作「雕嫩臉」，雪本作「凋嫩葉」。

④腸：吴鈔本作「傷」，誤。

【箋　注】

〔一〕行客：旅客，出門在外之人。《淮南子·精神訓》：「是故視珍寶珠玉猶礫石也，視至尊窮寵猶行客也。」高誘注：「行客，猶行路過客。」《南史·夷貊傳下·文身國》：「土俗歡樂，物豐而賤，行客不齎糧。」唐王維《送沈子福之江東》：「楊柳渡頭行客稀，罟師蕩槳向臨圻。」

〔二〕塞外：行客羈旅之地。漢李陵《荅蘇武書》：「涼秋九月，塞外草衰。」

〔三〕江南：女子所居之地。鴈到遲：寓有書信來遲之意。唐崔塗《江上懷翠微寺空上人》：「暮雨潮生早，春寒雁到遲。」

〔四〕芙蓉二句：既寫芙蓉楊柳在秋風中花謝葉落，也喻指恨别之女子花顔憔悴，無心妝扮。

〔五〕摇落句：戰國楚宋玉《九辯》：「悲哉！秋之爲氣也。蕭瑟兮草木摇落而變衰。」唐杜甫《詠懷古跡五首》：「摇落深知宋玉悲，風流儒雅亦吾師。」摇落：指深秋草木花葉凋零枯落。

【疏　解】

此首悲秋懷遠。起二句即點出悲秋傷别的題旨，季節與人情合寫，互觸互溶，相襯愈悲。接二句「塞外」與「江南」對舉，一爲征夫戍守之地，一爲思婦盼歸之處，相隔著遥遠的空間距離，塞外苦寒草先衰，江南猶暖雁到遲，邊庭書信久未至，閨中秋風苦相思。换頭二句，自然與人一筆雙描，芙蓉花在秋風中凋落，芙蓉花般的嫩臉也日益憔悴；新眉般的柳葉在秋風中飄墮，柳葉般的新眉黛色褪盡，也懶於再去描畫。結二句直抒悲秋之意、懷人之情，完成主題的表現。

【集　評】

鍾本評語：「塞外草先衰，江南雁到遲」，語渾雅似盛唐律詩。

陳廷焯《雲韶集》卷一：「塞外」十字，抵多少《秋聲賦》。

又：飛卿詞「此情誰得知」、「夢長君不知」、「斷腸誰得知」，三押「知」字，皆妙。

蕭繼宗《評點校注花間集》：「塞外」十字，亦是佳句。至三「知」字之妙，殆不如亦峰所言之甚。「楊柳」句「墮」字未穩。

花間集校注卷二　四十九首①

温助教庭筠　十六首

清平樂　二首
遐方怨　二首
訴衷情　一首
思帝鄉　一首
夢江南　二首
河　傳　三首
蕃女怨　二首
荷葉盃　三首

皇甫先輩松　十一首②

天仙子　二首
浪濤沙　二首

【校記】

①晁本、毛本作「花間集卷第二，四十九首」，後列細目。按：皇甫松《采蓮子》應分爲二首，故卷目總數應爲五十首。

②皇甫松總首數應爲十二首。

③《採蓮子》應分爲二首。

清平樂

温助教庭筠①

上陽春晚②〔一〕。宫女愁蛾淺〔二〕。新歲清平思同輦〔三〕。争奈長安路遠③〔四〕。　鳳帳鴛被徒燻④。寂寞花鎖千門⑤〔五〕。競把黄金買賦⑥，爲妾將上明君〔六〕。

【校　記】

①《金奩集》入「越調」。晁本此處直署姓名，不署職銜。吴鈔本、張本作「清平樂二首」。張本此首前有朱筆校：「花間集卷第二，温廷筠十六首。」陸本、茅本、徐本、影刊本均作「花間集卷第二，温廷筠十六首」。毛本作「清平樂，温庭筠」。清刻本作「清平樂，温助教庭筠」。

②上：吴鈔本作「工」，誤。

③争奈：鄂本、毛本、後印本、正本、四庫本、清刻本、四印齋本作「爭那」。

④被：紫芝本、吴鈔本作「帔」。燻：毛本、後印本、正本作「燻」。

⑤鎖：玄本、全本作「瑣」。

⑥競：晁本、影刊本缺末筆，紫芝本、吴鈔本作「竟」。

【箋注】

〔一〕上陽：唐宫名，高宗時建於洛陽。《新唐書·地理志二》：「上陽宫在禁苑之東，東接皇城之西南隅，上元中置，高宗之季常居以聽政。」玄宗時常謫宫人於此。唐白居易《上陽白髮人》序云：「天寶五載已後，楊貴妃專寵，後宫人無復進幸矣。六宫有美色者，輒置别所，上陽是其一也。貞元中尚存焉。」唐王建《行宫詞》：「上陽宫到蓬萊殿，行宫巖巖遥相見。」

〔二〕愁蛾淺：言蛾眉淺淡，無心描畫也。

〔三〕清平：清静平治，太平。漢班固《兩都賦》序：「臣竊見海内清平，朝廷無事。」唐白居易《贈夢得》：「一願世清平，二願身强健。」同輦：與天子同車。言受寵幸。輦，天子之車。《漢書·外戚傳下·孝成班倢伃》：成帝「嘗欲與倢伃同輦載，倢伃辭曰：『觀古圖畫，賢聖之君皆有名臣在側，三代末主乃有嬖女，今欲同輦，得無近似之乎？』」。南朝梁蕭繹《班婕好》：「誰知同輦愛，遂作裂紈詩。」唐杜甫《哀江頭》：「昭陽殿裏第一人，同輦隨君侍君側。」

〔四〕爭奈：怎奈。唐崔塗《澗松》：「南園桃李雖堪羨，爭奈春殘又寂寥。」長安路遠：言長安路遥，已爲皇帝疏遠，同輦無望。

〔五〕花鎖千門：言冷宫荒寂，衆多宫門被花枝遮蔽。唐杜甫《哀江頭》：「江頭宫殿鎖千門，細柳新蒲爲誰緑。」

〔六〕競把二句：言宮女邀寵之急切。黄金買賦：漢司馬相如《長門賦序》：「孝武皇帝陳皇后，時得幸，頗妒。别在長門宮，愁悶悲思。聞蜀郡成都司馬相如天下工爲文，奉黄金百斤爲相如、文君取酒，因于解悲愁之辭。而相如爲文以悟上，陳皇后復得親幸。」唐李白《白頭吟》：「聞道阿嬌失恩寵，千金買賦要君王。」將上：獻上，呈上。

【疏　解】

此首宮怨。起二句叙寫地點、時令、人物以及情感，點出上陽宮女春日怨思的題旨。三句具體落實怨思的内容，表明宮女希寵的心願。四句言「長安路遠」，流露出宮女的失望和無奈。换頭二句描寫宮女寂寞的幽閉環境和空虚的日常生活，服用的美好和花枝的繁盛，適足成爲反襯。結二句化用陳皇后千金買賦的典故，寄託宮女最後的希望。「競」字既顯示宮女心情的急切，又表明買賦者非止一人，這就寫出了制度造成的無數宮女的普遍命運悲劇，使作品具有了重大的社會意義。

【集　評】

湯顯祖評《花間集》卷一：《清平樂》亦創自太白，見吕鵬《遏雲集》，凡四首。黄玉林以二首無清逸，氣韻促促，删去，殊惱人。此二詞不知應作何去取。

蕭繼宗《評點校注花間集》：宮怨而已，難期深切。

其　二①

洛陽愁絶〔一〕。楊柳花飄雪〔二〕。終日行人恣攀折②〔三〕。橋下水流嗚咽〔四〕。　上馬爭勸離觴〔五〕。南浦鶯聲斷腸〔六〕。愁殺平原年少〔七〕，迴首揮淚千行〔八〕。

【校　記】

①詞苑英華本《唐宋諸賢絶妙詞選》卷一作《清平樂令》。曾昭岷等《全唐五代詞》「案」曰：「《清平樂》乃唐教坊曲名，《教坊記》全部曲名皆無『令』字，宋人始作《清平樂令》，當以《清平樂》爲是。」

②恣：鄂本、紫芝本、吴鈔本、毛本、正本、四庫本、清刻本、四印齋本、全本作「爭」。王輯本作「競」。

【箋　注】

〔一〕愁絶：極言憂愁。唐杜甫《自京赴奉先縣詠懷五百字》：「沉飲聊自遣，放歌頗愁絶。」

〔二〕飄雪：言柳絮如雪。南朝范雲《別詩》：「洛陽城東西，長作經時別。昔去雪如花，今來花似雪。」

〔三〕恣攀折：任意攀折。唐李益《途中寄李二》：「楊柳含煙灞岸春，年年攀折爲行人。」

〔四〕水流嗚咽：《樂府詩集·隴頭歌辭》：「隴頭流水，鳴聲嗚咽。」

〔五〕離觴：離杯，指餞别之酒。唐王昌齡《送十五舅》：「夕浦離觴意何已，草根寒露悲鳴蟲。」

〔六〕南浦：代指送别之地。戰國楚屈原《九歌·河伯》：「子交手兮東行。送美人兮南浦。」南朝梁江淹《别賦》：「春草碧色，春水渌波。送君南浦，傷如之何。」唐白居易《南浦别》：「南浦凄凄别，西風褭褭秋。」

〔七〕愁殺：憂愁之甚。漢樂府《古歌》：「秋風蕭蕭愁殺人，出亦愁，入亦愁。」平原：戰國趙邑名，在今山東平原縣。《史記正義》引《括地志》云：「平原故城在德州平原縣東南十里。」或云指平原侯曹植。曹植《名都篇》：「名都多妖女，京洛出少年。」是其所本。

〔八〕揮淚千行：極言離别之悲傷。華鍾彦《花間集注》曰：「燕趙古多慷慨悲歌之士，故常揮淚惜别也。」唐韓愈《湘中酬張十一功曹》：「休垂絶徼千行淚，共泛清湘一葉舟。」

【疏解】

此首洛陽賦别。一起四字，出手即爲重筆，「愁絶」將别情推向頂點。接以「楊柳花如雪」一句景語，點出暮春的别離時間，兼作别情的烘托，又爲下句伏筆，一石三鳥，其功大矣。三句承上，寫行人終日臨歧攀折柳條，正見出人間無數别離慘劇不斷重複上演，以至於橋下的流水都爲之含悲嗚咽。四句看似「忽接」，實有内在的意脈與三句貫通，「如此著墨，有一片神光，自離自合」（陳廷焯《雲韶集》）。換頭正寫别離場面，「馬上爭勸離觴」的情景，顯示此番東都辭别，非是兒女之别，乃是丈夫之别，悲感之中自有豪氣湧動。令人聞之斷腸的「南浦鶯聲」，則爲别離場面作氣氛的烘染之用。結二句點出人物身份，「平原」乃燕趙之地，「少年」乃易感之時，「平原年少」無疑乃是慷慨悲歌之士，本有著異常飽滿强烈的感情蘊蓄。所以，呼應起句的「愁絶」，結句再用「愁殺」形容其别離悲感，用「揮淚千行」宣洩其滿溢的感傷情緒。俞陛雲對這兩句的分析，頗能體貼常人之意，但是卻忽略了詞中人物的特殊性，「平原年少」之所以别時忍淚，更重要的恐怕還是其英雄性格在起作用。此詞悲慨淋漓，在温詞中洵爲别調。飛卿爲人，本有豪俠之氣，其生平行事及所作詠史詩可證。此詞正與其詩中詠史諸作相類，表現了詞人性格中風骨凜然的一面。

【集　評】

鍾本評語：詞意似《古别離》。

陳廷焯《雲韶集》卷一：上半闋最見風骨，下半闋微遜。上三句説楊柳，下忽接「橋下水流嗚咽」六字，正以襯出折柳之悲，水亦爲此嗚咽。如此著墨，有一片神光，自離自合。

陳廷焯《詞則·放歌集》卷一：「橋下」句從離人眼中看得，耳中聽得。

丁壽田等《唐五代四大名家詞》甲篇：此詞悲壯而有風骨，不類兒女惜别之作。其作於被貶之時乎？

俞陛雲《唐五代兩宋詞選釋》：通是寫離人情事，結句尤佳。臨歧忍淚，恐益其悲，更難爲别。至别後回頭，料無人見，始痛灑千行之淚，洵情至語也。後人有出門詩云：「欲泣恐傷慈母意，出門方灑淚千行。」此意於别母時賦之，彌見天性之篤。

蕭繼宗《評點校注花間集》：首句四字，幾不成語。飛卿！飛卿！「洛陽」二字，與「蟬鬢美人」，大有出入也。

遐方怨①

憑繡檻〔一〕，解羅幃〔二〕。未得君書〔三〕，斷腸瀟湘春鴈飛②。不知征馬幾時歸③〔四〕。海棠花謝也〔五〕，雨霏霏〔六〕。

【校　記】

①《金奩集》入「越調」。吴鈔本、張本作「遐方怨二首」。

② 斷腸：雪本作「腸斷」。

③ 不知句：紫芝本、吳鈔本此句分爲下片。

【箋注】

〔一〕繡檻：雕飾華美之欄杆。唐鮑溶《宿水亭詩》：「雕楹彩檻壓通波，魚鱗碧幕銜曲玉。」

〔二〕羅幃：絲羅帳幃。漢樂府《傷歌行》：「微風吹閨闥，羅帷自飄揚。」

〔三〕未得二句：言鴈來書未至，令人斷腸。瀟湘：湘江與瀟水的並稱。多借指今湖南地區。《山海經·中山經》：「帝之二女居之，是常游于江淵，澧沅之風，交瀟湘之淵。」《文選·謝朓〈新亭渚別范零陵〉詩》：「洞庭張樂地，瀟湘帝子遊。」李善注引王逸曰：「娥皇女英隨舜不返，死於湘水。」唐李白《遠別離》：「古有皇英之二女，乃在洞庭之南，瀟湘之浦。」唐杜甫《去蜀》：「如何關塞阻，轉作瀟湘遊。」

〔四〕征馬：遠行的馬。北魏賈思勰《齊民要術·養牛馬驢騾》：「飼征馬令硬實法：細剉芻……和穀豆秣之。」南朝梁江淹《別賦》：「驅征馬而不顧，見行塵之時起。」

〔五〕海棠花謝：言暮春時節。

〔六〕霏霏：雨雪盛貌。《詩經·小雅·采薇》：「今我來思，雨雪霏霏。」《楚辭·王逸〈九思·怨上〉》：「雷霆兮硠磕，雹霰兮霏霏。」原注：「霏霏，集貌。」

【疏　解】

此首思婦念遠之作。前二句寫思婦憑檻解幃的動作，帶出寂寞之意。接二句點明思婦憑檻是爲等待雁書，但瀟湘春雁飛過，卻没得到遠人寄來的書信，思婦頓覺痛斷肝腸。因爲未得書信，所以思婦不知遠人幾時回來，而愈發思念牽掛。末二句以景結情，將年華虛度之悲和傷春恨别之意，都融入落花片片、細雨霏霏的眼前景中，無限悵惘，化爲不盡餘韻。對此詞的理解，有兩點需加辨析，一是有論者將「征馬」解爲「戰馬」，其實詞裏的「征馬」，就是遠行者所騎之馬，非謂戰馬。二是詞中的瀟湘春雁乃是北飛之雁，思婦盼望雁書，説明遠人是在南方瀟湘，而不是在北方邊塞。因此，解此詞爲女子思念遠在邊塞的丈夫，當屬誤讀。

【集　評】

鍾本評語：「海棠花謝也，雨霏霏」，朱淑真翻作「謝卻海棠飛盡絮，困人天氣日初長」句，不妨雙美。

玄本頁眉朱批：對此茫茫，百端交集。

陳廷焯《雲韶集》卷一：神致宛然。

唐圭璋：《詞學論叢・論詞之作法》：詞中有以情語結者，有以景語結者。景語含蓄，較情語尤有意味。唐五代詞中，温飛卿多用景結語，韋端己多用情結語。温詞如《遐方怨》結云：「不知征馬幾時歸。海棠花謝也，雨霏霏。」韋詞如《女冠子》結云：「覺來知是夢，不勝悲。」雖各極其妙，然温更有餘韻。

蕭繼宗《評點校注花間集》：一結甚美。亦峰評爲「神致宛然」，不知「宛然」何物？

其二

花半拆①〔一〕，雨初晴。未捲珠簾②〔二〕，夢殘惆悵聞曉鶯〔三〕。宿粧眉淺粉山横③〔四〕。約鬟鸞鏡裏④〔五〕，繡羅輕〔六〕。

【校記】

①拆：鄂本、四印齋本作「坼」。紫芝本、鍾本、茅本、玄本、湯本、文治堂本、毛本、王輯本、《花草粹編》作「折」。

②捲：毛本、後印本作「卷」。

③宿粧句：紫芝本分爲下片。眉：王輯本作「梅」。

④鸞：玄本作「鶯」。鏡：晁本、影刊本缺末筆。

【箋　注】

〔一〕半拆：半開也。

〔二〕未捲珠簾：言閨人尚未起床。

〔三〕夢殘句：鶯聲驚夢，醒來惆悵不已。所寫即唐金昌緒《春怨》詩意。

〔四〕宿粧句：宿妝淡褪，眉色輕淺，露出粉底。唐羊士諤《雨中寒食》：「佳人宿妝薄，芳樹彩繩閑。」粉山：粉色眉山。

〔五〕約鬢：梳攏頭髮，綰成環形髮髻。

〔六〕繡羅輕：繡羅衣衫輕逸舒爽。繡羅：彩繡絲羅。唐李白《宫中行樂詞》：「山花插寶髻，石竹繡羅衣。」

【疏　解】

詞寫閨情。起二句描寫夜雨初晴、花朵欲綻的晨景，清新明豔。接二句寫女子將醒時候，好夢被簾外鶯聲驚破，引起惆悵之感。然後用殘妝映襯内心的惆悵，而不加點明。結二句寫女子攬鏡梳妝、掠鬢更衣，動作輕盈，儀態嬌美。全詞對相思懷人之夢不甚著意，抒情調性顯得愉悦輕鬆。

【集評】

鍾本評語：「花半拆，雨初晴」句甚佳，然解人正不易。

卓人月《古今詞統》卷三徐士俊評語：「斷腸」、「夢殘」二語，音節殊妙。

李冰若《花間集評注·栩莊漫記》：「夢殘」句妙，「宿妝」句又太雕矣。「粉山横」意指額上粉，而字句甚生硬。

俞陛雲《唐五代兩宋詞選釋》：《遐方怨》二首，有「斷腸瀟湘春雁飛」、「夢殘惆悵聞曉鶯」句。……亦藉鶯雁以寄離情，其意境與《蕃女怨》詞相類。

蕭繼宗《評點校注花間集》：《漫記》所評極是，惟「雕」而失之「生硬」，謂之「不可雕也」可。

訴衷情①

鶯語〔一〕。花舞。春晝午〔二〕。雨霏微〔三〕。金帶枕〔四〕。宫錦②〔五〕。鳳皇帷〔六〕。柳弱蝶交飛③〔七〕。依依。遼陽音信稀〔八〕。夢中歸。

【校　記】

①全本調下小字注曰：「一名一絲風。」訴：紫芝本作「訢」。鍾本前三句七字作一句。張本前四字作一句。

②宫錦二句：張本作「宫錦鳳凰帷」五字句。鳳皇：紫芝本、吴鈔本、湯評本、四印齋本、全本、王輯本、林大椿《唐五代詞》作「鳳凰」。鄂本「凰」字漫漶不清。

③柳弱：玄本作「弱柳」。蝶：陸本、茅本、湯本、文治堂本、影刊本、全本作「燕」。玄本、雪本作「暗」。

【箋　注】

〔一〕鶯語：鶯啼。晉孫綽《蘭亭》詩之二：「鶯語吟脩竹，遊鱗戲瀾濤。」唐白居易《琵琶行》：「間關鶯語花底滑，幽咽泉流水下灘。」

〔二〕春晝午：春日的正午。

〔三〕霏微：雨雪細小貌。唐李端《巫山高》：「回合雲藏日，霏微雨帶風。」

〔四〕金帶枕：飾以金帶的華美枕頭。《文選》曹植《洛神賦》李善注：「黄初中入朝，帝示植甄后玉鏤金帶枕。植見之，不覺泣。」唐陸龜蒙《自遣詩三十首》之三：「座上不遺金帶枕，陳王詞賦爲誰傷。」

〔五〕宫錦：宫中特製或仿造宫樣所製的錦緞。唐李商隱《隋宫》：「春風舉國裁宫錦，半作障泥半作帆。」

〔六〕鳳皇帷：用織有鳳凰圖案的宫錦裁製的帷幕。

〔七〕柳弱：即弱柳。柳條柔弱，故稱。南朝陳張正見《賦得垂柳映斜溪》：「千仞青溪險，三陽弱柳垂。」唐賈至《早朝大明宫呈兩省僚友》：「千條弱柳垂青瑣，百囀流鶯繞建章。」交飛：齊飛，並飛。唐盧綸《慈恩寺石磬歌》：「群仙下雲龍出水，鸞鶴交飛半空裏。」

〔八〕遼陽句：遼陽，漢置縣名，屬遼東郡。唐屬遼州，爲東北邊防要地。在今遼寧省遼陽市西北。唐沈佺期《古意》：「九月寒砧催木葉，十年征戍憶遼陽。白狼河北音書斷，丹鳳城南秋夜長。」唐宋之問《至端州驛見題壁》：「雲摇雨散各翻飛，海闊天長音信稀。」唐白居易《閨婦》：「遼陽春盡無消息，夜合花開日又西。」

【疏　解】

此首閨中懷人之詞。起四句描寫細雨霏微、鶯啼花落的暮春景物，爲女子的懷人之夢渲染氛圍。接三句轉寫女子閨房的華美陳設，金帶枕安放，宫錦被鋪展，鳳凰幃垂下，暗示女子日午晝眠，慵懶萎靡。然後再點染一筆室外景語，飛蝶雙雙，弱柳依依，似有情意。這樣在用短句促韻的繁密意象充分烘染之後，結二句點出題旨，戍守遼陽的征人音信稀疏，讓女子無限思念，晝眠之時，夢見征人歸來。夢是現實缺憾的補償，夢境雖然虚幻，但對於盼歸無計的女子來説，也不失爲一種情感的安慰。

【集評】

陳廷焯《詞則·别調集》卷一：節愈促，詞愈婉。結三字淒絶。

蕭繼宗《評點校注花間集》：雖乏新意，卻饒佳境。通篇明豔，不恃飣餖，末尾入情，亦不著跡。

胡國瑞《論温庭筠詞的藝術風格》：温庭筠還有些曲調節拍短促而韻律轉换頻繁的作品，如《訴衷情》、《荷葉杯》（第二首）。這類詞調形式，與五、七言詩大異其趣，確足令人一新耳目。但由於句短、韻繁而變换多，很易犯辭藻堆疊而氣勢壅塞不暢的毛病，必須句斷而意思輾轉相傳，乃能通首融成一片，既有完美的意象，而又具有活潑的節奏之美。如《訴衷情》開始平列四種景物，接着又平列三種飾物，彼此間没有承接的關係，又没有感情的融注，令人只覺是麗辭的堆積。

思帝鄉①

花花〔一〕。滿枝紅似霞②。羅袖畫簾腸斷③〔二〕，卓香車〔三〕。迴面共人閑語④〔四〕。戰篦金鳳斜〔五〕。唯有阮郎春盡〔六〕，不歸家⑤。

【校記】

①《金奩集》入「越調」。

②枝：紫芝本、吴鈔本作「放」。

③簾：《詞譜》作「屏」。

④迴面句：紫芝本、吴鈔本此句分爲下片。閑：王輯本作「言」。林大椿《唐五代詞》作「間」。

⑤歸：《金奩集》、林大椿《唐五代詞》作「還」。

【箋注】

〔一〕花花：重言之，謂花朵繁盛。

〔二〕羅袖：羅衫之袖，代指詞中女子。畫簾：有畫飾的簾子。唐杜牧《懷鍾陵舊遊》之三：「一聲明月採蓮女，四面朱樓卷畫簾。」此指車簾。腸斷：言女子掀簾看到滿樹繁華，感歎紅顔薄命，爲之腸斷。

〔三〕卓：停立。香車：用香木做的車。泛指華美的車轎。唐盧照鄰《行路難》：「春景春風花似雪，香車玉轝恒闐咽。」

〔四〕迴面句：言回轉頭來與人閒話。

〔五〕戰篦句：言女子轉臉與人閒話時，髮鬟上的篦梳輕顫，鳳釵微斜。戰：恐懼發抖。通「顫」。《吕氏春秋·審應》：「公子沓相周，申向説之而戰。」漢揚雄《法言·吾子》：「見豺而戰。」

〔六〕阮郎：阮肇，代指女子之情郎。漢永平中，剡縣人劉晨、阮肇入天台山采藥迷路，遇二豔質仙子，邀入仙洞，留住半年。後求歸至家，已過七世。見南朝宋劉義慶《幽明録》。後常以劉阮代指女子之情郎。

【疏　解】

此首春日懷人之詞。一起疊用「花花」，構句奇特，充分形容滿枝繁花如紅霞燃燒的爛漫春景，給人的視覺印象造成衝擊效果。遊春踏青的女子，停車揭簾，對此大好春色，不禁生出斷腸的感覺。女子的這種感覺，符合審美心理規律，强烈深刻的美感，總會伴隨著某種莫名的痛感，讓人難以爲懷。何況，女子此刻的「斷腸」，還有一層暫且按下不表的特殊原因。爲了掩飾自己的内心痛苦，也爲了不掃遊伴的興致，女子主動回頭，故作輕鬆地與人招呼閒話，只有髻鬟上插戴的金鳳篦梳的輕微顫動，隱微透漏出她内心的不平静。「戰篦」一句，觀察與描寫極其細微，是典型的温詞筆法。結二句點明原因，解釋了爲什麽面對滿樹繁花會生出「斷腸」之感。此詞以樂景襯哀情的手法，細膩入微的用筆，都值得稱道。

【集　評】

卓人月《古今詞統》卷三徐士俊評語：「卓」字，又見薛昭藴詞「延秋門外卓金輪」。

蕭繼宗《評點校注花間集》：小有情致，而率筆（如首兩句）陳套（「羅袖」、「戰篦」等），終未能免。

夢江南①

千萬恨，恨極在天涯〔一〕。山月不知心裏事，水風空落眼前花〔二〕。摇曳碧雲斜〔三〕。

【校　記】

①《金奩集》入「南吕宫」。全本、王輯本作《憶江南》。吴鈔本、張本作「夢江南二首」。《草堂詩餘别集》調下有題《閨怨》。

【箋　注】

〔一〕千萬二句：言千愁萬恨，最恨的是所思之人遠在天涯不歸。唐劉禹錫《送春曲》三首之三：

「遊人千萬恨，落日上高臺。」

〔二〕水風：水上之風。唐白居易《曲江》：「細草岸西東，酒旗摇水風。」

〔三〕摇曳：晃蕩，飄動。南朝宋鮑照《代櫂歌行》：「颺戾長風振，摇曳高帆舉。」碧雲：碧空之雲。《文選》江淹《雜體詩·效惠休〈别怨〉》：「日暮碧雲合，佳人殊未來。」張銑注：「碧雲，青雲也。」華鍾彦《花間集注》曰：「感碧雲之遥遥，以興離緒之悠悠也。」劉學鍇《温庭筠全集校注》曰：「此處『摇曳碧雲斜』亦暗含『佳人殊未來』之意。」

【疏　解】

此首閨怨之詞。情語領起，極言思念天涯遠人之恨，重拙直露，爲温詞所罕見。然後借物言懷，以婉轉的景語，來救直露的情語。怨山月不解人意，一片皎潔的輝光灑落空閨，惹人煩惱；看水風飄落花瓣，順流而去，而徒增年華逝水之嘆。這兩句還是人物合寫，以我觀物，結句「摇曳碧雲斜」純粹寫景，暗示女子内心的情緒波動，將難以言喻的相思之情，託之於晚天飄曳不定的彩雲，「低細深婉，情韻無窮」（陳廷焯《雲韶集》）。此詞洗盡濃豔藻采，後三句淡筆寫意，水墨暈染，而風華情致，直追六朝，洵爲温詞之神品。或謂此詞自叙漂泊之苦，則抒情主人公就變成天涯遊子了。

【集　評】

湯顯祖評《花間集》卷一：風華情致，六朝人之長短句也。

卓人月《古今詞統》卷一徐士俊評語：（「山月」句）幽凉殆似鬼作。

沈際飛《草堂詩餘別集》卷一：「山月」二句，慘境何可言。

陳廷焯《雲韶集》卷二十四：低細深婉，情韻無窮。

陳廷焯《詞則·別調集》卷一：低回宛轉。

李冰若《花間集評注·栩莊漫記》：「搖曳」一句，情景交融。

唐圭璋《唐宋詞簡釋》：此首叙飄泊之苦，開口即説出作意。「山月」以下三句，即從「天涯」兩字上，寫出天涯景色，在在堪恨，在在堪傷。而遠韻悠然，令人諷誦不厭。

蕭繼宗《評點校注花間集》：《夢江南》視七絶尤短，極不易張羅，自來佳作絶少，千不得一。大抵只有七字一聯，餘語不過襯貼，轉成贅附。

張以仁《花間詞論集·試釋温飛卿〈夢江南〉詞一首》：此詞主題爲傷春傷別，詞中主角係一懷遠傷春之思婦，傷春實緣傷別而起。首陳懷遠之恨，所謂「千萬恨」者，謂恨有千絲萬縷也。……乃此恨山月不知，猶照清景如畫。……眼前但見風吹花落，花逐水流，所謂「空落」者，花開欣賞無人，花落更無人惜之謂。以花擬人，「眼前」之「花」，豈非即此眼前之人乎？以月擬人，遥天之月，豈非即彼遠在天涯之人乎？則所謂「空落」者，實亦寓「虚度」之意。……飛卿移景就情，使「眼前」之景與「心裏」之事相結合：「山月」謂其「不知」，「落」上著一「空」字，皆化景爲情之關鍵字也。於是身外景物盡化心中情境。觸緒生愁，彼山月、彼水風、彼花樹，其照耀、其吹拂、其摇曳、其流、其斜，皆化作有情之象矣。哀絶萬端而不失其嫻雅之態。……「摇曳碧雲斜」，謂花樹摇曳於碧空之下也。

其 二①

梳洗罷，獨倚望江樓。過盡千帆皆不是〔一〕，斜暉脈脈水悠悠〔二〕。腸斷白蘋洲②〔三〕。

【校 記】

①《歷代詩餘》調作《望江南》，《草堂詩餘别集》調下有題《閨怨》。

② 蘋：王輯本作「頻」。

【箋 注】

〔一〕過盡句：言均非女子所盼之歸人船。劉學鍇《温庭筠全集校注》曰：「謝朓《之宣城出新林浦向板橋》：『天際識歸舟，雲中辨江樹。』此句反其意而用之。」

〔二〕斜暉：亦作「斜輝」。傍晚西斜的陽光。南朝梁蕭綱《序愁賦》：「玩飛花之入户，看斜暉之度寮。」唐杜牧《懷鍾靈舊遊》之三：「斜輝更落西山影，千步虹橋氣象兼。」脈脈：同「脈脈」，凝視貌。《漢書・東方朔傳》：「跂跂脈脈善緣壁，是非守宫即蜥蜴。」顔師古注：「脈脈，視貌也。」《古詩十九首・迢迢牽牛星》：「盈盈一水間，脈脈不得語。」悠悠：連綿不盡貌。晉左思《吴都賦》：「直衝濤而上瀨，常沛沛以悠悠。」唐嚴維《丹陽送韋參軍》：「日晚江南望江北，寒鴉飛盡水悠悠。」

〔三〕白蘋洲：長滿白蘋的江邊洲渚。湖州霅溪有白蘋洲。南朝梁柳惲《江南曲》：「汀洲采白蘋，日暮江南春。」洲即緣此得名。《太平寰宇記》：「白蘋洲在霅溪東南，去州一里，有顔魯公芳菲亭。洲内有池，池中有千葉蓮，今惟地名故址存焉。」唐白居易《白蘋五亭記》：「湖州城東南二百步，抵霅溪，溪連汀洲，洲一名白蘋。梁吴興守柳惲於此賦詩云『汀州采白蘋』，因以爲名也。」唐趙徵明《思婦》：「猶疑可望見，日日上高樓。唯見分手處，白蘋滿芳洲。」此指思婦所在之地，或亦當初分别之處。

【疏　解】

詞寫思婦獨倚江樓終日盼歸情景。唐劉采春《望夫歌》云：「莫作商人婦，金釵當卜錢。朝朝江上望，錯認幾人船。」趙徵明《思婦》云：「猶疑可望見，日日上高樓。唯見分手處，白蘋滿芳洲。」温詞即從上引二詩生發出來。詞中的思婦早起梳洗一罷，就急忙來到白蘋洲，登上望江樓，滿懷熱切的希望，注視著水天相接處飄來的第一葉帆影。船慢慢地駛近了，又從樓前駛過了，她盼望的人不在船上。於是她眺望、凝矚下一艘船，第一百艘船，第一千艘船……她望眼欲穿地把它們一隻隻從天邊外迎來，又遺憾失望地把它們一隻隻向天盡頭送過。「期待是最漫長的絕望」，一天又過去了，最後還是不見歸人船。「皆不是」三字，是思婦望絶的沉重感喟。「斜暉」句寓情于景，寫思婦江樓所見暮色。黄昏的江邊，没有人也没有船，惟餘一片空曠的死寂。當最後一葉帆影從思婦的視線中消失的時候，她疲倦得連下樓的力氣都没有了。孑立江樓的她，癡癡地看著西下夕陽，脈脈無語，東流江水，悠悠不盡。她那深情的思念，强烈的渴盼，極度的失望，無窮的憾恨，都融入這脈脈斜暉、悠悠流水之中，使得這一句「眼前景」富有象徵性，含蓄雋永，耐人尋味。結句于寫景後直抒思婦盼歸望絶的痛苦心情，爲抒情深隱的代言體温詞所罕見，故論者以爲：「『過盡』二語，既極怊悵之情，『腸斷白蘋洲』一語點實，便無餘韻」，「真爲畫蛇添足，大可重改也。」（李冰若《栩莊漫記》）

【集評】

鍾本評語：柳惲詩：「汀洲采白蘋，日暮江南春。」

湯顯祖評《花間集》卷一：「朝朝江上望，錯認幾人船。」同一結想。

沈際飛《草堂詩餘别集》卷一：癡迷，摇蕩，驚悸，惑溺，盡此二十餘字。

譚獻《復堂詞話》：猶是盛唐絶句。

陳廷焯《雲韶集》卷一：絶不著力，而款款深深，低徊不盡，是亦謫仙才也。吾安得不服古人？

俞陛雲《唐五代兩宋詞選釋》：「千帆」二句窈窕善懷，如江文通之「黯然消魂」也。

李冰若《花間集評注·栩莊漫記》：《楚辭》：「望夫君兮未來，吹參差兮誰思？」「嫋嫋兮秋風，洞庭波兮木葉下。」幽情遠韻，令人至不可聊。飛卿此詞：「過盡千帆皆不是，斜暉脈脈水悠悠。」意境酷似《楚辭》，而聲情綿渺，亦使人徒喚奈何也。柳詞：「想佳人倚樓長望，誤幾回天際識歸舟。」從此化出，卻露勾勒痕跡矣。

又：柳子厚「漁翁夜傍西岩宿，曉汲荆湘然楚竹」一詩，論者謂删卻末二句尤佳。余謂柳詩全首，正復幽絶。然如飛卿此詞末句，真爲畫蛇添足，大可重改也。「過盡」二語，既極怊悵之情，「腸斷白蘋洲」一語點實，便無餘韻。惜哉，惜哉。

夏承燾《唐宋詞欣賞·不同風格的温韋詞》：這「過盡千帆皆不是」一句，一方面寫眼前的事實，另一方面也有寓意，含有「天下人何限，慊慊只爲汝」的意思，説明她愛情的堅貞專一。清代譚獻的「紅杏枝頭儂與汝，千花百草從渠許」詞句和這意思也相近。

又：王國維《人間詞話》説：「一切景語皆情語。」這首詞「斜暉脈脈」是寫黄昏景物，夕陽欲落不落，似乎依依不捨。這是點出時間，聯繫開頭的「梳洗罷」，説明她已望了整整一天了。但這不是單純的寫景，主要還是表情。用「斜暉脈脈」比喻女的對男的脈脈含情，依依不捨。「水悠悠」

可能指無情的男子像悠悠江水一去不返（「悠悠」在這裏作無情解，如「悠悠行路心」是説像行路的人對我全不關心）。這樣兩個對比，才逼出末句「腸斷白蘋洲」的「腸斷」來。這句若僅作景語看，「腸斷」二字便無來源。温庭筠詞深密，應如此體會。

又：小令詞短小，造句精煉、概括。這首小令做到字字起作用，即閑語也有用意，前文所舉各句之外，如開頭的「梳洗罷」是説在愛人未到之前，精心梳洗打扮好等他來，也有「女爲悦己者容」的意思。又，古時男女常采蘋花贈人，末句的「白蘋洲」也關合全首相思之情。

又：這詞字字都扣緊作者所要表達的思想感情，如電影中每一場景、每一道具都起特定的作用。《花間集》裏的小令，只有温庭筠這種作品能做到如此。

俞平伯《唐宋詞選釋》：（「過盡」二句）《西洲曲》「樓高望不見，盡日闌干頭」意境相同；詩簡遠，詞宛轉，風格不同。

唐圭璋《詞學論叢·論詞之作法》：有以敘事直起者，如李中主之「手卷真珠上玉鉤」，飛卿之「梳洗罷，獨倚望江樓」皆是。

唐圭璋《唐宋詞簡釋》：此首記倚樓望歸舟，極盡惆悵之情。起兩句，記午睡起倚樓。「過盡」兩句，寓情于景。千帆過盡，不見歸舟，可見凝望之久，凝恨之深。眼前但有脈脈斜暉，悠悠緑水，江天極目，情何能已。末句，揭出腸斷之意，餘味雋永。温詞大抵綺麗濃鬱，而此兩首則空靈疏蕩，別具豐神。

吴世昌《詞林新話》卷二：飛卿《夢江南》：「梳洗罷（下略）。」正是「不知橋下無情水，流到天涯是幾時」也。又：或謂温詞之風格特色乃是精美及客觀，極濃麗卻無生動的感情及生命可見。並舉其《菩薩蠻》及《更漏子》爲證。然則其《夢江南》（「梳洗罷」）「無生動的感情及生命」耶？「畫屏金鷓鴣」是飛卿語，「斜暉脈脈水悠悠」又是何人語？……論學不應遺棄與我説相反之證據，隨心所欲發議論，此於古人爲不公正，於讀者爲不誠實也。

華鍾彦《花間集注》卷一：自曉妝罷，至日晡時，數盡千帆，皆非其人，其苦可知矣。所望見者，非所欲見，故斷腸也。

《百家唐宋詞新話》傅庚生評語：因爲隱與秀是兩個極端，各有適宜的題材，各有完整的面目；通融不得，參差又不可，表現上到底也不容絲毫放鬆。比如温飛卿的《夢江南》最末一句「腸斷白蘋洲」，過去就有些人批評它，説是「意盡」。本來若是在「過盡千帆皆不是，斜暉脈脈水悠悠」處便結束了，正是言有盡而意無窮，當得起隱美之作；但是爲遷就這《夢江南》的詞調，不得不足上五個字去，這麼一來，就成畫蛇添足了。

施蟄存《讀温飛卿詞札記》：此女子獨倚江樓，自晨至暮，無乃癡絶？竊謂此詞乃狀其午睡起來之光景。飛卿《菩薩蠻》云：「無言勻睡臉，枕上屏山掩。時節欲黄昏，無聊獨閉門。」其上片云：「雨後卻斜陽，杏花零落香。」情態正同，皆寫其午睡醒時孤寂之感，一則倚樓凝望，一則無聊閉門耳。

蕭繼宗《評點校注花間集》：此首三四兩句，破駢爲散，一氣貫注，尚能成篇。全詞韻致，亦似唐人絶句。或嫌末句點實，持論稍苛。自來作者甚多，而佳者甚少，皆緣格局所限，人莫之察耳。

胡國瑞《論温庭筠詞的藝術風格》：這兩首詞似清淡的水墨畫，避去其所習用的一切濃豔詞藻，只輕輕勾畫幾筆，而人物的神情狀態宛然紙上，在作者整個詞的作風上是極特殊的。如「梳洗罷」一首，所寫爲思婦終日盼望歸人的情態，她獨自倚樓盼望著，從早起到傍晚，從急切希望到惘然絶望，她的神態，她的心情，一切都在作者的素描手法下，鮮明地構成一幅完整的藝術形象。這幅形象極爲明切易感，而又令人體味不盡。這類作品在他的創作中是最爲可貴的，但可惜太少了。

河傳①

江畔〔一〕。相喚。曉粧鮮②。仙景箇女採蓮③〔二〕。請君莫向那岸邊〔三〕。少年。好花新滿舡④。紅袖摇曳逐風暖⑤〔四〕。垂玉腕〔五〕。腸向柳絲斷〔六〕。浦南歸。浦北歸。莫知⑥。晚來人已稀。

【校　記】

①《金奩集》入「南吕宫」。吴鈔本作「河傳三首」，張本作「河傳二首」。

②鮮：鄂本、紫芝本、四印齋本作「仙」，毛本、正本小注：「『鮮』一作『仙』。」清刻本小注：「『鮮』一作『妍』。」華鍾彦《花間集注》作「妍」。

③仙：玄本作「僊」。

④舡：紫芝本、陸本、茅本、玄本、湯評本、張本、毛本、正本、四庫本、清刻本、影刊本、全本、林大椿《唐五代詞》作「船」。

⑤摇：王輯本作「捲」，誤。暖：全本、《詞綜》、王輯本作「軟」。

⑥知：鄂本無此字。

【箋　注】

〔一〕江畔三句：言曉妝鮮豔的女子相互招呼去江邊採蓮。

〔二〕仙景：極言風景美好。唐鮑溶《望麻姑山》：「幽人往往懷麻姑，浮世悠悠仙景殊。」箇女：那個女子。

〔三〕請君三句：華鍾彦《花間集注》曰：「皆舟人之語。」

〔四〕紅袖：女子之紅色衣袖。南朝齊王儉《白紵辭》之二：「情發金石媚笙簧，羅袿徐轉紅袖揚。」唐杜牧《書情》：「摘蓮紅袖濕，窺淥翠蛾頻。」此指採蓮女之衣袖。

〔五〕玉腕：潔白温潤的手腕。亦借指手。南朝宋劉鑠《白紵曲》：「僊僊徐動何盈盈，玉腕俱凝若雲行。」唐王勃《採蓮曲》：「桂棹蘭橈下長浦，羅裙玉腕摇輕櫓。」

〔六〕腸向句：唐白居易《楊柳枝》：「人言柳葉似愁眉，更有愁腸似柳絲。柳絲挽斷腸牽斷，彼此應無續得期。」

【疏　解】

詞寫採蓮女。從漢樂府《江南》起，南國水鄉女子的採蓮勞動，就是和愛情相伴而生的，歷代採蓮類詩詞，大多同時兼具勞歌和情歌的性質，此詞亦不例外。起四句描寫少女曉妝鮮豔、相呼採蓮的動人畫面。「請君」句是舟人規勸之詞，提醒採蓮女不要到對岸去。爲什麽呢？接二句通過舟人指點，採蓮女看到對岸水邊插滿鮮花的船上，有一個風流少年。這樣，採蓮女的注意力就從勞動轉向了愛情。换頭描寫少女紅袖飄舉、玉腕低垂的採蓮動作，然而已是心不在焉，魂不守舍，她已被對岸的少年深深吸引，當濃密的柳絲遮住少年的身影，尋覓不見的她一時竟有斷腸之感。末四句寫採蓮女的猜測，她不知道「那岸邊」的少年晚歸的方向，心裏滿是惆悵失落。「晚來人已稀」的蓮塘暮色，更加重了她的惆悵失落情緒。此詞曉起晚收，描寫採蓮女一天的勞動和愛情生活，頻繁换景换韻，參差錯落的體式特點，也助成了對人物形象、情感的生動表現，作品叙述描寫的情節性，質樸自然的語言，帶有清新的江南民歌氣息。

【集　評】

陳廷焯《雲韶集》卷二十四：猶有古意。

蔡嵩雲《柯亭詞論》：《河傳》調，創自飛卿。其後變體甚繁，《花間集》所載數家，圓轉宛折，均遜温體。此調句法長短參差相間，温體配合最爲適宜。又換叶極難自然，温體平仄互叶，凡四轉韻，無一毫牽强之病，非深通音律者，未易臻此。又温體韻密多短句，填時須一韻一境，一句一境。換叶必須換意，轉一韻，即增一境。勿令閑字閑句佔據篇幅，方合。

劉毓盤《詞史》：其真能破詩爲詞者，始於李白之《憶秦娥》（詞略），極於温庭筠之《河傳》詞。

蕭繼宗《評點校注花間集》：「仙景」句，費解。餘亦欠佳。

其　二

湖上。閑望〔一〕。雨蕭蕭。煙浦花橋路遥〔二〕。謝娘翠娥愁不銷①〔三〕。終朝。夢魂迷晚潮②。

蕩子天涯歸棹遠〔四〕。春已晚③。鶯語空腸斷④。若耶溪〔五〕。溪水西。柳堤。不聞郎馬嘶。

【校記】

①謝娘句：後印本作「謝娘翠銷」，王輯本作「謝娘翠不銷」。娥：紫芝本、茅本、湯評本、合璧本、張本、毛本、正本、四庫本、清刻本、影刊本、全本作「蛾」。

②夢魂：《詞軌》作「魂夢」。

③春已晚：李一氓《花間集校》曰：「湯本作『春已曉』，臆改，非。『晚』叶『遠』韻。」按：此處「晚」指晚春，與早春相對，非一日之「晚」，改「曉」，則爲一日之晨，於詞義相去甚遠，不僅僅是叶韻問題。後印本作「春曉」，無「已」字。

④空腸斷：湯本、合璧本作「腸空斷」。

【箋注】

〔一〕閑望：悠閒遠眺。唐劉禹錫《覽董評事思歸之什因以詩贈》：「敧枕醉眠成戲蝶，抱琴閑望送歸鴻。」

〔二〕煙浦：雲霧迷漫的水濱。唐李賀《釣魚》：「爲看煙浦上，楚女淚沾裾。」

〔三〕翠娥：當作「翠蛾」，女子細而長曲的黛眉。唐武元衡《酬嚴司空荊南見寄》：「白雪調高歌不得，美人南國翠蛾愁。」

〔四〕蕩子：羈旅忘返的遊子。《文選》古詩《青青河畔草》：「蕩子行不歸，空牀難獨守。」李善注：「《列子》曰：有人去鄉土游於四方而不歸者，世謂之爲狂蕩之人也。」唐杜甫《冬晚送長孫漸舍人歸州》：「參卿休坐幄，蕩子不還鄉。」

〔五〕若耶溪：溪名。出浙江省紹興市若耶山，北流入運河。傳爲西施浣紗之所。唐杜甫《奉先劉少府新畫山水障歌》：「若耶溪，雲門寺，吾獨胡爲在泥滓？青鞋布襪從此始。」此指女子所居之地。

【疏　解】

詞寫思婦望歸。一起點出「湖上」，乃望歸之地。「望」字是一篇之主，以下即是「望」字的具體展開。接寫瀟瀟雨霧中，煙浦花橋，迢遥無極，一片迷茫，這是女子望中所見。接寫她愁眉不展，相望終日，恍如夢寐，魂魄仿佛已離開軀體，追逐著晚潮漂流向遠方。换頭交待她湖上整日相望，是爲了等待遊子的「天涯歸棹」。但由於路途遥遠，已到春晚之時，仍不見遊子歸來，使她在相思熬煎中虚度了整個春天，空聞鶯聲而痛斷肝腸。末四句寫思婦又來到若耶溪西邊的柳堤上，這裏可能是他們昔日的遊樂之地，或者是他們的分别之處，但見堤柳如絲，低拂溪水，卻聽不到情郎的馬嘶聲。全詞緊扣「望」字，逐層寫來，脈絡清晰。參差的句式和繁密的换韻，也助成了詞作淒婉纏綿的情致。詞中的「湖」當指鑒湖，又稱南湖，若耶溪水即流入湖中，從詞裏的地名意象可以推知，此詞當作於遊浙東時，與他的《南湖》等詩是同期作品。

【集　評】

《古今詞統》卷七徐士俊評語：或兩字斷，或三字斷，而筆致寬舒，語氣聯屬，斯爲妙手。

陳廷焯《雲韶集》卷一：「夢魂迷晚潮」五字警絶。用蟬連法更妙，直是化境。

陳廷焯《詞則·大雅集》卷一：淒怨而深厚，最是高境。此調最不易合拍，五代而後幾成絶響。

俞陛雲《唐五代兩宋詞選釋》：此調音節特妙處，在以兩字爲一句，如「終朝」、「柳堤」，與下句同韻，句斷而意仍聯貫。飛卿更以風華掩暎之筆出之，洵《金荃》能手。

唐圭璋《唐宋詞簡釋》：此首二、三、四、五、七字句，錯雜用之，故聲情曲折宛轉，或斂或放，真似「大珠小珠落玉盤」也。「湖上」點明地方。「閑望」兩字，一篇之主。煙雨模糊，是望中景色；眉鎖夢迷，是望中愁情。换頭，寫水上望歸，而歸棹不見。著末，寫堤上望歸，而郎馬不嘶。寫來層次極明，情致極纏綿。白雨齋謂「直是化境」，非虚譽也。

蕭繼宗《評點校注花間集》：全篇精緻。後結四句，玲瓏透剔，尤爲神來之筆。

廖仲安《花間詞派選集》：此詞句式短促，换韻頻繁，給人以繁音促節之感。故明人王世貞在《藝苑巵言》中把温詞特點概括爲「豔而促」，並云：「《花間》猶傷促碎。」清人沈曾植在《菌閣瑣談》中曾從詞與音樂的關係上對這種現象做出了解釋，他説：「《巵言》謂《花間》猶傷促碎，至南唐李主父子而妙。殊不知『促碎』正是唐餘本色，所謂詞之境界，有非詩之所能至者，此亦一端也。五代之詞促數，北宋盛時嘽緩，皆緣燕樂音節蜕變而然。即其詞可想其纏拍。」故「促碎」恰恰是早期文人詞「倚聲填詞」的結果，是詞的音樂性的表現，它所反映出的聲律方面的變化，體現了詞這種新的文學形式與音樂結下的不解之緣。

其　三

同伴。相喚。杏花稀。夢裏每愁依違〔一〕。仙客一去燕已飛〔二〕。不歸。淚痕空滿衣。　天際雲鳥引晴遠①〔三〕。春已晚。煙靄渡南苑〔四〕。雪梅香。柳帶長〔五〕。小娘〔六〕。轉令人意傷〔七〕。

【校　記】

①雲鳥：紫芝本、吴鈔本作「去鳥」。晴：從鄂本、四印齋本，義雙關，他本皆作「引情遠」。

【箋　注】

〔一〕依違：遲疑不決。漢劉向《九歎·離世》：「余思舊邦，心依違兮。」或謂指離合。《文選》三國魏曹植《七啟》：「飛聲激塵，依違厲響。」劉良注：「依違，乍合乍離也。」

〔二〕仙客：仙人。漢劉向《列仙傳·女幾》：「女幾藴妙，仙客來臻。傾書開引，雙飛絕塵。」此指女子情郎。

〔三〕引晴遠：「晴」與「情」字諧音雙關，意爲天邊的雲鳥把女子的情思引向遠處。

〔四〕南苑：御苑名。因在皇宫之南，故名。歷代所指不一。《宋書·明帝紀》：「以南苑借張永，云『且給三百年，期訖更啟』。」唐杜甫《哀江頭》：「憶昔霓旌下南苑，苑中萬物生顔色。」此處泛指園林。

〔五〕柳帶：柳條。因其細長如帶，故稱。唐吴融《春雨》：「連雲似織休迷雁，帶柳如啼好贈人。」

〔六〕小娘：少女。唐李賀《洛姝真珠》：「真珠小娘下青廓，洛苑香風飛綽綽。」

〔七〕轉令：更使。唐閻濟美《下第獻座主張謂》：「轉令遊藝士，更惜至公年。」

【疏　解】

此首少女懷人之詞。起三句寫少女與同伴相約賞花，但凋零的杏花已透出暮春的消息，興起少女的傷别意緒。接寫她夢中的愁緒與現實的痛苦，都是緣於情人遠去不歸。换頭「天際雲鳥引晴遠」七字，寫景高妙，抒情藴藉，意境清遠寥廓，堪稱名句。接寫春晚黄昏煙靄迷離之景，烘托少女的相思懷人之情。此首除换頭妙句外，在同調三首中應是最弱，首先是起句「同伴，相唤」，與下面的抒情没有什麽必然聯繫；還有「雪梅香」乃早春風物，與詞中所寫晚春時令顯然相矛盾；凡此，都有湊句堆垛之嫌。不能因爲詞人是名家，讀者就必須去不著邊際地讚美「最是高境」云云，實事求是地評價文本的高下優劣，才是正確的解讀態度。

【集　評】

《湯顯祖集》卷五十：凡屬《河傳》題，高華秀美，良不易得。此三調真絶唱也。以俟羊、何。張舍人、孫少監之外，指不三屈。

湯顯祖評《花間集》卷一：三詞俱少輕倩，似不宜於十七八女孩兒之紅牙拍歌，又無關西大漢執鐵板氣概。恐無當也。

陳廷焯《白雨齋詞話》卷七：《河傳》一調，最難合拍，飛卿振其蒙，五代而後，便成絶響。

華鍾彦《花間集注》：依違，猶聚散也。仙客，鶴之别名也。《談苑》：「李昉蓄五禽，白鷳曰閒客，鷺曰雪客，鶴曰仙客，孔雀曰南客，鸚鵡曰西客。爲五客圖，自爲詩五章。」此言郎之遠行，如鶴之去，燕之飛也。……梅，早春開花；柳帶長，暮春時也。此言自早春，盼到暮春也。

蕭繼宗《評點校注花間集》：造句拙。《河傳》句短韻促，難造自然。此三詞中，「湖上」一首，已臻絶勝之境，其餘相形見拙，亦難爲諱。臨川評爲「倶少輕倩」，幾於玉石倶焚，要非公論。所謂紅牙鐵板之説，只是傳奇家見解。蓋《花間》爲倚聲之始，如花初胎。脱「詩」未盡，去「曲」尚遥。諸賢之作，奪魂于唐人絶句，自成馨麗，不似玉茗堂中，刻意雕鐫，務於紅氍毹上，賺人笑涕者。

蕃女怨①

萬枝香雪開已遍②〔一〕。細雨雙燕。鈿蟬箏③〔二〕，金雀扇〔三〕。畫梁相見④〔四〕。鴈門消息不歸來〔五〕。又飛迴⑤〔六〕。

【校記】

①《金奩集》入「南吕宫」。詞苑英華本《詞林萬選》録此二首，於温庭筠名下注曰：「向逸名氏」。吴鈔本、張本作「蕃女怨二首」。紫芝本詞前無題，「蕃女怨二首」補抄於此首後。

② 香雪：玄本作「春雪」。遍：林大椿《唐五代詞》作「徧」。

③ 蟬：王輯本作「蟾」。

④梁：王輯本作「樑」。
⑤又：《詞林萬選》作「卻」。迴：雪本作「來」。

【箋注】

〔一〕香雪：白色的花。唐韓偓《和吴子華侍郎令狐昭化舍人歎白菊衰謝之絶次用本韻》：「正憐香雪披千片，忽訝殘霞覆一叢。」或指杏花。

〔二〕鈿蟬箏：以蟬形金珠薄片爲飾的箏。唐温庭筠《彈箏人》：「鈿蟬金雁今零落，一曲《伊州》淚萬行。」

〔三〕金雀扇：繪有金雀之扇。唐温庭筠《晚歸曲》：「彎堤弱柳遥相矚，雀扇團圓掩香玉。」

〔四〕畫梁：有彩繪裝飾的屋梁。南朝陳陰鏗《和樊晉侯傷妾》：「畫梁朝日盡，芳樹落花辭。」唐盧照鄰《長安古意》：「雙燕雙飛繞畫梁，羅幃翠被鬱金香。」

〔五〕鴈門消息：指遠戍征人的音訊。鴈門：雁門關之省稱。在山西省代縣北部。長城重要關口之一。唐於雁門山頂置關，明初移築今址。向爲山西南北要衝。唐李白《古風》之六：「昔別雁門關，今戍龍庭前。」王琦注：「《山西通志》：『雁門山在代州北三十五里，雙闕陡絶，雁欲過者必由此徑，故名。一名雁門塞。依山立關，謂之雁門關。』」亦省作「雁關」、「雁門」。唐喬知之《苦寒行》：「遥裔出雁關，逶迤含晶光。」

〔六〕又飛迴：指雙燕又飛回畫梁巢中。

【疏解】

此首思婦念遠之詞。起二句描寫杏花春雨雙燕之景，興起女子良辰虛度的孤寂之感和傷別懷遠的相思之情。接以二句人物服用器具描寫，精緻華美，卻從下句所寫畫梁上雙棲的燕子眼中見出，頓添一層冷清之感。「雁門」句言邊關來信，征人尚且不能歸家。「又飛回」是以燕歸反襯征人不歸。此詞的好處，在於藉助雙燕來寫相思懷人之情，比興襯托，婉轉有韻。但説其「令人叫絶」，顯係誇張。

【集評】

卓人月《古今詞統》卷三徐士俊評語：字字古豔。

萬樹《詞律》卷二：「已」字、「雨」字，俱必用仄聲。觀其次篇，用「磧南沙上驚雁起，飛雪千里」可見。乃舊譜中岸然竟注作可平，不知詞中此等拗句，乃故爲抑揚之聲，入於歌喉，自合音律。由今讀之，似爲拗而實不拗也。若改之，似順而實拗矣。且此詞起於温八叉，餘鮮作者。試問作譜之人，從何處訂定其爲可平乎？

陳廷焯《詞則·别調集》卷一：「又飛迴」三字，凄婉特絶。

陳廷焯《雲韶集》卷一：「又飛迴」三字，更進一層，令人叫絶，開兩宋先聲。

蕭繼宗《評點校注花間集》：此詞結構絶佳。主辭爲「雙燕」，至第二句時點出；三四隔而不斷，至第五句人燕闔合，驚鴻一瞥；第六句忽還説「雁門消息」，仍從燕子聯想而來；結句「又飛迴」三字，輕輕一撥，嫋嫋餘音，情癡意怨。

其二

磧南沙上驚鴈起〔一〕。飛雪千里。玉連環〔二〕，金鏃箭〔三〕。年年征戰。畫樓離恨錦屏空〔四〕。杏花紅。

【箋注】

〔一〕磧南：大漠之南。磧：沙漠。《周書·異域傳》下《高昌》：「自燉煌向其國，多沙磧，道里不可准記，唯以人畜骸骨及駝馬糞爲驗。」唐李白《行行且遊獵篇》：「海邊觀者皆辟易，猛氣英風振沙磧。」王琦注：「沙磧即沙漠也。」

〔二〕玉連環：套連在一起的玉環。《戰國策·齊策六》：「秦始皇嘗使使者，遺君王后玉連環，曰：『齊多知，而解此環不？』」鮑彪注：「兩環相貫。」唐李商隱《贈歌妓》之一：「水精如意玉連環，下蔡城危莫破顔。」此處多解爲征人飾物。或謂與「金簇箭」對舉，當指刀環。

〔三〕金鏃箭：飾以金箭頭之箭。常用爲信契。《周書·異域傳》下《突厥》：「其徵發兵馬，科税雜畜，輒刻木爲數，並一金鏃箭，蠟封印之，以爲信契。」鏃：《爾雅·釋器》疏：「鏃，箭頭也。」

〔四〕畫樓：雕飾華麗的樓房。唐李嶠《晚秋喜雨》：「聚靄籠仙閣，連霏繞畫樓。」錦屏：錦繡的屏風。唐李益《長干行》：「鴛鴦緑浦上，翡翠錦屏中。」指婦女居處，閨閣。

【疏解】

此首征人思婦之情。前五句描寫邊塞絶域的苦寒環境，戍邊將士連年不歇的征戰生活。後二句轉寫内地家中，紅杏隱映的畫樓上，錦屏獨對的思婦滿腹離恨。這首詞在表現上有幾點值得注意：一是前五句的邊塞題材和悲壯風格，溢出了《花間》範式，尤其是起首二句，雄闊蒼茫，「有力如虎」（陳廷焯《詞則》）。飛卿自是雄才，當他不再一味沉溺於香豔的閨閣代言時，就有可能施展出大手筆，拓開詞中新境。二是這類邊塞題材在詩中早已尋常，攝取入詞，方見新意，加以詞句的長短錯落，形成一種不同於詩體的急促跳蕩的節奏，創生出新的美感。三是前五句與後兩句的關係，可有三種理解，或謂邊關征人思家，或謂家中思婦盼歸，或謂邊塞内地、征人思婦的畫面人物的組接映襯，三解均可説通。

【集評】

陳廷焯《詞則·別調集》卷一：起二語，有力如虎。

吴瑞榮《唐詩箋要》後集卷八附詞：歌體中用拗句入於歌喉，自合音律。萬紅友謂此體起於温八叉，餘鮮作者。

俞陛雲《唐五代兩宋詞選釋》：唐人每作征人、思婦之詩，此調意亦猶人，其擅勝處在節奏之哀以促，如聞急管么弦。此詞借燕雁以寄懷。

蕭繼宗《評點校注花間集》：紅杏錦屏，是飛卿「自家物」，得玉環金箭而洗淨凡豔，不盡陳套矣。

廖仲安《花間詞派選集》：此調爲飛卿首創。前一首寫思婦一方的孤獨與相思，末句關合邊塞征人未歸；這一首寫邊塞征人的艱苦征戰生活，末句關合閨中思婦的離恨，合起來是一個整體，即表現征人思婦的別離之苦，兩篇一唱一和，且句式短促，韻腳多變，由文字韻律上即可想見演唱時調促弦急，聲聲哀怨的藝術效果。

荷葉盃①

一點露珠凝冷〔一〕。波影〔二〕。滿池塘②。緑莖紅豔兩相亂〔三〕。腸斷。水風涼③。

【校　記】

①《金奩集》入「南呂宮」。張本作「荷葉盃三首」。

②池塘：吴鈔本、四印齋本作「地塘」。

③末二句張本作五字句。

【箋　注】

〔一〕凝冷：猶冷森森。唐蘇鶚《杜陽雜編》卷中：「遇西域有進美玉者二，一圓一方，徑各五寸，光彩凝冷，可鑑毛髮。」

〔二〕波影：連下文，應指水波中的荷影。

〔三〕緑莖紅豔：指荷葉荷花。唐岑參《優鉢羅花歌》：「其間有花人不識，緑莖碧葉好顏色。」唐温庭筠《題崔公池亭舊遊》：「皎鏡方塘菡萏秋，此來重見採蓮舟。紅豔影多風嫋嫋，碧空雲斷水悠悠。」兩相亂：言水光波影，緑莖紅荷，參差交錯。

【疏　解】

詞寫荷塘曉景，而景中有人。波影水光，冷露涼風，緑莖紅荷，滿塘錯雜，清曉荷塘景色的描寫，細膩入微。一個「亂」字，由物態及於人情，「冷」與「涼」，原來是侵晨觀荷之人的感受，而曰「腸斷」，當不僅僅因爲荷塘曉景的清麗，應是别有懷抱所致。

【集評】

李冰若《花間集評注·栩莊漫記》：全詞實寫處多，而以「腸斷」二字融景入情，是以俱化空靈。

華鍾彦《花間集注》：按此破曉時景也，故云「緑莖紅豔兩相亂」。若於月下，則不應辨色矣。

蕭繼宗《評點校注花間集》：小品清供，亦有韻致。

張以仁《花間詞論集·試論温庭筠的一首〈荷葉盃〉詞》：這一粒荷珠，一點凝聚的「冷」，因風摇蕩（末句「水風涼」），滴落水面，泛起重重波影。凝聚的「冷」擴散了，布滿了全池……「風」字是全詞脈動的「能」。因爲「風」，所以露珠下滴，水面不再平靜；因爲「風」，所以緑莖紅豔兩相亂，池上一片騷然。……故「風」字繫乎血脈，「冷」字關合精神。至於「亂」字則豐富姿態，其句實有如全詞的肌膚。……荷池當時景色，實即斷腸人當時心境。景即是情，情即是景。滿池塘的繚亂，即是滿心湖的紛擾。

其二

鏡水夜來秋月①〔一〕。如雪〔二〕。採蓮時。小娘紅粉對寒浪〔三〕。惆悵。正相思②。

【校　記】

①鏡：晁本、影刊本缺末筆。

②相思：晁本、鄂本、四印齋本作「思想」。陸本、茅本、玄本、湯本、合璧本、鍾本、張本、毛本、正本、四庫本、清刻本、徐本、影刊本、全本、王輯本作「思惟」。吴鈔本、彊村本《金奩集》、劉毓盤輯本《金荃詞》、林大椿《唐五代詞》作「相思」，據改。《詞律》作「思誰」。

【箋　注】

〔一〕鏡水：指鏡湖。顧祖禹《讀史方輿紀要》卷九十二《浙江》四《紹興府》：「鑒湖，城南三里。亦曰鏡湖，一名長湖，又爲南湖。」《輿地志》：「山陰南湖縈帶郊郭，白水翠巖，互相映發，若鏡若圖。故王逸少云：『山陰路上行，如在鏡中游。』名始義之耳。」隋煬帝《賜書召釋惠覺》：「其義端雄辯，獨演暢於稽陰；談柄微言，偏引汲於鏡水。」唐賀知章《採蓮曲》：「稽山罷霧鬱嵯峨，鏡水無風也自波。」

〔二〕如雪：鏡水月華皎潔如霜雪。或指採蓮越女白皙如雪。唐李白《越女詞》：「鏡湖水如月，耶溪女似雪。」

〔三〕小娘：此指採蓮少女。紅粉：紅妝。

【疏　解】

詞寫月夜採蓮女的情思。在「鏡水秋月」與「採蓮」之間，嵌入「如雪」二字，既形容鏡水月華皎潔如雪，又形容越溪少女白皙如雪。在皎潔的月光下採蓮的少女，對著冷澈空明的湖水，起了一絲莫名的惆悵，於是，她下意識地停下了採蓮的勞作，陷入了沉思之中。詞寫鏡湖月夜之景，纖塵不染，極其素淨，映襯出採蓮少女的形象和情思，也顯得分外動人。此首與《河傳》「湖上，閑望」一首，當都是詞人遊浙東時所作。

【集　評】

蕭繼宗《評點校注花間集》：視前首味薄，因結句無蘊蓄耳。

其　三①

楚女欲歸南浦。朝雨②。濕愁紅③〔一〕。小舡搖漾入花裏④〔二〕。波起⑤。隔西風〔三〕。

【校記】

①吴鈔本此首後作「唐温助教詞終」。張本此首末有「已上共六十五調」數字，朱筆勾去。

②雨：紫芝本作「雲」。

③愁紅：雪本作「愁雲」。

④舡：陸本、茅本、鍾本、湯本、合璧本、張本、毛本、四庫本、清刻本、四印齋本、全本、林大椿《唐五代詞》作「船」。摇漾：玄本作「摇樣」。

⑤張本篇末作五字句。

【箋注】

〔一〕愁紅：謂經風雨摧殘的花。亦以喻女子的愁容。唐李賀《黄頭郎》：「南浦芙蓉影，愁紅獨自垂。」此指雨水沾濕的荷花。

〔二〕摇漾：蕩漾。南朝梁蕭綱《述羈賦》：「雲嵯峨以出岫，江摇漾而生風。」唐權德輿《晚渡揚子江卻寄江南親故》：「返照滿寒流，輕舟任摇漾。」

〔三〕西風：秋風。唐李白《憶秦娥》：「西風殘照，漢家陵闕。」

【疏　解】

詞寫雨中送别。起句六字，叙寫人物事件地點。接寫朝雨灑濕了紅豔的花色，以之點染别時的惆悵意緒。「小舡」句描寫送别已過，楚女乘船駛入荷花蕩裏，「摇漾」二字，已暗含風吹浪起一層意思。水波的蕩漾，正是送别雙方不平静的心情的象喻。「隔西風」作結，則有望中已遠的冷落蕭瑟之意。

這三首《荷葉盃》，所寫内容均與蓮荷有關，皆是就題敷衍之作。體調短小，節拍短促，韻位頻换，是其形式上的特點。難能可貴的是，詞人以輕倩靈妙的詞筆，狀物寫人，繪景抒情，略加點染，神韻具足，與他同樣寫採蓮的《河傳》相比，竟是以少許勝多許了。

【集　評】

湯顯祖評《花間集》卷一：唐人多緣題起詞，如《荷葉杯》，佳題也。此公按題矣，詞短而無深味；韋相盡多佳句，而又與題茫然，令人不無遺恨。

陳廷焯《雲韶集》卷一：飛卿「鏡水夜來秋月」一作，押韻嫌苦，此作節奏天然，故録此遺彼。

陳廷焯《詞則·别調集》卷一：節短韻長。

李冰若《花間集評注·栩莊漫記》：飛卿所爲詞，正如《唐書》所謂側辭豔曲，别無寄託之可言。

其淫思古豔在此，詞之初體亦如此也。如此詞若依皋文之解《菩薩蠻》例，又何嘗不可以「波起隔西風」作「玉釵頭上風」同意？然此詞實極宛轉可愛。

蕭繼宗《評點校注花間集》：三家所見均極是。臨川于温韋二人，不無遺恨。鄙意與其緣題而寡味，不若句佳而背題也。

袁行霈《温詞藝術研究》：前三句寫楚女欲歸之際，朝雨打濕了紅色的荷花，這荷花也爲情人的離别而憂愁。後三句寫她乘著小船摇入花叢，在她身後留下一片細細的波紋。「隔西風」是被西風阻隔。……一種恨别與悵惘相交織的感情顯而易見。

《花間集》未收詞

菩薩蠻

玉纖彈處真珠落。流多暗濕鉛華薄。春露浥朝華。秋波浸晚霞。　風流心上物。本爲風流出。看取薄情人。羅衣無此痕。彊村本《尊前集》

新添聲楊柳枝

一尺深紅朦麴塵。天生舊物如此新。合歡桃核終堪恨，裏許元來别有人。

其二

井底點燈深燭伊。共郎長行莫圍棋。玲瓏骰子安紅豆，入骨相思知不知。以上二首稗海本《雲溪友議》卷一

存目詞

調名	首句	出處	附注
定西番	捍撥紫檀金襯	《詞律拾遺》卷一	宋張先作，見《張子野詞》補遺上。
更漏子	玉闌干	《歷代詩餘》卷一一	歐陽炯作，見《尊前集》。
南鄉子	嫩草如煙	陸游《渭南文集》卷二七	歐陽炯作，見《花間集》卷六。
南鄉子	畫舸停橈	陸游《渭南文集》卷二七	歐陽炯作，見《花間集》卷六。
南鄉子	岸遠沙平	陸游《渭南文集》卷二七	歐陽炯作，見《花間集》卷六。
南鄉子	洞口誰家	陸游《渭南文集》卷二七	歐陽炯作，見《花間集》卷六。
南鄉子	二八花鈿	陸游《渭南文集》卷二七	歐陽炯作，見《花間集》卷六。

南鄉子	路入南中	陸游《渭南文集》卷二七	歐陽炯作，見《花間集》卷六。
南鄉子	袖斂鮫綃	陸游《渭南文集》卷二七	歐陽炯作，見《花間集》卷六。
南鄉子	翡翠鵁鶄	陸游《渭南文集》卷二七	歐陽炯作，見《花間集》卷六。
應天長	緑槐陰裏黄鶯語	《近體樂府》卷三	韋莊作，見《花間集》卷二。
玉樓春	緑楊芳草長亭路	《菊坡叢話》	晏殊作，見《唐宋諸賢絶妙詞選》。
浣溪沙	蘭沐初休曲欄前	《詞的》卷一	孫光憲作，見《花間集》卷七。
生查子	含羞整翠鬟	《弇州山人詞評》	歐陽修作，見《近體樂府》卷一。
生查子	裙拖簇石榴	《觀林詩話》引	韓玉作，見陶氏影鈔本《東浦詞》。
菩薩蠻	平林漠漠煙如織	《少室山房筆叢》卷四一	李白作，見《尊前集》。
憶秦娥	簫聲咽	《少室山房筆叢》卷四一	李白作，見《唐宋諸賢絶妙詞選》。
玉樓春	家臨長信往來道	《草堂詩餘》	温庭筠作，即《温飛卿詩集》卷三古詩《春曉曲》，非詞。《全唐詩·詞三》調作《木蘭花》，小字注曰：「即春曉曲，集作古詩」。

題跋叙録

陸游《渭南文集》卷二十七《跋金奩集》：飛卿《南鄉子》八闋，語意工妙，殆可追配劉夢得《竹枝》，信一時傑作也。淳熙己酉立秋，觀於國史院直廬。是日風雨，桐葉滿庭。放翁書。

鮑廷博《金奩集跋》：右《金奩集》一卷，計詞一百四十七闋，明正統辛酉海虞吴訥所編《四朝名賢詞》之一也（按，今傳吴訥《唐宋名賢百家詞》無《金奩集》，鮑氏或誤記）。編纂各分宫調，此他詞集及《詞譜》所未有。間取《全唐詩》校勘，中雜韋莊四十七首，張泌一首，歐陽炯十六首，温詞只六十三首，疑是前人彙集四人之作，非飛卿專集也。按飛卿有《握蘭》、《金荃》二集，《金奩》豈即《金荃》之譌耶？原本爲梅禹金先生評點，余從錢塘汪氏借鈔得之。（《彊村叢書》本《金奩集》卷末）

朱祖謀《書金奩集鮑跋後》：此鮑渌飲手稿，朱筆别紙附寫本後。按宋吉州本《歐陽文忠公集》刻成於慶元二年，《近體樂府》校語引《尊前》、《金奩》諸集。陸放翁跋《金奩集》云：「飛卿《南鄉子》八闋，語意工妙，殆可追配劉夢得《竹枝》，信一時傑作也。淳熙己酉立秋，觀於國史院直廬。」此則更在慶元之前。蓋宋人雜取《花間集》中温、韋諸家詞，各分宫調，以供歌唱。其意欲爲《尊前》之續，故《菩薩蠻》注云：「五首已見《尊前集》。」吴伯宛謂「《尊前》就詞以注調，《金奩》依調以類詞，義例正相比附也」。《南鄉子》，本歐陽炯作，放翁目爲温詞，可見標題飛卿，由來已古。《尊前集》有張志和《漁父》五首，以校此集，無一相同，而亦沿志和名者，吾友曹君直據《書録解題》有「元真子《漁歌》，嘗得其一時倡和諸賢之辭各五章，及南卓、柳宗元所賦，通爲若干章，集爲一編，以備吴興故事」等語，謂此集所載，當是同時諸賢倡和，或南卓、柳宗元所賦者，疑本題「漁父十五首和張志和」，傳鈔本以爲衍「和」字而去之。不然，集於韋莊、張泌、歐陽炯之作，猶且屬於飛卿，斷無於《漁父》明知非志和所作，而强題其名也。今爲目録，依《花間集》分别作者名氏，標注調下。其《漁父詞》當如曹説，定爲「和張志和」云。丙辰三月穀雨日，歸安朱孝臧。（《彊村叢書》本《金奩集》卷末）

曹元忠《鈔本金奩集跋》：此爲明正統辛酉海虞吴訥編《四朝名賢詞》本，而鮑渌飲從錢塘汪氏借鈔者。卷首題《金奩集》，次行爲「温飛卿庭筠」。與《渭南文集》跋《金奩集》語合。唯卷末黄鐘宫調列《漁父》十五首，題爲張志和，而在飛卿集中，吾友漚尹頗以爲疑。元忠按：張志和無集，其《漁父詞》附見李德裕集。故《輿地紀勝·荆湖北路·岳州·洞庭湖·青草湖》載：「青草湖中月正圓。巴陵漁父棹歌連。釣車子，橛頭船。樂在風波不用仙。」注云：「李文饒記元真子張志和漁歌。」又《兩浙西路·安吉州·仙釋門》出張志和云：「有《漁父詞》五首。其一曰：霅溪灣裏釣魚翁。舴艋爲家西復東。江上雪，浦邊風。笑著荷衣不歎窮。」李文饒稱其「隱而有名，顯而無事，不窮不達，嚴子陵之徒歟」。蓋記《漁父詞》而論及之。《瀛奎律髓》所謂「張志和《漁父詞》五首，在李衛公集中」是也。是張志和《漁父詞》唐時只見李德裕集，其後《尊前集》本之，顧亦僅五首。而此集多至十五首，且無一首相同者。據《直齋書録解題》，有《元真子漁歌碑傳集録》一卷云：「嘗得其一時倡和諸賢之詞各五章，及南卓、柳宗元所賦，通爲若干章，因以顔魯公碑述，《唐書》本傳，以至近世用其詞入樂府者，集爲一編，以備吴興故事。」疑此集所載，當是同時諸賢倡和，或南卓、柳宗元所賦者，本題「《漁父》十五首和張志和」，傳鈔本以爲衍「和」字而去之。不然，此集於韋莊、張泌、歐陽炯之詞猶且以爲飛卿，豈有《漁父詞》明知非張志和所作，而强題其名之理哉？特傳鈔本既去「和」字，輾轉至北宋，無知之者。是以《聲畫集・觀畫・題畫門》載陳子高《奉題董端明漁父醉鄉燒香圖》十六首，内《漁父》七首，中有「雷澤田漁翊聖明，射蛟南幸見升平。稍分天漢昭回象，更和江湖欸乃聲」。注云：「上駐蹕會稽，因見黄庭堅所書張志和《漁父詞》十五首，戲同其韻。」可知黄庭堅所見本，其《漁父》十五首下已題張志和，於是從而書之。及至南宋，高宗又從而和之，則此集之題張志和，實出宋本。宋賢不尚考據，詞又止尊前酒邊嘌唱而已，雖漁父倡和諸賢及南卓、柳宗元等姓名具在，亦不暇訂正。明吴訥編《四朝名賢詞》即用其本，所以飛卿《金奩集》有張志和漁父詞也。漚尹搜羅詞集，不遺餘力，倘並《元真子漁歌碑傳集録》得之，必能證成吾言。丙辰病月，曹元忠客海上劉氏楚園書。（《彊村叢書》本《金奩集》卷末）

王國維《金荃詞輯本跋》：案《御選歷代詩餘》謂：「唐自大中後，詩衰而倚聲作。至庭筠始有專集，名《握蘭》、《金荃》。」維考《新唐書·藝文志》，温庭筠《握蘭集》三卷，《金荃集》十卷，《漢南真稿》十卷。《宋史·志》只存《温庭筠集》七卷。又長洲顧嗣立跋《温飛卿詩集》後曰：「今所見宋刻只《金荃集》七卷，《別集》一卷，《金荃詞》一卷。」知宋時飛卿詞止有一卷。《握蘭》、《金荃》，當是詩文集，非詞集也。兹以《花間集》爲本，又從《尊前集》補一闋，《草堂詩餘》補一闋，《詩集》補二闋，共七十闋。錢塘丁氏善本書室藏有一百四十七闋本，然中尚有韋莊、張泌、歐陽烱之詞混見在内。除四人詞外，尚得八十三闋。然此八十三闋盡屬飛卿否，尚待校勘，求其可信。則飛卿之詞，盡於此矣。光緒戊申季夏，海寧王國維記。（《唐五代二十一家詞輯》）

總評

《宋史》卷四四三《賀鑄傳》：賀鑄……尤長於度曲，掇拾人所棄遺，少加隱括，皆爲新奇。嘗言：「吾筆端驅使李商隱、温庭筠，當奔命不暇。」

鮦陽居士《復雅歌詞序》：迄於開元、天寶間，君臣相與爲淫樂，而明宗猶溺於夷音，天下薰然成俗。於時才士始依樂工拍彈之聲，被之以辭。句之長短，各隨曲度；而愈失古之「聲依詠」之理也。温、李之徒，率然抒一時情致，流爲淫豔猥褻不可聞之語。（謝維新《古今合璧事類備要》外集卷十一，又見祝穆《新編古今事文類聚》續集卷二十四引）

黄昇《唐宋諸賢絶妙詞選》卷一：温庭筠詞極流麗，宜爲《花間集》之冠。

陳振孫《直齋書録解題》卷二十一：《花間集》十卷。蜀歐陽炯作序，稱衛尉少卿字宏基者所集，未詳何人。其詞自温飛卿而下十八人，凡五百首，此近世倚聲填詞之祖也。

張炎《詞源》卷下：詞之難於令曲，如詩之難於絶句，不過十數句，一句一字閑不得。末句最當留意，有有餘不盡之意始佳。當以唐《花間集》中韋莊、温飛卿爲則。

王世貞《藝苑卮言》：《花間》以小語致巧，世説靡也。《草堂》以麗字取妍，六朝隃也。即詞號稱詩餘，然而詩人不爲也。何者，其婉孌而近情也，足以移情而奪嗜。其柔靡而近俗也，詩嘽緩而就之，而不知其下也。之詩而詞，非詞也。之詞而詩，非詩也。言其業，李氏、晏氏父子，耆卿、子野、美成、少游、易安，至矣，詞之正宗也。温、韋豔而促，黄九精而險，長公麗而壯，幼安辨而奇，又其次也，詞之變體也。

又：温飛卿所作詞曰《金荃集》，唐人詞有集曰《蘭畹》，蓋皆取其香而弱也。然則雄壯者，固次之矣。

胡應麟《詩藪》雜編卷四：蓋温、韋雖藻麗，而氣頗傷促，意不勝辭。

王士禛《花草蒙拾》：弇州謂蘇、黄、稼軒爲詞之變體，是也。謂温、韋爲詞之變體，非也。夫温、韋視晏、李、秦、周，譬賦有《高唐》、《神女》，而後有《長門》、《洛神》；詩有古詩録別，而後有建安、黄初、三唐也。謂之正始則可，謂之變體則不可。

孫金礪《十五家詞序》：最喜唐温庭筠、韋莊、牛嶠、歐陽炯，南唐李後主，宋柳永、晏殊、周邦彦、蘇軾、秦觀、李清照、辛棄疾、劉過、陸游諸家之詞，雖風格不同，機杼各妙，謂作者不可不參互其體。今讀六家詞，驚豔有若温、韋，蒨麗有若牛、歐，雋逸有若二李，風流藴藉有若周、柳、秦、晏，奔放雄傑有若蘇、辛、劉、陸。（孫默《十五家詞》卷首）

彭孫遹《松桂堂全集》卷三十七《曠庵詞序》：歷觀古今諸詞，其以景語勝者，必芊綿而温麗者也；其以情語勝者，必淫豔而佻巧者也。情景合則婉約而不失之淫，情景離則儇淺而或流於蕩，如温、韋、二李、少游、美成諸家，率皆以穠至之景寫哀怨之情，稱美一時，流聲千載；黄九、柳七，一涉儇薄，猶未免於淳樸變澆風之譏，他尚何論哉！

張惠言《詞選序》：自唐之詞人李白爲首，其後韋應物、王建、韓翃、白居易、劉禹錫、皇甫松、司空圖、韓偓並有述造，而温庭筠最高，其言深美閎約。

周濟《介存齋論詞雜著》：詞有高下之别，有輕重之别，飛卿下語鎮紙，端己揭響入雲，可謂極兩者之能事。

又：皋文曰：「飛卿之詞，深美閎約。」信然。飛卿醖釀最深，故其言不怒不懾，備剛柔之氣。針縷之密，南宋人始露痕跡。《花間》極有渾厚氣象，如飛卿則神理超越，不復可以跡象求矣。然細繹之，正字字有脈絡。

又：毛嬙、西施，天下美婦人也，嚴妝佳，淡妝亦佳，粗服亂頭，不掩國色。飛卿，嚴妝也。端己，淡妝也。後主，則粗服亂頭矣。

周濟《詞辨》自序：自温庭筠、韋莊……莫不藴藉深厚，而才豔思力，各騁一途，以極其致。

周濟《宋四家詞選目録序論》：晏氏父子，仍步温、韋。

又：北宋含蓄之妙，逼近温、韋，非點水成冰時，安能脱口即是？

馮金伯《詞苑萃編》卷之二：温李齊名，然温實不及李。李不作詞，而温爲《花間》鼻祖，豈亦同能不如獨勝之意耶。

孫麟趾《詞逕》：高淡婉約，豔麗蒼莽，各分門户。欲高淡學太白、白石；欲婉約學清真、玉田；欲豔麗學飛卿、夢窗；欲蒼莽學蘋洲、花外。

謝章鋌《賭棋山莊全集》卷一《葉辰溪我聞室詞叙》：詞淵源《三百篇》，萌芽古樂府，成體於唐，盛於宋，衰於元明，復昌於國朝。温、李，正始之音也；晏、秦，當行之技也。稼軒出，始用氣；白石出，始立格。

劉熙載《藝概》卷四：温飛卿詞精妙絶人，然類不出乎綺怨。

陳廷焯《白雨齋詞話足本》卷一：飛卿詞全祖《離騷》，所以獨絶千古。《菩薩蠻》、《更漏子》諸闋，已臻絶詣，後來無能爲繼。

陳廷焯《白雨齋詞話足本》卷七：飛卿短古，深得屈子之妙；詞亦從《楚騷》中來，所以獨絶千古，難乎爲繼。

陳廷焯《白雨齋詞話足本》卷九：千古得騷之妙者，惟陳王之詩、飛卿之詞，爲能得其神，而不襲其貌。

又：小山雖工詞，而卒不能比肩温、韋，方駕正中者，以情溢詞外，未能意藴言中也。故悦人甚易，而復古則不足。

又：飛卿詞，大半託詞帷房，極其婉雅，而規模自覺宏遠。周、秦、蘇、辛、姜、史輩，雖姿態百變，亦不能越其範圍。本原所在，不容以形跡勝也。

又：熟讀温、韋詞，則意境自厚；熟讀周、秦詞，則韻味自深；熟讀蘇、辛詞，則才氣自旺；熟讀姜、張詞，則格調自高；熟讀碧山詞，則本原自正、規模自遠。

陳廷焯《白雨齋詞話足本》卷十：温、韋創古者也。晏、歐繼温、韋之後，面目未改，神理全非，異乎温、韋者也。蘇、辛、周、秦之於温、韋，貌變而神不變，聲色大開，本原則一。南宋諸名家，大旨亦不悖於温、韋，而各立門户，别有千古。

又：詞有表裏俱佳，文質適中者，温飛卿、秦少游、周美成、黄公度、姜白石、史梅溪、吴夢窗、陳西麓、王碧山、張玉田、莊中白是也，詞中之上乘也。

陳廷焯《雲韶集》卷一：飛卿詞以情勝，以韻勝，最悦人目，然視太白、子同、樂天風格，已隔一層。

又：飛卿詞綺語撩人，開五代風氣。

又：唐代詞人，自以飛卿爲冠。太白《菩薩蠻》、《憶秦娥》兩闋，自是高調，未臻無上妙諦。

陳廷焯《詞壇叢話》：終唐之世，無出飛卿右者，當爲《花間集》之冠。

又：飛卿詞，風流秀曼，實爲五代、兩宋導其先路。後人好爲豔詞，那有飛卿風格。

王拯《龍壁山房文集·懺庵詞序》：唐之中葉，李白沿襲樂府遺音，爲《菩薩蠻》、《憶秦娥》之闋，王建、韓偓、温庭筠諸人復推衍之，而詞之體以立。其文窈深幽約，善達賢人君子愷惻怨悱不能自言之情，論者以庭筠爲獨至。（龍榆生《唐宋名家詞選》引）

沈祥龍《論詞隨筆》：唐人詞，風氣初開，已分二派：太白一派，傳爲東坡，諸家以氣格勝，於詩近西江；飛卿一派，傳爲屯田，諸家以才華勝，於詩近西崑。後雖迭變，總不越此二者。

張德瀛《詞徵》卷五：李太白詞，渟泓蕭瑟；張子同詞，逍遥容與；温飛卿詞，豐柔精邃。唐人以詞鳴者，惟兹三家，壁立千仞，俯視衆山，其猶部婁乎。

王國維《人間詞話》：張皋文謂：「飛卿之詞，深美閎約。」余謂：此四字惟馮正中足以當之。劉融齋謂：「飛卿精豔絶人。」差近之耳。

又：「畫屏金鷓鴣」，飛卿語也，其詞品似之。「弦上黄鶯語」，端己語也，其詞品亦似之。

又：温飛卿之詞，句秀也；韋端己之詞，骨秀也；李重光之詞，神秀也。

《人間詞話》附録：温、韋之精豔，所以不如正中者，意境有深淺也。

陳洵《海綃説詞》：飛卿嚴妝，夢窗亦嚴妝。惟其國色，所以爲美。若不觀其倩盼之質，而徒眩其珠翠，則飛卿且譏，何止夢窗。

樊增祥《樊山集》卷二十三《東溪草堂詞選自叙》：有唐一代，《金荃》最高。張氏之言，是則然矣。

蔡嵩雲《柯亭詞論》：自來治小令者，多崇尚《花間》。《花間》以温、韋二派爲主，餘各家爲從。温派穠豔，韋派清麗。

吴梅《詞學通論》第六章：唐至温飛卿，始專力於詞。其詞全祖《風》、《騷》，不僅在瑰麗見長。陳亦峰曰：「所謂沉鬱者，意在筆先，神餘言外，寫怨夫思婦之懷，寓孽子孤臣之感。凡交情之冷淡，身世之飄零，皆可於一草一木發之。而發之又必若隱若現，欲露不露，反復纏綿，終不許一語道破。非獨體格之高，亦見性情之厚。」此數語，惟飛卿足以當之。學詞者從沉鬱二字著力，則一切浮響膚詞自不繞其筆端，此非可旦夕期也。

又：飛卿之詞，極長短錯落之致矣。而出辭都雅，尤有怨悱不亂之遺意。論詞者必以温爲大宗，而爲萬世不祧之俎豆也。

又：唐詞凡七家，要以温庭筠爲山斗。

劉毓盤《詞史》第二章：宣宗大中間，温庭筠出，始專爲詞。……著有《握蘭》、《金荃》等集。唐人詞多附以詩傳，詞之有集，自庭筠始也。趙崇祚《花間集》録其詞六十六首，最著者爲《菩薩蠻》詞。……其所創各體，如《南歌子》、《荷葉杯》、《蕃女怨》、《遐方怨》、《訴衷情》、《定西番》、《思帝鄉》、《酒泉子》、《玉蝴蝶》、《女冠子》、《歸自謡》、《河瀆神》、《河傳》等，雖自五七言詩句法出，而漸與五七言句法離，所謂解其聲故能製調也。宜後人奉以爲法矣。……其真能破詩爲詞者始於李白之《憶秦娥》詞，極于温庭筠之《河傳》詞。

王易《詞曲史·具體》第三：大抵中唐以前，詞調猶簡，韻律猶寬。下逮晚唐，益趨工巧。温庭筠《金荃》一集，新聲雜起，巧麗綿密，跡象紛綸，如《蕃女怨》、《訴衷情》、《酒泉子》、《定西番》等，轉换迅速，間叶短韻，所謂盡其變是也。……調繁詞麗，爲唐詞第一作家。

汪東《唐宋詞選評語》：詞宗唐五代，猶詩之宗漢魏也。然唐人爲詞多以餘事及之，至温篇什始富，而藻麗精工，尤爲獨絶。（《詞學》第二輯）

李冰若《花間集評注·栩莊漫記》：少日誦温尉詞，愛其麗詞綺思，正如王、謝子弟，吐屬風流。嗣見張、陳評語，推許過當，直以上接靈均，千古獨絶，殊不謂然也。飛卿爲人，具詳舊史，綜觀其詩詞，亦不過一失意文人而已，寧有悲天憫人之懷抱？昔朱子謂《離騷》不都是怨君，嘗歎爲知言。以無行之飛卿，何足以仰企屈子。其詞之豔麗處，正是晚唐詩風，故但覺鏤金錯彩，炫人眼目，而乏深情遠韻。然亦有絶佳而不爲詞藻所累，近于自然之詞，如《夢江南》、《更漏子》諸闋，是也。

又：張氏《詞選》，欲推尊詞體，故奉飛卿爲大師，而謂其接跡《風》、《騷》，懸爲極軌。以説經家法，深解温詞，實則論人論世，全不相符。温詞精麗處自足千古，不賴託庇於《風》、《騷》而始尊。況《風》、《騷》源出民間，與詞之源於歌樂，本無高下之分，各擅文藝之美，正不必强相附會，支離其詞也。自張氏書行，論詞者幾視温詞爲屈賦，穿鑿比附如恐不及，是亦不可以已乎。

俞平伯《讀詞偶得》：王靜庵《人間詞話》，揚後主而抑温、韋，與周介存異趣。兩家之説各有見地，只王氏所謂「『畫屏金鷓鴣』，飛卿語也，其詞品似之；『弦上黄鶯語』，端己語也，其詞品亦似之」，頗不足以使人心折。鷓鴣、黄鶯，固足以盡温、韋哉？轉不如周氏「嚴妝、淡妝」之喻，猶爲妙譬也。

夏承燾《唐宋詞論叢·唐宋詞字聲之演變》：詞之初起，若劉、白之《竹枝》、《望江南》，王建之《三臺》、《調笑》，本蜕自唐絶，與詩同科。至飛卿以側豔之體，逐管弦之音，始多爲拗句，嚴於依聲。往往有同調數首，字字從同；凡在詩句中可不拘平仄者，温詞皆一律謹守不渝。……蓋六朝詩人好用雙聲疊韻，盛唐猶沿其風；洎後平仄行而雙疊廢，乃復於平仄之中，出變化爲拗體；其肆奇於詞句，則始於飛卿。凡其拗處堅守不苟者，當皆有關於管弦音度。飛卿託跡狹邪，雅精此事，或非漫爲詰屈。……按飛卿各詞，其拗句不盡在結拍，且間有上半首拗而結拍反不拗者（如《女冠子》、《木蘭花》）。殆由彼時文字之配音律，猶未盡密，至端己而漸精，至同叔乃更細。

夏承燾《唐宋詞欣賞·不同風格的温韋詞》：温庭筠、韋莊是花間派的著名詞家。前人讀唐五代詞，時常把温庭筠、韋莊兩家相提並論，認爲兩人詞風是差不多的。實際上他們是代表著兩種不同的詞風。就他們兩人的詩風論也是如此：温庭筠詩近李商隱，韋莊詩近白居易；他們的詞風與詩風正是一致的。作品風格的不同決定於他們兩人的不同的生活遭遇。

又：温庭筠出身於没落貴族家庭，雖然一生潦倒，但是一向依靠貴族過活。他的詞主要内容是描寫妓女生活和男女間的離愁别恨的。他許多詞是爲宫廷、豪門娱樂而作，是寫給宫廷、豪門裏的歌妓唱的。爲了適合於這些唱歌者和聽歌者的身份，詞的風格就傾向於婉轉、隱約。他的詞中也偶然有反映他個人情感，寫自己不得意的哀怨和隱衷的，由於他不敢明白抒寫自己的感情，所以要通過這種婉轉、隱約的手法來表達。這些作品就很自然地繼承六朝宫體的傳統。由於繼承這個文學傳統，由於宫廷、都市的物質環境，形成温庭筠詞的特色：一是外表色彩綺靡華麗，二是表情隱約細緻。這正是没落貴族落拓文士生活感情的一種表現。

又：韋莊雖然也出生於没落貴族家庭，但他五十九歲才中進士，在這以前生活很窮苦，漂泊過許多地方，這種漂泊的生活佔據了他一生的大部分歲月。他晚年在前蜀任吏部侍郎、平章事（平章事就是宰相），第二年就死了。大半生的漂泊生活，使他能接受民間作品的影響，使他的詞在當時詞壇上有它獨特的風格。

又：正是這種不同的生活遭遇形成了他們兩人不同的文學風格，簡單地説：温庭筠「密而隱」，韋莊「疏而顯」。

又：從上面談到的具體作品，我們可以大致瞭解温庭筠詞的風格。他加强了詞的組織性，用暗示、聯想的手法，使它能表達五、七言詩不能表達的内容情感；這是當時許多人創作經驗的累積，也是温庭筠個人努力的成績。不過，由於他過分講究文字聲律，因而產生了許多流弊，使詞這種新文學趨向格律化，使它成爲文人的專用品，逐漸遠離人民。同時，由於文人的階級意識和生活的限制，作品内容日益空虛，遠不及敦煌民間詞的廣博深厚。這是温庭筠詞的缺點，也是後來花間派詞的共同缺點。

夏承燾《瞿髯論詞絶句》論温庭筠：朱門鶯燕唱花間，紫塞歌聲不慘顔。昌谷樊川摇首去，讓君軟語作開山。

顧隨《駝庵詞話》卷七《論王靜安》：《人間詞話》曰：「『畫屏金鷓鴣』，飛卿語也，其詞品似之。『弦上黄鶯語』，端己語也，其詞品亦似之。正中詞品，若欲於其詞句中求之，則『和淚試嚴妝』，殆近之歟。」評點曰：「作品正代表作者。故以其人之句評其人之詞，最爲的當。」並於「畫屏金鷓鴣」句旁，加温飛卿《更漏子》之「一葉葉，一聲聲，空階滴到明」句。於「弦上黄鶯語」句旁，加上韋端己《浣溪沙》之「一枝春雪凍梅花，滿身香霧簇朝霞」句。

又：《人間詞話》曰：「温飛卿之詞，句秀也。韋端己之詞，骨秀也。李重光之詞，神秀也。」評點曰：「此種評語，雖亦佳妙，終覺太『玄』。」

顧隨《駝庵詞話》卷九《積木詞》自序：有友人送《花間集》一部，來時尚未病也，置之案頭，至是乃取而讀之。《花間》是舊所愛讀之書，尤喜飛卿、端己二家作。今乃取《浣花詞》盡和之。問何以不和《金荃》，則曰：「飛卿詞太潤太圓，自家天性中素乏此二美，不能和；飛卿詞太甜太膩，病中腸胃與此不相宜，不願和也。然則和端己似端己乎，即又不然。《浣花》之瘦之勁之清之苦，卻所愛好，今之和並不見其瘦勁清苦，蓋胸中本無可言及欲言者，徒以病中既喜幽靜，又苦寂寞，遂而因逐韻覓辭、敷辭成章，但求其似詞，焉敢望其似《浣花》。

唐圭璋《詞學論叢·温韋詞之比較》：然離詩而有意爲詞，冠冕後代者，要當首數飛卿也。飛卿詩與李商隱齊名，號「温李」，開西崑之先河。其詞因亦受詩之影響，雕繪豔麗，纂組紛紜。……飛卿詞溶情於境，遣詞造境，著力於外觀，而藉以烘托内情，故寫人極刻畫形容之致，寫境極沉鬱淒涼迷離惝恍之致。一字一句，皆精錘精煉，豔麗逼人。人沉浸於此境之中，則深深陶醉，如飲醇醴，而莫曉其所以美之故。……《苕溪漁隱叢話》謂飛卿之詞，工於造語，極爲綺麗。《人間詞話》謂飛卿之詞「句秀」，皆不虚也。玉田評夢窗詞云：「夢窗詞如七寶樓臺，炫人眼目，碎拆下來，不成片段。」余則謂飛卿詞亦如七寶樓臺，炫人眼目，但碎拆下來，亦皆爲零金剩璧，炫人眼目如故耳。

唐圭璋《回憶詞壇飛將喬大壯》：由於翁素工六朝文、晚唐詩，故其詞自然入妙。小詞如《清平樂》用温體云：「畫簾鉤重。驚起孤衾夢。二月初頭桐花凍。人似緑毛幺鳳。　日日苦霧巴江，歲歲江波路長。樓上薰衣對鏡，樓外芳草斜陽。」深美閎約，可比温尉。末兩句對比，「不著一字，盡得風流」。

唐圭璋《夢桐詞話》卷一：止庵論温、韋云：「飛卿下語鎮紙，端己揭響入雲，可謂極兩者之能事。」蓋以温詞爲重，而以韋詞爲高也。

唐圭璋《夢桐詞話》卷一：詞中起法，不一而足，然以寫景起爲多。寫人則往往從容貌寫起，唐五代人，多用此法，如飛卿云「蕊黄無限當山額，宿妝隱笑紗窗隔」。此外尚有以抒情起者，如方回之「厭鶯聲到枕」，清真之「怨懷無託」。又有以叙事直起者，如李中主之「手卷珍珠上玉鉤」，飛卿之「梳洗罷，獨倚望江樓」。

唐圭璋《夢桐詞話》卷一：詞中有情語結者，有以景語結者。景語含蓄，較情語尤有意味。唐五代詞中，温飛卿多用景語結，韋端己多用情語結。温詞如《遐方怨》結云，「不知征馬幾時歸，海棠花謝也，雨霏霏」；韋詞如《女冠子》結云「覺來知是夢，不勝悲」。雖各極其妙，然温更有餘韻。

唐圭璋《夢桐詞話》卷二：温庭筠遠采樂府之舊曲，近變律、絶之體式，鏤金錯采，精心結撰，號爲大宗。《花間》以之冠首，良有以也。

唐圭璋《夢桐詞話》卷二：飛卿寫人多刻畫，端己則臨空。飛卿寫境多沉鬱凄涼，端己則有興會閑暢之作。飛卿寫情，多不顯露，言下有諷；端己則深入淺出，心曲畢吐。至二人用詞之區異，亦處處可見。飛卿顯用力痕跡，如《楊柳枝》云「六宮眉黛惹香愁」、「嫋枝啼露動芳音」，《女冠子》云「宿翠殘紅窈窕」，皆字字錘煉；端己則信手拈來，毫不著力，如《菩薩蠻》云「人人盡説江南好。遊人只合江南老」、「洛陽城裏春光好。洛陽才子他鄉老」，其間無一字雕琢。周止庵《介存齋論詞》曰：「飛卿下語鎮紙，端己揭響入雲。」觀此愈可信矣。

陸侃如、馮沅君《中國詩史》卷三：王國維論温詞道：「『畫屏金鷓鴣』，飛卿語也，其詞品似之。」（《人間詞話》）這方是精確的評語。「金」和「畫屏」，固然可以使「鷓鴣」富麗，但同時也足以斲喪「鷓鴣」的生意；温詞的成功和失敗，都包括在這五字中了。

鄭振鐸《插圖本中國文學史》第三十一章：唐末大詩人温庭筠是初期的詞壇上的第一位大作家。他的詞，和他的詩一樣，也是若明若昧，若輕紗的籠罩，若薄暮初明時候的朦朧的。他打開了詞的一大支派，一意以綺靡側豔爲主格，以「有餘不盡」，「若可知若不可知」爲作風。所謂「花間」派，實以他爲宗教主。……他所寫的是離情，是别緒，是無可奈何的輕喟，是無名的愁悶。劉禹錫、白居易諸人的擬民歌，全是渾厚樸質之作。到了庭筠，才是詞人的詞。全易舊觀，斥去淺易，而進入深邃難測之佳境。

龍榆生《唐宋名家詞選》：詩與李商隱齊名，世稱「温李」。更出其餘力，依新興曲調作歌詞，遂開五代、宋詞之盛，與韋莊並稱「温韋」。温麗密而韋清疏，各擅勝場。

詹安泰《宋詞散論・讀詞偶記》：周止庵（濟）以李後主（煜）詞爲亂頭粗服，以比飛卿之嚴妝與端己之淡妝，論奇而確。飛卿多比興，端己間用賦體，至後主則直抒心靈，不暇外假矣。

吴世昌《詞林新話》卷二：温庭筠詞皆詠離婦怨女，是代女人立言者，與唐人中閨怨無别，特以新體之詞出之耳。

又：亦峰曰「飛卿詞，全祖《離騷》」云云，真荒謬話，全襲二張。誤入左道，遂多胡説，所以害人不淺。

又：近人評温詞，或稱其過分講究文字聲律，因而産生了許多「流弊」。此正是温詞優點，何謂流弊？或稱其將詞領入歧途，造成了「花間派」的一股「歪風」；又有言其作品内容日益空虚，遠不及敦煌民間詞廣博深厚云。此媚時之胡説也。詞自民間轉入文人之手，正是豐富了、升華了，而非閹割了其内容。

廢名《談新詩》：温庭筠的詞簡直走到自由路上去了，在那些詞裏表現的東西，確乎是以前的詩所裝不下的。……胡適之先生所認爲反動派温李的詩，倒有我們今日新詩的趨勢，我的意思不是把李商隱的詩同温庭筠的詞算作新詩的前例，我只是推想這一派的詩詞存在的根據或者正有我們今日白話新詩發展的根據了。……我們且來觀察温庭筠的詞怎樣現得一種詩體的解放罷。胡適之先生在《國語文學史》裏説温庭筠的詞「確有一些可取的」，他以爲可取的，卻正不是温詞的長處，他所取的是「梳洗罷，獨倚望江樓。過盡千帆皆不是，斜暉脈脈水悠悠。腸斷白蘋洲」兩三首近乎元白的詩玩意兒。我並不是説這些不可取，在温庭筠的詞裏總不致於這些是可取的。如果這個問題與我們今日的新詩風馬牛不相及，我們也就可以不談，據我看這個問題又很關乎新詩的前程。我前説，温庭筠的詞簡直走到自由路上去了，在那些詞裏所表現的東西確乎是以前的詩所裝不下的，問題便在這裏。我們應不惜多費點時間來多考察這件事情。温詞爲向來的人所不能理解，誰知這不被理解的原因，正是他的藝術超乎一般舊詩的表現，即是自由表現，而這個自由表現又最遵守了他們一般詩的規矩，温詞在這個意義上真令我佩服。温庭筠的詞不能説是情生文文生情的，它是整個的想像，大凡自由的表現，正是表現著一個完全的東西。……他是畫他的幻想，並不是抒情，世上没有那樣的美人，他也不是描寫他理想中的美人，只好比是一座雕刻的生命罷了。英國一位批評家説法國自然主義的小説家是「視覺的盛宴」，「視覺的盛宴」這一個評語，我倒想借來説温庭筠的詞，因爲他的美人芳草都是他自己的幻覺，因爲這裏是幻覺，這裏乃有一點爲中國文人萬不能及的地方。……温庭筠的詞都是寫美人，卻没有那些討人厭的字句，夠得上一個「美」字，原因便因爲他是幻覺，不是作者抒情。……温詞無論一句裏的一個字，一篇裏的一兩句，都不是上下文相生的，都是一個幻想，上天下地，東跳西跳，而他卻寫得文從字順，最合繩墨不過，居《花間》之首，向來並不懂得他的人也説「温庭筠最高，其言深美閎約」了。我們所應該注意的是，温詞所表現的内容，不是他以前的詩體所裝得下的，從我上面所舉的例子，大家總可以看得出，像這樣，長短句才真是詩體的解放，這個解放的詩體可以容納得一個立體的内容，以前的詩體則是平面的。以前的詩是豎寫的，温庭筠的詞則是横寫的。以前的詩是一個鏡面，温庭筠的詞則是玻璃缸的水——要養個金魚兒或插點花兒這裏都行，這裏還可以把天上的雲朵拉進來。因此我嘗想，在以往的詩文學裏既然有這麽一件事情，我們今日的白話新詩恐怕很有根據，在今日的白話新詩的稿紙上，將真是無有不可以寫進來的東西了。有一件事實我要請大家注意，温庭筠的詞並没有用典故，他只是辭句麗而密。此事很有趣味，在他的解放的詩體裏用不著典故，他可以横豎亂寫，可以馳騁想像，所想像的所寫的都是實物。……真有詩的感覺如温李一派，温詞並没有典故，李詩典故就是感覺的聯串，他們都是自由表現其詩的感覺與理想，在六朝文章裏已有這一派的根苗，這一派的根苗又將在白話新詩裏自由生長，這件事情固然很有意義，卻也是最平常不過的事，也正是「文藝復興」，我們用不著大驚小怪了。我們在温庭筠的詞裏看著他表現一個立體的感覺，便可以注意詩體解放的關係，我們的白話新詩裏頭大約四度空間也可以裝得下去，這便屬於天下詩人的事情了。

皇甫松

【小　傳】

皇甫松，生卒年不詳。松一作嵩，字子奇，自號檀欒子，睦州新安（今浙江淳安）人。唐著名古文家皇甫湜之子，宰相牛僧孺表甥。工詩詞，亦擅文，然久試進士不第，終生未仕。唐昭宗光化三年（九〇〇）十二月，韋莊奏請追賜温庭筠、皇甫松等人進士及第，故《花間集》稱其爲「皇甫先輩」，蓋唐人呼進士爲先輩。事蹟見《唐摭言》卷一〇、《唐詩紀事》卷五三。著述參見本書「附録」一四。皇甫詞，《花間集》存十二首，《尊前集》存十首，共二十二首。

天仙子

皇甫先輩松①

晴野鷺鷥飛一隻〔一〕。水葓花發秋江碧〔二〕。劉郎此日别天仙〔三〕，登綺席〔四〕。淚珠滴。十二晚峰高歷歷②〔五〕。

【校　記】

①調名《選聲集》作《萬斯年曲》，《記紅集》作《秋江碧》。《歷代詩餘》調下小字注曰：「一名萬斯年曲，又作天台仙子者，單調三十四字。」鄂本、毛本、清刻本作「天仙子，皇甫先輩松」。紫芝本、吴鈔本作「唐皇甫先輩詞」、「皇甫松」、「天仙子二首」。張本此調接温詞後，朱筆勾去「已上共六十五調」，校改爲「天仙子二首，皇甫松」。四庫本作「天仙子，皇甫松」。茅本、玄本「仙」作「僊」。陸本、茅本、徐本、影刊本作「皇甫松十一首」。湯評本作「皇甫嵩」。正本作「皇甫松，天仙子」。

②峰：吴鈔本作「風」。高：全本、《歷代詩餘》、王輯本《檀欒子詞》作「青」。

【箋注】

〔一〕晴野：晴日郊野。白居易《叙德書情四十韻上宣歙翟中丞》：「晴野霞飛綺，春郊柳宛絲。」

〔二〕鷺鷥：水鳥名，白羽高腳，長頸强喙，頭頂和背部羽毛如絲，故名。《詩經·周頌·振鷺》：「振鷺於飛，於彼西雝。」

〔三〕水葓：亦作「水葒」，蓼科，水草名，花紅色或白色。李賀《惱公》：「鈿鏡飛孤鵲，江圖畫水葒。」

〔四〕劉郎句：南朝劉義慶《幽明録》：東漢永平年間，剡縣人劉晨、阮肇入天台山采藥迷路，遇二仙女，邀至家中，酒樂款待，留住半年。求歸至家，子孫已過七代。後重入天台山訪女，渺無蹤跡。後世多以此典寫豔遇豔情。此處或者以「劉郎」自指，「天仙」指情人。

〔五〕綺席：華貴之筵席，此指别筵。唐太宗《帝京篇》：「玉酒泛雲罍，蘭肴陳綺席。」

〔五〕十二晚峰：指巫山十二峰，巫山在夔州巫山縣東三十里，形如巫字，故名。唐李端《巫山高》：「巫山十二峰，皆在碧虚中。」據宋祝穆《方輿勝覽》載，十二峰名爲：望霞、翠屏、朝雲、松巒、集仙、聚鶴、淨壇、上升、起雲、飛鳳、登龍、聖泉。峰名各家説法不一，可參《隱居通議》卷二九、《蜀中廣記》卷二二、《讀史方輿紀要》卷六六等書。歷歷：分明可數。唐崔顥《黄鶴樓》：「晴川歷歷漢陽樹，芳草萋萋鸚鵡洲。」

【疏　解】

詞詠本調，就題發揮，寫天台神女事。前二句描寫秋江晴景，飛過晴野的一隻鷺鷥，似有若無之間，興起下面數句劉郎辭別桃源仙子的情事。「登綺席，珠淚滴」二句，寫仙凡離別的場面，突出仙子的傷感情態。結句「十二晚峰高歷歷」，形容劉郎别後情景，係從錢起《湘靈鼓瑟》「曲終人不見，江上數峰青」化出，以景結情，頗富「遠韻」（陳廷焯《雲韶集》）。

【集　評】

鍾本評語：搜語幽芳，酷如李賀。

沈雄《古今詞話·詞評》上卷引花庵詞客曰：皇甫松爲牛僧孺甥。以《天仙子》著名，終不若《摘得新》二首，爲有達觀之見（按：《歷代詩餘》卷一一二及《詞苑萃編》卷三皆引此説，然黄昇《花庵詞選》未録皇甫松詞，此則是否黄昇所評，存疑）。

湯顯祖評《花間集》卷一：余有詩云：「推窗歷歷數晴峰。」恍與此合。

陳廷焯《雲韶集》卷一：「飛一隻」，便妙。結筆得遠韻。亦是從「曲終人不見，江上數峰青」化出。

鄭文焯云：其聲揮綽。（《花間集評注》引）

華鍾彦《花間集注》卷二：皇甫松詞二首，皆三十四字，協仄聲韻。詠天台神女事，就題發揮。

蕭繼宗《評點校注花間集》：此亦所謂緣題之作，詞意與調之本意合也，讀之令人有「會真」意。臨川或真有此感，然借人自售，得無失檢？

黄進德《唐五代詞選集》：此詞緣題而賦，托意仙緣，實叙豔遇，抒寫情侣之間難捨難分的場景，情景交融，妙合無痕。

其二

躑躅花開紅照水〔一〕。鷓鴣飛遶青山觜①〔二〕。行人經歲始歸來〔三〕，千萬里②。錯相倚③〔四〕。懊惱天仙應有以④〔五〕。

【校記】

①觜：鍾本、張本、王輯本作「嘴」。

②千：雪本作「遥」。

③倚：玄本、雪本作「遺」。

④應：雪本作「似」。

【箋　注】

〔一〕躑躅：杜鵑花別名。唐白居易《題元十八溪居詩》：「晚葉尚開紅躑躅，秋房初結白芙蓉。」

〔二〕鷓鴣：鳥名。唐劉恂《嶺表異録》卷中：「鷓鴣，吴楚之野悉有，嶺南偏多。臆前有白圓點，背上間紫赤毛。其大如小野雞，多對啼。」俗説其啼聲曰「行不得也哥哥」。唐鄭谷有《鷓鴣》詩，唐張籍《湘江曲》：「送人發，送人歸。白蘋茫茫鷓鴣飛。」山觜：猶山口。宋楊萬里《登多稼亭曉望》：「城腰折處才三徑，山觜前頭別一村。」

〔三〕行人：出行或出征之人。《詩經·齊風·載驅》：「汶水滔滔，行人儦儦。」此指劉晨、阮肇。經歲：猶經年。《三國志·魏志·毛玠傳》：「公家無經歲之儲，百姓無安固之志。」五代李珣《定風波》：「愁坐算程千萬里。頻跂。等閒經歲兩相違。」

〔四〕相倚：相靠，相託。唐羅隱《柳》：「灞岸春來送別頻，相偎相倚不勝春。」

〔五〕懊惱：悔恨，煩惱。《樂府詩集》卷四六《懊儂歌》之十四：「懊惱奈何許，夜聞家中論，不得儂與汝。」天仙：此指天台神女。有以：有緣故。《詩經·邶風·旄丘》：「何其久也，必有以也。」

【疏　解】

此首仍就題敷衍，寫天台仙女事。前二句寫山間春景，杜鵑花發，紅豔照水，寫出山中春色的熱烈，以之烘托仙子的春情。鷓鴣飛繞，則略含興義。第三句切入情事，言劉阮經歲始歸，這漫長的别後時光，遥遠的空間距離，都成了思春懷人的仙子懊惱的緣由，以至於讓仙子生出「錯相倚」的怨悔心情。

【集評】

李調元《雨村詞話》卷一：皇甫松詞《天仙子》云：「躑躅花開紅照水，鷓鴣飛遶青山觜。」「觜」，嘴也，前此未入詞。其字始于杜少陵「麟角鳳觜世莫識」，今俗作「嘴」字，非。

陳廷焯《雲韶集》卷一：無一字不警快可喜。

蕭繼宗《評點校注花間集》：此詞仍詠劉阮事。首兩句雖不切天台景色，而畫面動人。下文寫情，未嘗不自出新意，但説得太明太直，遂覺乏味。「始」字與下文文意錯迕，未達一間。如用「卻」字，方是「天仙」「懊惱」之所「以」。

浪濤沙①

灘頭細草接疎林②〔一〕。浪惡罾舡半欲沉③〔二〕。宿鷺眠鷗飛舊浦④〔三〕，去年沙觜是江心⑤〔四〕。

【校　記】

①玄本、《樂府詩集》、《全唐詩》、王輯本、林大椿《唐五代詞》作《浪淘沙》。紫芝本、吴鈔本、張本作「浪淘沙二首」。《浪濤沙》二首，《全唐詩》卷三六九收作皇甫松詩，卷二五〇收作皇甫冉詩，題均作《浪淘沙二首》。作皇甫冉詩題下注曰「一作皇甫松詩」，灘頭，作「瀨頭」。當從《花間集》、《樂府詩集》歸皇甫松名下。

②踈：晁本、鄂本、紫芝本、吴鈔本、玄本、正本、影刊本作「踈」。清刻本作「疏」。

③舡：陸本、張本、玄本、毛本、四庫本、《樂府詩集》、《全唐詩》、王輯本、林大椿《唐五代詞》作「船」。沉：鍾本、四印齋本、林大椿《唐五代詞》作「沈」。

④眠鷗：《樂府詩集》、《全唐詩》作「眠洲」。

⑤飛舊浦：《樂府詩集》、陸本、茅本、玄本、張本、雪本、湯本、合璧本、影刊本、《全唐詩》作「非舊浦」。蕭繼宗《評點校注花間集》曰：「王本『非』作『飛』。作『非』勝，與下文『是』字相應。」

⑥觜：鍾本、王輯本作「嘴」。

【箋　注】

〔一〕灘頭：灘上。唐劉禹錫《送景玄師東歸》：「灘頭蹋屐挑沙菜，路上停舟讀古碑。」踈林：稀疏的林木。唐王昌齡《途中作》：「墜葉吹未曉，疏林月微微。」

〔二〕罾舡：漁船。罾：《廣韻》：「罾，漁網也。」。

〔三〕宿鷺：棲宿之鷺鳥。唐鄭谷《江際》：「萬頃白波迷宿鷺，一林黄葉送殘蟬。」眠鷗：唐許渾《郊園秋日寄洛中友人》：「日落遠波驚宿雁，風吹輕浪起眠鷗。」浦：水濱。《詩經·大雅·常武》：「率彼淮浦，省此徐土。」

〔四〕沙觜：突出水中之低平狹窄沙岸，形似鳥喙，故名。五代錢弘俶《過平望》：「沙觜牛眠草，波心鳥觸煙。」

【疏　解】

詞詠本調。前二句寫灘頭細草疏林、浪裏漁船浮沉的江景，爲后二句鋪墊蓄勢。三句轉寫鷗鷺翩飛，尋覓舊時的棲處，然而卻尋覓不到了。四句就勢收煞，點出「去年沙觜是江心」的今昔變化，喻示題旨。詞借浪淘沙觜的自然現象，形象地揭示出世事變遷、滄海桑田的哲理，警醒深刻，讀後讓人不免感慨係之。

【集　評】

湯顯祖評《花間集》卷一：桑田滄海，一語破盡，紅顔變爲白髮，美少年化爲雞皮老翁，感慨係之矣！

卓人月《古今詞統》卷一徐士俊評語：蓬萊水淺，東海揚塵，豈是誕語。

黄叔燦《唐詩箋注》：不莊不俗，别有風情。

吴世昌《詞林新話》卷二：末句點題，正是詠浪淘沙情況。此題與《楊柳枝》等，在當時即是所詠對象，非如後世之僅作格調句式，或藉以指桑罵槐也。

蕭繼宗《評點校注花間集》：《浪淘沙》二首，皆七言絶句，不當入詞。至其命意若何，可不深論。

黄進德《唐五代詞選集》：此詞借江水驟變，以寄慨人世滄桑。造語奇警，含意藴藉深沉。

其　二

蠻歌豆蔻北人愁①〔一〕。蒲雨杉風野艇秋②〔二〕。浪起䴔䴖眠不得〔三〕，寒沙細細入江流〔四〕。

【校　記】

①豆蔻：《樂府詩集》、《全唐詩》、林大椿《唐五代詞》作「荳蔻」。

②蒲雨：晁本、鄂本、紫芝本、吴鈔本、毛本、後印本、清刻本、四印齋本、林大椿《唐五代詞》作「浦雨」。蒲雨杉風：《樂府詩集》、《全唐詩》作「松雨蒲風」。

【箋注】

〔一〕蠻歌：南人之歌謡。唐杜甫《夜》之一：「蠻歌犯星起，重覺在天邊。」豆蔻：植物名，多年生長緑草本，生嶺南，又名草果，可入藥。花穗狀，嫩葉卷之如芙蓉，色深紅，漸開而淡。南人取其尚未大開者，謂之含胎花，言尚小如妊身也。可參《政和證類本草》卷九。古人取以喻少女小而妍美。唐杜牧《贈别》之一：「娉娉嫋嫋十三餘，豆蔻梢頭二月初。」

〔二〕蒲雨杉風：挾帶草木氣息的風雨。蒲雨：唐李中《書蔡隱士壁》：「池暗菰蒲雨，徑香野蕙風。」杉風：唐皎然《奉和袁使君》：「傍簷竹雨清，拂案杉風秋。」野艇：野渡小船。唐張志和《漁父》：「秋山入簾翠滴滴，野艇倚檻雲依依。」

〔三〕鵁鶄：水禽名，即交睛。宋陸佃《埤雅·釋鳥》：「似鳧而腳高，有毛冠，長目似睛交，故云交睛。」漢司馬相如《上林賦》：「鵁鶄環目。」唐杜甫《曲江陪鄭八丈南史飲》：「雀啄江頭黄柳花，鵁鶄鸂鶒滿晴沙。」

〔四〕寒沙：秋冬寒水中之沙。南朝丘遲《旦發漁浦潭》：「森森荒樹齊，析析寒沙漲。」

【疏　解】

詞詠本調，寫北人旅愁。北人浪跡南方，耳聽蠻歌豆蔻，觸起思鄉之情。棲宿扁舟野渡，衝冒杉風蒲雨，更增旅途愁懷。江上浪起，驚得鵁鶄不得眠宿，正是襯寫旅人苦於風浪、不得安寢的情景。結句扣題，詞筆和境界均極靜細，與前面風雨波浪的動境構成對比，足耐咀味。

【集　評】

鍾本評語：此詞幽豔，雜長吉集中，幾不可辨。

黄叔燦《唐詩箋注》：風雨扁舟，浪驚沙鳥，煞是有情，景色亦妙。

宋顧樂《唐人萬首絶句選評》：作此題者應推此首爲第一絶唱，只寫本意，情味無窮。

陳廷焯《詞則·别調集》卷一：唐人《浪淘沙》本是可歌絶句，措語亦緊切。調名自後主「簾外雨潺潺」二闋後，競相沿襲，古調不復彈矣。

李冰若《花間集評注·栩莊漫記》：玉茗翁謂前詞有滄桑之感，余謂此首亦有受讒畏譏之意，寄託遥深，庶幾風人之旨。

楊柳枝①

春入行宮映翠微②〔一〕。玄宗侍女舞煙絲③〔二〕。如今柳向空城緑，玉笛何人更把吹〔三〕。

【校　記】

① 紫芝本、吴鈔本、張本作「楊柳枝二首」，《全唐詩》作「楊柳枝詞二首」。鍾本調下署「皇甫嵩」。

② 映：吴鈔本作「眏」。

③ 玄：晁本、鄂本、徐本、四印齋本、影刊本缺末筆避諱。正本作「元」。

【箋　注】

〔一〕行宮：京城以外供帝王出行時居住的宫殿。左思《吴都賦》：「古昔帝代，曾覽八紘之洪緒，一六合而光宅。……烏聞梁岷有陟方之館，行宫之基歟。」翠微：淡青的山色。左思《蜀都賦》：「鬱葐蒀以翠微，崛巍巍以峩峩。」《文選注》：「翠微，山氣之輕縹也。」亦指青山。南朝何遜《仰贈從兄興寧寘南》：「遠江飄素沫，高山鬱翠微。」

〔二〕玄宗侍女：指玄宗時之梨園弟子。《明皇雜録·逸文》：「天寶中，上命宫女子數百人爲梨園弟子，皆居宜春北院。」可參《新唐書·禮樂志》十二。舞煙絲：舞姿婀娜，如煙柳柔絲。

〔三〕玉笛：玉質之笛。唐李白《春夜洛城聞笛》：「誰家玉笛暗飛聲，散入春風滿洛城。」把吹：執笛吹奏。

【疏　解】

詞就題發揮，詠玄宗行宫柳色。前二句描寫當年春入行宫，煙柳如絲，梨園弟子腰肢嫋娜，輕歌曼舞。「舞煙絲」三字，形容妙曼的舞姿恍如春風中飄拂的煙柳柔絲，極寫舞姿之婀娜美妙。三句轉折，時空回到現在，而今柳絲又緑，春天又來，但當年歌舞歡宴的行宫，昔人已去，一片空寂。第四句就勢合攏，發出無人吹奏《折楊柳》笛曲的歎問，抒發物是人非的今昔滄桑之感。此詞結構上的起承轉合，一如七言絶句作法，確有「古詩遺意」（陳廷焯《白雨齋詞話》）。

【集　評】

曹錫彤《唐詩析類集訓》卷九：翠微，山氣青縹色。玄宗調玉笛而吹之。此以玄宗宫柳言。

蕭繼宗《評點校注花間集》：《楊柳枝》不當闌入詞中，於温詞中已及之。

其二

爛熳春歸水國時①〔一〕。吳王宮殿柳絲垂②〔二〕。黃鶯長叫空閨畔③〔三〕，西子無因更得知〔四〕。

【校記】

① 爛熳：《樂府詩集》、四庫本、《全唐詩》作「爛漫」。

② 絲垂：《樂府詩集》作「垂絲」。

③ 長：玄本、雪本作「常」。畔：湯本作「伴」。

【箋注】

〔一〕爛熳：即爛漫。水國：泛指南方水鄉澤國。唐孟浩然《洛中送奚三還揚州》：「水國無邊際，舟行共使風。」

〔二〕吳王宮殿：吳王夫差的宮殿。本爲闔閭所建，城週四十七里，有陸門八，水門八。在今江蘇吳縣。可參東漢趙曄《吴越春秋》。

〔三〕空閨：南朝鮑照《秋夜》：「環情倦始復，空閨起晨妝。」

〔四〕西子：西施。東漢趙曄《吴越春秋》卷四：「西施，越苧蘿村女。越王勾踐敗於會稽，范蠡取西施獻吴王夫差。吴亡，西施復歸范蠡，從遊五湖。」魏曹植《扇賦》：「增吴氏之姣好，發西子之玉顔。」

【疏　解】

詞就題發揮，詠吴宫柳色。前二句描寫爛漫春色又回江南水國，一年一度，吴王宫苑裏的柳樹依舊柔絲垂裊，長條披拂。後二句言柳枝上的黄鶯，在西子當年居住過的閨房外啼囀，可是西子卻再也不可能聽到這嚦嚦的鶯聲了。用吴王、西施故事點染柳色，使這首詠物詞有了些許弔古傷今的感情色彩。

【集　評】

曹錫彤《唐詩析類集訓》卷九：吴爲水國，唐有吴王宅，在長安禁城東。西子謂吴王美人也。此以吴王宫柳言。

摘得新①

酌一巵〔一〕。須教玉笛吹〔二〕。錦筵紅蠟燭②〔三〕，莫來遲。繁紅一夜經風雨③〔四〕，是空枝〔五〕。

【校記】

① 紫芝本、吴鈔本、張本作「摘得新二首」。

② 蠟燭：晁本、吴鈔本、毛本、後印本、正本、四庫本、四印齋本均作「蝎燭」。

③ 繁：玄本作「緐」。經：《詞譜》作「驚」。

【箋注】

〔一〕巵：酒器，容量四升。東漢許慎《説文》：「巵，圓器也，一名觛。所以節飲食。」漢司馬遷《史記・項羽本紀》：「項伯即入見沛公，沛公奉巵酒爲壽。」

〔二〕須教：須使。唐王績《過酒家》之五：「有客須教飲，無錢可别沽。」

〔三〕錦筵：精美的筵席。南朝宋鮑照《代陳思王京洛篇》：「坐視青苔滿，卧對錦筵空。」

〔四〕繁紅：繁花。唐齊己《蝴蝶》：「何處背繁紅，迷芳到檻重。」

〔五〕空枝：落盡繁花的枝條。唐皎然《詩式》引楊淩句：「南園桃李花落盡，春風寂寞摇空枝。」

【疏　解】

此首勸酒之辭。起二句言一杯美酒，佐以一支笛曲，即對酒當歌之意也。接二句寫豪華夜宴，紅燭高燒，勸行樂之人，切莫來遲。結二句設譬作喻，寫春來繁花似錦，一夜風雨之後，徒留滿樹空枝，借此形象地提醒人們「爲樂當及時」，與杜秋娘《金縷曲》「有花堪折直須折，莫待無花空折枝」意思相同。在及時行樂的表像背後，是好景不長、良辰難再的錐心痛楚，小詞把這層意思「説盡」、「説破」，讀之覺其「語淡而沉痛欲絶」（況周頤《餐櫻廡詞話》）。

【集　評】

鍾本評語：唐詩「勸君金屈巵，滿酌不須辭。花落多風雨，人生是别離」，此詞卻是藍本而更爽豔。

湯顯祖評《花間集》卷一：「自是尋春去較遲」，情癡之感，亦負心之痛也。摘得新者，自不落風雨之後。

卓人月《古今詞統》卷一徐士俊評語：（「繁紅」二句）比杜秋「莫待無花空折枝」更有

含蘊。

周敬《删補唐詩選脈箋釋會通評林》卷六十周埏云：「此有來日苦短，秉燭夜遊之意。蓋花無久紅，人不長少，垂念到此，可不及時行樂耶？……見得破，説得到，熟讀古樂府來。」

陳廷焯《詞則·别調集》卷一：及時勿失，感慨係之。

況周頤《餐櫻廡詞話》：詞以含蓄爲佳，亦有不妨説盡者。皇甫子奇《摘得新》云：「繁紅一夜經風雨，是空枝。」語淡而沉痛欲絶。

俞陛雲《唐五代兩宋詞選釋》：清景一失，如追亡逋，少年不惜，老大徒悲。謫仙之秉燭夜遊，即錦筵紅燭意也。

李冰若《花間集評注·栩莊漫記》：語淺意深而不病其直者，格高故也。

劉大傑《中國文學發展史》第十六章：用清麗的字句，描寫景物，而其中又寄寓著哀怨的感慨，雖側豔而不淫靡，但其情調低沉。

蕭繼宗《評點校注花間集》：即「花開堪折」詩意，而視詩筆稍曲，不可不知。

其二

摘得新〔一〕。枝枝葉葉春。管絃兼美酒①，最關人②〔二〕。平生都得幾十度③，展香茵〔三〕。

【校　記】

①　絃：晁本、鄂本、徐本、四印齋本、影刊本缺末筆避諱。

②　人：王輯本無「人」字。

③　都得：四庫本、《歷代詩餘》作「那得」。十：紫芝本、吴鈔本、雪本作「千」。

【箋　注】

〔一〕摘得新：唐教坊曲名，用爲詞調。唐宫廷舊制，賜百官櫻桃嘗新。王建《宫詞一百首》之四十五：「衆裏遥拋新摘子，在前收得便承恩。」調名或緣此而起。單調，六句，二十六字，第一、二、四、六句押平韻。或曰：指摘得鮮花。詞調以首句三字爲名。《詞律》卷一：「首句三字『摘得新』，因以爲名。」

〔二〕最關人：最關人情。唐李白《楊叛兒》：「何許最關人，烏啼白門柳。」

〔三〕香茵：美豔的坐褥。唐段成式《酉陽雜俎·續集》：「有從者具香茵，列坐月中。」

【疏　解】

此首旨同上首，但寫法不同。上首把「摘得新者，自不落風雨之後」一層比興之義，留到詞末結出；此首則一起即點明「摘得新，枝枝葉葉春」的題旨，然後再寫管弦美酒，最關人情，浮生短暫，難得幾回。「敲醒世人蕉夢」，勸人摘取滿枝新花，莫負良辰美景。這種及時行樂之意，是人的時間生命意識覺醒後的產物，其間包含著對生命的珍愛，和面對短暫的人生進行自救的努力，並非純粹是消極頹廢的負面價值。這類作品皆可歸入中國詩歌中的時間生命主題範疇，其母題和原型性質的初始創作，當然是《詩經》裏的《蟋蟀》、《蜉蝣》等詩。

【集　評】

花庵詞客曰：皇甫松爲牛僧孺甥。以《天仙子》著名，終不若《摘得新》二首，爲有達觀之見。（沈雄《古今詞話·詞評》上卷引）

湯顯祖評《花間集》卷一：敲醒世人蕉夢，急當著眼。

李冰若《花間集評注·栩莊漫記》：「未知平生當著幾兩屐」，昔誦此語，輒爲悒悵。子奇《摘得新》，蓋竊取此意也。然其源皆出於《唐風·蟋蟀》之什。

蕭繼宗《評點校注花間集》：達人實同此感，不必阮孚能之，更何必上溯《三百篇》耶？

夢江南①

蘭燼落〔一〕，屏上暗紅蕉②〔二〕。閑夢江南梅熟日〔三〕，夜船吹笛雨蕭蕭③〔四〕。人語驛邊橋〔五〕。

【校　記】

① 全本、王輯本作《憶江南》，《歷代詩餘》作《望江南》。紫芝本、吴鈔本、張本作「夢江南二首」。

② 蕉：紫芝本作「焦」。

③ 船：鄂本、四印齋本作「舡」。蕭蕭：鍾本、全本、《歷代詩餘》、王輯本作「瀟瀟」。

【箋　注】

〔一〕蘭燼：蠟燭餘燼，狀似蘭心，故稱。李賀《惱公》：「蠟淚垂蘭燼，秋蕪掃綺櫳。」王琦注：「蘭燼，謂燭之餘燼狀似蘭心也。」

〔二〕紅蕉：即美人蕉，形似芭蕉而矮小，花色紅豔，多生長於温、熱帶。唐白居易《東亭閑望》：「緑桂爲佳客，紅蕉當美人。」《格致鏡原》卷六八引宋祁《益部方物略記》：「紅蕉於芭蕉，蓋自一種，葉小，其花鮮明可喜。蜀人語染深紅者，謂之蕉紅。」此指屏風所繪紅蕉花。或謂殘夜昏燈映照屏風成深紅色。

〔三〕梅熟日：指江南初夏梅子黄熟之時，俗謂「黄梅天」，其時陰雨連綿，稱「黄梅雨」。

〔四〕蕭蕭：同「瀟瀟」，風雨聲。《詩經·鄭風·風雨》：「風雨蕭蕭，雞鳴膠膠。」

〔五〕人語：人聲，唐王維《鹿柴》：「空山不見人，但聞人語響。」或謂「語」作動詞，對話。

【疏解】

詞寫江南梅雨之夜的離别場景，寄託作者的思鄉之情。前二句寫室内夜景，後三句寫夢境。夜深人静，燈燭已經燒殘，畫屏上的紅蕉圖，顔色也隨之模糊暗淡，這正是睡眠入夢所需要的環境氛圍。經過這兩句鋪墊之後，便轉入後三句對夢境的正面描寫：黄梅時節，綿綿小雨下個不停。入夜，小船停靠在驛橋邊。等候旅客上船之時，舟子拎起横笛，信口吹幾支婉轉的小調。送行的人猶自戀戀不捨，在瀟瀟夜雨中依依話别。這裏所寫的别離場面，很可能就是作者當年告别江南家鄉時的親身經歷，所以特别難忘，才在夢中重又記起。這幾句寫景如畫，景中含情，小船、驛橋、笛聲、人語，都籠罩在瀟瀟夜雨裏，交織融化成迷蒙的意境，顯得「情味深長」（王國維《人間詞話》附録）。

從地域的角度看，唐宋婉約詞屬於「南方文學」。南國多水，降雨量充沛，江河湖泊遍佈，不管是風景或人物，都浸潤著柔柔的水性。在這樣的地域環境中産生的詞，自然吸收了充足的「水分」，從而顯得柔情似水了。唐宋婉約詞人多寫「水景」，藉助「水景」來營構柔婉、清麗、隱約、微茫的詞境，體現出鮮明的南方地域風格特色。唐五代詞人就已自覺地借重於水，這一時期的名篇佳句，多與水結下不解之緣。皇甫松這首《夢江南》，其中的意象如「船」、「橋」和「雨」，表徵著「水」自不待言，即使是「笛聲」、「人語」，也被水浸、雨灑得濕淋淋的，整個迷蒙的詞境正是藉助一派氤氳「水氣」濡染而成。「水」之於詞，其功大矣！

【集 評】

鍾本評語：「人語驛邊橋」，便是中晚唐警句。

湯顯祖評《花間集》卷一：好景多在閒時，風雨瀟瀟何害。

卓人月《古今詞統》卷一徐士俊評語：末句是中、晚警語。

厲鶚《論詞絶句》：美人香草本《離騷》，俎豆青蓮尚未遥。頗愛《花間》腸斷句：「夜船吹笛雨瀟瀟。」

陳廷焯《雲韶集》卷一：夢境化境。詞雖盛於宋，實唐人開其先路也。

唐圭璋《唐宋詞簡釋》：此首寫夢境，情味深長。「蘭燼」兩句，寫閨中深夜景象，燭花已落，屏畫已暗，人亦漸入夢境。「閑夢」二字，直貫到底，夢江南梅熟，夢夜雨吹笛，夢驛邊人語，情景逼真，歡情不減。然今日空夢當年之樂事，則今日之淒苦，自在言外矣。

劉大傑《中國文學發展史》第十六章：意境較高，設境遣詞尤勝，最後二句，言盡意遠。

陸侃如、馮沅君《中國詩史》卷三：作者在這裏用簡略的筆觸，描繪出一個動人的世界。它在唐詞中，也應居上品。

吴世昌《詞林新話》卷二：或云「紅蕉」指顔色，猶言蕉紅。按：詞中明言「屏上」，則「紅蕉」是畫。上句言燭燼，故畫色暗，下接夢境。

蕭繼宗《評點校注花間集》：《夢江南》至此，允稱佳作，白傅温尉，瞠乎其後。

張以仁《花間詞論集》：《唐五代詞》録皇甫松《怨回紇》云：「江路濕紅蕉。」厲樊榭《論詞絶句》則説：「美人香草本離騷，俎豆青蓮尚未遥。頗愛花間腸斷句：夜船吹笛雨瀟瀟。」皇甫松的詞作特點之一，皆二詞一調，兩兩自成其組。他的兩首《夢江南》詞自不例外，這首寫江南雨夜，另外一首寫的則是當日金陵相聚的舊情，也是以夢境的方式爲之，與這首一聚一分，相互呼應。當時的悲歡離合，都成爲此刻的縈思惆悵了。二詞都寫追往懷舊，此首夢醒而燈滅，另闋夢醒而月殘，佈局何其相似。此詞在黄梅時節而寫别離，雨中著一吹笛之人。另首在桃花開時而寫相聚，花下有位吹笙之女。時序筍接，人物映照，環連璧合，何其相類。這是二一。……這首詞，佈置了兩個場景：一在目前，一在夢中。目前的場景，便是室内。夢中的場景，便是驛邊。小令著字不多，猶能豐盈腴美者，在於能凝煉其詞彙，深密其結構，濃縮其事物之故。……「蘭燼落，屏上暗紅蕉」，是言夢醒時所見。

其　二①

樓上寢，殘月下簾旌〔一〕。夢見秣陵惆悵事②〔二〕，桃花柳絮滿江城〔三〕。雙髻坐吹笙〔四〕。

【校　記】

①　調名《記紅集》作《謝秋娘》。

②　秣：吴鈔本作「稜」，旁校爲「秣」。

【箋　注】

〔一〕簾旌：簾額，簾上所綴布帛。李商隱《正月崇讓宅》：「蝙拂簾旌終輾轉，鼠翻窗網小驚猜。」馮浩《箋注》：「簾旌，簾端施帛也。」

〔二〕秣陵：即金陵，今江蘇省南京市。宋馬光祖《建康志》十五《秣陵縣》：「秣陵縣更置凡六：秦改金陵爲秣陵，在舊江寧縣東南秣陵橋東北。晉太康初，復以建業爲秣陵，即今上元縣。三年分淮水南爲秣陵，義熙中移鬬場柏社，在江寧縣東南，古丹陽郡是也。元熙初又移治揚州參軍廨，在宫城南小長干巷内。梁末齊兵軍於秣陵故治，跨淮立栅，當是其地。景德二年置秣陵鎮，在今江寧縣東南。」可參《讀史方輿紀要》二十《江寧府》。

〔三〕江城：江畔之城，唐李白《秋登宣城謝朓北樓》：「江城如畫裏，山晚望晴空。」此指秣陵。

〔四〕雙鬢：少女髮式，代指少女。五代閻選《謁金門》：「雙髻綰雲顔似玉，素娥輝淡緑。」

【疏解】

此首亦詠本調，作法同前首。起二句先寫深夜景色，包含著自《詩經·陳風·月出》肇端的「望月懷思」的心理圖式。思極成幻，入夢就成情所不免。接下來即展示夢境：那是秣陵的暮春時節，桃花灼灼，柳絮紛紛，少女坐在花柳叢中，調笙試管，以助春日遊興。畫面中雖然只出現了少女形象，但詞人肯定是在場同遊者，看江城爛漫春色，聽少女美妙笙簧，倍覺悦目賞心，故而難以忘懷，終致月夜入夢。詞作筆法靈妙，情景兼得，追憶舊歡，夢境如畫，六朝煙水氣裏，氤氲著詞人感慨往事成空的迷惘惆悵之意。

【集評】

馮金伯《詞苑萃編》卷三引《詞暎》：皇甫松以《天仙子》、《摘得新》著名，然總不如《夢江南》二闋爲尤勝也。

陳廷焯《雲韶集》卷一：淒豔似飛卿，爽快似香山。

陳廷焯《詞則·大雅集》卷一：夢境，畫境，婉轉淒清，亦飛卿之流亞也。

俞陛雲《唐五代兩宋詞選釋》：調倚《夢江南》，兩詞皆其本體。江頭暮雨，畫船聞桃葉清歌；樓上清寒，笙管擫劉妃玉指，語語帶六朝煙水氣也。

王國維《人間詞話》附録：黄叔暘稱其《摘得新》二首爲有達觀之見。余謂不若《憶江南》二闋，情味深長，在樂天、夢得上也。

唐圭璋《唐宋詞簡釋》：此首與前首同寫夢境，作法亦相同。起處皆寫深夜景象，惟前首寫室内之燭花落几，此首則寫室外之殘月下簾。「夢見」以下，亦皆夢中事，夢中景色，夢中歡情，皆寫得靈動美妙。兩首《夢江南》，純以賦體鋪叙，一往俊爽。

吴世昌《詞林新話》卷二：末句類現代象徵派畫家手法。又「簾旌」，指簾額，即簾子所綴軟簾。或曰「就簾子的上下際看，曰簾旌」。謬矣。

蕭繼宗《評點校注花間集》：如置身《清明上河圖》中，與古爲徒。

採蓮子①

菡萏香連十頃陂②舉棹〔一〕。小姑貪戲採蓮遲年少〔二〕。晚來弄水船頭濕舉棹，更脱紅裙裹鴨兒年少。

【校　記】

①晁本二首《採蓮子》連排作一首，後世各本《花間集》因之誤合爲一。紫芝本、吴鈔本作「採

蓮子二首」，是。《詞律》、全本、《歷代詩餘》、王輯本亦作二首。《歷代詩餘》調下注曰：「此亦七言絶句，其『舉棹』、『年少』字，乃歌時相和之聲。《竹枝詞》則句中用『竹枝』二字，句尾用『女兒』二字，此則一句一换。然觀『枝、兒、棹、少』，皆以兩字爲叶，則知爲和歌之音矣。」

採：林大椿《唐五代詞》作「采」。

②連：鄂本、毛本、後印本、正本、四庫本、四印齋本作「蓮」。

【箋注】

〔一〕菡萏：荷花的别稱。《詩經・陳風・澤陂》：「彼澤之陂，有蒲菡萏。」鄭玄《箋》：「未開曰菡萏，已開曰芙蕖。」《爾雅・釋草》：「荷，芙蕖。……其華菡萏。」魏何晏《景福殿賦》：「菡萏赩翕，纖縟紛敷。」唐李白《子夜四時歌》：「鏡湖三百里，菡萏發荷花。」十頃陂：十頃陂塘。唐皮日休《陳先輩故居》：「千株橘樹唯沽酒，十頃蓮塘不買魚。」

〔二〕小姑：未嫁之女。南朝樂府《青溪小姑曲》：「開門白水，側近橋梁。小姑所居，獨處無郎。」

【疏解】

詞詠本調，摹寫採蓮少女嬌憨之態。一望無邊的荷塘裏亭亭田田，清香瀰漫，貪玩的少女陶醉於美好的景色之中，嬉戲流連，以致忘記了採蓮的勞作。天已黄昏，少女興猶不減，船頭戲水把紅裙都弄濕了，便索性脱下裙子，裹起鴨兒，繼續逗弄起來。詞中少女形象憨態可掬，活潑可愛，極爲生動逼真，「體貼工致，不減覿面見之」（湯評《花間集》）。

【集　評】

楊慎《升庵詩話》卷十一：古詩有用近俗字而不俗者，如孫光憲（按，應爲皇甫松）《採蓮》詩曰（略）。

湯顯祖評《花間集》卷一：人情中語，體貼工致，不減覿面見之。

鍾惺《唐詩歸》：寫出極憨便佳。

李冰若《花間集評注·栩莊漫記》：「更脱紅裙裹鴨兒」，寫女兒憨態可掬。

蕭繼宗《評點校注花間集》：《採蓮子》二首，亦全爲七言絶句，旁注小字「舉棹」及「年少」，如樂府中之《董逃》、《上留田》，則歌時之和聲也。蓋詩詞交遞之際，詞尚未脱離絶句體形而獨立，似此之作，仍不得謂之詞。至張子澄《柳枝》雖仍七絶骨架，但已補入實字，别成詞調矣。《朱子語類》云：「古樂府只是詩中泛聲，後人怕失那泛聲，逐一添個實字，遂成長短句，今曲子便是。」此意於子奇、子澄二人之作，可見消息。

其　二①

船動湖光灩灩秋舉棹②〔一〕。貪看年少信船流年少〔二〕。無端隔水抛蓮子舉棹，遥被人知半日羞年少。

【校　記】

①吴鈔本此首後作「唐皇甫先輩詞畢」，下接「唐毛秘書詞」。

②船：四印齋本作「舡」。動：雪本作「頭」。湖光：玄本、雪本作「湖色」。灩灩：湯本、合璧本作「豔豔」。

【箋　注】

〔一〕灩灩：水光明亮晃動貌。唐張若虚《春江花月夜》：「灩灩隨波千萬里，何處春江無月明。」

〔二〕年少：少年郎。唐白居易《琵琶行》：「五陵年少爭纏頭，一曲紅綃不知數。」信船流：聽任小船隨水漂流。

【疏　解】

詞詠本調，摹寫採蓮少女的嬌羞之態。秋日荷塘，波光瀲灩，採蓮少女舉槳划船之時，偶一抬頭，被水邊少年的風姿深深地吸引，不覺頻頻看覷，一時忘記划船，聽任蓮舟順水飄蕩起來。看到入迷，少女竟然下意識地隔水向著少年拋擲蓮子，主動示愛。結果被人看見了，她才驀然驚覺，羞澀不已。詞作通過動作、表情、細節描寫，展示情竇初開的少女愛情心理，生動傳神。這兩首《採蓮子》，前首寫少女嬌憨，此首寫少女嬌羞，前首寫其「貪戲」，此首寫其「貪看」，皆是未經世俗戕害的人類天性之自然表現，渾金璞玉，無比美好。生逢唐代社會，又處江南民間，禮教的束縛本較寬鬆，所以才有詞中少女那份令人著迷的天真爛漫，這是青春生命自由舒展的原始狀態。緣此，這兩首《採蓮子》雖是文人詞，但其清新質樸的風格，更像是採蓮民歌。

【集　評】

況周頤《餐櫻廡詞話》：詞以含蓄爲佳，亦有不妨説盡者。皇甫子奇《採蓮子》云：「船動湖光灩灩秋……」，寫出閨娃稚憨情態，匪夷所思，是何筆妙乃爾！

劉永濟《唐五代兩宋詞簡析》：此二首中之「舉棹」、「年少」，皆和聲也。採蓮時，女伴甚多，一人唱「菡萏香連十頃陂」一句，餘人齊唱「舉棹」和之。第二、三、四句亦同。此二首寫採蓮女子之生活片段，非常生動，讀之如見電影鏡頭，將當日採蓮情景攝入，有非畫筆所能描繪者。蓋唐時禮教不如宋以後之嚴，婦女尚較自由活潑也。

吴世昌《詞林新話》卷二：此用兩首七絶組成之採蓮歌。如將每句末小字去掉，即唐人七絶。蓋唱此詞時一人先唱一句，衆齊唱襯字（「舉棹」、「年少」）。此例可説明詞在晚唐早期發展之程式。「蓮子」，諧「憐子」，即「愛你」。

蕭繼宗《評點校注花間集》：脱裙裹鴨，隔水抛蓮，寫小兒女憨態已盡能事。此詩更妙，妙在無一閒句。「半日羞」三字，體貼入微，不獨憨態，兼之心事。

《花間集》未收詞

竹　枝

檳榔花發竹枝鷓鴣啼女兒。雄飛煙瘴竹枝雌亦飛女兒。

其　二

木棉花盡竹枝荔枝垂女兒。千花萬花竹枝待郎歸女兒。

其　三

芙蓉並蒂竹枝一心連女兒。花侵隔子竹枝眼應穿女兒。

其　四

筵中蠟燭竹枝淚珠紅女兒。合歡桃核竹枝兩人同女兒。

其　五

斜江風起竹枝動橫波女兒。劈開蓮子竹枝苦心多女兒。

其　六

山頭桃花竹枝谷底杏女兒。兩花窈窕竹枝遥相映女兒。

拋球樂

紅撥一聲飄。輕裘墜越絹。墜越絹。帶翻金孔雀，香滿繡蜂腰。少少拋分數，花枝正索饒。

其 二

金蹙花毬小，真珠繡帶垂。繡帶垂。幾回衝鳳蠟，千度入香懷。上客終須醉，觥盂且亂排。

怨回紇

白首南朝女，愁聽異域歌。收兵頡利國，飲馬胡盧河。毳布腥膻久，穹廬歲月多。雕窠城上宿，吹笛淚滂沱。

其二

祖席駐征棹，開帆候信潮。隔筵桃葉泣，吹管杏花飄。　船去鷗飛閣，人歸塵上橋。別離惆悵淚，江路濕紅蕉。以上十首見彊村叢書本《尊前集》

存目詞

調名	首句	出處	附注
竹枝	門前春水竹枝白蘋花女兒	《詞律》卷一	孫光憲作，見《花間集》卷八。
應天長	緑槐陰裏黄鶯語	《近體樂府》卷三	韋莊作，見《花間集》卷二。
荷葉杯	記得那年花下	《詞律》卷一	韋莊作，見《花間集》卷二。

題跋叙録

王國維《皇甫松檀欒子詞輯本跋》：案《御選歷代詩餘·詞人姓氏》曰：「皇甫松，一作嵩，字子奇，睦州人。工部郎中湜之子。」《唐詩紀事》稱松爲牛僧孺表甥，不相薦舉。則松之生年，當與飛卿同時。茲從《花間》、《尊前》二集及《全唐詩》共輯得二十二首。《全唐詩》謂松自稱檀欒子，遂以名其詞。黄叔暘稱其《摘得新》二首爲有達觀之見，余謂不若《憶江南》二闋情味深長，在樂天、夢得上也。光緒戊申季夏，海寧王國維記。（《唐五代二十一家詞輯》）

總評

沈雄《古今詞話·詞評》上卷引元遺山曰：皇甫以《竹枝》、《採蓮排調》擅長，而才名遠遜諸人。《花間集》亦止小令短歌耳。（又見《歷代詩餘》卷一一三引）

胡震亨《唐音統籤》卷九四二：唐人樂府元用律絶等詩雜和聲歌之，其並和聲作實字，長短其句以就曲拍者爲填詞，開、天兆其端，二和衍其流。而皇甫松、温庭筠以後迄於南唐、二蜀，尤家户工習以盡其變，作者多成集矣。

張惠言《詞選序》：詞者，蓋出於唐之詩人，采樂府之音以制新律，因系其詞，故曰詞。傳曰：意内而言外謂之詞。其緣情造端，興於微言，以相感動。極命風謡里巷男女哀樂，以道賢人君子幽約怨悱不能自言之情，低徊要眇以喻其致。蓋詩之比興，變風之義，騷人之歌，則近之矣。然以其文小，其聲哀。放者爲之，或跌盪靡麗，雜以昌狂俳優。然要其至者，莫不惻隱盱愉，感物而發，觸類條鄙，各有所歸，非苟爲雕琢曼辭而已。自唐之詞人李白爲首，其後韋應物、王建、韓翃、白居易、劉禹錫、皇甫松、司空圖、韓偓並有述造，而温庭筠最高，其言深美閎約。

陳廷焯《白雨齋詞話》卷七：唐人皇甫子奇詞，宏麗不及飛卿，而措詞閒雅，猶存古詩遺意。唐詞於飛卿而外，出其右者鮮矣。五代而後，更不復見此種筆墨。

陳廷焯《雲韶集》卷一：子奇詞琢句奇妙，綺麗不及飛卿，而俊快過之。

況周頤《歷代詞人考略》卷三：《樂府解題》：清商曲有《採蓮子》，即江南弄中《採蓮曲》。如李白「耶溪採蓮女」，劉方平「落日晴江曲」，又王昌齡「亂入池中看不見，聞歌始覺有人來」，張潮「賴逢鄰女曾相識，並著蓮舟不畏風」，殊有風致。然必以皇甫松、孫光憲之排調有襯字者爲詞體。

況周頤《歷代詞人考略》卷三引《詞暵》：皇甫松以《天仙子》、《摘得新》著名，然總不如《憶江南》二闋尤能以韻勝也。

梁啟勳《曼殊室詞話》卷三：吾見皇甫松之小令，其寫實技術真有獨到處。如《天仙子》之「躑躅花開照紅水，鷓鴣飛繞青山嘴」，《浪淘沙》之「灘頭細草接疏林，浪惡罾舡半欲沉。宿鷺眠鷗非舊浦，去年沙嘴是江心」，《夢江南》之「桃花柳絮滿江城。雙髻坐吹笙」，《採蓮子》之「菡萏香連十頃陂，小姑貪看採蓮遲。晚來弄水船頭濕，更脱紅裙裹鴨兒」。試讀「鷓鴣飛繞青山嘴」，「浪惡罾舡半欲沉」，「去年沙嘴是江心」，「雙髻坐吹笙」，「晚來弄水船頭濕，更脱紅裙裹鴨兒」

等句，何等靈妙。北宋以後，詞之作風漸趨向於過度之婉約，隣於象徵，無復五代之輕清自然矣。

吴梅《詞學通論》第六章：元遺山云：「皇甫松以《竹枝》、《採蓮》排調擅場，而才名遠遜諸人。《花間集》所載，亦止小令、短歌耳。」余謂唐詞皆短歌。《花間》諸家，悉傳小令，豈獨子奇？遺山此言，未爲確當。

李冰若《花間集評注・栩莊漫記》：子奇詞不多見，而秀雅在骨，初日芙蓉春月柳，庶幾與韋相同工。至其詞淺意深，饒有寄託處，尤非温尉所能企及，鹿太保差近之耳。

鄭振鐸《插圖本中國文學史》第三十一章：《花間集》録其詞十一首。獨具朗爽之致，不入側豔一流。

劉大傑《中國文學發展史》中：到了晚唐，填詞的風氣更是普遍了，藝術性也提高了，詞調也增加了。詞體文學，呈現著蓬勃發展的現象。杜牧、段成式、鄭符、張希復都填過詞，那些作品雖較爲平庸，但到了皇甫松、司空圖、韓偓、唐昭宗（李曄）們的作品，現出明顯的進步。皇甫松……《花間集》載其詞十一首，《全唐詩》共十八首。除《採蓮子》、《抛球樂》、《浪淘沙》、《怨回紇》、《楊柳枝》諸調爲五七言外，成爲長短句者，有《天仙子》、《摘得新》、《夢江南》諸調。在他這些作品裏，寫得比較好的，是《摘得新》和《夢江南》。

張以仁《花間詞論集》：《浪淘沙》之以比興寄其憂讒畏譏之意；《夢江南》之默默流露其懷往傷舊之情；《摘得新》的「繁紅一夜經風雨，是空枝」，「平生都得幾十度，展香茵」，語意尤顯沉痛，但皆情深韻遠，語淡格高，所謂淒而不厲，哀而不傷。讀者但覺其音委宛，别饒風致。尤其《採蓮子》二闋，寫江南兒女嬉戲遊樂及追求愛情的活潑嬌憨情態，清新自然，直如天籟。

張以仁《花間詞論集》：皇甫松的詞作特點之一，皆二詞一調，兩兩自成其組：如《天仙子》，都是詠劉郎天台别仙的事，首闋寫隻影孤飛，女仙淚落。次闋寫天人相隔，惱恨全同。二首實是情牽而意續；《楊柳枝》的首闋是詠柳以寄託對玄宗行樂的幽諷。次闋則是藉柳以寓對西施深切的同情。都是同一弔古情懷；《摘得新》一言世事皆空幻，一切行樂須及時，它所表現的哲思是關合粘連的；《採蓮子》首闋勾畫出少女嬉遊的憨態，次闋暗喻了少女初戀的情懷，二者意趣活潑韻致天然；《浪淘沙》兩闋，皆以禽喻人，寫風濤之惡，實喻宦海之險。首闋鋪陳景物，次闋突顯人情，既寫同一恨事，復寄同一傷感；他的兩首《夢江南》詞自不例外，這首寫江南雨夜，另外一首寫的則是當日金陵相聚的舊情，也是以夢境的方式爲之，與這首一聚一分，相互呼應。

韋　莊

【小　傳】

韋莊（八三六—九一〇），字端己，長安杜陵（今陝西西安東南）人。韋應物四世孫。爲人疏曠，不拘小節，惟性儉吝。廣明元年（八八〇），應舉長安，值黄巢入破京師，莊目睹戰亂，遂於中和三年（八八三）在洛陽作《秦婦吟》詩，時人號曰「《秦婦吟》秀才」。後漫遊江南諸地。昭宗景福二年（八九三），入京應試，次年登進士第，爲校書郎。乾寧四年（八九七），李詢辟爲判官，奉使入蜀。光化三年（九〇〇），擢左補闕。十二月，奏請追賜李賀、温庭筠、皇甫松、陸龜蒙等進士及第。天復元年（九〇一），入蜀依王建，爲掌書記。及朱全忠篡唐自立，乃勸王建稱帝，定開國制度，爲吏部侍郎兼平章事。蜀高祖武成三年（九一〇）八月，卒于成都，謚文靖。生平事蹟見《蜀檮杌》卷上、《唐詩紀事》卷六八、《唐才子傳》卷十、《十國春秋》卷四十、夏承燾《韋端己年譜》。著述參見本書「附録」四。韋詞《花間集》存四十八首，《尊前集》存五首，《類編草堂詩餘》存一首，共五十四首。

浣溪沙

韋相莊①

清曉粧成寒食天〔一〕。柳毬斜裊間花鈿②〔二〕。捲簾直出畫堂前〔三〕。指點牡丹初綻朵，日高猶自凭朱欄③〔四〕。含嚬不語恨春殘〔五〕。

【校記】

①《金奩集》入「黄鐘宮」。吴鈔本作「唐韋相詞」、「韋莊」、「浣溪沙五首」。玄本調前作「韋

莊十首」。張本皇甫松後朱筆勾去「已上共十一闋」，接「浣溪沙五首，韋莊」，勾去「韋莊」，校改爲「韋莊二十二首」。陸本、茅本、徐本、影刊本作「韋莊二十二首」。玄本作「韋莊十首」。鄂本、毛本、清刻本、四印齋本作「浣溪沙，韋相莊」。湯評本、合璧本、正本作「韋莊，浣溪沙」。

②裊：全本作「嫋」。

③猶：《金奩集》作「獨」。欄：林大椿《唐五代詞》作「闌」。

【箋注】

〔一〕清曉：清晨，天剛亮。唐孟浩然《登鹿門山懷古》：「清曉因興來，乘流越江峴。」寒食：節令名。在農曆清明前一二日。南朝梁宗懍《荆楚歲時記》：「去冬節一百五日，即有疾風甚雨，謂之寒食，禁火三日。」據《周禮·司烜氏》「仲春以木鐸修火禁於國中」，乃知「禁火」爲周舊制。晉陸翽《鄴中記》、南朝宋范曄《後漢書·周舉傳》始附會爲介之推事。參見《太平御覽》卷三十《寒食》。唐韓翃《寒食》：「春城無處不飛花，寒食東風御柳斜。」

〔二〕柳毬：彎柳枝爲毬形之頭飾。華鍾彦《花間集注》引《荆楚歲時記》云：「荆楚間寒食日，家家折柳插門。」今北俗清明日，婦女猶有戴柳之風，童謠云：「清明不戴柳，必死黄巢手。」相傳有婦人曾德於巢，巢起兵後，暗示婦人戴柳，以免兵燹災害。此云柳毬者，蓋制柳枝爲毬形也。或即柳圈，唐時清明有戴柳圈之俗。《燕京歲時記》：「至清明戴柳者，乃唐玄宗三月三日祓禊于渭水之隅，賜群臣柳圈各一，謂戴之可免蠆毒。」散曲曲牌有曰《柳圈辭》者。或謂指風中團成毬形的柳絮。花鈿：用金翠珠寶製成的花形首飾。南朝梁沈約《麗人賦》：「陸離羽佩，雜錯花鈿。」

〔三〕畫堂：飾有彩繪的華麗堂舍。南朝梁蕭綱《餞廬陵内史王修應令》：「迴池瀉飛棟，濃雲垂畫堂。」

〔四〕朱欄：朱紅色欄干。唐李嘉祐《同皇甫冉登重元閣》：「高閣朱欄不厭遊，蒹葭白水遶長洲。」

〔五〕含嚬：皺眉憂愁貌。亦作「含顰」。南朝宋謝靈運《行田登海口盤嶼山》：「依稀采菱歌，仿佛含顰容。」唐劉禹錫《憶江南》：「叢蘭裛露似沾巾。獨坐亦含嚬。」

【疏　解】

詞寫惜春情懷。起二句描寫女子妝容，順帶「寒食天」的季節和「清曉」的時間。晨起精心妝扮，説明女子心情不錯，這和《花間》詞中經常出現的晨起懶梳妝形成對比。女子清曉妝成，是爲了賞花，「捲簾直出」的動作描寫，顯示出女子的心意急切、興致高昂。過片寫她來到園中，欣賞初開的牡丹花朵，「指點」二字，動作語言兼寫，表現她的愛賞喜悦之情。「日高」一句是她的情緒由高漲到低抑的轉折點，這一句一方面顯示她對牡丹的愛憐，從清晨到日高，憑欄觀賞，移時不去；同時，她的情緒也在獨憑朱欄的過程中，悄悄地發生著微妙的變化。在潛意識的層面，花的爛漫，喚醒了少女的生命意識，觸起了深閨中人的青春苦悶；在意識的層面，她大概想到牡丹開過，一春花事即告消歇，所以生出惜春之意，而青春年華的虚度這一層意思，則在隱顯之間。這就是她從興高采烈到「含嚬不語」的原因。與温詞中豔妝、靜態的傷春女子相比，韋莊注重對人物動作的連續描寫，服飾描摹簡潔，顯得真切生動，清淡流暢。兩相比較，韋詞少了一份膩味，多了一份疏爽。

【集評】

蕭繼宗《評點校注花間集》：「捲簾直出」，憨態有餘；而「含嚬不語」，則已饒心事，前後微覺不類。

張以仁《花間詞論集》：此詞寫少女因賞花而傷春。……首句區區七字，粗作勾描，非特時間、節令、動作皆已交代，且具見該女情切憐花之意，更隱隱暗蓄傷春之旨。次句即寫晨妝，由首句「妝成」化出。「柳毬」而「斜裊」，更間以「花鈿」，襯出女兒活潑容態。三句以下皆寫動作。……「捲簾直出」，可見其急切之意，蓋清曉即已妝成，隔夜已盼今日花將綻放也。……指點，謂指指點點也，似一一計數然，其愛花之熱情伴少女嬌憨之態以飛揚矣。五句寫其流連盤桓不捨離去，故日高猶自憑欄以賞。……所以有末句之「含嚬不語恨春殘」也。……「指點」可見其飛揚欣悦之態，「不語」則反之；因牡丹之開謝，光景之推移，而感韶華之易逝。由花及人，無限傷春之意不知何自起矣！

其二

欲上鞦韆四體慵〔一〕。擬交人送又心忪①〔二〕。畫堂簾幕月明風。　此夜有情誰不極〔三〕，隔牆梨雪又玲瓏②〔四〕。玉容憔悴惹微紅〔五〕。

【校記】

① 交：玄本、王輯本《浣花詞》作「教」。

② 梨：四印齋本、林大椿《唐五代詞》作「棃」。

【箋注】

〔一〕鞦韆：一作秋千，我國傳統遊戲。隋楊廣《古今藝術圖》：「秋千本山戎之戲，齊桓公北伐，始傳中國。按字亦作鞦韆。」「以綵繩懸木立架，士女坐立其上，推引之，謂之秋千。一云當作千秋，本出漢宮祝壽詞，後人倒讀，又易其字爲鞦韆耳。」五代王仁裕《開元天寶遺事》卷下：「天寶宮中，至寒食節，競豎鞦韆，令宮嬪輩戲笑以爲宴樂，帝呼爲半仙之戲。」唐王建有《鞦韆詞》。唐白居易《和春深二十首》：「鞦韆細腰女，摇曳逐風斜。」四體慵：四肢困倦無力。

〔二〕送：推送鞦韆。唐韋莊《鱗州寒食》：「好是隔簾花樹動，女郎撩亂送鞦韆。」心忪：内心驚恐。《玉篇·心部》：「忪，心動不定，驚也。」唐李賀《惱公》：「犀株防膽怯，銀液鎮心忪。」

〔三〕不極：不盡。唐元季川《登雲中》：「窮覽頗有適，不極趣無幽。」

〔四〕梨雪：梨花如雪。南朝蕭子顯《燕歌行》：「洛陽梨花落如雪，河邊細草細如茵。」唐岑參《送楊子》：「梨花千樹雪，柳葉萬條煙。」唐韋莊《對梨花贈皇甫秀才》：「林上梨花雪壓枝，獨攀瓊豔不勝悲。」玲瓏：明澈貌，以之形容雪色。唐韓愈《喜雪獻裴尚書》：「照曜臨初日，玲瓏滴晚澌。」此處形容梨花潔白晶明。

〔五〕玉容：姣好的容顔。晉陸機《擬西北有高樓》：「玉容誰得顧，傾城在一彈。」唐韋應物《調笑令》：「玉容憔悴三年，誰復商量管弦。」微紅：淺淡的紅暈。唐韋莊《含香》：「微紅幾處花心吐，嫩緑誰家柳眼開。」

【疏　解】

詞寫春情。上片描寫女子月夜欲上鞦韆感覺四肢無力、倩人推送又覺心裏忐忑的嬌慵情態。過片以問句表感歎，明月春風，梨雪玲瓏，如此良夜，誰人能不興起切切春情呢？然女子獨處無侣，此情無可慰藉，句中實含有人我對比、孤零自傷之意。末句以憔悴容色描寫，顯示女子感傷、痛苦心情。

【集評】

湯顯祖評《花間集》卷一：（「忪」字）亦湊韻。

蕭繼宗《評點校注花間集》：後半不見精警，首兩句寫女兒情態，小有意致。首兩句謂四肢慵倦，欲蕩鞦韆，苦無氣力；擬倩女伴推送，而心又虛怯耳。「忪」字亦得，殊難斥爲「湊韻」。

張以仁《花間詞論集》：綜觀全詞，似係描寫該女之柔弱嬌怯之態以及傷春之情者。……好天良夜，此女以蕩鞦韆爲樂。前兩句狀其嬌弱。……第三句寫出時間、地點、環境；第四句則有及時行樂莫負良宵之心意，故盡情嬉樂；第五句實暗示鞦韆蕩向高處，乃得見隔牆之景色。……「憔悴」之態非但運動之故，傷春之感亦有以致之。

其　三①

惆悵夢餘山月斜②〔一〕。孤燈照壁背窗紗③。小樓高閣謝娘家〔二〕。　暗想玉容何所似，一枝春雪凍梅花④〔三〕。滿身香霧簇朝霞〔四〕。

【校　記】

①《草堂詩餘別集》、《古今詩餘醉》調下有題《佳人》。

②山月：茅本、玄本、鍾本、湯本、合璧本、文治堂本、雪本、胡鳴盛輯本《韋莊詞注》作「三月」，誤。書中凡稱「湯本」，皆含「湯評本」與「湯墨本」二種。

③照壁：湯本作「照碧」。窗紗：鄂本、吴鈔本、毛本、後印本、正本、清刻本、四印齋本、全本、彊村本《金奩集》、林大椿《唐五代詞》作「紅紗」。

④梅花：王輯本作「梨花」。

【箋　注】

〔一〕惆悵句：唐韋莊《含山店夢覺作》：「燈前一覺江南夢，惆悵起來山月斜。」夢餘：夢後。唐許渾《秦樓曲》：「秦女夢餘仙路遥，月窗風簟夜迢迢。」

〔二〕謝娘：見卷一温庭筠《更漏子》「柳絲長」注〔五〕。

〔三〕一枝句：唐韋莊《春陌二首》：「腸斷東風各回首，一枝春雪凍梅花。」

〔四〕朝霞：形容女子容飾光彩照人。三國魏曹植《洛神賦》：「遠而望之，皎若太陽升朝霞。」

【疏　解】

詞寫相思之情。上片寫男子夢醒後所見室内的清寂環境和惆悵心情，由此引發對於心儀女子的向往，「小樓」句是他心馳神追之地，亦即心儀女子的所居之處。下片再由「暗想」二字領起，呼應「惆悵夢餘」，具體展示男子夢醒之後對女子縈想不已的心理活動。以問句呼起，以春雪中綻放的梅花作喻，以香霧繚繞、霞光輝映烘襯，描寫男子想象之中，女子雅潔、明麗的風姿神韻。對詞中的女子形象，不作具體、靜態的細致刻畫，運用比擬形容其仿佛，留給讀者更大的審美想象餘地。

【集　評】

鍾本評語：「一枝春雪凍梅花」與「梨花一枝春帶雨」，曲盡形容，爲花錫寵。

湯顯祖評《花間集》卷一：以「暗想」句問起，越見下二句形容快絶。

沈際飛《草堂詩餘别集》卷一：爲花錫寵。……美人洵花真身，花洵美人小影。

潘遊龍《古今詩餘醉》卷十二：「一枝春」句，妙。

李冰若《花間集評注·栩莊漫記》：「梨花一枝春帶雨」，「一枝春雪凍梅花」，皆善於擬人，妙於形容，視「滴粉搓脂」以爲美者，何啻仙凡。

唐圭璋《詞學論叢·温韋詞之比較》：端己寫人，不似飛卿就人一一刻畫，而只是爲約略寫出一美人丰姿綽約之狀態，如《浣溪沙》云：「暗想玉容何所似，一枝春雪凍梅花。滿身香霧簇朝霞。」

蕭繼宗《評點校注花間集》：梅花春雪，香霧朝霞，不獨寫美人容貌，亦極狀美人標格。象徵手法，可云高絶。玉川詩云：「相思一夜梅花發，忽到窗前疑是君。」庶足驂靳。惟過片一問，虚費七字，不若玉川之精利，此其大病。

其四

緑樹藏鶯鶯正啼〔一〕。柳絲斜拂白銅堤①〔二〕。弄珠江上草萋萋〔三〕。　日暮飲歸何處客②，繡鞍驄馬一聲嘶〔四〕。滿身蘭麝醉如泥〔五〕。

【校　記】

①拂：吴鈔本作「佛」，誤。堤：吴鈔本、全本、彊村本《金奩集》作「鞮」。

②暮：毛本、後印本、四庫本、正本、清刻本作「莫」。飲：吴鈔本、《金奩集》作「欲」。曾昭岷《温韋馮詞新校》曰：「《全唐詩》、《歷代詩餘》作『欲』。」按《全唐詩》實作「飲」，《歷代詩餘》卷六《浣溪紗》調下收韋莊「惆悵夢餘」、「夜夜相思」二首，未收此首，不知曾校何所據。

【箋注】

〔一〕緑樹句：唐李白《曉晴》：「魚躍青池滿，鶯吟緑樹低。」唐王涯《閨人贈遠》五首之四：「啼鶯緑樹深，語燕雕梁晚。」

〔二〕白銅堤：古代襄陽境内漢水堤名，又作白銅鞮。唐劉禹錫《故相國燕國公于司空挽歌》之二：「漢水青山郭，襄陽白銅堤。」

〔三〕弄珠句：唐無名氏詩：「弄珠江上草，無日不萋萋。」弄珠：戲珠也。《文選》東漢張衡《南都賦》：「遊女弄珠於漢皋之曲。」李善《注》引《韓詩外傳》曰：「鄭交甫將南適楚，遵彼漢皋臺下，乃遇二女，佩兩珠，大如荆雞之卵。」

〔四〕驄馬：青白雜色馬。東漢許慎《説文解字》段玉裁《注》：「白毛與青毛相間，則爲淺青，俗所謂蔥白色。」《樂府詩集》卷二四《驄馬》：「驄馬鏤金鞍，柘彈落金丸。」南朝宋鮑照《結客少年場行》：「驄馬金絡頭，錦帶佩吴鉤。」

〔五〕蘭麝：蘭草與麝香。東晉干寶《晉紀》：「石崇畜妓妾數十人，皆蘊蘭麝而被羅縠。」唐張九齡《與弟游家園》：「星霜屢爾別，蘭麝爲誰幽。」醉如泥：沉醉癱軟如泥。南朝宋范曄《後漢書·周澤傳》：「一歲三百六十日，三百五十九日齋。」唐李賢《注》：「《漢官儀》此下云：『一日不齋醉如泥。』」唐李白《贈内》：「三百六十日，日日醉如泥。」

【疏解】

詞寫客子鄉愁。上片描寫弄珠江畔、白銅堤上緑樹藏鶯、柳絲低拂、芳草萋萋的大好春光，興起客子歸意。「草萋萋」用《招隱士》半句，暗示「王孫遊兮不歸」。下片寫日暮時分，客子痛飲大醉的情狀，足見其鄉愁深重，無以舒解。詞中爛醉如泥的客子身上，有着長期漂泊異鄉的詞人的影子。

【集評】

湯顯祖評《花間集》卷一：（末句）痛飲真吾師。

蕭繼宗《評點校注花間集》：「滿身蘭麝醉如泥」，狂與豔並。視太白「醉入胡姬酒肆中」，「指點銀瓶索酒嘗」，韻殆過之。

其五①

夜夜相思更漏殘。傷心明月凭欄干②。想君思我錦衾寒〔一〕。　咫尺畫堂深似海〔二〕，憶來唯把舊書看〔三〕。幾時攜手入長安〔四〕。

【校　記】

①《草堂詩餘别集》調下題作《閨怨》。

②凭：雪本作「倚」。欄：玄本、合璧本、文治堂本、毛本、後印本、正本、清刻本、四庫本、林大椿《唐五代詞》作「闌」。干：吴鈔本作「杆」。張本作「千」，誤。

【箋　注】

〔一〕想君句：設想對方因思念自己而寒夜不寐。錦衾寒：唐温庭筠《更漏子》：「山枕膩，錦衾寒，覺來更漏殘。」

〔二〕咫尺句：謂相距雖近，卻無法相見。《南史·齊武帝諸子傳》：「於扇上圖山水，咫尺之内，便覺萬里爲遥。」唐李白《連理枝》：「咫尺宸居，君恩斷絶，遠似千里。」咫尺：喻距離很近。《左傳·僖公九年》：「天威不違顏咫尺。」晉杜預《注》：「八寸曰咫。」

〔三〕舊書：往日的書信。

〔四〕攜手入長安：《詩經·邶風·北風》：「惠而好我，攜手同行。」唐李白《贈崔侍御》：「長安復攜手，再顧重千金。」

【疏　解】

詞寫相思之情。首句寫夜夜相思，見出離别已非一日。次句寫今夜憑欄，望月懷思，乃是截取「夜夜」中之一夜，加以具體表現。三句透過一層，以客代主，想象對方月夜空閨，枕冷衾寒，輾轉難眠之際，正在思念自己。這一句寫兩心相同，推己及人，體貼入微。過片揭出相思之由，是因爲咫尺天涯的阻隔，畫堂就在眼前，然不得其門而入。於是只能對着舊日的來信，聊寄相思之情。結句所寫當是信中舊約，表達了對未來美好生活的殷切期盼之意。或謂此詞爲回憶舊姬而作，「畫堂」指前蜀王建宫庭，「攜手入長安」一句，是將盼望與舊姬團圓之情，和寓蜀思鄉之情合寫，此説可供解讀時參考。

【集　評】

湯顯祖評《花間集》卷一：「想君」、「憶來」二句，皆意中意、言外言也。水中著鹽，甘苦自知。

沈際飛《草堂詩餘别集》卷一：替他思，妙。

陳廷焯《詞則·大雅集》卷一：從對面設想，便深厚。

陳廷焯《雲韶集》卷一：對面著筆妙甚，好聲情。

況周頤《餐櫻廡詞話》：韋端己《浣溪沙》云：「咫尺畫堂深似海，憶來唯把舊書看。」……一意化兩，並皆佳妙。

鄭文焯云：善爲淡語，氣古使然。（李冰若《花間集評注》引）

俞陛雲《唐五代兩宋詞選釋》：端己相蜀後，愛妾生離，故鄉難返，所作詞本此兩意爲多。此詞冀其「攜手人長安」，則兩意兼有。端己哀感諸作，傳播蜀宫，姬見之益慟，不食而卒。惜未見端己悼逝之篇也。

李冰若《花間集評注·栩莊漫記》：「想君思我錦衾寒」句由己推人，代人念己，語彌淡而情彌深矣。

丁壽田等《唐五代四大名家詞》乙篇：《全唐詩話》崔郊有婢鬻於連帥，郊有詩曰：「侯門一入深如海，從此蕭郎是路人。」故此句言伊人所居，雖近而不得見面也。此詞疑亦思念舊姬所作。

俞平伯《唐宋詞選釋》：「想君思我錦衾寒」，一句疊用兩個動詞，代對方想到自己，透過一層，曲而能達。句法亦新。「咫尺畫堂深似海」，仍是室邇人遠、咫尺天涯意。下三句説出本事。人不必遠，必阻隔而堂深；其所以阻隔卻未説破。「攜手人長安」者，蓋舊約也，今惟有把書重看耳，幾時得實現耶？宋周邦彦《浣溪沙》：「不爲蕭娘舊約寒，何因容易别長安。」殆即由此變化，而句意較明白，可作爲解釋讀。

吴世昌《詞林新話》卷二：若莊有姬爲王建所奪一事果真，則此首必爲憶姬之作，「咫尺畫堂深似海」，便是最好説明。且此句在其他任何情形之下，皆用不上。因姬被奪故悔恨欲返長安，其留蜀當爲等候機會，猶望能與之團圓也。

唐圭璋《唐宋詞簡釋》：此首懷人。上片，從對面著想，甚似老杜「今夜鄜州月」一首作法。下片，言己之憶人，一句一層。「咫尺」句，言人去不返；「憶來」句，言相憶之深；「幾時」句，歎相見之難，亦「何時倚虚幌，雙照淚痕乾」之意。

唐圭璋《詞學論叢·唐宋兩代蜀詞》：其餘之作，大抵景真情真，一往清俊。《浣溪沙》云（略）。從己之憶人，推到人之憶己，又從相憶之深，推到相見之難。文字全用賦體白描，不著粉澤，而沉哀入骨，宛轉動人。南唐二主之尚賦體，當受韋氏之影響。

《詹安泰詞學論稿》下編第二章：前闋寫相思，後闋寫造成相思的具體情況和殷切的希望。寫相思仍分幾層寫：第一句通寫相思，是常情；第二句特寫對月憑欄而感到傷心，比前更進一步。第三句本來是要寫因離别而被冷衾寒，通宵不寐的難堪情狀的，卻透過一層不從自己説而代對方設想，就越發體貼周到，親切有味了。……又含蓄，又渾融，這種藝術手法是很高的。後闋第一句寫客觀環境，即「門外天涯」意，正惟其距離很近而無緣聚首，越發感到難受。……「憶來惟把舊書看」，完全不透露出看了舊時的書信之後心情上有什麽變化，讓讀者自己去體會，這又是他很高明的運用渾融含蓄的藝術手法的一種見證。結尾一句，把同對方共到帝都享受富貴榮華的快樂生活的意願和盤托出了，但在表明這種意願時，仍然避免一些庸俗的寫法，用「攜手入長安」來切定兩人的情愛，使人看到的是一對情人雙雙攜手入長安的影子。

蕭繼宗《評點校注花間集》：「咫尺」句有萬不得已之苦，「憶來」句見無可奈何之情，有此兩句，則前半之輾轉反側，與後結之寄望虛遐，皆有關聯，通篇靈動矣。

菩薩蠻①

紅樓別夜堪惆悵②〔一〕。香燈半捲流蘇帳③〔二〕。殘月出門時④〔三〕。美人和淚辭⑤〔四〕。琵琶金翠羽〔五〕。絃上黄鶯語⑥〔六〕。勸我早歸家。綠窗人似花〔七〕。

【校　記】

①《金奩集》入「中呂宮」。吳鈔本、張本作「菩薩蠻五首」。蠻：毛本、後印本、正本、清刻本作「鬘」。

②紅樓：雪本作「江樓」。

③半捲：吳鈔本作「半俺」，誤。雪本作「半掩」。

④時：鄂本作「將」，誤。

⑤和淚：湯評本、合璧本作「知淚」，誤。

⑥ 絃：晁本、清刻本缺末筆。黄鶯：吴鈔本作「黄乂鶯」，誤。

【箋　注】

〔一〕紅樓：華美的樓房，此指富貴人家的閨樓。南朝陳江總《長相思》：「紅樓千愁色，玉箸兩行垂。」唐白居易《秦中吟》：「紅樓富家女，金縷繡羅襦。」

〔二〕香燈：閨中之燈。南朝梁王樞《徐尚書座賦得可憐》：「暮還垂瑶帳，香燈照九華。」唐温庭筠《經舊遊》：「香燈悵望飛瓊鬢，涼月殷勤碧玉簫。」流蘇帳：綴飾彩穗的帷帳。南朝梁王冏《長安有狹斜行》：「珠扉玳瑁牀，綺席流蘇帳。」唐王維《扶南曲歌詞》：「翠羽流蘇帳，春眠曙不開。」

〔三〕殘月句：謂拂曉辭别而去。

〔四〕美人句：唐曹鄴《姑蘇臺》：「美人和淚去，半夜閶門開。」和淚：含淚。五代李存勖《憶仙姿》：「長記别伊時，和淚出門相送。」

〔五〕琵琶：樂器名。亦作「批把」、「枇杷」，桐木制，曲首長頸，下橢圓，面平背圓，有四弦、六弦之别。原用木撥，至唐廢撥用手，稱搊琵琶。《宋書·樂志》一：「琵琶，傅玄《琵琶賦》曰：『漢遺烏孫公主嫁昆彌，念其行道思慕，故使工人裁箏、筑，爲馬上之樂，欲從方俗語，故曰琵琶，取其易傳於外國也。』」《釋名·釋樂器》：「琵琶本胡中馬上所鼓，推手前曰琵，引手卻曰琶，因以爲名。」金翠羽：琵琶上之飾物。《齊書·褚淵傳》：「淵善彈琵琶，世祖在東宫，賜淵金縷柄銀琵琶。」或謂指鑲金點翠爲飾的捍撥。

〔六〕絃上句：形容琵琶聲如黄鶯啼囀。

〔七〕緑窗：緑色紗窗。唐顧況《瑶草春》：「翠帳緑窗寒寂寂，錦茵羅薦夜凄凄。」唐李紳《鶯鶯歌》：「緑窗嬌女字鶯鶯，金雀鵶鬟年十七。」

【疏　解】

詞賦別情。起二句從別夜切入，叙寫離別的時地情景。紅樓的夜晚，往常該是背燈下帳、相伴入眠的時候，此刻卻燭光摇曳，帳幃半捲，這別前的氣氛，讓人抑制不住内心的惆悵。接二句寫別時，清曉的殘月光裏，美人相送出門，灑淚道別。從美人的角度寫別離的悲傷，一者符合女性脆弱的情感心理，使別情的抒發更顯凄惻；二者避免了第一人稱直説，使別情的抒發更覺婉轉。下片描寫美人辭別的方式：彈奏一曲琵琶，用鶯囀般動聽的弦聲，訴説心中的惜別之情和勸歸之意。「早歸」是詞旨所在，是別離雙方的共同心願，這本是一種質實的感情，尚未分別，即言歸家，若從人物口中道出，未免顯得過於直切，託諸音樂寄語，則別有一番情味。寫美人「勸我早歸」，正見出己之不捨，家中「緑窗人似花」，真堪「繫我一生心」。一結五字，形神色香具足，而又出語自然，無絲毫刻畫塗飾；只是用淡筆客觀描寫形容，而文字之外的一種深濃之情，讓人直覺得心馳神迷。這是一首較爲典型地體現韋莊清淡詞風的佳構，論者指爲詞人晚年寓蜀追憶初别之作，男女别情之中，曲折傳達自己使蜀本欲早歸的眷念君國之意。

【集評】

湯顯祖評《花間集》卷一：詞本《菩薩蠻》，而語近《江南弄》、《夢江南》等，亦作者之變風也。

周敬《删補唐詩選脈箋釋會通評林》卷六十：周埏云：《菩薩蠻》一詞，倡自青蓮。嗣後温飛卿輩輒多佳句，然高豔涵養有情，覺端己此首大饒奇想。

許昂霄《詞綜偶評》：語意自然，無刻畫之痕。

張德瀛《詞徵》卷一：詞有與《風》詩意義相近者，自唐迄宋，前人巨制，多寓微旨。……韋端己「紅樓别夜」，《匪風》怨也。

張惠言《詞選》卷一：此詞蓋留蜀後寄意之作。一章言奉使之志，本欲速歸。

譚獻《詞辨》卷一：亦塡詞中《古詩十九首》，即以讀《十九首》心眼讀之。

陳廷焯《雲韶集》卷一：情詞淒絶，柳耆卿之祖。婉約。

陳廷焯《詞則·大雅集》卷一：深情苦調，意婉詞直，屈子《九章》之遺。

俞平伯《讀詞偶得》：張（惠言）曰：「此詞蓋留蜀後寄意之作，一章言奉使之志本欲速歸。」

此言離别之始也，「香燈」句境界極妙，周清真曾擬之。説見另一文中（《雜拌》二）。「殘月出門時」以普通語法言或費解，詞中習見。「美人」句從對面説出，若説我辭美人則徑直矣。下片述其初心。「早歸」二字一章主腦。「緑窗人似花」，早歸固人情也，説得極其自然。「琵琶」二句取以加重色彩，金翠羽者，其飾也；黄鶯語者，其聲也。琵琶之飾，在捍撥上，王建詩「鳳皇飛上四條弦」，牛嶠詞「捍拔雙盤金鳳」是也。此詞殊妥貼，閑閑説出，正合開篇光景，其平淡處皆妙境也。王静安《人間詞話》，揚後主而抑温韋，與周介存異趣。兩家之説各有見地，只王氏所謂「『畫屏金鷓鴣』，飛卿語也，其詞品似之；『弦上黄鶯語』，端己語也，其詞品似之」；頗不足以使人心折。鷓鴣、黄鶯，固足以盡温、韋哉？轉不如周氏「嚴妝」、「淡妝」之喻，猶爲妙譬也。

唐圭璋《唐宋詞簡釋》：此首追憶當年離别之詞。起言别夜之情景，次言天明之分别。换頭承上，寫美人琵琶之妙。末兩句，記美人别時言語。前事歷歷，思之慘痛，而欲歸之心，亦愈迫切。韋詞清秀絶倫，與温詞之濃豔者不同，然各極其妙。

吴世昌《詞林新話》卷二：「殘月」，天將曉也。「和淚辭」，猶未别也。不便口説，以音樂勸我早歸，所謂「弦上黄鶯語」也。上曰「紅樓」，與下「緑窗」相對比。或謂「美人和淚辭」可有二解：一乃美人和淚與我相辭，垂淚者乃是美人；一乃我與美人和淚而辭，則垂淚者乃是行人。此解殊不懂文法，「美人和淚辭」，「美人」乃「和淚」之主語，豈可改爲「行人」？

《百家唐宋詞新話》潘君昭評語：這首詞構思很新穎，主調是一支琵琶樂曲，音樂的旋律讓他回憶起那離別之夜，又像在催促他早日回家，因而本詞也可以説是聽曲有感吧。……本詞用詞極富色彩感，如「紅樓」與「緑窗」不僅前後呼應，還給人以鮮明的印象。「金翠羽」、「黄鶯語」形容琵琶的裝飾和聲音，也極其富麗堂皇。不過作者在此運用渲染手法，乃是爲了反襯出樂曲的掩抑幽婉和作者的黯然愁緒，從而又突出了和淚相辭的惜别之情以及欲歸不得的相思之苦。

蕭繼宗《評點校注花間集》：端已晚年仕蜀，開國典章，皆出其手。且唐室云亡，宜不至惓惓如皋文所云者。況文意甚明，奈何曲解？

其二①

人人盡説江南好②〔一〕。遊人只合江南老〔二〕。春水碧於天。畫船聽雨眠〔三〕。鑪邊人似月③〔四〕。皓腕凝雙雪④〔五〕。未老莫還鄉。還鄉須斷腸⑤。

【校記】

① 此首又見馮延巳《陽春集》，歇拍與此不同。《尊前集》又作李白詞，云：「遊人盡道江南好。遊人只合江南老。未老莫還鄉。還鄉空斷腸。　繡屏金屈曲。醉入花叢宿。春水碧於天，畫船聽雨眠。」曾昭岷等《全唐五代詞》王兆鵬「考辨」曰：「《陽春》、《尊前》如此舛亂，顯係

誤收，不可據信，當從《花間集》、《金奩集》作韋莊詞。」《詞林萬選》作《菩薩鬘》。

②盡説：吴鈔本、《陽春集》、《金奩集》作「説盡」。

③罏：吴鈔本、正本作「鑪」。全本、林大椿《唐五代詞》作「壚」。

④皓：《陽春集》作「皎」。雙：《陽春集》、《金奩集》、《唐宋諸賢絶妙詞選》卷一、《詞林萬選》、王輯本作「霜」。

⑤未老二句：《陽春集》作「此去幾時還，緑窗離别難。」還鄉須斷腸：吴鈔本作「思家須斷腸」。王輯本末句無「還鄉」二字，作「須斷腸」三字句。

【箋注】

〔一〕江南：泛指長江以南。唐開元二十一年分境内爲十五道，江南地區爲東西二道，江南東道治蘇州，江南西道治洪州。此指作者當年浪遊的吴越湘楚諸地。韋莊有《寄江南逐客》、《江南送李明府入關》、《寄江南諸弟》、《夏初與侯補闕江南有約同泛淮汴》等詩，可參看。

〔二〕只合：只應該。唐薛能《遊嘉州後溪》：「當時諸葛成何事，只合終身作卧龍。」唐張祜《縱遊淮南》：「人生只合揚州死，禪智山光好墓田。」

〔三〕畫船：裝飾華美的遊船。南朝梁蕭繹《玄圃牛渚磯碑》：「畫船向浦，錦纜牽磯。」五代花蕊夫人《宫詞》：「長似江南好風景，畫船來去碧波中。」

〔四〕鑪邊句：謂酒家女美豔如月。《史記·司馬相如列傳》：「買酒舍沽酒，乃令文君當壚。」此以卓文君喻酒家女子。鑪：亦作壚、鑪、盧、爐，酒鑪。東漢班固《漢書·食貨志》：「率開一盧以賣。」唐顔師古注引三國魏如淳曰：「酒家開肆待客，設酒鑪，故以鑪名肆。」南朝宋范曄《後漢書·孔融傳》注：「鑪，累土爲之，以居酒瓮，四邊隆起，一邊高如鍛爐，故名鑪。」唐杜牧《黄州偶見作》：「有個當壚明似月，馬鞭斜揖笑回頭。」

〔五〕皓腕：雪白的手腕。三國魏曹植《洛神賦》：「攘皓腕於神滸兮，采湍瀨之玄芝。」《美女篇》：「攘袖見素手，皓腕約金環。」凝雙雪：雙腕如雪凝成。《樂府詩集·清商曲辭》六《雙行纏》：「朱絲繫腕繩，真如白雪凝。」

【疏　解】

作爲鄉愁主題詩詞中具有反題性質的作品，韋莊此首《菩薩蠻》變本加厲，直是「此間樂，不思蜀」了。對此詞的理解，宋曾季貍《艇齋詩話》、明湯顯祖評《花間集》、清許昂霄《詞綜偶評》等只考其文字或賞其寫景，常州詞派張惠言始談及此詞作意題旨，他以比興寄託説詞，認爲這首《菩薩蠻》是韋莊晚年蜀中之作，含有政治寓意，因爲中原動亂，所以説「還鄉須斷腸」。此後，譚獻《詞辨》、陳廷焯《白雨齋詞話》、顧憲融《詞論》、吴梅《詞學通論》、俞平伯《讀詞偶得》、唐圭璋《唐宋詞簡釋》等在解釋此詞時，都程度不同地接受了張惠言的影響。其實，據此詞中「未老莫還鄉」和組詞第三首中「如今卻憶江南樂。當時年少春衫薄」可知，韋莊年輕時候確實漫遊過江南，這首詞應是早年漫遊江南時的作品，詞寫江南水國的美好風光和江南佳人的美麗容貌，主題是讚美江南。把這首詞納入中國詩歌史上的鄉愁主題詩詞的視野加以解讀，更有特殊的美感價值和詩歌史意義。

南方本來就擁有得天獨厚的優越自然地理環境，中唐以後經濟重心的南移，使南方的社會生活尤其是城市生活高度繁華。晚唐五代時期，北方干戈不息，南方則相對安定承平。城市商業經濟又有進一步發展。酒宴舞席，秦樓楚館，幽期密約，紙醉金迷。美麗的自然環境加上迷人的城市生活内容，深深傾倒了那些家在北方的遊人，悦目美景和賞心樂事使他們留連忘返，即使回到北方家鄉仍然銘記在心，耿耿難忘。這種情形在中晚唐文人如白居易、温庭筠的作品中都有表現，到韋莊的詞裏則被推向極致。

詞的起句即點明題旨：「人人盡説江南好」，是寫那一時代社會大衆的心理，寫社會大衆對江南佳麗地的評價，公認和欣羨，衆口一詞，曾無例外。「遊人只合江南老」，雖是泛説，其中正包含著詞人的親身體驗，或者毋寧説就是青壯年時期數度浪遊江南的詞人的内心獨白。這一句在結構意脈上又爲詞的結句「未老莫還鄉」預作伏筆。接下來，對於「生長雍冀者實未曾夢見」過的南國佳處，詞人從風景和人事兩方面加以具體描述。上片「春水碧於天，畫船聽雨眠」兩句，選取最有江南水鄉特點的風景，寫來富於詩情畫意。「春水」句不僅形容了水色的嫩碧明淨，而且寫出了水面開闊、水天一色的動人意境。「畫船」句寫江南春雨綿綿的日子裏，遊人安適地躺在畫著裝飾圖案的遊船上，聽著瀟瀟雨聲入眠，情調瀟灑悠閒。

南國吸引遊人之處除了迷人的風景，自然還有迷人的人事，風景令人賞心悦目，人事更讓人流連陶醉。詞的下片即轉寫人事。詩酒風流的興致和城市繁華的生活，都少不了酒家和女性，「鑪邊人似月。皓腕凝雙雪」兩句，寫酒家女子的美麗。這句詞先用漢代司馬相如開店「令文君當壚」的典故，暗示酒家女子像卓文君一樣漂亮；又以月亮的皎潔比擬女子的美貌，化用了《詩經·陳風·月出》以月亮「喻婦人有美色之白皙」的詩意，和宋玉《神女賦》「皎若明月舒其光」的比喻形容。在這句總體印象描寫之後，接以「皓腕凝雙雪」一句特寫，突出女子那雙沽酒的巧手，潔白如霜雪凝成，其人的美麗也就可以通過這「借代」修辭而想見了。對於家在北方的遊子韋莊來説，那「春水碧於天」的水鄉美景，那「畫船聽雨眠」的南國情調，那「皓腕凝雙雪」的當壚麗人，都曾帶給他在北方家鄉做夢也想不到的快樂，所以他被强烈吸引並沉溺其中，無力自拔，於是便有了在無數鄉愁主題詩詞中遊子從來不曾有過的想法：「未老莫還鄉。還鄉須斷腸。」一般來説，農業文明滋育出的强固的「根」意識，使傳統中國人安土重遷，離鄉的遊子滿懷著地域鄉愁和文化鄉愁，父母之邦的一方桑梓熱土之上，鄉情、親情、愛情和祖國情與遊子血肉相連，讓遊子繫心縈懷，夢繞魂牽，這是中國詩歌史上無數鄉愁詩歌持續産生的情感温床。在幾乎所有的鄉愁主題詩歌裏，遊子都爲不能及早還鄉而倍受熬煎，痛苦不堪；韋莊在這裏卻感到除非已是暮年，心力衰竭，欲望淡薄，遊興消減，否則千萬不能還鄉。因爲一旦回到北方家鄉，會因「卻憶江南樂」而痛斷肝腸的。他覺得自己既然來到江南這人人嚮往的好地方，這一生只應該也只能夠終老於斯了。詞的結句回應上片「遊人只合江南老」，至此，江南風光人情的美好誘人，詞人對江南的熱愛讚美，均達到了無以復加的程度。把這首詞放在詩歌史上的鄉愁主題詩詞中加以審視，就會發現它全新的情感意藴和價值取向：在鄉愁主題作品裏，身處異鄉的遊子總是因爲思念故鄉而斷腸；這首詞中的遊子則完全相反，他擔心回到故鄉，會因思念異鄉而斷腸。作爲鄉愁主題的反題，這首詞顛覆了鄉愁主題詩詞的情感定勢和抒情模式。

【集　評】

曾季貍《艇齋詩話》：晏元獻「春水碧於天」，蓋全用唐韋莊詞中五字。

湯顯祖評《花間集》卷一：（「春水」二句）江南好，只如此耶？

許昂霄《詞綜偶評》：或云江南好處，如斯而已耶？然此景此情，生長雍冀者實未曾夢見也。

楊希閔《詞軌》卷二：昔湯義仍評韋詞「春水碧於天」二句云：「江南好，只如此耶？」此當是諧戲之言，未可爲典要。韋詞佳處不能識，尚足爲義仍耶？

張惠言《詞選》卷一：此章述蜀人勸留之辭，即下章云「滿樓紅袖招」也。江南即指蜀。中原沸亂，故曰「還鄉須斷腸」。

譚獻《詞辨》卷一：强顔作歡快語，怕腸斷，腸亦斷矣。

陳廷焯《雲韶集》卷一：一幅春水畫圖。意中是鄉思，筆下卻説江南風景好，真是淚溢中腸，無人省得。結言風塵辛苦，不到暮年，不得回鄉，預知他日還鄉必斷腸也，與第二語口氣合。

陳廷焯《詞則·大雅集》卷一：諱蜀爲江南，是其良心不歿處。

陳廷焯《白雨齋詞話》卷一：端己《菩薩蠻》云：「未老莫還鄉，還鄉須斷腸。」又云：「凝恨對斜暉，憶君君不知。」……皆留蜀後思君之辭。時中原鼎沸，欲歸不能。端己人品未爲高，然其情亦可哀矣。

顧憲融《詞論》：其《菩薩蠻》諸作，惓惓故國之思，尤耐尋味。蓋唐末中原鼎沸，韋以避亂入蜀，欲歸未得，言愁始悲，所謂「未老莫還鄉，還鄉須斷腸」也。

吴梅《詞學通論》第六章：《菩薩蠻》云：「未老莫還鄉，還鄉須斷腸。」又云：「凝恨對斜暉，憶君君不知。」……皆留蜀後思君之辭。時中原鼎沸，欲歸未能，言愁始愁。其情大可哀矣。

俞平伯《讀詞偶得》：韋氏此詞隱寓其生平。《詞學季刊》一卷四號有夏承燾《韋端己年譜》，羅列行誼甚詳，以爲「人人盡説江南好」，「如今卻憶江南樂」諸首，中和三年客江南後作，「洛陽城裏春光好」一首，客洛陽作，與舊説異。臯文當時似疏於考證韋氏之生平，而夏君之説亦有可商處，如「洛陽城裏春光好」下句爲「洛陽才子他鄉老」，其非在洛陽作甚明，若曰「長安才子洛陽老」，始是客洛時之口吻也。夏君又曰，「時端己已五十餘歲，亦稱年少（《黄藤山下聞猿》），蓋詞章泛語不可爲考據」，是則弘通之論也。惟似與前說違異，今亦不得詳辨。據夏譜，端己客江南已逾中年，其入蜀已在暮年，而詩詞中輒曰「年少」，固不必拘泥，所謂「不以文害辭，不以辭害志」也。蓋生活者，不過平凡之境，文章者，必須美妙之情也。以如彼美妙之文章，述如此平凡之生活，其間不得不有相當之距離者，勢也。遇此等空白，欲以考證填之，事屬甚難。此是一般的情形，又不獨詩詞然耳。如皋文說此詞，謂「江南即指蜀」，良亦未必，但固不妨移用。彼雖曾客洛陽，而詞中洛陽則明明非洛陽而是長安，端己固京兆杜陵人也，「《秦婦吟》秀才」，固一長安才子也。洛陽既可代長安，則江南緣何不可代蜀耶？雖不能證實。

又：此作清麗婉暢，真天生好言語，爲人人所共見。就章法論，亦另有其勝場也。起首一句已扼題旨，下邊的「江南好」，都是從他人口中說出，而遊人可以終老於此，自己卻一言不發。「春水」兩句，景之芊麗也；「壚邊」二句，人之姝妙也。「壚邊」更暗用卓文君事，所謂本地風光，「皓腕」一句，其描寫殆本之《西京雜記》及《美人賦》。「綠窗人似花」，「壚邊人似月」，何處無佳麗乎，遥遥相對，真好看煞人也。如此說來，原情酌理，遊人只合老於江南，千真萬確矣。但自己卻偏偏說「未老莫還鄉」，然則老則仍須還鄉歟？忽然把他人所說的一筆抹殺了。思鄉之切透過一層，而作者之意猶若不足，更足之曰「還鄉須斷腸」。原來這個「莫還鄉」是有條件的，其意若曰：因爲「須斷腸」，所以未老則不會還鄉；若没有此項情形，則何必待老而始還鄉乎。豈非又把上文誇說江南之美盡情塗抹乎？古人用筆，每有透過數層處，此類是也。

唐圭璋《唐宋詞簡釋》：此首寫江南之佳麗，但有思歸之意。起兩句，自爲呼應。人人既盡説江南之好，勸我久住，我亦可以老於此間也。「只合」二字，無限悽愴，意謂天下喪亂，遊人飄泊，雖有鄉不得還，雖有家不得歸，惟有羈滯江南，以待終老。「春水」兩句，極寫江南景色之麗。「壚邊」兩句，極寫江南人物之美。皆從一己之經歷，證明江南果然是好也。「未老」句陡轉，謂江南縱好，我仍思還鄉，但今日若還鄉，目擊離亂，只令人斷腸，故惟有暫不還鄉，以待時定。情意宛轉，哀傷之至。

吴世昌《詞林新話》卷二：此詞正作於八八三年至江南周寶幕府後，此時關中及中原均有戰事，江南平静，故云：「人人盡説江南好，遊人只合江南老。」其時長安（即韋之家鄉）尚爲黄巢所占，故曰「還鄉須斷腸」也。《詞選注》：「人人」一首，「述蜀人勸留之辭」，又云「江南，即指蜀」，全是臆想。

又：顧憲融《詞論》評端己詞一段，了無新意，只抄襲周止庵、張皋文、陳廷焯諸家之説。全不知張、陳説以爲其《菩薩蠻》作於蜀中，根本錯誤。且韋奉使入蜀，非避亂入蜀，其避亂在江南。既不弄清史實，一味人云亦云，不知有何必要寫此一段。

《百家唐宋詞新話》潘君昭評語：韋莊詞與温庭筠詞雖被人相提並論，但詞風卻各不相同，可説是「温濃而韋淡」。本詞大約是回憶作者中年浪跡江南的作品，頗能體現出「意婉語淡」的特色。……本詞接受《詩經》以來的民歌傳統很明顯。一是用白描手法直接抒其情。其次是運用重複的句式，如上片回憶江南，前兩句兩用江南；下片懷人思鄉，末兩句兩用還鄉。再是運用比喻，有明喻，如「人似月」；也有暗喻，如「皓腕凝霜雪」。

華鍾彦《花間集注》卷二：按此章與下章皆端己初會寵姬時之情景也。

蕭繼宗《評點校注花間集》：江南之好，足令人「憶」，足令人「夢」，真所謂「人人盡説」矣，豈獨端己爲異於衆人？皋文亦峰輩必欲强爲之辭，經生家解詩餘毒，深不可拔，將謂「紅樓」、「翠羽」、「春水」、「畫船」，皆繫觚稜之思乎？是誠文學之瘴癘也。

其三

如今卻憶江南樂①。當時年少春衫薄〔一〕。騎馬倚斜橋。滿樓紅袖招〔二〕。翠屏金屈曲〔三〕。醉入花叢宿〔四〕。此度見花枝〔五〕。白頭誓不歸。

【校記】

①憶：胡鳴盛輯本《韋莊詞注》作「意」。江南：湯本、合璧本作「西湖」。

【箋注】

〔一〕春衫：春衣。北周庾信《詠屏風詩二十四首》：「落花承舞席，春衫試酒杯。」唐岑參《送魏四落第還鄉》：「臘酒飲未盡，春衫縫已成。」唐柳宗元《同劉二十八院長述舊言懷感時書事》：「春衫裁白苧，朝帽掛烏紗。」

〔二〕紅袖：代指美女。唐王建《夜看揚州市》：「夜市千燈照碧雲，高樓紅袖客紛紛。」唐韋莊《南鄰公子》：「醉憑馬鬃扶不起，更邀紅袖出門迎。」

〔三〕翠屏：緑色屏風。或謂指飾有翡翠的屏風。南朝梁江淹《麗色賦》：「紫帷鈴匝，翠屏環合。」金屈曲：指屏風上可以折疊的飾金環鈕。屈曲，亦作屈膝、屈戌。晉陸翽《鄴中記》：「石季龍作金鈿屈膝屏風。」元陶宗儀《輟耕録》「屈戌」條：「今人家窗户設鉸具，或鐵或銅，名曰環鈕。……北方謂之屈戌，其稱甚古。」明周祈《名義考·物部》：「門環雙曰金鋪，單曰屈膝。」南朝梁蕭綱《烏棲曲》：「織成屏風金屈膝，朱脣玉面燈邊出。」唐盧照鄰《長安古意》：「妖童寶馬鐵連錢，娼婦盤龍金屈膝。」

〔四〕花叢：喻女子麗色。南朝梁蕭綱《和湘東王名士悦傾城》：「美人稱絶世，麗色譬花叢。」隋薛道衡《喜宴賦》：「妖姬淑媛，玉貌花叢。」此指娼家。

〔五〕花枝：代指寵姬。

【疏　解】

此首回憶早年縱游江南之樂。一起揭出題旨，以下全寫回憶，即是「江南樂」的具體展開。「當時」與「如今」照應，見出是回憶之辭。「當時年少春衫薄」七字，寫出人生中最美好的一段時光正好，年華正好，風度正好，這今生難再的少年歲月和青春風采，當時只似尋常，而今讓人倍覺懷戀。「騎馬」二句寫少年冶遊的浪漫生活，是江南樂事留在記憶中的畫面閃回，寫來興高采烈，風流自賞之意溢於言表。換頭承前「紅袖招」，寫翠屏眠香，醉宿花叢。結二句是詞人重見江南舊好，發出的枕前誓言，此番的「白頭誓不歸」，直似切齒賭咒，比之上首的「未老莫還鄉」，語氣更爲決絕。這樣一方面寫足了江南樂地、樂事，繳足題面；同時，與前首的「未老莫還鄉」一樣，這裏的「白頭誓不歸」，也是「語雖決絕，而意實傷痛」（唐圭璋《唐宋詞簡釋》），正因中原板蕩，有家難回，所以才有此永駐江南、不作歸計之想，「決絶語正是悽楚語」也（陳廷焯《雲韶集》）。

【集　評】

鍾本評語：此數闋曲盡江南行樂之美，少陵曲江作無此淺醒。

張惠言《詞選》卷一：上云「未老莫還鄉」，猶冀老而還鄉也。其後朱温篡成，中原愈亂，遂決勸進之志。故曰：「如今卻憶江南樂。」又曰：「白頭誓不歸。」則此詞之作，其在相蜀時乎？

譚獻《詞辨》卷一：（「如今卻憶江南樂」）是半面語，（後半闋）意不盡而語盡。「卻憶」、「此度」四字，度人金針。

陳廷焯《雲韶集》卷一：風流自賞，決絶語正是悽楚語。

李冰若《花間集評注・栩莊漫記》：端己此二首自是佳詞，其妙處如芙蓉出水，自然秀豔。按韋曾二度至江南，此或在中和時作，與入蜀後無關。張氏《詞選》好爲附會，其言不足據也。

俞平伯《讀詞偶得》：張氏之言似病拘泥穿鑿，惟大旨不誤。起句即承上文而來，當年之樂當年不自知，如今回憶，江南正有樂處也。上章「江南好」，好是人家説的；此章「江南樂」，樂是自己説的，故並不犯複。樂處何在？偏重於人的方面，更偏重人家對他的恩情——知遇之感。此章與下章皆從此點發揮，説出自己終老他鄉之緣由，而早歸之夙願至此真不可酬矣。下片説出一種決心，有咬牙切齒、勉强掙扎之苦。「屈曲」疑即屈戌，亦作屈膝。《鄴中記》「石虎作金銀屈膝屏風」是也。今北京猶有「屈曲」之語。「此度」兩句，一章之主意。譚獻曰：「意不盡而語盡。」此評極精。把話説得斬釘截鐵，似無餘味，而意卻深長，愈堅決則愈纏綿，愈忍心則愈温厚，合下文觀，此旨極明晰。若當時只作此一章，結尾殆不會如此，善讀者必審之也。

唐圭璋《唐宋詞簡釋》：此首陳不歸之意。語雖決絶，而意實傷痛。起言「江南樂」，承前首「江南好」。以下皆申言江南之樂。春衫縱馬，紅袖相招，花叢醉宿，翠屏相映，皆江南樂事也。而紅袖之盛意殷勤，尤可戀可感。「此度」與「如今」相應。詞言江南之樂，則家鄉之苦可知。兵戈滿眼，亂無已時，故不如永住江南，即老亦不歸也。

吴世昌《詞林新話》卷二：莊至江南依周寶幕府已四十八歲，已非年少，則「當時年少」當指其年輕時曾遊江南，此爲第二次去；或莊在江南原有親故，故黄巢時再去。末二句正説明此詞在第二次赴江南途中作。《詞選》注「則此詞之作，其在相蜀時乎」云云，信口胡説。

《百家唐宋詞新話》潘君昭評語：這首《菩薩蠻》與另一首（勸君今夜須沉醉），一是寫縱情冶遊，一是説借酒澆愁，其基調都是低沉消極的。《古詩十九首·青青陵上柏》中寫道「人生天地間，忽如遠行客。斗酒相娱樂，聊厚不爲薄。驅車策駑馬，遊戲宛與洛」。另一首《驅車上東門》亦説：「年命如朝露，人生忽如寄。……服食求神仙，多爲藥所誤，不如飲美酒，被服紈與素。」詩中所寫都是漢末士大夫在黑暗混亂的社會現實中所反映出來的人生如寄、及時行樂的消極頽廢思想。韋莊身當唐末，其處境與漢末士人有相似的地方，他又屢試不第，直到五十九歲才中進士，在這之前，他曾從長安、洛陽輾轉南下，浪跡於浙贛湘鄂一帶，時難年荒又兼懷才不遇，使他有時陷入苦悶與失望之中，而這兩首詞所描寫的，恐怕就是這種心情。所憶者是當年在江南一帶的冶遊。「紅袖」、「花枝」，都是指歌妓，花叢，指伎家；翠屏，即翡翠屏風；屈曲，即屈戌兒，是連結屏風的環紐。舉此兩者，説明伎家室内陳設的華麗，則人物的美豔，也就可以想見。「白頭誓不歸」是上面縱情作樂時産生的思想，但現在已經成爲回憶中的一部分，以此作結是加强「江南樂」的語氣。

蕭繼宗《評點校注花間集》：端已足跡遍江南各地，所至多有題詠，晚歲追懷，不勝惆悵，此是人情之常。皋文强作解事，必欲歸之忠愛，試問唐室建都，不在建康，地域違隔，豈可謂之江南？附會任心，可云謬甚！此三首後結，首云「勸我早還家」，次云「未老莫還鄉」，末云「白頭誓不歸」，實有層次，年愈老而語愈堅，思愈深而情愈苦。

其　四

勸君今夜須沉醉①。罇前莫話明朝事②〔一〕。珍重主人心。酒深情亦深。　須愁春漏短〔二〕。莫訴金盃滿③〔三〕。遇酒且呵呵〔四〕。人生能幾何④。

【校　記】

①夜：胡輯本《韋莊詞注》作「日」。

②罇：張本作「罇」，毛本、正本、四庫本、清刻本作「樽」，王輯本、林大椿《唐五代詞》作「尊」。

③訴：雪本作「壓」，疑爲「厭」之誤，王衍《醉妝詞》「莫厭金杯酒」。

④能：王輯本作「得」。

【箋　注】

〔一〕罇前句：只管暢飲，莫談他事。韋莊《病中聞相府夜宴戲贈集賢盧學士》：「罇前莫話詩三百，醉後寧辭酒十千。」莫話：莫談。唐顧況《酬唐起居前後見寄二首》：「莫話彈冠事，誰知結襪心。」

〔二〕春漏：春夜的更漏，代指大好時光。唐韋應物《聽鶯曲》：「還棲碧樹鎖千門，春漏方殘一聲曉。」

〔三〕莫訴：勿辭，不要推拒。唐楊衡《將之荆州南與張伯剛馬惣鍾陵夜别》：「莫訴杯來促，更籌屢已倡。」

〔四〕遇酒二句：三國魏曹操《短歌行》：「對酒當歌，人生幾何。」呵呵：笑聲。

【疏　解】

此首勸酒之辭，表及時行樂之意。一起二句總説，言人須是看得開，放得下，有酒且醉，得樂且樂。接二句動之以情，杯中酒深代表主人情深，主人的殷勤之意，應該珍重才是。過片再從春漏聲促這層意思上説，换了一個勸酒的角度，良時易過，不飲何爲。結句概言人生苦短，當此良宵，對此美酒，況兼主人情殷，更無不飲之理——這樣説來，那就只能「遇酒且呵呵」，「將進酒，杯莫停」

了。解讀此詞，應從其灑脱曠達的言辭背後，讀出其落魄沉鬱的痛苦心情。詞中兩用「須」、「莫」，見出其故作掙扎、强爲歡笑之狀。韋莊半生浪遊江南，晚歲終老西蜀，一生落得有家難歸，有國難投，心中多少亂世人生之深悲劇痛，借此番勸酒之辭，聊作寬解耳。論者指此詞「與郭璞《游仙》、阮籍《詠懷》，將無同調」（湯評《花間集》），可謂知言。

【集評】

湯顯祖評《花間集》卷一：一起一結，直寫曠達之思。與郭璞《游仙》、阮籍《詠懷》，將無同調。

丁壽田等《唐五代四大名家詞》乙篇：「珍重」二句，以風流藴藉之筆調，寫沉鬱潦倒之心情，真絶妙好詞也。最後「人生能幾何」一語，有將以前「年少」、「白頭」等字樣一筆勾消之概。

李冰若《花間集評注·栩莊漫記》：端己身經離亂，富於感傷，此詞意實沉痛。謂近阮公《詠懷》，庶幾近之，但非曠達語也。其源蓋出於《唐風·蟋蟀》之什。

俞平伯《讀詞偶得》：上三章由早歸而説到不早歸，更説到誓不歸，可謂一步逼緊一步，有水窮山盡之勢。此章忽然寬泛，與上文似不稱，故自來選家每删此使上下緊接，完成章法。平心論之，此等見解亦非全無是處，但削趾適屨，終嫌顛倒，竊謂不必。況依結構言，此章亦有可存之價值乎。「醉」字即從上章「醉入花叢宿」來。此章醉後口氣，故通脱而不凝煉，與前後異趣。端己在蜀功名顯達，特眷懷故國，不能自已耳。此章寫得恰好，自己之無聊與他人對己之恩遇，俱曲曲傳神。「珍重」二句，以風流藴藉之筆調，寫沉鬱潦倒之心情，寧非絶妙好詞，豈有删卻之必要哉。人之待我既如此其厚，即欲不强顔歡笑，亦不可得矣。上章未盡之意，俱于此章盡之，久留西川之故，至此大明。總之中原離亂，欲歸則事勢有所不能；西蜀遇我厚，欲歸則情理有所不許；所以説到這裏，方才真正到山窮水盡地位，轉出結尾的本旨來。就章法言，又豈可删哉。「人生能幾何」句，有將「年少」、「白頭」……種種字様一筆鉤卻氣象。

吴世昌《詞林新話》卷二：此首似在席上爲歌女代作勸酒詞。唱者爲歌女，「君」指客。歌女爲主人勸客酒，故曰：「珍重主人心，酒深情亦深。」是勸客飲，故曰：「莫訴金杯滿。」……按詞客爲歌女作詞，小山言之至詳，柳永亦爲歌女作詞。此風實起于晚唐，《花間》、《尊前》，皆其例也。

葉嘉瑩評此章「遇酒且呵呵」中「呵呵」二字一段，所論極是。

蕭繼宗《評點校注花間集》：栩莊所云極是，臨川正未解也。

其　五①

洛陽城裏春光好。洛陽才子他鄉老〔一〕。柳暗魏王堤②〔二〕。此時心轉迷〔三〕。　桃花春水淥③〔四〕。水上鴛鴦浴④〔五〕。凝恨對殘暉⑤〔六〕。憶君君不知⑥〔七〕。

【校　記】

①詞苑英華本《唐宋諸賢絶妙詞選》作《菩薩鬘》。

②柳暗句：雪本作「垂柳拂長堤」。堤：詞苑英華本《唐宋諸賢絶妙詞選》作「隄」。

③渌：《唐宋諸賢絶妙詞選》卷一、吴鈔本、王輯本作「緑」。

④浴：王輯本作「宿」。

⑤殘：王輯本作「斜」。

⑥知：彊村本《金奩集》作「歸」。

【箋　注】

〔一〕洛陽才子：西漢洛陽人賈誼，少負文名，故稱。晉潘岳《西征賦》：「終童山東之英妙，賈生洛陽之才子。」唐李白《陪族叔刑部侍郎李曄及中書舍人賈至遊洞庭》：「洛陽才子謫湘川，元禮同舟月下仙。」清王琦注曰：「（洛陽才子），謂賈誼也。賈至亦河南洛陽人，故以誼比之。」此係韋莊自指。

〔二〕魏王堤：洛陽名勝之一。《大明一統志·河南府志》：「魏王池在洛陽縣南，洛水溢爲池，爲唐都城之勝。貞觀中以賜魏王泰，故名。」池上有堤與洛水相隔，稱魏王堤。唐韓愈《東都遇春》：「有船魏王池，往往縱孤泳。」唐白居易《魏王堤》：「何處未春先有思，柳條無力魏王堤。」韋莊《中渡晚眺》：「魏王堤畔草如煙，有客傷時獨扣舷。」

〔三〕心轉迷：因愁思心意轉爲迷惘。唐柳宗元《柳州二月榕樹葉落偶題》：「宦情羈思共淒淒，春半如秋意轉迷。」

〔四〕桃花春水：《禮記·月令》：「仲春之月，始雨水，桃始華。蓋桃方華時，既有雨水，川谷冰泮，衆流猥集，波瀾盛漲，故謂之桃花水耳。」南朝陳江總《烏棲曲》：「桃花春水木蘭橈，金羈翠蓋聚河橋。」唐李白《憶秋浦桃花舊遊》：「桃花春水生，白石今出没。」渌：水清貌。唐李白《襄陽曲》：「峴山臨漢江，水渌沙如雪。」

〔五〕鴛鴦浴：唐徐光溥《題黄居寀秋山圖》：「良宵只恐鷓鴣啼，晴波但見鴛鴦浴。」

〔六〕凝恨：今人張相《詩詞曲語辭匯釋》卷五：「凝恨，恨之不已，猶云積恨也。高觀國《燭影摇紅》詞：『寥落年華將盡，誤玉人高樓凝恨。』義同上。」唐李山甫《隋堤柳》：「曾傍龍舟拂翠華，至今凝恨倚天涯。」殘暉：夕陽餘暉。唐杜牧《爲人題贈二首》：「避人匀迸淚，拖袖倚殘暉。」

〔七〕憶君句：《越人歌》：「山有木兮木有枝，心悦君兮君不知。」唐白居易《山鷓鴣》：「愁多人自老，斷腸君不知。」。

【疏　解】

此首或謂詞人流寓異鄉眷念故國之辭，循此思路作出的詮釋，如「江南好，洛陽未始不好，洛陽好而江南也未始不好，迷之謂也，不但心迷，眼亦迷矣」等（俞平伯《讀詞偶得》），堪稱體貼入微，宛轉入妙。但細繹詞意，總覺此種解釋略有牽强之嫌。此首實寫春日懷人之情，即洛陽女兒當洛陽春日，懷想浪跡他鄉的洛陽才子。「柳暗」句直承「春光好」，通過水濱懷人的女子目光，描寫魏王堤上深青的柳色，「心轉迷」的「迷」字從「暗」字來，寫思婦滿眼深暗迷蒙的柳色，轉覺此時眺望盼歸，心情迷亂不定。換頭再承「春光好」，描寫魏王堤下桃花春水、鴛鴦對浴的駘蕩春光，烘襯女子的孤寂之感。結二句寫女子黄昏之時的情態心理，終日等待又將落空，故而凝恨；「憶君君不知」乃女子之獨白，似直實紆，語重情深。此詞裏的「洛陽才子」身上，應有詞人的影子，則詞中的男女之情，或不無君國之思。所謂比興寄託，妙在疑似有無之間，一旦過於坐實，即難免有齟齬不圓處。所以解讀詩詞，抽繹其微言大義時，需要格外小心，注意分寸把握的恰到好處。

這五首《菩薩蠻》，是韋詞名作，辭直意婉，語淡情深，風神秀美，與温詞風格形成鮮明對比。自張惠言《詞選》首倡「留蜀思唐」之説，後來論者多依憑引申，對組詞的意藴有很大的豐富，但此説過實過泥之弊，亦屬顯而易見。

【集　評】

湯顯祖評《花間集》卷一：（洛陽才子句）可憐可憐，使我心惻。

張惠言《詞選》卷一：此章致思唐之意。

譚獻《詞辨》卷一：項莊舞劍，怨而不怒之義。（評「洛陽才子」句）至此揭出。

陳廷焯《雲韶集》卷一：端己《菩薩蠻》詞：「凝恨對斜暉，憶君君不知。」未嘗不妙，然不及「斷腸君信否」。

陳廷焯《詞則·大雅集》卷一：中有難言之隱。

陳廷焯《白雨齋詞話》卷一：端己《菩薩蠻》四章，惓惓故國之思，而意婉詞直，一變飛卿面目，然消息正自相通。余嘗謂：後主之視飛卿，合而離者也；端己之視飛卿，離而合者也。

陳廷焯《白雨齋詞話》卷六：詞有貌不深而意深者，韋端己《菩薩蠻》、馮正中《蝶戀花》是也。

陳廷焯《白雨齋詞話》卷八：韋端己《菩薩蠻》四章，辛稼軒《水調歌頭》、《鷓鴣天》等闋，間有樸實處，而伊鬱即寓其中；淺率粗鄙者，不得藉口。

俞陛雲《唐五代兩宋詞選釋》：端己奉使入蜀，蜀王羈留之，重其才，舉以爲相，欲歸不得，不勝戀闕之思。此《菩薩蠻》詞四章，乃隱寓留蜀之感。首章言奉使之日，僚友贈行，家人泣别，出門惘惘，預訂歸期。次章「江南好」指蜀中而言。皓腕相招，喻蜀王縻以好爵；還鄉斷腸，言中原板蕩，阻其歸路。「未老莫還鄉」句猶冀老年歸去。而三章言「白頭誓不歸」者，以朱温篡位，朝市都非，遂決意居蜀，應樓中紅袖之招。見花枝而一醉，喻留相蜀王，但身不能歸，而懷鄉望闕之情，安能恝置？故四章致其鄉國之思。洛池風景，爲唐初以來都城勝處，魏堤柳色，回首依依。結句言「憶君君不知」者，言君門萬重，不知羈臣戀主之忱也。

吳梅《詞學通論》第六章：端己《菩薩蠻》四章，惓惓故國之思，最耐尋味。

李冰若《花間集評注·栩莊漫記》：此首以詞意按之，似是客洛陽時作。與前諸首無可聯繫處，亦無從推斷爲入蜀暮年之詞也。

丁壽田等《唐五代四大名家詞》乙篇：結尾二語，怨而不怒，無限低徊，可謂語重心長矣。

俞平伯《讀詞偶得》：張（惠言）曰：「此章致思唐之意。」譚（獻）於「洛陽才子」句旁批曰：「至此揭出。」按，二家之説均是。以上列四章的講釋，讀者或者覺得其詞固佳，卻有小題大做之嫌，豈獅子搏兔必用全力歟。其實端己此詞，表面上看是故鄉之思，骨子裏説是故國之思。思故鄉之題小，宜乎小做；懷故國之題大，宜乎大做。此點明，則上述懷疑可以冰釋矣。更進一步説，不僅有故國之思也，且兼有興亡治亂之感焉。故此詞五章，重疊回環，大有「言之不足故長言之」之概。上邊四章，一二爲一轉折，三四爲一轉折，全由此章而發。此章全用中鋒，無一旁敲側擊之筆。夫洛陽城裏之春光何嘗不好，只是才子老於他鄉耳。「柳暗」句承首句而來。……想像之景，下接曰「此時心轉迷」，「迷」字下得固妙，「轉」字襯托得非常得力。綜觀全作，首章之早歸，二章之待老而歸，既爲事實所不許，三四兩章之泥醉尋歡，立誓老死異鄉矣，而一念之來，轉生迷惘，無奈之情一至於此。情致固厚，筆力又實在能夠宛轉洞達，稱爲名作，洵非偶然。下片是眼前光景，「春水」直呼應二章之「春水碧於天」，用鴛鴦點綴，在無意間。江南好，洛陽未始不好，洛陽好而江南也未始不好，迷之謂也，不但心迷，眼亦迷矣。結尾二句，無限低回，譚評「怨而不怒」，已得詩人之旨。此等境界，妙在豐神，妙在口角，一涉言詮便不甚好。譚評周邦彦《蘭陵王》：「斜陽七字微吟千百遍，當入三昧出三昧。」其言固神秘，非無見而發，吾於此亦云然。説了半天，還是要想的；賭了半天咒，還是不中用；無家可歸，還是要回家，癡頑得妙。夫癡頑者，温柔敦厚之别名也，此古今詩人之所同具也。

唐圭璋《唐宋詞簡釋》：此首憶洛陽之詞。身在江南，還鄉固不能，即洛陽亦不得去，回憶洛陽之樂，不禁心迷矣。起兩句，述人在他鄉，回憶洛陽春光之好。「柳暗」句，設想此際洛陽魏王堤上之繁盛。「桃花」兩句，又説到眼前景色，使人心惻。末句，對景懷人，樸厚沉鬱。

唐圭璋《詞學論叢·唐宋兩代蜀詞》：所作《菩薩蠻》五首，譚復堂至謂可當詞中之《古詩十九首》。蓋深厚之情，無處不流露也。如：「勸我早歸家，緑窗人似花」，何等纏綿！「春水碧於天，畫船聽雨眠」，何等高華！「未老莫還鄉，還鄉須斷腸」，何等哀傷！「凝恨對斜暉，憶君君不知」，何等沉鬱！

吴世昌《詞林新話》卷二：此在洛陽有所憶而作，故末句云：「憶君君不知。」否則便是代女子作閨怨詞，但無論如何，均爲在洛陽所作。《浣花集》卷三《洛陽吟》自注：「時大駕在蜀，巢寇未平，洛中寓居，作七言」可證。……韋莊非洛陽人，則洛陽才子另有所指，非自謂。且自稱才子，亦決無此理。末句云「憶君君不知」，所憶即洛陽才子。此詞第二句及末句似女子口吻，但三、四句證明爲作者自白。

又：亦峰曰：「端己《菩薩蠻》四章，惓惓故國之思，而意婉詞直，一變飛卿面目，然消息正自相通。余嘗謂：後主之視飛卿，合而離者也，端己之視飛卿，離而合者也。」又指其《菩薩蠻》、《歸國遥》、《應天長》等闋曰「皆留蜀思君之辭」。此論中張惠言之毒，全無是處。其所列諸詞，皆思婦之辭。

《詹安泰詞學論稿》下編第二章：《菩薩蠻》五首，情思婉曲，風神俊逸，把它們和温庭筠的同調作品相對比，最足看出他們不同的藝術風格。

華鍾彦《花間集注》卷二：韋相詞五首，皆爲寵姬而作，非同時也。

蕭繼宗《評點校注花間集》：臨川自作多情；他家强作解事；栩莊所論得之矣。但謂爲「客洛陽時作」，微嫌武斷。蓋不在洛陽，而想像洛陽春色，以致慨歎，亦無不可也。

歸國遥①

春欲暮②。滿地落花紅帶雨。惆悵玉籠鸚鵡③〔一〕。單栖無伴侣。　南望去程何許④〔二〕。問花花不語〔三〕。早晚得同歸去〔四〕。恨無雙翠羽。

【校　記】

①《金奩集》入「雙調」。《記紅集》調名作《玉籠鸚鵡》。吴鈔本作「歸國遥三首」。鍾本此首作「温廷筠」詞。玄本調前作「花間集卷三」，「韋莊三十七首」。

②暮：毛本、正本、四庫本作「莫」。

③籠：王輯本無「籠」字。

④去：王輯本作「色」，誤。

【箋　注】

〔一〕惆悵二句：爲玉籠鸚鵡單棲無侣而惆悵，實乃自傷。單栖：獨宿。南朝梁蕭綱《烏夜啼》：

「羞言獨眠枕下淚，託道單棲城上烏。」

〔二〕去程：去路。唐張祜《玉環琵琶》：「宫樓一曲琵琶聲，滿眼雲山是去程。」何許：何處，哪裏。東晉陶潛《五柳先生傳》：「先生不知何許人也，亦不詳其姓字。」唐杜甫《宿清溪驛奉懷張員外十五兄之緒》：「我生本飄飄，今復在何許。」

〔三〕問花句：因不知彼人去程何處而問花，亦無奈之意。唐温庭筠《惜春詞》：「百舌問花花不語，低回似恨横塘雨。」唐嚴惲《落花》：「盡日問花花不語，爲誰零落爲誰開。」

〔四〕早晚二句：華鍾彦曰：「言所望者與子偕歸，所恨著身無羽翼也。」早晚：何日，幾時。北齊顔之推《顔氏家訓·風操》：「嘗有甲設宴席，請乙爲賓，而旦於公庭見乙之子，問之曰：『尊侯早晚顧宅？』」唐李白《長干行》：「早晚下三巴，預將書報家。」

【疏　解】

詞寫春閨怨思。起二句描寫暮春風雨落花的衰殘之景，接二句寫單棲無伴的玉籠鸚鵡，正是女子孤寂獨處的象喻。下片轉寫女子南望離人的去程，想要知道自己與離人相去道里幾何。「問花」暗示身邊無人相詢，但花不解語，女子詢問無果。「早晚」句，寫女子與人「同歸」的强烈願望，這也是她詢問「去程幾許」的用意所在。結句「恨無羽翼」，又讓願望落空，女子的感情跌入更加悲涼的境地。細按詞意，此女子當是離人在外所遇合，不便載與同歸，故而使她生出此番怨思。或謂詞寫作者鄉心，但上片的單棲鸂鶒之喻，下片的「問花」之舉，女性化色彩很濃，與男子似有不宜。還有「去程」二字如何解釋，「得同歸去」是何意思，似乎都無法説通。

【集　評】

湯顯祖評《花間集》卷一：還不是解語花，不問也得。

蕭繼宗《評點校注花間集》：湯評云云，無聊之甚！

其　二

金翡翠〔一〕。爲我南飛傳我意。罨畫橋邊春水①〔二〕。幾年花下醉〔三〕。　別後只知相愧②〔四〕。淚珠難遠寄〔五〕。羅幕繡幃鴛被③。舊歡如夢裏〔六〕。

【校　記】

① 畫：湯本、合璧本作「畵」。橋邊：雪本作「邊橋」，誤。

② 只：《詞軌》作「空」。

③幕：合璧本作「募」，誤。毛本、後印本、正本、四庫本、清刻本作「幙」。

【箋注】

〔一〕金翡翠二句：欲託翠鳥代爲傳情。金翡翠：即毛色黄緑相間的翠鳥。傳我意：唐李白《望漢陽柳色寄王宰》：「春風傳我意，草木別前知。」

〔二〕罨畫：色彩鮮明的繪畫。明楊慎《丹鉛總録訂訛》：「畫家有罨畫，雜彩色畫也。」多以之形容自然風景或建築圖繪的豔麗多彩。唐白居易《草詞畢遇芍藥初開》：「凝香薰罨畫，似淚著燕脂。」唐秦韜玉《送友人罷舉除南陵令》：「花明驛路燕脂暖，山入江亭罨畫開。」

〔三〕花下醉：唐貫休《和韋相公話婺州陳事》：「千場花下醉，一片夢中游。」

〔四〕相愧：華鍾彦曰：「在不能眷護一姬也。」

〔五〕淚珠句：唐鄭綮《別郡後寄席中三蘭》：「千顆淚珠無寄處，一時彈與渡前風。」

〔六〕舊歡：昔日的歡樂。晉潘岳《哀永逝文》：「昔同塗兮今異世，憶舊歡兮增新悲。」唐白居易《齊雲樓晚望偶題十韻兼呈馮侍御周殷二協律》：「約略留遺愛，殷勤念舊歡。」唐温庭筠《更漏子》：「春欲暮，思無窮。舊歡如夢中。」

【疏解】

此首抒寫思念江南舊歡之情。一起託鳥傳意，見出自己雖身不能歸，但歸心急切。以下即是所傳之意的内容，分三個層次：先言自己心中珍藏着「花下同醉」的昔日歡樂生活情景；次言自己赴闕應試，未能中舉，無法接她來京團聚，心中十分愧疚；再言别後夜夜相思，舊日歡情，恍若夢中。凡此種種要向舊歡傾訴的内心隱秘情愫，都託之翠鳥，表白出來，構思頗有意趣。陳廷焯指此詞爲「留蜀後思君之辭」，是循着比興説詞的思路給出的解釋。

韋莊詞中多次寫到别後的「愧」意，這是一種十分難得的思想感情。它讓人想起《史記·項羽本紀》所寫項羽不肯過江東時，那番「獨不愧於心乎」的剖白。的確，在古代等級社會裏，英雄豪傑爲成就功業，驅人征戰，死傷無算，視普通人之生命如螻蟻；在古代男權社會裏，男子對女子任意而爲，輕易抛擲，遊樂不歸，把不負責任當作風流瀟灑。他們似乎認爲這一切天經地義，從來都不曾捫心自問，感到過愧疚。所以，項羽對犧牲的八千江東子弟，韋莊對空閨獨守的女子，所生出的這一份真切的「愧」意，乃是幾千年歷史上稀有的極具人性深度的情感，值得予以充分的重視與肯定。

【集　評】

陳廷焯《雲韶集》卷一：「别後只知相愧」，真有此情。

陳廷焯《白雨齋詞話》卷一：端己《菩薩蠻》云：「未老莫還鄉。還鄉須斷腸。」又云：「凝恨對斜暉。憶君君不知。」《歸國遥》云：「别後只知相愧。淚珠難遠寄。」《應天長》云：「夜夜緑窗風雨。斷腸君信否。」皆留蜀後思君之辭。時中原鼎沸，欲歸不能。端已人品未爲高，然其情亦可哀矣。

陳廷焯《詞則·大雅集》卷一：此亦《菩薩蠻》之意。

吴梅《詞學通論》第六章：端己《菩薩蠻》四章，惓惓故國之思，最耐尋味。而此詞南飛傳意，别後知愧，其意更爲明顯。

李冰若《花間集評注·栩莊漫記》：五代詞有語極樸拙而情致極深者，如韋相「别後只知相愧。淚珠難遠寄」是也。

吴世昌《詞林新話》卷二：此二章皆爲赴江南途中作。「玉籠鸚鵡」殆其江南舊歡。曰「南望去程」則在途中作甚明。末云「恨無雙翠羽」，即玉溪「身無彩鳳雙飛翼」之意。次章首二句託飛鳥以通詞，「金翡翠」即傳書郵。三、四句亦證明端已前已到過江南，並有「幾年花下醉」。從「别後只知相愧」一句可知前次曾離江南。此詞蓋寄與江南「舊歡」，由此可知莊第一次在江南有數年之久，後入京失意，約在八八三年之前數年。

蕭繼宗《評點校注花間集》：調爲《歸國謡》，而端已不因此寄意，乃云「繡帷鴛被」，可見其初無仕蜀思唐之念。皋文於此，不復喋喋，幸甚！幸甚！

其　三

春欲晚①〔一〕。戲蝶遊蜂花爛熳②〔二〕。日落謝家池館〔三〕。柳絲金縷斷〔四〕。　睡覺緑鬟風亂〔五〕。畫屏雲雨散〔六〕。閑倚博山長歎〔七〕。淚流沾皓腕③。

【校　記】

① 晚：雪本、玄本作「曉」，誤。

② 熳：四庫本作「漫」。

③ 沾皓腕：張本此三字朱筆校描。

【箋　注】

〔一〕春欲晚：唐劉方平《春怨》：「寂寞空庭春欲晚，梨花滿地不開門。」

〔二〕戲蝶遊蜂：唐岑參《山房春事二首》之一：「風恬日暖蕩春光，戲蝶遊蜂亂入房。」爛熳：同爛漫、爛縵。色彩絢麗貌。唐徐夤《蜀葵》：「爛熳紅兼紫，飄香入繡扃。」

〔三〕謝家池館：三説，一指東晉謝安的金陵池館。二指劉宋謝靈運的永嘉池上樓館。三指唐李德裕愛妾謝秋娘所居池館。後因以代指貴族之家或青樓妓館。此指詞中女子所居。唐王焕《惆悵詩十二首》之三：「謝家池館花籠月，蕭寺房廊竹颭風。」參見卷一温庭筠《更漏子》「柳絲長」注〔五〕。

〔四〕柳絲句：謂折柳送别。金縷：指柳條。唐戴叔倫《長亭柳》：「雨搓金縷細，煙嫋翠絲柔。」

〔五〕緑鬟：女子濃美之髮髻。唐白居易《閨婦》：「斜憑繡床愁不動，紅綃帶緩緑鬟低。」

〔六〕雲雨：戰國楚宋玉《高唐賦序》：「昔者先王嘗游高唐，怠而晝寢，夢見一婦人，曰：『妾巫山之女也，爲高唐之客。聞君游高唐，願薦枕席。』王因幸之。去而辭曰：『妾在巫山之陽，高丘之阻，旦爲朝雲，暮爲行雨，朝朝暮暮，陽臺之下。』」後世因以雲雨喻指男女合歡。唐李白《清平調》：「一枝紅豔露凝香，雲雨巫山枉斷腸。」

〔七〕博山：香爐名。因爐蓋上造型似海上仙山博山而得名。或像華山，因秦昭王與天神博於是，故名。《事物紀原·舟車帷幄部》：「《黄帝内傳》：『有博山爐，蓋王母遺帝者。』蓋其名起於此爾，漢晉以來盛用於此。」《西京雜記》卷一：「長安巧工丁諼者……又作九層博山香爐，鏤爲奇禽怪獸，窮諸靈異，皆自然運動。」《樂府詩集》卷四九《楊叛兒》：「歡作沉水香，儂作博山爐。」唐羅隱《香》：「沉水良材食柏珍，博山煙暖玉樓春。」

【疏　解】

詞賦別愁。起二句以晚春時節百花爛漫、蜂蝶飛舞的熱鬧景物，烘襯離別之情。接二句叙寫日落時候，謝家池館前折柳送別的情事。下片轉寫女子别後相思成夢、夢中幽歡的情形。歡夢更刺激了她的相思之情，所以夢醒之後，女子歎息落淚，無限傷心。

【集　評】

湯顯祖評《花間集》卷一：（「睡覺」句）好光景。

李冰若《花間集評注·栩莊漫記》：「柳絲金縷斷」，「斷」字極劣。

吴世昌《詞林新話》卷二：端己《歸國遥》（春欲晚）、《應天長》三首皆代作閨怨。

蕭繼宗《評點校注花間集》：此在《花間》，不過平平之作，了無精警之處。「斷」字欠佳，「腕」字亦趁韻。

應天長①

緑槐陰裏黄鶯語②〔一〕。深院無人春晝午③〔二〕。畫簾垂，金鳳舞④〔三〕。寂寞繡屏香一炷⑤。

碧天雲〔四〕，無定處⑥。空有夢魂來去⑦。夜夜緑窗風雨，斷腸君信否⑧。

【校　記】

①吴鈔本、張本作「應天長二首」。此二首鍾本題作「温廷筠」詞。此首又見馮延巳《陽春集》、《歐陽文忠公近體樂府》卷三。羅泌校訂《近體樂府》曰：「並載《陽春録》。」又曰：「《花間集》作皇甫松詞，《金奩集》作温飛卿詞。」王輯本曰：「别見《陽春集》。」按：此首《花間集》、《金奩集》均作韋莊詞，羅泌説誤。當從《花間集》作韋莊詞。

②陰裏：《續詞選》作「影裏」。黄鶯：《詞綜》、《詞律》、《詞腴》、《詞軌》、《續詞選》作「黄鸝」。

③春晝午：《續詞選》作「晝午」。春晝：《歐陽文忠公近體樂府》卷三、《詩餘圖譜》作「日正」。

④晝：《陽春集》、《歐陽文忠公近體樂府》作「繡」。金鳳：王輯本作「金釵」。

⑤繡屏香一炷：《陽春集》、《詩餘圖譜》作「曉屏山一柱」；《歐陽文忠公近體樂府》作「小屏香一炷」；《唐宋諸賢絶妙詞選》卷一、《歷代詩餘》作「繡屏香一縷」。繡屏：《蘭畹曲會》作「曉屏」，四印齋本《花間集》注曰：「别作『小屏』。」

⑥碧天二句：《陽春集》、《花草粹編》、《蘭畹曲會》作「碧雲凝，人何處」。《歐陽文忠公近體樂

府》、《詩餘圖譜》作「碧雲凝合處」。

⑦ 有：《陽春集》、《歐陽文忠公近體樂府》、《花草粹編》、《詩餘圖譜》、《蘭畹曲會》作「役」。

⑧ 夜夜：《歐陽文忠公近體樂府》、《花草粹編》、《蘭畹曲會》作「昨夜」。斷腸句：《歐陽文忠公近體樂府》、《詩餘圖譜》作「問君知也否」。

【箋注】

〔一〕綠槐陰裏：唐來鵠《聞蟬》：「綠槐陰裏一聲新，霧薄風輕力未勻。」黃鶯語：唐劉滄《春晚旅次有懷》：「殘春花盡黃鶯語，遠客愁多白髮生。」

〔二〕春晝午：春日的正午。唐温庭筠《訴衷情》：「鶯語。花舞。春晝午。」

〔三〕畫簾二句：謂簾上畫有金鳳圖案，風動簾飄，有如鳳舞。

〔四〕碧天二句：喻所懷之人如碧天流雲行蹤不定。無定處：唐權德輿《和河南羅主簿送校書兄歸江南》：「斷雲無定處，歸雁不成行。」

【疏解】

詞寫懷人之情。上片寫日午深院，槐蔭鶯語，悄無人聲；閨閣之内，繡簾低垂，畫屏香裊；境界幽寂寥落，烘襯空閨女子的孤獨寂寞之情。換頭三句用碧天行雲比喻男子行蹤無定，讓自己夢中無處追尋。結二句淒迷清麗，以夜夜緑窗、風雨斷腸的相思愁苦，質諸對方，更覺哀婉動人。

【集　評】

玄本頁眉朱批：對此爭教不斷腸。

湯顯祖評《花間集》卷一：唐人西邊之州，《伊梁》、《甘石》、《渭氏》、《六州歌頭》，本鼓吹曲也。以古興亡事實之，音調悲壯，聞之使人慷慨，故宋人祀大恤皆用之。國朝則用《應天長》，然非此髑髏也。

陳廷焯《雲韶集》卷一：端己《菩薩蠻》：「凝恨對斜暉，憶君君不知。」未嘗不妙，然不及「斷腸君信否」。

陳廷焯《白雨齋詞話》卷一：《應天長》云：「夜夜緑窗風雨，斷腸君信否？」皆留蜀後思君之辭。

陳廷焯《詞則·大雅集》卷一：亦「憶君君不知」意。

顧隨《駝庵詞話》卷五：文學創作是靜，而又必須有「靜中之動」。韋莊詞：「畫簾垂，金鳳舞，寂寞繡屏香一炷。」（《應天長》）靜中之動。韋莊是靜的、冷的。六一詞是動的，熱的。「緑槐蔭裏黄鶯語」（《應天長》），「緑槐蔭裏」是靜，「黄鶯語」是動。靜中之動偏於靜，動中之靜偏於動。「緑槐蔭裏黄鶯語」，則是愈動愈靜。

唐圭璋《唐宋詞簡釋》：此首，上片寫晝景，下片寫夜景。起兩句，寫簾外之静。次三句，寫簾内之寂。深院鶯語，繡屏香裊，其境幽絶。换頭，述相思之切。著末，言風雨斷腸，更覺深婉。

蕭繼宗《評點校注花間集》：「憶君」、「斷腸」二句，只此一意，幾成濫調，又何必短長於其間。

其　二

別來半歲音書絶〔一〕。一寸離腸千萬結〔二〕。難相見，易相別①〔三〕。又是玉樓花似雪〔四〕。　暗相思，無處説。惆悵夜來煙月〔五〕。想得此時情切〔六〕。淚沾紅袖黦〔七〕。

【校　記】

①易：茅本作「昜」。

【箋　注】

〔一〕音書絶：唐宋之問《渡漢江》：「嶺外音書絶，經冬復歷春。」

〔二〕離腸千萬結：五代魏承班《謁金門》：「雨細花零鶯語切，愁腸千萬結。」

〔三〕難相見二句：三國魏曹丕《燕歌行》：「别日何易會日難，山川悠遠路漫漫。」戴叔倫《織女詞》：「難得相逢容易别，銀河爭似妾愁深。」

〔四〕花似雪：指梨花或楊花如雪。南朝范雲《别詩二首》之一：「昔去雪如花，今來花似雪。」

〔五〕煙月：煙暈籠月。唐杜牧《旅宿》：「滄江好煙月，門繫釣魚船。」

〔六〕情切：感情真切，急切。唐宋鼎《贈張丞相》：「義申蓬閣際，情切廟堂初。」

〔七〕紅袖黦：紅袖上的淚漬。黦：潮濕物上的黄黑色斑紋。晉周處《風土記》：「梅雨霑衣，服皆敗黦。」

【疏　解】

詞寫相思閨怨。一起即直叙别來半歲、音書斷絶的事由，接寫女子離腸萬結的極度相思痛苦。然後感慨會難别易，是切身體驗，同時也是化用前人詩句。「又是」句，嘆良辰虚度、歲華易逝。换頭具體描寫月夜相思無訴的惆悵之情，月亮的撩撥刺激作用，使得女子思情愈切，結句「淚沾紅袖黦」，是全詞的情感高潮，女子淚黦紅袖的情態，酸楚動人。「黦」字煞尾，爲全詞塗抹一層黯淡的情感色彩，「以末一字而生一首之色」，富有表現力。

【集評】

楊慎《詞品》卷一：「黴」，黑而有文也，字一作「黰」，於勿、於月二切。周處《風土記》：「梅雨沾衣，服皆敗黴。」此字文人罕用，惟《花間集》韋莊及毛熙震詞中見之。韋莊《應天長》詞云（略）。毛熙震《後庭花》詞曰（略）。詞皆工。

卓人月《古今詞統》卷六徐士俊評語：以末一字而生一首之色。

王士禛《花草蒙拾》：《花間》字法，最著意設色，異紋細豔，非後人纂組所及。如「淚沾紅袖黴」……山谷所謂蕃錦者，其殆是耶？

陳廷焯《雲韶集》卷二十四：押韻須如此，信筆直書，方無痕跡。

吳世昌《詞林新話》卷二：端己《歸國遥》、《應天長》三首皆代作閨怨。《應天長》兩首殆即代其姬作，想像此姬爲王建奪去後之心境。

蕭繼宗《評點校注花間集》：後起自道，後結揣擬所思之人。

荷葉盃①

絶代佳人難得〔一〕。傾國。花下見無期。一雙愁黛遠山眉〔二〕。不忍更思惟〔三〕。閑掩翠屏金鳳〔四〕。殘夢。羅幕畫堂空〔五〕。碧天無路信難通②〔六〕。惆悵舊房櫳③〔七〕。

【校　記】

①吴鈔本、張本作「荷葉盃二首」。《金奩集》入「雙調」。韋作與温庭筠《荷葉盃》三首、顧夐《荷葉盃》九首皆單調者不同，雪本析此雙調二首爲單調四首。

②難通：《詞譜》作「沉沉」。

③櫳：晁本、陸本、影刊本作「攏」。

【箋　注】

〔一〕絶代二句：謂絶代佳人有傾城傾國之貌。東漢班固《漢書·外戚傳》記《李延年歌》曰：「北方有佳人，絶世而獨立。一顧傾人城，再顧傾人國。寧不知傾城與傾國，佳人難再得。」絶代：同絶世，冠絶當代，舉世無雙。南朝宋顔延之《請立渾天儀表》：「肆觀奇密，絶代異寶。」唐高適《畫馬篇》：「感兹絶代稱妙手，遂令談者不容口。」佳人：美貌女子。戰國楚宋玉《登徒子好色賦》：「天下之佳人，莫若楚國。楚國之佳人，莫若臣里。臣里之美者，莫若臣東家之子。」傾國：形容女子美色足以傾動全國。南朝梁何遜《南苑逢美人》：「傾城今始見，傾國昔曾聞。」

〔二〕愁黛：愁眉。唐吴融《玉女廟》：「愁黛不開山淺淺，離心長在草萋萋。」遠山眉：古代婦女的一種眉妝樣式。參見卷一温庭筠《菩薩蠻》「雨晴夜合玲瓏日」注〔六〕。

〔三〕思惟：思量，念想。東漢班固《漢書·張湯傳》：「使專精神，憂念天下，思惟得失。」唐薛能《戲題》：「思惟不是夢，此會勝高唐。」

〔四〕翠屏金鳳：緑屏風上繪有金鳳圖案。

〔五〕羅幕：絲羅帳幕。晉陸機《君子有所思行》：「邃宇列綺窗，蘭室接羅幕。」畫堂：飾有彩繪的華麗堂舍。南朝梁蕭綱《餞廬陵内史王修應令》：「迴池瀉飛棟，濃雲垂畫堂。」唐王昌齡《王家少婦》：「十五嫁王昌，盈盈入畫堂。」

〔六〕碧天句：謂距離遥遠，難通音信。碧天無路：唐徐氏《玄都觀》：「莫道穹天無路到，此山便是碧雲梯。」

〔七〕房櫳：泛指房屋。晉張協《雜詩》之一：「房櫳無行跡，庭草萋以緑。」李周翰《注》曰：「櫳亦房之通稱。」唐王維《桃源行》：「月明松下房櫳静，日出雲中雞犬喧。」

【疏解】

詞寫相思之情，從男子角度切入。一起二句，即把自己懷念的女子稱爲「傾國」之姿的「絶代佳人」，這是一種頂點寫法，極言其人的無比美麗，極言自己的無限愛憐和無窮思念。「花下」當是舊日相見之所，而今佳人一去，相見無期，男子徘徊花下，思極成幻，佳人麗影如在眼前，讓他更加難以爲懷。下片轉回室内，寫男子夢中追尋，夢醒無憑，欲致書信存問，但苦於信使不通，只能對著舊日歡聚的畫堂房櫳，痛感物是人非，惆悵不已。據楊湜《古今詞話》，此首乃思念爲王建奪去愛姬而作，未可盡信。但從這首詞裏，還是可以尋找到相關的文本内證：如「絶代佳人」、「傾國」等語詞，來自漢李延年的《李夫人歌》，非形容尋常女子所宜用。再有「碧天無路」的「天」，似亦有特别喻指。凡此，至少説明此詞爲王建奪姬而作一説，非是完全空穴來風。

【集　評】

蔣一葵《堯山堂外記》：韋端己思舊姬，作《荷葉杯》詞云（略）。又《小重山》詞云（略）。流傳入宫，姬聞之，不食死。（又見《古今詞話·詞評》上卷、《歷代詩餘》卷一一三、《詞苑萃編》卷十引）

陳廷焯《詞則·别調集》卷一：「不忍更思惟」五字，凄然欲絶。姬獨何心能勿腸斷耶？

華鍾彦《花間集注》卷二：韋相詞二首，皆懷念寵姬之作。

《百家唐宋詞新話》傅庚生評語：韋莊的《荷葉杯》多半用的是舌端唇齒音字，在聲音上摹繪出「伊人」的嫵媚；當是一别音容，神馳夢想，曩日偎依嬌憨的情態，凝聚成這時音韻的輕盈。「遠山」、「閑掩」、「羅幕」、「無路」的疊韻，「惆悵」的雙聲也替這一闋詞生色不少。「不忍更思惟」的「更」字若改爲「再」字，該愈加倩美些；但這「更」字的聲音獨能宣達出作者心上的淒苦，喉中的哽咽，比「再」沉重得多。臆想中的寵姬儘管輕盈，自己心頭的實感到底又是沉重的啊！

蕭繼宗《評點校注花間集》：白雨齋好言寄託，於此五字，亟稱道之，乃作鴛鴦蝴蝶派論調，抑何故耶？

其二①

記得那年花下②。深夜。初識謝娘時〔一〕。水堂西面畫簾垂〔二〕。攜手暗相期。惆悵曉鶯殘月〔三〕。相別。從此隔音塵③〔四〕。如今俱是異鄉人④〔五〕。相見更無因〔六〕。

【校記】

①《記紅集》調名作《畫簾垂》。此首《詞律》卷一作皇甫松詞，誤。

②那年：彊村本《金奩集》作「他年」。

③音塵：王輯本作「香塵」。無因：吴鈔本作「無音」。

④合璧本無夾批「慘」字。

【箋　注】

〔一〕謝娘：此指所思寵姬。參見卷一温庭筠《更漏子》「柳絲長」注〔五〕。

〔二〕水堂：臨水的廳堂。《北齊書·河南王孝瑜傳》：「孝瑜遂于第作水堂、龍舟，植幡稍於舟上，數集諸弟宴射爲樂。」唐劉希夷《北邙篇》：「雲起清盈驕畫閣，水堂明迥弄仙舟。」

〔三〕曉鶯殘月：指拂曉分别時情景。唐温庭筠《更漏子》「星斗稀，鍾鼓歇。簾外曉鶯殘月。」

〔四〕音塵：音信，行蹤。東漢蔡琰《胡笳十八拍》之十：「故鄉隔兮音塵絶，哭無聲兮氣將咽。」南朝謝莊《月賦》：「美人邁兮音塵闕，隔千里兮共明月。」

〔五〕如今句：韋莊《江上别李秀才》：「莫向樽前惜沉醉，與君俱是異鄉人。」

〔六〕相見句：唐孔氏《贈夫三首》：「死生今有隔，相見永無因。」無因：無緣。

【疏　解】

詞寫相思之情，從男子角度切入，具有自叙傳性質。「記得」二字領起，言之鑿鑿，以下回憶與謝娘初識、相約的往事，初會的時間、地點、情景，仍歷歷在目，清晰如昨，足見其銘心難忘。換頭承接上片的深夜相見，轉寫清曉相别。可知詞中所寫，是一場萍水相逢的短暫情愛。一别之後，音塵斷絶，各自流落異鄉，從此再無相見之由。此詞「情景逼真，自與尋常艷語不同」（湯評本《花間集》），其間有著詞人的切身經歷體驗，想其情景，詞中所寫當是詞人青壯年時代漂泊生涯中的一次邂逅，亂世人生，一切均無著落，包括最使人銘心難忘的愛情。「如今」二句，雖出語平淡，實寫盡亂離之悲，真有使人「不堪多讀」的藝術感染力（許昂霄《詞綜偶評》）。

【集評】

湯顯祖評《花間集》卷一：情景逼真，自與尋常豔語不同。（「如今俱是異鄉人」句夾批）「慘」。

吴衡照《蓮子居詞語》卷一：韋相清空善轉。殆與温尉異曲同工。所賦《荷葉杯》，真能攄摒擗之憂，發踟躕之愛。

許昂霄《詞綜偶評》：《荷葉杯》二闋，語淡而悲，不堪多讀。

俞陛雲《唐五代兩宋詞選釋》：《古今詞話》稱韋莊爲蜀王所羈，莊有愛姬，資質豔美，兼工詞翰。蜀王聞之，託言教授宮人，强奪之去。莊追念悒怏，作《荷葉杯》諸詞，情意淒怨。《荷葉杯》之第一首言含怨入宫，次首回憶初見之時。《小重山》詞則明言「一閉昭陽」，經年經歲，「紅袂」、「黄昏」等句，設想其深宫之幽恨。《望遠行》亦紀送別之時。四詞中《荷葉杯》之前首及《小重山》，尤爲淒惻。

李冰若《花間集評注·栩莊漫記》：《浣花集》悼念亡姬之作甚多，《荷葉杯》、《小重山》當屬同類。楊湜宋人紀宋事且多錯忤，其言不足據爲典要。即如此詞第二首純爲追念所歡之詞，亦不似《章臺柳》也。

又：「惆悵曉鶯殘月，相別」，足抵柳屯田「楊柳岸，曉風殘月」一闋。

鄭文焯云：鍾仲偉云：「觀古今勝語，多非補假，皆由直尋。」於韋詞益諒其言。（《花間集評注》引）

唐圭璋《詞學論叢·唐宋兩代蜀詞》：此詞傷今懷昔，亦是純用白描，自「記得」以下直至「相別」，皆回憶當年之事。當年之時間，當年之地點，當年之情景，皆叙得歷歷分明，如在昨日。「從此」三句，陡轉相見無因之恨，沉著已極。

唐圭璋《唐宋詞簡釋》：此首傷今懷昔。「記得」以下，直至「相別」，皆回憶當年初識時及相別時之情景。「從此」以下三句，言别後之思念，語淺情深。

吴世昌《詞林新話》卷二：此兩首爲一組，皆想念情人之作，但次序顛倒。「記得那年花下」，爲第一首，憶舊之作。清真《少年游》即用此章法，惜後人多不知耳。「花下見無期」，爲第二首，對比上首。「一雙」以下爲想像伊人念我之狀，即「想君思我錦衾寒」之意。

《詹安泰詞學論稿》下編第二章：這兩首詞，《花間集》和以後的選本都把前後的次序倒轉過來，就比較難以看出它們有所聯繫的跡象，照我們這樣的排列（按，即一二首倒换），韋莊在這詞裏所懷念的是一個什麽等樣的女人以及前後不同的情況就明顯得多了。韋莊這詞所指的是一個什麽等樣的人呢？是一個深夜在花下「攜手暗相期」的女人，不用説，這是一種幽會的場合，並不是自己的「寵姬」，到了天色微明一别之後，就「俱是異鄉人」了。把這個女人看成是韋莊的「寵姬」，這首先就是錯誤的。由於「花下見無期」，就愈覺得那人的容華絶代，傾城傾國，就愈感到那人臨别時的眷戀深情（「一雙愁黛遠山眉」）和别後彼此難通消息的惆悵不堪，魂銷腸斷，這和「悼念亡姬」（直至現人夏承燾、華連圃、李冰若還是這樣説）又有什麽必然的聯繫？因此，説《荷葉杯》是韋莊爲被王建奪去的寵姬而作或者是悼念亡姬之作，都是不能成立的。

蕭繼宗《評點校注花間集》：真情實語，字字親切，故與泛泛虚套者不同，讀之令人一唱三歎。前半用「花下」、「深夜」、「水堂」、「畫簾」，全神貫注，在一「暗」字。《荷葉杯》三换韻，其换頭處銜接無痕，方是妙手。此詞「夜」、「時」與「列」、「塵」之間，一氣不斷，信是難得。試與前首相較，有上下床之别矣。芷齋所云，是矣，猶未達一間也。

清平樂①

春愁南陌〔一〕。故國音書隔〔二〕。細雨霏霏梨花白②。燕拂畫簾金額③〔三〕。　盡日相望王孫④〔四〕。塵滿衣上淚痕。誰向橋邊吹笛，駐馬西望銷魂⑤〔五〕。

【校記】

①吴鈔本、張本作「清平樂四首」。鍾本此四首誤作「温廷筠」詞。王輯本調下注曰:「別見《陽春集》。」此首又見馮延巳《陽春集》,係誤收。

②細:侯本、金本《陽春集》作「紅」。花:《陽春集》、王輯本作「蘤」。

③燕:《歷代詩餘》作「並」。拂:吴鈔本作「佛」,誤。

④盡日二句:《陽春集》作「日斜空望王孫,羅衣印滿啼痕」。

⑤駐馬西望:《陽春集》作「不知樓上」。

【箋注】

〔一〕南陌:南邊的道路。泛指南邊郊野。南朝梁沈約《鼓吹曲同諸公賦臨高臺》:「所思竟何在,洛陽南陌頭。」

〔二〕故國:故鄉,家鄉。唐杜甫《上白帝城》:「取醉他鄉客,相逢故國人。」音書:音訊,書信。唐宋之問《渡漢江》:「嶺外音書絶,經冬復歷春。」

〔三〕金額:飾金的簾額或匾額。五代和凝《題真符縣》:「雖有黄金額,其如赤子貧。」

〔四〕王孫:王侯的子孫,後泛指貴族子弟,亦用爲對人之尊稱。漢淮南小山《招隱士》:「王孫遊兮不歸，春草生兮萋萋。」清王夫之《楚辭通釋》曰：「王孫，隱士也。秦漢以上，士皆王侯之裔，故稱王孫。」漢司馬遷《史記·淮陰侯列傳》：「吾哀王孫而進食，豈望報乎。」唐司馬貞《索隱》曰：「秦末多失國，言王孫公子，尊之也。」晉左思《蜀都賦》：「有西蜀公子者，言於東吴王孫。」李善注引張華《博物志》：「王孫、公子，皆相推敬之辭。」晉張華《雜詩》：「王孫遊不歸，修路邈以遐。」此處「王孫」實爲思鄉之遊子。

〔五〕駐馬：停馬。唐王維《隴頭吟》：「關西老將不勝愁，駐馬聽之淚雙流。」銷魂：魂魄離散，極言愁苦之深。《文選》南朝梁江淹《别賦》：「黯然銷魂者，唯别而已矣。」李善注曰：「夫人以魂守形，魂散則形斃，今别而散，明恨深也。」唐錢起《别張起居》：「有别時留恨，銷魂況在今。」

【疏解】

詞寫遊子鄉愁。起句四字，「春愁」籠罩全篇，爲全詞定下抒情基調，「南陌」是遊子浪跡所至之地。次句「故國音書隔」，交待生愁的原因和愁情的内容。「細雨」二句，以春日麗景烘襯天涯漂泊的遊子愁情，「畫簾金額」當係陌上遊春者的車乘飾物，色彩盛麗，映入遊子眼中，更增其落魄孑零之感。换頭承上，寫滿懷鄉愁的遊子，整日懷歸遥望故鄉的情形。「塵滿衣上淚痕」六字，描寫遊子滿是塵土淚痕的衣著，顯示其顛沛流離困頓淒苦之狀，沉哀已極。「誰向」句以「笛聲」唤起，跌宕一筆，結以遊子駐馬西望故鄉的銷魂畫面，悲辛酸楚溢於言表。詞末二句，包含著鄉愁主題詩詞的

「聞聲思鄉」模式，與李白《春夜洛城聞笛》的「此夜曲中聞折柳，何人不起故園情」，手法相同。

【集評】

李冰若《花間集評注·栩莊漫記》：下半闋筆極靈婉。

吴世昌《詞林新話》卷二：此首亦在江南作，故云「故國音書隔」、「駐馬西望銷魂」。「故國」指長安或成都。「盡日」句猶云「王孫盡日相望」，爲韻腳故倒裝，下句「塵滿」亦指「王孫」之衣，即自己。

蕭繼宗《評點校注花間集》：下半交代欠明；兩用「望」字，亦不見佳。

其二①

野花芳草。寂寞關山道〔一〕。柳吐金絲鶯語早〔二〕。惆悵香閨暗老〔三〕。　羅帶悔結同心〔四〕。獨凭朱欄思深②。夢覺半床斜月③〔五〕，小窗風觸鳴琴〔六〕。

【校記】

① 詞苑英華本《唐宋諸賢絶妙詞選》此調作《清平樂令》。

②欄：毛本、後印本、正本、四庫本、清刻本、林大椿《唐五代詞》作「闌」。

③斜月：雪本作「殘月」。

【箋注】

〔一〕關山道：關隘山川間之崎嶇道路。唐顧況《棄婦詞》：「流泉咽不燥，萬里關山道。」

〔二〕金絲：嫩黄的柳絲。唐李紳《柳》：「千條垂柳拂金絲，日暖牽風葉學眉。」

〔三〕香閨：青年女子的内室。唐陶翰《柳陌聽早鶯》：「乍使香閨静，偏傷遠客情。」暗老：不知不覺間老去。唐白居易《上陽白髮人》：「上陽人，紅顔暗老白髮新。」

〔四〕結同心：用衣帶編成連環回文樣式的結子，以爲愛情堅貞之象徵，稱「同心結」。南朝梁蕭衍《有所思》：「腰中雙綺帶，夢爲同心結。」

〔五〕夢覺：夢醒。東晉干寶《搜神記》：「忽如夢覺，猶在枕旁。」唐韓愈《龍宫灘》：「夢覺燈生暈，宵殘雨送涼。」

〔六〕鳴琴：琴。《韓非子·説林下》：「文子曰：『吾嘗好音，此人遺我鳴琴；吾好珮，此人遺我玉環。』」三國魏阮籍《詠懷詩》：「夜中不能寐，起坐彈鳴琴。」亦指彈琴。唐高適《登子賤琴堂賦詩》：「子賤昔爲政，鳴琴登此臺。」

【疏　解】

此首可作遊子、思婦兩解，關鍵在於起二句。若解其爲思婦想像之詞，則詞的主人公是閨中女子，詞寫閨怨情感。「柳吐金絲」二句，以大好春色興起女子惆悵之情，「早」與「老」反向呼應，寫出女子年光虚度的遲暮之感。换頭承上歎老，寫女子獨自憑欄之際，心中生出的悔意，良時空閨，亦人情之所不免。結二句寫女子夜半夢醒見聞，斜月在窗，風觸琴絲，「寫來悲楚欲絶」（俞陛雲《唐五代兩宋詞選釋》）。風觸動的不僅是琴絲，也是殘夜怨思的女子的心弦。二句「以景結情，情以景幽」，餘韻裊裊，含蓄不盡。

若把起二句解爲遊子旅途所見所感，則詞的抒情主人公是在外漂泊的男子，以下所寫皆是其對家中思婦的細緻體貼和深切憐惜，以客代主，透過一層，是遊子旅途思家心理的曲折傳達。

【集　評】

湯顯祖評《花間集》卷一：坡老詠琴，已脱風幡之案。風觸鳴琴，是風是琴，須更轉一解。

許昂霄《詞綜偶評》：前闋説遠，後闋説近。又三四與飛卿「門外草萋萋」二語意正相儀。

陳廷焯《雲韶集》卷二十四：起筆冷，清絶孤絶。

俞陛雲《唐五代兩宋詞選釋》：其首章云「故國音書隔」，又云「駐馬西望銷魂」，知此章亦思唐之意。其言悔結同心，倚闌深思者，身仕霸朝，欲退不可，徒費深思，迨夢覺而風琴觸緒，斜月在窗，寫來悲楚欲絶。

李冰若《花間集評注·栩莊漫記》：昔愛玉溪生「三更三點萬家眠，露結爲霜月墮煙。鬬鼠上堂蝙蝠出，玉琴時動倚窗弦」一詩，以爲清婉超絶。韋相此詞以「惆悵香閨暗老」爲骨，亦盛年自惜之意。而以「夢覺半床斜月，小窗風觸鳴琴」爲點醒，其聲情綿邈，設色雋美，抑又過之。

吴世昌《詞林新話》卷二：憶故姬之作。

蕭繼宗《評點校注花間集》：結語小有情致；臨川「更轉一解」，可謂無聊多事。

其　三①

何處遊女〔一〕。蜀國多雲雨〔二〕。雲解有情花解語②〔三〕。窣地繡羅金縷〔四〕。　粧成不整金鈿③。含羞待月鞦韆〔五〕。住在綠槐陰裏④，門臨春水橋邊⑤。

【校　記】

① 吴鈔本此首不分片。

② 解：張本作「鮮」。

③ 鈿：王輯本作「細」，誤。
④ 槐：吴鈔本、《歷代詩餘》、《詞軌》作「楊」。
⑤ 春：彊村本《金奩集》作「流」。

【箋注】

〔一〕遊女：出遊之女子。《詩經·周南·漢廣》：「漢有遊女，不可求思。」三國魏曹植《洛神賦》：「從南湘之二妃，攜漢濱之遊女。」

〔二〕蜀國：泛指蜀地。唐楊炯《遂州長江縣孔子廟堂碑》：「華陽曾子，鼓篋來遊；蜀國顔生，摳衣來學。」唐劉得仁《送智玄首座歸蜀中舊山》：「蜀國煙霞開，靈山水月澄。」雲雨：參見本卷韋莊《歸國遥》「春欲晚」注〔六〕。

〔三〕花解語：花朵會説話，喻指美女善解人意。同解語花。五代王仁裕《開元天寶遺事》：「明皇秋八月，太液池有千葉白蓮數枝盛開，帝與貴戚宴賞焉。左右皆歎羡久之。帝指貴妃示於左右曰：『爭如我解語花？』」唐李涉《遇湖州妓宋態宜二首》之一：「陵陽夜會使君筵，解語花枝出眼前。」

〔四〕窣地：拂地。唐李隆基《初入秦川路逢寒食》：「洛陽芳樹映天津，灞岸垂楊窣地新。」

〔五〕待月：唐錢起《秋夜梁七兵曹同宿二首》：「摘菱頻貰酒，待月未扃扉。」

【疏解】

詞寫蜀女的美麗多情。「何處遊女」四字問句呼起，「蜀國多雲雨」一句落實交待，并敷染情思。「云解有情花解語」，形容遊女情竇初開，美如解語之花。以下二句描寫女子羅裙窣地、不飾鈿靨的衣飾妝容，見其形象氣質灑脱隨意。「含羞待月鞦韆」轉寫其動作情態，揭示其内心深處的隱秘期待。結二句補叙女子的居處環境，「寫景如畫」，對女子的美麗多情起到進一步的點染烘托作用。

【集評】

李冰若《花間集評注·栩莊漫記》：末二句寫景如畫。

蕭繼宗《評點校注花間集》：首句句法，已似《河傳》，與《清平樂》不合，「處」字恐誤。

其四①

鶯啼殘月。繡閣香燈滅〔一〕。門外馬嘶郎欲别。正是落花時節〔二〕。　粧成不畫蛾眉②。含愁獨倚金扉③〔三〕。去路香塵莫掃〔四〕，掃即郎去歸遲④。

【校　記】

①《記紅集》調名作《憶蘿月》。《草堂詩餘别集》題作《閨情》。

②蛾眉：全本、王輯本作「娥眉」。

③愁：湯本、合璧本作「羞」。

④掃即句：吴鈔本作「掃郎郎歸去遲」。

【箋　注】

〔一〕香燈：參見本卷韋莊《菩薩蠻》「紅樓别夜堪惆悵」注〔二〕。

〔二〕落花時節：謂暮春也。唐杜甫《江南逢李龜年》：「正是江南好風景，落花時節又逢君。」

〔三〕金扉：裝飾華貴的門扉。漢王延壽《魯靈光殿賦》：「遂排金扉而北入，宵靄靄而晻曖。」唐李頻《寄遠》：「槐欲成陰分袂時，君期十日復金扉。」

〔四〕去路二句：華鍾彦曰：「香塵不掃，欲使行跡常留，見其行跡，如暫别也。若掃而去之，以示久矣不歸，將何以慰相思乎？」或曰古代習俗，家人出門之日，忌掃門户，否者行人將無歸期。唐李白《長干行》：「門前舊行跡，一一生緑苔。苔深不可掃，落葉秋風早。」香塵：塵土之美稱，多指女子步履而起者。晉王嘉《拾遺記》：「（石崇）又屑沉水之香如塵末，布象牀上，使所愛者踐之。」唐沈佺期《洛陽道》：「行樂歸恒晚，香塵撲地遥。」

【疏　解】

詞抒別離感傷。上片寫別時。以「啼鶯殘月」的曉景描寫領起早別，「繡閣」句明寫熄滅燈燭出門相送，暗示一夜未眠。「門外」二句寫別前情景，傷別與傷春之意打并一處，「情與時會，倍覺其慘」（湯評《花間集》）。下片寫別後。「粧成」二句，寫女子倚門佇望遠人的慵懶惆悵情態。「去路」二句，是女子「囑咐使女之語，寫當時風俗迷信，癡語愈見真情」（吴世昌《詞林新話》）。

【集　評】

鍾本評語：温飛卿「門外馬嘶郎欲別，正是落花時節」，杜少陵「正是江南好風景，落花時節又逢君」。一別一逢，俱有深致。

湯顯祖評《花間集》卷一：情與時會，倍覺其慘。如此想頭，幾轉《法華》。

沈際飛《草堂詩餘別集》卷一：杜少陵「正是江南好風景，落花時節又逢君」，一逢一別，感慨共深。

許昂霄《詞綜偶評》：三四句與飛卿「門外草萋萋」二語，意正相似。

吴世昌《詞林新話》卷二：端己《清平樂》（野花芳草）以下諸首皆蜀中作。「何處遊女」

詠成都妓女。「鶯啼殘月」亦爲婦女代作閨怨之類，末聯「去路香塵莫掃，掃即郎去歸遲」是囑咐使女之語，寫當時風俗迷信，癡語愈見真情。

蕭繼宗《評點校注花間集》：前半情境殊佳，然視飛卿「門外」二語，究遜一籌。結尾太造作，遂欲少味。

望遠行①

欲別無言倚畫屏②。含恨暗傷情〔一〕。謝家庭樹錦雞鳴〔二〕。殘月落邊城〔三〕。　人欲別，馬頻嘶。緑槐千里長堤③〔四〕。出門芳草路萋萋④。雲雨別來易東西⑤。不忍別君後，卻入舊香閨〔五〕。

【校　記】

①《金奩集》入「中吕宫」。鍾本此首誤作「温廷筠」詞。張本於此首後朱筆加「花間集卷第二，韋莊二十五首」字樣。徐本此首后有朱筆「唐五代詞之工者，欲言情先屬景」云云，共六行，落款「叔問」。

②別：《詞軌》作「去」。

③千：《花草粹編》作「十」。

④萋萋：彊村本《金奩集》作「淒淒」。

⑤雲雨句：《詞軌》作：「雲雨來，易東西。」張本斷作：「雲雨別來易。東西。」易：茅本作「易」。

【箋注】

〔一〕傷情：悲傷難過。東漢班彪《北征賦》：「日晻晻其將暮兮，睹牛羊之下來。寤曠怨之傷情兮，哀詩人之歎時。」唐元稹《寄樂天》：「閑夜思君坐到明，追尋往事倍傷情。」

〔二〕謝家庭樹：唐貫休《少監三首》：「荀氏門風龍變化，謝家庭樹玉扶疏。」謝家：華鍾彦曰：「凡謝家所見所聞所感，皆暗指謝娘。」錦雞：《逸周書》郝懿行《義疏》：錦雞「出蜀中，背文揚赤，膺文五彩，爛如舒錦」。此以之美稱啼雞。

〔三〕邊城：臨近邊地的城市。《管子・度地》：「當冬三月，天地閉藏，暑雨止，大寒起，萬物實然，利以填塞空郤，繕邊城，塗郭術。」唐杜甫《送高三十五書記十五韻》：「邊城有餘力，早寄從軍詩。」

〔四〕緑槐句：唐王建《汴路即事》：「千里河煙直，青槐夾岸長。」

〔五〕舊香閨：韋莊《贈姬人》：「請看京與洛，誰在舊香閨。」

【疏　解】

詞抒别情。起二句寫女子倚屏無語、含恨傷情的動作情態，從「欲别」之時切入，正是萊辛《拉奥孔》所謂雖不到頂點但接近頂點的「最富包孕的時刻」，因而也最有表現力。接二句寫雞鳴庭樹、月落邊城的黎明景色，交待别時、别地，渲染淒清的别離氛圍。换頭描寫别離場面，征馬頻嘶，爲别離增添慌亂不安的感覺。接寫千里長堤、緑槐芳草之景，暗示征程漫漫，别情綿綿。「雲雨」句直寫男女歡情已畢，别時何易，這是女子的嘆怨心理，出語質重。結二句寫别後，女子不忍獨回閨房，見出其戀戀舊歡、怯於空閨獨守之意。可能是體調限制的原因，此詞稍嫌堆垛，「欲别」一語兩見，微覺辭費，缺乏韋詞的清疏爽朗之感。

【集　評】

鍾本評語：「謝家庭樹錦雞鳴」，景中麗語也。

俞陛雲《唐五代兩宋詞選釋》：《望遠行》亦紀送别之時。

吴世昌《詞林新話》卷二：端己《望遠行》亦蜀中作。「殘月落邊城」，成都在當時爲「邊城」，故云。

蕭繼宗《評點校注花間集》：「含恨」五字，濫套。後半精煉不如牛松卿《望江怨》，然視薛昭藴《離别難》，則又略勝。

中国古典文學基本叢書

花間集校注

第二册

〔後蜀〕趙崇祚 編
楊景龍 校注

中華書局

花間集校注卷三　五十首

韋相莊　二十五首①

薛侍郎昭藴　十九首

浣溪沙　八首　喜遷鶯　三首
小重山　二首　離别難　一首
相見歡　一首　醉公子　一首
女冠子　二首　謁金門　一首

牛給事嶠　五首

柳　枝　五首

【校　記】

①　晁本、鄂本、陸本、茅本、毛本、四庫本、徐本、影刊本等各本均作「二十五首」，誤。實爲二十六首。

謁金門①

韋相莊

春漏促〔一〕。金燼暗挑殘燭②〔二〕。一夜簾前風撼竹。夢魂相斷續。有個嬌饒如玉③〔三〕。夜夜繡屏孤宿④。閑抱琵琶尋舊曲〔四〕。遠山眉黛緑。

【校　記】

①吴鈔本、張本作「謁金門二首」。《金奩集》入「雙調」。《草堂詩餘别集》、《古今詩餘醉》調下題作《春夜》。鄂本、毛本、清刻本同晁本。湯評本作「韋莊，謁金門」。合璧本作者姓名重出，詞調作「謁金」，無「門」字。

②挑：吴鈔本作「桃」。

③個：晁本、鍾本、後印本作「箇」。嬌饒：玄本、湯評本、《歷代詩餘》、王輯本作「嬌嬈」。

④屏：《歷代詩餘》作「帷」。抱：吴鈔本作「把」。合璧本無夾批「慘」字。

【箋　注】

〔一〕春漏：春夜之滴漏。唐鄭谷《送水部張郎中彦回宰洛陽》：「春漏懷丹闕，涼船泛碧伊。」

促：謂漏聲急促。唐李商隱《促漏》：「促漏遥鐘動静聞，報章重疊杳難分。」

〔二〕金燼：燈燭的灰燼。唐劉禹錫《揚州春夜李端公益張侍御登段侍御平路……以志其事》：「寂寂獨看金燼落，紛紛只見玉山頹。」

〔三〕嬌饒：同嬌嬈，柔美嫵媚貌，代指美女。唐李商隱《碧瓦》：「他時未知意，重疊贈嬌饒。」唐韓偓《意緒》：「嬌嬈意態不勝羞，願倚郎肩永相著。」

〔四〕舊曲：古曲，相對「新聲」而言。《晉書・樂志》下：「按魏晉之世，有孫氏善弘舊曲……朱生善琵琶，尤發新聲。」弘：清李慈銘《晉書札記》：「當作『引』。」南朝陳徐陵《折楊柳》：「江陵有舊曲，洛下作新聲。」

【疏解】

詞寫閨情。全詞仿佛幾組鏡頭的不斷切换，在鏡頭切换的過程中，完成對思婦怨情的表現。先是急促的滴漏聲作爲畫外音響起，配以思婦默默挑去殘燭餘燼的畫面，顯示其夜深未眠；畫外音又加入簾外風竹的窸窣聲，配以思婦時夢時醒輾轉枕上的畫面，顯示其空閨獨宿、備受折磨的煩亂不寧心緒。换頭兩句，推出思婦面部特寫鏡頭，是對上片兩組畫面的説明，其人嬌嬈如玉，卻是夜夜孤宿，讓人倍覺悽楚可憐。結二句畫外音轉成琵琶曲，配以思婦彈奏的畫面，「尋舊曲」三字包含的因孤寂無聊而回憶舊歡的複雜心理内涵，應是借由舊日相對彈奏和當前一人獨奏的鏡頭畫面閃回來傳寫。最後，鏡頭聚焦于思婦宛若遠山的黛眉，顯示她的深情遠思，餘韻悠然不盡。

【集評】

玄本頁眉朱批：愁多知夜長，信然。

鍾本評語：韋莊「閑抱琵琶尋舊曲。遠山眉黛緑」，張子野「彈到斷腸時，春山眉黛低」，若出一手，而《花間》、《草堂》語致自分。

湯顯祖評《花間集》卷一：情不知所起，一往而深。「閑抱琵琶尋舊曲」，直是無聊之思。（「夜夜繡屏孤宿」句夾批）慘。

卓人月《古今詞統》卷五徐士俊評語：末二句與「彈到斷腸時，春山眉黛低」相類，而《花間》、《草堂》，語致自異，心手不知。

蕭繼宗《評點校注花間集》：末二句，文氣不屬；亦無言外意可尋。「相斷續」一語，「相」字亦未安。

其二①

空相憶②。無計得傳消息③〔一〕。天上常娥人不識④〔二〕。寄書何處覓〔三〕。新睡覺來無力⑤。不忍把伊書跡⑥〔四〕。滿院落花春寂寂〔五〕。斷腸芳草碧。

【校　記】

①《草堂詩餘》題作《春恨》。張本無此首，頁眉藍筆校補題作「其二」。曾昭岷等《全唐五代詞》王兆鵬「考辨」曰：「此首《詞學筌蹄》卷五作秦湛詞。明洪武本《草堂詩餘》前集卷下録之，未題作者姓名。案：《詞學筌蹄》以此首在《草堂詩餘》中失作者姓氏，而在秦處度（湛）《卜算子》詞後，遂誤題秦湛作。毛本《草堂詩餘》據《花間集》題作韋莊詞。當從《花間集》作韋莊詞。」

②相：《唐宋諸賢絶妙詞選》卷一作「想」。

③得傳：《草堂詩餘》、《古今詩餘醉》作「與傳」。

④常娥：詞苑英華本《唐宋諸賢絶妙詞選》、《草堂詩餘》、吴鈔本、鍾本、湯評本、玄本、毛本、後印本、正本、四庫本、清刻本、全本、《歷代詩餘》、王輯本、林大椿《唐五代詞》、《韋莊詞校注》、《温韋馮詞新校》作「嫦娥」。

⑤新睡：《草堂詩餘》、《古今詩餘醉》作「春睡」。張本「新睡」句作「新□睡覺無力」。

⑥把伊：鄂本、吴鈔本、玄本、毛本、後印本、四庫本、清刻本、四印齋本、全本、林大椿《唐五代詞》作「把君」。彊村本《金奩集》作「看君」。《唐宋諸賢絶妙詞選》卷一作「看伊」。

【箋　注】

〔一〕無計：無法。唐杜荀鶴《山中寡婦》：「任是深山更深處，也應無計避征徭。」

〔二〕常娥：同嫦娥，原作姮娥，因避漢文帝劉恒諱改。月神名，初見於《山海經・大荒西經》，作「常羲」，謂爲帝俊之妻。《淮南子・覽冥訓》作「姮娥」，謂爲後羿之妻，「羿請不死之藥於西王母，姮娥竊之奔月宫」。唐李商隱《嫦娥》：「嫦娥應悔偷靈藥，碧海青天夜夜心。」

〔三〕寄書：傳遞書信。北周庾信《竹杖賦》：「親友離絶，妻孥流轉；玉關寄書，章臺留釧。」唐韓愈《贈别元十八協律》之六：「寄書龍城守，君驥何時秣。」

〔四〕把伊書跡：拿起她的書信看。伊：她，指所思念的女子。

〔五〕春寂寂：唐杜甫《涪城縣香積寺官閣》：「小院回廊春寂寂，浴鳧飛鷺晚悠悠。」唐韓偓《浣溪沙》：「深院不關春寂寂，落花和雨夜迢迢。」

【疏　解】

詞或悼念亡姬之作。伊人已去，故以「空相憶」三字領起，「空」字蘊有任是百計千方，終究無可如何之意。二句是對起句的申説和落實。「天上」二句借神話傳説，寄託天人永隔之感，「寄書何處覓」是「無計得傳消息」的反複，在只有四句的上片裏，竟有意思完全相同的兩句詞出現，見出詞人對亡姬的無限思念眷戀。下片轉寫睡起無聊，卻不忍把看伊人留下的書札，詞人深怕睹物思人，觸起更加深長無盡的感傷。結以落花芳草之淒豔景物，託寓悼惜之情，哀感頑豔，尤足移人。

【集　評】

楊湜《古今詞話》：韋莊以才名寓蜀，王建割據，遂羈留之。莊有寵人，資質豔麗，兼善詞翰。建聞之，託以教内人爲詞，强莊奪去。莊追念悒怏，作《小重山》及《空相憶》云：「空相憶，無計得傳消息（略）。」情意淒怨，人相傳播，盛行於時。姬後傳聞之，遂不食而卒。

沈際飛《草堂詩餘正集》卷一：「天上」句粗惡。「把伊書跡」四字頗秀。「落花寂寂」，淡語之有景者。

況周頤《餐櫻廡詞話》：《謁金門》云：「新睡覺來無力，不忍把君書跡。」一意化兩，並皆佳妙。

夏承燾《唐宋詞人年譜·韋端己年譜》：案《詩集補遺》有《悼亡姬》一首，及《獨吟》、《悔恨》、《虚席》、《舊居》四首，注：「俱悼亡姬作。」詩云：「若無少女花應老，爲有姮娥月易沉。」「湘江水闊蒼梧遠，何處相思弄舜琴。」與前詞「天上姮娥」及《憶帝鄉》「説盡人間天上兩心知」，《荷葉杯》「碧天無路信難通」諸句，語意相類。疑詞亦悼亡姬作。楊湜所云，近於附會。以調名《憶帝鄉》，詞有「天上姮娥」句，云王建奪去；以「不忍把伊書跡」，云「兼善詞翰」。湜宋人，其詞話記東坡詞事，尚有誤者，此尤無徵難信。《新五代史》六三《前蜀世家》稱：「（王）建雖起盜賊，而爲人多智詐，善待士。」似不致有此。又《悔恨》一首悼亡姬云：「才聞及第心先喜，試説求婚淚便流。」是悼亡在初及第時，亦非入蜀後事也。

吴世昌《詞林新話》卷二：憶故姬之作。

蕭繼宗《評點校注花間集》：末二句，尚蘊藉。

曾昭岷《温韋馮詞新校》：其《悔恨》云：「六七年來春又秋，也同歡樂也同愁。才聞及第心先喜，試説求婚淚便流。幾爲妒來頻斂黛，每思閒事不梳頭。如今悔恨將何益，腸斷千休與萬休。」此詩首聯明言與姬共同生活已有六七年。頷聯乃追述及第求婚事。頸聯寫婚後之情愛。尾聯述悔恨之痛苦。夏承燾先生《韋端己年譜》記云：「大順二年，五十六歲……端己五十以後，六七年間，求仕求食，來往萬里，至此仍失意歸。」「景福二年，五十八歲。入京應試，落第。昭宗乾寧元年，五十九歲第進士，爲校書郎。」以此觀之，韋莊求婚之事，不可能在爲「求仕求食，來往萬里」，漂泊失意之時，詩亦明言在「才聞及第心先喜」之後。韋莊六十二歲時奉使入蜀，六十六歲爲西蜀掌書記，自此終身仕蜀。詩中所云共同生活已有六七年，正值此時也。詩爲悼亡姬作，而題作《悔恨》，所悔恨者何？似有難言之隱。惟尾聯「腸斷千休與萬休」句，説明悔恨之深，痛苦之極，已非一般。細讀之，所悔恨者，似當在頷聯中求之，求婚之事適才聞及第之後，而今每試説之則悔恨淚流矣。蓋姬因婚而隨莊入蜀，遂有王建强奪、不食而卒之事。故題雖爲《悔恨》，然詩中又不能明言之矣。韋藹編莊集在蜀，故諱而不録其悼亡姬諸詩。後始收入《集外補遺》中，此亦王建奪姬事之一證。

江城子①

恩重嬌多情易傷②〔一〕。漏更長〔二〕。解鴛鴦③〔三〕。朱脣未動〔四〕，先覺口脂香〔五〕。緩揭繡衾抽皓腕④，移鳳枕，枕潘郎⑤〔六〕。

【校　記】

① 《金奩集》入「雙調」。吴鈔本、張本作「江城子二首」，張本此首全加朱圈。

② 恩：金本《花草粹編》、《韋莊詞注》作「思」。易：茅本作「易」。

③ 解：玄本、張本作「鮮」。

④ 揭：金本《花草粹編》作「隔」。

⑤ 潘郎：全本、王輯本作「檀郎」。

【箋　注】

〔一〕恩重：唐曹鄴《碧尋宴上有懷知己》：「金管曲長人盡醉，玉簪恩重獨生愁。」嬌多：唐祖詠

《古意二首》：「拭淚下金殿，嬌多不顧身。」

〔二〕漏更長：即更漏長。唐戴叔倫《早春曲》：「博山吹雲龍腦香，銅壺滴愁更漏長。」

〔三〕解鴛鴦：解開鴛鴦帶。鴛鴦帶，即鴛鴦鈿帶，繡有鴛鴦圖案並嵌以金銀、介殼的衣帶。唐徐彦伯《擬古》之三：「贈君鴛鴦帶，因以鷫鸘裘。」唐張祜《感王將軍柘枝妓殁》：「鴛鴦鈿帶拋何處，孔雀羅衫付阿誰。」

〔四〕朱唇：紅唇，形容美貌。戰國楚宋玉《神女賦》：「眉聯娟以蛾揚兮，朱唇的其若丹。」三國魏曹植《七啟》之六：「動朱唇，發清商。」

〔五〕口脂：唇膏。唐白居易《江南喜逢蕭九徹因話長安舊遊戲贈五十韻》：「暗嬌妝靨笑，私語口脂香。」

〔六〕潘郎：《晉書·潘岳傳》：潘岳，字安仁，中牟人。「岳美姿儀，辭藻絶麗，尤善爲哀誄之文。少時嘗挾彈出洛陽道，婦人遇之者，皆聯手縈繞，投之以果，遂滿載以歸」。岳舉秀才爲郎，後世常以潘郎代指婦女喜愛的男子。唐喬知之《倡女行》：「昨宵綺帳迎韓壽，今朝羅袖引潘郎。」

【疏　解】

詞寫男女歡情。起句近乎議論，實乃「非於情中極有閱歷者不能道」出之語（《花間集評注》引況周頤語）。接下幾句，即具體描寫因「恩重嬌多」而生出的莫名感傷，在這種心理的支配下，一對男女盤桓至夜深之時，羅帶方解。女子似欲訴説什麽，但終未開口，只有淡淡的口脂芳香送過。「朱唇」兩句中的人物心理和感覺，極爲細膩微妙。「緩揭」三句仍是靜默之中的人物動作描寫，輕抽皓腕，移開鳳枕，枕藉潘郎，表現出非比尋常的體貼温柔。這種莫名的感傷情緒，實是存在於人類潛意識中的樂往哀來的無常感的折光反映。

【集　評】

鍾本評語：摹情亦流逸。

湯顯祖評《花間集》卷一：全篇摹畫樂境而不覺其流連狼藉，言簡而旨遠矣。

況周頤云：「恩重嬌多情易傷」，此語非於情中極有閱歷者不能道。（《花間集評注》引）

蕭繼宗《評點校注花間集》：「恩重」句，雖直陳語，亦誠如蕙風所云，是親身體驗得來。「朱唇」句，意態可人。「鳳枕」與「皓腕」四字，互换何如。

其　二

髻鬟狼籍黛眉長①〔一〕。出蘭房〔二〕。别檀郎〔三〕。角聲嗚咽，星斗漸微茫〔四〕。露冷月殘人未起，留不住〔五〕，淚千行〔六〕。

【校　記】

① 狼籍：吴鈔本、全本、王輯本作「狼藉」。

【箋　注】

〔一〕狼籍：亦作狼藉，散亂貌。漢司馬遷《史記·滑稽列傳》：「日暮酒闌，合尊促坐，男女同席，履舄交錯，杯盤狼藉。」唐杜甫《北征》：「移時施朱鉛，狼藉畫眉闊。」唐元稹《夜坐》：「孩提萬里何時見，狼藉家書卧滿床。」清翟灝《通俗編》引蘇鶚《演義》曰：「狼藉草而卧，去則滅亂。故凡物之縱横散亂者，謂之狼藉。」

〔二〕蘭房：閨房。戰國楚宋玉《諷賦》：「女欲置臣，堂上太高，堂下太卑，乃更於蘭房之室。」唐田娥《夜夜曲》：「愁人傷獨夜，滅燭卧蘭房。」

〔三〕檀郎：唐李賀《牡丹種曲》：「檀郎謝女眠何處，樓臺月明燕夜語。」錢謙益注曰：「潘安小字檀奴，故婦呼所歡爲檀郎。」清褚人獲《堅瓠集》：「詩詞中多用檀郎字，檀喻其香也。」

〔四〕微茫：隱約模糊。唐李白《夢遊天姥吟留别》：「海客談瀛洲，煙濤微茫信難求。」

〔五〕留不住：唐高適《别張少府》：「歸客留不住，朝雲縱復横。」

〔六〕淚千行：南朝梁范雲《送别》：「未盡樽前酒，妾淚已千行。」

【疏　解】

此首賦别，與上一首内容上前後銜接，解釋了上一首「情傷」的原因，是因爲歡愛難久，好景不長。一夕繾綣，良宵苦短，方枕潘郎未厭，已聞角聲嗚咽。女子髻鬟狼藉，殘妝出門，送别情人。星斗微茫、露冷月殘的暗淡蕭瑟晨景，烘染出濃鬱的離别氛圍。「人未起」是説他人未起，言别時天色尚早，一片静謐，愈襯出女子灑淚千行依然留人不住的悲傷孤寂，黯然銷魂。因其並非言「檀郎」未起，所以不勞改「未起」爲「未去」。

【集　評】

玄本頁眉朱批：向人枕畔著衣裳，情景爾爾。

鍾本評語：起一句勝百幅美人圖。

李冰若《花間集評注·栩莊漫記》：韋相《江城子》二首，描寫頑豔，情事如繪，其殆作於江南客遊時乎？

吴世昌《詞林新話》卷二：此二首亦爲一連續記事之詞。「檀郎」爲二詞關鍵，殆初在江南時戀愛之事。首句末三字應作「易情傷」。後首起句末三字作仄平平，可證。……後首首句出自杜甫《北征》詩：「狼藉畫眉闊。」「人未起」，當作「人未去」，「未去」，故欲留他，若「未起」，則不想去矣，已被留住，何得「出蘭房，別檀郎」？

蕭繼宗《評點校注花間集》：栩莊所云，極近情理。《菩薩蠻》諸闋，則追懷之作耳。臯文輩不容古人有一語及狹邪者，一何可笑。結尾六字，分兩層說，尚可；如作折腰，則「留」應作「流」矣。

河傳①

何處。煙雨〔一〕。隋堤春暮〔二〕。柳色葱蘢〔三〕。畫橈金縷②〔四〕。翠旗高颭香風〔五〕。水光融。

青娥殿脚春粧媚③〔六〕。輕雲裏。綽約司花妓④〔七〕。江都宫闕〔八〕，清淮月映迷樓⑤〔九〕。古今愁。

【校記】

①《金奩集》入「南吕宫」。吴鈔本、張本作「河傳三首」。隋：詞苑英華本《詞林萬選》作「隨」，誤。蘢：詞苑英華本《詞林萬選》作「籠」。首二句：張本作「何處煙雨」四字句。

②畫橈：晁本作「畫撓」。鄂本、湯評本、合璧本、毛本、後印本、正本、四庫本、清刻本、四印齋本、全本、王輯本、林大椿《唐五代詞》、《韋莊詞校注》、《温韋馮詞新校》作「畫橈」，據改。

③娥：吴鈔本、詞苑英華本《詞林萬選》作「蛾」。

④ 張本「司」、「妓」係用墨筆校改。

⑤ 清淮句：張本作「清淮月，映迷樓」。

【箋　注】

〔一〕煙雨：濛濛細雨。南朝宋鮑照《觀漏賦》：「聊弭志以高歌，順煙雨而沉逸。」唐杜牧《江南春》：「南朝四百八十寺，多少樓臺煙雨中。」

〔二〕隋堤：隋煬帝時沿通濟渠、邗溝河岸修築的御道，道旁植楊柳，後人謂之隋堤。唐韓琮《楊柳枝》：「梁苑隋堤事已空，萬條猶舞舊東風。」

〔三〕葱蘢：形容草木青翠茂盛。晉郭璞《江賦》：「涯灌芊萰，潛薈葱蘢。」唐柳宗元《酬賈鵬山人郡内新栽松寓興見贈二首》之一：「積雪表明秀，寒花助葱蘢。」

〔四〕畫橈：猶畫船。橈：船槳，指代船。唐戴叔倫《留别道州李使君圻》：「瀧路下丹徼，郵童揮畫橈。」

〔五〕颭：《正字通》：凡風動物，與物受風摇曳者，皆謂之颭。唐白居易《採蓮曲》：「菱葉縈波荷颭風，荷花深處小舟通。」香風：《開河記》：「時舳艫相繼，連接千里，自大梁至淮口，聯綿不絶。錦帆過處，香聞千里。」南朝梁蕭綱《六根懺文》：「香風浄土之聲，寶樹鏗鏘之響，於一念中，怳然入悟。」唐楊師道《賦終南山用風字韻應詔》：「登臨日將晚，蘭桂起香風。」

〔六〕青娥殿脚：指爲煬帝巡幸江都挽舟之美女。《隋書·食貨志》：「募諸水工，謂之殿脚。衣錦行幐，執青絲纜挽船，以幸江都。」《開河記》：「龍舟既成，泛江沿淮而下。至大梁，又別加修飾，砌以七寶金玉之類。于吴越間取民間女年十五六歲者五百人，謂之殿脚女。至於龍舟御艇，即每船用綵纜十條，每條用殿脚女十人，嫩羊十口，令殿脚女與羊相間而行，牽之。」《大業拾遺記》：「帝御龍舟。……每舟擇妙麗長白女子千人，執雕板鏤金楫，號爲殿脚女。」

〔七〕綽約：柔婉美好貌。《莊子·逍遥遊》：「肌膚若冰雪，綽約若處子。」唐武平一《妾薄命》：「綽約多逸態，輕盈不自持。」司花妓：即司花女。宫中女官名號。唐顔師古《隋遺録》卷上：「長安貢御車女袁寶兒，年十五，腰肢纖墮，騃冶多態。帝寵愛之特厚。時洛陽進合蒂迎輦花……帝命寶兒持之，號曰司花女。」唐虞世南《應詔嘲司花女》：「緣憨卻得君王惜，長把花枝傍輦行。」

〔八〕江都宫闕：指煬帝江都行宫。江都：故址在今江蘇省揚州市。

〔九〕迷樓：隋煬帝所建樓閣名。故址在今江蘇省揚州市西北郊。《迷樓記》：「煬帝晚年，尤沉迷女色。……詔有司，供其材木。凡役夫數萬，經歲而成。樓閣高下，軒窗掩映。幽房曲室，玉欄朱楯，互相連屬，回環四合，曲屋自通。千門萬户，上下金碧。……工巧云極，自古無有也。……人誤入者，雖終日不能出。帝幸之，大喜，顧左右曰：『使真仙遊其中，亦當自迷也。可目之曰迷樓。』」唐包何《同諸公尋李芳直不遇》：「人來多不見，莫是上迷樓。」

【疏　解】

此首弔古之作。全詞以「何處煙雨」的淒迷之景領起，以下描寫柳色葱蘢的大運河上，隋煬帝龍舟游幸江都的盛況。「青娥」三句，突出强調煬帝的荒淫好色。「江都」二句轉寫現實的冷清，對煬帝的淫奢行徑再加落實和補充。「古今愁」三字勾連歷史與現實，「化實爲空，以盛映衰」，抒發吊古傷今之意和興亡盛衰之感，與起句的煙雨淒迷之景相呼應。詞作感慨蒼涼，陳廷焯認爲韋莊「《浣花集》中，此詞最有骨」（《雲韶集》）。

【集　評】

湯顯祖評《花間集》卷一：「清淮月映」句，感慨一時，涕淚千古。

陳廷焯《雲韶集》卷一：蒼涼。《浣花集》中，此詞最有骨。

李冰若《花間集評注·栩莊漫記》：全詞以「何處」領起，中段詞藻極其富麗，而以「古今愁」三字結之，化實爲空，以盛映衰，筆極宕動空靈。

蕭繼宗《評點校注花間集》：《河傳》一調，創始于隋，煬帝開運河所制之勞歌也。此首仍用本意。諸家所評，均具見地。「何處」二字，謂想像中有之，而實無所見也。

其 二

春晚。風暖①。錦城花滿〔一〕。狂殺遊人〔二〕。玉鞭金勒②〔三〕。尋勝馳驟輕塵〔四〕。惜良晨③。　翠娥爭勸臨邛酒④〔五〕。纖纖手⑤。拂面垂絲柳⑥。歸時煙裏，鍾鼓正是黄昏〔六〕。暗銷魂。

【校　記】

① 首二句：張本作「春晚風暖」四字句。暖：後印本作「煖」，正本作「暵」。
② 玉鞭：毛本、後印本、清刻本作「玉邊」。
③ 良晨：吴鈔本、全本、《歷代詩餘》、《金奩集》、王輯本、《韋莊詞校注》作「良辰」。
④ 翠娥：全本作「翠蛾」。臨邛：吴鈔本作「臨岐」。邛：影刊本作「卬」，誤。
⑤ 纖纖：《花草粹編》作「纖」。
⑥ 拂：吴鈔本作「佛」，誤。

【箋　注】

〔一〕錦城：城名，「錦官城」之省稱。故址在今四川成都南。成都舊有大城、少城。少城古爲掌織錦官員之官署，因稱「錦官城」。後用作成都的別稱。晉常璩《華陽國志·蜀志》：「其道西城，故錦官也。」《初學記》卷二七引晉任豫《益州記》：「錦城在益州南笮橋東流江南岸，蜀時故錦官也。」北周庾信《奉和趙王途中五韻詩》：「錦城遥可望，迴鞍念此時。」唐李白《蜀道難》：「錦城雖云樂，不如早還家。」唐杜甫《春夜喜雨》：「曉看紅濕處，花重錦官城。」

〔二〕狂殺：狂極。劉禹錫《楊柳枝》：「御溝春水相輝映，狂殺長安年少兒。」此指錦城春色使遊人極度興奮。

〔三〕玉鞭金勒：代指豪華的車馬。勒：馬絡頭。唐李端《贈郭駙馬》：「金距鬬雞過上苑，玉鞭騎馬出長楸。」五代李建勳《春雪》：「不知金勒誰家子，只待晴明賞帝臺。」

〔四〕尋勝：游賞名勝。唐李隆基《爲趙法師別造精院過院賦詩》：「坐朝繁聽覽，尋勝在清幽。」馳驟：策馬疾馳。《韓非子·外儲説右下》：「造父御四馬，馳驟周旋，而恣欲於馬。」

〔五〕翠娥句：華鍾彦《花間集注》：「此以翠娥與文君比美。」翠娥：指美女。唐李白《憶舊遊寄譙郡元參軍》：「翠娥嬋娟初月暉，美人更唱舞羅衣。」臨邛酒：代指美酒。用卓文君臨邛當壚賣酒典故。《史記·司馬相如列傳》：「相如與俱之臨邛，盡賣其車騎，買一酒舍酤酒，而令文君當鑪。」臨邛：古縣名。秦置。治所在今四川邛崍。十六國成漢以後廢。西魏廢帝二年（公元五五三年）復置，元至元二十一年（一二八四年）省入邛州。其地以産鹽、鐵著名。秦蜀卓氏、程鄭被遷至此，以鐵冶致富。

〔六〕鍾鼓：鐘和鼓。古代擊以報時之器。唐杜甫《院中晚晴懷西郭茅舍》：「復有樓臺銜暮景，不勞鐘鼓報新晴。」

【疏　解】

詞寫錦城春遊盛況。起三句寫晚春風暖、花開滿城之景，渲染熱烈繁鬧的氣氛。接寫愛惜良辰的遊人，車馬馳驟尋訪美景的狂興。上片繪出的是錦城遊樂風俗長卷，换頭則是全景中的一幅小景：市肆前柳色青青，旗亭内翠娥勸酒，美酒佳人，及時行樂，正是「惜良辰」的具體表現。結三句寫天色將暮，遊罷歸來，歡鬧頓成岑寂的銷魂況味，「尤極融景入情之妙」（《花間集評注》引況周頤語）。

【集　評】

況周頤云：「『歸時煙裏』三句，尤極融景入情之妙。」（《花間集評注》引）

蕭繼宗《評點校注花間集》：詞中六字兩句，最忌板滯拼湊。此首「鐘鼓」句與後首「時節」

句，皆用「正是」二字，殊病冗弱，不足爲賢者諱也。

其　三

錦浦〔一〕。春女①〔二〕。繡衣金縷。霧薄雲輕②〔三〕。花深柳暗〔四〕。時節正是清明③。雨初晴。玉鞭魂斷煙霞路④〔五〕。鶯鶯語〔六〕。一望巫山雨〔七〕。香塵隱映，遥見翠檻紅樓⑤〔八〕。黛眉愁。

【校　記】

①首二句：張本作「錦浦春女」四字句。

②霧：四印齋本、林大椿《唐五代詞》作「露」。

③清明：張本「清明」二字朱筆校補。

④煙霞：合璧本作「煙霧」。

⑤見：鄂本、吴鈔本、毛本、後印本、正本、四庫本、清刻本、四印齋本、全本、《歷代詩餘》、王輯本、林大椿《唐五代詞》作「望」。

【箋注】

〔一〕錦浦：錦江岸邊。唐薛濤《送扶煉師》：「錦浦歸舟巫峽雲，緑波迢遞雨紛紛。」

〔二〕春女：懷春的女子。春，指男女情欲。《淮南子·繆稱訓》：「春女思，秋士悲，而知物化矣。」唐劉希夷《春女行》：「春女顔如玉，怨歌陽春曲。」

〔三〕霧薄雲輕：華鍾彦《花間集注》：「皆以狀衣，所謂雲羅霧縠者，是也。」

〔四〕花深：花枝繁茂。唐高駢《送春》：「水淺魚爭躍，花深鳥競啼。」柳暗：柳樹葉茂蔭濃。唐王維《早朝》：「柳暗百花明，春深五鳳城。」

〔五〕煙霞：煙霧雲霞。南朝齊謝朓《擬宋玉〈風賦〉》：「煙霞潤色，荃荑結芳。」代指山水勝景。南朝梁蕭統《錦帶書十二月啟·夾鐘二月》：「敬想足下，優遊泉石，放曠煙霞。」

〔六〕鶯鶯語：鶯啼。唐杜牧《爲人題贈二首》之二：「緑樹鶯鶯語，平江燕燕飛。」

〔七〕巫山雨：用宋玉《高唐賦》巫山雲雨典故。參見卷二韋莊《歸國遥》「春欲晚」注〔六〕。

〔八〕翠檻：緑色闌干。紅樓：紅色的樓。泛指華美的樓房。唐段成式《酉陽雜俎續集·寺塔記上》：「長樂坊安國寺紅樓，睿宗在藩時舞榭。」代指富貴人家女子的住房。唐白居易《秦中吟》：「紅樓富家女，金縷繡羅襦。」

【疏　解】

詞寫遊女春情。上片先寫錦江岸邊遊春女子的衣飾之美，再寫清明時節花明柳暗、雨後新晴的錦江春色，與人物構成映襯和烘托。下片轉寫女子被濃郁的春色喚起的情欲，而曰「魂斷」，見出其欲望强烈之程度。惟細繹下片詞意，尚覺有不甚明瞭處，是解讀時需要加以注意的。

【集　評】

吴世昌《詞林新活》卷二：端己《河傳》三首，「何處」爲揚州弔古之作。「春晚」及「錦浦」二首皆在蜀中作。此調前二首均有四韻，而「錦浦」一首只三韻，乃偶然如此，原應作四韻也。又「何處」上片之「堤」、「旗」，「春晚」之「城」、「勝」，似均爲句中韻。

蕭繼宗《評點校注花間集》：《河傳》三章，首章本意，風光旖旎；次章稍弱；至此已成强弩之末。

天仙子①

悵望前回夢裏期〔一〕。看花不語苦尋思。露桃宫裏小腰肢②〔二〕。眉眼細〔三〕，鬢雲垂〔四〕。唯有多情宋玉知③〔五〕。

【校　記】

①《金奩集》入「歇指調」。吴鈔本、張本作「天仙子五首」。

②露桃宫裏：四印齋本、林大椿《唐五代詞》作「露桃花裏」。吴鈔本作「露盤宫裏」。「肢」，張本朱筆校補。

③唯：玄本作「惟」。

【箋　注】

〔一〕悵望：悵然想望。唐杜甫《詠懷古跡五首》：「悵望千秋一灑淚，蕭條異代不同時。」夢裏期：謂夢裏相會。

〔二〕露桃：《樂府詩集·相和歌辭三·雞鳴》：「桃生露井上，李樹生桃旁。」後因稱桃爲「露桃」。

〔三〕眉眼細：唐白居易《龍華寺主家小尼》：「頭青眉眼細，十四女沙彌。」

〔四〕鬢雲垂：唐韓偓《席上有贈》：「鬢垂香頸雲遮藕，粉著蘭胸雪壓梅。」

〔五〕唯有句：宋玉作有《高唐賦》、《神女賦》、《登徒子好色賦》，描摹女子美色，極盡形容之能事，故曰「多情宋玉」。意爲此女之美亦唯有宋玉能賞知。

【疏　解】

詞寫相思之情。起句抒寫女子回憶前回夢裏相會的悵惘心情，次句描寫她看花不語，苦苦尋思著夢中的光景。正因爲現實中不能相見，所以才託之於夢，如今和夢也無，只能回憶夢境聊作慰籍了。其處境和心情的不堪，於此可見。「露桃」句回應「看花」，「小腰肢」連同下二句「眉眼細，鬢云垂」，描寫女子的體態和容貌之美。結句用「多情宋玉」，進一步襯托女子之美色，揭示女子渴望有情之人賞知的心理。

【集　評】

鍾本評語：非常之勝場。

蕭繼宗《評點校注花間集》：末句「知」字所指，謂首句「夢裏」之期也。「露桃」三句，只是插入，不覺稍隔。

其二[1]

深夜歸來長酩酊[2]〔一〕。扶入流蘇猶未醒〔二〕。醺醺酒氣麝蘭和〔三〕。驚睡覺〔四〕，笑呵呵。長道人生能幾何[3]〔五〕。

【校記】

① 王輯本此首列「其五」。

② 深夜：雪本作「夜深」。

③ 長道：全本、王輯本作「長笑」。能：王輯本作「得」。

【箋注】

〔一〕酩酊：大醉貌。漢焦延壽《焦氏易林》：「醉客酩酊，披髮而行。」《晉書·山簡傳》：「簡優遊卒歲，唯酒是耽。……置酒輒醉，時有兒童歌曰：『山公出何許，往至高陽池。日夕倒載歸，酩酊無所知。』」唐李白《襄陽曲》：「山公醉酒時，酩酊高陽下。」

〔二〕流蘇：即流蘇帳。參見卷二韋莊《菩薩蠻》「紅樓別夜堪惆悵」注〔二〕。

〔三〕醺醺：酣醉貌。唐元稹《六年春遣懷八首》之五：「伴客銷愁長日飲，偶然乘興便醺醺。」麝蘭：麝香與蘭草，以之形容酒氣。

〔四〕睡覺：睡醒。唐李中《酒醒》：「睡覺花陰芳草軟，不知明月出牆東。」

〔五〕長道：長聲歎道。

【疏　解】

詞寫夜飲醉歸。「長酩酊」説明深夜大醉歸來，非止一次。「扶入」句寫其沉醉之態，「醺醺」句再從一身酒氣對其醉態加以形容。「驚睡覺，笑呵呵」二句轉寫其人醒來，酒則未醒，「長道人生能幾何」的笑語仍帶有醉意，因而愈覺其曠達，亦愈見其頹廢。晚唐五代亂世人生的無常感，使文人們普遍追求及時行樂，痛飲大醉；但蒿目時艱，又使他們心中常覺苦悶，於是借酒澆愁。此詞中的夜飲醉歸者，就是集享樂與遣愁於一身，他的身上正有著詞人的影子。

【集　評】

鍾本評語：有狂達趣。

湯顯祖評《花間集》卷一：有此和法，便不覺其酒氣，雖爛醉如泥，受用矣。

李冰若《花間集評注·栩莊漫記》：此詞寫醉公子憨態如掬。與「門外猧兒吠」一詞可合看也。

蕭繼宗《評點校注花間集》：此首一氣貫注，自婦人眼中，見狂奴故態，一泄無餘，不似「門外猧兒吠」一詞之轉折深入，耐人尋味。首兩句仄韻起，至第三句忽轉平，因同爲七字句，故「和」字韻承頂乏力，終不如全章用平之爲勝也。

其　三①

蟾彩霜華夜不分〔一〕。天外鴻聲枕上聞〔二〕。繡衾香冷嬾重薰②〔三〕。人寂寂〔四〕，葉紛紛〔五〕。纔睡依前夢見君③〔六〕。

【校　記】

① 王輯本此首作「其二」。

② 薰：吴鈔本、玄本、四庫本、全本、王輯本作「熏」。毛本、後印本、正本作「熏」。

③ 依前：雪本作「依然」。

【箋注】

〔一〕蟾彩：月光。傳説月中有蟾蜍，乃姮娥變化而成。南朝宋范曄《後漢書·天文志》劉昭注曰：「羿請無死之藥於西王母，姮娥竊之以奔月。……姮娥遂託身於月，是爲蟾蜍。」後遂用「蟾蜍」爲月亮的代稱。唐杜甫《八月十五夜月》之二：「刁斗皆催曉，蟾蜍且自傾。」五代孫光憲《浣溪沙》：「自入春來月夜稀，今宵蟾彩倍凝輝。」霜華：霜。唐李世民《秋暮言志》：「朝光浮野燒，霜華淨碧空。」

〔二〕天外鴻聲：天外傳來的雁聲。天外：極言其高遠。唐李頎《送李大貶南陽》：「鴻聲斷續暮天遠，柳影蕭疏秋日寒。」

〔三〕香冷：薰香的繡被已冷。

〔四〕人寂寂：唐皇甫冉《雜言迎神詞》：「氣凄凄，人寂寂。」

〔五〕葉紛紛：唐劉長卿《夏口送長寧楊明府歸荆南因寄幕府諸公》：「向煙帆杳杳，臨水葉紛紛。」

〔六〕依前：依舊。唐元稹《辛夷花》：「明日不推緣國忌，依前不得花前醉。」

【疏解】

詞寫秋閨懷人。一起即從夢醒切入，寫女子所見所聞，窗外月光霜華一片冷白，天外嘹唳雁聲傳來枕上，在這淒涼寂寞的夜半時分，女子感覺繡衾香冷，但也懶得再燃燻籠了。「蟾彩」句觀察和描寫細膩入微，「天外」句隱含著對遠人音信的期待。「人寂寂，葉紛紛」對句疊字，渲染秋夜空閨的冷寂氛圍。結句「醒而復睡，依舊夢之」，見其「長毋相忘」之意（俞陛雲《唐五代兩宋詞選釋》）。

【集　評】

陳廷焯《詞則·別調集》卷一：端己詞時露故君之思，讀者當會意於言外。

俞陛雲《唐五代兩宋詞選釋》：月冷霜嚴，雁啼月落，寫長夜見聞之淒寂。注重在結句醒而復睡，依舊夢之，可知其「長毋相忘」也。

丁壽田等《唐五代四大名家詞》乙篇：「依前」別作「依稀」，但不若作「依前」勝。蓋著一「前」字，可知夢見非一次矣。

李冰若《花間集評注·栩莊漫記》：清婉。

蕭繼宗《評點校注花間集》：情絲纏綿，精神困乏，意在辭外，末語尤深摯。

其　四①

夢覺雲屏依舊空②〔一〕。杜鵑聲咽隔簾櫳③〔二〕。玉郎薄幸去無蹤④〔三〕。一日日，恨重重。

淚界蓮腮兩線紅〔四〕。

【校　記】

①王輯本此首作「其三」。
②雲屏：王輯本作「銀屏」。
③櫳：晁本、陸本、影刊本作「攏」。
④薄幸：吴鈔本、茅本、鍾本、湯評本、合璧本、玄本、毛本、後印本、正本、四庫本、清刻本、全本、林大椿《唐五代詞》、《韋莊詞校注》、《温韋馮詞新校》作「薄倖」。蹤：茅本作「縱」。

【箋　注】

〔一〕夢覺句：李誼《花間集注釋》曰：「直承前首，謂夢中與君相見，夢覺則空。」雲屏：畫有雲形圖案或飾以雲母的屏風。晉張協《七命》：「雲屏爛汗，瓊壁青葱。」唐劉長卿《昭陽曲》：「芙蓉帳小雲屏暗，楊柳風多水殿涼。」此指女子卧室。
〔二〕杜鵑聲咽：晉常璩《華陽國志・蜀志》：戰國時蜀王杜宇號望帝，爲蜀除水患有功，後禪位退隱西山，化爲杜鵑。唐杜甫《杜鵑行》：「聲音咽咽如有謂，號啼略與嬰兒同。」
〔三〕玉郎：古時女子對丈夫或情人的愛稱。唐晁采《雨中憶夫》：「何事玉郎久離别，忘憂總對豈忘憂。」《敦煌曲子詞・魚歌子》：「雅奴卜，玉郎至，扶不（下）驊騮沉醉。」薄幸：同薄倖，薄情，負心。唐杜牧《遣懷》：「十年一覺揚州夢，贏得青樓薄幸名。」

〔四〕淚界：淚水在臉上流出的痕跡。界：分劃。晉孫綽《遊天台山賦》：「赤城霞起而建標，瀑布飛流以界道。」蓮腮：姣好如蓮花的臉腮。

【疏　解】

詞寫閨怨。起句言夢裏團聚，醒來夢境消失，閨中依舊一片空寂。曰「依舊」，則此種經驗已非一次矣，見出女子被相思別情反復折磨的苦況。次句寫夢醒之後，女子聽到隔簾傳入的淒咽鵑聲。杜鵑聲苦，正以烘襯女子苦於相思的心情。「一日日，恨重重」，流水對句輔以疊字，顯示在時間推移過程中，女子層層疊疊、越聚越多的離愁別恨。結句是相思怨情的高潮，描寫女子淚下如線、界破殘妝的淒美容顏，表現其悲苦的內心情感。此詞「運密入疏，寓濃於淡」（況周頤《餐櫻廡詞話》），純用白描，不事粉飾，收到良好的言情效果。

【集　評】

鍾本評語：何籀詞：「淚痕如線，界破殘粧面。」

李調元《雨村詞話》卷一：詞用「界」字始韋端己，《天仙子》詞云：「淚界蓮腮兩線紅。」

宋子京《蝶戀花》詞效之云：「淚落胭脂，界破蜂黄淺。」遂成名句。

況周頤《餐櫻廡詞話》：韋詞運密入疏，寓濃於淡，如《天仙子》「蟾彩霜華」、「夢覺雲屏」二首及《浣溪沙》、《謁金門》、《清平樂》諸詞，非徒以麗句擅長也。

蕭繼宗《評點校注花間集》：「界」字，亦即「闌干」之意。粉面淚痕，不易得一動詞以狀之，著一「界」字，不獨清新，亦見生動。夢覺屏空，示人之未歸；隔簾鵑咽，恨人之未歸，至「玉郎」句始點明，便無一虚設語。三字兩句，近於率筆，「一日日」，見淹留之久，「恨重重」，寫悵望之深，故不覺其率。蕙風所謂運密入疏，正不易爲。若信筆苟作，便成膚泛。

其　五①

金似衣裳玉似身〔一〕。眼如秋水鬢如雲〔二〕。霞裙月帔一群群②〔三〕。來洞口〔四〕，望煙分〔五〕。劉阮不歸春日曛③〔六〕。

【校　記】

① 王輯本此首作「其四」。

② 霞裙月帔：彊村本《金奩集》作「霞裾月帳」。

③歸：王輯本作「來」。日：《詞譜》作「自」，胡輯本《韋莊詞注》曰：「自」字佳。曛：湯評本、合璧本作「矄」。

【箋注】

〔一〕金似句：即衣裳似金身似玉。

〔二〕眼如秋水：喻眼波明澈。唐白居易《宴桃源》：「鬟鬢彈輕鬆，凝了一雙秋水。」唐李賀《唐兒歌》：「骨重神寒天廟器，一雙瞳仁剪秋水。」韋莊《秦婦吟》：「西鄰有女真仙子，一雙橫波剪秋水。」鬢如雲：女子鬢髮盛美如雲。《樂府詩集·横吹曲辭》五《木蘭詩》：「當窗理雲鬢，對鏡貼花黄。」

〔三〕霞裙月帔：雲霞爲裙，月華爲帔，形容仙子華麗的服飾。唐孟郊《同李益崔放送王煉師還樓觀兼爲群公先營山居》：「霞冠遺彩翠，月帔上空虚。」唐曹唐《小遊仙詩》之二七：「西漢夫人下太虚，九霞裙幅五雲輿。」

〔四〕洞：此指天台桃源仙洞。

〔五〕煙分：煙開，煙霧消散。

〔六〕劉阮：參見卷二温庭筠《思帝鄉》「花花」注〔六〕。曛：落日餘暉。南朝宋謝靈運《晚出西射堂》：「曉霜楓葉丹，夕曛嵐氣陰。」

【疏　解】

詞詠本調。前二句仿照李白《清平調》「雲想衣裳花想容」的修辭手法，連用四個美妙的比喻，濃墨重彩地刻畫仙女的衣飾妝容，「皆提空寫人，瀟灑出塵之態，與飛卿所寫矜貴雍容之態，各不相同」（唐圭璋《詞學論叢》）。接寫一群美麗的仙女來到桃源洞口，眺望雲烟消散之處，期盼劉晨阮肇歸來。她們一直守望到日暮時分，仍不見情郎的蹤影。「曛」字下得極好，不僅寫出了夕陽餘暉的迷蒙光色，更襯出了仙女望歸的幽眇意緒。

【集　評】

湯顯祖評《花間集》卷一：無此結句，確乎當删。

又：以上四章俱佳絶，卒章何率意乃爾。豈强弩之末，江郎才盡耶？

李調元《雨村詞話》卷一：太白詞有「雲想衣裳花想容」，已成絶唱，韋莊效之，「金似衣裳玉似身」，尚堪入目。

丁壽田等《唐五代四大名家詞》乙篇：此詞蓋借用劉阮事詠美人窩耳。「曛」字極佳，宋祁「紅杏枝頭春意鬧」之「鬧」字，不能過也。

李冰若《花間集評注・栩莊漫記》：此首正合題目，唐五代詞詞意即用本題者多有之。似非强弩之末也。

唐圭璋《詞學論叢·温韋詞之比較》：《天仙子》「金似衣裳玉似身，眼如秋水鬢如雲」，皆提空寫人，瀟灑出塵之態，與飛卿所寫矜貴雍容之態，各不相同。

吴世昌《詞林新話》卷二：端己《天仙子》（金似衣裳玉似身）詠女冠。

蕭繼宗《評點校注花間集》：雖用本意，究非佳篇。

喜遷鶯[①]

人洶洶，鼓鼕鼕[②]〔一〕。襟袖五更風〔二〕。大羅天上月朦朧[③]〔三〕。騎馬上虛空〔四〕。香滿衣，雲滿路。鸞鳳遶身飛舞〔五〕。霓旌絳節一群群[④]〔六〕。引見玉華君〔七〕。

【校　記】

①《金奩集》入「黄鐘宫」。吴鈔本、張本作「喜遷鶯二首」。玄本調作《喜鶯遷》。

②鼓：四印齋本作「皷」。

③朦朧：王輯本作「朦朦」。

④絳：吴鈔本作「鋒」，誤。

【箋　注】

〔一〕人洶洶二句：謂人聲喧嘩，鼓樂齊鳴。形容應舉得中的熱鬧場面。洶洶：喧擾貌。《北齊書·司馬子如傳》：「天下洶洶，唯强是視，於此際會，不可以弱示人。」唐杜甫《承聞河北諸道節度入朝歡喜口號絶句十二首》之一：「洶洶人寰猶不定，時時鬭戰欲何須。」鼕鼕：指京城五更解禁街鼓聲。唐李益《漢宫少年行》：「君不見上宫警夜行八屯，鼕鼕街鼓朝朱軒。」唐元稹《酬樂天書懷見寄》：「荆州白日晚，城上鼓鼕鼕。」

〔二〕五更風：五更時候的風。五更乃早朝之時。唐李咸用《贈來進士鵬》：「月明千嶠雪，灘急五更風。」

〔三〕大羅天：道家所謂最高之天。《雲笈七籤》卷二一引《元始經》曰：「大羅之境，無復真宰，惟大梵之氣，包羅諸天。……故頌曰：三界之上，眇眇大羅。上無色根，雲層峨峨。」唐段成式《酉陽雜俎》卷二《玉格》：「道列三界諸天，數與釋氏同，但名別耳。三界外曰四人境。……四人天外曰三清。……三清上曰大羅。」唐王維《送王尊師歸蜀中拜掃》：「大羅天上神仙客，濯錦江頭花柳春。」此處喻指朝廷。月朦朧：月色微明。唐竇鞏《秋夕》：「護霜雲映月朦朧，烏鵲爭飛井上桐。」

〔四〕騎馬句：謂騎馬進宫。虚空：天空，空中。《晉書·天文志》上：「日月衆星，自然浮生虚空之中，其行其止皆須氣焉。」唐韓愈《寄盧仝》：「近來自説尋坦途，猶上虚空跨緑駬。」唐白居易《醉後走筆酬劉五主簿長句之贈兼簡張大賈二十四先輩昆季》：「步登龍尾上虚空，立去天顔無咫尺。」此處亦喻朝廷。

〔五〕鸞鳳句：指穿著龍鳳圖案的朝衣。

〔六〕霓旌絳節：儀仗也。唐李益《登天壇夜見海》：「霞梯赤城遥可分，霓旌絳節倚彤雲。」霓旌：仙人的雲霞旗幟。漢劉向《九歎·遠逝》：「舉霓旌之墆翳兮，建黄纁之總旄。」亦指帝王儀仗，唐杜甫《哀江頭》：「憶昔霓旌下南苑，苑中萬物生顔色。」絳節：古代使者持作憑證的紅色符節。南朝梁蕭綱《讓驃騎揚州刺史表》：「故以彈壓六戎，冠冕九牧，豈止司隸絳節，金吾緹騎。」唐駱賓王《從軍中行路難》：「絳節朱旗分日羽，丹心白刃酬明主。」亦指神仙儀仗。唐杜甫《玉臺觀》之一：「中天積翠玉臺遥，上帝高居絳節朝。」

〔七〕引見：舊指皇帝接見臣下或賓客時由相關大臣引導入見。東漢班固《漢書·兩龔傳》：「徵爲諫大夫，引見。」唐杜甫《丹青引贈曹將軍霸》：「開元之中常引見，承恩數上南薰殿。」玉華君：本指天帝，此指皇帝。

【疏　解】

此首就題發揮，詠登科事。起三句寫五更放榜之時，人聲鼎沸、鼓聲喧天的熱鬧情形。接下由實入虛，用道教神仙語，把高中者騎馬入朝比作騎馬上天，把新進士朝見皇帝比作朝見天帝。虛實不分的筆法，生動地傳寫出登第者飄飄欲仙的美妙感覺。

【集　評】

華鍾彦《花間集注》卷三：按端已詞二首，皆詠登科事。以喻由於幽谷，遷於喬木也。亦屬就題發揮之作。

吴世昌《詞林新話》卷二：《喜遷鶯》（人洶洶）詠道醮。

蕭繼宗《評點校注花間集》：《喜遷鶯》調，本意寫科場及第，金榜題名之樂。韋詞二首，均取本意。此首用登仙之語，以示殊榮，其意雖俗，其詞尚有朦朧之美。後首更明，便覺更遜。

其　二

街鼓動，禁城開①〔一〕。天上探人迴②〔二〕。鳳銜金牓出雲來③〔三〕。平地一聲雷〔四〕。鶯已遷，龍已化〔五〕。一夜滿城車馬。家家樓上簇神仙④〔六〕。爭看鶴沖天〔七〕。

【校　記】

①禁城：王輯本作「禁煙」。

②探人：《花草粹編》作「探春」。

③膀：吴鈔本、文治堂本、毛本、後印本、四庫本、清刻本、《韋莊詞校注》、《温韋馮詞新校》作「榜」。雲：鄂本、吴鈔本、毛本、後印本、正本、四庫本、清刻本、四印齋本、《歷代詩餘》、林大椿《唐五代詞》作「門」。毛本、後印本、正本、四庫本、清刻本小注曰：「門，一作雲。」

④家家：彊村本《金奩集》作「謝家」。樓：吴鈔本作「棲」，誤。

【箋　注】

〔一〕街鼓：城坊警夜之鼓，宵禁開始和終止時擊鼓通報。唐劉肅《大唐新語》十：「舊制，京城内金吾曉暝傳呼，以戒行者。馬周獻封章，始置街鼓，俗號鼕鼕，公私便焉。」五代劉昫《舊唐書·馬周傳》：「先是，京城諸街，每至晨暮，遣人傳呼以警衆。周遂奏諸街置鼓，每擊以警衆，令罷傳呼，時人便之，太宗亦加賞勞。」唐張説《離會曲》：「街鼓喧喧日將夕，去棹歸軒兩相迫。」禁城：皇城，京城。唐李適《中和節賜百官燕集因示所懷》：「仲月風景暖，禁城花柳新。」

〔二〕天上句：謂應考舉人入朝看榜歸來。唐徐夤《放榜日》：「喧喧車馬欲朝天，人探東堂榜已懸。」

〔三〕鳳銜句：謂下詔公佈新科進士名單。鳳銜：鳳凰銜書，《藝文類聚》卷九九引《春秋元命苞》：「火離爲鳳凰，銜書游文王之都，故武王受鳳書之紀。」本謂帝王受命的瑞應，後亦指帝王使者持送詔書。漢焦延壽《易林》：「鳳凰銜書，賜我玄珪，封爲晉侯。」金牓：科舉時代殿試揭曉的榜單。唐劉禹錫《送裴處士應制舉》：「彤庭翠松迎曉日，鳳銜金榜雲間出。」

〔四〕平地句：此處比喻新科高中的特大喜訊。

〔五〕鶯已遷，龍已化：謂金榜高中，將改變身份，飛黄騰達。唐韋絢《劉賓客嘉話録》：「今謂進士登第爲遷鶯者久矣，蓋自《毛詩·伐木篇》，詩云：『伐木丁丁，鳥鳴嚶嚶。出自幽谷，遷於喬木。』」唐李商隱《喜舍弟羲叟及第上禮部魏公》：「朝滿遷鶯侣，門多吐鳳才。」南朝宋范曄《後漢書·李膺傳》：「膺獨持風裁，以聲名自高。士有爲其容接者，名爲登龍門。」注曰：「辛氏《三秦記》曰：河津一名龍門，水險不通，魚鱉之屬莫能上，江海大魚薄集龍門下數千，不得上，上則爲龍也。」唐翁洮《春日題航頭橋》：「莫怪馬卿題姓字，終朝雲雨化龍津。」

〔六〕神仙：此指從新進士中擇婿的富貴人家女兒。

〔七〕鶴沖天：喻科舉登第。唐韋莊《癸丑下第獻新先輩》：「千炬火中鶯出谷，一聲鐘後鶴沖天。」

【疏　解】

詞旨同前首。起三句仍從五更放榜的熱鬧入手，街鼓聲中，禁城門開，簇擁守候的舉子們探榜回來，因已高中，而有登天之感。「鳳銜」句寫禮部南院張掛新進士榜單，「平地一聲雷」形容中第者一舉成名，聲震都下。過片比擬中試的舉子如鶯出谷，如魚化龍，身價自是不同往日。「一夜」句寫放榜前夜，京城裏車馬奔馳的情景。結二句描寫家家户户搭結彩樓，女眷們於樓上爭睹新進士風采，映襯出新進士們志得意滿的情態。據夏譜，韋莊於昭宗乾寧元年甲寅（八九四）第進士，時年五十九歲。這二首《喜遷鶯》或即作於本年春榜放時。

【集　評】

湯顯祖評《花間集》卷一：讀《張道陵傳》，每恨白日鬼話，便頭痛欲睡，二詞亦復類此。

李冰若《花間集評注・栩莊漫記》：《藝林伐山》云：「世傳大羅天，放榜於蕊珠宫。」韋相此詞所詠，雖涉神仙，究指及第而言，未得以鬼話目之。

夏承燾《唐宋詞人年譜・韋端己年譜》：昭宗乾寧元年甲寅（八九四），五十九歲。第進士，爲校書郎。《直齋書録解題》十九《浣花集》：「韋莊，唐乾寧元年進士也。」《唐才子傳》：「乾寧元年，蘇儉榜進士，釋褐校書郎。」案《集》八《南省伴直》注：「甲寅年，自江南到京後作。」《集》

九《與東吴生相遇》云：「十年身事各如萍，白首相逢淚滿纓。」注：「及第後出關作。」詞集《喜遷鶯》二首詠及第，或本年作。

吴世昌《詞林新話》卷二：《喜遷鶯》「街鼓動」殆中進士後作喜詞。

蕭繼宗《評點校注花間集》：此詞視前首更明，寫新進士放榜之後，歡動禁城。末二語謂走馬天街，萬人爭看，公卿内眷，登樓相婿之事，亦或有之。帝制時代，目爲大典殊榮，詞中所述，亦屬實事，雖主題近俗，而當時情景，如在目前。昔人所作《喜遷鶯》詞，大都用本意，寫科場報捷之盛，時代不同，正不必以熱中仕進斥之。試思近歲市民迎還手歸國時情景，相去幾何？後之視今，亦猶今之視昔也。

思帝鄉①

雲髻墜②〔一〕。鳳釵垂〔二〕。髻墜釵垂無力，枕函欹〔三〕。翡翠屏深月落〔四〕，漏依依③〔五〕。説盡人間天上④，兩心知〔六〕。

【校　記】

① 吴鈔本、張本作「思帝鄉二首」。《金奩集》入「越調」。調名《記紅集》作《兩心知》。

② 髻墜：兩「髻墜」，雪本皆作「髻墮」，湯本、合璧本皆作「髻隊」。《歷代詩餘》作「鬢墜」。

③ 漏：張本朱筆校補。

④ 説盡句：《詞軌》作「説盡人間天上事」。

【箋注】

〔一〕雲髻：高聳的髮髻。《文選》三國魏曹植《洛神賦》：「雲髻峩峩，修眉聯娟。」李善注：「峩峩，高如雲也。」南齊謝朓《雜詠》：「徘徊雲髻影，灼爍綺疏金。」

〔二〕鳳釵：五代馬縞《中華古今注》卷中：「始皇又金銀作鳳頭，以玳瑁爲腳，號曰鳳釵。」北周庾信《看妓》：「膺風蟬鬢亂，映日鳳釵光。」

〔三〕枕函：中可藏物之枕。唐張祜《病宮人》：「惆悵近來消瘦盡，淚珠時傍枕函流。」

〔四〕翡翠屏：嵌以翠玉之屏風。

〔五〕漏依依：漏刻遲緩。

〔六〕説盡二句：情人枕前盟誓。唐白居易《長恨歌》：「臨别殷勤重寄詞，詞中有誓兩心知。在天願作比翼鳥，在地願爲連理枝。」

【疏解】

詞寫閨情。對句領起，描摹女子的髮式首飾。三句雙承復沓，突出强調女子「髻墜釵垂」的慵懶萎靡情態。「枕函」以下三句，寫女子攲枕無眠，看著月亮慢慢落到翡翠屏風的後面，聽著遲緩無盡的滴漏聲，回想著滿腹的心事。結二句寫女子的心理活動，她想起當初的盟誓，兩人都應該銘記在心，因此男子不會辜負自己的一腔癡情。這其實是相思無計的女子，一種虛幻的自我安慰，其情可憫。

【集　評】

鍾本評語：語甚濃至。

俞陛雲《唐五代兩宋詞選釋》：調倚《思帝鄉》，當是思唐之作，而託爲綺詞。身既相蜀，焉能求諒於故君，結句言此心終不忘唐，猶李陵降胡，未能忘漢也。

唐圭璋《詞學論叢·論詞之作法》：詞中起法，不一而足。……寫人則往往從容貌寫起，唐五代人，多用此法。如飛卿云「蕊黄無限當山額。宿妝隱笑紗窗隔」，端己云「雲髻墜，鳳釵垂。髻墜釵垂無力」，李後主云「雲一緺，玉一梭。淡淡衫兒薄薄羅。輕顰雙黛螺」皆是。

蕭繼宗《評點校注花間集》：第三句，重用「髻墜釵垂」四字，似優伶曲白，何以韋相忽然貧窘，誠不可解。

其　二

春日遊。杏花吹滿頭①。陌上誰家年少②〔一〕，足風流〔二〕。妾擬將身嫁與③〔三〕，一生休④〔四〕。縱被無情棄⑤，不能羞〔五〕。

【校　記】

①滿頭：王輯本作「滿陌」。

②陌上：王輯本作「頭上」。

③擬將：彊村本《金奩集》作「擬待將」。

④一生：王輯本作「一身」。休：玄本作「休」。

⑤棄：晁本、張本、毛本、正本、影刊本作「弃」。吴鈔本作「棄去」。

【箋　注】

〔一〕陌上：田野小路上。南朝江淹《别賦》：「閨中風暖，陌上草熏。」

〔二〕風流：舉止風度瀟灑飄逸。唐牟融《送友人》：「衣冠重文物，詩酒足風流。」

〔三〕妾：古時女子自稱。東漢無名氏《古詩爲焦仲卿妻作》：「妾有繡腰襦，葳蕤自生光。」

〔四〕一生休：了此一生。休：罷，了。或謂：休，喜悦，歡樂。《詩經·小雅·菁菁者莪》：「既見君子，我心則休。」華鍾彦《花間集注》曰：「《易·恒卦》：『婦人貞吉，從一而終也。』」

〔五〕縱被二句：華鍾彦《花間集注》引《詩經·衛風·氓》「三歲爲婦」章曰：「風人之旨，與此同爲自怨自艾之詞。」

【疏　解】

詞寫懷春少女對愛情的大膽表白。晚唐五代時期，由於社會動盪，正統儒家觀念受到衝擊，社會思想出現普遍解放的趨勢，社會心理中的愛情意識大爲抬頭，加上受戰亂影響較小的南方城市經濟的高度繁榮，爲愛情意識的滋長提供了氣候適宜的温牀。於是，愛情意識遂瀰漫爲那一時代的共同思潮。文學作品向來是時代情緒最敏感的傳達者，所以晚唐五代文壇從傳奇小説，到詩歌，到詞，聯袂上演了一臺愛情大合唱，其中唱得最爲出色的，當然要數登上文壇不久的「後起之秀」——長短句曲子詞了。詞是愛情意識尋找到的最佳載體，《花間集》中的大部份作品，就是表現男歡女愛、花情柳思的。韋莊的這首《思帝鄉》，可説是唐五代詞「愛情奏鳴曲」中的一個最響亮的音符。詞中的少女被春天的蓬勃生機所感染，全部的生命熱情如岩漿噴薄、洪水破閘一樣不可遏止地爆發了。那在杏花陌上踏青遊春的不相識的風流少年，以其不可抗拒的異性魅力，强烈地召喚著她。她準備以身相許，奉獻自己，她渴望著去無拘無束地盡情愛上一次，爲此付出一生的代價也覺值得；即使將來被無情抛棄，也在所不惜。詞中少女的愛情出自本能而無利害考慮，這種不計得失、不顧後果的愛情，才真正是從青春生命最深處突圍而出的最純粹的愛情。不管對這種一見傾心、不顧一切的愛情作何評價，你都不能不被這簡直是「九死不悔」的異常率真、熱烈的情感態度所震撼。這首詞的風格也因此和南朝小樂府、晚唐香奩詩、花間體詞的柔婉纏綿不類，而更接近於漢樂府《上邪》、北朝樂府《地驅樂歌》、唐五代民間詞的爽直奔放。

【集　評】

鍾本評語：鍾情之語，自不損致。

卓人月《古今詞統》卷三徐士俊評語：死心塌地。

賀裳《皺水軒詞筌》：小詞以含蓄爲佳，亦有作決絶語而妙者。如韋莊「誰家年少，足風流。妾擬將身嫁與，一生休。縱被無情棄，不能羞」之類是也。牛嶠「須作一生拚，盡君今日歡」，抑亦其次。柳耆卿「衣帶漸寬終不悔，爲伊消得人憔悴」，亦即韋意，而氣加婉矣。

沈雄《古今詞話·詞品》下卷：詞有寫景入神者。……亦有言情得妙者，韋莊云：「妾擬將身嫁與，一生休。縱被無情棄，不能羞。」牛嶠云：「朝暮幾般心，爲他情謾真。」抑亦其次。

李冰若《花間集評注·栩莊漫記》：爽雋如讀北朝樂府「阿婆不嫁女，那得孫兒抱」諸作。

俞平伯《唐宋詞選釋》：「休」，罷。這一輩子也就此算了。「無情」作名詞用，仿佛説「薄情」，指薄情的男子。

唐圭璋《詞學論叢·温韋詞之比較》：寫閨情，如《思帝鄉》：「春日遊（略）。」此寫少女心思，纏綿嫵媚。

夏承燾《唐宋詞欣賞·不同風格的温韋詞》：這是文人詞中描寫愛情極爲突出的一首，十分像民歌。韋莊這首與我們前面講過的敦煌曲子詞《菩薩蠻》「枕前發盡千般願」一首，内容雖然不盡相同，但感情的熱烈、真摯卻没有兩樣。這樣真率抒情，像元人散曲，很明顯是受民間作品的影響。温庭筠寫愛情的詞，最明朗的像「偷眼暗形相，不如從嫁與，作鴛鴦」，他至多只能説到這樣，與韋莊的作品比較起來，仍是婉約含蓄的。

顧隨《駝庵詞話》卷六：静安《人間詞話》獨標「境界」，「境界」又或謂之「意境」，「意境」又可分開來講。「意」就是思想，思想與回想不同，思想是前進的，是理想，如韋莊之「春日遊」（《思帝鄉》），馮正中之「和淚試嚴妝」（《菩薩蠻》），大晏之「不如憐取眼前人」（《浣溪沙》），即各人之思想、理想。

蕭繼宗《評點校注花間集》：少女一時直覺，如浮漚起滅，轉瞬即逝。有此念者，幾不自知，更不必舉以告人，獨詩人不待其告而知之，而代言之，而痛快言之，即此已是大妙，他無論已。

訴衷情①

燭燼香殘簾未捲②〔一〕，夢初驚〔二〕。花欲謝③。深夜。月朧明④〔三〕。何處按歌聲⑤〔四〕。輕輕。舞衣塵暗生⑥。負春情⑦〔五〕。

【校　記】

①《金奩集》入「越調」。吴鈔本、張本作「訴衷情二首」。《韋莊詞校注》此詞雙調，於「月朧明」後分爲下片。

②未捲：茅本、鍾本、湯本、合璧本、毛本、後印本、四庫本、清刻本、徐本、全本、《歷代詩餘》、王輯本作「半捲」。

③謝：晁本、雪本作「榭」。

④深夜二句：張本作「深夜月朧明」五字句。朧：全本、王輯本作「籠」。

⑤按：王輯本作「案」。

⑥舞：彊村本《金奩集》作「繡」。暗：吴鈔本作「晴」。

⑦情：吴鈔本作「晴」。

【箋　注】

〔一〕燭燼香殘：燭與香均已燃盡，借寫夜深。《北史・呂思禮傳》：「晝理政事，夜即讀書。令蒼頭執燭，燭燼夜有數升。」南朝梁蕭繹《對燭賦》：「燭燼落。」唐李建勳《獨夜作》：「佳人一去無消息，夢覺香殘愁復入。」

〔二〕夢初驚：唐李咸用《聞泉》：「淅淅夢初驚，幽窗枕簟清。」

〔三〕月朧明：月光微明。唐白居易《人定》：「人定月朧明，香消枕簟清。」

〔四〕按歌聲：按拍奏樂而歌。唐白居易《宮詞》：「淚濕羅巾夢不成，夜深前殿按歌聲。」

〔五〕春情：春日光景意興。南朝梁蕭子範《春望古意》：「春情寄柳色，鳥語出梅中。」或指男女之情，南朝齊王融《詠琵琶》：「絲中傳意緒，花裏寄春情。」

【疏　解】

詞寫舞女怨情。前五句寫深夜驚夢，見出女子的心緒不寧，難以安眠。香燭的殘燼，欲謝的花朵，朦朧的月色，予人以孤凄衰殘之感，烘托夜深不寐的女子的愁情。這時，不知何處隱約傳來的歌聲，更增添了她的愁寂煩悶，讓人生出「幾家歡樂幾家愁」的感歎。「舞衣」透漏女子的身份，「塵暗生」説明久已不復歌舞，則此舞女當是因年長色衰而門庭冷落。「負春情」三字，既是自歎辜負大好春光，也是責怨昔日歡好的負情變心，情感内涵相當沉重。

【集　評】

鍾本評語：「花欲謝。深夜月朧明」，宋人惟張子野幾有之。

李冰若《花間集評注·栩莊漫記》：音節極諧婉。

蕭繼宗《評點校注花間集》：温柔敦厚之作，《花間》不多見也。

其　二

碧沼紅芳煙雨靜①〔一〕，倚蘭橈②〔二〕。垂玉珮③。交帶〔三〕。裊纖腰④。鴛夢隔星橋⑤〔四〕。迢迢。越羅香暗銷〔五〕。墜花翹〔六〕。

【校　記】

① 碧沼：張本作「碧落」。靜：《詞綜》作「淨」。

② 蘭：晁本、雪本作「欄」，據陸本改。全本、《歷代詩餘》、王輯本、林大椿《唐五代詞》皆作

「蘭」。橈：吴鈔本作「撓」。

③ 珮：毛本、後印本、正本、四庫本、王輯本作「佩」。

④ 交帶二句：張本作「交帶裊纖腰」五字句。《韋莊詞校注》此詞雙調，於「裊纖腰」後分爲下片。

⑤ 鴛夢：天都閣本《詞品》作「鴛鴦」。

【箋注】

〔一〕碧沼：碧緑的池塘。唐武三思《奉和宴小山池賦得溪字應制》：「年光開碧沼，雲色斂青溪。」紅芳：紅花。唐劉希夷《晚春》：「庭陰幕青靄，簾影散紅芳。」此指荷花。

〔二〕蘭橈：木蘭船槳，代指船。劉長卿《上巳日越中與鮑侍郎泛舟耶溪》：「蘭橈縵轉傍汀沙，應接雲峰到若耶。」

〔三〕交帶：束結衣帶。白居易《和微之詩二十三首·和送劉道士游天台》：「佩服交帶籙，諷吟蕊珠文。」

〔四〕鴛夢：男女歡愛之夢。唐曹唐《李夫人》：「白玉帳寒鴛夢絶，紫陽宫遠雁書稀。」星橋：天河上的鵲橋。北周庾信《舟中望月》：「天漢看珠蚌，星橋似桂花。」唐李商隱《七夕》：「鸞扇斜分鳳幄開，星橋横過鵲飛迴。」

〔五〕越羅：越地出産的羅綺。此指越羅裁縫的衣飾。唐牟融《禁煙作》：「尊酒臨風酬令節，越羅衣薄覺春寒。」

〔六〕花翹：古代婦女的一種首飾。明楊慎《詞品》卷二《花翹》：「韋莊《訴衷情》詞云：『鴛夢隔星橋。迢迢。越羅香暗銷。墜花翹。』按此詞在成都作也。蜀之妓女，至今有花翹之飾，名曰『翹花兒』云。」

【疏　解】

詞寫相思之情。環境不是繡幃香閨，而是雨後碧水紅荷的池沼。蕩舟的女子玉佩交帶，腰肢細裊，芳姿綽約。「鴛夢」二句，轉寫女子與情人的距離，迢遥如隔天河上的鵲橋，可知相見時難，離情正苦。結二句描寫女子羅衣香散，花翹斜墜，暗示其心緒的低抑。此首詞采濃豔，與温爲近。

【集　評】

湯顯祖評《花間集》卷一：此詞在成都作，蜀之伎女至今有花翹之飾，名曰「翹花兒」云。

陳廷焯《雲韶集》卷一：「鴛夢隔星橋」五字，有仙氣，亦有鬼氣。

姜方錟《蜀詞人評傳》：《訴衷情》可考證當時妝飾，又豈徒資考證爲勝哉。

蕭繼宗《評點校注花間集》：「鴛夢」一句，似南宋人筆調。何疑乎「仙」、「鬼」？

上行盃①

芳草灞陵春岸〔一〕。柳煙深、滿樓絃管②〔二〕。一曲離聲腸寸斷③。今日送君千萬④〔三〕。紅縷玉盤金鏤盞⑤〔四〕。須勸。珍重意，莫辭滿〔五〕。

【校　記】

①《金奩集》入「歇指調」。吴鈔本、張本作「上行盃二首」，吴鈔本二首均不分片。

②絃：晁本、影刊本缺末筆。

③離聲腸寸斷：鄂本、毛本、後印本、正本、清刻本、四印齋本、《詞律》、林大椿《唐五代詞》作「離腸寸寸斷」，吴鈔本作「離腸寸斷」，《詞譜》作「離聲腸欲斷」，《歷代詩餘》作「離歌腸寸斷」。

④日：《歷代詩餘》作「夜」。千萬：湯評本、合璧本作「十萬」，雪本、胡輯本《韋莊詞注》作「千里」。

⑤紅縷：晁本、鄂本作「紅鏤」。毛本、後印本、正本、四印齋本作「紅縷」，今從改。

【箋　注】

〔一〕灞陵：本作霸陵。漢文帝陵墓名，因灞水得名，在今陝西西安市東。《三輔黄圖》卷六：「文帝霸陵，在長安城東七十里，因山爲藏，不復起墳，就其水名，因以爲陵號。」灞水上有橋，橋邊多植柳，《三輔黄圖·橋》：「霸橋在長安城東。跨水作橋。漢人送客至此橋，折柳贈別。」此俗至唐尤盛。唐李白《憶秦娥》：「年年柳色，灞陵傷別。」

〔二〕絃管：弦樂器與管樂器，亦稱絲竹，代指音樂。漢趙曄《吴越春秋·勾踐伐吴外傳》：「功可像於圖畫，德可刻於金石，聲可託於絃管，名可留於竹帛。」

〔三〕千萬：千萬里，謂將遠行。五代薛昭藴《離别難》：「那堪春景媚，送君千萬里。」

〔四〕紅縷玉盤：指玉盤所盛之鱠。唐陳羽《宴楊駙馬山池》：「鱠下玉盤紅縷細，酒開金甕緑醅濃。」金鏤盞：鏤花的金杯。

〔五〕莫辭滿：唐元稹《三泉驛》：「勸君滿盞君莫辭，别後無人共君醉。」

【疏　解】

此首灞陵送別。起二句叙寫別地別時，灞橋是自古送別之地，折柳是千年送別習俗，芳草又興起遠遊不歸的意緒，這兩句雖然只有區區九個字，卻集中了三個與別離有關的原型意象，因而釀出了濃郁的别離氛圍。接寫「滿樓絃管」的餞别宴席，一曲離歌，教人柔腸寸斷。换頭承上，描寫别筵的豐盛和勸酒的深情，送君萬里行，莫辭一杯滿，「殷勤惘款，令人情醉」（陳廷焯《詞則》），與唐王維《送元二使安西》具有同樣的情感内涵和藝術效果。

【集評】

陳廷焯《詞則·閒情集》卷一：殷勤惘款，令人情醉。

陳廷焯《雲韶集》卷一：「勸君更盡一杯酒，西出陽關無故人。」同此淒豔。

俞陛雲《唐五代兩宋詞選釋》：玩其詞意，今日送君而憶及當日灞陵餞别，殆在蜀中送友歸國，回思奉使之日，灞橋折柳，何等傷懷，君今無恙還鄉，勿辭飲滿，愈見己之窮年羈泊爲可悲也。

吴世昌《詞林新話》卷二：代歌女作别詞勸酒。

蕭繼宗《評點校注花間集》：《上行杯》爲餞别之曲，兩首俱用本意。詞直而情深。「今日」句語欠圓足。

其　二

白馬玉鞭金轡〔一〕。少年郎、離别容易①。迢遞去程千萬里②〔二〕。惆悵異鄉雲水③。

滿酌一盃勸和淚④〔三〕。須愧⑤。珍重意，莫辭醉⑥〔四〕。

【校　記】

①離別：毛本、四庫本作「別離」。易：茅本作「易」。

②迢遞：全本作「迢遰」。

③惆悵：彊村本《金奩集》作「怊悵」。異鄉：王輯本作「萬重」。

④勸：吴鈔本作「歡」。

⑤愧：吴鈔本無此字。

⑥醉：吴鈔本作「滿」。

【箋　注】

〔一〕玉鞭金轡：形容馬鞭轡頭之精美。唐王建《田侍郎歸鎮》：「萬里雙旌汾水上，玉鞭遥指白雲莊。」唐唐彦謙《詠馬》：「騎過玉樓金轡響，一聲嘶斷落花風。」

〔二〕迢遞：遥遠貌。三國魏嵇康《琴賦》：「指蒼梧之迢遞，臨迴江之威夷。」唐杜甫《送樊二十三侍御赴漢中判官》：「居人莽牢落，遊子方迢遞。」

〔三〕勸和淚：和淚勸酒。

〔四〕莫辭醉：唐高適《淇上送韋司倉往滑臺》：「飲酒莫辭醉，醉多適不愁。」

【疏　解】

此首餞別之詞。起句從「白馬玉鞭金轡」的行裝描寫切入，推出「輕別離」的少年郎形象，這應是女子送別時的心理感覺。「迢遞」句言雖少年輕別，但女子卻爲他的遥遠旅途擔憂著。换頭承上，繼續表現女子的擔憂牽掛心理，她爲少年遠走異鄉、雲水相隔而惆悵不已，所以滿酌一杯，含淚相勸，表達自己的殷殷情意。結三句是勸酒之辭，希望少年旅途珍重，莫辭一醉，别前且樂片時，别後勿相忘也。

【集　評】

蕭繼宗《評點校注花間集》：「勸和淚」三字未妥，意謂「和淚勸」，「勸」字失韻，故云。「須愧」句，語意不明。

女冠子①

四月十七。正是去年今日②。别君時③。忍淚佯低面〔一〕，含羞半斂眉④〔二〕。　不知魂已斷，空有夢相隨。除卻天邊月，没人知。

【校　記】

①《金奩集》入「歇指調」。《草堂詩餘别集》調下題作《閨情》。吴鈔本、張本作「女冠子二首」。吴鈔本二首均不分片。

②今日：鍾本作「春日」，頁眉朱校「『春』一作『今』」。

③别：吴鈔本作「荆」。

④半斂：張本朱筆校描。

【箋　注】

〔一〕忍淚：唐杜甫《送郭中丞》：「漸衰那此别，忍淚獨含情。」低面：白居易《西涼伎》：「有一征夫年七十，見弄涼州低面泣。」

〔二〕斂眉：皺眉。北周庾信《傷往》之一：「見月長垂淚，花開定斂眉。」

【疏　解】

此首憶舊，回憶去年今日分别的感傷情景。一起二句，明記時間，言之鑿鑿，足見銘心難忘。相别一年之後，於今年此日恰又想起去年此日，可知這别後的相思，無日無之，從未間斷。「别君時」三字，關聯上下，補足前文所寫「去年今日」發生的情事，開啟下文「忍淚佯低面，含羞半斂眉」的别時情態描寫。因眼淚難忍，又怕遠行者傷感，所以假作低頭以爲掩飾；心中有許多情話要説，但又覺説不出口，所以含羞斂眉。這十個字歷歷如繪，將女子别前一刻的温柔體貼、矛盾痛苦的心理情態，傳神寫出。下片轉寫别後相思，因完全沉浸在離别情緒裏，所以不覺之間已然魂斷。此身不能伴君遠行，只有夢裏相隨了，但夢境終究空幻無憑。結二句無理而妙，月本無知，而竟言天邊月知，是反襯自己的内心痛苦無人解知。再有，月亮見證了去年今日的那場拂曉分别，月亮也見證了自己别後的夜夜相思，故而託月亮爲知己，聊爲慰藉也。此詞純用白描，「淡語無限深情」，是最能體現韋詞風格的作品之一。或解此詞是男子的回憶，帶有詞人的自叙傳性質，亦可説通。

【集評】

鍾本評語：淡語無限深情，勝麗語多多許。

湯顯祖評《花間集》卷一：直書情緒，怨而不怒，《騷》、《雅》之遺也。嫌與題義稍遠，類今日之博士家言。

卓人月《古今詞統》卷四徐士俊評語：沖口而出，不假妝砌。

沈際飛《草堂詩餘别集》卷一：月知不知都妙。

陳廷焯《雲韶集》卷一：起得灑落。「忍淚」十字，真寫得出。

陳廷焯《詞則·閒情集》卷一：一往情深，不著力而自勝。

王闓運《湘綺樓詞選》前編：不知得妙，夢隨乃知耳。若先知那得有夢？惟有月知，則常語矣。

俞平伯《唐宋詞選釋》：以句法看，（「别君時」）當連上「四月十七」爲一句；以韻腳論，仄韻换平韻，「時」與「眉」叶；就意思論，「時」字承上，「别君」啟下離别光景；此等地方，句讀只可活看。單看上片，好像是一般的回憶，且確説某月某日，哪知卻是夢景。徑用「不知」點醒上文，句法挺秀。韋另有《女冠子》，情事相同，當是一題兩作，那首結句説：「覺來知是夢，不勝悲。」就太明白了。結句以「天邊月」和上「四月十七」時光相應，以「没人知」的重疊來加强上文的「不知」，思路亦細。

夏承燾《唐宋詞欣賞·不同風格的温韋詞》評《女冠子》二首：第一首的上片寫情人相别，下片寫别後相思。第二首的上片是因相思而入夢，下片結句寫夢醒。兩首寫一件事，這和敦煌曲子詞的兩首《鳳歸雲》相似，都是「聯章體」。

又：第一首的開頭明記日月毫無修飾，這是民間文學的樸素的風格，在文人詞中是很少見的。整首詞略有作意的只是末兩句：「除卻天邊月，没人知。」含意也是明白易懂的。

華鍾彦《花間集注》：端己《女冠子》二首，皆爲懷念寵姬而作。

唐圭璋《唐宋詞簡釋》：此首上片，記去年別時之苦況。一起直敘，點明時間。「忍淚」十字，寫別時狀態極真切。下片，寫思極入夢，無人知情，亦淒婉。

唐圭璋《詞學論叢·温韋詞之比較》：純用白描，明晰如話，而自情深一往。此類抒情之詞，求之於飛卿詞中，不得而見也。

吴世昌《詞林新話》卷二：端己詞，直達而已。如「去年今日」，全是直抒胸臆，如出水芙蓉，了無雕飾。曰「紆」曰「鬱」，都是厚誣作者，硬欺讀者。

蕭繼宗《評點校注花間集》：「四月十七」，直而且拙，正因直拙，益見其深摯之情。後主《擣練子》「誰知九月初三夜，露似珍珠月似弓」，賀方回《迎春樂》「三月十三寒食夜」，讀之皆能感人，直拙何足病哉！

其　二

昨夜夜半。枕上分明夢見。語多時。依舊桃花面〔一〕，頻低柳葉眉①〔二〕。　半羞還半喜②，欲去又依依。覺來知是夢〔三〕，不勝悲。

【校　記】

① 頻低：吴鈔本「頻」字後空一格，無「低」字。

②半喜：鍾本作「半語」。

【箋注】

〔一〕桃花面：古時女子一種梳妝樣式。唐宇文士及《妝臺記》：「隋文帝宮中梳九真髻紅粧，謂之『桃花面』。」元李材《解醒語》：「御史中丞祝公，有張京兆之風，嘗爲妻合脂與粉，調以塗之，號『桃花面』。」泛指美人容貌。

〔二〕柳葉眉：古代女子一種柳葉狀眉式。隋陳子良《新城安樂宫》：「柳葉來眉上，桃花落臉紅。」

〔三〕覺來：醒來。唐李白《春日醉起言志》：「覺來眄庭前，一鳥花間鳴。」

【疏解】

此首與前首内容銜接，屬聯章之作。前首既言「夢相隨」，此首就夢境展開描寫。前首從女子的角度憶别，此首從男子的角度記夢。起句寫入夢，結句寫夢醒，中間部分全是夢境的具體描寫，上下片一氣連貫，渾然不分。「昨夜」應該是「四月十七」之夜，但也可以是一年中的任何一夜，别來夜夜相思，即可夜夜入夢。「語多時」，寫夢中相逢，説不盡的相思情愫。「依舊」二字，言女子桃腮柳眉，姣好與過去一模一樣，而「頻低」、「半羞」的情態，正與上片所寫相同，看來這是女子常有的嬌羞動作表情，給男子留下過深刻的印象。「半羞半喜」是歡情激動，「欲去依依」是纏綿傷感。

從相逢話舊到欲去不捨，夢境描寫具體完整，正是「分明」的表現。結二句寫正自不捨之際，豁然夢醒，夢中歡情，一時俱失，讓人不勝悲傷惆悵。此首結句不如前首含蓄，但「將夢境點明」，使詞情顯得「凝重而沉痛」（唐圭璋《唐宋詞簡釋》），這正是韋詞結句的慣用手法，與温詞結句多藴藉深隱不同。

【集　評】

李冰若《花間集評注·栩莊漫記》：韋相《女冠子》「四月十七」一首，描摹情景，使人怊悵。而「昨夜夜半」一首稍爲不及，以結句意盡故也。若士謂與題意稍遠，實爲膠柱之見。唐詞不盡本題意，何足爲病。

劉永濟《唐五代兩宋詞簡析》：此二首乃追念其寵姬之詞。前首是回憶臨别時情事；後首則夢中相見之情事也。明言「四月十七」者，姬人被奪之日，不能忘也。「忍淚」、「含羞」，皆迫於强權，抑制情感之狀。魂斷、夢隨，則情感縈繫無已之語。次首乃從夢後憶夢中。「分明」二字，言記憶甚真也。「羞」與「喜」並在一句，「欲去」與「又依依」亦並在一句，遂使心中複雜矛盾之情均能表達，既喜又羞，既不敢留又不忍去，寫來甚工細而出語卻自然。此種手法，與温飛卿異曲同工。

夏承燾《唐宋詞欣賞·論韋莊詞》：第一首的上片寫情人相别，下片寫别後相思；第二首的上片寫由相思而入夢，下片結句寫夢醒後的悲苦。兩首合起來只寫一件事。前人論文有「密不容針」、「疏可走馬」的説法，這正可用來分别評論温庭筠、韋莊兩位詞家的某些小令的不同風格。

唐圭璋《詞學論叢·唐宋兩代蜀詞》：《女冠子》兩首，寫夢中之情景，亦真切生動。詞云（略）。前首記去年離别之情，後首記夢中相遇之情，皆刻畫細微，如見其面，如聞其聲。兩結句重筆翻騰，暢發盡致，尤覺哀思洋溢，警動無比。蜀自李白以還，若韋氏者，可謂第二大詞人矣。

唐圭璋《唐宋詞簡釋》：此首通篇記夢境，一氣趕下。夢中言語、情態皆真切生動。著末一句翻騰，將夢境點明，凝重而沉痛。韋詞結句多暢發盡致，與温詞之多含蓄者不同。

吴世昌《詞林新話》卷二：《女冠子》（二首）亦皆爲憶故姬之作。

《詹安泰詞學論稿》下編第二章：妙語生成，絲毫不見雕琢的痕跡，而款款深情，自然流露出來……這二首應該是同時寫的，前首由作别時的情態寫到别後的難堪，「空有夢相隨」；後者緊接著由「夢相隨」的情態寫到夢覺後的難堪，「不勝悲」，線索分明，結構嚴謹。前首的「忍淚」兩句和後首的「半羞」兩句，從形象的精細刻畫中來展現出無比深切的愛情，尤其具有十分動人的感染力。

華鍾彦《花間集注》卷三：按端己《女冠子》二首，皆爲懷念寵姬而作。

蕭繼宗《評點校注花間集》：兩詞於换韻時，俱用「時」字，《荷葉杯》「記得那年花下」一首亦同。皆承接極穩。「四月十七」，「昨夜夜半」，「那年」、「深夜」，皆「時」也，讀者於此等處，亦宜細味之。花間諸家《女冠子》詞，皆用本意，獨韋相二首不同，首句音節亦小異。臨川「嫌與題意稍遠」，栩莊謂「爲膠柱之見」，僕初讀此二首，亦與臨川同感，蓋此調在唐五代時，創調未久，作家尚悉遵本意，韋相不宜獨異。竊謂他家之作，文調切合，乃爲文造情，未必真依事實。韋相文不符調，乃爲情造文，反出真意。疑韋相所戀之人，乃真女冠，事真情真，又不能不深諱其人，故暗寓其人於調，作者之用心，善讀者宜能知之。如所揣不誣，則實則反虛，而虛者反實。若徒從字面著眼，轉爲作者所賺矣。

更漏子①

鍾鼓寒，樓閣暝②。月照古桐金井③〔一〕。深院閉，小庭空。落花香露紅〔二〕。煙柳重〔三〕，春霧薄。燈背水窗高閣④〔四〕。閑倚户，暗沾衣〔五〕。待郎郎不歸⑤。

【校　記】

①《金奩集》入「林鐘商調」。張本作「更漏子一首」。湯本、合璧本卷一至此首終。

② 暝：吴鈔本、鍾本、影刊本作「瞑」。

③ 金井：《花草粹編》作「今井」。

④燈背：王輯本作「背燈」。水窗：吴鈔本、王輯本作「小窗」。

⑤郎不歸：《花草粹編》作「即不歸」，誤。彊村本《金奩集》作「歸未歸」。

【箋注】

〔一〕金井：井欄雕飾精美的水井。南朝梁費昶《行路難》之一：「唯聞啞啞城上烏，玉欄金井牽轆轤。」唐王昌齡《長信秋詞》其一：「金井梧桐秋葉黄，珠簾不卷夜來霜。」

〔二〕香露：花上的露水。晉王嘉《拾遺記·炎帝神農》：「陸地丹蕖，駢生如蓋，香露滴瀝，下流成池。」唐温庭筠《芙蓉》：「濃豔香露裏，美人清鏡中。」

〔三〕煙柳：煙霧籠罩的柳樹。唐張仲素《春遊曲》之一：「煙柳飛輕絮，風榆落小錢。」

〔四〕燈背：唐白居易《青氈帳二十韻》：「鐵檠移燈背，銀囊帶火懸。」水窗：臨水之窗。唐白居易《舟夜贈内》：「莫憑水窗南北望，月明月闇總愁人。」

〔五〕沾衣：淚水濕衣。唐李商隱《落花》：「芳心向春盡，所得是沾衣。」

【疏解】

此首春閨懷人。全詞三句一轉，以主要篇幅描寫春夜景色，鐘鼓聲寒，樓閣昏暝，月照井桐，深院門閉，小庭空寂，落紅浥露，柳煙濃重，夜霧朦朧，渲染出女子居所清寒冷落的環境氛圍。結三句推出女子倚門守望、傷心落淚的形象，顯得格外「楚楚可憐」（陳廷焯《雲韶集》）。

【集　評】

陳廷焯《雲韶集》卷一：「落花」五字，淒絶秀絶。結筆楚楚可憐。

華鍾彦《花間集注》卷三：按唐五代詞，《更漏子》調後闋起句均與二三句叶韻，惟此詞則否，是爲變格。

蕭繼宗《評點校注花間集》：白雨齋此評二語，差强人意。

酒泉子①

月落星沉〔一〕。樓上美人春睡。緑雲傾②〔二〕，金枕膩〔三〕。畫屏深③。　子規啼破相思夢〔四〕。曙色東方纔動④。柳煙輕，花露重。思難任〔五〕。

【校　記】

①《金奩集》入「高平調」。張本此首以下調名後不加墨筆首數。湯本、合璧本作「花間集卷之

二，唐趙崇祚集，明湯顯祖評」，「韋莊，酒泉子」。

②傾：全本作「欹」，《歷代詩餘》作「輕」。

③畫屏：鍾本作「畫梁」。

④曙：《金奩集》作「曉」。東方：《歷代詩餘》作「東風」。

【箋注】

〔一〕星沉：星落。唐李商隱《碧城》：「星沉海底當窗見，雨過河源隔座看。」

〔二〕緑雲：喻美人髮髻。唐李白《邯鄲南亭觀妓》：「清箏何繚繞，度曲緑雲垂。」

〔三〕金枕：華美的枕頭。

〔四〕啼破：叫醒。唐徐夤《愁》：「黄葉落催砧杵日，子規啼破夢魂時。」相思夢：唐賈島《送人適越》：「若有相思夢，殷勤載八行。」

〔五〕思難任：離思不堪承受。唐李中《送黄秀才》：「雨餘飛絮亂，相别思難任。」

【疏解】

詞寫美人相思春情。上片從「月落星沉」的拂曉入手，描寫樓上女子酣美的睡態。换頭寫子規鳥淒苦的啼聲，驚醒了女子的相思夢，則知女子春夜獨宿，緣相思而入夢，上片所寫畫屏深處緑雲覆枕的酣美睡態，正是美夢方酣的表現。啼鵑驚夢，讓女子格外煩惱，「思難任」三字，寫出的就是女子夢破之後遺愁無計的繚亂心緒。

【集　評】

鍾本評語：李賀詩「露重濕花蕙蘭氣，楚羅之幃臥皇子」，視此情景宛然。

湯顯祖評《花間集》卷二：不作美的子規，故當夜半啼血。

蕭繼宗《評點校注花間集》：端己詞亦常用豔字，如「緑雲」、「金枕」、「畫屏」之類，究不如飛卿之稠疊惹眼，故自稍勝。

木蘭花①

獨上小樓春欲暮。愁望玉關芳草路②〔一〕。消息斷，不逢人，卻斂細眉歸繡户③〔二〕。坐看落花空歎息〔三〕。羅袂濕斑紅淚滴④〔四〕。千山萬水不曾行⑤，魂夢欲教何處覓。

【校　記】

①《金奩集》入「林鐘商調」。詞苑英華本《唐宋諸賢絶妙詞選》調作《木蘭花令》。張本此首

以上斷句，皆墨筆作圈，朱筆作點，以下只朱筆點斷。張本此首下「已上共四十六調」，朱筆劃去。

②愁望：詞苑英華本《唐宋諸賢絶妙詞選》卷一作「望斷」。

③細：雪本作「愁」。

④斑：鄂本、吴鈔本、四印齋本、全本作「班」。

⑤千山：徐本作「干山」。

【箋　注】

〔一〕玉關：指遠人居處。見卷一温庭筠《菩薩蠻》「翠翹金縷雙鸂鶒」注〔八〕。芳草路：唐牟融《陳使君山莊》：「流水斷橋芳草路，淡煙疏雨落花天。」

〔二〕繡户：雕繪華美的門户。多指婦女居室。南朝宋鮑照《擬行路難》之三：「璿閨玉墀上椒閣，文窗繡户垂羅幕。」

〔三〕坐：介詞，因，由於。唐杜牧《山行》：「停車坐愛楓林晚，霜葉紅於二月花。」

〔四〕羅袂：羅袖。三國魏曹植《洛神賦》：「撫羅袂以掩涕兮，淚流襟之浪浪。」唐張文琮《昭君詞》：「玉痕垂淚粉，羅袂拂胡塵。」紅淚：晉王嘉《拾遺記》：「文帝所愛美人，姓薛名靈芸，常山人也……靈芸聞别父母，歔欷累日，淚下霑衣。至升車就路之時，以玉唾壺承淚，壺則紅色。既發常山，及至京師，壺中淚凝如血。」後因以「紅淚」稱女子眼淚。唐白居易《離別難》：「不覺別時紅淚盡，歸來無淚可霑巾。」

【疏　解】

詞寫暮春懷人。起寫暮春時節，思婦獨上小樓，眺望通往玉關的道路。「玉關」這一地名意象，表明思婦所懷乃是戍守邊關的征人。路邊的萋萋芳草，更撩起思婦懷人的愁緒。關外音信斷絶，也不見有人從那裏回來，思婦想要打探征人消息的願望落空，她只好失望地下樓轉回房裏。過片回應「春暮」，轉寫思婦歎惜落花，感傷青春虚度，淚濕羅袂，心情酸楚。結二句「千山萬水不曾行，魂夢欲教何處覓」，化用南朝沈約《别范安成》詩句「夢中不識路，何以慰相思」，句子更加動盪，聲情更爲哀苦，讀之令人「盪氣迴腸」（李冰若《栩莊漫記》）。

【集　評】

湯顯祖評《花間集》卷二：（末句）與「夢中不識路」、「打起黄鶯兒」可並不朽。

俞陛雲《唐五代兩宋詞選釋》：此詞意欲歸唐，與《菩薩蠻》第四首同。結句言水復山重，夢魂難覓，與沈休文詩「夢中不識路，何以慰相思」，皆情至之語。

李冰若《花間集評注・栩莊漫記》：「千山」、「魂夢」二語，盪氣迴腸，聲哀情苦。

蕭繼宗《評點校注花間集》：《花間》諸作，多寫閨閣相思之情，亦見征戍行役之苦。豈無一二豪傑之士，突破藩籬，至今千篇一律如是？一則詞體初成，摘豔薰香，視爲文風之正；再則時代不安，勞人思婦，已屬世事之常也。《木蘭花》體格與後人所作不異，惟第三句，用六字折腰，句法微有不同，至前後各爲一韻，終嫌割裂。

小重山①

一閉昭陽春又春〔一〕。夜寒宮漏永②〔二〕。夢君恩。卧思陳事暗消魂③〔三〕。羅衣濕④，紅袂有啼痕⑤〔四〕。　歌吹隔重閽〔五〕。遶庭芳草緑，倚長門⑥〔六〕。萬般惆悵向誰論⑦。凝情立⑧〔七〕，宫殿欲黄昏⑨。

【校　記】

①《金奩集》入「雙調」。洪武本、吴鈔本《草堂詩餘》題作《宫春》，毛本《草堂詩餘》題作《宫詞》。吴鈔本此首後作「唐韋相詞畢」，下接「唐歐陽舍人詞」。玄本卷三至此首終。張本無此首，頁眉墨筆校補。湯評本此首下接薛昭藴《浣溪沙》。

②宫：玄本、《草堂詩餘》、《韋莊詞注》、《韋莊詞校注》作「更」。

③消：文治堂本作「銷」。

④濕：湯本、合璧本作「温」。

⑤紅袂句：洪武本、吴鈔本《草堂詩餘》作「流血舊啼痕」，《草堂詩餘正集》作「新揾舊啼痕」。

⑥倚：吴鈔本空一格，無此字。

⑦萬：王輯本作「黄」，誤。惆悵：彊村本《金奩集》作「怊悵」。

⑧凝：鄂本、吴鈔本、毛本、後印本、正本、四庫本、清刻本、四印齋本、《草堂詩餘》、《詞的》、《詩餘圖譜》作「顒」。《草堂詩餘正集》注曰：「一作『顒』，誤。」

⑨欲：王輯本無「欲」字。

【箋　注】

〔一〕昭陽：漢宮殿名。後泛指后妃所住的宮殿。《三輔黄圖·未央宮》：「武帝時，後宮八區，有昭陽、飛翔、增城、合歡、蘭林、披香、鳳凰、鴛鴦等殿。……成帝趙皇后居昭陽殿。」漢班固《西都賦》：「昭陽特盛，隆乎孝成。」唐王昌齡《長信怨》：「玉顏不及寒鴉色，猶帶昭陽日影來。」此指前蜀後宮。

〔二〕宫漏永：宫中滴漏聲長。唐李商隱《龍池》：「夜半宴歸宫漏永，薛王沉醉壽王醒。」

〔三〕陳事：往事，舊事。唐李涉《寄河陽從事楊潛》：「洛邑秦城少年别，兩都陳事空聞説。」

〔四〕紅袂：紅袖，女子之衣袖。唐薛濤《採蓮舟》：「兔走烏馳人語靜，滿溪紅袂棹歌初。」

〔五〕歌吹：歌唱吹奏聲。《漢書·霍光傳》：「引内昌邑樂人，擊鼓歌吹作俳倡。」南朝宋鮑照《蕪城賦》：「廛閈撲地，歌吹沸天。」唐李白《玩月金陵城西孫楚酒樓達曙歌吹日晚乘醉……訪崔四侍御》：「朝沽金陵酒，歌吹孫楚樓。」重闇：重重宫門。《梁書·皇后傳·高祖丁貴嬪》：「遺備物乎營寢，掩重闇於窒皇。」

〔六〕長門：漢宫名。漢司馬相如《長門賦》序：「孝武皇帝陳皇后時得幸，頗妒，别在長門宫，愁悶悲思。聞蜀郡成都司馬相如天下工爲文，奉黄金百斤，爲相如、文君取酒，因於解悲愁之辭。而相如爲文以悟主上，陳皇后復得親幸。」後以「長門」借指失寵后妃居處。南齊謝朓《和王主簿季哲怨情詩》：「掖庭聘絶國，長門失歡宴。」

〔七〕凝情：情意專注。唐李康成《玉華仙子歌》：「轉態凝情五雲裏，嬌顔千歲芙蓉花。」近人張相《詩詞曲語辭匯釋》卷五：「又曰凝情者。孫光憲《浣溪沙》詞：『攬鏡無言淚欲流，凝情半日不梳頭。』凝情，一往而深之情，猶云癡情也。」

【疏　解】

詞寫宫怨。起句總寫一入深宫、年復一年的幽閉日子。接寫夜夢君恩，表達强烈的内心渴望。

再寫夢醒之後，回想當日寵幸，對比眼前孤零，感傷不已，淚濕羅衣。過片在今昔對比之後，轉寫他人宮中作樂，與自己冷宮黄昏、凝情孑立的孤獨失意，再作人我對比，進一步反襯自己冷宮幽閉的無盡哀傷。遶堦芳草與宮殿黄昏的景物描寫，也對宮女怨情的抒發，起到了很好的烘托作用。楊湜《古今詞話》謂此首與《空相憶》一首，皆爲王建强奪愛姬而作，可供解讀時參考。

【集評】

楊湜《古今詞話》：韋莊以才名寓蜀，王建割據，遂羈留之。莊有寵人，資質豔麗，兼善詞翰。建聞之，託以教内人爲詞，强莊奪去。莊追念悒怏，作《小重山》及《空相憶》云（略）。情意凄怨，人相傳播，盛行於時。姬後傳聞之，遂不食而卒。

楊慎《詞品》卷二：韋莊《小重山》前段，今本「羅衣濕」下，遺「新揾舊啼痕」五字。

楊慎《評點草堂詩餘》卷二：「長門一步地，不肯暫回車。」此詞可謂善於翻案。（明刊朱墨套印本）

張綖《草堂詩餘别録》卷二：詞以寫情，情之所注，尤在初昏時。故詞家多言黄昏。今人稱誦趙德麟「斷送一生憔悴，只消幾個黄昏」，此直麤豪子語耳，豈有餘味。若「安排腸斷到黄昏」，雖無味而有趣，不如秦淮海「時節欲黄昏，無聊獨倚門」，語不迫而意至。王晉卿「海棠開後，燕子來時，黄昏庭院」，不説憔悴、腸斷、無聊等語，而意自含蓄，尤勝。韋端己此詞結句「凝情立，宮殿欲黄昏」，則又意淡而味淵永矣。

湯顯祖評《花間集》卷二：（「紅袂」句）向作「新搵舊啼痕」，語更超遠。「宮殿欲黄昏」，何等淒絶。宫詞中妙句也。

茅暎《詞的》卷三：雨露難霑，自是恩不勝怨。又：「紅袂有啼痕」與「羅衣濕」句復。秦詞「新啼痕間舊啼痕」亦始諸此。

李廷機《新刻注釋草堂詩餘評林》卷三：「夜寒宫漏永」，「卧思陳事暗銷魂」之句，已見夜深矣。末云「宫殿欲黄昏」又見未晚，與前相反。

董其昌《新鍥訂正評注便讀草堂詩餘》卷三：宫詞有云：「玉顔不及寒鴉色，猶帶昭陽日影來。」所謂怨而不怒，最爲得體者。

俞陛雲《唐五代兩宋詞選釋》：《小重山》詞則明言「一閉昭陽」，經年經歲。「紅袂」、「黄昏」等句，設想其深宫之幽恨。……尤爲淒惻。

劉永濟《唐五代兩宋詞簡析》：此代姬人抒離情也。「春又春」，不止一年也。「夢君恩」，夢昔日韋之恩情也。下即因夢而更細思前事，不禁痛苦濕衣袂也。「歌吹」句，言别殿正在作樂，而己則獨倚長門，滿腹憂愁，無人可語，但凝情而對黄昏耳。細觀此詞，表面乃寫漢陳皇后退居長門故事，實則代其姬人抒情，因恐犯王建之忌，故託言之也。其姬人能通文詞，深知此意，故爲之不食而死。

李冰若《花間集評注・栩莊漫記》：猶是唐人宫怨絶句，而楊湜乃附會穿鑿，謂因建奪其寵姬而作矣。

吴世昌《詞林新話》卷二：《應天長》兩首殆即代其姬作，想像此姬爲王建奪去後之心境。……《小重山》各首亦皆爲憶故姬之作。

《詹安泰詞學論稿》下編第二章：這詞是寫宫人不得承君恩的哀怨情思，從吸取題材到具體表現都明顯可以看出，和寵姬被奪或悼念亡姬毫無共通之點。「閉昭陽」、「倚長門」和「夢君恩」都是指宫人的情事，不可能宫殿屬王建，而夢的對象卻是韋莊，支離破碎地來加以曲解。

蕭繼宗《評點校注花間集》：楊湜之言，謬不足據，栩莊所見即是。紅袂句，他本無作「新揾舊啼痕」者，臨川云云，特傳奇家聲調，自以爲佳，竟欲以之亂古人楮葉，可歎！

《花間集》未收詞

怨王孫

錦里。蠶市。滿街珠翠。千萬紅妝。玉蟬金雀，寶髻花簇鳴璫。繡衣長。　日斜歸去人難見。青樓遠。隊隊行雲散。不知今夜，何處深鎖蘭房。隔仙鄉。

定西蕃

挑盡金燈紅燼，人灼灼，漏遲遲。未眠時。　斜倚銀屏無語。閒愁上翠眉。悶煞梧桐殘雨。滴相思。

其　二

芳草叢生縷結，花豔豔，雨濛濛。曉庭中。　塞遠久無音問，愁銷鏡裏紅。紫燕黄鸝猶生，恨何窮。

清平樂

瑣窗春暮。滿地梨花雨。君不歸來情又去。紅淚散沾金縷。　夢魂飛斷煙波。傷心不奈春何。空把金鍼獨坐，鴛鴦愁繡雙窠。

其　二

緑楊春雨。金線飄千縷。花拆香枝黄鸝語。玉勒雕鞍何處。碧窗望斷燕鴻。翠簾睡眼溟濛。寶瑟誰家彈罷，含悲斜倚屏風。以上五首彊村本《尊前集》

謁金門

春雨足。染就一溪新緑。柳外飛來雙羽玉。弄晴相對浴。樓外翠簾高軸。倚徧欄干幾曲。雲淡水平煙樹簇。寸心千里目。顧本《類編草堂詩餘》卷一

存目詞

調名	首句	出處	附注
玉樓春	日照玉樓花似錦	《歷代詩餘》卷三一	歐陽炯作，見《尊前集》。
小重山	春到長門春草青	《花草粹編》卷六	薛昭藴詞，見《花間集》卷三。
小重山	秋到長門秋草黄	《花草粹編》卷六	薛昭藴作，見《花間集》卷三。

題跋叙録

韋藹《浣花集序》：余家之兄莊，自庚子亂離前，凡著歌詩、文章數十通。屬兵火迭興，簡編俱墜，唯餘口誦者所存無幾爾。後流離漂泛，寓目緣情。子期懷舊之辭，王粲傷時之製。或離群軫慮，或反袂興悲。四愁九愁之文，一詠一觴之作。迄於癸亥歲，又綴僅千餘首。庚申夏，自中諫辟爲判使。辛酉春，應聘爲西蜀奏記。明年，浣花溪尋得杜工部舊址，雖蕪没已久，而柱砥猶存。因命芟荑，結茅爲一室。蓋欲思其人而成其處，非敢廣其基構耳。藹便因閑日，録兄之稿草中，或默記於吟詠者，次爲若干首，目之曰《浣花集》，亦杜陵所居之義也。餘今之所製，則俟爲别録，用繼於右。時癸亥年六月九日藹集。

王國維《浣花詞輯本跋》：《宋史·藝文志》載韋莊《浣花集》十卷。《歷代詩餘·詞人姓氏》則謂莊有集二十餘卷，其弟藹編定其詩爲五卷。今二十餘卷本不傳，則詞在集中與否亦不可知矣。《全唐詩》所載端己詞共五十四首，兹録爲一卷。中見於《花間集》者四十八首，見於《尊前集》者五首，見於《草堂詩餘》者一首。《應天長》第一闋亦見《陽春録》中，唯《花間》屬之端己。端己詞情深語秀，雖規模不及後主、正中，要在飛卿之上。觀昔人顔、謝優劣論可知矣。光緒戊申季夏，海寧王國維記。（《唐五代二十一家詞輯》）

胡鳴盛《韋莊詞注序》：晚唐詩餘，温、韋並稱。温庭筠《金筌集》，傳播藝林，如布帛菽粟，所在皆是。而韋莊之《文靖集》，當南宋時即已散亡，士林惜焉。余讀莊之長短句，深愛其音節清越，情意悱惻，迥非他詞家所及。於是遍閱載籍，隨手迻録，依各闋字數多寡，以定次序前後；又辨其句讀，别其韻叶，校其同異，詮釋其單詞成語音義人物山川郡縣名目。積之既久，蔚焉成帙。尚虞所言有與文靖本旨相違者，用特印行若干部，以就大雅指正。若曰搜刊遺珍，裨助士林，則吾豈敢。民國十二年國慶紀念日胡鳴盛序於北京大口袋寄廬。

總評

張炎《詞源》卷下：詞之難於令曲，如詩之難於絶句，不過十數句，一句一字閑不得。末句最當留意，有有餘不盡之意始佳。當以唐《花間集》中韋莊、温飛卿爲則。

賀裳《皺水軒詞筌》：少遊能曼聲以合律，寫景極凄惋動人。然形容處，殊無刻肌入骨之言，去韋莊、歐陽炯諸家，尚隔一塵。

周濟《介存齋論詞雜著》：詞有高下之别，有輕重之别。飛卿下語鎮紙，端己揭響入雲，可謂極兩者之能事。

又：端己詞，清艷絶倫，初日芙蓉春月柳，使人想見風度。

吴衡照《蓮子居詞話》卷一：韋相清空善轉，殆與温尉異曲同工。

譚瑩《論詞絶句》：醉妝詞作又何年，韋相才名兩蜀先。徵到《小重山》故事，遭逢霄壤《鷓鴣天》。

劉熙載《藝概》卷四：韋端己、馮正中諸家詞，留連光景，惆悵自憐，蓋亦易飄颺於風雨者。若第論其吐屬之美，又何加焉！

陳廷焯《白雨齋詞話》卷一：韋端己詞，似直而紆，似達而鬱，最爲詞中勝境。

陳廷焯《白雨齋詞話》卷八：詞有表裏俱佳，文質適中者……詞中之上乘也。有質過於文者，韋端己、馮正中、張子野、蘇東坡、賀方回、辛棄疾、張皋文是也。亦詞中之上乘也。

又：宋詞可以越五代，而不能越飛卿、端己者，彼已臻其極也。

陳廷焯《雲韶集》卷一：李後主情詞凄婉，獨步一時。和成績、韋端己、毛平珪三家，語極工麗，風骨稍遜。

又：端己詞凄豔入骨髓，飛卿之流亞也。

陳廷焯《詞則·大雅集》卷一：詞至端己，語漸疏，情意卻深厚，雖不及飛卿之沉鬱，亦古今絶構也。

顧憲融《詞論》：韋詞清豔絶倫，如初日芙蓉，曉風楊柳。……陳亦峰謂其似直而紆，似達而鬱，洵然。世以温韋並稱，然温濃而韋淡，各極其妙，固未可軒輊焉。

況周頤《歷代詞人考略》卷五：韋文靖詞，與温方城齊名，熏香掬豔，眩目醉心。尤能運密入疏，寓濃於淡，《花間》群賢，殆鮮其匹。

況周頤《蕙風詞話》卷一：五代詞人丁運會，遷流至極，燕酣成風，藻麗相尚。其所爲詞，即能沉至，只在詞中。豔而有骨，只是豔骨。……其錚錚佼佼者，如李重光之性靈，韋端己之風度，馮正中之堂廡，豈操觚之士能方其萬一？

樊增祥《樊山集》卷二十三《東溪草堂詞選自叙》：五季之世，二李爲工。後主思深理約，致兼風雅，匪唯一朝之雋，抑亦百世之宗。降而端己《浣花》之篇，正中《陽春》之録，因寄所託，歸於忠愛，抑其亞也。

夏敬觀《吷庵詞評》：其詞品稍降於温，卻非他輩所及。由詩入詞，漸開後來諸派，此時代使然也。

又：端己善作質直語，飛卿如此者則罕。飛卿琢句如其詩，端己則漸成詞家琢句之法。（《詞學》第五輯）

王國維《人間詞話》：「弦上黄鶯語」，端己語也，其詞品亦似之。

又：韋端己詞，骨秀也。

又：温韋之精豔，所以不如正中者，意境有深淺也。

陳洵《海綃説詞》：詞興于唐，李白肇基，温岐受命。五代纘緒，韋莊爲首。温韋既立，正聲於是乎在矣。

吴梅《詞學通論》第六章：五季時詞以西蜀、南唐爲最盛。而詞之工拙，以韋莊爲第一，馮延巳次之，最下爲毛文錫。

又：夫五代之際，政令文物，殊無足觀，惟兹長短之言，實爲古今之冠，大抵意婉詞直，首讓韋莊。

又：陳亦峰論其詞謂：「似直而紆，似達而鬱。」洵然。雖一變飛卿面目，而綺羅香澤之中，别具疏爽之致。世以温韋並論，當亦難於軒輊也。

王易《詞曲史·具體》第三：有《浣花集》，其詞音響最高，與飛卿並稱「温韋」，詞家之大宗也。

胡適《詞選》：他的詞長於寫情，技術樸素，多用白話，一掃温庭筠一派纖麗浮文的習氣。在詞史上他要算一個開山大師。

汪東《唐宋詞選評語》：韋莊家世貴公子，銜命入蜀，遂被羈留。又寵姬爲王建所奪。雖身歷顯要，心所難堪。今按其詞，如《歸國謡》、《菩薩蠻》，眷懷故國，情溢於辭。其餘若《訴衷情》、《女冠子》、《謁金門》、《應天長》則並是傷離之作，所謂「情意淒怨」，固不獨《古今詞話》所指之《荷葉杯》、《小重山》二詞而已。

鄭振鐸《插圖本中國文學史》第二十三章：蜀中詞當始於韋莊。……他的詞也充分的表現出他的清蒨温馥、雋逸可喜的作風。……《花間》的一派，可以説是雖由温庭筠始創，而實由韋莊而門庭始大的。

陸侃如、馮沅君《中國詩史》卷三：韋詞的一般風格，不外清俊二字。所謂「初日芙蓉春月柳」（周濟對韋詞的評語），「弦上黄鶯語」（韋詞的名句，王國維曾用以評韋詞），也都是這個意思。所以能造成這種清俊的風格的原因，最重要的是它無論寫人寫物都崇尚渾成……這些句子都是「羌無故實」、「詎出經史」，脱口而出便自真切的勝語。這便是所謂渾成。

夏承燾《唐宋詞欣賞·論韋莊詞》：温庭筠和韋莊詞並稱「温韋」。他們在《花間集》裏是兩位突出的詞家。《花間集》選録晚唐五代十八家詞五百首，其内容大都描寫上層階級的冶遊享樂生活和離情别緒，其語言多穠豔軟媚。温、韋是花間派的代表作家，他倆的詞可以説是大同小異：温詞較密，韋詞較疏；温詞較隱，韋詞較顯。

又：就詞這種文學在文人手中初期發展的形式和它後來的影響論，我們對韋莊的看法是：他在五代文人詞的内容走向空虚墮落途徑的時候，重新領它回到民間抒情詞的道路上來；他使詞逐漸脱離了音樂，而有獨立的生命。這個傾向影響後來的李煜、蘇軾、辛棄疾諸大家。當然，李煜、蘇軾、辛棄疾在抒情詞方面的成就，又各自不同：李煜是亡國之君，其詞多家國之痛，乃用血淚寫成者。蘇、辛兩家在詞壇上開創了一個詞派——豪放派，他們用詞這個文學體裁來抒寫自己的性情、學問、胸襟、抱負，他們對詞壇的貢獻和影響遠非韋莊可比擬。但是，我們若認爲李煜、蘇、辛一派抒情詞是唐宋詞的主流，那麼，在這個主流的源頭上，韋莊是應該得到重視的一位作家。

劉大傑《中國文學發展史》第十六章：韋莊以情詞聞名，但他所描寫的背景，與那些專寫歌姬妓女，專寫肉感性欲者不同，在他的生活過程中，確有一種情愛的葛藤，因此出現於他作品的情感較之旁人所表現者，要較爲高貴。同時在修辭與表現的技巧上，脱離温庭筠派的富貴穠豔，和張泌、牛希濟式的輕薄。他用著清疏淡雅的字句、白描的筆法，再加以纏綿婉轉的深情，使他在《花間集》中，卓然成爲與温庭筠對立的一派。

唐圭璋《詞學論叢・温韋詞之比較》：及至五代之季，韋端己白描情感，秀逸絶倫，與飛卿一濃一淡，異趣同工。故世以温、韋並稱。……端己詞抒情爲主，境繫於情而寫，故不著力於運詞堆飾，而惟自將一絲一縷之深在内心，曲曲寫出，其秀氣空行處，自然沁人心脾，與飛卿詞之令人沉醉者異矣。其寫人、寫境，又自與飛卿不同。……飛卿寫人多刻畫，端己則臨空。飛卿寫境多沉鬱凄涼，端己則有興會閑暢之作。飛卿寫情，多不顯露，言下有諷；端己則深入淺出，心曲畢吐。至二人用辭之區異，亦處處可見。飛卿顯用力痕跡，如《楊柳枝》云「六宫眉黛惹香愁」、「裊枝啼露動芳音」，《女冠子》云「宿翠殘紅窈窕」，皆字字錘煉；端己則信手拈來，毫不著力，如《菩薩蠻》云「人人盡説江南好，遊人只合江南老」、「洛陽城裏春光好，洛陽才子他鄉老」，其間無一字雕琢。周止庵《介存齋論詞》曰：「飛卿下語鎮紙，端己揭響入雲。」觀此愈可信矣。

唐圭璋《詞學論叢・論詞之作法》：止庵論温、韋云：「飛卿下語鎮紙，端己揭響人雲，可謂極兩者之能事。」蓋以温詞爲重，而以韋詞爲高也。重則潛淵，高則騰天，予之所謂亮，即高朗揭響之意也。亮者，啞之反，字句拖遝，音揭不起，斯爲下乘。清音直揭，若鶴唳太空，斯爲佳制。玉田謂作詞要「字字敲打得響」，即詞須亮也。而范石湖謂白石詞「有敲金戛玉之聲」，亦稱白石詞能亮也。詞中所謂豪放、清空之説，俱不外一亮字。韋詞之佳，在一亮字，白石詞之佳，亦在一亮字。其他名家，亦無不具亮字之美。

唐圭璋《詞學論叢·唐宋兩代蜀詞》：《花間集》所收，自唐温庭筠、皇甫松、晉和凝、荆南孫光憲外，餘十三人皆爲蜀人，或曾仕於蜀者。其間最偉大之作家，當推韋莊。……其詞與温詞並稱于世，温尚濃，韋尚淡，各極其妙。周止庵謂温詞「下語鎮紙」，韋詞「揭響入雲」，則就詞之輕重論温韋。蓋濃則凝重，淡則輕揚也。若論其豐神飄灑，俊逸絶倫之處，雖温視之，亦有遜色焉。

唐圭璋《夢桐詞話》卷二：端己之抒情詞，其寫别離之情，最爲深刻。如《應天長》云「别來半歲音書絶，一寸離腸千萬結」，《上行杯》云「芳草灞陵春岸。柳煙深，滿樓弦管。一曲離腸寸寸斷」，《木蘭花》云「千山萬水不曾行，魂夢欲教何處覓」，皆能將深情寫透。其寫閨情如《思帝鄉》云「春日遊（下略）」，此寫少女心思，纏綿嫵媚。又如《女冠子》云「四月十七（下略）」，純用白描，明晰如話，而自情深一往。此類抒情之詞，求之於飛卿詞中，不得而見也。

龍榆生《詞曲概論》上編第三章：過去一般都把温、韋並稱。但是韋莊經過亂離，飽嘗了兵戈流轉的苦痛，把粉澤都洗掉了。他的作品儘管局限在男女相思的小圈子内，卻採用比較樸素的描寫和接近口語化的語言。

吴世昌《詞林新話》卷二：近人有謂韋莊使詞回到民間抒情道路，遂漸脱離音樂者，此説未必，民歌皆合樂。

姜方錟《蜀詞人評傳》：端己詞深入淺出，藴藉風流，當不愧《花間》之冠冕人物。談詞者多以温、韋並稱，然亦有揚韋抑温，或揚温抑韋者，實則並駕齊驅，不相軒輊也。端己詞，章章錦繡，字字珠璣，幾無一闋不宜朝吟夕誦。

《詹安泰詞學論稿》下篇第二章：後人評他（韋莊）的詩「體近雅正，惜出之太易，義乏閎深」（見《唐音癸籤》卷八），正因爲它近於「雅正」，所以比較真實，不涉浮濫之辭；正因爲它主張平易，不求「閎深」，所以比較淺顯，無艱澀隱晦之病。他把這種作風帶到詞裏來，加上當時爲適合詞的需要的美學上的因素來寫詞，就形成了他的清俊的藝術風格。在表現技巧上，他較少用穠麗的修飾辭，較多用靈活的聯繫字，有時竟運用明白如話的語言，使讀者容易接受，不難理解，玩索既久，真味愈出，自然受到深深的感染。這是他寫詞的一個很成功之處。

薛昭藴

【小傳】

薛昭藴，生卒字里不詳。《花間集》稱爲「薛侍郎」。新舊唐書《薛存誠傳》附《薛昭緯傳》，稱其乾寧中爲禮部侍郎，《北夢瑣言》卷四又謂昭緯愛唱《浣溪沙》詞。王國維《跋覆宋本〈花間集〉》據之疑薛昭藴即薛昭緯，云：「今此集載昭藴詞十九首，其八首爲《浣溪沙》；又稱爲薛侍郎，恐與昭緯爲一人。緯、藴二字俱從系，必有一誤也。」俞平伯《唐宋詞選釋》疑其非是，曰：「史載昭緯卒于唐末，而《花間集》列昭藴於韋莊、牛嶠間，當爲前蜀時人。」陳尚君《花間詞人事輯》承王説以爲「當即薛昭緯」，並「另舉數據，以成其説」，然終難定論。薛詞今存十九首，均見《花間集》。

浣溪沙

薛侍郎昭藴①

紅蓼渡頭秋正雨〔一〕。印沙鷗跡自成行。整鬟飄袖野風香〔二〕。　不語含嚬深浦裏②〔三〕，幾迴愁煞棹船郎③〔四〕。燕歸帆盡水茫茫。

【校　記】

①《草堂詩餘別集》調下有題《秋懷》。吴鈔本作「唐薛侍郎詞」、「薛昭藴，浣溪沙八首」，上接張泌詞。張本作「浣溪沙，薛昭藴」，朱筆圈去「薛昭藴」，調前加「薛昭藴十九首」數字。鄂本、毛本、清刻本同鼂本。四庫本作「浣溪沙，薛昭藴」。玄本調前作「花間集卷四，薛昭藴十九

首」。陸本、茅本、徐本、影刊本作「薛昭藴十九首」。合璧本、正本作「薛昭藴，浣溪沙」。王輯本《薛侍郎詞》「昭」誤作「紹」。

②含嚬：湯本、合璧本作「含頻」。

③煞：王輯本作「殺」。

【箋注】

〔一〕紅蓼：即水蓼，一年生草本植物，生淺水中。全草入藥，味辛辣。也稱辣蓼。唐杜牧《歙州盧中丞見惠名醞》：「猶念悲秋更分賜，夾溪紅蓼映風蒲。」渡頭：猶渡口。南朝梁蕭綱《烏棲曲》之一：「採蓮渡頭擬黄河，郎今欲渡畏風波。」

〔二〕野風：野外之風。唐上官儀《入朝洛堤步月》：「鵲飛山月曙，蟬噪野風秋。」

〔三〕含嚬：亦作含顰。謂皺眉。形容哀愁。唐劉禹錫《憶江南》詞：「叢蘭裛露似沾巾。獨坐亦含嚬。」

〔四〕棹船郎：即艄公。唐李益《效古促促曲爲河上思婦作》：「嫁與棹船郎，空牀將影宿。」

【疏解】

詞寫水邊候人。起二句描寫水鄉秋景，紅蓼渡頭秋雨霏霏，水邊沙上鷗跡成行，烘托出清麗而又凄寂的氛圍。三四句描寫人物，女子站在水邊，野風吹動她的鬢髮和衣袖，飄散出淡淡的香氣。她理一理被風吹亂的髮鬟，默默不語，眉黛含愁，向著水上極目眺望。五句插入「棹船郎」也被她終日凝矚的愁苦之態深深感染，是襯托手法。結句寫她所望不至，一天等待落空，用眼前所見燕歸帆盡、煙水茫茫的渡頭暮色收束全詞，情思綿邈，富有畫意。

【集評】

湯顯祖評《花間集》卷二：天空鳥飛，水落石出，凡景皆然。

沈際飛《草堂詩餘别集》卷一：何物棹船郎，解愁殺耶？意在言外。

沈雄《古今詞話·詞辨》上卷：薛昭藴首句不用韻，「紅蓼渡頭秋正雨（略）」，亦僅見也。

況周頤《餐櫻廡詞話》：清與豔，皆詞境也。薛紹藴《浣溪沙》云「紅蓼渡頭秋正雨，（略）」，此詞清中之豔，其豔在神。

蕭繼宗《評點校注花間集》：首句失韻，致前後片全同，大損調風。

張以仁《花間詞論集》：蕭繼宗先生《評點校注花間集》以爲此詞：「首句失韻，致令後片全同，大損調風。」這便涉及「形式」的問題。蕭氏是以後世的《浣溪沙》詞爲衡量尺度來説的，不知道當時並没有這樣的規矩。薛氏作品中尚可找到同例，似乎不能以一時的失韻來解釋。他的《浣溪沙》之八首句云「越女淘金春水上」，「上」字也是仄聲，與下句「步摇雲鬟珮鳴璫」不叶。

薛氏以愛唱《浣溪沙》名世，我們不能説他不曉音律，可見當時首句末字或平或仄或韻或否，並無定格，也無礙於歌唱。這就如同後世《浣溪沙》，四、五兩句例皆對仗，而《花間集》卻時現不對仗的情形一樣。……此詞上片重點在寫景，下片重點在寫情，一望而知，不必細表。……這首詞，描寫一位盼望歸人的女子，從她的企盼到失望，充滿了落寞與孤淒之感。環境的蕭疏與旁人的憐惜，都發揮了陪襯的效果，加强了這一份感受。除了這些，它所涵蘊的，似乎還不止如此。湯顯祖之説，似乎可以給我們一些啟示，使我們聯想到一些事情。

其二

鈿匣菱花錦帶垂①〔一〕。靜臨蘭檻卸頭時〔二〕。約鬟低珥算歸期②〔三〕。　茂苑草青湘渚闊③〔四〕，夢餘空有漏依依。二年終日損芳菲④〔五〕。

【校記】

①匣：雪本作「葉」。

②算：雪本作「送」。

③茂苑：鄂本、吴鈔本、毛本、後印本、正本、清刻本、四印齋本、全本、王輯本、林大椿《唐五代詞》

作「花茂」。

④ 芳菲：湯本作「芳扉」。

【箋　注】

〔一〕鈿匣：用金銀珠貝等鑲嵌的小箱子。如鏡匣、硯匣、書畫匣等。唐齊己《謝人惠端溪硯》：「保重更求裝鈿匣，閒將濡染寄知音。」此指女子妝匣。菱花：古代銅鏡名。鏡多爲六角形，背面刻有菱花者，名菱花鏡。《趙飛燕外傳》：「飛燕始加大號婕妤，奏上三十六物以賀，有七尺菱花鏡一奩。」亦泛指鏡。唐李白《代美人愁鏡》之二：「狂風吹卻妾心斷，玉筯並墮菱花前。」錦帶：錦制的帶子。《禮記・玉藻》：「居士錦帶，弟子縞帶。」孔穎達疏：「錦帶者，以錦爲帶。」南朝宋鮑照《代結客少年場行》：「驄馬金絡頭，錦帶佩吴鉤。」此指繫鏡匣之絲帶。

〔二〕卸頭：卸妝，除去首飾。韓偓《閨情》：「輕風滴礫動簾鉤，宿酒猶酣懶卸頭。」

〔三〕約鬟低珥：低攏髮鬟於珥璫。

〔四〕茂苑：長洲茂苑，在江蘇吴縣太湖北。晉左思《吴都賦》：「帶朝夕之濬池，佩長洲之茂苑。」唐白居易《初到郡齋寄錢湖州李蘇州》：「霅溪殊冷僻，茂苑太繁雄。」湘渚：湘水之渚。南朝梁江淹《郊居賦》：「降紫皇於天闕，延二妃於湘渚。」唐儲嗣宗《孤雁》：「湘渚煙波遠，驪山風雨愁。」

〔五〕芳菲：花草盛美。南朝陳顧野王《陽春歌》：「春草正芳菲，重樓啟曙扉。」此代指青春年華。

【疏　解】

詞寫春閨懷人。上片寫女子臨睡卸妝之時，暗自計算遠人歸期的情形。過片承上，寫女子入睡後的夢境，茂苑草青，湘渚水闊，當是女子夢中天涯追尋遠人時所見。或者，女子身在茂苑，心飛湘渚，這兩個地名意象，一爲居者之處，一爲行者所在。接寫夜夢醒來，夢中光景一時俱無，只有續續不斷的滴漏聲，在空閨裏傳響，更增加了女子閨中懷人的寂寞感覺。結句交待別時之久，女子二年如一日，終日相思，芳容憔悴。深摯之情，令人感動。

【集　評】

蕭繼宗《評點校注花間集》：詞無可取。

其　三

粉上依稀有淚痕①〔一〕。郡庭花落欲黄昏②〔二〕。遠情深恨與誰論③。記得去年寒食日④〔三〕，延秋門外卓金輪〔四〕。日斜人散暗銷魂⑤。

【校　記】

①稀：晁本、陸本、影刊本作「俙」。

②欲：從鄂本、毛本。晁本與諸明本、徐本、影刊本作「斂」。全本、王輯本亦作「欲」。

③恨：張本作「痕」，朱筆校改爲「恨」。與誰：王輯本作「誰與」。

④日：王輯本作「節」。

⑤暗：鍾本作「消」。銷：四印齋本作「消」。

【箋　注】

〔一〕依稀：亦作依希、依俙。隱約，不清晰。南朝宋謝靈運《行田登海口盤嶼山》：「依稀採菱歌，彷彿含嚬容。」五代韋莊《秦婦吟》：「三年陷賊留秦地，依稀記得秦中事。」

〔二〕郡庭：郡署之庭。唐張九齡《九月九日登龍山》：「郡庭常窘束，涼野求昭曠。」

〔三〕寒食：見卷二韋莊《浣溪沙》「清曉粧成寒食天」注〔一〕。

〔四〕延秋門：唐代長安禁苑西門。宋程大昌《雍録》卷五：「玄宗幸蜀，自苑西門出，在唐爲苑之延秋門，在漢爲都城直門也。既出，即由便橋渡渭，自咸陽望馬嵬而西。」宋宋敏求《長安志》

卷六：「苑中宫亭凡二十四所，西面二門，南曰延秋門，北曰玄武門。」唐杜甫《哀王孫》：「長安城頭頭白烏，夜飛延秋門上呼。」卓金輪：停車。卓，停留。金輪，代指金飾之車輿。南朝梁蕭綱《答湘東王書》：「鳴銀鼓於寶坊，轉金輪於香地。」唐廣宣《駕幸聖容院應制》：「深殿虔心隨寶輦，廣庭徐步引金輪。」

【疏　解】

詞寫傷春懷人。起句是女子面部淚痕依稀的特寫鏡頭，二句是落花庭院斜陽黄昏的背景畫面。青春將逝，美人遲暮，引出三句所寫女子心中的遠情深恨。因此情此恨無人與訴，故而女子傷心流淚。過片「記得」二字領起，轉入往事的回憶，交待本事。去年寒食，在延秋門外遊春踏青，邂逅相遇，一見鍾情。黄昏分别之時，已覺黯然銷魂。别來倏忽經年，而今又值暮春，女子觸景傷情，沉浸在對往事的回憶之中。想其情形，去年别時，彼此當有預約，蓋因男子負情，讓女子期待落空，以致悲情無訴。這是一場草率的愛情遊戲結出的苦果，它讓人再次記起白居易「寄言癡小人家女，慎莫將身輕許人」的忠告。

【集　評】

陳廷焯《雲韶集》卷一：日斜人散，對此者誰不銷魂？

俞陛雲《唐五代兩宋詞選釋》：紀初别，淚痕界粉，起句便從對面著筆，則「日斜人散」，銷魂者不獨一人也。

《百家唐宋詞新話》蕭滌非評語：此詞結構殊奇特。首句破空而來，直追過去，所謂「粉上依稀有淚痕」者，乃去年寒食日金輪中所見之人也。此給與作者之印象必甚深，故不覺矢口而出。第二句花落，方是寫現在，蓋不覺又當寒食時候矣。第三句綰合，略作一勒。過片即以「記起」二字領起，純寫過去，更不回顧，所謂「遠情深恨」者此也。薛此詞很像一首「鷩豔」之作，非泛寫一般離别之情。

蕭繼宗《評點校注花間集》：日斜人散，小有意致，究竟爲尋常語，不關痛癢語，而白雨齋劇稱道之，豈其所謂沈鬱者耶？果若是，則世間無病呻吟之作，皆可假沈鬱温厚以自高矣。

其　四

握手河橋柳似金〔一〕。蜂鬚輕惹百花心①〔二〕。蕙風蘭思寄清琴〔三〕。　意滿便同春水滿，情深還似酒盃深②。楚煙湘月兩沉沉③〔四〕。

【校　記】

① 鬚：玄本、全本作「須」。

② 情深還似：王輯本作「情還深似」。

③ 兩：玄本、雪本作「雨」。

【箋注】

〔一〕握手：執手道别。唐李白《下途歸石門舊居》：「吴山高，越水清，握手無言傷别情。」唐苗發《送孫德諭罷官往黔州（孫父曾牧此州，因寄家也）》：「親知握手三秋别，几杖扶身萬里行。」河橋：本指黄河上之橋梁。此泛指橋梁。北周庾信《李陵蘇武别贊》：「河橋兩岸，臨路悽然。」唐杜牧《代人寄遠》之一：「河橋酒旆風軟，候館梅花雪嬌。」柳似金：狀早春柳色。唐白居易《楊柳枝》：「一樹春風千萬枝，嫩於金色軟於絲。」

〔二〕蜂鬚：《埤雅·釋蟲》：「蜂蝶醜，皆以鬚嗅。鬚，蓋其鼻也。」唐杜甫《徐步》：「芹泥隨燕觜，花蕊上蜂鬚。」花心：花蕊。唐殷文圭《題吴中陸龜蒙山齋》：「花心露洗猩猩血，水面風披瑟瑟羅。」

〔三〕蕙風：指和暖的春風。晉左思《魏都賦》：「珍樹猗猗，奇卉萋萋，蕙風如薰，甘露如醴。」蘭思：美好的情思。清琴：音調清雅的琴聲。三國魏曹丕《善哉行》之四：「有客從南來，爲我彈清琴。」

〔四〕楚煙湘月：形容遠人去處的光景。沉沉：形容音信杳無。唐杜牧《月》：「三十六宫秋夜深，昭陽歌斷信沉沉。」

【疏　解】

此首賦别。起句「握手」寫事件，「河橋」寫地點，「柳似金」寫季節景色，嫩於金色的裊娜柳絲，是依依别情的象喻和載體。「蜂鬢」句造語極爲巧麗，句中含有興義。「蕙風」句借彈琴形容其人的韻度風懷，虚實之間，宛轉入妙。過片二句，即目即事，設喻作譬，形容送别雙方溢滿心懷的深厚情誼，筆墨飽滿，酣暢淋漓。結句設想别後情景，楚煙湘月，人在天涯，音信杳渺。以動盪之筆，寫意中之景，含不盡之意。詞中所寫，「蜂鬢輕惹」二句，女性香豔色彩較濃，似是情人送别；但過片二句，大筆濡染，應是丈夫臨歧慷慨之態。究竟孰是，難以論定。

【集　評】

湯顯祖評《花間集》卷二：俗筆。

俞陛雲《唐五代兩宋詞選釋》：紀重逢，「蜂鬢」句取譬微婉；下闋水滿杯深，詞筆亦筆酣墨飽；結句「楚煙湘月」，以蕩漾之筆作結，非特語極含蓄，且引起下首楚江送别之意。

李冰若《花間集評注·栩莊漫記》：「蜂鬢輕惹百花心」，巧麗極矣，未經人道語。然只合入詞，入詩則流於纖矣。

華鍾彦《花間集注》卷三：由别時説起，寫出蜂惹花心，以興離懷别苦。

蕭繼宗《評點校注花間集》：湯顯祖訾此章爲俗筆，頗具眼光；栩莊賞其「蜂鬚」句，稍顯寬假。

其五

簾下三間出寺牆①〔一〕。滿街垂柳緑陰長②。嫩紅輕翠間濃粧。　瞥地見時猶可可〔二〕，卻來閑處暗思量〔三〕。如今情事隔仙鄉③〔四〕。

【校記】

①簾下：王輯本作「簾外」。寺：雪本作「市」。

②街：玄本、雪本作「堦」。

③仙：玄本作「僊」。

【箋注】

〔一〕寺：寺觀，僧人所居稱寺，道士所居稱觀。此或指道庵。或引《漢書》，解寺牆爲院牆，恐不妥。

〔二〕瞥地句：近人張相《詩詞曲語辭匯釋》卷一：「薛昭藴《浣溪沙》詞：『瞥地見時猶可可，……』，此言當初見面時不在意也。」瞥地：瞥然過目。可可：不經意貌。

〔三〕卻來：歸來。唐李白《東魯見狄博通》：「謂言掛席度滄海，卻來應是無長風。」思量：考慮；忖度。《晉書·王豹傳》：「得前後白事，具意，輒别思量也。」唐杜荀鶴《秋日寄吟友》：「閒坐細思量，惟吟不可忘。」

〔四〕隔仙鄉：猶言距離遥遠如仙凡相隔。唐韋莊《怨王孫》：「何處深鎖蘭房，隔仙鄉。」

【疏　解】

華鍾彦曰：「此詞蓋寫女冠」，然推究詞意，似是寫男子對女冠的思慕。上片寫小小道觀位居鬧市之中，珠翠滿街，有女如雲。過片寫於熙攘人流裏，男子在寺觀前那不經意的一瞥，女冠脱俗的姿容，讓他的眼睛爲之一亮，然道路行色，匆匆而過，當時亦不甚放在心上。「卻來」句寫事過之後，男子常常想起那一瞥之間留下的印象，讓他心中思量不已。然路途間阻，人世暌違，覺那道觀中人，亦如仙凡懸隔，渺不可及了。詞寫微妙情感心理，細膩生動，結合湯顯祖評語讀這首詞，更能獲得情感命運得失方面的某種啟示。

【集評】

湯顯祖評《花間集》卷二：瞥見都易錯過，耐得思量，定不折本。

李冰若《花間集評注·栩莊漫記》：「嫩紅輕碧間濃妝」，設色豔冶，如一幅畫。

華鍾彦《花間集注》卷三：此詞蓋寫女冠。

蕭繼宗《評點校注花間集》：瞥地一見，閒處方思，何須費如許筆墨！

其六

江館清秋攬客船①〔一〕。故人相送夜開筵。麝煙蘭燄簇花鈿②〔二〕。　正是斷魂迷楚雨〔三〕，不堪離恨咽湘絃③〔四〕。月高霜白水連天。

【校記】

① 攬：鄂本、吴鈔本、茅本、湯評本、合璧本、張本、毛本、正本、四庫本、清刻本、四印齋本、全本、《歷代詩餘》、王輯本、林大椿《唐五代詞》作「纜」。

②鈿：吴鈔本作「細」。

③絃：晁本、影刊本缺末筆。

【箋　注】

〔一〕江館：江邊客舍。唐王昌齡《送譚八之桂林》：「客心仍在楚，江館復臨湘。」清秋：明淨爽朗的秋天。晉殷仲文《南州桓公九井作》：「獨有清秋日，能使高興盡。」唐杜甫《宿府》：「清秋幕府井梧寒，獨宿江城蠟炬殘。」攬：當作「纜」，繫船之繩纜。

〔二〕麝煙：焚麝之煙，泛指焚香飄散之煙氣。唐皮日休《醉中先起李穀戲贈走筆奉酬》：「麝煙苒苒生銀兔，蠟淚漣漣滴繡闈。」蘭燄：蘭燈之燄，泛指燈燭之燄。唐劉禹錫《浙西李大夫述夢四十韻並浙東元相公酬和斐然繼聲》：「蘭燄凝芳澤，芝泥瑩玉膏。」簇花鈿：形容盛裝女子簇聚。唐白居易《奉酬淮南牛相公思黯見寄二十四韻》：「長齋儼香火，密宴簇花鈿。」

〔三〕楚雨：楚地之雨。唐杜甫《雨》之四：「楚雨石苔滋，京華消息遲。」唐杜牧《齊安郡中偶題》之一：「秋聲無不攪離心，夢澤蒹葭楚雨深。」此句或用《高唐賦》典事。唐李商隱《有感》：「一自高唐賦成後，楚天雲雨盡堪疑。」

〔四〕不堪句：用湘靈鼓瑟事以喻離愁。唐韓愈《送靈師》：「四座咸寂默，杳如奏湘絃。」

【疏　解】

此首賦別。上片叙寫餞別夜宴，清秋時節，江邊館驛裏，故人殷勤相送，蘭燭高燒，麝煙繚繞，紅袖簇聚，歌舞相樂。場面的盛大，益發襯出一别之後嘉會難再的感傷。過片即由前結的别筵熱鬧，轉寫别時黯然銷魂的感受，嵌入「楚雨」、「湘弦」兩個典故意象，暗寫行人遠去之地和其人擅長琴藝，兼作氣氛烘托。結以月高霜白、水天相接的淒清夜景，含有「怊悵不盡之意」（李冰若《栩莊漫記》）。

【集　評】

周敬《删補唐詩箋釋會通評林》卷六十：周珽云：依依别情，流爲銷魂之語，自覺香豔。

俞陛雲《唐五代兩宋詞選釋》：紀送别。……言「楚雨」，當是由秦地而之楚。……言「湘弦」、「離恨」，當是遠行者雅善鼓琴，月高霜白之宵，七條弦上，宜其離心淒咽也。

李冰若《花間集評注·栩莊漫記》：一結便有怊悵不盡之意，可謂善於融情入景。

蕭繼宗《評點校注花間集》：未嘗不佳，以視潯陽江頭，則失之淺。

其　七①

傾國傾城恨有餘〔一〕。幾多紅淚泣姑蘇②〔二〕。倚風凝睇雪肌膚〔三〕。　吴主山河空落日〔四〕，越王宫殿半平蕪③〔五〕。藕花菱蔓滿重湖④〔六〕。

【校　記】

①《草堂詩餘别集》調下題作《弔古》。

②蘇：茅本、正本作「蘓」。

③平蕪：吴鈔本作「年蕪」，誤。

④重湖：全本、王輯本作「平湖」。張本「湖」字紅筆校描。

【箋　注】

〔一〕傾國傾城：形容女子絶色。此指西施。唐劉希夷《公子行》：「傾國傾城漢武帝，爲雲爲雨楚襄王。」可參卷二韋莊《荷葉杯》「絶代佳人難得」注〔一〕。

〔二〕幾多：多少。牛僧孺《樂天夢得有歲夜詩聊以奉和》：「莫愁花笑老，花自幾多時。」姑蘇：即今江蘇蘇州市，因其地有「姑蘇山」、「姑蘇臺」而得名。見《太平寰宇記》卷九一，《吴越春秋》卷二。唐李白《烏棲曲》：「姑蘇臺上烏棲時，吴王宫裏醉西施。」

〔三〕倚風：臨風。唐李賀《惱公》：「髮重疑盤霧，腰輕乍倚風。」凝睇：注視。唐劉禕之《九成宫秋初應詔》：「怡神紫氣外，凝睇白雲端。」雪肌膚：形容肌膚潔白如雪。

〔四〕吴主：此指吴王夫差。

〔五〕越王：指滅吴而霸的越王勾踐。平蕪：草木叢生的平曠原野。南朝梁江淹《去故鄉賦》：「窮陰匝海，平蕪帶天。」唐李山甫《劉員外寄移菊》：「秋來緣樹復緣牆，怕共平蕪一例荒。」

〔六〕重湖：湖泊相連。洞庭湖與青草湖相連，稱重湖。唐杜甫《宿青草湖》，題下注曰：「重湖，南青草，北洞庭。」西湖分裏湖外湖，亦稱重湖。此指太湖，太湖亦五湖相連。唐趙嘏《歲暮江軒寄盧端公》：「路以重湖阻，心將小謝期。」

【疏　解】

此首弔古。上片以「傾城傾國」四字領起，集中叙寫西施由越入吴的不幸遭遇，紅顔薄命，遺恨無窮。然後由西施牽挽起吴越爭霸的歷史，轉入下片，詞情也由對於美麗女性不幸命運的憐惜同情，變而爲面對歷史興亡的總體沉痛感慨。吴主敗者，家國自是淪爲落日下的一片廢墟；越王勝者，宮殿亦没入滿地荒煙蔓草。勝者敗者，都被時間抹去；山河宮殿，皆成重湖菱藕。景外含有多少滄桑之歎。此種詠史懷古的厚重筆法，爲《花間》詞中罕見的異數。

【集評】

湯顯祖評《花間集》卷二：與「只今惟有西江月」諸篇同一淒惋。

李冰若《花間集評注·栩莊漫記》：伯主雄圖，美人韻事，世異時移，都成陳跡。三句寫盡無限蒼涼感喟。此種深厚之筆，非飛卿輩所企及者。

姜方錟《蜀詞人評傳》：按此詞傷心弔古，韻響調高，與鹿太保《臨江仙》分庭抗禮，當無愧色。然鹿後於薛，其摹擬之勝者歟。

蕭繼宗《評點校注花間集》：小詞而能發千古興亡之感，掃一時輕綺之風，《花間集》中，不可多得，不獨非其餘七闋所能望塵也。

其八

越女淘金春水上①。步摇雲鬢珮鳴璫〔一〕。渚風江草又清香〔二〕。不爲遠山凝翠黛〔三〕，只應含恨向斜陽②。碧桃花謝憶劉郎③〔四〕。

【校　記】

①春水上：吴鈔本作「春水□」，空一格。

②只應：鍾本、湯本、合璧本、玄本作「只因」。陽：茅本作「昜」，影刊本作「陽」。

③花謝：晁本、陸本、雪本、張本、徐本、影刊本作「花榭」。

【箋　注】

〔一〕步摇：古代婦女附在簪釵上的一種首飾。《釋名·釋首飾》：「步摇上有垂珠，步則摇動也。」《後漢書·輿服志下》：「步摇以黄金爲山題，貫白珠爲桂枝相繆，一爵九華，熊、虎、赤羆、天鹿、辟邪、南山豐大特六獸，《詩》所謂『副笄六珈』者。」王先謙集解引陳祥道曰：「漢之步摇，以金爲鳳，下有邸，前有笄，綴五采玉以垂下，行則動摇。」晉傅玄《豔歌》：「頭安金步摇，耳繫明月璫。」唐白居易《長恨歌》：「雲鬢花顔金步摇，芙蓉帳暖度春宵。」珮鳴璫：玉佩玎璫聲。鳴璫，亦指金玉首飾。唐裴思謙《及第後宿平康里》：「銀釭斜背解鳴璫，小語偷聲賀玉郎。」

〔二〕渚風：洲渚之風。唐張南史《富陽南樓望浙江風起》：「南樓渚風起，樹杪見滄波。」

〔三〕遠山凝翠黛：遠山如凝翠之眉黛。唐李紳《入淮至盱眙》：「山凝翠黛孤峰迥，淮起銀花五兩高。」

〔四〕碧桃句：用劉晨、阮肇入天台遇仙事，參見卷二温庭筠《思帝鄉》「花花，滿枝紅似霞」注〔六〕。唐王涣《惆悵詩》：「晨肇重來路已迷，碧桃花謝武陵溪。」

【疏　解】

詞寫越女情思。起句直叙，點出越女淘金者的身份，具有地域風土特色。次句描寫越女首飾妝容，見出其人的美麗。三句轉寫春風吹拂，飄送著淡淡的青草芳香，對人物風神進行側面烘托渲染。過片二句描寫夕陽落照之中，越女含恨凝眉眺望遠山的情態，顯示其心中有所鬱結。末句交待原因，點出「懷人」的意思，完成題旨的表達。

【集　評】

鍾本評語：薛昭藴八首結撰雖工，惜無勝處可拈賞耳。

陳廷焯《詞則・閒情集》卷一：《浣溪沙》數闋，委婉沉至，音調亦閒雅可歌。

俞陛雲《唐五代兩宋詞選釋》：從行者著想，步摇插花，雖依然盛飾，而碧桃花下，斜陽凝盼，料知憶及劉郎，則己之湘雲南望，離懷從可知矣。四首皆情殷語婉，六朝之餘韻也。作者有《謁金門》調，結句云「早是相思腸欲斷，忍教頻夢見」，情致與此四詞相似。

蕭繼宗《評點校注花間集》：首句失韻，與第一首同。末句佳，但恨無篇。

喜遷鶯①

殘蟾落，曉鍾鳴〔一〕。羽化覺身輕〔二〕。乍無春睡有餘酲②〔三〕。杏苑雪初晴③〔四〕。紫陌長〔五〕，襟袖冷。不是人間風景。迴看塵土似前生④。休羡谷中鶯〔六〕。

【校　記】

① 吴鈔本作「喜遷鶯三首」。

② 酲：吴鈔本、玄本作「醒」。

③ 杏苑：吴鈔本作「杏花」。雪：張本「雪」字朱筆校描。

④ 似：王輯本作「是」。

【箋　注】

〔一〕殘蟾：殘月。曉鍾：南朝劉孝威《奉和湘東王應令詩》：「妾家邊洛城，慣識曉鐘聲。」

〔二〕羽化：修道成仙。唐張喬《試月中桂》：「何當因羽化，細得問玄功。」此處喻科考得中。

〔三〕餘酲：殘醉。《詩經·小雅·節南山》：「憂心如酲，誰秉國成。」毛《傳》：「病酒曰酲。」唐皮日休《春日留題魯望郊居二首》：「冷卧空齋内，餘酲夕未消。」

〔四〕杏苑：即杏園。園名。故址在今陝西省西安市郊大雁塔南。唐代新科進士賜宴之地。唐賈島《下第》：「下第隻空囊，如何住帝鄉。杏園啼百舌，誰醉在花傍？」唐李淖《秦中歲時記》：「進士杏園初宴，謂之探花宴。」五代王定保《唐摭言·慈恩寺題名遊賞賦詠雜記》：「神龍已來，杏園宴後，皆於慈恩寺塔下題名。同年中推一善書者紀之。」

〔五〕紫陌：指京師郊野的道路。漢王粲《羽獵賦》：「濟漳浦而横陣，倚紫陌而竝征。」唐李隆基《遊興慶宫作》：「代邸青門右，離宫紫陌陲。」

〔六〕谷中鶯：謂鶯未出谷，喻隱居者。《詩經·小雅·伐木》：「出自幽谷，遷於喬木。」唐羅隱《送友人歸夷門》：「至竟男兒分應定，不須惆悵谷中鶯。」

【疏　解】

詞寫科考中第的得意之情。起二句寫禮部南院五更放榜，士子榜上有名，頓覺脱凡昇仙般的輕鬆快樂。接寫中第者興奮得睡意全消，帶著醺醺的醉意趕赴杏園，參加那裏舉辦的新進士探花筵。過片寫他在料峭春寒中趕赴筵席，馳騁在京城大道上，恍惚置身雲霄。結二句今昔對比，回看中第前的隱居生活，感覺直如塵土一般微不足道。「休羨谷中鶯」一句，表現了唐五代時期士子們熱衷科名的普遍價值觀念。

【集　評】

湯顯祖評《花間集》卷二：「杏苑」句不呆。

蕭繼宗《評點校注花間集》：雖不甚貼切，仍用本意，謂一舉成名，如白日飛昇，黄鶯出谷也。此等詞，大抵無味。

其　二

金門曉〔一〕，玉京春①〔二〕。駿馬驟輕塵。樺煙深處白衫新②〔三〕。認得化龍身〔四〕。　九

陌喧〔五〕，千户啟③。滿袖桂香風細④〔六〕。杏園歡宴曲江濱〔七〕。自此占芳辰⑤〔八〕。

【校　記】

① 玉京：吴鈔本作「至京」。

②樺：吴鈔本作「撵」，湯本、合璧本作「禪」。
③千户：吴鈔本、《詞譜》作「千門」。
④桂香：王輯本作「桂花」。
⑤占：合璧本作「古」。王輯本無「占」字。

【箋　注】

〔一〕金門：即金馬門。《史記·東方朔傳》：「金馬門者，宦者署門也，門傍有金馬，故謂之曰『金馬門』。」後遂沿用爲官署代稱。《三輔黄圖》：「金馬門，宦者署。武帝時，得大宛馬，以銅鑄像，立於署門，因以爲名。東方朔、主父偃、嚴安、徐樂，皆待詔金馬門，即此。」唐王維《送綦毋潛落第還鄉》：「既至金門遠，孰云吾道非。」

〔二〕玉京：道家稱天帝所居之處。晉葛洪《枕中書》引《真記》：「元都玉京，七寶山，週迴九萬里，在大羅之上。」借指京城。南齊孔稚圭《褚先生百玉碑》：「鳳吹金闕，簫歌玉京。」唐駱賓王《詠懷古意上裴侍郎》：「若不犯霜雪，虚擲玉京春。」

〔三〕樺煙深處：指朝廷。唐白居易《早朝》：「月堤槐露氣，風燭樺煙香。」樺煙，樺燭之煙。《本草綱目》卷三五：「樺木……以皮卷蠟，可作燭點。」唐沈佺期《和常州崔使君寒食夜》：「無勞秉樺燭，晴月在南端。」白衫：唐時士子便服。此句寫朝中新增著白衫的登第秀才。

〔四〕化龍：喻登第。見卷三韋莊《喜遷鶯》「街鼓動」注〔五〕。

〔五〕九陌：泛指京城大道。《三輔黄圖》卷二：「長安有八街九陌。」唐郭利貞《上元》：「九陌連燈影，千門度月華。」

〔六〕滿袖桂香：古謂登科爲蟾宫折桂，故云新科舉子「滿袖桂香」。宋葉夢得《避暑録話》：「世以登科爲折桂。此謂郄詵對策，自謂桂林一枝也。自唐以來用之。温庭筠詩：『猶得故人新折桂。』其後以月宫有桂，故又謂之月桂。而月中又言有蟾，故又以登科爲登蟾宫。」

〔七〕杏園句：寫新進士宴遊盛況。唐劉滄《及第後宴曲江》：「及第新春選勝遊，杏園初宴曲江頭。」曲江：康駢《劇談録》：「曲江池，本秦世隑洲，開元中疏鑿爲勝境。其南有紫雲樓、芙蓉苑，其西有杏園、慈恩寺。花卉環列，煙水明媚，都人游賞，盛於中和、上巳二節。」

〔八〕芳辰：良辰。唐李世民《帝京篇十首》：「芳辰追逸趣，禁苑信多奇。」

【疏解】

詞旨同前首。上片描寫拂曉春榜初放，樺燭影晃，香煙繚繞，中第者白衫簇新，神采焕發，此時光景，已是身登龍門，今非昔比矣。過片二句回應起二句，時間由拂曉轉到白天，地點從皇城金門移至九陌通衢，千門萬户，描寫蟾宫折桂的新進士們，跨馬遊街、萬人空巷的盛大場面。結二句描寫他們杏園歡宴、曲江遊賞之時，占盡良辰美景的得意洋洋之感。

【集　評】

蕭繼宗《評點校注花間集》：仍用本意，當年新進士風光可想。

其　三

清明節，雨晴天。得意正當年〔一〕。馬驕泥軟錦連乾①〔二〕。香袖半籠鞭②。　花色融〔三〕，人競賞③。盡是繡鞍朱鞅〔四〕。日斜無計更留連④〔五〕。歸路草和煙⑤。

【校　記】

① 連乾：四庫本、《歷代詩餘》作「連錢」。乾：晁本、影刊本作「乹」。鄂本、陸本、茅本、玄本、鍾本、張本、毛本、後印本、徐本、四印齋本作「連軋」。《花間集注》曰：「軋，即乾字。連軋，馬飾也。四印齋本即作連軋。」

② 香袖：毛本、後印本、正本、四庫本、清刻本、四印齋本作「香細」。

③ 競：晁本、影刊本缺末筆。吴鈔本作「意」。

④ 留連：王輯本作「流連」。

⑤ 和：吴鈔本作「如」。

【箋注】

〔一〕得意：指及第。唐孟郊《登科後》：「春風得意馬蹄疾，一日看盡長安花。」唐趙氏《聞夫杜羔登第》：「良人得意正年少，今夜醉眠何處樓。」

〔二〕錦連乾：錦制馬飾，連乾即連錢，障泥上有連錢花紋。《晉書·王濟傳》：「濟善解馬性，嘗乘一馬，著連乾障泥，前有水，終不肯渡。濟云：『此必是惜障泥。』使人解去，便渡。」唐顧況《露青竹杖歌》：「金鞍玉勒錦連乾，騎入桃花楊柳煙。」

〔三〕花色融：花色豔麗，融爲一片。

〔四〕繡鞍朱鞅：華麗的車馬飾物，代指王孫公子。朱鞅：朱色馬頸革。

〔五〕留連：不忍離去。南朝梁蕭繹《長歌行》：「人生行樂爾，何處不留連。」

【疏解】

詞旨同第一首。在前面寫過看榜遊街、杏園探花、曲江宴樂之後，此首再寫新進士們的清明歡游。芳時晴天，得意當年，良辰美景，賞心樂事，這些備受命運眷寵的新進士們，當然不會放過這個美好的日子。他們相互邀約騎馬踏青，「馬驕」二句，於風度翩翩中見出他們的自足之感和得意之態。過片三句描寫京郊繡輪朱鞅、花海人潮的清明遊春盛況，進一步烘托渲染新進士們的中第喜悦之情。結二句寫他們日暮時分，尚未興盡，帶著不捨的心情，踏上草煙迷離、暮色蒼茫的歸路。「歸路草和煙」五字一結，清麗可喜，脱出功名得意俗套，給人以「腐氣俱消」的清爽之感。

【集　評】

湯顯祖評《花間集》卷二：此首獨脱套，覺腐氣俱消。

又評「馬驕」句：似惜錦障泥。

蕭繼宗《評點校注花間集》：與前二首同，在科舉時代，鶯遷龍化，折桂探花，聽之爛熟，誠爲腐俗可厭；但世易時移，此等俗套語，已不常聞，如地層化石，年久轉新，亦不甚礙目。臨川謂「此首獨脱套，覺腐氣全消」，在科舉時代人讀之，宜有此感；但自今日讀之，轉不若前二首之切題，令人如目擊當年盛大場面。此首如删去前結及後起，則空無所有矣，亦不可不知。

小重山①

春到長門春草青〔一〕。玉堦華露滴②〔二〕，月朧明③。東風吹斷紫簫聲④〔三〕。宮漏促⑤，簾外曉啼鶯。　愁極夢難成⑥。紅粧流宿淚⑦，不勝情。手挼裙帶遶階行⑧〔四〕。思君切，羅幌暗塵生⑨〔五〕。

【校　記】

① 《古今詞統》調下題作《宫怨》。吴鈔本作「小重山二首」。

② 玉墀：《歷代詩餘》作「紫階」。玉：徐本作「王」，誤。

③ 朧：玄本作「隴」，雪本作「籠」。

④ 紫簫：鄂本、吴鈔本、毛本、後印本、正本、四庫本、清刻本、四印齋本、《詞譜》、《歷代詩餘》、林大椿《唐五代詞》作「玉簫」。毛本《唐宋諸賢絶妙詞選》作「紫蕭」，誤。

⑤ 宫漏促：毛本《唐宋諸賢絶妙詞選》卷一作「金爐冷」。

⑥ 愁極：鄂本、吴鈔本、毛本、後印本、正本、四庫本、清刻本、四印齋本、《歷代詩餘》、林大椿《唐五代詞》作「愁起」。

⑦ 紅妝句：毛本《唐宋諸賢絶妙詞選》卷一、《草堂詩餘别集》作「殘妝和宿淚」。

⑧ 繞階：鄂本、吴鈔本、毛本、後印本、正本、四庫本、清刻本、四印齋本作「繞宫」，毛本《唐宋諸賢絶妙詞選》卷一、全本、《歷代詩餘》、王輯本作「繞花」。鼂本、陸本、茅本、徐本、影刊本詞末注曰：「『愁極』作『愁起』，『遶階』作『遶宫』，非是。合從舊本。」張本詞末墨筆小字注同。

⑨ 羅幌句：吴鈔本作「羅愰暗生塵」，誤。

【箋　注】

〔一〕長門：用漢武帝陳皇后失寵買賦事。參見卷二温庭筠《清平樂》「上陽春晚」注〔六〕。

〔二〕玉墀：台階之美稱，以指皇宫台階。《文選·張衡〈思玄賦〉》：「勔自强而不息兮，蹈玉階之嶢崢。」舊注：「玉階，天子階也。言我雖欲去，猶戀玉階不思去。」晉葛洪《抱朴子·漢過》：「禾黍生於廟堂，榛莠秀乎玉階。」唐岑參《和賈至舍人早朝大明宫》：「金鏁曉鐘開萬户，玉堦仙仗擁千官。」華露：唐韋應物《月夜》：「皓月流春城，華露積芳草。」

〔三〕紫簫：即紫玉簫，紫竹所制。唐杜牧《杜秋娘》：「金階露新重，閑撚紫簫吹。」

〔四〕手挼：手揉。五代馮延巳《謁金門》：「閑引鴛鴦芳徑裏，手挼紅杏蕊。」

〔五〕羅幌：絲羅帷幔。南朝宋鮑照《代陳思王〈京洛篇〉》：「珠簾無隔露，羅幌不勝風。」唐沈佺期《長門怨》：「玉階聞墜葉，羅幌見飛螢。」

【疏　解】

詞寫宫怨。起句描寫春到長門，點出冷宫幽閉的題旨，青青芳草則唤起宫女的生命意識。接著視聽並用，描寫冷宫夜景曉色，烘托宫女深重的愁怨，見出其自夕到曉，徹夜未眠。换頭承上，宫女思君不至，欲託諸夢境，然一夜不眠，和夢也無，讓她情有不堪，更加傷心。手挼裙帶遶堦徘徊的動作描寫，表現她急切焦渴的思念期盼心理。一結「羅幌暗塵生」五字，暗示君王久已不至，宫女身心慵懶、情緒黯淡，予人以淒涼酸楚之感。李冰若對此詞的評點，值得我們注意，他提出了一個重要的問題，即面對同一文學母題下積案盈箧、連篇累牘的類型化寫作，我們應該採取什麽樣的閱讀態度和評價標準。受母題原型的規定性和自身才力的限制，類型化寫作創生新意較難，但在語言、修辭、章法等技術層面，還是存在工拙之分的。所以在閱讀時，不必期待這類作品立意上突破窠臼，只賞其藻采、筆法、韻致可也。至於是否託寓宫怨，抒懷才不遇之感，則難論定。

【集　評】

沈際飛《草堂詩餘別集》卷二：比古曲「老女不嫁，蹋地唤天」隱些，然亦急矣。三月無君則弔，士何異此。

茅暎《詞的》卷三：怨女棄才，千古同恨。

卓人月《古今詞統》卷九徐士俊評語：不爲詭奇，卻是古雅。

陳廷焯《詞則·別調集》卷一：尚有古意。

李冰若《花間集評注·栩莊漫記》：詞無新意，筆卻流折自如。

蕭繼宗《評點校注花間集》：作《小重山》，應留意前後起第二句五字頓。頓而不斷，方有姿致。漫記所云「流折自如」，正從頓而不斷來。

其　二①

秋到長門秋草黄②。畫梁雙燕去③，出宫牆。玉簫無復理霓裳④〔一〕。金蟬墜⑤〔二〕，鸞鏡掩休粧⑥。　憶昔在昭陽〔三〕。舞衣紅綬帶，繡鴛鴦⑦。至今猶惹御鑪香⑧。魂夢斷，愁聽漏更長⑨。

【校　記】

①《小重山》二首，《花草粹編》卷六作韋莊詞，誤，當從《花間集》作薛昭藴詞。

②秋：毛本《唐宋諸賢絶妙詞選》作「愁」。秋草：毛本《唐宋諸賢絶妙詞選》作「青草」。

③雙燕：王輯本作「春燕」。

④無復：雪本作「無力」。

⑤墜：王輯本作「睡」。

⑥鏡：晁本、影刊本缺末筆。

⑦ 綬帶：王輯本作「袖帶」。繡：毛本、四庫本作「綉」。

⑧ 鑪：吴鈔本、毛本、後印本、正本、四庫本、清刻本作「爐」。湯本、玄本作「鑪」。

⑨ 漏更：玄本作「更漏」。

【箋注】

〔一〕玉簫：玉制之簫或簫的美稱。《晉書・吕纂載記》：「即序胡安據盜發張駿墓，見駿貌如生，得真珠簏、琉璃榼、白玉樽、赤玉簫。」南朝梁陶弘景《真誥》卷三：「玉簫和我神，金醴釋我憂。」唐李白《鳳凰曲》：「嬴女吹玉簫，吟弄天上春。」霓裳：即《霓裳羽衣曲》。唐代著名法曲。爲開元中河西節度使楊敬忠所獻。據《新唐書・玄宗紀》：初名「《婆羅門曲》」，傳至西涼，明皇潤飾其詞，而易以美名」。傳説中亦有爲唐玄宗登三鄉驛望女几山及與羅公遠、葉法善遊月宫聞仙樂歸而所作等説，雖荒誕不可信，但每被詩人搜奇入句。唐劉禹錫《三鄉驛樓伏睹玄宗女几山》：「三鄉陌上望仙山，歸作《霓裳羽衣曲》。」

〔二〕金蟬：古代婦女所用金色蟬形的貼面飾物。唐李賀《屏風曲》：「團迴六曲抱膏蘭，將鬟鏡上擲金蟬。」

〔三〕昭陽：昭陽殿。見卷三韋莊《小重山》「一閉昭陽春又春」注〔一〕。

【疏 解】

此首秋宫怨，季節上承接前首，春秋代序，時光流轉，宫女幽閉被棄的悲劇命運没有改變，她對君王的思念期待也没有改變。上片前三句描寫冷宫草黄、畫梁燕去的淒涼秋景，「玉簫」三句表現宫女在這淒涼的季節裏，舊曲倦理、掩鏡罷妝的慵懶失意情態。過片三句回憶昔日昭陽殿中承恩的榮寵和歡樂，與今日長門冷宫的孤寂淒苦構成鮮明對比。但宫女仍然怨而不怒，衣帶「猶惹御鑪香」，見其不忘君恩的忠悃之心。這對宫女來説，未嘗不是一種虚幻的安慰。結句寫夢醒之後，宫女聽著迢遞的漏聲，再難入眠，情緒又跌入冷宫幽閉的痛苦淒涼之中。此類詞作，認識意義大於審美價值，它啟示讀者思考宫女的不幸遭遇，認識到這是制度造成的個人命運悲劇。而作者在詞中表現出來的同情心，也值得加以肯定。

【集 評】

俞陛雲《唐五代兩宋詞選釋》：兩調之首句，非特相應，且音節入古。「裙帶」句舊恨新愁，一時並赴，皆在繞花徐步之時。「塵生」句即「君王不到，草與階平」之意。次首之下闋，憶昔年之榮寵，見今日之悲涼。「爐香」句戀羅袂之餘薰，惜檀槽之餘暖，怨而不怒，詩之教也。

蕭繼宗《評點校注花間集》：《小重山》二首，宫詞，一春一秋，俱有怨意。

離别難

寶馬曉鞲彫鞍①〔一〕。羅幃乍别情難〔二〕。那堪春景媚。送君千萬里。半粧珠翠落〔三〕，露華寒。紅蠟燭②。青絲曲〔四〕。偏能鉤引淚闌干③〔五〕。良夜促。香塵緑。魂欲迷。檀眉半斂愁低④〔六〕。未别心先咽〔七〕。欲語情難説。出芳草，路東西⑤。摇袖立。春風急。櫻花楊柳雨淒淒⑥〔八〕。

【校　記】

①彫：晁本、毛本、四庫本作「彫」。他本《花間集》、全本、《歷代詩餘》作「雕」。

②蠟燭：晁本、毛本、後印本、正本、四庫本、四印齋本作「蝎燭」。

③偏：吴鈔本作「編」，誤。「干」張本誤作「千」。

④檀眉：吴鈔本作「眉」，無「檀」字。

⑤未别四句：張本朱筆斷句爲：「未别心先咽。欲語情，難説出。芳草路東西。」《花間集評注》斷句爲：「未别心先咽，欲語情難説出，芳草路東西。」《花間集校》斷句爲：「未别。心先咽。

欲語情難説出。芳草路東西。」

⑥雨淒淒：王輯本作「兩淒淒」。

【箋　注】

〔一〕寶馬句：謂早晨韝馬遠行。韝：韝馬，給馬加上鞍轡。唐王昌齡《塞上曲》：「遥見胡地獵，韝馬宿嚴霜。」

〔二〕羅幃：絲羅帳幃。唐李白《春思》：「春風不相識，何事入羅幃？」乍別：忽別。唐盧綸《送史兵曹判官赴樓煩》：「渥窪龍種散雲時，千里繁花乍別離。」

〔三〕半粧：即半面妝。《南史·梁元帝徐妃傳》：「因帝眇一目，每知帝將至，必僅飾半面以俟，帝見則大怒而出。」此指乍别妝飾草草。

〔四〕青絲曲：離別時所奏樂曲。唐岑參《使君席夜送嚴河南赴長水》：「嬌歌急管雜青絲，銀珠金杯映翠眉。」

〔五〕偏能鉤引：最能引起。淚闌干：淚流縱橫貌。唐張繼《重經巴丘》：「今日片帆城下去，秋風回首淚闌干。」

〔六〕檀眉：女子眉旁之暈色。明陳繼儒《枕譚》：「畫家七十二色有檀色，淺赭所合，婦女眉旁暈色似之。」

〔七〕咽：聲音因阻塞而低沉，此指心頭堵塞。

〔八〕櫻花：櫻桃花。唐李商隱《無題》：「何處哀箏隨急管，櫻花永巷垂楊岸。」

【疏　解】

詞賦別離。上片鋪叙清曉乍別、難捨難分的場面；過片倒入之筆，補寫別夜痛苦悲傷的情形；「芳草」以下，再折回別時，將這場悲傷的離別，定格於女子風中招手的揮別畫面，再以「櫻花楊柳雨淒淒」一句景語烘染，感傷不盡，淒豔無極，爲篇中最雋之句。此詞在《花間集》中篇幅最長，以展衍錯雜之筆，寫黯然銷魂之情，因是從女子角度表現，所以短促的句子節奏，正吻合其細碎煩亂的心理，「咽心之別愈慘，難説之情轉迫」，内容和形式是互相適應的。這種放筆鋪寫的詞法，影響下及宋柳永等人的慢詞創作。但此詞表現上的問題也是存在的，可能是因爲體調的原因，句子稍覺堆垛滯重，一種意思，費得如許語句，因而缺乏疏朗雋永的韻致。

【集　評】

湯顯祖評《花間集》卷二：咽心之別愈慘，難説之情轉迫。「平生無淚落，不灑別離間」，應是好有話。

沈雄《古今詞評·詞辨》下卷：《離別難》……其詞即五言近體，《唐詞紀》中「此別難重陳，花飛復戀人」是也。白樂天七言近體云：「緑楊陌上送行人，馬去車回一望塵。不覺別時紅淚盡，歸來無可更沾巾。」乃《離別難》曲也。惟薛昭藴一首爲長短句，詞家用之。

李調元《雨村詞話》卷一：今人呼馬加鞍轡曰鞲馬，見《花間集》薛昭藴詞：「寳馬曉鞲雕鞍。」

況周頤《蕙風詞話》卷四：中國櫻花不繁而實，日本櫻花繁而不實。薛昭藴詞《離別難》云：「摇袖立，春風急，櫻花楊柳雨淒淒。」此中國櫻花也。入詞殆自此始。此花以不繁，故益見娟倩。

蕭繼宗《評點校注花間集》：全詞八十七字，幅長已近慢，然其結構仍小令耳。鄭叔問「疑是兩解」，亦有見地，但後片顯已「换頭」，仍以作一調爲是。萬紅友駁《嘯餘譜》之説，以爲「促」「緑」非更韻，亦非。蓋小令如《河傳》之類，换韻多，偶與「燭」、「曲」同耳，非過片後，再與前叶也。「欲語」句，或於「説」字點斷，與「咽」字叶；或與「出」字分句。「咽」、「説」互叶，是矣。然「出芳草」三字，仍不成語。愚意按前半「半妝」句，此處必奪二字。原文想係：「出門芳草路，各東西。」觀韋莊《望遠行》：「出門芳草路萋萋，雲雨別來易東西。」可知「出」字下必落「門」字，至於「路」字，宜屬「芳草」成句。而「各」字適爲「路」之半體，傳刻時以爲重出而删之耳。愚説似尚近理，知言者或不以爲謬也。

相見歡①

羅襦繡袂香紅②〔一〕。畫堂中③。細草平沙蕃馬，小屏風〔二〕。　　卷羅幕。凭粧閣④〔三〕。思無窮⑤。暮雨輕煙魂斷⑥〔四〕，隔簾櫳⑦。

【校　記】

① 此首又見馮延巳《陽春集》。四印齋本《陽春集》注曰：「别作薛昭藴。」王輯本調下注曰：「别見《陽春集》。」《花間集》、《花草粹編》、全本、《歷代詩餘》、《詞譜》等均作薛昭藴詞，當從。

② 羅襦：《陽春集》作「羅幃」。

③ 堂：後印本無「堂」字。

④ 凭：毛本、後印本作「恁」。閣：晁本、茅本、鍾本、湯評本、張本、影刊本作「閤」。

⑤ 無窮：《陽春集》作「何窮」。窮：後印本無「窮」字。

⑥ 暮：毛本、正本、四庫本作「莫」。魂斷：《陽春集》作「夢斷」，王輯本作「腸斷」。

⑦ 簾櫳：晁本、陸本、雪本、徐本、影刊本作「簾攏」。

【箋　注】

〔一〕羅襦繡袂：繡花衣袖的絲羅短襖。唐白居易《秦中吟·議婚》：「紅樓富家女，金縷繡羅襦。」唐釋貫休《善哉行》：「繡袂捧琴兮登君子堂，如彼萱草兮使我憂忘。」

〔二〕細草句：小屏風上之繪飾。唐杜牧《邊上晚秋》：「黑山南面更無州，馬放平沙夜不收。」

〔三〕粧閣：指婦女的居室。唐王維《班婕妤》之三：「怪來妝閣閉，朝下不相迎。」唐白居易《兩朱閣》：「妝閣伎樓何寂靜，柳似舞腰池似鏡。」

〔四〕暮雨輕煙：指妝閣外之景色。

【疏　解】

詞寫閨情。一起女子特寫，凸顯她的華美衣飾，暗示其人之美豔。然後推出「畫堂中」的居處環境鏡頭，再摇向室内陳設的屏風，對準屏風上「細草平沙蕃馬」的畫面，興起女子念遠懷人情思。下片轉寫女子捲簾憑閣，眺遠寄情，簾外暮雨輕煙，一片淒迷，讓女子無限感傷。詞中只説「思無窮」、「魂斷」，而不點明原因，言情較爲含蓄。

【集　評】

鍾本評語：「細草平沙番馬，小屏風」，佳語也。

楊慎《丹鉛總録》卷十二：唐人好畫蕃馬於屏，《花間詞》云「細草平沙蕃馬，小屏風」是也。

陳廷焯《雲韶集》卷二十四：即端己所云「斷腸君信否」。

蕭繼宗《評點校注花間集》：「細草」句稍新，餘皆陳套。

醉公子①

慢綰青絲髮〔一〕。光砑吴綾襪②〔二〕。床上小燻籠③〔三〕，韶州新退紅④〔四〕。　叵耐無端處⑤〔五〕。捻得從頭汙。惱得眼慵開⑥〔六〕，問人閑事來。

【校　記】

① 全本調下注曰「一名四换頭」。

② 光：湯評本、合璧本作「先」。襪：王輯本作「袜」。

③ 燻：毛本、後印本、正本、四庫本、清刻本、王輯本作「薰」。

④ 新：吴鈔本作「親」。

⑤ 叵：吴鈔本作「匝」，誤，旁校爲「叵」。

⑥惱：吴鈔本作「惱」，誤。

【箋　注】

〔一〕慢綰：隨意纏束。

〔二〕光砑：即砑光，以石磨絲織物使其有光。唐韓偓《無題》：「錦囊霞彩爛，羅襪砑光匀。」吴綾：唐韓偓《意緒》：「臉粉難匀蜀酒濃，口脂易印吴綾薄。」

〔三〕燻籠：有籠覆蓋的薰爐，用以薰香或烘烤衣物。唐孟浩然《寒夜》：「夜久燈花落，薰籠香氣微。」

〔四〕韶州：今廣東韶關。《舊唐書·地理志》：「韶州，隋南海郡之曲江縣。武德四年，平蕭銑，置番州，領曲江、始興、樂昌、臨瀧、良化五縣。貞觀元年，改爲韶州。」其地産紅色顔料韶石，謂之韶紅。唐温庭筠《寒食節日寄楚望》：「愁碧竟平皋，韶紅换幽圃。」退紅：指粉紅色。唐王建《題所賃宅牡丹花》：「粉光深紫膩，肉色退紅嬌。」

〔五〕叵耐：亦作「叵奈」。不可容忍，可惡。《敦煌曲子詞·鵲踏枝》：「叵耐靈鵲多謾語，送喜何曾有憑據。」無端：無因由，無緣無故。《楚辭·九辯》：「蹇充倔而無端兮，泊莽莽而無垠。」王逸注：「媒理斷絶，無因緣也。」晉陸機《君子行》：「福鍾恒有兆，禍集非無端。」唐唐彦謙《柳》：「楚王江畔無端種，餓損宫娥學不成。」

〔六〕慵開：懶開。唐王維《書事》：「輕陰閣小雨，深院晝慵開。」

【疏　解】

華鍾彦曰：「此詞就題發揮」，意其寫醉公子情態。然按諸詞中所寫，似爲女子。起二句寫其人秀美的髮式服飾，接二句寫精美的床上用具，女性化色彩明顯。下片寫其無端煩惱、向人嗔怪的醉酒之態。詞中人物若果是公子，也是類似《紅樓夢》中裙釵堆裏吃胭脂的寶玉一類「公子」。

【集　評】

陸游《老學庵續筆記》：唐有一種色，謂之退紅。王建《牡丹詩》云：「粉光深紫膩，肉色退紅嬌。」王貞白《娼樓行》：「龍腦香調水，教人染退紅。」《花間集》樂府云：「床上小熏籠，韶州新退紅。」蓋退紅若今之粉紅。

鍾本評語：「床上小熏籠，韶州新退紅」，「惱得眼慵開，問人閒事來」，上語點景，下語寫情，俱閑婉淡宕。

湯顯祖評《花間集》卷二：昔西王母宴群仙，戴砑光帽，簪花舞，「光砑」二字本此。

李冰若《花間集評注·栩莊漫記》：《東坡題跋》云：「徐州倅李陶，有子素不甚作詩。忽詠《落梅》詩曰：『誰同砑光帽，一曲舞山香。』父驚問之，若有物憑者云：『西王母宴群臣，有舞者戴研光帽，帽上簪花。舞山香一曲未終，而花皆落去。」……又檢《開天遺事》載汝陽王璡戴研光帽打曲，明皇自摘槿花，置之帽上。帽極滑，久而方安。乃知湯語所本，而「研光」二字，固唐習語也。

又：此詞甚劣，末二句略有風味。

華鍾彦《花間集注》卷三：此詞就題發揮。

蕭繼宗《評點校注花間集》：全詞皆閨帷絮語，殊無深意，然寫實之作，亦頗逼真，視千篇一律之陳套，反覺新致。

女冠子①

野煙

求仙去也。翠鈿金篦盡捨②〔一〕。入喦巒〔二〕。霧捲黄羅帔〔三〕，雲彫白玉冠③〔四〕。野煙溪洞冷，林月石橋寒④。靜夜松風下⑤，禮天壇⑥〔五〕。

【校　記】

①《草堂詩餘别集》調下題作《女冠》。吴鈔本作「女冠子二首」。

②「翠鈿」二句：張本斷句爲「翠鈿金篦，盡捨入喦巒」。鈿：王輯本作「細」，誤。

③彫：張本、全本、《歷代詩餘》作「雕」。

④ 橋：吴鈔本作「樓」。

⑤ 静夜：《歷代詩餘》作「夜静」。

⑥ 壇：王輯本作「檀」，誤。

【箋注】

〔一〕翠鈿：用翠玉製成的首飾。南朝樂府《西洲曲》：「樹下即門前，門中露翠鈿。」金篦：古代婦女的一種金質首飾。亦可用以梳髮。唐寒山《詩》之三五：「羅袖盛梅子，金鎞挑筍芽。」

〔二〕嵒巒：即巖巒，高峻的山巒。南朝梁徐悱《古意酬到長史溉登琅邪城》：「表裏窮形勝，襟帶盡巖巒。」

〔三〕黄羅帔：女冠所著黄色絲羅披肩。

〔四〕白玉冠：女冠所戴者。五代花蕊夫人《宫詞》：「焚修每遇三元節，天子親簪白玉冠。」

〔五〕禮天壇：登壇拜天，爲道士修行儀式。唐劉禹錫《奉送家兄歸王屋山隱居二首》：「陽洛天壇上，依稀似玉京。」

【疏解】

詞詠本調。起二句寫女子洗卻紅妝，入道學仙，意甚決絶，表現出不同流俗的人生道路選擇。

接寫她入山易服，一身飄逸不俗的道家裝束，格外神氣清明。换頭描寫野逸清冷的道觀環境，覺有出塵仙氣縹緲其間。結以靜夜松風、登壇禮天的修道畫面。此詞表現純粹的宗教生活内容，不染豔情成份，顯得難能可貴。

【集　評】

湯顯祖評《花間集》卷二：雋雅不及韋相，而直叙道情，翻覺當行。次首恨有俗句。

沈際飛《草堂詩餘别集》卷一：直叙道情，可續景純《遊仙詩》。

卓人月《古今詞統》卷四徐士俊評語：我欲置身此中。

陳廷焯《雲韶集》卷一：「野煙」十字，頗似中唐五律。語有仙氣。

俞陛雲《唐五代兩宋詞選釋》：上闋平叙舍家入道。下闋「野煙」二句，不用香燈、梵唱等語，而虚寫山野景色，自有出塵之致。結句松風靜夜，頂禮天壇，想見黄絁入道、禮星瑶殿時也。……鹿虔扆、尹鶚，皆有《女冠子》詞，殆道女爲當時風尚耶？

蕭繼宗《評點校注花間集》：《女冠子》詞，正宜兒女情，兼有神仙氣。詞甚佳，然首兩句明説，終覺乏味。「冷」、「寒」作對，亦微疵也。

其二①

雲羅霧縠②〔一〕。新授明威法籙〔二〕。降真函③〔三〕。髻綰青絲髮，冠抽碧玉篸④。往來雲過五，去住島經三〔四〕。正遇劉郎使⑤〔五〕，啟瑤緘〔六〕。

【校　記】

① 吴鈔本此首不分片。

② 縠：吴鈔本作「穀」，誤。

③ 函：吴鈔本作「極」，誤。

④ 篸：鄂本作「簪」。

⑤ 劉：吴鈔本作「到」。

【箋　注】

〔一〕雲羅霧縠：絲羅織品，寫女道士的衣著。縠，有縐紋的紗。雲霧二字狀其輕逸飄渺。唐長孫無忌《新曲二首》："玉佩金鈿隨步遠，雲羅霧縠逐風輕。"

〔二〕明威：指上天聖明威嚴的旨意。《尚書·多士》："我有周佑命，將天明威，致王罰，敕殷命終於帝。"或曰：同"明畏"，彰善懲惡也。《尚書·皋陶謨》："天明畏，自我民明畏。"此指道書《正一明威妙經》，見《雲笈七籤》。法籙：道教語。用以"驅鬼壓邪"的丹書、符咒。唐谷神子《博異志·張竭忠》："河南緱氏縣東太子陵仙鶴觀，常有道士七十餘人，皆精專修習，法籙齋戒皆全。"五代杜光庭《青城山記》："嘗詣天下道門使蕭邈，字元裕，受三洞秘法籙，遊謁五嶽，寓止山中。"

〔三〕真函：此指盛放法籙的封套。

〔四〕往來二句：寫女冠之行蹤。雲過五：即過五雲。北宋張君芳《雲笈七籤》："元洲有絶空之宫，在五雲之中。"唐周匡物《及第謡》："驊騮一百三十蹄，踏破蓬萊五雲地。"唐白居易《長恨歌》："樓閣玲瓏五雲起，其中綽約多仙子。"島經三：即經三島。三島指海上三神山。《史記·秦始皇本紀》："齊人徐市等上書，言海中有三神山，名曰蓬萊、方丈、瀛洲，仙人居之。"唐李商隱《牡丹》："鸞鳳戲三島，神仙居十洲。"

〔五〕劉郎：指入天台採藥遇仙女之劉晨。參見卷二温庭筠《思帝鄉》"花花，滿枝紅似霞"注〔六〕。

〔六〕啟瑶緘：拆閲信使所投書緘。唐白居易《送蕭煉師步虚詞十首卷後以二絶繼之》："花紙瑶緘松墨字，把將天上共誰開？」

【疏　解】

詞詠本調。内容似是前一首的延伸。前首入山初學，此首學仙有成。上片描寫女冠清秀飄逸的服飾，但身上佩帶新授的丹書符籙，説明她的道行已非同一般。换頭寫她駕乘五色祥雲、往來蓬萊三島的日常行蹤，儼然已入仙籍。結二句反跌，出乎意料之外，她身在仙鄉竟然塵緣未斷，還與「劉郎」書信傳情，保持聯繫。這樣，此詞就又回歸了《花間》同題寫作將宗教題材豔情化的俗套，讓論者「恨有俗句」（湯顯祖評《花間集》），爲之惋惜。

【集　評】

湯顯祖評《花間集》卷二：歷祖中數目句字。

卓人月《古今詞統》卷四徐士俊評語：押「三」字奇穩。

蕭繼宗《評點校注花間集》：後起「五」、「三」作對，句法甚拙，殊無可取，而臨川以密點賞之，何也？

謁金門①

春滿院②。疊損羅衣金線〔一〕。睡覺水精簾未捲③〔二〕。簷前雙語燕④。斜掩金鋪一扇⑤〔三〕。滿地落花千片⑥。早是相思腸欲斷⑦。忍交頻夢見⑧〔四〕。

【校　記】

① 吴鈔本此首後作「薛侍郎詞畢」，下接「花間集總目下」，計有「唐毛司徒詞三十一首、唐顧太尉詞五十五首、唐魏太尉詞十五首、唐孫少監詞六十首、唐牛學士詞十一首、唐鹿太尉詞六首、唐閻處士詞八首、唐尹參卿詞六首、唐李秀才詞三十七首」，此處略去各家細目。張本此首末「已上共十九調」一句，朱筆劃去。

② 滿：吴鈔本作「雨」。

③ 水精：茅本、湯本、合璧本、《尊前集》、林大椿《唐五代詞》作「水晶」。

④ 簷前：鍾本《花間集》、顧本、毛本、彊村本《尊前集》、全本、《歷代詩餘》、王輯本、林大椿《唐五代詞》作「簾前」。燕：王輯本以「燕」字屬下片，誤。

⑤ 掩：吴鈔本《花間集》、顧本、毛本、彊村本《尊前集》作「捲」。

⑥ 千片：玄本作「十片」。

⑦ 早：玄本作「蚤」。

⑧ 忍交：吴鈔本、鍾本、湯本、合璧本、四庫本、毛本《尊前集》、毛本《唐宋諸賢絶妙詞選》卷一、全本、王輯本、林大椿《唐五代詞》作「忍教」。《歷代詩餘》作「那教」。

【箋注】

〔一〕疊損：疊壞。此指女子和衣而卧以致羅衣皺損。

〔二〕睡覺：睡醒。唐白居易《長恨歌》：「雲髻半偏新睡覺，花冠不整下堂來。」唐魚玄機《送别》：「睡覺莫言雲去處，殘燈一盞野蛾飛。」

〔三〕金鋪：金飾鋪首。《文選·司馬相如〈長門賦〉》：「擠玉户以撼金鋪兮，聲噌吰而似鐘音。」李善注：「金鋪，以金爲鋪首也。」吕延濟注：「金鋪，扉上有金花，花中作鈕鐶以貫鎖。」南齊沈約《會圃臨春風》：「曲房開兮金鋪響，金鋪響兮妾思驚。」唐李賀《河南府試十二月樂詞·九月》：「月綴金鋪光脈脈，涼苑虚庭空澹白。」葉葱奇注：「金鋪，指門環下面的銅片。《增韻》：『所以銜環者，作魚蛇之形，以銅爲之，故曰「金鋪」。』」後用爲門户之美稱。唐包佶《朝拜元陵》：「宫前石馬對中峰，雲裏金鋪閉幾重。」

〔四〕頻：頻頻。唐孟浩然《經七里灘》：「爲多山水樂，頻作泛舟行。」

【疏　解】

詞寫閨怨。起句寫女子睡醒所見惱人的滿園春色，爲全詞的描寫和抒情，提供一個季節背景。次句寫女子心緒慵懶，和衣而卧，輾轉之際，以致羅衣皺損。接寫女子睡起，仍然無精打采，懶得捲簾，燕子被阻于室外，在檐前不停呢喃。這是一個非常真實的生活細節。檐前雙燕，在意脈上具有反襯女子孤單的作用。下片轉寫女子起身，半開房門，放入燕子。她看到門外滿地落花，意識到節序又是悼惜殘春時候。這一春的相思，早已讓人腸斷；怎忍再教頻頻夢見，經受一番番夢中聚散的折磨，讓人更加不堪。以「早是相思腸欲斷，忍教頻夢見」的情語收束全詞，重拙之筆，折進一層，抒情更有力度。

【集　評】

陳廷焯《雲韶集》卷一：曰「相思」，曰「斷腸」，曰「夢見」，皆成語也。看他分作二層，便令人愛不釋手。遣詞用意當如此。

陳廷焯《詞則·閑情集》卷一：意態便濃，斯謂翻陳出新。

唐圭璋《唐宋詞簡釋》：此首寫睡起之惆悵。「春滿院」，醒來所見簾外之景象也。「疊損」句，寫睡時羅衣未解，可見心悲意懶之情。「睡覺」兩句，傳雙燕之神，畫亦難到。因睡覺無心，故未捲簾，因簾未捲，故燕不得入；燕不得入，故惟有簾前對語，似歎亦似怨也。下片，「落花千片」，是起來所見簾外之景象，所聞雙燕呢喃，所見落花千片，總是令人興感。「早是」兩句，盡情吐露相思之苦。尋常相思，已是腸斷，何況夢中頻見，更難堪矣。文字分兩層申説，宛轉淒傷之至。「夢見」應「睡覺」，「早是」與「忍教」二字呼應。此種情景交融之作，正與韋相同工。

唐圭璋《詞學論叢·論詞之作法》：至抒情方面，如薛昭藴《謁金門》之「早是相思腸欲斷，忍教頻夢見」……皆深揭内心，淒苦異常。

蕭繼宗《評點校注花間集》：全首渾成，針線盡滅。「春滿院」三字，首句喚起，或悲或歡，或離或合，都無不可，次句則暗示離愁，而以「雙語燕」反襯，「落花千片」加深「春滿」，直奔結句，甚見手段。白雨齋已見點睛，稍遺鱗爪。須知此非有句無篇之作。

存目詞

調名	首句	出處	附注
河傳	秋光滿目	《花草粹編》卷五	徐昌圖作，見《尊前集》。

題跋叙録

王國維《薛侍郎詞輯本跋》：案昭藴字里均無可考，《花間集》止稱薛侍郎而已。唯《全唐詩》載薛昭緯，河東人，乾寧中爲禮部侍郎。天復中，累貶磎州司馬。昭藴當即其兄弟行。又《北夢瑣言》稱昭緯恃才傲物，每入朝省，弄笏而行，旁若無人。好唱《浣溪沙》詞。今昭藴詞中，亦以《浣溪沙》詞爲最多。殆一門有同好歟。其詞《花間集》有十九首，《全唐詩》同，今録爲一卷。光緒戊申季夏，海寧王國維記。（《唐五代二十一家詞輯》）

總評

況周頤《歷代詞人考略》卷六：薛昭藴詞《全唐詩》附載十九首，其中《浣溪沙》「粉上依稀有淚痕」，又「握手河橋柳似金」，又「江館清秋纜客船」，及《喜遷鶯》、《小重山》、《離别難》等六首，體格於兩宋差近。

李冰若《花間集評注·栩莊漫記》：薛昭藴詞雅近韋相，清綺精豔，亦足出人頭地，遠在毛文錫上。

唐圭璋《詞學論叢·唐宋兩代蜀詞》：昭藴，河東人，蜀侍郎。《花間集》采其詞十九首，大抵清超拔俗，雅近韋相。

牛　嶠

【小　傳】

牛嶠，生卒年不詳，字松卿，一字延峰。《舊唐書》作牛嶠，恐誤。其先安定鶉觚（今甘肅靈臺）人，後徙狄道（今甘肅臨洮）。唐宰相牛僧儒之孫。乾符五年（八七八）進士。歷官拾遺、補闕、尚書郎。大順二年（八九一），王建鎮蜀後，辟爲判官。及前蜀開國，拜秘書監、給事中，卒。事蹟見《唐詩紀事》卷七一、《唐才子傳》卷九、《十國春秋》卷四四本傳。著述參見本書「附録」四。牛嶠詞今存三十二首，均見《花間集》。

柳　枝

牛給事嶠①

解凍風來末上青②〔一〕。解垂羅袖拜卿卿③〔二〕。無端裊娜臨官路④〔三〕，舞送行人過一生。

【校　記】

①鄂本同晁本。紫芝本、吴鈔本作「唐牛給事詞」、「牛嶠」、「柳枝詞五首」。吴鈔本牛嶠接毛熙震後。玄本調前作「牛嶠二十六首」。張本作「柳枝，牛嶠」，朱筆劃去「牛嶠」，於前一行加「牛嶠五首」。茅本、徐本、影刊本作「牛嶠五首」。湯本、合璧本作「牛嶠」「柳枝」，名下雙行小字：「公成都人，爲孟蜀學士，世以爲牛給事者誤也。公尚有『紫陌青門』《酒泉子》一調，亦甚佳，集中何獨遺之。」毛本、後印本、清刻本作「楊柳枝，牛給事嶠」。正本作「牛嶠，楊柳枝」。毛本、後印本、正本、四庫本、清刻本、《樂府詩集》、《全唐詩》調名作《楊柳枝》。《花間集注》作《柳枝》，注曰：「按此調即楊柳枝。」

②末：鄂本、紫芝本、吴鈔本、四印齋本、王輯本《牛給事詞》、林大椿《唐五代詞》、作「未」。鍾本、湯本、合璧本、正本、四庫本作「陌」。

③解垂：四庫本作「半垂」。

④梟：毛本、後印本作「梟」，誤。

【箋　注】

〔一〕解凍風：東風。《禮記·月令》：「孟春之月，東風解凍。」末上青：指楊柳梢頭萌發青芽。

〔二〕解垂句：謂柳枝摇曳若女子斂袖相拜。卿卿：男女間愛稱。南朝宋劉義慶《世説新語·惑溺》：「王安豐婦，常卿安豐。安豐曰：『婦人卿婿，於禮爲不敬，後勿復爾。』婦曰：『親卿愛卿，是以卿卿；我不卿卿，誰當卿卿？』遂恒聽之。」唐蘇頲《春晚紫微省直寄内》：「别離不慣無窮憶，莫誤卿卿學太常。」

〔三〕官路：官修之路。唐張繼《清明日自西午橋至瓜巖村有懷》：「鳥啼官路静，花發毁垣空。」

【疏 解】

詞詠本調。起寫東風解凍，寒去春來，柳梢嫩芽，一抹青色。二句擬人，形容柳絲依依垂裊，如女子羅袖低垂，拜見心愛之人。三四句寫柳樹生長在大路邊，迎風飄舞，送過無數行人，度過自己的一生。此詞詠柳喻人，那官路旁隨人折取的柳樹，喻指的是被動生存、無力主宰自我命運的弱者，比如隨人取樂的歌兒舞女輩，當然也不排除詞人自身的人生體驗。雖「託體之卑而無骨」，但事出無奈，情有可憫，産生「使人悲惋」的藝術效果。

【集 評】

湯顯祖評《花間集》卷二：《楊枝》、《柳枝》、《楊柳枝》，總以物託興。前人無甚分析，但極詠物之致，而能抒作者懷，能下讀者淚，斯其至矣。「舞送行人」等句，正是使人悲惋。

李冰若《花間集評注·栩莊漫記》：詠物詞多以比興取長，然描寫寄託之中，要有作者骨格在焉。「舞送行人過一生」，又何其託體之卑而無骨也。

黄進德《唐五代詞選集》：此詞用擬人化手法賦官路垂柳的裊娜多姿和平生遭際。

其二

吴王宫裏色偏深〔一〕。一簇纖條萬縷金。不憤錢塘蘇小小①〔二〕，引郎松下結同心②〔三〕。

【校記】

①不憤：《丹鉛總録》引作「不分」。錢塘：晁本作「前塘」，誤。王輯本作「錢唐」。

②松：《樂府詩集》作「枝」。《全唐詩》「松」字後小字注曰：「一作『枝』。」

【箋注】

〔一〕吴王二句：謂吴宫柳多而色濃。吴王宫，參見卷二皇甫松《楊柳枝》「爛熳春歸水國時」注〔二〕。

〔二〕不憤：華鍾彦《花間集注》曰：「憤，疑當作分，讀去聲。不分，猶言未料到。」蘇小小，參見卷一温庭筠《楊柳枝》「蘇小門前柳萬條」注〔一〕。

〔三〕引郎句：用古詩《蘇小小歌》「何處結同心，西陵松柏下」二句詩意。

【疏　解】

詞詠吴宫柳色。前二句正面喻寫，未見其妙。詠柳之作，要不離柳色深淺的話題，嫩黄如金之習語，陳言熟套，往往而是，此首亦如之。妙在三句作轉，引出錢塘蘇小松下定情的話題，爲題詠對象提供了一個參照系。柳態裊娜，柳性柔曼，宜於女性愛情；松柏偉岸挺拔，與女性愛情不諧。可是没料到蘇小小卻舍柳取松，結同心於西陵松柏之下，令人費解，實屬不宜。這種寫法，即「唐人所謂『尊題格』」，爲一時詠柳需要，而貶抑松柏，别無奥妙，解讀時不必求之過深，以免落於穿鑿。

【集　評】

楊慎《升庵詩話》卷六：牛嶠《楊柳枝》詞（略）。按古樂府《小小歌》有云：「妾乘油壁車，郎乘青驄馬。何處結同心，西陵松柏下。」牛詩用此意，詠柳而貶松。唐人所謂「尊題格」也。後人改「松下」作「枝下」，語意索然矣。

徐渤《徐氏筆精》卷四：古人詠柳，必比美人；詠美人，必比柳。不獨以其態相似，亦柔曼兩相宜也。若松檜竹柏，用之于美人，則乏婉媚耳。唐牛嶠《柳枝》詞云（略），亦謂美人不宜松下也。譬柳貶松，殊有深興。

沈雄《古今詞話·詞評》上卷：牛嶠……《楊柳枝》詞：「不憤錢塘蘇小小，引郎松下結同心。」見推於時。

其　三

橋北橋南千萬條。恨伊張緒不相饒①〔一〕。金羈白馬臨風望②〔二〕，認得楊家靜婉腰③〔三〕。

【校　記】

①恨：《詩藪》引作「憾」。

②金羈：鍾本、湯本、合璧本作「金雞」。

③認得：王輯本作「認是」。楊家：諸本《花間集》、林大椿《唐五代詞》及諸校注本均作「楊家」。《樂府詩集》、《全唐詩》作「羊家」。張璋等《全唐五代詞》據《樂府詩集》改作「羊家」。楊家靜婉：曾昭岷等《全唐五代詞》據《南史·羊侃傳》改作「羊家淨婉」。《花間集注》曰：「按楊字當作羊，靜字當作淨。《南史·羊侃傳》：『舞人張淨婉腰圍一尺六寸，時人咸推能掌

上舞。』」

【箋　注】

〔一〕張緒：南齊吴郡人，齊武帝時官至國子祭酒。《南史·張緒傳》：「劉悛之爲益州，獻蜀柳數株，枝條甚長，狀若絲縷。時舊宫芳林苑始成，武帝以植於太昌靈和殿前，常賞玩咨嗟，曰：『此楊柳風流可愛，似張緒當年時。』」不相饒：不相讓。唐杜甫《立秋後題》：「日月不相饒，節序昨夜改。」

〔二〕金羈白馬：形容少年裝束。三國魏曹植《白馬篇》：「白馬飾金羈，連翩西北馳。借問誰家子，幽并遊俠兒。」金羈：金飾的馬絡頭。

〔三〕楊家靜婉：即羊家淨婉。《南史·羊侃傳》：「舞人張淨婉腰圍一尺六寸，時人咸推能掌上舞。」

【疏　解】

詞詠本調。起句描寫橋邊柳樹繁茂之狀，二句用典，以風流可愛的張緒與之爭美映襯。后二句轉寫少年公子風中相望，感覺裊娜的柳枝就如少女的窈窕腰肢，仍是比擬襯托的寫法。胡應麟認爲此首「有唐樂府遺韻」，當是從其清新質樸的風格著眼的。

【集　評】

卓人月《古今詞統》卷二徐士俊評語：不怕白家小蠻生嗔耶！

胡應麟《詩藪·雜編》卷四：牛嶠，仕王蜀，《柳枝詞》二首見《樂府》，頗工。

胡應麟《詩藪·内編》卷六：後唐牛嶠《柳枝詞》云：「吴王宫裏色偏深（略）。……橋北橋南千萬條（略）。」五代人詩亦尚有唐樂府遺韻。

其　四①

狂雪隨風撲馬飛②〔一〕。惹煙無力被春欺③。莫交移入靈和殿④〔二〕，宫女三千又妬伊〔三〕。

【校　記】

① 王輯本《牛給事詞》誤《女冠子》其四爲《柳枝》其四，《柳枝》實收三首，缺其四「狂雪」、其五「裊翠」二首。缺《女冠子》「緑雲」、「錦江」、「星冠」三首。無《定西番》、《西溪子》、《望江怨》三首。

② 飛：鍾本作「輕」。

③ 春欺：《樂府詩集》作「風欹」。

④ 交：紫芝本、吴鈔本、鍾本、湯本、合璧本、玄本、四庫本作「教」。

【箋注】

〔一〕狂雪：形容漫天柳絮如大雪紛飛。唐韓愈《晚春》：「楊花榆莢無才思，惟解漫天作雪飛。」五代牛嶠《江城子》：「渡口楊花，狂雪任風吹。」

〔二〕莫交：即莫教，莫使。靈和殿：齊武帝靈和殿前多植柳，見前首注〔一〕。

〔三〕伊：此指楊柳。

【疏解】

詞詠本調。前二句寫柳絮隨風飄飛，柳絲含煙無力，那種身不由己的柔弱，仿佛被春天任意欺侮的樣子。這兩句形容柳樹的楚楚可憐之狀。后二句作轉，提醒莫教柳樹移植到皇家内苑去，免得再遭受宫女們的嫉妒。一轉以三千宫女爲襯，寫足柳樹之裊娜可愛，而含義不止於此，結合前兩句通看，其中似有身世寓意。恃强淩弱，人世常有；嫉妒爭寵，宫中常見。借柳喻寫，寄託在有無之間。

其　五

裊翠籠煙拂暖波①。舞裙新染麴塵羅〔一〕。章華臺畔隋堤上②〔二〕，傍得春風爾許多③〔三〕。

【校　記】

①籠煙：鍾本作「籠煙」。暖：鍾本作「煖」，正本作「暵」。

②畔：紫芝本、吴鈔本作「上」，誤。隋堤：四印齋本、湯評本、合璧本、林大椿《唐五代詞》誤作「隨堤」。

③傍：《樂府詩集》作「倚」。春風：王輯本作「東風」。

【箋　注】

〔一〕舞裙：此指飄舞之柳絲。麴塵羅：淡黄色絲羅。此句言柳絲飄舞如淡黄色羅裙。麴塵：酒麴上所生菌，因色淡黄如塵，故名。亦用以指淡黄色。此處借指柳樹，柳條。嫩柳葉色鵝黄，故稱。

〔二〕章華臺：臺名，春秋時楚靈王所造，故址在今湖北監利縣。《左傳·昭公七年》：「楚子成章華之臺，願與諸侯落之。」隋堤：見卷三韋莊《河傳》「何處」注〔二〕。

〔三〕爾許：猶言如許、如此。唐杜荀鶴《醉書僧壁》：「九華山色真堪愛，留得高僧爾許年。」

【疏　解】

詞詠本調。起句描寫柳絲拂水籠煙的美態，二句形容柳葉嫩如新羅的顏色。三四句讚美生長在章華臺畔、隋堤之上的柳樹，風姿嫵媚，占盡春光。地名典故的闌入，雖是詞人信手拈來，但也可引發讀者的歷史聯想，豐富作品的情感内涵。

【集　評】

楊慎《詞品》卷二：牛嶠，蜀之成都人，爲孟蜀學士。……《楊柳枝》詞數首尤工，見《樂府詩集》。

蕭繼宗《評點校注花間集》：以上《柳枝》五首，皆詠柳之七言絶句詩耳，不宜以詞論。

花間集校注卷四　五十首①

牛給事嶠　二十六首②

女冠子　四首　夢江南　二首
感恩多　二首　應天長　二首
更漏子　三首　望江怨　一首
菩薩蠻　七首　酒泉子　一首
定西番　一首　玉樓春　一首
西溪子　一首　江城子　二首

張舍人泌　二十三首

浣溪沙　十首　　臨江仙　一首
女冠子　一首　　河　傳　二首
酒泉子　二首　　生查子　一首
思越人　一首　　滿宮花　一首
柳　枝　一首　　南歌子　三首

【校　記】

①五十首：晁本無此三字。
②二十六首：各首數相加爲二十七首，晁、鄂、毛諸本均作「二十六首」，誤。

女冠子　牛給事嶠①

緑雲高髻〔一〕。點翠匀紅時世〔二〕。月如眉〔三〕。淺笑含雙靨〔四〕，低聲唱小詞。眼看唯恐化②〔五〕，魂蕩欲相隨③。玉趾迴嬌步〔六〕，約佳期。

【校　記】

① 紫芝本、吴鈔本作「女冠子四首」。張本於此調前一行朱筆加「花間集卷第四，牛嶠二十六首」。四印齋本作「花間集卷第四，五十首」。毛本、後印本、清刻本調前作「花間集卷四，五十首」，下列細目，後作「女冠子，牛給事嶠」。鄂本作「女冠子，牛給事嶠」。

② 唯：文治堂本作「惟」。

③ 魂蕩句：紫芝本「魂」後空一格，作「魂□蕩相隨」。欲：吴鈔本無此字。

【箋　注】

〔一〕緑雲高髻：狀女冠之髮髻。緑雲：喻女子烏黑茂密的秀髮。唐杜牧《阿房宫賦》：「緑雲擾擾，梳曉鬟也。」《箋》：「髻鬟新綰，如天外緑雲。」唐韓琮《題商山店》：「紅錦機頭拋皓腕，緑雲鬟下送横波。」

〔二〕點翠：指以黛色畫眉。唐李嶠《東飛伯勞歌》：「羅裙玉佩當軒出，點翠施紅競春日。」勻紅：指以胭脂勻臉。唐裴諧《觀修處士畫桃花圖歌》：「勾芒若見應羞殺，暈緑勻紅漸分別。」

時世：時世妝，入時的妝式。唐白居易《時世妝》：「時世妝，時世妝，出自城中傳四方。」

〔三〕月如眉：眉如新月。唐岑參《夜過磐豆隔河望永樂寄閨中效齊梁體》：「月如眉已畫，雲似鬢新梳。」

〔四〕淺笑：微笑。南朝梁蕭繹《採蓮賦》：「恐沾裳而淺笑，畏傾船而斂裾。」雙靨：兩頰之酒窩。唐温庭筠《牡丹》之一：「欲綻似含雙靨笑，正繁疑有一聲歌。」

〔五〕唯恐化：唯恐羽化仙去。

〔六〕玉趾：足之美稱。《左傳·僖公二十六年》：「寡君聞君親舉玉趾，將辱於敝邑。」南朝梁沈約《少年新婚爲之詠》：「裾開見玉趾，衫薄映凝膚。」

【疏　解】

詞寫男女期約。上片寫女子美豔入時的妝飾，婉媚姣好的容貌，從男子角度見出，情人眼裏，更覺其美。「低唱小詞」，似是歌女身份。換頭二句，將女子之美與男子對女子的極度憐愛、癡迷，形容幾盡，「較胡天胡帝更進一層」，歷來備受稱賞。結句寫臨別之時，女子主動回步，再約佳期，略無顧忌。對愛情追求的大膽，可能與她的特殊身份有關。

【集　評】

鍾本評語：「眼看唯恐化，魂蕩欲相隨」，盡情癡之致。

卓人月《古今詞統》卷四徐士俊評語：此等女冠，非魚玄機、李治輩乎？

況周頤《餐櫻廡詞話》：「眼看惟恐化，魂蕩欲相隨」，别一種説得盡，與「須作一生拼」云云不同。

李冰若《花間集評注·栩莊漫記》：「眼看」、「魂蕩」二語，較胡天胡帝更進一層。

姜方錟《蜀詞人評傳》：《女冠子》「緑雲高髻」一闋之寫閨情，自是《花間》上品。

蕭繼宗《評點校注花間集》：蘷笙亦有見地。惟此與「須作一生拼」，終有貞淫之别。

其二①

錦江煙水〔一〕。卓女燒春濃美②〔二〕。小檀霞〔三〕。繡帶芙蓉帳③〔四〕，金釵芍藥花。　額黄侵膩髮〔五〕，臂釧透紅紗〔六〕。柳暗鶯啼處，認郎家。

【校記】

①《草堂詩餘别集》調下題作《閨情》。

②燒春：雪本作「曉春」，鍾本、湯本、合璧本作「澆春」，《詞潔》作「香春」，王輯本作「燒香」。

③芙蓉：玄本作「芙容」。

【箋注】

〔一〕錦江：岷江支流。《華陽國志·蜀志》：「錦江，織錦濯其中則鮮明，濯他江則不好。」《水經注》：「夷里橋道西，故錦官也。言錦工織錦則濯之江流，而錦至鮮明，濯以它江則錦色弱矣，遂命之爲錦里也。」唐王維《送王尊師歸蜀中拜掃》：「大羅天上神仙客，濯錦江頭花柳春。」唐李白《上皇西巡南京歌》之六：「濯錦清江萬里流，雲帆龍舸下揚州。」杜甫《登樓》：「錦江春色來天地，玉壘浮雲變古今。」煙水：唐劉長卿《餞别王十一南遊》：「望君煙水闊，揮手淚沾巾。」。

〔二〕卓女：卓文君。《史記·司馬相如列傳》：「相如之臨邛，從車騎，雍容閒雅甚都；及飲卓氏，弄琴，文君竊從户窺之，心悦而好之，恐不得當也。既罷，相如乃使人重賜文君侍者通殷勤。文君夜亡奔相如，相如乃與馳歸成都。家居徒四壁立。……文君久之不樂……相如與俱之臨邛，盡賣其車騎，買一酒舍酤酒，而令文君當壚。」此代指酒家女子。唐元稹《西涼伎》：「樓下當壚稱卓女，樓頭伴客名莫愁。」燒春：酒名。唐李肇《國史補》卷下：「酒則有郢州之富水……劍南之燒春。」明楊慎《全蜀藝文志》：「燒酒名『燒春』，其法始于文君。」

〔三〕小檀霞：明楊慎《詞品》卷二：「『卓女燒春濃美，小檀霞』，則言酒色似檀色。」或謂喻少女頰色。

〔四〕芙蓉帳：帳名。唐李白《對酒》：「玳瑁筵中懷裏醉，芙蓉帳底奈君何。」又宋趙抃《成都古今記》：「孟後主於成都城上偏種芙蓉。每至秋，四十里如錦繡，高下相照，因名錦城。以花染繒爲帳，名芙蓉帳。」

〔五〕額黄：塗黄於額上，六朝以來婦女的面飾。梁蕭綱《麗人行》：「同安鬟裏撥，異作額間黄。」唐李商隱《蝶》：「壽陽公主嫁時妝，八字宫眉捧額黄。」

〔六〕臂釧：臂環。釧：一名條脱。俗謂鐲，古男女通用，後唯女飾用之。北周庾信《竹杖賦》：「玉關寄書，章臺留釧。」唐元稹《估客樂》：「鍮石打臂釧，糯米吹項瓔。」

【疏　解】

詞寫少女春情。起二句，叙寫地點、環境、人物身份，可謂景美酒美人美。「錦江」、「卓女」、「燒春」等意象，予人以熱烈的感覺，爲全詞烘托出適宜的氛圍。以下五句，以穠艷的詞采，描摹酒家少女的妝容之美，花團錦簇，仿佛六朝麗句。結二句點出女子尋郎赴約的題旨，見出酒家少女的性格，亦如「燒春」一般「濃美」。《花間》詞中，似這等熱情奔放、大膽潑辣的女性形象，較爲少見，緣此，這首詞也不染《花間》女性愛情普遍帶有的感傷色彩。

【集　評】

湯顯祖評《花間集》卷二：評「繡帶」二句云：六朝麗句。又評結句：好結句。（徐本批語

同湯本）

沈際飛《草堂詩餘别集》卷一：情到至處，勿含蓄。

吴任臣《十國春秋》卷四十四：（牛嶠）尤喜制小辭，《女冠子》云：「繡帶芙蓉帳，金釵芍藥花。」……皆嶠佳句也。

蕭繼宗《評點校注花間集》：《女冠子》不用本事，頗失風味，此首詠當壚伎耳。「小檀霞」三字突起，隔斷前文，試讀韋莊二首，可知端己手段，高松卿一籌也。

其　三

星冠霞帔〔一〕。住在蕊珠宫裏〔二〕。佩丁當①。明翠摇蟬翼〔三〕，纖珪理宿粧②〔四〕。　醮壇春草緑③〔五〕，藥院杏花香〔六〕。青鳥傳心事④〔七〕，寄劉郎〔八〕。

【校　記】

①佩丁當：湯本作「珮玎璫」。丁當：合璧本作「玎璫」。

②纖珪：湯本、合璧本作「纖手」。《歷代詩餘》作「纖袿」。

③春草：全本作「春晝」。

④ 鳥：紫芝本、吴鈔本作「子」，誤。

【箋　注】

〔一〕星冠霞帔：寫女冠之服飾。星冠：道士冠。唐戴叔倫《漢宫人入道》：「蕭蕭白髮出宫門，羽服星冠道意存。」霞帔：《新唐書·隱逸傳·司馬承禎傳》：「（司馬承禎）對曰：『國猶身也，故遊心於淡，合氣於漠，與物自然而無私焉，而天下治。』帝嗟味曰：『廣成之言也。』錫寶琴、霞紋帔，還之。」後遂以「霞帔」稱道士服。唐劉禹錫《和令狐相公送趙常盈煉師與中貴人同拜嶽及天台投龍畢卻赴京》：「銀璫謁者引蜺旌，霞帔仙官到赤城。」又《雲笈七籤》卷二五：「並頭戴寶冠，身披霞帔，手執玉簡。」

〔二〕蕊珠宫：《黄庭内景經》：「上清紫霞虚皇前，太上大道玉宸君，閑居蘂珠作七言。」注曰：「蘂珠，上清景宫闕名也。」唐李白《訪道安陵遇蓋寰爲余造真籙臨别留贈》：「學道北海仙，傳書蕊珠宫。」泛指道教宫觀，此指女冠居所。

〔三〕明翠：鮮亮的珠翠首飾。蟬翼：參見卷一温庭筠《菩薩蠻》「杏花含露團香雪」注〔七〕。

〔四〕纖珪：喻女子纖白如玉之手。李一氓《花間集校》曰：「毛熙震《河滿子》：『整鬟時見纖瓊』，『纖珪』同『纖瓊』，意即『纖手』，但取譬瓊、珪。」宿粧：猶舊妝，殘妝。唐岑參《醉戲竇子美人》：「朱唇一點桃花殷，宿妝嬌羞偏髻鬟。」

〔五〕醮壇：道士祭神作法的壇場。唐陸龜蒙《和南陽潤卿將歸雷平》：「真仙若降如相問，曾步星罡遶醮壇。」

〔六〕藥院：栽種花藥之園圃。常建《宿王昌齡隱居》：「茅亭宿花影，藥院滋苔紋。」

〔七〕青鳥：《藝文類聚》卷九一引舊題漢班固《漢武故事》：「七月七日，上（漢武帝）於承華殿齋，正中，忽有一青鳥從西方來，集殿前。上問東方朔，朔曰：『此西王母欲來也。』有頃，王母至，有兩青鳥如烏，夾侍王母旁。」後遂以「青鳥」爲信使的代稱。南朝陳伏知道《爲王寛與婦義安主書》：「玉山青鳥，仙使難通。」隋薛道衡《豫章行》：「願作王母三青鳥，飛來飛去傳消息。」

〔八〕劉郎：劉晨，代指女冠所思之人。

【疏　解】

詞詠本調。上片描寫蕊珠宫中女冠的妝飾，華美而又清雅，既不乏女性的美麗，又不失道士的風範。換頭二句，轉寫道觀春景，醮壇邊碧緑的春草，葯院裏芬芳的杏花，煥發出一派蓬勃的生機，任是方外清淨之地，也阻擋不住爛漫的春色。這就興起了詞末兩句所寫，在季節的感應下，女冠春情萌動，託青鳥傳心事，寄情書與劉郎，表現出清規戒律束縛不了的人性渴望。就此而論，詞作中所寫女冠的行爲，還是具有一定的思想意義的，並非一味放任「風流」。

【集　評】

湯顯祖評《花間集》卷二：前後麗情，多屬玉臺豔體，忽插人道家語，豈爲題目張本耶？

蕭繼宗《評點校注花間集》：此是正體，氣味視前一首爲佳矣。

其　四[1]

雙飛雙舞。春晝後園鶯語[2]。卷羅幃。錦字書封了〔一〕，銀河鴈過遲[3]〔二〕。　鴛鴦排寶帳，荳蔻繡連枝〔三〕。不語勻珠淚，落花時。

【校　記】

① 王輯本此首調作「柳枝其四」，誤。

② 晝：晁本作「晝」，王輯本作「画」。

③ 遲：王輯本作「程」。

【箋　注】

〔一〕錦字書：指前秦蘇蕙寄給丈夫的織錦回文詩。《晉書·列女傳·竇滔妻蘇氏》：「竇滔妻蘇氏，始平人也，名蕙，字若蘭。善屬文。滔，苻堅時爲秦州刺史，被徙流沙，蘇氏思之，織錦爲迴文旋圖詩以贈滔。宛轉循環以讀之，詞甚悽惋。」後多用以指妻子給丈夫的書信。唐李白《久别離》：「况有錦字書，開緘使人嗟。」封了：指把書信緘結好。唐白居易《山中與元九書因題書後》：「憶昔封書與君夜，金鑾殿後欲明天。」

〔二〕鴈過遲：《漢書·蘇武傳》：「教使者謂單于，言天子射上林中，得雁，足有繫帛書。」後因以雁爲信使。

〔三〕鴛鴦二句：形容帳幕上所繡之花紋圖案。寶帳：華美的帳子。南朝宋鮑照《代陳思王京洛篇》：「寶帳三千萬，爲爾一朝容。」《新唐書·王琚傳》：「受饋遺至數百萬，侍兒數十，寶帳備具，闔門三百口。」連枝：連枝花，並蒂花。南朝梁劉孝威《郗縣遇見人織率爾寄婦詩》：「鏤玉同心藕，雜寶連枝花。」唐元稹《春餘遣興》：「笑倚連枝花，恭扶瑞藤杖。」古詩詞中常以荳蔻比少女，而以連理並蒂喻男女相守相伴。

【疏　解】

詞寫春閨懷人。起二句寫「後園」春景，是女子捲幃所見，一起連用兩個雙字，突出强調，有觸目驚心之效果。「雙飛雙舞」的黄鶯，反襯女子的孤單，興起她的懷人之情，所以有了封書相寄的舉動，但相隔遥遠，苦無信使，難以送達。换頭二句，再以帳幃上的鴛鴦鳥、連理枝圖案，强化女子的閨中空寂之感。結以滿地落花的殘春之景，烘托女子無語飲泣的悲傷，抒情深摯感人。

【集　評】

李冰若《花間集評注·栩莊漫記》：唐自武后度女尼始，女冠甚衆，其中不乏豔跡。如魚玄機輩，多與文士往來，故唐人詩詞詠女冠者類以情事入辭。薛氏（按：應爲「牛氏」）四詞雖題《女冠子》，亦情詞也。插入道家語，以爲點綴，蓋流風若是，豈可與詠高僧同格耶？

蕭繼宗《評點校注花間集》：兩結亦自不惡，餘不足以稱之。

夢江南①

銜泥燕②，飛到畫堂前③。占得杏梁安穩處〔一〕，體輕唯有主人憐④。堪羨好因緣⑤〔二〕。

【校　記】

①《歷代詩餘》調作《望江南》，全本、王輯本作《憶江南》。紫芝本、吴鈔本作「夢江南二首」。

②銜：晁本、陸本、茅本、湯評本、合璧本、張本、四印齋本、影刊本作「啣」，文治堂本作「銜」。

③畫：湯評本作「画」。

④唯：玄本作「惟」。

⑤因緣：吴鈔本、湯本、合璧本作「姻緣」。

【箋　注】

〔一〕杏梁：文杏木所制的屋梁，言其屋宇的華美高貴。漢司馬相如《長門賦》：「刻木蘭以爲榱兮，飾文杏以爲梁。」南齊謝朓《雜詠三首・燭》：「杏梁賓未散，桂宫明欲沉。」

〔二〕堪羡：唐張祜《宿武牢關》：「堪羡寒溪自無事，潺潺一夜宿關來。」好因緣：唐元稹《見人詠韓舍人新律詩因有戲贈》：「延之苦拘檢，摩詰好因緣。」因緣：機會；緣分。《史記・田叔列傳》：「（任安）少孤貧困，爲人將車之長安，留，求事爲小吏，未有因緣也。」唐韓愈《答李秀才書》：「時吾子在吴中，其後愈出在外，無因緣相見。」

【疏　解】

此首詠燕。描寫燕子銜泥築巢，安家於畫堂杏梁之上，體態輕盈，更得到主人的顧惜愛憐。燕子的遇合令人羡慕，言外有自傷命運不濟之意。

【集　評】

蕭繼宗《評點校注花間集》：借燕寄情，非詠燕也。

其　二

紅繡被，兩兩間鴛鴦〔一〕。不是鳥中偏愛爾①，爲緣交頸睡南塘②〔二〕。全勝薄情郎〔三〕。

【校　記】

① 爾：晁本作「尔」，林大椿《唐五代詞》作「你」。

② 緣：正本作「緑」，誤。南塘：湯評本、合璧本作「南唐」。

【箋　注】

〔一〕紅繡被二句：寫紅繡被上成雙成對的鴛鴦圖案。

〔二〕緣：因。交頸：頸與頸相互依摩。多爲雌雄動物之間的一種親昵表示。《莊子·馬蹄》：「夫馬陸居則食草飲水，喜則交頸相靡，怒則分背相踶。」比喻夫妻恩愛，男女親昵。《藝文類聚》引後漢張紘《環材枕賦》：「有若孤雌之無味，或效鴛鴦之交頸。」唐王氏婦《與李章武贈答詩》：「鴛鴦綺，知結幾千絲。別後尋交頸，應傷未別時。」

〔三〕薄情郎：唐蘇拯《寄遠》：「若能侵鬢色，先染薄情郎。」

【疏　解】

詞詠鴛鴦。起二句描寫繡被上兩兩成雙的鴛鴦圖案，當是獨宿女子即目所見。三句轉折提起，四句説明原因，「不是」、「爲緣」上下呼應，言己並非出於偏愛，而是因爲鴛鴦摯鳥，南塘交頸，不離不棄，讓人感動。末句就勢一結，人鳥對比，指出鴛鴦鳥「全勝薄情郎」，表達難抑的責怨之意。此首與上首，結構上均是由物態及於人情，「詠物而不滯於物，詞家當法此」。

【集　評】

姜夔云：牛嶠《望江南》，一詠燕，一詠鴛鴦，是詠物而不滯於物者也。詞家當法此。（沈雄《古今詞話·詞評》上卷引）

茅暎《詞的》卷一：現成。

沈雄《古今詞話·詞品》上卷：對句易於言景，難於言情。且放開則中多迂濫，收整則結無意緒，對句要非死句也。牛嶠之《望江南》：「不是鳥中偏愛爾，爲緣交頸睡南塘。」其下可直接「全勝薄情郎」，此即救尾對也。

劉永濟《唐五代兩宋詞簡析》：此二首乃借詠物以寫閨人之怨情。前首羨燕子得人憐而安穩住在杏梁，以見人之不如燕。後首罵「薄情郎」不及被上所繡之鴛鴦，兩兩交頸不相離也。凡詠物之詞，非專止描寫物態，必須寄託人情。此二詞，前三句皆寫物態，兩尾句點明人情。詞家論詠物有「不粘不脱」之説。此二首前三句，不脱也，後一句，不粘也。

蕭繼宗《評點校注花間集》：此二首皆非詠物之作。前首借燕以美所託之得人，此首借鴛鴦以喻遇人之不淑，文義甚明；而白石竟以爲詠二鳥之作，可云大謬。試思詠物如此，技已堪憐；況所謂鴛鴦，乃被上所繡之鴛鴦耳，更何得視爲詠物？不意大家持論，亦有未達。

感恩多①

兩條紅粉淚〔一〕。多少香閨意〔二〕。强攀桃李枝②〔三〕。斂愁眉。　陌上鶯啼蝶舞③，柳花飛。柳花飛④。願得郎心，憶家還早歸⑤。

【校　記】

① 紫芝本、吴鈔本作「感恩多二首」。王輯本調作《感君多》。

②强：王輯本作「彊」，誤。
③鶯：吴鈔本「鶯」字下空一格。蝶：紫芝本「蝶」字下空一格。
④柳花飛：雪本、王輯本少此一疊三字。
⑤早歸：玄本作「歸早」。

【箋　注】

〔一〕紅粉淚：年輕女子之眼淚。紅粉：婦女化妝用的胭脂和粉，借指年輕女子，美女。唐賀朝《孤興》：「紅粉青鏡中，娟娟可憐嚬。」

〔二〕香閨意：女子相思之意。香閨：指年輕女子的内室。唐陶翰《柳陌聽早鶯》：「乍使香閨静，偏傷遠客情。」

〔三〕强攀句：唐武元衡《酬韋胄曹》：「桃李美人攀折盡，何如松柏四時寒。」

【疏　解】

詞寫春閨懷人。起二句情語，從女子的悲傷情態和愁怨心理切入，形象可感而又委婉不盡。接寫女子强打精神、攀折花枝的動作，是爲了「借此消遣」心中的悲傷。换頭轉寫鶯啼蝶舞、柳絮飄飛的暮春景物，興起女子的傷春之情與遲暮之意。當此春日無多之時，她的心中只有一個强烈的祈願：願郎回心，早日歸家。此詞出語自然，略無矯飾，「不必著力，只任意寫來，自臻妙境」（陳廷焯《雲韶集》）。

【集　評】

湯顯祖評《花間集》卷二：起語一問一答，便有無限委婉。

陳廷焯《雲韶集》卷一：「强攀」妙，中有傷心處，借此消遣耳。

又：不必著力，只任意寫來，自臻妙境。

陳廷焯《白雨齋詞話》卷五：牛松卿之「强攀桃李枝，斂愁眉」……不失爲風流酸楚。

蕭繼宗《評點校注花間集》：委婉純摯。

其　二

自從南浦别〔一〕。愁見丁香結〔二〕。近來情轉深。憶鴛衾①。　幾度將書託煙鴈②〔三〕，淚盈襟。淚盈襟③。禮月求天〔四〕，願君知我心。

【校　記】

①鴛衾：王輯本作「羅衾」。

②託：玄本作「托」。煙鴈：雪本作「雁」，《花間集評注》校曰：「鄭文焯云：『煙字以音衍』。」

③淚盈襟：玄本、雪本少此一疊三字。

【箋　注】

〔一〕南浦：南面的水邊。後常用稱送别之地。《楚辭·九歌·河伯》：「子交手兮東行，送美人兮南浦。」王逸注：「願河伯送己南至江之涯。」南朝梁江淹《别賦》：「春草碧色，春水淥波，送君南浦，傷如之何。」唐李賀《黄頭郎》：「南浦芙蓉影，愁紅獨自垂。」王琦注引曾益曰：「南浦，送别之地。」參見卷二温庭筠《清平樂》「洛陽愁絶」注〔六〕。

〔二〕丁香結：丁香的花蕾，狀如結。以喻愁緒之鬱結難解。唐李商隱《代贈》：「芭蕉不展丁香結，同向春風各自愁。」

〔三〕煙鴈：《荀子·富國》：「然後飛鳥鳧雁若煙海。」注曰：「遠望如煙之覆海，皆言多。」唐白居易《自江陵之徐州路上寄兄弟》：「煙雁翻寒渚，霜烏聚古城。」

〔四〕禮月求天：拜月求天，祈禱護佑。禮月：猶拜月。上古天子行拜月之禮，《周禮》注：「天子冬禮月與四瀆於北郊，則爲壇於國北。」唐吕巖《七言》寫道士拜月：「認得靈竿真的路，何勞禮月步星壇。」唐代拜月風俗流行於宮廷貴族和民間，女子常拜月祈願。唐李端《拜新月》：「開簾見新月，即便下階拜。」唐吉中孚妻《拜新月》：「東家阿母亦拜月，一拜一悲聲斷絶。昔年拜月逞容儀，如今拜月雙淚垂。回看衆女拜新月，卻憶紅閨年少時。」

【疏　解】

詞寫離别相思。起二句叙寫自從分别之後，女子愁心鬱結的情形。「南浦」和「丁香結」，是表現别離和愁心的帶有原型性質的經典意象。接寫女子近來愈加强烈的思念之情。「憶鴛衾」三字，情感指向性非常明確，長日的曠怨，女子的基本需求無法得到滿足。過片寫她一次次含著熱淚，給男子捎書傳信，訴説相思之情、盼歸之意。但顯然，每一次的結果都是失望，都得不到男子負責任的回應。無可奈何之下，她只能拜月禮天，祈求神明佑護，讓男子明白自己是怎樣的熱愛和思念著他。詞中所寫，形象地展示了傳統男權社會裏，女子作爲第二性的弱勢生存狀態，她們只能仰賴于男權强勢的垂愛或憐憫，捨此别無他法，於是，等待她們的便常常是被冷落遺棄的不幸遭遇。這是制度和文化造成的女性命運悲劇，對此，我們應該保有清醒的認識，給予足夠的同情。讀這類詞，僅只嘖嘖於辭藻的纖綿美豔，女子的姣好深情，顯然是遠遠不夠的。

【集　評】

李冰若《花間集評注·栩莊漫記》：二詞情韻諧婉，純以白描見長。

蕭繼宗《評點校注花間集》：亦復可誦，視前闋爲遜。

應天長①

玉樓春望晴煙滅〔一〕。舞衫斜卷金條脱②〔二〕。黄鸝嬌囀聲初歇。杏花飄盡龍山雪③〔三〕。鳳釵低赴節④〔四〕。筵上王孫愁絶。鴛鴦對銜羅結⑤〔五〕。兩情深夜月。

【校　記】

①紫芝本、吴鈔本作「應天長二首」。鍾本《應天長》二首隨韋莊《應天長》（誤爲「温廷筠」）之後，不署名，亦誤爲温詞。

②卷：湯本、毛本、後印本、正本、四庫本、徐本作「捲」。條脱：鄂本、玄本、四印齋本、林大椿《唐五代詞》作「調脱」，紫芝本、吴鈔本作「跳脱」。

③ 龍山：晁本、鄂本、陸本、吴鈔本、雪本、張本、徐本、四印齋本、影刊本作「攏山」，紫芝本作「櫳山」。

④ 低：紫芝本、吴鈔本「低」字下空一格。

⑤ 銜：晁本、陸本、茅本、鍾本、湯本、合璧本、張本、四印齋本、影刊本作「啣」。玄本作「啣」。

【箋　注】

〔一〕晴煙：宗楚客《奉和幸上陽宫侍宴應制》：「水光摇落日，樹色帶晴煙。」

〔二〕金條脱：金質臂釧。條脱：呈螺旋形，上下兩頭左右可活動，以便緊松。一副兩個。南朝梁陶弘景《真誥·運象·萼緑華詩》：「贈權詩一篇并致火澣布手巾一枚、金玉條脱各一枚。條脱似指環而大，異常精好。」唐李商隱《李夫人歌》：「蠻絲繫條脱，妍眼和香屑。」唐曹唐《萼緑華將歸九疑留别許真人》：「藍絲重勒金條脱，留與人間許侍中。」宋吴曾《能改齋漫録·辨誤》：「文宗問宰臣：『條脱是何物？』宰臣未對，上曰：『《真誥》言，安妃有金條脱爲臂飾，即金釧也。』」

〔三〕龍山雪：南朝宋鮑照《學劉公幹體》：「胡風吹朔雪，千里度龍山。」唐李白《題瓜州新河餞族叔舍人賁》：「楊花滿江來，疑是龍山雪。」唐李商隱《漫成》之一：「遠把龍山千里雪，將來擬並洛陽花。」龍山：即河北喜峰口外盧龍山，古時北地著名關塞。

〔四〕赴節：應和著節拍。漢王粲《七釋》：「邪睨鼓下，伉音赴節。」晉陸機《文賦》：「舞者赴節以投袂，歌者應弦而遣聲。」唐劉禹錫《竹枝詞序》：「歲正月，余來建平，里中兒聯歌《竹枝》，吹短笛擊鼓以赴節。」

〔五〕鴛鴦句：羅衣帶結爲鴛鴦對銜樣式，喻兩情之深。

【疏　解】

詞寫舞女情事。上片以融融春光爲背景，刻畫形容舞女的動人形象。「舞衫」句寫其嬌恣之態，切合人物特定身份。「黄鸝」二句，明寫鶯聲的嬌囀和杏花的飄飛，實則暗喻女子歌聲和舞姿的美妙，舞女的青春活力與爛漫春色融爲一體，一筆雙寫，極爲動人。所以就有了過片兩句描寫的情形出現：宴席之前，當她隨著節拍唱歌起舞，即刻傾倒了宴席上的王孫公子。這是「就美的效果來寫美」。寫到這等份上，結二句也就順理成章了，這是情節發展的必然結果，但是否情感發展的必然結果，那只有求證於當事雙方了。在聽歌觀舞的歡場，這等情事是一時興起，逢場作戲，還是兩心相知，真情實意，殊難説定。所以，解讀這類詞作，似不必一定要上升到愛情的高度。

【集　評】

湯顯祖評《花間集》卷二：峭壁孤松，寒潭秋月，庶足比二詞之高潔。

蕭繼宗《評點校注花間集》：讀後段四句，試冥想歐陸宫廷舞會後情景，抑又何殊？

其　二①

雙眉澹薄藏心事②。清夜背燈嬌又醉③〔一〕。玉釵横，山枕膩④〔二〕。寶帳鴛鴦春睡美。別經時〔三〕，無限意⑤。虚道相思憔悴〔四〕。莫信綵牋書裏〔五〕。賺人腸斷字⑥〔六〕。

【校　記】

①《草堂詩餘别集》調下題作《閨恨》。

②雙眉：湯本、合璧本作「蛾眉」。

③又醉：紫芝本、吴鈔本「醉」字下空一格。

④山枕：王輯本作「嬌枕」。

⑤無限意：紫芝本、四印齋本作「無恨意」。

⑥腸斷：湯本、合璧本作「斷腸」。

【箋　注】

〔一〕背燈：唐元稹《合衣寢》：「良夕背燈坐，方成合衣寢。」

〔二〕玉釵横：玉釵横斜，頭飾不整。山枕：枕頭。古代枕頭多用木、瓷等製作，中凹，兩端突起，其形如山，故名。

〔三〕經時：多時。東漢無名氏《古詩十九首》：「此物何足貢，但感别經時。」唐岑參《青山峽口泊舟懷狄侍御》：「離别倏經時，音塵殊寂寥。」

〔四〕虚道：空説。唐沈佺期《度安海入龍編》：「虚道崩城淚，明心不應天。」

〔五〕綵牋：小幅彩色紙張，常供題詠或書信之用。《玉臺新詠》卷七注引《南史·陳後主紀》：「令八婦人襞綵牋制五言詩。大抵六朝皆用此牋也。」南朝梁蕭綱《春宵》：「彩箋徒自襞，無信往雲中。」

〔六〕賺人：誆騙人。

【疏　解】

詞寫閨怨。上片回憶昔日歡會情景，兩情繾綣，旖旎纏綿。過片二句先寫女子别後的無限思量，再寫經時不歸的男子，只是在信中虚與委蛇，訴説自己如何相思憔悴，賺取女子的感情。「虚道」、「莫信」、「賺人」蟬聯而下，説明女子已不再一味耽溺，她失望傷心，抑制不住對説謊男子的憎惡。在諸多閨怨詞中，女子都是在渴盼男子的來信，她們根本不可能去想像男子信中所言是否真實，因爲她們是連信都收不到的。這首詞中的女子，心理層次較爲複雜，她不是一味相思愁怨，也不滿足於男子的來信，而是想得更多一些，觸及情感態度的層面。這裏面當然仍有怨艾嬌癡的因素，但情感的覺醒正是從此開始。當然，在傳統社會裏，即便女子覷破了男人的把戲，她的情感也註定仍然没有出路。

【集評】

陸游云：牛嶠《定西蕃》爲塞下曲，《望江怨》爲閨中曲，是盛唐遺音。及讀其「翠娥愁，不抬頭」，「莫信彩箋書裏，賺人腸斷字」，則又刻細似晚唐矣。（沈雄《古今詞話·詞評》上卷引）

鍾本評語：「莫信彩箋書裏。賺人腸斷字」，入樂府尤勝。

沈際飛《草堂詩餘别集》卷一：後人翻出，「説情説意，説盟説誓，動便春愁滿紙。多應念得脱空經，是那個先生教底」。

蕭繼宗《評點校注花間集》：一結殊佳。二詞調同，字數亦同，但前首第三句七字，此首作三字兩句；前首後起五字，此首亦作三字兩句，論文氣，論調風，初無扞格，不可强而同之也。

更漏子①

星漸稀，漏頻轉〔一〕。何處輪臺聲怨②〔二〕。香閣掩③，杏花紅④。月明楊柳風〔三〕。　挑錦字⑤〔四〕，記情事。唯願兩心相似⑥。收淚語，背燈眠。玉釵横枕邊⑦。

【校　記】

①紫芝本作「更漏子三首」。鍾本《更漏子》三首誤作「李嶠」詞。

②輪：王輯本作「轉」，誤。怨：王輯本作「愁」，誤。

③閣：玄本作「閨」。

④杏：吴鈔本作「古」，誤。

⑤挑：吴鈔本作「桃」，誤。

⑥唯：玄本作「惟」。

⑦横：紫芝本作「撗」。

【箋注】

〔一〕星漸稀二句：寫破曉光景。漏頻轉：盛水之銅壺裏的水不停流入接水之壺，漏箭不停移動。古時以銅壺滴漏記時，漏轉指漏箭移動。唐羅隱《長安秋夜》：「燈欹短焰燒離鬢，漏轉寒更滴旅腸。」

〔二〕輪臺聲怨：華鍾彦《花間集注》：「此言爲久戍輪臺之征人所唱之怨歌。」輪臺：古縣名。唐貞觀中置，屬北庭大都護府。治所當在今新疆米泉境。貞元中地入吐蕃。唐岑參《白雪歌送武判官歸京》：「輪臺東門送君去，去時雪滿天山路。」

〔三〕楊柳風：劉長卿《昭陽曲》：「芙蓉帳小雲屏暗，楊柳風多水殿涼。」

〔四〕挑錦字：織錦字書。唐杜甫《江月》：「誰家挑錦字，燭滅翠眉顰。」仇兆鼇《杜詩詳注》：「挑錦字，挑錦線以刺字，欲寄征夫也。」參見卷一温庭筠《楊柳枝》「織錦機邊鶯語頻」注〔一〕。

【疏解】

詞寫相思苦情。起句從星稀夜殘切入，接寫女子聽覺，滴漏聲裏，不知何處又傳來了淒怨的《輪臺》樂曲聲。愁聽漏聲樂聲，見出女子此時尚未入眠。《輪臺》邊樂，暗寫女子的身份是征人之妻。接三句描寫天放亮前的室外景色，紅杏緑柳，月光春風，明媚嬌豔。這三句以麗景烘襯哀情，秀韻獨絶。過片交待殘夜未眠的女子，是在作書寄情，表達「但願君心似我心」的祈願。結三句寫黎明前，女子終於含淚寫完書信，她背燈而卧，頭上玉釵不除，掉落枕邊。這草草的睡姿，將她孤苦無依的心理形象地展示出來。詞作語言清麗，感情真切，樸實動人。

【集評】

鍾本評語：「月明楊柳風」，在詩中爲俚語，入詞亦添景色。

李調元《雨村詞話》卷一：牛嶠《更漏子》：「星漸稀，漏頻轉。何處輪臺聲怨。」按《漢書》：「武帝下輪臺之詔。」語本此。

沈雄《古今詞話》：輪臺古遷謫地也，牛嶠詞「何處輪臺聲怨」，中吕宫，《樂章集》有《輪臺子》。

李冰若《花間集評注·栩莊漫記》：「月明楊柳風」五字，秀韻獨絶。

蕭繼宗《評點校注花間集》：「月明」句與第三首「馬嘶」句，同是《花間》風韻。

其　二①

春夜闌〔一〕，更漏促。金燼暗挑殘燭②〔二〕。驚夢斷③，錦屏深。兩鄉明月心④〔三〕。閨草碧〔四〕，望歸客。還是不知消息。辜負我⑤，悔憐君〔五〕。告天天不聞。

【校　記】

①傅幹《注坡詞》傅共序以此首爲蘇軾詞，誤。當從《花間集》作牛嶠詞。

②挑：吴鈔本作「桃」，誤。

③驚：晁本缺筆避諱。夢：玄本作「梦」。

④明月：湯本、合璧本作「月明」。

⑤辜：紫芝本、吴鈔本、王輯本作「孤」，正本作「辠」。

【箋　注】

〔一〕夜闌：夜殘，夜將盡時。漢蔡琰《胡笳十八拍》：「山高地闊兮見汝無期，更深夜闌兮夢汝來斯。」唐杜甫《羌村》之一：「夜闌更秉燭，相對如夢寐。」

〔二〕金燼：指燈燭的灰燼。唐李商隱《無題》：「曾是寂寥金燼暗，斷無消息石榴紅。」唐徐堅《孤燭歎》：「玉盤紅淚滴，金燼彩光圓。」

〔三〕兩鄉：兩處，兩地。唐賈至《閒居秋懷寄陽翟陸贊府封丘高少府》：「離披不相見，浩蕩隔兩鄉。」唐劉長卿《送姨子弟往南郊》：「何處共傷離别心，明月亭亭兩鄉望。」

〔四〕閨草：閨房院落中的草。南朝梁江淹《雜體詩·效張華〈離情〉》：「庭樹發紅彩，閨草含碧滋。」

〔五〕辜負我，悔憐君：即君辜負我，我悔憐君。

【疏　解】

詞寫春夜怨思。上片寫女子夜闌夢斷，深深的錦屏裏，她側身把燒殘的燈燭撥亮，癡癡地聽著一聲聲急促的更漏，望著窗外的明月，思念身在他鄉的行客。過片繼續展開女子的相思心理：閨中春草又緑，行客仍未歸來，女子日夜盼望，卻是音訊全無。想想自己的一腔深情，相比對方的薄情負義，女子不禁生出深深的怨悔之意。一結「告天天不聞」五字，將女子春夜怨思推向高潮，女子哀哀無告的酸楚可憐之態，表露無遺。

【集　評】

湯顯祖評《花間集》卷二：女媧補不到，天有離恨天。世間缺陷事不少，天也管不得許多。

蕭繼宗《評點校注花間集》：末三句貌似純真，實爲率筆。

其　三

南浦情〔一〕，紅粉淚〔二〕。爭奈兩人深意〔三〕。低翠黛〔四〕，卷征衣①〔五〕。馬嘶霜葉飛。招手別②，寸腸結。還是去年時節③。書託鴈〔六〕，夢歸家。覺來江月斜。

【校　記】

① 卷：王輯本作「捲」。

② 招手：毛本《唐宋諸賢絶妙詞選》卷一作「拈手」。

③ 還是句：紫芝本作「還時去年是節」，「是」、「時」錯位。

【箋　注】

〔一〕南浦：南面的水邊。後常用稱送別之地。參見卷二温庭筠《清平樂》「洛陽愁絶」注〔六〕。

〔二〕紅粉淚：沾染面部脂粉的眼淚，代指女子眼淚。唐李元紘《緑墀怨》「緑苔行跡少，紅粉淚痕多」。

〔三〕爭奈：怎奈，無奈。唐顧況《從軍行》之一：「風寒欲砭肌，爭奈裘襖輕。」

〔四〕低翠黛：低眉，低頭。唐白居易《虎丘寺路宴留别諸妓》：「漸銷醉色朱顔淺，欲語離情翠黛低。」

〔五〕卷征衣：裹緊衣服。征衣：旅人之衣。唐岑參《南樓送衛憑》：「應須乘月去，且爲解征衣。」

〔六〕書託鴈：《漢書·蘇武傳》：「昭帝即位。數年，匈奴與漢和親。漢求武等，匈奴詭言武死。後漢使復至匈奴，常惠請其守者與俱，得夜見漢使，具自陳道。教使者謂單于，言天子射上林中，得鴈，足有係帛書，言武等在某澤中。使者大喜，如惠語以讓單于。單于視左右而驚，謝漢使曰：『武等實在。』」後以雁代指傳書信使。唐權德輿《寄李衡州》：「主人千騎東方遠，唯望衡陽雁足書。」

【疏解】

詞寫離别相思之情。可作兩解，或從遊子角度，或從思婦角度，關鍵在於如何看待結三句。是遊子託雁寄書，夢中歸家；還是思婦託雁寄書，夢見遊子歸家；成爲分歧的焦點。詞的前九句，皆是對「去年時節」的南浦離别之回憶，是兼顧别離雙方的「兩人深意」來落筆的，没有明顯的性别角度，這也是造成後三句歧見的一個原因。離别場面的描寫，細緻生動，「低翠鬟，卷征衣」，是女子别前表達關愛的一個傳神細節；「招手别，寸腸結」，是鐫入記憶的揮别一刻；尤其是「馬嘶霜葉飛」一句景語，烘染別情，蒼涼酸嘶，「足抵一幅秋閨曉別圖」，畫面感極强。結句亦佳，夢醒之後，江上月斜，景中多少淒涼之意，惆悵之感，盡在不言之中。細繹詞意，別時場面描寫在兼顧雙方的同時，總是先寫女方，「紅粉淚」，「低翠鬟」，應是從男方眼中看見。結句「覺來江月斜」，也似遊子旅夜夢覺後，所見江上月夜景色。所以，若兩解必取其一，還是從遊子角度加以理解較好。

【集評】

俞陛雲《唐五代兩宋詞選釋》：晚唐五代之際，神州雲擾，憂時之彦，陸沉其間，既讜論之不容，藉俳語以自晦，其心良苦。温飛卿《菩薩蠻》詞及《更漏子》乃感士之不遇，兼懷君國。此……詞哀思綺恨，殆亦同之。

李冰若《花間集評注·栩莊漫記》：「馬嘶霜葉飛」五字，足抵一幅秋閨曉別圖。

蕭繼宗《評點校注花間集》：「馬嘶」五字佳矣，「覺來」句亦不弱。

望江怨①

東風急。惜別花時手頻執〔一〕。羅幃愁獨入②〔二〕。馬嘶殘雨春蕪濕③〔三〕。倚門立。寄語薄情郎〔四〕，粉香和淚泣④。

【校　記】

①鍾本此首列毛熙震《定西番》「蒼翠」一首之後，未署作者姓氏。

②獨入：吴鈔本「入」字後空一格。

③馬嘶句：紫芝本「馬嘶」句分爲下片。

④泣：《詞律》卷二：「按，王氏寬甫校本，末韻『泣』作『滴』，宜從。」正本、《歷代詩餘》作「滴」。

【箋　注】

〔一〕花時：花開時節，常指春日。唐杜甫《遣遇》：「自喜遂生理，花時甘緼袍。」

〔二〕羅幃：羅帳。唐盧照鄰《長安古意》：「雙燕雙飛繞畫梁，羅幃翠被鬱金香。」

〔三〕殘雨：將止之雨。南朝梁江淹《赤虹賦》：「殘雨蕭索，光煙艷爛。」唐盧綸《與從弟同下第出關言别》：「孤村樹色昏殘雨，遠寺鐘聲帶夕陽。」春蕪：春日的草野。唐劉長卿《登遷仁樓酬子婿李穆》：「春蕪生楚國，古樹過隋朝。」唐皎然《山居示靈徹上人》：「晴明路出山初暖，行踏春蕪看茗歸。」亦香草名。舊題漢郭憲《洞冥記》卷一：「（波祇國）獻神精香艸，亦名荃靡，一名春蕪。一根百條，其間如竹節柔軟，其皮如絲可爲布。」

〔四〕寄語：傳話，轉告。南朝宋鮑照《代少年時至衰老行》：「寄語後生子，作樂當及春。」唐劉希夷《晚春》：「寄語同心伴，迎春且薄妝。」

【疏　解】

詞寫别離感傷。「東風急」三字，起筆陡健，製造一種緊張驚警的效果，振起别情。接二句互爲因果，因愁獨處而不忍分手，執手愈頻愈害怕獨處，轆轤回轉，把女子别時的依依之情傳寫出來，不論是動作、心理還是造語，均顯勁氣和力度。女子尚未轉回，殘雨尚未停歇，馬嘶一聲，郎即急去，可見其蓄勢已久，去意已决，暗中實有强大的離心力在起作用。然郎雖薄情抛卻而去，女子兀自摯情不捨，淚濕粉面，含悲寄語，再次祝願平安，提醒保重。這結二句，出語亦頗質重，直呼「薄情郎」，怨責對方既切，愛意實難割捨；「粉香和淚泣」，自己的悲傷亦盡情宣泄，略無顧忌。此詞短句爲主的急促語言節奏，與直言質語不尚含蓄的抒情手法相結合，予人以「勁氣暗轉，愈轉愈深」的感覺，極富藝術衝擊力，和那等「情語豔語，大都靡曼爲工」的路數顯然不同。詞作的「此等佳處」，詞話家的評點模糊玄虚，落實下來，細繹一番，也就是如上一段分析。

【集　評】

陸游云：《望江怨》爲閨中曲，是盛唐遺音。（沈雄《古今詞話·詞評》引）

鍾本評語：情景不鍊。

湯顯祖評《花間集》卷二：「一庭疏雨濕春愁」，「馬嘶殘雨春蕪濕」，皆集中秀句。「濕」字俱下得天然。

萬樹《詞律》卷二：或於「入」字分段。然此小令，必不分也。此調作者絶少，是應以此詞爲準繩矣。

許昂霄《詞綜偶評》：有急弦促柱之妙。

況周頤《餐櫻廡詞話》：昔人情語豔語，大都靡曼爲工。牛松卿《望江怨》詞、《西溪子》詞，繁弦促柱間，有勁氣暗轉，愈轉愈深。此等佳處，南宋名作中，間一見之。北宋人雖綿薄如柳屯田，顧未克辦。

鄭文焯云：文情往復，雜寫景中，致足諷味。（《花間集評注》引）

俞陛雲《唐五代兩宋詞選釋》：當花時春好，而郎偏遠出，臨歧執手殷勤，留君不住，看驅馬向平蕪而去。懶入虚幃，姑立門前凝望，淚痕濕粉，而行者已遥，惟有寄語使知，以明我之相憶耳。三十五字中，次第寫來，情調凄惻。

蕭繼宗《評點校注花間集》：各家所評皆極是，可見佳作必有目共賞也。全文只三十五字，視薛侍郎之離别難，則少許遠勝多許矣。

菩薩蠻①

舞裙香暖金泥鳳〔一〕。畫梁語燕驚殘夢②〔二〕。門外柳花飛。玉郎猶未歸〔三〕。　愁匀紅粉淚③。眉剪春山翠④。何處是遼陽〔四〕。錦屏春晝長〔五〕。

【校　記】

①紫芝本、吴鈔本作「菩薩蠻七首」。毛本《唐宋諸賢絶妙詞選》「蠻」作「鬘」。

②畫：毛本《唐宋諸賢絶妙詞選》作「画」。夢：玄本作「梦」。

③愁匀句：吴鈔本作「愁匀□紅粉□」，兩處空格。

④春山：紫芝本、吴鈔本作「青山」。

【箋　注】

〔一〕金泥鳳：金屑塗飾鳳形。爲舞裙圖案。金泥：即泥金，用金箔和膠水製成的金色顔料。用於書畫、塗飾箋紙，或調和在油漆裏塗飾器物。唐孟浩然《宴張記室宅》：「玉指調箏柱，金泥飾舞羅。」

〔二〕語燕：呢喃的燕子。唐杜甫《堂成》：「暫止飛烏將數子，頻來語燕定新巢。」

〔三〕玉郎：女子對丈夫或情人的愛稱。敦煌曲子詞《魚歌子》：「雅奴卜，玉郎至，扶不（下）驊騮沉醉。」唐晁采《雨中憶夫》：「何事玉郎久離别，忘憂總對豈忘憂。」詳見卷三韋莊《天仙子》「夢覺雲屏依舊空」注〔三〕。

〔四〕遼陽：今遼寧省遼陽市一帶地方，泛指邊塞地區。《文選·孫楚〈爲石仲容與孫皓書〉》：「宣王薄伐，猛鋭長驅，師次遼陽，而城池不守。」李善注：「《漢書》曰：遼東郡有遼陽縣。」唐沈佺期《古意呈喬補闕知之》：「九月寒砧催木葉，十五征戍憶遼陽。」

〔五〕春晝長：因傷春懷遠倍覺日長。唐温庭筠《湖陰詞》：「吴波不動楚山晚，花壓闌干春晝長。」

【疏　解】

詞寫春閨懷人。起句寫思婦衣飾盛麗，襯托其人之美豔。二句寫燕語驚夢，已切入孤獨之感與相思之情。三句寫夢醒後所見，門外柳花飄飛，已是春歸之時，跌出四句郎猶未歸的思念和感歎。换頭二句，承上夢醒之後，寫思婦晨起强打精神，含愁梳妝，但身在粧臺閨房，心繫遠方玉郎。於是便生出對玉郎戍守之地遼陽的縈想，一念難以釋懷，相思無有已時，思婦倍覺春晝漫長，時光難捱。全詞脈絡明晰，層次井然，聲情頓挫，臻於妙境。

【集　評】

鍾本評語：「何處是遼陽。錦屏春畫長」，雅句也。

張惠言《詞選》卷一：「鶯殘夢」一點，以下純是夢境。章法似《西洲曲》。

陳廷焯《雲韶集》卷二十四：通首音節天然合拍。「剪」字妙。

陳廷焯《詞則・大雅集》卷一：温麗芊綿，飛卿流亞。

俞陛雲《唐五代兩宋詞選釋》：温飛卿《菩薩蠻》詞及《更漏子》，乃感士之不遇，兼懷君國。此……詞哀思綺恨，殆亦同之。

李冰若《花間集評注・栩莊漫記》：松卿《菩薩蠻》「舞裙香暖」一首，詞意明晰，層次井然。蓋首句形容服飾之麗，次句燕語驚夢。以下由夢醒凝望而見柳花，次聯憶遠人之未歸，因而念及遠人所在之地，愈增相思，倍覺春畫之長也。全詞流麗動人。而皋文《詞選》云：「鶯殘夢一點，以下純是夢境。」不知其如何推測爲此語也。

唐圭璋《唐宋詞簡釋》：此首，首句形容服飾之盛，次句言燕語驚夢。以下言夢醒凝望，柳花亂飛，遂憶及遠人未歸。換頭，言勉强梳洗，愁終難釋。「何處」兩句，更念及遠人所在之處，愈增相思；相思無已，故倍覺春畫之長。寫來聲情頓挫，自臻妙境。

蕭繼宗《評點校注花間集》：《詞選》説是夢境，而栩莊不知。吾獨知之，爲之下一解曰：癡人愛説夢耳。海綃翁亦愛説夢，於其説夢窗詞中見之，特爲拈出，俾讀者舉一而反三也。

其　二

柳花飛處鶯聲急。晴街春色香車立。金鳳小簾開〔一〕。臉波和恨來〔二〕。　今宵求夢想①。難到青樓上〔三〕。羸得一場愁②。鴛衾誰並頭③〔四〕。

【校　記】

① 今：吴鈔本作「金」，誤。夢：玄本作「梦」。

② 羸：茅本作「贏」，紫芝本、吴鈔本、湯評本、合璧本作「嬴」。一場：湯本作「一腸」。

③ 並：鼂本、張本、後印本、正本、徐本、影刊本作「竝」。

【箋　注】

〔一〕金鳳小簾：繡有金鳳的香車簾子。小簾：唐陸龜蒙《新秋雜題六首·眠》：「一篳臨窗薤葉秋，小簾風蕩半離鉤。」

〔二〕臉波：即眼波。唐白居易《天津橋》：「眉目晚生神女浦，臉波春傍窈娘隄。」

〔三〕青樓：青漆塗飾的豪華精緻的樓房。《南史·齊紀下·廢帝東昏侯》：「武帝興光樓，上施青漆，世人謂之『青樓』。」三國魏曹植《美女篇》：「借問女安居？乃在城南端。青樓臨大路，高門結重關。」唐張籍《妾薄命》：「君愛龍城征戰功，妾願青樓歡樂同。」亦指妓院。南朝梁劉邈《萬山見採桑人》：「倡妾不勝愁，結束下青樓。」

〔四〕並頭：頭挨著頭。比喻男女好合。駱賓王《豔情代郭氏答盧照鄰》：「沉沉落日向山低，簷前歸燕並頭棲。」

【疏解】

詞寫相思懷人之情。或解爲寫男子偶遇生情，上片寫柳絮飄飛、鶯聲嬌囀的暮春街頭，一輛裝飾華美的車子停在那裏，車簾開處，露出女子含愁的美麗面容。這是男子邂逅所見，從男子的視角寫出。下片寫男子一見傾心，但無緣得上女子所居的「青樓」，於是希望今夜能做一個好夢，與心愛的女子夢中相見。這樣翻來覆去地想著，男子感覺十分惆悵，他甚至想到，這個夜晚會有誰人與女子鴛衾相伴？結句表達的意思確實有些庸俗，但在某些特定時候産生這樣的想法，似乎也是人情所不免。若解爲寫女子相思懷人，則上片是作者的視角，描寫女子的動人形象，「臉波和恨來」一句，栩栩如生，傳神欲活。下片寫女子對情郎的强烈思念之情，「青樓」乃是情郎所居的豪華宅第。「鴛衾誰並頭」，是女子自歎閨中孤獨，無人與共。兩相比較，似以解爲男子偶遇生情，於義較長。

【集　評】

李冰若《花間集評注·栩莊漫記》:「眼波和恨來」,傳神栩栩欲活。

蕭繼宗《評點校注花間集》:首句「急」字好。後起「求」字稍欠。

其　三①

玉釵風動春幡急〔一〕。交枝紅杏籠煙泣〔二〕。樓上望卿卿〔三〕。窗寒新雨晴②〔四〕。　薰爐蒙翠被③〔五〕。繡帳鴛鴦睡④。何處最相知⑤。羨他初畫眉〔六〕。

【校　記】

① 張本無此首,頁眉墨筆校補「其三」,即此首。

② 窗寒句:鍾本作「家家祈雨晴」。

③ 薰爐:雪本、王輯本作「熏籠」。薰:玄本、合璧本、徐本作「熏」。

④ 繡：湯本、合璧本作「綉」，毛本、四庫本作「綉」。

⑤ 最：鄂本、紫芝本、吴鈔本、毛本、後印本、正本、四庫本、清刻本、四印齋本、全本、王輯本、林大椿《唐五代詞》作「有」。

【箋注】

〔一〕春幡：立春日所立之彩旗。《歲時風土記》：「立春之日，士大夫之家，剪綵爲小幡，謂之春幡。或懸于家人之頭，或綴於花枝之下。」南朝陳徐陵《雜曲》：「立春曆日自當新，正月春幡底須故。」

〔二〕交枝：枝條交錯。劉孝威《望雨》：「交枝含晚潤，雜葉帶新光。」

〔三〕卿卿：見卷三牛嶠《柳枝》「解凍風來末上青」注〔二〕。

〔四〕新雨：剛下過雨。亦指剛下之雨。陳江總《侍宴玄武觀》：「詰曉三春暮，新雨百花朝。」唐韓愈《山石》：「升堂坐階新雨足，芭蕉葉大支子肥。」

〔五〕薰爐：用於燻香、取暖的爐子。南朝宋謝惠連《雪賦》：「燎薰鑪兮炳明燭。」唐楊炯《和崔司空傷姬》：「粉匣棲餘淚，薰爐減舊煙。」

〔六〕畫眉：以黛描飾眉毛。《漢書・張敞傳》：「敞無威儀……又爲婦畫眉，長安中傳張京兆眉憮。有司以奏敞。上問之，對曰：『臣聞閨房之内，夫婦之私，有過於畫眉者。』」唐朱慶餘《近試上張水部》:「妝罷低聲問夫婿,畫眉深淺入時無?」後以「畫眉」喻夫妻感情融洽。南朝梁劉孝威《郗縣遇見人織率爾寄婦詩》:「新妝莫點黛,余還自畫眉。」

【疏　解】

詞寫閨情春思。一起女子特寫鏡頭,極爲細緻傳神,二句用交枝紅杏對女子加以映襯,由三句可知,起句所寫女子釵動幡顫,是因爲她在樓上臨風憑眺心愛的人,樓高招風、被風吹動所致。籠煙的一樹交枝紅杏,也是她望中所見。「急」、「泣」二字,雖寫物態,暗示的是女子的情感心理狀態。換頭描寫女子眺望不果之後,慵懶思睡的無精打采之狀,「繡帳鴛鴦」圖案,是對女子孤棲的反襯。結二句是她難以入眠之際,回憶往事、初歡難忘的心理活動。此詞起結四句精彩,尤其是結句,不著痕跡的用典,不費力氣地寫出一種具有普遍性的情感心理,都值得稱道。

【集　評】

鍾本評語:「何處最相知。羨他初畫眉」,可入樂府。

湯顯祖評《花間集》卷二:填詞白描,須有微致。若全篇平衍,幾同嚼蠟矣。

卓人月《古今詞統》卷五徐士俊評語:兩首「急」字俱尖極。

蕭繼宗《評點校注花間集》:結尾兩句,即所謂「初戀」時情味,故用「最」字以明之。《花間》諸家，最喜用鳳枕鴛衾諸語，大都立意不高。松卿此詞後起，雖亦用此等語，然有此結句，便迴出儕輩矣。

其　四①

畫屏重疊巫陽翠〔一〕。楚神尚有行雲意〔二〕。朝暮幾般心②〔三〕。向他情謾深③〔四〕。　風流今古隔④。虛作瞿塘客〔五〕。山月照山花⑤。夢迴燈影斜〔六〕。

【校　記】

①　此首張本作「其三」，朱筆校改爲「其四」。

②　暮：毛本、四庫本作「莫」。

③　謾：鄂本、四印齋本、《歷代詩餘》、林大椿《唐五代詞》作「漫」，紫芝本、吴鈔本作「慢」。

④　今古：紫芝本、吴鈔本作「今昔」。

⑤　照：玄本作「絶」，誤。

【箋　注】

〔一〕巫陽：巫山之陽。唐白居易《送蕭處士游黔南》：「江從巴峽初成字，猿過巫陽始斷腸。」此處用楚王夢神女事。戰國楚宋玉《高唐賦序》：神女「去而辭曰：『妾在巫山之陽，高丘之岨，旦爲朝雲，暮爲行雨，朝朝暮暮，陽臺之下。』」唐高蟾《楚思》：「風流化爲雨，日暮下巫陽。」

〔二〕楚神句：謂楚神尚有合歡之意。此句承上亦用高唐神女典事。

〔三〕幾般：幾種。唐韓偓《懶起》：「百舌唤朝眠，春心動幾般。」

〔四〕謾：徒然。

〔五〕瞿塘：峽名，亦作瞿唐。爲長江三峽之首。也稱夔峽。西起四川省奉節縣白帝城，東至巫山大溪。兩岸懸崖壁立，江流湍急，山勢險峻，號稱西蜀門户。峽口有夔門和灩澦堆。唐杜甫《秋興》之六：「瞿唐峽口曲江頭，萬里風煙接素秋。」瞿塘客：往來瞿塘江上之賈客。唐李益《江南曲》「嫁得瞿唐賈，朝朝誤妾期」。

〔六〕夢迴：夢醒。舊題唐柳宗元《龍城録・任中宣夢水神持鏡》：「夢一道士赤衣乘龍，詣中宣，言：此鏡乃水府至寶，出世有期，今當歸我矣。中宣因問姓氏，但笑而不答，持鏡而去。夢迴，亟視篋中，已失所在。」南唐李璟《攤破浣溪沙》：「細雨夢回雞塞遠，小樓吹徹玉笙寒。」燈影：燈焰光影。唐杜甫《大雲寺贊公房四首》：「燈影照無睡，心清聞妙香。」

【疏　解】

詞用巫山雲雨典故，寫瞿塘賈客的艷思。起二句寫賈客船過巫峽，看到巫山峰巒重疊，一派翠色，山間雲霧飄渺，仿佛神女餘情未盡，尚有雲雨之意。於是賈客春心萌動，懷想不已，對巫山神女一往情深，想入非非。但人神異路，交接殊難，故生「徒然」之歎。换頭二句，描寫賈客夢醒後的心理活動：楚襄王夢見巫山神女之事，畢竟和現在相隔得太久遠了，自己今番船過巫峽，雖朝思暮想，殷切期盼能夠做一場襄王夢，但卻没有夢見神女，可惜虚作這一番瞿塘客。論者批評的「文人無賴，至馳思杳冥」，「太涉於淫」（賀裳《皺水軒詞筌》），即指詞中這兩句對賈客艷思的描寫。結二句寫賈客夢醒之後所見月夜江景，不類閨中情形。或解此首寫思婦或商婦，涉及文本中兩處理解歧義：一是「畫屏」一語，是指閨房畫屏，還是指巫山十二峰中的「翠屏峰」，不同的解釋直接關係對以下整個詞情的理解。二是「瞿塘客」，恐怕不能曲意解釋爲「嫁得瞿塘賈」的商人婦，因爲這完全是兩個不同的概念。究竟如何解讀此詞，看來只能俟諸高明了。

【集　評】

吴任臣《十國春秋》卷四十四：（牛嶠）尤喜制小辭，《女冠子》云：「繡帶芙蓉帳，金釵芍藥花。」《菩薩蠻》云：「山月照山花，夢回燈影斜。」皆嶠佳句也。

賀裳《皺水軒詞筌》：文人無賴，至馳思杳冥，蓋自《高唐》作俑而後，遂浸淫不可禁矣。毛文錫《巫山一段雲》……雖用神女事，猶不失爲《國風》好色。若牛嶠「風流今古隔，虚作瞿塘客」，未免太涉於淫。

蕭繼宗《評點校注花間集》：前半諷刺語。「朝暮」二字，獨作别解。「山月」二句，信是佳句；「繡帶」一聯，則近於俗。湯顯祖謂爲六朝麗句，恐未必然。

其　五①

風簾燕舞鶯啼柳〔一〕。粧臺約鬢低纖手〔二〕。釵重髻盤珊〔三〕。一枝紅牡丹。　門前行樂客。白馬嘶春色。故故墜金鞭〔四〕。迴頭應眼穿〔五〕。

【校　記】

① 張本無此首，頁眉墨筆校補，標目爲「其五」。

【箋　注】

〔一〕風簾：指遮蔽門窗的簾子。南朝齊謝朓《和王主簿季哲怨情》：「花叢亂數蝶，風簾入雙燕。」

〔二〕燕舞：燕飛。唐姚合《苦雨》：「早秋仍燕舞，深夜更鼉鳴。」唐李群玉《洞庭入澧江寄巴丘故人》：「江行好風日，燕舞輕波時。」

〔三〕約鬟：綰約鬟髮。

〔四〕釵重：南朝王訓《應令詠舞》：「袖輕風易入，釵重步難前。」髻盤珊：髮髻盤繞。晉崔豹《古今注》：「長安婦人好爲盤桓髻，到於今其法不絕。」

〔五〕故故：屢屢，常常。唐杜甫《月》之三：「時時開暗室，故故滿青天。」仇兆鼇注：「故故，猶云屢屢。」墜金鞭：用唐傳奇《李娃傳》典故。

〔五〕眼穿：望眼欲穿。唐元稹《酬盧秘書》：「北人腸斷送，西日眼穿頹。」

【疏　解】

詞寫少年企戀心理，富有情節性。上片先寫室内少女。起二句描寫簾外明麗春色和簾内梳妝麗人，「風簾」二字，連接室内室外，爲下片展開相關情節張本。接二句刻畫少女美麗的妝容，重釵盤髻，插戴鮮花，「一枝紅牡丹」是寫實，也是對少女美貌的比喻和映襯。下片轉寫門前「行樂」

的白馬少年，「風簾」揭起處，他看到了室内鮮花般美麗的少女，一下子就被少女的明豔吸引住了。他爲了多在門前停留一刻，使自己有機會再多看上幾眼，於是幾番故意掉落自己的馬鞭，撿拾之際，顧盼簾内，而有望眼欲穿之感。詞中所寫情境，類似唐傳奇《李娃傳》開頭描寫滎陽公子初遇李娃的場面，或者詞作就是從《李娃傳》中借取的素材。所以論者有「《繡襦記》開場好詞」之評（沈際飛《草堂詩餘續集》），明人戲曲《繡襦記》，即是對《李娃傳》的改編。

【集評】

鍾本評語：「釵重鬢（當作「髻」）盤珊。一枝紅牡丹」，唐人宫院圖恒有之。

沈際飛《草堂詩餘續集》卷上：《繡襦記》開場好詞。

李冰若《花間集評注・栩莊漫記》：情景如在目前。

蕭繼宗《評點校注花間集》：楚館秦樓，輒費許多筆墨，《花間》習氣如是。

其　六①

緑雲鬢上飛金雀〔一〕。愁眉斂翠春煙薄②〔二〕。香閣掩芙蓉③〔三〕。畫屏山幾重。　窗寒天欲曙④。猶結同心苣⑤〔四〕。啼粉汙羅衣⑥〔五〕。問郎何日歸。

【校　記】

①《古今詞統》卷五以此首爲李清照詞，注曰「一刻牛嶠」。《漱玉詞》及各家選本皆未收此首作李詞。當從《花間集》作牛嶠詞。此首張本《花間集》原作「其四」，朱筆改爲「其六」。

②春煙：鍾本作「春雲」。

③芙蓉：玄本、毛本、正本、四印齋本作「芙容」。

④曙：紫芝本作「曙」。

⑤苣：《花間集評注》曰：「『苣』字當作『炬』。湯若士以爲胡麻，非也。」

⑥汙：全本、《歷代詩餘》、王輯本作「涴」。

【箋　注】

〔一〕緑雲句：謂髮鬟上戴有金雀釵。金雀：金雀釵。唐白居易《長恨歌》：「花鈿委地無人收，翠翹金雀玉搔頭。」

〔二〕斂翠：皺眉。春煙薄：謂女子眉色淡如春煙。

〔三〕芙蓉：代指閨中人。或謂使用南朝樂府手法，諧音雙關「夫容」。

〔四〕同心苣：指織有同心苣圖案的同心結。南朝梁沈約《少年新婚爲之詠》：「錦履並花紋，繡帶同心苣。」唐段成式《嘲飛卿》之五：「愁機懶織同心苣，悶繡先描連理枝。」

〔五〕啼粉：沾有粉脂的眼淚。唐元稹《會真詩三十韻》：「啼粉流清鏡，殘燈繞暗蟲。」

【疏　解】

詞寫閨怨。起二句描寫女子的妝容和愁態，接二句描寫閨房環境，屏山幾重，尺幅萬里，暗寓相隔迢遥之意。「芙蓉」二字，似亦用南朝樂府手法，吴格修辭，諧音雙關。換頭二句，由天色、衣著描寫，見其爲相思所苦，徹夜未眠。衣帶猶結同心苣，明其思君情切，無時或忘也。結二句描寫女子淚濕羅衣的悲傷情態和渴盼郎歸的痛苦心理，生動形象，足堪悲憫。論者以爲此詞用男女君臣寫法，「乃感士之不遇，兼懷君國」（俞陛雲《唐五代兩宋詞選釋》），可資參酌。

【集　評】

湯顯祖評《花間集》卷二：芳草生兮萋萋，王孫歸兮不歸，問他何益？

陳廷焯《雲韶集》卷一：穠至。結二句寫得又嬌癡，又苦惱。

俞陛雲《唐五代兩宋詞選釋》：温飛卿《菩薩蠻》詞及《更漏子》乃感士之不遇，兼懷君國。此……詞哀思綺恨，殆亦同之。

蕭繼宗《評點校注花間集》：以「春煙薄」狀「愁眉」，語新。

其　七①

玉樓冰簟鴛鴦錦②〔一〕。粉融香汗流山枕〔二〕。簾外轆轤聲〔三〕。斂眉含笑驚。　柳陰煙漠漠③。低鬢蟬釵落④。須作一生拚⑤〔四〕。盡君今日歡。

【校　記】

① 此首張本原作「其五」，朱筆改爲「其七」。玄本「花間集卷四」至此首終。

② 玉樓：《歷代詩餘》、全本、王輯本作「玉爐」。

③ 漠漠：林大椿《唐五代詞》作「溟溟」。

④ 釵：湯評本、合璧本作「鈛」。

⑤ 拚：鼂本、紫芝本、茅本、鍾本、湯評本、合璧本、毛本、後印本、正本、清刻本、四印齋本、影刊本作「拚」，全本作「拌」，《歷代詩餘》作「判」。《花間集校》曰：「『拚』，同『拚』、『判』，或作『拌』，讀如潘，義訓拋舍。雪本作『揀』，誤。今人作『拼』。」

【箋　注】

〔一〕冰簟：涼席。唐李商隱《可歎》：「冰簟且眠金鏤枕，瓊筵不醉玉交杯。」

〔二〕粉融香汗：脂粉與汗水相融。

〔三〕轆轤：利用輪軸原理製成的井上汲水的起重裝置。北魏賈思勰《齊民要術·種葵》：「井別作桔槔、轆轤。」原注：「井深用轆轤，井淺用桔槔。」唐王維《早朝》：「城烏睥睨曉，宫井轆轤聲。」

〔四〕拚：捨棄，不顧惜。

【疏　解】

詞寫男女歡情。起二句單刀直入，正面描寫床笫歡愛場面，此等筆法，即《花間》詞中亦所僅見。接二句寫其正當歡暢之時，簾外隱隱傳來的轆轤聲，引起她的複雜反應。過片先用室外柳煙漠漠的曉景烘染一筆，再轉入室内枕邊，「鬢亂釵落」呼應上片的「汗流山枕」，均狀寫狎昵狂蕩之態。結二句乃「決絶盡頭」情語，與李煜「奴爲出來難，教君恣意憐」意近。相見時難，良宵苦短，别離在即，諸種因素一時俱集，女子感情激蕩如潰堤洪水，不可遏止地爆發了。爲盡今日之歡，即使拚卻一生，她也在所不惜。這一結「雖只十字，可抵千言萬語」（劉永濟《唐五代兩宋詞簡釋》)。對這首詞,在看到它「豔冶極矣」、「艷語無以復加」的同時,更應該感受它所表現出的攝人心魄的人性和感情的力量,這也許更值得讀詞者關注。仿照湯顯祖《牡丹亭·題詞》的語氣,可以説「如詞中女子者,真可謂有情之人矣」那樣一種情感力度,簡直就不是紅粉女子的柔腸癡心,而竟是鬚眉丈夫的俠肝烈膽。此詞不止言情大膽放恣,其描寫語言的表現力亦復驚人,「斂眉含笑驚」一句,把女子聞聲厭煩、復又不顧、再詫夜短的沉酣惋惜情態,摹寫曲盡,「五字之中,表達三種態度,寫生之妙,非畫筆所能相比」(劉永濟《唐五代兩宋詞簡析》)。

【集　評】

王士禛《花草蒙拾》:牛給事「須作一生拚,盡君今日歡」,狎昵已極。南唐「奴爲出來難,教君恣意憐」本此。至「檀口微微,靠人緊把腰兒貼」,風斯下矣。

賀裳《皺水軒詞筌》:小詞以含蓄爲佳,亦有作決絶語而妙者。如韋莊「誰家年少足風流,妾擬將身嫁與,一生休。縱被無情棄,不能羞」之類是也。牛嶠「須作一生拚,盡君今日歡」,抑亦其次。柳耆卿「衣帶漸寬終不悔,爲伊消得人憔悴」,亦即韋意,而氣加婉矣。

彭孫遹《金粟詞話》:牛嶠「須作一生拚,盡君今日歡」,是盡頭語。作豔語者,無以復加。柳七亦自有唐人妙境,今人但從淺俚處求之,遂使《金荃》、《蘭畹》之音,流入《挂枝》、《黄鶯》之調，此學柳之過也。

沈雄《古今詞話·詞品》下卷：孫琮曰：「『感郎不羞赧，回身向郎抱』，六朝樂府便有此等豔情，莫呵詞人輕薄。」按牛嶠詞「須作一生拚，盡君今日歡」，李後主詞「奴爲出來難，教君恣意憐」，正見詞家本色，但嫌意態之不文矣。

陳廷焯《白雨齋詞話足本》卷六：閒情之作，雖屬詞中下乘，然亦不易工。「一面發嬌嗔，碎挼花打人」，惡劣已極，無足置喙。即「須作一生拚，盡君今日歡」，「奴爲出來難，教君恣意憐」，亦失之流蕩忘返。

況周頤《餐櫻廡詞話》：牛松卿「斂眉含笑驚」，五字三層意，別是一種秘密法眼。

王國維《人間詞話删稿》：詞家多以景寓情。其專作情語而絶妙者，如牛嶠之「甘作一生拚，盡君今日歡」。……此等詞求之古今人詞中，曾不多見。

李冰若《花間集評注·栩莊漫記》：全詞情事，冶豔極矣。《疑雨》、《疑雲》諸集，蓋導原於是。宋人如柳、黄俳調，無此古拙之筆也。

劉永濟《唐五代兩宋詞簡析》：此首寫男女歡會之私情。觀七、八兩句，有捨棄一切，拚卻一生以求暫時之樂之意，可知此女必爲封建制度所束縛，以致情愛無從自由發抒。正如《西廂記》之鶯鶯，一遇張生，便傾心相許也。三、四句，言歡情正洽，天已將明，早晨汲井之聲，將其驚起。而第四句五字之中，表達三種態度，寫生之妙，非畫筆所能相比。後半闋所寫乃臨別片時之情事。柳煙漠漠，正天方曉之景色。「低鬟」句，則臨別片時低頭沉思之態度。「須作一生拚」，又情感傾瀉之語也。末兩句雖止十字，可抵千言萬語。

唐圭璋《夢桐詞話卷二》：「奴爲出來難，教郎恣意憐」兩句，與牛給事之「須作一生拚，盡君今日歡」，同爲狎昵已極之詞。

詹安泰《宋詞散論·關於古典詩詞的藝術技巧的一些理解》：牛嶠的《菩薩蠻》：「簾外轆轤聲，斂眉、含笑、驚！」下面一句，把一個女人聽到車聲由遠而近時的極其曲折的内心活動和瞬息變化的面部表情深入細緻地描繪出來，給讀者以一個異樣鮮明的形象；同時，由於這一句的深刻的描寫，把上句的車子轉動的方向和那女人聽車聲時由感到煩厭而至側耳傾聽的神情也使讀者可以從中體會出來。像這樣的語言的美妙，真達到了驚人的程度。

吴世昌《詞林新話》卷二：牛嶠《菩薩蠻》（詞略）。「斂眉、含笑、驚」，五字寫三種不同感情。

蕭繼宗《評點校注花間集》：言内言外，諸家發掘盡矣，予欲無言。

酒泉子①

記得去年，煙暖杏園花正發②〔一〕。雪飄香〔二〕。江草緑〔三〕，柳絲長。鈿車纖手卷簾望③〔四〕。眉學春山樣④〔五〕。鳳釵低裊翠鬟上⑤。落梅粧〔六〕。

【校　記】

① 玄本調前作「花間集卷五，牛嶠六首」。吴鈔本此首不分片。

② 正：紫芝本無此字。

③ 車：正本作「草」，誤。

④ 樣：晁本、鄂本作「掾」。

⑤ 裊：鍾本作「裹」。翠鬟上：鄂本、紫芝本、四印齋本、林大椿《唐五代詞》作「翠鬟」，無「上」字。

【箋　注】

〔一〕杏園：見卷三薛昭藴《喜遷鶯》「殘蟾落」注〔四〕。

〔二〕雪：指杏花。唐韓偓《寒食夜》：「惻惻輕寒剪剪風，杏花飄雪小桃紅。」

〔三〕江：此指曲江，與杏園相鄰。

〔四〕鈿車：用金寶嵌飾的車子。唐白居易《潯陽春·春來》：「金谷蹋花香騎入，曲江碾草鈿車行。」

〔五〕眉學春山樣：眉式仿照春山的樣子。學：仿照。李商隱《九日》：「不學漢臣栽苜蓿，空教楚客詠江蘺。」唐趙鸞鸞《柳眉》：「嫵媚不煩螺子黛，春山畫出自精神。」

〔六〕落梅粧：即梅花妝，壽陽妝。古時女子妝式，描梅花狀於額上爲飾。相傳始于南朝宋壽陽公主。《太平御覽》卷九七〇引《宋書》：「武帝女壽陽公主人日卧於含章簷下，梅花落公主額上，成五出之華，拂之不去，皇后留之。自後有梅花妝，後人多效之。」唐李白《上清寶鼎詩》：「龍子善變化，化作梅花妝。」

【疏　解】

此首憶舊，寫男子眷戀之情。「記得」二字領起，以下均是往事的回憶。上片描寫去年煙暖時節，杏園花香，曲江草緑，柳絲低拂，盎然的春意唤起心中的生命激情。下片仍承「記得」，追憶去年杏園遊春時的邂逅情景，「鈿車」句通過「纖手捲簾望」的動作情態，表現出車中女子的青春嚮往。眉如遠山、翠鬟釵裊、落梅妝式的女子姣好容顔，從車簾中露出，恰被懷著莫名期待的男子看到，給他留下了美好的第一印象。因是偶遇，匆匆而過，失之交臂，茫茫人海，無處尋覓，所以更讓男子銘心，經年不忘，足見眷戀之深。

【集　評】

湯顯祖評《花間集》卷二：遠山眉，落梅妝，石華袖，古語新裁，令人遠想。

蕭繼宗《評點校注花間集》：《酒泉子》體式甚繁，韻腳錯落，有似西洋詩，詞中獨具一格者。或謂後起「望」字應讀平聲，意謂「妝」字與「長」字韻叶相去過遠。此説論他調則可，以之繩《酒泉子》，則殊不然也。

定西番

紫塞月明千里〔一〕，金甲冷〔二〕，戍樓寒①〔三〕。夢長安。　鄉思望中天闊②。漏殘星亦殘〔四〕。畫角數聲嗚咽〔五〕。雪漫漫。

【校　記】

① 戍：陸本、正本、影刊本作「戌」，誤。

② 鄉思：紫芝本此二字漫漶。吴鈔本無此二字。

【箋　注】

〔一〕紫塞：北方邊塞。晉崔豹《古今注·都邑》：「秦築長城，土色皆紫，漢塞亦然，故稱紫塞焉。」

南朝宋鮑照《蕪城賦》：「南馳蒼梧漲海，北走紫塞雁門。」唐羅鄴《邊將》：「若無紫塞煙塵事，誰識青樓歌舞人。」

〔二〕金甲：金飾的鎧甲，或謂即鐵制鎧甲。漢蔡琰《悲憤詩》：「卓衆來東下，金甲耀日光。」唐李白《胡無人》：「天兵照雪下玉關，虜箭如沙射金甲。」

〔三〕戍樓：邊防駐軍的瞭望樓。南朝梁蕭繹《登堤望水》：「旅泊依村樹，江槎擁戍樓。」唐許渾《金陵懷古》：「玉樹歌殘王氣終，景陽兵合戍樓空。」

〔四〕漏殘句：寫破曉時分，更漏將盡，晨星寥落。戎昱《桂州臘夜》：「曉角分殘漏，孤燈落碎花。」趙嘏《早秋》：「殘星數點雁横塞，長笛一聲人倚樓。」

〔五〕畫角：古管樂器。傳自西羌。形如竹筒，本細末大，以竹木或皮革等製成，因表面有彩繪，故稱。發聲哀厲高亢，古時軍中多用以警昏曉，振士氣，肅軍容。帝王出巡，亦用以報警戒嚴。南朝梁蕭綱《折楊柳》：「城高短簫發，林空畫角悲。」唐陳子昂《和陸明府贈將軍重出塞》：「晚風吹畫角，春色耀飛旌。」

【疏　解】

詞寫征人鄉愁。上片使用望月思鄉的原型模式，描寫邊關月夜的荒寒之景，抒發征人苦寒思鄉之情。紫塞逶迤，月明千里，金甲光冷，戍樓風寒，境界闊大，情調蒼涼。過片「鄉思」承上「夢長安」，月夜滴漏聲，驚醒了戍卒的思鄉夢，他們在邊城戍樓上翹首遥望，不見故鄉，但見朔天空闊，殘星數點，寒夜將盡。塞垣曉色裏，隨著幾聲嗚咽的畫角，天上又開始飄起紛紛揚揚的雪花，模糊了戍卒望鄉的視線。詞的下片使用了遠望當歸的原型模式。此詞化用盛唐邊塞詩的語彙意象，追摹盛唐邊塞詩悲壯蒼涼的宏大意境，仿佛「盛唐諸公《塞下曲》」（卓人月《古今詞統》），是《花間集》中難得一聞的大聲噌嗒的「盛唐遺音」（沈雄《古今詞話》引陸游語）。

【集　評】

陸游云：牛嶠《定西番》爲塞下曲，《望江怨》爲閨中曲，是盛唐遺音。（沈雄《古今詞話·詞評》上卷引）

鍾本評語：便是盛唐諸公《塞下曲》。

卓人月《古今詞統》卷三徐士俊評語：是盛唐諸公《塞下曲》。

俞陛雲《唐五代兩宋詞選釋》：唐五代時，邊患迄無寧歲。詩人邊塞之作，輒爲思婦、征夫寫其哀怨。夜月黄沙，角聲悲奏，最易動戰士之懷。如「磧裏征人三十萬，一時回首月中看」及「落日秋原畫角聲」句，皆狀絶塞悲涼之景。此詞之「紫塞月明」、「角聲嗚咽」，亦同此意也。

鄭振鐸云：《定西番》一詞情調特異。（《蜀詞人評傳》引）

李冰若《花間集評注·栩莊漫記》：塞外荒寒，征人夢苦，躍然紙上。此亦一窮塞主乎？

華鍾彦《花間集注》卷四：按此詞亦就題發揮之作。

蕭繼宗《評點校注花間集》：不減唐音。

玉樓春①

春入横塘摇淺浪〔一〕。花落小園空惆悵。此情誰信爲狂夫〔二〕，恨翠愁紅流枕上②〔三〕。小玉窗前嗔燕語③〔四〕。紅淚滴穿金線縷④。鴈歸不見報郎歸，織成錦字封過與⑤〔五〕。

【校　記】

① 全本、王輯本調名作《木蘭花》。《花間集校》曰：「《玉樓春》，王輯本校作《木蘭花》，非。《木蘭花》本調爲三、三、七，三、三、七，三、三、七，三、三、七字句，而《玉樓春》本調乃七、七、七、七，七、七、七、七字句，絶不同。」

② 恨翠：紫芝本、吴鈔本作「恨牽」。

③ 語：吴鈔本無此字，空一格。

④ 紅淚：《全五代詩》作「血淚」。王輯本作「紅縷」，誤。

⑤ 織：紫芝本、吴鈔本作「纖」，誤。錦字：王輯本作「金字」，誤。過：王輯本作「寄」。《花間

集注》曰：「《詞律》謂『過字恐誤』。竊疑當是遲字之譌。」

【箋　注】

〔一〕横塘：古堤名。三國吴大帝時於建業（今南京市）南淮水（今秦淮河）南岸修築。亦爲百姓聚居之地。宋張敦頤《六朝事蹟編類・江河門》：「吴大帝時，自江口沿淮築堤，謂之横塘。」晉左思《吴都賦》：「横塘查下，邑屋隆誇。」唐崔顥《長干曲》之一：「君家住何處？妾住在横塘。」亦指在今江蘇省吴縣西南之古堤。也可泛指水塘。唐温庭筠《池塘七夕》：「萬家砧杵三篙水，一夕横塘似舊遊。」

〔二〕狂夫：古代婦人自稱其夫的謙詞。漢劉向《列女傳・楚野辯女》：「大夫曰：『盍從我於鄭乎？』對曰：『既有狂夫昭氏在内矣。』遂去。」唐李白《擣衣篇》：「玉手開緘長嘆息，狂夫猶戍交河北。」

〔三〕恨翠愁紅：指代淚水。

〔四〕小玉：霍小玉，唐蔣防《霍小玉傳》女主人公。此處泛指思婦。

〔五〕錦字：錦字書，用蘇蕙織錦回文典。封過與：把書信封好寄與他。過與：給與。《雲謡集・拋球樂》：「當初姊姊分明道，莫把真心過與他。」

【疏　解】

詞寫春閨懷人。起二句描寫暮春景色，似有若無之間，隱約著絲縷深長的興義，富有韻致，堪稱「雋句」。接寫暮春時節，女子格外情牽狂夫，悲傷愁怨，淚流枕上。過片是兩個傳神的細節，呢喃燕語讓孤寂的思婦不堪聽聞，故而嗔之；日夕以淚洗面，以至於衣上金縷都被淚水滴穿。「嗔」、「穿」二字，允爲「雋字」。結二句，言歸雁未報歸信，女子更加思念，修書訴説衷情，託雁寄與狂夫。女子的一腔癡情，在寄書的舉動中，得到了有力的表現。

【集　評】

湯顯祖評《花間集》卷二：雋調中時下雋句，雋句中時下雋字，讀之甘芳浹齒。

張宗橚《詞林紀事》卷七：此調下半闋换韻，僅見《花間集》牛給事松卿一首，唐宋諸家無照此填者。此闋（按：指方喬《玉樓春》「贈紫行」）蓋仿其體，但平仄與給事迥異。恐不可爲法也。

沈雄《古今詞話·詞辨》上卷：《古今詞譜》曰：大石調曲，《詞統》又作林鐘商調。詞中不失「玉樓春」三字者，顧敻也。通首一韻者，徐昌圖、温庭筠、歐陽修、宋祁也。前後兩韻者，牛嶠、韋莊也。

蕭繼宗《評點校注花間集》：傳奇家度曲，總以雋句雋字爲得意，此詞中何者爲雋字，殆非臨川莫辨矣。前後異韻，頗損調風。

西溪子

捍撥雙盤金鳳〔一〕。蟬鬢玉釵摇動。畫堂前，人不語。絃解語①〔二〕。彈到昭君怨處〔三〕，翠娥愁②。不擡頭③。

【校　記】

① 絃：鼂本、鄂本、徐本、四印齋本、影刊本缺末筆避諱。解：茅本、張本作「觧」。

② 娥：鄂本、陸本、鍾本、湯評本、玄本、張本、毛本、後印本、正本、四庫本、清刻本、徐本、四印齋本、影刊本作「蛾」。

③ 擡頭：鄂本、紫芝本、四印齋本作「回頭」。

【箋　注】

〔一〕捍撥：彈奏琵琶用的撥子。因其質地堅實，故稱。《新唐書·禮樂志》十一：「象牙爲捍撥。」

葉廷珪《海録碎事》卷十六《音樂部·琵琶》：「金捍撥在琵琶面上當絃，或以金塗爲飾，所以捍護其撥也。」唐元稹《琵琶歌》：「淚垂捍撥朱絃濕，冰泉嗚咽流鶯澀。」

〔二〕解語：會説話。唐司空圖《杏花》：「解笑亦應兼解語，只應慵語倩鶯聲。」

〔三〕昭君怨：琴曲名。相傳爲漢王昭君嫁於匈奴後所作。《樂府詩集》卷五九《琴曲歌辭三·昭君怨》郭茂倩引《樂府解題》：「昭君恨帝始不見遇，乃作怨思之歌。」唐杜甫《詠懷古跡五首》之三：「千載琵琶作胡語，分明怨恨曲中論。」

【疏　解】

詞寫琵琶女的幽怨之情。起二句非止分别描寫捍撥之美和琵琶女之美，而是一組連續特寫鏡頭：隨著指尖精美的撥子在弦上掃過，琵琶女蟬鬢上的玉釵顫動不已，足見其演奏的投入狀態，給人以深刻的印象。《花間》詞中，多有此種開頭方法，便於引起注意，製造先聲奪人的效果。接三句鏡頭推開，摇出琵琶女在畫堂前不語彈弦的全景畫面。結三句鏡頭再度拉近，演奏進入高潮，琵琶女蹙眉低頭，完全沉浸在「昭君怨」的旋律之中。此詞妙在將樂曲包含的情感與演奏者的情感打并一處，以昭君的幽怨表寫琵琶女的幽怨，互相映襯烘托，完成題旨的表達。

【集　評】

陸游云：牛嶠《定西蕃》爲塞下曲，《望江怨》爲閨中曲，是盛唐遺音。及讀其「翠娥愁，不

抬頭」……則又刻細似晚唐矣。（沈雄《古今詞話·詞評》上卷引）

鍾本《花間集》評語：鄭谷「佳人纔唱翠眉低」，王廷陳「愁劇翠蛾顰」，語都同此。

卓人月《古今詞統》卷二徐士俊評語：此「彈到斷腸時，春山眉黛低」之藍本也。

陳廷焯《雲韶集》卷一：短句頗不易作。此作字字的當，有意有筆，能品也。

陳廷焯《白雨齋詞話》卷五：「彈到昭君怨處，翠娥愁，不抬頭」……不失爲風流酸楚。

陳廷焯《詞則·閒情集》卷一：意在言外。

劉永濟《唐五代兩宋詞簡析》：此從旁觀者眼中寫琵琶樂妓之幽怨也。首句，言琵琶。次句，言彈琵琶時態度。三、四、五句，聽琵琶時之情況，因彈得好，人皆静聽也。六、七、八句，言彈者自感曲調而引出本身之怨情，不覺低眉尋思而生愁也。

唐圭璋《唐宋詞簡釋》：此首記彈琵琶。起言琵琶上捍撥之美；次言彈琵琶者之美；「畫堂」三句，言琵琶聲音之美。末言彈者姿態，倍顯彈者之無限幽怨，儘自弦上發出。張子野詞「彈到斷腸時，春山眉黛低」，即襲此。然落牛詞之後，亦不見其佳勝也。

蕭繼宗《評點校注花間集》：全詞匀整可取，結句殊有風致。

江城子①

鵁鶄飛起郡城東②〔一〕。碧江空〔二〕。半灘風。越王宫殿、蘋葉藕花中〔三〕。簾卷水樓漁浪起③〔四〕，千片雪④〔五〕，雨濛濛。

【校　記】

①紫芝本、吴鈔本作「江城子二首」。《選聲集》調名作《水晶簾》。

②郡：湯評本、合璧本作「郶」。

③卷：紫芝本、吴鈔本無此字。漁浪：毛本、後印本、正本、四印齋本、全本、《歷代詩餘》、《詞潔》、王輯本、林大椿《唐五代詞》作「魚浪」。

④千片：紫芝本、吴鈔本作「千江」。

【箋　注】

〔一〕鵁鶄：即池鷺。唐李群玉《池塘晚景》：「風荷珠露傾，驚起睡鵁鶄。」郡城：郡治所在地。唐李德裕《登崖州城作》：「青山似欲留人住，百匝千遭遶郡城。」

〔二〕碧江：江水澄碧。唐鄭谷《失鷺鷥》：「野格由來倦小池，驚飛卻下碧江涯。」

〔三〕越王句：參見卷三薛昭藴《浣溪沙》「傾國傾城恨有餘」注〔五〕。

〔四〕水樓：水邊或水上的樓臺。唐孟浩然《與杭州薛司户登樟亭樓作》：「水樓一登眺，半出青林高。」漁浪：波浪；鱗紋細浪。

〔五〕千片雪：言浪花如雪。五代李煜《漁父》：「浪花有意千重雪，桃李無言一隊春。」

【疏解】

此首弔古之作。詞作以主要篇幅描寫江城風物，前三句寫郡城之東，碧江空闊，灘風吹拂，鴻鵠翩飛於空江岸渚之上。后三句寫水樓簾卷，眼前浪花湧起，如無數雪片紛飛，雨霧濛濛。觀景者的立足點，應是在郡城東樓上，城樓臨水，故曰水樓。這裏形勢高曠，視野開闊，江城風物，盡收眼底。詞中的景物描寫，渲染出一種空茫之感。在江城空闊蒼茫的畫面裏，只輕染一筆蘋葉藕花一片荒蕪的越王宫殿，顯得「風流悲壯」，弔古題旨的表達，幾乎不落跡象地得以完成。

【集評】

鍾本評語：「越王」句殊多情景。

湯顯祖評《花間集》卷二：起句率意。

陳廷焯《雲韶集》卷一：「越王」九字，風流悲壯。

陳廷焯《詞則·大雅集》卷一：感慨蒼涼。

俞陛雲《唐五代兩宋詞選釋》：越王臺在越溪畔。四、五句謂霸圖消歇，遺殿無存，但見紅藕翠蘋，淒迷野水，與李白詠勾踐詩「宫女如花滿春殿，只今惟有鷓鴣飛」，皆懷古蒼涼之作。此詞兼詠越溪風物，風吹雪浪，在空濛煙雨中，詩情與畫景兼之。

李冰若《花間集評注·栩莊漫記》：松卿詞筆在《花間》亦屬中流，但時有雋語。如此詞「越王宮殿」一語，不悲而神傷，自饒名貴。

蕭繼宗《評點校注花間集》：「越王」九字，慨喟存於辭外，人皆賞之矣。然結尾三句，正以補足「蘋葉藕花」，益不勝弔古傷今之意，非贅語也，不可不知。

其二①

極浦煙消水鳥飛〔一〕。離筵分首時②〔二〕。送金巵③〔三〕。渡口楊花、狂雪任風吹④〔四〕。日暮空江波浪急⑤，芳草岸，雨如絲⑥。

【校記】

①紫芝本、吴鈔本此首後作「唐牛給事詞畢」，吴鈔本空半頁接「唐韋相詞」。張本《花間集》此首末「已上二十二調」數字，朱筆劃去。

②離筵句：紫芝本、吴鈔本無「時」字，作「離筵分首送金巵」。王輯本作「分手時」三字句。全本、《歷代詩餘》作「分手」。

③ 金巵：湯本作「君巵」。

④ 渡口句：陸本作「渡口楊花狂雪、任風吹」。狂雪：《詞譜》作「如雪」。

⑤ 日暮：《詞品》作「日驀」，林大椿《唐五代詞》作「旦暮」。暮：毛本、後印本、四庫本作「莫」。空江：鄂本、紫芝本、吴鈔本、四印齋本、林大椿《唐五代詞》作「天空」。

⑥ 雨：全本、《歷代詩餘》作「柳」。

【箋注】

〔一〕極浦：極遠的水邊。戰國楚屈原《九歌・湘君》：「望涔陽兮極浦，横大江兮揚靈。」王逸注：「極，遠也；浦，水涯也。」唐王維《登河北城樓作》：「高城眺落日，極浦映蒼山。」

〔二〕離筵：餞别之筵席。唐杜甫《奉送蘇州李二十五長史文之任》：「客間頭最白，惆悵此離筵。」分首：離别。南朝梁沈約《襄陽白銅鞮》：「分首桃林岸，送别峴山頭。」北齊顔之推《顔氏家訓・風操》：「北間風俗，不屑此事，歧路言離，歡笑分首。」

〔三〕金巵：亦作「金卮」，金制酒器，亦爲酒器之美稱。南朝齊陸厥《京兆歌》：「壽陵之街走狐兔，金巵玉盌會銷鑠。」《敦煌曲子詞・長相思》：「頻頻滿酌醉如泥。輕輕更换金巵。」

〔四〕狂雪：喻楊花紛飛之狀。參見卷三牛嶠《楊柳枝》「狂雪隨風撲馬飛」注〔一〕。

【疏　解】

此首江邊送別之作。起句寫極浦煙消、水鳥翩飛的眼前景，興起別離之情。接二句寫餞別宴席，已到分別時刻，勸君更盡一杯，突出「送金巵」的勸酒動作，勝過千言萬語，正面賦別，就此打住。以下五句，描寫黄昏渡口波浪洶湧，楊花飄雪，細雨如絲，全是景語，渲染淒迷、蒼茫的别離氛圍，無限别情，盡在景中。

【集　評】

楊慎《詞品》卷二：《南史》王晞詩：「日藁當歸去，魚鳥見留連。」俗本改「藁」爲「暮」，淺矣。孟蜀牛嶠詞：「日藁天空波浪急。」正用晞語。

鍾本評語：「芳草岸，雨如絲」，景語之有情者。

李冰若《花間集評注·栩莊漫記》：升庵《詞品》謂「暮」字應爲「藁」，不知所據何本。今傳各本則均作「暮」矣。愚謂「日暮」字自佳，若作「日藁」，便不成語。

蕭繼宗《評點校注花間集》：「離筵」句，文字有誤，大損調風。

存目詞

調名	首句	出處	附注
女冠子	含嬌含笑	《古今詞統》卷四	温庭筠作，見《花間集》卷一。
酒泉子	楚女不歸	《古今詞統》卷三	温庭筠作，見《花間集》卷一。
南歌子	手裏金鸚鵡	《古今詞統》卷一	温庭筠作，見《花間集》卷一。
南歌子	撲蕊添黄子	《古今詞統》卷一	温庭筠作，見《花間集》卷一。
歸國遥	香玉	《古今詞統》卷四	温庭筠作，見《花間集》卷一。
歸國遥	雙臉	《古今詞統》卷四	温庭筠作，見《花間集》卷一。
楊柳枝	織錦機邊鶯語頻	《古今詞統》卷二	温庭筠作，見《花間集》卷一。
楊柳枝	金縷毿毿碧瓦溝	《古今詞統》卷二	温庭筠作，見《花間集》卷一。
楊柳枝	膩粉瓊妝透碧紗	《詞的》卷一	張泌作，見《花間集》卷四。
西溪子	昨日西溪遊賞	《蜀中名勝記》二	毛文錫作，見《花間集》卷五。
酒泉子	紫陌青門	《詞林萬選》卷一	張泌作，見《花間集》卷四。

題跋叙録

王國維《牛給事詞輯本跋》：案《御選歷代詩餘·詞人姓氏》云：「牛嶠，字松卿，一字延峰，隴西人。唐宰相僧孺之後（《全唐詩》云：自云僧孺之後）。乾符五年進士，歷官拾遺、補闕、校書郎。王建鎮蜀，辟爲判官。後事後蜀爲給事中。有集三十卷。」（《全唐詩》云：「歌詩三卷，今存六首。」）今從《花間集》録出嶠詞三十二首，都爲一卷。光緒戊申季夏，海寧王國維記。（《唐五代二十一家詞輯》）

總評

王又華《古今詞論》：劉公㦷曰：「詞亦有初盛中晚，不以代也。牛嶠、和凝、張泌、歐陽炯、韓偓、鹿虔扆輩，不離唐絶句，如唐之初，未脱隋調也，然皆小令耳。

陳廷焯《白雨齋詞話》卷八：詞有表裏俱佳，文質適中者。……詞中之上乘也。有文過於質者，李後主、牛松卿……是也，詞中之次乘也。

陳廷焯《雲韶集》卷一：松卿詞如怨如慕，當與端己並驅。

陳廷焯《詞則·大雅集》卷一：温麗芊綿，飛卿流亞。

況周頤《餐櫻廡詞話》：五代詞切忌但學其表面，所患除表面無可學。松卿詞蓋有内心者。

李冰若《花間集評注·栩莊漫記》：松卿詞集不可見，今存《花間集》者尚有三十二首，大體皆瑩豔縟麗，近於飛卿，微不及希濟耳。

又：松卿善爲閨情，兒女情多，時流於蕩，下開柳屯田一派，特筆力不至還贅，爲可誦耳。

姜方錟《蜀詞人評傳》：松卿詞極穠豔，《花間》之健手也。其體變唐人絶句者頗多，其詞足稱者頗不鮮。

又：按松卿詞，後人揚多抑寡，且往往一字一句，亦注意及之，其價值可知矣。

張泌

【小傳】

張泌，生卒、字里無考。《花間集》列於牛嶠、毛文錫之間，稱爲「張舍人」。南唐時别有張泌（一作「佖」）者，初官句容尉，後主徵爲監察御史，官内史舍人，後隨後主歸宋，入史館，遷郎中，及見後主之卒。前人多以爲即《花間》張泌。近人胡適疑謂「此説殊多謬誤。《花間集》結集於九四〇年，其時南唐建國不及四年。後主嗣位在九六一年，相距二十餘年，而《花間集》裏已稱張舍人泌了」」；並謂「《花間集》稱人官爵，皆是結集時的官爵，故和凝只稱『學士』，而不稱『相』」（《詞選》）。俞平伯亦謂南唐時之張泌，「及見李煜之死，則已在九七八年之後，距《花間集》成書遲約四十年。且《花間》不收南唐詞，自非一人也」（《唐宋詞選釋》）。陳尚君《花間詞人事輯》疑與唐末詞人張曙爲同一人；而方建新《花間詞人張泌與南唐張佖、張泌事蹟作品考辨》認爲此張泌與《才調集》所收之詩人張泌爲同一人，主要活動於晚唐和前蜀時期。究竟孰是，迄無定説。張泌詞《花間集》録二十七首，《尊前集》録一首，共存二十八首。

浣溪沙 張舍人泌①

鈿轂香車過柳堤〔一〕。樺煙分處馬頻嘶②〔二〕。爲他沉醉不成泥③。　花滿驛亭香露細④〔三〕，杜鵑聲斷玉蟾低⑤〔四〕。含情無語倚樓西。

【校記】

①吴鈔本作「唐張舍人詞」、「張泌」、「浣溪沙」。茅本、影刊本調前作「張泌二十三首」。玄本調前作「張泌二十七首」。張本作「浣溪沙，張泌」，朱筆圈去「張泌」，於前一行加「張泌二十三首」。湯本、合璧本、正本作「張泌，浣溪沙」。毛本、後印本、清刻本同晁本。四庫本作「浣溪

沙，張泌」，全書十卷署名皆不具職銜。徐本慣例應於調前作「張泌二十三首」，此處脱誤，墨校於調下加上「張舍人泌」。王輯本《張舍人詞》作「南唐張泌」。

②樺：吴鈔本作「摴」。

③他：玄本作「它」，誤。

④驛亭：湯本、合璧本作「驛庭」。

⑤斷：王輯本作「裹」。玉蟾：《詞潔》作「玉蟬」。

【箋　注】

〔一〕鈿轂：飾金之車輪。轂：車輪中心有洞可以插軸的部分，借指車輪或車。

〔二〕樺煙：樺燭之煙。唐白居易《早朝》：「月堤槐露氣，風燭樺煙香。」參見卷三薛昭藴《喜遷鶯》「金門曉」注〔三〕。馬頻嘶：唐李賀《送秦光禄北征》：「榆稀山易見，甲重馬頻嘶。」

〔三〕驛亭：驛站所設的供行旅止息的處所。古時驛傳有亭，故稱。唐杜甫《秦州雜詩》之九：「今日明人眼，臨池好驛亭。」仇兆鼇注：「郵亭，見《前漢·薛宣傳》。顔注：『郵，行書之舍，如今之驛。』據此，則驛亭之名起於唐時也。」

〔四〕玉蟾：即玉蟾蜍，月亮的别名。唐褚載《月詩》逸句：「星斗離披煙靄收，玉蟾蜍耀海東頭。」

唐李白《初月》：「玉蟾離海上，白露濕花時。」

【疏　解】

詞賦別離。這是一場早別，燭火照路，女子乘坐「鈿轂香車」，穿過長條依依的柳堤，前來水驛送別。樺煙分處，征馬頻嘶，行人已去。「悲莫悲兮生別離」，女子頓覺黯然銷魂，她甚至後悔自己昨宵餞別，爲何不喝得爛醉如泥呢？那樣也就渾然不知這分別一刻的巨大痛苦了。過片二句描寫露裛花香、月落鵑啼的驛亭曉景，是送別之後女子徘徊不忍去時所見。結句特寫女子含情無語、倚樓眺望的神態，表現其依依難捨的傷別心緒，餘情不盡。

【集　評】

卓人月《古今詞統》卷四徐士俊評語：「「樺煙」字奇。

蕭繼宗《評點校注花間集》：「「爲他沉醉不成泥」，亦是好句。

其　二

馬上凝情憶舊遊〔一〕。照花淹竹小溪流①。鈿箏羅幕玉搔頭〔二〕。　早是出門長帶月②〔三〕，可堪分袂又經秋〔四〕。晚風斜日不勝愁。

【校　記】

①照花：玄本作「絶花」，誤。

②早是：湯本、合璧本作「早起」。長帶月：王輯本作「常長月」，誤。

【箋　注】

〔一〕凝情：情意專注。唐李康成《玉華仙子歌》：「轉態凝情五雲裏，嬌顔千歲芙蓉花。」詳見卷三韋莊《小重山》「一閉昭陽春又春」注〔七〕。

〔二〕鈿箏：面板飾金之箏。盧綸《宴席賦得姚美人拍箏歌》：「出簾仍有鈿箏隨，見罷翻令恨識遲。」玉搔頭：即玉簪。古代女子的一種首飾。《西京雜記》卷二：「武帝過李夫人，就取玉簪搔頭。自此後宫人搔頭皆用玉，玉價倍貴焉。」唐白居易《長恨歌》：「花鈿委地無人收，翠翹金雀玉搔頭。」

〔三〕早是：已是。唐王勃《秋江送别》之一：「早是他鄉值早秋，江亭明月帶江流。」帶月：謂披戴月光。晉陶潛《歸園田居》之三：「晨興理荒穢，帶月荷鋤歸。」唐劉長卿《送張十八歸桐廬》：「歸人乘野艇，帶月過江村。」

〔四〕可堪：哪堪。唐吴融《途中見杏花》：「長得看來猶有恨，可堪逢處更難留。」分袂：分手，離別。晉干寶《秦女賣枕記》：「（秦女）取金枕一枚，與度（孫道度）爲信，乃分袂泣別。」唐李山甫《别楊秀才》：「如何又分袂，難話别離情。」經秋：唐杜牧《寄浙東韓乂評事》：「一笑五雲溪上舟，跳丸日月十經秋。」

【疏　解】

詞抒旅懷。旅途孤寂，鞍馬勞頓，旅人特别容易懷念昔日安居時光。一起所寫，就是此種心理的表現。「憶舊遊」三字，領起以下二句昔日安居生活内容的描寫：小溪清流，映花浸竹，是清幽的舊遊之地；羅幕之中，玉簪鬟雲，鈿箏理曲，是往昔相與之居處，所戀之人事。「鈿箏羅幕玉搔頭」七字，高密度地並置三個名詞性意象，其間承載著多少往日歡情的記憶，意象密度是心理密度的表現。過片從回憶折回眼前，是憶舊之後生發出的現實感慨：「出門長帶月」寫行役辛苦，「分袂又經秋」嘆别離長久，「早是」、「可堪」，流水對句起到轉折加强的作用。結句寫晚風斜日的旅途蒼茫暮色，烘染行人無盡的旅愁，「愁因薄暮起」，行人眼中的斜陽黄昏之景，是一個積澱著無數旅人愁緒的典型時空背景，極富表現力。

【集　評】

鍾本評語：「早是出門長帶月，可憐（堪）分袂又經秋」，離心草草，可謂深怨矣。

卓人月《古今詞統》卷四徐士俊評語：「早是出門」一聯與葆光「早是銷魂」一聯，皆似香山律句。

譚獻《詞辨》卷一：開北宋疏宕一派。

陳廷焯《雲韶集》卷一：流水對。工麗芊綿，深深疑疑。

李冰若《花間集評注·栩莊漫記》：以「憶舊遊」領起，全詞實處皆化空靈，章法極妙。

俞平伯《唐宋詞選釋》：（「鈿箏」句）疊用三名詞：玉搔頭，玉簪，指妝飾；羅幕，帷帳，指所在地；鈿箏，樂器，指技藝；只七字，寫人、境、情事都有了。

吴世昌《詞林新話》卷二：張泌《浣溪沙》：「馬上凝情憶舊遊（略）。」或謂下片首句承前「馬上」句來，「帶月」表示「勤勞」。非也。「馬上」是當前之景，「帶月」是回憶之事（「鈿箏」、「羅幕」、「玉搔頭」三者皆所憶之事），中間隔「經秋」、「分袂」，何能將過去之事承當前之景？「帶月」謂五更早別，與勤勞無關。

蕭繼宗《評點校注花間集》：第四句「早是出門長帶月」，看似無意義；須知古代兒女私情之離別，必在侵曉。如飛卿之「緑楊陌上多離別，燈在月朧明」。端己之「殘月出門時，美人和淚辭」，「惆悵曉鶯殘月，相别」，希濟之「殘月臉邊明，别淚臨清曉」等，不勝枚舉。解此，便知與下句「分袂」字，語氣一貫也。

其　三

獨立寒堦望月華①〔一〕。露濃香泛小庭花〔二〕。繡屏愁背一燈斜〔三〕。　雲雨自從分散後〔四〕，人間無路到仙家〔五〕。但憑魂夢訪天涯②。

【校　記】

①獨：王輯本作「觸」，誤。

②訪：雪本作「逐」。

【箋　注】

〔一〕寒堦：寒涼的臺階。唐温庭筠《月中宿雲居寺上方》：「虚閣披衣坐，寒堦踏葉行。」月華：月光。南朝梁江淹《雜體詩》：「清陰往來遠，月華散前墀。」唐姚合《賦月華臨静夜》：「長空埃壒滅，皎皎月華臨。」

〔二〕香泛：香氣彌漫飄散。唐李嶠《菊》：「榮舒洛媛浦，香泛野人杯。」

〔三〕背：避開。

〔四〕雲雨：用宋玉《高唐賦》楚王夢巫山神女事。參見卷二韋莊《歸國遥》「春欲晚」注〔六〕。

〔五〕人間無路：唐曹唐《仙子洞中有懷劉阮》：「洞裏有天春寂寂，人間無路月茫茫。」仙家：仙人所住之處。《海内十洲記·元洲》：「元洲在北海中，地方三千里，去南岸十萬里，上有五芝玄澗……亦多仙家。」唐牟融《天台》：「洞裏無塵通客境，人間有路入仙家。」唐李商隱《七夕》：「恐是仙家好别離，故教迢遞作佳期。」此處代指女子居所。此句用劉阮入天台遇仙事。

【疏　解】

詞抒别愁。上片描寫清幽的夜景。起句包含「望月懷思」的原型模式，接寫秋露濃重、花香飄散的庭院夜色，情致「幽豔」。然後轉寫室内，繡屏那邊，一燈斜照，光感暗淡淒涼。下片表現人物的心理活動，抒發相思别情。一别之後，仿佛天人懸隔，彼此無緣重見，於是只能在夢裏遠追天涯，尋訪離人。此詞情思幽豔，意境綿邈，自有佳致。但抒情主人公性别不明，影響到對詞意的深入理解。求證於文本，總體感覺似是表現女子别後相思，但「人間無路到仙家」一句，又像是從男子的角度寫出。究竟孰是，頗難論定。傳統的評點派擅長抓住一二麗字佳句，引申發揮，於此等關係全局之處，多不細究。現代的賞析派，又往往各執一端，根據自己的理解和需要，或云寫男子，或云寫女子，洋洋灑灑說將開去，全不理會彼此的齟齬。

【集評】

鍾本評語：前半寫景，後半言情，酷盡相思之致。

沈雄《古今詞話·詞評》上卷：《花間集》曰：「子澄時有幽豔語，『露濃香泛小庭花』是也。時遂有以《浣溪沙》爲《小庭花》者。」

王國維《人間詞話附録》：昔沈文愨深賞（張）泌「緑楊花撲一溪煙」爲晚唐名句。然其詞如「露濃香泛小庭花」，較前語似更幽豔。

蕭繼宗《評點校注花間集》：前文幽美，後半一氣貫注，結語亦差可喜。

其四

依約殘眉理舊黄〔一〕。翠鬟抛擲一簪長。暖風晴日罷朝粧〔二〕。閑折海棠看又撚，玉纖無力惹餘香〔三〕。此情誰會倚斜陽〔四〕。

【箋　注】

〔一〕依約：隱約。唐翁承贊《曉望》：「獨上秦臺最高處，舊山依約在東南。」舊黄：殘存的額黄。

〔二〕朝粧：晨妝。唐王涯《宫詞》：「銀瓶瀉水欲朝妝，燭焰紅高粉壁光。」

〔三〕玉纖：纖細如玉的手指。多以指美人的手。唐韓偓《詠柳》：「玉纖折得遥相贈，便是觀音手裏時。」

〔四〕誰會：誰人解會。唐薛能《彭門解嘲二首》：「頻上水樓誰會我，泗濱浮磬是同聲。」

【疏　解】

詞寫春情。上片寫女子罷妝。暖風晴日的早晨，女子卻殘妝懶畫，翠鬟不整，一派萎靡不振的樣子，這是爲什麽呢？下片再寫她折花輕撚、玉指無力的閒散和慵倦情態。結句定格於獨倚斜陽的畫面，女子感歎此情無人解會，神情落寞。然則「此情」所謂者何，亦不加説破。詞作描寫烘托，點到爲止，言情深微隱約。詞的表現重心，非止「春困情態」，於此不可不察。

【集　評】

鍾本評語：鎖得住的還不是愁。人言愁，我始欲愁，只爲鎖他不住。

李冰若《花間集評注·栩莊漫記》：寫春困情態，入木三分。

蕭繼宗《評點校注花間集》：後起兩句，究嫌辭費。

其五

翡翠屏開繡幄紅①〔一〕。謝娥無力曉粧慵②〔二〕。錦帷鴛被宿香濃③〔三〕。微雨小庭春寂寞，燕飛鶯語隔簾櫳④。杏花凝恨倚東風〔四〕。

【校記】

①開：吴鈔本作「間」。繡：毛本、四庫本作「綉」。

②曉粧：湯本、合璧本作「晚妝」。

③帷：茅本、鍾本作「幃」。鴛被：玄本、雪本作「繡被」。

④簾櫳：晁本、陸本、茅本、雪本、鍾本、張本、徐本、影刊本作「簾攏」。

【箋注】

〔一〕繡幄：彩繡之帳幕。

〔二〕謝娥：即謝娘。謝家美女。亦泛指大户人家的美女。唐韓琮《題商山店》：「商山驛路幾經過，未到仙娥見謝娥。」參見卷一温庭筠《更漏子》「柳絲長」注〔五〕。

〔三〕錦帷：錦製帷帳。南朝梁蕭綱《書案銘》：「廁質錦帷，承芳綺縟。」唐李商隱《牡丹》：「錦幃初卷衛夫人，繡被猶堆越鄂君。」宿香：舊香。皮日休《聞魯望遊顔家園林病中有寄》：「細挑泉眼尋新脈，輕把花枝嗅宿香。」

〔四〕凝恨：愁恨凝聚。唐李山甫《隋堤柳》：「曾傍龍舟拂翠華，至今凝恨倚天涯。」

【疏　解】

詞寫春日寂寞情思。上片描寫翠屏繡幄、錦幃鴛被、香氣馥鬱的居室環境，突出女子晨起無力、曉妝慵懶的萎靡情態。藻采濃豔綺麗，大似温詞筆法。下片轉寫室外，小庭春雨霏微，隔簾燕飛鶯語，一樹杏花凝立東風，似含幽怨。這都是女子眼中所見，染上了她的主觀感情色彩，映襯著她的寂寞心境。下片景語細膩含蓄，清淡疏朗，對上片的穠麗是一種有效調劑，使全詞的美感風格達成統一。

【集　評】

況周頤《餐櫻廡詞話》：張子澄句「杏花凝恨倚東風」，又「斷香輕碧鎖愁深」，妙在「凝」字，「碧」字。若換用他字便無神韻，「碧」字，尤爲人所易忽。

蕭繼宗《評點校注花間集》:「杏花」而曰「凝恨」,蓋象徵「無力曉妝慵」之「謝娥」耳,若徒論字面,失之皮相。

其　六①

枕障燻鑪隔繡幃②〔一〕。二年終日兩相思③。杏花明月始應知④〔二〕。　天上人間何處去〔三〕,舊歡新夢覺來時⑤。黄昏微雨畫簾垂⑥。

【校　記】

① 曾昭岷等《全唐五代詞》王兆鵬「考辨」曰:「此首《花間集》作張泌詞,《唐宋諸賢絶妙詞選》卷一因之。孫光憲《北夢瑣言》謂是張曙詞,《詩話總龜》、《花草粹編》卷二、《古今詞統》卷三、《堯山堂外紀》卷三五、《詞綜》卷一、《歷代詩餘》卷六、《全唐詩》卷八九二等俱因之。案《花間集》成書雖早於《北夢瑣言》,然孫光憲與趙崇祚爲同時人,未詳孰是。姑兩存之。或疑張曙與張泌爲同一人(見陳尚君《花間詞人事輯》),若果爾,則矛盾可冰釋,然此説尚待考實。」張璋等《全唐五代詞》作張曙詞,注曰:「此詞又傳爲張泌作,見《花間集》,惟字句稍異。」

②障：《詩話總龜》前集卷四五作「帳」。燻：玄本、文治堂本、四庫本、徐本、影刊本作「熏」，毛本、後印本作「煙」。王輯本作「香」。鑪：湯評本、合璧本作「罏」，吴鈔本、毛本、後印本、正本作「爐」。幃：毛本、後印本作「帷」。

③二年：王輯本作「年年」。

④杏花：繆本《北夢瑣言》卷八作「好風」。始：《詩話總龜》作「爾」。

⑤時：吴鈔本作「遲」。

⑥簾：《詩話總龜》作「屏」。

【箋　注】

〔一〕枕障：枕屏。唐李白《巫山枕障》：「巫山枕障畫高丘，白帝城邊樹色秋。」

〔二〕始應知：方應知。

〔三〕天上人間：喻距離遥遠，懸殊巨大。楊巨源《張郎中段員外初直翰林報寄長句》：「秋空如練瑞雲明，天上人間莫問程。」趙嘏《送李給事》：「眼前軒冕是鴻毛，天上人間漫自勞。」

【疏　解】

詞寫相思之苦。起句描寫居室陳設，興物是人非之感，引出下句的别後相思之情。「二年」

言别離之久，「終日」見耽情之深，「兩相思」言彼此同心相契。這二年如一日的兩地相思之苦，簾外杏花，窗前明月，都是見證。過片二句，訴盡相思之悲，天上人間無處尋覓蹤跡，舊歡新愁齊聚夢醒之時，這等筆力，真能將古今癡情人一網打盡。結以黄昏微雨、畫簾低垂的景語，再作烘染，哀感無限。此詞「淒婉之調，下開小晏。全詞佈置之佳，正如馮正中之《蝶戀花》愈婉愈深，愈淡愈哀，蓋不惜以金針度盡世人者也」（李冰若《栩莊漫記》）。或謂此首悼亡之作，可備一説。

【集評】

孫光憲《北夢瑣言》卷八：唐張褘侍郎，朝望甚高，有愛姬早逝，悼念不已。因入朝未回，其猶子右補闕曙，才俊風流，因增大阮之悲，乃製《浣溪沙》，其詞曰「枕障燻鑪隔繡幃（略）」。置於几上。大阮退朝，憑几無聊，忽睹此詞，不覺哀慟，乃曰：「必是阿灰所作。」阿灰，即中諫小字也。

湯顯祖評《花間集》卷二：第三個年頭，自有知者。「杏花明月」，知我憐我，未必笑我。

沈際飛《草堂詩餘别集》卷一：到末句自然掉下淚來。

許昂霄《詞綜偶評》：不言而神傷。

陳廷焯《雲韶集》卷一：「始應知」三字，想有所指，非空語也。對法活潑，導人先路。結句尤佳。

陳廷焯《詞則·别調集》卷一：婉約，對法活潑。

俞陛雲《唐五代兩宋詞選釋》：第三句問消息於杏花，以年計也；訴愁心于明月，以月計也。乃申言第二句二年相思之苦。下闋新愁舊恨，一時並集，況「簾垂」、「微雨」之時，與玉溪生「更無人處簾垂地」句相似，殆有帷屏之悼也。

李冰若《花間集評注·栩莊漫記》：淒婉之調，下開小晏。全詞佈置之佳，正如馮正中之《蝶戀花》愈婉愈深，愈淡愈哀，蓋不惜以金針度盡世人者也。

劉毓盤《詞史》第二章：兩結句用單句，如《孔雀東南飛》古樂府之用單句法。

蕭繼宗《評點校注花間集》：「始應知」三字意，白雨齋得之矣；湯顯祖自作多情，終不脱酸子氣。

其七

花月香寒悄夜塵〔一〕。綺筵幽會暗傷神〔二〕。嬋娟依約畫屏人〔三〕。　人不見時還暫語，令纔拋後愛微嚬①〔四〕。越羅巴錦不勝春②〔五〕。

【校　記】

① 令：吴鈔本作「今」，雪本作「會」。嚬：鄂本、毛本、後印本、正本、四庫本、清刻本、四印齋本、

全本、林大椿《唐五代詞》作「嚬」。吴鈔本作「頻」。

② 不：王輯本作「錦」。春：玄本作「香」，誤。

【箋注】

〔一〕悄夜塵：靜夜塵。

〔二〕綺筵：華美豐盛的筵席。唐陳子昂《春夜别友人》之一：「銀燭吐青煙，金樽對綺筵。」幽會：指相愛男女的私會。唐元稹《鶯鶯傳》：「幽會未終，驚魂已斷。」傷神：傷心。南朝梁江淹《别賦》：「造分手而銜涕，感寂寞而傷神。」唐楊炯《温江縣令任晃神道碑》：「佳人不再，荀奉倩之傷神；赤子無期，潘安仁之慘慟。」

〔三〕嬋娟：姿態美好貌。《文選·張衡〈西京賦〉》：「嚼清商而卻轉，增嬋娟以此豸。」薛綜注：「嬋娟此豸，姿態妖蠱也。」一本作「嬋蜎」。唐李商隱《霜月》：「青女素娥俱耐冷，月中霜裏鬭嬋娟。」

〔四〕令：酒令。

〔五〕越羅巴錦：越地之羅，巴地之錦，均爲絲綢名品。巴錦即蜀錦。唐劉禹錫《酬樂天衫酒見寄》：「酒法衆傳吴米好，舞衣偏尚越羅輕。」唐杜牧《中丞業深韜略志在功名再奉長句一篇兼有諮勸》：「檣似鄧林江拍天，越香巴錦萬千千。」

【疏　解】

詞寫歌女相思悲怨。上片描寫花香月寒的静夜裏，美麗的女子回憶綺宴幽會的情景，暗自傷神。下片通過她在人前人後的語言、動作、表情，寫其相思愁怨之態，生動傳神。結句以麗服襯哀情，見其不勝依依之感。此詞理解上亦存歧義：如上片第二句，是爲幽會難再而傷神，還是爲不能達成幽會而傷神，難以説定。還有抒情主人公，也可解爲男子，寫他静夜思念綺宴上幽會過的如畫之歌女，下片是他回憶中女子的種種情態，歷歷如在目前，見其眷戀之深。一結就自己的印象，總贊女子的美麗，回應上片的「畫屏人」。這樣解讀，亦可説通。

【集　評】

姜方錟《蜀詞人評傳》：泌詞以《江城子》而得名，復有《浣溪沙》以紀豔。

張以仁《花間詞論集》：全首皆寫目成心許，男女初見動情之狀。首句寫夜色，次句言心事，三句狀人物。下片寫暗通款曲之女兒情態。……末句再寫人物，與上片之末句遥爲呼應：上片之末句但寫其貌美，猶是畫上美人。下片之末句則不特貌美也，且姿態撩人；不特姿態撩人也，且情誼深濃，活色生香矣。重復著色以渲染，正是作者鍾情處，亦即作者匠心處。

蕭繼宗《評點校注花間集》：後起兩句，寫目成心許，極得神理，亦未經人道，惜讀者不察耳，特爲拈出。

其八

偏戴花冠白玉簪〔一〕。睡容新起意沉吟〔二〕。翠鈿金縷鎮眉心〔三〕。　小檻日斜風悄悄〔四〕，隔簾零落杏花陰①。斷香輕碧鏁愁深②〔五〕。

【校記】

①落杏：王輯本作「杏落」。

②鏁：玄本作「瑣」。

【箋注】

〔一〕花冠：女子所戴的裝飾美麗的帽子。唐白居易《長恨歌》：「雲鬢半偏新睡覺，花冠不整下堂來。」白玉簪：杜甫《樓上》：「天地空搔首，頻抽白玉簪。」

〔二〕沉吟：間斷地低聲自語，遲疑不決。東漢曹操《短歌行》：「但爲君故，沉吟至今。」

〔三〕鎮眉心：壓於眉上髮際。唐白居易《春詞》：「低花樹映小妝樓，春入眉心兩點愁。」

〔四〕小檻：小闌干。唐李中《書夏秀才幽居壁》：「最憐小檻疏篁晚，幽鳥雙雙何處來。」悄悄：寂靜貌。唐元稹《鶯鶯傳》：「更深人悄悄，晨會雨濛濛。」

〔五〕斷香：一陣陣的香氣。唐王勃《春園作》：「狹水牽長鏡，高花送斷香。」後蜀毛熙震《菩薩蠻》：「屏掩斷香飛，行雲山外歸。」輕碧：淺緑。指杏花零落，嫩葉初發。

【疏　解】

詞寫春愁閨怨。上片描寫女子午睡初起的嬌慵意態和妍麗妝容，「意沉吟」三字，見其情有所觸、心有所動。下片寫她傍晚時分小檻憑欄，於夕陽斜照中，隔簾看見枝頭杏花零落、嫩葉淺碧之景，心中氤氳著無限的愁情。「日斜」是一天將盡之象，「花落」是一春將盡之象，此境也此情，空閨獨守、歲華虚度的女子，惜春怨别，感傷遲暮，愁情加重，自在情理之中。此詞抒情婉轉低迴，用字工力精深，「鎮」、「鎖」二字，表情形象又富於力度，「開後人無限法門」（李調元《雨村詞話》）。

【集　評】

鍾本評語：「隔簾零落杏花陰」，妙在「陰」字，全句俱勝。若作「香」字，更覺索盡。

湯顯祖評《花間集》卷二：鎖得住的，還不是愁。人言愁，我始欲愁，只爲鎖他不住。

李調元《雨村詞話》卷一：張舍人泌詞如其詩，《花間集》所載皆可人選。更工於用字，如《浣溪沙》云「翠鈿金縷鎮眉心」，又「斷香輕碧鎖愁深」，「鎮」、「鎖」二字，開後人無限法門。

俞陛雲《唐五代兩宋詞選釋》：觀「馬上凝情」首句，則第一首自寫離懷，次首乃代伊人著想。論其詞意，可見離情之綿邈，往事之低徊；論其詞句，可見曉起之嬌慵，妝飾之妍華，風光之明媚，皆以清秀之筆寫之。五代詞之小令，每於末句見本意。此三詞（指「馬上凝情憶舊遊」、「翡翠屏開繡幄紅」、「偏戴花冠白玉簪」三首）於首句見本意。觀首句明言「憶舊遊」，則以下皆回憶從前，乃倒裝章法也。

蕭繼宗《評點校注花間集》：「鎖」字「深」字，正前文「意沉吟」三字注腳。奈臨川愛説許多閒言語。

其　九[①]

晚逐香車入鳳城〔一〕。東風斜揭繡簾輕[②]。慢迴嬌眼笑盈盈〔二〕。　消息未通何計是〔三〕，便須佯醉且隨行〔四〕。依稀聞道太狂生[③]〔五〕。

【校　記】

① 鄂本此首與下二首皆漫漶不清。

②揭：湯本、合璧本作「拂」。繡：毛本、四庫本作「綉」。

③太：鄂本、吴鈔本、四印齋本、王輯本作「大」。

【箋　注】

〔一〕鳳城：京城的美稱。唐沈佺期《奉和立春遊苑迎春》：「歌吹銜恩歸路晚，棲烏半下鳳城來。」唐杜甫《夜》：「步簷倚杖看牛斗，銀漢遥應接鳳城。」仇兆鼇注引趙次公曰：「秦穆公女吹簫，鳳降其城，因號丹鳳城。其後言京城曰鳳城。」

〔二〕慢：隨意。嬌眼：嬌媚的眉眼。唐梁鍠《觀王美人海圖障子》：「仍憐轉嬌眼，别恨一横波。」

〔三〕消息：音問信息。唐白居易《閨婦》：「遼陽春盡無消息，夜合花前日又西。」南唐李中《暮春懷故人》：「夢斷美人沉信息，目穿長路倚樓臺。」此指對車上美人之心意。何計是：怎麼辦。韓翃《送高别駕歸汴州》：「久客未知何計是，參差去借汶陽田。」

〔四〕便須：便應。佯醉：裝作醉酒。唐崔瓘《贈營妓》：「只有今宵同此宴，翠娥佯醉欲先歸。」

〔五〕依稀句：謂仿佛聽見車中美人嗔罵語。太狂生：過於狂放。生，語助詞。

【疏　解】

詞寫少年狂興。「晚逐香車入鳳城」一句總領，叙明時間、地點和事件、人物，「香車」乃女子所乘坐，「逐」者自然是男子了。傍晚時分，京郊大道上，一輛華美的車子趕著入城，一騎翩翩緊追在後。此詞一起即很有戲。接寫天公仿佛作美，東風善解人意，吹起香車繡簾一角，使男子得以一睹真容。一瞥之間，他看到簾中女子慢回嬌眼，笑意盈盈，仿佛有情。這不啻是一種鼓勵和暗示，讓本有些忐忑的他，更加興奮起來。然而彼此音問未通，男子十分焦灼，一時無計，便假裝醉酒，繼續急追不捨，這時他仿佛聽見車中傳出女子的笑罵聲。「太狂生」三字，如果换成《西厢》人物語言，大概就是「天底下竟有這等傻角」一句了。魯迅雜文裏曾談到這首詞，稱男子的跟蹤爲「釘梢」，他分析「釘梢」過程説：「首先第一步，是追隨不捨。……第二步便是『扳談』，即使駡，也就大有希望。因爲一駡便可有言語往來，所以也就是『扳談』的開頭。」講得十分風趣，有助於對詞意的理解。魯迅並把這首詞翻譯成一首幽默的白話詩，可以一併參看。此詞「豔而不淫」，情節性强，如一出輕喜劇，「活畫出一個狂少年舉動來」。

【集　評】

卓人月《古今詞統》卷四徐士俊評末句云：聞此語，當更狂矣。

李冰若《花間集評注·栩莊漫記》：子澄筆下無難達之情，無不盡之境，信手描寫，情狀如生，所謂冰雪聰明者也。如此詞活畫出一個狂少年舉動來。

魯迅《二心集·唐朝的釘梢》：上海的摩登少年要勾搭摩登小姐，首先第一步，是追隨不捨，術語謂之「釘梢」。……我一向以爲這是現在的洋場上才有的，今看《花間集》，乃知道唐朝就已經有了這樣的事，那裏面有張泌的《浣溪沙》調十首，其九云（詞略）。這分明和現代的釘梢法是一致的。

姜方錟《蜀詞人評傳》：近人謂此詞真摯活躍，豔而不淫，恨稍露耳。

蕭繼宗《評點校注花間集》：狂態如畫，然不覺可憎。結句七字，煞住全篇，是何等功力！近人紹興周某，强譯爲今語，一種市井惡少嘴臉，讀之便可厭。

其十

小市東門欲雪天①〔一〕。衆中依約見神仙②〔二〕。蕊黄香畫帖金蟬③〔三〕。　飲散黄昏人草草〔四〕，醉容無語立門前④。馬嘶塵烘一街煙⑤〔五〕。

【校記】

① 東：吴鈔本作「未」，誤。

② 仙：鍾本作「僊」。

③ 畫：吴鈔本作「盡」。帖：鄂本、吴鈔本、鍾本、湯評本、合璧本、毛本、後印本、正本、四庫本、清

刻本、四印齋本、全本、林大椿《唐五代詞》作「貼」。

④ 語：吴鈔本作「路」。

⑤ 烘：吴鈔本、鍾本作「哄」。

【箋注】

〔一〕小市：小市鎮，小城市。《漢書·外戚傳上·孝景王皇后》：「初，皇太后微時所爲金王孫生女……其家在長陵小市。」唐杜牧《舊遊》：「小市長陵住，非郎誰得知。」唐王建《江館》：「客亭臨小市，燈火夜妝明。」欲雪天：唐劉得仁《寄雍陶先輩》：「盡落經霜葉，頻陰欲雪天。」

〔二〕神仙：指嬌美之女子。唐張祜《縱遊淮南》：「十里長街市井連，月明橋上看神仙。」

〔三〕蕊黄句：寫女子裝飾。蕊黄：額黄，見卷一温庭筠《菩薩蠻》「蕊黄無限當山額」注〔一〕。香畫：以摻有香料的蕊黄點畫額頭。帖：佩戴。

〔四〕飲散：酒闌人散。唐白居易《飲後夜醒》：「黄昏飲散歸來卧，夜半人扶强起行。」草草：倉促匆忙貌。《詩經·小雅·巷伯》：「驕人好好，勞人草草。」朱熹注：「草草，擾也。」唐杜甫《潼關吏》：「士卒何草草，築城潼關道。」

〔五〕塵烘：塵土飛揚。

【疏　解】

此首黄昏鬧市即景。小城東門一帶，日暮欲雪天氣，宴席結束后，飲客匆匆散去，但見車馬行人，滿街塵煙，熙熙攘攘。在這烘亂一團之中，依約看到一位豔妝女子，如天仙一般美麗，站在門前。她面帶醉容，默默無語，神情顯得十分落寞。揆以情理，這大約是一位歌筵女子，日暮飲散，留人不住，目送心儀之人匆匆離開，心中湧起難言的酸楚之意。此首鬧中取静，故而雖云「依約」，但那位「醉容無語」的女子，還是給讀者留下了很深的印象。

【集　評】

李調元《雨村詞話》卷一：「烘」字宋詞多用，如《烘堂詞》及「一烘人煙」之類。唐張泌有「馬嘶塵烘一街煙」之句，「烘」字始此。

李冰若《花間集評注·栩莊漫記》：一「烘」字形容鬧市極似，再無他字可代，此之謂工於煉字。

蕭繼宗《評點校注花間集》：立意不深；然句末「烘」字，轉俗爲新，亦見膽量，與宋子京「紅杏枝頭」句之「鬧」字相伯仲矣。

臨江仙

煙收湘渚秋江靜①〔一〕，蕉花露泣愁紅〔二〕。五雲雙鶴去無蹤〔三〕。幾迴魂斷，凝望向長空。翠竹暗留珠淚怨②〔四〕，閑調寶瑟波中〔五〕。花鬟月鬢綠雲重③。古祠深殿④〔六〕，香冷雨和風。

【校記】

①收：《詞譜》作「消」。

②留：吴鈔本、《詞譜》作「流」。

③花鬟月鬢：吴鈔本作「月鬢花鬟」。

④殿：《詞譜》作「處」。

【箋注】

〔一〕湘渚：湘水岸邊。唐杜牧《宣城贈蕭兵曹》：「桂楫謫湘渚，三年波上春。」

〔二〕蕉：美人蕉。唐李賀《追賦畫江潭苑四首》之二：「寶襪菊衣單，蕉花密露寒。」

〔三〕五雲句：謂帝舜駕崩，乘鶴仙去。五雲：五色祥雲。唐王維《大同殿柱産玉芝龍池上有慶雲神光照殿百官共睹……即事》：「豈知玉殿生三秀，詎有銅池出五雲。」雙鶴：仙人乘騎。《列子》：「垂風招之，連雙鶴於青雲之際。」唐崔日用《奉和送金城公主適西蕃》：「六龍今出餞，雙鶴願爲歌。」

〔四〕翠竹句：晉張華《博物志》卷八：「堯之二女，舜之二妃，曰湘夫人，帝崩，二妃啼，以涕揮竹，竹盡斑。」唐杜甫《奉先劉少府新畫山水障歌》：「不見湘妃鼓瑟時，至今斑竹臨江活。」

〔五〕閑調句：用湘靈鼓瑟典事。調：調瑟，彈奏琴瑟。晉傅咸《陳選舉上書》：「且膠柱不可以調瑟，況乎官人而可以限乎！」南朝梁劉勰《文心雕龍·聲律》：「若夫宫商大和，譬諸吹籥；翻迴取均，頗似調瑟。」唐劉禹錫《調瑟詞》：「調瑟在張弦，弦平音自足。」

〔六〕古祠深殿：指湘妃祠廟。

【疏　解】

詞詠本調，賦湘妃故事。一起切題，描寫湘渚煙收江静的曉景，爲鋪寫湘妃情事，提供典型環境。「蕉花」句以寫景渲染悲傷氣氛，爲全詞定下抒情基調。「五雲」三句，寫帝舜南巡駕崩，乘鶴仙去，杳無蹤跡，二妃一路追尋，幾回魂斷，望空生悲，無限傷心。過片承上用典，寫二妃傷逝，潸然淚下，翠竹留斑，爲排遣天人永隔的相思哀愁，她們在湘江碧波上彈奏起淒涼的瑟弦。「花鬟」句描寫祠廟中的湘妃塑像，結二句描寫祠廟古舊，風雨蕭瑟，香斷人稀，花鬟月鬢的美麗妃子，只能居此一派淒涼的環境之中，令人黯然神傷。全詞寫實與想像交錯，寫景與抒情交融，既「極縹緲之思」，又「不即不離」，不膠著也不遊離題詠本位。詞中無輕薄之語，浮豔之思，褻瀆之筆，與《花間集》中那等歷史聯想和人世豔情夾纏不清的詞作，趣味迥異，誠爲詠「水仙之雅調」。

【集評】

湯顯祖評《花間集》卷二：詞氣委婉，不即不離，水仙之雅調也。

周敬《删補唐詩選脈箋釋會通評林》卷六十：周啟琦云：帆影落時，緑蕪漲岸，可方此詞。

李冰若《花間集評注・栩莊漫記》：「蕉花露泣愁紅」，淒豔之句。全詞亦極縹緲之思，不落凡俗。

華鍾彦《花間集注》卷四：按此詞詠湘妃也。

蕭繼宗《評點校注花間集》：此詞爲湘妃廟作，蓋用本調原意。

女冠子①

露花煙草。寂寞五雲三島〔一〕。正春深。貌減潛銷玉②〔二〕，香殘尚惹襟〔三〕。竹疎虚檻靜③，松密醮壇陰〔四〕。何事劉郎去〔五〕，信沉沉〔六〕。

【校記】

①《草堂詩餘别集》調下題作《女冠》。吴鈔本此首後接《生查子》。

②貌：晁本、陸本、茅本、張本、徐本、影刊本作「皃」，鄂本、四印齋本作「皁」。銷：玄本作「消」。

③疎：晁本、陸本、吴鈔本、茅本、正本、影刊本作「踈」。

【箋注】

〔一〕五雲三島：指女冠去住行蹤。見卷三薛昭藴《女冠子》「雲羅霧縠」注〔四〕。

〔二〕貌減句：謂女冠如玉體貌暗自消瘦。戎昱《秋日感懷》：「荷衣半浸緣鄉淚，玉貌潛銷是客愁。」

〔三〕惹襟：沾染襟袖。

〔四〕醮壇：道士禮神拜天之壇。

〔五〕何事句：用劉阮入天台遇仙事。

〔六〕信沉沉：杳無音信。唐杜牧《月》：「三十六宫秋夜深，昭陽歌斷信沉沉。」唐尚顔《紫閣隱者》：「天高紫閣侵，隱者信沉沉。」

【疏　解】

詞詠本調，寫女冠春思。一起二句，描寫道觀環境如同神仙居處，但女冠卻仍感覺寂寞。春深時節，她衣香懶熏，日漸消瘦，玉容憔悴，見出其内心劇烈的痛苦熬煎。過片描寫道觀周圍松竹清幽的環境，回應上片「寂寞」，出世修道、居此清境的女冠，並未祛除凡心塵念，真令人感歎「世間情爲何物」。結二句直寫何事劉郎一去，音信斷絶，讓她思念不已，苦悶不堪。此詞與《花間集》中同類作品一樣，爲了伶工演唱需要，循的還是宗教題材豔情化的思路和寫法。

【集　評】

沈際飛《草堂詩餘别集》卷一：幽而動。

又云：鹿虔扆詞「竹疏齋殿迥，松密醮壇陰」，更工。全首不逮。

蕭繼宗《評點校注花間集》：本意。竹疏松密，道院幽清，令人神往。劉郎句，射情愛事。

河傳①

渺莽〔一〕，雲水②。惆悵暮帆③〔二〕，去程迢遞④〔三〕。夕陽芳草，千里萬里。雁聲無限起。

夢魂悄斷煙波裏⑤。心如醉。相見何處是。錦屏香冷無睡⑥〔四〕。被頭多少淚。

【校　記】

① 吴鈔本作「河傳二首」，接《江城子》二首之後。此首不分片。

② 渺莽二句：張本作「渺莽雲水」，未斷句。水：吴鈔本作「氷」。

③ 暮：毛本、後印本、四庫本作「莫」。

④ 遞：正本作「遰」。

⑤ 悄：雪本作「銷」。

⑥ 錦屏句：「屏香」二字，張本朱筆校描。

【箋　注】

〔一〕渺莽：同渺茫。煙波遼闊無際貌。南朝宋鮑照《望水》：「河伯自矜大，海若沉渺莽。」

〔二〕惆悵暮帆：唐高適《漣上別王秀才》：「暮帆使人感，去鳥兼離憂。」

〔三〕去程：去路。唐張祜《玉環琵琶》：「宫樓一曲琵琶聲，滿眼雲山是去程。」迢遞：亦作「迢遰」、「迢遞」，遥遠貌。三國魏嵇康《琴賦》：「指蒼梧之迢遞，臨迴江之威夷。」唐杜甫《送樊二十三侍御赴漢中判官》：「居人莽牢落，遊子方迢遰。」唐歐陽詹《蜀中將回留辭韋相公》：「明晨首鄉路，迢遞孤飛翼。」

〔四〕無睡：不眠。唐李建勳《宿山房》：「就枕渾無睡，披衣卻出行。」

【疏　解】

詞賦別情。上片寫黄昏江邊送别。起句「颯然而來」，總覽全景，放眼一望，雲水無涯，境界闊大蒼茫，籠罩全篇。接以「暮帆」、「去程」二語，切入送别題面，念此一去，旅途迢遥，前程未卜，歸期難料，故生「惆悵」之意。「夕陽」三句，將景深推向無邊，是送者佇立江岸，目送帆影遠去時的所見所聞，畫面中藴含著無限綿邈之思，「蒼凉悲咽，驚心動魄」。下片寫女子送别歸家，夢入煙波，追尋行人。醒來回味夢中恍惚光景，心情如癡似醉。强烈的思念之情泛溢心中，讓她再也無法入睡。「被頭多少淚」五字一結，以不了了之之法，寫無限思量之情，質實之語，形象真切，勝過虚言多多。

【集　評】

湯顯祖評《花間集》卷二：可憐。《河傳》高調。

李冰若《花間集評注·栩莊漫記》：起句颯然而來，不亞《别》、《恨》二賦首語，可謂工於發端，而承以「夕陽」、「千里」三句，蒼涼悲咽，驚心動魄矣。

蕭繼宗《評點校注花間集》：後結亦有情思，但前節氣象遠勝，似不出一人手者。起筆分句，《詞律》作「渺莽雲水，惆悵暮帆」，以「水」字起韻；《詞譜》作「渺莽、雲水、惆悵暮帆」，亦以「水」字起韻。以文理論「惆悵暮帆」四字，終覺稍欠。《花間集》中《河傳》一調，凡起手第二第四兩字皆仄者，例有短句韻叶。如温庭筠之「湖上、閒望……」，孫光憲之「花落、煙薄……」，又「風颭、波斂……」，顧敻之「棹舉、舟去……」，又「曲檻、春晚……」，韋莊之「錦浦，春女……」，李珣之「春暮、微雨……」，又「去去，何處……」，或疊字爲之，如閻選之「秋雨，秋雨……」及泌之另首「紅杏，紅杏……」皆其特色。故愚意以爲分句應作「渺莽，雲水惆悵，暮帆去程迢遞……」。以「悵」叶「莽」，下以「遞」字換韻，文理較順。惟此詞原文有無訛奪，惜無他本可證，姑爲分句如是。

其 二①

紅杏②。交枝相映③。密密濛濛④〔一〕。一庭濃豔倚東風⑤〔二〕。香融。透簾櫳⑥。斜陽似共春光語。蝶爭舞。更引流鶯妒〔三〕。魂銷千片玉罇前⑦〔四〕。神仙。瑶池醉暮天⑧〔五〕。

【校 記】

① 《記紅集》調名作《紅杏枝》。《歷代詩餘》調下注「又一體」。
② 紅杏:《花草粹編》、《詞譜》作「紅杏,紅杏」疊句。《詞律》注曰:「按《花草粹編》起句『紅杏』二字疊,宜從。」陸本、張本首句作六字句。
③ 相映:吴鈔本無「相」字。
④ 濛濛:吴鈔本作「蒙蒙」。
⑤ 倚:雪本作「起」。
⑥ 櫳:晁本作「攏」。
⑦ 罇:清刻本作「鐏」。

⑧ 暮：吳鈔本作「夢」。毛本、後印本、四庫本、清刻本作「莫」。

【箋注】

〔一〕濛濛：濃盛貌。唐張籍《惜花》：「濛濛庭樹花，墜地無顔色。」

〔二〕濃豔：花色豔麗。唐楊憑《海榴》：「若許三英隨五馬，便將濃豔鬭繁紅。」

〔三〕流鶯：即鶯。流，謂其鳴聲婉轉。南朝梁沈約《八詠詩・會圃臨東風》：「舞春雪，雜流鶯。」

〔四〕玉罇：亦作「玉樽」、「玉尊」，玉制的酒器。亦泛指精美貴重的酒杯。《神異經・西北荒經》：「西北荒中有玉饋之酒，酒泉注焉……上有玉尊、玉籩。取一尊，一尊復生焉，與天同休，無乾時。」三國魏曹植《仙人篇》：「玉樽盈桂酒，河伯獻神魚。」

〔五〕瑶池句：謂日暮時分，沉醉於瑶池仙境。瑶池：古代傳説中崑崙山上的池名，西王母所居。《史記・大宛列傳》：「崑崙其高二千五百餘里，日月所相避隱爲光明也。其上有醴泉、瑶池。」《穆天子傳》卷三：「乙丑，天子觴西王母於瑶池之上。」南朝宋鮑照《舞鶴賦》：「朝戲于芝田，夕飲乎瑶池。」唐太宗《帝京篇》序：「忠良可接，何必海上神仙乎？豐鎬可遊，何必瑶池之上乎？」唐李白《飛龍引》：「下視瑶池見王母，蛾眉蕭颯如秋霜。」

【疏解】

詞抒惜春之情。上片濃墨重彩，描繪東風庭院、紅杏花開、濃豔繁茂之景，真可謂滿園春色。

換頭三句，再用斜陽、鶯蝶點綴大好春光。斜陽解語，蝶舞鶯妒，無知之物，似也依依有情。充分展示出春天這個欣欣向榮的季節，對萬類生命的普遍感召和唤醒。末三句集中寫人，萬物有情，而況人乎？曾幾何時，當千萬朵在東風中綻放，而今又千萬片在東風裏凋零的杏花飄落尊前，人們把酒賞花的喜悦，也轉成惜春憐花的感傷。於是，在暮天黄昏的滿院飛花之中，人們借酒消愁，以期遁入醉鄉，暫時忘卻人世的煩惱，體驗那幻覺中神仙也似的快樂。一結點題，而有及時行樂之意。

【集　評】

李冰若《花間集評注・栩莊漫記》："斜陽似共春光語"，雋語也。

蕭繼宗《評點校注花間集》：自"紅杏"至"鶯妒"，一氣貫下，皆以杏花爲主，末三句始點明於杏園筵會中見美人耳。景殊不惡，但恨情意無多耳。

酒泉子①

春雨打窗。驚夢覺來天氣曉〔一〕。畫堂深，紅焰小〔二〕。背蘭釭②〔三〕。　酒香噴鼻懶開缸③〔四〕。惆悵更無人共醉。舊巢中，新燕子。語雙雙。

【校　記】

①《記紅集》調名作《春雨打窗》。吴鈔本作「酒泉子二首」，此首不分片。

②釭：鄂本、鍾本、湯評本、毛本、後印本、四庫本、清刻本、四印齋本、全本、林大椿《唐五代詞》作「缸」。玄本作「缸」，頁眉墨筆校爲「釭」。

③鼻：晁本作「皐」，四印齋本作「皐」。懶：正本作「嬾」。

【箋　注】

〔一〕覺來：醒來。唐雍陶《喜夢歸》「覺來莫道還無益，未得歸時且當歸」。

〔二〕紅焰：燈燄。張祜《贈内人》：「斜拔玉釵燈影畔，剔開紅焰救飛蛾。」

〔三〕蘭釭：亦作「蘭缸」，燃蘭膏的燈，亦用以指精緻的燈具。南朝齊王融《詠幔》：「但願置尊酒，蘭釭當夜明。」唐施肩吾《夜宴詞》：「蘭釭如晝曉不眠，玉堂夜起沉香煙。」

〔四〕噴鼻：香氣撲鼻。唐劉禹錫《西山蘭若試茶歌》：「悠揚噴鼻宿醒散，清峭徹骨煩襟開。」釭：酒壇。唐李商隱《水齋》：「更閲前題已披卷，仍斟昨夜未開釭。」

【疏　解】

詞寫春閨懷人。以春雨打窗、驚覺曉夢領起，「夢」當然是一種藴含豐富的暗示，它撩起的不外是女子思春懷人的情緒。下片人物對比，巢中燕語雙雙，閨中人影子零，她本想借酒消愁，又惆悵無人共醉，所以連撲鼻酒香也誘不起她品嘗的念頭。小詞「撫景懷人，如怨如慕」，韻致不減「《摽梅》諸什」。

【集　評】

湯顯祖評《花間集》卷二：撫景懷人，如怨如慕，何減《摽梅》諸什。

蕭繼宗《評點校注花間集》：前半爲侵曉之景，後起忽以酒香燕語相續，極不協調，而臨川獨賞之，何也？

其　二①

紫陌青門〔一〕，三十六宮春色〔二〕。御溝輦路暗相通②〔三〕。杏園風〔四〕。　咸陽沽酒寶釵空〔五〕。笑指未央歸去〔六〕，插花走馬落殘紅〔七〕。月明中。

【校　記】

①《記紅集》調名作《杏花風》。吴鈔本此首後接《河瀆神》「古樹噪寒鴉」、《蝴蝶兒》「蝴蝶

兒，晚春時」二首，後作「唐張舍人詞畢」，下接「唐薛侍郎詞」。此首劉毓盤輯《李翰林集》據沈括《夢溪筆談》收爲李白詞。《夢溪筆談》卷五曰：「小曲有『咸陽沽酒寶釵空』之句，云是李白所製。然李白集中有《清平樂》詞四首，獨只是詩。而《花間集》所載『咸陽沽酒寶釵空』，乃云是張泌所爲。莫知孰是也。」沈括亦在疑似之間，不足爲據。《詞林萬選》卷一作牛嶠詞，注曰：「《花間集》作張泌。」當從《花間集》作張泌詞。

②溝：吴鈔本作「講」，誤。路：王輯本無「路」字。

【箋注】

〔一〕紫陌：指京師郊野的道路。漢王粲《羽獵賦》：「濟漳浦而横陣，倚紫陌而竝征。」唐劉禹錫《元和十一年自朗州召至京戲贈看花諸君子》：「紫陌紅塵拂面來，無人不道看花回。」青門：漢長安城東南門。本名霸城門，因其門色青，故俗呼爲「青門」或「青城門」。《三輔黄圖·都城十二門》：「長安城東，出南頭第一門曰霸城門。民見門色青，名曰青城門，或曰青門。門外舊出佳瓜，廣陵人召平爲秦東陵侯，秦破，爲布衣，種瓜青門外。」三國魏阮籍《詠懷》之六：「昔聞東陵瓜，近在青門外。」後用以泛指京城東門。唐岑參《青門歌送東臺張判官》：「東出青門路不窮，驛樓官樹灞陵東。」

〔二〕三十六宫：謂帝京宫殿之多。漢班固《西都賦》：「離宫别館，三十六所。」唐駱賓王《帝京篇》：「秦塞重關一百二，漢家離宫三十六。」唐徐凝《漢宫曲》：「掌中舞罷簫聲絶，三十六宫秋夜長。」

〔三〕御溝：流經宫苑的河道。晉崔豹《古今注·都邑》：「長安御溝謂之楊溝，謂植高楊於其上也。一曰羊溝，謂羊喜抵觸垣牆，故爲溝以隔之，故曰羊溝也。引終南山水從宫内過，所謂御溝。」南朝齊謝朓《入朝曲》：「飛甍夾馳道，垂楊蔭御溝。」唐張祜《題御溝》：「萬樹垂楊拂御溝，溶溶漾漾繞神州。」輦路：天子車駕所經的道路。《文選·班固〈西都賦〉》：「輦路經營，脩除飛閣。」李善注：「輦路，輦道也。」唐李昂《宫中題》：「輦路生春草，上林花發時。」

〔四〕杏園：園名，位於長安城東南，爲唐代新科進士遊宴之處。唐周弘亮《曲江亭望慈恩寺杏園花發》：「古寺遲春景，新花發杏園。」參見卷三薛昭藴《喜遷鶯》「殘蟾落」注〔四〕。

〔五〕咸陽：秦都，位於長安西北。《三輔黄圖》卷一：「咸陽故城在今咸陽東二十里，自秦孝公至始皇帝、胡亥，並都此城。按孝公十二年作咸陽，築冀闕，徙都之。」沽酒：賣酒。漢桓寬《鹽鐵論·散不足》：「古者不粥飪，不市食。及其後，則有屠沽，沽酒市脯魚鹽而已。」唐白居易《杭州春望》：「紅袖織綾誇柹蔕，青旗沽酒趁梨花。」寶釵空：寶釵玉器盡數换酒痛飲。或曰：寶釵酒樓爲之賣空。寶釵樓，唐宋時咸陽酒樓名。

〔六〕未央：宫殿名。故址在今陝西西安市西北長安故城内西南隅。漢高帝七年建，常爲朝見之處。

新莽末毁。東漢末董卓復葺未央殿。唐未央宫在禁苑中，至唐末毁。《史記·高祖本紀》："蕭丞相營作未央宫，立東闕、北闕、前殿、武庫、太倉。"《三輔黄圖·漢宫》："未央宫，周回二十八里，前殿東西五十丈，深五十丈，高三十五丈。"唐張説《和麗妃神道碑銘》："此皆聖主之曲成，賢妃之本志，何必雲陽山下，别赴通靈之臺；未央宫中，虚立致神之帳。"唐李白《宫中行樂詞》："今朝風日好，宜入未央遊。"

〔七〕插花：戴花。南朝梁袁昂《古今書評》："衛恒書如插花美女，舞笑鏡臺。"唐杜牧《杏園》："莫怪杏園顦顇去，滿城多少插花人。"走馬：騎馬疾走，馳逐。《詩經·大雅·緜》："古公亶父，來朝走馬。"唐杜甫《去秋行》："去秋涪江木落時，臂槍走馬誰家兒？"殘紅：凋殘的花，落花。唐王建《宫詞》："樹頭樹底覓殘紅，一片西飛一片東。"

【疏　解】

此首風調可感，而題旨不明。上片起二句總寫京城春色，視野宏大。接二句寫宫中御溝輦路縱横交錯，四通八達，杏園春風吹拂，繁花滿樹。下片轉寫咸陽遊樂，拔釵沽酒，其人興致之高漲可見。接寫插花走馬，笑指帝京，戴月歸去，其人風度之瀟灑可想。然則其人官人乎，平人乎？羽林乎，士夫乎？或者是杏園宴罷仍未盡興，再轉咸陽縱游痛飲之新進士乎？未知孰是。

【集　評】

劉瑞潞《唐五代詞鈔小箋》:《詞品》云:牛嶠,蜀之成都人,爲孟蜀學士。其《酒泉子》云「紫陌青門,三十六宫春色」云云。《楊柳枝》數首尤工,見《樂府詩集》。按:「咸陽沽酒寶釵空」,諸本皆云爲張泌所作,不知升庵何所見而云也。

蕭繼宗《評點校注花間集》:氣象頗佳。「插花」句終覺未善。

生查子①

相見稀,喜相見②。相見還相遠〔一〕。檀畫荔枝紅③〔二〕,金蔓蜻蜓軟〔三〕。魚鴈疎④〔四〕,芳信斷〔五〕。花落庭陰晚。可惜玉肌膚〔六〕,銷瘦成慵懶⑤。

【校　記】

① 《記紅集》調名作《荔枝紅》。吴鈔本此首上接《女冠子》「露花煙草」。

② 喜相見:林大椿《唐五代詞》作「喜見相見」。

③ 晝：鍾本作「盡」，誤。荔枝：全本、林大椿《唐五代詞》作「荔支」。王輯本作「荔芰」。
④ 踈：晁本、鄂本、陸本、玄本、張本、正本作「踈」。
⑤ 銷瘦：吴鈔本、毛本、後印本、四庫本、全本、王輯本作「消瘦」。懶：正本作「嬾」。

【箋　注】

〔一〕相遠：相異，差距大。《論語·陽貨》：「性相近也，習相遠也。」此指遠别。唐方干《途中寄劉沆》：「登車誤相遠，談笑亦何因。」
〔二〕檀畫句：楊慎《詞品》卷二：「畫家七十二色，有檀色，淺赭所合，所謂『檀畫荔枝紅』也。而婦女暈眉色似之。」此指面妝之色。荔枝紅：唐白居易《荔枝圖序》：「荔枝生巴峽間，樹形團團如帷蓋，葉如桂冬青，華如橘春榮，實如丹夏熟。」
〔三〕金蔓句：金制蜻蜓狀首飾。金蔓：金絲。
〔四〕魚鴈：鴈同「雁」。《樂府詩集·相和歌辭十三·飲馬長城窟行之一》：「呼兒烹鯉魚，中有尺素書。」《漢書·蘇武傳》：「教使者謂單于，言天子射上林中，得鴈，足有係帛書。」後因以「魚鴈」代稱書信。唐駱賓王《憶蜀地佳人》：「東西吴蜀關山遠，魚來雁去兩難聞。」
〔五〕芳信：書信的美稱。唐白居易《祇役駱口驛喜蕭侍御書至》：「忽驚芳信至，復與新詩並。」
〔六〕玉肌膚：肌膚瑩澤如玉。

【疏　解】

詞寫相思閨情。起三句以平淺的語言，迴環復沓的句法，訴説聚散離合、悲喜苦樂之種種情感體驗，因相見時難，更覺相逢之喜，然旋即又告别離，這相逢的喜悦也就被沖淡了許多。此等話語，非深於别離者不能道出。接二句描寫女子鮮豔的衣飾，襯出其人之美麗。過片轉寫一别之後，音訊不通，看看芳時已過，青春將老，女子在相思之情的折磨下，肌膚消瘦，神情慵懶。全詞「信筆而往，無一浮蔓」，情感抒發真切纏綿。

【集　評】

湯顯祖評《花間集》卷二：信筆而往，無一浮蔓，非秖止口頭禪也。

蕭繼宗《評點校注花間集》：首三句，小有轉折，似不近情；古代狹邪之禁甚寬，而閨閫之防頗嚴，實事如是，或亦今人所不易解。

思越人①

燕雙飛，鶯百囀，越波堤下長橋〔一〕。鬭鈿花筐金匣恰②〔二〕，舞衣羅薄纖腰。東風澹蕩慵無力〔三〕。黛眉愁聚春碧。滿地落花無消息。月明腸斷空憶。

【校　記】

①吴鈔本此首不分片。

②鈿：王輯本作「細」。筐：《花間集校》曰：「宋刻諱『匡』字，缺筆作『筐』，明本均誤作『筸』」。張本亦作「筸」。四印齋本作「筐」。按：毛本、後印本、四庫本、清刻本作「筐」。晁本、鄂本、徐本缺末筆作「筸」。匣恰：《歷代詩餘》作「匼匝」。

【箋　注】

〔一〕越波堤：或即「月波堤」，後唐同光二年朱守殷築於洛陽。此泛指河堤。

〔二〕鬭鈿、花筐：均爲女子首飾。金匣：熨斗。恰：熨展貼平。唐徐夤《剪刀》：「金匣掠平花翡翠，緑窗裁破錦鴛鴦。」

〔三〕澹蕩：猶駘蕩，謂使人和暢，多形容春天的風物。南朝宋鮑照《代白紵曲》之二：「春風澹蕩俠思多，天色淨渌氣妍和。」唐陳鴻《長恨歌傳》：「賜以湯沐，春風靈液，澹蕩其間。」

【疏　解】

詞寫相思愁怨。起三句描寫越波堤下長橋春色，接二句以燕飛鶯囀的大好春色爲背景，推出妝飾華美、身姿綽約的女子形象。「舞衣」二字，點出她的身份。舞蹈主要是一種肢體語言藝術，故而對女子形象的描寫，落實在對「纖腰」的突出强調上。在上片季節風景、人物形象的描寫之後，下片轉寫女子的内心痛苦，表現她的情感世界。因春盡時候仍無離人音信，她對著澹蕩東風、滿地落花、一庭明月，黛眉愁聚，相思斷腸。此詞表現上有兩點值得注意：一是上下片之間麗景哀情的反襯，哀情更見其哀；二是下片言情不離景物的烘染，無直露之弊，收相成之效。

【集　評】

蕭繼宗《評點校注花間集》：《思越人》調，詠西施浣沙，亦用本意。

滿宮花

花正芳，樓似綺〔一〕。寂寞上陽宫裏〔二〕。鈿籠金瑣睡鴛鴦①〔三〕，簾冷露華珠翠。嬌豔輕盈香雪膩②〔四〕。細雨黄鶯雙起。東風惆悵欲清明③〔五〕，公子橋邊沉醉。

【校　記】

① 金瑣：鄂本、毛本、後印本、正本、四庫本、清刻本、徐本、四印齋本、全本、《歷代詩餘》、林大椿

《唐五代詞》作「金鎖」。吴鈔本作「金蟬」，誤。

②嬌豔：吴鈔本作「嬈豔」。

③清明：王輯本作「天明」。

【箋注】

〔一〕樓似綺：即綺樓，華美的樓閣。唐韋應物《擬古》之四：「綺樓何氛氲，朝日正杲杲。」

〔二〕上陽宫：見卷二温庭筠《清平樂》「上陽春晚」注〔一〕。

〔三〕鈿籠金瑣：裝飾華美的籠鎖。鈿籠：華鍾彦《花間集注》：「蓋指簾籠，與下金鎖相對應。」

睡鴛鴦：唐杜甫《絶句》：「泥融飛燕子，沙暖睡鴛鴦。」

〔四〕香雪膩：指女子肌膚芬芳白皙潤澤。

〔五〕欲清明：將近清明。五代韋莊《丙辰年鄜州遇寒食城外醉吟五首》：「雨絲煙柳欲清明，金屋人閑暖鳳笙。」

【疏解】

詞寫宫怨。起三句以綺樓繁花的麗景，反襯幽閉宫中的寂寞。接寫鈿籠金鎖珠翠的奢華，掩不住簾冷露濃的淒涼。過片轉寫宫女的美豔，以清明時節細雨雙飛的黄鶯，映襯宫女的孤單。結二句點出宫女惆悵寂寞的原因，是思念「橋邊沉醉」的「公子」。想那放浪不拘的「公子」，當是她入宫前的舊相識吧，此時醉卧橋邊，是否因爲思念入宫的她，而酗酒致醉呢？很顯然，此詞與一般的宫怨之作有很大的不同。在宫怨類作品的常規寫作中，車輦不來是致怨的主因，望幸是宫女的基本心理指向。但此詞中的宫女顯然不是這樣，她思念的對象不是輦轂金鑾，而是大内之外橋邊沉醉的「公子」。早期的詞，不是一種十分嚴肅的文體，詞人寫作時自由隨意性較大，即如《花間集》中的江神類、女冠類作品，時有唐突褻瀆之處，但寫者讀者、歌者聽者都司空見慣，不以爲怪。對於此首宫怨詞，亦當如是視之。

【集評】

鍾本評語：東坡「惆悵東欄一株雪，人生看得幾清明」，極有情思。讀「東風惆悵欲清明」句，前意盡含。

蕭繼宗《評點校注花間集》：亦用本意，顧未能佳也。

柳枝①

膩粉瓊粧透碧紗〔一〕。雪休誇〔二〕。金鳳搔頭墜鬢斜②〔三〕。髮交加〔四〕。　倚着雲屏新睡覺③〔五〕。思夢笑。紅腮隱出枕函花〔六〕。有些些〔七〕。

【校　記】

①湯本、合璧本作「楊柳枝」。《花間集校》曰：「『柳枝』即『楊柳枝』。」《記紅集》調名作《太平時》。

②頭：林大椿《唐五代詞》作「類」，誤。墜：四印齋本作「墮」。

③着：玄本作「著」。

【箋　注】

〔一〕膩粉：細膩潤滑之妝粉。唐元稹《春六十韻》：「膩粉梨園白，胭脂桃徑紅。」瓊粧：女子妝成面如瓊玉。

〔二〕雪休誇：言雪色不如女子瓊妝之潔白。

〔三〕金鳳搔頭：鳳簪。搔頭：簪的别稱。三國魏繁欽《定情詩》：「何以結相於？金薄畫搔頭。」唐韓愈《短燈檠歌》：「裁衣寄遠淚眼暗，搔頭頻挑移近牀。」

〔四〕交加：相加，加於其上。《文選·宋玉〈高唐賦〉》：「交加累積，重疊增益。」李善注：「交加者，言石相交加，累其上，别有交加。」此言女子鬢髮疊集。

〔五〕新睡覺：剛睡醒。唐王建《村居即事》：「斜月照房新睡覺，西峰半夜鶴來聲。」

〔六〕隱出：隱約現出。唐王季文《九華山謡》：「丹崖壓下盧霍勢，白日隱出牛斗星。」枕函：枕套。唐張祜《病宫人》：「惆悵近來消瘦盡，淚珠時傍枕函流。」

〔七〕些些：少許，一點兒。唐元稹《答友封見贈》：「扶牀小女君先識，應爲些些似外翁。」

【疏解】

詞賦女子睡態。起二句描寫女子勝過白雪的膚色，透出碧紗櫥外；接二句寫她秀髮散亂枕上，鳳釵斜墜鬢邊。上片四句，其實只説女子膚白髮美，但此簡單意思置於睡眠狀態下形象展示，還是產生出頗爲撩人的美感效果。過片寫她睡醒倚屏，回味夢境，不覺露出嬌羞的笑意。那無法言表的夢中情味，都隱現在她的一笑之間。詞筆在敏鋭捕捉了女子的一抹笑意之後，再寫她腮邊些微枕花印痕，可謂體貼入微。「些些」一疊，形容傳神，聲口入妙。此詞浮薄香豔，但未涉穢褻，情調尚屬健康。例之六朝宫體，與蕭綱《詠内人晝眠》相類；例之《花間》詞，和温庭筠《菩薩蠻》「小山重疊」仿佛。《花間》詞寫女子睡夢者極多，幾乎形成一個套式，那就是入睡驚夢、夢醒相思，女子在回味夢中光景時，不是愁損黛眉，就是淚濕粉面，像此首中「思夢笑」者，亦所僅見。幾乎所有《花間》詞中的女子憶夢都是「咀苦」，只有她的憶夢是在「回甘」。此詞中的女子，應是尚處在「不諳離恨苦」的天真爛漫年紀，所以才會露出這無數淚眼愁眉中難得一見的笑臉。

【集評】

湯顯祖評《花間集》卷二：此《柳枝》之變體也。「紅腮」一語，自見巧思。

湯顯祖云：「那夢兒還去不遠」，都從「思夢笑」三字來。（卓人月《古今詞統》卷三引）

李冰若《花間集評注・栩莊漫記》：「思夢笑」三字，一篇之骨。

蕭繼宗《評點校注花間集》：唐五代間，詞體初具，其始由詩蜕變而來，故《花間集》中，仍保留少數七言絶句，如《楊柳枝》、《柳枝》、《竹枝》、《浪淘沙》之類，皆保留七絶原型，亦無音節特徵，自不得目之爲詞。至皇甫松之《採蓮子》，原是七絶，但一三兩句下注「舉棹」，二四兩句下注「年少」。孫光憲之《竹枝》二首，每句首四字下注「竹枝」，次三字下注「女兒」。「棹」、「少」，「枝」、「兒」，相互爲韻。可知七言絶句於歌唱時，於分句或小頓處，特加短句以爲泛聲相和。《朱子語類》云：「古樂府只是詩中泛聲，後人怕失那泛聲，逐一添個實字，遂成長短句，今曲子便是。」子澄此詞，仍爲七絶，惟每句下加三字，即朱子所云「逐一添個實字」者也。此時《柳枝》方完成詞之面目，方成「正體」。乃湯顯祖謂爲柳枝之「變體」，亦謬矣。全詞寫睡美人，「思夢笑」三字尤爲傳神之筆。嘗讀英詩人 Samuel Rogers（一七六三—一八五五）之《The Sleeping Beauty》之首章，可見神思妙筆，才人之所同然，固無間於中外也。

南歌子①

柳色遮樓暗，桐花落砌香〔一〕。畫堂開處遠風涼。高卷水精簾額②〔二〕，襯斜陽。

【校　記】

①　吴鈔本作「南歌子三首」。

②　卷：吴鈔本、鍾本、湯評本作「捲」。水精：《歷代詩餘》作「水晶」。

【箋　注】

〔一〕　桐花：桐樹的花。唐李德裕《畫桐花鳳扇賦序》：「成都夾岷江磯岸，多植紫桐，每至春暮，有靈禽五色，小於玄鳥，來集桐花，以飲朝露。」唐白居易《桐花》：「春令有常候，清明桐始發。何此巴峽中，桐花開十月。」砌：台階。

〔二〕　簾額：簾子的上端。唐李賀《宫娃歌》：「寒入罘罳殿影昏，彩鸞簾額著霜痕。」

【疏　解】

詞寫暮春初夏風光。柳色轉深，桐花飄落，正是春去夏來時候。小樓掩映在柳煙深處，臺階之上落花飄香，的確小有「韻致」。畫堂門開，簾額高捲，遠風送來絲絲涼意，夕陽斜照，在畫堂裏灑下一縷暖亮的輝光。此詞單純寫景，不觸及人的活動與情感，意境明麗幽靜。語言一洗《花間》濃豔，如「初日芙蓉」，清新自然。

【集　評】

湯顯祖評《花間集》卷二：（首二句）有韻致。

卓人月《古今詞統》卷一徐士俊評語：泌之「襯斜陽」，憲之「背斜陽」，爭妍一字。

許昂霄《詞綜偶評》：此初日芙蓉，非鏤金錯采也。

蕭繼宗《評點校注花間集》：全詞寫境如畫，不著一字及情，轉覺風致。

其　二

岸柳拖煙緑〔一〕，庭花照日紅〔二〕。數聲蜀魄入簾櫳①〔三〕。驚斷碧窗殘夢②，畫屏空③。

【校記】

①魄：鍾本作「鬼」。櫳：晁本作「攏」。

②碧：王輯本作「北」。

③畫：湯評本作「画」。

【箋注】

〔一〕岸柳句：言岸柳倒垂，似緑煙摇曳。

〔二〕庭花：庭院之花朵。唐盧儲《官舍迎内子有庭花開》：「芍藥斬新栽，當庭數朵開。」

〔三〕蜀魄：即杜鵑，子規。《華陽國志》：「周失綱紀，蜀王杜宇稱帝曰望帝。爲蜀治水患有功，後禪位，昇西山隱焉。時適二月子規啼，因名子規曰杜宇，曰望帝。」唐司空圖《注愍征賦述》：「其寓詞之哀怨也，復若血凝蜀魄，猿斷巫峰。」唐李咸用《題王處士山居》：「蜀魄叫迴芳草色，鷺鷥飛破夕陽煙。」

【疏解】

詞寫啼鵑驚夢。起二句寫岸柳庭花，緑條曳煙，紅艷照日，春意正濃。接寫幾聲杜鵑鳥的啼鳴，傳入簾櫳之内，驚醒了緑窗睡眠女子的殘夢。一結三字，寫女子夢醒後的空虚寂寞之感。此詞先寫「明麗之韶光」，后接「殘夢屏空」，則「花明柳暗，皆成春色惱人」，是以麗景襯哀情的寫法。

【集　評】

鍾本評語：「簾櫳」、「殘夢」句佳。

俞陛雲《唐五代兩宋詞選釋》：二詞寫明麗之韶光。「簾額斜陽」尤推秀句。結句云「殘夢屏空」，則花明柳暗，皆春色惱人耳。

李冰若《花間集評注·栩莊漫記》：意亦猶人，詞特清疏。

蕭繼宗《評點校注花間集》：首聯狀景，末三句寓情，而不及前首動人，固知尋常之情，不如特出之景也。

其　三①

錦薦紅鸂鶒〔一〕，羅衣繡鳳皇②。綺疎飄雪北風狂③〔二〕。簾幕盡垂無事④，鬱金香〔三〕。

【校　記】

①晁本、影刊本每卷末均有「花間集卷第某」，毛本、四庫本有「花間集卷某」字樣。清刻本此首

後作「花間集卷第四」，下一行注曰：「第六頁浣溪沙前晁本原有『張泌二十三首』六字一行，今脱。徐幹識。」徐本此首後作「花間集卷四終」。

②鳳皇：吴鈔本、四印齋本、《歷代詩餘》、王輯本作「鳳凰」。

③疎：晁本、鄂本、陸本、吴鈔本、茅本、玄本、影刊本作「踈」。

④盡：吴鈔本作「畫」，誤。玄本、《歷代詩餘》作「晝」。

【箋注】

〔一〕錦薦句：言錦薦上繡紅色鸂鶒圖案。錦薦：以錦緣飾的席褥。亦泛指華美的墊席。南朝梁徐悱《贈内》：「網蟲生錦薦，遊塵掩玉牀。」唐温庭筠《常林歡歌》：「錦薦金鑪夢正長，東家咿喔鳴鷄早。」顧予咸補注：「《鄴中記》：『石季龍作席，以金裹五香，雜以五彩綫，編蒲皮，緣之以錦。』」鸂鶒：亦作「鸂鶄」。水鳥名。形大於鴛鴦，而多紫色，好並遊。俗稱紫鴛鴦。見卷一温庭筠《菩薩蠻》「翠翹金縷雙鸂鶒」注〔一〕。

〔二〕綺疎：同「綺疏」，指雕刻成空心花紋的窗户。《後漢書·梁冀傳》：「窗牖皆有綺疎青瑣，圖以雲氣仙靈。」李賢注：「綺疎謂鏤爲綺文。」《文選·孫綽〈遊天台山賦〉》：「彤雲斐亹以翼櫺，皦日炯晃於綺疏。」李善注：「薛綜《西京賦》注曰：『疏，刻穿之也。』然刻爲綺文，謂之綺疏也。」

〔三〕鬱金香：多年生草本植物，春季開花，有黄、白、紅或紫紅各色，花色豔麗。又名紫述香、麝香草，可制香料，釀酒。唐盧照鄰《長安古意》：「雙燕雙飛繞畫梁，羅幃翠被鬱金香。」唐李白《客中作》：「蘭陵美酒鬱金香，玉椀盛來琥珀光。」

【疏　解】

詞寫閨中寂寞。起二句描寫錦褥羅衣上的圖案，鸂鶒、鳳凰都是成雙之鳥，以之反襯女子的孤單。接寫綺窗外風吹雪飄的寒冷天氣。結二句寫閨中簾幕盡垂，遮風保暖，寒日無事，焚香飲酒。詞的主要篇幅都放在衣飾服用和天氣的描寫上，只「無事」二字，微逗人情，詞旨的表達極爲含蓄蘊藉。或解「飄雪」爲「飄絮」，言詞寫春怨，但這樣解釋與「北風」不諧，説法恐難成立。

【集　評】

蕭繼宗《評點校注花間集》：風雪彌天，而温馨滿室，言外亦未始無朱門凍骨之意。若華膴自享，不復知人世間有悲慘事，亦復何取？「狂」字終覺與全境失調。

花間集校注卷五　五十首

張舍人泌　四首

江城子　二首　　河瀆神　一首

胡蝶兒　一首

毛司徒文錫　三十一首

虞美人　二首　　酒泉子　一首

喜遷鶯　一首　　贊成功　一首

西溪子　一首　　中興樂　一首

牛學士 希濟 十一首

歐陽舍人炯　四首

浣溪沙　三首　　三字令　一首

【校　記】

① 段：晁本作「叚」。

江城子　張舍人泌[①]

碧欄干外小中庭[②]〔一〕。雨初晴。曉鶯聲[③]。飛絮落花，時節近清明。睡起卷簾無一事[④]〔二〕，匀面了[⑤]〔三〕，没心情[⑥]〔四〕。

【校　記】

① 此首又見馮延巳《陽春集》、歐陽修《醉翁琴趣外篇》卷六。然《花間集》作張泌詞，《唐宋

諸賢絶妙詞選》卷一、《古今詞統》、《歷代詩餘》卷三、《全唐詩》卷八九八因之。當從《花間集》作張泌詞。有將此首及下首合爲雙調者，《唐宋諸賢絶妙詞選》卷一注曰：「唐詞多無換頭，如此詞兩段，自是兩首，故兩押『情』字。今人不知，合爲一首，則誤矣。」陳紅彦校點鄂本《花間集》，即與下首合爲雙調。《陽春集》、《醉翁琴趣外篇》卷六則以此首合「碧羅衫子薄羅裙」一首爲雙調。吴鈔本作「江城子二首」。茅本、徐本、影刊本作「花間集卷第五，張泌四首」。張本此調前一行朱筆加「花間集卷第五，張泌四首」數字。鍾本此首列「其二」。毛本、後印本、清刻本調前作「花間集卷五，五十首」，下有細目，後作「江城子，張舍人泌」。王輯本調下注曰：「别見《陽春集》。」

② 碧：《陽春集》作「曲」。欄：毛本、後印本、正本、四庫本、清刻本、《唐宋諸賢絶妙詞選》、林大椿《唐五代詞》作「闌」。干：鍾本作「杆」。中庭：玄本作「庭中」。

③ 曉：《陽春集》作「早」。

④ 睡起句：《陽春集》、《醉翁琴趣外篇》作「睡覺起來勻面了」。

⑤ 勻面了：《陽春集》、《醉翁琴趣外篇》作「無個事」。勻：吴鈔本作「句」，誤。

⑥ 情：吴鈔本作「晴」。

【箋　注】

〔一〕中庭：庭院；庭院之中。漢司馬相如《上林賦》：「醴泉湧於清室，通川過於中庭。」南朝宋鮑照《梅花落》：「中庭雜樹多，偏爲梅咨嗟。」

〔二〕無一事：唐韋應物《贈蕭河南》：「對琴無一事，新興復何如。」此言女子無所事事。

〔三〕匀面：擦匀臉上脂粉。

〔四〕没心情：没興致，情緒低落。

【疏　解】

詞寫女子春情。前五句描寫清明時節的暮春景色，流麗的詞句中，寓有傷春之意。后三句寫女子睡起后的動作和心理。「無一事」見其百無聊賴，於是就化妝，但化過妝后，更覺無情無緒，這是爲什麼呢，詞到此打住，不加説破，給讀者留下想像和回味的餘地。此詞以淺俗之言，發清新之思，「與李易安不復差别」。《古今詞話》載有此首和下一首《江城子》的本事，可資解讀時參酌。

【集　評】

鍾本評語：此詞情景兩擅，與李易安不復差别。

湯顯祖評《花間集》卷二：「無一事」，不消匀面；「匀面了，没心情」，連匀面也是多的。

李冰若《花間集評注·栩莊漫記》：「飛絮落花，時節近清明」，流麗之句，卻寓傷春之感。

蕭繼宗《評點校注花間集》：結尾三句，極見古代婦女深閨寂寞之甚。

其　二①

浣花溪上見卿卿②〔一〕。臉波明③〔二〕。黛眉輕。緑雲高綰④，金簇小蜻蜓⑤〔三〕。好是問他來得麽⑥〔四〕，和笑道⑦，莫多情。

【校　記】

① 鍾本此首列前爲第一。吴鈔本此首後接《河傳》二首、《酒泉子》二首。此首《詞的》卷一作歐陽炯詞，非是。

② 卿卿：《四部叢刊》影印明胡氏刻本《唐宋諸賢絶妙詞選》作「鄉鄉」，誤。

③ 臉波明：各本《花間集》均作「臉波秋水明」，吴鈔本作「臉波明」，從改。湯評本此句後注曰：「應是『眼波明』。」《花間集校》曰：「應爲三字句，按『秋水』二字當是衍文，『臉波』是當時慣用語，和凝《臨江仙》其二（卷七）『臉波微送春心』，顧敻《甘州子》其五（卷七）『燈背臉波横』可證。」《四部叢刊》影印明胡氏刻本、毛本《唐宋諸賢絶妙詞選》卷一作「眼波明」。全本、林大椿《唐五代詞》亦作「臉波秋水明」。

④ 緑雲高綰：毛本《唐宋諸賢絶妙詞選》卷一、《詞綜》作「高綰緑雲」。

⑤金簇：茅本、湯本作「金族」，並誤。王輯本作「低簇」。

⑥好是：吴鈔本作「何是」，全本作「好事」。麽：晁本、鄂本、陸本、張本、徐本、四印齋本、影刊本作「磨」。

⑦和：毛本《唐宋諸賢絶妙詞選》作「還」，王輯本作「含」。

【箋注】

〔一〕浣花溪：一名濯錦江，又名百花潭。在四川省成都市西郊，爲錦江支流。溪畔有杜甫故居浣花草堂。唐杜甫《將赴成都草堂途中有作先寄嚴鄭公五首》之三：「竹寒沙碧浣花溪，橘刺藤梢咫尺迷。」仇兆鼇注引《梁益記》：「溪水出湔江，居人多造綵牋，故號浣花溪。」唐張籍《送客遊蜀》：「杜家曾向此中住，爲到浣花溪水頭。」卿卿：參見卷三牛嶠《柳枝》「解凍東風末上青」注〔二〕。

〔二〕臉波：眼波。唐白居易《天津橋》：「眉月晚生神女浦，臉波春傍窈娘堤。」

〔三〕金簇句：金縷結成蜻蜓狀首飾。

〔四〕好是：恰是，正是。唐白居易《吴中好風景》之二：「況當豐熟歲，好是歡遊處。」唐王建《江樓對雨寄杜書記》：「好是主人無事日，應持小酒按新歌。」

【疏　解】

詞寫乍見生情，採男子的角度。起句寫在浣花溪上遇見心愛的女子，「臉波明」以下四句，是男子看到的女子美麗形象。末三句寫分别之時，男子欲結後約，試探性地詢問下次可還再來，女子含笑打趣道莫要自作多情。這似拒不拒的回答，加上含笑的表情，「妙在若會意、若不會意之間」，讓人「更覺多情」。全詞以對話作結，這種寫法「詞中甚不多見」，屬於藝術上的新創。

【集　評】

沈雄《古今詞話·詞評》卷上：《才調集》曰：江南張泌字子澄，爲李後主内史。以《江城子》二闋得名。……少與鄰女浣衣善，經年不見，夜必夢之。女别字，泌寄以詩云：「多情只有春庭月，猶爲情人照落花。」浣衣流淚而已。

葉申薌《本事詞》卷上：張泌仕南唐，爲内史舍人，初與鄰女浣衣相善，爲賦《江城子》云：「浣花溪上見卿卿（略）。」後經年不復相見。張夜夢之，因寄絶句云：「别夢依稀到謝家，小廊回合曲欄斜。多情只有春庭月，猶爲離人照落花。」

黄昇《唐宋諸賢絶妙詞選》卷一：唐詞多無换頭，如此詞兩段（指「碧闌干外小中庭」與本闋），自是兩首，故兩押「情」字。今人不知，合爲一首，則誤矣。

鍾本評語：風流調笑。

湯顯祖評《花間集》卷二：黄昇叔暘云：唐詞多無换頭，如此詞自是兩首，故重押兩「情」字、兩「明」字。合作一首者，誤矣。

湯顯祖評《花間集》卷二：應是「眼波明」。

卓人月《古今詞統》卷三徐士俊評語：二詞風流調笑，類李易安。

茅暎《詞的》卷一：更覺多情。

陳廷焯《雲韶集》卷一：結六字寫得可人。

陳廷焯《詞則・閒情集》卷一：妙在若會意、若不會意之間，惜語近俚。

劉永濟《唐五代兩宋詞簡析》：此詞相傳有實事。蓋泌少時與鄰浣女相愛，後女嫁别人，泌寄以一詩云：「别夢依稀到謝家（略）。」浣衣女得詩，流淚而已。封建社會，婚姻不得自由，如此事者甚多。此二首或追叙少時相愛情事。前首寫其居處及妝罷自憐之情，後首則寫初會面時之事。末作對話，詞中甚不多見。「莫多情」三字，含意甚深而天真可愛。

蕭繼宗《評點校注花間集》：末三語，極生動，的是女兒口吻。

河瀆神

古樹噪寒鴉〔一〕。滿庭楓葉蘆花〔二〕。晝燈當午隔輕紗①〔三〕。畫閣珠簾影斜②。門外往來祈賽客〔四〕，翩翩帆落天涯〔五〕。迴首隔江煙火，渡頭三兩人家〔六〕。

【校　記】

①當午：林大椿《唐五代詞》作「對午」。

②畫：湯評本作「画」。

【箋　注】

〔一〕寒鴉：寒天的烏鴉；受寒的烏鴉。隋楊廣《失題》「寒鴉飛數點，流水繞孤村」。唐王昌齡《長信秋詞》之三：「玉顏不及寒鴉色，猶帶昭陽日影來。」

〔二〕楓葉蘆花：深秋景物。許渾《京口閑居寄京洛友人》：「吴門煙月昔同遊，楓葉蘆花並客舟。」

〔三〕畫燈：神廟中所燃之長明燈。唐雍裕之《贈苦行僧》：「古殿長鳴磬，低頭禮畫燈。」當午：正午，中午。唐李紳《憫農》之二：「鋤禾日當午，汗滴禾下土。」輕紗：此指燈罩。

〔四〕祈賽客：祭神的香客。祈賽：即祈報祀典。《禮記·郊特牲》：「祭有祈焉，有報焉。」《舊唐書·張嘉貞傳》：「嘉貞自爲其文，乃書於石。……先是，嶽祠爲遠近祈賽，有錢數百萬，嘉貞自以爲頌文之功，納其數萬。」賽：報也。《史記·封禪書》：「冬賽禱祠。」唐司馬貞《索隱》：「賽，謂報神福也。」唐無名氏《敦煌廿詠》之十四《半壁樹詠》：「森森神樹下，祈賽不應賒。」

〔五〕翩翩：輕快飄動貌。漢蔡琰《悲憤詩》：「翩翩吹我衣，肅肅入我耳。」三國魏曹植《芙蓉池》：「逍遥芙蓉池，翩翩戲輕舟。」

〔六〕渡頭：猶渡口，過河的地方。南朝梁蕭綱《烏棲曲》之一：「採蓮渡頭擬黄河，郎今欲渡畏風波。」

【疏　解】

詞詠本調，描寫河畔神祠景色，抒發客子旅愁。起二句神祠秋景中，滿含蕭瑟之感。接寫「畫燈當午」，映出珠簾斜影，的確是不可移易的神祠光景。過片寫神祠門前，香客往來；江上帆影，駛向天涯。結二句最爲出色，「可作畫景」（李冰若《栩莊漫記》），那隔江星點燈火、渡頭三兩人家的景語裏，包含的是客子黄昏旅途的惆悵惘然之感。此詞自首至尾，都有一個觀察者，就是始終没有直接出場的客子，他或者是到神祠遊覽，或者是借宿，詞中所寫，都是他眼中所見。

【集　評】

李冰若《花間集評注·栩莊漫記》：「回首隔江煙火，渡頭三兩人家」，可作畫景。與首二句同一蕭然其爲秋也。

蕭繼宗《評點校注花間集》：此用本意，以江畔廟中之女神爲主題也。大抵《女冠子》以女冠爲主，《河瀆神》以女神爲主，《臨江仙》以女仙爲主，同以兒女人情滲注其間，氣氛風味，故自不同。

胡蝶兒①

胡蝶兒。晚春時。阿嬌初着淡黄衣②〔一〕。倚窗學畫伊〔二〕。　還似花間見，雙雙對對飛。無端和淚拭燕脂③〔三〕。惹教雙翅垂〔四〕。

【校　記】

① 晁本、鄂本、陸本、茅本、湯本、合璧本、玄本、張本、毛本、後印本、正本、四庫本、清刻本、徐本、四印齋本、影刊本、王輯本均作《胡蝶兒》。鍾本作《蝴蝶兒》。張本此首末「已上共二十七調」數字，朱筆劃去。

② 着：毛本、後印本作「著」。

③ 拭：《歷代詩餘》作「濕」。燕脂：茅本、鍾本、湯評本、合璧本、《歷代詩餘》、王輯本作「胭脂」。正本作「脂脂」。四印齋本作「脂」。

【箋　注】

〔一〕阿嬌：指漢武帝陳皇后，其母爲武帝姑館陶長公主。《漢武故事》：「膠東王（劉徹）數歲，公主抱置膝上問曰：『兒欲得婦否？』長主指左右長御百餘人，皆云不用，指其女：『阿嬌好否？』笑對曰：『好，若得阿嬌作婦，當作金屋貯之。』長主大悦。」此代指詞中女子。

〔二〕畫伊：畫蝶。伊，指蝴蝶。

〔三〕拭燕脂：指擦畫蝶之顔料。燕脂：又作胭脂、燕支、臙脂。化妝顔料。五代馬縞《中華古今注》：「蓋起自紂，以紅藍花汁凝作燕脂。以燕國所生，故曰燕脂。塗之作桃花粧。」此指女子畫蝶之顔料。

〔四〕惹教句：言女子淚墜畫幅，蝶翅爲之沾濕下垂。惹教：致使。

【疏　解】

詞詠本調。但所寫不是花叢中的真蝴蝶，而是少女學畫之蝴蝶，「畫上的蝴蝶卻處處當作真蝴蝶去寫，又關合作畫美人的情感」（俞平伯《唐宋詞選釋》），真幻莫辨，人物一體，借題詠蝴蝶暗寫少女春情，含思宛轉，蘊藉雋妙。天真爛漫的少女臨窗學畫蝴蝶，本是一團高興，但畫著畫著，那雙雙對對飛繞花間的蝴蝶，觸起了她莫名的懷春情緒，於是一團高興變成一腔煩惱，她竟自感傷落淚，沾濕了畫幅上的蝶翅。「無端」二字，寫出少女心理之微妙變化，是全詞意脈結構上的得力處。

【集評】

湯顯祖評《花間集》卷二：（阿嬌句）嫵媚。

陳廷焯《雲韶集》卷一：妮妮之態，一一繪出。干卿甚事，如許鍾情耶？

俞平伯《唐宋詞選釋》：這詞不寫真的蝴蝶，而寫畫的蝴蝶；畫上的蝴蝶卻處處當作真蝴蝶去寫，又關合作畫美人的情感。

夏承燾《唐宋詞選》：這首詞不是寫蝴蝶，而是寫少女畫蝴蝶。「還似花間見」，用「似」字，就不是真的花間的蝴蝶，而是繪畫中的蝴蝶。「無端」兩句是説由於落淚而把蝴蝶畫壞了。少女爲什麽愛畫雙雙對對的蝴蝶？畫蝴蝶爲什麽又無端落淚？作者没有明説，這是含蓄的寫法。

華鍾彦《花間集注》卷五：唐宋作者，鮮用此調。今所傳者，只此一首而已。

蕭繼宗《評點校注花間集》：此子澄創調也，即景即情，故自佳妙。湯評甚是，白雨齋忽作此無聊語，殊無可取。

《花間集》未收詞

江城子

窄羅衫子薄羅裙。小腰身。晚妝新。每到花時，長是不宜春。早是自家無氣力，更被伊，惡憐人。彊村本《尊前集》

題跋叙録

王國維《張舍人詞輯本跋》：案《歷代詩餘·詞人姓氏》曰：「張泌，一作佖，字子澄，淮南人。初官句容尉，上書陳治道，後主徵爲監察御史，歷考功員外郎，進中書舍人，改内史舍人，隨煜歸宋，仍入史館，遷郎中，歸。寓家毗陵。有集一卷。」其詞録於《花間集》者共二十七首，而《全唐詩》增《江城子》一闋。此闋與前一闋均見《陽春録》，兹並存之。昔沈文慤深賞泌「緑楊花撲一溪煙」爲晚唐名句，然其詞如「露濃香泛小庭花」，較前語似更幽豔也。光緒戊申季夏，海寧王國維記。（《唐五代二十一家詞輯》）

附張泌《洞庭阻風》詩：空江浩蕩景蕭然，盡日菰蒲泊釣船。青草浪高三月渡，緑楊花撲一溪煙。情多莫舉傷春目，愁極兼無買酒錢。猶有漁人數家住，不成村落夕陽邊。

總評

湯顯祖評《花間集》卷二：此公與徐鉉、湯悦、潘祐俱南唐人，有文名，而祐好以詩諫。有詞云：「寒山四面，桃李不須誇爛漫，已失了東風一半。」蓋諷其地之侵削也。集中獨載張詞，詞亦有幸不幸耶？

況周頤《餐櫻廡詞話》：張子澄詞，其佳者能蘊藉有韻致，如《浣溪沙》諸闋。又《河傳》云：「夕陽芳草，千里萬里，雁聲無限起。」又云：「斜陽似共春光語。」只是不盡之情，目前之景，卻未經人道。

李冰若《花間集評注·栩莊漫記》：《花間》詞十八家，約可分爲三派：鏤金錯彩，縟麗擅長，而意在閨幃，語無寄託者，飛卿一派也；清綺明秀，婉約爲高，而言情之外，兼書感興者，端己一派也；抱朴守質，自然近俗，而詞亦疏朗，雜記風土者，德潤一派也。張子澄詞蓋介乎温韋之間而與韋最近。

毛文錫

【小傳】

毛文錫，生卒年不詳，字平珪，高陽人，或謂南陽人，唐太僕卿毛龜範之子。年十四登進士第。唐亡，仕前蜀，任中書舍人、翰林學士，與貫休以詩唱和。遷翰林學士承旨。永平四年（九一四），遷禮部尚書，判樞密院事。通正元年（九一六），兼文思殿大學士，官至司徒。天漢元年（九一七），貶茂州司馬。或云前蜀亡後，隨王衍入洛而卒。一説未幾復事孟氏，與歐陽炯等五人以小詞爲後蜀主孟昶所賞，人稱「五鬼」。事蹟主要見《十國春秋》卷四十一本傳。著述參見本書「附録」四。毛文錫詞，《花間集》録三十一首，《尊前集》録一首，共存三十二首。

虞美人

毛司徒文錫①

鴛鴦對浴銀塘暖〔一〕。水面蒲梢短②〔二〕。垂楊低拂麴塵波〔三〕。蛟絲結網露珠多③〔四〕。滴圓荷。

遥思桃葉吴江碧〔五〕。便是天河隔〔六〕。錦鱗紅鬣影沉沉④〔七〕。相思空有夢相尋。意難任〔八〕。

【校　記】

①紫芝本乃殘本，起此首。吴鈔本下卷自毛文錫始，「總目下」計有「唐毛司徒詞三十一首、唐顧太尉詞五十五首、唐魏太尉詞十五首、唐孫少監詞六十首、唐牛學士詞十一首、唐鹿太尉詞六首、唐閻處士詞八首、唐尹參卿詞六首、唐李秀才詞三十七首」，此處略去各家細目。「總目下」之後作「唐毛司徒詞」、「虞美人，毛文錫」。陸本、茅本、徐本、影刊本調前作「毛文錫三十一首」。玄本調前作「毛文錫八首」。張本作「虞美人，毛文錫」，朱筆圈去「毛文錫」，於前一行加「毛文錫三十一首」。鄂本、毛本、後印本、清刻本同晁本。湯本、合璧本作「毛文錫，虞美人」。正本卷下起此首，作「花間正集卷下」，「浙西卓長齡蔗村、金張介山、吴卜雄震一、卓松齡丹崖仝較」，「毛文錫，虞美人」徐本朱筆批云：「字平珪，南陽人，唐進士。事蜀官至司徒。隨衍降後唐，供奉内庭。」

②梢：湯本作「稍」。

③蛟絲：晁本作「蚊絲」，從他本改。四庫本作「鮫絲」。全本、《歷代詩餘》卷三七、王輯本《毛司徒詞》、林大椿《唐五代詞》作「蛛絲」。

④錦鱗：吴鈔本作「綿鱗」，誤。紅鬣：雪本作「江鬣」，誤。

【箋　注】

〔一〕鴛鴦對浴：唐杜牧《齊安郡後池絶句》：「盡日無人看微雨，鴛鴦相對浴紅衣。」銀塘：清澈明淨的池塘。南朝梁蕭綱《和武帝宴詩二首》之一：「銀塘瀉清渭，銅溝引直漪。」

〔二〕蒲梢：蒲草的葉尖。唐羅隱《題袁溪張逸人所居》：「蒲梢獵獵燕差差，數里溪光日落時。」

〔三〕麴塵波：淡黄色水波。麴塵：酒麴上所生菌，因色淡黄如塵，故名。亦用以指淡黄色。唐白居易《春江閑步贈張山人》：「晴沙金屑色，春水麴塵波。」

〔四〕蛟絲：唐曹唐《小遊仙詩》之九六：「蛟絲玉線難裁割，須借玉妃金剪刀。」

〔五〕桃葉：晉王獻之愛妾名。《樂府詩集·清商曲辭二·桃葉歌》郭茂倩解題引《古今樂録》：「桃葉，子敬妾名……子敬，獻之字也。」宋張敦頤《六朝事蹟·桃葉渡》：「桃葉者，王獻之愛妾名也；其妹曰桃根。」常借指愛妾或所戀女子。唐皇甫松《江上送别》：「隔筵桃葉泣，吹管杏花飄。」吴江：吴淞江的别稱。《國語·越語上》：「三江環之。」三國吴韋昭注：「三江：吴江、錢唐江、浦陽江。」

〔六〕天河：即銀河。《詩經·大雅·雲漢》「倬彼雲漢。」漢鄭玄箋：「雲漢，謂天河也。」北周庾信《鏡賦》：「天河漸没，日輪將起。」唐韋應物《擬古》之六：「天河横未落，斗柄當西南。」

〔七〕錦鱗句：言不見傳書之魚。錦鱗紅鬣：彩鱗紅鰭，魚之美稱，此代指信使。

〔八〕難任：猶難當。《左傳·僖公十五年》：「重怒，難任；背天，不祥。」唐韓愈《縣齋讀書》：

「謫譴甘自寧，滯留愧難任。」

【疏　解】

詞寫相思之情。上片描春日芳景，蒲芽出水，垂柳低拂，蛟絲結網，露滴圓荷，用筆細緻真切。下片寫思念之苦。「鴛鴦對浴」是這幅春日圖畫的中心，它呼起人物的相思之情，并反襯相思者的孤獨寂寞。情人遠隔吴江，迢遥如隔天河，不僅無緣晤面，音訊亦難相通。於是滿腹相思之情，只有託之於虚幻無憑的夢境，讓人惆悵不堪。此詞抒情主人公性别不明，由「遥思桃葉渡」一句推測，其爲男子思念去妾而發乎？亦未可知。

【集　評】

胡仔《苕溪漁隱叢話》後集卷十二：唐毛文錫詞云：「鴛鴦對浴銀塘暖，水面蒲梢短，垂楊低拂麴塵波。」汪彦章詩云：「垂垂梅子雨，細細麴塵波。」然則「麴塵」亦可於水言之也。或云，《周禮·鞠衣》注云：「黄桑服也，色如麴塵，象桑葉始生。」鞠者，草名，花色黄，世遂以鞠塵爲麴塵。其説非是。

蕭繼宗《評點校注花間集》：前半寫池塘小景，亦復清佳，後段入情，未嘗不可，但終是尋常命意耳。

其二[①]

寶檀金縷鴛鴦枕〔一〕。綬帶盤宫錦〔二〕。夕陽低映小窗明。南園緑樹語鶯鶯。夢難成。

玉鑪香暖頻添炷[②]〔三〕。滿地飄輕絮。珠簾不卷度沉煙[③]〔四〕。庭前閑立畫鞦韆[④]〔五〕。豔陽天〔六〕。

【校　記】

① 吴鈔本上卷以「又」標組詞次序，下卷用「其二」等數字順序。紫芝本作「其二」。

② 鑪：湯評本作「罏」。暖：正本作「暝」。炷：《詞譜》作「注」。

③ 卷：紫芝本、吴鈔本、合璧本、玄本、林大椿《唐五代詞》作「捲」。

④ 畫：湯評本作「画」。鞦韆：《歷代詩餘》作「秋千」。

【箋　注】

〔一〕寶檀句：言枕之精美。寶檀：作枕之檀香木。以其珍貴，故稱。唐鑑空《示柳珵》：「牛虎相交與角牙，寶檀終不滅其華。」

〔二〕綬帶：古代用以繫官印等物的絲帶。唐玄宗《千秋節賜群臣鏡》：「更銜長綬帶，留意感人深。」《新唐書·車服志》：「德宗嘗賜節度使時服，以鵰銜綬帶。」此指衣帶。宮錦：宮中特製或仿造宮樣所製的錦緞。唐岑參《胡歌》：「黑姓蕃王貂鼠裘，葡萄宮錦醉纏頭。」此泛指精美之錦緞。

〔三〕添炷：添加香炷。劉禹錫《同樂天和微之深春二十首》：「爐添龍腦炷，綬結虎頭花。」

〔四〕度沉煙：飄過沉香之煙氣。沉煙：沉香煙。唐王琚《美女篇》：「玉臺龍鏡洞徹光，金爐沉煙酷烈芳。」

〔五〕畫鞦韆：指索架上有繪飾的鞦韆。唐韋莊《長安清明》：「紫陌亂嘶紅叱撥，緑楊高映畫鞦韆。」

〔六〕豔陽天：陽光明媚的春天。唐杜甫《數陪李梓州泛江有女樂在諸舫戲爲豔曲》之一：「競將明媚色，偷眼豔陽天。」

【疏　解】

詞寫閨情。起二句描寫枕帶，暗示其人睡眠。接寫緑樹鶯語擾夢，言下頗有懊惱之意。「夕陽低映小窗明」一句，是女子醒後所見，乃詞中佳語。過片寫閨中香炷頻添，院落滿地飄絮，而以「珠簾」連結室内外。室外豔陽天氣，鞦韆閑立，卻不見女子出來戲耍。篇中只「夢難成」三字微逗情思，其餘全爲景語，通過描寫暗示，如「香炷頻添」見其無聊，「鞦韆閑立」見其無緒，表情深隱含蓄。通篇藻采富麗，亦有佳句，然情致稍乏。

【集評】

湯顯祖評《花間集》卷二：（首句）富麗。

又：唐人舊曲云：「帳中草草軍情變。」宋黄載萬亦云：「楚歌聲起霸圖休。」似專爲虞姬發論。二詞雖芬芳襲人，何以命意迴隔？

王士禛《花草蒙拾》：詞中佳語，多從詩出。如顧太尉「蟬吟人静，斜日傍小窗明」，毛司徒「夕陽低映小窗明」，皆本黄奴「夕陽如有意，偏傍小窗明」。

附：宋黄大輿（載萬）《虞美人》：世間離恨何時了。不爲英雄少。楚歌聲起霸圖休。玉帳佳人血淚、滿東流。　葛荒葵老蕪城暮。玉貌知何處。至今芳草解婆娑。只有當時魂魄、未消磨。

蕭繼宗《評點校注花間集》：末兩句春和景明，亦是可人，不獨「夕陽低映小窗明」爲可誦也。

酒泉子

绿樹春深，燕語鶯啼聲斷續。蕙風飄蕩入芳叢①〔一〕。惹殘紅〔二〕。　柳絲無力裊煙空。

金盞不辭須滿酌〔三〕。海棠花下思朦朧。醉香風②〔四〕。

【校　記】

① 蕙風：《詞譜》、全本、《歷代詩餘》、王輯本作「惠風」。

② 香風：湯本、合璧本、正本、全本、《歷代詩餘》、王輯本作「春風」。

【箋　注】

〔一〕蕙風：指和暖的春風。晉左思《魏都賦》：「珍樹猗猗，奇卉萋萋，蕙風如薰，甘露如醴。」南朝齊謝朓《和王中丞聞琴詩》：「蕙風入懷抱，聞君此夜琴。」唐劉威《閏三月》：「節分炎氣近，律應蕙風移。」芳叢：叢生的繁花。南朝梁鮑泉《詠薔薇詩》：「佳麗新妝罷，含笑折芳叢。」唐劉憲《奉和春日幸望春宮應制》：「鶯藏嫩葉歌相喚，蝶礙芳叢舞不前。」

〔二〕殘紅：凋殘的花；落花。唐王建《宫詞》之九十：「樹頭樹底覓殘紅，一片西飛一片東。」

〔三〕金盞：亦作「金琖」，酒杯的美稱。唐杜甫《江畔獨步尋花七絶句》之四：「誰人載酒開金盞，唤取佳人舞繡筵。」

〔四〕香風：帶有香氣的風。南朝梁蕭綱《六根懺文》：「香風浄土之聲，寶樹鏗鏘之響，於一念中，怳然入悟。」唐楊師道《賦終南山用風字韻應詔》：「登臨日將晚，蘭桂起香風。」

【疏　解】

詞寫春日醉酒。上片描寫緑樹春深、燕語鶯啼、蕙風飄蕩、殘紅零落的暮春景物，興起良辰易逝、好景難常之感，爲下片醉酒鋪墊。過片再寫柳絲無力，强化上片景物描寫透出的衰颯感覺。接寫痛飲美酒，醉入花叢，結出及時行樂之意。

【集　評】

蕭繼宗《評點校注花間集》：此體與張舍人《酒泉子》全同，惟第六句多一字，或張詞「笑指未央歸去」句少一字，亦未可知。末三字總結後半，殊見工力。

喜遷鶯①

芳春景②，曖晴煙③〔一〕，喬木見鶯遷④〔二〕。傳枝隈葉語關關⑤〔三〕。飛過綺叢間⑥〔四〕。錦翼鮮〔五〕。金毳軟〔六〕。百囀千嬌相喚⑦。碧紗窗曉怕聞聲，驚破鴛鴦暖。

【校　記】

①玄本調作《喜鶯遷》。

②芳春：毛本、後印本、正本、四庫本、清刻本作「芳草」。

③曖：紫芝本、吴鈔本作「暖」。

④木：合璧本作「水」，誤。

⑤枝：湯評本、合璧本作「技」。隈葉：四印齋本、《歷代詩餘》卷十六、全本、林大椿《唐五代詞》作「偎葉」。曾昭岷等《全唐五代詞》校曰：「案，《花間集》中『偎』多誤作『隈』。此處『隈』，隱蔽之處也，言鶯隱蔽枝葉間，不改亦通。」

⑥間：雪本作「筵」。

⑦囀：林大椿《唐五代詞》作「轉」，誤。

【箋　注】

〔一〕曖：日光昏暗。晴煙：日光照射時空氣中似煙若霧的光影。

〔二〕鶯遷：《詩經·小雅·伐木》：「伐木丁丁，鳥鳴嚶嚶。出自幽谷，遷於喬木。」嚶嚶爲鳥鳴聲。自唐以來，常以嚶鳴出谷之鳥爲黄鶯，故以「鶯遷」指登第，或爲升擢、遷居的頌詞。唐盧照鄴《五悲·悲今日》：「各自雲騰羽化，谷變鶯遷，鳴香車於闕下，曳珠履於君前。」此處寫實無寓意。

〔三〕傳枝隈葉：言黄鶯從樹枝間飛過，依偎樹葉棲息。關關：鳥類雌雄相和的鳴聲。後亦泛指鳥鳴聲。《詩經·周南·關雎》：「關關雎鳩，在河之洲。」毛傳：「關關，和聲也。」南朝宋鮑照《代悲哉行》：「翩翩翔禽羅，關關鳴鳥列。」

〔四〕綺叢：繁花似錦的樹叢。唐裴鉶《封陟》：「難窺舞蝶於芳草，每妒流鶯於綺叢。」

〔五〕錦翼：錦色的翅翼。唐鄭谷《鷓鴣》：「暖戲煙蕪錦翼齊，品流應得近山雞。」

〔六〕金毳：黄鶯的金色羽毛。毳：鳥獸的細毛。《周禮·天官·掌皮》：「共其毳毛爲氈，以待邦事。」鄭玄注：「毳毛，毛細縟者。」《漢書·晁錯傳》：「夫胡貉之地……鳥獸毳毛，其性能寒。」

【疏解】

詞詠本調，就題敷衍。起二句描寫芳春煙景，第三句點題，接二句具寫喬木鶯遷之狀。過片三句，細描黄鶯羽毛之美和啼聲之嬌。「碧紗窗曉怕聞聲」一句，由詠物轉爲寫人，百囀千嬌的鶯聲，驚破了碧紗窗内、鴛鴦被中的好夢，故而讓人「怕聞」。結二句化用金昌緒《春怨》詩意，一首題詠本調之作，終又落入《花間》豔情的窠臼。

【集　評】

湯顯祖評《花間集》卷二：竟依題發揮，不必從道籙司掛印耶？

蕭繼宗《評點校注花間集》：《喜遷鶯》調，本用以寫及第風光，此首更回到鶯遷本意，與柳三變《黄鶯兒》同一手法。但死抱題面，轉覺無味。末句語病。

贊成功

海棠未坼①〔一〕，萬點深紅。香包緘結一重重〔二〕。似含羞態，邀勒春風〔三〕。蜂來蝶去，任遶芳叢〔四〕②。　昨夜微雨，飄灑庭中③。忽聞聲滴井邊桐。美人驚起，坐聽晨鍾④。快教折取，戴玉瓏璁⑤〔五〕。

【校　記】

① 未坼：湯本、合璧本、雪本作「未折」。《歷代詩餘》卷四一作「未拆」。

② 任：林大椿《唐五代詞》作「住」。

③ 灑：毛本、後印本、正本、四庫本、清刻本作「洒」。

④ 鍾：吴鈔本、影刊本、徐本作「鐘」。

⑤ 玉：合璧本作「王」，誤。瓏璁：紫芝本、吴鈔本作「玲瓏」。瓏：文治堂本作「朧」，誤。

【箋注】

〔一〕坼：綻裂。此指海棠花苞綻放。唐鄭史《永州送侄歸宜春》：「到家黄菊坼，亦莫怪歸遲。」

〔二〕香包句：言花萼層層包裹。香包：即香苞，花苞。唐元稹《山枇杷》「壓枝凝豔已全開，映葉香苞才半裂。」緘結：緘合聚結。

〔三〕邀勒：强迫；逼勒。唐駱賓王《代女道士王靈妃贈道士李榮》：「珮中邀勒經時序，簫裏尋思復幾年。」唐李山甫《牡丹》：「邀勒春風不早開，衆芳飄後上樓臺。」

〔四〕芳叢：叢生的繁花。唐吴少微《怨歌行》：「城南有怨婦，含情傍芳叢。」

〔五〕瓏璁：金玉聲。唐白居易《夜歸》：「半醉閑行湖岸東，馬鞭敲鐙轡瓏璁。」此指首飾。唐温庭筠《屈柘詞》：「繡衫金騕褭，花髻玉瓏璁。」

【疏解】

詞詠海棠。上片描寫形容海棠含苞待放，用「海棠未坼」的説明句領起，一路而下，雖辭藻濃豔，然語意直白。下片轉寫夜雨滴落桐葉之聲，驚醒美人，她催促丫鬟，趕緊折來海棠，以爲晨妝插戴之用。一片惜花愛美之心，一種「有花堪折直須折」的意思，寫來竟這樣語直氣急，缺乏婉轉韻致。此詞下片係從韓偓《懶起》「昨夜三更雨」幾句化出，兩相比較，則毛詞的質直率露更是顯而易見。因此，這首詞被論者目爲「庸陋」之作的代表（沈雄《古今詞話》引葉夢得語）。或謂詞寫少女與情人歡會，不知所云者何。

【集評】

沈雄《古今詞話·詞評》下卷，曹掌公曰：「董文友，殆仿毛文錫之《贊成功》而不及者也，穎異居然第一。」

王國維《人間詞話附録》：葉夢得謂：「文錫詞以質直爲情致，殊不知流於率露。諸人評庸陋詞者，必曰：此仿毛文錫《贊成功》而不及者。」其言是也。

蕭繼宗《評點校注花間集》：前半言海棠未放，後半言美人聞夜半之微雨，惟恐好花之易謝，而驚起，而坐聽晨鐘，而折花簪鬢，一種惜花之心，與杜秋娘《金縷衣》同其機杼，亦非全無可取。惟遣詞拙率，行文冗弱，遂貽訕誚耳。使取其意而易以他調，以警煉之筆爲之，未嘗不可成一佳篇也。

西溪子①

昨日西溪遊賞②〔一〕。芳樹奇花千樣。瑣春光③〔二〕。金罇滿④。聽絃管⑤〔三〕。嬌妓舞衫香暖⑥〔四〕。不覺到斜暉〔五〕。馬馱歸。

【校　記】

①此首《蜀中名勝記》二作牛嶠詞，係誤題，當從《花間集》作毛文錫詞。

②昨日：玄本、毛本、後印本、正本、四庫本、清刻本、全本、《歷代詩餘》卷三、王輯本作「昨夜」。溪：王輯本作「漏」，誤。

③瑣：鄂本、毛本、後印本、四庫本、清刻本、四印齋本、全本、《歷代詩餘》卷三、王輯本、林大椿《唐五代詞》、《唐宋人選唐宋詞》本《花間集》作「鎖」。湯本、合璧本作「俏」。

④罇：吴鈔本作「鐏」，林大椿《唐五代詞》作「尊」。

⑤絃：晁本、鄂本、徐本缺末筆。

⑥嬌：王輯本無「嬌」字。

【箋　注】

〔一〕西溪：泛指遊賞之地。唐李商隱《西溪》：「悵望西溪水，潺湲奈爾何。」

〔二〕瑣：同「鎖」，留住之意。

〔三〕絃管：樂器，此指絃管樂曲。北周庾信《烏夜啼》：「雖言入弦管，終是曲中啼。」

〔四〕嬌妓：嬌媚的歌妓。香暖：唐戴叔倫《獨不見》：「身輕逐舞袖，香暖傳歌扇。」

〔五〕斜暉：傍晚西斜的陽光。唐李商隱《落花》：「參差連曲陌，迢遞送斜暉。」見卷二温庭筠《夢江南》「梳洗罷」注〔二〕。

【疏　解】

詞寫冶遊之樂。起句仍是明説直敘，二句形容花樹繁多，卻似泛語套話。接寫飲酒、聽樂、觀妓的冶遊內容，乃當時士大夫生活之常態。結二句寫耽溺宴樂，不覺已到黄昏，爛醉如泥之人馱在馬背上歸家。此詞雖寫出了濃厚的遊興，但詞意終覺淺直。「馬馱歸」的「馱」字，用得生新，是詞中唯一的亮點。

【集　評】

湯顯祖評《花間集》卷二：有興。

李調元《雨村詞話》卷一：毛文錫《西溪子》云：「嬌妓舞衫香暖。不覺到斜暉，馬馱歸。」東坡《臨江仙》云：「細馬遠馱雙侍女。」「馱」字本此。

姜方錟《蜀詞人評傳》：善於用字。

華鍾彦《花間集注》卷五：毛司徒詞一首，就題發揮。

蕭繼宗《評點校注花間集》：《西溪子》似爲文錫創調，詞意平平，實無可賞。

中興樂①

荳蔻花繁煙豔深②〔一〕。丁香軟結同心〔二〕。翠鬟女。相與③〔三〕。共淘金〔四〕。紅蕉葉裏猩猩語〔五〕。鴛鴦浦〔六〕。鏡中鸞舞④〔七〕。絲雨⑤〔八〕。隔荔枝陰〔九〕。

【校　記】

① 《記紅集》調名作《絲雨隔》。

② 荳蔻：毛本、後印本、正本、四庫本、《歷代詩餘》、全本、林大椿《唐五代詞》作「豆蔻」。繁：全本、林大椿《唐五代詞》作「緐」。

③ 相與二句：張本斷爲「相與共淘金」。淘：紫芝本作「陶」，誤。

④鏡：晁本、徐本、影刊本缺末筆。

⑤絲雨二句：張本斷爲「絲雨隔，荔枝陰」。荔枝：王輯本作「荔子」。

【箋　注】

〔一〕煙豔深：煙靄花光相和，愈覺花叢繁茂幽深。唐齊己《題南平後園牡丹》：「暖披煙豔照西園，翠幄朱欄護列仙。」

〔二〕丁香句：言丁香花蕾如同心結。

〔三〕相與：共同，一道。《孟子・公孫丑上》：「又有微子、微仲、王子比干、箕子、膠鬲，皆賢人也。相與輔相之，故久而後失之也。」晉陶潛《移居》之一：「奇文共欣賞，疑義相與析。」

〔四〕淘金：用水選法去沙取金。《魏書・食貨志》：「又漢中舊有金户千餘家，常於漢水沙淘金，年終總輸。」唐劉禹錫《浪淘沙》：「日照澄洲江霧開，淘金女伴滿江隈。」

〔五〕猩猩語：古人以爲猩猩能言。《禮記・曲禮上》：「猩猩能言，不離禽獸。」亦作狌狌，《山海經・南山經》：「有獸焉，其狀如禺而白耳，伏行人走，其名曰狌狌。」《山海經・海内南經》：「狌狌知人名，其爲獸如豕而人面。」唐張籍《賈客樂》：「秋江初月猩猩語，孤帆夜發滿湘渚。」

〔六〕鴛鴦浦：鴛鴦棲息的水濱。唐張潮《長干行》：「鴛鴦綠浦上，翡翠錦屏中。」

〔七〕鏡中鸞舞：此句或爲暗喻寫法，即溪水如鏡，淘金之翠鬟女活潑嬉戲，其影映入水中，如鸞鳳起舞。參見卷一温庭筠《菩薩蠻》「寶函鈿雀金鸂鶒」注〔六〕。

〔八〕絲雨：細雨如絲。唐韓偓《元夜即席》：「元宵清景亞元正，絲雨霏霏向晚傾。」

〔九〕荔枝陰：荔枝樹蔭。唐盧綸《送從舅成都縣丞廣歸蜀》：「晚程椒瘴熱，野飯荔枝陰。」

【疏　解】

詞寫南土風光。從兩個方面入筆，一是自然環境的描寫，荳蔻、丁香、紅蕉、猩猩、荔枝等動植物意象，爲「炎方」水土上所生長，顯示出鮮明的地域特色。二是特定地域環境裏的特殊民俗，詞中所寫少女們結伴淘金的勞動場面，爲中土所無。荔枝樹下避雨的場景，在北方内地也不可能看到。但詞中如「煙艷深」、「軟結同心」、「鴛鴦浦」、「鏡中鸞舞」等語詞，其藻采已染有《花間》豔情風味，沖淡了全詞的南粤風土氣息。或謂詞借南國風景寫男女愛情，説可參考。

【集　評】

李調元《雨村詞話》卷一：古淘金多婦女，大約出於兩粤土俗。毛文錫《中興樂》詞云（略），皆粤中俗也。今楚蜀多有之，然皆用男子矣。

李冰若《花間集評注·栩莊漫記》：全首寫風土，如入炎方所見，不嫌其質樸也。惟「鏡中鸞舞」句，憑空插入，殊爲減色。

蕭繼宗《評點校注花間集》：炎方風土，如在目前，栩莊所評極是。首句「豔」字，亦微有未安，或傳寫有誤，未可知也。「紅蕉」句逕以「猩猩」入詞，不獨不覺其可憎，反饒風味。「淘金」，亦南人風習，全詞畫面色彩絢爛，佈置協調。惟「鏡中」句，誠如栩莊所云，破壞情調。前段分句，「女」、「與」相叶，逗入後半，韻致較佳。末句「陰」字，遥叶前結，似太遠。此調與《酒泉子》體格差近也。

更漏子①

春夜闌〔一〕，春恨切〔二〕。花外子規啼月〔三〕。人不見，夢難憑。紅紗一點燈〔四〕。　偏怨別。是芳節〔五〕。庭下丁香千結②〔六〕。宵霧散〔七〕，曉霞輝③。梁間雙燕飛④。

【校　記】

① 玄本「花間集卷五」至此首終。

② 千結：玄本、雪本作「半結」。千：正本作「干」，誤。

③ 輝：紫芝本、全本、《歷代詩餘》卷十五、王輯本、林大椿《唐五代詞》作「暉」。

④間：張本「間」字朱筆校描。

【箋　注】

〔一〕春夜闌：春夜將盡。唐李商隱《偶成轉韻七十二句贈四同舍》：「我時憔悴在書閣，卧枕芸香春夜闌。」

〔二〕切：深切。

〔三〕子規啼月：唐李白《蜀道難》：「又聞子規啼夜月，愁空山。」唐薛濤《贈楊藴中》：「月明窗外子規啼，忍使孤魂愁夜永。」

〔四〕一點燈：猶一盞燈。唐李昌符《秋夜作》：「芙蓉葉上三更雨，蟋蟀聲中一點燈。」

〔五〕芳節：陽春時節。亦泛指佳節良時。南朝宋劉鑠《代收淚就長路》：「徘徊去芳節，依遲從遠軍。」唐李白《愁陽春賦》：「兼萬情之悲歡，兹一感於芳節。」

〔六〕丁香千結：指千萬丁香花蕾，以喻女子鬱結之愁心。

〔七〕宵霧：夜霧。西晉成公綏《隸書體》：「仰而望之，鬱若宵霧朝升，遊煙連雲；俯而察之，漂若清風厲水，漪瀾成文。」

【疏　解】

此首閨情怨思。從夜闌切入，正是「惄如調饑」之時，故其「春恨」格外急切，而以「花外子規啼月」一句景語烘染之。現實中人既不見，虛空裏夢更無憑，女子已無任何慰藉，寂寂空幃，淒淒暗室，唯餘紅紗罩裏殘燈一點，映照出深閨中黎明前的寂寞黯淡，女子夢醒凝望出神之際，殊覺觸目驚心。那一片寂黯中殷紅如血的一點，對女子的情感心理，是刺激也是唤醒，讓她瞠目呆望，幾欲失聲一哭。過片强調芳時傷别，讓人不堪，再以「庭下丁香千結」一句景語設喻。結以霧散日出，與起句「夜闌」呼應，「梁間雙燕飛」再襯一筆，藴蓄不盡之意，讀者自可意會。毛文錫詞多傷質直，「如此首之婉而多怨，絶不概見，應爲其壓卷之作」（李冰若《栩莊漫記》）。

【集　評】

陳廷焯《雲韶集》卷一：「紅紗一點燈」，真妙。我讀之不知何故，只是瞠目呆望，不覺失聲一哭。我知普天下世人讀之，亦無不瞠目呆望失聲一哭也。

又：「紅紗一點燈」，五字五點血。

俞陛雲《唐五代兩宋詞選釋》：上闋言春夜之懷人。質言之，人既不見，虛索之夢又無憑，則當前相伴，惟此一點紗燈，照我迷離夢境耳。下闋言春日之懷人，霞明霧散，見燕雙而人獨也。

李冰若《花間集評注·栩莊漫記》：文錫詞質直寡味，如此首之婉而多怨，絶不概見，應爲其壓卷之作。

又：文錫詞在《花間》舊評均列入下品，然亦時有秀句，如「紅紗一點燈」。

唐圭璋《詞學論叢·唐宋兩代蜀詞》：亦宛轉淒怨。

蕭繼宗《評點校注花間集》：陳亦峰一副鴛鴦蝴蝶派面孔，爲「紅紗一點燈」五字，乃欲「普天下世人」「失聲一哭」，虧他辨得兩行急淚！

接賢賓①

香韉鏤襜五花驄②〔一〕。值春景初融〔二〕。流珠噴沫躞蹀③〔三〕，汗血流紅〔四〕。少年公子能乘馭，金鑣玉轡瓏璁〔五〕。爲惜珊瑚鞭不下④〔六〕，驕生百步千蹤⑤〔七〕。信穿花，從拂柳〔八〕，向九陌追風〔九〕。

【校記】

① 玄本調前作「花間集卷六，毛文錫二十三首」。吴鈔本作《集賢賓》，誤。

② 五花：毛本、後印本、正本、四庫本、清刻本、全本、《歷代詩餘》卷三七、王輯本作「五色」。

③ 流珠二句：陸本、茅本、湯評本作「流珠噴沫，躞蹀汗，血流紅」。躞蹀：《歷代詩餘》卷三七、王輯本作「蹀躞」。躞：晁本、徐本作「蹀」。

④ 惜：吴鈔本作「昔」。

⑤驕：王輯本作「嬌」。

【箋　注】

〔一〕香韉鏤襜：精美的鞍韉。五花驄：毛色斑駁之馬。或謂即五花馬，唐人喜將駿馬鬃毛修剪成瓣以爲飾，分成五瓣者，稱「五花馬」，亦稱「五花」。唐杜甫《高都護驄馬行》：「五花散作雲滿身，萬里方看汗流血。」仇兆鼇注引郭若虚曰：「五花者，剪鬃爲瓣，或三花，或五花。」唐無名氏《白雪歌》：「五花馬踏白雲衢，七香車碾瑶墀月。」一説，「五花馬，謂馬之毛色作五花文者」。見唐李白《將進酒》王琦注。唐佚名《雜曲歌辭·排遍第一》：「錦背蒼鷹初出按，五花驄馬喂來肥。」唐韓翃《送王光輔歸青州兼寄儲侍御》：「遠憶故人滄海别，當年好躍五花驄。」

〔二〕值：當。

〔三〕流珠噴沫：馬噴吐唾沫。《莊子·秋水篇》：「子不見夫唾者乎？噴則大者如珠，小者如霧。」躞蹀：亦作蹀躞，馬行貌。唐柳宗元《同劉二十八院長述舊言懷感時書事》：「蹀躞騶先駕，籠銅鼓報衙。」

〔四〕汗血流紅：言馬汗如血。《史記·大宛列傳》：「大宛在匈奴西南，在漢正西，去漢可萬里。其俗土著耕田，田稻麥。有蒲陶酒，多善馬，馬汗血，其先天馬子也。」唐杜甫《洗兵馬》：「京師皆騎汗血馬，回紇餧肉蒲萄宮。」

〔五〕金鑣：飾金之馬勒。三國魏嵇康《與山巨源絶交書》：「雖飾以金鑣，饗以嘉肴，逾思長林而志在豐草也。」唐李百藥《少年行》：「少年飛輦蓋，上路勒金鑣。」玉轡：飾玉之馬轡。唐陳陶《巫山高》：「飄飖絲散巴子天，苔裳玉轡紅霞幡。」瓏璁：指鑣轡上所飾金玉的碰擊聲。唐白居易《夜歸》：「半醉閑行湖岸東，馬鞭敲鐙轡瓏璁。」

〔六〕珊瑚鞭：嵌飾珊瑚的華美馬鞭。南朝梁蕭綱《紫騮馬》：「宛轉青絲鞚，照耀珊瑚鞭。」唐崔國輔《長樂少年行》：「遺卻珊瑚鞭，白馬驕不行。」不下：鞭不打下來。

〔七〕驕生：生出驕縱之態。張説《舞馬千秋萬歲樂府詞》：「連騫勢出魚龍變，蹀躞驕生鳥獸行。」

〔八〕信穿花二句：言聽任驄馬在花柳間馳行。唐雍陶《公子行》：「金鞭留當誰家酒，拂柳穿花信馬歸。」

百步千蹤：狀馬信步縱躍之態。

〔九〕九陌：漢長安城中的九條大道。《三輔黄圖·長安八街九陌》：「《三輔舊事》云：長安城中八街，九陌。」泛指都城大道和繁華鬧市。唐駱賓王《帝京篇》：「三條九陌麗城隅，萬户千門平旦開。」追風：言馬速之快。唐薛濤《馬離廄》：「雪耳紅毛淺碧蹄，追風曾到日東西。」

【疏　解】

詞詠寶馬，側寫公子縱游。從馬的鞍飾、毛色、汗血、鏢轡、神氣、步態、速度等方面，著意刻畫，再以少年公子、珊瑚馬鞭、陽春花柳、帝都九陌加以襯托，既完成了形容寶馬神駿的題旨，也間接表現了貴游公子的狂蕩習性。全詞微覺堆垛，然説其「缺少生氣」，恐亦未必，只是意義不大。

【集　評】

湯顯祖評《花間集》卷二：以蒲梢渥涯之餘芬，攙入詞料，亦自無寒酸氣味。

李冰若《花間集評注·栩莊漫記》：著意刻畫而缺生氣。

華鍾彦《花間集注》卷五：按此詞詠寶馬也。

蕭繼宗《評點校注花間集》：全詞寫馬，理宜騰縱，而行文冗滯。栩莊謂爲「缺生氣」，誠有見於牝牡驪黄之外者矣。

贊浦子①

錦帳添香睡，金鑪换夕薰②。　懶結芙蓉帶③〔一〕，慵拖翡翠裙④。　正是桃夭柳媚⑤〔二〕，那堪暮雨朝雲⑥〔三〕。宋玉高唐意〔四〕，裁瓊欲贈君〔五〕。

【校　記】

①《記紅集》調名作《添香睡》。

②薰：王輯本作「熏」。

③懶：張本「懶」字朱筆校描。芙蓉：玄本、毛本、後印本作「芙容」。

④拖：玄本作「施」，誤。

⑤桃夭柳媚：毛本、後印本、正本、四庫本、清刻本、《詞律》卷三、全本、王輯本作「柳夭桃媚」。《詞律》校曰：「按《詞譜》『柳夭桃媚』作『桃夭柳媚』。此調無別首可校。」

⑥那堪：茅本、玄本、湯本、合璧本作「那看」。

【箋　注】

〔一〕芙蓉帶：繡有芙蓉花的衣帶。南朝梁蕭繹《烏棲曲》：「交龍成錦鬬鳳紋，芙蓉爲帶石榴裙。」唐李商隱《獨居有懷》：「數急芙蓉帶，頻抽翡翠簪。」

〔二〕桃夭柳媚：形容女子年青貌美。《詩經·周南·桃夭》：「桃之夭夭，灼灼其華。」漢毛亨《傳》：「夭夭，其少壯也。灼灼，華之盛也。」唐孔穎達《疏》：「毛以爲少壯之桃夭夭然，復有灼灼然此桃之盛華，以興有十五至十九少壯之女，亦夭夭然復有灼灼之美色，正於秋冬行嫁然。」

〔三〕暮雨朝雲：見卷二韋莊《歸國遥》「春欲晚」注〔六〕。

〔四〕宋玉句：即雲雨之意。

〔五〕裁瓊句：言欲寄以書信也。瓊：即瓊瑶。以喻别人酬答的禮物、詩文、書信等。南朝梁江淹《謝法曹惠連贈别》：「煙景若離遠，未響寄瓊瑶。」《文選》李善注：「瓊瑶，謂玉音也。報之瓊瑶，謂書也。」唐元稹《酬樂天江樓夜吟稹詩因成三十韻》：「水墨看雖久，瓊瑶喜尚全。才從魚裹得，便向市頭懸。」唐劉禹錫《酬太原令狐相公見寄》：「書信天外來，瓊瑶滿匣中。」

【疏　解】

詞寫春閨怨思。上片從閨中陳設寫到衣飾服用，工筆重彩，刻畫女子綺艷慵懶的情態，暗示其孤獨寂寞的内心情感。過片二句，托出良辰美景無人共度一層意思。「那堪」者，不堪其無也，這兩個字須細繹，不可粗粗看過。結二句用典，表深切的相思之意。此詞藻采「繁麗頗似飛卿」，但意藴的深隱方面則有所不及。

【集　評】

李冰若《花間集評注·栩莊漫記》：繁麗頗似飛卿。

蕭繼宗《評點校注花間集》：栩莊所云，亦漫許之耳。徒恃字面堆垛，尚去飛卿一間。

甘州遍

春光好，公子愛閑遊。足風流。金鞍白馬，雕弓寶劍，紅纓錦襜出長楸①〔一〕。花蔽膝〔二〕，玉銜頭〔三〕。尋芳逐勝歡宴②，絲竹不曾休。美人唱，揭調是甘州〔四〕。醉紅樓。堯年舜日〔五〕，樂聖永無憂〔六〕。

【校　記】

① 長楸：宋、明諸本《花間集》、正本、林大椿《唐五代詞》作「長鍬」，疑是「楸」訛爲「鍬」。清刻本作「長楸」，據改。《歷代詩餘》、《詞譜》、王輯本作「長秋」，則指漢代長安之長秋門。玄本作「秋千」，誤。

② 宴：玄本、王輯本作「晏」。

【箋　注】

〔一〕紅纓：紅色馬韁。錦襜：錦製鞍墊。長楸：高大的楸樹。古代常種於道旁。《離騷・九章・

哀郢》：「望長楸而太息兮，涕淫淫其若霰。」王逸注：「長楸，大梓。言己顧望楚都，見其大道長樹，悲而太息。」《文選·曹植〈名都篇〉》：「鬭雞東郊道，走馬長楸間。」李周翰注：「古人種楸於道，故曰『長楸』。」唐李商隱《訪人不遇留別館》：「卿卿不惜瑣窗春，去作長楸走馬身。」此指種有楸樹之大道。

〔二〕蔽膝：圍於衣服前面的大巾。用以蔽護膝蓋。《漢書·王莽傳上》：「母病，公卿列侯遣夫人問疾，莽妻迎之，衣不曳地，布蔽膝。」唐温庭筠《過華清宫二十二韻》：「鬭雞花蔽膝，騎馬玉搔頭。」

〔三〕玉銜頭：飾玉的馬嚼口。唐秦韜玉《紫騮馬》：「臕大宜懸銀壓胯，力渾欺著玉銜頭。」

〔四〕揭調：高亢的調子。唐高駢《贈歌者》之二：「公子邀歡月滿樓，佳人揭調唱伊州。」明楊慎《升庵集》卷五七《揭調》：「樂府家謂揭調者，高調也。」甘州：唐教坊曲名。《新唐書·禮樂志》十二：「天寶樂曲，皆以邊地名，若《涼州》、《伊州》、《甘州》之類。」唐薛逢《醉中聞甘州》：「老聽笙歌亦解意，醉中因遺合甘州。」

〔五〕堯年舜日：喻太平盛世。南朝梁沈約《四時白紵歌》：「佩服瑶草駐容色，舜日堯年歡無極。」唐李嶠《鼓》：「舜日諧鼗響，堯年韻土聲。」

〔六〕樂聖：《三國志·魏書·徐邈傳》：「時科禁酒，而邈私飲至於沉醉。校事趙達問以曹事，邈曰：『中聖人。』達白之太祖，太祖甚怒。度遼將軍鮮於輔進曰：『平日醉客謂酒清者爲聖人，濁者爲賢人，邈性脩慎，偶醉言耳。』竟坐得免刑。」後因以「樂聖」謂嗜酒。唐李適之《罷相作》：「避賢初罷相，樂聖且銜杯。」唐杜甫《飲中八仙歌》：「左相日興費萬錢，飲如長鯨吸百川，銜杯樂聖稱避賢。」

【疏　解】

詞寫公子游冶，旨歸於頌聖，當是「以詞章供奉内廷」的創作目的所致。起句仍是直説，這是毛詞入手的習慣寫法，而欲不傷質直，亦難矣。接下描寫公子的乘騎、衣飾、服用，一味鋪排，極盡奢華。然後形容公子尋芳逐勝、聽樂醉酒的歡場耽溺情狀。最後把前面大肆渲染的公子冶遊熱鬧，説成是太平盛世景象，達成了頌聖的創作意圖。此詞「麗藻沿於六朝」，自不待言，所謂「一種霸氣，已開宋元間九宫三調門户」，是説寫法上不加收斂的恣意漫衍鋪張，已爲宋元慢詞俗曲的長言鋪叙手法開出先例。

【集　評】

湯顯祖評《花間集》卷二：麗藻沿於六朝。然一種霸氣，已開宋元間九宫三調門户。

蕭繼宗《評點校注花間集》：辭嫌冗弱。後結頌聖，不脱應制習氣，而實與全文毫没干涉，湊足字句而已。

其二

秋風緊，平磧鴈行低〔一〕。陣雲齊〔二〕。蕭蕭颯颯，邊聲四起〔三〕，愁聞戍角與征鼙①〔四〕。青塚北〔五〕，黑山西〔六〕。沙飛聚散無定，往往路人迷。鐵衣冷〔七〕，戰馬血沾蹄②。破蕃奚③〔八〕。鳳皇詔下④〔九〕，步步躡丹梯〔一〇〕。

【校記】

①戍：吴鈔本、正本作「戌」，誤。征鼙：雪本作「征鞞」。

②馬：吴鈔本作「爲」，誤。

③蕃奚：四印齋本、林大椿《唐五代詞》作「蕃溪」，雪本作「番夷」。

④鳳皇：紫芝本、清刻本作「鳳凰」。

【箋注】

〔一〕平磧：平曠的沙漠。唐李洞《感知上刑部鄭侍郎》：「平磧容雕上，仙山許狖窺。」鴈行：飛雁的行列。南朝梁蕭綱《雜句從軍行》：「邐迤觀鵝翼，參差睹雁行。」唐盧綸《春夜對月見寄》：「露如輕雨月如霜，不見星河見雁行。」

〔二〕陣雲：濃重厚積形似戰陣的雲。古人以爲戰爭之兆。《史記·天官書》：「陣雲如立垣。」南朝梁何遜《學古》之一：「陣雲橫塞起，赤日下城圓。」唐高適《燕歌行》：「殺氣三時作陣雲，寒聲一夜傳刁斗。」

〔三〕邊聲：指邊境上羌管、胡笳、畫角、馬鳴等聲音。漢李陵《答蘇武書》：「胡笳互動，牧馬悲鳴，吟嘯成群，邊聲四起。」東漢蔡琰《胡笳十八拍》：「日暮風悲兮邊聲四起，不知愁心兮説向誰是。」唐駱賓王《望月有所思》：「曉色依關近，邊聲雜吹哀。」

〔四〕戍角：戍邊者的號角。唐崔塗《隴上逢江南故人》：「三聲戍角邊城暮，萬里鄉心塞草春。」

征鼙：戰鼓。唐杜荀鶴《亂後歸山》：「亂世歸山谷，征鼙喜不聞。」

〔五〕青塚：指漢王昭君墓。在今内蒙古自治區呼和浩特市南。傳説當地多白草而此塚獨青，故名。唐杜甫《詠懷古跡》之三：「一去紫臺連朔漠，獨留青塚向黄昏。」仇兆鼇注：「《歸州圖經》：邊地多白草，昭君塚獨青。」

〔六〕黑山：亦名殺虎山，在今内蒙古境内。唐柳中庸《征人怨》：「三春白雪歸青塚，萬里黄河繞黑山。」

〔七〕鐵衣：鎧甲，用鐵片製成的戰衣。古樂府《木蘭詩》：「朔氣傳金柝，寒光照鐵衣。」唐岑參

《白雪歌送武判官歸京》:「將軍角弓不得控,都護鐵衣冷難著。」

〔八〕 蕃奚:唐時奚族所建之國。《舊唐書》卷一九九《北狄傳·奚》:「奚國,蓋匈奴之别種也,所居亦鮮卑故地,即東胡之界也,在京師東北四千餘里,東接契丹,西至突厥,南拒白狼河,北至霫國。勝兵三萬餘人,分爲五部。好射獵,逐水草,無常居。」

〔九〕 鳳皇詔:華鍾彦《花間集注》曰:「鳳凰詔,即天子之詔也。天子詔書必自中書省發,中書省者,即禁苑中鳳凰池所在地也,故云鳳凰詔。」唐李白《東武吟》:「恭承鳳凰詔,欻起雲蘿中。」

〔一〇〕 躡丹梯:登上殿前之臺階。丹梯:紅色的臺階,亦喻仕進之路。南朝宋謝靈運《擬魏太子鄴中集詩·阮瑀》:「躧步陵丹梯,並坐侍君子。」黄節注:「丹梯,丹墀也。」唐許渾《送上元王明府赴任》:「官滿定知歸未得,九重霄漢有丹梯。」

【疏　解】

詞寫邊塞征戰。上片總寫邊地景色,視覺聽覺雙管齊下,秋風凜冽,平磧無邊,雁行低掠,黑雲成陣,戍角悲鳴,征鼙雷動,一派肅殺悲涼之氣。下片具體描寫青冢之北、黑山以西的嚴酷環境和慘烈戰事,表現戍邊將士浴血奮戰、不怕犧牲的英雄精神。結以破敵立功,朝廷封賞,洋溢的喜氣與邊塞的肅殺悲涼,形成鮮明的對比。這詞尾的一抹亮色,是征人的理想,也是「供奉内廷」的需要。

這裏有幾點需要説明：一是詞中處理的邊塞題材，形成的蒼茫意境和悲壯風格，是對《花間》詞境的突破，實屬難能可貴；二是這類詞影響下及宋詞的邊塞、戰爭題材寫作，在詞史上具有開創性意義；三是《花間》詞人，生活在偏安一隅、花團錦陣的西蜀小朝廷治下，本無邊塞生活閲歷和體驗，這類寫作皆是對前代邊塞題材作品的意象、語彙、意境、風格的襲取，帶有程度不同的仿寫擬作性質，與前代邊塞詩構成「互文性」聯繫；四是《花間》詞人審美心理和價值取向的多面性，他們在某些時候也會産生對壯美境界和壯烈人生的需求，於是邊塞詞寫作就成爲他們這種需求的有效滿足方式；最後一點，説出可能稍顯刻薄，那就是本無雄圖遠略、經營心力的偏安小朝廷，以及供職在這小朝廷裏的士大夫文人，也需要一種哪怕虛幻的宏大功業，來安慰自己，提振精神，如此説來，《花間集》中的這類邊塞寫作，就帶有某種「意淫」的性質。

【集評】

陳廷焯《詞則·放歌集》卷一：結以功名，鼓戰士之氣。

李冰若《花間集評注·栩莊漫記》：描寫邊塞荒寒景象頗佳。詞亦無死聲。佳作也。

蕭繼宗《評點校注花間集》：視前首遠勝，末語歸至朝廷，有策勳飲至之意，便非虛設。

紗窗恨

新春燕子還來至。一雙飛。壘巢泥濕時時墜〔一〕。涴人衣①〔二〕。後園裏、看百花發②，香風拂、繡户金扉③〔三〕。月照紗窗，恨依依〔四〕。

【校　記】

①涴：雪本作「涴」。

②百：紫芝本作「一日」。

③繡：玄本、毛本、四庫本作「綉」。

【箋　注】

〔一〕壘巢：銜泥築巢。唐薛濤《離巢燕》：「銜泥穢汙珊瑚枕，不得梁間更壘巢。」

〔二〕涴人衣：汙人衣裳。唐韓愈《合江亭》：「願書巖上石，勿使泥塵涴。」

〔三〕繡户金扉：華美之門窗，閨人所居。唐畢耀《古意》：「璿閨繡户斜光入，千金女兒倚門立。」

唐李白《詠鄰女東窗海石榴》：「無由共攀折，引領望金扉。」

〔四〕恨依依：愁恨深長。唐韋莊《東陽贈别》：「無限别情言不得，回看溪柳恨依依。」

【疏　解】

詞寫閨怨。上片描寫新春燕子雙雙歸來、銜泥築巢的情景，暗示離人未歸、閨中孤單的意思。「涴人衣」三字，將燕與人聯繫起來。下片轉寫人的活動，女子後院看花，聊作排遣，拂拂香風撩起了她的懷春意緒。結二句寫她月夜懷思，展示她的心理波動，兼作點題，收束全詞。此首敷衍成篇，確有「意淺詞支」之弊。

【集　評】

李冰若《花間集評注·栩莊漫記》：意淺詞支。

蕭繼宗《評點校注花間集》：《紗窗恨》當爲文錫自度之曲，依譜實詞，顯然可見。較之後首，「月照」句尚缺一字，依詞調命名度之，「窗」字下當有一「恨」字，因與下「恨」字重，而誤奪耳。

其　二

雙雙蝶翅塗鉛粉〔一〕。咂花心〔二〕。綺窗繡户飛來穩①。畫堂陰②。　二三月、愛隨飄絮③，伴落花、來拂衣襟。更剪輕羅片④，傳黄金⑤〔三〕。

【校　記】

① 窗：王輯本無「窗」字。

② 畫：湯評本作「画」。

③ 二三：王輯本作「三二」。飄絮：全本、《歷代詩餘》、王輯本作「風絮」。

④ 更：吴鈔本無此字。輕羅：王輯本作「罗罗」，誤。

⑤ 傳：吴鈔本、玄本作「傳」，誤。

【箋　注】

〔一〕鉛粉：也稱鉛白。古代婦女用來搽臉。五代馬縞《中華古今注·粉》：「自三代以鉛爲粉，秦穆公女弄玉有容德，感仙人蕭史，爲燒水銀作粉與塗，亦名飛雲丹。《樂府詩集·横吹曲辭五·木蘭詩二》：「易卻紈綺裳，洗卻鉛粉妝。」唐薛能《吴姬》之九：「冠剪黄綃帔紫羅，薄施鉛粉畫青娥。」

〔二〕咂花心：采花蕊。咂：吮吸。唐雍陶《狀春》：「含春笑日花心豔，帶雨牽風柳態妖。」唐張祜《題程氏書齋》：「雨燕銜泥近，風魚咂網遲。」

〔三〕更剪二句：謂蝶翅輕如羅片，色如黄金。羅片：絲綢碎片。傅：附著。此指蝶色如傅金粉。

【疏　解】

此首詠蝶。描寫春日蝴蝶采花、飛舞的種種情態，以鉛粉、羅片、黄金加以形容，以綺窗繡户畫堂、飄絮落花衣襟作爲襯托，筆致較爲細膩生動。對這類花間尊前、信手點染的小詞，不必以缺乏深刻感情、重大意義責之，只賞其麗字佳句可也。即如此詞摹寫蝴蝶，「『咂』字尖，『穩』字妥」，就是其可圈可點之處。小語致巧，伎倆止此，此外夫復何求。

【集　評】

湯顯祖評《花間集》卷二：「咂」字尖，「穩」字妥，他無可喜句。

沈雄《古今詞話·詞評》上卷：毛文錫詞，大致匀淨，不及熙震。其所撰《紗窗恨》，可歌也。

華鍾彦《花間集注》卷五：前首詠燕，後首詠蝶。

蕭繼宗《評點校注花間集》：前半尚可，後起已露窘態。兩詞論文欠工，論調亦非佳制。逐譜填字，支絀已甚。使非出自自度，或反可少勝。調非佳調，但既有此調矣，律書固不能屏而不録。當日譜已不存，而楊升庵乃云『可歌』。英雄欺人，往往如是。讀者不可誤信，且據爲典要也。

柳含煙

隋堤柳〔一〕，汴河旁①〔二〕。夾岸緑陰千里〔三〕，龍舟鳳舸木蘭香〔四〕。錦帆張〔五〕。　因夢江南春景好。一路流蘇羽葆〔六〕。笙歌未盡起横流〔七〕。鏁春愁〔八〕。

【校　記】

①旁：宋、明、清各本暨影刊本均作「春」，林大椿《唐五代詞》、《花間集評注》因之，不叶「香」、「張」韻。《詞律》卷四、全本、王輯本作「旁」，《花間集注》、《花間集校》、《評點校注花間集》、張璋等《全唐五代詞》、曾昭岷等《全唐五代詞》據改。

【箋注】

〔一〕隋堤：隋煬帝時沿通濟渠、邗溝河岸修築的御道，道旁植楊柳，後人謂之隋堤。唐韓琮《楊柳枝》：「梁苑隋堤事已空，萬條猶舞舊東風。」

〔二〕夾岸句：煬帝開通濟渠，自西苑引穀水、洛水入黄，自板渚引黄入汴水，經泗水入淮河。渠廣四十步，夾岸植楊柳。唐人多有詠隋堤柳的同題之作。唐白居易《隋堤柳》：「隋堤柳，歲久年深盡衰朽。風飄飄兮雨蕭蕭，三株兩株汴河口。老枝病葉愁殺人，曾經大業年中春。大業年中煬天子，種柳成行夾流水。西自黄河東至淮，緑陰一千三百里。」

〔三〕龍舟句：指煬帝遊幸江都事，謂煬帝之舟船乃用木蘭香木製成。唐顔師古《隋遺録》：「煬帝將幸江都……至汴，帝御龍舟，蕭妃乘鳳舸，錦帆彩纜，窮極侈靡。」

〔四〕錦帆：錦製之華美船帆。《開河記》：「煬帝御龍舟幸江都，舳艫相繼，錦帆過處，香聞十里。」

〔五〕因夢句：言煬帝因夢江南春景好而南遊。唐顔師古《隋遺録》：「大業十二年，煬帝將幸江都，命越王侑留守東都。宫女半不隨駕，爭泣留帝。言遼東小國，不足以煩大駕，願擇將征之。攀車留措，指血染鞅。帝意不回，因戲以帛題二十字賜守宫女，云：『我夢江都好，征遼亦偶然。但存顔色在，離别只今年。』」

〔六〕流蘇羽葆：即皇帝儀仗中之車蓋。《隋書·禮儀志》五：「又有象輦，左右金鳳，白鹿仙人，羽葆旒蘇，金鈴玉佩，初駕二象，後以六駝代之。」

〔七〕笙歌句：言煬帝縱樂未畢而天下大亂。唐許渾《送沈單作尉江都》：「煬帝都城春水邊，笙歌夜上木蘭船。」横流：水流不由其道。《孟子·滕文公》：「洪水横流，氾濫於天下。」以喻天下大亂。

〔八〕鑠春愁：謂隋堤柳亦因隋亡而含愁。

【疏　解】

詞詠本調，寫隋堤柳，抒盛衰興亡感慨。起三句切題，描寫汴河隋堤、柳蔭千里的芳春煙景。接寫煬帝汴河游幸，一路龍舟錦帆、流蘇羽葆的空前盛況。所謂「太平天子，等閒遊戲」，如此耽樂縱欲，必然招致「誤國」的嚴重後果。笙歌未盡，横流已起，就是隋朝盛世遽然衰亡的形象寫照。「鑠春愁」三字一結，回應起句，明説柳色，實則喻寫詞人面對千古興亡的惆悵之感。詞作具有一定的諷刺戒鑒意義，抒情格調亦較深沉。

【集　評】

蕭繼宗《評點校注花間集》：讀前後兩結，令人生樂盡悲來之感，後結尤奇崛，此首庶幾爲得意之作。

其　二

河橋柳〔一〕，占芳春①。映水含煙拂路②，幾迴攀折贈行人〔二〕。暗傷神。　樂府吹爲橫笛曲〔三〕。能使離腸斷續〔四〕。不如移植在金門。近天恩〔五〕。

【校　記】

①占：湯墨本、合璧本作「古」，湯評本、文治堂本作「占」。春：吴鈔本作「皆」，誤。

②拂路：《詞譜》作「拂露」。

【箋　注】

〔一〕河橋柳：長在河橋旁之柳樹，唐詩中「河橋柳」之河橋，似多指折柳送别之灞河橋。唐宋之問《度大庾嶺》其二：「來日河橋柳，春條幾寸生？」唐劉長卿《送姨子弟往南郊》：「客路向楚雲，河橋對衰柳。」

〔二〕幾迴兩句：一次次折柳送别，使人黯然神傷。幾迴：多少回。唐劉禹錫：「人世幾回傷往事，山形依舊枕寒流。」

〔三〕横笛曲：樂府横吹曲中的《折楊柳曲》，辭多傷别之作。《折楊柳歌辭》：「上馬不捉鞭，反折楊柳枝。蹀座吹長笛，愁殺行客兒。」

〔四〕能使句：形容曲辭凄涼憂傷。離腸：充滿離愁的心腸。唐武元衡《南徐别業早春有懷》：「虚度年華不相見，離腸懷土併關情。」

〔五〕不如二句：用唐宣宗取永豐坊柳枝植禁中事。孟棨《本事詩·事感》：「白尚書姬人樊素，善歌，妓人小蠻，善舞。嘗爲詩曰：『櫻桃樊素口，楊柳小蠻腰。』年既高邁，而小蠻方豐豔，因爲楊柳之詞以託意，曰：『一樹春風萬萬枝，嫩於金色軟於絲。永豐坊裏東南角，盡日無人屬阿誰？』及宣宗朝，國樂唱是詞，上問誰詞，永豐在何處，左右具以對之。遂因東使，命取永豐柳兩枝，植於禁中。白感上知其名，且好尚風雅，又爲詩一章，其末句云：『定知此後天文裏，柳宿光中添兩枝。』」金門：金馬門，代指皇宫。天恩：指帝王的恩惠。《後漢書·班超傳》：「幸得以微功，特蒙重賞，爵列通侯，位二千石，天恩殊絶。」唐張説《奉蕭令嵩酒並詩》：「樂奏天恩滿，杯來秋興高。」

【疏　解】

詞詠本調，寫河橋柳，抒離别之情，託身世之感。上片描寫灞橋春柳，映水含煙，依依有情，人間無數次的攀折贈别，讓它暗自神傷，痛苦不堪。過片承上，寫離别時吹奏的《折楊柳曲》，其悲傷哀怨能夠摧斷離人肝腸。「能使離腸斷續」寫音樂效果，下字構句，可稱神奇。結二句言河橋柳不堪别離攀折之苦，希望移植到大内御溝，得近天恩。言外含有自傷不遇的身世感慨。

【集　評】

湯顯祖評《花間集》卷二：《柳枝》之外詠柳之種類極多，今南詞中亦盡有佳句。若追先進，當從始音。

蕭繼宗《評點校注花間集》：前半立意平凡，後半一轉稍勝。

其　三

章臺柳〔一〕，近垂旒〔二〕。低拂往來冠蓋①〔三〕，朦朧春色滿皇州②〔四〕。瑞煙浮〔五〕。　直與路邊江畔别③。免被離人攀折④。最憐京兆畫蛾眉⑤。葉纖時〔六〕。

【校　記】

① 往：鍾本作「徃」。蓋：紫芝本、湯評本作「盖」。

②朦朧：原作「朧朧」，從毛本、後印本、正本、四庫本、全本、《歷代詩餘》、四印齋本改。
③直與：玄本作「直典」，非。邊：正本作「傍」。
④離人：王輯本作「行人」。
⑤蛾眉：紫芝本、王輯本作「娥眉」。

【箋　注】

〔一〕章臺柳：長安章臺街所植之柳。唐韓翃《章臺柳》：「章臺柳，章臺柳，昔日青青今在否？縱使長條似舊垂，亦應攀折他人手。」章臺：漢長安街名。《漢書·張敞傳》：「敞無威儀，時罷朝會，過走馬章臺街，使御吏驅，自以便面拊馬。」顔師古注：「孟康曰：『在長安中。』臣瓚曰：『在章臺下街也。』」

〔二〕垂旒：古代帝王貴族冠冕前後的裝飾，以絲繩繫玉串而成。漢班固《白虎通·紼冕》：「垂旒者，示不視邪。」南朝梁沈約《皇雅》：「執瑁朝群后，垂旒御百神。」此以之代指帝王。唐杜甫《秋日荆南述懷三十韻》：「垂旒資穆穆，祝綱但恢恢。」

〔三〕冠蓋：官員的冠服和車乘。冠，禮帽；蓋，車蓋。《史記·魏公子列傳》：「平原君使者冠蓋相屬於魏。」南朝梁沈約《少年新婚爲之詠》：「自顧雖悴薄，冠蓋曜城隅。」

〔四〕皇州：帝都，京城。南朝宋鮑照《侍宴覆舟山》之二：「繁霜飛玉闥，愛景麗皇州。」唐岑參

《和賈舍人早朝大明宫》：「雞鳴紫陌曙光寒，鶯囀皇州春色闌。」

〔五〕瑞煙：祥瑞的煙氣。唐杜審言《蓬萊三殿侍宴奉敕詠終南山應制》：「半嶺通佳氣，中峰繞瑞煙。」

〔六〕最憐二句：言嫩柳纖葉細如蛾眉。用漢張敞畫眉事，見卷四牛嶠《菩薩蠻》「玉釵風動春幡急」注〔六〕。

【疏　解】

詞詠本調，寫章臺柳。上片描寫其生長環境，因處於帝都通衢，故而長條「低拂往來冠蓋」，瑞煙籠碧，長勢良好。換頭再寫章臺柳因其地利，免受離人攀折之苦。結二句用張敞畫眉的典故，不僅眉柳雙喻入妙，更因張敞官京兆尹，章臺爲漢代長安街名，在其治下，用此典故，甚爲恰切。至於詞作是否如論者所言，係借詠章臺柳喻寫京城歌女舞伎，寄寓同情，則可各憑解會。

【集　評】

蕭繼宗《評點校注花間集》：「垂旒」、「瑞煙」，非正面寫「柳」，而與柳之神態相融合，殊見細巧處。自起筆至「攀折」，文氣一貫。後結兩句，語非不佳，而與前文脱臼，雖佳不佳。文錫常有此病，亦是才力不足之故。

其四

御溝柳〔一〕，占春多。半出宫牆婀娜①〔二〕。有時倒影醮輕羅②〔三〕。麴塵波③〔四〕。昨日金鑾巡上苑④〔五〕。風亞舞腰纖軟〔六〕。栽培得地近皇宫⑤〔七〕。瑞煙濃。

【校　記】

①半：後印本作「干」。婀娜：四印齋本作「妸娜」。

②影：全本作「景」。醮：後印本、正本、清刻本、四印齋本、林大椿《唐五代詞》作「醮」。

③麴：湯本、合璧本作「踘」。

④金鑾：湯本、合璧本、雪本、鍾本作「金鸞」。巡：紫芝本、吴鈔本作「遊」。

⑤皇宫：王輯本作「王宫」。

【箋　注】

〔一〕御溝柳：植於御溝旁的禁苑柳樹。唐人多有詠御溝柳詩，進士試詩亦有以御溝柳爲題者，唐德宗貞元八年（七九二）盧贄主考，即以《御溝新柳詩》爲題，中試者二十三人，崔群、歐陽詹、韓愈等皆負才名，號「龍虎榜」。唐李觀《御溝新柳》：「御溝回廣陌，芳柳對行人。」

〔二〕婀娜：亦作「娿娜」。輕盈柔美貌。三國魏曹植《洛神賦》：「含辭未吐，氣若幽蘭。華容婀娜，令我忘餐。」

〔三〕輕羅：喻御溝水。

〔四〕麴塵波：參見卷五毛文錫《虞美人》「鴛鴦對浴銀塘暖」注〔三〕。

〔五〕金鑾：皇宫正殿金鑾殿，或飾有金鸞的皇帝車駕，皆指代皇帝。上苑：皇家的園林。南朝梁鮑泉《落日看還詩》：「妖姬競早春，上苑逐名辰。」《新唐書·蘇良嗣傳》：「帝遣宦者采怪竹江南，將蒔上苑。」

〔六〕風亞：被風吹低。亞，低壓。舞腰：以喻柳枝嫋娜。唐趙嘏《東亭柳》：「不知別後誰攀折，猶自風流勝舞腰。」

〔七〕得地：得到適宜生長的土壤。《藝文類聚》卷八八引南朝梁沈約《高松賦》：「鬱彼高松，棲根得地。」唐杜甫《病柏》：「出非不得地，蟠據亦高大。」

【疏解】

詞詠本調，寫御溝柳。這是比章臺柳更占地利的柳樹，栽培得地，沐浴皇恩，既無汴河柳的興亡之愁，又無河橋柳的攀折之苦，也無章臺柳的風塵之色，占盡春時，叨陪榮寵。御溝柳的意象上，隱約寄託著「供奉内廷」的詞人的仕進希寵願望。

【集評】

鍾本評語：「有時倒影蘸輕羅。麴塵波。」語甚新麗。

華鍾彦《花間集注》卷五：毛司徒四首，皆就題發揮。

蕭繼宗《評點校注花間集》：詠柳而輒言皇居，風流盡矣。

醉花間①

休相問。怕相問。相問還添恨。春水滿塘生②，鸂鶒還相趁〔一〕。昨夜雨霏霏③，臨明寒一陣④〔二〕。偏憶戍樓人⑤〔三〕，久絶邊庭信〔四〕。

【校記】

①《全五代詩》題作《閨怨》。

②春水：毛本、後印本、四庫本作「春生」。

③昨夜：毛本、後印本、正本、四庫本、清刻本作「昨日」。

④明：《全五代詩》作「朝」，王輯本作「月」。寒：玄本作「塞」，誤。

⑤戍：吴鈔本、正本作「戍」，誤。

【箋注】

〔一〕相趁：跟隨，相伴。唐白居易《勸酒》：「天地迢迢自長久，白兔赤烏相趁走。」

〔二〕昨夜二句：唐韓偓《懶起》：「昨夜三更雨，臨明一陣寒。」

〔三〕偏憶：特憶，獨憶。唐蕭穎士《早春過七嶺寄題硤石裴丞廳壁》：「出硤寄趣少，晚行偏憶君。」戍樓人：戍守邊庭的征人。唐張喬《書邊事》：「調角斷清秋，征人倚戍樓。」

〔四〕邊庭：邊塞。唐杜甫《兵車行》：「邊庭流血成海水，武皇開邊意未已。」

【疏解】

詞寫思婦念遠。一起三句情語陡健，迴環顛倒，重疊複沓，跌轉出思婦惱恨交加的複雜心理狀態，「此種起筆，合下章自成章法」（陳廷焯《雲韶集》）。接二句景語，描寫鸂鶒在滿塘春水中追逐嬉戲，反襯思婦春日孤寂。换頭二句，寫夜雨曉寒，膚覺感受，體貼入微，暗示思婦一夜不眠，聽雨到曉，則其顛之倒之、輾轉反側的相思苦況，自不待言。結二句寫因曉寒襲人，思婦情不自禁地又念起征人遠戍，憂寒到君邊，雖説「休相問」，然而心裏如何能不牽掛！可是憂念牽掛，都屬枉然，因爲邊庭征人久已音信斷絶。結句回應開頭，原來「休相問」的原因，是相問總無回應，故有此決絶之語。此首佳作，下片「情景不奇，寫出正復不易。語淡而真，亦輕清，亦沉著」（況周頤《餐櫻廡詞話》）。

【集評】

鍾本評語：「昨夜雨霏霏，臨明寒一陣」，絶似少遊輩語，非粧砌可得。

陳廷焯《雲韶集》卷一：此種起筆，合下章自成章法，自是一時興到之作，婉約無比。後人屢效之，反覺數見不鮮矣。

況周頤《餐櫻廡詞話》：《花間集》毛文錫三十一首，余只喜其《醉花間》後段「昨夜雨霏霏」數語。情景不奇，寫出正復不易。語淡而真，亦輕清，亦沉著。

俞陛雲《唐五代兩宋詞選釋》：言已拚得不相聞問。人苦獨居，不及相趁之鸂鶒，而曉來過雨，忽念征人遠戍，寒到君邊，雖言「休相問」，安能不問？越拋開，越是纏綿耳。

蕭繼宗《評點校注花間集》：全詞無一懈筆，無一贅字。極得温柔敦厚之旨，須於言外求之。「春水」兩句，看似寫景，而情寓於中，極易爲讀者所忽，故人但賞其後半耳。

其二

深相憶。莫相憶。相憶情難極〔一〕。銀漢是紅牆①〔二〕，一帶遥相隔。金盤珠露滴〔三〕。兩岸榆花白〔四〕。風摇玉珮清②〔五〕，今夕爲何夕〔六〕。

【校記】

① 漢：吴鈔本作「漠」，誤。

② 玉佩清：雪本作「佩月清」。

【箋注】

〔一〕情難極：言思念之情無窮盡也。唐李康成《江南行》：「日色低，情難極，水中鳧鷖雙比翼。」

〔二〕銀漢二句：化用唐李商隱《代應》「本來銀漢是紅牆，隔得盧家白玉堂」詩意。以銀漢阻斷牛女，喻指人間有情人不得團聚。銀漢：銀河。一帶：言銀河如一衣帶水。

〔三〕金盤句：用漢武帝作仙人承露盤事。漢武帝迷信神仙，於建章宫築神明臺，立銅仙人舒掌捧銅盤承接甘露，冀飲以延年。後三國魏明帝亦於芳林園置承露盤。《漢書·郊祀志上》：「其後又作柏梁、銅柱、承露僊人掌之屬矣。」顏師古注：「《三輔故事》云：建章宫承露盤高二十丈，大七圍，以銅爲之，上有仙人掌承露，和玉屑飲之。」唐于鄴《白櫻桃》：「只應漢武金盤上，瀉得珊珊白露珠。」

〔四〕兩岸句：言已入秋令，當是七夕相會之期。榆花：唐曹唐《織女懷牽牛》：「欲將心向仙郎説，借問榆花早晚秋。」

〔五〕風摇句：言風摇玉珮發出清脆的響聲。

〔六〕今夕句：《詩經·唐風·綢繆》：「今夕何夕，見此良人。」

【疏　解】

詞寫相思之苦。起三句筆法與前首同，表現深受相思之苦折磨，欲罷不能、莫可奈何的複雜心理。接二句「創語奇聳」，一道紅牆近在咫尺，卻無情地隔開了相愛雙方，猶如隔開牛女的迢迢銀漢。换頭承接「一帶銀漢」，就天上展開美麗的想像，金盤露滴如珠，兩岸榆花泛白，是想像中的天上秋景。仿佛牛女七夕終得一會，恍然之間，風中玉佩聲清，其人也已來到眼前，讓人心中頓生今夕何夕之嘆。一首相思情詞，想像飛越，鑿空亂道，構建出如此奇幻縹緲的境界，《花間集》中實堪歎爲觀止。

【集評】

鍾本評語：「銀漢是紅牆」，句甚奇峭。

湯顯祖評《花間集》卷二：創語奇聳，不嫌高調。

卓人月《古今詞統》卷四徐士俊評語：「粉牆高似青天」之句，未奇也。

沈初《蘭韻堂集》：助教新詞《菩薩蠻》，司徒絶調《醉花間》。晚唐風格無逾此，莫道詩家降格還。

陳廷焯《雲韶集》卷一：與上章起筆合拍，結筆尤勝上章。

陳廷焯《詞則·閒情集》卷一：筆意古雅。

張德瀛《詞徵》卷五：牛松卿（按，應作毛文錫）《醉花間》云：「休相問，怕相問，相問還添恨。」其又一闋云：「深相憶，莫相憶，相憶情難極。」皆歐陽永叔所謂陡健之筆。

俞陛雲《唐五代兩宋詞選釋》：言紅牆遥隔，明知相憶徒勞，然風露良宵，安能忘卻？則不相憶者，實相憶之深也。

蕭繼宗《評點校注花間集》：全文從一「憶」字發出，各句皆有所指。「銀漢紅牆」，二語鮮脆。

浣溪沙①

春水輕波浸緑苔②。枇杷洲上紫檀開〔一〕。晴日眠沙鸂鶒穩，暖相偎③。　羅襪生塵遊女過〔二〕，有人逢着弄珠迴④〔三〕。蘭麝飄香初解珮⑤〔四〕，忘歸來。

【校　記】

① 晁本、鄂本、陸本、吴鈔本、玄本、張本、毛本、後印本、正本、徐本、四印齋本、影刊本調名作《浣沙溪》。《歷代詩餘》作《南唐浣溪沙》。全本、王輯本、林大椿《唐五代詞》作《攤破浣溪沙》。曾昭岷等《全唐五代詞》王兆鵬「考辨」曰：「案：《浣溪沙》，唐教坊曲名。自敦煌曲發現後，始得勘定其先皆爲『七七七三』平韻兩遍之長短句體，後減字爲『七七七』平韻兩遍之齊言體。後人未見敦煌曲詞，因李璟有長短句之《浣溪沙》二首，而稱爲《南唐浣溪沙》；又不知此體先於齊言，遂認作《浣溪沙》之别體，而有《添字浣溪沙》、《攤破浣溪沙》之名。由於句法與《山花子》同，又誤稱爲《山花子》。」

② 春水：吴鈔本、茅本作「秋水」。浸：王輯本作「侵」。

③ 暖：林大椿《唐五代詞》作「軟」。偎：晁本、鄂本、紫芝本、吴鈔本、茅本、鍾本、湯本、合璧本、

玄本、毛本、後印本、正本、四庫本、清刻本、徐本、四印齋本、影刊本均作「限」。

④ 逢：正本作「逄」。

⑤ 珮：玄本作「佩」。

【箋　注】

〔一〕枇杷洲：或即琵琶洲。琵琶洲有多處。顧祖禹《讀史方輿紀要》卷八五《江西》三《饒州府》餘干縣：「琵琶洲，在縣治南。水中擁沙成洲，狀如琵琶，因名。」。顧祖禹《讀史方輿紀要》卷九四《浙江》六《處州府》引《一統志》：「突星瀨在府東四十里，一名箭溪，溪上又有琵琶洲，平沙滿望，碧水環繞，以形似名。」此處或指饒州餘干之琵琶洲。宋吴曾《能改齋漫録》卷九：「饒州水口有洲，其形如琵琶，謂之琵琶洲。」唐施肩吾《宿干越亭》：「琵琶洲上行人絶，干越亭中客思多。」紫檀：常緑喬木，木材堅實，紫紅色，可做貴重家具、樂器或美術品。晉崔豹《古今注·草木》：「紫旃木，出扶南，色紫，亦謂之紫檀。」唐張彦遠《歷代名畫記·論裝背褾軸》：「故貞觀、開元中，内府圖書，一例用白檀身，紫檀首，紫羅褾織成帶，以爲官畫之褾。」

〔二〕羅襪生塵：三國魏曹植《洛神賦》「淩波微步，羅襪生塵。」唐李白《感興八首》其二：「香塵動羅襪，緑水不沾衣。」遊女：出遊的女子。《詩經·周南·漢廣》：「南有喬木，不可休思。

漢有遊女，不可求思。」或以指漢水女神。漢張衡《南都賦》：「耕父揚光於清泠之淵，遊女弄珠於漢皋之曲。」三國魏嵇康《琴賦》：「舞鸑鷟於庭階，遊女飄焉而來萃。」李善注引《列女傳》：「遊女，漢水神。」

〔三〕弄珠：戲珠。用鄭交甫漢皋遇二女事。《韓詩外傳》：「鄭交甫將南適楚，遵彼漢皐臺下，乃遇二女，佩兩珠，大如荆雞之卵。」

〔四〕蘭麝二句：言初識遊女情景。解珮：漢劉向《列仙傳》卷上《江妃二女》：「江妃二女者，不知何所人也。出遊于江漢之湄，逢鄭交甫。見而悦之，不知其神人也。謂其僕曰：『我欲下請其佩。』僕曰：『此間之人，皆習於辭，不得，恐罹悔焉。』交甫不聽，遂下與之言曰：『二女勞矣。』二女曰：『客子有勞，妾何勞之有？』交甫曰：『橘是柚也，我盛之以笥，令附漢水，將流而下。我遵其旁，采其芝而茹之。以知吾爲不遜也。願請子之佩。』二女曰：『橘是柚也，我盛之以莒，令附漢水，將流而下。我遵其旁，采其芝而茹之。』遂手解佩與交甫。交甫悦，受而懷之，中當心。趨去數十步，視佩，空懷無佩。顧二女，忽然不見。《詩》曰『漢有遊女，不可求思』，此之謂也。靈妃豔逸，時見江湄。麗服微步，流眄生姿。交甫遇之，憑情言私。鳴佩虛擲，絶影焉追？」上官儀《和太尉戲贈高陽公》：「慣是洛濱要解珮，本是河間好數錢。」唐李中《所思》：「解珮當時在洛濱，悠悠疑是夢中身。」

【疏　解】

詞寫春日水邊的愛情遇合。上片描寫春日芳景：碧水輕波，洲渚沙岸，鸂鶒暖眠，交頸相偎，興起下片的男女愛情。下片表現水邊遊春的青年男女，邂逅相遇，一見鍾情，互贈信物，流連忘歸。洋溢著醉人的青春浪漫氣息。此詞所寫的水邊愛情，是一個古老的詩歌母題，《詩經》裏的經典愛情描寫，如《周南·關雎》、《周南·漢廣》、《鄭風·溱洧》、《秦風·蒹葭》等，表現的都是發生在水邊的愛情故事。詞中寫到的洛神宓妃、漢皋遊女兩個典故，亦是在洛水邊、漢水邊留下了動人的愛情神話傳説。此詞也許是在無意識中，重復了水邊愛情這一古老的詩歌母題，從而獲致了某種内涵上神秘的深度和超軼性。

【集　評】

鍾本評語：「枇杷洲上紫檀開」，香豔風流，惟「紫薇花對紫薇郎」，差可擬耳。

蕭繼宗《評點校注花間集》：前半寫景，尚有祥和温煦之氣。此調四十八字，與四十二字之《浣溪沙》小異，南唐中主詞則名之曰《攤破浣溪沙》，或曰《山花子》。四十二字之《浣溪沙》，本《浣溪沙》之長體，而賀鑄《東山樂府》則名之爲《減字浣溪沙》。自《攤破浣溪沙》而言，則以四十二字體爲常體，「攤破」其第三、六兩句之七字爲十字，故云「攤破」。自「減字浣溪沙」而言，則又以四十八字體爲常體，「減」去前後結各三字爲七字句，故云「減字」。究竟何者爲《浣溪沙》之常體，殘難論定。大抵無論四十二字體或四十八字體，調風完全一致，皆《浣溪沙》耳。毛文錫二首，一爲四十八字。一爲四十二字，而皆名曰《浣溪沙》，可證二體在初期皆視爲常體，至後世始以四十二字體爲正耳。

其　二①

七夕年年信不違〔一〕。銀河清淺白雲微〔二〕。蟾光鵲影伯勞飛②〔三〕。　每恨蟪蛄憐婺女〔四〕，幾迴嬌妬下鴛機〔五〕。今宵嘉會兩依依〔六〕。

【校　記】

①《全五代詩》題作《七夕曲》。晁本、鄂本、陸本、吴鈔本、張本、四印齋本、徐本、影刊本、王輯本此首調名作《浣溪沙》。

②伯勞：雪本、玄本作「百勞」。

【箋注】

〔一〕七夕：《齊諧記》：「天河之東有織女，天帝之子也，年年織杼勞役，織成雲錦天衣。天帝憐其獨處，許嫁河西牽牛郎。嫁後遂廢織。天帝怒，責令歸河東，使一年一度相會。」《荆楚歲時記》：「七月七日，爲牽牛織女聚會之夜。按：戴德《夏小正》云：『是月，織女東向。』蓋言星也。《春秋運斗樞》云：『牽牛，神名略。』石氏《星經》：『牽牛，名天關。』《佐助期》云：『織女，神名收陰。』《史記·天官書》云是天帝外孫。傅玄《擬天問》云：『七月七日，牽牛織女會天河。』此則其事也。……河鼓、黄姑，牽牛也，皆語之轉。……是夕，人家婦女結彩縷，穿七孔鍼。或以金銀瑜石爲鍼，陳瓜果於庭中以乞巧，有喜子網於瓜上，則以爲符應。」信不違：不違信期。

〔二〕銀河清淺：《古詩十九首》：「河漢清且淺，相去復幾許。」

〔三〕蟾光：月光。唐李賀《感諷五首》其五：「岑中月歸來，蟾光掛空秀。」鵲影：飛鵲之影。唐韓鄂《歲華紀麗》卷三《七夕》：「七夕鵲橋已成，織女將渡。」原注引漢應劭《風俗通》：「織女七夕當渡河，使鵲爲橋。」伯勞：鳥名。又名鶪或鴂，善鳴。《詩經·豳風·七月》「七月鳴鶪。」毛《傳》：「鶪，伯勞也。」《玉臺新詠·古詞〈東飛伯勞歌〉》：「東飛伯勞西飛燕，黄姑織女時相見。」後借指離别的親友。唐賈島《送路》：「别我就蓬蒿，日斜飛伯勞。」

〔四〕每恨句：言蟪蛄憐織女獨處而悲鳴。蟪蛄：蟬的一種，夏末朝暮鳴聲不息。《莊子·逍遥遊》：「朝菌不知晦朔，蟪蛄不知春秋，此小年也。」北齊顔之推《稽聖賦》：「蝤蠐行以其背，蟪蛄鳴非其口。」唐李白《擬古》之八：「蟪蛄啼青松，安見此樹老。」婺女：星宿名，即女宿。又名須女，務女。二十八宿之一，玄武七宿之第三宿，有星四顆。《禮記·月令》：「孟夏之月：日在畢，昏翼中，旦婺女中。」《史記·天官書》：「婺女，其北織女。」晉左思《吴都賦》：「婺女寄其曜，翼軫寓其精。」此以之指代織女。

〔五〕鴛機：即鴛鴦機，織機的美稱。唐上官儀《八詠應制》之二：「且學鳥聲調鳳管，方移花影入鴛機。」

〔六〕嘉會：歡樂的聚會。多指美好的宴集。漢李陵《與蘇武詩》：「嘉會難再遇，三載爲千秋。」三國魏曹植《送應氏》之二：「清時難屢得，嘉會不可常。」此指牛女七夕之會。

【疏解】

詞詠七夕牛女相會。上片描寫七夕銀河水淺雲淡、蟾光鵲影的景色，過片表現織女平日因聚少離多而生的思怨嬌妒之情，結句回應起句，落實「信不違」，切入「今宵嘉會」，展示牛女一夕相逢、柔情似水的依依不捨之狀。此詞句句用典，稍覺陳熟浮泛，然斥爲「意淺辭庸，味如嚼蠟」，亦屬言重。即如「銀河清淺」二句，雖用典故，實同白描，詞筆還是相當生動靈泛的。

【集　評】

李冰若《花間集評注·栩莊漫記》：意淺辭庸，味如嚼蠟。

蕭繼宗《評點校注花間集》：殊無可取。

月宮春

水精宮裏桂花開①〔一〕。神仙探幾迴。紅芳金蕊繡重臺②，低傾馬腦盃③〔二〕。　玉兔銀蟾爭守護〔三〕。姮娥奼女戲相偎④〔四〕。遥聽鈞天九奏〔五〕，玉皇親看來〔六〕。

【校　記】

①水精：鍾本、湯本、毛本、後印本、正本、清刻本、全本、《歷代詩餘》、林大椿《唐五代詞》作「水晶」。

②繡：雪本作「秀」，毛本、四庫本作「綉」，王輯本作「鎖」。

③馬腦：鍾本、湯評本、合璧本、全本、《歷代詩餘》、林大椿《唐五代詞》作「瑪瑙」。正本作「馬

瑙」。

④ 姮娥：湯評本、合璧本作「嫦娥」。偎：晁本、鄂本、紫芝本、陸本、吴鈔本、茅本、鍾本、湯評本、合璧本、玄本、毛本、後印本、正本、四庫本、清刻本、徐本、四印齋本、影刊本皆作「隈」。

【箋注】

〔一〕水精宫：指月宫。唐楊漢公《明月樓》：「溪上玉樓樓上月，清光合作水晶宫。」桂花：唐段成式《酉陽雜俎》卷一《天咫》：「舊言月中有桂，有蟾蜍，故異書言月桂高五百丈，下有一人常斫之，樹創隨合。人姓吴名剛，西河人，學仙有過，謫令伐樹。釋氏書言須彌山南面有閻扶樹，月過，樹影入月中。或言月中蟾桂地影也，空處水影也，此語差近。」唐褚朝陽《登聖善寺閣（一題作登少室山）》：「天花映窗近，月桂拂簷香。」

〔二〕馬腦盃：瑪瑙製作的酒杯。唐錢起《瑪瑙杯歌》：「良工雕飾明且鮮，得成珍器入芳筵。」唐李商隱《小園獨酌》：「半展龍須席，輕斟瑪瑙杯。」

〔三〕玉兔句：言月中有玉兔、蟾蜍爭相守護。玉兔：晉傅咸《擬〈天問〉》：「月中何有？玉兔擣藥。」銀蟾：《淮南子·精神訓》：「日中有踆烏，而月中有蟾蜍。」唐白居易《中秋月》：「照他幾許人腸斷，玉兔銀蟾遠不知。」

〔四〕姮娥：嫦娥。姹女：少女，美女。《後漢書·五行志一》：「河間姹女工數錢，以錢爲室金爲堂。」唐羅鄴《自遣》：「春巷摘桑喧姹女，江船吹笛舞蠻奴。」道家煉丹，稱水銀爲姹女。《參同契》卷下：「河上姹女，靈而最神，得火則飛，不見埃塵。」蔣一彪集解引彭曉曰：「河上姹女者，真汞也。見火則飛騰，如鬼隱龍潛，莫知所往。」唐劉禹錫《送盧處士》：「藥爐燒姹女，酒甕貯賢人。」唐陸龜蒙《自遣》之二八：「姹女精神似月孤，敢將容易入洪爐。」

〔五〕鈞天九奏：天上之仙樂。《史記·趙世家》：「簡子寤，語大夫曰：『我之帝所甚樂，與百神遊於鈞天，廣樂九奏萬舞，不類三代之樂，其聲動人心。』」南朝劉勰《文心雕龍·樂府》：「鈞天九奏，既其上帝。」唐白居易《禽蟲十二章序》：「微之夢得嘗云：『此乃九奏中新聲，八珍中異味也。』」

〔六〕玉皇：道教稱天帝曰玉皇大帝，即昊天金闕至尊玉皇大帝，居玉清境三元宫，是總管天上、人間一切禍福的尊神。簡稱玉帝、玉皇。唐李白《贈别舍人弟臺卿之江南》：「入洞過天地，登真朝玉皇。」

【疏解】

詞詠調名。依託與月亮相關的神話傳説，展開充分的聯想想像，描寫美妙的月宫神仙世界。水晶宫殿，桂花香裏，群仙開宴，玉杯頻傾，玉兔銀蟾爭相守護，姮娥姹女戲相依偎，鈞天樂奏聲中，玉皇親臨巡視，場面寫得盛大歡樂，煞有介事，表現出濃郁的浪漫精神。

【集　評】

蕭繼宗《評點校注花間集》：此亦文錫創調，詠月宫，亦無精彩。

戀情深

滴滴銅壺寒漏咽〔一〕。醉紅樓月〔二〕。宴餘香殿會鴛衾①〔三〕。蕩春心②〔四〕。　真珠簾下曉光侵〔五〕。鶯語隔瓊林〔六〕。寶帳欲開慵起〔七〕，戀情深。

【校　記】

① 會：鍾本作「冷」。

② 春心：雪本作「春水」。

【箋　注】

〔一〕銅壺寒漏：以銅壺滴漏計時。唐盧延讓《冬夜宴柳駙馬陟宅得更字》：「金鼎烹炮過百味，銅壺刻漏轉三更。」

〔二〕紅樓：紅色的樓。泛指華美的樓房，爲富貴之家女性所居。唐李商隱《春雨》：「紅樓隔雨相望冷，珠箔飄燈獨自歸。」參見卷三韋莊《河傳》「錦浦」注〔八〕。

〔三〕香殿：本指香室，佛殿。唐義淨《大唐西域求法高僧傳》卷上：「於門南畔可二十步，有窣堵波，高百許尺，是世尊昔日夏三月安居處。梵名慕攞健陀俱胝，唐云根本香殿矣。」王邦維校注：「又稱香室，即佛殿。」唐嚴武《題巴州光佛寺楠木》：「香殿蕭條轉密陰，花龕滴瀝垂清露。」漢代未央宫和唐代興慶宫中皆有披香殿。此指貴家居所。

〔四〕蕩春心：漢枚乘《七發》：「陶陽氣，蕩春心。」唐皎然《長門怨》：「春風日日閉長門，摇蕩春心似夢魂。」

〔五〕真珠簾：珍珠穿成的簾子。唐元稹《月暗》：「真珠簾斷蝙蝠飛，燕子巢空螢火入。」曉光：清晨的日光。南朝梁蕭綱《侍遊新亭應令》：「曉光浮野映，朝煙承日迴。」唐杜荀鶴《秋日寄吟友》：「蟬樹生寒色，漁潭落曉光。」侵：照射。

〔六〕瓊林：花樹之美稱。

〔七〕寶帳：華美的帳子。南朝宋鮑照《代陳思王京洛篇》：「寶帳三千萬，爲爾一朝容。」《新唐書·王琚傳》：「（王琚）受饋遺至數百萬，侍兒數十，寶帳備具，闔門三百口。」

【疏　解】

詞詠本調。從夜晚切入，描寫紅樓醉酒、鴛衾幽會、曉光透簾、寶帳慵起的男女歡合全過程。格調豔俗，乏善可陳，「以調名結句」，算是此詞的一個特點。

【集　評】

沈雄《古今詞話·詞品》下卷：「寶帳欲開慵起，戀情深。」毛文錫以調名結句。

蕭繼宗《評點校注花間集》：後半寫一「戀」字，雖無深意，亦見技巧。

其　二

玉殿春濃花爛熳①。簇神仙伴〔一〕。羅裙窣地縷黃金〔二〕。奏清音〔三〕。　酒闌歌罷兩沉沉②〔四〕。一笑動君心〔五〕。永願作鴛鴦伴，戀情深。

【校　記】

① 熳：四庫本、王輯本作「漫」。

②兩：湯本、合璧本作「雨」。

【箋　注】

〔一〕簇神仙伴：簇聚美麗的女伴。

〔二〕窣地：拂地。唐李隆基《初入秦川路逢寒食詩》：「洛川芳樹映天津，灞岸垂楊窣地新。」

〔三〕清音：清越的聲音。《淮南子·兵略訓》：「夫景不爲曲物直，響不爲清音濁。」晉左思《招隱詩》二首之一：「非必絲與竹，山水有清音。」此指清妙的樂音。

〔四〕酒闌句：言席散夜深。酒闌：謂酒筵將盡。《史記·高祖本紀》：「酒闌，吕公因目固留高祖。」裴駰《集解》引文穎曰：「闌言希也。謂飲酒者半罷半在，謂之闌。」唐杜甫《魏將軍歌》：「吾爲子起歌都護，酒闌插劍肝膽露。」

〔五〕動君心：唐李白《白紵辭》三首之二：「動君心，冀君賞，願作天池雙鴛鴦。」

【疏　解】

詞詠本調，寫男女戀情，較前首爲優。上片描寫春花爛漫時日，一群神仙般的美麗女子，身著盛裝，樂奏清音，歌酒開宴。過片寫酒闌歌罷，夜已深沉，女子嫵媚一笑，撩動君心。末二句表達永結同心的深摯願望。這類詞，都以頻頻出入歌欄酒肆的詞人的生活體驗作底子，一般説來，均有其真切生動處，指其「緣題敷衍」是對的，斥其「味若塵羹」則未必。比如「酒闌歌罷兩沉沉，一笑動君心」二句，還是寫得有境界、有美感的。此詞表現上除了以結句作調名外，還有論者指出的「詞之第二句中間二字，意必連屬」的句法，也是技術層面上的一個特點。

【集 評】

李冰若《花間集評注·栩莊漫記》：緣題敷衍，味若塵羹。毛詞之所以爲毛也。

華鍾彦《花間集注》卷五：毛司徒詞二首，俱以「戀情深」三字爲結，想因此名題也。詞之第二句中間二字，意必連屬，作者不可不知。

蕭繼宗《評點校注花間集》：此調亦文錫創調，詞成而後命題，非緣題敷衍也。栩莊妙語，不止雙關。

訴衷情①

桃花流水漾縱橫〔一〕。春晝彩霞明。劉郎去，阮郎行〔二〕。惆悵恨難平。愁坐對雲屏②。算歸程〔三〕。何時攜手洞邊迎③〔四〕。訴衷情。

【校　記】

①全本調下注曰：「一名《桃花水》。」《記紅集》調同。此首《同情集詞選》卷三作宋毛滂詞，然毛滂《東堂詞》未收。原在《花間集》毛文錫詞中，當從。

②雲屏：吴鈔本作「雲雲」，誤。

③迎：王輯本作「春」，失韻。

【箋　注】

〔一〕桃花流水：用劉阮天台桃源遇仙事。唐王維《桃源行》：「春來遍是桃花水，不辨仙源何處尋。」唐李白《山中問答》：「桃花流水窅然去，别有天地非人間。」漾縱横：春水蕩漾，縱横亂流。

〔二〕劉郎二句：見卷二温庭筠《思帝鄉》「花花」注〔六〕。

〔三〕歸程：返回的路程。唐岑參《臨洮泛舟》：「醉眼鄉夢罷，東望羨歸程。」

〔四〕洞邊：指劉阮遇仙之桃源洞。在今浙江省天台縣北。事見南朝宋劉義慶《幽明録》。後因以指男女幽會的仙境。唐韓偓《六言》之三：「桃源洞口來否？絳節霓旌久留。」

【疏　解】

詞詠調名，賦天台神女事。上片叙别離之悲，麗景哀情，倍覺感傷。下片抒相思之愁，坐對云屏屈指計算歸期的細節，幾近癡迷，富有表現力。結二句表達渴望重會、傾訴衷情的心願。此詞語言流暢省淨，抒情真摯深切，中平之作，雖無新意，亦無瑕疵。

【集　評】

華鍾彦《花間集注》卷五：按此詠天台神女事。

蕭繼宗《評點校注花間集》：由天台二女立意，意苦不深。

其　二

鴛鴦交頸繡衣輕①〔一〕。碧沼藕花馨〔二〕。偎藻荇②，映蘭汀〔三〕。和雨浴浮萍。思婦對心驚③。想邊庭〔四〕。何時解珮掩雲屏④〔五〕。訴衷情。

【校　記】

① 繡：毛本、四庫本作「綉」。

② 偎：晁本、鄂本、紫芝本、陸本、吴鈔本、茅本、玄本、鍾本、湯評本、合璧本、張本、毛本、後印本、正

本、四庫本、清刻本、徐本、四印齋本、四部叢刊本、影刊本作「隈」。

③ 思婦句：玄本作「思歸對心驚」，雪本作「思歸心暗驚」。

④ 珮：正本、王輯本作「佩」。

【箋　注】

〔一〕繡衣：喻鴛鴦之華羽。

〔二〕碧沼：碧緑的池塘。唐武三思《奉和宴小山池賦得溪字應制》：「年光開碧沼，雲色斂青溪。」沼：池塘。《韻會》：「圓曰池，曲曰沼。」馨：散佈得很遠的香味。《尚書・酒誥》：「黍稷非馨，明德惟馨。」

〔三〕藻荇：水草。《詩經・召南・采蘋》：「於以采藻，於彼行潦。」《疏》引陸璣云：「藻，水草也，生水底。藻聚生，故謂之聚藻也。」《詩經・周南・關雎》：「參差荇菜，左右流之。」《疏》曰：「《釋草》云：荇，接餘，白莖葉紫赤色。鬻其白莖，以苦酒浸之，肥美。」蘭汀：長有蘭草的水中小洲。唐温庭筠《寒食節寄楚望二首》：「金犢近蘭汀，銅龍接花塢。」

〔四〕邊庭：亦作邊廷，猶邊地。《後漢書・銚期王霸祭遵傳贊》：「祭遵好禮，臨戎雅歌。彤抗遼左，邊廷懷和。」隋盧思道《從軍行》：「邊庭節物與華異，冬霰秋霜春不歇。」

〔五〕解珮：解下身上的飾物。李白《感興八首》其二：「解珮欲西去，含情詎相違。」

【疏　解】

詞寫閨中念遠。上片細緻描繪鴛鴦交頸戲水的動人情景，興起思婦懷人之情，爲下片預作鋪墊襯托。起句以下全作景語，清新明麗，筆筆可愛，「和雨浴浮萍」五字，「語纖入畫」。下片轉寫思婦看到戲水鴛鴦，驀然心驚，想起了遠在邊庭的征夫，一種强烈的團聚願望在她心中湧動起來。「邊庭」一語的出現，某種程度上改變了詞中情感的性質，「無定河邊，空閨夢裏，不止尋常閨怨」（湯評《花間集》卷二），確屬有見之論。

【集　評】

鍾本評語：「和雨浴浮萍」，語纖入畫。

湯顯祖評《花間集》卷二：無定河邊，空閨夢裏，不止尋常閨怨。

張德瀛《詞徵》卷一：毛平珪詞云：「何時解佩掩雲屏，訴衷情。」即以「訴衷情」名調。

李冰若《花間集評注·栩莊漫記》：此二詞亦如《戀情深》之嵌字格，雖較匀淨，終爲庸濫之音。

蕭繼宗《評點校注花間集》：前半寫鴛鴦，後半轉入思婦爲主，比重未能適當。「對心驚」三字，造語不完整；「解珮」二字，用之「思婦」，亦欠妥。

應天長

平江波暖鴛鴦語①〔一〉。兩兩釣船歸極浦②〔二〕。蘆洲一夜風和雨③〔三〕。飛起淺沙翹雪鷺〔四〕。　漁燈明遠渚〔五〕。蘭棹今宵何處④。羅袂從風輕舉⑤〔六〕。愁殺採蓮女⑥〔七〕。

【校　記】

① 暖：鍾本、湯本作「煖」。

② 船：四印齋本作「舡」。

③ 洲：玄本作「州」。

④ 棹：林大椿《唐五代詞》作「櫂」。

⑤ 羅袂：紫芝本、吳鈔本作「羅袚」。從風：毛本、後印本作「從鳳」。

⑥ 殺：《歷代詞選》作「煞」。

【箋　注】

〔一〕平江：風平浪靜的江面。唐杜牧《江上雨寄崔碣》：「春半平江雨，圓文破蜀羅。」

〔二〕極浦：遥遠的水濱。南朝梁江淹《雜體詩·效謝惠連〈贈別〉》：「停艫望極浦，弭棹阻風雪。」唐賈至《南州有贈》：「極浦三春草，高樓萬里心。」詳見卷四牛嶠《江城子》「極浦煙消水鳥飛」注〔一〕。

〔三〕蘆洲：長有蘆葦的洲渚。唐韋應物《夕次盱眙縣》：「人歸山郭暗，雁下蘆洲白。」

〔四〕翹雪鷺：長頸翹舉之白鷺。

〔五〕漁燈：漁船上的燈火。唐皮日休《釣侣》之二：「煙浪濺篷寒不睡，更將枯蚌點漁燈。」遠渚：遠處的洲渚。唐劉滄《江行書事》：「遠渚蒹葭覆緑苔，姑蘇南望思裴徊。」

〔六〕從風：隨風。漢張衡《南都賦》：「芙蓉含華，從風發榮。」三國魏何晏《景福殿賦》：「參旗九旒，從風飄揚。」

〔七〕愁殺：亦作「愁煞」。謂使人極爲憂愁。殺，表示程度深。《古詩十九首·去者日以疏》：「白楊多悲風，蕭蕭愁殺人。」

【疏　解】

詞寫採蓮女子別情。但上下片在時間上似有齟齬，上片既説「蘆洲一夜風和雨」，分明應是「昨宵」，但下片又説「蘭櫂今宵何處」；上片所寫「一夜風雨」過後，應是白天，過片「漁燈明遠渚」，分明又是夜景。上下片的時間關係，銜接不起來。如果説上片寫昨夜，下片寫今夜，中間隔著一個白天作甚？且昨夜和今夜之間，又有什麽關係？這些都是問題。避開這一説不圓處，此詞尚有可取。比如换頭兩句「漁燈明遠渚，蘭櫂今宵何處」，寫暮色蒼茫中，採蓮女對遠行者的擔憂牽掛，是心理時間的超前和心理空間的位移，這兩句雖造語「簡質而情景具足」，是不可多得的佳句，宋柳永《雨霖鈴》名句「今宵酒醒何處，楊柳岸、曉風殘月」，於此當有借取。

【集評】

況周頤《餐櫻廡詞話》：毛文錫《應天長》云：「漁燈明遠渚，蘭棹今宵何處？」柳屯田云：「今宵酒醒何處，楊柳岸、曉風殘月。」毛詞簡質而情景具足，後人但能歌柳詞耳。「知者亦不易」，誠哉是言。

蕭繼宗《評點校注花間集》：無中心，無主意，全文散碎。

河滿子①

紅粉樓前月照〔一〕，碧紗窗外鶯啼〔二〕。夢斷遼陽音信②〔三〕，那堪獨守空閨③。恨對百花時節〔四〕，王孫緑草萋萋④〔五〕。

【校　記】

①玄本作「河漏子」，誤。晁本、鄂本、吴鈔本、茅本、鍾本、湯評本、毛本、四庫本、四印齋本、毛本《唐宋諸賢絶妙詞選》、《唐宋人選唐宋詞》本《花間集》調名作《河滿子》。全本作《何滿子》，調下注曰：「『何』一作『河』。」

②夢斷：王輯本作「夢斷夢斷」，多出二字，誤。

③空閨：毛本《唐宋諸賢絶妙詞選》卷一作「香閨」。

④萋萋：湯本、合璧本作「淒淒」。

【箋　注】

〔一〕紅粉樓：女子之妝樓。唐李白《擣衣篇》：「君邊雲擁青絲騎，妾處苔生紅粉樓。」

〔二〕碧紗句：唐白居易《傷春詞》：「深淺簷花千萬枝，碧紗窗外囀黄鸝。」

〔三〕遼陽：代指征人戍守之地。參見卷二温庭筠《訴衷情》：「鶯語，花舞」注〔八〕。

〔四〕百花時節：唐徐凝《讀遠書》：「百花時節教人懶，雲髻朝來不欲梳。」

〔五〕王孫：貴族子弟。用爲對人的尊稱。《文選·左思〈蜀都賦〉》：「有西蜀公子者，言於東吴王孫。」李善注引張華《博物志》：「王孫、公子，皆相推敬之辭。」詳見卷一温庭筠《楊柳枝》「館娃宫外鄴城西」注〔三〕。緑草萋萋：言春日緑草茂盛，以之興起懷人思歸之念。

【疏　解】

詞寫思婦怨情。對句領起，描寫黎明前的室外景色。接二句轉寫閨中思婦，「夢斷」承前「鶯啼」，碧紗窗外的早鶯聲，驚醒了思婦的好夢，她感到獨守空閨，寂寞不堪。地名意象「遼陽」，點出思婦所懷爲邊塞征人。結二句寫芳時無人與度，王孫游兮不歸，思婦對景傷情。

【集　評】

鍾本評語：不佳。

蕭繼宗《評點校注花間集》：特金昌緒「打起黄鶯兒」一詩之鋪展耳。無金詩之警煉，而含蓄過之。

巫山一段雲①

雨霽巫山上〔一〕，雲輕映碧天。遠風吹散又相連②。十二晚峰前〔二〕。暗濕啼猿樹③〔三〕，高籠過客船。朝朝暮暮楚江邊④。幾度降神仙⑤〔四〕。

【校　記】

①《歷代詩餘》調下注曰：「漢鐃歌《巫山高》爲思歸詞，後蜀毛文錫撰此調，與《菩薩蠻》之别名《巫山一片雲》者無涉。雙調，四十四字。」段：晁本、紫芝本、吴鈔本、合璧本、正本、影刊本作「叚」。

②遠風：四印齋本、林大椿《唐五代詞》作「遠峰」。

③暗濕二句：暗：合璧本作「暗」。猿：全本作「猨」。船：四印齋本作「舡」。

④暮暮：毛本、後印本、四庫本作「莫莫」。

⑤降：王輯本作「隆」，誤。

【箋　注】

〔一〕雨霽：雨停。霽：雨雪停止，天放晴。戰國楚宋玉《高唐賦》：「風止雨霽，雲無處所。」唐王勃《滕王閣序》：「虹銷雨霽，彩徹雲衢。」

〔二〕十二晚峰：即巫山十二峰。參見卷二皇甫松《天仙子》「晴野鷺鷥飛一隻」注〔五〕。

〔三〕啼猿樹：唐盧照鄰《巫山高》：「莫辨啼猿樹，徒看神女雲。」啼猿：北魏酈道元《水經注·

江水》：「江水又東，逕巫峽，杜宇所鑿以通江水也。……其間首尾百六十里，謂之巫峽，蓋因山爲名也。……每至晴初霜旦，林寒澗肅，常有高猿長嘯，屬引淒異，空谷傳響，哀轉久絶。故漁者歌曰：『巴東三峽巫峽長，猿鳴三聲淚沾裳。』」

〔四〕朝朝兩句：用宋玉《高唐賦》典事。唐薛濤《謁巫山廟》：「朝朝夜夜陽臺下，爲雨爲雲楚國亡。」

【疏　解】

詞詠本調。一起賦雲，卻先從雨入手，得離合之妙。巫山雲雨，本自不分，二句即由雨及雲，歸於正題。三句引入「風」，描寫巫山十二峰晚雲聚散無定的動態，「甚有煙雲縹緲之致，可稱佳句」（李冰若《栩莊漫記》）。過片再以「啼猿樹」、「過客船」襯寫各種雲態，收到「氤氳翕渤，滿於紙上」的表現效果（賀裳《皺水軒詞筌》）。結以巫山神女傳説，遐思無限。此詞句句切題，雖變換不同角度，但都能不失本位，極盡形容之能事，被論者推爲「畫雲第一手」，「《高唐》、《神女》之流亞」。

【集　評】

葉夢得云：《巫山一段雲》詞，細心微詣，直造蓬萊頂上。（《古今詞話·詞評》上卷引）

湯顯祖評《花間集》卷二：「一自高唐賦成後，楚天雲雨盡堪疑。」信然。

卓人月《古今詞統》卷五徐士俊評語：畫雲第一手。

賀裳《皺水軒詞筌》：文人無賴，至馳思杳冥，蓋自《高唐》作俑而後，遂浸淫不可禁矣。毛文錫《巫山一段雲》曰：「遠風吹散又相連，十二晚峰前。暗濕啼猿樹，輕籠過客船。」摹寫雲氣，真覺氤氳蓊渤，滿於紙上。末云：「朝朝暮暮楚江邊，幾度降神仙。」雖用神女事，猶不失爲《國風》好色。若牛嶠「風流今古隔，虚作瞿塘客」，未免太涉於淫。至牛希濟《黄陵廟》曰：「風流皆道勝人間。須知狂客，拚死爲紅顔。」抑何狂惑也。然詞則妙矣。

陳廷焯《雲韶集》卷一：神光離合，《高唐》、《神女》之流亞也。

李冰若《花間集評注·栩莊漫記》：「遠峰吹散」二句，甚有煙雲縹緲之致，可稱佳句。惜下半闋又過於著實耳。

華鍾彦《花間集注》卷五：毛司徒詞一首，就題發揮。

蕭繼宗《評點校注花間集》：用本意，尤切「雲」字。前節發人遐想，後起引入客愁，自不失爲佳作。「朝朝暮暮」四字，用於此處，信非泛文。

臨江仙①

暮蟬聲盡落斜陽②〔一〕。銀蟾影挂瀟湘。黄陵廟側水茫茫〔二〕。楚山紅樹③，煙雨隔高唐〔三〕。　岸泊漁燈風颭碎〔四〕，白蘋遠散濃香〔五〕。靈娥鼓瑟韻清商④〔六〕。朱絃淒切⑤〔七〕，雲散碧天長。

【校　記】

①吴鈔本此首後作「唐毛司徒詞畢」，下接「唐顧太尉詞」。張本此首在《巫山一段雲》前，頁眉朱筆校曰：「宋板校《臨江仙》一首，當在《巫山一段雲》後。」張本此首末「已上共三十一調」數字，朱筆劃去。

②暮：毛本、四庫本作「莫」。盡：紫芝本作「静」。

③紅樹：雪本作「雲樹」。

④鼓瑟：四印齋本作「鼓琴」。

⑤絃：晁本、徐本、影刊本缺末筆。

【箋　注】

〔一〕暮蟬：黄昏之蟬聲。唐王維《輞川閒居贈裴秀才迪》：「倚杖柴門外，臨風聽暮蟬。」

〔二〕黄陵廟：傳説爲舜二妃娥皇、女英之廟，亦稱二妃廟，在今湖南湘陰縣北。《水經注》：「湘水又北，經黄陵亭西，又合黄陵水口。其水上承太湖，湖水西流，逕二妃廟南，世謂之黄陵廟。」

宋祝穆《方輿勝覽》：「廟在潭州湘陰縣北九十里。」唐韓愈《黄陵廟碑》：「湘水旁有廟曰黄廟，自前古立以祠堯之二女，舜之二妃者。」唐杜佑《通典》：「湘陰縣有地名黄陵，即虞舜二妃所葬。」唐李群玉《黄陵廟》：「黄陵廟前莎草春，黄陵女兒蒨裙新。」

〔三〕楚山二句：用楚襄王夢神女事。紅樹：可指春天花樹，也可指秋天霜樹。唐韋莊《衢州江上別李秀才》：「千山紅樹萬山雲，把酒相看日又曛。」隔：阻隔，不遇。

〔四〕岸泊句：言風動江岸點點漁燈，明滅閃爍。

〔五〕白蘋：水中浮草。南朝宋鮑照《送別王宣城》：「既逢青春獻，復值白蘋生。」唐杜甫《麗人行》：「楊花雪落覆白蘋，青鳥飛去銜紅巾。」

〔六〕靈娥鼓瑟：即湘靈鼓瑟。戰國楚屈原《遠遊》：「使湘靈鼓瑟兮，令海若舞馮夷。」清商：五音之一，其調凄清悲涼，故稱。《韓非子·十過》：「公曰：『清商固最悲乎？』師曠曰：『不如清徵。』」三國魏曹丕《燕歌行》：「援琴鳴絃發清商，短歌微吟不能長。」唐杜甫《秋笛》：「清商欲盡奏，奏苦血霑衣。」

〔七〕朱絃凄切：靈娥怨深，故瑟調凄涼悲切。朱絃：用熟絲製的琴弦。《荀子·禮論》：「《清廟》之歌，一唱而三歎也。縣一鐘，尚拊膈，朱絃而通越也。」鄭玄注：「朱弦，練朱絃。練則聲濁。」《禮記·樂記》：「《清廟》之瑟，朱弦而疏越。」孔穎達疏：「案《虞書》傳云：古者帝王升歌《清廟》之樂，大瑟練弦。此云朱弦者，明練之可知也。云練則聲濁者，不練則體勁而聲清，練則絲熟而弦濁。」唐白居易《夜宴惜别》：「箏怨朱弦從此斷，燭啼紅淚爲誰流。」

【疏　解】

詞詠本調。上片描寫黄陵廟側煙水茫茫的月夜景色，「煙雨隔高唐」一句，透出追慕不遇、歡情難諧之意。過片二句，寫江上漁燈明滅，白蘋散香，筆觸細膩。「白蘋」是《楚辭·九歌·湘夫人》中出現過的意象。接用《楚辭·遠遊》句典，寫湘靈鼓瑟，一曲清商，朱弦淒切，似訴心中無限哀怨。再以「雲散碧天長」一句烘襯，如畫幅之留白，神韻悠遠。在「哀感頑豔」的五代詞中，這首題詠湘水女神之作，帶有明顯的騷雅之意，拔出流俗，「泠然有疏越之音，與謫仙之『白雲明月弔湘娥』同其逸興」（俞陛雲《唐五代兩宋詞選釋》）。

【集　評】

玄本頁眉朱批：「江上峰青」句，未應獨步。

陳廷焯《詞則·别調集》卷一：就調名使事，古法本如此。結超遠。

俞陛雲《唐五代兩宋詞選釋》：五代詞多哀感頑豔之作。此調則清商彈湘瑟哀弦，夜月訪黄陵遺廟，揚舲楚澤，泠然有疏越之音，與謫仙之「白雲明月弔湘娥」同其逸興。

華鍾彦《花間集注》卷五：按此詞詠湘靈也。

蕭繼宗《評點校注花間集》：亦緣題之作也，「黄陵」三句，亦有迷離縹渺之致。

《花間集》未收詞

巫山一段雲

貌掩巫山色，才過濯錦波。阿誰提筆上銀河。月裏寫嫦娥。　薄薄施鉛粉，盈盈挂綺羅。菖蒲花役魂夢多。年代屬元和。彊村本《尊前集》

存目詞

調名	首句	出處	附注
鞓紅	粉香尤嫩	《花草粹編》卷七	宋無名氏詞，見《梅苑》卷七、《全宋詞》三六三五頁。
荷花媚	霞苞電荷碧	《花草粹編》卷七	宋蘇軾詞，見《東坡樂府》卷下。
後庭花	輕盈舞妓含芳豔	《詞律》卷四	毛熙震詞，見《花間集》卷十。

題跋叙録

王國維《毛司徒詞輯本跋》：案《歷代詩餘·詞人姓氏》云：「毛文錫，字平珪，南陽人，唐太僕卿龜範子。登進士，仕蜀爲翰林學士，遷内樞密使，進文思殿大學士，拜司徒。貶茂州司馬。隨衍降唐，復事後唐（按：應爲「後蜀」）。與歐陽炯等並以詞章供奉内庭。所著有《前蜀紀事》二卷，《茶譜》一卷。」其詞《花間集》載三十一首。兹復從《尊前集》補《巫山一段雲》一首，録爲一卷。其詞比牛、薛諸人，殊爲不及。葉夢得謂：「文錫詞以質直爲情致，殊不知流於率露。諸人評庸陋詞者，必曰『此仿毛文錫之《贊成功》而不及者』。」其言是也。光緒戊申季夏，海寧王國維記。（《唐五代二十一家詞輯》）

總評

葉石林曰：毛詞以質直爲情致，殊不知流於率露，致令諸人之評庸陋詞者，必曰，此乃仿毛文錫之《贊成功》不及者乎。逮覽其全集，而詠其《巫山一段雲》，其細心微詣，直造蓬萊頂上。（沈雄《古今詞話·詞評》上卷；又見《歷代詩餘》卷一一三）

沈雄《古今詞話·詞評》上卷：文錫詞大致勻淨，不及熙震。其所撰《紗窗恨》可歌也。

陳廷焯《雲韶集》卷一：平珪詞，婉麗不減南唐後主。

又：和成績、韋端己、毛平珪三家，語極工麗，風骨稍遜。

吴梅《詞學通論》第六章：五季時詞以西蜀、南唐爲最盛。而詞之工拙，以韋莊爲第一，馮延巳次之，最下爲毛文錫。

李冰若《花間集評注·栩莊漫記》：文錫詞在《花間》舊評均列入下品，然亦時有秀句，如「紅紗一點燈」，「夕陽低映小窗明」。非不琢飾求工，特情致終欠深厚。又多供奉之作，其庸率也固宜。

唐圭璋《詞學論叢·唐宋兩代蜀詞》：葉夢得云：「毛詞以質直爲情致，殊不知流於率露。致令諸人以評庸陋詞者，必曰此乃仿毛文錫之《贊成功》而不及者乎。逮覽其全集，而其詠《巫山一段雲》，其細心微旨，直造蓬萊頂上。」實則毛詞佳者，不僅《巫山一段雲》。

姜方錟《蜀詞人評傳》：平珪詞，率多平直，《贊成功》即其實例。《巫山一段雲》、《紗窗怨》、《醉花間》、《虞美人》諸闋，其傑作也。

牛希濟

【小傳】

牛希濟（八七二?—?），狄道（今甘肅臨洮）人，牛嶠兄子。世亂流寓入蜀，依季父嶠。通正（九一六）間，仕前蜀爲起居郎，累官翰林學士、御史中丞。前蜀亡，隨後主入洛。天成（九二六—九二九）初，後唐明宗命作《蜀主降唐》詩，希濟但言數盡，不謗君親，爲明宗所稱賞，拜雍州節度副使。其後仕歷無考。事蹟見《鑒戒録》卷七、《太平廣記》卷一五八、《十國春秋》卷四四本傳。牛希濟詞，《花間集》録十一首，另從《詞林萬選》輯出一首，共存十二首。

臨江仙

牛學士希濟①

峭碧參差十二峰〔一〕。冷煙寒樹重重。瑶姬宫殿是仙蹤〔二〕。金鑪珠帳②，香靄晝偏濃〔三〕。　一自楚王驚夢斷，人間無路相逢③〔四〕。至今雲雨帶愁容〔五〕。月斜江上④，征棹動晨鍾〔六〕。

【校　記】

①鄂本、毛本、後印本、清刻本同晁本。陸本、茅本、玄本、徐本、影刊本調前作「牛希濟十一首」。吴鈔本作「唐牛學士詞」、「牛希濟」、「臨江仙」。湯評本、合璧本、正本作「牛希濟，臨江仙」。張本作「臨江仙，牛希濟」，朱筆圈去「牛希濟」，於前一行加「牛希濟十一首」。四庫本作「臨江仙，牛希濟」。

②鑪：玄本作「鑪」。鍾：吴鈔本、正本、影刊本作「鐘」。

③逢：正本作「逢」。

④斜：王輯本《牛中丞詞》作「上」，誤。

【箋　注】

〔一〕峭碧句：唐孟郊《巫山曲》：「巴江上峽重復重，陽臺碧峭十二峰。」

〔二〕瑶姬：即巫山神女。北魏酈道元《水經注・江水二》：「郭景純曰：丹山在丹陽，屬巴。丹山西即巫山者也。有帝女居焉。宋玉所謂天帝之季女，名曰瑶姬，未行而亡，封於巫山之陽。」一説瑶姬爲西王母之女，《太平廣記》卷五六引《集仙録》：「雲華夫人，王母第二十三女，太真王夫人之妹也，名瑶姬。」另《襄陽耆舊傳》云：「楚王遊雲夢，夢一婦人，名瑶姬，曰：我夏帝之季女，封於巫山之陽臺。」唐李白《感興》：「瑶姬天帝女，精彩化朝雲。」仙蹤：仙人之蹤跡。劉禹錫《元和甲午歲》：「雷雨江湖起卧龍，武陵樵客躡仙蹤。」

〔三〕香靄：焚燒香料的煙氣。唐袁不約《長安夜遊》：「歌聲緩過青樓月，香靄潛來紫陌風。」

〔四〕一自二句：謂自楚王夢醒之後，世上再無與神女相逢之人。夢，指楚王與巫山神女幽會之夢。戰國楚宋玉《高唐賦序》云：「昔懷王游高唐，怠而晝寢，「夢見一婦人曰：『妾，巫山之女也，爲高唐之客。聞君游高唐，願薦枕席。』」，王因幸之。

〔五〕雲雨：戰國楚宋玉《高唐賦序》：婦人臨行辭懷王曰：「妾在巫山之陽，高丘之阻，旦爲朝雲，暮爲行雨，朝朝暮暮，陽臺之下。」後因以喻男女幽會。

〔六〕征棹：遠行的船隻，猶言征帆。北周庾信《應令》：「浦喧征棹發，亭空送客還。」

【疏解】

詞詠本調，寫巫山神女事。上片描寫秋日巫山神女廟景色，渲染濃重的寒意和朦朧的氛圍，爲下片抒發懷僊弔古之情鋪墊。過片三句，慨歎自從楚王夢斷陽臺之後，人神再無重逢交接的機緣，所以雲態雨意，惆悵至今。結二句寫晨鐘催動征櫂，憑弔者滿懷悽楚，在殘月輝光中辭别巫山，又要開始一天新的旅程。此詞有兩點值得注意：一是表現上的「以景結情，情以景幽」，穠艷的雲雨情事，「倶化空靈」（李冰若《栩莊漫記》）。二是比興手法，虚幻的傳説浮想之中，含有弔古之意，寄寓亡國之感，「得詠史體裁」（沈雄《古今詞話》引仇遠語）。

【集評】

仇遠云：牛公《臨江仙》，芊綿温麗極矣。自有憑弔悽愴之意，得詠史體裁。（沈雄《古今詞話·詞評》上卷引）

李冰若《花間集評注·栩莊漫記》：全詞詠巫山神女事，妙在結二句，使實處俱化空靈矣。

詹安泰《宋詞散論·論寄託》：此詞純係比興，寄亡國之感也。仇山村評「芊綿温麗極矣，自有憑弔悽愴之意，得詠史體裁」，斯語得之。蔣一葵《堯山堂外紀》載：「同光三年，唐命蜀舊臣賦蜀亡詩，牛希濟一律末云：『古往今來亦如此，幾曾歡笑幾潸然。』唐主曰：『希濟不忘忠孝也。』賜緞百，詞亦富贍。」可以互證。詞其作於入唐後乎？

華鍾彦《花間集注》卷五：按此詞詠巫山神女也。

蕭繼宗《評點校注花間集》：此首詠巫山神女。後起兩句，結斷前文。「至今」二字歸至眼前。「月斜江上」，令人有空虚悵惘之感。惟征棹句結得微嫌鬆懈，使能關鎖全文，或於「愁容」字稍稍映帶，更見深渺。希濟《臨江仙》七首，分詠女仙，已爲少遊《調笑》啟其先路。

其二

謝家仙觀寄雲岑①〔一〕。巖蘿拂地成陰②〔二〕。洞房不閉白雲深〔三〕。當時丹竈〔四〕，一粒化黄金〔五〕。　石壁霞衣猶半挂③〔六〕，松風長似鳴琴〔七〕。時聞唳鶴起前林④〔八〕。十洲高會〔九〕，何處許相尋。

【校　記】

① 寄雲岑：雪本作「倚雲層」。寄：王輯本作「奇」。

② 巖：林大椿《唐五代詞》作「喦」。

③ 挂：吴鈔本作「桂」，誤。

④ 唳鶴：《歷代詩餘》卷三五、王輯本作「鶴唳」。

【箋　注】

〔一〕謝家仙觀：指謝女修仙的道觀。在今廣東中山縣南海中，地名謝女峽，仙女澳。觀：道教的廟宇，唐康駢《劇談録》下：「至於佛宇道觀，遊覽者罕不經歷。」寄：坐落。雲岑：雲山。晉陶潛《歸鳥》：「遠之八表，近憩雲岑。」唐杜甫《過津口》：「和風引桂楫，春日漲雲岑。」

〔二〕巖蘿：生於巖壁之藤蘿。唐張蠙《逢道者》：「野葉細苞深洞葯，岩蘿閑束古仙書。」

〔三〕洞房：本指深邃的内室，《楚辭·招魂》：「姱容修態，絙洞房些。」《注》：「洞，深也。」此指修道場所。

〔四〕丹竈：道士煉丹之爐竈。南朝梁江淹《別賦》：「守丹竈而不顧，煉金鼎而方堅。」

〔五〕一粒句：謂丹已煉成。漢司馬遷《史記·封禪書》：「李少君言上曰：祠竈則致物，致物而丹砂可化爲黄金。黄金成，以爲飲食器，則益壽。益壽而海中蓬萊仙者乃可見。」唐李白《飛龍引》：「丹砂成黄金，騎龍飛上太清家。」

〔六〕霞衣：雲霞繞遮石壁如衣蔽體，故云。唐李顯《石淙》：「霞衣霞錦千般狀，雲峰雲岫百重生。」

〔七〕松風句：唐吴筠《酬劉侍御過草堂》：「靈液充甘飲，松風代鳴琴。」

〔八〕唳鶴：唳，鶴鳴聲。唐柳宗元《奉和楊尚書郴州追和故李中書夏日登北樓十韻之作依本詩韻次用》：「遊鱗出陷浦，唳鶴繞仙岑。」

〔九〕十洲：道教謂八方大海中十處神仙居所。《海内十洲記》：「漢武帝既聞西王母説八方巨海之中，有祖洲、瀛洲、玄洲、炎洲、長洲、元洲、流洲、生洲、鳳麟洲、聚窟洲。有此十洲，乃人跡所稀絶處。」唐陳陶《懷仙吟》：「十洲隔八海，浩渺不可期。」高會：盛大的聚會。唐吴筠《遊仙》：「天人何濟濟，高會碧堂中。」

【疏　解】

詞詠本調，寫謝女仙跡。上片描寫謝家仙觀的清幽景色，「當時」二句虚處實寫，若有其事，筆致靈動。下片繼續描寫仙觀景色，霞衣、松風、鳴琴、唳鶴等意象，形容神仙境界的清淨出塵。「猶似」二字，虚實兼得，將古與今、傳説與現實融化一片，空靈飄渺，不落板滯。結二句寫謝真人往赴十洲仙人聚會，仙觀中已經無處尋覓她的蹤跡，表現出對仙境的熱切嚮往之情。

【集　評】

李冰若《花間集評注·栩莊漫記》：詞作道教語而妙在「石壁霞衣猶半挂，松風長似鳴琴」，用一「猶」字，一「似」字，便覺虚無縹緲，不落板滯矣。

華鍾彦《花間集注》卷五：按此詞詠謝女也。謝女得道於謝女峽，一名仙女澳，在今廣東香山縣境海中。

蕭繼宗《評點校注花間集》：此首似詠女仙謝自然。《太平廣記》卷六十六引《集仙録》略云：「謝自然者，其先兖州人。……貞元三年於開元觀詣絶粒道士程太虚，受五千文紫靈寶籙。……自然絶粒凡一十三年。……于金泉道場白日昇天，士女數千人，咸共瞻仰。……所著衣冠簪帔一十事，脱留小牀上，結繫若舊。」

張以仁《花間詞論集》：謝自然成仙故事，見《集仙録》，其過程雖曲折，然詞意固不在此。此詞所以趣味盎然者，要在從仙跡、環境上落筆，不正面抒寫，以避其事實之繁蕪糾纏也。

其　三

渭闕宮城秦樹凋〔一〕。玉樓獨上無憀①〔二〕。含情不語自吹簫〔三〕。調清和恨②，天路逐風飄〔四〕。　何事乘龍人忽降〔五〕，似知深意相招。三清攜手路非遥③〔六〕。世間屏障〔七〕，彩筆畫嬌饒④〔八〕。

【校　記】

① 玉樓：王輯本作「玉樹」。

② 調清：湯本、合璧本作「調情」。

③ 非：吴鈔本作「昨」。

④ 彩筆：湯本、合璧本作「翠筆」。嬌饒：吴鈔本、湯本、合璧本、玄本、正本、四庫本、王輯本、林大

椿《唐五代詞》、《唐宋人選唐宋詞》本《花間集》作「嬌嬈」。

【箋注】

〔一〕渭闕宫城：秦代宫城近渭水，故稱。秦樹：秦地之樹木。唐周賀《送李億東歸》：「黄山遠隔秦樹，紫禁斜通渭城。」

〔二〕玉樓：仙人所居樓閣。亦喻指華美的樓臺。唐李白《宫中行樂詞》：「玉樓巢翡翠，金殿鎖鴛鴦。」詳見卷一温庭筠《菩薩蠻》「玉樓明月長相憶」注〔一〕。

〔三〕吹簫：指弄玉吹簫。

〔四〕天路：天上的道路。三國魏曹植《雜詩》：「高高上無極，天路安可窮。」此指弄玉昇仙之路。

〔五〕何事：何故。晉左思《招隱詩》：「何事待嘯歌，灌木自悲吟。」乘龍：指蕭史乘龍昇天。《太平廣記》卷四引《神仙傳拾遺》：蕭史善吹簫，能作鸞鳳之響，秦穆公以女弄玉妻之。蕭史「遂教弄玉作鳳鳴，居十數年，吹簫似鳳聲，鳳凰來止其屋。公作鳳凰臺，夫婦止其上，不飲不食，不下數年。一旦，弄玉乘鳳，蕭史乘龍，昇天而去」。

〔六〕三清：道家謂天人兩界之外，别有玉清、太清、上清，合稱三清，乃神仙所居仙境。《靈寶太乙經》：「四人天外曰三清境，玉清、太清、上清，亦名三天。」唐劉禹錫《遊桃源一百韻》：「如嚴三清居，不使恣搜索。」

〔七〕屏障：亦作屏鄣，即屏風。《晉書·阮籍傳》：「籍乘驢到郡，壞府舍屏鄣，使内外相望，法令清簡。」唐杜甫《韋諷録事宅觀曹將軍畫馬圖歌》「貴戚權門得筆跡，始覺屏障生光輝」。

〔八〕嬌饒：同嬌嬈，柔美嫵媚貌。唐韓偓《意緒》：「嬌嬈意態不勝羞，願倚郎肩永相著。」用爲美人代指。唐李商隱《碧瓦》「他時未知意，重疊贈嬌饒」。此指弄玉。

【疏　解】

此首敷演蕭史弄玉仙事。上片想像弄玉宮樓之上獨自吹簫的情景，下片描寫蕭史弄玉雙雙成仙飛昇而去。弄玉蕭史既成美眷，又成神仙，無比美滿，令人企羨。結二句就是通過人們在屏風上圖繪弄玉美麗形象的描寫，表達對美好的愛情、神仙生活的讚美之意。七首中此作較平泛，但如「何事」、「忽降」、「似知」等語詞的搭配使用，亦不呆板。

【集　評】

湯顯祖評《花間集》卷二：七調獨此不稱。

華鍾彦《花間集注》卷五：按此詞詠弄玉事也。

蕭繼宗《評點校注花間集》：此首詠秦弄玉。前結美，後結泛。

其　四

江繞黄陵春廟閑①〔一〕。嬌鶯獨語關關〔二〕。滿庭重疊緑苔斑②。陰雲無事，四散自歸山〔三〕。　簫鼓聲稀香燼冷③〔四〕，月娥斂盡彎環④〔五〕。風流皆道勝人間。須知狂客〔六〕，判死爲紅顔〔七〕。

【校　記】

① 閑：王輯本作「間」。

② 滿庭：王輯本作「滿城」。斑：晁本、鄂本、陸本作「班」。玄本、湯本、張本、毛本、後印本、正本、四庫本、清刻本、徐本、全本、王輯本、林大椿《唐五代詞》、《唐宋人選唐宋詞》本《花間集》均作「斑」，從改。

③ 簫：吴鈔本作「蕭」。

④ 彎環：晁本、茅本、玄本、湯本、合璧本、徐本、影刊本、王輯本作「灣環」。從鄂本改。彎：吴鈔本作「彎」，林大椿《唐五代詞》作「鸞」，並誤。

【箋注】

〔一〕黄陵春廟：即黄陵廟。北魏酈道元《水經注·湘水》：「湘水又北，逕黄陵亭西，又合于黄陵水口，其水上承大湖，湖水西流，逕二妃廟南，世謂之黄陵廟也。」詳見卷五毛文錫《臨江仙》「暮蟬聲盡落斜陽」注〔二〕。

〔二〕嬌鶯：黄鶯嬌美的啼聲。唐宋之問《春日芙蓉園侍宴應制》：「飛花隨舞蝶，豔曲伴嬌鶯。」關關：鳥鳴聲。《詩經·周南·關雎》：「關關雎鳩，在河之洲。」唐白居易《酬元員外三月三十日慈恩寺相憶見寄》：「悵望慈恩三月盡，紫桐花落鳥關關。」

〔三〕歸山：歸隱山林。唐白居易《晚秋有懷鄭中舊隱》：「寥落歸山夢，殷勤採蕨歌。」此指雲霧散入山林。

〔四〕簫鼓：簫與鼓。漢劉徹《秋風辭》：「横中流兮揚素波，簫鼓鳴兮發棹歌。」亦指簫鼓聲。南朝宋鮑照《出自薊北門行》：「簫鼓流漢思，旌甲被胡霜。」

〔五〕月娥：月中仙女名。唐李商隱《燕臺》之四《冬》：「浪乘畫舸憶蟾蜍，月娥未必嬋娟子。」彎環：彎曲如環，唐李賀《河南府試十二月樂詞·十月》：「金鳳刺衣著體寒，長眉對月鬬彎環。」此以月娥之眉喻月牙之狀。

〔六〕狂客：狂縱不羈之人。唐李白《醉後答丁十八以詩譏予槌碎黄鶴樓》：「一州笑我爲狂客，少年往往來相識。」

〔七〕判死句：唐魚玄機《光威裒姊妹三人》：「暫持清句魂猶斷，若睹紅顔死亦甘。」判死：猶拼死。漢趙曄《吴越春秋·勾踐伐吴外傳》：「一士判死兮而當百夫。」唐元稹《採珠行》：「海波無底珠沉海，採珠之人判死採。」紅顔：女子豔麗的容貌。東漢班固《漢書·外戚傳·孝武李夫人傳》：「既激感而心逐兮，包紅顔而弗明。」亦代指美麗女子。唐白居易《後宫詞》：「紅顔未老恩先斷，斜倚熏籠坐到明。」

【疏　解】

詞詠本調，寫湘妃之事。上片描寫湘妃廟前春日景色，而見神祠閑寂之意。過片二句轉寫祠廟夜景，初月已落，祭祀人散，簫鼓聲稀，香燼灰冷，予人淒涼之感。「風流」句總贊湘妃的美麗和湘妃神話的動人。結二句作癡狂情語，「可謂説得出，妙在語拙而情深。然以詠二妃廟，又頗覺其不倫」（李冰若《栩莊漫記》）。之所以出現這種情況，大約是因《花間》小詞乃應歌之具，雖神聖莊嚴，亦須豔情點染，如此方合歌酒歡場所需。於是就有了這與整首詞情不諧、跡近褻瀆的詞句。

【集　評】

賀裳《皺水軒詞筌》：文人無賴，至馳思杳冥，蓋自《高唐》作俑而後，遂浸淫不可禁矣。……

至牛希濟《黄陵廟》曰：「風流皆道勝人間。須知狂客，拼死爲紅顔。」抑何狂惑也，然詞則妙矣。

李冰若《花間集評注·栩莊漫記》：「須知狂客，拼死爲紅顔」，可謂説得出，妙在語拙而情深。然以詠二妃廟，又頗覺其不倫。

華鍾彦《花間集注》卷五：按此詞詠湘妃也。

蕭繼宗《評點校注花間集》：按韓愈《黄陵廟碑》，此首宜詠湘妃，殊不貼切；然意境甚美。後結轉入自身，快人快語，亦荒唐，亦妙。

其五

素洛春光瀲灎平①〔一〕。千重媚臉初生〔二〕。淩波羅襪勢輕輕②〔三〕。煙籠日照，珠翠半分明〔四〕。　風引寶衣疑欲舞〔五〕，鸞迴鳳翥堪驚〔六〕。也知心許恐無成〔七〕。陳王辭賦〔八〕，千載有聲名。

【校記】

①素洛：湯本作「素落」。

②勢：《歷代詩餘》卷三五作「試」。吴鈔本此首落「素洛春光瀲灎平。千重媚臉初生。淩波羅

襪勢」十九字。

【箋注】

〔一〕素洛：清澈的洛水。《尚書·禹貢》：「伊洛瀍澗，即入於河。」洛水源出陝西洛南縣西北，東入河南，經盧氏、洛寧、宜陽、洛陽，至偃師納伊河，稱伊洛河，到鞏縣洛口入黄河。洛原作「雒」，三國魏黄初年間改爲「洛」。《三國志·魏書·文帝紀》：黄初元年「十二月初營洛陽宫，戊午幸洛陽」《注》引《魏略》：「魏於行次爲土，土，水之牡也。水得土而乃流，土得水而柔。故除『隹』加『水』，變『雒』爲『洛』。」素，指水色。潘岳《西征賦》：「南有玄灞素滻。」李善《注》：「玄、素，水色也；灞、滻，二水名也。」瀲灩：水波蕩漾貌。《文選》晉木華《海賦》：「潋滟瀲灩，浮天無岸。」李善《注》：「潋滟，流行之貌；瀲灩，相連之貌。」

〔二〕千重：層層疊疊，形容洛水瀲灩波光。媚臉：嫵媚之容貌，代指洛神宓妃。《史記·司馬相如列傳》「若夫青琴、宓妃之徒」《索隱》：「如淳曰：『宓妃，伏羲女，溺死洛水，遂爲洛水之神。』」

〔三〕淩波句：形容洛神步履輕盈。三國魏曹植《洛神賦》：「淩波微步，羅襪生塵。」

〔四〕珠翠句：謂首飾因光線變化而閃爍明滅。珠翠：珍珠和翡翠，指女性華貴的飾物。漢傅毅《舞賦》：「珠翠的皪而炤燿兮，華袿飛髾而雜纖羅。」

〔五〕風引句：形容洛神之仙姿。寶衣：綾紈之衣。《文選》陸倕《石闕銘》：「焚其綺席，棄彼寶衣。」李善《注》：「《六韜》曰：紂時婦人以文綺爲席，衣以綾紈者三千人。」唐杜甫《即事》：「秋思抛雲髻，腰支勝寶衣。」

〔六〕鸞迴鳳翥：形容宓妃仙姿如鸞鳳迴翔飛舞。唐韓愈《石鼓歌》：「鸞翔鳳翥衆仙下，珊瑚碧樹交枝柯。」

〔七〕也知句：謂洛神與曹植雖兩心相許，但終難成合歡之好。《文選》曹植《洛神賦》李善《注》謂：植求甄氏未得，晝夜思念，廢寢忘食。操將甄氏嫁丕，後爲郭后讒死，遺玉鏤金帶枕。植黄初中入朝，丕示以枕，植見之而泣，乃以枕賫植。「植還，度軒轅，少許時，將息洛水上，思甄后，忽見女來，自云：我本託心君王，其心不遂。此枕是我在家時從嫁，前與五官中郎將，今與君王。遂用薦枕席。」

〔八〕陳王句：指陳思王曹植所作《洛神賦》。晉陳壽《三國志·魏書·陳思王植傳》：「植字子建，善屬文。黄初六年，以陳四縣封植爲陳王。」薨謚曰思，故稱陳思王。曹植《洛神賦序》：「黄初三年，余朝京師，還濟洛川。古人有言，斯水之神，名曰宓妃，感宋玉對楚王説神女之事，遂作斯賦。」

【疏解】

此首題詠洛神。上片以洛水春光爲背景，描寫洛神「淩波微步，羅襪生塵」的媚姿嬌態，「煙籠日照」四字烘染，「半分明」的「半」字分寸感好，雖有日照，但又有煙籠，故而不甚分明；再者神仙縹緲，亦不許太過分明。换頭兩句，形容風吹仙袂，勢如鸞鳳翔舞，此即曹植《洛神賦》「翩若驚鴻，婉若遊龍」數句所寫内容。「也知」一句，點出洛神與曹植的悲劇愛情故事。結以《洛神賦》千載傳誦，餘味悠然不盡。

【集評】

玄本頁眉朱批：陳思見之，定應把臂。

湯顯祖評《花間集》卷二：洛神寫照，正在阿堵中。驚鴻遊龍數語，已爲描盡。

華鍾彦《花間集注》卷五：按此詞詠洛神也。

蕭繼宗《評點校注花間集》：此首詠洛妃。結句五字，索然無味。

其六

柳帶摇風漢水濱〔一〕。平蕪兩岸爭匀①〔二〕。鴛鴦對浴浪痕新。弄珠遊女〔三〕，微笑自含春。

輕步暗移蟬鬢動，羅裙風惹輕塵〔四〕。水精宫殿豈無因②〔五〕。空勞纖手，解珮贈情人③〔六〕。

【校　記】

①匀：吴鈔本作「句」，誤。

②水精：湯評本、合璧本作「水晶」。

③珮：玄本、四部叢刊本作「佩」。

【箋　注】

〔一〕柳帶：柳枝細長，垂拂如帶，故稱。唐李山甫《寒食》二首之一：「柳帶東風一向斜，春陰澹澹蔽人家。」漢水：又稱漢江。《山海經·西山經》：「嶓冢之山，漢水出焉。」《尚書·禹貢》：「嶓冢導漾東流爲漢。」爲長江最大支流。源出陝西寧强縣北嶓塚山，初名漾水，東南經沔縣爲沔水，東至褒城合褒水，始爲漢水。東南流經陝西南部，湖北北中部，合衆多支流，至漢口入長江。

〔二〕平蕪：草木叢生的原野。南朝梁江淹《去故鄉賦》：「窮陰匝海，平蕪帶天。」

〔三〕弄珠遊女：指漢皋遊女遇鄭交甫事。漢皋，山名，在今湖北襄陽縣西北。《文選》東漢張衡《南都賦》：「耕父揚光于清泠之淵，遊女弄珠於漢皋之曲。」李善《注》引《韓詩外傳》：「鄭交甫將南適楚，遵彼漢皋臺下，乃遇二女珮兩珠，大如荆雞之卵。」《文選》郭璞《江賦》：「感交甫之喪珮。」李善《注》引《韓詩内傳》：「鄭交甫遵彼漢皋臺下，遇二女，與言曰『願請子之珮』，二女與交甫，交甫受而懷之，超然而去。十步循探之，即亡矣，回顧二女，亦即亡矣。」

〔四〕輕步句：形容遊女風姿。蟬鬢：古時女子髮式。晉崔豹《古今注》：「魏文帝宮人絶所愛者，有莫瓊樹、薛夜來、田尚衣、段巧笑四人，日夕在側。瓊樹乃制蟬鬢，縹眇如蟬，故曰蟬鬢。」南朝梁蕭繹《登顏園故閣》：「妝成理蟬鬢，笑罷斂蛾眉。」羅裙：宋郭茂倩《樂府詩集》卷四五《上聲歌八首》：「行步動微塵，羅裙隨風起。」

〔五〕水精宮殿：游女所居之處。唐韓偓《洞庭玩月》：「更憶瑶臺逢此夜，水晶宮殿挹瓊漿。」

〔六〕情人：指鄭交甫。

【疏　解】

詞詠本調，寫漢皋神女。從漢水春色切入，用「鴛鴦對浴」呼起。以下描寫漢皋神女弄珠微笑、輕步暗移、蟬鬢顫動、羅裙惹風的美妙情態。結以解佩相贈，惆悵傷離，餘情不盡。詞借神話故事，表現世間青年男女邂逅生情，風流浪漫，婉美動人。

【集　評】

玄本頁眉朱批：檃栝《洛神》一賦。

華鍾彦《花間集注》卷五：按此詞詠漢皋神女也。

蕭繼宗《評點校注花間集》：此首詠江妃，語多泛設。

其七

洞庭波浪颭晴天〔一〕。君山一點凝煙〔二〕。此中真境屬神仙。玉樓珠殿，相映月輪邊〔三〕。　萬里平湖秋色冷①〔四〕，星辰垂影參然②〔五〕。橘林霜重更紅鮮。羅浮山下，有路暗相連〔六〕。

【校　記】

①萬里：《評點校注花間集》曰：「一本作『萬頃』。」

②參然：《歷代詩餘》卷三五作「森然」。

【箋　注】

〔一〕洞庭：洞庭湖，在湖南省北部，長江南岸。湘資沅澧四水匯流於此，湖面廣闊，橫無涯際。在岳陽縣城陵磯入長江。戰國楚屈原《楚辭·九歌·湘夫人》:「嫋嫋兮秋風,洞庭波兮木葉下。」颸:摇動。漢劉歆《遂初賦》:「回風育其飄忽兮,回颸颸之泠泠。」

〔二〕君山:在洞庭湖中,又名湘山,爲湖中諸山最著者。北魏酈道元《水經注·湘水》:「湖中有君山、編山,山有石穴,潛通吴之包山,郭景純所謂巴陵地道者,是也。是山湘君之所遊處,故曰君山矣。」唐李白《陪族叔曄及中書賈舍人至遊洞庭》之五:「淡掃明湖開玉鏡,丹青畫出是君山。」

〔三〕此中三句:想像洞庭君山的神仙世界。晉王嘉《拾遺記》卷十《洞庭山》:「洞庭山浮于水上,其下有金堂數百間,帝女居之。四時聞金石絲竹之聲,徹於山頂。……其山又有靈洞,入中常如有燭於前。中有異香芬馥,泉石明朗。采藥石之人入中,如行十里,迥然天清霞耀,花芳柳暗,丹樓瓊玉,宫觀異常。乃見衆女,霓裳冰顔,豔質與世人殊别。」真境:道教場地,亦指仙境。唐王昌齡《武陵開元觀黄煉師院》:「暫因問俗到真境,便欲投誠依道源。」月輪:圓月,亦泛指月亮。北周庾信《象戲賦》:「月輪新滿,日暈重圓。」唐皮日休《天竺寺八月十五夜桂子》:「玉顆珊珊下月輪,殿前拾得露華新。」

〔四〕平湖:南朝陰鏗《度青草湖》:「洞庭春溜滿,平湖錦帆張。」

〔五〕參然:參差不齊貌。

〔六〕羅浮二句:《藝文類聚》卷七引南朝宋謝靈運《羅浮山賦序》:「客夜夢見延陵茅山,在京之東南，明旦得《洞經》，所載羅浮山事云：茅山是洞庭口，南通羅浮。正與夢中意相合，遂成而作《羅浮山賦》。」「有路相連」指此。羅浮山，在今廣東增城、博羅、河源等縣間，爲風景秀麗的粤中名山。相傳東晉葛洪曾在此煉得仙術，山上有洞，列道教第七洞天。《元和郡縣誌》卷三四《嶺南道》一《循州博羅縣》：「羅浮山，在縣西北二十八里。羅山之西有浮山，蓋蓬萊之一阜，浮海而至，與羅山並體，故曰羅浮。高三百六十丈，周回三百二十七里，峻天之峰四百三十有二焉。」南朝陳徐陵《奉和山池詩》：「羅浮無定所，鬱島屢遷移。」或謂，此用唐柳宗元《龍城録》記隋趙師雄遷羅浮遇梅花仙事。

【疏　解】

此首題詠湘君，而結以羅浮仙事，仍屬就題敷衍。這首詞的意義和價值，不在於題詠神仙故事是否切題入妙，而在於其出色的景物描寫。起二句境界闊大，秋日洞庭湧浪連空、水天相接的浩瀚氣勢，盡收筆底。從構圖的角度看，這兩句散點與透視、平面與立體，配置極佳。過片二句洞庭月夜景色描繪，更有神韻，萬里平湖，水月輝映，星斗垂影，冷光相射，意境清曠瑩澈，而又幽渺渾茫。這等出色的景語，在思不出衽席閨幃的《花間》詞中，極爲罕見。至於「橘林霜重更紅鮮」一句，雖明麗可喜，究屬小景點綴了。

【集評】

湯顯祖評《花間集》卷二：「冷」字下得妙，便覺全句有神。又：休文語麗而思深，名高八詠照映千古。似此七詞，亦盡有頡頏休文處。

李冰若《花間集評注·栩莊漫記》：「颭」字、「冷」字，均妙絶。

華鍾彦《花間集注》卷五：此詞主要詠湘君，也涉及羅浮仙子。

蕭繼宗《評點校注花間集》：此首似詠杜蘭香，亦不甚切。次句君山，已明點湖南之洞庭湖。後結兩句，用謝靈運《羅浮山賦序》意，序云：「客夜夢見延陵茅山，在京之東南。旦明得《洞經》所載羅浮山事云：『茅山是洞庭口，南通羅浮。』正與夢中意相會。」語雖不經，要其所謂洞庭，則太湖中之洞庭山耳，一再附會，不知所底矣。

酒泉子

枕轉簟涼〔一〕。清曉遠鍾殘夢①〔二〕。月光斜，簾影動。舊鑪香②。　夢中説盡相思事。纖手匀雙淚。去年書③〔三〕，今日意。斷離腸④〔四〕。

【校　記】

①清曉遠鍾：玄本、雪本作「清遠曉鐘」。鍾：正本、徐本、影刊本作「鐘」。

②舊鑪：王輯本作「旧炉」。鑪：毛本、後印本、正本、四庫本、清刻本作「爐」。

③書：林大椿《唐五代詞》作「出」。

④離：全本、《歷代詩餘》、王輯本作「人」。

【箋　注】

〔一〕枕轉簟涼：謂枕移席冷，夢醒無眠。簟涼：唐許渾《送李定言南遊》：「簟涼清露夜，琴響碧天秋。」

〔二〕清曉：天剛亮。唐孟浩然《登鹿門山懷古》：「清曉因興來，乘流越江峴。」

〔三〕書：書信。唐許渾《再游姑蘇玉芝觀》：「月過碧窗今夜酒，雨昏紅壁去年書。」

〔四〕離腸：充滿離愁之心腸。唐武元衡《南徐別業早春有懷》：「虛度年華不相見，離腸懷土併關情。」

【疏　解】

詞寫離情。清曉鐘聲驚夢，女子枕席轉側之際，感覺簟涼如水。睡眼惺忪裏，殘月斜照，簾影微動，夜香也快要燃盡了。上片所寫，即女子清曉夢醒所見光景。换頭承接「殘夢」，回味昨宵夢中情形：魂夢得與君同，女子悲喜莫名，感泣下淚，喁喁私語，訴説著别後萬般思念，千種風情。結三句寫女子感於夢中相會，展讀遠人去年的來信，愈加悽楚悲酸，而覺柔腸寸斷。小詞語言素淨，意脈明晰，「羅羅清疏」，真切動人。

【集　評】

鍾本評語：「清曉遠鐘殘夢」，與柳郎中「楊柳外（「外」當作「岸」），曉風殘月」句同清遠。

李冰若《花間集評注・栩莊漫記》：羅羅清疏。

蕭繼宗《評點校注花間集》：末三句九字，曲而穩。

生查子①

春山煙欲收〔一〕，天澹稀星小②〔二〕。殘月臉邊明，别淚臨清曉。　語已多③，情未了④。迴首猶重道〔三〕。記得緑羅裙，處處憐芳草〔四〕。

【校　記】

①《全五代詩》題作《閨怨》。吴鈔本此首不分片。

②稀星：毛本《唐宋諸賢絶妙詞選》卷一、全本、《歷代詩餘》、《詞潔》、王輯本作「星稀」。

③語已多：晁本、陸本、茅本、湯評本、毛本、後印本、正本、清刻本、徐本、影刊本、《唐宋諸賢絶妙詞選》卷一、全本、《唐宋人選唐宋詞》本《花間集》注曰：「一本無『已』字。」張本此首末朱筆校注曰：「一本無『已』字。」《歷代詩餘》卷四、《詞潔》、王輯本作「語多情未了」。《詞律》曰：「《詞統》删去『已』字，豈以《生查子》必五字起耶？」，校曰：「按此詞《花間集》原注本無『已』字，非《詞統》删去也。」

④情未了：《花草粹編》作「情更深」。未了：茅本作「末了」，誤。

【箋　注】

〔一〕煙欲收：謂晨霧將要消散。

〔二〕天澹：唐杜牧《題宣州開元寺水閣》：「六朝文物草連空，天澹雲閑古今同。」

〔三〕重道：再次説。

〔四〕記得二句：因裙色與草色同，故作此别語，用移情手法，表愛屋及烏之意。南朝江總妻《賦庭草》：「雨過草芊芊，連雲鎖南陌。門前君試看，是妾羅裙色。」

【疏　解】

此首賦别。唐宋詩詞描寫别離，或於清晨，或在黄昏，此詞所寫爲清晨情人辭别。上片寫别時景，下片抒别時情，而能景中含情，情寓景中。春山煙收，天淡星小，殘月照臉，淚光晶瑩，描景極爲真切，淒淒别情亦於焉見出。清寒的曉色裏，淚眼相向、分手在即的一對情人，絮絮别語已説了無數，還覺難以盡訴胸中之情。依依難捨地揮别之後，行人向前走了一段路，路邊芳草映入眼簾，他的心不禁爲之一動：這碧緑的草色，與情人的羅裙顔色多麽相似！於是心頭熱流湧起，衝動難抑，回過頭來向情人再剖心跡：「記得緑羅裙，處處憐芳草。」這二句極負盛名，運用借代、移情、聯想等多種手法，而又極爲質樸自然。「羅裙」代指情人，因愛穿緑羅裙的人，而愛緑草，這和《詩經·靜女》「自牧歸荑，洵美且異。非女之爲美，美人之貽」同樣都是移情於物。行遍天涯，芳草處處，見芳草而思羅裙，又聯想入妙。把愛推向每一株緑草，在每一片草葉中都能看到情人的倩影，足見他心中泛溢著多少温馨的愛意，他愛得是多麽執著、深沉！難怪李冰若《栩莊漫記》稱説這兩句「詞旨悱惻温厚，而造句近乎自然，豈飛卿輩所可企及」了。

【集　評】

鍾本評語：起二句輕清，結二句娟秀，若「殘月臉邊明，别淚臨清曉」，則厥體中最上乘也。一本無「已」字。

陳廷焯《雲韶集》卷一：「春山」十字，别後神理。「曉風殘月」不是過也。結筆尤佳。

陳廷焯《詞則·閒情集》卷一：别後情景，「曉風殘月」不是過也。

俞陛雲《唐五代兩宋詞選釋》：言清曉欲别，次第寫來，與《片玉詞》之「淚花落枕紅綿冷」詞格相似。下闋言行人已去，猶回首丁寧，可見眷戀之殷。結句見天涯芳草，便憶及翠裙，表「長毋相忘」之意。

李冰若《花間集評注·栩莊漫記》：「記得緑羅裙，處處憐芳草」，詞旨悱惻温厚，而造句近乎自然，豈飛卿輩所可企及？「語已多，情未了。回首猶重道」，將人人共有之情和盤托出，是爲善於言情。

俞平伯《唐宋詞選釋》：「天淡」及下句把曹操《短歌行》「月明星稀」拆開來用，而意不同。「殘月」句寫人立庭院，缺月西下，破曉的光景。

唐圭璋《唐宋詞簡釋》：此首寫别情。上片别時景，下片别時情。起寫煙收星小，是黎明景色。「殘月」兩句，寫曉景尤真切。殘月映臉，别淚晶瑩，並當時之愁情，都已寫出。换頭，記别時言語，悱惻温厚。著末，揭出别後難忘之情，以處處芳草之緑，而聯想人羅裙之緑，設想似癡，而情則極摯。

蕭繼宗《評點校注花間集》：「春山」十字，只寫别時之景，而非别後之神。不知亦峰何以云云。「殘月」十字，方是妙筆，前兩句，常人能寫，後兩句虧他道出。羅裙芳草，是作者精彩得意處，而亦峰僅賞其「春山」、「天澹」，可見其重櫝而輕珠也。

中興樂①

池塘暖碧浸晴暉〔一〕。濛濛柳絮輕飛〔二〕。紅蕊凋來②〔三〕，醉夢還稀。　春雲空有鴈歸。珠簾垂。東風寂寞，恨郎抛擲〔四〕，淚濕羅衣。

【校　記】

①全本調下注曰：「即『濕羅衣』。」《記紅集》調作《柳絮飛》。《歷代詩餘》卷八注曰：「又一體，雙調四十二字。牛希濟詞有『濕羅衣』三字，後亦以名調。」

②凋：鍾本作「彫」。

【箋　注】

〔一〕晴暉：晴日陽光。唐温庭筠《牡丹二首》：「輕陰隔翠幃，宿雨泣晴暉。」

〔二〕濛濛：密佈貌。《詩經·豳風·東山》：「我來自東，零雨其濛。」東漢鄭玄《箋》：「道遇雨濛濛然。」東漢王逸《九思·憫上》：「雲濛濛兮電儵爍，孤雌驚兮鳴呴呴。」此喻柳絮密如細雨。

〔三〕紅蕊：唐張籍《岸花》：「可憐岸邊樹，紅蕊發青條。」

〔四〕拋擲：丟棄，棄置。唐顔師古《隋遺録》：「帝飲之甚歡，因請麗華舞《玉樹後庭花》。麗華目後主，辭以拋擲歲久，自井中出來，腰肢依拒，無復往時姿態。」

【疏　解】

詞寫春閨怨思。起寫晴日池塘之景，構句頗佳。接寫紅花凋殘、白絮飄飛的暮春景色，隱含傷春之意。「醉夢還稀」四字，託出傷離之情，已是讓人不堪。過片寫雁歸人未歸，甚且書亦未寄。女子「恨郎拋擲，淚濕羅衣」，終於控制不住自己積蓄已久、悲傷已極的情感，在此一總爆發，詞情臻於高潮。

【集　評】

湯顯祖評《花間集》卷二：「池塘暖碧浸晴暉」，又有春雲柳絮，已具四難之半，那得更生他想。

蕭繼宗《評點校注花間集》：「春雲」句淒與美兼。若士解人，但常作皮相語，亦奇。

謁金門[①]

秋已暮[②]。重疊關山歧路[③]〔一〕。嘶馬摇鞭何處去[④]〔二〕。曉禽霜滿樹〔三〕。　　夢斷禁城鍾鼓〔四〕。淚滴枕檀無數[⑤]〔五〕。一點凝紅和薄霧[⑥]〔六〕。翠娥愁不語[⑦]〔七〕。

【校　記】

① 此首《陽春集》作馮延巳詞，四印齋本注曰：「别作牛希濟。」當從《花間集》作牛希濟詞。吴鈔本此首後作「唐牛學士詞畢」，下接「唐鹿太尉詞」。湯本卷二至此首終。玄本卷六至此終。張本此首末「已上共十一調」數字，朱筆劃去。有二朱印。張本上卷至此終。

② 暮：毛本、四庫本作「莫」。

③ 歧路：吴鈔本、鍾本、湯評本、合璧本、玄本、張本、毛本《唐宋諸賢絶妙詞選》、正本、全本、《歷代詩餘》卷十一作「岐路」。

④ 摇鞭：王輯本作「摇首」。

⑤ 枕檀：雪本作「枕簟」。

⑥ 紅：《蘭畹曲會》作「缸」。和：《陽春集》、《蘭畹曲會》作「新」。

⑦ 翠娥：陸本、茅本、鍾本、湯評本、合璧本、張本、毛本、後印本、正本、四庫本、清刻本、徐本、影刊本、全本、《唐宋諸賢絶妙詞選》、《歷代詩餘》作「翠蛾」。

【箋　注】

〔一〕重疊句：謂重重關隘岔道。關山：關隘山嶺。《樂府詩集·横吹曲辭》五《木蘭詩》：「萬里赴戎機，關山度若飛。」歧路：大路分出之小路，岔路。三國魏曹植《美女篇》：「美女妖且閑，采桑歧路間。」唐高適《送劉評事充朔方判官賦得征馬嘶》：「歧路風將遠，關山月共愁。」

〔二〕嘶馬句：思婦懸想之詞，謂不知征人摇鞭催馬行到何處。

〔三〕曉禽：北魏酈道元《水經注·濕餘水》：「曉禽暮獸，寒鳴相和。」唐劉禹錫《冬日晨興寄樂天》：「庭樹曉禽動，郡樓殘點聲。」

〔四〕禁城：宫城。南朝宋顔延之《拜陵廟作》：「夙御嚴清制，朝駕守禁城。」

〔五〕枕檀：檀枕，以檀香置枕内，故稱。南朝陳徐陵《中婦織流黄》：「帶衫行幛口，覓釧枕檀邊。」

〔六〕凝紅：指紅淚。唐李賀《梁臺古愁》：「芙蓉凝紅得秋色，蘭臉別春啼脈脈。」

〔七〕翠娥：美女，此指思婦。唐李白《憶舊遊寄譙郡元參軍》：「翠娥嬋娟初月輝，美人更唱舞羅衣。」

【疏　解】

詞作兩解：一解上片寫外有征夫，下片寫内有思婦，内外對照映襯；一解上片係思婦夢中懸想，下片寫思婦夢后孤凄，是透過一層寫法。二解均可説通，而以第一種較勝。上片寫出征夫暮秋行旅、道路辛苦之狀：關山歧路，霜禽滿樹，嘶馬摇鞭，欲向何處，一種前途茫茫之感，油然而生，征夫思親念歸，已是情所不免。單從寫景的角度看，「嘶馬」二句，亦「好一幅秋林曉行圖」也（李冰若《栩莊漫記》）。下片鏡頭切换，從旅途轉回閨幃，思婦清夜夢斷、輾轉不寐、淚濕枕檀的相思凄苦之狀，也寫得頗爲感人。上片下片，征夫思婦，旅途閨中，清曉夤夜，前後對照，内外映襯，彼此補充，將「一種相思，兩處閒愁」，表現得相當完滿。這種結構藝術，影響下及宋歐陽修的《踏莎行》「候館梅殘」一詞。

【集　評】

李冰若《花間集評注·栩莊漫記》：「嘶馬」二句，好一幅秋林曉行圖，惜下闋不稱。

華鍾彦《花間集注》卷五：此詞上闋叙征夫，下闋叙閨婦，雙方對照，意境自不相類，然卻相屬。

蕭繼宗《評點校注花間集》：「曉禽霜滿樹」五字，何等清健，一轉入「淚滴枕檀」便敗人意興。《花間》諸公，跳不出綺羅薌澤，故不能達高絶之境，要亦風氣使然，不足深責也。

《花間集》未收詞

生查子

新月曲如眉，未有團圞意。紅豆不堪看，滿眼相思淚。終日劈桃穰，人在心兒裏。兩朵隔牆花，早晚成連理。《詞苑英華》本《詞林萬選》卷四。

存目詞

調名	首句	出處	附注
生查子	裙拖簇石榴	《詞林萬選》卷四	宋韓玉詞，見《東浦詞》。
生查子	輕輕製舞衣	《詞林萬選》卷四	宋晏幾道詞，見《小山詞》。
女冠子	蕙風芝露	《補續全蜀藝文志》卷四五	孫光憲詞，見《花間集》卷八。
女冠子	澹花瘦玉	《補續全蜀藝文志》卷四五	孫光憲詞，見《花間集》卷八。
女冠子	鳳樓琪樹	《補續全蜀藝文志》卷四五	鹿虔扆詞，見《花間集》卷九。

女冠子　　步虚壇上　　《補續全蜀藝文志》卷四五　　鹿虔扆詞，見《花間集》卷九。

題跋叙録

王國維《牛中丞詞輯本跋》：案《歷代詩餘·詞人姓氏》：「牛希濟，嶠之兄子。王衍時，累官翰林學士，御史中丞。降於後唐。明宗拜爲雍州節度副使。」其詞《花間集》有十一首，復從《詞林萬選》補三首，録爲一卷。《十國春秋》云：「希濟次牛嶠《女冠子》四闋，時輩嘖嘖稱道。」《女冠子》今不可考矣。光緒戊申季夏，海寧王國維記。（《唐五代二十一家詞輯》）

總評

吴任臣《十國春秋》卷四十四：希濟素以詩辭擅名，所撰《臨江仙》二闋……特爲詞家之雋。又次牛嶠《女冠子》四闋，時輩嘖嘖稱道。

沈雄《古今詞話·詞評》上卷：《堯山堂外紀》曰：希濟，嶠兄子，仕蜀王衍爲中丞。同光三年降唐，唐主令蜀舊臣王鍇等賦詩。希濟作一律云：「滿朝文武欲朝天……」唐主曰：希濟不忘忠孝也，賜緞百。詞亦富贍，載《花間集》。

吴梅《詞學通論》第六章：是以緣情託興，萬感横集，不獨醉妝薄媚，淪落風塵，睿藻流傳，足爲詞讖也。牛希濟之「夢斷禁城」，鹿虔扆之「露泣亡國」，言爲心聲，亦可得其大概矣。

李冰若《花間集評注·栩莊漫記》：希濟詞筆清俊，勝於乃叔，雅近韋莊，尤善白描。

陸侃如、馮沅君《中國詩史》卷三：他和牛嶠雖是叔侄，但他們的作風卻大異。嶠喜藻麗，希濟則尚自然。

姜方錟《蜀詞人評傳》：其詞境界宏闊，辭藻富麗，方諸乃叔，有過之無不及。

唐圭璋《詞學論叢·唐宋兩代蜀詞》：其詞《花間集》收十一首，《詞林萬選》收三首，共得十四首。詞筆清俊，亦善白描。

歐陽炯

【小　傳】

歐陽炯（八九六—九七一），益州華陽（今四川雙流）人。少事前蜀王衍，爲中書舍人。前蜀亡，隨王衍至洛陽。補秦州從事。孟知祥鎮蜀，炯復回成都。知祥稱帝，復爲中書舍人。後主孟昶廣政三年（九四〇），官武德軍節度判官，爲趙崇祚所編《花間集》作序。十二年，拜翰林學士。次年，知貢舉，判太常寺。後遷禮部侍郎，領陵州刺史，轉吏部侍郎，加承旨。二十四年，拜門下侍郎兼户部尚書、平章事，監修國史。宋乾德三年（九六五）後蜀亡，炯隨昶至汴京，仕宋爲左散騎常侍，充翰林學士。以本官分司西京，開寶四年卒，年七十六。事蹟見《宋史》卷四七九、《十國春秋》卷五六本傳。歐陽炯詞，《花間集》録十七首，《尊前集》録三十一首，内一首爲和凝詞，實存四十七首。

浣溪沙

歐陽舍人炯①

落絮殘鶯半日天②〔一〕。玉柔花醉只思眠③〔二〕。惹窗映竹滿爐煙。　獨掩畫屏愁不語，斜欹瑶枕髻鬟偏〔三〕。此時心在阿誰邊〔四〕。

【校　記】

①《全五代詩》題作《浣溪沙曲》。吴鈔本作「唐歐陽舍人詞」、「歐陽炯」、「浣沙溪三首」。陸本、徐本、影刊本調前作「歐陽炯四首」。茅本作「花間集卷第六」、「歐陽炯十七首」。玄本調前作「花間集卷七」、「歐陽炯十七首」。湯本、合璧本作「花間集卷之三，唐趙崇祚集，明湯顯祖評」、「歐陽炯，浣溪沙」。張本自「歐陽炯」起爲「《花間集》下卷」，署「銀青光禄大夫行衛尉少卿趙崇祚集，姑蘇葑溪後學張尚友重校」，作「浣沙溪，歐陽炯」，朱筆圈去「歐陽炯」，於

前一行加「歐陽烱四首」。鄂本、毛本、後印本、清刻本同晁本。正本作「歐陽烱，浣溪沙」。四庫本作「浣溪沙，歐陽烱」。

②落絮：王輯本《歐陽平章詞》作「葉絮」，誤。殘鶯：湯本、合璧本作「殘紅」。

③玉：晁本、陸本作「王」，誤，從他本改。

【箋　注】

〔一〕殘鶯：指晚春的黄鶯鳴聲。唐李頎《送人尉閩中》：「閶門折垂柳，御苑聽殘鶯。」唐白居易《牡丹芳》：「戲蝶雙舞看人久，殘鶯一聲春日長。」半日天：日午，一日之半。

〔二〕玉柔花醉：狀女子嬌柔無力之態。

〔三〕瑶枕：玉制的枕頭。亦用爲石枕、瓷枕的美稱。唐王翰《古蛾眉怨》：「燈前含笑更羅衣，帳裏承恩薦瑶枕。」

〔四〕阿誰邊：誰邊。阿誰：疑問代詞。猶言誰，何人。《樂府詩集·横吹曲辭五·紫騮馬歌辭》：「十五從軍征，八十始得歸。道逢鄉裏人：『家中有阿誰？』」《三國志·蜀書·龐統傳》：「先主謂曰：『向者之論，阿誰爲失？』」唐開元宫人《袍中詩》：「戰袍經手作，知落阿誰邊。」

【疏　解】

詞寫春愁閨怨。上片三句分寫季節時間、人物情態、居室環境。「落絮殘鶯」交待暮春天氣，爲人物出場提供一個感傷、慵懶的季節背景。果不其然，已是日午時分，女子仍睡思迷離，足見其情緒萎靡之甚。「惹窗映竹」的滿鑪麝煙，烘染出一種迷蒙幽寂的氣氛，正與嬌媚柔美的女子心思相適應。下片寫女子的愁態和愁情。「獨掩畫屏」、「斜倚瑶枕」寫其愁態，回應上片「只思眠」，「畫屏」、「瑶枕」乃内室、牀上之物品。末句是女子的内心獨白，出以問句，含蓄不盡。至此方點出女子思睡、怠倦的原因，不僅是因爲傷春，更是因爲傷别懷人。「玉柔花醉」不僅是修辭層面的「用字妍麗」，更是詞人對女性柔媚慵倦之美細膩體貼的表現，所謂「慣領略『柔』、『醉』二字者」，所以才有此傳神寫照之描寫形容。

【集　評】

沈際飛《草堂詩餘别集》卷一：炯又云「有情無力泥人時」，可注「玉柔」句。又評末句云：一問躍然。是貫領略「柔」、「醉」二字者。

卓人月《古今詞統》卷四徐士俊評語：炯又云「有情無力泥人時」，是慣領略「柔」、「醉」二字者。

李冰若《花間集評注·栩莊漫記》：「玉柔花醉」，用字妍麗。

蕭繼宗《評點校注花間集》：草草成篇，遂乏精彩，一問作結，無聊之尤。「半日天」，不成語。

其　二①

天碧羅衣拂地垂〔一〕。美人初着更相宜②。宛風如舞透香肌③〔二〕。獨坐含嚬吹鳳竹④〔三〕，園中緩步折花枝。有情無力泥人時⑤〔四〕。

【校　記】

① 此首影宋本《醉翁琴趣外篇》卷六作歐陽修詞。《醉翁琴趣外篇》不知何人所輯，收詞二百零三首。其中不見於《近體樂府》者八十三首。所收較爲雜亂，不足據信。當從《花間集》作歐陽炯詞。

② 宜：晁本、茅本作「宜」。

③ 宛：《醉翁琴趣外篇》卷六作「花」。香：彊村本《金奩集》作「春」。

④ 吹：湯本、合璧本作「笑」。

⑤ 泥：《醉翁琴趣外篇》卷六作「殢」。

【箋注】

〔一〕天碧羅衣：淺碧色羅衣。天碧，即天水碧。《宋史》卷四七八《世家》一《南唐李氏》：「煜之妓妾嘗染碧，經夕未收，會露下，其色愈鮮明，煜愛之。自是宫中競收露水，染碧以衣之，謂之『天水碧』。」唐羅虬《比紅兒詩》：「天碧輕紗只六銖，宛如含露透肌膚。」

〔二〕宛風：柔微之風。

〔三〕獨坐含嚬：唐劉禹錫《憶江南》：「弱柳從風疑舉袂，叢蘭裛露似沾巾。獨坐亦含嚬。」鳳竹：笙簫類樂器。《續通典》卷八八《樂》四：「劉昺以謂列其管爲簫，聚其管爲笙。鳳凰于飛，簫則象之；鳳凰戾止，笙則象之。」

〔四〕泥人：猶言纏磨人也。唐元稹《遣悲懷》其一：「顧我無衣搜藎篋，泥他沽酒拔金釵。」唐韓偓《無題》：「羞澀佯牽伴，嬌饒欲泥人。」

【疏解】

詞詠美人。上片寫其衣飾的色澤形制質地，强調其穿著得體，襯托出女子的身姿與風韻。「宛風如舞」四字，是添彩之筆，「宛風」不失時機地吹過，讓羅衣長裾，也讓女子和整個畫面一下子活起來。「透香肌」的細節，寫實之中有著《花間》詞人的關注與興趣，透出的正是典型的《花間》

香豔習氣。下片描寫女子的動作行爲情態。獨坐含顰吹奏笙簫，緩步園中折取花枝，有情無力嬌媚泥人，見出女子的日常生活内容，和她的技藝趣味的雅美與風韻的嫵媚。「有情無力」句寫女子嬌媚慵懶情態，傳神之筆，足可撩人心魂。

【集　評】

李冰若《花間集評注·栩莊漫記》：《十國詞箋》云：李後主伎妾嘗染淺碧色，經夕未收，會露下，色愈鮮明。煜愛之。自是宫中競收露水染碧以衣之，謂之天水碧。是五代時宫女衣著尚淺碧色有由來也。歐陽炯詞云：「天碧羅衣拂地垂。」是蜀時女衣已尚淺碧也。

蕭繼宗《評點校注花間集》：後起一聯，信筆成文，顯然敷湊。然結句七字卻能入神。天水碧爲南唐後主所喜，此亦云云，殆亦時世所尚歟？

其　三

相見休言有淚珠。酒闌重得敘歡娱①。鳳屏鴛枕宿金鋪〔一〕。　蘭麝細香聞喘息，綺羅纖縷見肌膚②。此時還恨薄情無③〔二〕。

【校　記】

① 闌：四庫本作「蘭」，誤。

② 綺羅句：南宋胡偉集句《宫詞》作歐陽修句。案：此句早見《花間集》歐陽炯《浣溪沙》詞中，非歐陽修句。胡偉《宫詞》顯係誤題，當從《花間集》作歐陽炯詞句。

③ 此時：吴鈔本作「此恨」。

【箋　注】

〔一〕金鋪：金飾鋪首。唐沈佺期《侍宴》：「妝樓翠幌教春住，舞閣金鋪借日懸。」見卷三薛昭藴《謁金門》「春滿院」注〔三〕。此處指代閨房。

〔二〕無：否，表疑問。唐朱慶餘《近試上張水部》：「粧罷低眉問夫婿，畫眉深淺入時無。」

【疏　解】

詞寫床笫之歡，從男子的角度切入，爲《花間》豔情中尤豔者。上片寫别後重會。首句寫女子感泣，男子勸慰。次句寫酒闌之後，重叙歡娱，以下就此展開。三句寫閨房歡埸，「鳳屏鴛枕」，明寫器用之具，實寓顛鸞倒鳳、鴛鴦成雙之意。下片具寫雲雨之歡。「蘭麝」句寫聽覺，「綺羅」句寫視覺，真可謂有「聲」有「色」，其間景況，已無需也無法言説矣。但當此之際，男子卻偏有話要説，結句係男子詰問女子之詞，目的是要借此證明自己非薄情負心之人。然其狎昵輕狂之狀，真乃不可告人者。結句在結構上回應起句，坐實久別重會。歐陽炯是《花間集序》的作者，此詞典型地體現了序中「南朝宫體」、「北里倡風」的詞學主張，被況周頤評爲：「自有艷詞以來，殆莫艷於此矣。」（《蕙風詞話》卷二）影響下及宋代柳永、黄庭堅及清代孫原湘等人的豔情俗詞。然此詞雖「叙情淋漓盡態，而著語尚有分寸」（李冰若《栩莊漫記》），比之柳七、黄九此類詞作的「粗俗不堪」，終有文野之分。處理此等題材，非十分膽量和筆力，自是難以措手，故而獲致「重拙大」之褒賞。站在道學和道德立場上看，此詞的是「淫詞」。若换以平常心看待，其實也不過俗話説的「久别勝新婚」罷了，並無甚奇處。紅塵俗世，欲海衆生，似正未免於此。

【集　評】

沈際飛《草堂詩餘别集》卷一：嘗謂美人一日有嗔怪時方有趣，一年有病苦時方有韻，一生有别離時方有情，歐陽早會之。

玄本頁眉墨批：銷魂景況。朱批：温柔鄉。（按：似是同一手筆）

鍾本評語：前二闋佳絶，落絮殘鶯，玉柔花醉，造語奇麗之甚。如「有情無力泥人時」，尤爲警策。

陳廷焯《雲韶集》卷一：結語情致可想。

況周頤《蕙風詞話》卷二：《花間集》歐陽炯《浣溪沙》云：「蘭麝細香聞喘息，綺羅纖縷見肌膚。此時還恨薄情無？」自有豔詞以來，殆莫豔於此矣。半塘僧鶩曰：「奚翅豔而已？直是大且重。」苟無《花間》詞筆，孰敢爲斯語者？

李冰若《花間集評注·栩莊漫記》：歐陽炯《浣溪沙》「相見休言有淚珠」一首，叙事層次井然，叙情淋漓盡態，而著語尚有分寸，以視柳七黄九之粗俗不堪，自有上下牀之别。

吴世昌《詞林新話》卷二：歐語開後世如孫原湘之「綽約見肌膚，蒙茸珍火齊」一路淫詞，半塘大之重之，何所見而云然？

蕭繼宗《評點校注花間集》：情真雖豔無傷，辭遊雖貞無取，前人賞此，不爲無因。

三字令[①]

春欲盡，日遲遲〔一〕。牡丹時。羅幌卷〔二〕，翠簾垂[②]。彩箋書[③]，紅粉淚，兩心知。　人不在，燕空歸。負佳期〔三〕。香燼落，枕函欹。月分明，花澹薄，惹相思〔四〕。

【校　記】

① 此首又見鮑廷博本、朱孝臧本《張子野詞》卷二，作宋張先詞。按：此首《花間集》作歐陽炯

詞。張先有《安陸集》亡佚不傳，《張子野詞》不知何人所輯。所收舛亂，不足據信。吴本《張子野詞》未收此首。當從《花間集》作歐陽炯詞。

②翠：王輯本作「繡」。

③彩牋二句：《花草粹編》無此二句。

【箋　注】

〔一〕日遲遲：《詩經・豳風・七月》：「春日遲遲，采蘩祁祁。」朱熹《傳》曰：「遲遲，日長而暄也。」形容春日天長和暖。後以「遲日」指春日。唐皇甫冉《送錢唐駱少府赴制舉》：「遲日未能銷野雪，晴花偏自犯江寒。」

〔二〕羅幌：絲羅帷幔。南朝宋鮑照《代陳思王〈京洛篇〉》：「珠簾無隔露，羅幌不勝風。」

〔三〕人不在三句：言燕歸人未歸，有負佳期也。

〔四〕月分明三句：言女子夜深不寐，見花月撩起無限情思。

【疏　解】

詞寫閨中相思之情。上片寫白天，從室外及於室内。起句點明暮春天氣，爲全詞定下感傷基調。「羅幌」二句，描寫居室環境，而有寂寞氣氛。春盡人未還，遲遲長日，空閨如何挨度？女子再次展讀來書，感而下淚。「兩心知」，即「一種相思，兩處閒愁」之意，足見兩心相同，兩情深厚。然言外亦有一春相思況味，無從訴説，只有當事雙方如魚飲水，冷暖自知之意。下片寫入夜，由室内及於室外。「燕歸」點出時已黄昏，反襯人未歸。「斷送一生憔悴，能消幾個黄昏」，女子一天的等待又要落空，故生出「負佳期」之輕歎微怨。「佳期」當是男子來信中約定之歸期，回應上片「彩箋書」一句。「香燼落」，見出夜已深沉；「枕函欹」説明人仍未眠。結三句寫窗外月色皎潔，花光淡薄，女子望月懷人，在一天的等待落空之後，再禁受著漫漫長夜的相思熬煎。此詞傷春怨别，表現上頗有特點，「逐句三字轉而不窘」（湯顯祖評《花間集》卷三），「一句一意，如以線貫珠，粒粒分明，仍一絲縈曳」，足備一體，堪供後世「賦此調者取則」（俞陛雲《唐五代兩宋詞選釋》）。

【集　評】

鍾本評語：全首佳甚，起末六句更有無限情味。

湯顯祖評《花間集》卷三：逐句三字轉而不窘，不坌，不崛頭，亦是老手。

許昂霄《詞綜偶評》：「羅幌卷」五句，由外而内。「香燼落」五句，由内而外。「花淡薄」，春光欲盡，故曰「淡薄」。

陳廷焯《雲韶集》卷一：「兩心知」三字温厚，較「憶君君不知」更深。好在「分明」、「淡薄」四字。

俞陛雲《唐五代兩宋詞選釋》：十六句皆三字，短兵相接，一句一意，如以線貫珠，粒粒分明，仍一絲縈曳，録之以備賦此調者取則。

唐圭璋《唐宋詞簡釋》：此首每句三字，筆隨意轉，一氣呵成。大抵上片白晝之情景，由外及内。下片午夜之情景，由内及外。起句，總點春盡之時。次兩句，點簾外日映牡丹之景。「羅幌」兩句，記人在簾内之無緒。「彩箋」兩句，記人在簾内之感傷。人去不歸，徒有彩箋，見箋思人，故不禁淚下難制。「兩心知」一句，因己及人，彌見兩情之深厚。換頭三句，説明燕歸人不歸，空負佳期。「香燼」兩句，寫夜來室内之慘澹景象。結句，又從室内窺見外面之花月，引起無限相思。

蕭繼宗《評點校注花間集》：此調全文皆三字句，前後疊結構全同。舍人此作，如僚弄丸，運轉靈活，可謂善於用調。試爲分析，即可了然。前起「春欲盡」及後起「人不在」各三句，自成一小段。因兩韻緊接，故第三句，必須自第一二句引出，方非贅附。如「時」字自「春」、「日」引出，「負」字自「不」、「空」引出。其次如「羅幌」及「香煙」各二句，又自成一小段，宜作對偶平列，稍稍鋪叙。至於兩結則各三句，止各用一韻，則宜兩句平列，末句雙鎖前文。如「書」、「淚」二事，以「兩心知」之「知」字鎖之，「月」、「花」二事，則以「惹相思」之「惹」字鎖之。解此方足以語用調，若只知逐句以三字填入，雖音節無訛，文氣必阻矣。

中国古典文學基本叢書

花間集校注

第三册

〔後蜀〕趙崇祚 編
楊景龍 校注

中華書局

花間集校注卷六　五十一首

歐陽舍人炯　十三首

和學士凝　二十首

【校　記】

① 晁本作「江城子」，缺「一首」二字。

南鄉子　歐陽舍人炯①

嫩草如煙②。石榴花發海南天〔一〕。日暮江亭春影淥③〔二〕。鴛鴦浴④。水遠山長看不足〔三〕。

【校　記】

①陸本、徐本、影刊本調前作「花間集卷第六，歐陽炯十三首」。吴鈔本作「南鄉子八首」。張本此首前朱筆校補「花間集卷第六，歐陽炯十三首」。毛本、後印本、清刻本作「花間集卷六，五十一首」，下列細目，後作「南鄉子，歐陽舍人炯」。鄂本作「南鄉子，歐陽舍人炯」。

②如煙：吴鈔本作「姢姻」。

③暮：毛本、四庫本作「莫」。淥：吴鈔本、《歷代詩餘》、王輯本作「緑」。

④浴：吴鈔本作「欲」。

【箋　注】

〔一〕石榴：又名丹若，塗林。因産自西域安國，故稱安石榴。晉張華《博物志》卷六：「張騫使西域還，得大蒜、安石榴、胡桃、蒲桃。」唐劉禹錫《百花行》：「唯有安石榴，當軒慰寂寞。」唐萬楚《五日觀妓》：「眉黛奪將萱草色，紅裙妒殺石榴花。」海南天：泛指南方地區。唐張籍《奉和陝州十四翁中丞寄雷州二十二翁司户之作》：「聯飛獨不前，迥落海南天。」

〔二〕春影：春日景物的影子。唐鮑溶《東鄰女》：「雙飛鷓鴣春影斜，美人盤金衣上花。」唐趙嘏《下第後歸永樂里自題》之二：「公卿門户不知處，立馬九衢春影中。」

〔三〕水遠山長：唐李遠《黄陵廟詞》：「輕舟小楫唱歌去，水遠山長愁殺人。」

【疏　解】

《花間》詞取材以豔情爲主，歌舞宴樂之事，男歡女愛之情，無疑是其表現上的重心所在。但豔情之外，亦有詠史、弔古、邊塞、隱逸、宗教、風土等内容，且間有佳作。即如歐陽炯，一方面在《花間集序》中張揚「宫體倡風」，寫作豔詞；同時又有《南鄉子》組詞，詠寫南粤風土民俗。這説明《花間》詞人的美感趣味和《花間》詞作的取材範圍還是相當寬泛的，並不僅僅局限於豔情一隅。此詞列組詞之首，有總領性質，「海南天」應是點《南鄉子》題面。《南鄉子》也許就是南土民歌，運用此題一如運用樂府舊題，作品内容總須緣題切題方好。頭二句寫季節、景物和地域，清新明麗。「日暮」二句寫近景，江亭黄昏，緑波春影，鴛鴦對浴，風物鮮麗可愛。「春影渌」三字佳，既見出江水澄澈，又收虚實相映之效果，那清瀅的江水中映出的嫩草榴花、江天晚霞等春日影像，當比實景更爲幻美動人。若用「春水渌」，則稍嫌質實呆相。結句縱筆摹寫遠景，放眼一望，山長水遠，更是豁人眼眸，讓人賞之不足，句中含有無限讚歎之意。

【集　評】

蕭繼宗《評點校注花間集》：舍人《南鄉子》八首，皆寫炎方風土，别饒情致。此首起筆雖有點綴，後文終嫌太泛。

其　二①

畫舸停橈②〔一〕。槿花籬外竹横橋③〔二〕。水上遊人沙上女④。迴顧⑤〔三〕。笑指芭蕉林裏住⑥。

【校　記】

①《記紅集》調名作《畫舸》。

② 橈：吴鈔本作「撓」，誤。

③槿：吴鈔本作「撞」，誤。外竹：林大椿《唐五代詞》作「竹外」。
④沙上女：彊村本《金奩集》作「浣紗女」。
⑤回顧：雪本作「回頭顧」。王輯本作「□回顧」。
⑥芭蕉：吴鈔本作「色蕉」，誤。裏：吴鈔本作「袖」，誤；彊村本《金奩集》作「下」。

【箋　注】

〔一〕畫舸：畫船。南朝梁蕭繹《赴荆州泊三江口》：「蓮舟夾羽氅，畫舸覆緹油。」唐岑參《早春陪崔中丞同泛浣花溪宴》：「紅亭移酒席，畫舸逗江村。」橈：船槳。

〔二〕槿花：木槿花。木槿亦作「木堇」。落葉灌木或小喬木。夏秋開花，花鐘形，單生，有白、紅、紫等色，朝開暮落。栽培供觀賞兼作緑籬。《淮南子·時則訓》：「木堇榮。」高誘注：「木堇，朝榮莫落，樹高五六尺，其葉與安石榴相似也。」唐韓翃《送李明府赴連州》：「春服橦花細，初筵木槿芳。」南朝梁沈約《宿東園》：「槿籬疏復密，荆扉新且故。」

〔三〕迴顧：回頭；回頭看。漢蔡邕《翠鳥》：「回顧生碧色，動摇揚縹青。」《三國志·吴書·陸凱傳》：「徑還赴都，道由武昌，曾不迴顧。」

【疏　解】

此首寫遊人與土著少女的偶遇，表現南土人物風情，樸野豔麗，明媚如畫。畫舸、槿籬、竹橋，是一幅南土村野小景。「晝舸」上的「遊人」爲繁盛的槿花和横斜的竹橋，這動人的村景所吸引，情不自禁地停船觀賞起來。岸邊沙灘上，適有土著少女，大約是在浣衣拾貝吧，而與遊人有了一番嬉笑問答。「沙上女」的「迴顧」，應是先被「水上遊人」的驀然闖入和搭訕驚走，然後又忍不住回頭再看一眼「遊人」——這與日夕相對的鄉里男子似乎有些不同的異鄉男子。「笑指芭蕉林裏住」，當是回答「遊人」的問詢，也是土著少女的自我介紹兼作邀請，當真當假，只在疑似之間。詞中少女形象天真質樸，語言友善熱情，嬌羞中有幾分大膽好奇，率真中隱約著含蓄黠慧。與《花間》艷詞中見慣了的「綺怨」的香閨女子，的確判然有别。

【集評】

鍾本評語：風流清綺，幾勝《大堤曲》矣。

卓人月《古今詞統》卷一徐士俊評語：隱隱聞村落中嬌女聲。

李冰若《花間集評注·栩莊漫記》：儼然一幅畫圖。

蕭繼宗《評點校注花間集》：情景兼融，如身歷其境矣。此八首中，惟二三兩首第四句各短一字，調風稍損，語氣亦欠圓足。如「回顧」上或奪一「偷」字「頻」字，下首「臨水」二字之間，或落一「溪」字「秋」字，亦未可知。顧無他本可證，不敢堅執。至譜書以舍人既有此兩首全同，勢不能不列爲「又一體」，自亦無可如何之事。依常情論，八首同題同調，一氣呵成，作者決不至

「貧於一字」，另取一體，其爲漏奪，固可斷言。況少此一字，於文氣亦有未足耶！

其　三

岸遠沙平。日斜歸路晚霞明〔一〕。孔雀自憐金翠尾〔二〕。臨水①。認得行人驚不起。

【校　記】

①臨水：吴鈔本作「臨臨水」，雪本作「林流水」，並誤。王輯本作「臨□水」。

【箋　注】

〔一〕歸路：歸途。返回的道路。唐李康成《采蓮曲》：「青荷蓮子雜衣香，雲起風生歸路長。」

〔二〕孔雀二句：言孔雀臨水照羽自憐。金翠尾：孔雀金黄翠緑的尾羽。漢劉向《説苑・雜言》：「夫君子愛口，孔雀愛羽，虎豹愛爪，此皆所以治身法也。」唐武元衡《四川使宅有韋令公時孔雀存焉》：「動摇金翠尾，飛舞碧梧陰。」

【疏解】

在「采麗競繁」的《花間》詞林，歐陽炯和李珣的《南鄉子》，以樸素清新的筆調描寫南粤風光，是兩組有著特殊認識和審美價值的作品。組詞中的地名意象如「越南、南中、越王臺、采香洞」等，動植物意象如「孔雀、大象、猩猩、珍珠、桄榔、椰子」等，在古典詩詞意象系列裏很少出現，富有鮮明的南粤地域特色，洋溢著濃郁的異域情調，讀之新人耳目。此詞詠孔雀，寫來極爲生動傳神。傍晚的沙岸上，開屏的孔雀在臨水照影，反射著斑斕的晚霞，孔雀的尾羽更顯得金碧輝煌，映入水中煞是好看。孔雀「自我欣賞」入了迷，直至有人從旁邊走過，方使它吃了一驚，但隨即認出是天天從這裏經過的「老熟人」，便又若無其事地繼續照起來。詞寫孔雀「顧影自憐」的細節，生動地表現了孔雀這種禽鳥的個性神態，頗富情趣。同時也寫出了南粤土人和野生動物相安一處、友好睦鄰的原始親和關係，民風之良善淳樸，不難從中想見。李珣的《南鄉子》之十四、孫光憲的《八拍蠻》也寫到孔雀，似都不及此首寫得成功。

【集評】

鍾本評語：語似樂府。

卓人月《古今詞統》卷一徐士俊評語：説驚起者，淺矣。

譚獻《詞辨》卷一：「未起意先改」，直下語似頓挫。「認得行人驚不起」，頓挫語似直下，「驚」字倒裝。

陳廷焯《雲韶集》卷一：遣詞用意，俱有別致。

俞平伯《唐宋詞選釋》：孔雀臨水看見有人來，嚇了一跳，又似乎認得他，依然不動，還在那裏照影自憐。讀「驚」字略斷，句法曲折，寫孔雀姿態如生。

吴世昌《詞林新話》卷二：或注曰：孔雀臨水見有人來，嚇了一跳，又似乎認得他，依然不動，並曰讀「驚」字略斷云云。此解全誤。孔雀肯定認得行人，不是「似乎認得」，故雖行人驚之，亦知行人無害己之心，依然不受其驚也。「驚起」，成語，中間「不」字。「驚」字不連上文讀，亦不略斷。以「驚」字爲嚇了一跳，令人絶倒！讀「驚」字略斷，然則另二首之「林」字、「擡」字亦略斷否？

蕭繼宗《評點校注花間集》：孔雀於他處爲珍禽，在南中則習見，故見人不驚。作者用意在此。孔雀自憐翠尾，故見麗妝則開屏自炫，臨清流而顧影，深得物理。臨水開屏，光彩爛然，得「遠岸」、「明霞」，爲之映帶，益見絢麗，可知首兩句之景，亦曾費經營也。

其四

洞口誰家〔一〕。木蘭船繫木蘭花①〔二〕。紅袖女郎相引去②〔三〕。游南浦。笑倚春風相對語③。

【校記】

① 船：四印齋本作「舡」。

② 紅袖：吴鈔本作「細袖」，誤。

③ 春風：王輯本作「東風」。

【箋注】

〔一〕洞口：山洞入口。南方土著所居稱洞。唐元結《無爲洞口作》：「無爲洞口春水滿，無爲洞傍春雲白。」

〔二〕木蘭船：木蘭樹所造之船，南朝梁劉孝威《採蓮曲》：「金槳木蘭船，戲采江南蓮。」亦稱木蘭舟。南朝梁任昉《述異記》卷下：「木蘭洲在潯陽江中，多木蘭樹。昔吴王闔閭植木蘭於此，用構宫殿也。七里洲中，有魯般刻木蘭爲舟，舟至今在洲中。詩家云木蘭舟，出於此。」後常用爲船的美稱，並非實指木蘭木所制。唐羅隱《秋曉寄友人》：「更見南來釣翁説，醉吟還上木蘭舟。」木蘭花：唐李商隱《木蘭花》：「幾度木蘭舟上望，不知元是此花身。」此指木蘭花樹。

〔三〕相引：相招，相約。唐岑參《春半與群公同遊元處士别業》：「勝概忽相引，春華今正濃。」

【疏　解】

詞寫南粤少女水邊遊春嬉鬧場景。首二句一問一答，避免平鋪直叙，用的是外來者的視角，必如此，一切方才顯得新奇。這滿眼好奇的外來遊人，即是詞人自己。洞口人家，木蘭小船，木蘭花樹，都是嶺南風土。南粤多生木蘭樹，土人以之制船，山多洞穴，土著所居鄰洞，張籍《蠻州》云「瘴水蠻中入洞流，人家多住竹棚頭」，可與此詞所寫洞口人家互參。這是南粤土人的典型生活環境。后三句人物出場，描寫紅袖少女招群結伴，水邊嬉笑遊樂的情景。女子穿紅戴緑，呼朋引類，無憂無慮，盡情嬉戲，場面人物氣氛，十分熱鬧動人。詞中所寫，或即上巳水邊洗濯脩禊、祛除不祥的節日活動場面。

【集　評】

鍾本評語：「木蘭船繫木蘭花」，淡語而俊者也。樂天「紫薇花對紫薇郎」，亦殊有韻。

蕭繼宗《評點校注花間集》：信筆剪景，而南國民間，癡兒憨女，無邪無慮之情自見。

其　五

二八花鈿〔一〕。胸前如雪臉如蓮①〔二〕。耳墜金鐶穿瑟瑟②〔三〕。霞衣窄〔四〕。笑倚江頭招遠客[3]。

【校 記】

①如雪：王輯本作「爲雪」。

②金鐶：吴鈔本作「鐶」，下空一格。鐶：鍾本、毛本、後印本、正本、四庫本、清刻本、全本、王輯本作「鬟」。玄本、彊村本《金奩集》、《唐宋人選唐宋詞》本《花間集》作「環」。

③倚：雪本作「指」。

【箋 注】

〔一〕二八花鈿：指少女。二八：十六歲。謂正當青春年少，多言女子。南朝陳徐陵《雜曲》：「二八年時不憂度，旁邊得寵誰相妒。」花鈿：用金翠珠寶製成的花形首飾。南朝梁沈約《麗人賦》：「陸離羽佩，雜錯花鈿。」

〔二〕胸前如雪：言胸前膚色如雪。韓偓《余作探使以繚綾手帛子寄賀因而有詩》：「帝臺春盡還東去，卻繫裙腰伴雪胸。」臉如蓮：臉頰如蓮花。唐王昌齡《採蓮曲》：「荷葉羅裙一色裁，芙蓉向臉兩邊開。」唐李隆基《好時光》：「寶髻偏宜宮樣，蓮臉嫩，體紅香。」

〔三〕耳墜句：言戴金玉耳飾。瑟瑟：碧色寶石。《周書·異域傳》下《波斯》：「（波斯國）又出白象、師子……馬瑙、水晶、瑟瑟。」《新唐書・高仙芝傳》：「仙芝爲人貪，破石（國），獲瑟瑟十餘斛。」明李時珍《本草綱目》卷八《金石》二《寶石》：「《山海經》言騩山多玉，淒水出焉，西注於海，中多采石。采石，即寶石也。碧者，唐人謂之瑟瑟。紅者，宋人謂之靺鞨。今通呼爲寶石。」唐杜甫《石筍行》：「雨多往往得瑟瑟，此事恍惚難明論。」

〔四〕霞衣：喻輕柔豔麗的衣服。唐李嶠《舞》：「霞衣席上轉，花袖雪前明。」

【疏　解】

詞寫土著少女江頭迎客的情景。女子正當芳齡，雪胸蓮臉，見其天生麗質。而又喜愛妝飾，耳穿金環，環墜寶石，衣色如霞，鮮豔明麗，正是土著少女的服飾打扮。其「笑倚江頭招遠客」的大方熱情形象，當令遠方遊客耳目一新，留下歷久難忘的印象。

【集　評】

蕭繼宗《評點校注花間集》：「胸前如雪」四字，前人亦不常道。末句似率直，而實逼真。

其六

路入南中〔一〕。桄榔葉暗蓼花紅①〔二〕。兩岸人家微雨後。收紅豆②〔三〕。樹底纖纖擡素手③〔四〕。

【校記】

①榔：全本作「榔」。暗：雪本作「裏」。

②豆：吴鈔本作「荳」。

③樹：《詞譜》卷一作「葉」。

【箋注】

〔一〕南中：本指川南、雲貴或嶺南，泛指南方，南部地區。謝朓《酬王晉安》：「南中榮橘柚，寧知鴻鴈飛。」唐王建《荆門行》：「南中三月蚊蚋生，黄昏不聞人語聲。」

〔二〕桄榔：亦作「桄桹」。俗稱砂糖椰子、糖樹。常緑喬木，羽狀複葉，小葉狹而長，肉穗花序的汁可製糖，莖中的髓可製澱粉，葉柄基部的棕毛可編繩或製刷子。《後漢書·西南夷傳·夜郎》：「句町縣有桄榔木，可以爲麪，百姓資之。」《文選·左思〈蜀都賦〉》：「布有橦華，麪有桄榔。」劉逵注引張揖曰：「桄榔，樹名也。木中有屑如麪，可食，出興古。」唐張九齡《送廣州周判官》：「里樹桄榔出，時禽翡翠來。」唐李德裕《謫嶺南道中作》：「嶺水爭分路轉迷，桄榔椰葉暗蠻溪。」蓼花：紅蓼花。唐羅隱《姑蘇城南湖陪曹使君遊》：「水蓼花紅稻穗黄，使君蘭棹泛迴塘。」

〔三〕紅豆：紅豆樹、海紅豆及相思子等植物種子的統稱。其色鮮紅，詩詞中常用以象徵愛情或相思。唐王維《相思》：「紅豆生南國，春來發幾枝。願君多採擷，此物最相思。」

〔四〕樹底：樹下。唐韓偓《殘花》：「樹底草齊千片淨，牆頭風急數枝空。」纖纖擡素手：漢無名氏《古詩十九首》：「纖纖擢素手，札札弄機杼。」

【疏　解】

詞寫南粵士人收取紅豆的勞動場景。先從「南中」風光入手，岸上桄榔葉暗，水邊蓼花紅豔，自然環境的地域特色鮮明。繼寫岸邊人家雨後從事的日常勞動，「紅豆生南國」，這種收取紅豆的勞動内容，也是富有南國地域特色的。南國多雨，雨洗紅豆色澤愈加紅豔，與摘取紅豆的「纖纖素手」相映相襯，紅豆更顯紅潤，而素手更覺白皙，畫面色彩頗爲動人。「至極清麗」，當即指此而言。

所謂「入宋不可復得」，原因當是宋人歡場情詞，已無此自然本色，鄉土真淳。此中所寫收取紅豆的勞動，無疑是南國化的，並且是女性化的，因而也是詩意化的。因是收取紅豆，「勸君多採擷，此物最相思」，這勞動場景也自然地誘人生出許多浮想與遐思，況有「樹底纖纖擡素手」的特寫影像，早已定格詞中，滉漾于眼前，揮之而不去矣。

【集　評】

鍾本評語：「兩岸人家微雨後。收紅豆」，致極清麗，入宋不可復得矣，嗟夫！

卓人月《古今詞統》卷一徐士俊評語：致極清麗，入宋不可復得。

王士禛《五代詩話》卷四引《邊州聞見録》：蜀多紅豆樹，堅致，紋如贏，土人不甚愛惜，每於成都市得之。「收紅豆，樹底纖纖擡素手」，歐陽舍人詞也。

陳廷焯《雲韶集》卷一：好在「收紅豆」三字，觸物生情，有如此境。

劉永濟《唐五代兩宋詞簡析》：此亦詠南嶠風土者。

夏承燾《唐宋詞欣賞·花間詞體》評《南鄉子》二首：第一首詞中所描寫的「桄榔葉」、「蓼花」、「紅豆」；第二首描寫的「孔雀」，都是南方特有的風物。前首寫南方的風景，寫出了少女們採擷紅豆的情景，是一幅富有生活氣息的圖畫。後一首描寫孔雀臨水照影，金翠尾與晚霞相照映，也構成了一幅色彩鮮豔的畫面。

蕭繼宗《評點校注花間集》：全文寫南中風土，人物如畫。初來臺灣者，同有此感，惟此間不産紅豆而已。

其七

袖斂鮫綃①〔一〕。採香深洞笑相邀②〔二〕。藤杖枝頭蘆酒滴〔三〕。鋪葵蓆③〔四〕。豆蔻花間趖晚日④〔五〕。

【校記】

①鮫：玄本作「絞」。

②笑相邀：王輯本作「笑邀」。

③蓆：玄本、全本、《歷代詩餘》、《唐宋人選唐宋詞》本《花間集》作「席」。

④豆蔻：吴鈔本、湯評本、合璧本、王輯本、《唐宋人選唐宋詞》本《花間集》、林大椿《唐五代詞》作「荳蔻」。間：吴鈔本作「開」。

【箋　注】

〔一〕鮫綃：亦作「鮫鮹」。傳説中鮫人所織之綃。亦借指薄絹、輕紗。《文選》晉左思《吴都賦》：「泉室潛織而卷綃，淵客慷慨而泣珠。」劉逵《注》曰：「俗傳鮫人從水中出，曾寄寓人家，積日賣綃，綃者，竹孚俞也。鮫人臨去，從主人索器，泣而出珠滿盤，以與主人。」東晉干寶《搜神記》卷十二：「南海之外，有鮫人，水居如魚，不廢織績。其眼泣則能出珠。」南朝梁任昉《述異記》卷上：「南海出鮫綃紗，泉室潛織，一名龍紗。其價百餘金，以爲服，入水不濡。」唐温庭筠《張靜婉採蓮曲》：「掌中無力舞衣輕，剪斷鮫鮹破春碧。」

〔二〕採香：採集香料。古時南方出香料，人多採香爲業，有採香户及香市。宋李昉《太平廣記》、《太平御覽》、明周嘉胄《香乘》引《述異記》云：「香洲，在朱崖郡洲中，出諸異香，往往不知名焉。」「日南郡有千畝香林，名香往往出其中。」「日南有香市，商人交易諸香處。」「南海郡有采香户。」《大明一統志》云：「廣東德慶州，有香山，上多香草。」

〔三〕蘆酒：莊綽《雞肋編》卷中：「又羌人造嗅酒，以荻管吸於瓶中。」老杜《送從弟亞赴河西判官》詩云：『黄羊飫不羶，蘆酒多還醉。』蓋謂此也。」

〔四〕葵蓆：葵草所織之席。

〔五〕趂：走，移動。漢許慎《説文》：「趂：走意。」清段玉裁《注》：「今京師人謂日趹爲趂。」

此指豆蔻花間日影西斜。

【疏　解】

詞寫採香女子邀人飲酒。勞動中的偶然相逢，便熱情相邀，且一見如故，略無避忌，席地豆蔻花間，飲至紅日西斜，土著民風的熱情良善，性格的開通大方，於此可見，讓人讀之不免生出歎羨之意。鮫綃衣袖，深洞採香，藤杖蘆酒，豆蔻花叢，均是南粵鄉土氣息濃郁的意象。或謂此詞「寫南方老人之樂」，似恐非是，因「鮫綃」衣衫多爲女子服用，著于老年男性的「他們」身上，似有不宜。

【集　評】

鍾本評語：「豆蔻花間趖晚日」，「白蘋香裏小沙汀」，小小情致，俱屬詞手。

張德瀛《詞徵》卷三：趖，昨和切，《通俗文》：「短也。」歐陽炯詞：「豆蔻花間趖晚日。」

蕭繼宗《評點校注花間集》：溪嶺間人，誠懷、葛之民也，讀此令人神往。

其　八①

翡翠鵁鶄。白蘋香裏小沙汀〔一〕。島上陰陰秋雨色。蘆花撲。數隻魚船何處宿②。

【校　記】

①以上八首《南鄉子》，陸游跋《金奩集》謂是温庭筠詞。然《花間集》、《金奩集》俱作歐詞。陸游曾兩跋《花間集》，當知其爲歐詞，未解跋《金奩集》時何故云是温詞？當從《花間集》作歐陽炯詞。

②魚船：玄本、毛本、後印本、正本、四庫本、清刻本、全本、《歷代詩餘》、王輯本作「漁船」。鄂本作「魚舡」，四印齋本作「漁舡」。

【箋　注】

〔一〕沙汀：水邊或水中的沙地。南朝梁江淹《靈丘竹賦》：「鬱春華於石岸，艳夏彩於沙汀。」唐楊淩《梅里旅夕》：「楓浦蟬隨岸，沙汀鷗轉流。」

【疏　解】

詞寫南國水鄉洲島雨前景色。前兩句描寫蘋花散香的沙汀上，感知風雨將至的鵁鶄，耐心地棲止守候著水中的魚兒。水邊的沙汀連著洲島，島上雲色陰陰，風中蘆花飛撲，瀰漫著某種不安的雨前氣息。「數隻魚船何處宿」一句，是整幅畫面和詞人關注的中心，慣見風雨的漁人在雨前也略顯倉皇，一時之間尚不定泊船何處宿夜避雨。猜想的語氣中似有某種牽掛和擔憂，見出詞人的仁者之心與多情性格，並非如論者所説的，僅只關注于南國風物，陶醉于南土風情。詞意緣此而顯得藴藉深厚。

歐陽炯這組「皆紀嶺海風土，語義與《竹枝》爲近」的《南鄉子》，題材内容的特點已見各首的「疏解」，無須再説；寫法上的特點，誠如湯顯祖所云：「短詞之難，難於起得不自然，結得不悠遠。諸詞起句無一重復，而結語皆有餘思，允稱名作。」

【集　評】

湯顯祖評《花間集》卷三：短詞之難，難於起得不自然，結得不悠遠。諸詞起句無一重復，而結語皆有餘思，允稱名作。

鄭文焯《大鶴山人詞話·附録》：《花間集》載有《南歌子》七首，類宫怨之作，不得比之《竹枝》。惟《南鄉子》八首，實皆紀嶺海風土，語義與《竹枝》爲近。

俞陛雲《唐五代兩宋詞選釋》：寫蠻鄉新異景物，以妍雅之筆出之。較李珣《南鄉子》詞尤佳。

李冰若《花間集評注·栩莊漫記》：歐陽炯《南鄉子》八首，多寫炎方風物。不知其以何因緣而注意及此。炯蜀人，豈曾南遊耶？然其詞寫物真切，樸而不俚。一洗綺羅香澤之態，而爲寫景紀俗之詞，與李珣可謂笙磬同音者矣。

唐圭璋《詞學論叢·唐宋兩代蜀詞》：其《南鄉子》八首，寫炎方風物，又一洗綺羅香澤之態，而能樸質真切，别有意致。

華鍾彦《花間集注》卷六：歐陽舍人詞八首，皆詠越南風物。

蕭繼宗《評點校注花間集》：亦復甚佳，然視前諸作爲遜，蓋風土特徵不足，移人不如前作之甚也。

獻衷心①

見好花顔色，爭笑東風〔一〕。雙臉上，晚粧同〔二〕。閉小樓深閣②，春景重重。三五夜〔三〕，偏有恨，月明中。　情未已，信曾通。滿衣猶自染檀紅〔四〕。恨不如雙燕，飛舞簾櫳③。春欲暮④，殘絮盡，柳條空。

【校　記】

① 此首《記紅集》卷二作歐陽修詞。按：此首《花間集》作歐陽炯詞。歐陽修《歐陽文忠公近體樂府》及《醉翁琴趣外篇》均未收録，《記紅集》顯係誤題，當從《花間集》作歐陽炯詞。

②閑：鄂本、吴鈔本、四印齋本作「閑」。
③簾櫳：晁本、鄂本、陸本、茅本、張本、影刊本作「簾攏」。
④暮：毛本、四庫本作「莫」。

【箋注】

〔一〕見好二句：言百花在春風中綻放爭豔。
〔二〕雙臉二句：言女子妝臉與花色同豔。晚粧：南朝梁陰鏗《侯司空宅詠妓詩》：「翠柳將斜日，俱照晚妝鮮。」
〔三〕三五夜：農曆十五日夜晚，望日月圓之夜。南朝梁沈約《昭君辭》：「唯有三五夜，明月暫經過。」唐錢起《寄郢州郎士元使君》：「望舒三五夜，思盡謝玄暉。」
〔四〕滿衣句：言衣衫染成檀紅色。或謂衣染粉淚。

【疏解】

詞寫春怨。起句「超忽而來，毫端神妙，不可思議」（《花間集評注》引鄭文焯語），是説一起未寫怨女，先寫春花，而又是女子眼中爛漫的春花，且女子感覺花色與自己的容色同其姣好，人花雙寫，花人莫辨，故令人感覺詞筆有「不可思議」之「神妙」。然芳春無人與共，好花無人賞惜，從而引發「小樓深閣」中幽居女子良時虚度、青春空耗之感歎。這是導致女子於「三五夜」、「月明中」卻「偏有恨」的原因。好天良夜，所恨者何？無非爲「月圓人未圓」而添愁惹恨。李冰若評曰「『忽加入『偏有恨』三字，奇絶」，兼及章法安排和意思表達兩個方面。收此「奇絶」之效果，關鍵在於情景分離，以「花好月圓」之樂景寫「人未圓」之哀情，倍增其哀。下片就「恨」字展開，揭示女子内心複雜痛苦之感情世界。情不能已，款曲已通，然終不得相見，讓女子傷心難抑，淚濕衣衫。「恨不如」二句就眼前景，寫女子自歎人不如燕，不能比翼雙飛。化用李白《雙燕離》詩句「雙燕復雙燕，雙飛令人羨」之意。末三句「以景結情」，抒女子紅顏易老之感，情意悠悠不盡。

【集　評】

湯顯祖評《花間集》卷三：畫家七十二色中有檀色，淺赭色所合，婦女暈眉色似之。唐人詩詞慣喜用此。此其一也。

鄭文焯云：起首超忽而來，毫端神妙，不可思議。（《花間集評注》引）

李冰若《花間集評注·栩莊漫記》：「三五夜」，「月明中」，忽加入「偏有恨」三字，奇絶。

蕭繼宗《評點校注花間集》：調既不佳，辭亦冗泛。栩莊所見亦甚是，然小妍不足以救大媸。

賀明朝①

憶昔花間初識面。紅袖半遮，粧臉輕轉。石榴裙帶②〔一〕，故將纖纖，玉指偷撚〔二〕。雙鳳金線③〔三〕。碧梧桐瑣深深院④。誰料得兩情，何日教繾綣⑤〔四〕。羡春來雙燕〔五〕。飛到玉樓，朝暮相見⑥。

【校記】

① 《歷代詩餘》調名作《賀聖朝》。湯評本朱筆校「明」爲「聖」。吴鈔本作「賀明朝二首」。此首《醉翁琴趣外篇》卷二收作歐陽修詞，未可據信，當從《花間集》作歐陽炯詞。

② 紅袖三句：陸本、茅本、《醉翁琴趣外篇》卷二斷作「紅袖半遮妝臉。輕轉石榴裙帶」二句。

③ 故將三句：《醉翁琴趣外篇》斷作「故將纖纖玉指，偷撚雙鳳金線」二句。纖纖玉指：王輯本作「玉指纖纖」。

④ 瑣：鄂本、吴鈔本、湯本、合璧本、毛本、後印本、正本、四庫本、清刻本、四印齋本、全本、《歷代詩餘》、林大椿《唐五代詞》、《唐宋人選唐宋詞》本《花間集》作「鎖」。

⑤ 誰料二句：陸本、茅本、《醉翁琴趣外篇》斷作「誰料得、兩情何日教繾綣」。料得：王輯本作

「得情」。

⑥朝暮句：王輯本誤作「欲莫相見」，墨筆抹去「欲」字。暮：毛本、四庫本作「莫」。

【箋注】

〔一〕石榴裙帶：南朝梁蕭繹《烏棲曲》：「交龍成錦鬭鳳紋，芙蓉爲帶石榴裙。」唐武則天《如意娘》：「不信比來長下淚，開箱驗取石榴裙。」

〔二〕偷撚：暗中揉搓。

〔三〕雙鳳金線：金線所繡之雙鳳。

〔四〕繾綣：糾纏縈繞；固結不解。《詩經·大雅·民勞》：「無縱詭隨，以謹繾綣。」馬瑞辰《通釋》：「繾綣即緊紮之別體。」高亨注：「繾綣，固結不解之意。」引申爲不離散。《左傳·昭公二十五年》：「繾綣從公，無通外内。」杜預注：「繾綣，不離散也。」晉潘岳《爲賈謐作贈陸機》：「昔余與子，繾綣東朝。」亦以形容感情纏綿深厚。唐白居易《寄元九》：「豈是貪衣食，感君心繾綣。」又特指男女戀情。唐元稹《鶯鶯傳》：「留連時有恨，繾綣意難終。」

〔五〕羨春來雙燕：唐李白《雙燕離》：「雙燕復雙燕，雙飛令人羨。」

【疏解】

詞寫男子思念情人。起句切入回憶，上片寫與女子初見情景。「花間」是適合産生戀情的典型環境。「紅袖」二句寫女子的嬌羞之態，以衣袖半遮、别過臉去相掩飾。「石榴裙帶」數句，捕捉一個傳神的細節，如特寫鏡頭般聚焦於女子的纖手：但見她用玉指偷撚著裙帶，露出金線刺繡的雙鳳圖案，以爲暗示。即此可知，這是一個一見鍾情式的初遇，女子芳心已許，只是礙於羞澀，不便表達，卻又怕男子不解，故而以手撚裙帶暗傳情意。女子春心已動而又嬌羞扭捏的情態，給男子留下了難忘的第一印象。下片回到現實，寫别後强烈的思念之情和急切的求合心理。雖一見鍾情、兩心相許，但爲梧桐深院所阻隔，男子深感重見無期，繾綣難諧。結三句就眼前所見雙燕可以自由飛到「玉樓」之景，表男子企戀心態。「玉樓」承上「梧桐深院」，乃女子所居之處。此詞的語氣和寫法，有類韋莊《荷葉盃》「記得那年花下，深夜，初識謝娘時」一首。下片「間阻—思慕」的抒情模式，則遠承自《詩經》的《漢廣》、《蒹葭》諸詩。

【集　評】

茅暎《詞的》卷三：寒鴉日影，千古相思。

蕭繼宗《評點校注花間集》：此調詞律失收，御制《詞譜》，作《賀熙朝》，不知所本，當是纂修諸臣，忌用「明朝」字樣，故改「明」爲「熙」，以取媚康「熙」耳。此調僅見《花間集》，而兩首句叶並不全同，《詞譜》亦姑以二首對勘，勉爲分句，語氣終不流順。

其　二

憶昔花間相見後①。只憑纖手。暗抛紅豆〔一〕。人前不解，巧傳心事，别來依舊。辜負春晝②。　碧羅衣上蹙金繡③〔二〕。覩對對鴛鴦④，空裛淚痕透〔三〕。想韶顔非久〔四〕。終是爲伊，只恁偷瘦⑤〔五〕。

【校　記】

①花間：毛本《唐宋諸賢絶妙詞選》作「花前」。

②辜負：吴鈔本、毛本《唐宋諸賢絶妙詞選》作「孤負」。合璧本、正本作「辜負」。

③蹙：吴鈔本作「盛」。繡：玄本作「綉」。

④對對：晁本、徐本等均作「對」，鄂本、毛本作「對對」，全本、《歷代詩餘》及現代諸校注本因之，均作「對對」。《詞的》作「數對」。

⑤恁：全本作「憑」，毛本、後印本、四庫本作「凭」。

【箋　注】

〔一〕暗抛紅豆：暗中抛擲紅豆以寄相思。

〔二〕蹙金繡：蹙金結繡。蹙：刺蹙，刺繡成皺紋形狀。唐孫棨《北里志·王團兒》：「東鄰起樣裙腰闊，刺蹙黄金綫幾條。」

〔三〕裛：沾濕。唐宋之問《早發始興江口至虚氏村作》：「桂香多露裛，石響細泉回。」

〔四〕韶顔：美好的容貌。南朝宋鮑照《發後渚詩》：「華志分馳年，韶顔慘驚節。」

〔五〕恁：如此，這樣。偷瘦：暗中消瘦。

【疏　解】

歐陽炯的《賀明朝》二首，内容上前後承接，屬聯章體，前一首采男子的角度，此首轉换爲女子的角度。上片亦從「花間相見」的回憶切入，女子深悔自己在男子面前「不解巧傳心事」，以致男子弄不明白自己的心跡，款曲難通。落得自己别後「只憑纖手，暗抛紅豆」，寄託相思之情，辜負了大好春光。其實，從上一首所寫來看，女子還是很善於「巧傳心事」的，男子也敏感地注意到了「玉指偷撚，雙鳳金線」的「手語」暗示。此首寫女子後悔當初不懂「巧傳心事」，當是困於不能重聚的現實、苦於煩惱不已的相思，而生出的自怨自艾心理。下片寫女子耽於思念，傷心淚濕，容顔消瘦。目睹羅衣上金線繡出的雙鴛鴦，讓女子更添孤零之感。但女子想縱使「韶顔非久」，青春短暫，也決不放棄這份愛情相思，哪怕「爲伊消得人憔悴」，哪怕男子並不知曉，自己只是暗中「偷瘦」。可知心到深處，情到濃時，女子已是耽溺其中，不能自拔。這兩首《賀明朝》，抒情纏綿，著色濃豔，與他的《南鄉子》組詞的清新自然，自非一種風格。所以被李冰若《栩莊漫記》評爲「《南歌子》外另一種，極爲濃麗，兼有俳調風味」，並指出「《賀明朝》諸詞，後啟柳屯田，上承温飛卿。豔而近於靡矣」。

【集　評】

湯顯祖評《花間集》卷三：無甚雕巧，只是鋪排妥當，自無村妝羞澀態。

茅暎《詞的》卷三：下字俊。

李冰若《花間集評注·栩莊漫記》：歐陽炯詞《南歌子》外另一種，極爲濃麗，兼有俳調風味。如《賀明朝》諸詞，後啟柳屯田，上承温飛卿。豔而近於靡矣。

蕭繼宗《評點校注花間集》：二詞均不甚佳，但已開柳七一派。

江城子

晚日金陵岸草平〔一〕。落霞明〔二〕。水無情。六代繁華〔三〕，暗逐逝波聲①〔四〕。空有姑蘇臺上月②〔五〕，如西子鏡③，照江城〔六〕。

【校　記】

①暗：吴鈔本作「晴」。

②蘇：合璧本、正本作「蘓」。臺上：王輯本作「臺」。

③鏡：晁本、徐本、影刊本缺末筆。

【箋　注】

〔一〕金陵：古邑名。今南京市的别稱。戰國楚威王七年（前三三三年）滅越後在今南京市清涼山（石城山）設金陵邑。南朝齊謝朓《隋王鼓吹曲十首·入朝曲》：「江南佳麗地，金陵帝王州。」唐李白《金陵歌送别范宣》：「金陵昔時何壯哉，席捲英豪天下來。」

〔二〕落霞：南朝梁蕭綱《登城》：「落霞乍續斷，晚浪時回復。」唐王勃《滕王閣序》：「落霞與孤鶩齊飛，秋水共長天一色。」

〔三〕六代：指東吴、東晉、宋、齊、梁、陳六個定都金陵的朝代。唐魏萬《金陵酬李翰林謫仙子》：「金陵百萬户，六代帝王都。」

〔四〕逝波：指一去不返的流水。唐賈島《送玄巖上人歸西蜀》：「去臘催今夏，流光等逝波。」唐白居易《和東川楊慕巢尚書府中獨坐感戚在懷見寄十四韻》：「東蜀歡殊渥，西江歎逝波。」

〔五〕姑蘇臺：亦作「姑胥臺」。臺名。在蘇州姑蘇山上，相傳爲吴王夫差所築。《墨子·非攻中》：「（夫差）遂築姑蘇之臺，七年不成。」孫詒讓《閒詁》：「按《國語》以築姑蘇爲夫差事，與此書正合。……《越絶》以姑蘇爲闔閭所築，疑誤。」漢袁康《越絶書·外傳記·吴地傳》：「胥門外有九曲路，闔閭造以游姑胥之臺，以望太湖。」《藝文類聚》卷六引唐陸廣微《吴地記》：「吴王闔閭十一年，起臺於姑蘇山，因山爲名，西南去國三十五里，春夏遊焉。後夫差復高而飾之。越伐吴，遂見焚。」

〔六〕西子：西施。江城：指金陵。

【疏解】

此首懷古，詠六朝舊事，抒今昔興亡盛衰的悲涼之感。起句點出時地，金陵乃六朝繁華之地，晚日乃一天將盡之時，於日落時分登臨憑眺，感於現實中不斷上演著的朝代倏興倏滅之悲劇，緬想歷史上六代豪華皆被逝水淘盡的滄桑往事，即使晚霞明麗，染紅江天，亦徒增淒黯之感而已。滾滾長江東逝水，流走了多少歲月，流走了多少豪傑，流走了幾家幾姓的社稷江山。「空有」三句，時間上承接「晚日」，詞人沉湎于六朝興亡舊事，臨江弔古，徘徊不能去，一輪皓月又上江天，照著六代繁華已然逝去的空闊江城，平添無限淒涼。月亮是永恒的象徵，與人世的短暫構成映襯對比。金陵弔古而言「姑蘇臺上月，如西子鏡」，是詞人展開的歷史相似聯想的反映，春秋時姑蘇城吴國的興亡，與眼前金陵城六朝的興亡，有著深刻的相似性。姑蘇臺上那一輪如西子妝鏡般照臨過吴國興亡的明月，今夕又照臨金陵城上，正所謂前車之鑒，後事之師。此詞感情極沉鬱，表現上卻能藴藉空靈，用晚日、岸草、落霞、逝水、明月，略加點染襯托，而不落得過實，説得過重，既臻於懷古之佳境，又無礙小詞之體段，允稱合作。「横空牽入」的「如西子鏡」一句，不僅展衍了時空的深廣度，增加了懷古的信息量，且在詞法上也值得稱道，前説金陵而忽闌入姑蘇西子，是爲離開本位，結以月照江城，終又回歸本位。短小的體段裏能有離合變化，筆致顯得靈動，所以入「妙」（李冰若《栩莊漫記》）。

【集　評】

鍾本評語：如懷古詩。

卓人月《古今詞統》卷三徐士俊評語：取「只今唯有西江月」之句，略襯數字，便另换一意。

陳廷焯《雲韶集》卷一：較「越王宫殿，蘋葉藕花中」，更勝一著。

陳廷焯《詞則·大雅集》卷一：與松卿作同一感慨，彼於悲壯中寓風流，此於伊鬱中饒藴藉。

李冰若《花間集評注·栩莊漫記》：此詞妙處在「如西子鏡」一句，横空牽入，遂爾推陳出新。

俞平伯《唐宋詞選釋》：金陵、姑蘇本非一地。春秋吴越事更在六朝前。推開一層説，即用西子鏡做比喻。蘇州在南京的東面，寫月光由東而西。

蕭繼宗《評點校注花間集》：弔古傷今，而吐辭温婉。《江城子》調，結尾應作三字兩句，方合。諸家於「如西子鏡」四字分句，甚覺棘口，依譜應多一字。若少一「如」字，用隱喻法，未嘗不可；但仍不如多一字爲明。若「如」字既不可省，則結尾不如作七字句，語氣轉順，亦無傷小令風格。

鳳樓春①

鳳髻緑雲叢〔一〕。深掩房櫳②〔二〕。錦書通〔三〕。夢中相見覺來慵。匀面淚，臉珠融〔四〕。因想玉郎何處去〔五〕，對淑景誰同〔六〕。小樓中。春思無窮。倚欄顒望③〔七〕，闇牽愁緒，柳花飛起東風④。斜日照簾⑤，羅幌香冷粉屏空⑥〔八〕。海棠零落，鶯語殘紅。

【校　記】

①　吴鈔本此首後作「唐歐陽舍人詞終」，下接「唐和學士詞」。張本此首末「已上共十七調」數字，朱筆劃去。此首《詞鵠初編》卷五作歐陽修詞，然歐陽修集中不載，《詞鵠初編》顯係誤題。當從《花間集》作歐陽炯詞。

②　房櫳：晁本、鄂本、陸本、茅本、張本、四印齋本、影刊本作「房攏」。

③　欄：湯本、合璧本、毛本、后印本、正本、四庫本、清刻本、林大椿《唐五代詞》作「闌」。顒望：

《詞律》、全本、《詞譜》、《歷代詩餘》、林大椿《唐五代詞》作「凝望」。

④ 起：《歷代詩餘》卷四九作「趁」。

⑤ 照簾：《歷代詩餘》卷四九作「照珠簾」。《詞律》校曰：「又按《花草粹編》『照簾』下有『櫳』字，係重韻，不可從。」

⑥ 羅幌：陸本斷作「羅幌香冷，粉屏空」二句。幌：吴鈔本作「愰」，誤。

【箋　注】

〔一〕鳳髻：古代的一種髮型。唐宇文氏《妝臺記》：「周文王於髻上加珠翠翹花，傅之鉛粉，其髻高，名曰鳳髻。」唐杜牧《爲人題贈二首》：「和簪抛鳳髻，將淚入鴛衾。」

〔二〕房櫳：窗櫺。《漢書·外戚傳下·孝成班倢伃》：「廣室陰兮帷幄暗，房櫳虚兮風泠泠。」顔師古注：「櫳，疏檻也。」北魏賈思勰《齊民要術·園籬》：「數年成長，共相蹙迫，交柯錯葉，特似房籠。」櫳、籠古通。南朝宋謝惠連《七月七日夜詠牛女》：「落日隱櫩楹，昇月照房櫳。」

〔三〕錦書：見卷一温庭筠《楊柳枝》「織錦機邊鶯語頻」注〔一〕。

〔四〕匀面二句：言女子匀面時淚珠融化了脂粉。唐白居易《繡婦歎》：「鍼頭不解愁眉結，線縷難穿淚臉珠。」

〔五〕玉郎：對男子的美稱。唐元稹《送王十一郎遊剡中》：「想得玉郎乘畫舸，幾回明月墜雲間。」

用爲女子對丈夫或情人的愛稱。詳見卷三韋莊《天仙子》「夢覺雲屏依舊空」注〔三〕。

〔六〕淑景：美景。南朝宋鮑照《代悲哉行》：「羈人感淑景，緣感欲回轍。」唐駱賓王《晦日楚國寺宴序》：「群賢把古人之清風，翫新年之淑景。」誰同：與誰同。唐李中《下蔡春偶作》：「旅館飄飄類斷蓬，悠悠心緒有誰同。」

〔七〕顒望：凝望，抬頭呆望。唐李赤《望夫山》：「顒望臨碧空，怨情感離別。」

〔八〕粉屏：張祜《觀杭州柘枝妓》：「看著遍頭香袖褶，粉屏香帕又重隈。」

【疏　解】

詞抒閨情。上片寫思婦夢醒後的傷感、牽念。因通「錦書」而愈添相思，致有「夢中相見」。片時春夢，空花一現，了無憑據，使思婦醒來慵倦感傷不已。「因想玉郎何處」二句，既是體貼關愛，也是猜測擔憂，情感内涵相當複雜。下片寫思婦倚欄顒望，聊作排遣。但眼前所見柳絮飄飛、斜日落照、殘花零落之景，無不提示著晚春遲暮的消息，令思婦更覺空閨的冷落寂寞，更增傷春傷别、懷人念遠的痛苦。全詞情調感傷，語詞香豔，是體現《花間》詞風的較爲典型的作品。

【集　評】

湯顯祖評《花間集》卷三：「海棠零落，鶯語殘紅」，好景真良易過。風雨憂愁各半，念之使人惘然。

陳廷焯《雲韶集》卷一：「因想」者，因夢而有想也。淚痕血點。

蕭繼宗《評點校注花間集》：此詞文無可取，調亦不佳，乃陳亦峰又於此處作情癡語，令人失笑。

《花間集》未收詞

南歌子

錦帳銀燈影，紗窗玉漏聲。迢迢永夜夢難成。愁對小亭秋色，月空明。

漁　父

擺脱塵機上釣船。免教榮辱有流年。無繫絆，没愁煎。須信船中有散仙。

其　二

風浩寒溪照膽明。小君山上玉蟾生。荷露墜，翠煙輕。撥刺遊魚幾個驚。

巫山一段雲

絳闕登真子，飄飄御彩鸞。碧虚風雨佩光寒。斂袂下雲端。　月帳朝霞薄，星冠玉蕊攢。遠遊蓬島降人間。特地拜龍顔。

其　二

春去秋來也，愁心似醉醺。去時邀約早回輪。及去又何曾。　歌扇花光黦，衣珠滴淚新。恨身翻不作車塵。萬里得隨君。

春光好

天初暖，日初長。好春光。萬彙此時皆得意，競芬芳。　筍迸苔錢嫩緑，花偎雪塢濃香。誰把金絲裁剪卻，掛斜陽。

其　二

花滴露，柳搖煙。豔陽天。雨霽山櫻紅欲爛，谷鶯遷。飲處交飛玉斝，游時倒把金鞭。風颭九衢榆葉動，簇青錢。

其　三

胸鋪雪，臉分蓮。理繁弦。纖指飛翻金鳳語，轉嬋娟。嘈囋如敲玉佩，清泠似滴香泉。曲罷問郎名個甚，想夫憐。

其　四

磧香散，渚水融。暖空濛。飛絮悠揚偏虛空。惹輕風。柳眼煙來點綠，花心日與妝紅。黃雀錦鸞相對舞，近簾櫳。

其　五

雞樹緑，鳳池清。滿神京。玉兔宮前金榜出，列仙名。疊雪羅袍接武，團花駿馬嬌行。開宴錦江游爛漫，柳煙輕。

其　六

芳叢繡，緑筵張。兩心狂。空遺横波傳意緒，對笙簧。雖似安仁擲果，未聞韓壽分香。流水桃花情不已，待劉郎。

其　七

垂繡幔，掩雲屏。思盈盈。雙枕珊瑚無限情。翠釵横。幾見纖纖動處，時聞款款嬌聲。卻出錦屏妝面了，理秦箏。

其　八

金轡響，玉鞭長。映垂楊。堤上採花筵上醉，滿衣香。無處不攜絃管，直應占斷春光。年少王孫何處好，競尋芳。

西江月

月映長江秋水。分明冷浸星河。淺沙汀上白雲多。雪散幾叢蘆葦。扁舟倒影寒潭裏，煙光遠罩輕波。笛聲何處響漁歌。兩岸蘋香暗起。

其　二

水上鴛鴦比翼。巧將繡作羅衣。鏡中重畫遠山眉。春睡起來無力。鈿雀穩簪雲鬟緑。含羞時想佳期。臉邊紅豔對花枝。猶占鳳樓春色。

赤棗子

夜悄悄，燭熒熒。金爐香盡酒初醒。春睡起來回雪面，含羞不語倚雲屏。

其　二

蓮臉薄，柳眉長。等閒無事莫思量。每一見時明月夜，損人情思斷人腸。

女冠子

薄妝桃臉。滿面縱横花靨。豔情多。綬帶盤金縷，輕裙透碧羅。　含羞眉乍斂，微語笑相和。不會頻偷眼，意如何。

其　二

秋宵風月。一朵荷花初發。照前池。摇曳熏香夜，嬋娟對鏡時。　蕊中千點淚，心裏萬條絲。恰似輕盈女，好風姿。

玉樓春

日照玉樓花似錦。樓上醉和春色寢。緑楊風送小鶯聲，殘夢不成離玉枕。　堪愛晚來韶景甚。寶柱秦箏方再品。青娥紅臉笑來迎。又向海棠花下飲。

其　二

春早玉樓煙雨夜。簾外櫻桃花半謝。錦屏香冷繡衾寒，怊悵憶君無計捨。　侵曉鵲聲來砌下。鸞鏡殘妝紅粉罷。黛眉雙點不能描，留待玉郎歸日畫。

更漏子

玉闌干，金甃井。月照碧梧桐影。獨自個，立多時。露華濃濕衣。　一向。凝情望。待得不成模様。雖叵耐，又尋思。怎生瞋得伊。

其　二

三十六宫秋夜永，露華點滴高梧。丁丁玉漏咽銅壺。明月上金鋪。　紅線毯，博山爐。香風暗觸流蘇。羊車一去長青蕪。鏡塵鸞影孤。

定風波

暖日閒窗映碧紗。小池清水浸晴霞。數樹海棠紅欲盡。爭忍。玉閨深掩過年華。

獨憑繡床方寸亂。腸斷。淚珠穿破臉邊花。鄰舍女郎相借問。音信。教人羞道未還家。

木蘭花

兒家夫婿心容易。身又不來書不寄。閒庭獨立鳥關關，爭忍拋奴深院裏。　悶向綠紗窗下睡。睡又不成愁已至。今年卻憶去年春，同在木蘭花下醉。

清平樂

春來階砌。春雨如絲細。春地滿飄紅杏蒂。春燕舞隨風勢。　春幡細縷春繒。春閨一點春燈。自是春心繚亂，非干春夢無憑。

菩薩蠻

曉來中酒和春睡。四肢無力雲鬟墜。斜臥臉波春。玉郎休惱人。　日高猶未起。爲戀鴛鴦被。鸚鵡語金籠。道兒還是慵。

其　二

紅爐暖閣佳人睡。隔簾飛雪添寒氣。小院奏笙歌。香風簇綺羅。酒傾金琖滿。蘭燭重開宴。公子醉如泥。天街聞馬嘶。

其　三

翠眉雙臉新妝薄。幽閨斜捲青羅幕。寒食百花時。紅繁香滿枝。雙雙梁燕語。蝶舞相隨去。腸斷正思君。閒眠冷繡茵。

其　四

畫屏繡閣三秋雨。香脣膩臉偎人語。語罷欲天明。嬌多夢不成。曉街鐘鼓絶。瞋道如今別。特地氣長吁。倚屏彈淚珠。以上三十首彊村本《尊前集》

存目詞

調名	首句	出處	附注
春光好	蘋葉軟	《尊前集》	和凝詞，見《花間集》卷六。
楊柳枝	軟碧摇煙似送人	《花草粹編》卷一	和凝詞，見《花間集》卷六。
江城子	浣花溪上見卿卿	《詞的》卷一	張泌詞，見《花間集》卷五。
瑞鷓鴣	天將奇豔與寒梅	《詞鵠初編》卷四	柳永詞，見《樂章集》卷下。

題跋叙録

王國維《歐陽平章詞輯本跋》：案《歷代詩餘·詞人姓氏》云：「歐陽炯，益州人。事王衍爲中書舍人。後事知祥及昶，累官翰林學士，進侍郎、門下同平章事。從昶歸宋，授左散騎常侍。」案昶廣政三年，炯作《花間集序》，其結銜署「武德軍節度判官」，而集中稱爲「歐陽舍人」，則炯爲中書舍人當在昶時，不應在王衍時也。其詞《花間集》選十七首，兹從《尊前集》補三十一首，録爲一卷。《全唐詩》炯詩中又載「柳枝軟碧摇煙」一首，考係和凝作，故削之。光緒戊申季夏，海寧王

國維記。（《唐五代二十一家詞輯》）

總評

賀裳《皺水軒詞筌》：少游能曼聲以合律，寫景極淒惋動人。然形容處，殊無刻肌入骨之言，去韋莊、歐陽炯諸家，尚隔一塵。

沈雄《古今詞話・詞評》上卷：《蓉城集》曰：「歐陽炯，首叙《花間集》者，每言愁苦之音易好，歡愉之語難工。」其詞大抵婉約輕和，不欲强作愁思者也。

況周頤《歷代詞人考略》卷六：歐陽炯詞，豔而質，質而愈豔，行間句裏，卻有清氣往來。大概詞家如炯，求之晚唐五代，亦不多覯。

唐圭璋《詞學論叢・唐宋兩代蜀詞》：炯，華陽人，仕前後蜀，累官至門下同平章事。《花間集》載其詞十七首，《尊前集》載其詞三十一首，合之共得四十八首。炯曾序《花間集》，其詞最豔。《十國春秋》謂其宫詞淫靡，甚於韓偓，實則其小詞亦然。

龍榆生《唐宋名家詞選》：炯性坦率，無檢操，善長笛。曾爲趙崇祚叙《花間集》。每言「愁苦之音易好，歡愉之語難工」。其詞大抵婉約輕和，不欲强作愁思者也。

姜方錟《蜀詞人評傳》：其小詞，後人頗稱道之。……炯詞中如《漁父》之淡雅，《浣溪沙》

之濃豔，《南鄉子》可考風物，《三字令》乃其創調，均有數名作。

和凝

【小傳】

和凝（八九八—九五五），字成績，鄆州須昌（今山東東平）人。幼聰敏好學，年十七舉明經，年十九登進士第。歷仕梁、唐、晉、漢、周五朝。始爲梁宣義軍節度使賀瓌從事。後唐明宗天成三年（九二八）拜殿中侍御史，累遷翰林學士。後唐明宗長興四年（九三三）知貢舉，所取皆一時之秀，時議以爲得人。後晉天福二年（九三七），爲禮部侍郎，拜端明殿學士。五年，升任宰相。後漢天福元年（九四七），除太子太保，封魯國公。後周廣順元年（九五一），爲太子太傅。顯德二年（九五五）七月卒。年五十八。事蹟見《北夢瑣言》卷六、《舊五代史》卷一二七、《新五代史》卷五五本傳。著述參見本書「附録」四。和凝詞，《花間集》録二十首，《尊前集》録七首，《詞譜》録一首，共存二十八首。

小重山 和學士凝①

春入神京萬木芳〔一〕。禁林鶯語滑〔二〕，蝶飛狂②。曉花擎露妬啼粧③〔三〕。紅日永〔四〕，風和百花香。　煙瑣柳絲長④。御溝澄碧水，轉池塘。時時微雨洗風光〔五〕。天衢遠〔六〕，到處引笙簧⑤〔七〕。

【校　記】

①明《新刻注釋草堂詩餘評林》調下題作《宫詞》。毛本《唐宋諸賢絶妙詞選》云：「和凝，名晉辛相。」按：「名」或爲「后（後）」之誤。陸本、茅本、玄本作「和凝二十首」，「小重山」。吴鈔本作「唐和學士詞」、「和凝」、「小重山」。湯本、合璧本、正本作「和凝，小重山」，湯本皆不署作者職銜。鄂本、毛本、後印本、清刻本同晁本。四庫本作「小重山，和凝」。張本無此首，頁眉藍筆校補。徐本調前作「和凝二十首」，朱筆注曰：「唐進士，仕後唐爲翰林學士。晉天福中，拜中書侍郎同中書門下平章事。歸後漢，拜太子太傅，封魯國公。其長短句名《紅葉稿》。」

②蝶飛狂：雪本作「鳥飛忙」。洪武本《草堂詩餘》後集卷下作「蝶飛忙」。

③曉花擎露：毛本《唐宋諸賢絶妙詞選》卷一、《草堂詩餘》作「曉桃凝露」。粧：湯評本作「粧」。

④瑣：鄂本、吴鈔本、張本、毛本、後印本、正本、四庫本、清刻本、四印齋本、《唐宋諸賢絶妙詞選》卷一、《草堂詩餘》、全本、《歷代詩餘》、《唐宋人選唐宋詞》本《花間集》均作「鎖」。王輯本

《紅葉稿詞》作「鎮」，誤。絲：吴鈔本作「條」。

⑤ 到處：張本作「别處」。笙簧：晁本、鄂本、陸本、茅本、湯本、合璧本、毛本、後印本、正本、四庫本、清刻本、四印齋本、影刊本、《唐宋諸賢絶妙詞選》卷一、全本均作「笙篁」，《唐宋人選唐宋詞》本《花間集》因之。依玄本、雪本改。王輯本作「笙黄」。

【箋　注】

〔一〕神京：帝都。南朝宋謝莊《宋世祖廟歌·孝武皇帝歌》：「闢我皇維，締我宋宇。刷定四海，肇構神京。」唐張大安《奉和别越王》：「麗日開芳甸，佳氣積神京。」

〔二〕禁林：皇家園林。漢班固《西都賦》：「命荆州使起鳥，詔梁野而驅獸，毛群内闐，飛羽上覆，接翼側足，集禁林而屯聚。」南朝梁何遜《九日侍宴樂游苑》：「禁林終宴晚，華池物色曛。」鶯語滑：鶯聲流利。唐白居易《琵琶行》：「間關鶯語花底滑，幽咽泉流冰下難。」

〔三〕擎露：指上擎的花朵上之露珠。唐司空圖《偶題三首》之二：「欲待秋塘擎露看，自憐生意已無多。」啼粧：東漢時，婦女以粉薄拭目下，有似啼痕，故名。《後漢書·五行志》一：「啼粧者，薄拭目下若啼處。……始自大將軍梁冀家所爲，京都歙然，諸夏皆放效。」又《太平御覽》卷三八〇引晉華嶠《後漢書》曰：「梁冀妻孫壽，色美而善爲妖態，作愁眉、啼妝、墮馬髻、折腰步、齲齒笑以爲媚惑。」南朝梁何遜《詠照鏡》：「蕩子行未歸，啼妝坐沾臆。」

〔四〕日永：日長。唐韋應物《立夏日憶京師諸弟》：「改序念芳辰，煩襟倦日永。」

〔五〕風光：風景，景色。唐張渭《湖上對酒行》：「風光若此人不醉，參差辜負東園花。」

〔六〕天衢：指京都的大路。五代王定保《唐摭言·無官受黜》：賈島「嘗跨驢張蓋，横截天衢，時秋風正厲，黄葉可掃。島忽吟曰：『落葉滿長安。』」借指京都。《文選·張衡〈西京賦〉》：「豈伊不虔思於天衢，豈伊不懷歸於枌榆。」劉良注：「天衢，洛陽也。」《三國志·吴書·胡綜傳》：「遠處河朔，天衢隔絶。」唐陳子昂《申宗人寃獄書》：「天衢得以清泰，萬國得以歡寧。」

〔七〕笙簧：管樂器。《詩經·小雅·鹿鳴》：「我有嘉賓，鼓瑟吹笙。吹笙鼓簧，承筐是將。」或謂簧乃笙中之簧片。《禮記·明堂位》：「垂之和鐘，叔之離磬，女媧之笙簧。」鄭玄注：「笙簧，笙中之簧也。……女媧作笙簧。」晉傅玄《歌》：「雷師鳴鐘鼓，風伯吹笙簧。」

【疏　解】

詞詠京城春景，以「禁林」、「御溝」即皇城一帶爲中心。起句總説整個京城萬木爭榮之景，接寫「禁林」即皇家園林鶯囀蝶飛、曉花含露的明媚春色。「曉花」句擬人。春天晝長，故曰「紅日永」。旭光籠紅，春日遲遲，東風送暖，百花飄香，一派旖旎的帝都風光。下片轉寫「御溝」春色。突出岸上煙柳絲長、溝池流水澄碧的富有特徵性景物。又有好雨知時，洗去紅塵，柳色花光更見青葱鮮豔。上片以「紅日」暈染出春色的熱烈，下片以「微雨」洗滌出春光的清新。結句總贊京城天街一派笙歌的昇平景象。全詞「藻麗有富貴氣」（《花間集評注》引楊慎語），是「和凝當石晉全盛之時，身居相位」，所作之「承平《雅》、《頌》聲也」（俞陛雲《唐五代兩宋詞選釋》）。

【集　評】

楊慎云：藻麗有富貴氣。（《花間集評注》引）

沈際飛《草堂詩餘正集》卷二：凝爲石晉宰相，詞載《花間》者多。《花間》以小語致巧，全首觀之，或傷促碎，此政不免。

李廷機《新刻注釋草堂詩餘評林》：此詞頗盡宫中幽怨之意，且「妒啼妝」、「天衢遠」上見之。

俞陛雲《唐五代兩宋詞選釋》：和凝當石晉全盛之時，身居相位，此作乃承平《雅》、《頌》聲也。

蕭繼宗《評點校注花間集》：「禁林」兩句，頗見承平煙景。

其　二①

正是神京爛熳時②〔一〕。群仙初折得，郄詵枝③〔二〕。烏犀白紵最相宜④〔三〕。精神出，御陌袖鞭垂〔四〕。柳色展愁眉⑤。管絃分響亮，探花期⑥〔五〕。光陰占斷曲江池〔六〕。新榜上，名姓徹丹墀⑦〔七〕。

【校　記】

①張本歐陽炯後接「《小重山》其二，和凝」，朱筆圈去「小重山」、「和凝」，於前一行加「和凝十二首」。

②熳：四庫本、王輯本作「漫」。

③郄：同「郤」。晁本、鄂本、茅本、正本、徐本、四印齋本、林大椿《唐五代詞》作「郄」，他本作「郤」。湯本、合璧本作「却」。詵：雪本作「説」，誤。

④烏犀：湯本、合璧本作「烏衣」。茅本作「烏」，下脱「犀」字，作空格。最：吴鈔本作「是」。宜：茅本、四印齋本作「冝」。

⑤愁眉：吴鈔本作「愁」。

⑥絃：晁本、徐本、影刊本缺末筆。

⑦榜：晁本、陸本、茅本、湯本、正本、徐本、四印齋本、林大椿《唐五代詞》作「牓」。王輯本作「膀」，誤。

【箋注】

〔一〕爛熳：同「爛漫」，色澤絢麗。南朝梁沈約《奉華陽王外兵》：「爛熳屭雲舒，嶔崟山海出。」唐杜甫《追酬故高蜀州人日見寄》：「錦里春光空爛熳，瑶墀侍臣已冥寞。」此指春日花木繁茂。唐陳子昂《慶雲章》：「南風既薰，叢芳爛漫，鬱鬱紛紛。」

〔二〕群仙句：喻指衆舉子折桂登科。郄詵枝：即桂枝。《晉書·郄詵傳》：「郄詵對（武帝）曰：臣舉賢良策爲天下第一，猶桂林之一枝，崑山之片玉。」後以折桂喻科舉及第。李商隱《謝宗卿启》：「託阮籍之竹林，攀郄詵之桂樹。」

〔三〕烏犀：犀牛的一種。皮可爲甲，角可爲器具、飾物。此指以烏犀角爲飾之腰帶。《新唐書》卷二四《志》十四《車服》：「腰帶……一品二品銙以金，六品以上以犀，九品以上以銀，庶人以鐵。」唐白居易《元微之除浙東觀察使喜贈長句》：「稽山鏡水歡遊地，犀帶金章榮貴身。」白紵：白色的苧麻。明李時珍《本草綱目·草四·苧麻》：「白苧葉面青，其背皆白。」指白紵所織的夏布。唐張籍《白紵歌》：「皎皎白紵白且鮮，將作春衣稱少年。」此指與品色衣相對的白衣，士人未得功名時所穿衣服。

〔四〕御陌：京城中的大道。唐徐彦伯《奉和幸新豐温泉宫應制》：「御陌開函次，離宫夾樹行。」

〔五〕探花期：唐人習俗，新進士於杏園宴集探花。孫棨《北里志》：「以同年俊少者爲兩街探花使。」宋趙彦衛《雲麓漫鈔》卷七引《秦中歲時記》：「期寄謝恩了……次即杏園初宴，謂之探花宴。便差定先輩二人少俊者，爲兩街探花使。若他人折得花卉先開牡丹、芍藥來者，即各有罰。」《蔡寬夫詩話》：「唐故事，進士朝集，嘗擇榜中最少年者爲探花郎。」唐翁承贊《擢探花使二首》其二：「探花時節日偏長，恬淡春風稱意忙。」

〔六〕曲江池：見卷三薛昭藴《喜遷鶯》「金門曉」注〔七〕。

〔七〕新榜二句：言新榜進士名姓爲朝廷所知。唐曹松《覽春榜喜孫郢成名》：「門外報春榜，喜君天子知。」新榜：唐代新進士於二三月在禮部南院張榜，王定保《唐摭言》：「進士舊例於都省考試，南院放榜，張榜牆乃南院東牆也。」徹：達。丹墀：指宫殿的赤色臺階或赤色地面。漢張衡《西京賦》：「右平左城，青瑣丹墀。」《漢書·外戚傳下·孝成班倢伃》：「俯視兮丹墀，思君兮履綦。」顔師古注引孟康曰：「丹墀，赤地也。」以代指朝廷。唐李嘉祐《送王端赴朝》：「君承明主意，日日上丹墀。」

【疏　解】

詞寫金榜題名之樂。上片以京城的爛漫春光爲背景，描寫春榜初放之時，蟾宫折桂的新進士們，衣冠濟楚，精神抖擻，在萬人縱觀之前跨馬遊街的得意情狀。「精神出，御陌袖鞭垂」二句，亦即唐孟郊《登科后》所寫「春風得意馬蹄疾，一日看盡長安花」之意。下片描寫新榜進士曲江歡宴、杏園探花的慶祝活動，洋溢著喜慶熱鬧的氣息。因爲得意，新進士們眼中的柳葉也舒展開平日緊鎖的愁眉，耳中的樂聲聽來也分外地響亮歡快。這是以我觀物的移情手法。上片用「郄詵枝」典故暗示中第，結句直言「金榜題名」，前後呼應，交代原因，强化歡樂氣氛。和凝本人十九歲成進士，少年高中，爲官后又曾親知貢舉，所選皆一時之秀，號稱得人。此詞所寫，當有詞人的親身經歷體驗包含其中。

【集評】

湯顯祖評《花間集》卷三：貧病愁，人所不堪而宜於詩詞；烏紗帽，人所豔稱而反不宜，可見富貴也有用不着處。

蕭繼宗《評點校注花間集》：此亦寫及第風光，然不如《喜遷鶯》熱鬧，不獨文字爲然，取調亦有關也。

臨江仙①

海棠香老春江晚〔一〕，小樓霧縠涳濛②〔二〕。翠鬟初出繡簾中③。麝煙鸞珮惹蘋風〔三〕。

碾玉釵搖鸂鶒戰〔四〕，雪肌雲鬢將融。含情遥指碧波東④。越王臺殿蓼花紅〔五〕。

【校　記】

①《記紅集》調名作《海棠嬌》。吳鈔本作「臨江仙二首」。

②縠：吳鈔本作「穀」，誤。涳：全本、《歷代詩餘》、王輯本、《唐宋人選唐宋詞》本《花間集》作「空」，吳鈔本作「溟」。

③繡：毛本、四庫本作「綉」。

④含：吳鈔本作「令」。

【箋　注】

〔一〕香老：花謝。皮日休《石榴歌》：「蟬噪秋枝槐葉黄，石榴香老愁寒霜。」

〔二〕霧縠：薄霧般的輕紗。《文選·宋玉〈神女賦〉》：「動霧縠以徐步兮，拂墀聲之珊珊。」李善注：「縠，今之輕紗，薄如霧也。」《文選·司馬相如〈子虛賦〉》：「於是鄭女曼姬，被阿緆，揄紵縞，雜纖羅，垂霧縠。」劉良注：「霧縠，其細如霧，垂之爲裳也。」此言霧薄如縠。唐裴虔餘《早春殘雪》：「陰林披霧縠，小沼破冰盤。」涳濛：亦作空濛、空蒙。微雨迷茫貌。南朝齊謝朓《觀朝雨詩》：「空濛如薄霧，散漫似輕埃。」唐杜甫《渼陂西南臺》：「仿像識鮫人，空蒙辨魚艇。」

〔三〕麝煙：焚燒麝香的煙氣。唐皮日休《醉中先起李縠戲贈走筆奉酬》：「麝煙苒苒生銀兔，蠟淚漣漣滴繡闈。」鸞珮：鸞形佩飾。唐李賀《夢天》：「玉輪軋露濕團光，鸞珮相逢桂香陌。」

〔四〕碾玉句：言鸂鶒釵在鬢髮晃動。碾玉：打磨雕琢玉器。李賀《春懷引》：「蟾蜍碾玉掛明弓，捍撥裝金打仙鳳。」

〔五〕越王臺殿：參見卷三薛昭蘊《浣溪沙》「傾城傾國恨有餘」注〔五〕。

【疏解】

詞詠女子。起二句寫季節、時間、環境：海棠花謝，春江向晚，水邊小樓薄霧溟濛，似有幾分神秘氣氛。然後翠簾揭處，麝煙飄散，環佩叮噹聲中，女子出場。下片前二句繼續描寫女子的形象，寫其華麗的頭飾、雪白的肌膚和豐美的鬢髮。結二句忽然撇開前面質實的描寫，宕開一筆，轉寫女子屬意悠遠，含情遥指，煙水那邊，是紅蓼叢中的越王臺殿遺址。女子是思古，是念遠，是候人，無法確指，「結句設想，出人意表」，留下了含蓄不盡的回味餘地，全詞因這兩句而顯得意境開闊，富有神韻。《花間集》中的《臨江仙》多言仙事，緣飾調名。此詞中女子，與一般的思婦有明顯不同，身份似在仙凡之間。卓人月《古今詞統》卷七評謂「是採珠拾羽一輩人」。意指詞中女子與漢皋、洛濱女子身份相類。

【集評】

卓人月《古今詞統》卷七徐士俊評語：是採珠拾羽一輩人。

李冰若《花間集評注·栩莊漫記》：結句設想，出人意表。

蕭繼宗《評點校注花間集》：後段雖亦可作深解，氣氛究不調和。

其二

披袍窣地紅宮錦〔一〕，鶯語時轉輕音①。碧羅冠子穩犀簪〔二〕。鳳皇雙颭步摇金②〔三〕。

肌骨細匀紅玉軟③〔四〕，臉波微送春心④。嬌羞不肯入鴛衾⑤〔五〕。蘭膏光裏兩情深⑥〔六〕。

【校記】

① 轉：鄂本、湯評本、毛本、後印本、正本、四庫本、四印齋本、林大椿《唐五代詞》作「囀」。音：吴鈔本作「青」。

② 鳳皇：吴鈔本、王輯本、林大椿《唐五代詞》作「鳳凰」。

③ 肌：王輯本作「肋」。

④ 臉波：雪本作「斂波」。

⑤ 鴛衾：王輯本作「鸞衾」。

⑥ 蘭膏句：吴鈔本作「蘭羞膏光袖兩情深」。

【箋　注】

〔一〕窣地：拂地。宫錦：宫中特製或仿造宫様所制的錦緞。唐岑參《胡歌》：「黑姓蕃王貂鼠裘，葡萄宫錦醉纏頭。」

〔二〕冠子：婦人之冠。五代馬縞《中華古今注·冠子朵子扇子》：「冠子者，秦始皇之制也，令三妃九嬪當暑戴芙蓉冠子，以碧羅爲之，插五色通草蘇朵子，披淺黄藂羅衫，把雲母小扇子，靸蹲鳳頭履以侍從。」唐王涯《宫詞》：「白人宜著紫衣裳，冠子梳頭雙眼長。」犀簪：用犀角製的髮簪。或謂婦人用之，塵不著髮。舊題漢伶玄《飛燕外傳》：「后歌舞《歸風送遠》之曲，帝以文犀簪擊玉甌，令后所愛侍郎馮無方吹笙以倚。」唐吴融《和韓致光侍郎無題三首十四韻》之一：「珠佩元消暑，犀簪自辟塵。」

〔三〕步摇：附在簪釵上的一種金玉首飾。《釋名·釋首飾》：「步摇上有垂珠，步則摇動也。」《後漢書·輿服志下》：「步摇以黄金爲山題，貫白珠爲桂枝相繆，一爵九華，熊、虎、赤羆、天鹿、辟邪、南山豐大特六獸，《詩》所謂『副笄六珈』者。」王先謙集解引陳祥道曰：「漢之步摇，以金爲鳳，下有邸，前有笄，綴五采玉以垂下，行則動摇。」唐白居易《長恨歌》：「雲鬢花顔金步摇，芙蓉帳暖度春宵。」

〔四〕肌骨細勻：唐杜甫《麗人行》：「態濃意遠淑且真，肌理細膩骨肉勻。」紅玉：紅色寶玉。古常以比喻美人膚色。《西京雜記》卷一：「趙后體輕腰弱，善行步進退，女弟昭儀，不能及也。但昭儀弱骨豐肌，尤工笑語。二人並色如紅玉。」唐施肩吾《夜宴曲》：「被郎嗔罰琉璃盞，酒入四肢紅玉軟。」

〔五〕嬌羞句：唐施肩吾《少女詞》：「嬌羞不肯點新黄，踏過金鈿出繡牀。」

〔六〕蘭膏：用澤蘭子煉製的油脂，用以燃燈。《楚辭·招魂》：「蘭膏明燭，華容備些。」王逸注：「蘭膏，以蘭香煉膏也。」晉張華《雜詩》：「朱火青無光，蘭膏坐自凝。」唐劉長卿《雜詠上禮部李侍郎·寒釭》：「戀君秋夜永，無使蘭膏薄。」

【疏　解】

詞寫男女戀情。上片鋪寫女子的盛妝，兼及女子嬌美的聲音和婉轉的步態，有類「蹙金結繡」之温詞。下片前二句進一步形容其肢體柔美，儀態嫵媚，風韻撩人。都屬《花間》詞中慣見的俗人俗事，俗情俗筆。結二句承「臉波微送春心」之後，于俗中見不俗，關鍵時刻，不曾手滑，分寸得體。

按照萊辛《拉奥孔》的美學理論，這叫「接近頂點，不到頂點」的寫法，留有餘地，既免除了詞筆可能沾染的穢褻，又利於讀者去想像和回味。其實，「嬌羞不肯入鴛衾」的「醉人」韻度、「可思」情態倒在其次，真正值得稱道的是「蘭膏光裹兩情深」一句，由實入虚，動中取静，仿佛燥熱時拂過的一絲涼風，蘭膏光影裏，達成了由「欲」到「情」的過濾和昇華，使一首描寫男女合歡的「奇豔絶倫」之形而下情詞，不僅「能狀難狀之情景」，更獲致了男女相悦之事不可或缺的某種情感和精神的向度。而這一點，正是往往膠著于女子容貌服飾工細描畫的温詞所欠缺的，李冰若《栩莊漫記》認爲「飛卿所不逮」者，當在於此。

【集　評】

玄本頁眉墨批：細意熨帖，醉人心目。

湯顯祖評《花間集》卷三：二作精工宕麗，足分温、韋半席。

茅暎《詞的》卷三：嬌怯可思。

况周頤云：奇豔絶倫，所謂古蕃錦也。「嬌羞」二句，尤能狀難狀之情景。（《花間集評注》引）

李冰若《花間集評注·栩莊漫記》：上半闋極寫服飾之盛麗，温詞所有者也。下半闋則飛卿所不逮矣。

蕭繼宗《評點校注花間集》：蘭膏句，含蓄蕩漾，尤難爲懷。

菩薩蠻①

越梅半拆輕寒裏②〔一〕。冰清淡薄籠藍水③〔二〕。暖覺杏梢紅④。遊絲狂惹風〔三〕。　閑堦莎徑碧⑤〔四〕。遠夢猶堪惜。離恨又迎春。相思難重陳〔五〕。

【校　記】

①蠻：毛本、後印本、正本、四庫本作「鬘」。

②半拆：吴鈔本、湯本、合璧本、毛本、後印本、正本、四庫本、清刻本作「半折」。王輯本作「半坼」。

③藍水：雪本作「煙水」。

④杏梢：湯本、合璧本作「杏稍」。

⑤堦：鄂本作「階」。

【箋　注】

〔一〕越梅：泛指南國的梅花。半拆：花苞初開。唐張泌《春晚謡》：「雨微微，煙霏霏，小庭半拆紅薔薇。」

〔二〕冰清淡薄：應上句「輕寒」，言水面結層薄冰。藍水：也稱藍溪，即灞水。源出陝西商縣西北秦嶺，西北流入藍田縣，入灞水。杜甫《九日藍田崔氏莊》：「藍水遠從千澗落，玉山高並兩峰寒。」

〔三〕遊絲：指春日空氣中飄浮的蟲絲。南朝梁沈約《三月三日率爾成篇》：「遊絲映空轉，高楊拂地垂。」唐皎然《效古詩》：「萬丈遊絲是妾心，惹蝶縈花亂相續。」

〔四〕莎徑：長有莎草的小徑。唐李中《寄劉鈞秀才》：「野鳥穿莎徑，江雲過竹籬。」

〔五〕重陳：再陳説，重複叙述。晉劉琨《扶風歌》：「棄置勿重陳，重陳令心傷。」唐白居易《太行路》：「行路難，難重陳。」

【疏解】

詞寫閨中春思。起句從早春切入，梅花半拆，薄冰籠水，輕寒猶在，都是早春季候。半拆的梅花，是逗起閨婦思情的因由。接寫暖風吹開杏花，飄蕩遊絲，暗示閨婦春思興發，心旌摇漾。這裏有一個由春寒到春暖的時間季節的變化過程，季節喚醒了生命，在這個過程中，閨婦的思情愈釀愈濃。所以便有了下片的「遠夢」。夢中相會，恍然醒來，踟躕于荒寂庭院的莎徑上，回味夢中的一切，皆歸空無，故覺「堪惜」。「又」字透出别離已是經年，那層疊堆積的相思離恨，已非言語所能訴説於萬一。故以「難重陳」作結，不言言之，不了了之。此詞表情含蓄，不涉艷語，顯示了和凝詞風清淡的一面，故有「清言玉屑」之評（《花間集評注》引況周頤語）。

【集　評】

況周頤云：《菩薩蠻》及《望梅花》，則近於清言玉屑矣。（《花間集評注》引）

蕭繼宗《評點校注花間集》：「暖覺杏梢紅」句差可，餘不稱。

山花子①

鶯錦蟬縠馥麝臍②〔一〕。輕裾花草曉煙迷③〔二〕。鸂鶒戰金紅掌墜④〔三〕。翠雲低〔四〕。　星靨笑偎霞臉畔⑤〔五〕，蹙金開襜襯銀泥〔六〕。春思半和芳草嫩，緑萋萋⑥〔七〕。

【校　記】

①《歷代詩餘》此二首調作《南唐浣溪紗》。曾昭岷等《全唐五代詞》王兆鵬「考辨」曰：「《山花子》與《浣溪沙》唐時各自爲調，故《教坊記》中二名並列。二調句法雖同，而一叶仄韻，

一叶平韻。自敦煌曲發現之後，始得勘定此二名爲二調。其先皆爲『七七七三』兩遍之長短句體，後減字爲『七七七』兩遍之齊言體。五代以後，二名已混，遂指長短句之《浣溪沙》爲《山花子》，指齊言之《山花子》爲《浣溪沙》也。後人未見敦煌曲詞，因李璟有長短句之《浣溪沙》二首，而稱爲《南唐浣溪沙》；又不知此體先於齊言，遂認作《浣溪沙》之别體，而有『添字』、『攤破』之名。和凝此闋不是《山花子》，應是《浣溪沙》。今姑依原題原編。」考論精審，所言良是。

②蟬縠：雪本作「蟬紋」，《歷代詩餘》卷一八作「蟬紗」。

③裾：吴鈔本作「裙」。花草：鄂本、四印齋本作「花早」。

④顫金：鄂本、吴鈔本、毛本、後印本、正本、四庫本、清刻本、四印齋本、全本、《歷代詩餘》、劉輯本《紅葉稿》、林大椿《唐五代詞》作「戰金」。湯本、合璧本作「鷶金」。

⑤偎：晁本、鄂本、吴鈔本、陸本、茅本、玄本、湯評本、合璧本、鍾本、毛本、後印本、四庫本、清刻本、徐本、四印齋本、影刊本作「隈」。

⑥緑：鄂本、吴鈔本、毛本、後印本、正本、四庫本、清刻本、徐本、四印齋本、全本、《歷代詩餘》、王輯本、林大椿《唐五代詞》作「碧」。

【箋　注】

〔一〕鶯錦：色如鶯羽之錦緞。五代和凝《宫詞》：「鶯錦蟬羅撒麝臍，狻猊輕噴瑞煙迷。」蟬縠：

薄如蟬翼之輕紗。麝臍：麝香，因生於麝臍，故名。宋楊億《談苑》：「商女山中多麝，其性絶愛其臍，爲人逐急，即投巖舉爪，剔裂其香。」明李時珍《本草》：「麝香有三等：第一生香，亦名遺香，乃麝自剔出者。其次臍香。其三心結香。又有小麝，其香更奇。」唐唐彦謙《春雨》：「燈檠昏魚目，薰爐咽麝臍。」

〔二〕裾：衣襟。《漢書·張敞傳》：「置酒，小偷悉來賀，且飲醉，偷長（小偷首領）以赭汙其衣裾。」唐杜甫《草堂》：「舊犬喜我歸，低徊入衣裾。」

〔三〕鸂鶒句：言鸂鶒形飾物下垂狀。紅掌：言鸂鶒形飾物之掌。鸂鶒，一名紫鴛鴦。明李時珍《本草綱目》：鴛鴦「有文采，紅頭翠鬣，黑翅黑尾，紅掌」。

〔四〕翠雲：同緑雲、緑鬟、翠鬟、雲鬟，指女子豐美之髮鬟。唐李群玉《送蕭十二校書赴郢州婚姻》：「玉珮定催紅粉色，錦衾應惹翠雲香。」

〔五〕星靨：明媚的酒窩。或以指面飾。宋高承《事物紀原》三《粧靨》：「遠世婦人粧喜作粉靨，如月形，如錢樣，又或以朱若燕脂點者，唐人亦尚之。」唐杜審言《奉和七夕侍宴兩儀殿應制》：「歛淚開星靨，微步動雲衣。」唐許敬宗《七夕賦詠成篇》：「情催巧笑開星靨，不惜呈露解雲衣。」霞臉：紅潤的面容。

〔六〕襜：遮於衣前至膝的圍巾。《爾雅·釋器》「衣蔽前謂之襜」郭璞注：「今蔽膝也。」銀泥：一種用銀粉調成的顔料，用以塗飾衣物和面部。唐王建《宫詞》之八十：「歸到院中重洗面，金盆水裏潑銀泥。」唐白居易《劉蘇州寄釀酒糯米李浙東寄楊柳枝舞衫》：「金屑醅濃吴米釀，銀泥衫穩越娃裁。」此指銀泥塗飾的衣裙。唐李賀《月漉漉篇》：「挽菱隔歌袖，緑刺罥銀泥。」

〔七〕春思二句：言女子春思濃如繁茂之緑草。

【疏　解】

詞寫女子春思。上片細緻刻畫女子的衣服、首飾、鬢髮，下片寫她的面飾和嬌容，之後再寫她的華麗衣裾。僅只數十字的篇幅裏，綴滿了諸如「鶯錦、蟬縠、麝臍、輕裾、花草、曉煙、鸂鶒、鬒金、紅掌、翠雲、星靨、笑偎、霞臉、蹙金、銀泥」等華詞麗藻，十分盛大地妝扮出一位標准的《花間》美人，如展開一卷新鮮繪出的工筆重彩仕女圖，耀眼奪目，光彩照人，富有温詞般的圖畫裝飾效果。只在結句用一比喻，輕輕點出女子嫩如芳草之春思。此等詞作在《花間集》中已成套式，無甚新意，只賞其艷詞麗句可也。

【集　評】

湯顯祖評《花間集》卷三：唐韋固妻爲盜刃所刺，以翠靨之，女妝遂有靨飾。集中亦不一而足。然温飛卿「繡衫遮笑靨」，音「葉」，此則音「琰」。

李冰若《花間集評注·栩莊漫記》：「星曆」二句，置之温尉詞中，可亂楮葉。

蕭繼宗《評點校注花間集》：全文堆垛，後結稍稍靈動。

其　二

銀字笙寒調正長①〔一〕。水紋簟冷畫屏涼〔二〕。玉腕重□金扼臂②〔三〕，澹梳粧③。　　幾度試香纖手暖，一迴嘗酒絳唇光④〔四〕。佯弄紅絲蠅拂子⑤〔五〕，打檀郎〔六〕。

【校　記】

①字：湯評本、合璧本作「宇」，誤。

②玉腕句：宋、明、清各本《花間集》、全本、林大椿《唐五代詞》皆作六字句。吴鈔本、雪本於「臂」下空一格，作七字句，從之。《花間集注》曰：「各本皆脱一字。《詞譜》校加『因』字於『重』字下。竊疑當爲二『重』字，故鈔本易脱一字也。扼，本作『扼』，與『軛』通。扼臂，猶約臂也。」《花間集校》曰：「句應七字，當在『重』字下脱一字，如『圍』、『纏』、『摇』等。」《評點校注花間集》曰：「『重』字下缺一字，或爲『纏』、『垂』之類，無可校補。」《歷代詩餘》、劉輯本《紅葉稿》作「玉腕重重金扼臂」。

③ 澹：毛本、後印本、正本、四庫本作「淡」。

④ 脣：晁本、鍾本、玄本作「脣」。

⑤ 紅：王輯本無「紅」字。蠅拂子：吴鈔本、毛本、正本、四庫本、全本、《歷代詩餘》作「繩拂子」。

【箋注】

〔一〕銀字：以銀粉書寫之文字。南朝梁蕭綱《蒙華林園戒詩》：「昔日書銀字，久自悉宗英。」笙笛類管樂器上用銀作字，以表示音調的高低。借指管樂器。《新唐書·禮樂志》十二：「本屬清樂，形類雅音，而曲出於胡部。復有銀字之名，中管之格，皆前代應律之器也。」唐白居易《南園試小樂》：「高調管色吹銀字，慢拽歌詞唱《渭城》。」銀字笙：管上用銀字標示音調高低的笙。

〔二〕水紋簟：水波狀花紋的席子。唐李益《寫情》：「水紋珍簟思悠悠，千里佳期一夕休。」

〔三〕金扼臂：金手鐲。唐無名氏《薛昭傳》：「今有金扼臂，君可持往近縣易衣服。」唐宫嬪《冥會詩》：「卻羨一雙金扼臂，得隨人世出將來。」

〔四〕絳脣：朱脣，紅脣。漢揚雄《蜀都賦》：「眺朱顔，離絳脣，眇眇之態，吡噉出焉。」南朝梁江淹《詠美人春遊》：「白雲凝瓊貌，問珠點絳脣。」唐谷神子《博異志·陰隱客》：「絳脣皓齒，鬒髮如青絲。」

〔五〕蠅拂子：即蠅拂。又稱拂塵。唐李亢《獨異志·劉裕不忘貧賤》：「宋劉裕貧賤時，嘗蓋布被，用牛尾作蠅拂子。及登極，亦不棄之。」

〔六〕檀郎：見卷三韋莊《江城子》「髻鬟狼籍黛眉長」注〔三〕。

【疏　解】

詞寫閨房之樂。上片寫涼夜調笙的濃妝女子。因少了許多金玉錦繡的服飾描畫，給人以澹雅之感。但女子仍不免露出了玉腕金鐲，可知並不儉素，仍見富貴氣象，所以才是《花間》詞中女性。下片寫女子的動作情態。因覺笙寒簧冷屏涼，所以幾回伸出纖手在香爐上取暖，再喝點酒，暖暖身子，可是酒量又不大，略微嘗些，紅唇沾濕更覺紅鮮了。這都是從男子眼中看來。結句寫女子拿起紅絲蠅拂佯打檀郎的閨中嬉鬧情形，女子的嬌憨之狀，閨房的調笑之樂，躍然紙上，十分生動。此詞「狀物描情，每多意態」，讓讀者生出「直如身履其地，眼見其人」之感（沈雄《古今詞話·詞品》）。

【集　評】

鍾本評語：「佯弄紅絲蠅拂子，打檀郎」，與「下階自折櫻桃花」，美人圖畫中當如此安置。

茅暎《詞的》卷三：「寒」、「冷」、「涼」三字疊用。

賀裳《皺水軒詞筌》：詞家須使讀者如身履其地，親見其人，方爲蓬山頂上。如和魯公「幾度試香纖手暖，一回嘗酒絳脣光」……真覺儼然如在目前，疑於化工之筆。

沈雄《古今詞話·詞品》下卷：江尚質曰：「《花間》詞狀物描情，每多意態，直如身履其地，眼見其人。和凝之『幾度試香纖手暖，一回嘗酒絳脣光』，孫光憲之『翠袂半將遮粉臆，寶釵長欲墜香肩』是也。」

李調元《雨村詞話》卷一：和凝《山花子》云：「銀字笙寒調正長。」按《唐書·禮樂志》：「備四本屬清樂，形類雅音，有『銀字』之名，『中管』之格，音皆前代應律之器也。」《宋史·樂志》：「太平興國中，選東西班習樂者，樂器獨用銀字、觱栗、小笛、小笙。」白樂天詩：「高調管色吹銀字。」徐鉉：「檀的慢調銀字管。」吴融詩：「管纖銀字密，梭密錦書勾。」故詞中多用之。

蕭繼宗《評點校注花間集》：「試香」、「嘗酒」一聯，絶代風華，神采欲活。末兩句，稍遜，尚能憨而不佻。

張以仁《花間詞論集》：此似指「薰籠」（又作「燻籠」）言，而非「香爐」也。當時閨中有薰被之習，取其香且暖。

河滿子①

正是破瓜年幾②〔一〕，含情慣得人饒③〔二〕。桃李精神鸚鵡舌〔三〕，可堪虚度良宵。却愛藍羅裙子，羨他長束纖腰④〔四〕。

【校　記】

①河滿子：各本《花間集》皆作《河滿子》。白居易詩自注謂：何滿子乃「開元中滄州歌者姓名，臨刑，進此曲以贖死，上竟不免」。段安節《琵琶録》云：「後游靈武，李靈曜尚書席上有客唱《何滿子》，四座稱妙。」是「河」當作「何」。全本、《歷代詩餘》作《何滿子》，良是。吴鈔本作「河滿子二首」。

②年幾：吴鈔本、《詞譜》作「年紀」。

③慣得：吴鈔本作「更慣得」。

④束：吴鈔本作「東」，湯評本、合璧本作「束」，並誤。

【箋　注】

〔一〕破瓜：舊以女子十六歲爲「破瓜」。「瓜」字拆開爲兩個八字，即二八之年，故稱。晉孫綽《情人碧玉歌》之二：「碧玉破瓜時，郎爲情顛倒。」唐皇甫枚《三水小牘·緑翹》：魚玄機「色既傾國，思乃入神，喜讀書屬文，尤致意於一吟一詠。破瓜之歲，志慕清虚。」年幾：年紀。唐羅虯《比紅兒》：「明媚何時讓玉環，破瓜年紀百花顔。」

〔二〕得人饒：得人寬容。

〔三〕桃李句：言少女姿容美豔，口齒伶俐。

〔四〕却愛二句：借羨束腰之羅裙，傳愛慕之意。晉陶潛《閑情賦》：「願在裳而爲帶，束窈窕之纖身。」

【疏　解】

詞寫男子對少女的愛慕之情。在古人的概念裏，十六歲是女子一生中最好的年紀，況其含情脈脈，自是人見人愛。「桃李精神」寫其姿容的美妍，「鸚鵡舌」寫其口齒的伶俐。男子覺得這樣出衆的少女，應該早得佳偶，華年無人共度，實在可惜。結句寫男子求之不得，轉而去羨慕少女身著的藍羅裙子，可以緊束纖腰，與之親近。表現出男子强烈的企戀心態。這一涉想新巧的結句，係從張衡《定情詩》、陶潛《閒情賦》中變來。

【集　評】

鍾本評語：小能造語。

徐釚《詞苑叢談》卷三：晉宰相和凝，少年好爲曲子，契丹入彝門，號爲「曲子相公」。有《何滿子》詞曰：「正是破瓜年紀（略）。」亦香奩佳句也。

李冰若《花間集評注·栩莊漫記》：「卻愛藍羅裙子，羨他長束纖腰。」爲和詞名句。其源蓋出於張平子《定情詩》，陶公《閒情賦》尚在其後。

蕭繼宗《評點校注花間集》：要亦人同此心，何必尋原究委？栩莊不免煞風景。

其二

寫得魚牋無限〔一〕，其如花鎖春輝①〔二〕。目斷巫山雲雨②〔三〕，空教殘夢依依。卻愛薰香小鴨③，羨他長在屏幃〔四〕。

【校　記】

① 鎖：玄本作「瑣」。春輝：湯評本、全本、《歷代詩餘》、《花間集評注》、《花間集校》作「春暉」。

② 目斷：湯本、合璧本作「自斷」。

③ 薰：湯評本、合璧本作「燻」，毛本、正本作「熏」，全本作「熏」。

【箋　注】

〔一〕魚牋：魚子箋的簡稱，産於蜀地。唐李肇《國史補》：「紙則有越之剡藤苔牋，蜀之麻面、屑末、滑石、金花、長麻、魚子、十色牋。」唐王勃《七夕賦》：「握犀管，展魚箋。」唐羊士諤《寄江陵韓少尹》：「蜀國魚箋數行字，憶君秋夢過南塘。」代稱書信。或謂即魚書，尺素。

〔二〕其如：怎奈；無奈。唐劉長卿《硤石遇雨宴前主簿從兄子英宅》：「雖欲少留此，其如歸限催。」

〔三〕目斷：猶望斷。唐丘爲《登潤州城》：「鄉山何處是，目斷廣陵西。」

〔四〕卻愛二句：以羨幃中香爐常伴佳人，表己向慕之意。小鴨：鴨形香爐。

【疏解】

華鍾彦《花間集注》卷六曰：「此詞意同前闋，當是聯章。」良是。此首中，男子的愛慕之情愈發熱烈。他不斷地寫信傾訴，但無奈少女深閨閉鎖，難以傳達。單相思的熬煎無以舒解，使他想入非非，竟然做起巫山雲雨之夢來。雖然春夢無憑，還是讓他依依不捨。於是他又想：若能化身爲小巧的鴨形香爐，便能在閨幃中常伴伊人。耽於相思的男子，徹底放倒了男權社會裏男人的尊嚴，並不以此自我折辱爲羞恥，這反映了晚唐五代亂世，沖決了倫理道德堤防，愛情意識洶湧澎湃的心理思潮。這兩首詞的結句訴説的癡絶心願，與崔懷寶《憶江南》的「平生願，願作樂中箏。得近玉人纖手子，砑羅裙上放嬌聲。便死也爲榮」一詞所寫相同，這是一個時代的心願。這兩首《河滿子》結句的巧思，也典型地體現了和凝詞能「以小語致巧」的語言機智。

【集評】

鍾本評語：「卻愛薰香小鴨，羡他長在屏幃」，情語俊美入妙。

馮金伯《詞苑萃編》卷三引《詞暵》：和成績《河滿子》詞：「寫得魚箋無限（略）。」末二語爲世所傳詠。

沈雄《古今詞話·詞辨》上卷：和凝詞：「正是破瓜年紀……卻愛藍羅裙子，羡他長束纖腰。」第二首結句：「卻愛薰香小鴨，羡他長在屏幃。」謂「卻愛」下又是「羡他」，爲重疊語病。殊不知羡出於愛，更申明一層語意。

許昂霄《詞綜偶評》評王安國《減字木蘭花》：結語與和凝「卻愛熏香小鴨，羡他長在屏幃」等句，俱從龍標「玉顔不及寒鴉色，猶帶昭陽日影來」悟出。

華鍾彦《花間集注》卷六：按此詞意同前闋，當是聯章。

蕭繼宗《評點校注花間集》：視前首更勝，以全章句靈動也。

薄命女①

天欲曉。宫漏穿花聲繚繞②〔一〕。窗裏星光少③。冷霧寒侵帳額④〔二〕，殘月光沉樹杪〔三〕。

夢斷錦幃空悄悄⑤。强起愁眉小〔四〕。

【校　記】

①晁本、陸本、茅本、鍾本、湯評本、毛本、後印本、正本、四庫本、清刻本、徐本、影刊本、全本、《唐宋人選唐宋詞》本《花間集》調下均注曰：「一名『長命女』。」湯評本評語亦曰「一名『長命女』」。張本調下小字注曰：「一作『長命女』。」《唐宋諸賢絶妙詞選》卷一於此詞末注曰：「又一本名『長命女』。」劉輯本《紅葉稿》調名作《長命女》。曾昭岷等《全唐五代詞》「案」曰：「《長命女》，唐教坊曲，乃五言四句之聲詩（見《樂府詩集》卷八〇），與五代雜言體無關。」

②繞：王輯本無「繞」字。

③《唐宋諸賢絶妙詞選》卷一、清刻本、全本、《歷代詩餘》、劉輯本《紅葉稿》於「星光少」處分片作雙調。

④霧：晁本作「霞」。《詞律》以爲「霞」不可言「冷」，也不可言「侵帳」，當是「霧」字之譌。從改。宋明清各本《花間集》、《唐宋諸賢絶妙詞選》卷一、《歷代詩餘》、《唐宋人選唐宋詞》本《花間集》皆作「霞」。清刻本、全本、劉輯本《紅葉稿》、林大椿《唐五代詞》作「露」。

⑤斷：王輯本作「裏」。幃：鍾本作「闈」。

【箋　注】

〔一〕宮漏句：言漏聲在花叢間回蕩縈繞。五代和凝《宮詞》：「聖主臨軒待曉時，穿花宮漏正遲遲。」

〔二〕帳額：床帳前幅的上端所懸之横幅。上有繪畫或刺繡，用爲床帳的裝飾。俗稱帳簷。唐盧照鄰《長安古意》：「生憎帳額繡孤鸞，好取門簾貼雙燕。」

〔三〕樹杪：樹梢。唐王維《送梓州李使君》：「山中一夜雨，樹杪百重泉。」

〔四〕愁眉小：女子以長眉爲美，此言女子之眉因愁蹙結而顯短小。

【疏　解】

詞寫宮怨。宮怨、閨怨類詩詞，一般多從黄昏切入，寫長夜難捱之情狀。此詞從拂曉切入，顯得别致。有否《汝墳》「惄如調飢」之意，不得而知。因是拂曉，人尚未起，所以先寫連綿的晨漏聲在花間回響的聽覺。然後才是視覺，醒來後透窗望去，但見天上星光已稀，殘月將沉，侵晨的霧氣帶著寒意，緣窗入室，浸透帳幃。「寒」字則寫膚覺。這後宮的拂曉，給人以淒清冷寂之感。「夢斷」回應「宮漏」，大約是穿花繞室的漏聲，擾了宮女的春夢，夢回人醒，她感覺這獨宿的錦幃，格外的空寂冷落。於是「强起」，二字三意，一是天亮當起，二是幃空不願再戀牀第，三是强打精神。「愁眉小」

三字，用李賀字法，是點題之筆，曲終奏雅，「始表明閨怨」（俞陛雲《唐五代兩宋詞選釋》）。三字因在結末，格外醒眼，富有表現力，所謂「末只一句，盡卻怨意」（沈際飛《草堂詩餘正集》卷一），「頗盡宫中幽怨之意」（《草堂詩餘》評語），這種良好的表情效果，是和點題三字所處的位置，和全詞的結構安排分不開的。詞雖短制，但層次井然，絲絲不亂，細繹可悟爲文之法。按：俞氏所云「閨怨」，當爲「宫怨」。

【集評】

沈際飛《草堂詩餘正集》卷一：沖寂自妍，末只一句，盡卻怨意。

王國維《人間詞話删稿》：此詞前半，不減夏英公《喜遷鶯》也。

俞陛雲《唐五代兩宋詞選釋》：詞寫天曙之狀。先言窗内，次言窗外，皆描寫景物。至「愁眉」句始表明閨怨。小令中于末句見本意者甚多。《草堂詩餘》云：「此詞頗盡宫中幽怨之意。」

李冰若《花間集評注·栩莊漫記》：明豔似飛卿，佳詞也。

蕭繼宗《評點校注花間集》：有「冷露」、「殘月」一聯，便覺「窗裏」句成贅文。

望梅花①

春草全無消息。臘雪猶餘蹤跡②〔一〕。越嶺寒枝香自拆③〔二〕。冷豔奇芳堪惜〔三〕。何事壽陽無處覓〔四〕。吹入誰家横笛〔五〕。

【校　記】

①此首《梅苑》卷五作歐陽修詞，然歐集未收，諸家選本亦無作歐詞者。當從《花間集》作和凝詞。

②臘：晁本、吴鈔本、四印齋本作「臈」。

③自折：陸本、吴鈔本、湯本、合璧本、全本、王輯本、林大椿《唐五代詞》作「自折」。

【箋　注】

〔一〕臘雪：冬至後立春前下的雪。唐劉禹錫《送陸侍御歸淮南使府》：「泰山呈臘雪，隋柳布新年。」明李時珍《本草綱目·水一·臘雪》：「冬至後第三戌爲臘，臘前三雪，大宜菜麥，又殺蟲蝗。臘雪密封陰處，數十年亦不壞。」

〔二〕越嶺：五嶺之一曰越城嶺。梅花以大庾嶺最盛，此泛言之。唐許渾《和賓客相國詠雪》：「盡日隋堤絮，經冬越嶺梅。」寒枝：唐皇甫冉《劉方平西齋對雪》：「委樹寒枝弱，縈空去雁遲。」

〔三〕冷豔奇芳：唐丘爲《左掖梨花》：「冷豔金歇雪，餘香乍入衣。」唐白居易《山石榴》：「奇芳絶豔别者誰，通州遷客元拾遺。」

〔四〕何事句：用壽陽公主梅花妝典事。見卷四牛嶠《酒泉子》「記得去年」注〔六〕。

〔五〕横笛：指笛曲《梅花落》。《樂府詩集·横吹曲辭四·梅花落》郭茂倩題解：「《梅花落》，本笛中曲也。按唐大角曲，亦有《大單于》、《小單于》、《大梅花》、《小梅花》等曲，今其聲猶有存者。」隋江總《梅花落》：「長安少年多輕薄，兩兩常唱《梅花落》。」

【疏解】

詞詠調名。起二句描寫梅花開放的季節，其時草色未緑，臘雪猶存，是寒意料峭的早春時節。梅稱「早梅」，這兩句描寫切合「早梅」報春的特點。接下來用典，四句中嵌入三個有關梅花的典故。「越嶺」即大庾嶺，嶺上多植梅花，故稱梅嶺，詩人多有題詠；「壽陽」指南朝宋武帝女壽陽公主，因梅花落於額上，作梅花妝；「横笛」指樂府横吹曲中笛曲《梅花落》，及唐大角曲《大梅花》、《小梅花》，都是有關梅花的典事。此詞就題敷衍，無甚新意，但梅花品清，題詠梅花的此詞因之「近於清言玉屑」，而不同於觸目皆是的《花間》香豔之作。再者，「冷豔奇芳堪惜」的讚美，「壽陽無處覓」的歎惋，都有情感色彩的點染，而非一味鋪排堆垛典故。結句「吹入誰家横笛」的含蓄一問，更讓詞句顯得「淺語卻雋」。或云此詞寫及壽陽公主，是懷古詞，説法似欠妥當，「壽陽」是作爲與梅花有關的典故意象出現的，而非全詞的表現中心，詞的中心意象是「梅花」而非「壽陽」，所以此處是用典手法，此詞的性質是題詠而非懷古。

【集　評】

鍾本評語：「吹入誰家横笛」，淺語卻雋。

況周頤云：《菩薩蠻》及《望梅花》，則近於清言玉屑矣。（《花間集評注》引）

蕭繼宗《評點校注花間集》：題文一致。首兩句旁筆作勢，三四點，五句轉，六句作結，文氣一貫，奔赴「横笛」二字，故與泛詠梅花，濫用典實者殊科。

天仙子①

柳色披衫金縷鳳②〔一〕。纖手輕捻紅豆弄③。翠娥雙臉正含情④，桃花洞〔二〕。瑶臺夢⑤〔三〕。一片春愁誰與共。

【校　記】

① 吴鈔本作「天仙子二首」。

② 柳：晁本注曰：「『丣』，古柳字，後方從木。又，一本作『丣』，兩存之。」披：鍾本作「被」。

縷：吴鈔本作「樓」。

③ 捻：陸本、茅本、玄本、湯評本、毛本、後印本、四庫本、清刻本、徐本、四印齋本、影刊本、王輯本、林大椿《唐五代詞》作「拈」。豆：吴鈔本作「荳」。

④ 翠娥：陸本、茅本、玄本、鍾本、湯評本、合璧本、毛本、後印本、張本、正本、四庫本、影刊本、全本、《歷代詩餘》作「翠蛾」。雙臉：毛本、後印本、四庫本、清刻本、全本、《歷代詩餘》、林大椿《唐五代詞》作「雙斂」。

⑤ 瑶：吴鈔本作「摇」。劉輯本《紅葉稿》作「瓊」。

【箋注】

〔一〕柳色：言披衫柳緑色。金縷鳳：金線刺繡的鳳凰圖案。

〔二〕桃花洞：劉阮天台遇仙之桃源洞。參見卷五毛文錫《訴衷情》「桃源流水漾縱横」注〔四〕。

〔三〕瑶臺：指傳説中的神仙居處。晉王嘉《拾遺記·崑崙山》：「傍有瑶臺十二，各廣千步，皆五色玉爲臺基。」唐李白《清平調》：「若非群玉山頭見，會向瑶臺月下逢。」

【疏解】

《天仙子》二首，可解爲就題敷演，詠天台山仙女。也可解爲用天台仙女比附世間女子。首句寫其衣飾，次句寫其動作，纖手捻弄紅豆，透漏了她的隱秘心思。紅豆可寄相思，三句寫其「翠蛾雙斂」的憂愁，當爲相思而起，「正含情」者，正含相思之情也。「桃花洞」正切天台仙事，「瑶台夢」即洞中仙夢，二句從仙女角度，寫與劉阮遇合情事。然劉阮一去不歸，讓其相思不已。「一片春愁」，言相思之愁，「誰與共」，無人與共也，乃仙女自傷孤零之詞。

【集　評】

鍾本評語：末語小俊。

湯顯祖評《花間集》卷三：劉改之别妾赴試作《天仙子》，語俗而情真，世多傳之，遇此不免小巫。

蕭繼宗《評點校注花間集》：本意。道教于並世諸宗教中，最富詩意，亦最近人情。服食煉形，固不外生命之追求；然尚有一關，不能打破，亦不求打破，此和學士所謂「桃花洞，瑶臺夢，一片春愁誰與共」者也。

其　二

洞口春紅飛蔌蔌①〔一〕。仙子含愁眉黛緑。阮郎何事不歸來〔二〕，懶燒金，慵篆玉②〔三〕。流水桃花空斷續。

【校　記】

①蔌蔌：正本、王輯本、林大椿《唐五代詞》作「簌簌」。

②玉：鍾本誤作「王」，頁眉朱校爲「玉」。

【箋　注】

〔一〕洞口：指桃源洞口。春紅：春花，以花色借代修辭。唐吴融《送杜鵑花》：「春紅始謝又秋紅，息國亡來入楚宫。」此指仙源桃花。蔌蔌：花落貌。唐元稹《連昌宫詞》：「又有牆頭千葉桃，風動落花紅蔌蔌。」

〔二〕何事：爲何，何故。晉左思《招隱》詩之一：「何事待嘯歌，灌木自悲吟。」

〔三〕懶慵二句：言仙子思凡慵懶，無心修煉。燒金：指道士煉丹砂爲黄金。唐李賀《馬詩》之二三：「武帝愛神仙，燒金得紫煙。」篆玉：指篆書道家符籙。華鍾彦《花間集注》曰：「金：金爐也。焚香於爐，謂之燒金。篆玉與燒金意同，蓋燒香作篆文也。」説亦可通。

【疏　解】

此首與前首聯章，繼續就仙女的「春愁」生發。春深花落，流水飛紅，阮郎别後不歸，一春韶光虛度，加重了仙女的相思愁情。「何事」的猜度，當更增其思念的痛苦。「懶燒金，慵篆玉」二句，寫其無精打采的慵懶之狀，亦「自伯之東，首如飛蓬。豈無膏沐，誰適爲容」之意也。結句責怨「桃花流水」，然亦無可如何之詞。劉阮當初是沿著溪水尋到桃源仙洞的，如今桃花溪澗依舊流水悠悠，卻再也不見劉阮沿著溪水歸來，「空斷續」者，此之謂也。所歡不來，春愁難遣，相思無憑，良辰虛設，言外含有無限凄凉悵惘。

【集　評】

鍾本評語：仙子句佳。

俞陛雲《唐五代兩宋詞選釋》：花雨霏紅，愁眉鎖緑，年年流水依然，奈阮郎不返。寫閨思而託之仙子，不作喁喁爾汝語，乃詞格之高。

華鍾彦《花間集注》卷六：和學士詞二首，皆詠天台神女事，就題發揮。

蕭繼宗《評點校注花間集》：本意。「流水桃花空斷續」，凄絶迷離，發人遐想。

春光好①

紗窗暖，畫屏閑②。嚲雲鬟③〔一〕。睡起四肢無力④，半春間⑤。　玉指剪裁羅勝⑥〔二〕，金盤點綴酥山⑦〔三〕。窺宋深心無限事⑧〔四〕，小眉彎。

【校記】

① 吴鈔本作「春光好二首」。

② 閑：《詞律》作「間」。

③ 鞸：湯本作「𩊱」。

④ 無力：吴鈔本「無力」下空二格。王輯本作「嬌無力」。

⑤ 間：全本、劉輯本《紅葉稿》、林大椿《唐五代詞》作「閑」。

⑥ 玉指剪：張本此三字朱筆校描。

⑦ 金盤：王輯本作「金羅」。酥：鄂本、吴鈔本、四印齋本作「蘇」。

⑧ 窺宋：雪本作「窺采」。限：吴鈔本作「恨」。

【箋注】

〔一〕鞸：下垂貌。唐岑參《暮春虢州東亭送李司馬歸扶風别廬》：「柳鞸鶯嬌花復殷，紅亭緑酒送君還。」

〔二〕羅勝：飾物，用絲羅剪製。唐王建《長安早春》：「暖催衣上縫羅勝，晴報窗中點綵毬。」

〔三〕金盤句：言金盤中襯綴酥酪。

〔四〕窺宋深心：指女子暗戀的心事。戰國楚宋玉《登徒子好色賦》：「天下之佳人，莫若楚國；楚國之麗者，莫若臣里；臣里之美者，莫若臣東家之子。東家之子，增之一分則太長，減之一分則太短；著粉則太白，施朱則太赤。眉如翠羽，肌如白雪，腰如束素，齒如含貝。嫣然一笑，惑陽城，迷下蔡。然此女登牆窺臣三年，至今未許也。」後因以「窺宋」指女子對意中人的愛慕。唐吴融《即席十韻》：「住處方窺宋，平生未嫁盧。」

【疏解】

詞寫少女春思。起三句寫其閨中睡眠之態，接二句寫其睡起慵倦之狀。古典詩詞每每寫及女子因春睡而惹春思，此處亦然。下片寫女子剪裁羅勝，裝點酥山，是其日常生活内容。但女紅勞作并没有分散和轉移她的注意力，她那彎彎的眉間，流露出對所戀男子深心專注的無限思量之情。此詞平平之作，結句點出題旨，也是《花間》小詞慣技。

【集評】

蕭繼宗《評點校注花間集》：前結少一字，「無」字下或有「氣」字。

其二①

蘋葉軟②〔一〕，杏花明。畫船輕③。雙浴鴛鴦出渌汀④〔二〕。棹歌聲⑤。　春水無風無浪⑥，春天半雨半晴⑦。紅粉相隨南浦晚〔三〕，幾含情⑧。

【校記】

① 此首《尊前集》又作歐陽炯詞，未可據信，當從《花間集》作和凝詞。林大椿《唐五代詞》亦列此首於歐陽炯名下，末句作「莫辭行」。

② 軟：毛本《尊前集》作「嫩」。

③ 畫：湯本、《詩餘圖譜》作「画」。船：四印齋本作「舡」。

④ 渌汀：吴鈔本、毛本《尊前集》、全本、《詩餘圖譜》、王輯本作「緑汀」。

⑤ 棹歌：湯評本、合璧本作「掉歌」，誤。張本「棹歌聲」、「春水」、「浦晚」、「幾含情」數字朱筆校描。

⑥ 無浪：王輯本作「波無浪」。

⑦ 春天：毛本、彊村本《尊前集》作「春來」。

⑧ 幾含情：毛本、彊村本《尊前集》作「莫辭行」。《詩餘圖譜》作「幾多情」。

【箋 注】

〔一〕蘋葉：浮萍之嫩葉。

〔二〕淥汀：水中小洲。淥：水清貌。

〔三〕紅粉：本指婦女化妝用的胭脂和鉛粉。《古詩十九首·青青河畔草》：「娥娥紅粉妝，纖纖出素手。」借指美女。唐杜審言《贈蘇綰書記》：「紅粉樓中應計日，燕支山下莫經年。」

【疏 解】

古典詩詞凝煉簡約，句有定字，受字數限制，往往省略句子成份，帶來理解的歧義。一些詩詞文本，字句看似明白，講解起來，卻未必能夠輕易把前後串聯貫通，闡釋愜當。傳統的評點派多從佳句好字入手，作局部精到的鑒賞，并加以引申發揮，至於文本整體如何，卻常常在所不顧。現代的串講分析，比之古代評點要詳盡得多，但對文本不易説清的緊要之處，也會采取避難就易的態度，有意無意地忽略過去，結果是其言喋喋，卻不得要領。即如此詞，通篇並無僻字奥句，但表現重心究竟是江南春光之好，風景之美，還是人物的活動？偷懶的説法當然是：美好的江南春景，是人物活動的環境和背景。葉嫩花明，波平浪靜，畫船輕漾，鴛鴦對浴，棹歌咿呀，時雨時晴，豈非風景如畫，畫中有人，人在畫中。至於影響詞意理解的關鍵性句子「紅粉相隨南浦晚，幾含情」究竟作何解釋，卻又紛紜不定。「紅粉相隨」，是説女子相隨結伴遊春，還是説身邊有女子相隨遊春，兩解似乎均可，但句子的主語其實是不一樣的，都是緣於句子成份的省略。但如上兩種解釋，無疑都有意無意地忽略了「南浦」這個有特定含義的通用意象，還有「幾含情」，到底含的什麽情？於是又出現戀人南浦送别的説法，這種説法照顧到「南浦」意象的意藴規定性，也坐實了「幾含情」含的是惜别之情。但是問題並没有徹底解決，文本裏分明是「紅粉相隨」而非「紅粉相送」，糊塗地或假裝糊塗地把「相隨」視同「相送」，而立南浦送别一説，顯然是不夠嚴謹和妥當的。意者「相隨」乃「相送」的傳寫之誤，但又缺乏版本證據支持，難以成説。一首輕淺的《花間》小詞，細究起來竟有如許纏夾不清的糾結之處，可見説詩談詞，的確良非易事。

【集　評】

鍾本評語：「春水無風無浪，春天半雨半晴」，宋人多襲此句，蓋知當時極賞之。

俞陛雲《唐五代兩宋詞選釋》：前半寫煙波畫船，見春光之好。後言浪静風微，乍晴乍雨，確是江南風景，絶好惠崇之圖畫也。

李冰若《花間集評注·栩莊漫記》：「春水」、「春天」二語，寫出春光駘宕之狀。

蕭繼宗《評點校注花間集》：不費氣力，而自然輕快。春水一聯，固是佳句，而起筆「軟」、

「明」、「輕」三字，亦何等鮮美，有此三句，則「棹歌聲」三字，亦隨之躍動矣。

採桑子

蝤蠐領上訶梨子①〔一〕，繡帶雙垂②。椒户閒時③〔二〕。競學樗蒱賭荔枝④〔三〕。　叢頭鞋子紅編細⑤〔四〕。裙窣金絲⑥。無事嚬眉⑦。春思翻教阿母疑⑧〔五〕。

【校　記】

①領：吴鈔本作「嶺」，誤。訶：吴鈔本作「呵」，《唐宋諸賢絶妙詞選》卷一作「詞」，並誤。

②繡：毛本、四庫本作「綉」。

③椒：王輯本作「朱」。

④競：吴鈔本、玄本作「竟」。張本作「竟」，朱筆校爲「競」。徐本、影刊本缺末筆。樗蒱：吴鈔本作「摴蒱」。荔枝：張本朱筆校描。枝：毛本《唐宋諸賢絶妙詞選》作「支」。

⑤編細：吴鈔本作「鍽鈿」，誤。編：劉輯本《紅葉稿》作「蝙」，誤。

⑥裙窣金絲：王輯本作「裙絲窣金」。

⑦嚬：《歷代詩餘》作「顰」。

⑧翻：湯本、合璧本作「番」。晁本、陸本、茅本作「飜」。

【箋注】

〔一〕蝤蠐領：喻女子豐潤白皙的頸項。《詩經·衛風·碩人》：「領如蝤蠐，齒如瓠犀。」毛傳：「領，頸也。蝤蠐，蝎蟲也。」蝎蟲，天牛的幼蟲，色白身長。故以比美女之頸。《埤雅·釋蟲》：「蓋蝤蠐之體有豐潔且白者，故《詩》以況莊姜之領。」訶梨子：婦女之雲肩。清王筠《説文解字句讀·巾部》「帬」：「此即今之雲肩，六朝謂之訶梨子者。」亦省稱「訶梨」。

〔二〕椒户：猶椒房。即椒房殿。漢皇后所居的宫殿。《漢書·車千秋傳》：「江充先治甘泉宫人，轉至未央椒房。」顔師古注：「椒房，殿名，皇后所居也。」《文選·班固〈西都賦〉》：「後宫則有掖庭椒房，後妃之室。」李善注引《三輔黄圖》：「長樂宫有椒房殿。」殿内以花椒子和泥塗壁，取温暖、芬芳、多子之義。《三輔黄圖·未央宫》：「椒房殿在未央宫，以椒和泥塗，取其温而芬芳也。」亦泛指富貴人家的閨房。

〔三〕樗蒲：亦作「樗蒱」。古代一種博戲，後世亦以指賭博。漢馬融《樗蒲賦》：「昔玄通先生游於京都，道德既備，好此樗蒲。」晉葛洪《抱朴子·百里》：「或有圍棋樗蒱而廢政務者矣，或有田獵遊飲而忘庶事者矣。」唐岑參《送費子歸武昌》：「知君開館常愛客，樗蒱百金每一擲。」

〔四〕叢頭：鞋頭作花叢狀。紅編：繫鞋的紅絲繩。

〔五〕春思：春日的情思。唐沈佺期《送陸侍御餘慶北使》：「朔途際遼海，春思繞軒轅。」唐曹唐《小遊仙詩》之五九：「西妃少女多春思，斜倚彤雲盡日吟。」翻教：反使。阿母：母親。《孔雀東南飛》：「府吏得聞之，堂上啟阿母。」

【疏解】

詞詠春情初動之少女。起二句寫她的上身衣飾，突出云肩繡帶，以見其風韻。雖没有正面描寫少女長相，但「蝤蠐領」三字，用典故意象側寫了其人的美豔。接二句寫少女閨中閒暇，競「賭荔枝」爲戲，既見其嬌憨可愛，也暗示其無聊空虚，爲下片「嚬眉思春」伏筆張本。下片再寫她的裙裾鞋履，美豔華麗。結二句「翻空出奇」，讓全詞頓然改觀，是意脈結構上的得力處。這兩句用筆極其細膩微妙，少女的心思才一「嚬眉」流露，就已被阿母及時覺察，引起猜疑，可見阿母的高度關注和敏感。宋李清照《浣溪沙》「眼波才動被人猜」，當從此句變來。封建家庭的家長，防範青年男女如防家「賊」，阿母審閲世故，防閑心細，覻人眼毒，豈能輕易瞞過。生活在舊式家庭裏的青年男女，遭受著日常性的情感壓抑和精神痛苦，不僅没有歡樂的自由，連憂愁的自由也被監視和剥奪。讀之讓人生歎。或謂結二句寫少女懵懂，情竇未開，的確是「無事嚬眉」，並未懷春，反被阿母誤以爲懷春，末句是「翻教阿母疑春思」的倒裝。這樣理解也可以成立，那就成一出家庭小喜劇了。

【集評】

湯顯祖評《花間集》卷三：（上下片末句）二語翻空出奇。

潘遊龍《古今詩餘醉》卷四：博乃樗蒲戲。晉劉毅「樗蒲一擲百萬」，又詩「人間萬事等樗蒲」。人人謂之賭博，誤矣。

許昂霄《詞綜偶評》：《采桑子》「蝤蠐領上訶梨子」，按「訶子」，樹名，又名訶梨，花白，子黄，似橄欖，而有六路。疑當時婦女或懸之以爲飾也。……或是領上妝飾，亦未可知也。「繡帶雙垂」，疑亦言上體之帶，非裙帶也。「叢頭鞋子紅編細，裙窣金絲」，前言上服，此言下服，意亦較前更細。

陳廷焯《詞則·閒情集》卷一：以婉雅之筆繪穠麗之詞，耐人尋味。

陳廷焯《雲韶集》卷一：描寫嬌憨之態，襲用者屢矣。

劉永濟《唐五代兩宋詞簡析》：此寫才動春情之少女也。一、二句，上身服飾也。三、四句，言其閨中嬉戲之事。五、六句，下身服飾也。末二句，少女煩悶之情，已爲阿母所覺也。此詞體會少女生活，極其細緻，而用語不多，故是能手。

蕭繼宗《評點校注花間集》：訶梨子非下裳，蒿盧所見極是，以首句明言「領上」也。按訶梨子應爲訶梨勒之實，訶梨勒樹産印度及嶺南，見《本草》。《四十二章經》：「視大千界如一訶子。」即訶梨勒之實，貫之如珠環，一若菩提子之作爲念珠，婦人懸之領上，即今之項鏈也。

柳　枝①

軟碧摇煙似送人。映花時把翠娥嚬②〔一〕。青青自是風流主〔二〕，慢颭金絲待洛神〔三〕。

【校　記】

①湯本、合璧本、《樂府詩集》、全本、劉輯本《紅葉稿》作《楊柳枝》。《花間集校》曰：「柳枝，即楊柳枝。」吴鈔本作「柳枝三首」。此首《花草粹編》卷一作歐陽炯詞，《全唐詩》卷七三六作和凝詩，卷七六一作歐陽炯詩。劉輯本《紅葉稿》、王輯本《紅葉稿詞》均言作歐陽炯詞非是。當從《花間集》作和凝詞。

②翠娥：陸本、吴鈔本、茅本、玄本、鍾本、湯評本、合璧本、張本、毛本、後印本、正本、四庫本、清刻本、徐本、四印齋本、影刊本、《全唐詩》卷七六一、林大椿《唐五代詞》作「翠蛾」。《樂府詩集》卷八一、《全唐詩》卷七三六作「翠眉」。嚬：鍾本作「頻」。

【箋　注】

〔一〕翠娥：即翠蛾。此以女子翠眉比擬柳葉。

〔二〕青青：指翠緑的柳色。風流主：集風流於一身。《南史》卷三十一《張裕傳》附《張緒傳》：「劉悛之爲益州，獻蜀柳數枝。……武帝以植於太昌靈和殿前，常賞玩咨嗟，曰：『此楊柳風流可愛，似張緒當年時。』」唐張旭《柳》：「請君細看風流意，未減靈和殿裏時。」

〔三〕慢颭句：回應首句，言柳絲在風中飄拂，非是送人，是待洛神也。華鍾彦《花間集注》：「此言魏王堤上之柳。」洛神：宓妃。此用曹植《洛神賦》典事。

【疏　解】

詞詠本調，用擬人修辭。首句寫柳枝煙裏絲絲弄碧，似在依依惜別。句中暗含折柳送別典事。次句把柳葉喻作翠眉，爲詠柳之作中的常見比擬。首句以煙暈染，次句以花映襯，俱爲詠柳增色添韻。三句總贊青青柳色，婀娜柳枝，集風流于一身，此句圖貌寫神，可爲柳樹之定評。結句再寫嫩黄的柳絲在風裏飄曳，似在等待凌波微步的洛神前來，回應首句，言非是送人，乃是待人。用洛神典事，所詠當爲魏王堤上之柳。

【集評】

蕭繼宗《評點校注花間集》：《柳枝》皆絶句，例不置評。

其二

瑟瑟羅裙金縷腰〔一〕。黛眉偎破未重描①。醉來咬損新花子②〔二〕，拽住仙郎儘放嬌③〔三〕。

【校記】

① 偎：晁本、鄂本、陸本、吴鈔本、茅本、玄本、湯評本、合璧本、鍾本、張本、毛本、後印本、正本、四庫本、清刻本、四印齋本、影刊本、《樂府詩集》、《全唐詩》、王輯本、林大椿《唐五代詞》作「隈」。

② 咬損：吴鈔本作「咬指」。王輯本作「咬破」。

③ 儘：鄂本、吴鈔本、湯評本、玄本、毛本、後印本、正本、四庫本、清刻本、四印齋本、影刊本、《唐宋人選唐宋詞》本《花間集》作「盡」。《全唐詩》字下注曰「儘同」。儘放嬌：鍾本作「放阿嬌」。

【箋注】

〔一〕瑟瑟：碧緑色。唐白居易《暮江吟》：「一道殘陽鋪水中，半江瑟瑟半江紅。」

〔二〕花子：古時婦女貼、畫在面頰上的裝飾。唐段成式《酉陽雜俎》：「今婦人面飾用花子，起自昭容上官氏所製，以掩點跡。」五代馬縞《中華古今注·花子》：「秦始皇好神仙，常令宫人梳仙髻，帖五色花子，畫爲雲鳳虎飛昇。……至後周又詔宫人帖五色雲母花子，作碎粧以侍宴。如供奉者，帖勝花子作桃花粧。」

〔三〕仙郎：唐人對尚書省各部郎中、員外郎的慣稱。唐綦毋潛《題沈東美員外山池》：「仙郎偏好道，鑿沼象瀛洲。」唐李白《江夏使君叔席上贈史郎中》：「仙郎久爲别，客舍問何如。」借稱俊美的青年男子，多用於男女情事。放嬌：撒嬌。唐李商隱《碧城》之二：「紫鳳放嬌銜楚珮，赤鱗狂舞撥湘絃。」

【疏解】

詞詠女子醉酒嬌態。首句寫其衣飾，突出「裙腰」，暗示體態。次句寫其耳鬢廝磨，黛眉偎破，不暇重描，見其親昵之沉酣。三四句寫其醉酒後的動作行爲，嬌潑之狀可掬。詞中女子，與李煜《一斛珠》所寫「爛嚼紅茸，笑向檀郎唾」相似，而更加大膽放恣。即此亦可見出《花間》風調與南唐之不同。或謂「偎破」、「咬損」係寫男子醉酒行徑，説亦可通。

【集　評】

湯顯祖評《花間集》卷三：「醉來」句但覺其妙。詩詞中此類極多，如李白「兩鬢入秋浦」等，若一一索解，幾同説夢。

華鍾彦《花間集注》：「咬損新花子」，嬌態也。李後主《一斛珠》：「爛嚼紅茸，笑向檀郎唾。」意味同此。

蕭繼宗《花間集評點校注》：用「咬損」字，壞其面飾，謂吻頰也。

張以仁《花間詞論集》：如蕭氏之説，則「醉來」句指男主角言，上句偎臉，此句吻頰，故末句寫女子不依，拽衣牽袖而撒嬌。親昵之態盡出，蕭解是矣。

其　三

鵲橋初就咽銀河〔一〕。今夜仙郎自姓和①〔二〕。不是昔年攀桂樹②〔三〕，豈能月裏索姮娥③。

【校記】

①姓：《樂府詩集》作「性」，雪本作「此」。

②昔：全本注曰「一作『當』」。

③裏：毛本、正本作「裡」。索：正本作「近」。姮娥：晁本、四庫本作「恒娥」，陸本、茅本、玄本、鍾本、張本、徐本、影刊本、王輯本作「嫦娥」。

【箋注】

〔一〕初就：初成。唐寇坦《同皇甫兵曹天官寺浴室新成招友人賞會》：「温室歡初就，蘭交託勝因。」咽：悲咽。

〔二〕自姓和：和凝自謂。

〔三〕攀桂樹：即蟾宫折桂，謂登科。

【疏解】

此首自道冶遊之樂。唐代進士及第縱游，《北里志》等書均有記載，此或其時之作。然謂「昔年折桂」，又像是作於名宦顯達之後。首句用牛女鵲橋相會典事，既寫其一夕歡合來之不易，又寫其歡合之樂如登仙界，如逢仙侶。一個「咽」字，明寫銀河水聲，實寫得成歡會的悲喜莫名之情狀。據《唐摭言》、《登科記》等書，知唐五代科舉録取名額很少，成進士極爲不易，士子登科前受盡百般折辱，苦楚非止一端。而一旦中第，頓如撥雲見日，苦海無邊，終得捨筏登岸。因今昔苦樂，霄壤相懸，其歡樂和得意往往表現得格外强烈。縱馬天衢，宴飲曲江，探花杏園，題名雁塔，真有飄飄淩雲之感。此詞二句以下所寫，即是這種格外良好的感覺，在特定場合、特定情境的誘發下的抑制不住的流露。今夕鵲橋赴會的，不是牛郎而是和郎，自比仙郎，自道名姓，略無避忌，可以想見「曲子相公」當年得意洋洋到何種程度。后二句實話實説，是極樂中存留的最後一點理性意識。對於古代士子來説，「書中自有顔如玉」，良非虚言。

【集　評】

李冰若《花間集評注·栩莊漫記》：前二首不脱《柳枝》窠臼，遠不及温尉之作，此詩則非詠柳枝矣。唐進士及第多冶遊，如《北里志》所載可考。和詞蓋夫子自道耳。

漁　父①

白芷汀寒立鷺鷥〔一〕。蘋風輕剪浪花時〔二〕。煙冪冪②〔三〕，日遲遲。香引芙蓉惹釣絲③〔四〕。

【校記】

①《歷代詩餘》調作《漁歌子》。全本調作《漁父歌》。吴鈔本此首後作「唐和學士詞畢」，下接「唐張舍人詞」。張本此首後作「已上共十九調」，朱筆劃去。

②冪冪：吴鈔本作「幕幕」，誤。

③芙蓉：毛本、後印本、正本作「芙容」。

【箋注】

〔一〕白芷：香草名。夏季開傘形白花，古以其葉爲香料。明李時珍《本草綱目》卷十四《草》三《白芷》：「初生根幹爲芷，則白芷之義取乎此也。」《楚辭·招魂》：「菉蘋齊葉兮白芷生。」唐陸龜蒙《藥名詩》：「白芷寒猶採，青箱醉尚開。」

〔二〕蘋風：掠過蘋草之微風。唐玄宗《同玉真公主過大哥山池》：「桂月先秋冷，蘋風向晚清。」

〔三〕冪冪：濃密貌。唐韓愈《叉魚招張功曹》：「蓋江煙冪冪，拂棹影寥寥。」

〔四〕釣絲：釣魚線。唐杜甫《重過何氏》之三：「翡翠鳴衣桁，蜻蜓立釣絲。」

【疏　解】

詞詠本調，描寫漁父生活，是對張志和《漁父詞》的仿作。兩相比較，此詞在意藴上略乏張詞遺落塵世、遁跡江湖的人格内涵；在語言風格上，也與張詞清新質樸的民歌風味不同，而顯得雕琢纖巧。張詞表現了漁父回歸自然、樂得天和的執著自得情懷，展示了自然美景和放情自然的人物融合爲一的瀟灑氣韻；和詞的描寫則更細膩纖柔，甚至在末句又不自覺地染上某種香豔色彩。因此，和詞風調更帶有《花間》本色，而非「漁父」本色。陳廷焯《雲韶集》卷一評云：「較子同作自遠不逮，而遺詞琢句，精秀絶倫，亦佳構也。」可謂持平之論。

【集　評】

卓人月《古今詞統》卷一徐士俊評語：與「釣絲裊裊立蜻蜓」之句，皆善寵釣絲者。

陳廷焯《雲韶集》卷一：較子同作自遠不逮，而遺詞琢句，精秀絶倫，亦佳構也。

陳廷焯《詞則·別調集》卷一：竟體清朗。

張德瀛《詞徵》卷五：若和凝、李珣、歐陽炯、張炎、完顔璹均仿張（志和）體，蓋由張始也。仿張體詠漁父亡慮十數家，此其最著者耳。

俞陛雲《唐五代兩宋詞選釋》：凡賦《漁父》詞者，多作高隱之語。此詞專賦本題，鷺立寒汀，蘋風剪浪，寫水天風景，而扁舟蓑笠翁宛在其間。結句裊裊竿絲，摇曳於芙蓉香裏，頗堪入畫也。

蕭繼宗《評點校注花間集》：詞無敗筆，便成佳構。

《花間集》未收詞

江城子

初夜含嬌入洞房。理殘妝。柳眉長。翡翠屏中，親爇玉爐香。整頓金鈿呼小玉，排紅燭，待潘郎。

其二

竹裏風生月上門。理秦箏。對雲屏。輕撥朱絃，恐亂馬嘶聲。含恨含嬌獨自語，今夜月，太遲生。

其三

斗轉星移玉漏頻。已三更。對棲鶯。歷歷花間，似有馬啼聲。含笑整衣開繡户，斜斂手，下階迎。

其　四

迎得郎來入繡闈。話相思。連理枝。鬢亂釵垂，梳墮印山眉。婭姹含情嬌不語，纖玉手，撫郎衣。

其　五

帳裏鴛鴦交頸情。恨雞聲。天已明。愁見街前，還是説歸程。臨上馬時期後會，待梅綻，月初生。

喜遷鶯

曉月墜，宿煙披。銀燭錦屏欹。建章欲曉玉繩低。宫漏出花遲。春態淺。來雙燕。紅日漸長一線。嚴妝鐘罷囀黄鸝。飛上萬年枝。此首又見馮延巳《陽春集》

麥秀兩歧

涼簟鋪斑竹。鴛枕並紅玉。臉蓮紅，眉柳緑。胸雪宜新浴。淡黄衫子裁春縠。異香芬馨。羞道教回燭。未慣雙雙宿。樹連枝，魚比目。掌上腰如束。嬌嬈不奈人拳跼。黛眉微蹙。以上七首彊村本《尊前集》

解紅

百戲罷，五音清。解紅一曲新教成。兩個瑶池小仙子。此時奪卻柘枝名。内府本《詞譜》卷一

存目詞

調名首句	出處	附注
抛球樂　盡日登高興未殘	《歷代詩餘》卷三	馮延巳詞，見《陽春集》。
玉樓春　拂水雙飛來去燕	《古今詞統》卷八	顧敻詞，見《花間集》卷六。

調笑令　柳岸　　劉毓盤《唐五代宋遼金元詞補遺》　秦觀詞，見《淮海居士長短句》卷下

題跋叙録

劉毓盤《輯校和凝紅葉稿跋》：和凝，字成績，汶陽人，梁進士第，唐翰林學士，晉同平章事，漢魯國公，周侍中。薛居正《五代史》以凝入《周書》，從其終而言也。歐陽修《五代史記》以凝入《雜傳》，綜其始終而言也。言詞者以和凝爲唐人。趙崇祚《花間集》曰：凝，後唐學士。黄昇《花庵詞選》曰：凝，後唐詞人。與新舊史不合。凝以文學名，有《演綸》、《遊藝》、《孝悌》、《疑獄》、《香奩》、《籯金》六集。沈括《夢溪筆談》曰：「凝所作豔詞名《香奩集》，及貴，乃嫁名於韓偓，以在政府諱之也。其《遊藝集》自序曰：『予有《香奩》、《籯金》二集，不行於世。』諱之又欲人知之，故於此發之。此凝之意也。」李祉《樂府紀聞》所述略同。楊湜（按，應爲沈雄）《古今詞話》曰：凝好爲小詞，布於汴、洛，洎入相，契丹號爲「曲子相公」。有集百卷，手自付刊。識者非之曰，此顔之推所謂「詅癡符」也。蓋不滿於人也如此。凝致歷五朝，與馮道相等，道主政事，凝主文章，其知質作相所歷，皆同衣鉢之傳，詫爲盛事。薛史美其文采曰：「凝，君子儒也。」亦過譽哉。余髫齔時侍先大夫謁秀水杜方伯筱舫丈蘇州寓廬。丈有《采香詞》，尤深於律。其《詞律補遺》一

卷,《詞律校勘記》二卷,言詞者皆宗之。所刻《二窗詞》,所謂曼陀羅閣本也。又爲友人刻蔣鹿潭《水雲樓詞》、丁保盦《萍緑詞》,此軼事之可紀者。復與長白恩竹樵中丞重刻萬氏《詞律》及徐誠庵丈《詞律拾遺》,先大夫時總江蘇書局事,董其成。未竣,奉檄宰嘉定。繼之者失其人,紕繆殊甚,可惜也。丈所藏有宋大字本和凝《紅葉稿》一卷,凡百餘首,末附宋人跋曰:「魯公相晉高,悔其少作,悉索而毀之。其存者曰《紅葉稿》,故曰唐人也。」丙辰秋,假館秀州,訪之陸頌襄同年,曰:丈既歸,辟小園於報忠埭,其鄰也,今易姓矣,其後人不可問。《紅葉稿》更無知之者。吁,四十年來滄桑乖迕,區區孤本,不再流傳。輯爲一編,魯公其許我否。丁巳夏,江山劉毓盤校畢並識。

王國維《和凝紅葉稿輯本跋》:案《宋史·藝文志》有和凝《演論集》三十卷。又《遊藝集》五十卷,《紅藥編》五卷。《御選歷代詩餘》云,凝有集百餘卷,長短句名《紅葉稿》。殆即《宋志》所云《紅藥編》者。然考焦竑《國史·經籍志》,《紅藥編》五卷,入制誥類,則非長短句明矣。今考《歷代詩餘》所選凝詞,除見於《花間集》、《全唐詩》者,其《拋球樂》、《喜遷鶯》二闋,亦見馮延巳《陽春録》,餘無所增益。恐所謂《紅葉稿》者,亦但據《詞綜》書之。但《詞綜》唯云凝「有《紅葉稿》」,《歷代詩餘》遂以爲凝詞之名耳。兹輯成一卷,仍用此名,以便稱舉而已。光緒戊申季夏,海寧王國維記。(《唐五代二十一家詞輯》)

總評

王士禛《倚聲初集序》:詩之爲功既窮,而聲音之道,勢不可以中廢。於是温、和生而《花間》

作，李、晏出而《草堂》興，此詩之餘而樂府之變也。

沈雄《古今詞話·詞評》上卷：《花間集》曰：和凝少時，好爲曲子，布於汴洛。洎入相，契丹號爲「曲子相公」。有集百卷，自鏤板以行世。識者非之曰，此顔之推所謂「詅癡符」也。

江順詒《詞學集成》卷一：《詞繹》云：「詞亦有初盛中晚，不以代也。牛嶠、和凝、張泌、歐陽炯、韓偓、鹿虔扆輩，不離唐絶句，如唐之初，不脱隋調也，然皆小令耳。至宋則極盛，周、張、康、柳，蔚然大家。至姜白石、史邦卿，則如唐之中，而明初比晚唐。蓋非不欲勝前人，而中實枵然，取給而已，於神味全未夢見。」

馮金伯《詞苑萃編》卷三：和凝舉唐進士，仕後唐，爲翰林學士。晉天福中，拜中書侍郎同中書門下平章事。歸後漢，拜太子太傅，封魯國公。其長短句名《紅葉稿》。

陳廷焯《雲韶集》卷一：和成績、韋端己、毛平珪三家，語極工麗，風骨稍遜。

陳廷焯《白雨齋詞話》卷二：朱淑真詞，才力不逮易安，然規模唐五代，不失分寸。如「年年玉鏡臺」及「春已半」等篇，殊不讓和凝、李珣輩。惟骨韻不高，可稱小品。

張德瀛《詞徵》卷一：五代和凝、明夏言，均稱「曲子相公」，豈運會使然邪？

李冰若《花間集評注·栩莊漫記》：和成績詞自是《花間》一大家。其詞有清秀處，有富豔處，蓋介乎温、韋之間也。

顧夐

【小傳】

顧夐，生卒字里不詳。性詼諧，善小詞。前蜀王建時爲宫廷小臣，通正元年（九一六），有大秃鶖鳥翔于摩訶池上，夐作詩刺之，禍幾不測。久之，擢茂州刺史。已而復仕後蜀孟知祥，累官至太尉。事蹟見《鑒戒録》卷六、《十國春秋》卷五六本傳。顧夐詞今存五十五首，均見《花間集》。

虞美人

顧太尉夐①

曉鶯啼破相思夢。簾卷金泥鳳②〔一〕。宿粧猶在酒初醒，翠翹慵整倚雲屏③。轉娉婷〔二〕。　香檀細畫侵桃臉〔三〕。羅袂輕輕斂。佳期堪恨再難尋④。緑蕪滿院柳成陰〔四〕。負春心。

【校　記】

①紫芝本、吴鈔本作「唐顧太尉詞」、「顧敻」、「虞美人」。茅本、徐本、影刊本調前作「顧敻十八首」。玄本調前作「顧敻六首」。鄂本、毛本、後印本、清刻本同晁本。四庫本作「虞美人，顧敻」。湯本、合璧本、正本作「顧敻，虞美人」。張本作「虞美人，顧瓊」，朱校圈去「顧瓊」，於前一行加「顧敻十八首」。王輯本作「《顧太尉詞》」，「蜀顧敻」。

②卷：紫芝本、吴鈔本、玄本、湯評本、合璧本作「捲」。

③翘慵：張本朱筆校描。

④期：張本朱筆校描。再：正本作「最」。

【箋　注】

〔一〕金泥鳳：金屑塗飾的鳳凰圖案。金泥：用以飾物的金屑。唐孟浩然《宴張記室宅》：「玉指調箏柱，金泥飾舞羅。」

〔二〕轉娉婷：更變得嬌美可愛。轉：轉而。娉婷，形容女子姿態嬌美。唐喬知之《緑珠篇》：「石家金谷重新聲，明珠十斛買娉婷。」

〔三〕香檀句：言精心妝飾儀容。香檀：化妝品，用以描畫口脣等。《敦煌曲子詞·破陣子二》：

「雪落亭梅愁地，香檀枉注歌唇。」桃臉：即桃花臉。形容女子面容豔如桃花。唐韓偓《復偶見三絶》之二：「桃花臉薄難藏淚，柳葉眉長易覺愁。」

〔四〕緑蕪：叢生的緑草。唐李端《茂陵山行陪韋金部》：「雨徑緑蕪合，霜園紅葉多。」

【疏解】

詞寫閨情。一起寫曉鶯驚夢，化用金昌緒《春怨》詩意。接寫女子晨起捲簾、倚屏無語的情態，見出情緒的低沉。「酒初醒」，説明女子昨夜曾借酒遣愁，而後入夢。清晨夢破酒醒，虚幻的安慰和麻醉一時俱失，該是何等難以爲懷。女子任由殘妝在臉，無心梳洗，反而更顯出别一番嬌美來。下片寫她終於還是精心梳妝打扮自己，這裏有心理變化的過程，也表現了她的愛美天性。時已暮春，緑蕪滿院，翠柳成蔭，而「佳期難尋」，辜負了自己一片「春心」，女子心中溢滿了深深的痛苦和惆悵。

【集評】

湯顯祖評《花間集》卷三：虞美人草，一出褒斜谷中，狀如雞冠花，葉相對；一出雅州名山縣。唱《虞美人》曲，應拍而舞，故《酉陽雜俎》云「舞草」，蓋謂此。

蕭繼宗《評點校注花間集》：前節用一「轉」字，見慵妝益增嫵媚。

其　二①

觸簾風送景陽鍾〔一〕。鴛被繡花重。曉幃初卷冷煙濃②。翠勻粉黛好儀容〔二〕。思嬌慵〔三〕。　起來無語理朝粧〔四〕。寶匣鏡凝光③〔五〕。緑荷相倚滿池塘。露清枕簟藕花香。恨悠揚④〔六〕。

【校　記】

①《歷代詩餘》調下注曰「又一體」。

②曉：紫芝本、吴鈔本作「晚」，誤。

③鏡：晁本、影刊本缺末筆。

④揚：紫芝本作「楊」。

【箋　注】

〔一〕景陽鍾：鍾：同「鐘」。《南齊書》卷二十《皇后傳·武穆裴皇后傳》：南朝齊武帝以「内宮深隱，不聞端門鼓漏聲，置鐘于景陽樓上。宮人聞鐘聲，早起裝飾」。後人稱之爲「景陽鐘」。唐李賀《畫江潭苑》之四：「今朝畫眉早，不待景陽鐘。」

〔二〕粉黛：傅面的白粉和畫眉的黛墨，均爲化妝用品。《韓非子·顯學》：「故善毛嬙、西施之美，無益吾面，用脂澤粉黛，則倍其初。」《北史·周紀下·宣帝》：「又令天下車皆渾成爲輪，禁天下婦人皆不得施粉黛，唯宫人得乘有輻車，加粉黛焉。」儀容：儀表，容貌。《東觀漢記·明帝紀》：「臣望顔色儀容，類似先帝。」

〔三〕嬌慵：柔弱倦怠貌。唐李賀《美人梳頭歌》：「春風爛熳惱嬌慵，十八鬟多無氣力。」

〔四〕朝粧：即晨妝。唐韓愈《東都遇春》：「川原曉服鮮，桃李晨粧靚。」王涯《宮詞》：「銀瓶瀉水欲朝粧，燭焰紅高粉壁光。」

〔五〕寶匣：此指鏡匣。凝光：唐舒元輿《履春冰》：「投跡清冰上，凝光動早春。」

〔六〕悠揚：起伏不定，飄忽。唐王勃《春思賦》：「思萬里之佳期，憶三秦之遠道，淡蕩春色，悠揚懷抱。」唐皇甫冉《與張補闕王煉師同賦雜題》：「淮海思無窮，悠揚煙景中。」

【疏　解】

詞寫閨怨。仍從清晨寫起，前首鶯聲驚夢，此首改寫鐘聲隨風入簾。接寫早晨的寒意，女子妝容的姣好，和心意的嬌慵。下片寫其默默地整妝照鏡。由緑荷滿池、藕花散香、露濕枕簟的描寫，可知時令已入初秋。「恨悠揚」三字作結，回應前結「思嬌慵」，春往秋來，歲華虚度，空有「好儀容」而無人悦賞，女子焉能不「恨」。此首一如前首，詞語明秀，富有情致，而抒情則較前首含蓄。或謂起句用「景陽鍾」典故，是一首宫怨詞。

【集　評】

李冰若《花間集評注·栩莊漫記》：全詞與陳宫無涉，而嵌入「景陽鐘」三字，是爲堆砌。

華鍾彦《花間集注》卷六：首二句應協仄韻，此爲變格。

蕭繼宗《評點校注花間集》：緑荷二句，未嘗不佳，但「恨悠揚」三字，竟敗情調。此首全用平韻，而前後不同，大損抑揚之致。「緑荷」之下接以「相倚」二字，便有情致。於此可悟用字呆活之别。

其　三

翠屏閑掩垂珠箔〔一〕。絲雨籠池閣。露粘紅藕咽清香①。謝娘嬌極不成狂②〔二〕。罷朝粧。

小金鸂鶒沉煙細〔三〕。膩枕堆雲髻。淺眉微斂注檀輕③。舊歡時有夢魂驚④。悔多情。

【校　記】

①粘：全本、《歷代詩餘》、林大椿《唐五代詞》作「黏」。

②極：玄本作「愜」。

③注檀：《花間集校》曰：「鄂本、毛本均作『炷檀』，非。李洵《浣溪沙》『翠鈿檀注助容光』，顧敻《應天長》『背人匀檀注』，可證，作點唇解。」《花間集注》作「炷檀」，注曰：「當作『注檀』，謂以胭脂塗唇也。李後主《一斛珠》云『晚妝初過，沉檀輕注些兒個』，即其例也。」後印本、清刻本、徐本、四印齋本、《詞潔》、《花間集評注》亦作「炷檀」。輕：鄂本作「香」，毛本、正本、四庫本小注曰：「『輕』一作『香』。」

④歡：晁本、陸本、茅本、玄本、張本、四印齋本、影刊本作「懽」。

【箋　注】

〔一〕珠箔：珠簾。《漢武故事》：「武帝起神室，以白珠織爲箔。」唐李白《陌上贈美人》：「美人一笑褰珠箔，遥指紅樓是妾家。」

〔二〕謝娘：唐宰相李德裕家謝秋娘爲名歌妓。後因以謝娘泛指歌妓。唐李賀《惱公》：「春遲王子態，鶯囀謝娘慵。」嬌極不成狂：嬌縱到極點，不成是發狂了吧。不成：難道，表詰問。

〔三〕小金鸂鶒：金香爐。沉煙：沉香之煙。唐崔珏《和人聽歌》：「聲和細管珠纔轉，曲度沉煙雪更香。」

【疏　解】

詞寫女子爲情所累的煩惱怨悔。上片寫罷妝。一起用細膩的筆觸，描寫靜謐的居室、院落環境，渲染冷寂迷茫的氛圍，爲人物出場作準備。接寫嬌癡的「謝娘」——爲相思之情所困的女子，竟然連晨妝都不畫了，她難道是發狂了不成？古時對女子講究婦德婦容，晨起梳妝關乎婦容，乃是女子一日的第一件大事，詞中女子竟然「罷朝粧」，可見其情緒敗壞到什麼程度。下片寫愁卧。無心梳妝的女子，萎靡得打不起一點精神，於是又回到閨房，焚香靜卧，結想成夢。「舊歡」又一次來到夢中，但像往常一樣，好夢留不住，再次驀然驚醒。於是她開始後悔自己的多情，招致無盡的煩惱。這悔意，是女子理性意識開始覺醒的標誌。

【集　評】

湯顯祖評《花間集》卷三：情多爲累，悔之晚矣。情宜有不宜多，多情自然多悔。

李冰若《花間集評注·栩莊漫記》：「露沾紅藕」，以藕代花，殊嫌生硬。

華鍾彦《花間集注》卷六：末二句前，總寫舊歡，亦靜亦穆，亦嬌亦膩，覺來亦悔。

蕭繼宗《評點校注花間集》：「謝娘」二句，與前文不甚相屬，亦覺突兀。

其四

碧梧桐映紗窗晚①。花謝鶯聲懶。小屏屈曲掩青山〔一〕。翠幃香粉玉爐寒。兩蛾攢②〔二〕。　顛狂年少輕離別③〔三〕。辜負春時節④。畫羅紅袂有啼痕⑤〔四〕。魂銷無語倚閨門。欲黄昏。

【校記】

① 梧桐：玄本作「桐梧」。晚：紫芝本作「曉」。

② 兩蛾：湯本、合璧本作「兩眉」。

③ 年少：四印齋本作「少年」。

④ 辜負：毘本作「辜負」。紫芝本、吴鈔本、全本作「孤負」。正本作「辜負」。

⑤ 畫羅紅袂：紫芝本、吴鈔本作「畫紅羅袂」。

【箋　注】

〔一〕屈曲：小屏上用以折疊之環鈕。見卷二韋莊《菩薩蠻》「如今卻憶江南樂」注〔三〕。或謂指屏扇彎曲，曲折。唐李群玉《九子阪聞鷓鴣》：「正穿屈曲崎嶇路，又聽鉤輈格磔聲。」

〔二〕兩蛾攢：兩眉蹙聚。攢：聚，此指蹙眉。

〔三〕顛狂：放浪不受約束。唐姚合《寄王度》：「顛額王居士，顛狂不稱時。」

〔四〕畫羅：有畫飾的絲織品。唐温庭筠《湘宫人歌》：「生綠畫羅屏，金壺貯春水。」

【疏　解】

詞寫黄昏閨怨。與前幾首寫晨景不同，此首起句即寫梧桐影裏，紗窗向晚。「花謝」句點出暮春的季節。日晚加春晚，遲暮之感顯得格外沉重。然後寫屏山翠幃裏玉鑪香冷，女子蛾眉攢聚的情景。下片直寫導致女子愁眉不展的原因：少年輕薄，拋人而去，留下女子獨守空閨，辜負了一春大好時光。責怨之情溢於言表。結句與温庭筠《菩薩蠻》所寫「時節欲黄昏，無聊獨倚門」仿佛，而更爲感傷愁苦。黄昏裏的閨怨，是由《詩經·王風》裏的《君子于役》一詩肇端的一個古老的詩歌母題，歷代閨怨詩詞多取黄昏的時間，作爲抒情的背景，藉以收到良好的言情效果。此詞亦然。

【集評】

蕭繼宗《評點校注花間集》：「花謝鶯聲懶」與牛希濟之「曉禽霜滿樹」，意境不同，功力相敵。後結三字婉。

其五

深閨春色勞思想〔一〕。恨共春蕪長①〔二〕。黄鸝嬌囀呢芳妍②。杏枝如畫倚輕烟。瑣窗前③。

凭欄愁立雙娥細④〔三〕。柳影斜摇砌〔四〕。玉郎還是不還家。教人魂夢逐楊花。繞天涯。

【校記】

① 春蕪：湯本、合璧本作「春無」，雪本作「春光」，誤。

② 鸝：《花間集評注》、《評點校注花間集》曰：「『鸝』一本作『鶯』。」呢：晁本、鄂本、陸本、茅本、玄本、湯評本、合璧本、張本、毛本、正本、四庫本、清刻本、徐本、四印齋本、影刊本、王輯本作

「詎」。林大椿《唐五代詞》作「泥」。紫芝本、吴鈔本作「説」，誤。

③ 瑣：鄂本、毛本、後印本、正本、四庫本、清刻本、四印齋本、林大椿《唐五代詞》作「鎖」。

④ 欄：毛本、後印本、正本、四庫本、林大椿《唐五代詞》作「闌」。娥：鄂本、紫芝本、陸本、吴鈔本、玄本、茅本、湯評本、合璧本、張本、毛本、後印本、正本、四庫本、清刻本、徐本、四印齋本、影刊本、王輯本作「蛾」。

【箋　注】

〔一〕深閨：指女子居住的内室。唐孟郊《巫山高》：「至今晴明天，雲結深閨門。」勞思想：勤思念。勞，勤也。或謂：勞，憂愁，使動用法。

〔二〕恨共句：言春恨與春草共生同長。

〔三〕雙娥：即雙蛾，雙眉。唐皇甫冉《婕妤春怨》：「借問承恩者，雙蛾幾許長。」

〔四〕摇砌：在臺階上摇晃。唐張鼎《僧舍小池》：「冷光摇砌錫，疏影露枝猿。」

【疏　解】

詞寫春閨懷人之情。誠如李冰若所言，「顧敻《虞美人》六首中，此詞較爲流麗」。（《栩莊漫記》）詞一起即饒佳致，春色與春思相伴，春恨與春草共生，季節與人，物色與人情，綰合一處，打成一片，到此地步，奚分景語抑或情語。「恨共春蕪長」，與李煜《清平樂》「離恨恰如春草，更行更遠還生」筆意相同，構句更覺簡約雋永。相比之下，宋秦觀《八六子》「恨如春草，萋萋剗盡還生」二句，係從此句脱出，而覺吃力許多。接三句寫「鎖窗前」杏枝如畫、黄鶯嬌囀的芳春煙景，以之反襯女子的春思春恨，是「以樂景寫哀情」的手法。上片點出春恨，以景物烘染襯托，較爲含蓄。下片直寫對「玉郎」的思念。「憑欄愁立」是爲了眺望遠人，也是爲了排遣愁悶。「柳影」句映襯女子風姿儀態，輕染一筆，恰到好處，堪稱雋句。「玉郎」句「故意用兩『還』字」（卓人月《古今詞統》卷八），通過字面的重複，顯責怨的切至和心情的鬱結。於是有了「夢逐楊花繞天涯」以追尋「玉郎」的結句，以其涉想之新奇，令後人反復仿效。

關於以上五首《虞美人》之間的關係，吴世昌《詞林新話》認爲「顧敻《虞美人》六首，其中第一至第五，分記春閨一日之事」，是「連續叙事之組詞」。然按之第二首所寫曉煙冷濃、緑荷滿池、清露藕花之景，恐非春日所有，似是初秋季節。説這五首《虞美人》内容上大致相同，都是寫相思閨怨，是可以的；但要説是「分記春閨一日之事」的「組詞」，恐亦未必。

【集　評】

楊慎《詞品》卷一：俗謂柔言索物曰「泥」，乃計切，諺所謂軟纏也。……字又作「詎」；《花間集》顧敻詞：「黄鶯嬌囀詎芳妍。」又：「記得詎人微斂黛。」

沈際飛《草堂詩餘别集》卷二：味深雋，詩詞轉關之際。

卓人月《古今詞統》卷八徐士俊評語：一句故意用兩「還」字。

潘遊龍《古今詩餘醉》卷四：讀一過，空翠摇滴。

李冰若《花間集評注・栩莊漫記》：「恨共春蕪長」，佳。顧敻《虞美人》六首中，此詞較爲流麗。

吴世昌《詞林新話》卷一：《花間集》中，有連續叙事之組詞。……又如顧敻《虞美人》六首，其中第一至第五，分記春閨一日之事，自「鶯啼破夢」至「夢繞天涯」，中經「理妝」、「注檀」、「倚門」、「憑欄」，前後呼應，層次井然。

蕭繼宗《評點校注花間集》：「恨共」句精煉。「託」字新，亦傳神。後結三句，一氣呵成，筆勢流轉。「繞天涯」三字，結得自然。

其　六①

少年豔質勝瓊英〔一〕。早晚别三清〔二〕。蓮冠穩簪鈿篦横②〔三〕。飄飄羅袖碧雲輕。畫難成③〔四〕。　遲遲少轉腰身裊。翠靨眉心小④〔五〕。醮壇風急杏枝香⑤。此時恨不駕鸞凰⑥。訪劉郎〔六〕。

【校　記】

①《歷代詩餘》調下注曰「又一體」。王輯本無此首。玄本此首爲卷七末首，後有「花間集卷七」數字。

②篸：鄂本、湯評本作「簪」。

③畫：吴鈔本作「西」。

④眉心小：紫芝本作「眉小心」。

⑤壇：文治堂本作「檀」，誤。杏枝：四印齋本、林大椿《唐五代詞》作「杏花」。杏：吴鈔本作「杳」，誤。

⑥凰：鄂本、茅本、玄本、毛本、後印本、正本、四庫本、清刻本、四印齋本、全本、《唐五代詞》作「皇」。

【箋　注】

〔一〕豔質：豔美之資質。南朝陳叔寶《玉樹後庭花》：「麗宇芳林對高閣，新粧豔質本傾城。」瓊英：似玉的美石。《詩經·齊風·著》：「尚之以瓊英乎而。」毛《傳》：「瓊英，美石似玉者。」三國魏何晏《景福殿賦》：「楯類騰蛇，榴似瓊英。」唐李商隱《一片》：「一片瓊英價動天，連城十二昔虛傳。」

〔二〕三清：神仙居所。參見卷五牛希濟《臨江仙》「渭城宮闕秦樹凋」注〔六〕。

〔三〕蓮冠句：言女道士頭上之冠飾。蓮冠：即青蓮冠，道士所戴蓮形冠。唐白居易《和殷協律琴思》：「秋水蓮冠春草裙，依稀風調似文君。」鈿篦：飾以金珠之細梳。皮日休《鴛鴦二首》：「鈿鏤雕鏤費深功，舞妓衣邊繡莫窮。」

〔四〕畫難成：言女冠之美丹青難寫。

〔五〕翠靨：女子的面飾。用綠色「花子」粘在眉心，或製成小圓形貼在嘴邊酒窩地方。

〔六〕劉郎：劉晨，代指情人。見卷二溫庭筠《思帝鄉》「花花」注〔六〕。

【疏　解】

詞寫女冠凡心。上片寫女冠年少，艷如瓊英，風姿綽約，圖畫難描。這樣的美豔少艾，豈能禁受得了「仙界」的清規戒律，不知何時，她就會離開道觀，去尋找塵世中的生命快樂。下片再寫女冠的美豔，而用「醮壇風急杏枝香」一句景語，撩動女冠之春心。繁花難敵風急，如不及時折取，幾番吹拂，將恐零落殆盡。所以女冠恨不即時駕起鸞鳳，飛越關山，去追尋她的情人。此詞有幾點值得注意：一是仙凡對比，仙不如凡的價值取向；二是寫女冠懷春，將宗教題材豔情化；三是詞借寫女冠的凡心，表現了《花間》詞人欲海沉溺的紅塵戀戀之念。

【集評】

湯顯祖評《花間集》卷三：雜出别調，絶非本情。今人作有韻之文，全用散法，而收以韻脚數語，爲本文張本，大都類是。

李冰若《花間集評注·栩莊漫記》：《花間》詞不盡抒寫詞調原意，顧敻此詞，乃寫女冠耳。若士以爲不合詞調義譏之，未免拘執。惟顧詞實非佳制。如「醮壇風急杏花香」一語中，忽用一「急」字，便爲粗率是也。

蕭繼宗《評點校注花間集》：栩莊所論極是。「訪劉郎」三字，從「恨不」三字貫下，遂成一氣。首兩句用平韻，仍覺未善。

河傳①

燕颺②〔一〕，晴景〔二〕。小窗屏暖，鴛鴦交頸〔三〕。菱花掩却翠鬟欹，慵整③。海棠簾外影。

繡幃香斷金鸂鶒④〔四〕。無消息。心事空相憶⑤。倚東風⑥。春正濃。愁紅⑦〔五〕。淚痕衣上重⑧。

【校　記】

①玄本調前兩行分作「花間集卷八」、「顧敻四十三首」。

②燕颺二句：陸本斷作「燕颺晴景」一句。

③慵整：雪本作「魂斷」。

④繡：毛本、四庫本作「綉」。

⑤心事：雪本無此兩字。

⑥倚東風：四印齋本、林大椿《唐五代詞》無「倚」字。

⑦愁紅：四印齋本作「憶愁紅」。

⑧痕：玄本作「班」，雪本作「斑」。

【箋　注】

〔一〕燕颺：燕飛。唐韋應物《長安遇馮著》：「冥冥花正開，颺颺燕新乳。」

〔二〕晴景：晴日。唐張九齡《高齋閑望言懷》：「高齋復晴景，延眺屬清秋。」

〔三〕鴛鴦交頸：言屏上繪飾。

〔四〕金鸂鶒：指鸂鶒形銅香爐。

〔五〕愁紅：謂經風雨摧殘的花。亦以喻女子的愁容。唐李賀《黄頭郎》：「南浦芙蓉影，愁紅獨自垂。」唐温庭筠《惜春詞》：「秦女含嚬向煙月，愁紅帶露空迢迢。」

【疏解】

詞寫春閨怨思。上片寫屏外燕颺晴空、簾映海棠紅影的春日麗景，反襯女子菱花掩卻、翠鬟不整的慵懶。「鴛鴦交頸」乃屏風所繪畫圖，在女子眼裏，是一種强烈的暗示和誘惑。下片抒相思愁情。「香斷」句再寫其慵懶，與上片的「掩鏡」呼應。因得不到所思的音信，相思都成空，所以女子無心焚香。「鸂鶒」一名紫鴛鴦，此指鸂鶒形香爐，作爲詞中意象，所起作用與上片的「鴛鴦」相同，是暗示和誘惑的重複强化。結三句亦景亦情，「情景雙得」，構句頗佳。「愁紅」回應上片「海棠」，隱喻相思愁怨的女子。「衣裳重」的「重」字，以淚痕的斑駁重疊，寫女子的無限傷情。

【集評】

蕭繼宗《評點校注花間集》：「燕颺晴景」四字生硬，「颺」依常例亦失韻，恐有訛文，譜書以其有此一例，不得不列「又一體」耳。

其　二①

曲檻〔一〕。春晚。碧流紋細〔二〕，緑楊絲軟②。露花鮮③，杏枝繁④，鶯囀。野蕪平似剪。直是人間到天上〔三〕。堪遊賞。醉眼疑屏障〔四〕。對池塘。惜韶光〔五〕。斷腸。爲花須盡狂〔六〕。

【校　記】

①《歷代詩餘》調下注曰「又一體」。

②絲軟：雪本作「枝軟」。

③花：《歷代詩餘》、《唐宋人選唐宋詞》本《花間集》作「華」。

④杏枝繁：紫芝本、王輯本「杏」字前空一格，作「□杏枝繁」。

【箋　注】

〔一〕曲檻：曲折的欄杆。唐許渾《送段覺歸杜曲閒居》：「紅葉高齋雨，青蘿曲檻煙。」

〔二〕碧流紋細：言水流清澈平緩。唐温庭筠《昆明池水戰詞》：「汪汪積水光連空，重疊細紋晴漾紅。」野蕪：野外叢草。唐元季川《泉上雨後作》：「誰是畹與畦，瀰漫連野蕪。」

〔三〕直是：正是。唐李貞白《詠罌粟子》：「鼓捶並瀑箭，直是有來由。」

〔四〕醉眼句：言醉眼朦朧，疑眼前美景爲屏風圖畫。屏障：亦作「屏鄣」。屏風。《晉書·阮籍傳》：「籍乘驢到郡，壞府舍屏鄣，使内外相望，法令清簡。」唐杜甫《韋諷録事宅觀曹將軍畫馬圖歌》：「貴戚權門得筆跡，始覺屏障生光輝。」

〔五〕韶光：美好的時光，多指春光。南朝梁蕭綱《與慧琰法師書》：「五翳消空，韶光表節。」唐王勃《梓州郪縣兜率寺浮圖碑》：「每至韶光照野，爽靄晴遥。」

〔六〕盡狂：盡情放縱。

【疏　解】

此首寫賞春狂興，雖不甚出色，但總算跳出了寫來寫去總是思婦閨怨的熟套。上片寫大好春景，盡力描摹，爲下片抒情鋪墊。短句子，快節奏，一句一景，一句一轉，如蒙太奇鏡頭，並置畫面，構成一幅曲檻春晚憑眺的動人長卷。换頭總贊一句：這春日的人間，簡直就是天上仙境。再用「醉眼」裏的恍惚錯覺，喻春色美如畫屏。在寫足春光的美好之後，轉寫韶光易逝的憂慮，抒惜春之情。「斷腸」二字，極寫對春天的熱愛和珍惜，同時也是對春天之美好的最有力的讚美。從審美心理學的角度説，對美的最深刻的感知，總是伴隨著某種莫名的痛感，「斷腸」就是這種審美感知的表現。「爲花須盡狂」的結句，把賞春狂興推向高潮。人生短暫，青春易逝，及時行樂，縱情遊賞，方纔不負春光、不虚此生。《花間》情熱，此其一例。但熱昏的癲狂中，似又摻雜著亂世人生朝不慮夕的深切悲涼。

【集　評】

蕭繼宗《評點校注花間集》：「爲花須盡狂」，蓋亦少年人心境，視牛希濟「判死爲紅顔」，含蓄多矣。至和成績《柳枝》「不是昔年攀桂樹」云云，則令人作三日惡。

其　三

棹舉①。舟去。波光渺渺〔一〕，不知何處。岸花汀草共依依②〔二〕。雨微。鷓鴣相逐飛。　天涯離恨江聲咽〔三〕。啼猿切。此意向誰説。艤欄橈③〔四〕。獨無憀④〔五〕。魂銷。小罏香欲焦〔六〕。

【校　記】

①棹舉二句：陸本作「棹舉舟去」一句。

② 共：毛本《唐宋諸賢絶妙詞選》無此字，詞末注曰：「一本『汀草』下有『共』字。」

③ 艤欄橈：吴鈔本、玄本、王輯本、《唐宋人選唐宋詞》本《花間集》作「艤蘭橈」。鄂本、毛本、後印本、四庫本、清刻本、四印齋本、毛本《唐宋諸賢絶妙詞選》、全本、《歷代詩餘》、王輯本、林大椿《唐五代詞》、《花間集注》、《花間集校》作「倚蘭橈」。

④ 獨無憀：林大椿《唐五代詞》作「無憀」。

【箋注】

〔一〕渺渺：悠遠貌。《管子·内業》：「折折乎如在於側，忽忽乎如將不得，渺渺乎如窮無極。」尹知章注：「渺渺，微遠貌。」唐顧況《早春思歸有唱竹枝歌者坐中下淚》：「渺渺春生楚水波，楚人齊唱竹枝歌。」

〔二〕岸花汀草：水邊的花草。南朝梁何遜《贈諸舊遊》：「岸花臨水發，江燕繞檣飛。」唐温庭筠《江岸即事》：「别恨轉難盡，行行汀草新。」

〔三〕江聲：江水聲。唐杜甫《禹廟》：「雲氣嘘青壁，江聲走白沙。」

〔四〕艤欄橈：泊船靠岸。橈：槳棹，此指船。唐陶翰《乘潮至漁浦作》：「艤棹乘早潮，潮來如風雨。」

〔五〕無憀：即無聊。唐李商隱《離亭賦得折楊柳》二首之一：「暫憑尊酒送無憀，莫損愁眉與細腰。」

〔六〕焦：燼，燒盡。

【疏　解】

詞抒旅人的天涯離恨。上片寫景。行舟水上，但見一片渺渺波光，茫茫煙水，旅人竟不知身在何處，寫景中透出的是天涯孤旅的茫無歸宿之感。依依的岸花汀草，微雨中雙飛的鸂鶒，均已染上了旅人孤寂的情感色彩。下片直寫天涯離恨。旅人聽江聲如在嗚咽，聞猿啼分外淒切，心中滿溢的孤獨淒涼無人訴説。他獨自泊船靠岸，感受著銷魂的鄉愁滋味。結句用「罏香成灰」，喻指旅人孤寂的灰心，展示天涯旅人痛苦的情感和灰暗的心境。顧敻三首《河傳》，此首評價最好。起四句「一步緊一步，沖口而出，絶不費力」，顯得「自然清遠」（陳廷焯《詞則·别調集》）。上半首，「不愧『簡勁』二字」（李冰若《栩莊漫記》）。《河傳》一調的用筆，「如短兵再接，音節如促柱幺弦，須在急拍中以詞心一縷縈之」（俞陛雲《唐五代兩宋詞選釋》）。此詞縈繫急拍短句的一縷詞心，就是滲透在上片寫景中、表露在下片抒情中的「天涯離恨」。或謂此詞寫女子離恨，女子家居，與上片茫茫煙水行舟的寫景，與下片的旅途聽聞猿聲，均不切合，如此解釋，恐難説圓。

【集評】

湯顯祖評《花間集》卷三：凡屬《河傳》題，高華秀美，良不易得。此三調，真絶唱也。以俟羊、何。張舍人、孫少監之外，指不三屈。

卓人月《古今詞統》卷七徐士俊評末句云：將無如趙獻之云「愁心心字兩俱焦」耶？

陳廷焯《雲韶集》卷一：好起筆。「天涯」十字，筆力精健。

陳廷焯《詞則·别調集》卷一：起四語，一步緊一步，沖口而出，絶不費力。

況周頤《餐櫻廡詞話》：顧太尉《河傳》云：「棹舉。舟去。波光渺渺，不知何處。岸花汀草共依依。雨微。鷓鴣相逐飛。」孫光憲之「兩槳不知消息，遠汀時起鸂鶒」，確是隱括顧詞。兩家並饒簡勁之趣。顧尤毫不著力，自然清遠。

俞陛雲《唐五代兩宋詞選釋》：此調之用筆，如短兵再接，音節如促柱幺弦，須在急拍中以詞心一縷縈之。兩詞（指「燕颺」、「棹舉」兩首）之收筆三句，皆情景雙得。「愁紅」、「魂銷」固爲押韻句，即連下句誦之，亦殊有致。

李冰若《花間集評注·栩莊漫記》：顧敻《河傳》三首，末闋上半首，不愧「簡勁」二字，若士概譽之爲「絶唱」，何也？

蕭繼宗《評點校注花間集》：「棹舉舟去」，並不甚佳，陳亦峰誇爲「好起筆」，殊不可解；「天涯」十字，亦常人能辨，譽爲「精鍵」，恐亦未必。僕意此首惟「岸花」三句差勝，上接「波光」，下襯「離恨」，寓情于景，運化自然，讀者初不易覺也。

張以仁《花間詞論集》：夫賦别之作多矣，折柳舉觴，燈前淚眼，臨歧叮嚀，幾千篇一律，能别開生面，獨創新意者少。今顧詞起筆，寫舟去時霎那情景，掌握水行要點：方殷殷話别之際，人舟忽已遠去。……作者把握此一特色，以四字出之，情景戛然而判。别語猶縈，環境倏變而煙波在目，非但旁襯長江水急也。《白雨齋》所謂「好起筆」者，意在此乎？四字當併下文「波光渺渺，不知何處」二句以體會之，自足顯其簡勁突特。「天涯離恨江聲咽，啼猿切」十字，與上片起首四句，似暗用太白《早發白帝城》「兩岸猿聲啼不住，輕舟已過萬重山」句意。……此詞上片寫别時光景，以景涵情。……下片寫與客心情，以情寓事。……「天涯」十字，上則承别時景，下則啟别後情。上下片景與情不同，描寫重點各異，乃化用太白詩以牽綰之，上承下啟，合爲一體，具見運思之巧，託古之精。《白雨齋》所謂「筆力精健」者，意在此乎？

甘州子①

一爐龍麝錦帷傍②〔一〕。屏掩映③，燭熒煌④〔二〕。禁樓刁斗喜初長⑤〔三〕。羅薦繡鴛鴦⑥。山枕上，私語口脂香。

【校記】

①《記紅集》調名作《口脂香》。

②傍：林大椿《唐五代詞》、《唐宋人選唐宋詞》本《花間集》作「旁」。

③映：鍾本作「暎」。

④熒：王輯本作「瑩」。

⑤刁：全本作「刀」，誤。

⑥繡：毛本、四庫本作「綉」。

【箋注】

〔一〕龍麝：龍涎香與麝香的並稱。亦泛指香料。唐司空圖《牡丹》：「得地牡丹盛，曉添龍麝香。」龍涎香：明李時珍《本草綱目》云：「是春間群龍所吐涎沫浮出。」實乃抹香鯨分泌物。類似結石，從鯨體内排出，漂浮海面或沖上海岸。爲黄、灰乃至黑色的蠟狀物質，香氣持久，是極名貴的香料。明周嘉胄《香乘》引《嶺外代答》云：「所謂龍涎出大食國，西海多龍，枕石而卧，涎沫浮水，積而能堅。鮫人採之以爲至寶。新者色白，稍久則紫，其久則黑。」或謂指龍腦香。麝香：參見卷六和凝《山花子》：「鶯錦蟬縠馥麝臍」注〔一〕。

〔二〕熒煌：光明，輝煌。唐李白《明堂賦》：「崇牙樹羽，熒煌葳蕤。」唐李群玉《長沙陪裴大夫夜宴》：「東山夜宴酒成河，銀燭熒煌照綺羅。」

〔三〕禁樓：宫苑中的樓臺。唐姚合《和盧給事酬裴員外》：「夕郎夜直吟仙掖，天樂和聲下禁樓。」刁斗：古代行軍用具。斗形有柄，銅質；白天用作炊具，晚上擊以巡更。《史記·李將軍列傳》：「及出擊胡，而廣行無部伍行陳，就善水草屯，舍止，人人自便，不擊刁斗以自衛。」裴駰《集解》引孟康曰：「以銅作鐎器，受一斗，晝炊飯食，夜擊持行，名曰刁斗。」一説鈴形。司馬貞《索隱》引荀悦云：「刁斗，小鈴，如宫中傳夜鈴也。」南朝梁虞羲《詠霍將軍北伐》：「羽書時斷絶，刁斗晝夜驚。」唐李頎《古從軍行》：「行人刁斗風沙暗，公主琵琶幽怨多。」喜初長：初更刁斗聲，喜夜長也。

【疏　解】

詞寫男女歡會。起三句寫閨閣環境，錦幃靜垂，畫屏掩映，龍麝香薰，燭光明亮。這是必要的鋪墊和準備，具有一種儀式般的效果。「禁樓」二句是「歡會」的開始，均不取正面描寫，而用側筆暗示襯托。前句寫聞刁斗聲引起的心理反應，初更刁斗，説明夜正長，故喜。男女歡會期盼夜長，是典型情境中的共同心理，詩詞中多有寫及，最著者應屬南朝樂府《讀曲歌》：「打殺長鳴雞，彈去烏臼鳥。願得連冥不復曙，一年都一曉。」此處的禁樓刁斗聲除提示時間，也增添了閨閣中的安謐氣氛。

後一句寫牀褥上的鴛鴦圖案，以爲暗示。結二句則應是高潮後的尾聲，私語喁喁，口脂留香，其温馨親昵之狀可想。此等内容，而能用筆潔淨不涉褻穢，值得稱道。這種寫法的確與後來處理此類題材的柳永慢詞不同，而與周邦彦爲近。因《花間》詞時代在前，故有「周美成詞從此出」之評（鍾本《花間集》評語）。

【集　評】

鍾本評語：周美成詞從此出。

湯顯祖評《花間集》卷三：「刁斗」句，無聊之思。

蕭繼宗《評點校注花間集》：漏籤更鼓，人恨其短，此喜其長，心同語異，便覺鮮倩。不然，陳陳相因，味同嚼蠟。

其　二

每逢清夜與良晨①〔一〕。多悵望②〔二〕，足傷神③〔三〕。雲迷水隔意中人〔四〕。寂寞繡羅茵④〔五〕。山枕上，幾點淚痕新⑤。

【校　記】

①逢：正本作「逄」。晨：玄本、湯本、合璧本、鍾本、王輯本作「辰」。

②悵望：湯本、合璧本作「惆望」。

③足：玄本、雪本作「定」。

④茵：毛本《詞林萬選》作「裀」。

⑤淚痕：茅本作「浪痕」。

【箋　注】

〔一〕清夜：清靜的夜晚。漢司馬相如《長門賦》：「懸明月以自照兮，徂清夜於洞房。」唐李端《宿瓜州寄柳中庸》：「懷人同不寐，清夜起論文。」

〔二〕悵望：惆悵地張望或想望。南朝齊謝朓《新亭渚别范零陵》：「停驂我悵望，輟棹子夷猶。」唐杜甫《詠懷古跡五首》之二：「悵望千秋一灑淚，蕭條異代不同時。」

〔三〕傷神：傷心。南朝梁江淹《别賦》：「造分手而銜涕，感寂寞而傷神。」。

〔四〕意中人：眷戀屬意的人。晉陶潛《示周續之祖企謝景夷三郎》：「藥石有時閑，念我意中人。」

〔五〕繡羅茵：繡羅坐褥。

【疏　解】

此首寫别後思念，與前首内容上相銜接，可視爲聯章。起句從時間切入，良辰美景而無賞心樂事，女子倍覺孤寂，因而格外思念。極目悵望，雲霧瀰漫，煙水茫茫，不見「意中人」的蹤影，令她黯然神傷。空閨獨宿，羅茵寂寞，與前首「羅薦繡鴛鴦」形成鮮明對比。結二句亦是取與前首對比的寫法，皆寫「枕上」，而歡會獨處，悲喜不同。

【集　評】

鍾本評語：清淺自足。

李冰若《花間集評注·栩莊漫記》：讀遼后《十香詞》，則知顧夐《甘州子》之疏淡也。

蕭繼宗《評點校注花間集》：結句未能出新，便覺少遜。

其　三

曾如劉阮訪仙蹤〔一〕。深洞客①〔二〕，此時逢。綺筵散後繡衾同②。款曲見韶容③〔三〕。山枕上，長是怯晨鐘。

【校　記】

①深洞客：鍾本作「客洞深」。

②繡：毛本、四庫本作「綉」。

③款：紫芝本、鍾本、湯本、合璧本、毛本、後印本、正本、毛本《詞林萬選》作「欵」。

【箋　注】

〔一〕劉阮：劉晨、阮肇。見卷二温庭筠《思帝鄉》「花花」注〔六〕。

〔二〕深洞客：指劉阮，即詞中男子自指。或謂指洞中仙女，即男子的情人。

〔三〕款曲：誠摯殷勤的心意。漢秦嘉《留郡贈婦》：「念當遠別離，思念叙款曲。」韶容：美好的風光。唐獨孤授《花發上林》：「上苑韶容早，芳菲正吐花。」此指美麗的容貌。

【疏　解】

此首回憶舊時歡會。一起三句，蓋因極度暢美，而有劉阮入天台山桃源仙洞之喻，借神話傳説，寫塵世男女之樂。接二句用筆較靡，「綺宴」後綴「繡衾」，正是「酒色」的形象寫照，但止於款曲的心意、美麗的容貌，而不至露骨，尚屬有所節制。結二句寫枕上怯聞晨鐘的心理，正是「春宵苦短之意」（李冰若《栩莊漫記》），與第一首所寫「禁樓刁斗喜初長」之心理相同，只是所取時段有别，一爲入夜，一爲拂曉，故而「喜」、「怯」各異。

【集　評】

鍾本評語：不佳。

李冰若《花間集評注·栩莊漫記》：「長是怯晨鐘」，春宵苦短之意。雞鳴戒旦之義，則已微矣。

蕭繼宗《評點校注花間集》：論《花間》詞，作頭巾語，恐非其倫。果如栩莊所見，此集正當拉雜摧燒之矣。

其　四

露桃花裏小樓深〔一〕。持玉盞〔二〕，聽瑶琴〔三〕。醉歸青瑣入鴛衾①〔四〕。月色照衣襟。山枕上，翠鈿鎮眉心。

【校　記】

①瑣：吴鈔本作「頊」，誤。正本、王輯本作「鎖」。

【箋　注】

〔一〕露桃：語本《樂府詩集·相和歌辭三·雞鳴》：「桃生露井上，李樹生桃旁。」後因用「露桃」稱桃樹、桃花。唐顧況《瑶草春》：「露桃穠李自成蹊，流水終天不向西。」

〔二〕玉盞：亦作「玉琖」、「玉醆」。玉飾的酒杯。《禮記·明堂位》：「爵用玉琖乃彫。」孔穎達疏：「琖，夏后氏之爵名也。以玉飾之，故曰玉琖。」唐元稹《飲致用神曲酒三十韻》：「雕鐫荆玉盞，烘透内丘缾。」

〔三〕瑶琴：用玉裝飾的琴。南朝宋鮑照《擬古》之七：「明鏡塵匣中，瑶琴生網羅。」唐王昌齡《和振上人秋夜懷士會》：「瑶琴多遠思，更爲客中彈。」

〔四〕青瑣：刻鏤成格的窗户。南朝宋劉義慶《世説新語·惑溺》：「韓壽美姿容，賈充辟以爲掾。充每聚會，賈女於青璅中看，見壽，説之。」此指閨房。

【疏　解】

此首可作兩解。或謂仍寫宴樂之後入眠情形，則「持玉盞，聽瑶琴」者，女子彈琴，男子持杯而聽也。曲傳心事，知音解賞，兩情相悦，故而月夜醉歸，同入鴛衾。結二句，以男子之目寫女子「翠鈿鎮眉心」的容飾。或謂詞寫女子相思之苦，桃花月色，春宵良夜，無人相伴，女子獨守空閨，彈琴飲酒，以爲排解。結二句，寫女子蹙眉含愁之情態。兩相比較，前解於義較長。

【集　評】

蕭繼宗《評點校注花間集》：「翠鈿鎮眉心」乃當日時妝，自今日視之，或不能賞其美矣。

其　五

紅鑪深夜醉調笙〔一〕。敲拍處，玉纖輕〔二〕。小屏古畫岸低平①〔三〕。煙月滿閑庭〔四〕。山枕上，燈背臉波橫〔五〕。

【校　記】

① 古：張本作「方」。畫：湯本作「画」。

【箋　注】

〔一〕紅鑪：燒得很旺的火爐。唐杜甫《湖城東遇孟雲卿復歸劉顥宅宿宴飲散因爲醉歌》：「照室紅爐促曙光，縈窗素月垂文練。」調笙：吹笙。唐劉禹錫《早夏郡中書事》：「高簾覆朱閣，忽爾聞調笙。」

〔二〕玉纖：纖細如玉的手指。多以指美人之手。唐韓偓《詠柳》「玉纖折得遥相贈，便似觀音手裏時」。

〔三〕小屏句：言小屏風上之舊畫。

〔四〕閑庭：空寂的庭院。唐李九齡《旅舍卧病》：「病來旅館誰相問，牢落閑庭一樹蟬。」

〔五〕燈背：燈影。唐李廷璧《愁詩》：「更有相思不相見，酒醒燈背月如鉤。」

【疏　解】

此首寫相聚之樂。「紅鑪深夜」寫季節環境時間，宴飲已久，人有醉意，自在情理之中。爐火烘暖，酒添興致，雖有醉意而略無睡意，於是相對調笙。玉指敲拍，稍見放恣，正是醉態。「小屏」句寫室内，以見裝飾之古雅；「煙月」句寫室外，烘染相得之氛圍。結句「小語致巧」，與第一首的「私語口脂香」，皆稱「雋句」。這五首《甘州子》，皆寫男女歡會、别離之情，而以「鴛衾」、「山枕」等閨房牀第之物，以爲前後貫穿。雖免「繁縟」之弊，清淺疏淡，然「不能深秀」，且有「才儉湊韻之句」（李冰若《栩莊漫記》），詞藝未臻上乘。

【集　評】

湯顯祖評《花間集》卷三：首章與此結，皆雋句也，小語致巧，此其一斑。

李冰若《花間集評注·栩莊漫記》：顧敻才力不富，其詞嘗有氣不能舉筆之處，故雖繁縟而不耐回味，其清淡處亦復不能深秀。《甘州子》第五首云：「小屏古畫岸低平。」純是才儉湊韻之句。

《百家唐宋詞新話》施蟄存評語：顧敻《甘州子》詞一首，見《花間集》。蜀主王衍另有一首《甘州曲》，見《十國春秋》，如下：「畫羅裙。能結束，稱腰身。柳眉桃臉不勝春。薄媚足精神。可惜許，淪落在風塵。」萬樹《詞律》、清《欽定詞譜》均收此二調。但顧敻的《甘州子》，後來屢有人作，而王衍的《甘州曲》，卻後繼無人。我近來細讀此二詞，平仄、句式、音節，完全一樣，只有第一句王衍所作是三字句，顧敻所作是七字句。因而恍然大悟，原來這兩首詞實乃同一個曲子，《甘州子》即《甘州曲》。不過王衍的詞第一句少了四個字。這大約是傳抄者遺漏了。歷代相承，以誤傳誤，遂以爲是兩個不同的曲子。現在我給王衍詞第一句加四個字，足成七言句，曰「彩雲衫子畫羅裙」。《十國春秋》說：「宫人皆衣雲霞之衣。」這所加四字，也是有根據的。這樣一改，二詞完全一樣，可知原來並非兩個不同的曲子。

蕭繼宗《評點校注花間集》：栩莊所見極是。然起筆三句，差强人意。

玉樓春①

月照玉樓春漏促。颯颯風摇庭砌竹〔一〕。夢驚鴛被覺來時②，何處管絃聲斷續③。　惆悵少年遊冶去④〔二〕，枕上兩蛾攢細緑⑤。曉鶯簾外語花枝⑥〔三〕，背帳猶殘紅蠟燭⑦〔四〕。

【校記】

①全本調作《木蘭花》，調下注曰：「即玉樓春。」《全五代詩》題作《春曉曲》。

②來：紫芝本、吴鈔本作「床」。

③絃：晁本、影刊本缺末筆。

④去：雪本作「女」。

⑤兩蛾：湯本、合璧本作「兩眉」。

⑥語：《古今詞統》作「轉」。

⑦背帳：晁本、吴鈔本作「背悵」，誤。蠟：晁本、紫芝本、吴鈔本、四印齋本作「蝋」。

【箋　注】

〔一〕庭砌：庭前臺階。唐李咸用《庭竹》：「嫩緑與老碧，森然庭砌中。」

〔二〕遊冶：出遊尋樂。唐白居易《衰病》：「老辭遊冶尋花伴，病別荒狂舊酒徒。」

〔三〕語花枝：在花樹枝頭啼鳴。

〔四〕背帳：帳幃的對面。

【疏　解】

詞寫閨怨。上片寫月夜驚夢，樓閣内急促的滴漏聲，庭階上颯颯的風竹聲，驚醒了鴛被思婦的春夢。夜深夢回，斷續的管絃樂聲，不知從何處隨風飄來，愈增思婦之煩惱。下片起句承接前結，管絃作樂之處，正是少年游冶之地。驚夢的思婦一念及此，倍感惆悵，輾轉枕上，眉頭緊蹙，再難成眠。結二句分寫樓外和樓内之景，樓外天已破曉，繁花枝頭，鶯語間關；樓内閨房帷帳的背面，蠟燭也已燒殘。詞從「月照玉樓」的夜景寫起，以「枝頭曉鶯」的晨景收束，抒發思婦由夜到曉、愁思難眠的怨情。詞詠本調，曲情與詞情一致，當是早期寫作之證明。

【集　評】

卓人月《古今詞統》卷八徐士俊評語：《玉樓春》之得名以首句故。

許昂霄《詞綜偶評》：「殘」字作「餘」字解，唐詩類然。

蕭繼宗《評點校注花間集》：《花間》詞涉及兒女情者甚多，什九爲倡條冶葉而作，故辭蕩而情不深。此首則明言遊冶，實寫閨怨。

其　二

柳映玉樓春日晚①。雨細風輕煙草軟。畫堂鸚鵡語雕籠②〔一〕，金粉小屏猶半掩③。香滅繡幃人寂寂④，倚檻無言愁思遠⑤。恨郎何處縱疏狂⑥〔二〕，長使含啼眉不展⑦〔三〕。

【校　記】

①映：玄本作「影」。
②雕籠：王輯本作「金籠」。雕：吴鈔本作「彫」。
③半掩：湯本、合璧本作「未掩」。
④繡：毛本、四庫本作「綉」。寂寂：林大椿《唐五代詞》作「寂寞」。
⑤倚檻：雪本作「倚蘭」，玄本作「倚欄」。無言：茅本、玄本、湯本作「無語」。
⑥疎：晁本、紫芝本、陸本、吴鈔本、茅本、玄本、正本、影刊本作「踈」。

⑦含啼眉：雪本作「含眉啼」。

【箋注】

〔一〕雕籠：指雕飾精緻的鳥籠。漢禰衡《鸚鵡賦》：「閉以雕籠，剪其翅羽。」唐杜甫《八哀詩·故著作郎貶台州司户滎陽鄭公虔》：「孔翠望赤霄，愁思雕籠養。」

〔二〕疎狂：豪放，不受拘束。唐白居易《代書詩一百韻寄微之》：「疎狂屬年少，閒散爲官卑。」

〔三〕含啼：猶含悲。南朝梁蕭大圜《竹花賦》：「拊紫筍以含啼，顧貞筠而命酹。」隋江總《秋日新寵美人應令》：「翠眉未畫自生愁，玉臉含啼還似笑。」

【疏解】

詞寫閨怨。上片寫景，爲人物出場提供季節背景和活動環境。起二句寫外景，柳映玉樓，春日向晚，雨細風輕，嫩草含煙，物象柔美而淒迷。接二句寫華美的居室裏，鸚鵡學語，粉屏半掩，透出一種静謐低抑的氣氛。下片承前，寫屏后繡幃香滅，悄無聲息，調性更趨低迷沉寂。然後思婦出場，憑欄無言，含愁遠望。「恨郎」句點出原因，「何處」接上句「遠」字，「縱疏狂」寫男子行蹤不定、放蕩不羈之態，使得思婦長是淚眼愁眉，鬱鬱寡歡。此詞同前首，起句含「玉樓春」三字，亦緣題鋪寫之屬。

【集評】

沈雄《古今詞話·詞辯》上卷：大石調曲，《詞統》又作林鐘商調。詞中不失「玉樓春」三字者，顧敻也。

蕭繼宗《評點校注花間集》：詞義平平。此兩首過片句均失韻，終非全璧。

其三

月皎露華窗影細①〔一〕。風送菊香粘繡袂②〔二〕。博山爐冷水沉微〔三〕，惆悵金閨終日閉③〔四〕。　懶展羅衾垂玉筯④〔五〕，羞對菱花簪寶髻。良宵好事枉教休〔六〕，無計那他狂耍壻⑤〔七〕。

【校記】

①皎：紫芝本、吴鈔本作「皓」。

②粘：全本、《歷代詩餘》、林大椿《唐五代詞》作「黏」。繡：毛本、四庫本作「綉」。

③ 惆悵：林大椿《唐五代詞》作「悵惆」。

④ 玉筯：鄂本、紫芝本、吴鈔本、四印齋本、林大椿《唐五代詞》作「玉淚」。

⑤ 那他：《歷代詩餘》、王輯本作「奈他」。《花間集注》作「留他」。狂：玄本、雪本作「獨」。壻：玄本、《唐宋人選唐宋詞》本《花間集》作「婿」。

【箋注】

〔一〕露華：露水。《趙飛燕外傳》：「婕妤浴豆蔻湯，傅露華百英粉。」唐李白《清平調詞》之一：「雲想衣裳花想容，春風拂檻露華濃。」

〔二〕粘：薰染。

〔三〕博山爐：香鑪。見卷二韋莊《歸國遥》「春欲晚」注〔六〕。水沉：沉香。明周嘉胄《香乘》卷一《香品・沉水香》：「木之心節，置水則沉，故名沉水，亦曰水沉；半沉者爲棧香，不沉者爲黄熟香。《南越志》言：『交州人稱爲蜜香，謂其氣如蜜脾也。』梵書名阿迦嚧香。」

微：少。

〔四〕金閨：閨閣的美稱。唐王昌齡《從軍行》之一：「更吹羌笛關山月，無那金閨萬里愁。」

〔五〕羅衾：絲羅被褥。玉筯：喻指淚水。南朝梁蕭綱《楚妃歎》：「金簪鬢下垂，玉筯衣前滴。」

〔六〕好事：指男女歡會。枉教休：白白被耽誤。

〔七〕無計那他：無計奈何他。張相《詩詞曲語辭匯釋》：「凡云無計那，即無計奈也。」狂耍壻：狂蕩遊樂的夫婿。壻，即婿。

【疏　解】

詞寫閨怨。與前二首起句皆有「玉樓春」三字，寫春閨怨思不同，此首季節轉換爲秋天，寫秋閨怨思。上片寫月皎露華、風送菊香的美好秋夜，女子鑪香不薰、閨門長閉，見其情緒之低沉。下片繼續寫其懶展羅衾、羞對菱花、慵簪寶髻、淚水漣漣的倦怠、傷感情態。結二句抒發夫婿狂耍不歸、致使良宵虚度的懊喪、怨惱之情。加男子以「狂耍婿」之惡謚，足見其怨責之情切，但仍然「無計那他」，也就是拿「狂耍婿」没有辦法。這就是男權社會裏女子真實的生存境遇。春往秋來，季節代序，女子面臨的處境没有任何改變：男人縱游不歸，只能獨守空房，在相思愁怨的熬煎中，虚度年華。這一類詞，其認識價值甚或高於審美價值，封建時代男人享有的特權，和女性的地位低下，她們日常所遭受的情感壓抑和精神摧殘，都可從中具體見出。

【集　評】

湯顯祖評《花間集》卷三：後二章尤秀媚可人，而合之足稱全璧。

蕭繼宗《評點校注花間集》：「狂耍壻」三字，語新而少韻。「良宵」兩句，頗顯率露。

其　四①

拂水雙飛來去燕②。曲檻小屏山六扇③〔一〕。春愁凝思結眉心④，綠綺懶調紅錦薦⑤〔二〕。話別情多聲欲顫⑥〔三〕。玉筯痕留紅粉面⑦。鎮長獨立到黄昏〔四〕，却怕良宵頻夢見。

【校　記】

① 此首《古今詞統》卷八作和凝詞，然《花間集》暨他本均未有作和凝詞者。當從《花間集》作顧夐詞。

② 來去：湯本、合璧本作「去來」。

③ 屏：王輯本作「展」。

④ 眉心：紫芝本、吴鈔本作「愁心」。

⑤ 薦：吴鈔本作「篶」。

⑥ 話：吴鈔本作「語」。聲：玄本作「心」。顫：毛本、正本注曰：「顫戰通用。」鄂本、毛本、後印本、正本、四庫本、清刻本、四印齋本、全本作「戰」。

⑦ 痕：玄本作「恨」。

【箋注】

〔一〕山：屏山。六扇：六扇屏風。《舊唐書·憲宗紀》：元和四年「秋七月乙巳朔，御制《前代君臣事蹟》十四篇，書于六扇屏風。是月出書屏以示宰臣」。宋洪邁《容齋三筆》卷九《君臣事蹟屏風》：「唐憲宗元和二年，制《君臣事蹟》。上以天下無事，留意典墳，每覽前代興亡得失之事，皆三復其言。遂采《尚書》、《春秋後傳》、《史記》、《漢書》、《三國志》、《晏子春秋》、《吴越春秋》、《新序》、《説苑》等書君臣行事可爲龜鑒者，集成十四篇，自製其序，寫于屏風，列之御坐之右，書屏風六扇於中，宣示宰臣。」六扇，又稱「六曲」，唐代常用的折疊屏風，唐詩多有吟詠，唐温庭筠《經舊遊》：「屏倚故窗山六扇，柳垂寒砌露千條。」唐李商隱《屏風》：「六曲連環接翠帷，高樓半夜酒醒時。」唐顧雲《蘇君廳觀韓幹馬障歌》：「屹然六幅古屏上，欻見胡人牽入天廄之神龍。」

〔二〕緑綺：古琴名。傳説漢司馬相如作《玉如意賦》，梁王悦之，賜以緑綺琴。後即用以指琴。晉傅玄《琴賦序》：「齊桓公有鳴琴曰號鐘，楚莊王有鳴琴曰繞梁，中世司馬相如有緑綺，蔡邕有焦尾，皆名器也。」後用爲琴的代稱。晉張載《擬四愁詩》：「佳人遺我緑綺琴，何以贈之雙南金。」唐李白《聽蜀僧濬彈琴》：「蜀僧抱緑綺，西下峨眉峰。」

〔三〕聲欲顫：言惜别時語聲顫抖也。

〔四〕鎮長：經常，長久。張相《詩詞曲語辭匯釋》卷二：「唐韓愈《杏花》詩：『浮花浪蘂鎮長有，纔開還落瘴霧中。』此與長字義同而聯用爲重言。」可參明胡震亨《唐音癸籤》卷二四。唐李賀《嘲少年》：「莫道韶華鎮長在，發白面皺專相待。」

【疏　解】

詞寫思婦春愁。上片以雙燕起興，來去自由的燕子拂水雙飛，反襯曲檻小屏中思婦獨處的孤寂。「春愁」句寫其愁態，「綠綺」句寫其慵懶。下片轉入回憶，別時情景纏綿凄傷。「鎮長」句寫別後，思婦經常一個人久久佇立，憑眺期待，直到黄昏時分。「却怕」句寫思婦的反常心理，情人别後都希望夢中相見，此詞中的思婦反而害怕夢中相見，的確與衆不同。李冰若《栩莊漫記》指出：「『别愁無俚，賴夢見以慰相思，而反云「卻怕良宵頻夢見」，是更進一層寫法。」所謂「更進一層」，是説這句詞寫出了思婦更深層次的心理，别後相思入夢，在她當已非止一次，夢境欺人，片時醒來，皆成虚空，令人更加難以爲懷。所以，思婦才會害怕夢中相見。這裏有思婦切身的痛苦經驗，和更深一層次的失落感。

【集　評】

卓人月《古今詞統》卷八徐士俊評語：「爲郎憔悴卻羞郎」，真見且不願，況「夢見」乎？

沈雄《古今詞話·詞品》下卷：「拂水雙飛來去燕，曲檻小屏山六扇」，和魯公語也。陳子高衍爲《謁金門》長短句云：「花滿院，飛去飛來雙燕。紅雨入簾寒不卷，曉屏山六扇。」此以詞填詞，長短而有致也。

李冰若《花間集評注·栩莊漫記》：别愁無俚，賴夢見以慰相思，而反云「卻怕良宵頻夢見」，是更進一層寫法。

蕭繼宗《評點校注花間集》：一結新。集中諸作，多寫舊歡新怨，結想不新，久讀而厭矣。

花間集校注卷七　五十首[1]

顧太尉敻　三十七首

浣溪沙　八首

楊柳枝　一首

獻衷心　一首

訴衷情　二首

漁歌子　一首

醉公子　二首

酒泉子　七首

遐方怨　一首

應天長　一首

荷葉盃　九首

臨江仙　三首

更漏子　一首

孫少監光憲　十三首

浣溪沙　九首　　河傳　四首

【校　記】

①鼂本無「五十首」三字。

浣溪沙　顧太尉敻①

春色迷人恨正賒②〔一〕。可堪蕩子不還家③〔二〕。細風輕露著梨花④。　簾外有情雙燕颺⑤〔三〕，檻前無力緑楊斜。小屏狂夢極天涯⑥〔四〕。

【校　記】

①《全五代詩》題作「浣溪沙曲」。陸本、茅本、徐本、影刊本調前作「花間集卷第七」，「顧敻三

十七首」。張本此調前朱筆加「花間集卷第七，顧敻三十七首」。毛本、清刻本作「花間集卷七，五十首」，下列細目，後作「浣溪沙，顧太尉敻」。四庫本作「浣溪沙，顧敻」。此首《陽春集》作馮延巳詞，非是，當從《花間集》作顧敻詞。

②迷：王輯本作「速」，誤。賒：晁本、茅本、湯本作「賖」。

③蕩：《陽春集》作「浪」。

④著：毛本《唐宋諸賢絶妙詞選》作「着」。

⑤颺：《陽春集》作「舞」。

⑥極：毛本《唐宋諸賢絶妙詞選》卷一作「遶」。

【箋注】

〔一〕恨正賒：恨正長。賒：長，遠。唐方干《送人宰永泰》：「北人雖泛南流水，稱意南行莫恨賒。」唐李商隱《喜雪》：「粉署闈全隔，霜臺路正賒。」

〔二〕可堪：哪堪。唐秦韜玉《長安書懷》：「長有歸心懸馬首，可堪無寐枕蛩聲。」蕩子：遠遊忘返的男子。東漢無名氏《青青河畔草》：「蕩子行不歸，空牀難獨守。」

〔三〕颺：飛揚。韋應物《長安遇馮著》：「冥冥花正開，颺颺燕新乳。」

〔四〕狂夢：荒誕的春夢。

【疏　解】

詞寫春閨相思怨情。起句七字，一方面是客觀的「春色迷人」，一方面是主觀的「恨正賒」，以相互矛盾形成一種反向的抒情張力。次句直抒「恨賒」的原因，是「蕩子」不歸，令閨中人不堪寂寞。三句以景語烘染，是對起句「春色迷人」四字的落實。下片觸目興感，雙飛的燕子刺激思婦的孤獨感，風中依依的楊柳，也在喚起並加重思婦的相思别情。思極成幻，結想成夢，末句即寫思婦夢中遠去天涯，追尋「蕩子」。這一句與《虞美人》所寫「教人夢魂逐楊花，繞天涯」意思相同，而節奏更緊，下字更重，所以有「振起全闋」的作用。

【集　評】

王國維《人間詞話附録》：當爲夐最佳之作矣。

李冰若《花間集評注·栩莊漫記》：「細風輕露著梨花」，巧致可詠。結句振起全闋。

蕭繼宗《評點校注花間集》：亦止尋常。首句太泛，末句「狂」字，雖曰言「夢」，究與當日閨閣中人口吻不稱。

其　二[①]

紅藕香寒翠渚平〔一〕。月籠虚閣夜蛩清[②]〔二〕。塞鴻驚夢兩牽情[③]〔三〕。寶帳玉爐殘麝冷，羅衣金縷暗塵生[④]。小窗孤燭淚縱橫[⑤]。

【校　記】

①《草堂詩餘别集》調下題作《秋閨》。

②夜：雪本作「度」。

③塞鴻句：晁本、陸本、吴鈔本、茅本、鍾本、張本、徐本、影刊本注、鍾本評曰：「舊前作『天際鴻，枕上夢，兩牽情』。」《詞譜》作此三句。塞：紫芝本作「寒」。

④暗：鍾本作「闇」。塵生：雪本作「生塵」。

⑤小窗句：晁本、陸本、茅本、鍾本、張本、徐本、影刊本注曰：「後作：『小窗深，孤燭背，淚縱横。』」《詞譜》作此三句。吴鈔本注曰：「後作：『小窗深，孤燭，淚縱横。』」紫芝本末注：「舊前作『天際鴻，枕上夢，兩牽情』；後作：『小窗深，孤燭背，淚縱横。』」孤燭：紫芝本作「獨孤」，吴鈔本、湯本、合璧本作「孤獨」。

【箋　注】

〔一〕翠渚：蒼翠的洲渚。隋江總《秋日侍宴婁苑湖應詔詩》：「翠渚還鑾輅，瑶池命羽觴。」

〔二〕虚閣：高入虚空的閣樓。唐許渾《卧病寄諸公》：「高城榆柳蔭，虚閣芰荷香。」此指女子空閨。蛩：蟋蟀。《爾雅・釋蟲》載：「蟋蟀，蛩。」郭璞注：「今促織也。」陸佃《埤雅》：「蟋蟀之蟲，隨陰迎陽，一名吟蛩。秋初生，得寒乃鳴。」

〔三〕塞鴻：塞外的鴻雁。塞鴻秋季南來，春季北去，故古人常以之作比，表示對遠離家鄉的親友的懷念。南朝宋鮑照《代陳思王京洛篇》：「春吹回白日，霜歌落塞鴻。」唐白居易《贈江客》：「江柳影寒新雨地，塞鴻聲急欲霜天。」相傳漢蘇武被拘於匈奴，曾借鴻雁傳書；後又有唐王仙客蒼頭塞鴻傳情的故事，因常以「塞鴻」指代信使。宋張元幹《蘭陵王》：「羞衾鳳空展，塞鴻難託，誰問潛寬舊帶眼。念人似天遠。」

【疏　解】

詞寫閨婦秋怨。「紅藕」句寫季節，寓遲暮之感。「月籠」句寫秋夜的淒清冷寂，「虚閣」二字，暗寫空閨獨守。「塞鴻」句寫雁聲驚夢，思婦更加牽掛遠方的遊子。下片寫夢醒之後，玉鑪香冷，更添空閨寒意。「羅衣」句通過「金縷生塵」的細節，補寫思婦别後無心妝飾的情形。結句寫思婦對著小窗孤燭，潸然淚下，感傷不已。全詞下字造語、寫景抒情，顯得「婉雅芊麗，不背于古」（陳廷焯《詞則·閒情集》卷一）。

【集評】

湯顯祖評《花間集》卷三：舊前作「天際鴻，枕上夢，兩牽情」。後作「小窗深，孤燭背，淚縱横」。語亦簡至。

陳廷焯《詞則·閒情集》卷一：婉雅芊麗，不背于古。

蕭繼宗《評點校注花間集》：此首第二句「夜蛩」，與第三句「塞鴻」，均取其鳴聲「驚夢」，一屬征人，一屬思婦，故以「兩牽情」關合之。二者原屬平列，而參錯出之，融合無痕，正其佳處。若依吳本之注云云，則以「天際鴻」與「枕上夢」平列，語意兩乖，不獨與《浣溪沙》調不合也。末句「淚縱横」二字，兼人與燭而言，妙在兩不分明。若依吳注，則專指人而言，失其情趣矣。

其三

荷芰風輕簾幕香〔一〕。繡衣鸂鶒泳迴塘①〔二〕。小屏閑掩舊瀟湘〔三〕。　恨入空幃鸞影獨〔四〕，淚凝雙臉渚蓮光〔五〕。薄情年少悔思量②〔六〕。

【校　記】

①繡：毛本、四庫本作「綉」。泳：雪本作「緑」，玄本作「渌」。

②悔：鄂本、紫芝本、吴鈔本、毛本、後印本、四庫本、清刻本、四印齋本、林大椿《唐五代詞》作「每」。

【箋　注】

〔一〕荷芰：荷與菱。戰國楚屈原《離騷》：「制芰荷以爲衣兮，集芙蓉以爲裳。」唐鄭愔《採蓮曲》：「緑潭采荷芰，清江日稍曛。」

〔二〕繡衣鸂鶒：鸂鶒毛羽如繡衣。唐劉兼《蓮塘霽望》：「萬疊水紋羅乍展，一雙鸂鶒繡初成。」

〔三〕瀟湘：此指屏風上的繪飾。宋沈括《夢溪筆談》卷十七《書畫》：「度支員外郎（宋）迪工畫，尤善爲平遠山水。其得意者有平沙落雁，遠浦歸帆，山市晴嵐，江天暮雪，洞庭秋月，瀟湘夜雨，山寺晚鐘，漁村夕照，謂之瀟湘八景。好事者傳之。」

〔四〕鸞影：喻女子身影。唐顧況《晉公魏國夫人柳氏挽歌》：「魚軒海上遥，鸞影月中銷。」

〔五〕雙臉：兩頰。南朝陳徐伯陽《日出東南隅行》：「五馬停珂遣借問，雙臉含嬌特好羞。」渚蓮光：言女子帶淚之臉頰如蓮花上之露光。

〔六〕薄情句：言想起薄情之人，讓人悔不當初。

【疏　解】

詞寫秋閨怨悔之情。起二句寫室外景物。「荷芰」句點出季節，「香風」輕透「簾幕」，將季節物色與女子閨幃牽合一處。「繡衣」句寫荷塘中成雙戲水的「鸂鶒」，反襯思婦的孤獨。「小屏」句寫室内，「閑掩」見其空虚無聊，「舊瀟湘」明寫屏風上所畫瀟湘風景，已顯陳舊，實寓思婦别後無心裝飾，室内佈置一仍别前，以便處處時時唤起往昔生活的記憶。下片轉寫思婦孤獨的身影，臉上的淚痕，「鸞影」、「渚蓮」的比喻，見出思婦的風姿儀容之美。結句直抒自己對「薄情年少」用情過深的悔意。所以卓人月《古今詞統》卷四評云：「『悔偷靈藥』、『悔教夫婿』，不如此『悔』深。」

【集　評】

卓人月《古今詞統》卷四徐士俊評語：「悔偷靈藥」、「悔教夫婿」，不如此「悔」深。

蕭繼宗《評點校注花間集》：「舊瀟湘」三字不辭，顯爲趁韻。「淚凝」句以「渚蓮光」三字狀之，想擬入神。

其　四

惆悵經年別謝娘〔一〕。月窗花院好風光〔二〕。此時相望最情傷。　青鳥不來傳錦字〔三〕，瑶姬何處瑣蘭房①〔四〕。忍教魂夢兩茫茫〔五〕。

【校　記】

①瑣：鄂本、紫芝本、毛本、後印本、正本、四庫本、清刻本、四印齋本、全本、王輯本、林大椿《唐五代詞》作「鎖」。吴鈔本作「鎮」。

【箋　注】

〔一〕經年：經過一年或若干年。王績《看釀酒》：「從來作春酒，未省不經年。」謝娘：此指所戀之女子。

〔二〕月窗花院：美好的庭院房舍。月窗：明楊慎《藝林伐山》卷九《星牖月窗》：「凡山洞巖穴，有竅通明，小者曰星牖，大者曰月窗。」此用爲窗户之美稱。唐許渾《秦樓曲》：「秦女夢餘仙路遥，月窗風簟夜迢迢。」唐張碧《美人梳頭》：「玉堂花院小枝紅，緑窗一片春光曉。」

〔三〕青鳥：見卷四牛嶠《女冠子》「星冠霞帔」注〔七〕。錦字：錦字書信。見卷一温庭筠《楊柳枝》「織錦機邊鶯語頻」注〔一〕。

〔四〕瑶姬：神女，借指所戀。參見卷五牛希濟《臨江仙》「峭碧參差十二峰」注〔三〕。蘭房：猶香閨。《文選·潘岳〈哀永逝文〉》：「委蘭房兮繁華，襲窮泉兮朽壤。」吕延濟注：「蘭房，妻嘗所居室也。」南朝梁劉孝綽《淇上戲蕩子婦示行事》：「日闇人聲静，微步出蘭房。」

〔五〕忍教：怎忍教，豈可教。唐李山甫《菊》：「籬下霜前偶得存，忍教遲晚避蘭蓀。」

【疏解】

詞寫男子對女子的思念。起句直抒與「謝娘」相别「經年」的惆悵之情，「月窗」句寫花好月圓的春宵美景，「此時」即指「一刻值千金」的春宵，「相望最情傷」者，有良辰美景而無賞心樂事，故爾。下片起句用「青鳥」、「錦字」的典故，寫分别之後，女子音書斷絶，所以男子不知道她人在何處，「鎖蘭房」三字，説明女子是不自由的，這可能就是别後無緣相見、不通音問的原因。於是兩處相思，都只能託之於茫茫夢境，以爲現實缺憾的補償。此詞一改思婦的角度，轉寫男子的思念深情，較有新意。可知男權社會裏的男子，并非都是縱游不歸的「蕩子」、「狂耍婿」，亦有如此詞中用情專且深者。

【集評】

蕭繼宗《評點校注花間集》：尋常意，尋常語，顧能一氣呵成，自然流動。

其五

庭菊飄黃玉露濃〔一〕。冷莎偎砌隱鳴蛩①〔二〕。何期良夜得相逢②〔三〕。　背帳風摇紅蠟滴③，惹香暖夢繡衾重④。覺來枕上怯晨鍾⑤〔四〕。

【校記】

① 莎：玄本作「沙」。偎：晁本、鄂本、陸本、紫芝本、吴鈔本、茅本、湯本、合璧本、玄本、鍾本、張本、毛本、後印本、正本、四庫本、清刻本、徐本、四印齋本、影刊本作「隈」。隱：王輯本作「冷」。

② 逢：正本作「逄」。

③ 蠟：毛本、後印本、四庫本、四印齋本作「蝎」。

④ 繡：毛本、四庫本作「綉」。

⑤ 怯：湯本、合璧本作「却」。鍾：吴鈔本、正本、影刊本作「鐘」。

【箋注】

〔一〕庭菊飄黄：言菊花開放。玉露：秋露。南朝齊謝朓《泛水曲》：「玉露沾翠葉，金風鳴素枝。」唐杜甫《秋興》八首之一：「玉露凋傷楓樹林，巫山巫峽氣蕭森。」

〔二〕冷莎句：言庭階旁蕭瑟的莎草下，隱藏著鳴叫的蟋蟀。唐李中《安福縣秋吟寄陳鋭秘書》：「卧聽寒蛩莎砌月，行沖落葉水村風。」

〔三〕何期：猶言豈料。表示没有想到。南朝梁陶弘景《周氏冥通記》卷二：「幸藉緣會，得在山宅。何期真聖，曲垂啟降。」良夜得相逢：此言夢境。

〔四〕覺來句：晨鍾驚夢，故言怯。

【疏解】

詞寫秋夜夢境。「庭菊」二句，寫秋夜庭院景色，黄菊、白露、莎草、蛩鳴，都是典型的深秋風物意象。這二句爲夢境的展開提供背景。「何期」一句，寫女子熬過漫長的相思，不期今夕得以相逢，遂了心願的喜出望外之感。下片前二句承上「相逢」，描寫閨幃之内燭影摇紅、暖香惹夢的旖旎境況。結句寫女子夢醒後「怯聞晨鐘」的心理，見出她對秋夜美夢的留戀之情。此詞構思較佳，「何期」一句，寫來若有其事，給讀者造成錯覺和懸念，以爲今夜真得相逢。及至讀到下片「夢」和「覺來」，方知上片所寫「相逢」是在夢中。以曲折之筆寫恍惚之事，故覺「極婉轉」（李冰若《栩莊漫記》）。

【集評】

李冰若《花間集評注·栩莊漫記》：寫夢境極婉轉。

蕭繼宗《評點校注花間集》：此首寫實境耳，非「寫夢境」也，栩莊誤矣，味兩結當能知之。

其六

雲澹風高葉亂飛〔一〕。小庭寒雨緑苔微①〔二〕。深閨人靜掩屏幃。粉黛暗愁金帶枕〔三〕，鴛鴦空繞畫羅衣②〔四〕。那堪辜負不思歸③〔五〕。

【校記】

① 緑苔：湯本、合璧本作「緑窗」。微：吴鈔本作「撒」，誤。

②畫：湯本作「画」。

③辜負：晁本作「辜負」。全本作「孤負」。辜：紫芝本、吴鈔本作「翠」，誤。正本作「辜」。

【箋　注】

〔一〕風高：風大。唐杜甫《湖中送敬十使君適廣陵》：「秋晚嶽增翠，風高湖湧波。」

〔二〕小庭：小院。唐令狐楚《赴東都別牡丹》：「十年不見小庭花，紫萼臨開又別家。」微：稀少。

〔三〕粉黛：指美女。唐白居易《長恨歌》：「迴眸一笑百媚生，六宫粉黛無顔色。」此指閨人。金帶枕：參見卷二温庭筠《訴衷情》「鶯語」注〔四〕。

〔四〕鴛鴦：此指羅衣上之鴛鴦圖案。

〔五〕辜負不思歸：言蕩子辜負情意，不思歸家。

【疏　解】

詞寫秋閨怨思。上片寫季節天氣環境。起句寫雲淡風高、黄葉亂飛的深秋時節，次句寫寒雨淅瀝、灑濕青苔的小庭秋景，三句寫秋雨天裏，屏幃静掩的深閨居處環境。畫面透出淒冷、幽寂的氣氛。下片抒思婦愁怨之情。「金帶枕」勾起了思婦昔日耳鬢廝磨的回憶，「畫羅衣」上的「鴛鴦」圖案，對别離中的思婦也造成視覺的刺激。往昔美好愛情的見證和象徵之物，而今都能添愁惹恨。

結句直抒思婦的怨責之情。或謂詞寫「春深」景象，當是失察所致。

【集　評】

陳廷焯《詞則·閒情集》卷一：婉約。

俞陛雲《唐五代兩宋詞選釋》：兩調（指本詞及「紅藕香寒」一首）中惟「牽情」、「思歸」二句見其本懷。「寶帳」、「羅衣」等句皆以穠麗之筆，寓宛轉之思。兩調之起筆寫景皆清俊，「飛」、「微」二韻尤佳。

蕭繼宗《評點校注花間集》：全詞結在第六句，看似尋常，似質直，而語新情摯。

其　七

鴈響遥天玉漏清①〔一〕。小紗窗外月朧明②。翠幃金鴨炷香平〔二〕。　何處不歸音信斷，良宵空使夢魂驚。簟涼枕冷不勝情〔三〕。

【校　記】

① 漏：紫芝本、吳鈔本作「滴」。

②小紗窗外：王輯本作「小窗紗外」。

【箋注】

〔一〕鴈響：雁鳴。唐司空曙《夜聞回雁》：「雁響天邊過，高高望不分。」玉漏：計時漏壺的美稱。唐蘇味道《正月十五夜》：「金吾不禁夜，玉漏莫相催。」

〔二〕炷香平：華鍾彦《花間集注》曰：「炷香，猶焚香也。竊按古之香，多用香料貯於鑪中，使之平鋪，燃之，使煙自其口出。」

〔三〕不勝情：離情難以禁受。王昌齡《長信秋詞》五首之五：「白露堂中細草跡，紅羅帳裏不勝情。」

【疏解】

詞寫秋閨怨思。上片寫景。起句從聽覺切入，寫秋夜的雁聲和漏聲。次句轉寫視覺，小紗窗外，月光朦朧。第三句寫閨閣環境，「金鴨炷香」，突出其芬芳雅潔。下片抒情。「何處」句寫蕩子不僅行蹤無定，而且音信斷絶，致使女子格外思念牽掛。「夢魂驚」承起句的「雁聲」、「漏聲」，寫出女子內心的疑慮不安。結句寫夢醒之後，秋夜孤衾的女子，感覺簟涼枕冷，不勝愁怨。

【集　評】

李冰若《花間集評注·栩莊漫記》：「炷香平」，其幽靜可想。

蕭繼宗《評點校注花間集》：第五句「驚」字，自首句「雁」、「漏」二字來，空虛寂寞之情，見於後結。

其　八

露白蟾明又到秋〔一〕。佳期幽會兩悠悠。夢牽情役幾時休〔二〕。　記得泥人微斂黛①〔三〕，無言斜倚小書樓。暗思前事不勝愁。

【校　記】

①泥人：晁本、鄂本、陸本、紫芝本、吴鈔本、茅本、玄本、湯本、合璧本、鍾本、張本、後印本、正本、清刻本、徐本、影刊本、王輯本、《唐宋人選唐宋詞》本《花間集》作「泥人」。四印齋本、全本、林大椿《唐五代詞》作「泥人」。微斂：湯本、合璧本作「微欲」。

【箋注】

〔一〕蟾明：月明。

〔二〕夢牽情役：爲夢所牽繫，情所役使。唐齊己《酬元員外見寄八韻》：「舊隱夢牽仍，歸心只似蒸。」

〔三〕詎人：即泥人。參見卷五歐陽炯《浣溪沙》「天碧羅衣拂地垂」注〔四〕。

【疏解】

此首秋日懷人，轉換角度，寫男子對女子的思念。春女善懷，秋士易感，「露白蟾明」的物色，容易引動男子心中的感懷。「佳期幽會」兩無著落的境況，使男子「夢牽情役」，不知何日是了時，還要繼續承受漫長痛苦的期盼的熬煎。或曰上片「追憶昔日兩情相悦的纏綿」，非是。上片實寫男子現實感懷。下片轉入回憶，寫女子黛眉微斂、無言倚樓的「泥人」之態，最是韻致纏綿，楚楚動人。「記得」二字鄭重强調，見出記憶的深刻鮮明，難以磨滅。結句直抒舊事縈心、難以忘懷的惆悵之情。

【集評】

鍾本評語：顧敻《浣溪沙》八首，正如李勣治兵，曾未大敗，亦無大勝。

湯顯祖評《花間集》卷三：此公遺調，動必數章。雖中間鋪叙成文，不如人之句雕字琢，而了無窮措大酸氣，即使瑜瑕不掩，自是大家。

蕭繼宗《評點校注花間集》：「斂黛」、「泥人」，宜嗔宜笑，意態生動，其餘各句則尋常語耳。

酒泉子

楊柳舞風〔一〕。輕惹春煙殘雨。杏花愁，鶯正語。畫樓東。　錦屏寂寞思無窮。還是不知消息。鏡塵生①〔二〕，珠淚滴②。損儀容。

【校　記】

① 鏡：晁本、影刊本缺末筆。生：紫芝本、吴鈔本作「住」。

② 珠淚：四印齋本、王輯本、林大椿《唐五代詞》作「淚珠」。

【箋　注】

〔一〕舞風：在風中飄舞。唐崔櫓《和友人題僧院薔薇花》三首之一：「爭那寂寥埋草暗，不勝惆悵舞風斜。」

〔三〕鏡塵生：言妝鏡閑置而蒙塵。隋薛道衡《豫章行》：「照骨金環誰用許，見膽明鏡自生塵。」

【疏　解】

詞寫春怨。上片描寫楊柳、東風、煙雨、杏花、鶯語等春日麗景，喚起并烘染思婦愁怨之情。「畫樓東」三字，爲下片人物出場提供環境，「畫樓」即下片所寫思婦居所。下片抒情。「錦屏」承接「畫樓」，乃思婦閨幃之内的擺設。「還是」句交待閨中寂寞、春思無窮的原因。「鏡塵生」寫思婦無心梳妝，「珠淚滴」寫思婦愁怨感傷，「損儀容」寫思婦因相思而容顔憔悴。

【集　評】

蕭繼宗《評點校注花間集》：「儀容」二字似腐，著一「損」字，轉新。

其　二

羅帶縷金〔一〕。蘭麝煙凝魂斷〔二〕。畫屏欹，雲鬢亂。恨難任。　幾迴垂淚滴鴛衾。薄情何處去〔三〕。月臨窗①，花滿樹。信沉沉〔四〕。

【校　記】

①月：鄂本、紫芝本、吴鈔本、四印齋本作「登」。毛本、正本、清刻本小注：「『月』一作『燈』。」

【箋　注】

〔一〕羅帶縷金：以金絲爲飾之羅帶。縷金：金絲。華鍾彦《花間集注》曰：「縷金，猶金縷也。」多指以金絲爲飾。宋陶穀《清異録·北苑妝》：「江南晚季，建陽進茶油花子，大小形製各别，極可愛，宫嬪縷金於面，皆以淡妝，以此花餅施於額上，時號『北苑妝』。」《宋史·職官志》三：「滴粉縷金花大犀軸。」

〔二〕煙凝：即凝煙，煙霧濃密。南朝宋劉鑠《歌詩》：「凝煙汎城闕，淒風入軒房。」唐太宗《祀北岳恒山文》：「疊嶂參差，凝煙含翠。」此指蘭麝香煙。

〔三〕薄情：指薄情人。唐崔道融《長門怨》：「錯把黄金買詞賦，相如自是薄情人。」

〔四〕信沉沉：參見卷四張泌《女冠子》「露花煙草」注〔六〕。

【疏　解】

詞寫春怨，結構與前首不同。前首上片寫景，下片抒情，遵循雙調詞上下片的分工。此首相反，上片先從思婦形象切入，起句「羅帶縷金」，是一個特寫鏡頭，推出年輕女子之華飾，印象鮮明强烈。「蘭麝煙凝」四字，暗示一種沉寂的氣氛。「畫屏倚」寫思婦的無聊慵懶動作，「雲鬟亂」寫思婦無心妝扮的儀容，即「自伯之東，首如飛蓬」之意。「魂斷」、「恨難任」揭示思婦的情感狀態，用字下語極重，見其不堪之情狀。過片寫思婦難以承受情感的折磨，幾回傷心落淚。「薄情」句點出原因，語含責怨。「月臨窗，花滿樹」二句寫芳春花月之景，交待時間和季節，以樂景襯哀情。結以「信沉沉」，與「何處去」呼應，則蕩子不僅行蹤無定，且音信全無，詞中思婦實際上已被遺忘、遺棄，所以才會有「恨難任」、「魂斷」的極度痛苦之感。

【集評】

鍾本評語：「月臨窗，花滿樹。信沉沉。」三言新綺，有江鮑風流。

蕭繼宗《評點校注花間集》：結尾三句，雖亦尋常，尚饒意境。「何處去」，語意已足，故結以「信沉沉」三字。若謂「何處去登臨」，則大可笑。既不知其去「何處」，又何能必其爲「登臨」耶？只因「月臨窗」句，印本缺斷，而「臨」字適與「衾」、「沉」同韻，妄人隨意增入「登」字爲句耳。

其三①

小檻日斜。風度緑窗人悄悄〔一〕。翠幃閑掩舞雙鸞②〔二〕。舊香寒〔三〕。別來情緒轉難拚③〔四〕。韶顏看却老〔五〕。依稀粉上有啼痕④。暗銷魂。

【校記】

①《歷代詩餘》調下注曰「又一體」。

②雙鸞：王輯本作「孤鸞」。

③難：王輯本無「難」字。拚：鄂本、吴鈔本、陸本、茅本、玄本、湯本、合璧本、鍾本、毛本、後印本、正本、四庫本、清刻本、徐本、四印齋本、影刊本、全本、《歷代詩餘》、王輯本、林大椿《唐五代詞》作「判」，紫芝本作「看」，雪本作「堪」。《唐宋人選唐宋詞》本《花間集》作「拚」。

④依稀：晁本、陸本、茅本、玄本、徐本、影刊本作「依俙」。

【箋注】

〔一〕風度：風吹過。唐田娥《寄遠》：「淚流紅粉薄，風度羅衣輕。」

〔二〕舞雙鸞：言帳幃上的舞鸞圖案。

〔三〕舊香：即宿香。唐温庭筠《三洲歌》：「門前有路輕離別，惟恐歸來舊香滅。」

〔四〕難拚：難以捨棄。唐李茂復《自歎》：「落日西山近一竿，世間恩愛極難拚。」

〔五〕看却老：看又老。唐杜荀鶴《途中春》：「一生看卻老，五字未逢知。」

【疏　解】

詞寫春閨愁思。起二句寫日暮之景，渲染寂靜的氣氛。「小檻」、「緑窗」的居處環境意象，女性化色彩明顯。由「小檻」而「緑窗」而「翠幃」，層次井然，「閑掩」回應「人悄悄」，筆法細緻。「雙鸞」是帷幕上的圖案，對思婦是某種暗示和反襯。「舊香」已滅而不新燃，正見其情緒的低落。換頭直寫「别來情緒」難以忘卻，把人折磨得韶顔漸老。這裏的「人老」與起句的「日斜」呼應。結以粉面啼痕的銷魂之狀，把人物的内心痛苦形象地呈示出來，可見可感。

【集　評】

蕭繼宗《評點校注花間集》：略無新意。「别來」句「轉」字，尤悖。

其　四①

黛薄紅深〔一〕。約掠緑鬟雲膩〔二〕。小鴛鴦，金翡翠〔三〕。稱人心②〔四〕。　錦鱗無處傳幽意〔五〕。海燕蘭堂春又去③〔六〕。隔年書〔七〕，千點淚④。恨難任。

【校　記】

①《歷代詩餘》調下注曰「又一體」。

②稱：吴鈔本作「穪」。

③去：《詞譜》、《歷代詩餘》作「至」。

④千點：吴鈔本作「一點」。

【箋　注】

〔一〕黛：眉黛。紅：胭脂。

〔二〕約掠：梳攏。

〔三〕小鴛鴦，金翡翠：皆釵鈿首飾也。

〔四〕稱人心：因鴛鴦翡翠皆成雙對，故覺稱心。陶潛《時運》：「人亦有言，稱心易足。」

〔五〕錦鱗：傳書之魚。唐杜牧《春思》：「綿羽啼來久，錦鱗書未傳。」幽意：幽深的思緒。南朝梁江淹《燈夜和殷長史》：「客子依永夜，寂寞幽意長。」

〔六〕蘭堂：芳潔的廳堂。用爲廳堂之美稱。《漢書·禮樂志》：「神之出，排玉房，周流雜，拔蘭堂。」《文選·張衡〈南都賦〉》：「揖讓而升，宴於蘭堂。」吕延濟注：「蘭者，取其芬芳也。」唐許渾《卧病寄諸公》：「飛蓋集蘭堂，清歌遞柏觴。」

〔七〕隔年書：去年的書信。唐羅鄴《途中寄友人》：「相見或因中夜夢，寄來多是隔年書。」

【疏　解】

詞寫閨怨。上片寫女子的美好儀容裝飾。起二句寫女子淺描的黛眉、塗脂的臉頰和潤澤的髮鬢，表明晨起梳妝的女子容顔之美。接三句由「雲鬟」寫及首飾，鴛鴦、翡翠指首飾的形狀，「稱人心」二層意思：一者飾物精美，二者皆成雙對，所以女子感覺稱心滿意。但也由此首飾的形制，興起女子的孤寂之感和懷人之情。下片即抒女子怨情。她的心意無處傳寄，説明男子遊踪不定，久無消息。「海燕」句寫春又歸去，見出女子傷春復傷别，又在相思、等待中虚度了一春大好時光。於是她又一次翻出男子去年的來信展讀，以爲慰藉，但觸起的是無限傷心，「千點淚，恨難任」，詞意悲苦。

【集　評】

蕭繼宗《評點校注花間集》：兩結各三句，一喜一恨，小有可取，但對照點明，遂無餘味。

其五

掩却菱花〔一〕，收拾翠鈿休上面。金蟲玉燕瑣香奩①〔二〕。恨猒猒②〔三〕。　雲鬟半墜懶重篸〔四〕。淚侵山枕濕，銀燈背帳夢方酣。鴈飛南。

【校記】

①金蟲句：蟲：四印齋本作「虫」。瑣：鄂本、毛本、後印本、正本、四庫本、清刻本、四印齋本、全本、《歷代詩餘》、王輯本、林大椿《唐五代詞》、《唐宋人選唐宋詞》本《花間集》作「鎖」。

②猒猒：紫芝本、吴鈔本、玄本、湯評本、合璧本、鍾本、正本、清刻本、全本、《歷代詩餘》、林大椿《唐五代詞》、《唐宋人選唐宋詞》本《花間集》作「厭厭」。王輯本作「懨懨」。

【箋注】

〔一〕掩却二句：言掩鏡收鈿，無心妝扮。休上面：不畫面妝，不戴首飾。

〔二〕金蟲玉燕：皆首飾。金蟲：婦女首飾。以黄金製成蟲形，故稱。南朝梁吴均《和蕭洗馬子顯古意》之一："蓮花銜青雀，寶粟鈿金蟲。"唐李賀《惱公》："陂陀梳碧鳳，腰裊帶金蟲。"宋宋祁《益部方物略記》："以金作蝴蝶、蜻蜓等物形而綴之釵上者。"一說，昆蟲名。蟲可用爲首飾。宋王琦匯解："金蟲，出利州山中，蜂體緑色，光若金星，里人取以佐婦釵鐶之飾云。"清孫錦標《通俗常言疏證·動物》："《通訓》：『按蘇俗謂之金鳥蟲，長寸許，金碧熒然，婦人以爲首飾。』按：江北但謂之金蟲。"玉燕：即玉燕釵。《洞冥記》卷二："神女留玉釵以贈帝，帝以賜趙婕妤。至昭帝元鳳中，宮人猶見此釵。黄諃欲之。明日示之，既發匣，有白燕飛昇天。後宮人學作此釵，因名玉燕釵，言吉祥也。"唐李白《白頭吟》："頭上玉燕釵，是妾嫁時物。"又，南朝梁任昉《述異記》卷上："闔閭夫人墓中……漆燈照爛，如日月焉。尤異者，金蠶玉燕各千餘雙。"唐韓偓《春悶偶成》："醉後金蟬重，歡餘玉燕攲。"香奩：盛放香粉、鏡子等物的匣子。南朝陳徐陵《〈玉臺新詠〉序》："猗歟彤管，麗矣香奩。"。

〔三〕猒猒：即懨懨。精神萎靡貌，亦用以形容病態。唐劉兼《春晝醉眠》："處處落花春寂寂，時時中酒病懨懨。"

〔四〕重篸：重新插戴。唐張謂《送韋侍御赴上都》："更謁麒麟殿，重簪獬豸冠。"

【疏解】

詞寫閨怨。與前首上片寫思婦精心妝扮不同，此詞一起即寫女子"掩卻菱花"、"收拾翠鈿"，無心妝飾的慵懶萎靡之態。她索性把「金蟲玉燕」等首飾一股腦鎖入妝奩，心裏充滿了愁怨之情。過片承上，通過描寫她的髮鬟不整，繼續表現其慵懶萎靡的「懨懨」之狀。「淚侵」以致「枕濕」，既見其傷心之甚，又説明她懶卧不起。「銀燈」句寫女子入夢，可知女子從朝到暮，在「懨懨」的心情中又挨度了一天。「夢」字微逗其「恨懨懨」的原因，但並未説破，讓讀者去意會。此詞表情含蓄，較有特色。

【集評】

蕭繼宗《評點校注花間集》：首兩句不起韻，「濕」字亦不叶。終覺不足。兹于「燕」字分句，以叶「面」字，亦嫌勉强。《酒泉子》體式甚繁。以其韻叶參錯，字數亦不齊一，時有出入耳。

其　六①

水碧風清，入檻細香紅藕膩〔一〕。謝娘斂翠恨無涯②。小屏斜。　堪憎蕩子不還家③。謾留羅帶結〔二〕，帳深枕膩炷沉煙④。負當年。

【校記】

①《歷代詩餘》調下注曰「又一體」。

②謝娘句：陸本斷作「謝娘斂翠。恨無涯」。

③堪憎蕩子：《詞譜》作「堪傷遊子」。憎：紫芝本、吴鈔本作「憐」；王輯本作「增」，誤。

④帳深句：陸本斷作「帳深枕膩、炷沉煙」。

【箋注】

〔一〕細香：微細的香氣。唐李山甫《曲江二首》之二：「蜂憐杏蕊細香落，鶯墜柳條濃翠低。」

〔二〕謾：同漫，空也。或謂詭詐也。《漢書·灌夫傳》注：「師古曰：『謾，猶詭也。詐爲好言也。』」羅帶結：即同心結也。古時男女以結羅帶表同心之意。

【疏解】

詞寫閨怨。起二句寫水碧風清、紅藕香細的初秋景色，風送藕香「入檻」，將檻外景與檻内人聯結起來。接寫檻内屏中的女子，「斂翠」的面部表情，是一個訴愁傳恨的細節特寫。「無涯」見其愁恨之多。過片直抒對「不還家」的「蕩子」的憎恨之情，解釋上片「斂翠恨無涯」的原因。

「羅帶結」是昔日愛情的見證，因蕩子不歸，故覺虛有此物。焚香懶卧的女子，深感男子辜負了當年的深情。此詞抒情較直露。

【集評】

況周頤云：翠眉但言「翠」，此僅見。（《花間集評注》引）

蕭繼宗《評點校注花間集》：以「結」讀「髻」，叶「膩」，與第四首以「去」讀「氣」叶「膩」；又此首兩用「膩」字，若無訛文，均是敗筆。

其七

黛怨紅羞〔一〕。掩映畫堂春欲暮①〔二〕。殘花微雨隔青樓〔三〕。思悠悠〔四〕。芳菲時節看將度〔五〕。寂寞無人還獨語。畫羅襦②，香粉汙。不勝愁。

【校記】

① 畫：湯墨本皆作「画」。暮：毛本、四庫本作「莫」。

②襦：陸本、茅本、玄本、湯本、合璧本、鍾本、張本、徐本、影刊本、王輯本作「濡」。

【箋注】

〔一〕黛怨紅羞：眉黛含怨，面頰羞紅。

〔二〕掩映：謂或遮或露，時隱時現。唐白居易《夜泛陽塢入明月灣即事寄崔湖州》：「掩映橘林千點火，泓澄潭水一盆油。」

〔三〕青樓：豪華精緻的樓房。三國魏曹植《美女篇》：「青樓臨大路，高門結重關。」

〔四〕思悠悠：思念深長。《詩經·鄭風·子衿》：「青青子佩，悠悠我思。」唐白居易《長相思》：「思悠悠，恨悠悠。恨到歸時方始休。」

〔五〕芳菲時節：指春天。看將度：眼看即將過去。

【疏解】

詞寫春怨。一起先寫女子眉含愁怨、臉暈羞紅的情態，接寫居處環境與暮春季節。「殘花微雨」的暮春之景，觸發女子惜春懷人的幽渺之思。過片寫女子的惜春心理，實乃自惜良時虚度。「無人自語」是傳神的細節，足見其寂寞不堪的自解、掙扎之狀。結三句通過描寫羅襦之上的淚漬粉污，進一步抒發其不勝愁怨之情。顧敻七首《酒泉子》，皆寫閨中女子怨思，合而觀之，確有「意少詞多」之感。

【集　評】

陳廷焯《雲韶集》卷一：填詞平仄斷句自是定數，而詞人語意所到，時有參差。古詩亦有此法，而詞中尤多。即此詞中字之多少，句之長短，更換不一，豈專恃歌者上下縱横取協耶？此本無關大數，然亦不可不知，故爲拈出。

李冰若《花間集評注·栩莊漫記》：顧敻《酒泉子》七首，意少詞多，似温飛卿。

蕭繼宗《評點校注花間集》：初期小令，體式變化，往往甚繁。如《河傳》、《酒泉子》、《訴衷情》之類，語句參差，不易董理。然每調各有其調風，别具面目，如《河傳》之不得混爲《酒泉子》，《酒泉子》之不得誤爲《訴衷情》，其理在此。故句式小有異同，原無不可，但不得損及調風。調風一損，韻味即損，其尤甚者，則面目全非矣，不可不知。白雨齋謂爲「無關大數」，非篤論也。

楊柳枝①

秋夜香閨思寂寥②〔一〕。漏迢迢〔二〕。鴛幃羅幌麝煙銷③〔三〕。燭光摇。　正憶玉郎遊蕩去。無尋處。更聞簾外雨蕭蕭④〔四〕。滴芭蕉。

【校　記】

①《詞譜》調名作《添聲楊柳枝》。《歷代詩餘》調下注曰：「又一體，雙調四十字。」全本調下注曰：「即柳枝。」

②秋夜：吴鈔本作「夜雨」，旁校爲「秋夜」。

③幌：吴鈔本作「愰」，誤。煙：《詞譜》作「香」。

④蕭蕭：全本、《歷代詩餘》、王輯本作「瀟瀟」。

【箋　注】

〔一〕寂寥：寂寞，冷落。漢枚乘《柳賦》：「瑲瑝啾唧，蕭條寂寥。」南朝宋謝靈運《君子有所思行》：「寂寥曲肱子，瓢飲療朝饑。」

〔二〕迢迢：言漏聲悠長。唐韓偓《有憶》：「晝漏迢迢夜漏遲，傾城消息杳無期。」

〔三〕銷：燃盡。

〔四〕蕭蕭：雨聲。唐魚玄機《賦得江邊柳》：「蕭蕭風雨夜，驚夢復添愁。」

【疏　解】

詞寫秋夜閨思。上片一起點明題旨，然後以動襯静，用迢遞不盡的漏聲和摇曳晃動的燭影，來烘染秋閨寂寥氛圍。下片交待寂寥的原因，是遊蕩的「玉郎」無處尋覓。「正憶」寫女子思念「玉郎」的沉浸投入，「更聞」則是對「正憶」的驚覺和唤醒。結句的雨滴芭蕉聲回應起句的迢迢漏聲，更加襯托出秋閨的寂寥凄冷之感。此詞藝術上有兩點值得稱道：一是詞的句式，均爲上「七」下「三」結構，對人物心理情感有一種特殊的擊打般的節奏效果；二是以動襯静，以有聲寫無聲，尤其是雨打芭蕉的結句，與温庭筠《更漏子》的「梧桐樹，三更雨，不道離情正苦。一葉葉，一聲聲，空階滴到明」所寫，意味相似，抒情效果良好。

【集評】

陳廷焯《雲韶集》卷一：凄涼情況，而香山「暮雨瀟瀟郎不歸」意也。

俞陛雲《唐五代兩宋詞選釋》：（與《醉公子》）意境相似。《楊柳枝》「鴛帷」二句與《醉公子》之「小山屏」二句皆言室内孤凄之況，《楊柳枝》之「簾外芭蕉」句與《醉公子》之「衰柳蟬聲」句皆言室外蕭瑟之音。兩詞皆在説明玉郎一去，相逢之難，其本意亦同。

蕭繼宗《評點校注花間集》：三字四句，可有可無。「滴芭蕉」三字，從「雨」字引出，尚有意致。「無尋處」三字，補足「去」字，便覺無味。香山「來如春夢不多時，去似秋雲無覓處」，「無覓處」三字與此「無尋處」三字，大有仙凡之别。

遐方怨①

簾影細，簟紋平②。象紗籠玉指〔一〕，縷金羅扇輕③〔二〕。嫩紅雙臉似花明④。兩條眉黛遠山橫。

鳳簫歇〔三〕，鏡塵生⑤。遼塞音書絶〔四〕，夢魂長暗驚。玉郎經歲負娉婷〔五〕。教人爭不恨無情⑥。

【校　記】

①《歷代詩餘》調下注曰：「又一體，雙調六十字。孫光憲一首（按指「紅綬帶」），第五句向遺一字。」

②紋：全本作「文」。

③縷：《歷代詩餘》作「鏤」。

④嫩：鄂本模糊不清。《詞律》作「嫨」。

⑤鏡：晁本、影刊本缺末筆。

⑥爭不：《詞律》作「怎不」。

【箋　注】

〔一〕象紗：一種薄紗。五代和凝《宫詞》：「蘭殿春融自艶笙，玉顔風透象紗明。」玉指：女子手指的美稱。唐徐安貞《聞鄰家理箏》：「曲成虚憶青蛾斂，調急遥憐玉指寒。」

〔二〕羅扇：古紈扇之一種。《杖扇新録》載：以素羅爲之，形如滿月，亦有腰圓、六角諸式，以絨線繡人物、花果，精細如畫。唐劉禹錫《浙西李大夫述夢四十韻並浙東元相公酬和斐然繼聲》：「宛轉傾羅扇，迴旋墮玉搔。」

〔三〕鳳簫：排簫，管樂器名。漢應劭《風俗通》：「舜作簫，其形參差，以象鳳翼。十管，長二尺。」《廣雅》：「簫，大者二十四管，小者十六管。」唐沈佺期《鳳簫曲》：「昔時嬴女厭世紛，學吹鳳簫乘彩雲。」此指簫聲。

〔四〕遼塞：猶遼陽，代指邊塞征戍之地。參見卷二温庭筠《訴衷情》「鶯語」注〔八〕。

〔五〕娉婷：姿態美好貌。漢辛延年《羽林郎》：「不意金吾子，娉婷過我廬。」代指美人，佳人。唐喬知之《緑珠篇》：「石家金谷重新聲，明珠十斛買娉婷。」

【疏　解】

詞寫閨怨。因無景物描寫，詞中季節不明，但從「雙臉如花明」的比喻，或可推知所寫爲春閨怨思。上片由服用描寫及於人物，刻畫女子臉如嬌花、眉如遠山的容貌之美。下片寫她的怨思。先寫其無心娛樂和妝梳。「遼塞音書絶」一句是詞中關鍵所在，交待女子怨思的原因。「遼塞」二字，也透漏了「玉郎」的身份是戍邊的征人，和一般的遊踪無定者不同。這樣，「夢魂長暗驚」一句所寫，就不是一般的驚夢，而是對身處戰地的「玉郎」更多的牽掛和擔憂。結二句寫男子離家經年，女子感歎他辜負了自己美好的年華和容貌，使自己韶顔空老，心裏因而抑制不住地生出對「玉郎」的責怨之情。但如上分析，因「玉郎」是戍邊征人，没有歸家的自由，所以他的「無情」，並非主觀的原因，而女子只是站在性别的立場加以責備，似乎不甚深明大義。當然，《花間》艷詞偶用「遼塞」，也許僅是隨手拈來指代遥遠的地方，並不表明「玉郎」有何特殊身份。作爲讀者，似乎不必如此認真。

【集　評】

湯顯祖評《花間集》卷三：亦選體中句法。

李冰若《花間集評注·栩莊漫記》：鋪飾麗字，羌無情致。

蕭繼宗《評點校注花間集》：正所謂語多意少者。

獻衷心①

繡鴛鴦帳暖②〔一〕，畫孔雀屏欹。人悄悄，月明時。想昔年歡笑③，恨今日分離。銀釭背④〔二〕，銅漏永〔三〕，阻佳期。小爐煙細⑤，虚閣簾垂〔四〕。幾多心事〔五〕，暗地思惟⑥〔六〕。

被嬌娥牽役⑦〔七〕，魂夢如癡。金閨裏，山枕上⑧，始應知。

【校　記】

①《歷代詩餘》調下注曰：「又一體，雙調六十九字。」王兆鵬《唐宋詞彙評·唐五代卷》調作《獻忠心》。

②暖：王輯本作「冷」。

③歡：晁本、陸本、紫芝本、吴鈔本、茅本、張本、四印齋本、影刊本作「懽」。

④釭：紫芝本、吴鈔本、玄本、雪本、湯評本、毛本、正本、四庫本、清刻本、林大椿《唐五代詞》作「缸」。

⑤爐：四印齋本、林大椿《唐五代詞》作「樓」。

⑥暗地：《花草粹編》作「暗」。思：王輯本無「思」字。

⑦役：紫芝本、吴鈔本作「殺」。

⑧山枕：鄂本作「小枕」。

【箋　注】

〔一〕繡鴛鴦二句：鴛鴦帳：繡有鴛紋的帳幃。唐杜牧《送人》：「鴛鴦帳裏暖芙蓉，低泣關山幾萬重。」，孔雀屏：繪有孔雀的屏風。唐杜甫《李監宅二首》其一：「屏開金孔雀，褥隱繡芙蓉。」

欹：傾斜。

〔二〕銀釭：亦作「銀缸」，銀白色的燈盞、燭臺。南朝梁蕭繹《草名》：「金錢買含笑，銀釭影梳頭。」

〔三〕銅漏永：言銅漏壺中的水没完没了地滴落。

〔四〕虚閣：唐李中《思九江故居》三首之二：「虚閣静眠聽遠浪，扁舟閑上泛殘陽。」此猶言空閨。

〔五〕幾多：幾許。唐王維《歎白髮》：「一生幾許傷心事，不向空門何處銷。」

〔六〕思惟：思量。《漢書・張湯傳》：「使專精神，憂念天下，思惟得失。」

〔七〕嬌娥：美貌女子。《敦煌曲子詞・鳳歸雲》：「幸因今日，得覩嬌娥。眉如初月，目引横波。」

牽役：謂心情被牽動而不能自主。近人張相《詩詞曲語辭匯釋》卷二：「役，猶牽也。……蓋役與牽本同義也。」唐張九齡《使還都湘東作》：「牽役而無悔，坐愁只自怡。」

【疏　解】

顧敻詞多寫相思閨怨，詞意頗多重複，此作轉换角度，「從男方立言，是一特點」（華鍾彦《花間集注》）。但從上片看，似是描寫女子月夜憶昔感今、難以成眠的離别相思之情。「鴛鴦帳」、

「孔雀屏」、「銀釭」、「銅漏」等居室服用意象，女性色彩明顯。下片「被嬌娥牽役」句，説明因「幾多心事，暗地思維」而「夢魂如癡」者，是陷入情網的男子。但「小鑪」、「虚閣」二句所寫，又似閨幃之内。結三句，應是雙寫男女深夜思念對方的情感和心理。如此解析全詞，顯然又非全從男子角度表現。至於詞藝，李調元《雨村詞話》卷一指出起二句乃「詞中折腰句法」，中間應逗開，上下句實爲一句。湯顯祖評《花間集》卷三則認爲此詞「頗無佳句，但開曲藻濫觴耳。昔人謂詩情不似曲情多，其流之弊，唐人已先作俑」。可供鑒賞評騭時參考。

【集　評】

湯顯祖評《花間集》卷三：頗無佳句，但開曲藻濫觴耳。昔人謂詩情不似曲情多，其流之弊，唐人已先作俑。

李調元《雨村詞話》卷一：顧敻《獻忠情》詞：「繡鴛鴦帳暖，畫孔雀屏欹。」此詞中折腰句法也，今作譜並斷爲句，非。

華鍾彦《花間集注》卷七：此詞從男方立言，是一特點。

蕭繼宗《評點校注花間集》：似此之作，湯評謂曲藻濫觴。實則初期之詞，正是此等。迨文人染指，境界始漸次提高耳。試讀《雲謡》曲子，與此臭味正同。

應天長①

瑟瑟羅裙金線縷〔一〕。輕透鵝黄香畫袴②〔二〕。垂交帶〔三〕。盤鸚鵡〔四〕。裊裊翠翹移玉步③〔五〕。　背人匀檀注④。慢轉横波偷覷⑤〔六〕。斂黛春情暗許〔七〕。倚屏慵不語〔八〕。

【校　記】

①《歷代詩餘》調下注曰：「又一體，雙調四十九字。」

②鵝：吴鈔本作「鵞」，誤。袴：王輯本作「誇」。

③裊裊：從陸本。晁本作「裊」，後空半格，似是表重疊。雪本作「裊」。玄本、鍾本作「褭褭」。全本作「嫋嫋」。

④注：鄂本、毛本、後印本、正本、四庫本、清刻本、徐本、四印齋本、林大椿《唐五代詞》作「炷」。

⑤慢：王輯本作「漫」。横波：全本作「嬌波」。四印齋本作「撗波」。覷：吴鈔本作「覰」。

【箋　注】

〔一〕瑟瑟：指碧緑色。唐韋莊《乞彩箋歌》：「留得溪頭瑟瑟波，潑成紙上猩猩色。」或謂指羅裙金線的窸窣聲。

〔二〕畫袴：綵褲。唐王建《宫詞》：「金吾除夜進儺名，畫袴朱衣四隊行。」

〔三〕交帶：交結的衣帶。

〔四〕盤鸚鵡：衣帶上所繡的鸚鵡花紋。

〔五〕翠翹：狀似翠鳥尾上長羽的釵飾。唐韋應物《長安道》：「麗人綺閣情飄飖，頭上鴛釵雙翠翹。」玉步：女子的行步。南朝梁費昶《華光省中夜聞城外擣衣》：「金波正容與，玉步依砧杵。」

〔六〕偷覷：偷看。唐王建《宫詞》：「上得青花龍尾道，側身偷覷正南山。」

〔七〕春情：男女戀情。唐張琰《春詞》：「春情不可耐，愁殺閨中婦。」

〔八〕慵不語：唐韋莊《秦婦吟》：「斜開鸞鏡懶梳頭，閑憑雕欄慵不語。」

【疏　解】

詞寫女子春情。上片描寫女子華麗的妝飾和裊娜的儀態。下片抓住女子的幾個細節，摹態傳神，頗爲生動。她偷匀檀注，暗送秋波，微蹙的眉黛透漏隱秘的心事，倚屏不語更覺嬌慵可愛。詞中所寫應是春情萌動的少女，愛美，羞澀，含蓄，正與她的年齡階段相符合。從表現的角度看，此詞亦是眉眼傳情的「目成」模式。

【集　評】

蕭繼宗《評點校注花間集》：雖無深意，情態亦復可人。「斂黛」字與《酒泉子》第六首「斂翠」同，以色代物，如題紅拾翠之類耳。

訴衷情①

香滅簾垂春漏永，整鴛衾。羅帶重。雙鳳②。縷黃金〔一〕。窗外月光臨。沉沉③〔二〕。斷腸無處尋。負春心〔三〕。

【校　記】

① 玄本調作《訴裏情》，誤。

② 雙鳳二句：陸本斷作「雙鳳縷黃金」。

③ 沉沉三句：王輯本作「□沉沉。□斷腸無處尋。□□負春心」。王氏意將此首三十三字體，改爲與下首三十七字體同。按：此首與韋莊「碧沼紅芳煙雨靜」一首同。沉沉：鍾本作「沈

沈」。

【箋注】

〔一〕羅帶三句：言羅帶上有金線繡出的雙鳳圖案。

〔二〕沉沉：夜深寂靜。南朝宋鮑照《代夜坐吟》：「冬夜沉沉夜坐吟，含聲未發已知心。」唐羅隱《秋夜寄進士顧榮》：「秋河耿耿夜沉沉，往事三更盡到心。」

〔三〕春心：男女之間的相思愛慕情懷。南朝梁蕭繹《春別應令》之一：「花朝月夜動春心，誰忍相思不相見？」

【疏解】

詞寫春夜閨思。起二句描寫春夜漏聲中，女子熄滅香燭，垂下簾幕，鋪展牀褥，準備就寢。「羅帶」三句，描寫她的縷金雙鳳圖飾的衣帶，因是金線刺繡，故覺其「重」，下一「重」字，亦透出女子之嬌弱可憐。這三句承上，寫她寬衣解帶就寢的過程。「鴛衾」和「雙鳳羅帶」意象，對女子仍是起到暗示、刺激和反襯作用。「窗外」二句寫月光照臨，夜色沉沉，爲抒情拓展空間背景。結二句直抒春閨怨思，點明題旨。

【集　評】

鍾本評語：香滅簾垂，意甚悄然。

蕭繼宗《評點校注花間集》：全詞骨肉亭勻，音節閒雅。詞至「斷腸無處尋」，文氣可止，但綴以「負春心」三字，娟娟餘音，初非贅響。「斷腸」二字，于文理有虧。《酒泉子》第二首，有「月臨窗」句，一本「月」字作「燈」，試想以「燈」「臨窗」，直是更夫巡夜，是何景色！觀此詞第六句，益證「燈」字之謬矣。

其　二

永夜抛人何處去①〔一〕，絶來音〔二〕。香閣掩②。眉斂③。月將沉。爭忍不相尋④。怨孤衾〔三〕。换我心、爲你心。始知相憶深⑤。

【校　記】

①　永夜：紫芝本、吴鈔本作「夜永」。

②閣：玄本、張本作「閤」。

③眉斂二句：陸本斷爲「眉斂月將沉」。

④不：雪本無此字。

⑤深：吴鈔本作「沉」，誤。

【箋　注】

〔一〕永夜：長夜。《列子·楊朱》：「肆情於傾宫，縱欲於永夜。」南朝宋謝靈運《擬魏太子鄴中集詩八首》之四《徐幹》：「行觴奏悲歌，永夜繼白日。」

〔二〕來音：來信。唐賈島《寄友人》：「同人半年别，一别寂來音。」

〔三〕孤衾：一牀被子。常喻獨宿。南朝梁柳惲《擣衣》：「孤衾引思緒，獨枕愴憂端。」

【疏　解】

詞寫閨怨，乃顧敻名作。一起直寫漫漫長夜，女子責怨男子拋人而去，遊踪不定，音信全無。這男子顯見又是一個顧詞中常見的負心之人。但香閣中愁眉不展、孤寂無依的女子，還是忍不住對這負心之人的深切思念。所以，茅暎《詞的》卷一指出「到底是單相思」。「月將沉」呼應起句「永夜」，表明女子長夜難眠，徹夜相思。結三句膾炙人口，感情强烈，語言質樸，全用白描，直探人心。

此三句「乃人人意中語，卻能説出，所以可貴」（劉永濟《唐五代兩宋詞簡析》），被譽爲「透骨情語」，而風調略近民間俗曲，「爲柳七一派濫觴」（王士禛《花草蒙拾》）。不僅宋人如李之儀《卜算子》「只願君心似我心，定不負相思意」，徐山民《阮郎歸》「妾心移得在君心，方知人恨深」，皆是仿語，「元人小曲」更「往往脱胎於此」（陳廷焯《雲韶集》卷一）。足見名篇佳句影響之深遠。在此需要强調的是，這三句雖是直言質語，但仍復有曲折含蓄，不止如一些論者所樂道的僅是愛之深切强烈的表現，這其中也包含著女子難遏的怨艾之意，正因爲負心男子太無心肝，不知體諒珍惜，所以才需「换心始知」。這種直中有曲的筆法，正是《花間》小詞藝術上的「高處」，讀者於此不可不察。

【集　評】

鍾本評語：「换我心，爲你心。始知相憶深」，爲「天還知道，和天也瘦」作俑。

湯顯祖評《花間集》卷三：要到换心田地，换與他也未必好。

茅暎《詞的》卷一：到底是單相思。

王士禛《花草蒙拾》：顧太尉「换我心，爲你心。始知相憶深」，自是透骨情語。徐山民「妾心移得在君心，方知人恨深」，全襲此。然已爲柳七一派濫觴。

王士禛《五代詩話》卷四引《知本堂讀杜》：杜陵《月夜》詩，明是公憶鄜州之閨中及小兒女，卻代閨中憶己，又分別之曰，某解憶，某不解憶；明是公憶鄜州閨中及小兒女，遂於月下佇立，不覺長久，卻云閨中看月許久，鬟必濕，臂必寒也；明是公憶閨中久立月下而淚不乾，卻云何時偕閨中倚幌雙照淚痕。身在長安，神游鄜州，恍若身亦在鄜州，神馳長安矣。曩讀顧敻《訴衷情》詞云：「換我心，爲你心，始知相憶深。」是此一派神理。

沈雄《古今詞話·詞評》上卷：《蓉城集》曰：「顧太尉《訴衷情》曲：『換我心，爲你心，始知相憶深。』雖爲透骨情語，已開柳七一派。」

吴衡照《蓮子居詞話》卷二：言情以雅爲宗，語豐則意尚巧，意褻則語貴曲。顧敻《訴衷情》云云。……直是傖父脣舌，都乏佳致。

陳廷焯《雲韶集》卷一：元人小曲，往往脱胎於此。

陳廷焯《詞則·閑情集》卷一：末三語嫌近曲。

王闓運《湘綺樓詞選》前編：亦是對面寫照。有嘲有怨，放刁放嬌，詩所謂「無庶予子憎」，正是一種意。

王國維《人間詞話删稿》：詞家多以景寓情。其專主作情詞而絶妙者，如牛嶠之「甘作一生拚，盡君今日歡」，顧敻之「換我心爲你心。始知相憶深」。

劉永濟《唐五代兩宋詞簡析》：此亦閨人怨情之詞。「換我心」三句，乃人人意中語，卻能説出，所以可貴。

俞平伯《唐宋詞選釋》：本篇白描，作情極的説法，仍有含蓄。如本句「爭忍不相尋」，相尋又怎麽樣呢？口氣未完，卻咽住了，得斷續之妙。

唐圭璋《詞學論叢·論詞之作法》：詞自避俗外，尤須避熟。蓋熟亦俗也。予所謂清新者，即不熟。……顧太尉「换我心爲你心。始知相憶深」，固甚新妙，但李之儀云「只願君心似我心，定不負相思意」，徐山民云「妾心移得在君心，方知人恨深」，則皆熟矣。

蕭繼宗《評點校注花間集》：夾叙夾議，一片渾成。「换心」二語，過來人均有同感，但作者爲道出第一人，所以可貴。元人小曲，精彩處往往類此。亦峰之説，頗具眼力。然謂必於此脱胎，則又書生陋見。湯顯祖作深一層想，論情尚可，論文則非。

荷葉盃①

春盡小庭花落。寂寞。凭檻斂雙眉②。忍教成病憶佳期〔一〕。知摩知③〔二〕，知摩知。

【校　記】

①《歷代詩餘》調下注曰：「又一體，單調二十六字。」盃：玄本作「杯」。

②凭：晁本、鄂本、紫芝本、茅本、湯評本、合璧本、毛本、正本、清刻本、徐本、四印齋本、王輯本均作

「凭」。檻：《唐宋人選唐宋詞》本《花間集》作「欄」。

③摩：《詞律》曰：「『摩』字應係『麽』字。設爲問答之辭，當於『知摩』二字略豆。」末二疊各首字句同。

【箋注】

〔一〕佳期：《楚辭·九歌·湘夫人》：「登白薠兮騁望，與佳期兮夕張。」王逸注：「佳謂湘夫人也……與夫人期歆饗之也。」後用以指男女約會的日期。南朝梁武帝《七夕》：「妙會非綺節，佳期乃良年。」

〔二〕知摩知：知不知。《雲謡集》雜曲子《風歸雲》：「錦衣公子見，垂鞭立馬，斷腸知磨。」近人張相《詩詞曲語辭匯釋》卷三：「《花間集》顧敻《荷葉杯》詞：『知摩知。知摩知。』又『愁摩愁。愁摩愁』。同調凡九首，句法皆同，摩字凡十八現。《雲謡集》爲唐人作品，《花間集》爲五代作品，則知唐五代時，隨聲取字，麽、磨、摩皆假其聲爲之，尚未劃一。」

【疏解】

詞寫女子懷人。起句描寫環境和季節，小院春盡，衆芳摇落，興起女子傷春懷人的寂寞之感。「凭檻斂雙眉」一句，描寫女子的動作和表情，總不外排遣和愁怨。后三句刻畫女子的心理，「忍教」二字含有譴責之意，女子因「憶佳期」而「成病」，足見用情深癡，而對方卻不加體恤。「憶佳期」三字可作兩解：一解爲回憶昔日之歡會，一解爲念想重聚之約定，於義皆可。結尾疊句反複，加强語氣，有助於表達女子之急切心情。

【集　評】

湯顯祖評《花間集》卷三：《荷葉杯》又一變法，終是作者負題。

華鍾彦《花間集注》卷七：《詞律》云：「摩字應係麽字。設爲問答之辭，當於『知摩』二字略豆。」是也。以下同此。

蕭繼宗《評點校注花間集》：同調九首，重在結句動詞，故前文均以末一字爲中心。如矢赴的，否則便成浮泛。如此首「春盡」、「寂寞」、「斂眉」、「成病」諸語，無非片面相思之苦，故以「知摩知」一問作結，斯爲中鵠。

其　二①

歌發誰家筵上。寥亮〔一〕。别恨正悠悠。蘭釭背帳月當樓②。愁摩愁。愁摩愁。

【校　記】

①《記紅集》調名作《月當樓》。

②釭：紫芝本、吴鈔本、玄本、毛本、正本、四庫本、清刻本、林大椿《唐五代詞》作「缸」。當：紫芝本、吴鈔本作「嘗」。

【箋　注】

〔一〕寥亮：清越響亮。後多作「嘹亮」。晉向秀《〈思舊賦〉序》：「鄰人有吹笛者，發聲寥亮。」唐鄭綮《開天傳信記》：「吾昨夜夢游月宫，諸仙娱予以上清之樂，寥亮清越，殆非人間所聞也。」

【疏　解】

詞寫女子别恨。起句所寫不知誰家宴席上響起的嘹亮歌聲，當是正被悠悠别恨折磨著的女子耳中所聞，幾家歡樂幾家愁，人家的熱鬧正襯出自家的孤寂。「蘭釭背帳」四字，寫室内燈燭置於牀帳後面，説明女子已經就寢；「月當樓」三字轉寫室外，當是室内燈燭遮光，女子已寢未眠時隔窗所見。皎潔的月色和嘹亮的歌聲，都是撩動女子愁恨之物。此境也此情，其愁也難耐，故有結尾「愁摩愁，愁摩愁」的反複重疊。或謂詞寫别筵離恨，恐不確，「誰家」二字是聽聞猜測語氣，如是當事人，當不如此措語。

【集　評】

鍾本評語：王百穀詩「誰家笛裏月當樓」，此則聞「歌發誰家」，意景相似。

蕭繼宗《評點校注花間集》：此首以「愁」字爲結，但首句卻從「歌發誰家筵上」起筆，正以歡合引入悲離，反襯鮮明，加深「愁」字程度。

其　三

弱柳好花盡拆①〔一〕。晴陌〔二〕。陌上少年郎。滿身蘭麝撲人香。狂摩狂〔三〕。狂摩狂。

【校　記】

① 拆：吴鈔本、湯本、合璧本、王輯本、林大椿《唐五代詞》作「折」。

【箋　注】

〔一〕弱柳：柳條柔弱，故稱弱柳。南朝陳張正見《賦得垂柳映斜溪》：「千仞青溪險，三陽弱柳垂。」坼：同「拆」。《詩經·大雅·生民》：「不坼不副，無菑無害。」朱熹《詩集傳》：「坼、副，皆裂也。」此謂花柳芽苞綻開。

〔二〕晴陌：晴日的郊野道路。唐孫魴《柳》：「影繁晴陌上，煙重古城隅。」

〔三〕狂：輕狂放縱，倜儻灑脱。

【疏　解】

詞寫遊春少年狂態，所采視角爲春情初萌的少女，透過少女的眼光，來觀察遊春少年的形狀。起句描寫芳春艷景，含有興意，季節與人情正有著深刻的對應。「晴陌」是少女猝遇少年的地方，他們當然都是來到晴日郊野遊春賞景的，有著同樣的年紀，同樣的情懷，同樣既朦朧又明確的期待。「陌上少年郎」一句特寫定格，驀然間已佔據少女的全部視線，引起了少女的特別關注。所以才有「滿身蘭麝撲人香」的嗅覺感知，鬱烈的香氣更刺激少女莫名的好奇心理。少女眼中，那燻香少年的舉止，竟然是如此的狂縱不羈。揣想其時情形，少年當也已注意到少女的存在，秖不過佯作不睬罷了，映入少女眼簾的種種狂恣，未始不是少年故意或下意識的表演，目的當然是爲了引起少女更强烈的關注。此詞所寫，與韋莊《思帝鄉》前半近似。詞中的「狂」，與韋詞的「足風流」同義，都是形容「陌上少年」的倜儻舉止，而非如有的論者所説的寫少女春情激蕩。

【集　評】

蕭繼宗《評點校注花間集》：紈綺少年，油頭粉面，「狂」態可掬。全文一氣，似直率而饒餘味。「滿身」句，視「指點銀瓶索酒嘗」者，尤爲佻薄，若無「狂」字作結，便是膚淺。

其　四

記得那時相見①。膽顫②〔一〕。鬢亂四肢柔③。泥人無語不擡頭〔二〕。羞麼羞。羞麼羞。

【校　記】

①那：吴鈔本作「郡」，誤。

②顫：鄂本、毛本、後印本、正本、四庫本、清刻本、四印齋本、全本、王輯本、林大椿《唐五代詞》作「戰」。

③肢：王輯本作「枝」，誤。柔：吴鈔本作「柔」。

【箋　注】

〔一〕膽顫：言因緊張激動而顫栗。

〔三〕泥人：參見卷五歐陽炯《浣溪沙》「天碧羅衣拂地垂」注〔四〕。

【疏　解】

詞寫回憶中的幽會情景。用「記得」二字領起，見其印象殊深。「膽顫」寫出幽會之際興奮緊張的複雜感受。「鬌亂」二句刻畫女子初歡情態，風情萬種的魅惑裏，盡顯少女柔情似水的單純嬌羞。若是過來人，當無此種撩人風韻。結二句複沓，突出少女歡愉羞態。詞筆細膩傳神，湯顯祖評《花間集》卷三稱道其「好形容」，李冰若《栩莊漫記》評曰：「『柔』字入木三分。」至於詞的表現角度，可以理解爲男子的回憶，也可以理解爲少女對初會的咀味。

【集　評】

湯顯祖評《花間集》卷三：好形容。

李冰若《花間集評注·栩莊漫記》：「柔」字入木三分。

蕭繼宗《評點校注花間集》：豔詞。前四句均爲「羞」字作勢，至「不抬頭」三字，已到極處，最後「羞」字自然迸射而出。

其五

夜久歌聲怨咽〔一〕。殘月。菊冷露微微〔二〕。看看濕透縷金衣〔三〕。歸摩歸。歸摩歸。

【箋注】

〔一〕怨咽：哀怨悲咽。南朝宋鮑照《紹古辭》之七：「怨咽對風景，悶瞀守閨闥。」唐白居易《聽竹枝贈李侍御》：「巴童巫女竹枝歌，懊惱何人怨咽多。」

〔二〕微微：猶濛濛。三國魏曹植《誥咎文》：「遂乃沉陰坱圠，甘澤微微，雨我公田，爰暨於私。」晉陶潛《和胡西曹》：「重雲蔽白日，閑雨紛微微。」

〔三〕看看：估量時間之詞。漸漸、眼看著、轉瞬間之意。唐劉禹錫《酬楊侍郎憑見寄》：「看看瓜時欲到，故侯也好歸來。」

【疏解】

詞寫女子月夜懷人。起句從聽覺切入，深夜的幽怨歌聲，是思婦耳聞，也爲全詞抒情定調。「殘月」的景物描寫，回應「夜久」。冷露濕透金縷衣，説明女子徹夜不眠，徘徊庭院。結句重疊，是女子不堪冷露沾衣的自我提醒，但是否歸寢，難以確定。歸寢難以入睡，不歸夜氣濕冷，女子的兩難，正是她備受離情折磨苦況的寫照。或謂詞寫男女通宵幽會不捨的情景，亦可自圓，不過那就是另一番光景和感受了。

【集　評】

蕭繼宗《評點校注花間集》：「歸」字又佳。夜久、月殘、露微、衣透，追歡至於忘返，應歸而竟未歸。結句一問，以見期候之殷。

其　六

我憶君詩最苦①。知否。字字盡關心〔一〕。紅牋寫寄表情深②〔二〕。吟摩吟。吟摩吟。

【校　記】

①君詩：雪本作「君時」。

②寫：陸本、茅本、玄本、湯評本、合璧本、雪本、鍾本、徐本、影刊本、王輯本作「爲」。張本作「爲」，

朱筆校改爲「寫」。

【箋　注】

〔一〕關心：關懷，掛念。唐王維《酬張少府》：「晚年惟好靜，萬事不關心。」

〔二〕紅牋：紅色箋紙。多用以題寫詩詞或作名片等。唐白居易《江樓夜吟元九律詩成三十韻》：「斜行題粉壁，短卷寫紅牋。」五代王仁裕《開元天寶遺事》卷上《風流藪澤》：「長安有平康坊，妓女所居之地，京都俠少，萃集於此。兼每年新進士以紅牋名紙，遊謁其中，時人謂此坊爲風流藪澤。」

【疏　解】

詞寫女子賦詩寄情。起句第一人稱，直寫女子思念離人的詩句情調最是苦澀。「知否」問句提起，强調詩情最苦的原因是字字關心，皆從肺腑流出，非無關疼癢的等閒言語可比。女子將「憶君」之詩寫入紅箋，寄予對方，表達自己的思念深情。結句疑問，表面擔心對方輕忽，實是疑慮對方移情，心理内涵相當曲折複雜。與《花間》詞中常見的以脂粉淚痕、慵懶罷妝、夜深不眠等方式表達相思之情的衆多女子相比，這是一位富有才情的個性化的女子。此詞也因爲女子賦詩寄情的不俗方式，而顯得有些特色。

【集　評】

蕭繼宗《評點校注花間集》：前文亦皆爲一結引叙，「知否」二字，亦一問語，盼其吟味詩中之苦憶深情也。然「吟」字稍欠，竟無他字可代。

其　七

金鴨香濃鴛被。枕膩。小髻簇花鈿〔一〕。腰如細柳臉如蓮。憐摩憐。憐摩憐。

【箋　注】

〔一〕小髻：小巧的髮髻。唐羅虬《比紅兒》：「輕梳小髻號慵來，巧中君心不用媒。」

【疏　解】

此詞兩解，或謂女子自憐嬌美，或謂表寫男女歡會情景，筆觸細膩，情調香豔。前四句仿佛閨房内的一組聯綴鏡頭：金鴨形的薰鑪裏香煙裊裊，牀上鴛被鋪展，牀頭枕函滑膩，小巧的髮髻上飾有花鈿的女子嬌卧繡褥，體態容顔無限嬌美。「腰如」一句，其實就是李商隱詩和周邦彦詞裏都寫到過的「玉體横陳」。詞中展示的這般光景，如是女子自憐，則其嬌憨之狀可想；如是男女歡會，則其香豔程度已是不可言説矣。

【集　評】

蕭繼宗《評點校注花間集》：前文鋪叙，於「憐」字容有未盡。

其　八

曲砌蝶飛煙暖①〔一〕。春半〔二〕。花發柳垂條。花如雙臉柳如腰。嬌摩嬌。嬌摩嬌。

【校　記】

①暖：湯本作「煖」。

【箋　注】

〔一〕曲砌：曲折的臺階。唐李世民《賦得臨池竹》：「貞條障曲砌，翠葉貫寒霜。」

〔三〕春半：謂春季已過半。唐張若虚《春江花月夜》：「昨夜閒潭夢落花，可憐春半不還家。」或謂仲春二月。唐柳宗元《柳州二月》：「宦情羈思共悽悽，春半如秋意轉迷。」

【疏　解】

詞賦女子嬌態。前二句寫仲春之時，院落裏晴煙暖照，臺階旁蝴蝶飛舞。「蝶飛」暗寫花開。「花發柳條垂」繼續描寫仲春院落景物，爲下句喻寫人物鋪墊。「花如雙臉柳如腰」與前首「腰如細柳臉如蓮」的比喻形容相同。結句一疊，可解作自爲問答之辭，也可解作男子的讚歎之辭。

【集　評】

蕭繼宗《評點校注花間集》：全文暢達，但與前首結尾可以互換，是以少遜。

其　九

一去又乖期信〔一〕。春盡。滿院長莓苔〔二〕。手捻裙帶獨徘徊①。來麼來。來麼來。

【校　記】

① 捻：鄂本、毛本、後印本、正本、四庫本、清刻本、四印齋本、全本、林大椿《唐五代詞》作「挼」。紫芝本、陸本、吴鈔本、茅本、玄本、湯本、合璧本、鍾本、張本、徐本、影刊本、王輯本作「拈」。獨：吴鈔本作「猶」，誤。徘徊：全本作「裴回」。

【箋　注】

〔一〕乖：違背。期信：約定的時間。唐駱賓王《代女道士王靈妃贈道士李榮》：「只言柱下留期信，好欲將心學松蕣。」

〔二〕莓苔：青苔。晉孫綽《遊天台山賦》：「踐莓苔之滑石，搏壁立之翠屏。」

【疏　解】

詞寫女子懷人。前二句叙寫男子一去又誤歸期，春天已然虚度。所寫季節與第一首的「春盡」相呼應。接以滿院霉苔的荒涼物景描寫，喻示女子期盼落空的荒涼心境。「手捻裙帶獨徘徊」一句所寫，與「手挼裙帶繞階行」相同。「手捻裙帶」是一個傳神的細節動作，不僅「盡得」女子「嬌癡」之態（湯顯祖評《花間集》卷三），而且見出女子「企懷之深」（俞陛雲《唐五代兩宋詞選釋》)。結以「來麼來」疊句追問，表現女子急切盼歸之殷情。這一組九首《荷葉盃》，可視作聯章體，亦可視爲各自獨立成篇。組詞濃豔之中時見白描筆法，饒有民歌風味，李冰若《栩莊漫記》評云：「顧夐以豔詞擅長，有濃有淡，均極形容之妙。其淋漓真率處，前無古人。如《荷葉杯》九首，已爲後代曲中《一半兒》張本。」組詞結以疊句，仿佛女子「自問自答光景」(玄本眉批)，可謂曲盡情態之妙。這種體式，也引起了明清詞人一再模仿的興趣(張德瀛《詞徵》卷一)。

【集　評】

玄本朱筆眉批：纔是自問自答光景。

湯顯祖評《花間集》卷三：手撚裙帶，盡得嬌癡。

鍾本評語：昔人謂「胡天胡帝」，爲極形容，數闋亦幾近之矣。

卓人月《古今詞統》卷一徐士俊評語：調佳則詞易美，如此數闋，皆人所能言，然曲折之妙，有在詩句外者。

張德瀛《詞徵》卷一：夐所賦九詞，「麽」皆作「摩」。自後仿其體者，明人有小詞二闋，一疊「催麽催」三字，一疊「乾麽乾」三字……曹秋岳詞疊「留麽留」三字，毛大可詞疊「參麽參」三字。

俞陛雲《唐五代兩宋詞選釋》：(「夜久」首)露濕羅衣，見凝盼之久；(末首)手撚裙帶，見企懷之深。而「歸麽歸」、「來麽來」兩句，爲全首傳神之筆。

李冰若《花間集評注·栩莊漫記》：顧敻以豔詞擅長，有濃有淡，均極形容之妙。其淋漓真率處，前無古人。如《荷葉杯》九首，已爲後代曲中《一半兒》張本。

唐圭璋《唐宋詞簡釋》：此首懷人。語極質樸，情極深刻。起叙人去之久，音訊之疏。「春盡」兩句，畫出久荒之庭院。「手捻」句，寫足嬌癡無聊之情態。末兩句，重疊問之，含思淒悲，想見淚隨聲落之概。

唐圭璋《詞學論叢·唐宋兩代蜀詞》：至其《荷葉杯》九首，尤極形容之妙。

蕭繼宗《評點校注花間集》：此首句句爲「來」字著筆。「乖期信」，應來而未來也。「春盡」，從來亦何晚也。「長莓苔」，待來竟不來也。「獨徘徊」，未來而苦待其來也。如此以「來」字作結，遂無虚筆。湯評「盡得嬌癡」，隔靴搔癢。

漁歌子①

曉風清②，幽沼緑〔一〕。倚欄凝望珍禽浴③〔二〕。畫簾垂，翠屏曲。滿袖荷香馥郁④〔三〕。　好攄懷〔四〕，堪寓目〔五〕。身閒心静平生足⑤。酒盃深⑥，光影促⑦〔六〕。名利無心較逐〔七〕。

【校　記】

①《歷代詩餘》調下注曰：「又一體，雙調五十字。」玄本「花間集卷八」至此首終。

②曉風：《歷代詩餘》作「晚風」。

③欄：毛本、後印本、正本、四庫本、清刻本、王輯本、林大椿《唐五代詞》作「闌」。

④荷：吴鈔本作「落」。

⑤足：林大椿《唐五代詞》作「起」。

⑥盃：玄本、鍾本作「杯」。

⑦光影：鍾本作「光景」。吴鈔本作「花影」。

【箋　注】

〔一〕幽沼：深幽的池塘。唐賈島《即事》：「城静高崖樹，漏多幽沼冰。」

〔二〕凝望：注目遠望。南朝梁江淹《步桐臺》：「寂聽積空意，凝望信長懷。」唐元稹《鶯鶯傳》：「正是斷腸凝望際，雲心捧得嫦娥至。」珍禽：珍奇的鳥類。《尚書·旅獒》：「珍禽奇獸，不育於國。」唐李白《賦得鶴送史司馬赴崔相公幕》：「珍禽在羅網，微命若遊絲。」

〔三〕馥郁：香氣濃烈。唐徐光溥《題黄居寀秋山圖》：「曲沼芙蓉香馥郁，長汀蘆荻花蔌蔌。」

〔四〕攄懷：抒發情懷。唐李世民《秋日翠微宫》：「攄懷俗塵外，高眺白雲中。」

〔五〕寓目：猶過目，觀看。《左傳·僖公二十八年》：「子玉使鬭勃請戰，曰：『請與君之士戲，君馮軾而觀之，得臣與寓目焉。』」南朝梁何遜《渡連圻》之二：「寓目皆鄉思，何時見狹斜。」

〔六〕光影促：時光匆促。光影：即光景。日光，光輝。《列子·周穆王》：「光影所照，王目眩不能得視。」唐寒山《詩》之二〇三：「光影騰輝照心地，無有一法當現前。」代指光陰，時光。

〔七〕較逐：計較，追求。或曰即角逐，「較」通「角」。《戰國策·趙策》三：「且王之先帝，駕犀首而驂馬服，以與秦角逐。」唐于濆《秦原覽古》：「耕者戮力地，龍虎曾角逐。」

【疏解】

此首詠懷之作，雖不十分出色，但在滿紙豔情閨怨的顧敻詞中，已是空谷足音。詞係「就題發揮，與張志和《漁歌子》語調近似」（華鍾彦《花間集注》卷七），而失其天然渾樸，高情逸致。上片寫景，營構出幽靜清雅的居處環境，與《漁歌子》多寫自然水景不同，顧詞所寫顯係庭院人工小景，池沼、欄杆、珍禽、畫簾、翠屏等意象，散發出較濃的《花間》氣味。下片抒情，身閒心靜、知足常樂、無心名利數語，雖脱出《花間》豔詞的窠臼，卻近似老生常談的套話，了無新意。倒是「酒杯深，光影促」的「汲汲顧景」之中（李冰若《栩莊漫記》），流露出些許真實感人的生命情調。

【集　評】

李冰若《花間集評注·栩莊漫記》：身閒心静，自不較逐名利矣。詞有汲汲顧景之感。

華鍾彦《花間集注》卷七：就題發揮，與張志和《漁歌子》語調近似。

蕭繼宗《評點校注花間集》：《漁歌子》此體殊不佳，佳作亦罕見。心中猶有功名在，枉道江湖做釣翁，栩莊得之矣。

臨江仙①

碧染長空池似鏡②。倚樓閑望凝情。滿衣紅藕細香清。象床珍簟③〔一〕，山障掩〔二〕，玉琴橫〔三〕。　暗想昔時歡笑事④，如今贏得愁生⑤。博山鑪暖澹煙輕⑥〔四〕。蟬吟人静⑦，殘日傍，小窗明⑧。

【校　記】

①《歷代詞選》調下注曰：「又一體」。玄本調前二行分作：「花間集卷九」、「顧敻六首」。王輯

本無此首。

②鏡：晁本、影刊本缺末筆。

③珍簟：雪本作「枕簟」。

④昔時：王輯本作「當時」。歡笑：紫芝本作「懽咲」。

⑤羸：玄本作「羸」，誤。紫芝本、湯評本、合璧本、毛本、後印本、正本、清刻本作「羸」。

⑥博：吴鈔本、湯本作「愽」。鑪：玄本、正本作「鑪」。

⑦蟬：湯本、合璧本作「蟾」。

⑧殘日二句：陸本、雪本無「小」字，作「殘日傍窗明」五字句。日：湯本作「月」。

【箋注】

〔一〕象床：象牙爲飾之床。《戰國策·齊策三》：「孟嘗君出行國，至楚，獻象床。」鮑彪注：「象齒爲床。」南朝宋鮑照《代白紵舞歌辭》之二：「象牀瑶席鎮犀渠，雕屏匼匝組帷舒。」唐李賀《惱公》：「象床緣素柏，瑶席捲香蔥。」

〔二〕山障：屏風。因畫有山形圖案，故名。唐皮日休《奉和魯望秋日遣懷次韻》：「取嶺爲山障，將泉作水簾。」

〔三〕玉琴：玉飾的琴。亦爲琴的美稱。南朝齊王融《詠幔》：「每聚金爐氣，時駐玉琴聲。」唐常建《江上琴興》：「江上調玉琴，一絃清一心。」

〔四〕博山鑪：見卷二韋莊《歸國遥》「春欲晚」注〔七〕。

【疏　解】

此詞憶昔感今。上片描寫爲主，將情感輕輕點出。先寫倚樓閑望所見，池水明澈如鏡，染緑了映入水中的長天倒影。「碧染長空」一句，取景闊大，下筆清新，在顧詞中少見。「凝情」二字，爲下片抒情伏筆。「滿衣紅藕細香」，回應起句寫及的池沼，因在池邊樓上憑眺既久，所以沾惹滿衣荷香。「象床」三句寫室内擺設，見出詞中人憑眺之後，已回到室内。下片抒情爲主，輔以景語烘染。「暗想」二句，憶昔感今，以昔日之歡樂，映襯目前之悲愁，與宋人姜夔《鷓鴣天》詞句「少年情事老來悲」意近。這兩句抒情之後，先以香爐淡煙暈染室内，再以室外之景語收束全詞。殘日小窗、蟬吟人静的蕭瑟岑寂之境中，含有詞中人惆悵掩抑的風懷。

【集　評】

王士禛《花草蒙拾》：詞中佳語，多從詩出。如顧太尉「蟬吟人静，斜日傍小窗明」，毛司徒「夕陽低映小窗明」，皆本黄奴「夕陽如有意，偏傍小窗明」。

俞陛雲《唐五代兩宋詞選釋》：兩詞（指本詞與《木蘭花》「月照玉樓春漏促」）皆懷人之

作，前半寫景，後半言情，佈局皆同。其佳處皆在結句。「蟬吟」三句寫悄無人處，但有蟬聲，斜日在窗，愁人獨倚，其風懷掩抑可知矣。

李冰若《花間集評注·栩莊漫記》：下闋與「今日鬢絲禪榻畔，茶煙輕颺落花風」，一般惆悵。

蕭繼宗《評點校注花間集》：後結清幽，頗出《花間》窠臼。

其二①

幽閨小檻春光晚，柳濃花澹鶯稀②。舊歡思想尚依依〔一〕。翠顰紅斂③〔二〕，終日損芳菲〔三〕。

何事狂夫音信斷，不如梁燕猶歸。畫堂深處麝煙微④。屏虛枕冷，風細雨霏霏⑤。

【校記】

① 王輯本無此首。

② 柳：吴鈔本作「槫」，旁校爲「柳」。

③ 顰：鄂本、毛本、後印本、正本、四庫本、清刻本、四印齋本、全本、林大椿《唐五代詞》作「嚬」。

斂：雪本作「臉」。

④堂：玄本作「當」，誤。

⑤霏霏：《唐宋諸賢絶妙詞選》卷一原作「霏」，據毛刻本補爲「霏霏」。

【箋　注】

〔一〕思想：思念。見卷六顧敻《虞美人》「深閨春色勞思想」注〔一〕。

〔二〕翠顰：皺眉。唐温庭筠《湘東宴曲》：「湘東夜宴金貂人，楚女含情嬌翠嚬。」紅斂：言因愁思收起了臉上的笑意。

〔三〕芳菲：此喻指芳顔。

【疏　解】

詞寫春閨怨思，語氣較直露，不似前首空靈疏淡。起句點出環境季節，接以殘春之景的描寫，將傷春一層意思帶出。「舊歡」三句切題，抒寫憶舊傷别之情。下片責怨「狂夫」一去音書斷絶，還不如梁間燕子留戀舊巢，猶知歸來。末三句描寫室内與室外景物，以景結情，與前首手法相同。李冰若《栩莊漫記》評此詞「設色蒨麗」是對的，「意亦微婉」則不確，詞中思想舊歡、詰問狂夫，語氣相當直露，似當不得「微婉」之評。

【集　評】

湯顯祖評《花間集》卷三：頌酒賡色，務裁豔語，毋取乎儒冠而胡服也。

李冰若《花間集評注·栩莊漫記》：設色蒨麗，意亦微婉。

蕭繼宗《評點校注花間集》：兩結婉。「思想」二字拙。後起直率。

其　三①

月色穿簾風入竹②，倚屏雙黛愁時。砌花含露兩三枝〔一〕。如啼恨臉〔二〕，魂斷損容儀。

香燼暗銷金鴨冷，可堪辜負前期③〔三〕。繡襦不整鬢鬟欹④。幾多惆悵，情緒在天涯。

【校　記】

① 王輯本無此首。

② 穿：毛本、後印本、正本、四庫本、清刻本作「空」。

③ 辜負：晁本作「辜負」，紫芝本、吴鈔本、全本作「孤負」，正本作「辜負」。

④ 繡：毛本、四庫本作「綉」。鬢：王輯本作「髩」。

【箋　注】

〔一〕砌花：植於階畔之花。唐儲光羲《新豐主人》：「滿酌香含北砌花，盈尊色泛南軒竹。」含露：帶著露水。隋楊廣《四時白紵歌·東宫春》：「含露桃花開未飛，臨風楊柳自依依。」

〔二〕如啼恨臉：言含露的花朵如女子哭泣的臉。恨臉：含愁帶恨的臉。

〔三〕前期：事前或過去的約定；預定。《莊子·徐無鬼》：「射者非前期而中，謂之善射，天下皆羿也，可乎？」唐白居易《夢仙》：「前期過已久，鸞鶴無來聲。」

【疏　解】

詞寫春閨怨思。上片描寫月夜閨幃思婦倚屏的愁態，而以含露的花朵，比喻女子帶淚的愁容。下片描寫女子由於不堪承受對方「辜負前期」的情感折磨，以致無心燃香取暖、整理儀容的慵懶之狀。結句直抒女子思念天涯遠人的惆悵情緒。此首與前一首，表情均嫌直露，不及第一首的蘊蓄有味。

【集　評】

李冰若《花間集評注·栩莊漫記》：此闋過於率露，不及前作多矣。

蕭繼宗《評點校注花間集》：常語乏味。

醉公子①

漠漠秋雲澹②。紅藕香侵檻③。枕倚小山屏④〔一〕。金鋪向晚扃⑤〔二〕。　睡起横波慢。獨望情何限⑥〔三〕。衰柳數聲蟬⑦〔四〕。魂銷似去年。

【校　記】

①《歷代詩餘》調下注曰：「一名四换頭，雙調四十字。」《全五代詩》題作《醉公子曲》。

②漠漠：毛本《詞林萬選》、《古今詞統》、《詩餘廣選》、《詞律》、《詞譜》作「河漢」。秋雲：《詩餘圖譜》作「愁雲」。

③侵：毛本《詩餘圖譜》空此字。

④小山屏：湯本、合璧本作「小曲屏」。

⑤晚：張本墨筆校爲「曉」。

⑥望：毛本《詞林萬選》、《古今詞統》、《詞律》、《詞譜》作「坐」。限：吳鈔本作「隈」，誤。

⑦數聲：王輯本作「數行」。

【箋　注】

〔一〕山屏：繪有山景之枕屏。

〔二〕金鋪：門飾，此指門。向晚：傍晚。唐李頎《送魏萬之京》：「關城曙色催寒近，御苑砧聲向晚多。」扃：從外面關門的閂、鉤等。《禮記·曲禮上》：「將入户，視必下。入户奉扃，視瞻毋回。户開亦開，户闔亦闔。」此指關門。

〔三〕何限：多少，幾何。唐韋莊《和人春暮書事寄崔秀才》：「不知芳草情何限？只怪遊人思易傷。」

〔四〕衰柳：秋日凋零的柳樹。唐王維《孟城坳》：「新家孟城口，古木餘衰柳。」

【疏　解】

詞寫秋閨寂寞情懷。起二句寫秋高雲淡、紅藕散香的景物，點出季節和環境。這兩句所寫是閨閣外景。「侵」字聯繫内外。接二句描寫枕攲屏山、向晚掩門的閨閣内景，透出寂寞慵懶之意。下片寫女子睡起獨望情景，點出「獨」字，情溢詞外。然「單情則露」，於是用憑眺聞見的「衰柳數聲蟬」一句衰颯幽眇的景語敷染，收餘韻不盡之效。「魂銷似去年」説明此番領受的秋閨孤寂的銷魂況味，亦非一年一季。此詞結句緣情佈景，傳神寫意，「語淡而味永，韻遠而神傷」（李冰若《栩莊漫記》），歷來受人稱道。

【集評】

湯顯祖評《花間集》卷三：《醉公子》即公子醉也。其詞意四換，又稱《四換頭》，爾後變風，漸與題遠。

鍾本評語：「衰柳數聲蟬。魂銷似去年」，陳聲伯愛之，嘗擬此作一絶句曰：「擁被忽聽門外雨，山中又作去年秋」，甚脱化。

卓人月《古今詞統》卷三徐士俊評語：《還魂曲》「恁今春關情似去年」用此曲。「最撩人春色是今年」則又翻此。

又：末二句陳聲伯愛之，嘗擬此作一絶句云：「擁被忽聽門外雨，山中又作去年秋。」甚脱化。

王士禛《五代詩話》卷四：顧敻《醉草詞》：「高柳數聲蟬。魂銷似去年。」陳聲伯愛之，擬作一絶句云：「擁被忽聽門外雨，山中又作去年秋。」兩脱化。

陳廷焯《雲韶集》卷一：字字嗚咽。

李冰若《花間集評注·栩莊漫記》：「衰柳」二句，語淡而味永，韻遠而神傷。

蕭繼宗《評點校注花間集》：後結感深而語雋。

其二

岸柳垂金線〔一〕。雨晴鶯百囀。家住緑楊邊。往來多少年。　馬嘶芳草遠。高樓簾半捲①。斂袖翠蛾攢②。相逢爾許難③〔二〕。

【校記】

①捲：玄本、林大椿《唐五代詞》作「卷」。

②蛾：《詞譜》作「眉」。

③逢：正本作「逄」。

【箋注】

〔一〕金線：喻初生柳條。唐施肩吾《禁中新柳》：「萬條金線帶春煙，深染青絲不直錢。」

〔二〕爾許：猶言如許、如此。《三國志·吴書·吴主傳》「浩周之還」，裴松之注引三國魏魚豢《魏略》：「此鼠子自知不能保爾許地也。」唐胡曾《詠史詩·柯亭》：「中郎在世無甄别，爭得名垂爾許年。」

【疏　解】

詞賦春情。起二句描繪芳春艷景，興起女子之春思。「家住」二句，叙説自己居家之所在，接觸之人物。過往少年招惹女子情思這層意思，已含於句中，是爲「風流」。下片前二句承上賦别，少年抛人容易去，女子捲簾目送，但見芳草去路，嘶馬漸遠。結二句寫别後女子攢眉含愁的情態，和别易會難的感慨，是爲「酸楚」。此詞語俊韻遠，麗而有則，「極古拙，極高淡。非五代不能有此詞境」（《花間集評注》引鄭文焯語）。

【集　評】

鍾本評語：「家住緑楊邊。往來多少年。馬嘶芳草遠。高樓簾半捲」，俊語不減太白。

許昂霄《詞綜偶評》：覺少遊「小樓連苑横空」無此神韻也。

陳廷焯《雲韶集》卷一：較後主「奴爲出來難。教君恣意憐」稍遜一著，而情致亦復不泛。

陳廷焯《白雨齋詞話》卷五：顧敻之「斂袖翠蛾攢。相逢爾許難」……不失爲風流酸楚。

陳廷焯《詞則·閑情集》卷一：麗而有則。

鄭文焯云：極古拙，極高淡。非五代不能有此詞境。（《花間集評注》引）

吴任臣《十國春秋》卷五十六：敻善小詞，有《醉公子》曲，爲一時艷稱。

俞陛雲《唐五代兩宋詞選釋》：此三調（本調二首與《楊柳枝》）意境相似。《楊柳枝》「鴛帷」二句與《醉公子》之「小山屏」二句皆言室内孤淒之況；《楊柳枝》之「簾外芭蕉」句與《醉公子》之「衰柳蟬聲」句皆言室外蕭瑟之音。兩詞皆在説明玉郎一去，相逢之難，其本意亦同。以詞句論，則《醉公子》調「紅藕」、「秋雲」之寫景，「攢蛾」、「倚枕」之含情，勝於《楊柳枝》調。其「衰柳」、「魂銷」二句，尤神似《金荃》。

蕭繼宗《評點校注花間集》：兩起高華，《花間》本色；兩結質樸，《古詩》遺韻。

更漏子①

舊歡娱，新悵望。擁鼻含嚬樓上②〔一〕。濃柳翠，晚霞微。江鷗接翼飛③〔二〕。　簾半捲。屏斜掩。遠岫參差迷眼〔三〕。歌滿耳，酒盈罇④。前非不要論〔四〕。

【校　記】

①《歷代詩餘》調下注曰：「又一體，雙調四十六字。换頭起三字兩句，或兩叶仄韻，或起平句，歷代不拘也。」紫芝本此首後末行作「唐顧太尉詞」。吴鈔本此首後作「唐顧太尉詞畢」，下接「唐魏太尉詞」。張本此首下「已上共五十調」，朱筆劃去。

②含：正本作「舍」，誤。嚬：吴鈔本作「頻」。

③翼：雪本作「翅」。

④盈：吴鈔本作「盃」，誤。罇：全本、《歷代詩餘》、林大椿《唐五代詞》作「尊」。鄂本、毛本、正本、四庫本、清刻本、《唐宋人選唐宋詞》本《花間集》作「樽」。鍾本作「鐏」。

【箋注】

〔一〕擁鼻：掩鼻。唐杜牧《折菊》：「雨中衣半濕，擁鼻自知心。」

〔二〕接翼：翅膀挨著翅膀。多形容親近。漢枚乘《梁王菟園賦》：「翶翔群熙，交頸接翼。」南朝梁劉孝標《辯命論》：「薰蕕不同器，梟鸞不接翼。」

〔三〕遠岫：遠處的峰巒。南朝齊謝朓《郡内高齋閑坐答吕法曹》：「窗中列遠岫，庭際俯喬林。」參差：言遠山高低錯落。

〔四〕前非：以前的過失。唐崔湜《襄陽早秋寄岑侍郎》：「時來矜早達，事往覺前非。」

【疏解】

詞寫女子憶昔感今，寓有詞人頹廢自放之意。起三句，寫舊日歡愉都成現時悵惘，這是過來人的生活經驗和情感體驗，非親歷者難以説出。接三句是樓上含顰悵望的女子，眼中所見江天晚景。

「江鷗接翼飛」五字寫景歷歷如畫，比翼翱翔的鷗鳥反襯出女子獨處無侶的孤寂。下片前三句承接上片的樓上悵望，再寫望中所見黄昏時分的天外遠山，光色一派暗淡迷茫。結三句大約是有感於懷舊無益，悵望無用，所以轉回室内眼前，寄情歌酒，忘卻恩怨，聊盡今夕之歡。一結於頽廢之中不乏豁達透徹，折射出五代衰亂之世的人生價值取向和時代心理，李冰若《栩莊漫記》對此詞的分析即是著眼於此。

【集　評】

鍾本評語：「江鷗接翼飛」，從「清江燕子故飛飛」句化來。

李冰若《花間集評注·栩莊漫記》：「歌滿耳，酒盈樽。前非不要論。」所謂「今我不樂，日月其除」者也。五代十國亂靡有定，割據一方之主，尚少振拔有爲者，其學士大臣亦復流連光景，極意閨幃，故《花間集》中不少頽廢自放之詞。於顧氏又何怪焉。

蕭繼宗《評點校注花間集》：結語横決，亦太質率。

題跋叙録

王國維《顧太尉詞輯本跋》：案顧夐字里不傳。前蜀時官刺史，後事孟知祥，累遷至太尉。其詞見《花間集》者五十五首，兹録爲一卷。敻在牛給事、毛司徒間。《浣溪沙》「春色迷人」一闋亦見《陽春録》，與《河傳》、《訴衷情》數闋，當爲敻最佳之作矣。光緒戊申季夏，海寧王國維記。

（《唐五代二十一家詞輯》）

總評

況周頤《餐櫻廡詞話》：顧敻豔詞，多質樸語，妙在分際恰合。孫光憲便涉俗。

又：顧敻詞《全唐詩》存五十五首，皆豔詞也。濃淡疏密，一歸於豔。五代豔詞之上駟矣。

又：顧太尉詞工致麗密，時復清疏。以豔之神與骨爲清，其豔乃益入神入骨。其體格如宋畫院工筆折枝小幀，非元人設色所及。

李冰若《花間集評注·栩莊漫記》：顧詞濃麗，實近温尉。其《荷葉杯》諸詞，以質樸之句寫入骨之情，雖云豔詞，乃爲别調。要之其大體固以飛卿爲宗也。

姜方錟《蜀詞人評傳》：《花間集》載其詞五十五闋，王國維録爲一卷。其詞以《訴衷情》、《醉公子》等闋，最爲後人所豔稱。

唐圭璋《詞學論叢·唐宋兩代蜀詞》：《花間集》共收其詞五十五首，亦皆歸於豔麗。然寫情極深刻。

孫光憲

【小　傳】

孫光憲（?—九六八），字孟文，號葆光子，陵州貴平（今四川仁壽）人。家世業農。少好學，廣交蜀中文士。曾爲陵州判官。後唐天成元年（九二六），避地江陵，梁震薦於荆南武信王高季興，爲掌書記。歷仕從誨、保融、繼沖三世，累官荆南節度副使、檢校秘書少監兼御史大夫。宋乾德元年（九六三）二月，宋軍假道荆南，孫光憲勸高繼沖盡獻荆南三州之地。入宋後，授黄州刺史。在郡有治聲。乾德六年（九六八），宰相薦光憲爲學士，未召，卒。光憲博通經史，聚書數千卷，手自抄校，老而不廢。一生著述頗豐。事蹟詳見《新五代史》卷六九《南平世家》、《宋史》卷四八三、《十國春秋》卷一〇二本傳。著述參見本書「附録」四。孫光憲詞，《花間集》存六十一首，《尊前集》存二十三首，共計八十四首。

浣溪沙　孫少監光憲①

蓼岸風多橘柚香〔一〕。江邊一望楚天長。片帆煙際閃孤光〔二〕。目送征鴻飛杳杳〔三〕，思隨流水去茫茫。蘭紅波碧憶瀟湘〔四〕。

【校記】

①陸本、茅本、影刊本調前作「孫光憲十三首」。吴鈔本作「唐孫少監詞」、「孫光憲」、「浣溪沙」。玄本調前行作「孫光憲三十六首」。張本原作「浣溪沙，孫光憲」，朱筆圈去「孫光憲」，於上一行加「孫光憲十三首」。鄂本、毛本、清刻本、四印齋本同晁本。湯本、合璧本、正本作「孫光憲，浣溪沙」。四庫本作「浣溪沙，孫光憲」。毛本《唐宋諸賢絶妙詞選》調作「浣沙溪」，注曰：「孫光憲，南唐詞人。」

【箋注】

〔一〕蓼岸：生長水蓼的江岸。唐李中《漁父》：「移舟過蓼岸，待月正絲綸。」橘柚香：《尚書·禹貢》：「厥篚織貝，厥包橘柚。」《疏》曰：「橘柚二果，其種本别。以實相比，則柚大橘小。故云：小曰橘，大曰柚。」《韓非子·外儲説》：「樹橘柚者，食之則甘，嗅之則香。」唐王昌齡《送魏二》：「醉别江樓橘柚香，江風引雨入舟涼。」

〔二〕片帆：一葉帆影。代指孤舟。唐李頎《李兵曹壁畫山水各賦得桂水帆》：「片帆在桂水，落日天涯時。」孤光：遠處映射的光。《文選》沈約《詠湖中雁》：「群浮動輕浪，單汎逐孤光。」

張銑注：「孤，猶遠也。」或謂猶孤影。唐杜甫《橘柏渡》：「孤光隱顧盼，遊子悵寂寥。」仇兆鼇注：「孤光，孤影也。」

〔三〕征鴻：即征雁，遠飛的鴻雁。南朝梁江淹《赤亭渚》：「遠心何所類，雲邊有征鴻。」杳杳：幽遠貌。戰國楚屈原《九章・哀郢》：「堯舜之抗行兮，瞭杳杳而薄天。」洪興祖《補注》：「杳杳，遠貌。」唐柳宗元《早梅》：「欲爲萬里贈，杳杳山水隔。」

〔四〕蘭紅：即紅蘭。蘭草的一種。《述異記》：「紫述香一名紅蘭香。出蒼梧、桂林、上郡界。」南朝梁江淹《別賦》：「見紅蘭之受露，望青楸之罹霜。」唐翁綬《倢仔怨》：「火燒白玉非因玷，霜翦紅蘭不待秋。」

【疏　解】

此詞江邊送別之作。起句描寫蓼花摇風、橘柚飄香的江邊秋景，含送別之地和送別之時兩層意思。接寫江邊一望楚天遼闊的整體印象，視野開闊，境界宏大，爲《花間》詞中所罕見。「片帆煙際閃孤光」一句，由上句的全景描寫變爲聚焦目光盡處之一點，觀察細緻，描摹精確，片帆孤光，煙際明滅，表現別後凝眸目送的依依之情，極富悠遠之神韻，與李白「孤帆遠影」所寫情景相似。「片帆」七字，「語何奇造」（鍾本《花間集》評語），允稱孫詞第一佳句，有「壓遍古今詞人」之譽（陳廷焯《雲韶集》卷一）。上片景中含情，下片轉寫情中之景。「目送」句承接

「江邊一望」，仰視天際，飛入杳冥的征鴻，含有比興之義。「思隨」句承接「片帆煙際」，遠眺流水，茫茫無盡的江水，正是深長别情之象徵。這兩句「情中景」，進一步擴大了詞作的情感空間，將牽掛關注、依依不捨的别情，拓展至無限。結句回應起句，敷彩設色，具體落實送别地點乃是「蘭紅波碧」的瀟湘江畔，一個「憶」字，將眼前的送别鐫入記憶，化實景爲虚白，使詞中别情顯得更爲悠悠不盡。

【集　評】

湯顯祖評《花間集》卷三：王弇州稱「歸來休放燭花紅」、「問君還有幾多愁」直是詞手。假如此等調，亦僅隔一黍耳。

鍾本評語：「片帆煙際閃孤光」，語何奇造！

陳廷焯《雲韶集》卷一：「片帆」七字，壓遍古今詞人。

又：「閃孤光」三字警絶，無一字不秀煉，絶唱也。

王國維《人間詞話附録》：昔黄玉林賞其「一庭疏雨濕春愁」爲古今佳句。余以爲不若「片帆煙際閃孤光」，尤有境界也。

吴梅《詞學通論》第六章：至閑婉之處，亦復盡多。如《浣溪沙》云：「目送征鴻飛杳杳，思隨流水去茫茫。蘭紅波碧憶瀟湘。」……此等俊逸語，亦孟文所獨有。

俞陛雲《唐五代兩宋詞選釋》：昔在湘江泛舟，澄波一碧，映以遥山，時見點點白帆，明滅於夕陽煙靄間，風景絶勝。詞中「帆閃孤光」句足以狀之。「蘭紅波碧」殊令人回憶瀟湘也。

李冰若《花間集評注·栩莊漫記》：「片帆」句妙矣。「蘭紅碧波」四字，惟瀟湘足以當之，他處移用不得。可謂善於設色。

詹安泰《宋詞散論·孫光憲詞的藝術特色》：這是從描寫景物中來抒發感情的，是情景交融的寫法。開首先寫景物，蓼花隨風擺動，橘柚散發香氣，正是江邊的寒秋景象。跟著兩句是寫望，一眼望去，所感到的只是異常空闊的楚天，千里煙波，縈人離思；再仔細望望，視線集中，眼力更鋭，便見布帆一片在煙霧迷蒙中放射出一小點白光了。正因爲是孤光，才顯出是片帆；正因爲是煙際，才看到它閃耀。所表現的事物越微細，所集中的眼力越突出，所伸展的境界越廣闊，所引逗的情思越深長，是凝望，是癡望，是悵望，種種神態，都從這裏透露出來。看所謂「片帆七字壓遍古今詞人」（李冰若《花間集評注》引《白雨齋詞評》），雖不免誇大，也不是無根之談。過片「目送」句從第二句來，鴻是向天飛的。「思隨」句從第三句來，水是向江流的。由於這兩句和上兩句配合得好，不但使上面兩句的景中的情更加醒朗，也使這兩句的情中的景更貼切真實而不流於空泛。末了以景結情，和起句拍合，指明是蘭紅波碧的瀟湘，既切定要點，又出現鮮明動人的景色，也補充起句的不足（起句只寫動態和香氣），可以説和起句相得益彰。提出一個「憶」字，就不只是當前的情事了，留有餘不盡之味供人玩索，也可以取得更好的藝術效果。這種把篇中上上下下，緊密聯繫，打成一片的藝術構思和寫作手法，是作者一氣斡旋筆力清健的藝術特色的又一種表現。

蕭繼宗《評點校注花間集》：首尾兩句，皆以字面切定瀟湘，美矣，而實未至也。「片帆」句，與畫理暗合，遂爲世傳誦如是。

張以仁《花間詞論集》：「片帆煙際」是其形，其神固在「閃孤光」三字也。三字承上四字，一則狀遠，二則狀動，三則表主角心情，四則呈當時畫面，其豐富如此。《白雨齋》是以譽爲「警絶」也。七字合而形神俱足。此詞首句寫近景，次句寫遠景，三句益遠，而繫事焉：船動則人去，帆遠則情牽，人之一生，此景豈罕見罕歷哉？見此景歷其境能無感觸乎？……以此啟下片目送征鴻之杳杳，不免往夢之無盡纏綿，而其心神豈非已隨流水之悠悠迴環激盪於瀟湘之蘭紅波碧間乎？「目送征鴻」，是舉目而視，是憐遠；「思隨流水」，則低首以懷，是惜舊。俯仰之間，時空遞變，情境隨景物紛陳展佈於讀者之前矣。而四句以下，實承三句望遠之勢來。帆既遠矣，雲水之際，但見征鴻也。是則第三句實全篇之靈魂通詞之關鍵哉！

其　二①

桃杏風香簾幕閑②。謝家門户約花關〔一〕。畫梁幽語燕初還③〔二〕。繡閤數行題了壁④，曉屏一枕酒醒山〔三〕。却疑身是夢魂間⑤。

【校　記】

①王輯本《孫中丞詞》注曰：「别見《陽春集》。」《陽春集》收此首爲馮延巳詞，四印齋本《陽春集》注曰：「别作孫光憲。」《花間集》早出，此首作孫光憲詞，當從之。

②杏：《陽春集》作「李」。風香：《陽春集》作「相逢」。閑：王輯本作「間」。

③畫：玄本作「画」。梁：《陽春集》作「堂」。幽語：晁本、陸本、吴鈔本、茅本、湯評本、合璧本、鍾本、張本、徐本、影刊本注曰：「『幽語』，一本作『雙語』。」《陽春集》作「雙語」。

④閤：王輯本作「簾」。

⑤身是：玄本作「身似」。夢魂：全本作「夢雲」。

【箋　注】

〔一〕謝家門户：東晉王謝家族的宅院，代指貴族之家宅。或謂指謝娘家。約花關：張相《詩詞曲語辭匯釋》卷五：「言攔著花而關也。汪莘《好事近》詞《春曉》：『詩人門户約花開，蜂蝶誤飛了。』約花義同上。按均猶云門户沿著花邊。」華鍾彦《花間集注》曰：「謂繞院繁花深閉門也。」

〔二〕幽語：低聲呢喃。唐李山甫《燕》：「亂飛春得意，幽語夜聞聲。」

〔三〕山：山枕。

【疏解】

詞寫豔遇。上片寫「謝家」居處環境，桃杏盛開，簾幕閑垂，門户掩映，畫梁燕語，一派旖旎香軟。這當是男子眼中所見。下片寫其所爲：繡閣即興題詩，醉酒沉睡到曉。結句寫其心理感覺，曉屏酒醒，尚疑身在夢中。則其人在謝家繡閣之内的種種沉酣之狀，可以想見。

【集評】

蕭繼宗《評點校注花間集》：曉屏句「山」字，韻險而語不工。

其三

花漸凋疎不耐風①〔一〕。畫簾垂地晚堂空②。墮堦縈蘚舞愁紅③〔二〕。 膩粉半粘金靨子〔三〕，殘香猶暖繡薰籠④〔四〕。蕙心無處與人同〔五〕。

【校　記】

①踈：晁本、鄂本、吴鈔本、茅本、玄本、正本、影刊本作「踈」。毛本《唐宋諸賢絶妙詞選》注曰：「一本『踈』作『零』。」

②晚：吴鈔本作「曉」。毛本《唐宋諸賢絶妙詞選》注曰：一本「『晚』作『滿』。」

③蘚：湯本、合璧本作「鮮」，誤。

④繡：毛本、四庫本作「綉」。薰：文治堂本作「熏」。

【箋　注】

〔一〕凋踈：零落稀疏。唐胡傳美《武康碧落觀》：「欲脱儒衣陪羽客，傷心齒髮已凋疏。」不耐風：言不堪經受風吹。

〔二〕墮堦縈蘚：言落花飄墜縈繞在臺階的苔蘚上。愁紅：謂經風雨摧殘的花。唐李賀《黄頭郎》：「南浦芙蓉影，愁紅獨自垂。」

〔三〕膩粉：脂粉。金靨子：黄色的面靨。參見卷一温庭筠《歸國遥》「雙臉」注〔五〕。

〔四〕殘香：快要燃盡之香。唐李賀《謝秀才有妾》：「灰暖殘香炷，髮冷青蟲簪。」

〔五〕蕙心：芳潔之心。南朝宋鮑照《蕪城賦》：「東都妙姬，南國麗人，蕙心紈質，玉貌絳唇。」唐賀朝《孤興》：「君子在遐險，蕙心誰見珍。」

【疏　解】

詞抒傷春之情。上片描寫畫堂春晚凋殘狼藉之景：落花片片，隨風飄舞，墜落在臺階邊的苔蘚上。「墮階縈蘚舞愁紅」一句，「字字錘煉」（俞陛雲《唐五代兩宋詞選釋》），流露出濃重的傷春之意。下片寫傷春之人。畫簾内燻籠殘香猶暖，孤寂獨處的女子面飾不整，感傷遲暮，心頭别有一番難言的滋味，無處訴説，不被理解。「蕙心」句乃深情自持之語，「甘孤秀之自馨，溯流風而獨寫，其寄慨深矣」（俞陛雲《唐五代兩宋詞選釋》），隱約之間透出作者的人格操守，彈撥出某種弦外之音。

【集　評】

俞陛雲《唐五代兩宋詞選釋》：「愁紅」句字字錘煉。「蕙心」句甘孤秀之自馨，溯流風而獨寫，其寄慨深矣。

李冰若《花間集評注·栩莊漫記》：「蕙心無處與人同」，非深於情者不能道。

華鍾彦《花間集注》卷七：此時閨人之蕙心，「别是一般滋味在心頭」。

蕭繼宗《評點校注花間集》：「蕙心無處與人同」，未嘗非佳句；惜前文無一處與人「異」者，故不見精彩。

其四

攬鏡無言淚欲流①〔一〕。凝情半日懶梳頭。一庭疎雨濕春愁②。　楊柳秪知傷怨別③，杏花應信損嬌羞。淚沾魂斷軫離憂④〔二〕。

【校　記】

①攬：吴鈔本作「欖」，誤。鏡：晁本、影刊本缺末筆。

②疎：晁本、鄂本、陸本、茅本、玄本作「踈」。吴鈔本作「珠」。

③秪：陸本、玄本、鍾本、毛本、後印本、正本、清刻本、徐本、影刊本、毛本《唐宋諸賢絶妙詞選》作「秖」。合璧本作「衹」。

④離憂：全本作「離」，落一「憂」字。

【箋　注】

〔一〕攬鏡：持鏡，對鏡。《晉書·王衍傳》：「然心不能平，在車中攬鏡自照，謂導曰：『爾看吾目光乃在牛背上矣。』」唐蘇頲《和杜主簿春日有所思》：「攬鏡塵網滋，當窗苔蘚碧。」

〔二〕軫：傷痛。戰國楚屈原《九章·哀郢》：「出國門而軫懷兮，甲之鼂吾以行。」王逸《注》：「軫，痛也。」

【疏　解】

詞抒女子春愁别恨。起二句描寫女子攬鏡無言、出神半日、流淚罷粧的感傷慵懶情態，「一庭疏雨濕春愁」句，補寫季節天氣，説明女子感傷慵懶的原因，是「春愁」所惹起。此句通感手法，融情入景，含思綿渺，向稱「創語之秀句」（湯顯祖評《花間集》卷三），與馮延巳《南鄉子》「細雨濕流光」齊名。下片抒傷别之情，而託之於楊柳、杏花。「楊柳」意象從《詩經·小雅·采薇》末章起，就與别離之情聯繫在一起，故有「秖知傷怨别」之感覺。豔麗的杏花，則見證了女子消損憔悴的容顏。結句直抒離恨，語意沉痛。

【集　評】

陳鵠《耆舊續聞》卷二：趙德莊詞云：「波底夕陽紅濕。」「紅濕」二字，以爲新奇，不知蓋用李後主「細雨濕流光」與《花間集》「一簾疏雨濕春愁」之濕（按：「細雨濕流光」，爲馮延巳《南鄉子》詞句，非李後主詞）。

楊慎《詞品》卷二：「一庭疏雨濕春愁」，秀句也。

湯顯祖評《花間集》卷三：「不耐風」、「濕春愁」，皆集中創語之秀句也。

曹學佺《蜀中廣記》卷一〇四：孫光憲，蜀之資州人。事荆南高氏爲從事，有文學名，著《北夢瑣言》。其辭見《花間集》。「一庭疏雨濕春愁」，秀句也。李後主之「細雨濕流光」本此。

沈雄《古今詞話·詞評》上卷：花庵詞客曰：孫葆光「一庭疏雨濕春愁」，佳句也。

李冰若《花間集評注·栩莊漫記》：「一庭疏雨濕春愁」，「片帆煙際閃孤光」，「墮階縈蘚舞愁紅」……諸句，含思綿渺，使人讀之，徒喚奈何。

蕭繼宗《評點校注花間集》：「一庭疏雨濕春愁」，令詞佳句，然「淚沾魂斷軫離憂」句，不獨膚泛，亦不當入詞。又愁、傷、怨、軫、憂齊用，淚字兩見，皆大病。

其五

半踏長裾宛約行①〔一〕。晚簾疏處見分明②。此時堪恨昧平生〔二〕。　早是銷魂殘燭影③〔三〕，更愁聞着品絃聲④〔四〕。杳無消息若爲情〔五〕。

【校　記】

① 宛約：《花間集注》作「宛若」。注曰：「與婉約通，猶婉曲也。」

②疎：晁本、陸本、吴鈔本、茅本、玄本、正本、四印齋本、影刊本作「踈」。

③銷魂：湯本作「魂銷」。

④着：玄本、文治堂本、毛本、後印本、四庫本、全本作「著」。絃：玄本作「弦」。晁本、影刊本缺末筆。

【箋注】

〔一〕半踏：小步，半步。宛約：形容步態柔美。

〔二〕昧平生：一向不相識。昧：不瞭解。平生：平素，往常。唐白居易《春暖》：「不論親與故，自亦昧平生。」

〔三〕早是：已是。唐王勃《秋江送別》之一：「早是他鄉值早秋，江亭明月帶江流。」

〔四〕品絃：即品竹調弦，泛指演奏樂曲。

〔五〕若爲情：張相《詩詞曲語辭匯釋》卷一：「爲情爲一讀。若爲情，猶云何以爲情或難以爲情也。」唐劉禹錫《遥和韓睦州元相公二君子》：「其奈無成空老去，每臨明鏡若爲情。」

【疏解】

詞寫對心儀女子的思慕之情。上片寫一見傾心。起句描寫女子的衣著和步態之美，次句交待這是傍晚時分，男子透過稀疏的簾隙窺見，因所見「分明」，故頓生驚豔之感。三句寫男子恨不早識的遺憾懊惱心理。下片寫男子的單相思。乍見之後，男子徘徊不忍去，夜色漸深，男子看著簾內依稀的燭光人影，已覺銷魂。這時，又從簾内傳出女子彈奏的美妙樂聲，讓他更爲惆悵。上片的衣著步態是「色」，這裏的彈奏絲弦是「藝」，色藝雙佳，更讓男子無法割捨。結句感歎一簾之外，相隔杳然，消息難通，讓人情何以堪！此詞與一般的《花間》豔情之作不同，並未著力于女子華麗嬌美的衣飾容顏描寫，而是傾力表現男子的愛慕心理，確如李冰若《栩莊漫記》所評：「相少情多，纏綿乃爾。」

【集　評】

鍾本評語：「早是銷魂殘燭影，更愁聞著品弦聲」，絶似白居易律句。

卓人月《古今詞統》卷四徐士俊評語：（張泌）「早是出門」一聯與葆光「早是魂銷」一聯，皆似香山律句。

李冰若《花間集評注・栩莊漫記》：相少情多，纏綿乃爾。

蕭繼宗《評點校注花間集》：霧裏看花，竟費許多筆墨？正以朦朧故滋遐想耳。

其　六①

蘭沐初休曲檻前〔一〕。暖風遲日洗頭天。濕雲新斂未梳蟬②〔二〕。　翠袂半將遮粉臆〔三〕，寶釵長欲墜香肩③。此時模樣不禁憐④〔四〕。

【校　記】

①《草堂詩餘别集》調下題作《閨思》。此首《詞的》卷一作温庭筠詞，係誤題，《花間集》及他本皆未有作温詞者。當從《花間集》作孫光憲詞。

②新斂：鍾本、湯本作「初斂」。

③長欲墜：雪本作「常欲墮」。

④模樣：晁本作「摸㨾」，鄂本、四印齋本作「模㨾」。

【箋　注】

〔一〕蘭沐：以蘭湯洗頭。漢許慎《説文解字》：「沐，濯髮也。」戰國楚屈原《九歌·雲中君》：「浴蘭湯兮沐芳，華采衣兮若英。」唐皇甫冉《宿洞靈觀》：「明日開金籙，焚香更沐蘭。」

〔二〕濕雲：喻新沐之髮。新斂：剛攏在一起。未梳蟬：尚未梳成蟬鬢。

〔三〕粉臆：雪胸。唐時女子著裝微露胸脯，故云半遮。唐崔道融《擬樂府子夜四時歌四首》之四：「銀缸照殘夢，零淚沾粉臆。」

〔四〕不禁憐：讓人憐不自禁。

【疏　解】

辭賦美人新沐。上片叙寫暖風遲日的晴好天氣裏，院落曲檻之前，女子蘭湯沐髮初了，鬢云猶濕，隨意挽攏，尚未梳成髻鬟。下片承上「未梳蟬」，描寫女子沐后妝前翠袂半遮粉臆、寶釵欲墜香肩的天然風姿，那種將遮未遮、欲墜未墜的韻度，造成一種特殊的視覺效果，無限撩人。結句的「不禁憐」，已是情感心理發展的必然結果。此詞摹寫女子新沐嬌態，細膩傳神，讀之「真覺儼然如在目前，疑於化工之筆」（賀裳《皺水軒詞筌》）。

【集　評】

沈際飛《草堂詩餘别集》卷一：清商曲：「宿昔不梳頭，絲髮被兩肩。婉伸郎膝下，何處不可憐。」竟不必讀，「不禁憐」妙。

鍾本評語：「暖風遲日洗頭天」，詞中勝語。

卓人月《古今詞統》卷四徐士俊評語：「此時模樣不禁憐」句，本於《子夜歌》「何處不可憐」。

賀裳《皺水軒詞筌》：詞家須使讀者如身履其地，親見其人，方爲蓬山頂上。……孫光憲「翠袂半將遮粉臆，寶釵長欲墜香肩」。……真覺儼然如在目前，疑於化工之筆。

沈雄《古今詞話·詞品》下卷：江尚質曰：「《花間》詞狀物描情，每多意態，直如身履其地，眼見其人。……孫光憲之『翠袂半將遮粉臆，寶釵長欲墜香肩』是也。」

陳廷焯《雲韶集》卷一：情態可想，風流窈窕，我見猶憐。

又：「不禁憐」三字，真乃嬌絶。飛燕玉環，無此情態，真欲與麗娟並驅矣。

李冰若《花間集評注·栩莊漫記》：翠袂半遮，寶釵欲墮，形容蘭沐初休之嬌態。詞筆細膩，想亦忍俊不禁矣。

蕭繼宗《評點校注花間集》：一幅美人新沐圖。翠袂寶釵，筆姿細膩，使結句別開一境，不作輕便語，當更有深致。白雨齋極賞「不禁憐」三字，所見尚淺。「洗頭天」三字新。

其七

風遞殘香出繡簾〔一〕。團窠金鳳舞襜襜〔二〕。落花微雨恨相兼。　何處去來狂太甚，空推宿酒睡無猒①〔三〕。爭教人不別猜嫌〔四〕。

【校記】

① 推：湯本、合璧本作「持」。猒：晁本、鄂本、吴鈔本、毛本、後印本、四庫本外，各本皆作「厭」。

【箋　注】

〔一〕風遞：風送。唐李中《宮詞二首》：「風遞笙歌門已掩，翠華何處夜厭厭。」

〔二〕團窠金鳳：繡簾上的鳳凰圖案。團窠：團窠錦。以其上有圓窠狀花紋，故名。《宋史·輿服志五》：「景祐元年，詔禁錦背、繡背、遍地密花透背采段，其稀花團窠、斜窠、雜花不相連者非。」唐元稹《早春登龍山靜勝寺時非休浣司空特許是行因贈幕中諸公》：「山茗粉含鷹觜嫩，海榴紅綻錦窠勻。」襜襜：摇動貌。《文選》漢司馬相如《長門賦》：「飄風迴而起閨兮，舉帷幄之襜襜。」李善注：「《楚辭》曰：『裳襜襜以含風。』王逸曰：『襜襜，摇貌。』」唐白居易《奉和汴州令狐相公二十二韻》：「碧幢油葉葉，紅旆火襜襜。」

〔三〕宿酒：猶宿醉。唐白居易《早春即事》：「眼重朝眠足，頭輕宿酒醒。」

〔四〕别猜嫌：往别處猜疑。猜嫌：猜忌嫌怨。晉袁宏《後漢紀·桓帝紀下》：「樂羊，戰國陪臣，猶賴見信之主以全其功，況唐虞之朝而有猜嫌之事哉！」唐司空曙《送鄭明府貶嶺南》：「猜嫌成謫宦，正直不防身。」

【疏　解】

詞寫女子的猜嫌心理。上片寫環境和天氣。起二句描寫華美的繡簾，見出是女子居處的閨閣。

「舞襜襜」回應「風」，鋮腳細密。風雨落花的殘春之景中，襯出女子傷春惜花的不堪心情，客觀景物與主觀情感融合爲一，故云「相兼」。下片寫她對男子的責怨：夜晚遊踪無定，猖狂太甚，天亮歸家又推説醉酒，倒頭大睡，全無親近之意。結句寫女子面對這般境況，不免想到「别」處，心裏産生猜疑。至於「别」的内容，並未説破，留給讀者意會，使詞情直中有婉，更耐品味。

【集評】

湯顯祖評《花間集》卷四：樂府遺音，詞壇麗藻。「好書不厭百回讀」，如此數詞，亦應爾爾。

沈際飛《草堂詩餘别集》卷一：真情在猜嫌上。

卓人月《古今詞統》卷四徐士俊評語：末句妙在全不使性。

玄本朱筆眉批：乖而婉。

劉永濟《唐五代兩宋詞簡析》：上半闋寫風雨中景，景中襯出恨情，故曰「相兼」。下半闋寫人雖回家，卻推酒醉，沉睡不醒，似此情況，安得不令人生疑。蓋寫妒情也。

蕭繼宗《評點校注花間集》：一醉一醒，一狂一謹，故結語云云。「遞」字新。

其八①

輕打銀箏墜燕泥〔一〕。斷絲高罥畫樓西②〔二〕。花冠閑上午牆啼③〔三〕。粉籜半開新竹逕〔四〕，紅苞盡落舊桃蹊④〔五〕。不堪終日閉深閨。

【校　記】

①《草堂詩餘别集》調下題作《春怨》。

②罥：吴鈔本作「骨」，誤。畫：玄本作「画」。

③閑：吴鈔本作「欄」，誤。

④盡落：吴鈔本、《歷代詩餘》作「落盡」。蹊：鍾本作「谿」。

【箋　注】

〔一〕輕打句：華鍾彦《花間集注》曰：「打，《説文》：『擊也。從手，丁聲。』以其從手，故一切動作，俗皆用打。如打疊、打扮、打盹、打稿等稱。《能改齋漫録》云：『打字從手丁聲，蓋以手當其事也。』此言輕打，猶輕調也。劉向《别録》：『魯人虞公，發聲清越，歌動梁塵。』此云落燕泥者，與動梁塵意同。」銀箏：用銀裝飾的箏或用銀字表示音調高低的箏。唐戴叔倫《白苧詞》：「回鸞轉鳳意自嬌，銀箏錦瑟聲相調。」燕泥：燕子築巢所銜的泥；燕巢上的泥。南朝梁蕭綱《和湘東王首夏詩》：「燕泥銜復落，鶗吟斂更揚。」隋薛道衡《昔昔鹽》：「暗牖懸蛛網，空梁落燕泥。」

〔二〕斷絲：指空氣中飄浮之遊絲。高罥：高掛。唐杜甫《茅屋爲秋風所破歌》：「高者掛罥長林梢，下者飄轉沉塘坳。」

〔三〕花冠：指雞冠。亦用作雄雞的代稱。南朝陳徐陵《鬬雞》：「花冠已衝力，芥爪復驚媒。」

〔四〕粉籜：竹筍的外殼。唐李商隱《自喜》：「緑筠遺粉籜，紅藥綻香苞。」竹逕：竹林中的小路。唐王勃《宇文德陽宅秋夜山亭宴序》：「竹徑松扉，參差向月。」唐常建《題破山寺後禪院》：「竹逕通幽處，禪房花木深。」

〔五〕紅苞：紅花。唐李商隱《和張秀才落花有感》：「晴暖感餘芳，紅苞雜絳房。」桃蹊：桃樹下的小徑。唐劉長卿《送張七判官還京覲省》：「庭闈新柏署，門館舊桃蹊。」

【疏　解】

詞寫閨怨。起句寫室内，女子輕撥箏弦，似在排遣，顯然又心不在焉。二三句寫室外，畫樓掛罥遊絲，牆頭雞聲啼午。當是一個晴好的春日，絃索聲、雞啼聲，襯出庭院閨閣的寂靜。下片以工整的對句，描寫竹徑新筍解籜、桃蹊落紅滿地的暮春景物，傷春歎老之意自在其中。正是這種良時已過的緊迫感，使女子難再矜持，發出了「不堪終日閉深閨」的嗟怨心聲。

【集　評】

沈際飛《草堂詩餘别集》卷一評末句：一句情卻裝裹得正。

俞陛雲《唐五代兩宋詞選釋》：五句雖皆寫景，而字句妍煉，兼含淒寂。至結句言終日閉闔，則所見景物，徒爲愁人供資料耳。

吴梅《詞學通論》第六章：「花冠閑上午牆啼」……此等俊逸語，亦孟文獨有。

蕭繼宗《評點校注花間集》：結句雖泛，尚有含蓄，得前五句描染風光爲之襯托，遂成全璧。「輕打銀箏」而「燕泥墜」，筆姿思力，夐不猶人。

其　九①

烏帽斜欹倒佩魚〔一〕。靜街偷步訪仙居②〔二〕。隔牆應認打門初③〔三〕。　將見客時微掩斂④〔四〕，得人憐處且生疎⑤〔五〕。低頭羞問壁邊書⑥〔六〕。

【校　記】

①《草堂詩餘别集》調下題作「風情」。

②街：湯本作「衜」。雪本作「階」。正本作「堦」。

③牆：鍾本作「窓」。

④斂：雪本作「臉」。

⑤ 疎：晁本、鄂本、吴鈔本、陸本、茅本、玄本、正本、影刊本作「踈」。

⑥ 壁邊：《歷代詩餘》作「壁間」。

【箋　注】

〔一〕烏帽：即烏紗帽。古代貴者常服。隋唐後多爲庶民、隱者之帽。《宋書·明帝紀》：「於時，事起倉卒，上失履，跣至西堂，猶著烏帽。」唐杜甫《相從行贈嚴二别駕時方經崔旰之亂》：「烏帽拂塵青螺粟，紫衣將炙緋衣走。」佩魚：唐朝五品以上官員所佩帶的魚袋。其制：三品以上飾以金，五品以上飾以銀。始于唐高宗永徽二年。《新唐書·車服志》：「中宗初，罷龜袋，復給以魚，郡王、嗣王亦佩金魚袋。景龍中，令特進佩魚，散官佩魚自此始也。」明陳繼儒《枕譚》：「佩魚始於唐永徽二年，以鯉爲李也。」

〔二〕偷步：猶言悄步，爲避人也。仙居：仙人住所。亦借稱清靜絶俗的所在。唐白居易《答微之誇越州州宅》：「賀上人迴得報書，大誇州宅似仙居。」此指歌妓居處。

〔三〕認：識得。打門：敲門，叩門。唐盧仝《走筆謝孟諫議寄新茶》：「日高丈五睡正濃，軍將打門驚周公。」

〔四〕掩斂：遮掩躲閃。唐吴融《杏花》：「粉薄紅輕掩斂羞，花中占斷得風流。」

〔五〕生疎：疏遠，不親近。唐杜荀鶴《喜從弟雪中遠至有作》：「便均情愛同諸弟，莫更生疎似外人。」

〔六〕壁邊書：牆上的字。

【疏　解】

詞寫冶遊。男子烏帽佩魚，表明是官員身份。歪戴烏紗，倒佩魚袋，正是放蕩不羈的浪遊形狀。但畢竟不是光彩事，所以他靜街偷步，避人眼目。剛一敲門，女子即認出聲音，可知男子是「仙居」常客。上片所寫，僅具認識價值。下片摹寫女子「掩斂」、「生疏」、「羞問」的嬌憨之態，細膩入微，確如陳廷焯《雲韶集》卷一所評「迤邐寫來，描寫女兒心性、情態，無不逼真」，顯示出特殊的審美價值。

【集　評】

沈際飛《草堂詩餘別集》卷一：「且生疏」，乖人偶然看得，俗眼則失之矣。

卓人月《古今詞統》卷四徐士俊評語：「千呼萬唤始出來，猶抱琵琶半遮面」，與「將見客時微掩斂，得人憐處且生疏」，可謂曲盡嬌憨之態矣。

鍾本評語：「千呼萬唤始出來，猶抱琵琶半遮面」，與「將見客時微掩斂，得人憐處且生疎」，可謂曲盡仰抑之態。

陳廷焯《雲韶集》卷一：迤邐寫來，描寫女兒心性、情態，無不逼真。

陳廷焯《詞則·閒情集》卷一：情態畢傳。

陳廷焯《白雨齋詞話足本》卷六：古人詞佳者，如孫光憲之「將見客時微掩斂，得人憐處且生疏。低頭羞問壁邊書」。

蕭繼宗《評點校注花間集》：遊冶之作，亦見承平光景。「打門初」之「初」字，似輕而實重，與下文三句均有關涉也。「將見」一聯，描寫入神。

河傳①

太平天子〔一〕。等閒遊戲〔二〕。疏河千里②〔三〕。柳如絲③，偎倚淥波春水④。長淮風不起〔四〕。　如花殿腳三千女〔五〕。爭雲雨〔六〕。何處留人住〔七〕。錦帆風〔八〕。煙際紅。燒空。魂迷大業中〔九〕。

【校記】

① 毛本《詞林萬選》於孫光憲名下注曰：「向逸姓氏。」

② 疏：晁本、鄂本、吴鈔本、陸本、茅本、玄本、張本、正本、四印齋本、影刊本作「踈」。河：王輯本無「河」字。

③柳：《花草粹編》作「堤柳」。

④偎：晁本、鄂本、吴鈔本、陸本、茅本、玄本、湯本、合璧本、張本、毛本、後印本、正本、清刻本、徐本、四印齋本、影刊本、毛本《詞林萬選》、王輯本、林大椿《唐五代詞》作「隈」。渌：湯本、毛本《詞林萬選》、全本、王輯本作「緑」。波：吴鈔本作「溲」，誤。

【箋　注】

〔一〕太平天子：唐温庭筠《郭處士擊甌歌》：「太平天子駐雲車，龍爐勃鬱雙蟠拏。」此指隋煬帝。

〔二〕等閒：尋常。唐錢起《歸雁》：「瀟湘何事等閒回，水碧沙明兩岸苔。」

〔三〕疏河千里：《開河記》：「大業十二年，開邗溝成，長兩千餘里。」《大業雜記》：「大業元年……發河南道諸州郡兵夫五十餘萬，開通津渠，自河起滎澤入淮千里餘；又發淮南諸州郡兵夫十餘萬開邗溝，自山陽瀆至於揚子入江三百餘里，水面闊四十步，通龍舟。兩岸爲大道，種榆柳，自東都至江都二千餘里，樹蔭相交。每兩驛置一宫，爲停頓之所，自京師至江都離宫四十餘所。」

〔四〕長淮：指淮河。唐王維《送方城韋明府》：「高鳥長淮水，平蕪故郢城。」

〔五〕如花句：指爲煬帝牽羊挽舟的美女。參見卷三韋莊《河傳》「何處」注〔六〕。

〔六〕爭雲雨：爭寵。

〔七〕何處句：言煬帝淫遊無度，不知哪裏能把他留住。

〔八〕錦帆三句：言風鼓錦帆，映紅煙際，如火燒空。唐温庭筠《題城南杜邠公林亭》：「卓氏壚前金線柳，隋家堤畔錦帆風。」

〔九〕大業：隋煬帝年號（公元六〇四—六一七）。唐白居易《隋堤柳》：「大業年中煬天子，種柳成行夾流水。」

【疏　解】

詞詠本調，係懷古之作，叙寫隋煬帝開河南遊、逸豫亡國的歷史，以爲現實的借鑒。起三句即寫出隋煬帝玩忽天下的行徑，語含譏刺，「疏河千里」這樣勞民傷財的國家大事，對煬帝來説就如同尋常的遊戲，其昏庸驕恣到何種程度已可想見。接三句，寫直通長淮的大運河柳緑水碧的春色。過片集中描寫爲煬帝挽船的殿腳女，三千如花女子「爭雲雨」，見出煬帝之荒淫無度。至「錦帆風，煙際紅」二句，煬帝開河南遊的繁華和歡愉臻於極致，然後筆鋒陡轉，以「燒空，魂迷大業中」二語，掃空前面所有熱烈喧鬧的鋪排，抒發沉痛的興亡之感。全詞「妙在『燒空』二字一轉，使上文花團錦簇，頓形消滅」，這種結構藝術，「蓋出自太白『越王勾踐破吳歸』一詩」（李冰若《栩莊漫記》）。

【集　評】

湯顯祖評《花間集》卷三：索性詠古，感慨之下，自有無限煙波。

李冰若《花間集評注·栩莊漫記》：詞寫煬帝開河南遊事，妙在「燒空」二字一轉，使上文花團錦簇，頓形消滅。此法蓋出自太白「越王勾踐破吴歸」一詩。

詹安泰《宋詞散論·孫光憲詞的藝術特色》：活繪出隋楊廣荒淫縱樂、勞民傷財、卒至覆國亡身的情狀。……寄寓著對不幸者的同情和對統治者的諷刺。在表現手法上，既明朗，又精警。

蕭繼宗《評點校注花間集》：起筆三句，看似叙事，其中正有斧鉞。「長淮風不起」，大筆淋漓。後段一氣貫注，繁弦促節中，勁氣内轉。「燒空」二字，栩莊評極是。「魂迷」二字，「迷」字出《迷樓記》，加一「魂」字，意存諷刺。此細微處，正不易察。

黄進德《唐五代詞選集》：據《宋史·荆南高氏世家》載：「保勖（南平王高從誨第十子）幼多病，體貌臞瘠，淫佚無度，日召娼妓集府署，擇士卒壯健者令恣調謔，保勖與姬妾垂簾共觀，以爲娱樂。又好營造台榭，窮極土木之工，軍民咸怨。政事不治，從事孫光憲切諫不聽。」「及保勖之立，藩政離弱，卒裁數月遂失國，亦預兆也。」此詞詠歎隋煬帝奢淫逸遊、禍國殃民，似隱寓借古諷今之意。意到筆隨，深隱含蓄。

其二

柳拖金縷①〔一〕。着煙籠霧②。濛濛落絮〔二〕。鳳皇舟上楚女③〔三〕。妙舞。雷喧波上鼓。龍爭虎戰分中土〔四〕。人無主〔五〕。桃葉江南渡〔六〕。襞花牋④〔七〕。豔思牽〔八〕。成篇。宮娥相與傳。

【校 記】

① 縷：吴鈔本作「線」。

② 着：文治堂本、毛本、後印本、四庫本作「著」。

③ 鳳皇：吴鈔本、玄本、湯本、合璧本、清刻本、王輯本、林大椿《唐五代詞》作「鳳凰」。

④ 襞：湯本、合璧本作「劈」，誤。《詞譜》作「擘」。

【箋 注】

〔一〕拖：拖拽，下垂。金縷：金絲。喻指柳條。唐戴叔倫《長亭柳》：「雨搓金縷細，煙裊翠絲柔。」

〔二〕濛濛：紛雜貌。漢枚乘《梁王菟園賦》：「羽蓋繇起，被以紅沫，濛濛若雨委雪。」唐賈島《送神邈法師》：「柳絮落濛濛，西州道路中。」

〔三〕鳳皇三句：言綵舟之上歌舞蹁躚，鼓樂喧闐。楚女：此當指殿腳女。雷喧：雷鳴。唐李群玉《登蒲澗寺後二巖三首》之三：「龍渡潮聲裏，雷喧雨氣中。」

〔四〕龍爭虎戰：喻群雄爭鬭。分中土：逐鹿中原之意。中土：指中原地區。漢陸賈《新語・懷慮》：「魯莊公據中土之地，承聖人之後。」《後漢書・循吏傳・任延》：「時天下新定，道路未通，避亂江南者皆未還中土。」唐孫逖《淮陰夜宿二首》之二：「宿莽非中土，鱸魚豈我鄉。」

〔五〕人無主：隋末群雄紛爭，天下無人主宰。唐楊炯《奉和上元酺宴應詔》：「赤縣空無主，蒼生欲問天。」

〔六〕桃葉渡：渡口名。在今江蘇省南京市秦淮河畔。相傳因晉王獻之在此送其愛妾桃葉而得名。《六朝事實》：「桃葉渡，《圖經》云：在縣南一里秦淮河口。桃葉者，晉王獻之愛妾名也。其妹曰桃根。獻之詩曰：『桃葉復桃葉，渡江不用楫。但渡無所苦，我自迎接汝。』嘗臨此渡歌之。」

〔七〕𨲳花牋：折疊精美的箋紙。

〔八〕豔思：富豔的情思。《藝文類聚》卷十六引南朝梁蕭子範《求撰昭明太子集表》：「若乃緣情體物，繁絃縟錦，縱橫豔思，籠蓋辭林。」唐温庭筠《牡丹》之二：「裁成豔思偏應巧，分得春光最數多。」

【疏　解】

此首仍就題敷衍，寫煬帝南巡游幸之事。運河的標誌性景物，就是千里河堤上遍植的垂柳，所以此詞起句，先從柳樹入筆，借柳色寫春色。「鳳皇舟」三句，描寫水上鼓樂喧天、宫女妙舞的熱鬧場面。這裏的「楚女」，即前篇的「如花殿腳女」。過片寫煬帝的荒淫導致中原鼎沸、天下大亂的嚴重後果，煬帝身死國亡，社稷無主。「桃葉」句牽入晉人軼事，當是詞人信手點綴。「襞花牋」四句，寫煬帝巡幸的風流豔事，被寫入花箋，在宫女中流傳。一首懷古詞，結以豔情，正見《花間》本色。

【集　評】

蕭繼宗《評點校注花間集》：前半紀宸遊，而以「雷喧波上鼓」作結，亦荒唐，亦氣派。後起以「龍爭虎戰」過片，氣脈不斷，與《長恨歌》中之「漁陽鼙鼓動地來，驚破霓裳羽衣曲」，同爲國家興衰關鍵，亦行文叙次轉折之樞紐也。

其　三

花落。煙薄①。謝家池閣。寂寞春深。翠娥輕斂意沉吟②〔一〕。沾襟③〔二〕。無人知此心。玉鑪香斷霜灰冷④〔三〕。簾鋪影。梁燕歸紅杏。晚來天。空悄然⑤〔四〕。孤眠。枕檀雲髻偏⑥。

【校　記】

① 花落二句：陸本斷作「花落煙薄」。

② 娥：鄂本、吴鈔本、湯評本、合璧本、毛本、後印本、正本、四庫本、清刻本、徐本、四印齋本、全本、《歷代詩餘》、王輯本作「蛾」。

③ 沾：全本作「霑」。

④ 鑪：玄本作「鑢」，毛本、後印本、正本、四庫本、清刻本作「爐」。

⑤ 空：王輯本作「思」。

⑥ 髻：湯評本、合璧本作「髩」。

【箋注】

〔一〕沉吟：深思吟味。三國魏曹操《短歌行》：「但爲君故，沉吟至今。」

〔二〕沾襟：浸濕衣襟。多指傷心落淚。《莊子·應帝王》：「列子入，泣涕沾襟以告壺子。」唐王勃《送杜少府之任蜀川》：「無爲在歧路，兒女共沾巾。」

〔三〕霜灰：言香灰慘白如霜。

〔四〕悄然：憂傷貌。隋王通《中説·魏相》：「子悄然作色曰：『神之聽之，介爾景福。』」唐白居易《長恨歌》：「夕殿螢飛思悄然，孤燈挑盡未成眠。」

【疏解】

詞寫閨怨。起三句交待季節環境，暮春花落，觸起女子深深的寂寞感。那是一段無人理解、無人與訴的隱約心曲，使她情有不堪，蹙眉沉吟，淚下沾襟。换頭轉寫閨閣環境，鑪香燃斷，香灰霜冷，氣氛淒涼，見出人的慵懶萎靡。這時天已向晚，夕陽把簾影投在地上，燕子雙雙飛回杏梁上的窠巢。燕子意象仍是反襯。結以女子孤眠挨度這空寂悄然的黄昏，使詞情的抒發更加低沉。

【集評】

蕭繼宗《評點校注花間集》：與温尉同其工麗，同恨其辭肥義瘠耳。

其　四①

風颭〔一〕。波斂②。團荷閃閃③。珠傾露點。木蘭舟上〔二〕，何處吴娃越豔〔三〕。藕花紅照臉。

大堤狂殺襄陽客④〔四〕。煙波隔。渺渺湖光白。身已歸。心不歸。斜暉。遠汀鸂鶒飛。

【校　記】

①《歷代詩餘》調下注曰「又一體」。

②風颭二句：陸本斷作「風颭波斂」。

③團：《詞譜》作「圓」。荷：玄本作「河」，誤。

④殺：《歷代詩餘》作「煞」。

【箋　注】

〔一〕颭：《説文》：風吹浪動也。漢劉歆《遂初賦》：「猋風盲其飄忽兮。迴颭颭其泠泠。」《正字通》：凡風動物，與物受風摇曳者，皆謂之颭。唐柳宗元《登柳州城樓寄漳汀封連四州刺史》：「驚風亂颭芙蓉水，密雨斜侵薜荔牆。」

〔二〕木蘭舟：參見卷六歐陽烱《南鄉子》「洞口誰家」注〔二〕。

〔三〕吴娃越豔：泛指江南美女。唐王勃《採蓮賦》：「吴娃越豔，鄭婉秦妍。」唐李白《經亂離後天恩流夜郎憶舊遊書懷贈江夏韋太守良宰》：「吴娃與越豔，窈窕誇鉛紅。」

〔四〕大堤：即南朝樂府西曲《大堤曲》，爲《襄陽樂》之一。《樂府詩集》卷四八：「《古今樂録》曰：『《襄陽樂》者，宋隨王誕之所作也。誕始爲襄陽郡，元嘉二十六年仍爲雍州刺史，夜聞諸女歌謡，因而作之，所以歌和中有襄陽來夜樂之語也。』舊舞十六人，梁八人。又有《大堤曲》，亦出於此。」劉誕《襄陽樂》之一：「朝發襄陽城，暮至大堤宿。大堤諸女兒，花豔驚郎目。」

【疏　解】

詞借遊客之目傳寫南國少女之美。起四句描寫帶露風荷，詞清句秀。水鄉荷蕩，正是遊客與少女相遇之處。接三句描寫荷花蕩裏、木蘭舟上的南國少女，她們大約是一群嬉戲採蓮的女孩子吧，姣好的臉頰與紅荷相映，愈加襯出了她們的美麗。上片是遊客眼中所見，下片則通過遊客的心理反應，繼續表現「吴娃越艷」之美。遊客被採蓮女子之美深深吸引，情感激蕩不能自已，他唱起《大堤曲》表達心中由衷的讚美。當女孩子們的木蘭舟漸漸遠去，他仍然隔著渺渺煙波，瞻望不已，然已不見她們的蹤影，唯餘夕陽餘暉映著無邊的水光，棲宿的瀲鵜，也在蒼茫的暮色裏飛向遠處的沙汀。下片寫景如畫，景中含情，餘韻悠然。特别是「身已歸，心不歸」二句，不但是「情至語不嫌其直率」，更重要的是這二句寫出了一種極强烈的吸引力和企慕心理，詞人並未直接寫女子之美，而是通過遊客心理反應寫出一種强烈的美的效果，從而完成了對女子之美的最有力的表現。此詞可視爲萊辛《拉奥孔》中「就美的效果來寫美」理論的一個東方古典詩詞例證。

【集　評】

俞陛雲《唐五代兩宋詞選釋》：《河傳》二調須合而觀之。上首所以斂黛沾襟、攲鬟倚枕者，以次首之襄陽狂客，偶見蘭舟豔質，即故劍全忘，即使强歸，而心已去，如逐斜陽瀲鵜而飛。透進一層寫法，愈見怨之深也。

李冰若《花間集評注·栩莊漫記》：「身已歸，心不歸。」情至語不嫌其直率。

蕭繼宗《評點校注花間集》：「身已歸，心不歸」，與韋相追憶江南之作，同其傷感。二語在此詞中，足使全文靈動，正其精警處，不獨「不嫌直率」也。前段寫蓮舟越豔，費語太多，未免可惜。若所見僅止於是，則「心不歸」三字，不亦大重？

花間集校注卷八　四十九首

孫少監光憲　四十七首

菩薩蠻　五首
虞美人　二首
生查子　三首
酒泉子　三首
更漏子　二首
風流子　三首
河滿子　一首
八拍蠻　一首
河瀆神　二首
後庭花　二首
臨江仙　二首
清平樂　二首
女冠子　二首
定西番　二首
玉胡蝶　一首
竹　枝　一首①

思帝鄉 一首　上行盃 二首
謁金門 一首　思越人 二首
楊柳枝 四首　望梅花 一首
漁歌子 二首

魏太尉承班 二首

菩薩蠻二首

【校　記】

①《竹枝》應分爲二首。孫光憲總首數應由四十七首改爲四十八首，卷目總首數應由四十九首改爲五十首。

菩薩蠻　孫少監光憲①

月華如水籠香砌〔一〕。金鐶碎撼門初閉②〔二〕。寒影墮高簷③〔三〕。鉤垂一面簾④〔四〕。

碧煙輕裊裊⑤。紅顫燈花笑⑥〔五〕。即此是高唐。掩屏秋夢長〔六〕。

【校記】

①陸本、茅本、明殘本、徐本、影刊本調前二行分作「花間集卷第八」，「孫光憲四十七首。」張本於調前一行加朱筆校補：「花間集卷第八，孫光憲四十七首。」毛本作「花間集卷八，四十九首」，「孙少監光憲四十七首」、「魏太尉承班二首」，下列細目，後作「菩薩鬘，孫少監光憲」。四庫本作「花間集卷八，四十九首」，「後蜀趙崇祚編」。清刻本作「花間集卷八，五十首」，下列細目，後作「菩薩蠻，孫少監光憲」。蠻，毛本均作「鬘」，正本如之，吴鈔本誤作「巒」。四印齋本作「花間集卷第八，四十九首」。

②鐶：湯本作「環」。

③墮：《歷代詩餘》作「墜」。

④鉤：湯本、合璧本、雪本作「鈞」，誤。

⑤裊裊：鍾本作「褭褭」。全本作「嫋嫋」。

⑥顫：鄂本、毛本、後印本、正本、四庫本、清刻本、四印齋本、全本、王輯本、林大椿《唐五代詞》作「戰」。

【箋注】

〔一〕月華：月光，月色。南朝梁江淹《雜體詩·效王微〈養疾〉》：「清陰往來遠，月華散前墀。」唐張若虚《春江花月夜》：「此時相望不相聞，願逐月華流照君。」香砌：香階，臺階之美稱。一説指庭院中用磚石砌成的花池，可以養花種竹。又稱庭砌。

〔二〕金鐶：門或屏風上的金屬環鈕。唐李頎《崔五六圖屏風各賦一物得烏孫佩刀》：「主人屏風寫奇狀，鐵鞘金鐶儼相向。」碎撼：輕摇。

〔三〕寒影：帶有寒意的影子。唐孟浩然《秋宵月下有懷》：「庭槐寒影疏，鄰杵夜聲急。」此句言高高的屋簷在月光裏投下影子。

〔四〕一面：一幅。

〔五〕紅顫：言燈花爆閃。燈花笑：即燈花爆，擬人。燈花：燈心餘燼結成的花狀物，俗以燈花爲吉兆。漢劉歆《西京雜記》卷三：「夫目瞤得酒食，燈火華得錢財，乾鵲噪而行人至，蜘蛛集而百事嘉。小既有徵，大亦宜然。故目瞤則咒之，火華則拜之，乾鵲噪則餧之，蜘蛛集則放之。」北周庾信《對燭賦》：「刺取燈花持桂燭，還卻燈檠下燭盤。」唐杜甫《獨酌成詩》：「燈花何太喜？酒緑正相親。」

〔六〕即此二句：用宋玉《高唐賦》楚王夢神女典事，參見卷二韋莊《歸國遥》「春欲晚」注〔六〕。

【疏　解】

詞寫幽會歡情，采男子的視角。上片叙寫月華如水的夜晚，男子前來赴會，門環細碎的晃動，屋簷投下的暗影，銀鉤静垂的繡簾，都引起他敏鋭的心理感應。下片描寫歡會，用氛圍烘托和典故代指。换頭二句是男子進入閨房所見，香爐裏飄起的裊裊碧煙，使室内的氣氛變得朦朧起來，紅色的燈焰在輕煙裏閃動著，像是這個夜晚露出的一抹温暖迷醉的笑意。在這宜人的環境氛圍中，幽會進入高潮，男子感覺今夕畫屏幽夢，就是楚王的高唐夢。結二句是全詞的緊要處，言情到這般田地，如取正面描寫，勢必有涉褻穢，詞筆妙在不取正面，而是用典故意象進行暗示，用悠悠的夢境加以虚化處理。使得詞情雅美，不落豔情俗套，給人以含蓄的回味餘地。

【集　評】

卓人月《古今詞統》卷五徐士俊評語：燭啼有淚，燈笑生花。

鍾本評語：「鉤垂一面簾」，隨手拈弄無不雅。

李調元《雨村詞話》卷一：孫光憲《菩薩蠻》詞：「碧煙輕裊裊。紅顫燈花笑。」「顫」字新。

吴梅《詞學通論》第六章：《菩薩蠻》云：「碧煙輕裊裊。紅顫燈花笑。」蓋諷弋取名利，憧憧往來者也。

蕭繼宗《評點校注花間集》：後半黯矣而尚能藴藉。

其二

花冠頻鼓牆頭翼①〔一〕。東方澹白連窗色②。門外早鶯聲。背樓殘月明。　薄寒籠醉態〔二〕。依舊鉛華在〔三〕。握手送人歸。半拖金縷衣。

【校記】

①花冠：王輯本作「花鼓」，誤。

②澹白：鍾本作「澹薄」。

【箋注】

〔一〕花冠句：言雄雞在牆頭上頻頻展翅，啼鳴報曉。花冠：雄雞。唐汪遵《雞鳴曲》：「金距花冠傍舍棲，清晨相叫一聲齊。」

〔二〕薄寒：微寒。《楚辭·九辯》：「憯悽增欷兮，薄寒之中人。」唐杜甫《重簡王明府》：「甲子西南異，冬來只薄寒。」

〔三〕鉛華：化妝之鉛粉。三國魏曹植《洛神賦》：「芳澤無加，鉛華弗御。」

【疏解】

此首承上，寫歡會之後清晨相别，仍采男子視角。上片描寫黎明景色：雞聲報曉，東窗泛白，門外早鶯已啼，背樓殘月猶明，一夕幽歡，又到别時。下片描寫女子送别情態：拂曉的微寒裏，她還留有幾分宿酒的醉意，起身之後未及晨妝，即與男子匆匆握别。那殘妝的鉛華和半拖著的金縷衣，似都在訴説著女子的依依别情。綜觀全詞，上片寫景和下片寫人，均臻「歷歷如繪」之境界（李冰若《栩莊漫記》）。

【集評】

俞陛雲《唐五代兩宋詞選釋》：二詞亦連綴而作。前首紀相逢，麗不傷雅，僅以淡筆寫之。後首言相别，破曉分襟，鶯聲殘月，曉景宛然。「握手」二句，見推枕而起，攬衣未整，已唱驪歌，握手匆匆，離情無限，與《片玉詞》之「露寒人遠」，情景相類。

李冰若《花間集評注·栩莊漫記》：情事歷歷如繪。

蕭繼宗《評點校注花間集》：結語寫真而未必盡美。

其　三①

小庭花落無人掃。踈香滿地東風老②〔一〕。春晚信沉沉③〔二〕。天涯何處尋。　曉堂屏六扇〔三〕。眉共湘山遠〔四〕。争奈别離心④。近來尤不禁⑤〔五〕。

【校　記】

①《草堂詩餘别集》調下題作《春晚》。

②踈：鼂本、鄂本、陸本、吴鈔本、茅本、玄本、明殘本、正本、影刊本作「疎」。

③春晚：《花間集注》作「春曉」。

④争奈：鄂本、毛本、後印本、正本、四庫本、清刻本、四印齋本、林大椿《唐五代詞》作「争那」。

⑤尤：毛本《唐宋諸賢絶妙詞選》作「九」。

【箋　注】

〔一〕踈香：清淡的芳香。此指落花。東風老：指暮春。唐羅隱《送人赴職任褒中》：「海棠花謝東風老，應念京都共苦辛。」

〔二〕信沉沉：參見卷四張泌《女冠子》「露花煙草」注〔六〕。

〔三〕屏六扇：參見卷六顧敻《玉樓春》「拂水雙飛來去燕」注〔一〕。

〔四〕眉共句：言女子畫遠山眉，如同屏風上所繪湘山遠景。湘山：山名。即君山。在湖南省岳陽市西南洞庭湖中。《史記·秦始皇本紀》：「上問博士曰：『湘君何神？』博士對曰：『聞之，堯女舜之妻而葬此。』於是始皇大怒，使刑徒三千人皆伐湘山樹，赭其山。」北魏酈道元《水經注·湘水》：「是山，湘君之所遊處，故曰君山矣。昔秦始皇遭風於此。」或謂指湖南湘潭北之黄陵山。

〔五〕尤不禁：尤其難耐。

【疏　解】

詞寫别後相思。起二句描寫小院落紅滿地的殘春景色，烘染傷春傷别之情。接二句寫天涯遠人一春魚雁無消息，讓女子思念牽掛不已。下片轉寫室内，繪有湘山煙景的六扇屏風，曾經爲他們圍攏出一個怎樣温馨的小小世界，而今她只能空閨獨守。春已遲暮，人仍未歸，且音書斷絶，這一春的離愁别恨層層堆積，此時的她感到難以承受。結二句「爭奈别離心。近來尤不禁」，寫的就是女子暮春時節的特殊情感體驗和心理感受。孫光憲詞多有雋句，此首篇幅雖短，但如起二句寫景，即頗有風致，尤其是「眉共湘山遠」一句，信手點染，已覺「妙甚」（鍾本《花間集》評語）。

【集 評】

沈際飛《草堂詩餘别集》卷一：氣幽情快。

湯顯祖評《花間集》卷三：「老」字、「擡」字、「曉」字俱下得妙。三詞本佳，而得此三字更覺生色。

鍾本評語：「眉共湘山遠」，妙甚。

蕭繼宗《評點校注花間集》：兩結寫情，未嘗深至。「近來」字亦只尋常，如温庭筠「近來心更切」，牛嶠「近來情轉深」，皆字面有轉折，含義無層深。

其 四

青巖碧洞經朝雨①。隔花相喚南溪去②〔一〕。一隻木蘭船。波平遠浸天。　扣舷驚翡翠③〔二〕。嫩玉擡香臂〔三〕。紅日欲沉西。煙中遥解觿④〔四〕。

【校記】

①巖：正本、全本、《歷代詩餘》作「岩」。玄本作「巌」。湯本作「巗」。

②喚：王輯本作「歡」。

③扣舷：鄂本、毛本、後印本、正本、四庫本、清刻本、四印齋本、全本、林大椿《唐五代詞》作「扣船」。毛本、後印本、四庫本、清刻本小注曰：「『船』一作『舷』。」舷：晁本、清刻本、影刊本缺末筆。吴鈔本作「舡」。

④觿：晁本、吴鈔本作「携」，陸本、玄本、茅本、雪本、明殘本、徐本、影刊本、《歷代詩餘》、王輯本、《花間集評注》作「攜」，鍾本、湯本、合璧本、張本作「擕」，鄂本、毛本、後印本、正本、四庫本、四印齋本作「觽」。

【箋注】

〔一〕南溪：成都西郊錦江支流浣花溪，又稱南溪。唐杜甫《漢川王大録事宅作》：「南溪老病客，相見下肩輿。」唐杜甫《送韋郎司直歸成都》：「爲問南溪竹，抽梢合過牆。」仇兆鼇注：「南溪，即浣花溪。」又，河南登封少室山南麓亦有南溪，爲潁水上源之一。此處或泛言南邊的溪流。

〔二〕扣舷：敲擊船舷以爲棹歌節拍。唐杜甫《秋日夔府詠懷奉寄鄭監李賓客一百韻》：「東郡時題壁，南湖日扣舷。」唐李中《江行夜泊》：「漁父何疏逸，扣舷歌未闌。」翡翠：水鳥名。嘴長而直，善啄魚蝦，羽毛有藍、緑、赤、棕等色，可做裝飾品。《楚辭·招魂》：「翡翠珠被，爛齊光些。」王逸注：「雄曰翡，雌曰翠。」洪興祖補注：「翡，赤羽雀；翠，青羽雀。」晉左思《吴都賦》：「山雞歸飛而來棲，翡翠列巢以重行。」

〔三〕嫩玉句：言女子之臂嬌嫩如玉。

〔四〕解觿：謂解珮相贈。觿，象骨製成的解繩結的角錐，亦用爲飾物。佩觿，表示已成年，具有才幹。《詩·衛風·芄蘭》：「芄蘭之支，童子佩觿。」

【疏解】

詞寫南土風情。一起「青巖碧洞」四字，即顯示出鮮明的地域特色，「隔花相喚」的落落大方，更非中土禮教社會尋常所能見到。約會的男女乘坐一隻木蘭船，漂浮在倒映著天光雲影的無邊水面上，這該是何等的歡快自在！「波平遠浸天」五字，描寫水天一色、淼淼無涯之景，境界闊大，筆力非凡，與《花間》詞多寫庭院池沼小景，完全不是一種路數。過片從無邊煙水上拉近鏡頭距離，聚焦木蘭船上的女子，她抬起嫩玉般的手臂扣舷而歌，驚飛了棲止船頭守望魚兒的翡翠鳥。特寫畫面，極爲生動鮮活。結二句又將畫面推向遠處，迷離的黄昏煙靄裏，歡游一天臨近分別時刻的情人，解佩相贈，互表深情。如果是影視作品，這一結二句應是一組遠景慢鏡頭，朦朧縹緲的畫面，賦予這質樸的人間情愛以一種難以言説的超越美感。

【集評】

卓人月《古今詞統》卷五徐士俊評語：孫有句云「片帆煙際閃孤光」，足括此八句。

蕭繼宗《評點校注花間集》：畫面不惡。「煙中」句，豔冶中兼具淒迷之致。

其五

木綿花映叢祠小①〔一〕。越禽聲裏春光曉②〔二〕。銅鼓與蠻歌③〔三〕。南人祈賽多〔四〕。

客帆風正急。茜袖偎檣立④〔五〕。極浦幾回頭〔六〕。煙波無限愁。

【校記】

① 綿：王輯本、林大椿《唐五代詞》作「棉」。

② 曉：王輯本作「老」。

③與：毛本《唐宋諸賢絶妙詞選》作「雜」。

④茜：吴鈔本作「苗」，誤。偎檣：鄂本、四印齋本、林大椿《唐五代詞》作「隈牆」，湯本、合璧本作「偎牆」，文治堂本、毛本、後印本、正本、清刻本作「隈檣」。

【箋　注】

〔一〕木綿：即「木棉」，落葉喬木。先葉開花，大而紅。又名攀枝花、英雄樹。《太平御覽》卷九六〇引晉郭義恭《廣志》：「木緜樹赤華，爲房甚繁，偪則相比，爲緜甚軟，出交州永昌。」唐章碣《送謝進士還閩》：「卻擁木綿吟麗句，便攀龍眼醉香醪。」叢祠：建在叢林中的神廟。《舊唐書·僖宗紀》：「頃者妖興霧市，嘯聚叢祠，而岳牧藩侯，備盜不謹。」參見卷一温庭筠《河瀆神》「河上望叢祠」注〔一〕。

〔二〕越禽：即越鳥，南方的禽鳥。唐顧況《送大理張卿》：「越禽唯有南枝分，目送孤鴻飛向西。」

〔三〕銅鼓：古代西南少數民族節日、祭祀活動中所使用的樂器。俗稱「諸葛鼓」。《後漢書·馬援傳》：「援好騎，善别名馬，於交趾得駱越銅鼓，乃鑄爲馬式。」宋范成大《桂海虞衡志·志器》：「銅鼓，古蠻人所用。南邊土中時有掘得者，相傳爲馬伏波所遺，其制如坐墩而空其下。滿鼓皆細花紋，極工緻。四角有小蟾蜍。兩人舁行，以手拊之，聲全似鞞鼓。」唐李賀《黄家洞》：「黑幡三點銅鼓鳴，高作猿啼摇箭箙。」蠻歌：南方部族民歌。唐杜甫《夜二首》其一：「蠻歌犯星起，空覺在天邊。」

〔四〕南人：南方人。《論語·子路》：「南人有言曰：『人而無恒，不可以作巫醫。』」何晏集解引孔安國曰：「南人，南國之人。」唐劉禹錫《竹枝》之一：「南人上來歌一曲，北人莫上動鄉情。」祈賽：見卷五張泌《河瀆神》「古樹噪寒鴉」注〔四〕。

〔五〕茜袖：絳紅衣袖。代指紅衫女子。唐杜牧《商山麻澗》：「秀眉老父對樽酒，茜袖女兒簪野花。」檣：桅杆。

〔六〕極浦：遥遠的水濱。《楚辭·九歌·湘君》：「望涔陽兮極浦，横大江兮揚靈。」王逸注：「極，遠也；浦，水涯也。」南朝梁江淹《雜體詩·效謝惠連〈贈别〉》：「停艫望極浦，弭棹阻風雪。」

【疏　解】

詞寫南土風情，采遊人視角。上片描寫隱映在木棉花叢中的神祠裏，正在熱鬧進行的祭祀活動。木棉、叢祠、越禽、銅鼓、蠻歌，都是南粤風土的標誌性意象，它們無疑都給泊船觀看的遊人，帶來無限新奇之感。下片寫遊人看罷南人祈賽，登船就道之際，忽見隣船上一紅衣女子倚檣而立，女子的情態韻致，一瞬間竟讓遊人生出愛慕之意。此時一帆風快，客船迅速駛向遠處，但這驚鴻一瞥，竟讓他禁不住頻頻回顧，然煙波極浦，斯人已遠，遊客唯有徒唤奈何而已。讀這類詞，可以從中領略地域風俗人情人性之美好。

【集　評】

鍾本評語：風景纏綿，自是歌曲中物。

俞陛雲《唐五代兩宋詞選釋》：銅鼓聲中，木棉花下，正蠻江春好之時。忽翠袖並船，驚鴻一瞥，方待回頭，頃刻隔幾重煙浦，其惆悵何如。「正是客心孤回處，誰家紅袖倚江樓」，文人之遐想，有此相似者。

李冰若《花間集評注·栩莊漫記》：南國風光，躍然紙上。

蕭繼宗《評點校注花間集》：「茜袖偎檣立」，如在目前；「煙波無限愁」，亦饒遠韻。

河瀆神①

汾水碧依依〔一〕。黄雲落葉初飛〔二〕。翠華一去不言歸②〔三〕。廟門空掩斜暉③。四壁陰森排古畫〔四〕。依舊瓊輪羽駕④〔五〕。小殿沉沉清夜。銀燈飄落香灺〔六〕。

【校　記】

①《歷代詩餘》調下注曰：「雙調四十九字，前後段分平仄韻。此調詞家多填爲祠廟之作，亦《九歌》迎神、送神意也。」

②翠華：鄂本、吴鈔本、後印本、正本、四庫本、清刻本、全本、《歷代詩餘》、林大椿《唐五代詞》作「翠娥」。毛本、四印齋本作「翠蛾」。張本頁眉朱筆校曰：「『華』抄作『蛾』。」

③廟：毛本、四庫本作「庿」。

④畫：玄本作「画」。

【箋　注】

〔一〕汾水：在山西省中部，爲黄河第二大支流。《水經注·汾水》：「汾水出太原汾陽縣北管涔山。」《山海經》：「管涔之山，其上無草木，而下多玉。汾水出焉，西流注於河。」

〔二〕黄雲：秋冬的雲氣。唐孟郊《感懷》：「登高望寒原，黄雲鬱崢嶸。」

〔三〕翠華：天子儀仗中以翠羽爲飾的旗幟或車蓋。《文選·司馬相如〈上林賦〉》：「建翠華之旗，樹靈鼉之鼓。」李善注：「翠華，以翠羽爲葆也。」南朝梁沈約《九日侍宴樂游苑》：「虹旌迢遞，翠華葳蕤。」用爲御車或帝王的代稱。唐陳鴻《長恨歌傳》：「潼關不守，翠華南幸。」

一去不言歸：漢武帝曾祭汾水，作《秋風辭》。此或指武帝樓船儀仗一去不歸。

〔四〕四壁句：言汾水祠廟四壁的繪飾，因年代久遠，故覺色澤晦暗陰森。

〔五〕瓊輪羽駕：指壁畫上的神祇所乘車駕。瓊輪：玉輪。《雲笈七籤》卷三十：「我入八景，迴駕瓊輪，仰升九天，白日飛仙。」唐章碣《對月》：「瓊輪正輾丹霄去，銀箭休催皓露凝。」羽駕：傳説以鸞鶴爲馭的坐車。亦借指神仙。南朝梁沈約《游金華山》：「若蒙羽駕迎，得奉金書召。」唐皇甫枚《三水小牘・步飛煙》：「雖羽駕塵襟，難於會合；而丹誠皎日，誓以周旋。」

〔六〕香灺：燈燭餘燼。唐李白《清平樂》之二：「玉帳鴛鴦噴蘭麝，時落銀燈香灺。」唐李商隱《聞歌》：「此聲腸斷非今日，香灺燈光奈爾何！」

【疏　解】

詞詠本調，「直書祠廟中事」（湯顯祖評《花間集》卷三）。上片描寫秋日黄昏汾水祠廟的冷落荒寂。翠華指帝王儀仗，漢武帝曾祭汾水，作《秋風辭》，此或指武帝巡幸的車駕旗幟。也可以把翠華解爲河神的羽儀。下片描寫祠廟裏的壁畫，因是古畫色澤暗淡，又值黄昏光線不明，所以給人以陰森的感覺。「瓊輪羽駕」指壁畫上的帝王車駕或神仙車駕。揣想壁畫的内容，或是畫漢武帝當年巡幸汾水的故事，或是畫汾河水神的故事。結二句寫祠廟燈燭燒殘，夜色沉沉，進一步渲染古祠深殿的森然之感。

【集　評】

湯顯祖評《花間集》卷三：原題本旨，直書祠廟中事，自無借撥空影習氣。

鍾本評語：杜詩：「山鬼迷春竹，湘娥倚暮花」，數闋似此中變化。

陳廷焯《雲韶集》卷一：「裊裊兮秋風，洞庭波兮木葉下。」起筆仿佛似之。

華鍾彦《花間集注》卷八：孫詞二首，皆就題發揮。

蕭繼宗《評點校注花間集》：起筆高爽，「廟門」句逗入下文，一片幽森，《九歌·山鬼》之流亞也。

其　二

江上草芊芊〔一〕。春晚湘妃廟前〔二〕。一方卵色楚南天①〔三〕。數行征雁聯翩②〔四〕。　獨倚朱欄情不極③〔五〕。魂斷終朝相憶。兩槳不知消息④〔六〕。遠汀時起鸂鶒〔七〕。

【校　記】

① 卵色：《花間集校》作「柳色」，校曰：「晁、毛、茅、玄、湯、雪諸本作『一方夘色』，晁、茅本並小

注：『作夘，夘古柳字；作泖，泖水名。』」按：晁本實作「夘」。陸本、鍾本、張本、明殘本、徐本、影刊本注同晁本、茅本。湯本、合璧本、鍾本、清刻本、《花間集注》作「卯色」，《花間集注》曰：「卯，或誤作柳，兹據明巾箱本校正。卯色，謂魚肚白色也。陸游詩『薄日烘雲卯色天』，蓋即本此。」曾昭岷等《全唐五代詞》校曰：「『卯』，原作『夘』，……『卯』，行書作『夘』。蘇軾《和林子中待制》詩：『共把鵝兒一尊酒，相逢卯色五湖天。』陸游《東門外遍歷諸園及僧院觀遊人之盛》詩：『微風蹙水靴紋浪，薄日烘雲卯色天。』卯色，蛋殼之微黄色也。」鄂本、四印齋本、林大椿《唐五代詞》作「柳色」。吴鈔本作「卯」，明殘本、毛本、後印本、徐本作「夘」。

② 征雁：鄂本、毛本、後印本、正本、四庫本、清刻本、四印齋本、全本、《歷代詩餘》、林大椿《唐五代詞》作「斜雁」。

③ 倚：王輯本作「憶」。欄：毛本、後印本、四庫本作「闌」。

④ 槳：茅本、玄本、鍾本、清刻本作「漿」，並誤。湯本、合璧本作「將」，亦誤。

【箋注】

〔一〕芊芊：草木茂盛貌。《列子・力命》：「美哉國乎，鬱鬱芊芊。」唐張聿《餘瑞麥》：「仁風吹靡靡，甘雨長芊芊。」

〔二〕湘妃廟：即黄陵廟。唐杜甫《湘夫人祠》：「肅肅湘妃廟，空牆碧水春。」參見卷五毛文錫《臨江仙》「暮蟬聲盡落斜陽」注〔三〕。

〔三〕卵色：喻指天色。各家解釋不一：或謂魚肚白色，或謂蛋青色，或謂蛋黄色。參見校勘記。

〔四〕征雁：遷徙的雁，多指秋天南飛的雁。南朝梁劉潛《從軍行》：「木落雕弓燥，氣秋征鴈肥。」唐李涉《送魏簡能東遊》之二：「燕市悲歌又送君，目隨征雁過寒雲。」聯翩：鳥飛貌。《文選·陸機〈文賦〉》：「浮藻聯翩，若翰鳥纓繳而墜曾雲之峻。」李周翰注：「聯翩，鳥飛貌。」唐皇甫冉《送處州裴使君赴京》：「唯有聯翩翼，翻隨南雁翔。」

〔五〕不極：無窮，無限。南朝梁江淹《雜體詩序》：「藍朱成彩，雜錯之變無窮；宫角爲音，靡曼之態不極。」唐李白《古風》之四三：「淫樂心不極，雄豪安足論。」

〔六〕兩槳：雙槳。《樂府詩集·雜曲歌辭》十二《西洲曲》：「西洲在何處，兩槳橋頭渡。」此代指乘舟遠去之人。

〔七〕遠汀：遠處的汀洲。唐顧非熊《題永福寺臨淮亭》：「砧杵鳴孤戍，烏鳶下遠汀。」

【疏　解】

此首仍就題發揮，寫湘妃祠廟和湘妃候人。上片描寫湘妃廟前春晚景色，江岸芳草芊芊，碧天數行征雁。下片人物出場，仿佛《楚辭·九歌》中的《湘君》、《湘夫人》所寫情形。候人的湘妃倚欄悵望，情思無窮，極目終日，不見帆影。惟見遠處的汀洲上，雙雙的紫鴛鴦嬉戲追逐，時起時落。「兩槳不知消息，遠汀時起鸂鶒」二句，以景結情，語淡意足，含思綿邈，頗受稱道。或謂下片寫人間女子在湘妃廟前相思懷人，説亦可通。

【集　評】

楊慎《丹鉛餘録》卷九：唐詩「殘霞蹙水魚鱗浪，薄日烘雲卵色天」。東坡詩：「笑把鴟夷一樽酒，相逢卵色五湖天。」正用其語。《花間詞》「一方卵色楚南天」，注以「卵」爲「泖」，非也。注東坡詩者，亦改「卵色」爲「柳色」，王龜齡亦不及此耶？

卓人月《古今詞統》卷六徐士俊評語：杜詩：「山鬼迷春竹，湘娥倚暮花。」二闋似從此中變化。

賀裳《皺水軒詞筌》：傷離念遠之詞，無如查荎「斜陽影裏，寒煙明處，雙槳去悠悠」，令人不能爲懷。然尚不如孫光憲「兩槳不知消息，遠汀時起鸂鶒」，尤爲黯然。洪叔璵「醉中扶上木蘭舟，醒來忘卻桃源路」，造語尤工，卻微著色矣。兩君專以淡語入情。

沈雄《古今詞話·詞品》卷下引王阮亭曰：有詞翻來極淺，反爲入情者。孫葆光云：「雙槳不知消息，遠汀時起鸂鶒。」……無如查荎云：「斜陽影裏，寒煙明處，雙槳去悠悠。」翻令人不能爲懷。

蕭繼宗《評點校注花間集》：前半尚佳，後幅不稱，視「汾水」一章，大有遜色。

虞美人

紅窗寂寂無人語①〔一〕。暗澹梨花雨②〔二〕。繡羅紋地粉新描③〔三〕。博山香炷旋抽條〔四〕。暗魂銷④。　天涯一去無消息。終日長相憶。教人相憶幾時休⑤。不堪悵觸別離愁〔五〕。淚還流。

【校　記】

① 紅：王輯本無「紅」字。

② 暗：鄂本、毛本、四印齋本、全本、《歷代詩餘》、林大椿《唐五代詞》作「睡」。澹：毛本、正本、四庫本、清刻本作「淡」。梨花：王輯本作「繡花」。

③ 繡羅：王輯本作「羅繡」。

④ 暗魂：鄂本、毛本、後印本、正本、四庫本、清刻本、四印齋本作「睡魂」。

⑤ 教：鄂本、毛本、後印本、正本、清刻本、四印齋本、王輯本、林大椿《唐五代詞》作「交」。根觸：鄂本、毛本、四庫本、四印齋本作「振觸」。雪本作「長觸」。吴鈔本作「根觸」，誤。正本

作「悵觸」。

【箋　注】

〔一〕紅窗：紅色窗户，多代指女性閨閣。唐徐夤《霜》：「紅窗透出鴛衾冷，白草飛時雁塞寒。」

〔二〕梨花雨：梨花開放時節的雨水。

〔三〕繡羅句：言絲羅帳幃或衣衫上，有新近繡出的粉色花紋。

〔四〕博山：香爐。參見卷二韋莊《歸國遥》「春欲晚」注〔七〕。抽條：言香穗也。參見卷一温庭筠《更漏子》「金雀釵」注〔五〕。

〔五〕棖觸：感觸。唐李商隱《戲題樞言草閣三十二韻》：「君時卧棖觸，勸客白玉杯。」

【疏　解】

詞抒相思之情。起二句寫紅窗外梨花帶雨，紅窗内悄無人聲，氣氛暗淡寂寞。接寫窗内閨中，繡羅帳上的圖案剛用彩粉描就，博山爐裏的炷香已然結出香穗。這空寂的閨幃，越是華美芬芳，越是讓獨守的女子感覺難過。下片寫女子終日相思的苦況。因男子「天涯一去無消息」，致使女子陷入無休無止的憶念牽掛情緒的折磨之中，她不知道男子何日歸來，所以她也不知道這惱人的相思何日是了。結以女子不堪離愁的熬煎，再次流下痛苦的淚水。詞情哀婉感傷。

【集　評】

湯顯祖評《花間集》卷三：《益州方物圖贊》「虞」作「娱」，集中諸調，都不及虞姬事，想以此故。

蕭繼宗《評點校注花間集》：後半陳腔濫調，真成辭費。

其　二

好風微揭簾旌起①。金翼鸞相倚〔一〕。翠簷愁聽乳禽聲②〔二〕。此時春態暗關情〔三〕。獨難平。

畫堂流水空相翳〔四〕。一穗香遥曳③〔五〕。交人無處寄相思④。落花芳草過前期。没人知。

【校　記】

① 好風：王輯本作「江風」。

② 簷：吴鈔本作「詹」。聲：王輯本作「能」。

③ 遥：鄂本、毛本、後印本、正本、四庫本、清刻本、四印齋本、全本、《歷代詩餘》、《唐宋人選唐宋詞》本《花間集》作「摇」。

④ 交：陸本、吳鈔本、茅本、湯本、合璧本、張本、明殘本、四庫本、徐本、影刊本、全本、《歷代詩餘》、王輯本作「教」。

【箋　注】

〔一〕金翼鸞：簾上所繡的金翅鸞鳳。

〔二〕翠簷：翠色的屋簷。五代韋縠《宫詞》：「迎春燕子尾纖纖，拂柳穿花掠翠簷。」乳禽：雛鳥。

〔三〕春態：春日的景象。唐杜牧《丹水》：「恨聲隨夢去，春態逐雲來。」

〔四〕翳：遮蔽。

〔五〕一穗句：言香穗隨風摇曳。

【疏　解】

詞寫春怨。上片觸景生情，先寫繡簾上的雙鸞圖案，再寫屋簷間的乳禽叫聲，所見所聞，無不觸動女子的懷春之情，讓她心潮起伏，難以平静。這裏所寫的季節與人情之間，有著深刻的内在感應。下片刻畫女子的心理活動，由於不知道男子行蹤，她連一封書信都無處可寄，看看又是花落春去，已過了事先約定的歸期，她還得在無盡的思念中苦苦地等待下去。又有誰人知道她所禁受的這一切苦楚呢？「交人無處寄相思」一句，當是晏殊《蝶戀花》名句「欲寄彩箋兼尺素，山長水闊知何處」所本。詞中亦有不可解處，如「畫堂流水空相翳」一句，讀之再三，仍不知所云者何。

【集評】

蕭繼宗《評點校注花間集》：「翠簷」三句，未免過火。「翳」字生硬，不當如是趁韻。湯顯祖屢言《虞美人》當詠虞姬，一孔之見，刺刺不休。

後庭花①

景陽鍾動宮鶯囀〔一〕。露涼金殿。輕飈吹起瓊花旋②〔二〕。玉葉如剪〔三〕。晚來高閣上③，珠簾卷④。見墜香千片〔四〕。修蛾慢臉陪雕輦⑤〔五〕。後庭新宴〔六〕。

【校記】

①《歷代詩餘》調下注曰：「又一體，雙調四十六字。」

②輕飈：晁本、陸本、吴鈔本、毛本、鍾本、張本、明殘本、徐本、影刊本小注曰：「『輕飈』一作『鮮

颸』。」颸：正本作「颸」。旋：鄂本、毛本、後印本、正本、四庫本、清刻本、四印齋本、全本、《歷代詩餘》、林大椿《唐五代詞》作「綻」。茅本「旋」朱描爲「綻」。

③ 高閣：王輯本作「閣高」，誤。

④ 卷：吴鈔本、湯本、鍾本作「捲」。

⑤ 蛾：玄本作「娥」。慢：湯本、合璧本、《詞譜》作「曼」。

【箋注】

〔一〕景陽鍾：參見卷六顧敻《虞美人》「觸簾風送景陽鍾」注〔一〕。

〔二〕輕颸：微風。北周王褒《九日從駕詩》：「華露霏霏冷，輕颸颯颯涼。」瓊花：花名。唐李白《秦女休行》：「西門秦氏女，秀色如瓊花。」宋宋敏求《春明退朝録》卷下：「揚州后土廟有瓊花一株，或云自唐所植，即李衛公所謂玉蕊花也。」宋周密《齊東野語·瓊花》：「揚州后土祠瓊花，天下無二本，絶類聚八仙，色微黄而有香。仁宗慶曆中，嘗分植禁苑，明年輒枯，遂復載還祠中，敷榮如故。淳熙中，壽皇亦嘗移植南内，逾年憔悴無華，仍送還之。其後，宦者陳源，命園丁取孫枝移接聚八仙根上，遂活，然其香色則大減矣。杭之褚家塘瓊花園是也。今后土之花已薪，而人間所有者，特當時接本，髣髴似之耳。」

〔三〕玉葉：對花木葉子之美稱。接上句瓊花而寫及玉葉。南朝梁江淹《學梁王兔園賦》：「青樹玉葉，彌望成林。」

〔四〕墜香：唐吴融《和僧詠牡丹》：「都是支郎足情調，墜香殘蕊亦成吟。」此指墜落的瓊花。承上片「輕飈吹旋」。

〔五〕修蛾慢臉：長眉嬌臉。唐白居易《憶舊遊》：「脩娥慢臉燈下醉，急管繁絃頭上催。」雕輦：飾有浮雕、彩繪的華美輦車。漢張衡《東京賦》：「是時稱警蹕已，下雕輦於東厢。」唐顧況《樂府》：「細草承雕輦，繁花入幔城。」

〔六〕後庭新宴：言陳後主後宫縱樂，新開宴席。《陳書》卷七《皇后列傳》：「後主每引賓客對貴妃等遊宴，則使諸貴人及女學士與狎客共賦新詩，互相贈答，採其尤豔麗者以爲曲詞，被以新聲，選宫女有容色者以千百數，令習而歌之，分部迭進，持以相樂。其曲有《玉樹後庭花》、《臨春樂》等，大指所歸，皆美張貴妃、孔貴嬪之容色也。其略曰：『璧月夜夜滿，瓊樹朝朝新。』」《南史・陳本紀下》：「陳後主愈驕，不虞外難，荒於酒色，不恤政事。左右嬖佞珥貂者五十人，婦人美貌麗服巧態以從者千餘人。常使張貴妃、孔貴人等八人夾坐，江總、孔範等十人預宴，號曰『狎客』。先令八婦人襞采箋，製五言詩，十客一時繼和，遲則罰酒。君臣酣飲，從夕達旦，以此爲常。」

【疏　解】

詞詠本調，寫陳後主宫廷事，乃弔古之作。上片描寫宫中景色，詞彩明麗，調性輕柔。下片寫宫中晚宴。高閣之上，珠簾捲起，爲一場盛宴做好了準備，這時，漂亮的宮娥們陪侍著後主的車輦，正來趕赴盛大的後庭夜宴。陳後主「荒於酒色，不恤政事」、「君臣酣飲，從夕達旦」的記載，見於《南史》等史書，當爲此詞所本。詞中「輕飈吹花」、「墜香千片」的景物描寫，或寓有詞人的盛衰之歎。此詞鋪寫陳後主奢靡的後宫生活，詞藻綺麗，風格香豔，總的來看仍相當鮮明地顯示出《花間》詞體的特點，詠史懷古之作借古諷今的意圖並不明顯。

【集　評】

蕭繼宗《評點校注花間集》：《後庭花》一調，陳後主造，《隋書·樂志》稱其「綺豔相高，極於輕薄」。味其調風，蓋歌舞相兼，猶見隊仗唱和，抑揚應節之致，然付之朗誦，則板滯不靈，蓋歌誦兼美，殊不易也。

其　二①

玉英

石城依舊空江國②〔一〕。故宫春色〔二〕。七尺青絲芳草碧③〔三〕。絶世難得〔四〕。

凋落盡〔五〕，更何人識。野棠如織〔六〕。只是教人添怨憶④。悵望無極。

【校　記】

①《歷代詩餘》調下注曰「又一體」。

②國：玄本作「国」。

③碧：宋、明、清各本《花間集》、全本、林大椿《唐五代詞》、《唐宋人選唐宋詞》本《花間集》作「緑」。吳鈔本、《詞律》、《歷代詩餘》作「碧」，從改。《評點校注花間集》「校記」曰：「第三句應叶，萬紅友謂『緑』應作『碧』，良是。」

④教人：王輯本作「教」，無「人」字。

【箋　注】

〔一〕石城：即石頭城，石首城。故址在今江蘇省南京市清涼山。本楚金陵邑。《三國志·吳書·吳主傳》：「建安十六年，權徙治秣陵，明年城石頭。」城負山面江，南臨秦淮河口，當交通要衝，六朝時爲建康軍事重鎮。唐以後，城廢。《文選·謝靈運〈初發石首城〉詩》李善注引伏韜《北征記》：「石頭城，建康西界臨江城也，是曰京師。」宋岳珂《桯史·石城堡寨》：「六朝建國江左，臺城爲天闕，復築石頭城於右，宿師以守，蓋如古人連營之制。」江國：河流多的地區。多指江南。唐李白《獻從叔當塗宰陽冰》：「秀句滿江國，高才掞天庭。」

〔二〕故宫：前朝的宫殿。唐劉禹錫《踏歌行》：「爲是襄王故宫地，至今猶自細腰多。」此言陳後主宫殿。

〔三〕七尺青絲：《陳書》卷七《后妃列傳》：「張貴妃髮長七尺，鬒黑如漆，其光可鑒。」

〔四〕絶世難得：即漢《李延年歌》「寧不知傾城與傾國，佳人難再得」之意。

〔五〕玉英：花之美稱。唐皎然《讀張曲江集》：「春杼弄緗綺，陽林敷玉英。」

〔六〕野棠：即棠梨。南朝梁沈約《早發定山》：「野棠開未落，山櫻發欲然。」唐儲光羲《送姚六昆客任會稽何大蹇任孟縣》：「野棠春未發，田雀暮成群。」

【疏　解】

此首弔古之作，詠陳後主亡國之事。起句寫石頭城仍在而陳朝已亡，取江山依舊人事已非之意，寓有深沉的慨歎。接下由陳朝「故宫春色」，憶及當年宫中寵妃張麗華，其絶世難得的美色，正是傾人家國的禍胎。「七尺」二句明寫張妃秀髮之美，實刺後主貪色淫靡導致亡國的嚴重後果。下片承上「春色」，寫玉英凋落、野棠如織的故宫荒涼之景，「無人識」正因滄桑之巨變。結二句抒發詞人的嘆怨悵惘之情，是感慨後主的荒淫誤國，還是惋惜張妃的香消玉殞，抑或是有感於這樣的歷史悲劇不斷在現實中重演，「詞意蘊藉淒怨，讀之使人意消」（《李冰若《花間集評注·栩莊漫記》》）。

【集評】

王灼《碧雞漫志》卷五：僞蜀時，孫光憲、毛熙震、李珣有《後庭花》曲，皆賦後主故事，不著宫調，兩段各四句，似令也。

鍾本評語：意調清古不豔爲工者。

李調元《雨村詞話》卷一：詞用「織」字最妙，始于太白詞「平林漠漠煙如織」。孫光憲亦有句云：「野棠如織。」晏殊亦有「心似織」句，此後遂千變萬化矣。

陳廷焯《雲韶集》卷一：起筆挺，觸景生情，有不期然而然者。「只是教人」四字，真乃達得出來。

陳廷焯《詞則·大雅集》卷一：胸有所鬱，觸處傷懷，妙在不説破，説破則淺矣。

李冰若《花間集評注·栩莊漫記》：孫孟文詞疏朗婉麗，近於韋相。其《後庭花》第二首吊張麗華，詞意藴藉淒怨，讀之使人意消。

蕭繼宗《評點校注花間集》：詞中第三句，「緑」應作「碧」，萬氏所見是矣；惟《詞律》仍以孫詞爲例，均列爲「又一體」，《欽定詞譜》仍之。譜家分調分體，係據昔人之作，析其異同，縱原本或有衍奪，不敢訂正，聊以存真，故同調之後，異體繁列；後有踵作，又各據一體以自護，遂難免積非成是，益無敢加以論定者矣。如此調四十四字，七言與四言間列，定是原型，尋味此調調風，孫氏二首，皆有衍文，故語氣不順。前首第五句多一「上」字，第六句多一「見」，仍爲七、四兩句。此首後起多「落」、「更」二字，亦爲七四兩句。多此四字，不獨傷調，亦且害文，使删去浮文，則無煩「又體」矣。

生查子①

寂寞掩朱門②，正是天將暮③。暗澹小庭中④，滴滴梧桐雨。　繡工夫，牽心緒。配盡鴛鴦縷〔一〕。待得没人時，偎倚論私語⑤〔二〕。

【校　記】

①《歷代詩餘》調下注曰「又一體，雙調四十一字」。

②寂寞：玄本作「寂莫」。

③暮：毛本、四庫本作「莫」。

④暗：《歷代詩餘》作「黯」。澹：張本作「瞻」，朱筆校爲「澹」。鍾本作「淡」。小庭：鍾本作「小亭」。

⑤偎：鄂本、毛本、後印本、四庫本、四印齋本、王輯本、林大椿《唐五代詞》作「隈」。

【箋　注】

〔二〕鴛鴦縷：刺繡鴛鴦而配的線縷。

〔三〕私語：低聲説話。唐白居易《琵琶行》：「大弦嘈嘈如急雨，小弦切切如私語。」

【疏　解】

詞寫閨情。上片描寫朱門日暮時分的寂静環境氣氛。光線暗淡的小庭中，雨滴梧桐的聲響，更襯出閨閣黄昏的寂寞悄謐。過片寫閨中女子爲繡鴛鴦圖案而精心搭配彩線。「牽心緒」三字，明説牽心于刺繡，實乃因所繡爲「鴛鴦」而牽動懷春的心緒，含蓄微妙，頗耐尋味。結二句寫因繡鴛鴦牽動春心的女子，與人訴説隱秘心事的願望。「偎依」句可作兩解：一是偎依繡伴，一是偎依情郎，詞意不明，未知孰是。

【集　評】

鍾本評語：「暗淡小亭中，滴滴梧桐雨」，較「微雲河漢」句不多讓也。蓋彼清新，此則幽思憐人矣。

李冰若《花間集評注·栩莊漫記》：上半闋極寫寂静，下半闋寫幽怨。怨而不怒，足耐回味。

蕭繼宗《評點校注花間集》:「牽心緒」三字,雖尋常語,但與上下文相融合,便不尋常。「待得没人時」,尚容「偎倚論私語」,求仁得仁,又何「怨」乎?栩莊云云,恐未必然。

其　二

暖日策花驄①〔一〕,嚲鞚垂楊陌〔二〕。芳草惹煙青,落絮隨風白。　誰家繡轂動香塵②〔三〕,隱映神仙客〔四〕。狂殺玉鞭郎〔五〕,咫尺音容隔〔六〕。

【校　記】

① 策:晁本、吴鈔本、明殘本、正本作「策」。

② 繡:毛本、四庫本作「綉」。

【箋　注】

〔一〕策花驄:言騎馬遊春。策:馬鞭子,頭上有尖刺。此用爲動詞,驅策。花驄:即五花馬。唐杜甫《驄馬行》:「鄧公馬癖人共知,初得花驄大宛種。」

〔二〕 彈鞚：松開馬勒。唐杜甫《醉爲馬墜諸公攜酒相看》：「江村野堂爭入眼，垂鞭彈鞚凌紫陌。」五代王定保《唐摭言·慈恩寺題名遊賞賦詠雜記》：「象（盧象）以雕幰載妓，微服彈鞚，縱觀於側。」

〔三〕 繡轂：華麗的車子。唐李白《擬恨賦》：「若乃錯繡轂，填金門，煙塵曉還，歌鐘晝喧。」

〔四〕 神仙客：唐王維《送王尊師歸蜀中拜掃》：「大羅天上神仙客，濯錦江頭花柳春。」此言車中美女。

〔五〕 玉鞭郎：指馬上之少年。

〔六〕 咫尺句：言車中馬上相距咫尺，卻無法聞見彼此音容。

【疏　解】

詞寫遊春猝遇生情，從男子的角度加以表現，洋溢著浪漫的青春氣息。上片寫少年公子策馬遊春，陌上日暖，楊柳青青，芳草含煙，飛絮飄白，繽紛的景物意象中透出熱烈的感覺，爲下片描寫少年癡狂舉動和懊惱心理進行烘托鋪墊。下片寫少年猝遇香車美女，「誰家」的疑問説明彼此並不相識。少年隱約看到車簾之内，是一位貌如天仙的少女，頓生愛慕之意，然而近在眼前，卻無緣互通款曲，一簾之隔，竟是咫尺天涯。「狂殺」表明少年心理和行爲極其衝動，但也不能改變交接無方的現實，他的内心該是何等的焦灼痛苦！這首描寫男女猝遇生情的詞，與南朝樂府民歌乃至梁陳宫體詩，風格較爲接近。所以，湯顯祖認爲「六朝風華而稍參差之，即是詞也」，此詞可視爲「唐詞間出選詩體，去古猶未河漢」的一個例證（湯顯祖評《花間集》卷三）。

【集　評】

湯顯祖評《花間集》卷三：六朝風華而稍參差之，即是詞也。唐詞間出選詩體，去古猶未河漢。

丁紹儀《聽秋聲館詞話》卷一：「誰家」二字似不可少，其諷世人見利爭趨意，當於言外得之。

蕭繼宗《評點校注花間集》：前半頗見風光，後半亦粗可喜，視張舍人「晚逐香車」之作，温婉過之，而雋利不及也。繡轂神仙，謂香車中之美人，讀者勿與前後文相混。

其　三

金井墮高梧①〔一〕，玉殿籠斜月②〔二〕。永巷寂無人〔三〕，斂態愁堪絶〔四〕。　玉爐寒③，香燼滅。還似君恩歇〔五〕。翠輦不歸來〔六〕，幽恨將誰説〔七〕。

【校　記】

①墮：吴鈔本、四庫本作「墜」。

②斜月：王輯本作「寒月」。

③玉爐二句：林大椿《唐五代詞》作「玉爐香，寒燼滅」。爐：玄本作「鑪」。

【箋　注】

〔一〕金井句：唐王昌齡《長信秋詞》其一：「金井梧桐秋葉黄，珠簾不卷夜來霜。」金井：井欄上有雕飾的井。一般用以指宫庭園林裏的井。南朝梁費昶《行路難》之一：「唯聞啞啞城上烏，玉欄金井牽轆轤。」

〔二〕玉殿：宫殿的美稱。三國魏曹植《當車以駕行》：「歡坐玉殿，會諸貴客。」南朝梁蕭綱《有所思》：「寂寞錦筵靜，玲瓏玉殿虚。」

〔三〕永巷：宫中長巷。《史記·范雎蔡澤列傳》：「於是范雎乃得見於離宫，詳爲不知永巷而入其中。」唐張守節《正義》：「永巷，宫中獄也。」《爾雅·釋宫》「宫中衖謂之壼。」邢昺疏引三國魏王肅曰：「今後宫稱永巷，是宫内道名也。」《三輔黄圖》卷六：「永巷，宫中之長巷，幽閉宫女之有罪者。」唐李華《長門怨》：「每憶椒房寵，那堪永巷陰。」

〔四〕斂態：端正容態。唐王琚《美女篇》：「須臾破顏倏斂態，一悲一喜併相宜。」唐權德輿《雜興》之三：「含羞斂態勸君住，更奏新聲刮骨鹽。」

〔五〕君恩歇：猶言君恩竭盡。歇：盡，到了盡頭。《左傳・襄公二十九年》：「難未歇也。」李賀《傷心行》：「燈青蘭膏歇，落照飛蛾舞。」

〔六〕翠輦：飾有翠羽的帝王車駕。《北史・突厥傳》：「啟人奉觴上壽，跪伏甚恭。帝大悦，賦詩曰：『鹿塞鴻旗駐，龍庭翠輦回。』」唐李賀《追賦畫江潭苑》之一：「行雲霑翠輦，今日似襄王。」

〔七〕幽恨：深藏於心中的怨恨。唐元稹《楚歌》之十：「各自埋幽恨，江流終宛然。」

【疏　解】

詞寫宫怨。上片描寫宫中夜景，金井梧墜，玉殿月斜，永巷無人，其境凄寂。「金井、玉殿、永巷」等意象，表明所寫乃是宫中。那麽在這寒涼的秋夜裏的「斂態愁絶」之人，自然是幽閉永巷之宫女了。「斂態」謂端正容態，可知她在努力克制自己，而仍覺「愁絶」，則見出其愁之深永。下片交待宫女「愁絶」原因。换頭描寫宫女居室「爐寒香滅」，以喻君恩斷絶。翠輦不再臨幸，幽恨無以訴説，等待她的，將是愁怨的無盡折磨之中青春生命的空耗虚度。此詞所寫，雖是「宫怨常語」（鍾本《花間集》評語），但不乏認識價值和社會意義，這是封建制度帶來的人的命運悲劇。至於有無「寄託」，讀者自可見仁見智。

【集　評】

鍾本評語：宫怨常語耳。

華鍾彦《花間集注》卷八：按此調前二首皆言朱門兒女情事。此首則言金井、玉殿、君恩、翠輦等，明是宫中怨詞，與温飛卿《菩薩蠻》之言青瑣、金堂、故國、吴宫等都有寄託之意，未可與前二首同等看待。

蕭繼宗《評點校注花間集》：爐寒燼滅，以喻君恩之衰歇，亦見手法，惟結得太輕，稍失精彩。

臨江仙

霜拍井梧乾葉墮①〔一〕，翠幃雕檻初寒。薄鉛殘黛稱花冠〔二〕。含情無語，延佇倚欄干②〔三〕。

杳杳征輪何處去〔四〕，離愁别恨千般。不堪心緒正多端〔五〕。鏡奩長掩③〔六〕，無意對孤鸞〔七〕。

【校　記】

① 井：鄂本似作「並」。乾：玄本作「軋」。

②佇：清刻本作「伫」。欄：吴鈔本、毛本、後印本、正本、四庫本、清刻本、林大椿《唐五代詞》作「闌」。干：玄本作「杆」。

③鏡：晁本、明殘本、影刊本缺末筆。奩：《歷代詩餘》作「匳」。

【箋注】

〔一〕霜拍：霜打。井梧：井欄邊的梧桐。唐杜甫《宿府》：「清秋幕府井梧寒，獨宿江城蠟炬殘。」乾葉：枯葉。

〔二〕薄鉛殘黛：言略施鉛黛。稱花冠：人面與花冠相稱。花冠：裝飾美麗的帽子。唐白居易《長恨歌》：「雲髻半偏新睡覺，花冠不整下堂來。」

〔三〕延佇：久立，久留。《楚辭·離騷》：「悔相道之不察兮，延佇乎吾將反。」王逸注：「延，長也；佇，立貌。」南朝齊孔稚珪《北山移文》：「磵石摧絶無與歸，石逕荒涼徒延佇。」

〔四〕杳杳：幽遠貌。《楚辭·九章·哀郢》：「堯舜之抗行兮，瞭杳杳而薄天。」洪興祖補注：「杳杳，遠貌。」唐柳宗元《早梅》：「欲爲萬里贈，杳杳山水隔。」征輪：遠行人乘的車。唐王維《觀别者》：「揮淚逐前侣，含悽動征輪。」

〔五〕多端：多頭緒，多方面。《楚辭·九辯》：「何況一國之事兮，亦多端而膠加。」《晉書·藝術傳論》：「法術紛以多端，變態諒非一緒。」

〔六〕鏡奩：鏡匣。唐杜牧《杜秋娘詩》：「椒壁懸錦幕，鏡奩蟠蛟螭。」

〔七〕孤鸞：單棲的鸞鳥。比喻失偶或分離的人。北周庾信《擬詠懷》之二二：「抱松傷别鶴，向鏡絶孤鸞。」此指鏡中孤影。

【疏　解】

詞寫秋閨怨思。上片描寫霜葉飄墜、閨幃初寒之秋景，烘托含情無語、延竚倚欄的思婦形象。「薄鉛殘黛」見其無心妝扮，但臉容仍「稱花冠」，則其人之美豔，自是非同一般。下片抒發思婦懷人之情。其人雖美豔如斯，卻也仍然無法避免被捨棄的命運，郎君薄幸一去無蹤，讓空閨獨守的她，心中溢滿千般離愁别恨。「不堪」句内涵豐富複雜，「多端」與上句「千般」照應。結二句寫她掩鏡罷妝的慵懶孤寂情態，回應上片的「薄鉛殘黛」四字，是她不堪離情折磨的形象表現和必然結果。看來紅顔薄命，乃是男權社會裏女子的宿命。

【集　評】

蕭繼宗《評點校注花間集》：「鏡奩長掩，無意對孤鸞」，斯誠怨而不怒。「離愁」與「不堪」二句，止此一意，浪費筆墨。

其二

暮雨淒淒深院閉〔一〕，燈前凝坐初更①〔二〕。玉釵低壓鬢雲横。半垂羅幕②，相映燭光明。　終是有心投漢珮③〔三〕，低頭但理秦箏〔四〕。燕雙鸞偶不勝情④〔五〕。只愁明發〔六〕，將逐楚雲行。

【校　記】

①初：王輯本無「初」字。

②半：吴鈔本作「平」。暮：吴鈔本作「慕」，誤。毛本、四庫本作「莫」。

③投：影刊本作「授」。

④偶：晁本、鄂本、毛本、後印本、正本、四庫本、清刻本、四印齋本、《歷代詩餘》作「耦」。

【箋　注】

〔一〕淒淒：寒涼貌。《詩經·鄭風·風雨》：「風雨淒淒，鷄鳴喈喈。」《疏》：「淒淒，寒涼之意。」

南朝齊謝脁《敬亭山》：「泄雲已漫漫，多雨亦淒淒。」

〔二〕凝坐：靜坐。

〔三〕漢珮：用鄭交甫遇漢皋神女典事。參見卷五毛文錫《浣溪沙》「春水清波浸緑苔」注〔四〕。

〔四〕理秦箏：彈奏秦箏。箏：《説文》：「鼓絃竹身樂也。」《通典》：「箏，秦聲也。」《急就篇註》：「箏，瑟類，本十二絃，今則十三。」《風俗通》：「箏，蒙恬所造。」《集韻》：「秦俗薄惡，有父子爭瑟者，各入其半，當時名爲箏。」《釋名》：「箏，施絃高急，箏箏然也。」三國魏曹丕《善哉行》：「齊倡發東舞，秦箏奏西音。」唐岑參《秦箏歌送外甥蕭正歸京》：「汝不聞秦箏聲最苦，五色纏弦十三柱。」

〔五〕燕雙鸞偶：言禽鳥成雙，讓女子情有不堪。

〔六〕明發：黎明，平明。《詩經·小雅·小宛》：「明發不寐，有懷二人。」朱熹《詩集傳》：「明發，謂將旦而光明開發也。二人，父母也。」唐王維《春夜竹亭贈錢少府歸藍田》：「羨君明發去，采蕨輕軒冕。」亦解爲早晨起程。晉陸機《招隱》之二：「明發心不夷，振衣聊躑躅。」

【疏　解】

此詞賦別。上片描寫寒雨淒淒的初更時分，深院門閉，羅幕半垂，燭光燈影裏，一對男女對坐話別。門閉幕垂的環境，凝坐的姿勢，釵低鬢横的模樣，無不透出別前低沉壓抑的氣氛。下片刻畫女子怨别的愁苦複雜心理。她有心贈珮，彈箏寄情，她想禽鳥尚能成雙，自己卻要和情人分離，心情特别不堪。結二句寫她深一層的擔憂：天一放明，情人就要遠走天涯。「逐楚雲」呼應「投漢珮」，均爲南國地域特徵明顯的典故意象。「楚雲」二字，其辭色更有特殊的寓意，讀者於此自當細繹。

【集　評】

蕭繼宗《評點校注花間集》：爲樂工倡女而作，了無深意。

酒泉子

香貂舊製戎衣窄〔六〕。胡霜千里白①〔七〕。綺羅心〔八〕，魂夢隔②。上高樓〔九〕。

空磧無邊〔一〕，萬里陽關道路〔二〕。馬蕭蕭〔三〕，人去去〔四〕。隴雲愁〔五〕。

【校　記】

①胡霜：四庫本作「邊霜」。

②隔：雪本、玄本作「斷」。

【箋　注】

〔一〕空磧：空曠之沙漠。唐王維《出塞作》：「暮雲空磧時驅馬，秋日平原好射雕。」

〔二〕陽關：古關名。在今甘肅省敦煌市西南古董灘附近。《漢書·地理志》下：「敦煌郡……龍勒，有陽關、玉門關，皆都尉治。」《元和郡縣志》：「陽關，在縣西六里。以居玉門關之南，故曰陽關。本漢置也，謂之南道，西趣鄯善、莎車，後魏嘗於此置陽關縣，周廢。」唐王維《渭城曲》：「勸君更盡一杯酒，西出陽關無故人。」

〔三〕蕭蕭：馬鳴聲。《詩經·小雅·車攻》：「蕭蕭馬鳴，悠悠旆旌。」唐李白《送友人》：「揮手自兹去，蕭蕭班馬鳴。」

〔四〕去去：謂遠去。漢蘇武《古詩》之三：「參辰皆已没，去去從此辭。」唐孟郊《感懷》之二：「去去勿復道，苦飢形貌傷。」

〔五〕隴雲：關隴之雲。唐盧照鄰《送鄭司倉入蜀》：「隴雲朝結陣，江月夜臨空。」

〔六〕香貂：貂的美稱。指貂冠，貂裘。隋江總《賦得謁帝承明廬》：「香貂拜黻衮，花綬拂玄除。」此指貂裘。戎衣：軍服，戰衣。《尚書·武成》：「一戎衣，天下大定。」孔傳：「衣，服也。一著戎服而滅紂。」唐杜審言《贈蘇味道》：「邊聲亂羌笛，朔風捲戎衣。」

〔七〕胡霜：胡地之霜。南朝宋鮑照《出自薊北門行》：「簫鼓流漢思，旌甲被胡霜。」

〔八〕綺羅心：女子思夫之心。

〔九〕上高樓：登高望夫。唐趙徵明《思婦》：「猶疑望可見，日日上高樓。」

【疏　解】

孫光憲學問淹博，閱歷豐富，留意文史，究心治亂，視野開闊，非一味醉心花間尊前者所可比方。緣此，他的詞取材廣泛，豔情之外，舉凡詠史懷古、邊塞征戰、田家生活、隱逸情趣、南土風物等，在其詞作中均有表現。此首邊塞詞，抒寫戰爭給人民生活和情感造成的痛苦。上片著眼征夫。起二句寫邊塞之景，荒漠無垠，陽關萬里，爲《花間》小詞中罕見之壯闊境界。接寫征夫辭家赴敵，但見陽關道上馬鳴蕭蕭，征人匆匆，隴坂雲霧慘澹，仿佛也爲這人間慘别而生愁。下片轉寫思婦。换頭一句的「貂製戎衣」，爲邊塞征人所穿，乃家中思婦所縫，這一句把内地邊塞、征人思婦緊密聯繫在一起。「胡霜千里白」，是思婦懸想中的邊地酷寒景色，見其對征夫的懮念體貼。結三句寫夢繞魂牽的思婦，登樓憑眺遠方，紓解心中離憂。戍邊征戰之事，征人思婦之情，在邊塞詩中已是司空見慣，孫光憲將其引入詞中，則有著拓展題材領域、增富美感風格的特殊意義。此詞七言、六言、五言、四言交互參差的句法，尤其是前後結的三言疊句，都有助於詞情的抒發。湯顯祖譽之爲「三疊之《出塞曲》，而長短句之《弔古戰場文》也。再讀不禁鼻酸」（湯評本《花間集》卷三）。

【集　評】

華鍾彦《花間集注》卷八：「綺羅」三句，承上香貂戎衣，言疇昔之盛，魂夢空隔也。

詹安泰《宋詞散論·孫光憲詞的藝術特色》：像這類具有較深廣的内容、較重大的意義，而又是歷史上較多人選用過的題材，是不容易在小詞裏得到出色的表現的。作者不但……刻畫出遠征西北的怵目驚心的現象和思婦樓頭的傷感，同時……還在不同程度上寄寓著對不幸者的同情和對統治者的諷刺。在表現手法上，既明朗，又精警。

蕭繼宗《評點校注花間集》：「上高樓」三字，似乏收結，而邊愁鄉思，能以三字束之，才力正復不弱。

其　二

曲檻小樓，正是鶯花二月〔一〕。思無憀，愁欲絶。鬱離襟〔二〕。　展屏空對瀟湘水①〔三〕。眼前千萬里②。淚掩紅③〔四〕，眉斂翠。恨沉沉④。

【校　記】

①展屏：王輯本作「展展」，正本作「屏屏」，誤。瀟湘：陸本、張本、明殘本、影刊本作「蕭相」。

②千：王輯本無「千」字。

③淹：鄂本、毛本、後印本、四庫本、清刻本、四印齋本、全本、王輯本作「掩」。淚淹二句：王輯本作「眉淚掩紅付斂翠」。

④沉沉：玄本作「沉」。

【箋　注】

〔一〕鶯花：鶯啼花開。泛指春日景色。唐杜甫《陪李梓州王閬州蘇遂州李果州四使君登惠義寺》：「鶯花隨世界，樓閣倚山巔。」

〔二〕離襟：猶言離緒，離懷。唐駱賓王《送宋五之問》：「欲諗離襟切，歧路在他鄉。」

〔三〕瀟湘水：指屏風所繪之瀟湘八景圖。

〔四〕紅：胭脂。

【疏　解】

詞寫閨怨。起二句描寫「曲檻小樓」的優美環境和「鶯花二月」的芳春風光，接寫其間的思婦愁極無聊、離恨鬱結的情態。换頭二句，描寫思婦獨對畫屏上的瀟湘煙水出神，恍惚間她的心已追逐行人遠去，眼前仿佛看得見千萬里旅途上行人的勞頓艱辛。結三句刻畫思婦的愁態，展示其内心的沉沉恨意。此詞所處理的題材，爲《花間》熟套，值得稱道之處是「展屏空對瀟湘水，眼前千萬里」二句，能于小中見大，筆力不凡。

【集　評】

蕭繼宗《評點校注花間集》：《酒泉子》終以首句起韻爲佳，此三首均只兩結二字遥爲韻叶，隔絶太甚。

其　三①

斂態窗前②，裊裊雀釵抛頸③〔一〕。燕成雙，鸞對影。耦新知④〔二〕。　玉纖澹拂眉山小⑤。鏡中嗔共照⑥〔三〕。翠連娟⑦〔四〕，紅縹緲〔五〕。早粧時⑧。

【校　記】

①《歷代詩餘》調下注曰「又一體」。

②態：雪本作「怨」。

③裊裊：玄本作「裹裹」，全本作「嫋嫋」。

④耦：全本、《歷代詩餘》、林大椿《唐五代詞》作「偶」。

⑤玉纖二句：王輯本作「玉纖澹拂心小，鏡中眉嗔共照」。

⑥鏡：晁本、明殘本、影刊本缺末筆。嗔：雪本作「休」。

⑦翠：吴鈔本作「挈」，誤。

⑧時：雪本作「殘」。

【箋注】

〔一〕雀釵：有雀形飾物的釵。《晉書·元帝紀》：「將拜貴人，有司請市雀釵，帝以煩費不許。」南朝梁何遜《嘲劉諮議》：「雀釵横曉鬢，蛾眉艷宿妝。」

〔二〕耦新知：言兩人新知也。耦：同「偶」。新知：戰國楚屈原《九歌·少司命》：「樂莫樂兮新相知，悲莫悲兮生别離。」

〔三〕鏡中句：佯嗔與新知共同照鏡。

〔四〕翠連娟：翠眉彎細。連娟：彎曲而纖細。《史記·司馬相如列傳》：「長眉連娟，微睇綿藐。」司馬貞《索隱》引郭璞曰：「連娟，眉曲細也。」南朝梁柳惲《七夕穿鍼》：「的皪愁睇光，連娟思眉聚。」

〔五〕紅縹緲：言淡飾胭脂也。唐常建《第三峰》：「旁映白日光，縹緲輕霞容。」華鍾彦《花間集注》曰：「縹緲，輕還貌，謂簪花也。」

【疏　解】

詞寫女子晨妝。與我們見慣了的《花間》詞中那些慵懶女性的没精打采不同，此詞一起四字即精神倍出，女子端坐窗前，如臨大事，把美觀的首飾斜插在頸邊的髮縷上，饒有興致地開始梳妝打扮起來。燕釵成雙插起雲鬢，鸞鏡對影照出嬌容。歡快之感洋溢在字裏行間。前結「耦新知」三字供出原委，「樂莫樂兮新相知」，原來詞中女子新遇知音，正在難抑心中喜悦之情的興頭上。下片集中描寫女子的面部裝飾。在她對鏡輕描小山眉樣時，他也湊到了鏡子旁，鏡中一時映出雙影，這讓她有些不好意思，於是佯作嗔怪，但心裏卻感到更加快樂了。「翠連娟，紅縹緲」就是她更加快樂的表徵，他見她眉翠舒展，頰飛紅雲，她甚至情不自禁地想對他説：莫添亂啊，我正在「早妝」呢。此詞雖無大的價值，但亦可讓讀者在倦於閨怨傷感之作時，略沾一縷詞中晨妝女子的喜氣。

【集　評】

湯顯祖評《花間集》卷三：三疊之《出塞曲》，而長短句之《弔古戰場文》也，再讀不禁酸鼻。

蕭繼宗《評點校注花間集》：「鏡中嗔共照」，亦有新意，然五字中雙聲太多，不諧唇吻。此等處，《花間》諸人尚未之覺也。聲病之説，發自休文，文家訾言久矣；然病之甚者，入誦便知，固不待繩之以律，作者慎自避之，抑又何難？

清平樂

愁腸欲斷。正是青春半〔一〕。連理分枝鸞失伴〔二〕。又是一場離散〔三〕。　掩鏡無語眉低①。思隨芳草萋萋②。憑仗東風吹夢③〔四〕，與郎終日東西。

【校　記】

①鏡：晁本、影刊本缺末筆。

②萋萋：鄂本、毛本、後印本、正本、四庫本、清刻本、四印齋本、全本、《歷代詩餘》、王輯本、林大椿《唐五代詞》作「淒淒」。

③仗：鄂本、毛本、後印本、四庫本、四印齋本、林大椿《唐五代詞》作「使」。

【箋注】

〔一〕青春：指春天。春季草木茂盛，其色青緑，故稱。《楚辭·大招》：「青春受謝，白日昭只。」王逸注：「青，東方春位，其色青也。」唐杜甫《聞官軍收河南河北》：「白日放歌須縱酒，青春作伴好還鄉。」

〔二〕連理句：喻夫妻别離。連理：異根草木，枝幹連生。舊以爲吉祥之兆。漢班固《白虎通·封禪》：「德至草木，朱草生，木連理。」《南史·垣崇祖傳》：「後爲竟陵令，惠化大行。木連理，上有光如燭，咸以善政所致。」常以之喻結爲夫婦或男女歡愛。

〔三〕一場：一回，一番。

〔四〕憑仗：依賴，依靠。唐元稹《蒼溪縣寄揚州兄弟》：「憑仗鯉魚將遠信，雁回時節到揚州。」

【疏解】

此詞傷别，采女性的視角。「愁腸欲斷」四字，情語領起，籠罩全篇。接寫大好的仲春季節，夫妻卻要痛苦别離。「又是」説明這「連理分枝鸞失伴」般的傷别之事，已非止一次發生過。下片抒别後思念之情。女子掩鏡罷妝，低眉無語，思隨芳草，萋萋不盡。她想憑藉東風把自己的相思之夢吹向天涯，那樣她就可以整日追隨郎君，形影不離，不用再忍受這别情的折磨了。結二句就是宋姜夔《踏莎行》「離魂暗逐郎行遠」之意，因涉想新奇，「思路淒絶」（陳廷焯《雲韶集》卷一），而愈見情感之「纏綿沉摯」（李冰若《栩莊漫記》）。至於陳廷焯、吴梅指此詞有「風騷遺意」、「靈修楚累遺意」，遵循的則是美人香草、男女君臣的比興説詞思路。

【集評】

卓人月《古今詞統》卷五徐士俊評語：子野云：「枕上夢魂飛不去。」此孫君所以仗東風也。

鍾本評語「憑仗東風吹夢，與郎終日東西」，意致駘蕩之甚，陳聲伯有「曉夢適隨香絮風」，似從此脱胎。

陳廷焯《雲韶集》卷一：柔情密意，思路淒絶。

陳廷焯《詞則·閒情集》卷一：癡情幻想，説得温厚，便有風騷遺意。

吴梅《詞學通論》第六章：《清平樂》云：「掩鏡無語眉低，思隨芳草萋萋。」是自抱靈修楚累遺意也。

李冰若《花間集評注·栩莊漫記》：東風吹夢，與郎東西，語極纏綿沉摯。

蕭繼宗《評點校注花間集》：全篇宛轉流順。結語深宛：「又」字沉痛。

其二

等閒無語。春恨如何去。終是疎狂留不住①〔一〕。花暗柳濃何處。　盡日目斷魂飛〔二〕。晚窗斜界殘暉②〔三〕。長恨朱門薄暮③，繡鞍驄馬空歸④〔四〕。

【校記】

①疎：晁本、鄂本、陸本、吴鈔本、茅本、玄本、明殘本、正本、影刊本作「踈」。

②晚窗：雪本作「晚來」。殘暉：王輯本作「殘輝」。

③暮：毛本、四庫本作「莫」。

④繡：毛本、四庫本作「綉」。

【箋注】

〔一〕疎狂：狂放，不受拘束。唐白居易《代書詩寄微之》：「疏狂屬年少，閒散爲官卑。」

〔二〕盡日句：言整日眺望盼歸，落魄失魂。目斷：猶望斷。一直望到看不見。唐杜甫《祠南夕望》:「興來猶杖屨,目斷更雲沙。」

〔三〕斜界:華鍾彦《花間集注》曰:「界,劃線也,謂殘暉一線,斜入晚窗也。」唐徐凝《廬山瀑布》:「今古長如白練飛,一條界破青山色。」

〔四〕繡鞍句:言馬歸人未歸也。

【疏　解】

詞寫閨怨。與上首情語領起不同,此詞一起摹寫女子「等閒不語」的儀態,造成懸念,然後揭出「春恨」。恨的内容是男子行爲一貫放縱,不知道他今天又到哪裏宿花眠柳去了。「終是疎狂留不住」,是女子從一次次痛苦的經歷中總結出的沉痛經驗,是對男子品性的本質認識,雖語含責怨,但更多無可奈何之意。下片寫女子期盼落空。終日等待使女子失魂落魄,又到「最難消遣」的黄昏時候,憑窗佇望的女子等回來的不是男子,而是男子騎乘的驄馬馱回來的一副空鞍。這應算是古代家庭情感生活中的一個典型細節,男權社會裏男人的荒淫無度,女性的束手無策和心靈痛苦,皆可於焉見出。徒賞詞情怨而不怒,温柔敦厚,符合詩教,無傷風雅,其實還是男權立場上的男性話語。

【集　評】

湯顯祖評《花間集》卷三:徘徊而不忘思,婉戀而不激,填詞中之有風雅者。

李冰若《花間集評注·栩莊漫記》:「終是疏狂留不住」,無限傷怨,不嫌其説得盡。

蕭繼宗《評點校注花間集》:後結與前文不屬。

更漏子

聽寒更〔一〕,聞遠鴈。半夜蕭娘深院〔二〕。扃繡户①,下珠簾。滿庭噴玉蟾〔三〕。人語靜。香閨冷。紅幕半垂清影②。雲雨態〔四〕,蕙蘭心〔五〕。此情江海深③。

【校 記】

① 扃:吴鈔本作「扁」。

② 紅幕:王輯本作「紅暮」。清影:湯本、合璧本作「青影」。

③ 此:《歷代詩餘》作「比」。江海深:玄本、雪本作「江海心」。江:吴鈔本作「紅」。

【箋 注】

〔一〕寒更:寒夜的更點。唐駱賓王《别李嶠得勝字》:「寒更承夜永,涼景向秋澄。」

〔二〕蕭娘：《南史·梁臨川靖惠王宏傳》云：宏受詔侵魏，「軍次洛口，前軍克梁城。諸將欲乘勝深入。宏聞魏援近，畏懦不敢進。……魏人知其不武，遺以巾幗。北軍歌曰：『不畏蕭娘與吕姥，但畏合肥有韋武。』」「蕭娘」即姓蕭的女子，言宏怯懦如女子。後遂以「蕭娘」爲女子的泛稱。唐楊巨源《崔娘詩》：「風流才子多春思，腸斷蕭娘一紙書。」

〔三〕噴：灑。玉蟾：月亮，唐李白《初月》：「玉蟾離海上，白露濕花時。」此指月光。

〔四〕雲雨態：言女子容態之美。《文選》宋玉《高唐賦》李善注：「朝雲行雨，神女之美也。」

〔五〕蕙蘭心：言女子心性芳潔如蕙蘭香草。唐魚玄機《感懷寄人》：「早知雲雨會，未起蕙蘭心。」

【疏　解】

詞寫月夜閨情。起三句用更聲、雁聲等聽覺意象，襯寫女子居處的靜謐。接寫門閉簾垂、滿院月華的閨閣夜色。聽更聞雁見月，都説明女子夜半尚未成眠。换頭三句通過聽覺、膚覺、視覺來描寫閨中冷寂景況，「紅幕垂影」回應上片的滿庭月華。結三句寫女子雲情雨態的美麗容貌，蘭心蕙質的芳潔品性，和對男子那份江海般深長的忠貞感情。或謂此詞寫男女月夜幽會，但詞中閨閣静悄冷清，似與幽會歡愉的熱烈氣氛不諧。

【集　評】

蕭繼宗《評點校注花間集》：全篇匀整，境清詞豔。

其　二①

今夜期〔一〕，來日別〔二〕。相對秖堪愁絶②。偎粉面③，撚瑶簪④〔三〕。無言淚滿襟。銀箭落〔四〕。霜華薄。牆外曉雞咿喔⑤〔五〕。聽付囑⑥，惡情悰〔六〕。斷腸西復東。

【校　記】

① 湯本、合璧本「花間集卷三」至此首終。玄本「卷九」至此首終。玄本每卷末均另起在末行頂格作「花間集卷某」，此首末兩字占頁面末行，已無空行，故僅在末行下端作「卷九」二字。

② 秖：吴鈔本、玄本、湯本、合璧本、毛本、後印本、全本、林大椿《唐五代詞》作「祇」。明殘本、徐本、影刊本作「秪」。

③ 偎：鄂本、毛本、後印本、正本、四庫本、四印齋本、王輯本、林大椿《唐五代詞》作「隈」。

④ 瑶：晁本、陸本、茅本、張本、明殘本、影刊本作「摇」，非，從鄂本改。

⑤ 曉雞：雪本作「曉鶯」。咿喔：王輯本作「咿啞」。

⑥付囑：玄本、雪本作「囑付」。

【箋　注】

〔一〕期：猶會也。唐李白《花間獨酌》：「永結無情遊，相期邈雲漢。」

〔二〕來日：明日，次日。漢樂府古辭《善哉行》：「來日大難，口燥脣乾；今日相樂，皆當喜歡。」

〔三〕瑶簪：玉簪。唐杜牧《黄州准赦祭百神文》：「瑶簪繡裾，千萬侍女。酬以觥斝，助之歌舞。」

〔四〕銀箭：銀飾的漏箭。隋江總《雜曲》之三：「鯨燈落花殊未盡，虬水銀箭莫相催。」或謂指月光。

〔五〕咿喔：報曉雞聲。唐劉禹錫《畬田行》：「鷩麏走且顧，群雉聲咿喔。」

〔六〕情悰：情懷，情緒。

【疏　解】

詞賦別情，而從幽會之時切入。因聚少離多，別易會難，這短暫的一夕相聚，竟讓他們感受不到快樂歡愉，想到明朝即別，他們相對愁絶，淚滿衣襟。過片寫歡情易逝，漏壺銀箭，一夕倏過，院中霜華薄結，牆外雞聲報曉，又是一個寒涼的早晨。結三句寫臨別之時，一雙離人殷勤囑託，片刻分手他們就將各自西東，所以情懷特別不堪。此詞表現特定情境中的人物心理，切入角度新穎，緣此收到深摯感人的抒情效果。

【集　評】

湯顯祖評《花間集》卷三：到得情深江海，自不至斷腸西東。其不然者，命也，數也。人非木石，哪得無情？世間負心人，直木石之不若耶！

蕭繼宗《評點校注花間集》：萍水因緣，不辭累牘。

女冠子①

蕙風芝露〔一〕。壇際殘香輕度〔二〕。蘂珠宮②〔三〕。苔點分圓碧〔四〕，桃花踐破紅③。品流巫峽外〔五〕，名籍紫微中④〔六〕。真侶墉城會⑤〔七〕，夢魂通。

【校　記】

①玄本卷十此首始，調前兩行分作「花間集卷十」，「孫光憲二十四首」。湯本、合璧本卷四此首始，作「花間集卷之四，唐趙崇祚集，明湯顯祖評」、「孫光憲，女冠子」。

②宮：吴鈔本作「空」，誤。

③踐破紅：《歷代詩餘》作「破淺紅」。

④籍：湯本作「藉」。

⑤墉：吴鈔本作「慵」。會：王輯本作「外」。

【箋注】

〔一〕芝露：靈芝上的露水。晉張載《羽扇賦》：「濯以雲精，拂以芝露。」詞詠女冠，芝乃仙草，切題。

〔二〕壇際：祭壇邊。

〔三〕蘂珠宫：參見卷四牛嶠《女冠子》「星冠霞帔」注〔二〕。

〔四〕苔點：青苔斑點。唐韓翃《題龍興寺澹師房》：「捲簾苔點淨，下箸藥苗新。」圓碧：狀苔點之形色。

〔五〕品流：品類，流别。唐鄭谷《鷓鴣》：「煖戲煙蕪錦翼齊，品流應得近山雞。」

〔六〕名籍：名册。《漢書·昌邑哀王劉髆傳》：「奏名籍及奴婢財物簿。」唐元稹《酬樂天待漏入閣見贈》：「謫仙名籍在，何不重來還？」紫薇：即紫微垣。星官名，三垣之一。《晉書·天文志》上：「紫宫垣十五星，其西蕃七，東蕃八，在北斗北。一曰紫微，大帝之座也，天子之常居也，主命主度也。」唐杜甫《秋日荆南送薛明府辭滿告别奉寄薛尚書之作三十韻》：「紫微臨六角，皇極正乘輿。」《雲笈七籤》卷三：「紫微金闕，七寶騫樹。」

〔七〕真侣：謂道士。唐李棲筠《張公洞》：「稽首謝真侣，辭滿歸崆峒。」墉城：傳説中西王母的居處。北魏酈道元《水經注·河水》一：「承淵山，又有墉城，金臺玉樓，相似如一。……西王母之所治，真官仙靈之所宗。」

【疏　解】

詞詠本調。上片寫道觀環境。神壇之上蕙風散香，玉露晶瑩，蕊珠宫院碧苔斑駁，落紅滿地。「苔點」二句，賦物真切，造語新奇。下片集中筆墨描寫女冠。其品流非凡，有如巫山神女；名標仙籍，上應星宿之數。她曾和道友在西王母的居處聚會，别後彼此入夢，相思不已。此詞雖比女冠爲巫山神女，結句染有男女情愛色彩，但筆法含蓄，無礙女冠形象的超凡脱俗之氣，與温庭筠、薛昭藴等人將女冠完全豔情化的詞作異趣。

【集　評】

蕭繼宗《評點校注花間集》：「苔點」句佳，「踐」字便嫌太硬。

其　二

澹花瘦玉〔一〕。依約神仙粧束①〔二〕。佩瓊文〔三〕。瑞露通宵貯②〔四〕，幽香盡日焚③。碧煙籠絳節④〔五〕，黄藕冠濃雲〔六〕。勿以吹簫伴〔七〕，不同群。

【校　記】

①束：茅本作「朿」。

②宵：湯本、合璧本作「霄」。貯：清刻本作「貯」。

③焚：王輯本作「聞」。

④碧煙：毛本、後印本、正本、四庫本、清刻本、全本、《歷代詩餘》、林大椿《唐五代詞》作「碧紗」，王輯本作「碧雲」。

【箋　注】

〔一〕澹花瘦玉：狀女冠之儀態精神。

〔二〕依約：彷彿，隱約。唐劉兼《登郡樓書懷》：「天際寂寥無雁下，雲端依約有僧行。」

〔三〕瓊文：指道教經籍。刻於玉板，故稱。唐皮日休《寄題玉霄峰葉涵象尊師所居》：「曉案瓊文光洞壑，夜壇香氣惹杉松。」明楊慎《藝林伐山·仙經》：「瓊文、藻笈、琳篆、琅函，皆指道書也。」此指女冠所佩玉符。

〔四〕瑞露二句：華鍾彦《花間集注》曰：「道家焚香貯露，皆修煉事。」貯露當爲煉丹服食之用。瑞露：甘露。南朝陳徐陵《陳文皇帝哀册文》：「東京飛其瑞露，北陸賈其祥星。」唐鄭畋《麥穗兩歧》：「瑞露縱横滴，祥風左右吹。」

〔五〕絳節：紅色符節。傳説中上帝或仙君的一種儀仗。唐杜甫《玉臺觀》之二：「中天積翠玉臺遥，上帝高居絳節朝。」宋陸游《老學庵筆記》卷九：「天下神霄，皆賜威儀，設於殿帳座外。面南，東壁，從東第一架六物：曰錦轍、曰絳節、曰寶蓋、曰珠幢、曰五明扇、曰旌。」此乃道士作法所用。

〔六〕黄藕冠：藕黄色的道冠。濃雲：女冠豐美如雲的鬢髮。

〔七〕吹簫伴：用弄玉蕭史典事。參見卷五牛希濟《臨江仙》「渭闕宫城秦樹凋」注〔三〕。

【疏　解】

詞詠本調。一起用「澹花瘦玉」作比，形容女冠脱俗的儀容精神，堪稱佳句。接寫她佩帶玉符，衣飾妝扮仿佛神仙一般。再寫她通宵貯露，盡日焚香，皆爲道士修煉的常規功課。過片「碧煙」句承上「焚香」，「黄藕」句承上「神仙粧束」，寫女冠作法時的儀仗和冠戴。結二句在寫足了女冠的飄渺仙氣之後，轉寫她嚮往像蕭史那樣的伴侣。當然，女冠的這種人生欲求，也仍與吹簫引鳳、升天成仙故事有關，從而不離詞調本位。

【集　評】

鍾本評語：「澹花瘦玉」，便是「緑肥紅瘦」濫觴。佳句可以療俗，此類是也。

蕭繼宗《評點校注花間集》：末句，挑辭也。

風流子①

茅舍槿籬溪曲②〔一〕。雞犬自南自北〔二〕。菰葉長〔三〕，水葓開〔四〕，門外春波漲渌③。聽織。聲促。軋軋鳴梭穿屋④〔五〕。

【校　記】

①《歷代詩餘》調下注曰：「單調三十四字。」

②茅：《歷代詩餘》作「茆」。

③渌：湯墨本、《歷代詩餘》、王輯本作「緑」。

④梭：王輯本作「唆」，誤。

【箋注】

〔一〕槿籬：參見卷六歐陽炯《南鄉子》「畫舸停橈」注〔二〕。溪曲：溪灣。唐陸龜蒙《贈老僧》之二：「自有家山供衲線，不離溪曲取庵茅。」

〔二〕自南自北：從南到北。《詩經·大雅·文王有聲》：「自西自東，自南自北，無思不服。」唐李邕《大照禪師塔銘》：「自南自北，若天若人。」此言田家雞犬自在來往。

〔三〕菰葉：菰米之葉。菰米，六穀之一。戰國楚宋玉《諷賦》：「爲臣炊彫胡之飯，烹露葵之羹，來勸臣食。」《本草綱目》卷二三《穀》二《菰米》集解引蘇頌曰：「菰生水中，葉如蒲葦，其苗如莖梗者，謂之菰蔣草，至秋結實，乃彫胡米也。」唐王維《登樓歌》：「琥珀酒兮彫胡飯，君不御兮日將晚。」

〔四〕水葓：參見卷二皇甫松《天仙子》「晴野鷺鷥飛一隻」注〔二〕。

〔五〕軋軋句：言穿梭聲傳出屋外。軋軋：織機梭子聲。唐薛瑩《錦》：「軋軋弄寒機，功多力漸微。」

【疏　解】

詞寫田家風光，爲《花間集》所僅見，也是詞史上第一首直接描寫農村生活的作品。起二句寫槿花籬牆圍起的數椽茅舍，坐落在溪灣，雞犬在籬舍邊自在嬉鬧，跑來飛去。接三句承上「溪曲」二字展開，描寫菰蒲葉長、紅蓼花開、水波漲緑的春溪景色。在寫過村舍環境、田家風光後，結三句寫人的活動。春耕時節，男人外出耘田，村中自是看不見他們的蹤影。男耕女織，從屋裏傳出的急促的軋軋穿梭聲中，可知女人也在爲生計緊張地勞作。此詞寫景如畫，風格樸素，語言清新，洋溢著濃郁的勞動生活氣息。其優美動人的境界，仿佛「一小《桃花源記》」（鍾本《花間集》評語）。李冰若《栩莊漫記》指出此詞「擴放」《花間》詞境的意義，其影響下及蘇辛的農村題材詞作。

【集　評】

湯顯祖評《花間集》卷四：田家樂耶？麗人行耶？青樓曲耶？詞人藻，美人容，都在尺幅中矣。

鍾本評語：即一小《桃花源記》，字字佳。

李冰若《花間集評注·栩莊漫記》：《花間集》中忽有此淡朴詠田家耕織之詞，誠爲異采。蓋詞境至此，已擴放多矣。

詹安泰《宋詞散論·孫光憲詞的藝術特色》：用樸素的語言，狀農村的風物，一直説到農婦的勤勞紡織的生活，這是其他「花間」詞人所没有的，即在孫詞中也如曇花一現，只此一首，又不能僅僅作爲一種藝術特色來理解了。

蕭繼宗《評點校注花間集》：風光頓换，耳目一新。「自南自北」用經語，稍笨。「聽織聲促」，意明而語不順。此處本作二字兩句，姑離而爲二，然「織」、「促」究不同部。

其二①

樓倚長衢欲暮②〔一〕。瞥見神仙伴侣③〔二〕。微傅粉④〔三〕，攏梳頭〔三〕，隱映畫簾開處⑤。無語。無緒〔五〕。慢曳羅裙歸去。

【校記】

① 《記紅集》調名作《神仙伴侣》。

② 暮：毛本、四庫本作「莫」。

③ 仙：鍾本作「僊」。

④ 傅粉：雪本作「粉傅」。攏：雪本作「籠」，吴鈔本、湯本、合璧本、四印齋本作「櫳」。

⑤映：鍾本作「暎」。畫：玄本作「画」。

【箋注】

〔一〕長衢：大道。《古詩十九首·青青陵上柏》：「長衢羅夾巷，王侯多第宅。」晉張協《詠史》：「朱軒曜金城，供帳臨長衢。」

〔二〕瞥見：一眼看見。唐羅虬《比紅兒》之十四：「若教瞥見紅兒貌，不肯留情付洛神。」神仙伴侶：謂可意之人，猶言如花美眷也。

〔三〕傅粉：搽粉。《漢書·廣川王劉越傳》：「前畫工畫望卿舍，望卿袒裼傅粉其傍。」南朝梁蕭綱《獨處愁》：「彈棋鏡奩上，傅粉高樓中。」北齊顏之推《顏氏家訓·勉學》：「梁朝全盛之時，貴遊子弟，多無學術……無不熏衣剃面，傅粉施朱。」《舊唐書·張易之傳》：「由是兄弟俱侍宮中，皆傅粉施朱，衣錦繡服。」

〔四〕攏：《通俗編雜字》：「小理髮曰攏。」

〔五〕無緒：情緒低落。唐張九齡《聽箏》：「端居正無緒，那復發秦箏。」

【疏解】

詞就題發揮，寫偶見生情，視角應是一閑遊男子，所謂「風流子」是也。起二句寫他在長街暮色裏，偶然瞥見樓頭的美麗女子。接三句描寫女子薄施淡妝，隱映在畫簾開處，美如畫中神仙。結三句寫女子無語無緒，若有心事，半拖羅裙，緩緩步入簾内。男子的情有不捨，悵然若失，自在言外。

【集　評】

鍾本評語：不修不琢，自含俊麗。

陳廷焯《雲韶集》卷一：情態逼真，令人如見。結三語有無限惋惜。

蕭繼宗《評點校注花間集》：全詞叙次，首尾完整，如一小段記録默片，「淡入」「淡出」，中間亦有一二特寫鏡頭。

其　三

金絡玉銜嘶馬①〔一〕。繫向緑楊陰下②。朱户掩，繡簾垂③，曲院水流花榭④〔二〕。歡罷，歸也。猶在九衢深夜⑤〔三〕。

【校　記】

① 馬：吴鈔本作「鳥」，誤。

②綠楊：湯本、合璧本作「楊柳」。

③繡簾：湯本、合璧本作「翠簾」。毛本、四庫本作「綉簾」。

④榭：鄂本、吴鈔本、湯本、合璧本、毛本、後印本、正本、四庫本、清刻本、四印齋本、全本、《歷代詩餘》、王輯本、林大椿《唐五代詞》作「謝」。

⑤猶在：湯本、合璧本作「猶見」。

【箋　注】

〔一〕金絡：即金絡頭。南朝梁何遜《學古》之一：「玉羈瑪瑙勒，金絡珊瑚鞭。」玉銜：玉飾的馬嚼子。唐杜牧《長安雜題長句》之五：「草妒佳人鈿朵色，風迴公子玉銜聲。」

〔二〕花榭：植有花木的臺榭。唐顧雲《池陽醉歌贈匡廬處士姚巖傑》：「九華太守行春罷，高絳紅筵壓花榭。」

〔三〕九衢：縱横交叉的大道；繁華的街市。《楚辭·天問》：「靡蓱九衢，枲華安居。」王逸注：「九交道曰衢。」參見卷一温庭筠《南歌子》「似帶如絲柳」注〔四〕。

【疏　解】

詞詠本調，寫冶遊之事。起句特寫鏡頭聚焦風流蕩子，「金絡玉銜嘶馬」，確是貴游公子派頭。

綠楊繫馬，説明已至歡場。「朱户」二句描寫門閉簾垂，暗示人已入室。「曲院」句宕開一筆，避開室内，對男女歡情作虚化處理。結三句寫歡罷歸去，九衢夜色猶濃，天尚未明。此詞因賦「風流子」，詞意未免有些輕浮，但詞無褻語，緊要地步避實就虚，尚屬難能。

【集評】

鍾本評語：此詞寫《少年行》也。

華鍾彦《花間集注》卷八：此首、前首皆就題發揮。

蕭繼宗《評點校注花間集》：流連光景之作。

定西番

雞禄山前遊騎①〔一〕，邊草白〔二〕，朔天明〔三〕。馬蹄輕②。　鵲面弓離短韔〔四〕，彎來月欲成③〔五〕。一隻鳴髇雲外④〔六〕，曉鴻驚。

【校記】

① 雞禄：王輯本作「雞鹿」。

②蹄：晁本、湯本、合璧本、正本作「啼」，誤。從鄂本改。

③彎：吴鈔本作「蠻」，王輯本作「灣」。

④一隻：湯本作「一雙」。

【箋　注】

〔一〕雞禄山：即雞鹿山。《漢書·匈奴傳下》：「漢遣長樂衛尉高昌侯董忠、車騎都尉韓昌，將騎萬六千，又發邊郡士馬以千數，送單于出朔方雞鹿塞。」《水經注》：「自窳渾縣西北，出雞鹿塞。一作雞禄。」塞在今内蒙古磴口西北哈隆格乃峽谷口。雞鹿山當在此。又《後漢書·和帝紀》：「夏六月，車騎將軍竇憲出雞鹿塞，度遼將軍鄧鴻出稒陽塞，南單于出滿夷谷，與北匈奴戰於稽落山，大破之。」或謂，「稽落山」即雞鹿山。遊騎：擔任巡邏突擊的騎兵。《陳書·侯安都傳》：「徐嗣徽、任約等引齊寇入據石頭，遊騎至於闕下。」

〔二〕邊草白：指生長西北邊塞的白草。《漢書·西域傳上·鄯善國》：「地沙鹵，少田，寄田仰穀旁國。國出玉，多葭葦、檉柳、胡桐、白草。」顔師古注：「白草似莠而細，無芒，其乾熟時正白色，牛馬所嗜也。」唐岑參《過燕支寄杜位》：「燕支山西酒泉道，北風吹沙卷白草。」

〔三〕朔天：朔方的天空。《書·堯典》：「申命和叔，宅朔方，曰幽都。」集傳：「朔方，北荒之地。」《楚辭·劉向〈九歎·遠遊〉》：「遡高風以低佪兮，覽周流於朔方。」王逸注：「周偏流行於北方也。」

〔四〕 鵲面弓：弓名，即鵲畫弓，弓背飾有鵲畫。韔：弓袋。漢許慎《説文》：「弓衣也。從韋，長聲。」《詩經·秦風·小戎》：「虎韔鏤膺，交韔二弓。」《傳》：「韔，弓室也。」

〔五〕 彎來句：言拉弓如滿月。

〔六〕 鳴髇：響箭。《新唐書·地理志》：「嬀州嬀川郡……土貢：樺皮，胡禄，甲榆，髇矢，麝香。」

【疏　解】

此首邊塞之作，描寫邊關騎將的矯健身手，應是題詠本調。上片人物出場，塞北的晨曦中，一騎巡哨馳過雞鹿山前經霜的草原。仿佛剪影一般，詞句的畫面感很强，畫面的異域色彩和戰爭生活氣息濃烈。下片特寫騎將弓開滿月、仰射飛鴻的颯爽英姿，見其性格豪邁，武藝高强。小詞一改《花間》綺靡香軟的格調，抒寫一種奮發蹈厲的昂揚情懷，洋溢著浪漫的英雄主義氣質，其美感風格有類盛唐邊塞詩。全詞短句爲主，斬截利落，勁健雄快，與内容相適應，見出詞人「廉悍」的「筆力」。

【集　評】

陳廷焯《詞則·放歌集》卷一：筆力廉悍。

李冰若《花間集評注·栩莊漫記》：隨題敷衍，了無佳處。

華鍾彦《花間集注》卷八：孫少監詞二首，皆就題發揮。

蕭繼宗《評點校注花間集》：「月欲成」三字趁韻。

其　二

帝子枕前秋夜〔一〕，霜幄冷〔二〕，月華明。正三更。　何處戍樓寒笛①〔三〕，夢殘聞一聲。遥想漢關萬里〔四〕，淚縱横。

【校　記】

①戍：吴鈔本、正本作「戌」，誤。

【箋　注】

〔一〕帝子：指娥皇、女英。傳爲帝堯之女。《楚辭·九歌·湘夫人》：「帝子降兮北渚，目眇眇兮愁予。」王逸注：「帝子，謂堯女也。」此疑指漢烏孫公主。華鍾彦《花間集注》曰：「竊按：此帝子當指烏孫公主言。《史記·大宛傳》：『漢遣江都公主，往妻烏孫，烏孫王昆莫以爲右夫人。』《集解》引《漢書》云：『江都王建女。』是即烏孫公主也。《采蘭雜志》引《烏孫公主歌》云：『我家嫁我兮天一方，遠託異國兮烏孫王。願爲黄鵠兮歸故鄉。』是也。故下文云：『遥想漢關萬里，淚縱横。』正屬其意。」或謂泛指和親西番之公主。

〔二〕幄：《小爾雅·廣服》：「幄，幕也。」《左傳·昭公十三年》：「子産以幄幕九張行。」注：「幄幕，軍旅之帳。」此指烏孫之氈帳。

〔三〕戍樓：邊防駐軍的瞭望樓。南朝梁蕭繹《登堤望水》：「旅泊依村樹，江槎擁戍樓。」

〔四〕漢關：漢朝的邊關。亦泛指邊關。唐嚴武《軍城早秋》：「昨夜秋風入漢關，朔雲邊雪滿西山。」

【疏　解】

依華鍾彦説，詞詠漢烏孫公主事。上片寫遠嫁異域的烏孫公主秋夜不眠，氈帳霜冷，月光如水，觸起了她深切的鄉思。换頭二句，寫戍樓寒笛驚醒了她的故國歸夢。輾轉反側之際，遥想家山迢遞，漢關萬里，自己和親而來，今生也許永無歸期，念及此，不禁熱淚横流，悲傷難抑。此詞可以納入古典詩詞的鄉愁母題範圍，篇幅雖短，卻綜合運用了鄉愁主題詩詞的望月思鄉、夢憶還鄉、聞聲思鄉等幾種表現模式。這等詞往低處説，乃就題敷演，無甚新意；往高處説，故國鄉愁是愛國思想情感，意義重大；往坐實處説，「帝子」就是烏孫公主，是一特定的人物；往泛虚處説，「帝子」代指塞外女子，是一集合的符號。可知此首詞意，具有一定的解讀彈性。

【集評】

湯顯祖評《花間集》卷三：吴子華云「無人知道外邊寒」，謝疊山云「玉人歌吹未曾歸」。可見深宫之暖，不知邊塞之寒；玉人之娱，不知蠶婦之苦。至裴交泰下第詞云「南宫漏短北宫長」，真一字一血矣。

鍾本評語：《定西番》三闋（此二闋與上牛嶠「紫塞」闋），俱詠塞上也，唯毛熙震一首題春暮（指下闋「蒼翠濃陰」）。

俞陛雲《唐五代兩宋詞選釋》：二詞英英露爽。「鳴髀」二句有「翻身向天仰射雲，一箭正墮雙飛翼」之概。「寒笛」二句有「横笛偏吹行路難」、「一時回首月中看」之感。一言騎射精能，一言鄉心棖觸也。

蕭繼宗《評點校注花間集》：詞意不透。湯氏云云，其然？豈其然乎？

河滿子①

冠劍不隨君去〔一〕，江河還共恩深〔二〕。歌袖半遮眉黛慘②〔三〕，淚珠旋滴衣襟。惆悵雲愁雨怨，斷魂何處相尋。

【校　記】

①河滿子：鍾本、張本、四印齋本作「何滿子」，其他各本均作「河滿子」。

②慘：雪本無此字。

【箋　注】

〔一〕冠劍：古人所服御。《初學記》卷二二《武部·劍》引《賈子》：「古者天子二十而冠，帶劍；諸侯三十而冠，帶劍；大夫四十而冠，帶劍；隸人不得冠，庶人有事得帶劍，無事不得帶劍。」古代官員戴冠佩劍，因以「冠劍」指代職官。南朝梁江淹《到主簿日事詣右軍建平王》：「常欲永辭冠劍，弋釣畎壑。」

〔二〕江河句：言恩情深如江河。

〔三〕歌袖：歌者之袖。唐李建勳《踏青尊前》：「詩毫粘酒淡，歌袖向人斜。」

【疏　解】

詞寫相思之情。起二句極有力度，雖言裙釵，不讓鬚眉。「冠劍」是「君」所佩服之物，不隨

「君」去，留作信物以慰「妾」心也。所以女子睹物思人，感覺兩人的恩愛之情，正像江河一般深長無盡。接二句寫君去之後，女子舊情難忘，雖難脱歡場，實心中酸悲。「歌袖」二字，透漏女子之身份。結二句寫女子淚雨愁雲，觸處興感，無處尋君，痛斷肝腸。此詞雖賦裙釵情戀，而有須眉風概，尤其是「冠劍不隨君去，江河還共恩深」二句，是有肝膽人語，非尋常可比。或謂詞詠唐武宗孟才人，則情有本事，而非泛言。

【集評】

王灼《碧雞漫志》卷四：僞蜀孫光憲《河滿子》一章云：「冠劍不隨君去，江河還共恩深。」似爲孟才人發。

華鍾彦《花間集注》卷八：按此詞詠唐武宗與孟才人事。

蕭繼宗《評點校注花間集》：江上琵琶，同其怨抑；然斷魂止于雲雨，苦不能深。集中和凝二首，一首全爲六字句，一首第三句七字，此首第三句與第四句顯係對文，「慘」字疑衍。

玉胡蝶①

春欲盡，景仍長〔一〕。滿園花正黃。粉翅兩悠颺②〔二〕。翩翩過短牆〔三〕。鮮飇暖〔四〕，牽遊伴，飛去立殘芳〔五〕。無語對蕭娘〔六〕。舞衫沉麝香③。

【校記】

①《歷代詩餘》調下注曰：「又一體，雙調四十二字。」胡：吴鈔本、湯本、合璧本作「蝴」。

②颺：《歷代詩餘》作「揚」。

③舞：吴鈔本作「無」，誤。

【箋注】

〔一〕景仍長：景色依然美好。長：優長。

〔二〕粉翅：蝶身帶粉，故云蝶翅曰粉翅。唐齊己《蝴蝶》：「翠裛丹心冷，香凝粉翅濃。」悠颺：飄忽不定貌。唐李嘉祐《與鄭錫遊春》：「映花鶯上下，過水蝶悠颺。」

〔三〕短牆：矮牆。《左傳·襄公二十五年》：「吴子門焉，牛臣隱於短牆以射之，卒。」唐白居易《井底引銀瓶》：「妾弄青梅憑短牆，君騎白馬傍垂楊。」

〔四〕鮮飈：清新的風。《文選》江淹《雜體詩·效許詢自序》：「曲櫺激鮮飈，石室有幽響。」吕向注：「鮮飈，鮮潔之風。」唐王勃《梓州郪縣兜率寺浮圖碑》：「陰室中開，鮮飈自激。」

〔五〕殘芳：猶殘花。唐白居易《東南行一百韻》：「殘芳悲鶗鴂，暮節感茱萸。」

〔六〕蕭娘：泛指女子。

【疏　解】

詞詠本調。上片描寫暮春時節，滿園花事尚好，花間流連戲蝶，自在飛舞。「過短牆」三字，爲下片人物出場張本。過片三句承上，寫暮春的暖風中，飛過短牆的蝴蝶成雙作伴，棲落在凋殘的花枝上。「殘芳」二字，回應起句「春欲盡」。結二句寫衣染麝香的女子，對景無言的惆悵情態，花落春盡的季節，雙飛雙棲的蝴蝶，觸動了她深深的遲暮孤寂之感。此詞結構很有特點，詞末人物的出場，使主要篇幅描寫的殘春蝶飛之景，具有了一種實際上的起興作用，詞的表現重心，還是落實在結二句的人物心理上，還是爲了言情，這樣安排結構，言情顯得十分含蓄。

【集　評】

蕭繼宗《評點校注花間集》：調風活潑，詠蝶有輕盈之致。後結極婉。

八拍蠻①

孔雀尾拖金線長。怕人飛起入丁香②。越女沙頭爭拾翠〔一〕，相呼歸去背斜陽〔二〕。

【校記】

①《歷代詩餘》調下注曰：「亦七言絶句，首句用韻。」

②飛起：湯本作「飛去」。

【箋注】

〔一〕拾翠：拾取翠鳥羽毛以爲首飾。後多指婦女遊春。語出三國魏曹植《洛神賦》：「或採明珠，或拾翠羽。」南朝梁紀少瑜《游建興苑》：「踟躕憐拾翠，顧步惜遺簪。」唐吴融《閒居有作》：「踏青堤上煙多緑，拾翠江邊月更明。」

〔二〕背：躲避，遮蔽。

【疏　解】

此首蠻人山歌，詠南土風情。起二句寫孔雀，這種「尾拖金線」的漂亮禽鳥，爲南粵所獨有，是地域性的標志。「怕人」二字暗轉，詞意過渡到後二句的寫人。與孔雀丁香這美麗芬芳的花鳥相映襯的，是黄昏沙灘上拾翠的土著女子，正是她們的「爭」和「相呼」，驚得孔雀飛入丁香樹叢裏。此詞純然一幅南土風俗畫，清新絢爛，斜陽照出的拾翠女子背影，又爲這幅畫面添加了幾許綿邈的風神。

【集　評】

華鍾彦《花間集注》卷八：按此蠻人之山歌也。故平仄不拘。

蕭繼宗《評點校注花間集》：《八拍蠻》，亦幾於七言絶句矣，以失黏故，視爲詞可。

竹　枝①

門前春水竹枝白蘋花女兒〔一〕。岸上無人竹枝小艇斜女兒。商女經過竹枝江欲暮女兒②〔二〕，散抛殘食竹枝飼神鴉女兒〔三〕。

【校　記】

①《歷代詩餘》調下注曰：「又一體，疊十四字，二句。作二十八字，四句。唐樂府有蜀竹枝、江南竹枝、漁家竹枝，但言竹枝者，蜀詞居多。填詞特以類分耳。」《樂府詩集》卷八一「近代曲辭」三，收此二首作絶句聲詩，無「竹枝、女兒」字樣。晁本、陸本、吴鈔本、茅本、玄本、湯本、合璧本、張本、明殘本、毛本、正本、四庫本、四印齋本、影刊本此首與下首連排作一首。徐本作一首，調下墨校曰：「此體唐人作無過四句者，《詞律》亦分作二首。按卷首目中注只一首，細數孫詞總數亦然，恐誤。」眉批曰：「宋本二首亦連刻。」清刻本作二首。此首《詞律》卷一作皇甫松詞，然《花間集》及諸選本皆作孫光憲詞，當從《花間集》。

②暮：毛本、四庫本作「莫」。

【箋　注】

〔一〕竹枝、女兒：清萬樹《詞律》卷一：「《竹枝》之音，起於巴蜀。唐人之作，皆言蜀中風景。後人因效其體於各地爲之，非古也。皇甫子奇亦有四句體。所用『竹枝』、『女兒』，乃歌時群相隨和之聲。猶《採蓮子》之有『舉棹』、『年少』等字。……劉禹錫在沅湘以里歌鄙陋，乃依騷人《九歌》，作《竹枝》新詞九章，原無和聲。後皇甫松、孫光憲作此，始有『竹枝』、『女兒』爲隨和之聲。『枝』、『兒』叶韻。」

〔二〕商女：歌女。唐杜牧《泊秦淮》：「商女不知亡國恨，隔江猶唱後庭花。」

〔三〕神鴉：逐舟覓食的烏鴉。唐杜甫《過洞庭湖》：「護堤盤古木，迎櫂舞神鴉。」仇兆鼇注：「《岳陽風土記》：『巴陵鴉甚多，土人謂之神鴉，無敢弋者。』……吴江周篆曰：『神烏在岳州南三十里，群烏飛舞舟上。或撒以碎肉，或撒以荳粒；食葷者接肉，食素者接荳，無不巧中。如不投以食，則隨舟數十里，衆烏以翼沾泥水，汙船而去，此其神也。』」亦指啄食祠廟祭品的烏鴉。宋范成大《吴船録》卷下：「廟有馴鴉，客舟將來，則迓於數里之外，或直至縣下，船過亦送數里，人以餅餌擲空，鴉仰喙承取，不失一，土人謂之神鴉，亦謂之迎船鴉。」

【疏　解】

詞寫水鄉小景。前二句寫門前春水渙渙，白蘋花開，小艇横斜，的是水鄉人家的光景。而「岸上無人」，見出正是暮江。在這充滿生機而又不無荒寂的江邊黄昏裏，一艘客船駛過，船上的商女旅途無事，拋食飼喂繞船不去的神鴉。這後二句寫「偶然小事」，别有南方風土氣息。去掉「竹枝」、「女兒」的和聲，此詞仿佛一首「晚唐風調」的七言絶句。

【集評】

湯顯祖評《花間集》卷三：元時和楊廉夫《竹枝詞》者五十餘人，佳篇不可多得。徐延徽云：「勝地萬斛胭脂水，瀉向銀河一色秋。」卓乎無愧唐人。

卓人月《古今詞統》卷二徐士俊評語：（「散抛」句）偶然小事，寫得幽誕。

俞陛雲《唐五代兩宋詞選釋》：此竹枝女兒詞也。神鴉純黑，有黄色約其半身如帶，隨客舟飛舞，不避人，抛食輒銜去。昔年在川、楚江行親見之。此詞固《竹枝》妍唱，即作七言絶句誦之，亦是晚唐風調。

蕭繼宗《評點校注花間集》：《竹枝》本七言絶句；後以歌時不足以應樂，始於每句句尾，援樂府「董逃」、「上留田」之類，增二字以爲和聲，如皇甫松之《採蓮子》下注「舉棹」、「年少」，繼又於每句小頓處，亦增和聲，如此首之「女兒」、「竹枝」。顧仍未脱七絶原型也。至張泌、顧敻之《柳枝》則每句尾增三字爲正文，完成詞之型式。

其　二①

亂繩千結竹枝絆人深女兒〔一〕。越羅萬丈竹枝表長尋女兒②〔二〕。楊柳在身竹枝垂意緒女兒〔三〕，藕花落盡竹枝見蓮心女兒〔四〕。

【校　記】

①清刻本、《詞律》、《歷代詩餘》作二首，從之。

②表：雪本作「褎」。表長：王輯本作「表裏」。

【箋　注】

〔一〕絆：纏結。

〔二〕表：外衣。長尋：八尺長。古制，八尺爲尋。華鍾彦《花間集注》曰：「言越羅雖有萬丈之多，所用以爲外衣者，不過八尺而已。」

〔三〕楊柳句：華鍾彦《花間集注》曰：「謂思緒纏身。柳絲之絲，與思同音相諧。」在身：自身，本身。意緒：心意，情緒。南朝齊王融《詠琵琶》：「絲中傳意緒，花裏寄春情。」

〔四〕蓮心：即蓮子，與「憐子」相諧。南朝樂府《西洲曲》：「低頭弄蓮子，蓮子清如水。」

【疏　解】

此首言情，而取民歌寫法，質樸生動，與《花間》豔情有别。首句用繩結之多喻女子陷入情網之深，次句用萬丈絲羅比女子情多，「表長尋」是説情雖多而表露有限，大約是害羞含蓄，更主要的恐怕還是因爲「世間只有情難訴」，所以辭費無益。三句用楊柳滿樹絲條垂裊，喻女子思緒紛紛，四句以「藕」諧「偶」，以「蓮」諧「憐」，是説終有一天對方會知道自己的憐愛之心。此詞全用比喻、雙關的「吴格」修辭手法，南朝民歌風味更濃，確乎是「《讀曲》、《子夜》之遺響也」（李冰若《栩莊漫記》）。

【集評】

萬樹《詞律》卷一：所用「竹枝」、「女兒」，乃歌時群相隨和之聲，猶《採蓮曲》之有「舉棹」、「年少」等字。……劉禹錫在沅湘以里歌鄙陋，乃依騷人《九歌》作《竹枝》新詞九章，原無和聲。後皇甫松、孫光憲作此，始有「竹枝」、「女兒」爲隨和之聲，「枝」、「兒」叶韻。

李冰若《花間集評注·栩莊漫記》：諧聲和歌，《讀曲》、《子夜》之遺響也。

蕭繼宗《評點校注花間集》：每句首四字爲謎面，後三字爲謎底，蓋《讀曲》、《子夜》之遺，以之入《竹枝》，韻味恰合。此首與七絶音律微異，可知專詠土俗之作，率意任情，不必其求盡諧律體也。此首每句一「底」一「面」，懸想當日歌時，必爲兩人，一人唱「面」，一人唱「底」，一唱一和，於辭中可以見之。進而論之，可知此調，並非七言四句，而係四言與三言相間，其格架則本於七絶耳。幸有孫氏此首泄其消息，不致一體視爲七絶。故此二首各句分别點斷，與譜家分句之法稍異。

思帝鄉①

如何。遣情情更多〔一〕。永日水堂簾下②〔二〕，斂羞蛾。六幅羅裙窣地，微行曳碧波③〔三〕。看盡滿池疎雨④，打團荷⑤。

【校　記】

①《歷代詩餘》調下注曰：「又一體，單調三十六字。」王輯本無此首。

②水堂：茅本、湯本、合璧本、鍾本、雪本、毛本、四庫本、《詞綜》作「水晶」。陸本、玄本、吴鈔本、張本、明殘本、徐本、影刊本作「水尚」。

③行：雪本作「雲」。

④池：雪本作「地」。疎：晁本、鄂本、陸本、吴鈔本、茅本、明殘本、正本、影刊本作「踈」。

⑤團：吴鈔本作「圓」。

【箋　注】

〔一〕遣情：猶言排遣情思。北齊劉晝《新論・去情》：「是以聖人棄智以全真，遣情以接物。」

〔二〕永日：從早到晚，整天。漢劉楨《公讌》：「永日行遊戲，歡樂猶未央。」水堂：臨水的廳堂。《北齊書·河南王孝瑜傳》：「孝瑜遂於第作水堂、龍舟，植幡矟於舟上，數集諸弟宴射爲樂。」唐王建《送吴諫議上饒州》：「浄掃水堂無侍女，下街唯共鶴殷勤。」

〔三〕微行：小路。《詩經·豳風·七月》：「女執懿筐，遵彼微行，爰求柔桑。」毛傳：「微行，牆下徑也。」

【疏解】

詞寫閨怨。一起有力，以勁健之筆抒鬱勃之情，是典型的孫氏句法。欲加排遣已説明情有不堪，怨情愈排愈多，直如抽刀斷水，舉杯消愁，可見其爲情所困，已是遣愁無計。接寫女子水堂簾下，整日愁眉不展的樣子，是對起二句的印證和落實。下片仍寫她多方「遣情」的行爲。既然簾内長日愁坐無效，於是她走到庭院裏，徘徊在小路上，聊以消憂。這裏寫她緑裙窣地，拖曳如泛碧波，仿佛淩波微步之仙子，暗示其人的美豔。結二句寫她又來到池邊，看雨打團荷，再作開解。「看盡」二字，知其久久佇立，遲遲未去。這二句以景結情，含思無限，此等「常語常景，自然丰采」的妙句，誠爲一首小詞「不易得」之好結裹。

【集評】

卓人月《古今詞統》卷三徐士俊評語：「如何如何，忘我實多」，預爲詞料矣。

鍾本評語：「看盡滿池疎雨，打團荷」，恒欲擬此一句，終不易得。

王闓運《湘綺樓詞選》前編：常語常景，自然丰采。

蕭繼宗《評點校注花間集》：羅裙窣地微行，而以「曳碧波」三字狀之，語妙。末句，見寂寞之情，而有餘韻。

上行盃①

草草離亭鞍馬〔一〕，從遠道、此地分衿②〔二〕。燕宋秦吴千萬里〔三〕。無辭一醉〔四〕。野棠開，江草濕。佇立。沾泣③〔五〕。征騎駸駸〔六〕。

【校　記】

① 吴鈔本此首不分片。

② 衿：陸本、吴鈔本、茅本、玄本、湯本、合璧本、鍾本、明殘本、清刻本、徐本、影刊本、全本、王輯本作「襟」。

③ 沾泣：雪本作「沾衣泣」。全本作「沾」。

【箋　注】

〔一〕草草：匆忙倉促貌。唐李白《南奔書懷》：「草草出近關，行行昧前筭。」離亭：建於離城稍遠的道旁供人歇息的亭子。古人往往于此送別。南朝陳陰鏗《江津送劉光禄不及》：「泊處空餘鳥，離亭已散人。」

〔二〕從遠二句：華鍾彦《花間集注》曰：「言自此地分衿，將遵遠道而行也。」從：《廣雅・釋詁》：「從，行也。」分衿：分别。唐王維《贈裴迪》：「攜手本同心，復歎忽分衿。」

〔三〕燕宋句：言將遠遊燕宋秦吴諸地，路途遥遠。南朝梁江淹《别賦》：「況秦吴兮絶國，復燕宋兮千里。」

〔四〕無辭：不辭。

〔五〕佇立，沾泣：《詩經・邶風・燕燕》：「瞻望弗及，佇立以泣。」。

〔六〕騣騣：馬疾行貌。《詩經・小雅・四牡》：「駕彼四駱，載驟騣騣。」三國魏阮籍《詠懷八十二首》：「臯蘭被徑路，青驪逝騣騣。」

【疏　解】

此詞賦别，送别雙方是親友抑或情人，身份不明。起句「草草」打頭，突出送别之時的匆促氣氛，「離亭」是餞别場所，「鞍馬」是行者乘騎，六字已别意具足。接三句寫此地分别之後，行人就要踏上遠道，秦吴絶國，燕宋千里，從此天各一方。换頭寫餞别宴席，酒深情深，頻頻舉杯，不辭一醉。「野棠」、「江草」二句，以春日風物烘染點綴。「佇立。沾泣」二句，寫送者依依不捨，感傷下淚。「征騎駸駸」四字，寫行者匆匆離去，回應起句「草草」，强化全詞的抒情調性。

【集　評】

湯顯祖評《花間集》卷四：「黯然銷魂者，唯别而已矣。」江淹賦所未暢，尚思廣之。此詞殊覺小草。

詹安泰《詹安泰詞學論稿》上編《論聲韻》：起韻與末韻叶，而中間兩轉韻自叶者，此種叶韻法最雜錯奇特，唯見孫光憲《上行杯》「草草離亭鞍馬」首。

蕭繼宗《評點校注花間集》：《上行杯》爲離筵唱詞，泛用，故無可取。孫詞《上行杯》二首，各本皆分爲二段，此首於「裹」字，次首於「共」字處過片，不獨文氣截爲兩橛，且「醉」、「捧」二字掛韻下片，亦覺不倫。應以不分段爲是。此首以「襟」字起韻，至末句「駸」字遥叶，相去太遠。《酒泉子》雖亦有類似之處，要非正格，或有訛文。此首與次首亦不合，疑第三句應作「分襟此地」，末句應作「駸駸征騎」。無據，姑志于此。

其二

離棹逡巡欲動①〔一〕，臨極浦、故人相送。去住心情知不共②〔二〕。金船滿捧〔三〕。綺羅愁，絲管咽③。迴別④。帆影滅⑤。江浪如雪。

【校記】

①棹：吴鈔本、《唐五代詞》作「掉」。

②去住：湯本、合璧本作「去任」。

③咽：吴鈔本作「煙」。

④迴別：《歷代詩餘》同。各本《花間集》、全本、王輯本、《唐宋人選唐宋詞》本《花間集》作「迴別」。

⑤滅：吴鈔本作「城」。

【箋注】

〔一〕逡巡：徘徊不進，滯留。漢賈誼《過秦論》：「九國之師，逡巡遁逃而不敢進。」漢王逸《九思·憫上》：「逡巡兮圃藪，率彼兮畛陌。」

〔二〕去住：去與留，就別離雙方而言。漢蔡琰《胡笳十八拍》：「十有二拍兮哀樂均，去住兩情兮難具陳。」不共：不同。唐許棠《汝州郡樓望嵩山》：「不共衆山同，岧嶢出迥空。」

〔三〕金船：一種金質的盛酒器。北周庾信《北園新齋成應趙王教》：「玉節調笙管，金船代酒卮。」

【疏　解】

詞賦故人送別。上片寫與友人相別的地點和彼此的心境。「去住心情知不共」一句較有新意，一般送別之作，並不區分送者和行人在同一事件中的不同體驗感受，此詞揭示出彼此的差異，抒情更爲深細。換頭三句寫餞別場景，歌聲愁怨，樂聲淒咽，須臾即別，更盡一杯。結三句寫別後，居者目送去舟帆影，消失在茫茫水涯，但見江上風起，白浪如雪。以景結情，寫來境界闊大，韻味悠長。

【集　評】

蕭繼宗《評點校注花間集》：「知不共」、「廻別」二語，均有未安。此首以「動」字起韻，較前首完整。「帆影滅」句三字，亦較前首止用「沾泣」二字爲佳。意此二首均難免有訛文也。

謁金門①

留不得〔一〕。留得也應無益。白紵春衫如雪色②〔二〕。揚州初去日③〔三〕。輕別離④〔四〕，甘拋擲⑤〔五〕。江上滿帆風疾。却羨彩鴛三十六⑥〔六〕，孤鸞還一隻〔七〕。

【校　記】

①《草堂詩餘别集》調下題作《憶别》。《歷代詩餘》調下注曰：「又一體。」

②春衫：玄本、雪本作「青山」。

③揚州：湯本、合璧本作「楊州」。

④輕：鍾本作「鞋」，誤。

⑤拋擲：湯本、合璧本作「棄擲」。

⑥羨：吴鈔本無此字。

【箋　注】

〔一〕留不得：留不住。唐劉禹錫《楊柳枝詞》九首之九：「春盡絮飛留不得，隨風好去落誰家。」

〔二〕白紵：白色的苧麻。明李時珍《本草綱目·草四·苧麻》：「白苧葉面青，其背皆白。」此指白紵麻所織之布。《樂府詩集》卷五五引《樂府解題》：「古詞譽白紵曰：『質如輕雲色如銀，制以爲袍餘作巾。袍以光軀巾拂塵。』」唐張籍《白紵歌》：「皎皎白紵白且鮮，將作春衣稱少年。」

〔三〕揚州：古九州之一，故址在今江蘇省揚州市。《尚書·禹貢》：「淮海維揚州。」《傳》曰：「北距淮，南距海。」《爾雅·釋地》：「江南曰揚州。」漢揚雄《揚州箴》：「矢矯揚州，江漢之滸。彭蠡既瀦，陽鳥攸處。」唐徐凝《憶揚州》：「天下三分明月夜，二分無賴是揚州。」

〔四〕輕別離：唐白居易《琵琶行》：「商人重利輕別離，前月浮梁買茶去。」

〔五〕甘抛擲：甘心棄擲。抛擲：唐雍陶《遣愁》：「抛擲泥中一聽沈，不能三歎引愁深。」

〔六〕彩鴛三十六：三十六對彩鴛鴦。《西京雜記》：「霍光園中鑿大池，植五色睡蓮，養鴛鴦三十六對，望之爛若披錦。」《樂府詩集·雞鳴高樹巔》：「舍後有方池，池中雙鴛鴦。鴛鴦七十二，羅列自成行。」又《玉臺新詠·古樂府·相逢狹路間》：「入門時左顧，但見雙鴛鴦，鴛鴦七十二，羅列自成行。」是其所本。此言行者。

〔七〕孤鸞：單棲的鸞鳥。唐盧照鄰《長安古意》：「生憎帳額繡孤鸞，好取門簾帖雙燕。」此處送者自指。

【疏　解】

此首閨人怨別。起句頓入，劈面飛來，頂點抒情，陡健有力，此種寫法，在温韋等《花間》詞人中罕見。開口即斷言「留不得」，是知男子去意已決，自己回天無力。「留得也應無益」，則在首句説足説絶後略加轉圜，退一步説，意爲即使能留下人，也留不住心，似此雖留又有何益。這兩句表現思婦別時怨尤無奈、矛盾痛苦的複雜心情，見出女子對人心和命運、對事物和情感本質的洞察透徹。「這種突起、急轉，既坦率又峭勁的寫法，正是孫詞氣骨遒健的一種表徵」（詹安泰《宋詞散論》）。「白苧」二句，寫行人初別之時的衣飾打扮，鮮潔明麗，風流瀟灑，則知女子對他責怨之中仍有著深深的愛憐，而他卻並無傷別之意，女子和揚州，對他都已經失去吸引力，此刻的他也許感覺有幾分莫名的興奮，正在憧憬著遠方的又一片嶄新天地。换頭三句，呼應起句，寫衣著濟楚精神的行人對別離的態度，「輕」、「甘」二字，責其薄情負心。「帆滿風疾」，寫其去程之速，是主觀上欲急去，也是客觀上助其急去，或許這就是所謂天意，這一句更印證了「留不得」和「留得也應無益」的判斷正確。結二句，是比喻也是對比，寫思婦羡慕成雙成對的鴛鴦，自歎又成孤鸞，言外含有無限悲戚之意。李冰若、唐圭璋認爲此詞是遊子自抒「相思之苦，漂泊之感」，陳廷焯、吴梅更認爲詞中寄託了「不遇之感」，是詞人「不事側媚，甘處窮寂」的高潔品格的寫照。諸家觀點可供解讀時參考。

【集評】

沈際飛《草堂詩餘别集》卷一：起句落宋，然是宋人妙處。（又評末二句）古不可言。

湯顯祖評《花間集》卷四：「滿帆風吹不上離人小舡」，今南調中最膾炙人口。只此一曲數語，已足該括之矣。

潘遊龍《古今詩餘醉》卷八：「孤鸞」句，古極。

鍾本評語：古不可言，集中絶佳者。

蔣景祁《瑶華集詞話》附二：孫光憲《謁金門》有云「留不得。留得也應無益」、「揚州初去日」，又云「卻羡彩鴛三十六。孤鸞只一隻」，則又通「質、陌、錫、職」於「屋」。

賀裳《皺水軒詞筌》：詞雖以險麗爲工，實不及本色語之妙。如李易安「眼波才動被人猜」……孫光憲「留不得，留得也應無益」，嚴次山「一春不忍上高樓，爲怕見，分攜處」。觀此種句，覺「紅杏枝頭春意鬧」尚書，安排一個字，費許大氣力。

陳廷焯《雲韶集》卷一：起筆超脱，結筆妙。一「還」字，可知孤棲非一日矣。

陳廷焯《詞則·大雅集》卷一：不遇之感，自歎語，亦是自負語。「還」字妙，落拓非一日矣。

張德瀛《詞徵》卷三：前人詞多喜用「三十六」字，歐陽炯《更漏子》「三十六宫秋夜永」，孫孟文《謁金門》「卻羡彩鴛三十六」……用算博士語皆有致。

張德瀛《詞徵》卷五，孫荆台《謁金門》云：「留不得，留得也應無益。」皆歐陽永叔所謂陡健之筆。

吴梅《詞學通論》第六章：陳亦峰云：「孟文詞，氣骨甚遒，措語亦多警煉，然不及温、韋處，亦在此，坐少閑婉之致。」余謂孟文之沉鬱處，可與李後主並美。即如此詞，已足見其不事側媚，甘處窮寂矣。

李冰若《花間集評注·栩莊漫記》：字字嗚咽，相思之苦，飄泊之感，使人盪氣迴腸，百讀不厭。

又：「留不得，留得也應無益。白紵春衫如雪色，揚州初去日」諸句，含思綿渺，使人讀之徒唤奈何。其清新哀惋處，蓋神似端已也。

劉永濟《略談詞家抒情的幾種方法》：有辭愈説盡情愈無窮的，例如孫光憲的《謁金門》詞，這是代閨人抒寫怨情的詞。所怨的人在閨人心目中是如此無情無義，所以一開口便肯定「留不得」，「留得也應無益」。後半更指責那人本來就是「輕别離」、「甘抛擲」的人。你看他坐了船，掛了帆，去得那般地快。這就把話説到盡頭了，好似已經和那人决裂了。但是，他卻又把那人臨去時穿的春衫記得很清楚；又羡鴛鴦成雙成對，歎自己如一只孤鸞，則是愛他的情還是很深。正因爲愛他的情太深，所以怨他的情就更切。於是説出的話即使是冤枉他，也顧不得了，就把怨他的情儘量地傾吐出來。這種寫法可謂體貼入微，又極其自然，在閨情詞中可稱神品。

劉永濟《唐五代兩宋詞簡析》：此寫别情而特爲强烈。首句言不可留，留亦無益，語中已帶憤怒意。次言去者初離時之衣衫如雪者，眼中之人，記得甚分明也。下半闋前二句，即證明上半闋二語之意。曰「輕」、曰「甘」，責其毫無留意，所以留亦無益也。「江上」句，又從去舟之速，證明其毫無留意。此雖不合理，然確是怨極之詞。去者未必便真如此，怨者必有此想法也。末二句，言鸞雖美於鴛鴦，而長孤飛，則反不如鴛鴦猶得雙飛雙宿也。

唐圭璋《唐宋詞簡釋》：此首寫飄泊之感與相思之苦。起兩句，即懊恨百端，沉哀入骨。「白紵」兩句，記去揚州時之衣服，頗見瀟灑豪邁之風度。下片换頭，自寫江上流浪，語亦沉痛。末兩句，更説明孤棲天涯之悲感。通篇入聲韻，故覺詞氣遒警，情景沉鬱。

詹安泰《宋詞散論·孫光憲詞的藝術特色》：一開首就斷言「留不得」，這開端就是頂點的抒情手法，在《花間集》中就找不出第二個例子。既然「留不得」了，不用説，心情是非常難過的，那接下去的理應是説在這種情勢之下怎樣的難割難捨，像柳永《雨霖鈴》中的「執手相看淚眼，竟無語凝咽」一般。可是，他卻出乎意外地翻過來説，「留得也應無益」，好似斷了恩愛，毫無依戀。兩句話説了兩層相反的意思，話説得直截了當，不留餘地，裏面卻包蕴著使人不得不往下追尋的情味。這種突起、急轉，既坦率又峭勁的寫法，正是孫詞氣骨遒健的一種表徵，温、韋詞中没有出現過。以下從對方的可愛又可恨的具體情狀來證明上面的斷言的真實性。「白紵」兩句，把給人印象最深的人物、情節鮮明而生動地概括出來。……過片緊承别離情景説而更加深刻，用「輕」字和「甘」字，直從那人的内心世界揭出他的性格特徵，活繪出那人的忘恩負義的底細，這已經叫人徒唤奈何了；更接上「江上滿帆風疾」，電掣風馳，略無顧惜，只剩得雲水茫茫，獻愁供恨。到這裏，那「留不得」的真相，固然洩露無遺；而「留得也應無益」的想法也完全得到證實了。於是，作者才把主人公的現況和心願和盤托出，卻原來是「一隻」空羡成雙成對的鴛鴦而飽經離别（也許是被人遺棄）之苦的「孤鸞」！這畫龍點睛般的一結，就使全篇震動，使得全篇的描述都成爲真情實感的傾吐，精力更加飽滿，更具有動人的力量。

蕭繼宗《評點校注花間集》：一片離愁，無窮失望，俊爽之筆，兼之温婉。

思越人①

古臺平〔一〕，芳草遠，館娃宮外春深〔二〕。翠黛空留千載恨②〔三〕，教人何處相尋。綺羅無復當時事。露花點滴香淚〔四〕。惆悵遥天横淥水③。鴛鴦對對飛起。

【校　記】

① 鍾本此首與下首接張泌《思越人》一首後，不署姓名。

② 空留：鍾本作「空流」。

③遥天：茅本、鍾本、湯本、合璧本作「天」。淥：玄本、王輯本作「緑」。

【箋注】

〔一〕古臺：姑蘇臺。參見卷六歐陽炯《江城子》「晚日金陵岸草平」注〔五〕。

〔二〕館娃宫：古代吴宫名。春秋吴王夫差爲西施所造。在今江蘇省蘇州市西南靈巖山上，靈巖寺即其舊址。晉左思《吴都賦》：「幸乎館娃之宫，張女樂而娱群臣。」唐李白《西施》：「提攜館娃宫，杳渺詎可攀！」參見卷一温庭筠《楊柳枝》「館娃宫外鄴城西」注〔一〕。

〔三〕千載恨：春秋末至五代已千有餘年，故云。南朝宋鮑照《代東武吟》：「徒結千載恨，空負百年怨。」

〔四〕香淚：唐黄滔《江州夜宴獻陳員外》：「數枝紅蠟啼香淚，兩面青娥拆瑞蓮。」多指女子的淚水。此言花瓣上的露珠點滴落下，如西子流下的眼淚。

【疏解】

詞詠本調，發思古幽情。上片描寫姑蘇臺上館娃宫外芳草淒迷的春深景色，慨歎人事滄桑，空留千載遺恨。下片説當年西施吴王的種種豔事，而今早已無處尋覓，只有那草花上的露水，還像是西施灑落的點滴香淚。結二句描寫緑水長天、鴛鴦對飛之景，抒發弔古的「惆悵」之情。

【集　評】

華鍾彦《花間集注》卷八：孫少監詞二首，皆詠西子事，就題發揮。

蕭繼宗《評點校注花間集》：《思越人》常用以詠西子，若無獨特處，只是泛泛説去，遂乏精采。

其　二

渚蓮枯〔一〕，宫樹老①〔二〕，長洲廢苑蕭條〔三〕。想像玉人空處所〔四〕，月明獨上溪橋。　經春初敗秋風起。紅蘭緑蕙愁死〔五〕。一片風流傷心地②。魂銷目斷西子。

【校　記】

① 宫：陸本此字模糊。張本作「言」，朱筆校爲「宫」。

② 傷心：湯本作「蕩心」，誤。

【箋　注】

〔一〕渚蓮：洲渚旁的荷花。唐趙嘏《長安晚秋》：「紫艷半開籬菊净，紅衣落盡渚蓮愁。」

〔二〕宫樹：宫苑中的樹木。唐王維《奉和聖制御春明樓臨右相園亭賦樂賢詩應制》：「小苑接侯家，飛甍暎宫樹。」《敦煌變文集·妙法蓮華經講經文》：「香煙靄靄旋爲蓋，宫樹濛濛自變春。」此指館娃宫樹。

〔三〕長洲廢苑：指吴王闔閭遊獵的長洲苑。《吴郡志》：「長洲苑，在姑蘇南，太湖北。」漢趙曄《吴越春秋·闔閭内傳》：「射於鷗陂，馳於遊臺，興樂石城，走犬長洲。」晉左思《吴都賦》：「造姑蘇之高臺，臨四遠而特建，帶朝夕之濬池，佩長洲之茂苑。」

〔四〕玉人：此指西施。空處所：言西子已去，空留荒臺廢苑。

〔五〕紅蘭：見卷七孫光憲《浣溪沙》「蓼岸風多橘柚香」注〔四〕。緑蕙：與紅蘭對言，當指蕙草。南朝王筠《詩》：「緣巖蔓芳杜，迴崖掩緑蕙。」

【疏　解】

華鍾彦《花間集注》曰：「孫少監詞二首，皆詠西子事，就題發揮。」所言良是。此首同前，賦詠西施舊事，抒發思古幽情。起三句描寫吴王宫苑蓮枯樹老的荒蕪蕭條之景，興起玉人杳然、往事如煙之慨歎。「月明獨上溪橋」，見出詞人追想往事的傷心懷抱。換頭二句，再寫吴宫荒涼，春往秋來，蕙死蘭愁。「杜牧詩」的確「無此淒黯」（鍾本評語），這是李賀詩中「荒國隮殿、丘垅苴莽」的敗落境界，其字面句法也是李賀式的。結二句用「風流傷心」概括西施舊事和吴宫舊地，進一步抒寫詞人懷古的銷魂感受。這種疏冷而又淒豔俊逸的詞筆，爲孫光憲所獨有。

【集評】

鍾本評語：蓮枯樹老，蕙死蘭愁，一片傷心，蕭條在目。杜牧詩無此淒黯也。

陳廷焯《雲韶集》卷一：筆致疏冷。「經春」二語，淒豔而筆力甚遒。

吴梅《詞學通論》第六章：《思越人》云：「渚蓮枯，宮樹老，長洲廢苑蕭條。想像玉人空處所，月明獨上溪橋。」此等俊逸語，亦孟文所獨有。

李冰若《花間集評注・栩莊漫記》：「月明獨上溪橋」，所謂傷心人别有懷抱也。

蕭繼宗《評點校注花間集》：「想像」二句，不勝華屋丘山，美人黄土之感。經行憑弔，嘅喟無端。「經春」兩句，凝想入神，儼然昌谷。結句明點，大殺風景，使全文減色矣。

楊柳枝①

閶門風暖落花乾②〔一〕。飛遍江城雪不寒③〔二〕。獨有晚來臨水驛〔三〕，閒人多凭赤欄干④〔四〕。

【校記】

①《全唐詩》題作《楊柳枝詞四首》，見卷七六二孫光憲詩。

②閶：《樂府詩集》作「閭」。《全唐詩》注曰：「一作『閭』。」

③遍：吴鈔本作「過」。

④欄：湯本、合璧本、毛本、後印本、正本、四庫本、清刻本、林大椿《唐五代詞》作「闌」。

【箋注】

〔一〕閶門：吴王闔閭所建，在今蘇州市城西。漢趙曄《吴越春秋·闔閭内傳》：「立閶門者，以象天門，通閶闔風也。……闔閭欲西破楚，楚在西北，故立閶門以通天氣，因復名之破楚門。」宋朱長文《吴郡圖經續記·門名》：「閶門，故名閶闔門，吴王闔廬時有之。或云魯匠般所製也，有高樓閣道，吴兵後由此出伐楚，改曰破楚門。吴屬楚，復曰閶門。」

〔二〕江城：姑蘇城。雪不寒：言柳絮似雪而不寒。

〔三〕臨水驛：臨水的驛站。唐朱慶餘《送韋繇校書赴浙東幕》：「水驛迎船火，山城候騎塵。」

〔四〕赤欄干：赤欄橋之欄干。見卷一温庭筠《楊柳枝》「宜春苑外最長條」注〔四〕。此泛指橋欄。

【疏　解】

詞詠本調，寫姑蘇閶門江城水驛柳樹。前二句先以暖風中的落花，襯托飄飛如雪的柳絮；後二句再以驛橋欄杆旁遊人的憑眺觀賞，空際傳出柳樹長條拂水的儀態韻度之美。此詞首句以「乾」形容落花，字下得奇；「飛遍」句喻柳絮如不寒之雪，「得詠絮之妙」（李冰若《栩莊漫記》）。

【集　評】

卓人月《古今詞統》卷二徐士俊評語：首句「乾」字奇。

李冰若《花間集評注·栩莊漫記》：「飛遍江城雪不寒」，得詠絮之妙。

蕭繼宗《評點校注花間集》：《楊柳枝》四首，不以詞論，即以詩衡之，亦是惡札，真不當闌入也。

其　二

有池有榭即濛濛①〔一〕。浸潤翻成長養功②〔二〕。恰似有人長點檢③〔三〕，着行排立向春風〔四〕④。

【校　記】

①樹：吴鈔本作「謝」，誤。雪本作「樹」。

②似：玄本作「侶」。

③長點檢：湯本、合璧本、雪本作「常點檢」。檢：吴鈔本作「儉」，毛本、後印本、正本作「撿」。

④着：吴鈔本、毛本、後印本、正本、徐本作「著」。

【箋　注】

〔一〕有池句：言柳樹多傍池榭栽種。濛濛：紛雜貌。唐賈島《送神邈法師》：「柳絮落濛濛，西州道路中。」

〔二〕長養：撫育培養。《荀子・非十二子》：「長養人民，兼利天下。」漢仲長統《理亂篇》：「安居樂業，長養子孫，天下晏然。」

〔三〕點檢：檢閲，校點。《舊唐書・懿宗紀》：「魏博何弘敬奏當道點檢兵馬一萬三千赴行營。」

〔四〕着行：猶成行。唐杜甫《鄭城西原送李判官兄武判官弟赴成都府》：「野花隨處發，官柳著行新。」唐齊己《楊柳枝》：「爭似着行垂上苑，碧桃紅杏對摇摇。」

【疏　解】

詞詠柳樹。首二句言柳樹多傍池樹種植，池水的浸潤，成就了培育柳樹成長的功德。這兩句意思平庸，次句被譏爲「拙而蠢」（湯顯祖評《花間集》卷四）。後二句寫柳樹在春風中排列整齊，像是一列待人檢閱的士兵，比擬手法，寫出了柳樹的别一種風貌，較有新意。

【集　評】

湯顯祖評·《花間集》卷四：拙而蠢。（評浸潤句，加黑綫）

李冰若《栩莊漫記》：「浸潤」句，拙而蠢。（湯顯祖）

其　三

根柢雖然傍濁河①〔一〕。無妨終日近笙歌。駸駸金帶誰堪比②〔二〕，還共黄鶯不校多③。

【校　記】

① 根柢：鍾本作「根底」。

②駸駸：《全唐詩》、王輯本作「毿毿」。

③黄鶯：王輯本作「黄河」。校多：吴鈔本、毛本、後印本、正本、四庫本作「挍多」，《樂府詩集》、《全唐詩》作「較多」。

【箋注】

〔一〕根柢：草木的根。柢，即根。漢鄒陽《獄中上書自明》：「蟠木根柢，輪囷離奇。」南朝梁劉勰《文心雕龍·宗經》：「根柢槃深，枝葉峻茂。」唐章孝標《玄都觀栽桃十韻》：「根柢終磐石，桑麻自轉蓬。」此指柳樹之根。濁河：混濁的河流。特指黄河。《史記·蘇秦列傳》：「天時不與，雖有清濟、濁河，惡足以爲固！」南朝齊謝朓《始出尚書省》：「紛虹亂朝日，濁河穢清濟。」北魏酈道元《水經注·河水一》：「河水濁，清澄一石水，六斗泥……是黄河兼濁河之名矣。」唐高蟾《感事》：「濁河從北下，清洛向東流。」

〔二〕駸駸：當作「毿毿」，垂拂紛披貌。唐韋莊《古别離》：「晴煙漠漠柳毿毿，不那離情酒半酣。」

【疏解】

詞詠柳樹。首二句言柳樹根鬚雖然扎在濁河岸上，但無妨它高處的枝條整日飄拂在笙歌樓臺畔。

後二句比擬修辭，形容低垂如帶的柳條嫩於黄金的顏色。詞雖點綴以笙歌，映襯以黄鶯，但仍乏意趣。

【集　評】

張以仁《花間詞論集》：第三首謂其根柢雖鄰穢濁，然成長則日近高華。……很像是陳述孫光憲自己的身世。……他出身農家子弟，豈非「根柢雖然傍濁河」？然而他好讀書，不正是「無妨終日近笙歌」？「無妨」二字，傲然地顯示了他的力爭上游的成就，他終於儕身仕宦，成就功業，所謂「騕褭金帶誰堪比，還共黄鶯不校多」，不就是他的寫照麽？

其　四

萬株枯槁怨亡隋①〔一〕。似弔吴臺各自垂②〔二〕。好是淮陰明月裏③〔三〕，酒樓横笛不勝吹〔四〕。

【校　記】

① 株：文治堂本作「枝」。槁：湯本、合璧本、王輯本作「稿」。

②似：玄本作「侶」。

③月裏：《花間集評注》作「月夜」。

【箋注】

〔一〕萬株枯槁：唐白居易《隋堤柳》：「隋堤柳，歲久年深盡衰朽。風飄飄兮雨蕭蕭，三株兩株汴河口。老枝病葉愁殺人，曾經大業年中春。」枯槁：亦作枯稿。草木枯萎。《老子》：「草木之生也柔脆，其死也枯槁。」唐封演《封氏聞見記·文宣王廟樹》：「兗州曲阜縣文宣廟門内並殿西南各有柏葉松身之樹，各高五六丈，枯槁已久。」亡隋：何光遠《鑒戒録》引煬帝《柳枝》詞云：「柳枝歌，亡隋之曲也。」唐白居易《隋堤柳》：「後王何以鑒前王，請看隋堤亡國樹。」

〔二〕吴臺：指姑蘇臺，與第一首「閶門」呼應。

〔三〕淮陰：古縣名。《漢書·地理志》載臨淮郡屬二十九縣之一，故址在今江蘇省淮陰市。

〔四〕横笛不勝吹：樂府横吹曲有《折楊柳曲》。

【疏解】

詞詠柳樹，與前三首相同。這四首《楊柳枝》，大約是孫光憲作品中水准最低的一組。相較之下，此首引入懷古的内容，寫隋堤枯柳，雖仍就題緣飾，總算有些許棖觸感慨。後二句寫淮陰月夜，酒樓上吹奏的《折楊柳》笛曲，將詠柳虚化，較有意境韻味，同時也完成了點題的任務。

【集　評】

張以仁《花間詞論集》：我們如果試著把四詞的意思凝鍊起來，第一首的主旨應該是暮春柳色，繁華散後；第二首則是詠柳能適應茁壯；第三首詠柳能自成高貴；第四首詠柳之與世枯榮。從這些要點上看，已略可窺見四詞擬人與興感的影子，但它不類《花間》其他的《楊柳枝》。……他所寫的竟是柳的寂寞的感受，柳的適應的能力，以及自强的精神、榮枯的命運！從一種前所未有的角度與觀點，展現出嶄新的面目，和前人詞中習見的柔姿媚態迥不相同。……他的四首《楊柳枝》上，將他的身世、才情、懷抱、心境、哲識，投影其間。

望梅花①

數枝開與短牆平。見雪萼、紅跗相映②〔一〕。引起誰人邊塞情③〔二〕。簾外欲三更。吹斷離愁月正明④。空聽隔江聲⑤〔三〕。

【校　記】

①《梅苑》調作「梅花令」。《歷代詩餘》調下注曰：「又一體，雙調。」

②跗：毛本、後印本、正本、四庫本作「附」。映：鍾本作「暎」。

③誰人：《梅苑》作「離人」。

④正：王輯本作「更」。

⑤空：茅本、湯本、合璧本作「窗」，鍾本作「窻」。非。

【箋　注】

〔一〕雪蕚：白色的花蕚。唐崔道融《梅花》：「數蕚初含雪，孤標畫本難。」紅跗：即朱跗，紅色花蕚。跗，通「柎」。《管子・地員》：「朱跗黃實。」尹知章注：「跗，花足也。」

〔二〕邊塞情：由梅花而及《梅花落》笛曲，《梅花落》屬漢樂府横吹曲名，横吹曲軍樂，故云「邊塞情」。

〔三〕隔江聲：隔江送過的笛曲聲。

【疏　解】

詞詠本調，就題發揮。上片寫牆角數枝早梅，紅跗映襯雪蕚，煞是好看，不知會引起誰人折花寄贈塞外的想法。下片寫深夜隔江聞笛。「簾外」句暗寫簾内之人三更未眠，承上「誰人」。「吹斷」二句寫簾外月明如水，隔江傳來了《梅花落》笛曲聲，嘹亮淒清，時斷時續，簾内不眠人聽出了曲子中包含的濃重離愁。這裏使用樂府横吹曲《梅花落》的典故，點出「離愁」，回應上片的「邊塞情」。這首題詠詞，明寫梅花而實抒離别相思之情，月夜隔江聞笛的畫面，「尤多幽韻」（鍾本《花間集》評語）。

【集　評】

湯顯祖評《花間集》卷四：「自去何郎無好詠」，「雪萼紅跗相映」，當得一「好」字起不？

鍾本評語：人第知高季迪「月明林下美人來」、「簾外鐘來初月上」諸詠爲佳，不知此句尤多幽韻。

華鍾彦《花間集注》卷八：孫少監詞一首，三十八字。就題發揮，但句格聲律，俱與前殊。

蕭繼宗《評點校注花間集》：《望梅花》當爲孫氏創調，調殊不佳。又各本於「情」字處分段，亦無理致。「引起」句，暗藏横笛意，故後文用「吹」、「聲」等字。意究不醒。

漁歌子①

草芊芊〔一〕，波漾漾〔二〕。湖邊草色連波漲〔三〕。沿蓼岸②，泊楓汀〔四〕，天際玉輪初上〔五〕。

扣舷歌③，聯極望④〔六〕。槳聲伊軋知何向⑤〔七〕。黄鵠叫⑥〔八〕，白鷗眠〔九〕。誰似儂家疎曠⑦〔一〇〕。

【校　記】

①《歷代詩餘》調下注曰：「又一體。」

②沿：晁本、毛本、後印本、正本、四庫本、清刻本、全本作「沿」。湯本、合璧本作「湝」。

③扣：鍾本作「拍」。舷：湯本、合璧本作「絃」。

④聯：《歷代詩餘》作「聊」，良是。

⑤槳：吴鈔本、茅本、玄本、湯本、合璧本、鍾本作「漿」，誤。軋：王輯本作「乾」，誤。知：湯本作「如」。

⑥黄鵠：雪本作「黄鴿」。叫：茅本、明殘本作「叫」，正本作「呌」。

⑦疎：晁本、陸本、吴鈔本、茅本、玄本、湯評本、合璧本、明殘本、正本、影刊本作「踈」。

【箋　注】

〔一〕芊芊：草木茂盛貌。唐趙冬曦《灉湖作》：「水還波卷溪潭涸，緑草芊芊岸嶄岊。」

〔二〕漾漾：蕩漾閃耀貌。唐皇甫曾《山下泉》：「漾漾帶山光，澄澄倒林影。」

〔三〕湖邊句：承上二句，總言岸草與湖水。

〔四〕楓汀：長有楓樹的汀洲。唐陸龜蒙《小雪後書事》：「楓汀尚憶逢人別，麥隴唯應欠雉眠。」

〔五〕玉輪：月的别稱。唐元稹《月三十韻》：「絳河冰鑑朗，黄道玉輪巍。」

〔六〕聯極望：華鍾彦《花間集注》曰：「謂張望四極也。」極望：放眼遠望。唐温大雅《大唐創業起居注》卷一：「直指西南，極望充天。」

〔七〕伊軋：象聲詞，船槳聲。

〔八〕黄鵠：鳥名。《商君書·畫策》：「黄鵠之飛，一舉千里。」唐杜甫《秋興》之六：「珠簾繡柱圍黄鵠，錦纜牙檣起白鷗。」

〔九〕白鷗：水鳥名。唐李白《江上吟》：「仙人有待乘黄鶴，海客無心隨白鷗。」

〔一〇〕儂家：自稱，猶言我。家，後綴。唐寒山《詩》之一六九：「儂家暫下山，入到城隍裏。」疎曠：豪放；豁達。唐岑參《郡齋閑坐》：「平生好疏曠，何事就羈束。」

【疏　解】

詞詠本調，寫漁隱之樂。上片描寫黄昏月夜的湖景，湖邊芊芊的草色，連着湖上漾漾的波光，漁父泊舟蓼岸楓汀之時，一輪皓月正從天際昇起，水月一片空明。下片抒寫漁父怡然自樂之情。月夜水湄，他時而扣舷嘯歌，時而放眼遠望，如此美好的湖光月色，讓他情不自禁地摇起船槳，蕩舟湖上，賞玩這浮光躍金、靜影沉璧的水月美景。「知何向」三字，見出漁父信舟而行，没有明確的目的地，湖光月色，無非美景，娱目賞心，是處皆可，這種無目的而合目的的狀態，正是審美陶醉的美妙境界。「黄鵠白鷗」二句，以動靜的相襯，進一步點綴湖上月夜的恬静。一結問句點題，漁父快然自足之情溢於言表。此詞溢出了《花間》情詞的題材範圍，清曠之意，野逸之氣，令人神往。

【集　評】

蕭繼宗《評點校注花間集》：《漁歌子》佳制不多，得諸想擬，故不真切。

其　二①

泛流螢〔一〕，明又滅。夜涼水冷東灣闊。風浩浩②〔二〕，笛寥寥〔三〕，萬頃金波澄澈③〔四〕。

杜若洲〔五〕，香郁烈。一聲宿鴈霜時節。經霅水④〔六〕，過松江〔七〕，盡屬儂家日月⑤。

【校　記】

①吴鈔本此首後作「唐孫少監詞畢」，下接「唐牛學士詞」。張本「已上共六十調」數字，朱筆劃去。

②浩浩：湯本、文治堂本作「皓皓」。

③澄澈：全本、《歷代詩餘》、《詞譜》作「重疊」。

④雩：王輯本作「雲」。

⑤日月：《詞譜》作「風月」。

【箋注】

〔一〕流螢：飛行無定的螢。南朝齊謝脁《玉階怨》：「夕殿下珠簾，流螢飛復息。」唐杜牧《秋夕》：「銀燭秋光冷畫屏，輕羅小扇撲流螢。」

〔二〕浩浩：廣大無際貌。《詩經·小雅·雨無正》：「浩浩昊天，不駿其德。」孔穎達疏：「浩浩然，廣大之昊天。」此指風勢强勁。唐元稹《送崔侍御之嶺南》：「颸風狂浩浩，韶石峻嶄嶄。」

〔三〕寥寥：清越高遠。唐姚合《過無可上人院》：「寥寥聽不盡，孤磬與疏鐘。」

〔四〕金波：謂月光。《漢書·禮樂志》：「月穆穆以金波，日華燿以宣明。」顔師古注：「言月光穆穆，若金之波流也。」南朝齊謝脁《暫使下都夜發新林至京邑贈西府同僚》：「金波麗鳷鵲，玉繩低建章。」

〔五〕杜若：香草名。多年生草本，味辛香，夏日開白花。《楚辭·九歌·湘君》：「采芳洲兮杜若，將以遺兮下女。」

〔六〕霅水：即霅溪。在今浙江省湖州市。南朝梁顧野王《輿地志》：「霅水亦若水之異名也，水深不可測。俗謂之霅水。」唐孟郊《湖州取解述情》：「霅水徒清深，照影不照心。」

〔七〕松江：吴淞江的古稱。唐陸廣微《吴地記》：「松江，一名松陵，又名笠澤。」清錢大昕《十駕齋養新録·松江》：「唐人詩文稱松江者，即今吴江縣地，非今松江府也。松江首受太湖，經吴江、崑山、嘉定、青浦，至上海縣合黄浦入海，亦名吴松江。」清顧祖禹《讀史方輿紀要·江南一·三江》：「三江皆太湖之委流也。一曰松江，一曰婁江，一曰東江。」

【疏　解】

詞詠本調。上片描寫湖上夜景，泛舟東灣，夜涼水冷，流螢明滅，迎着浩蕩的長風，吹奏清越的漁笛，但見萬頃金波滉漾，一片水月空明。「萬頃」句承接「東灣闊」，展示空闊浩大的境界，宋張孝祥《念奴嬌》詞句「素月分輝，明河共影，表裏俱澄澈」所寫境界與之相似。下片寫夜晚行舟，抒漁隱之樂。月夜江湖的自然美景，令漁父陶醉，他索性蕩起雙槳，「經霅水，過松江」，聆聽着棲宿江湖的嘹唳雁聲，呼吸着江風吹送的杜若香氣，欣賞着江湖秋夜的清幽風景，享受着那份俗世難得的自在快樂，感覺心曠神怡，樂哉猗歟。此詞寫江湖月夜泛舟的隱逸之樂，表達詞人遺落世務、瀟灑出塵之想，閑適疏曠，論者歎賞其「竟奪了張志和、張季鷹坐位，忒覺狠些」（湯顯祖評《花間集》卷四）。

【集評】

湯顯祖評《花間集》卷四：竟奪了張志和、張季鷹坐位，忒覺狠些。

李冰若《花間集評注·栩莊漫記》：二詞亦疏曠，特未能與「西塞山前」原唱爭勝耳。

蕭繼宗《評點校注花間集》：子非「漁」，安知「漁」之樂？

《花間集》未收詞

浣溪沙

風撼芳菲滿院香。四簾慵捲日初長。鬢雲垂枕響微鍠。　春夢未成愁寂寂，佳期難會信茫茫。萬般心，千點淚，泣蘭堂。

其二

碧玉衣裳白玉人。翠眉紅臉小腰身。瑞雲飛雨逐行雲。　除卻弄珠兼解佩，便隨西子與東鄰。是誰容易比真真。

其　三

何事相逢不展眉。苦將情分惡猜疑。眼前行止想應知。半恨半嗔回面處，和嬌和淚泥人時。萬般饒得爲憐伊。

其　四

落絮飛花滿帝城。看看春盡又傷情。歲華頻度想堪驚。風月豈唯今日恨，煙霄終待此身榮。未甘虛老負平生。

其　五

靜想離愁暗淚零。欲棲雲雨計難成。少年多是薄情人。萬種保持圖永遠，一般模樣負神明。到頭何處問平生。

其　六

試問於誰分最多。便隨人意轉横波。縷金衣上小雙鵝。醉後愛稱嬌姐姐，夜來留得好哥哥。不知情事久長麽。

其　七

葉墜空階折早秋。細煙輕霧鎖妝樓。寸心雙淚慘嬌羞。　風月但牽魂夢苦，歲華偏感別離愁。恨和相憶兩難酬。

其　八

月淡風和畫閣深。露桃煙柳影相侵。斂眉凝緒夜沉沉。　長有夢魂迷別浦，豈無春病入愁心。少年何處戀虛襟。

其　九

自入春來月夜稀。今宵蟾彩倍凝暉。强開襟抱出簾帷。　齧指暗思花下約，凭闌羞睹淚痕衣。薄情狂蕩幾時歸。

其　十

十五年來錦岸遊。未曾何處不風流。好花長與萬金酬。滿眼利名渾信運，一生狂蕩恐難休。且陪煙月醉紅樓。

定風波

簾拂疏香斷碧絲。淚衫還滴繡黄鸝。上國獻書人不在。凝黛。晚庭又是落花時。春日自長心自促。翻覆。年來年去負前期。應是秦雲兼楚雨。留住。向花誇説月中枝。

南歌子

豔冶青樓女，風流字楚真。驪珠美玉未爲珍。窈窕一枝芳柳、入腰身。舞袖頻回雪，歌聲幾動塵。慢凝秋水顧情人。祇緣傾國、著處覺生春。

其　二

映月論心處，偎花見面時。倚郎和袖撫香肌。遥指畫堂深院、許相期。解佩君非晚，虛襟我未遲。願如連理合歡枝。不似五陵、狂蕩薄情兒。

應天長

翠凝仙豔非凡有。窈窕年華方十九。鬢如雲，腰似柳。妙對綺筵歌醁酒。　　醉瑤臺，攜玉手。共宴此宵相偶。魂斷晚窗分首。淚沾金縷袖。

生查子

春病與春愁，何事年年有。半爲枕前人，半爲花間酒。　　醉金樽，攜玉手。共作鴛鴦偶。倒載卧雲屏，雪面腰如柳。

其　二

爲惜美人嬌，長有如花笑。半醉倚紅妝，轉語傳青鳥。　　眷方深，憐恰好。唯恐相逢少。似這一般情，肯信春光老。

其　三

清曉牡丹芳，紅豔凝金蕊。乍占錦江春，永認笙歌地。感人心，爲物瑞。爛漫煙光裏。載上玉釵時，迥與凡花異。

其　四

密雨阻佳期，盡日顒然坐。簾外正淋漓，不覺愁如鎖。夢難裁，心欲破。淚逐簷聲墮。想得玉人情，也合思量我。

遐方怨

紅綬帶，錦香囊。爲表花前意，殷勤贈玉郎。此時更自役心腸。轉添秋夜夢魂狂。思豔質，想嬌妝。願早傳金琖，同歡卧醉鄉。任人情妬惡猜防。到頭須使似鴛鴦。

更漏子

燭熒煌，香旖旎。閒放一堆鴛被。慵就寢，獨無憀。相思魂欲消。不會得，這心力。判了依前還憶。空自怨，奈伊何。別來情更多。

其二

掌中珠，心上氣。愛惜豈將容易。花下月，枕前人。此生誰更親。交頸語，合歡身。便同比目金鱗。連繡枕，臥紅茵。霜天暖似春。

其三

對秋深，離恨苦。數夜滿庭風雨。凝想坐，斂愁眉。孤心似有違。紅窗靜，畫簾垂。魂銷地角天涯。和淚聽，斷腸窺。漏移燈暗時。

其四

求君心，風韻別。渾似一團煙月。歌皓齒，舞紅籌。花時醉上樓。能婉媚，解嬌羞。王孫忍不攀留。唯我恨，未綢繆。相思魂夢愁。以上二十三首彊村本《尊前集》

存目詞

調名	首句	出處	附注
調笑令	柳岸	《歷代詩餘》卷三	秦觀詞，見《淮海居士長短句》卷下。

題跋叙録

王國維《孫中丞詞輯本跋》：案《歷代詩餘·詞人姓氏》：孫光憲，字孟文，貴平人。唐時爲陵州判官，天成初，避地江陵，高季興據荆南，署爲從事，歷事三世，累官荆南節度副使，檢校秘書，兼御史中丞。後勸高繼沖歸宋，太祖授以黄州刺史。將用爲學士，未及而卒。自號葆光子，有《荆臺》、

《筆傭》、《橘齋》、《罋湖》諸集。其詞《花間集》選六十首，茲從《全唐詩》補二十四首，輯爲一卷。昔黄玉林賞其「一庭花雨濕春愁」爲古今佳句，余以爲不若「片帆煙際閃孤光」尤有境界也。光緒戊申季夏，海寧王國維記。（《唐五代二十一家詞輯》）

總評

楊慎《詞品》卷二：孫光憲，蜀之資州人。事荆南高氏，爲從事，有文學名，著《北夢瑣言》。其詞見《花間集》。「一庭疏雨濕春愁」，秀句也。

陳廷焯《雲韶集》卷一：孟文詞在五代時最顯氣格，風致亦復不泛，出韋端己之上。

陳廷焯《白雨齋詞話》卷一：孫孟文詞，氣骨甚遒，措語亦多警煉。然不及温、韋處亦在此，坐少閑婉之致。

況周頤《蕙風詞話續編》卷一：周稚圭中丞撰録《十六家詞》，各繫一詩。其繫孟文一首：「一庭疏雨善言愁，傭筆荆臺耐薄遊。最苦相思留不得，春衫如雪去揚州。」神韻獨絶，與漁洋《紅橋》詞「北郭清溪」闋可稱媲美。

況周頤《歷代詞人考略》卷六：孫孟文詞《全唐詩》附八十首，甄録最多，並皆穠至綿麗，語不涉俗。斷句如「一隻木蘭船。波平遠浸天」，又「極浦幾回頭。煙波無限愁」，又「暗澹小庭中，滴滴梧桐雨」，遥情深致，便似北宋人佳句。又「窈窕一枝芳柳、入腰身」，「滿庭噴玉蟾」，「入」字、「噴」字煉。

吴梅《詞學通論》第六章：余謂孟文之沉鬱處，可與李後主並美。

李冰若《花間集評注·栩莊漫記》：葆光子詞婉約精麗處，神似韋莊。其《浣溪沙》最有名，孫洙評謂其絶無含蓄，而自然入妙。

姜方錟《蜀詞人評傳》：光憲當時頗以詞鳴，以香豔穠縟見長，亦《花間》之雋也。如《浣溪沙》、《謁金門》、《河瀆神》、《菩薩蠻》、《思帝鄉》、《清平樂》、《思越人》諸闋，後人嘖嘖稱譽之。

詹安泰《宋詞散論·孫光憲詞的藝術特色》：孫光憲是「花間派」詞人之一。他没有詞的專集。《花間集》和《尊前集》録他的詞共八十四首，數量之多，在「花間派」詞人中居第一位。

詹安泰《詹安泰詞學論稿·宋詞的來源》：把温、韋看成兩派，當然是就藝術風格説的。就藝術風格説，照我看，孫光憲應另成一派。温的長處在體格，密麗工整；韋的長處在風韻，清疏秀逸；孫的長處在氣骨，矯健爽朗；各有面目，不能相掩。如果可以用詩來比的話，仿佛晉宋時期的陶淵明、謝靈運、鮑照三家，韋近陶，温近謝，孫近鮑。……温、韋開密麗、清疏兩派，對宋詞的影響顯而易見，但受孫光憲影響的也大有人在：如張先、賀鑄的小詞，其警健處，往往從孫詞出；即號稱繼承温詞的周邦彦，也有神似孫詞的，如「水面清圓，一一風荷舉」（《蘇幕遮》），「臺上披衿，快風一瞬收殘雨」（《點絳唇》），「喚起兩眸清炯炯，淚花落枕紅棉冷」（《蝶戀花》）之類。所以不把孫詞看成是一個流派，降低它在詞學發展史上的地位，是不大平允的。

詹安泰《詹安泰詞學論稿·風格流派及其承傳關係》：孫詞有一種特色，飄忽奇警，矯健爽朗，是温、韋所不能範圍的。如《謁金門》「留不得」首，突起，急轉，直下，逆挽，話説得直截了當，不留餘地，而又包藴著許多没有説出的情事。這樣的寫法，在《花間集》真不易見到。其他特别警煉的句子如「片帆煙際閃孤光」，「寒影墜高簷。鉤垂一面簾」，「滿庭噴玉蟾」，「玉纖淡拂眉山小，鏡中嗔共照」等，都能夠在極其平常的事物中，給人以一種特别新鮮的感覺。他在《風流子》中寫田家風物，直寫到「聽織，聲促，軋軋鳴梭穿屋」這種農婦的家庭生活，也是「花間」詞人所没有的。這種藝術風格，正可以和温、韋鼎足而三。

魏承班

【小傳】

魏承班（?—九二五），許州（今河南許昌）人。前蜀王建收其父魏弘夫爲養子，賜名王宗弼，封齊王。承班亦從其父改名王承班，爲駙馬都尉，官至太尉。前蜀後主咸康元年（九二五），後唐軍攻蜀，宗弼叛蜀歸唐，據成都，自稱留後。遣承班以蜀主之寶玩賂唐軍。唐軍入成都後，族誅王宗弼家，承班亦罹難。生平事蹟詳見《九國志》卷九、《新五代史》卷六三、《十國春秋》卷三九《王宗弼傳》，並《資治通鑑》、《錦里耆舊傳》等書。魏詞《花間集》録存十五首，《尊前集》録存六首，共計二十一首。

菩薩蠻

魏太尉承斑①

羅裾薄薄秋波染②〔一〕。眉間畫時山兩點③〔二〕。相見綺筵時④〔三〕。深情暗共知。翠翹雲鬢動〔四〕。斂態彈金鳳〔五〕。宴罷入蘭房〔六〕。邀人解珮璫〔七〕。

【校記】

①陸本、茅本、明殘本、徐本、影刊本調前作「魏承斑二首」。吴鈔本作「唐魏太尉詞」、「魏承斑」、「菩薩巒」（「蠻」誤作「巒」）。玄本於調前作「魏承斑十五首」。張本作「菩薩蠻，魏承斑」，朱筆圈去姓名，於調上加「魏承班二首」。湯本、合璧本作「魏承班，菩薩蠻」。毛本作「菩薩蠻，魏太尉承斑」。四庫本作「菩薩鬘，魏承班」。毛本《唐宋諸賢絶妙詞選》作「菩薩鬘」。正本作「魏承斑，菩薩鬘」清刻本作「菩薩蠻，魏太尉承班」。晁本、鄂本、陸本、茅本、玄本、毛本、後印本、正本、張本、四印齋本、毛本《尊前集》「班」作「斑」。

②羅裾：吴鈔本、作「羅裙」。

③ 間：正本作「圖」。畫時：全本、《歷代詩餘》、王輯本《魏太尉詞》作「畫得」。畫：玄本作「画」。兩點：雪本作「雨點」。

④ 綺筵：玄本作「綺羅」。四部叢刊本同。

【箋　注】

〔一〕羅裾：絲羅衣裾。秋波染：言裙裾色如秋波澄碧。南朝樂府《吴聲歌》：「情人戲春月，窈窕曳羅裾。」

〔二〕山兩點：言所畫山眉式樣。唐温庭筠《歸國遥》：「粉心黄蕊花靨，黛眉山兩點。」

〔三〕綺筵：華麗豐盛的筵席。唐高勔《晦日宴高氏林亭同用華字》：「綺筵歌吹晚，幕雨泛香車。」

〔四〕翠翹：翠鳥尾上的長羽。婦女頭飾狀似之，亦名。唐韋應物《長安道》：「麗人綺閣情飄颻，頭上鴛釵雙翠翹。」詳見温庭筠《菩薩蠻》「翠翹金縷雙鸂鶒」注〔一〕。

〔五〕金鳳：琵琶、琴、筝之屬。因絃柱上端刻鳳爲飾，故稱。

〔六〕蘭房：猶香閨。南朝梁劉孝綽《淇上戲蕩子婦示行事》：「日闇人聲静，微步出蘭房。」

〔七〕珮璫：耳環。亦泛指玉佩。唐李賀《李夫人歌》：「紅壁闌珊懸珮璫，歌臺小妓遥相望。」一本作「佩璫」。王琦匯解：「珮璫，所佩之玉璫也。」

【疏　解】

詞寫男女歡情。起二句描摹女子美麗的妝容，接二句叙寫在一場豪華的宴席上，女子與人一見生情，兩心相許。換頭轉寫女子斂態彈箏的動人姿容，意有所屬，借曲傳情，女子微妙的内心世界，抑制不住的激動喜悦，都通過「翠翹雲鬢動」五字表現出來，十分生動傳神。結二句叙寫宴罷歡愛的情狀，女子主動邀人幫助卸妝，見出其性格的大膽潑辣。詞中所寫女子應是歡場中人，色藝俱佳自不待言，其多情而近於放恣，亦是風塵習性，讀者於此不可不察。此詞内容上有温詞之豔冶，表現上無温詞之深隱，雖「弄姿無限」卻「一腔摹出」（沈雄《古今詞話》），相比温詞，就顯得直露許多。

【集　評】

沈雄《古今詞話·詞評》上卷：「相見綺筵時，深情黯共知」……亦爲弄姿無限，只是一腔摹出。

李冰若《花間集評注·栩莊漫記》：豔冶似温尉。

蕭繼宗《評點校注花間集》：後結恐温尉所不爲也。

其　二

羅衣隱約金泥畫①〔一〕。玳筵一曲當秋夜②〔二〕。聲泛覷人嬌③。雲鬟裊翠翹④。　酒醺紅玉軟〔三〕。眉翠秋山遠。繡幌麝煙沉⑤。誰人知兩心⑥〔四〕。

【校　記】

①隱約：晁本、茅本、玄本、吳鈔本、明殘本、徐本、影刊本作「穩約」。畫：玄本作「画」。

②玳：全本、《歷代詩餘》、王輯本作「瑇」。

③泛：鄂本、陸本、吳鈔本、毛本、後印本、茅本、玄本、湯本、合璧本、鍾本、張本、明殘本、正本、清刻本、徐本、四印齋本、《唐宋諸賢絶妙詞選》、全本、《歷代詩餘》、王輯本、林大椿《唐五代詞》作「顫」。陸本、茅本、鍾本、張本、明殘本、徐本、影刊本注曰：「『顫』一作『泛』。」湯本評曰：「『顫』一作『泥』。」按：「泥」乃「泛」之誤。

④雲鬟：全本、《歷代詩餘》、王輯本作「雪鬟」，誤。

⑤幌：吳鈔本作「愰」，誤。

⑥誰：王輯本作「究」，誤。

【箋　注】

〔一〕金泥：即泥金。見卷四牛嶠《菩薩蠻》「舞裙香暖金泥畫」注〔一〕。

〔二〕玳筵：玳瑁筵。南朝陳江總《今日樂相樂》：「綺殿文雅遒，玳筵歡趣密。」

〔三〕酒醺：唐白居易《醉後戲題》：「今夜酒醺羅綺暖，被君融盡玉壺冰。」紅玉：紅色寶玉。古常以比喻美人肌色。《西京雜記》卷一：「趙后體輕腰弱，善行步進退，女弟昭儀，不能及也。但昭儀弱骨豐肌，尤工笑語。二人並色如紅玉。」

〔四〕兩心：彼此之心；雙方的思想。漢焦贛《易林·大過之小過》：「兩心相悅。」唐白居易《長恨歌》：「臨別殷勤重寄詞，詞中有誓兩心知。」

【疏　解】

此首同前，亦寫歡場女子情愛。起句描寫女子衣飾之美，次句寫她在秋夜華宴上，獻歌一曲。三句寫她歌聲微顫，含情覷人，嬌嬈可愛。四句即前首「翠翹雲鬢動」，都是描寫女子彈奏或歌唱時，髮鬢首飾的動態，以之映襯人物的情感心理。但也小有差異，前首寫女子彈箏，需低頭用力，髮鬢首飾擺動幅度較大，故用一「動」字；此首寫女子唱歌，隨著聲音的高低抑揚，髮鬢首飾只是輕微地晃動，故用一「裊」字。凡此，見出詞人字法的講究。換頭二句，描寫女子酒醺之時的嫵媚容態，「遠」字在形容眉樣的同時，也隱約逗起女子的情思。結二句描寫女子宴罷回到香煙氤氳的繡幌裏，感歎無人解知兩情相悦的心意。回看上片「覤人嬌」，可知女子唱歌時已心有所屬，但是出於客觀原因，情愛没能實現，所以引發了她空幃獨宿的嗟怨。這是與前首所寫女子得遂心願不一樣的地方。

【集　評】

李冰若《花間集評注·栩莊漫記》：豔麗。

蕭繼宗《評點校注花間集》：全詞明倩，「玉軟」字亦新。

中国古典文學基本叢書

花間集校注

第四册

〔後蜀〕趙崇祚　編
楊景龍　校注

中華書局

花間集校注卷九　四十九首

魏太尉承班[1]　十三首

滿宮花　一首
木蘭花　一首
玉樓春　二首
訴衷情　五首
生查子　二首
黄鐘樂　一首
漁歌子　一首

鹿太保虔扆　六首

臨江仙　二首
女冠子　二首
思越人　一首
虞美人　一首

閻處士選　八首

虞美人　二首　　臨江仙　二首

浣溪沙　一首　　八拍蠻　二首

河　傳　一首

尹參卿鶚　六首

臨江仙　二首　　滿宮花　一首

杏園芳　一首　　醉公子　一首

菩薩蠻　一首

毛秘書熙震　十六首

浣溪沙　七首　　臨江仙　二首

更漏子 二首　　女冠子 二首

清平樂 一首　　南歌子 二首

【校　記】

① 班：晁本作「斑」，從他本改。

滿宮花

魏太尉承斑①

雪霏霏〔一〕，風凜凜②〔二〕。玉郎何處狂飲。醉時想得縱風流，羅帳香幃鴛寢。　春朝秋夜思君甚〔三〕。愁見繡屏孤枕。少年何事負初心〔四〕，淚滴縷金雙衽③〔五〕。

【校　記】

① 陸本、茅本、徐本調前分二行作「花間集卷第九」，「魏承斑十三首」。張本於調上一行朱筆加「花間集卷第九，魏承班十三首」。毛本、清刻本作「花間集卷九，四十九首」，下列細目，後作「滿宮花，魏太尉承班」，四庫本作「滿宮花，魏承班」。明殘本抄補調前作「魏承斑十三首」。

晁本、鄂本、陸本、茅本、毛本、明殘本、四印齋本作「斑」。湯本、合璧本、文治堂本、鍾本、張本、清刻本作「班」。湯本、合璧本、文治堂本此首僅上片。

② 凜凜：王輯本作「懍懍」。

③ 衹：晁本、鄂本皆作「柢」。吴鈔本、陸本、茅本、鍾本、玄本、張本、毛本、後印本、明殘本、四庫本、四印齋本、影刊本作「衹」，從改。

【箋　注】

〔一〕霏霏：雨雪盛貌。《詩經·小雅·采薇》：「今我來思，雨雪霏霏。」毛《傳》：「霏霏，甚也。」《楚辭·王逸〈九思·怨上〉》：「雷霆兮硠磕，雹霰兮霏霏。」原注：「霏霏，集貌。」

〔二〕凜凜：寒冷。《古詩十九首·凜凜歲雲暮》：「凜凜歲雲暮，螻蛄夕鳴悲。」《文選·潘岳〈寡婦賦〉》：「夜漫漫以悠悠兮，寒凄凄以凜凜。」李善注引《説文》曰：「凜凜，寒也。」唐岑參《與獨孤漸道別長句》：「冰片高堆金錯盤，滿堂凜凜五月寒。」

〔三〕春朝秋夜：指一年四季。南朝梁沈約《與約法師書》：「春朝聽鳥，秋夜臨風。」

〔四〕初心：本意。晉干寶《搜神記》卷十五：「既不契於初心，生死永訣。」唐吴融《和楊侍郎》：「煙霄慚暮齒，麋鹿愧初心。」

〔五〕縷金：金縷。衹：同衽，衣襟。《公羊傳·昭公二十五年》：「再拜稽首以衽受。」《漢書·張良傳》:「楚必斂衽而朝。」

【疏 解】

此首閨怨之詞。起二句對舉成文,描寫風雪嚴寒天氣。三句寫在這寒冷的冬日,浮薄少年不與女子閨中相守,不知又到何處狂飲尋歡去了。四五句展示女子的心理活動,是她想像之中少年醉酒後的放縱情態,襯出她的孤獨壓抑痛苦。上片寫女子一季怨思,換頭寫她從春到秋長年的怨思,少年整日冶遊不歸,女子無限寂寞感傷。「少年何事負初心」的怨責,雖有「故意求盡之病」(沈雄《古今詞話》),但也是詞情迫發而出的真切人生體驗;女子雖然仍覺困惑,但她的詰問,已觸及愛情心理中的性別差異這一深層問題。

【集 評】

湯顯祖評《花間集》卷四:好個《滿宮花》,只此平調,殊未快人心目。

沈雄《古今詞話·詞評》上卷「少年何事負初心,淚滴縷金雙衽」,有故意求盡之病。

蕭繼宗《評點校注花間集》:由深閨寂寞之中,設想歡場冶蕩,茹恨含酸,怨而不怒,古代女性之處境,可以想見。語雖淺露,亦微有昭陽日影之感。「風流」二字至此,古意蕩然矣。「少年」正是「血氣未定」,奈何以「負初心」責之。

木蘭花①

小芙蓉②，香旖旎③〔一〕。碧玉堂深清似水④。閉寶匣⑤〔二〕，掩金鋪〔三〕，倚屏拖袖愁如醉。

遲遲好景煙花媚〔四〕。曲渚鴛鴦眠錦翅〔五〕。凝然愁望靜相思〔六〕，一雙笑靨嚬香蘂〔七〕。

【校　記】

①《詞譜》調名作《木蘭花令》，《歷代詩餘》調下注曰：「又一體，雙調五十四字。」《花間集注》此首連排作單調不分片，調下曰：「魏太尉詞一首，五十四字，句格聲律，與前多異。」

②蓉：毛本作「容」。

③香：雪本作「金」。

④深清：雪本作「清深」，玄本、湯本、合璧本、王輯本作「深情」。

⑤匣：吴鈔本作「鴨」。

【箋　注】

〔一〕旖旎：多盛美好貌。《楚辭・九辯》：「竊悲夫蕙華之曾敷兮，紛旖旎乎都房。」王逸注：「旖旎，盛貌。」漢劉向《九歎·惜賢》：「結桂樹之旖旎兮，紉荃蕙與辛夷。」

〔二〕寶匣：女子的妝奩。唐喬知之《定情篇》：「妾有秦家鏡，寶匣裝珠璣。」

〔三〕金鋪：金飾鋪首。用作門户之美稱。見卷三薛昭藴《謁金門》「春滿院」注〔三〕。

〔四〕煙花：霧靄中的花。南朝梁沈約《傷春》：「年芳被禁御，煙花繞層曲。」泛指綺麗的春景。唐杜甫《清明》之二：「秦城樓閣煙花裏，漢主山河錦繡中。」

〔五〕眠錦翅：斂起錦翅而眠。

〔六〕凝然：猶安然。形容舉止安詳或靜止不動。唐李咸用《昇天行》：「玉皇據案方凝然，仙官立仗森幢幡。」

〔七〕笑靨：笑容，笑顏。南朝梁蕭統《擬古》：「眼語笑靨近來情，心懷心想甚分明。」亦指古代婦女臉上的妝飾品。唐韋莊《歎落花》：「西子去時遺笑靨，謝娥行處落金鈿。」嚬：蹙眉。香蘂：花瓣。唐無名氏《白衣女子木葉上詩》：「桃花洞口開，香蕊落莓苔。」此指女子如花之容顏。或指女子面飾。

【疏解】

詞寫閨情。整體上看，此詞確屬「庸調」（李冰若《花間集評注》），然起三句以離合之筆，人花雙寫，虛實之間，具見運思之妙，不可籠統抹倒。接三句以連續性的動作，摹寫女子無情無緒、如癡如醉之愁態。換頭以樂景襯悲情，以雙棲之鴛鴦襯獨處之女子。「凝然愁望靜相思」一句，是上片「愁如醉」三字的落實，「凝靜」正見其迷醉，故有結句乍笑還顰的表情，傳達出女子忽忽如癡、悲喜莫名的微妙相思心理。詞筆雖不能説已經曲盡人情，但也還是有相當的表現力的。

【集　評】

李冰若《花間集評注·栩莊漫記》：庸調。

蕭繼宗《評點校注花間集》：詞或寫實，然遣詞甚拙。「眠錦翅」及「嚬香蕊」，尤不成語。

玉樓春①

寂寂畫堂梁上燕②。高卷翠簾横數扇③〔一〕。一庭春色惱人來，滿地落花紅幾片。　愁倚錦屏低雪面〔二〕。淚滴繡羅金縷線④。好天涼月盡傷心，爲是玉郎長不見〔三〕。

【校　記】

①《全五代詩》題作《春曉曲》。

②畫：玄本作「画」。

③數扇：湯本、合璧本作「素扇」。

④繡羅：湯本、合璧本作「綉裙」。繡：毛本、四庫本作「綉」。

【箋注】

〔一〕横數扇：指横列數扇窗子。

〔二〕雪面：面頰白皙如雪。唐白居易《柘枝妓》：「帶垂鈿胯花腰重，帽轉金鈴雪面回。」

〔三〕爲是：因是。唐徐凝《汴河覽古》：「渡河不似如今唱，爲是楊家怨思聲。」

【疏解】

詞寫閨怨。起句即以「畫堂寂寂」與「梁燕呢喃」構成對比，反襯畫堂中人的孤單。二句寫捲簾開窗，當是女子深感閨中寂寞，意欲憑眺排遣。三四句逆接，不意映入眼簾的「一庭春色」，反讓女子覺得十分煩惱，滿地落紅的暮春光景，也讓她生出年華虚度之歎。過片二句承接「惱人」，描寫她觸景傷情的愁怨之態。結二句交待「好天涼月」之所以讓女子盡覺傷心，都是因爲「玉郎長不見」。此詞是典型的情景分離寫法，以樂景襯哀情，收相反相成之效。至於結句，或貶爲故意求盡，了無餘味；或贊爲淒切驚醒，語意爽朗；兩種看法出入很大，這是評鑒的角度和尺度不同所致。

【集　評】

沈雄《古今詞話·詞評》上卷：至「好天涼月盡傷心，爲是玉郎長不見」。……有故意求盡之病。

陳廷焯《詞則·别調集》卷一：淒警。

又：語意爽朗。

李冰若《花間集評注·栩莊漫記》：結語説到盡頭，了無餘味。魏氏此等詞，與毛文錫不相上下。

華鍾彦《花間集注》卷九：「涼月」疑爲「良夜」之訛。前半闋既雲春色一庭，後半闋不當提到「涼月」，轉向反面，而下文「盡傷心」才開始轉向反面。再者，「良夜」二字，常與「好天」相屬。

蕭繼宗《評點校注花間集》：兩結極拙。「幾片」字與「滿地」，亦有語病。《玉樓春》與《木蘭花》，同調異名，而魏氏特標《木蘭花》於前，其字句亦大有出入，似欲示人以異體者。

其　二

輕斂翠蛾呈皓齒。鶯囀一枝花影裏①。聲聲清迥遏行雲〔一〕②，寂寂畫梁塵暗起③〔二〕。

玉斝滿斟情未已④〔三〕。促坐王孫公子醉⑤〔四〕。春風筵上貫珠勻〔五〕，豔色韶顔嬌旖旎⑥〔六〕。

【校記】

①一枝：王輯本作「一聲」。

②清迴：雪本作「清響」。

③畫：玄本作「画」。

④未：吴鈔本作「禾」，誤。

⑤促坐：《花間集評注》、《評點校注花間集》作「促膝」。

⑥旖旎：晁本、鄂本等作「旎旖」。吴鈔本、湯本、合璧本、全本、《歷代詩餘》、王輯本作「旖旎」，從改。

【箋注】

〔一〕清迴：清越而有回聲。唐李涉《題清溪鬼谷先生舊居》：「寂寞天籟息，清迴鳥聲曙。」遏行雲：《列子·湯問》：「薛譚學謳於秦青，未窮青之技，自謂盡之，遂辭歸。秦青弗止，餞於郊衢，撫節悲歌，聲振林木，響遏行雲。薛譚乃謝求反，終身不敢言歸。」唐趙嘏《聞笛》：「響遏行雲橫碧落，清和冷月到簾櫳。」

〔二〕畫梁塵暗起：形容歌聲動聽。漢劉向《別録》：「漢興以來，善雅歌者魯人虞公，發聲清哀，蓋動梁塵。」唐劉兼《春宴河亭》：「舞袖逐風翻繡浪，歌塵隨燕下雕梁。」

〔三〕玉斝：玉制酒器。《文選·劉孝標〈廣絶交論〉》：「分雁鶩之稻粱，霑玉斝之餘瀝。」李善注引《説文》：「斝，玉爵也。」唐杜甫《朝享太廟賦》：「福穰穰於絳闕，芳霏霏於玉斝。」錢謙益注：「舜祠宗廟以玉斝也。」用爲酒杯之美稱。南齊王融《遊仙》：「金巵浮水翠，玉斝挹泉珠。」唐韓愈《憶昨行和張十一》：「青天白日花草麗，玉斝屢舉傾金罍。」

〔四〕促坐：靠近而坐。《史記·滑稽列傳》：「日暮酒闌，合尊促坐，男女同席，履舄交錯。」晉孫楚《登樓賦》：「百僚雲集，促坐華臺。」

〔五〕貫珠匀：形容歌聲如串珠般清脆圓潤。《禮記·樂記》：「故歌者上如抗，下如隊，曲如折，止如槁木，倨中矩，句中鉤，累累乎端如貫珠。」

〔六〕豔色韶顔：豔美的容顔。唐王維《西施詠》：「豔色天下重，西施寧久微。」唐白居易《歲暮》其二：「窮陰急景坐相催，壯齒韶顔去不回。」

【疏　解】

詞詠歌女。起句特寫女子引吭啟齒的歌唱表情，二句比喻其歌聲如花影裏傳來的鶯聲一樣婉轉動聽。三四句形容女子歌喉清越高遠，響遏行雲，聲動梁塵。過片轉寫宴席上王孫公子的沉酣之態，以之襯托女子歌聲的美妙動人。結二句人歌雙寫，其聲清脆圓潤如貫珠，其人姿容嬌美豔麗。此詞正面表現的是歌女和歌聲之美，間接地寫出了士大夫文人對酒當歌的日常享樂生活。

【集評】

湯顯祖評《花間集》卷四：此題集中凡三見，皆無一敗筆，才故相匹。抑亦此題之足恣其揮灑耶？

蕭繼宗《評點校注花間集》：湯若士謂三首中無一敗筆，誠不可解。此首雖略勝，試問「豔色韶顏嬌旖旎」七字，尚得謂非「敗筆」耶？

訴衷情

高歌宴罷月初盈〔一〕。詩情引恨情。煙露冷，水流輕。思想夢難成〔二〕。羅帳裊香平①〔三〕。恨頻生。思君無計睡還醒。隔層城〔四〕。

【校　記】

①　裊：全本作「嫋」。

【箋　注】

〔一〕月初盈：月初圓。唐李世民《帝京篇》十首之九：「佩移星正動，扇掩月初圓。」

〔二〕思想：想念，懷念。《公羊傳·桓公二年》：「納於大廟。」漢何休注：「廟之言貌也，思想儀貌而事之。」三國魏應璩《與侍郎曹長思書》：「足下去後，甚相思想。」此言男女相思。

〔三〕裊香平：形容煙縷平勻。

〔四〕層城：重城，高城。南朝宋劉義慶《世説新語·言語》：「遥望層城，丹樓如霞。」唐杜甫《奉和嚴中丞西城晚眺十韻》：「層城臨暇景，絶域望餘春。」。

【疏　解】

詞寫歌女懷人。一起「高歌宴罷」即點出其人的身份，「月初盈」則是懷人的典型時空背景。接寫歌女對月吟詩，觸起了心中的離愁别恨。「煙露」二句描寫夜色淒清，烘襯女子欲夢不成的孤淒煩惱之情。換頭承接前結，描寫帳幃之中香煙裊裊，女子輾轉不寐，恨意頻生，纔睡又醒，心緒不寧。然與所念之人有高城相隔，終亦無可奈何。結二句所寫情形，是古典詩詞中常見的「間阻思慕」模式。

【集　評】

蕭繼宗《評點校注花間集》：全篇拙。

其　二

春深花簇小樓臺〔一〕。風飄錦繡開①〔二〕。新睡覺②〔三〕，步香堦③。山枕印紅腮④。鬢亂墜金釵。語檀偎⑤〔四〕。臨行執手重重囑。幾千迴。

【校　記】

① 繡：玄本作「綉」。
② 睡覺：湯本作「夢覺」。
③ 堦：王輯本作「階」。
④ 印：湯本、合璧本作「映」。

⑤ 檀：吳鈔本作「擅」，誤。偎：鄂本、鍾本、毛本、後印本、正本、四庫本、清刻本、四印齋本、林大椿《唐五代詞》作「隈」。

【箋　注】

〔一〕花簇：花朵叢聚。白居易《和答詩十首·答桐花》：「葉重碧雲片，花簇紫霞英。」

〔二〕錦繡：此指錦繡簾幃。

〔三〕新睡覺：剛睡醒。唐裴度《涼風亭睡覺》：「飽食緩行新睡覺，一甌新茗侍兒煎。」

〔四〕語檀偎：與檀郎相偎私語。

【疏　解】

詞寫男女歡會之後的别離情景。起句點出「小樓臺」的歡會地點，而以「春深花簇」的景語進行烘托暗示。次句描寫風開繡簾，自然引出詞中人物。接寫歡會已罷，女子出簾相送，臉腮上還留有睡時的枕痕。「山枕印紅腮」一句，「寫枕席間香宛之致」（鍾本評語），與張泌《柳枝》「紅腮隱出枕函花」擷取的細節類似。換頭二句描寫鬢亂釵墜的女子，别前與情人相偎軟語，情態嬌癡，語句香豔。結二句描寫别時執手千番叮嚀，尤見依依不捨，纏綿情深。此類詞作，切入角度頗有講究，選取歡會之時還是歡會之後，内容就會大相徑庭。此詞撇開正面切入别後，只就女子容飾略加點染，既不失情詞香豔本色，又不至於「露骨」，就其表現而言，頗有可取之處。

【集評】

湯顯祖評《花間集》卷四：東坡得意處，是四腳棋盤，著一味墨子，若「山枕印紅腮」句，得意之情景可思。

鍾本評語：「山枕印紅腮」與「淚花落盡胭脂冷」，寫枕席間香宛之致，真不易得！

李冰若《花間集評注·栩莊漫記》：「語檀偎」三字殊拙。

華鍾彦《花間集注》卷九：「重重囑」三字，當作「仄平平」，而末字尤當叶韻。魏太尉詞五首，惟此首變格，不可不知。

蕭繼宗《評點校注花間集》：視前差勝，然「語檀偎」句不辭，「臨行」句失韻。

其　三

銀漢雲晴玉漏長①〔一〕。蛩聲悄畫堂②〔二〕。筠簟冷〔三〕，碧窗涼。紅蠟淚飄香③。　皓月瀉寒光④〔四〕。割人腸。那堪獨自步池塘。對鴛鴦。

【校　記】

①雲晴：湯本、合璧本、毛本、正本、四庫本、清刻本、全本作「雲情」。
②畫：玄本作「画」。
③蠟：晁本、陸本、吴鈔本、茅本、湯本、合璧本、鍾本、張本、毛本、後印本、四庫本、徐本、四印齋本、影刊本作「蝎」。
④皓月：《花間集注》作「浩月」，誤。

【箋　注】

〔一〕銀漢：天河，銀河。南朝宋鮑照《夜聽妓》：「夜來坐幾時，銀漢傾露落。」玉漏：漏壺之美稱。唐蘇味道《正月十五夜》：「金吾不禁夜，玉漏莫相催。」
〔二〕蛩聲：蟋蟀鳴叫聲。唐白居易《禁中聞蛩》：「西窗獨闇坐，滿耳新蛩聲。」
〔三〕筠簟：竹席。唐顧甄遠《惆悵詩九首》之二：「禁漏聲稀蟾魄冷，紗廚筠簟波光淨。」
〔四〕瀉：形容月光如水瀉落。唐李商隱《題鄭大有隱居》：「石梁高瀉月，樵路細侵雲。」

【疏　解】

詞寫閨情。起二句以漏聲蛩鳴襯出環境的幽静，烘托銀河在天的晴夜裏，畫堂内外的悄謐氛闈。接三句麗字淒境，描寫閨幃之内窗冷簟涼，蠟淚飄香，令人難耐。於是轉入下片，叙寫女子索性走出畫堂，來到池塘邊散步排遣，但見皓月瀉下一池寒光，讓她傷情斷腸；又見池塘内鴛鴦雙棲，更讓她感覺孤獨不堪。詞作雖然没有點明題旨，讀者通過詞中的情景描寫和氛圍渲染，不難體會到女子深重的傷離恨别之意。「皓月」二句，琢語尖新；結句「用相對寫法」，亦顯得「較有情味」（李冰若《花間集評注》）。

【集　評】

卓人月《古今詞統》卷四徐士俊評語：「蟬噪林逾静」，藉以詠蛩；「群峰似劍割愁腸」，藉以詠月。

鍾本評語：此詞與秦少遊「偏照畫堂秋思」一闋，情味並長，合觀可得臨摹法。（按：「偏照畫堂秋思」應是温庭筠《更漏子》詞句）

李調元《雨村詞話》卷一：詞非詩比，詩忌尖刻，詞則不然。魏承班《訴衷情》云：「皓月瀉寒光，割人腸。」尖刻而不傷巧。詞至唐末初盛，已有此體。如東坡「割愁還有劍鋩山」，巧矣，以之入詩，終嫌尖削。

李冰若《花間集評注·栩莊漫記》：用相對寫法，較有情味。「皓月瀉寒光」，佳句也。

蕭繼宗《評點校注花間集》：「香」字趁韻；餘尚可；「皓月」兩句佳，然「割」字太硬，與

「月」不屬;結亦平平。

其　四

金風輕透碧窗紗〔一〕。銀釭焰影斜①〔二〕。欹枕卧②,恨何賒〔三〕。山掩小屏霞〔四〕。　雲雨别吴娃③〔五〕。想容華〔六〕。夢成幾度遶天涯。到君家。

【校　記】

① 釭:鄂本、吴鈔本、玄本、雪本、鍾本、正本、四庫本、清刻本、林大椿《唐五代詞》作「缸」。王輯本作「紅」。

② 欹:湯墨本作「倚」。

③ 吴娃:吴鈔本作「娱娃」。

【箋　注】

〔一〕金風:秋風。《文選·張協〈雜詩〉》:「金風扇素節,丹霞啟陰期。」李善注:「西方爲秋而主金，故秋風曰金風也。」唐李白《酬張卿夜宿南陵見贈》：「當君相思夜，火落金風高。」

〔二〕銀釭：銀燈。南朝梁繹《草名》：「金錢買含笑，銀釭影梳頭。」唐長孫佐輔《幽思》：「金爐煙靄微，銀釭殘影滅。」

〔三〕賒：長遠無盡。唐郎士元《聞吹楊葉者》：「妙吹楊葉動悲笳，胡馬迎風起恨賒。」

〔四〕山掩小屏霞：指小屏風上所繪山色霞光掩映的圖畫。

〔五〕雲雨：用宋玉《高唐賦》典，代指男女歡會。吴娃：吴地美女。《文選·枚乘〈七發〉》：「使先施、徵舒、陽文、段干、吴娃、閭娵、傅予之徒……嬿服而御。」李善注：「皆美女也。」《文選》左思《吴都賦》：「幸乎館娃之宫，張女樂而娱群臣。」劉良注：「吴俗謂好女爲娃。」唐李白《憶舊遊贈韋太守良宰》：「吴娃與越豔，窈窕誇鉛紅。」

〔六〕容華：美麗的容顏。三國魏曹植《雜詩》之四：「南國有佳人，容華若桃李。」唐劉長卿《王昭君歌》：「那知粉繪能相負，卻使容華翻誤身。」

【疏　解】

詞寫男子秋夜相思。上片描寫金風透窗的夜晚，室内摇曳的燈影裏，男子攲枕側卧、滿腹惆悵，對著屏風上的畫面怔怔出神。下片交待男子夜深不眠的原因，抒發對「吴娃」夢繞魂牽的深長思念之情。「夢成」二句，語勢曲折，不是入夢即到「君家」，而是「幾度繞天涯」之後，纔得到「君家」，足見男子用情之深摯。

【集評】

蕭繼宗《評點校注花間集》：「賒」字趁韻；餘尚可，終非上駟。

其五①

春情滿眼臉紅銷②〔一〕。嬌妒索人饒〔二〕。星靨小③〔三〕，玉璫搖④〔四〕。幾共醉春朝⑤〔五〕。別後憶纖腰。夢魂勞。如今風葉又蕭蕭⑥。恨迢迢⑦。

【校記】

①《歷代詩餘》調下注曰：「又一體，雙調四十一字。」

②情：吴鈔本作「晴」。紅銷：毛本、後印本、正本、四庫本、四印齋本、林大椿《唐五代詞》作「紅綃」。全本作「紅消」。

③星：湯本作「翠」。

④ 摇：王輯本作「瑶」。

⑤ 共：湯本、合璧本作「度」。

⑥ 風葉：湯本作「楓葉」，雪本作「風雨」。蕭蕭：王輯本作「簫簫」，誤。

⑦ 迢迢：王輯本作「迢遥」。

【箋注】

〔一〕臉紅綃：應作「臉紅綃」，謂臉頰細膩紅潤如薄綢。

〔二〕嬌妬：嬌嗔貌。唐李白《白頭吟》之一：「此時阿嬌正嬌妒，獨坐長門愁日暮。」索人饒：欲得人疼愛。

〔三〕星靨：指女子酒窩或酒窩上的面飾。唐杜審言《奉和七夕侍宴兩儀殿應制》：「斂淚開星靨，微步動雲衣。」唐許敬宗《七夕賦詠成篇》：「情催巧笑開星靨，不惜呈露解雲衣。」

〔四〕玉璫：玉制的耳飾。唐李商隱《夜思》：「寄恨一尺素，含情雙玉璫。」

〔五〕幾共：屢共。唐齊己《采蓮曲》：「時逢島嶼泊，幾共鴛鴦眠。」

【疏解】

詞寫男子相思憶舊之情。上片回憶所戀女子的容貌、妝飾和情態，描寫細膩。「嬌妒索人饒」

的嬌憨泥人情態，尤爲生動傳神。「幾共醉春朝」一句，概括他們共度花朝月夕的美好歡樂。換頭二句，抒發男子別後的相思之情，「憶纖腰」三字，凸顯出男子愛情心理的焦點。結二句以「風葉蕭蕭」之物態，映襯「離恨迢迢」之人情，詞筆清疏，淺語「頗有深致」（鍾本評語）。

【集　評】

湯顯祖評《花間集》卷四：「楊柳索春饒」，黄山谷詞也。「一汀煙柳索春饒」，張小山詞也。古人慣用「饒」字。

卓人月《古今詞統》卷四徐士俊評語：「索人饒」，比「索春饒」尤妙。

鍾本評語：「如今風葉又蕭蕭。恨迢迢」，淺淺語，頗有深致。

李冰若《花間集評注·栩莊漫記》：「春情滿眼臉紅銷」，描寫細膩。《片玉詞》云「拂拂面紅如著酒」，同此深刻而豔麗也。

又：「別後憶纖腰，夢魂勞。如今風葉又蕭蕭，恨迢迢。」……似此筆近清疏，亦復披沙揀金，未易多得。

華鍾彦《花間集注》卷九：以上五首，蓋皆就題發揮。

蕭繼宗《評點校注花間集》：後結大是不惡，餘平平。

生查子①

煙雨晚晴天，零落花無語。難話此時心②〔一〕，梁燕雙來去。　琴韻對薰風〔二〕③，有恨和情撫④〔三〕。腸斷斷絃頻⑤〔四〕，淚滴黄金縷〔五〕。

【校　記】

①《草堂詩餘别集》調下題作《閨情》，《古今詞統》調下題作《詠箏》。吴鈔本此首不分片。鍾本調下有「魏承班」三字。

②話：雪本作「詔」。

③風：毛本《詩餘圖譜》空此字。

④和：正本作「無」。

⑤絃：晁本、影刊本缺末筆。

【箋　注】

〔一〕難話：難以用語言表達。唐李山甫《别楊秀才》：「如何又分袂，難話别離情。」

〔二〕琴韻：琴聲。唐許渾《重遊飛泉觀題宿龍池》：「松葉正秋琴韻響，菱花初曉鏡光寒。」薰風：東南風，和風。《吕氏春秋·有始》：「東南曰熏風。」高誘注：「巽氣所生，一曰清明風。」

〔三〕和情：含情。撫：彈奏。

〔四〕斷絃頻：頻頻斷絃。

〔五〕黄金縷：金線繡飾的衣服。唐聶夷中《大垂手》：「金刀剪輕雲，盤中黄金縷。」

【疏　解】

詞寫閨怨。起二句描寫日暮花落之景，一種遲暮傷春意緒，氤氲字裏行間。由「花無語」到人「難話」，轉接自然。對暮春晚景，看雙燕來去，此時心情，有非語言所可形容者。不言言之，是一種比説出來更爲有力的表達。過片轉寫女子將無訴的心事，託之琴韻，聊作排遣。但一曲翻教腸寸斷，使得女子更加悲傷。「腸斷斷絃頻」一句，連用兩個「斷」字，前一個「斷」字虚寫看不見的「斷腸」，後一個「斷」字實寫看得見的「斷絃」，把女子抽象的痛苦情感轉化爲眼前的具象，不僅構句很有特點，而且富有表現力。全詞雖極寫女子的悲苦愁怨，卻始終不曾點明原因，在「淺易」、「求盡」的魏詞中，顯得「藴藉可誦」（李冰若《花間集評注》）。

【集　評】

沈際飛《草堂詩餘别集》卷一：遠近含吐，精魂生怯。

卓人月《古今詞統》卷三徐士俊評語：魏夫人「腸斷淚痕流不斷」，永叔「望欲斷時腸已斷」，兩「斷」字相襲。

沈雄《古今詞話·詞評》卷上：「難話此時心，梁燕雙來去」，亦爲弄姿無限，只是一腔摹出。

俞陛雲《唐五代兩宋詞選釋》：上闋花落燕飛，有《珠玉詞》「無可奈何花落去，似曾相識燕歸來」之意。下闋懷舊而兼悼逝，殆有鳳尾留香之感耶？

李冰若《花間集評注·栩莊漫記》：魏詞淺易，此卻蘊藉可誦。

華鍾彦《花間集注》卷九：「難話此時心」二句，雋語也，雋在不言，而有不盡之意。

蕭繼宗《評點校注花間集》：差可，終是才力短絀。後起用「薰風」，誤使人有解愠意，不免三家村筆調。

其　二

寂寞畫堂空①，深夜垂羅幕②。燈暗錦屏欹，月冷珠簾薄③。　愁恨夢難成④，何處貪歡樂⑤。看看又春來⑥〔一〕，還是長蕭索〔二〕。

【校　記】

① 畫：玄本作「画」。

②羅幕：毛本、後印本、四庫本、清刻本作「簾幕」。

③月冷：玄本、雪本作「風冷」。

④難成：鄂本、毛本、正本、四庫本、清刻本、四印齋本作「應成」。

⑤貪：玄本作「看」，誤。

⑥又春來：雪本、毛本《唐宋諸賢絶妙詞選》作「春又來」。

【箋　注】

〔一〕看看：眼看，轉眼。唐劉禹錫《酬楊侍郎憑見寄》：「看看瓜時欲到，故侯也好歸來。」

〔二〕蕭索：蕭條冷落，淒涼。晉陶潛《自祭文》：「天寒夜長，風氣蕭索，鴻雁於征，草木黄落。」

【疏　解】

詞寫閨怨。上片描寫畫堂空寂、幕垂簾薄、月冷燈暗的深夜居室環境，渲染出濃郁的清冷空漠氛圍，以之烘襯女子孤寂淒寒的心境。過片承上，轉寫滿腹愁恨的女子，不眠無夢之際，對縱游不歸的薄幸男子的怨惱情緒。結二句「又來」、「還是」轉折遞進，説明獨守空閨的蕭索日子，挨度已非一春；大好的春天眼看又要來臨，這蕭索的日子還得挨度下去。無可奈何的怨艾之情與酸楚之感，溢于言外。

【集　評】

鍾本評語：「看看又春來，還是長蕭索」，語甚支離無賴。

蕭繼宗《評點校注花間集》：質直乏味。

黃鍾樂①

池塘煙暖草萋萋。惆悵閑霄含恨②〔一〕，愁坐思堪迷。遥想玉人情事遠③〔二〕，音容渾似隔桃溪④〔三〕。　偏記同歡秋月低⑤〔四〕。簾外論心花畔〔五〕，和醉暗相携⑥。何事春來君不見，夢魂長在錦江西〔六〕。

【校　記】

①《歷代詩餘》調下注曰：「雙調，六十四字。」鍾：玄本作「鐘」。

②霄：鄂本、吴鈔本、湯本、合璧本、毛本、後印本、正本、四庫本、清刻本、四印齋本、全本、毛本《詩餘圖譜》、《歷代詩餘》、王輯本、林大椿《唐五代詞》、《唐宋人選唐宋詞》本《花間集》作

「宵」。晁本、吴鈔本、陸本、玄本、影刊本作「霄」。曾昭岷等《全唐五代詞》校曰：「『霄』，夜也。與『宵』通。」

③ 玉人：湯本、合璧本作「主人」。

④ 渾似：玄本、四庫本作「渾是」。溪：林大椿《唐五代詞》作「蹊」。

⑤ 低：毛本《詩餘圖譜》作「底」。

⑥ 携：玄本作「攜」。

【箋　注】

〔一〕閑宵：即「閑宵」，寂寞無聊的夜晚。唐岑參《范公叢竹歌》：「盛夏脩脩叢色寒，閑宵摵摵葉聲乾。」唐元稹《鶯鶯傳》：「自去秋以來，常忽忽如有所失。於諠譁之下，或勉爲語笑，閑宵自處，無不淚零。」

〔二〕玉人：容貌美麗的人。《晉書·衛玠傳》：「（玠）年五歲，風神秀異。……總角乘羊車入市，見者皆以爲玉人，觀之者傾都。」南朝宋劉義慶《世説新語·容止》：「（裴楷）麤服亂頭皆好，時人以爲玉人。」唐元稹《鶯鶯傳》：「隔牆花影動，疑是玉人來。」後多用以稱美麗的女子。

〔三〕渾似：完全像。唐京兆韋氏《悼妓詩》：「不教佈施剛留得，渾似初逢李少君。」桃溪：即桃源，喻指仙境。

〔四〕偏記：猶最憶。

〔五〕論心：談心，傾心交談。晉陸機《演連珠》之二九：「撫臆論心，有時而謬。」唐李白《答王十二寒夜獨酌有懷》：「與君論心握君手，榮辱於我亦何有。」

〔六〕錦江：岷江分支之一，在今四川成都平原。傳説蜀人織錦濯其中則錦色鮮豔，濯於他水，則錦色暗淡，故稱。《文選·左思〈蜀都賦〉》：「百室離房，機杼相和；貝錦斐成，濯色江波。」劉逵注引三國蜀譙周《益州志》：「成都織錦既成，濯於江水，其文分明，勝於初成；他水濯之，不如江水也。」唐杜甫《登樓》：「錦江春色來天地，玉壘浮雲變古今。」

【疏　解】

此首春夜懷人之詞。對抒情主人公性别的確定，依賴於對「玉人」的理解。起句描寫池塘春草之景，呼起相思懷人之情。接下即切入懷人，主人公閑宵愁坐，遥想「玉人」舊事，但覺音容渺茫，如隔桃溪。换頭以「偏記」二字領起，突出强調在一片恍惚的記憶裏，幾個清晰的片段和細節，格外讓人銘心刻骨。「秋月低」見出「同歡」之時的忘情沉醉，執手「論心」見出兩相投契。結以「春來人不見」，只能夢裏長相追尋，回扣起句「春草萋萋、王孫不歸」之意，進一步强化「懷人」的題旨。「何事」的疑惑語氣，摹寫出懷人者的癡迷心態，也和上片的「思堪迷」前後呼應。

全詞感今憶昔，今昔映襯，較好地完成了「懷人」主題的表達。

【集　評】

蕭繼宗《評點校注花間集》：勉强成篇，實無佳處。

漁歌子[①]

柳如眉〔一〕，雲似髮。蛟綃霧縠籠香雪[②]〔二〕。夢魂驚，鍾漏歇[③]。窗外曉鶯殘月。　幾多情，無處説。落花飛絮清明節。少年郎，容易别。一去音書斷絶。

【校　記】

①《歷代詩餘》調下注曰：「又一體，雙調五十字。」吴鈔本此首後作「唐魏太尉詞畢」，下接「唐孫少監詞」。張本此首末「已上共五十調」數字，朱筆劃去。

②蛟：吴鈔本作「蛟」，雪本作「絞」。毛本《唐宋諸賢絶妙詞選》、毛本、後印本、正本、四庫本、清刻本、全本、《歷代詩餘》、林大椿《唐五代詞》作「鮫」。縠：吴鈔本作「穀」，誤。

③漏：吴鈔本作「病」，旁校爲「漏」。

【箋注】

〔一〕柳如眉，雲似髮：即「眉如柳，髮似雲」。

〔二〕蛟綃：即鮫綃。見卷六歐陽炯《南鄉子》「袖斂鮫綃」注〔一〕。霧縠：薄霧般的輕紗。《文選·宋玉〈神女賦〉》：「動霧縠以徐步兮，拂墀聲之珊珊。」李善注：「縠，今之輕紗，薄如霧也。」《文選·司馬相如〈子虛賦〉》：「於是鄭女曼姬，被阿緆，揄紵縞，雜纖羅，垂霧縠。」劉良注：「霧縠，其細如霧，垂之爲裳也。」香雪：喻指女子潔白芬芳的肌膚。

【疏解】

詞寫閨情。起三句連用比喻修辭，形容女子的美麗。接三句叙寫女子夢魂暗驚，見出其心緒不寧。鐘漏聲歇，殘月曉鶯，是女子夢醒之後所聞見，敷彩點色，以爲烘襯。過片展開黎明時分女子的相思心理，落花飛絮，又是殘春，深感歲華虛度的女子，滿腹傷春懷人之情無處訴説。她責怨那薄情的少年郎，不知珍惜，輕易别去，而且一去杳無音訊，讓人尤覺情有不堪。結三句雖有「一語道盡」之弊（李冰若《花間集評注》），但其間所寫的少年心性行徑，卻很有普遍性，《花間》情詞中無數美麗女子的情感心靈痛苦，都由此輩造成。

【集評】

湯顯祖評《花間集》卷四：只此容易别時，常種人畢世莫解之恨，那得草草。

鍾本評語：「落花飛絮清明節」與李賀「寒食垂楊天」二語，可爲暮春月令。

俞彦《爰園詞話》：使屯田此際操觚，果可以「楊柳外曉風殘月」命句否？且柳詞亦只此佳句，餘皆未稱。而亦有本，祖魏承班《漁歌子》「窗外曉鶯殘月」，第改二字增一字耳。

沈雄《古今詞話·詞話》上卷：江尚質曰：東坡《酹江月》，爲千古絶唱。耆卿《雨霖鈴》，惟是「今宵酒醒何處，楊柳岸曉風殘月」，東坡喜而嘲之。沈天羽曰：求其來處，魏承班「簾外曉鶯殘月」。

鄭方坤《全閩詩話》卷二：沈天羽云：「今宵酒醒何處」二句，耆卿爲詞宗。實甫爲曲祖。求其似之，秦少遊「酒醒處殘陽亂鴉」、魏承班「簾外曉鶯殘月」。

馮金伯《詞苑萃編》卷二十一：僕謂東坡詞自有横槊氣概，固是英雄本色。柳纖豔處，亦麗以淫耳。況「楊柳外」句，又本魏承班《漁歌子》「窗外曉鶯殘月」，只改二字增一字，焉得獨擅千古。

姜方錟《蜀詞人評傳》：至於《漁歌子》之「窗外曉鶯」句，且爲柳三變名句之所本焉。……按韋莊《荷葉杯》有云「惆悵曉鶯殘月」，當是魏詞所本。

李冰若《花間集評注·栩莊漫記》：「窗外曉鶯殘月」，正是懷人境地，故上半闋設色殊美，恨結句一語道盡，又無餘韻矣。

蕭繼宗《評點校注花間集》：細閱各篇，殊無佳製，太尉於《花間》諸家中，備員而已。

《花間集》未收詞

生查子

離別又經年，獨對芳菲景。嫁得薄情夫，長抱相思病。花紅柳緑閑晴空，蝶弄雙雙影。羞看繡羅衣，爲有金鸞竝。

滿宫花

寒夜長，更漏永。愁見透簾月影。王孫何處不歸來，應在倡樓酩酊。金鴨無香羅帳冷。羞更雙鸞交頸。夢中幾度見兒夫，不忍罵伊薄幸。

菩薩蠻

玉容光照菱花影。沉沉臉上秋波冷。白雪一聲新。雕梁起暗塵。寶釵摇翡翠。香惹芙蓉醉。攜手入鴛衾。誰人知此心。

謁金門

煙水闊。人值清明時節。雨細花零鶯語切。愁腸千萬結。雁去音徽斷絶。有恨欲憑誰説。無事傷心猶不徹。春時容易别。

其　二

春欲半。堆砌落花千片。早是潘郎長不見。忍聽雙語燕。飛絮晴空颺遠。風送誰家絃管。愁倚畫屏凡事懶。淚沾金縷線。

其　三

長思憶。思憶佳人輕擲。霜月透簾澄夜色。小屏山凝碧。恨恨君何太極。記得嬌嬈無力。獨坐思量愁似織。斷腸煙水隔。以上六首彊村本《尊前集》

題跋叙録

王國維《魏太尉詞輯本跋》：案：承班字里無考，《歷代詩餘》謂承班「父弘夫爲王建養子，賜姓名王宗弼，封齊王。承班爲駙馬都尉，官至太尉」。其詞《花間集》載十三首（云十五首，誤）。復從《全唐詩》補七首，共二十首。其詞遜于薛昭藴、牛嶠，而高於毛文錫。然皆不如王衍。五代詞以帝王爲最工，豈不以無意於求工歟？光緒戊申季夏，海寧王國維記。（《唐五代二十一家詞輯》）

總評

元遺山曰：魏承班俱爲言情之作，大旨明淨，不更苦心刻意，以競勝者。（沈雄《古今詞話·詞評》上卷引）

沈雄《古今詞話·詞評》卷上：《柳塘詞話》曰：「魏承班詞，較南唐諸公，更淡而近，更寬而盡，人喜效爲之。」愚按：「相見綺筵時，深情黯共知」，「難話此時心，梁燕雙來去」，亦爲弄姿無限，只是一腔摹出。至「好天涼月盡傷心，爲是玉郎長不見」，「少年何事負初心，淚滴縷金雙衽」，有故意求盡之病。

況周頤《歷代詞人考略》卷五：魏承班詞，沈偶僧言其有故意求盡之病，余謂不妨説盡，祇是少味耳。如「嫁得薄情夫，長抱相思病」，「王孫何處不歸來，應在倡樓酩酊」，此等句有何意謂耐人涵泳玩索耶。唯《謁金門》云：「煙水闊（略）。」又云：「春欲半（略）。」前調云：「長思憶（略）。」《全唐詩》班詞二十闋，如右三闋，尚覺行間句裏，饒有清氣。五代詞自是詞流之詞，余謂承班可謂駙馬之詞，世有知音或不以爲過當。

李冰若《花間集評注·栩莊漫記》：魏承班詞濃豔處近飛卿，間有清朗之作，特不多耳。

姜方錟《蜀詞人評傳》：承班措語遣詞，多屬平淡嫻雅之作，《花間》之上中人物也。

唐圭璋《詞學論叢·唐宋兩代蜀詞》：沈偶僧論其詞有「故意求盡」之病，然亦有清疏之作。

鹿虔扆

【小　傳】

鹿虔扆，年里不詳。以工小詞事後蜀孟昶，爲永泰軍節度使，進檢校太尉，加太保。事蹟見《茅亭客話》卷三、《十國春秋》卷五六。鹿詞《花間集》存六首。

臨江仙　鹿太保虔扆①

金鎖重門荒苑靜②〔一〕，綺窗愁對秋空③〔二〕。翠華一去寂無蹤〔三〕。玉樓歌吹〔四〕，聲斷已隨風。　煙月不知人事改，夜闌還照深宮。藕花相向野塘中④〔五〕。暗傷亡國⑤，清露泣香紅〔六〕。

【校　記】

①陸本、茅本、明殘本、徐本、影刊本調前作「鹿虔扆六首」。吴鈔本作「唐鹿太尉詞」、「鹿虔扆」、「臨江仙」。玄本調前作「鹿虔扆四首」。鄂本、毛本、清刻本、四印齋本同晁本。湯本、合璧本、正本作「鹿虔扆，臨江仙」。四庫本作「臨江仙，鹿虔扆」。張本作「臨江仙，鹿虔扆」，朱筆圈去，於上一行加「鹿虔扆六首」數字。張本無此首，頁眉藍筆校補。毛本《草堂詩餘》題作《宫詞》。

②荒苑：雪本作「荒草」。

③綺窗：王輯本《鹿太保詞》作「倚窗」。

④野塘：玄本、雪本作「野堂」。

⑤傷：王輯本作「塘」。

【箋注】

〔一〕金鎖：門上的金色連瑣圖案。唐李中《隔牆花》：「朱門金鎖隔，空使怨春風。」重門：宫門。《文選·謝朓〈觀朝雨〉詩》：「平明振衣坐，重門猶未開。」吕向注：「重門，帝宫門也。」唐李白《酬坊州王司馬與閻正字對雪見贈》：「價重銅龍樓，聲高重門側。」

〔二〕綺窗：雕刻或繪飾得很精美的窗户。《文選·左思〈蜀都賦〉》：「開高軒以臨山，列綺窗而瞰江。」吕向注：「綺窗，彫畫若綺也。」唐李商隱《瑶池》：「瑶池阿母綺窗開，黄竹歌聲動地哀。」

〔三〕翠華：天子儀仗中以翠羽爲飾的旗幟或車蓋。《文選·司馬相如〈上林賦〉》：「建翠華之旗，樹靈鼉之鼓。」李善注：「翠華，以翠羽爲葆也。」南朝梁沈約《九日侍宴樂游苑》：「虹旌迢遞，翠華葳蕤。」用爲御車或帝王的代稱。唐陳鴻《長恨歌傳》：「潼關不守，翠華南幸。」此指蜀主王衍。

〔四〕歌吹：歌聲和樂聲。南朝宋鮑照《蕪城賦》：「廛閈撲地，歌吹沸天。」唐温庭筠《旅泊新津卻寄一二知己》：「併起別離恨，思聞歌吹喧。」

〔五〕相向：相對；面對面。《孟子·滕文公上》：「昔者孔子没，三年之外，門人治任將歸，入揖於子貢，相嚮而哭，皆失聲，然後歸。」《晉書・阮咸傳》：「咸至，宗人間共集，不復用杯觴斟酌，以大盆盛酒，圓坐相向，大酌更飲。」唐孟郊《古怨別》：「含情兩相向，欲語氣先咽。」

〔六〕香紅：多指代花。唐顧況《洛陽陌》二首之一：「風送名花落，香紅襯馬蹄。」此處代指荷花。

【疏解】

詞抒亡國感傷。上片描寫秋日宮苑荒涼寂寞。從「金鎖、重門、綺窗、翠華、玉樓、歌吹」等宮庭意象群落上，猶能想象出當年的一派繁華景象。如今翠華一去無蹤，歌吹隨風飄逝，江山易代，人世已改，秋日宮苑荒寂之景的描寫中，含有深沉的興亡感慨。下片先以夜闌還照深宮的煙月之無知，襯出詞人的物是人非之感，月亮代表永恒的存在，閱盡滄桑，是人世盛衰的見證者。結三句移情於物，在詞人的眼中，含露的野塘藕花，依依相向，也似在感傷亡國，暗自飲泣。此詞寫法上最大的特點，就是借助景物描寫，抒發詞人憑弔故國的《黍離》之悲，「但寫景物而情在其中」，可謂「善言情者」（況周頤《蕙風詞話》）。尤其是下片對「煙月」、「藕花」的比擬性描寫，同中見異，同是自然意象，月亮無知而藕花有知，一以襯出詞人的有情，一以烘托詞人的有情，「各極其妙」，使詞情「感傷復感傷」，共同起到强化抒情的表現效果。

【集　評】

蔡居厚《詩史》：虔扆工小詞，傷蜀亡，詞云：「金鎖重門荒苑靜（下略）。」（郭紹虞《宋詩話輯佚》卷下）

楊慎云：故宫禾黍之思，令人默然。此詞比李後主《浪淘沙》詞更勝。（《花間集評注》引）

湯顯祖評《花間集》卷四：「曲終人不見，江上數峰青」，似有神助。以此方之，可爲勍敵。

李廷璣《新刻注釋草堂詩餘評林》卷五：作宫詞須用富麗之句，似此亦平淡了。結句妙。周美成《西河》詞云：「燕子不知何世，入尋常巷陌人家，如説興亡，斜陽裏。」亦就是「煙月不知人事改」一段變化出來。

沈際飛《草堂詩餘正集》卷二：結引藕花泣露，傷感復傷感。

茅暎《詞的》卷三：寄慨長楊、汾水，又是宫詞一變。

卓人月《古今詞統》卷九徐士俊評語：花有歎聲，史識之矣。

潘遊龍《古今詩餘醉》卷十：結到藕花泣露，可謂傷感之極。

吴任臣《十國春秋》卷一一五《拾遺》：孟蜀鹿太保虔扆，雖與韓、閻等稱「五鬼」，然觀其所作《臨江仙》詞云：「金鎖重門荒院靜（略）。」故國黍離之感，不專爲靡靡之音也。

許昂霄《詞綜偶評》：曰「不知」，曰「暗傷」，無情有恨，各極其妙。

譚獻《復堂詞話》：哀悼感憤。

陳廷焯《雲韶集》卷一：「一聲河滿子，雙淚落君前」，深情苦調，有《黍離》、《麥秀》之悲。

張祥齡《詞論》：詞主譎諫，與詩同流。稼軒《摸魚兒》，酒邊《阮郎歸》，鹿虔扆之「金鎖重門」，謝克家之「依依宮柳」之屬，所謂「《國風》好色而不舞淫，《小雅》怨悱而不亂」，此固有之。但不必如張皋文膠柱鼓瑟耳。

況周頤《餐櫻廡詞話》：鹿太保，孟蜀遺臣，堅持雅操。其《臨江仙》含思淒惋，不減李重光「晚涼天淨月華開，想得玉樓瑤殿影，空照秦淮」之句。

王國維《鹿太保詞輯本跋》：《花間集》輯於廣政三年，首載此詞，此時後蜀未亡，若云傷前蜀，則虔扆固仕於衪矣。

俞陛雲《唐五代兩宋詞選釋》：周道《黍離》之感，唐宋以來，多見於詩歌。在詞中，惟南唐後主亡國失家，語最沉痛。虔扆詞亦善感乃爾。誦「露泣香紅」句與「獨與銅人相對泣，淒涼殘月下金盤」，其音皆哀以思也。

李冰若《花間集評注·栩莊漫記》：太白詩「只今惟有西江月，曾照吴王宫裏人」，已開鹿詞先路。此闋之妙，妙在以暗傷亡國託之藕花。無知之物，尚且泣露啼紅，與上句「煙月還照深宫」相襯而愈覺其悲惋。其全詞佈置之密，感喟之深，實出後主「晚涼天淨」一詞之上，知音當不河漢斯言。

鄭振鐸：此作當爲前蜀亡時之作，評者或牽涉到孟昶事，卻忘了時代決不相及：此詞被選入西元九四〇年所編輯的《花間集》裏，而孟蜀之亡，則在西元九六五年，虔扆當然不會是預先作此亡國之吟的。

唐圭璋《唐宋詞簡釋》：此首暗傷亡國之詞。全篇摹寫亡國後境界，有《黍離》、《麥秀》之悲。起三句，寫秋空荒苑，重門靜鎖，已足色淒涼。「翠華」三句，寫人去無蹤，歌吹聲斷，更覺黯然。下片，又以煙月、藕花無知之物，反襯人之悲傷。其章法之密，用筆之妙，感喟之深，實勝後主「晚涼天靜月華開」一首也。「煙月」兩句，從劉禹錫「淮水東邊舊時月，夜深還過女牆來」化出。「藕花」句，體會細微。末句尤凝重，不啻字字血淚也。

姜方錟《蜀詞人評傳》：《臨江仙》一闋，感慨悲歌，獨絕千古。

蕭繼宗《評點校注花間集》：詞意諸家言之盡矣；惟執此以與唐人詩及他家詞比較，似屬多餘，且不免過譽。如此首「翠華一去」及「人事改」，已明言亡「國」；「荒苑」「綺窗」，「玉樓歌吹」又暗示「亡國」，似已過多，則後結「暗傷亡國」四字，不獨明直，亦嫌冗贅。李重光浪淘沙「空照秦淮」，只一「空」字，其沉痛已溢於辭外，不必再多説「興亡」二字。江南國主實視孟蜀太保技高一籌，而楊升庵所見，適得其反，亦可怪已！

張以仁《花間詞論集》：鹿氏禾黍之悲，似起於一時之感傷，情或不假，感則不深，便只有重復話題堆砌辭藻了。至於他的藝術技巧，本來就不高，也不只這首詞，其他五詞，更無一首思新語暢韻美境佳之作。

其　二①

無賴曉鶯驚夢斷〔一〕，起來殘酒初醒②。映窗絲柳裊煙青③。翠簾慵卷，約砌杏花零④〔二〕。

一自玉郎遊冶去，蓮凋月慘儀形〔三〕。暮天微雨灑閑庭⑤。手挼裙帶〔四〕，無語倚雲屏⑥。

【校　記】

①張本以此首接魏承班《漁歌子》，朱筆圈去調名、姓名，朱筆加藍筆重描「其二」字樣。

②酒：《唐宋人選唐宋詞》本《花間集》曰：鄂本《花間集》作「醉」。按：鄂本作「酒」。四印齋本、林大椿《唐五代詞》作「醉」。

③裊：全本作「嫋」。

④杏：吴鈔本作「店」。

⑤暮：毛本、四庫本作「莫」。灑：毛本、正本作「洒」。

⑥無語：王輯本無此二字。

【箋　注】

〔一〕無賴：無聊。謂多事而使人討厭。南朝陳徐陵《烏棲曲》之二：「惟憎無賴汝南雞，天河未落猶爭啼。」

〔二〕約砌杏花零：零落的杏花遮住了臺階。約：籠遮。

〔三〕蓮凋月慘儀形：形容女子如蓮似月的美好儀容已然憔悴。

〔四〕手挼：以手揉撚。唐趙牧《對酒》：「手挼六十花甲子，循環落落如弄珠。」

【疏　解】

詞寫春思。起句化用金昌緒《閨怨》詩意，責曉鶯「無賴」，見出女子之氣惱，蓋由留戀夢境也。次句「殘酒初醒」，説明昨夜爲消愁而飲醉，則女子之愁苦已可想見。早晨夢回酒醒，當更不堪。三句描寫所見窗外絲柳含煙之景，略加點染，青青柳色暗示並喚起别情。「翠簾」句寫女子之慵懶萎靡，「約砌」句寫季節之遲暮衰殘。下片交待女子愁怨的原因是「玉郎遊冶去」，蕩子不歸，讓女子的花容月貌變得憔悴不堪。「暮天」句融情入景，黄昏的霏微細雨，不正是女子黯淡繚亂的心緒的外化表現嗎？結以女子手挼裙帶、無語倚屏的動作情態描寫，其終日相思的焦渴之意、酸楚之情，盡在不言之中。

【集　評】

況卜娱《織餘偶述》：「約砌杏花零」，「約」字雅煉。殘紅受約於風，極婉款妍倩之致。（《花間集評注》引）

蕭繼宗《評點校注花間集》：前半工致，後幅不稱，「一自」句率，「蓮凋」句拙。

女冠子

鳳樓琪樹〔一〕。惆悵劉郎一去①〔二〕。正春深。洞裏愁空結〔三〕，人間信莫尋。竹疎齋殿迥②，松密醮壇陰〔四〕。倚雲低首望，可知心。

【校　記】

① 一去：雪本作「歸去」。

② 疎：晁本、鄂本、陸本、茅本、玄本、明殘本、正本、影刊本作「踈」。

【箋　注】

〔一〕鳳樓琪樹：指女冠居所。詳見卷一温庭筠《女冠子》「含嬌含笑」注〔四〕。

〔二〕劉郎：即劉晨。詳見卷二温庭筠《思帝鄉》「花花」注〔六〕。

〔三〕洞裏：上文既言劉郎，此指桃源仙洞，即女冠所居。「洞裏」四句，《全唐詩續補遺》卷十七引《全五代詩》卷五九作鹿虔扆五絶，題爲《贈女道士》。

〔四〕醮壇：道士祭祀之壇。醮：祭祀。戰國楚宋玉《高唐賦》：「醮諸神，禮太一。」後亦指道士設壇祈禱，北齊顔之推《顔氏家訓·治家》：「符書章醮，亦無祈焉。」

【疏　解】

詞詠本調，寫女冠相思之情，把宗教題材豔情化。上片用劉晨阮肇故事，寫女冠身居仙境，而有思凡之心。劉郎一去，杳無音訊，暮春時節，女冠傷春怨别，相思惆悵。换頭「竹疏齋殿迥，松密醮壇陰」二句，與起句「鳳樓琪樹」，都是對道觀環境的描寫形容。末二句，以女冠倚雲低首眺望劉郎作結，形象地展示出她對俗世情愛渴望向往的心曲。

【集　評】

李冰若《花間集評注·栩莊漫記》：「竹疏」、「松密」二字，寫道院風光宛然。

蕭繼宗《評點校注花間集》：「洞裏」兩句，無限淒酸；「疏竹」一聯，差可，亦《女冠子》中所習見者；結語嫌弱。

張以仁《花間詞論集》：《女冠子》詞既不多，題材又復特殊，在分類卡片中很容易看出一些平常疏忽的問題，乃發現鹿氏此詞，實是揉合了温庭筠與張泌二家之詞而成的集錦之作。

其二①

步虚壇上〔一〕。絳節霓旌相向〔二〕。引真仙②〔三〕。玉珮摇蟾影③〔四〕，金爐裊麝煙④。露濃霜簡濕〔五〕，風緊羽衣偏〔六〕。欲留難得住，卻歸天。

【校記】

① 玄本「花間集卷十」至此首終。曾昭岷等《全唐五代詞》王兆鵬「考辨」曰：以上二首《補續全蜀藝文志》卷四五，合孫光憲「蕙風芝露」、「澹花瘦玉」兩首，作牛希濟次牛嶠《女冠子》四首之作。案：此四首《花間集》牛希濟詞未收，卻分别收入鹿虔扆、孫光憲詞中。各詞籍亦未有作牛希濟者。《補續全蜀藝文志》所云非是。此二首當從《花間集》作鹿虔扆詞。

② 仙：玄本作「僊」。

③ 玉珮：湯本、合璧本作「玉步」。珮：正本作「佩」。

④ 爐：湯本、合璧本作「鑪」。裊：全本作「嫋」。麝煙：雪本作「麝香」。

【箋　注】

〔一〕步虚壇：道士唱經禮贊的臺子。步虚：道士唱經禮贊。唐李白《題隨州紫陽先生壁》：「喘息飡妙氣，步虚吟真聲。」清王琦《注》引南朝宋劉敬叔《異苑》卷五：「陳思王遊山，忽聞空裏誦經聲，清遠遒亮。解音者則而寫之，爲神仙聲。道士效之，作步虚聲。」

〔二〕絳節霓旌：壇上之旗幡。韓偓《六言三首》：「桃源洞口來否，絳節霓旌久留。」參見卷三韋莊《喜遷鶯》「人洶洶」注〔六〕。

〔三〕真仙：仙人。五代劉昫《舊唐書·裴潾傳》：「真仙有道之士，皆匿其名姓。」唐高適《玉真公主歌》：「仙宫仙府有真仙，天寶天仙秘莫傳。」

〔四〕蟾影：月影，月光。唐張子容《璧池望秋月》：「蟾影摇輕浪，菱花渡淺流。」

〔五〕霜簡：竹簡，本指御史彈劾的奏章。江總《詒孔中丞》：「故人名宦高，霜簡肅權豪。」《隋書·文學傳序》：「高祖初統萬機。……時俗詞藻猶多淫麗，故憲台執法，屢飛霜簡。」此指道士作法的符牒。

〔六〕羽衣：用羽毛編織之衣。漢司馬遷《史記·孝武本紀》：「使使衣羽衣，夜立白茅上。」東漢班固《漢書·郊祀志》上：「五利將軍亦衣羽衣。」唐顔師古《注》：「羽衣，以鳥羽爲衣，取其神仙飛翔之意也。」後常稱神仙或道士所服之衣爲羽衣。唐白居易《夢仙》：「羽衣忽飄飄，玉鸞俄錚錚。」

【疏　解】

此首亦詠本調，描寫女冠月夜設壇作法的情景，以女冠導引「真仙」開始，以真仙難留歸天結束，叙寫了道徒神壇法事活動的全過程。全詞不染世俗豔情化色彩，是其特點；至於詞作本身，泛泛無足道。

【集　評】

華鍾彦《花間集注》卷九：此皆詠女冠。

蕭繼宗《評點校注花間集》：「露濃」一聯，語新而姿媚，視前章之「竹疏松密」遠勝，而栩莊不賞，何也？

思越人①

翠屏欹〔一〕，銀燭背，漏殘清夜迢迢〔二〕。雙帶繡窠盤錦薦〔三〕，淚侵花暗香銷。珊瑚枕膩鴉鬟亂〔四〕。玉纖慵整雲散〔五〕。苦是適來新夢見②〔六〕。離腸爭不千斷。

【校　記】

① 玄本「花間集卷十一」自此首始，調前行作「鹿虔扆」。《歷代詩餘》調下注曰：「又一體，雙調五十一字。」

② 苦是：鄂本、毛本、正本、四庫本、清刻本、四印齋本、王輯本、林大椿《唐五代詞》均作「若是」。

【箋　注】

〔一〕欹：斜，傾側。同「攲」。《荀子·宥坐》：「吾聞宥坐之器者，虚則欹，中則正，滿則覆。」

〔二〕清夜：清靜的夜晚。漢司馬相如《長門賦》：「懸明月以自照兮，徂清夜於洞房。」唐李端《宿瓜州寄柳中庸》：「懷人同不寐，清夜起論文。」迢迢：形容時間長久。唐戴叔倫《雨》：「歷歷愁心亂，迢迢獨夜長。」

〔三〕繡窠：帶上之刺繡花紋。唐岑參《玉門關蓋將軍歌》：「使君五馬謾跼躅，野子繡窠紫羅襦。」錦薦：以錦緣飾的卧席，泛指華美的席墊。薦：卧席。唐温庭筠《常林歡歌》：「錦薦金爐夢正長，東家咿喔雞鳴早。」

〔四〕珊瑚枕：以珊瑚爲飾之枕。唐李紳《長門怨》：「珊瑚枕上千行淚，不是思君是恨君。」鴉鬟：黑如鴉羽的丫形髮髻，同「鴉髻」。唐李白《酬張司馬贈墨》：「黄頭奴子雙鴉鬟，錦囊養之懷袖間。」清王琦《注》：「雙鴉鬟，謂頭上雙髻，色黑如鴉也。」

〔五〕玉纖：女子纖白的手指。唐温庭筠《菩薩蠻》：「玉纖彈處珍珠落，流多暗濕鉛華薄。」雲散：髮散如雲。

〔六〕適來：剛才。唐皮日休《重題後池》：「適來會得荆王意，只爲蓮莖重細腰。」

【疏　解】

詞寫相思懷人之情。起三句寫在殘漏迢迢的清夜裏，不眠的女子背對燭光、斜倚翠屏的情態。「雙帶」二句，描寫女子錦褥上的繡花衣帶，浸滿淋漓的淚水，香豔中見出綺怨之意，時人推爲絶唱。下片轉寫女子枕上鬟亂、纖手慵整，顯示其心緒不佳。結二句寫她夢中得遇情郎，梦醒後愈覺痛苦不堪的心情。此詞語言「辭熔句冶，鏤玉鐫金」，情感酸楚憂傷，形成「淒麗」的抒情風格。

【集　評】

湯顯祖評《花間集》卷四：結句酸楚，江文通、潘安仁悼亡詩不過如此。

卓人月《古今詞統》卷六徐士俊評語：「雙帶」二句，即「淚沾紅袖黦」之意。

張德瀛《詞徵》卷五：《十國春秋》云：「鹿虔扆《思越人》詞，有『雙帶繡窠盤錦薦，淚侵花暗香銷』之句，詞家推爲絶唱。」今考鹿詞不多見，固非如馮正中諸人日從事於聲歌者，零璣碎錦，尤足貴矣。

李冰若《花間集評注·栩莊漫記》：《十國春秋》謂鹿太保「雙帶」二句，時人推爲絶唱。余謂此詞雖凄麗，尚非《臨江仙》之比也。

姜方錟《蜀詞人評傳》：《思越人》一闋，辭熔句冶，鏤玉鐫金。

蕭繼宗《評點校注花間集》：一往情深。

虞美人①

卷荷香澹浮煙渚〔一〕。緑嫩擎新雨〔二〕。鎖窗疎透曉風清②。象床珍簟冷光輕③〔三〕。水紋平④〔四〕。　九疑黛色屏斜掩〔五〕。枕上眉心斂。不堪相望病將成。鈿昏檀粉淚縱橫⑤〔六〕。不勝情。

【校　記】

①吴鈔本此首後作「唐鹿太尉詞畢」，下接「唐閻處士詞」。張本此首末「已上共五調」數字，朱筆劃去。

②鏁窗：鄂本、吴鈔本、毛本、後印本、正本、四庫本、清刻本、四印齋本、全本、林大椿《唐五代詞》作「瑣窗」。踈：晁本、吴鈔本、茅本、玄本、明殘本、毛本、正本、四庫本作「疎」。曉：張本頁眉墨筆校：「『曉』抄作『晚』。」

③象床珍簟：雪本作「象牙床簟」

④水紋：全本作「水文」。

⑤縱：晁本作「蹤」，誤。從鄂本改。

【箋　注】

〔一〕卷荷：尚未舒展之荷葉。唐王周《和程刑部三首》之三：「片雪翹饑鷺，孤香卷嫩荷。」煙渚：煙霧籠罩的洲渚。唐孟浩然《宿建德江》：「移舟泊煙渚，日暮客愁新。」

〔二〕緑嫩：形容荷葉。唐齊己《謝中上人寄茶》：「緑嫩難盈籠，清和易晚天。」

〔三〕象床珍簟：象牙裝飾的床，珠寶裝飾的席，形容卧具之精美。唐李嶠《床》：「傳聞有象床，疇昔獻君王。」南朝宋劉駿《傷宣貴妃擬漢武李夫人賦》：「寶羅暍兮春幌垂，珍簟空兮夏幬扃。」

〔四〕水紋：指席上之花紋。唐李益《寫情》：「水紋珍簟思悠悠，千里佳期一夕休。」參見卷六和凝《山花子》「銀字笙寒」注〔二〕。

〔五〕九疑：山名，在今湖南省南部寧遠縣南。《史記·五帝本紀》：「（舜）葬於江南九疑。」北魏酈道元《水經注·湘水》：「蟠基蒼梧之野，峰秀數郡之間。羅巖九舉，各導一溪。岫壑負阻，異嶺同勢。遊者疑焉，故曰九疑山。」也作「九嶷」。東漢班固《漢書·武帝紀》：「望祀虞舜於九嶷。」

〔六〕鈿昏句：謂淚水汙了脂粉釵鈿。

【疏　解】

詞寫相思之苦。上片先寫早晨的室外風景，再寫居室環境。室外洲渚上晨霧未散，池沼裏嫩荷帶雨，空氣中漂浮着淡淡的荷香。清涼的曉風吹入窗内，象牀珍簟隱隱泛着一層冷光。風景與環境描寫，清雅中透出寒涼之意，側面烘托人物心情。下片特寫屏中枕上人物的蹙眉愁態，正面表現她相思成病的情感痛苦。「鈿昏」説明她久不修飾，無心治容，而檀粉淚痕縱橫模糊之狀，正是女子不勝離情折磨的形象寫照。詞旨雖無新意，但上片側面烘托的寫法，下片情感態度的真摯，均不無可取之處。

【集　評】

蕭繼宗《評點校注花間集》：「緑嫩擘新雨」五字，何等鮮脆，「水紋平」三字，夏簟清瑩可見；至「鈿昏」句，則《思越人》中「淚侵」句之改寫耳。

題跋叙録

王國維《鹿太保詞輯本跋》：案虔扆字里無考，《歷代詩餘》謂虔扆事孟昶爲永泰軍節度使，進檢校太尉，加太保。《樂府紀聞》謂其「國亡不仕，詞多感慨之音」，蓋指《臨江仙》一調言之。然《花間集》輯於蜀廣政三年，首載此詞，此時後蜀未亡。若云傷前蜀，則虔扆固任於昶矣。《紀聞》之言，實無所據。其詞只存《花間集》所載六首，在五代各家中爲最少矣。光緒戊申季夏，海寧王國維記。（《唐五代二十一家詞輯》）

總評

倪瓚云：鹿公高節，偶爾寄情倚聲，而曲折盡變，有無限感慨淋漓處。（《歷代詩餘》卷一一三引）

沈雄《古今詞話·詞評》上卷：《樂府紀聞》：「鹿爲永泰軍節度使，初讀書古祠，見畫壁有周公輔成王像，期以此見志。國亡不仕，詞多感歎之語。」

劉體仁《七頌堂詞繹》：詞亦有初盛中晚，不以代也。牛嶠、和凝、張泌、歐陽炯、韓偓、鹿虔扆輩，不離唐絶句，如唐之初未脱隋調也，然皆小令耳。

張德瀛《詞徵》卷五：五代豔詞與李樊南《無題》詩異轍。李詩託諸寓言，吴修齡謂其專指令狐綯説。五代詞，嘲風笑月，惆悵自憐，其能如韋端己、鹿虔扆之寄託深遠者，亦僅矣。

陳鋭《褒碧齋詞話》：詞有天籟，小令是已。本朝詞人，盛稱納蘭成德，余讀之，但覺千篇一律，無所取裁。鹿虔扆、馮正中之流，不如是也。

李冰若《花間集評注·栩莊漫記》：鹿太保詞不多見，其在《花間集》中者約有二種風格：一爲沉痛蒼涼之詞，一爲秀美疏朗之詞。不惟人品之高，其詞格亦高。由此可知雖處變亂之世，人格高尚者終有以自立。詞雖小道，亦可表現之也。

唐圭璋《詞學論叢·唐宋兩代蜀詞》：虔扆……詞多感慨之音。《花間集》僅載其詞六首，較諸家爲最少。

閻選

【小傳】

閻選，生卒字里不詳。布衣終身。酷善小詞，時人稱爲「閻處士」。事蹟見《十國春秋》卷五六本傳。閻詞《花間集》存八首，《尊前集》存二首，共計十首。

虞美人

閻處士選①

粉融紅膩蓮房綻。臉動雙波慢〔一〕。小魚銜玉鬢釵横〔二〕。石榴裙染象紗輕〔三〕。轉娉婷〔四〕。　偷期錦浪荷深處〔五〕。一夢雲兼雨②〔六〕。臂留檀印齒痕香③〔七〕。深秋不寐漏初長④。盡思量⑤。

【校　記】

①陸本、茅本、玄本、徐本、影刊本調前行作「閻選八首」。吴鈔本作「唐閻處士詞」、「閻選」、「虞美人」。湯本、合璧本、正本作「閻選，虞美人」。張本作「虞美人，閻選」，朱筆圈去姓名，於調上行加「閻選八首」。鄂本、毛本、清刻本、四印齋本同底本。明殘本調前作「閻選八首」。四庫本作「虞美人，閻選」。《歷代詩餘》調下注曰：「又一體，雙調五十八字。」

②雨：吴鈔本作「兩」，誤。

③印：吴鈔本作「郎」。

④初：《花間集評注》、《評點校注花間集》作「聲」。

⑤盡：晁本、陸本、吴鈔本、茅本、湯評本、張本、徐本、影刊本小注：「『盡』一作『儘』。」玄本、全本、《歷代詩餘》作「儘」。

【箋　注】

〔一〕粉融二句：形容女子臉如荷花初綻，眼波媚人。蓮房：蓮蓬。以其小孔布列，分割如房，故名。杜甫《秋興八首》：「波漂菰米沉雲黑，露冷蓮房墜粉紅。」此指蓮花。雙波：眼波。慢：借爲曼，美好。

〔二〕小魚銜玉：指魚形玉釵。唐吴融《和韓致光侍郎無題三首十四韻》：「篦鳳金雕翼，釵魚玉鏤鱗。」

〔三〕石榴裙：朱紅色裙子，色如榴花，故名。亦泛指女性裙裾。南朝齊何思澄《南苑逢美人》：「風捲葡桃帶，日照石榴裙。」象紗：絲織品，即製作石榴裙之材料。五代和凝《宫詞百首》：「蘭殿春融自艷笙，玉顔風透象紗輕。」

〔四〕娉婷：姿態美好貌。東漢辛延年《羽林郎》：「不意金吾子，娉婷過我廬。」唐柳宗元《韋道安》：「貨財足非悋，二女皆娉婷。」

〔五〕偷期：暗自約會。錦浪：如錦緞般的水浪。唐李白《鸚鵡洲》：「煙開蘭葉香風暖，岸夾桃花錦浪生。」

〔六〕一夢句：用宋玉《高唐賦》楚王巫山雲雨典故，代指男女情事。

〔七〕檀印：唇膏印痕。檀：檀注，胭脂、唇膏類化妝品。

【疏解】

詞寫豔情相思，從男、女角度理解均可，若取男子追憶角度，則詞意更顯曲折些。上片描寫女子之美。起二句以紅荷喻女子紅頰，以蓮房綻放喻女子眼波瞬動，造語靈妙。接三句寫女子鬢插魚形玉釵、身着石榴紗裙，儀態顯得格外嬌美。下片回憶藕花深處偷期舊事，與首句照應，用巫山雲雨之夢，形容其歡洽酣暢。「臂留」七字豔極，寫男女幽會恣情狂歡，是一個銘心難忘又無以言表的細節。結二句由回憶轉到現實，寫秋夜輾轉不寐的相思之情。此詞綺情豔語，風格的確「頗近温尉一派」（李冰若《栩莊漫記》）。

【集　評】

湯顯祖評《花間集》卷四：「盡」字一作「儘」，「儘」字更有深會。

蕭繼宗《評點校注花間集》：全詞寫實，事在後起兩句。因「偷期」在緑雲深處，故首句用「蓮房」字，以喻人面，不假他物，有人面花光兩不分之感。若無换頭一語，則「蓮房」二字，便成泛設。後結三句，則索居追味，餘甘不盡。

其　二①

楚腰蠐領團香玉②〔一〕。鬢疊深深緑③〔二〕。月娥星眼笑微頻④〔三〕。柳夭桃豔不勝春。晚粧匀。　水紋簟映青紗帳。霧罩秋波上。一枝嬌卧醉芙蓉⑤〔四〕。良宵不得與君同。恨忡忡〔五〕。

【校　記】

①《草堂詩餘别集》調下題作《美人》。

②蠐領：雪本作「齊領」。

③緑：吴鈔本作「録」，誤。

④娥：鄂本、湯本、合璧本、毛本、後印本、正本、四庫本、清刻本、四印齋本、全本、《歷代詩餘》作「蛾」。笑微頻：晁本、陸本、吴鈔本、茅本、湯本、張本、徐本、影刊本注曰：「一作『笑和顰』。」《評點校注花間集》作「笑和顰」。雪本、《歷代詩餘》作「笑微顰」。

⑤芙蓉：毛本、後印本、正本作「芙容」。

【箋　注】

〔一〕楚腰：女子的細腰。《韓非子·二柄》：「楚靈王好細腰，而國中多餓人。」唐李商隱《又效江南曲》：「掃黛開宫額，裁裙約楚腰。」蠐領：潔白的頸項。參見卷六和凝《採桑子》「蝤蠐領上」注〔二〕。團香玉：形容女子體膚豐腴馨香白皙。香玉：有香氣的美玉。唐蘇鶚《杜陽雜編》卷上：「肅宗賜輔國香玉辟邪，其玉之香聞數百步，雖鎖之金函石匱，終不能掩其氣。」此喻美女體膚。唐温庭筠《晚歸曲》：「彎堤弱柳遥相矚，雀扇團圓掩香玉。」

〔二〕鬟疊句：謂女子頭髮烏黑豐美。

〔三〕月娥：傳説的月中仙子。唐孟郊《看花》之一：「月娥雙雙下，楚豔枝枝浮。」或作月蛾，謂眉如新月彎曲纖細。陳徐陵《玉臺新詠》卷十范靖婦《映水曲》：「輕鬟學浮雲，雙蛾擬初月。」星眼：明麗的眼睛。南朝宋王韶之《太清記》：「華岳三夫人媚。李湜云：『笑開星眼，花媚玉顔。』」

〔四〕醉芙蓉：喻女子如嬌媚的荷花。唐白居易《憶江南》之三：「吴酒一杯春竹葉，吴娃雙舞醉芙蓉。」清勞大輿《甌江逸志》：「温州芙蓉……最妙者名醉芙蓉，晨起白色，午後淡紅，晚則變爲深紅。」

〔五〕忡忡：憂愁貌。《詩經・召南・草蟲》：「未見君子，憂心忡忡。」

【疏　解】

詞寫閨情。上片描寫晚妝女子的美豔，楚腰蠐領，肌膚如玉，緑髮豐茂，月眉星眼，微笑含嚬，其體態、髮膚、容貌、風情，真如嫩柳豔桃，嬌媚無比。下片先喻寫簟紋如水，紗帳如霧，再形容晚妝匀停的女子嬌卧如一枝醉芙蓉。在充分描寫女子的美豔之後，結二句轉出獨守空閨的愁怨之情，完成題旨的表現。詞情之香豔，一如前首，惟稍顯質實，似較前作爲遜。

【集　評】

湯顯祖評《花間集》卷四：「笑微顰」一作「笑和顰」，反覺復而無情。

沈際飛《草堂詩餘別集》卷二：諸相俱足。（又評末二句）好句，同人也好。

蕭繼宗《評點校注花間集》：事仍前首，佈局全同，惟易其詞耳。如細品之，則前首遠勝。如前段用「柳夭桃豔」，雖無不可，以視「蓮房綻」三字，究嫌膚泛。後起寫入正題，又嫌太明。「醉芙蓉」三字，可與「蓮房綻」抗手，但緊接「秋波」，稍傷暗示之趣，回視前文桃柳，轉成浮溢。至後結「良宵不得與君同，恨忡忡」，與前章之「秋宵不寐漏聲長，盡思量」相比，則大有上下牀之別，讀者當能辨之。

臨江仙①

雨停荷芰逗濃香〔一〕。岸邊蟬噪垂楊。物華空有舊池塘〔二〕。不逢仙子，何處夢襄王〔三〕。

珍簟對欹鴛枕冷，此來塵暗淒涼②。欲憑危檻恨偏長〔四〕。藕花珠綴〔五〕，猶似汗凝粧③。

【校　記】

① 玄本「仙」作「僊」。《歷代詩餘》調下注曰：「又一體，雙調五十八字。」

②此來：雪本作「比來」。

③似：王輯本《閻處士詞》作「自」。

【箋注】

〔一〕荷芰：荷與菱。唐白居易《池上早秋》：「荷芰緑参差，新秋水滿池。」

〔二〕物華：自然景物。南朝梁柳惲《贈吴均》之一：「離念已郁陶，物華復如此。」唐杜甫《曲江陪鄭南史飲》：「自知白髮非春事，且盡芳樽戀物華。」

〔三〕不逢二句：用宋玉《高唐賦》中楚襄王夢神女典事。

〔四〕危檻：高樓之欄干。唐孟貫《冬日登江樓》：「遠村雖入望，危檻不堪憑。」

〔五〕珠綴：唐沈佺期《長門怨》：「清露凝珠綴，流塵下翠屏。」

【疏解】

此詞就題發揮，寫男子的懷人之情。起二句描寫雨後荷塘景色，興起物華依舊而不逢仙子的感歎，今宵雲雨何處，襄王好夢難成，嵌入神女高唐典故，正是題中應有之義。下片轉寫室内枕簟冷落塵封的凄涼情景，烘托男子「恨偏長」的心境。結二句寫男子憑欄排遣時所見，那池塘中綴滿露珠的藕花，看上去還像是仙子汗濕姣面的模樣，記憶中細節的恍惚再現，見出往事的難以忘懷。從結構上看，「藕花」回應起句的「荷芰」，前後照應，脈理細密。

【集　評】

華鍾彦《花間集注》卷九：閻處士詞二首，就題發揮。首句起韻，與前稍異。

蕭繼宗《評點校注花間集》：仍追念《虞美人》二詞中事，閻處士所念念不忘者也。所謂「蓮房綻」，所謂「醉芙蓉」，亦即「珠綴」之「藕花」，即一物，亦即一人，不惜反復言之，其印象深刻如是。然此首去「偷期」較遠，感傷勝於追味，描叙漸少，而意致轉清。

其　二

十二高峰天外寒〔一〕。竹梢輕拂仙壇①〔二〕。寶衣行雨在雲端〔三〕。畫簾深殿②，香霧冷風殘。　欲問楚王何處去，翠屏猶掩金鸞③〔四〕。猿啼明月照空灘④〔五〕。孤舟行客，驚夢亦艱難。

【校　記】

① 竹梢：湯本、合璧本作「竹稍」。

②畫：玄本作「画」。

③金鸞：《歷代詩餘》作「金鑾」。

④猿：全本作「猨」。

【箋　注】

〔一〕十二高峰：指巫山十二峰。參見卷二皇甫松《天仙子》「晴野鷺鷥」注〔五〕。

〔二〕仙壇：仙人住處。唐元結《登九疑第二峰》：「九疑第二峰，其上有仙壇。」

〔三〕寶衣：珍貴的衣服。陸倕《石闕銘》：「焚其綺席，棄彼寶衣。」唐劉禹錫《荊門道懷古》：「風吹落葉填宫井，火入荒陵化寶衣。」也指僧道的衣服。《法華經·譬喻品》：「無量寶衣，及諸卧具。」唐皮日休《奉和魯望上元日道室焚修》：「飆御有聲時杳杳，寶衣無影自姍姍。」此處指代巫山神女，用宋玉《高唐賦》「旦爲行雲，暮爲行雨」句意。

〔四〕楚王：指《高唐賦序》中夢見神女的楚襄王。翠屏：绿色屏風。或謂指巫山十二峰之翠屏峰。金鸞：金屬製作的鸞鳥。唐曹唐《小遊仙詩》：「手抬玉尺紅於火，敲斷金鸞使唱歌。」或謂指仙人的車駕，此指楚王之車駕。

〔五〕猿啼：三峽巫山猿啼，詩詞多有描寫。唐姚合《送友人游蜀》：「峽猿啼夜雨，蜀鳥噪晨煙。」

【疏　解】

詞仍就題發揮，抒寫孤舟行客的寂寞心情。一起切題，寫巫山十二峰的神女廟。接寫神女仙袂飄飄，在天上施雲布雨。「畫簾」二句，言由於神女離去，所以廟宇冷落。在上片寫過神女之後，下片轉寫巫山神話的男主角襄王。神女不在仙壇，襄王亦不知去往何處，只剩下翠屏峰後面的車駕儀仗。「猿啼」句寫月明之夜的巫峽猿聲，渲染孤寂淒清的氣氛。結以啼猿驚夢，行客夢回心傷。此詞神話與現實打成一片，情與景妙合無垠，湯顯祖評曰「非深於行役者，不能爲此言」（湯評本《花間集》卷四）。

【集　評】

湯顯祖評《花間集》卷四：非深於行役者，不能爲此言。即以《水仙調》當《行路難》可也。

吴任臣《十國春秋》卷五十六：閻選，故布衣也，酷善小詞。有《臨江仙》詞云：「畫簾深殿，香霧冷風殘。」又云：「猿啼明月照空灘。」時人目爲閻處士。

王國維《人間詞話附録》：（閻選）詞惟《臨江仙》第二首有軒翥之意。

蕭繼宗《評點校注花間集》：詠巫山神女事，亦緣題之作，與《行路難》無涉，若士謂「非深於行役者，不能爲此言」，信筆虚譽，非作者所宜受也。「殘」字有趁韻之嫌。

浣溪沙①

寂寞流蘇冷繡茵②〔一〕。倚屏山枕惹香塵。小庭花露泣濃春③。劉阮信非仙洞客〔二〕，常娥終是月中人④〔三〕。此生無路訪東鄰〔四〕。

【校　記】

① 晁本、鄂本等宋明清各本《花間集》調名多作《浣沙溪》，湯本、鍾本、四庫本、清刻本、全本、《歷代詩餘》作《浣溪沙》，從改。《全五代詩》題作《浣溪沙曲》。

② 蘇：合璧本、正本作「蕪」。繡：毛本、四庫本作「綉」。

③ 露：湯本、合璧本作「落」。

④ 常娥：湯本、合璧本、鍾本、清刻本、全本、王輯本、林大椿《唐五代詞》、《唐宋人選唐宋詞》本《花間集》作「嫦娥」。《歷代詩餘》作「姮娥」。吴鈔本作「短娥」，誤。

【箋注】

〔一〕流蘇：帳幕之穗飾。見卷二韋莊《菩薩蠻》「紅樓别夜堪惆悵」注〔二〕。繡茵：彩繡坐墊。

〔二〕劉阮：用劉晨、阮肇采藥遇仙女典事，參見卷二温庭筠《思帝鄉》「花花」注〔六〕。信非：誠非。唐韋應物《種瓜》：「信非吾儕事，且讀古人書。」

〔三〕常娥：即嫦娥，亦作姮娥。喻指所思女子。

〔四〕東鄰：代指美女。戰國楚宋玉《登徒子好色賦》：「楚國之麗者，莫若臣里。臣里之美者，莫若臣東家之子。」漢司馬相如《美人賦》：「臣之東鄰，有一女子，玄髮豐豔，蛾眉皓齒。」唐李白《效古》：「自古有秀色，西施與東鄰。」

【疏解】

詞寫男子單戀。起二句寫居處繡茵冷清、屏枕蒙塵的寂寞冷落，「小庭」句花朵泣春的比擬，實是主觀哀傷心情的寫照。上片的男子居處環境描寫，仿佛思婦閨中，女性化色彩明顯，折射出《花間》詞人的女性化審美心態。下片三句連用三個典故，抒寫男子相思望絶的沉痛心情。一方面比對方爲月中仙子、東鄰美女，一方面自認的確不是劉晨、阮肇，慨歎此生無分，見其用情之深，亦見其對自己單相思的悲劇性結局，已有清楚的體認。

【集　評】

沈雄《古今詞話·詞品》下卷：「露濃香泛小庭花」，閻選襲之爲「小庭花露泣濃春」，因改《浣溪沙》爲《小庭花》。

陳廷焯《詞則·閒情集》卷一：「小庭」七字淒豔，下半闋已是元明一派。

陳廷焯《雲韶集》卷二十四：淒豔，已是元明一派。

蕭繼宗《評點校注花間集》：一念忽焉而起，忽焉而逝，前半枉爲他人設想，後結輕輕放下，處士當不失爲佳士。佛說一切衆生，慎勿造因；願天下才人，及時猛省。

八拍蠻①

雲瑣嫩黄煙柳細②，風吹紅蒂雪梅殘③〔一〕。光影不勝閨閤恨④〔二〕，行行坐坐黛眉攢〔三〕。

【校　記】

①《歷代詩餘》調下注曰：「亦七言絶句，首句用韻。又一體。」《全五代詩》題作《雜詞》。蠻：玄本作「蛮」。

②瑣：鄂本、陸本、茅本、玄本、湯本、合璧本、毛本、後印本、正本、四庫本、清刻本、徐本、四印齋本、全本、《歷代詩餘》、《唐宋人選唐宋詞》本《花間集》作「鎖」。王輯本作「銷」。

③紅蔕：宋明清各本、全本、《歷代詩餘》、林大椿《唐五代詞》均作「紅蔕」，「蔕」即「蒂」。湯本、合璧本作「紅帶」，誤。

④光影：茅本、湯本、合璧本、鍾本、《歷代詩餘》、王輯本作「光景」。

【箋注】

〔一〕紅蔕：紅花之蔕。唐貫休《落花》：「蝶醉蜂癡一簇香，繡葩紅蔕墮殘芳。」

〔二〕光影：即光景，風光，景象。唐韓愈《酬裴十六功曹巡府西驛途中見寄》：「是時山水秋，光景何鮮新。」

〔三〕行行坐坐：坐卧不安貌。攢：指皺眉。東漢蔡琰《胡笳十八拍》：「攢眉向月兮撫雅琴，五拍泠泠兮音彌深。」

【疏解】

詞寫閨怨。起二句寫嫩柳紅梅，染以雲煙，襯以風雪，方見出是早春風物。三句寫美好的初春風景，惹起了女子無限的怨情。結句描寫女子「行行坐坐」的動作和「黛眉攢」的表情，以見其怨情的深重難遣。詞中展示的情景關係，亦是良辰美景而無賞心樂事之意。

【集　評】

湯顯祖評《花間集》卷四：仄聲七言絶句，唐人以入樂府，謂之《阿那曲》，宋人謂之《雞叫子》。平聲絶句以入樂府者，非《楊柳枝》、《竹枝》即《八拍蠻》也。

蕭繼宗《評點校注花間集》：此首視毛文錫爲下矣。

其　二

愁瑣黛眉煙易慘①〔一〕，淚飄紅臉粉難勻。憔悴不知緣底事〔二〕，遇人推道不宜春〔三〕。

【校　記】

①瑣：鄂本、陸本、茅本、玄本、湯評本、合璧本、張本、毛本、後印本、正本、全本、四庫本、清刻本、徐本、四印齋本、影刊本、王輯本、《唐宋人選唐宋詞》本《花間集》作「鎖」。吴鈔本作「鏁」，誤。

【箋注】

〔一〕煙：畫眉的黑色顔料，此指眉色。唐沈亞之《湘中怨》：「醉融光兮渺渺瀰瀰，迷千里兮涵煙眉，晨陶陶兮暮熙熙。」

〔二〕緣底事：因何事。唐曹鄴《風人體》：「念郎緣底事，不見天與日。」

〔三〕推道：推説。唐韋應物《發廣陵留上家兄兼寄上長沙》：「推道故當遺，及情豈所忘。」

【疏解】

詞寫閨怨。前兩句推出一幅女子面部特寫：緊鎖眉頭，黛色慘澹，淚流雙頰，脂粉汙損，愁苦憔悴之狀可掬。三句設問，探究女子愁苦憔悴的原因，然又不知究竟爲何。四句宕開一筆，以不適應春天氣候的託詞，把話題引開。一結不加説破，含蓄入妙。

【集評】

卓人月《古今詞統》卷一徐士俊評語：卻不道四時天氣總愁人。

鍾本評語：「憔悴不知緣底事，遇人推道不宜春」，情語之入雅者。

姜方錟《蜀詞人評傳》：《八拍蠻》之「遇人推道不宜春」……自然入妙。

蕭繼宗《評點校注花間集》：亦無足取。

河傳①

秋雨②。秋雨。無晝無夜，滴滴霏霏〔一〕。暗燈涼簟怨分離。妖姬〔二〕。不勝悲。西風稍急喧窗竹③〔三〕。停又續。膩臉懸雙玉〔四〕。幾迴邀約鴈來時④〔五〕。違期。鴈歸人不歸。

【校記】

①《歷代詩餘》調下注曰：「又一體。」吴鈔本此首後作「唐閣處士詞畢」，下接「唐尹參卿詞」。張本此首後「已上共八調」數字，朱筆劃去。

②秋雨：張本作「秋西」，誤。

③稍：雪本作「梢」。

④幾：玄本作「几」。

【箋注】

〔一〕滴滴霏霏：形容陰雨連綿不斷。唐韋應物《贈令狐士曹》：「秋簷滴滴對床寢，山路迢迢聯騎行。」唐韋莊《臺城》：「江雨霏霏江草齊，六朝如煙鳥空啼。」

〔二〕妖姬：妖豔的女子。三國魏阮籍《詠懷》之五一：「念我平居時，鬱然思妖姬。」南朝陳後主《玉樹後庭花》：「妖姬臉似花含露，玉樹流光照後庭。」

〔三〕稍急：漸急。唐李商隱《擬沈下賢》：「倚風行稍急，含雪語應寒。」

〔四〕膩臉：細潤的臉頰。五代歐陽炯《菩薩蠻》：「畫屏繡閣三秋雨，香脣膩臉偎人語。」雙玉：即雙玉筯，指女子淚痕。南朝劉孝威《獨不見》：「誰憐雙玉筯，流面復流襟。」

〔五〕邀約：約請。唐錢起《江行一百首》之九十：「未敢相邀約，勞生只自憐。」

【疏　解】

詞寫閨情。上片寫秋雨之夜女子的悲怨。起三句連用疊字，形象地寫出了秋雨的無晝無夜、連綿不斷。接寫這個秋雨淅瀝的夜晚，閨房裏燈暗簟涼，一派淒冷，美麗的女子正爲别離而不勝悲愁。下片再寫窗外夜風漸緊，摇動竹子發出斷續的聲響，進一步渲染雨夜的淒涼氛圍。空閨獨守、聽風聽雨的女子，禁不住感傷下淚。結三句是女子的内心獨白，致怨對方違背雁來人歸的諾言，如今雁歸人不歸，女子雖内心悲怨亦無可奈何，詞的語氣也趨於沉緩。全詞句法節奏前急后緩，緩急相濟，有「抑揚頓挫之致」（唐圭璋《詞學論叢》）。詞中疊字的運用，被湯顯祖讚爲「大奇」，影響下及宋李清照的《聲聲慢》（湯評本《花間集》卷四）。

【集　評】

湯顯祖評《花間集》卷四：三句皆重疊字，大奇大奇。宋李易安《聲聲慢》用十重疊字起，而以「點點滴滴」四字結之，蓋用其法而青於藍。

陳廷焯《雲韶集》卷一：起筆勝，結筆緩。

陳廷焯《詞則・別調集》卷一：起疏爽，結淒婉。

唐圭璋《詞學論叢・唐宋兩代蜀詞》：起三句用重疊字，詞氣甚急，入後短柱甚緩，亦自有抑揚頓挫之致。

蕭繼宗《評點校注花間集》：湯顯祖見此三句，連呼「大奇」，湯氏以戲曲名家，使讀喬夢符之《天淨沙》，「風風雨雨春春，花花柳柳真真……」全文皆疊字，又當如何？通人而有陋見，斯真「大奇」也。謂李易安《聲聲慢》，乃用此出藍，真厚誣易安居士矣。

《花間集》未收詞

謁金門

美人浴。碧沼蓮開芬馥。雙髻綰雲顔似玉。素蛾輝淡緑。　雅態芳姿閑淑。雪映鈿裝金斛。水濺青絲珠斷續。酥融香透肉。

定風波

江水沉沉帆影過。遊魚到晚透寒波。渡口雙雙飛白鳥。煙裊。蘆花深處隱漁歌。扁舟短棹歸蘭浦。人去。蕭蕭竹徑透青莎。深夜無風新雨歇。涼月。露迎珠顆入圓荷。以上二首彊村本《尊前集》

存目詞

調名	首句	出處	附注
杏園芳	嚴妝嫩臉花明	《詞林萬選》卷一	尹鶚作，見《花間集》卷九。

題跋叙録

王國維《閻處士詞輯本跋》：案選字里均無考。《花間集》但稱閻處士。有詞八首。茲復從

《尊前集》補二首，録爲一卷。其詞惟《臨江仙》第二首有軒翥之意，餘尚未足與於作者也。光緒戊申季夏，海寧王國維記。（《唐五代二十一家詞輯》）

總評

况周頤《歷代詞人考略》卷六：五代人詞，清豔兼擅，近人但學其豔，且猶失之膚浮。蕙風詞隱嘗云：五代詞不必學。爲不善學者發也。閻處士《虞美人》「楚腰蠐領團香玉」云云，《謁金門》「美人浴。碧沼蓮開芬馥」云云，此以豔勝者也。《浣溪沙》「寂寞流蘇冷繡茵」云云，界在清豔之間者也。《花庵詞選》録此一闋，抉擇至當。《定風波》「江水沉沉帆影過」云云，此清疏之筆，視李德潤《漁歌子》、《定風波》諸作，襟抱稍不逮耳，以視韋端己輩，則尤韻度相懸矣。其豔語至「一枝嬌卧醉芙蓉」，「酥融香透肉」，已一分無可加。乃至《虞美人》云：「偷期錦浪荷深處，一夢雲兼雨。臂留檀印齒痕香。深秋不寐漏初長，儘思量。」雖質語，詞家所許。然分際太過，不免傷雅傷格。唯如《八拍蠻》之「鶤頳不知緣底事，遇人推道不宜春」，《謁金門》之「雙髻綰雲顔似玉。素娥輝淡緑」，則其秀在骨，其豔入神，卷中最佳之句也。

李冰若《花間集評注・栩莊漫記》：閻處士詞多側豔語，頗近温尉一派，然意多平衍，蓋與毛文錫伯仲耳。

姜方錟《蜀詞人評傳》：其詞《花間集》八闋，《尊前集》二闋，《全唐詩》悉載之。王靜安《二十一家詞》録爲一卷。升庵《詞林萬選》其《杏園芳》一闋，注云：「《花間集》作尹鶚。」不知升庵何據而作閻選。選詞以《臨江仙》二闋爲最。《全蜀藝文志》亦選其一。……處士詞，後人多謂其直率平淡而無藴藉，然其《八拍蠻》之「遇人推道不宜春」，《定風波》之「露迎珠顆入圓荷」，自然入妙，未必文錫、熙震輩克辦。若《謁金門》之「酥融香透肉」，《浣溪沙》之「此生無路訪東鄰」，未免傖父狂妄耳。

華鍾彦《花間集注》卷九：善小詞，其詞與毛文錫相伯仲。

唐圭璋《詞學論叢·唐宋兩代蜀詞》：選，字里不詳，蜀布衣，時人稱爲閻處士。其詞《花間集》載八首，《尊前集》載二首，共十首。語多側豔，意多平衍。在《花間集》中，此爲最次。

尹鶚

【小傳】

尹鶚，生卒年不詳，成都（今屬四川）人，錦城煙月之士。性滑稽，工詩詞，與李珣友善。仕前蜀爲校書郎。《花間集》卷九稱「尹參卿鶚」，參卿爲參佐官的敬稱，非具體官守。事蹟見《鑒戒録》卷四、《十國春秋》卷四四本傳。尹詞《花間集》存六首，《尊前集》存十一首，共計十七首。

臨江仙　尹參卿鶚①

一番荷芰生舊沼②〔一〕，檻前風送馨香。昔年於此伴蕭娘〔二〕。相偎佇立③，牽惹敘衷腸。　時逞笑容無限態④，還如菡萏爭芳〔三〕。別來虛遺思悠颺⑤〔四〕。慵窺往事⑥，金鎖小蘭房〔五〕。

【校　記】

① 晁本無「尹參卿鶚」四字，據鄂本補。陸本、茅本、徐本、影刊本調前作「尹鶚六首」。吴鈔本作「唐尹參卿詞」、「尹鶚」、「臨江仙」。玄本調前行作「尹鶚六首」。湯本、合璧本、正本作「尹鶚，臨江仙」。張本作「臨江仙，尹鶚」，朱筆圈去姓名，於調前一行加「尹鶚六首」。毛本、清刻本同鄂本。四庫本作「臨江仙，尹鶚」。

② 舊沼：鄂本、陸本、吴鈔本、茅本、玄本、湯本、合璧本、毛本、後印本、張本、正本、四庫本、影刊本、全本、王輯本《尹參卿詞》、林大椿《唐五代詞》、《花間集校》作「池沼」。

③ 偎：鄂本、毛本、後印本、四庫本、四印齋本、王輯本作「隈」。佇：玄本作「竚」。

④ 逞：湯本、合璧本作「呈」。

⑤ 颺：王輯本作「揚」。

⑥ 往事：吴鈔本作「行事」。

【箋　注】

〔一〕一番：一度，一回。唐劉禹錫《聞蟬》：「一雨一番晴，山林冷落青。」

〔二〕蕭娘：此指所思女子。參見卷八孫光憲《更漏子》「聽寒更」注〔二〕。

〔三〕時逞二句：係回憶之詞。謂其當時逞露無限嬌態，還同荷花爭豔。爭芳：競比豔麗芬芳。唐孟郊《和宣州錢判官使院廳前石楠樹》：「爭芳無由緣，受氣如鬱紆。」

〔四〕悠颺：同悠揚，指思緒飄蕩，連綿不斷。

〔五〕慵窺：閑思。蘭房：此指女子所居香閨。南朝梁劉孝綽《淇上戲蕩子婦示行事》：「日闇人聲靜，微步出蘭房。」

【疏　解】

詞寫男子思念情人。寫法上「託幽芳於芰荷」，即把所愛之人與荷花等同視之。昔年曾於檻前相偎賞荷，傾訴衷腸，愛人時露歡顔，風情無限，其美豔賽如菡萏，給他留下了最深刻的印象。如今，當他一人來到檻前，看到池沼裏荷花又開，聞到風中送來的荷香，睹物思人，便再也止不住對往事的回憶。

但别來的每一次回憶，都不過望梅止渴、畫餅充飢而已，只是讓他的思念之情更加强烈，因而也更加痛苦。以至於他害怕觸起往事，不得不鎖起他們共同生活過的「小蘭房」，以免徒增物是人非之感傷。

【集　評】

茅暎《詞的》卷三：托幽芳於芰荷。

蕭繼宗《評點校注花間集》：辭疏意淺，用字亦有未安處。

其　二①

深秋寒夜銀河静。月明深院中庭②〔一〕。西窗鄉夢等閑成③〔二〕。逡巡覺後，特地恨難平④〔三〕。　紅燭半消殘焰短⑤，依稀暗背銀屏⑥〔四〕。枕前何事最傷情⑦。梧桐葉上，點點露珠零。

【校　記】

①《歷代詩餘》調下注曰：「又一體，雙調五十八字。」

②深院：鄂本、毛本、後印本、正本、四庫本、清刻本、徐本、四印齋本、王輯本、林大椿《唐五代詞》作「深夜」。《歷代詩餘》作「小院」。

③鄉夢：鄂本、毛本、後印本、正本、四庫本、清刻本、四印齋本、全本、《歷代詩餘》、王輯本、林大椿《唐五代詞》作「幽夢」。

④特：吴鈔本作「持」，誤。

⑤燭：張本作「獨」，誤。半消：鄂本、毛本、後印本、正本、四庫本、清刻本、四印齋本、全本、《歷代詩餘》、王輯本作「半條」。

⑥依稀：晁本、鄂本、陸本、茅本、張本、明殘本、徐本作「依俙」。全本作「衣稀」。

⑦傷情：王輯本作「傷神」。

【箋注】

〔一〕中庭：庭院中。漢司馬相如《上林賦》：「醴泉湧於清室，通川過於中庭。」南朝宋鮑照《梅花落》：「中庭雜樹多，偏爲梅咨嗟。」

〔二〕西窗句：謂西窗下睡眠經常做夢。幽夢：隱約的夢境。唐李白《淮南卧病書懷寄蜀中趙徵君蕤》：「故人不可見，幽夢誰與適。」等閒：輕易，隨便。唐白居易《琵琶行》：「今年歡笑復明年，秋月春風等閒度。」

〔三〕逡巡：頃刻，片時。五代歐陽炯《貫休應夢畫羅漢歌》：「逡巡便是兩三軀，不似畫工虚費日。」特地：特别，格外。唐羅隱《汴河》：「當時天子是閒遊，今日行人特地愁。」

〔四〕銀屏：鑲銀的屏風。唐白居易《長恨歌》：「攬衣推枕起徘徊，珠箔銀屏迤邐開。」

【疏　解】

詞寫秋夜怨思。起二句描寫銀河在天、滿院月明的深秋寒夜之景。接寫西窗眠卧之人的「鄉夢」。等閒成夢，見出日間醒時惦念牽掛之甚。「逡巡」二句，寫片時夢醒，心中感到特别難以爲懷。過片二句描寫室内紅燭殘焰、屏影依稀的暗淡境況，烘染幽夢恨情。「枕前」句設問提起，引而不發，結二句宕開情語，接以梧桐葉上零露點滴之室外景物描寫，不做直接回答，以景結情，「尤有婉約之思」（李冰若《栩莊漫記》）。此詞語言明淨，意境清幽，没有《花間》情詞的綺艷繁縟之弊，值得稱道。詞中抒情主人公性别不明，亦可解爲前首的聯章。

【集　評】

沈雄《古今詞話·詞評》上卷引《柳塘詞話》曰：（尹鶚）《臨江仙》云：「西窗鄉夢等閒成，逡巡覺後，特地恨難平。」又：「昔年於此伴蕭娘。相偎佇立，牽惹叙衷腸。」流遞於後，令作者不能爲懷，豈必曰《花間》、《尊前》句皆婉麗也。

俞陛雲《唐五代兩宋詞選釋》：二詞（此詞與《滿宫花》）一寫宫怨，一寫閨怨。其時身值亂離，懷人戀闕，每緣情託諷。二詞皆清麗爲鄰。《臨江仙》之結句，尤有婉約之思。「只有一枝梧葉，不知多少秋聲」，與「零露」句同感也。

蕭繼宗《評點校注花間集》：結語亦無含蓄，而前後一問，不知「最傷情」者果何在也。「逡巡」字未妥。「深院中庭」，則止是一地；作「月明深夜」，則止是一時，終無勝處。

滿宫花①

月沉沉，人悄悄。一炷後庭香裊。風流帝子不歸來②〔一〕，滿地禁花慵掃③〔二〕。　離恨多，相見少。何處醉迷三島④〔三〕。漏清宫樹子規啼，愁鎖碧窗春曉⑤。

【校　記】

①宫：玄本作「官」，誤。

②風流帝子：《詞譜》作「草深輦路」。帝子：清刻本作「弟子」。

③禁花：雪本作「落花」。

④醉迷：雪本作「醉鄉」。

⑤ 春：王輯本作「清」。

【箋　注】

〔一〕帝子：指湘君。戰國楚屈原《九歌・湘夫人》：「帝子降兮北渚，目眇眇兮愁予。」此似指蜀主。

〔二〕禁花：宫苑中的花。唐盧綸《皇帝感詞》：「禁花呈瑞色，國老見星精。」

〔三〕三島：即傳説中仙人所居的海上三神山。參見卷三薛昭藴《女冠子》「雲羅霧縠」注注〔六〕。

【疏　解】

此首宫怨。起三句寫宫禁月夜，悄無人聲，女主人公後庭焚香祈願。接寫由於帝子不歸，情緒萎靡，滿地落花不掃。「滿地禁花」四字切題，被華鍾彦指爲「就題發揮」（《花間集注》卷九）。這四個字暗寫了暮春季節。過片承上「帝子不歸」，直抒聚少離多之悲恨。「何處」句猜測帝子尋歡的去向，透出怨艾之意。結以漏聲清幽、子規悲啼的春曉之景，情韻悠然。或謂此詞借寫宫怨「傷蜀之亡」，乃「寄慨」之作。

【集　評】

李調元《全五代詩》卷四十六注：鶚工小詞，有《滿宫花》云（略），蓋傷蜀之亡也。

馮金伯《詞苑萃編》卷三引周少霞云：《花間集》稱鶚爲參卿，是鶚累官不止翰林校書矣。有《滿宮花》詞云（略）。疑亦有所寄慨而作。

陳廷焯《雲韶集》卷一：綺麗風華，仿佛仲初宫詞。

華鍾彦《花間集注》卷九：尹參卿詞一首，就題發揮。五十字。後半闋起首用三字兩句，與前稍異。

蕭繼宗《評點校注花間集》：緣題之作，兩結淒怨。

杏園芳①

嚴粧嫩臉花明〔一〕。交人見了關情②〔二〕。含羞舉步越羅輕〔三〕。稱娉婷③。　終朝咫尺窺香閤④，迢遥似隔層城⑤〔四〕。何時休遣夢相縈⑥〔五〕。入雲屏〔六〕。

【校　記】

①《歷代詩餘》調下注曰：「雙調，四十五字。」此首《詞林萬選》卷一作閻選詞，注曰：「《花間集》作尹鶚。」按此首《花間集》閻選詞未收，後世詞籍亦無作閻詞者。《詞林萬選》誤題。當從《花間集》作尹鶚詞。

②交人：陸本、吴鈔本、茅本、玄本、湯本、合璧本、張本、影刊本、毛本《詞林萬選》、全本、《歷代詩餘》、王輯本、林大椿《唐五代詞》、《唐宋人選唐宋詞》本《花間集》作「教人」。

③婷：玄本作「停」，誤。

④咫尺：全本作「只尺」。

⑤迢遥：吴鈔本作「迢遞」，旁校爲「迢遥」。

⑥相縈：毛本《詞林萬選》作「相迎」。

【箋注】

〔一〕嚴妝：裝束整齊。南朝宋范曄《後漢書·清河孝王慶傳》「常夜分嚴妝，衣冠待明」。南朝陳徐陵《玉臺新詠》一《古詩爲焦仲卿妻作》：「雞鳴外欲曙，新婦起嚴妝。」花明：花色明豔。唐武元衡《摩訶池送李侍御之鳳翔》：「柳暗花明池上山，高樓歌酒換離顔。」此處形容女子妝後容色。

〔二〕交人：即教人。關情：動心牽情。唐陸龜蒙《又酬襲美次韻》：「酒香偏入夢，花落又關情。」

〔三〕越羅：越地所産絲織品，以輕柔精緻著稱。唐劉禹錫《酬樂天衫酒見寄》：「酒法衆傳吴米好，舞衣偏尚越羅輕。」

〔四〕終朝二句：謂無緣聚會，雖咫尺猶天涯。終朝：終日。唐杜甫《冬日有懷李白》：「寂寞書齋裏，終朝獨爾思。」層城：重城，高城。南朝宋劉義慶《世説新語·言語》：「遥望層城，丹樓如霞。」唐杜甫《奉和嚴中丞西城晚眺十韻》：「層城臨暇景，絶域望餘春。」

〔五〕夢相縈：魂夢相縈繞，形容思念心切。

〔六〕雲屏：有雲形彩繪的屏風，或以雲母裝飾的屏風。晉張協《七命》：「雲屏爛汗，瓊壁青葱。」唐劉長卿《昭陽曲》：「芙蓉帳小雲屏暗，楊柳風多水殿涼。」

【疏解】

詞寫男子相思。上片先寫女子美貌如花，讓男子一見生情。「關情」二字，是全詞眼目，以下就是「關情」的具體展開。接寫男子對女子進一步觀察，發現女子不僅容貌美麗，她那含羞舉步羅裾飄曳的儀態，更加嫵媚動人。面對如此美妍的女子，男子陷入情網就是必然的。下片寫男子的相思之苦，是「關情」的深化。他終日偷窺近在眼前的香閣，因無緣交接，而有遠隔層城、咫尺天涯之感。結二句是他結束相思之苦、達成美好愛情的衷心祈願。詞作語言淺明，抒情真切，題材凡俗，「遂開柳屯田俳調」（沈雄《古今詞話》）。

【集評】

沈雄《古今詞話·詞評》上卷引《柳塘詞話》：尹鶚《杏園芳》第二句「教人見了關情」，末句「何時休遣夢相縈」，遂開柳屯田俳調。

沈雄《古今詞話·詞評》上卷：《杏園芳》，更多頹唐之句。

蕭繼宗《評點校注花間集》：雖淺而不佻。

醉公子①

暮煙籠蘚砌②〔一〕。戟門猶未閉〔二〕。盡日醉尋春。歸來月滿身。　離鞍偎繡袂③〔三〕。墜巾花亂綴。何處惱佳人。檀痕衣上新〔四〕。

【校　記】

①《全五代詩》題作《春閨怨》。

②暮：毛本、四庫本、王輯本作「莫」。

③偎：鄂本、毛本、後印本、正本、四庫本、清刻本、四印齋本作「隈」。繡：毛本、四庫本作「綉」。

【箋　注】

〔一〕蘚砌：長有苔蘚之臺階。唐鄭谷《寄贈孫路處士》：「酒醒蘚砌花陰轉，病起漁舟鷺跡多。」

〔二〕戟門：《周禮·天官·掌舍》：「爲壇壝宫棘門。」漢鄭玄《注》：「鄭司農云：棘門，以戟爲門。」唐制，官、階、勳俱三品得立戟於門，因稱顯貴之家爲戟門。參見清顧張思《土風録》四《戟門》。唐白居易《裴五》：「莫怪相逢無笑語，感今思舊戟門前。」

〔三〕繡袂：彩繡之衣袂。代指女子。唐貫休《善哉行》：「繡袂捧琴兮，登君子堂。」

〔四〕檀痕：口脂印痕。

【疏　解】

詞詠本調。起二句從妻子黄昏等候切入，「戟門」明其爲豪家。接二句寫盡日尋春的公子買醉歸來，已是月華初上之時。這二句借滿身月光渲染醺醺醉意，被譽爲「寫景入神之句」（賀裳《皺水軒詞筌》）。過片寫公子爛醉如泥，全仗妻子攙扶方能行走。「墜巾花亂綴」照應「尋春」，暗示其醉入花叢。結二句寫妻子攙扶時的一個細節，她發現丈夫衣服上留有女子的唇印，讓她氣惱莫名。這是一個很有表現力的細節描寫，「似怨似憐，嬌嗔之態可想，而含意亦不輕薄」（李冰若《栩莊漫記》）。

【集　評】

湯顯祖評《花間集》卷四：一年幾見月當頭，「歸來月滿身」，良非易事。世上也有會得醉的公子。

賀裳《皺水軒詞筌》：寫景之工者，如尹鶚「盡日醉尋春，歸來月滿身」，李重光「酒惡時拈花蕊嗅」，李易安「獨抱濃愁無好夢，夜闌猶剪燈花弄」，劉潛夫「貪與蕭郎眉語，不知舞錯伊州」，皆入神之句。

沈雄《古今詞話・詞辨》上卷：尚有尹鶚詞，只用兩韻者（詞略）。此皆詠《醉公子》本意者。

沈雄《古今詞話・詞品》下卷：詞有寫景入神者，尹鶚云：「盡目醉尋春，歸來月滿身。」

李冰若《花間集評注・栩莊漫記》：「何處惱佳人，檀痕衣上新。」似怨似憐，嬌嗔之態可想，而含意亦不輕薄。

蕭繼宗《評點校注花間集》：依題命意，雖無深致，而「歸來月滿身」及「檀痕衣上新」，豔而能雅。「檀痕」句，「新」字最不可忽。「佳人」所「惱」，在此「新」「痕」；「公子」既「醉」，故有此破綻也。此等事，自古已然，於今爲烈，顧惟尹參卿始一道及，即此亦復勝人。

菩薩蠻①

隴雲暗合秋天白〔一〕。俯窗獨坐窺煙陌〔二〕。樓際角重吹〔三〕。黄昏方醉歸。荒唐難共語②〔四〕。明日還應去〔五〕。上馬出門時。金鞭莫與伊③〔六〕。

【校記】

①蠻：毛本、後印本、四庫本、清刻本、毛本《唐宋諸賢絶妙詞選》作「鬘」。玄本作「蛮」。吴鈔本此首後作「唐尹參卿詞畢」，下接「唐李秀才詞」。張本此首末「已上共九調」數字，朱筆劃去。

②唐：正本作「塘」，誤。

③金鞭：玄本作「金鞍」。

【箋注】

〔一〕隴雲：隴上的雲霧。唐鮑溶《寄歸》：「塞草黄來見雁稀，隴雲白後少人歸。」

〔二〕煙陌：煙塵中的小路。宋楊舜舉《春日田園雜興》：「露畦煙陌裏，名利等秋毫。」

〔三〕樓際：樓頭。唐李嶠《柳》：「庭前花類雪，樓際葉如雲。」

〔四〕荒唐：言行乖戾放蕩。

〔五〕還應：揣度之辭。唐白居易《邯鄲冬至夜思家》：「想得家中深夜坐，還應説著遠行人。」

〔六〕伊：人稱代詞，他。

【疏　解】

詞寫女子複雜情感。起二句寫女子秋日俯窗，憑眺候人。接二句寫直到黄昏，男子方醉酒而歸。男子的放縱浪蕩，與女子的孤寂煩惱，從中可以想見。過片寫男子雖然歸來，然醉酒狂悖，難以共語。女子想到他明天還會出門醉飲尋歡，於是就産生了藏起金鞭、阻其出行的念頭。全詞由盼歸到醉歸，再到怨其歸，直到欲阻其出門，「層層轉折」，婉曲盡情。結二句摹寫女子心理，「嬌癡之情態可掬」（陳廷焯《雲韶集》卷一）。此詞寫人嬌而不縱，寫情豔而不俗，在尹鶚詞中「最爲佳勝」（況周頤《餐櫻廡詞話》）。

【集　評】

陳廷焯《雲韶集》卷一：慧心密意，令人叫絶。嬌癡之情可掬。

陳廷焯《詞則·閒情集》卷一：摹寫嬌寵，只此已足，稍不自持，即流爲「一面發嬌嗔，碎揉花打人」之惡習矣。不可不防其漸。

況周頤《餐櫻廡詞話》：尹鶚《菩薩蠻》云云，由未歸説到醉歸，由「荒唐難共語」，想到明日出門時，層層轉折，與無名氏《醉公子》略同。「金鞭莫與伊」，尤有不盡之情，癡絶，昵絶，《全唐詩》附鶚詞十六闋，此闋最爲佳勝。

唐圭璋《詞學論叢·唐宋兩代蜀詞》：況蕙風謂鶚詞以此首爲最佳，良不虚也。

蕭繼宗《評點校注花間集》：仍是《醉公子》，但以《菩薩蠻》出之耳。「金鞭莫與伊」，固自可人；但古代女性所能爲者殆亦不過如此，亦可憐也。

《花間集》未收詞

江城子

裙拖碧，步飄香。織腰束素長。鬢雲光。拂面瓏璁、膩玉碎凝妝。寶柱秦箏彈向晚，絃促雁，更思量。

河滿子

雲雨常陪勝會，笙歌慣逐閒遊。錦里風光應占，玉鞭金勒驊騮。戴月潛穿深曲，和香醉脱輕裘。　方喜正同鴛帳，又言將往皇州。每憶良宵公子伴，夢魂長挂紅樓。欲表傷離情味，丁香結在心頭。

女冠子

雙成伴侶。去去不知何處。有佳期。霞帔金絲薄，花冠玉葉危。懶乘丹鳳子，學跨小龍兒。叵耐天風緊，挫腰肢。

菩薩蠻

嗚嗚曉角調如語。畫樓三會喧雷鼓。枕上夢方殘。月光鋪水寒。蛾眉應斂翠。咫尺同千里。宿酒未全消，滿懷離恨饒。

其　二

錦茵閒襯丁香枕。銀釭燼落猶慵寢。顒坐徧紅爐。誰知情緒孤。少年狂蕩慣。花曲長牽絆。去便不歸來。空教駿馬回。

撥棹子

風切切。深秋月。十朵芙蓉繁豔歇。小檻細腰無力。空贏得、目斷魂飛何處説。寸心恰似丁香結。看看瘦盡胸前雪。偏挂恨、少年抛擲。羞覷見、繡被堆紅閒不徹。

其　二

丹臉膩。雙靨媚。冠子縷金裝翡翠。將一朵、瓊花堪比。窠窠繡、鸞鳳衣裳香窣地。銀臺蠟燭滴紅淚。渌酒勸人教半醉。簾幕外、月華如水。特地向、寶帳顛狂不肯睡。

金浮圖

繁華地。王孫富貴。玳瑁筵開，下朝無事。壓紅茵、鳳舞黄金翅。立玉纖腰。一片揭天歌吹。滿目綺羅珠翠。和風淡蕩，偷散沉檀氣。　堪判醉。韶光正媚。坼盡牡丹，豔迷人意。金張許史應難比。貪戀歡娱，不覺金烏墜。還惜會難别易。金船更勸，勒住花驄轡。

秋夜月

三秋佳節。罩晴空，凝碎露，茱萸千結。菊蕊和煙輕撚，酒浮金屑。徵雲雨，調絲竹，此時難綴。歡極、一片豔歌聲揭。　黄昏慵别。炷沉煙，熏繡被，翠帷同歇。醉並鴛鴦雙枕，暖偎春雪。語丁寧，情委曲，論心正切。深夜、窗透數條斜月。

清平樂

低紅斂翠。盡日思閒事。髻滑鳳凰釵欲墜。雨打梨花滿地。　繡衣獨倚闌干。玉容似怯春寒。應待少年公子，鴛幃深處同歡。

其　二

芳年妙伎。淡拂鉛華翠。輕笑自然生百媚。爭那尊前人意。　酒傾琥珀杯時。更堪能唱新詞。賺得王孫狂處，斷腸一搦腰肢。以上十一首彊村本《尊前集》

題跋叙録

王國維《尹參卿詞輯本跋》：案尹鶚字里無考，《歷代詩餘》曰：「鶚，成都人，事王衍爲翰林校書，累官參卿。」其詞《花間集》僅載六首。兹從《尊前集》録爲一卷。其《金浮圖》一闋至九十四字，五代詞除唐莊宗《歌頭》外，以此爲最長，然頗疑是柳耆卿、康伯可手筆也。光緒戊申季夏，海寧王國維記。（《唐五代二十一家詞輯》）

總評

沈雄《古今詞話·詞評》上卷：張玉田曰：後唐尹鶚，官參卿，其詞以明淺動人，以簡淨成句者也。

張德瀛《詞徵》卷五：尹參卿詞多豔冶態，張叔夏稱其以明淺動人，特譏之耳。必如張直夫所云靡麗不失爲《國風》之正而後可哉。兩宋詞離合張歙疏密，各具面目，其猶禪家之南宗北宗，書家之南派北派乎。然究其所造，則根情苗言，固未嘗不交相爲用。

李冰若《花間集評注·栩莊漫記》：尹鶚詞在《花間集》中似韋而淺俗，似温而繁瑣，蓋獨成一格者也。其寫冶遊，寫情思，均分明如畫，不避詳瑣。柳塘以爲開屯田俳調，洵爲知言。要其清綺靈活處，實在閻選等之上，差可與牛希濟、孫光憲等齊肩也。

姜方錟《蜀詞人評傳》：參卿詞，其情調不外歡歌膩語，别苦離愁，其意趣則淡雅幽閒，蒨巧可愛。

唐圭璋《夢桐詞話》卷二：尹鶚，其詞《花間集》載六首，《尊前集》載十一首，共十七首。其中有《金浮圖》一首，長至九十四字，五代詞除唐莊宗《歌頭》以外，以此爲最長。王静安先生頗疑是柳耆卿、康伯可手筆。予謂此論非確。若以其體例言之，則長調固早已有之，有《雲謡集》所載《内家嬌》一調，且一百四字也。若以其風格言之，則尹詞慣用俳語，與此調風格不殊，實開屯田詞派也。《十國春秋》謂鶚性滑稽，則其好作俳語，亦自然不免，惟寫情處亦多佳勝。

華鍾彦《花間集注》卷九：其詞明切，開屯田詞派。

毛熙震

【小　傳】

毛熙震，生卒字里不詳。宋初尚在世。好書能詞，《花間集》卷九稱其爲「毛秘書」，知曾仕蜀爲秘書監。事蹟見《花間集》卷九、《茅亭客話》卷三。毛詞《花間集》存二十九首。

浣溪沙　毛秘書熙震①

春暮黄鶯下砌前②。水精簾影露珠懸③。綺霞低映晚晴天〔一〕。　弱柳萬條垂翠帶④〔二〕，殘紅滿地碎香鈿〔三〕。蕙風飄蕩散輕煙〔四〕。

【校　記】

① 宋明清各本《花間集》調名多作「浣沙溪」，紫芝本、吴鈔本、湯本、合璧本、清刻本、四庫本作《浣溪沙》，從改。《全五代詩》題作《浣溪沙曲》。陸本、茅本、明殘本、徐本、影刊本調前作「毛熙震十六首」。紫芝本、吴鈔本作「唐毛秘書詞」、「毛熙震」、「浣溪沙七首」，吴鈔本接皇甫松後。玄本於調上一行作「毛熙震二十一首」。鍾本此首及下六首不署姓名，接閻選《浣溪沙》之後。湯本、合璧本作「毛熙震，浣溪沙」。張本作「浣沙溪，毛熙震」，朱筆圈去姓名，於調上一行加「毛熙震十六首」。毛本同底本。正本作「毛熙震，浣沙溪」。清刻本作「浣溪沙，毛秘書熙震」。四庫本作「浣溪沙，毛熙震」。

② 暮：毛本、四庫本作「莫」。下：紫芝本作「乍」，誤。

③ 水精：玄本、湯本、合璧本作「水晶」。

④ 萬條：王輯本《毛秘監詞》作「千條」。

【箋　注】

〔一〕綺霞：美麗的彩霞。南朝梁何遜《七召》：「綺霞映水，蛾月生天。」唐唐彦謙《牡丹》：「開日綺霞應失色，落時青帝合傷神。」

〔二〕垂翠帶：言柳絲裊娜如翠帶下垂。唐段成式《折楊柳》七首之三：「玉樓煙薄不勝芳，金屋寒輕翠帶長。」

〔三〕殘紅句：言殘花似香鈿碎地。香鈿：女子額上鬢頰的飾物。

〔四〕蕙風：和暖的春風。晉左思《魏都賦》：「珍樹猗猗，奇卉萋萋，蕙風如薰，甘露如醴。」

【疏　解】

詞寫暮春晚景。有三點值得注意：一是全詞結構上以「暮春」二字領起，直貫全篇；二是畫面並置，詞中依次描寫黄鶯落砌、簾影露懸、綺霞映天、翠柳萬條、殘紅滿地、蕙風輕煙等春晚景物，「細膩婉約」地「描出無人曾畫之景色」（鄭振鐸語）；三是通篇景中無人，意境恬淡閑静。整體上看，喻柳絲爲翠帶，喻落花如香鈿，詞采略加點染，既不過分豔麗，又不失《花間》本色。

【集　評】

鄭振鐸云：能細膩婉約以描出無入曾畫之景色。（姜方錟《蜀詞人評傳》引）

蕭繼宗《評點校注花間集》：全詞平平，無敗筆，亦無佳句。

其　二

花樹香紅煙景迷①〔一〕。滿庭芳草緑萋萋②。金鋪閑掩繡簾低③〔二〕。紫燕一雙嬌語碎〔三〕，翠屏十二晚峰齊④〔四〕。夢魂銷散醉空閨⑤。

【校　記】

①樹：吴鈔本、玄本、湯本、合璧本、雪本、鍾本作「謝」。《全五代詩》作「樹」。

②庭：王輯本無「庭」字。萋萋：紫芝本、吴鈔本作「淒淒」。

③繡：毛本、四庫本作「綉」。

④翠：王輯本無「翠」字。

⑤銷散：全本作「消散」。

【箋注】

〔一〕花榭：建於花木叢中的臺榭。唐許渾《瓜洲留别李詡》：「柳堤惜别春潮落，花榭留歡夜漏分。」

〔二〕金鋪：金飾鋪首。用爲門户之美稱。見卷三薛昭蘊《謁金門》「春滿院」注〔三〕。

〔三〕紫燕：燕名。也稱越燕。宋羅願《爾雅翼·釋鳥三》：「越燕體形小而多聲，頷下紫，巢於門楣上。謂之紫燕，亦謂之漢燕。」唐楊凝《春怨》：「緑窗孤寢難成寐，紫燕雙飛似弄人。」

〔四〕十二晚峰：言翠屏上所繪巫山十二峰晚景。

【疏解】

詞寫閨情。上片描寫庭院臺榭花紅草緑之爛漫春景，映襯閉門垂簾之人物居處環境，見出人物情緒之低抑。下片轉寫室内，歸巢的雙燕嬌語呢喃，讓女子倍感孤單寂寞；畫屏上的巫山十二晚峰景色，更撩動她的雲雨情懷。結句寫女子空閨醉酒，借以消解獨守之相思痛苦。

【集評】

李冰若《花間集評注·栩莊漫記》：末句不成話。

蕭繼宗《評點校注花間集》：首句亦湊。

其　三

晚起紅房醉欲銷①〔一〕。綠鬟雲散裊金翹②〔二〕。雪香花語不勝嬌〔三〕。　　好是向人柔弱處〔四〕，玉纖時急繡裙腰③〔五〕。春心牽惹轉無憀。

【校　記】

①銷：全本、林大椿《唐五代詞》、《花間集注》作「消」。

②金翹：紫芝本、吴鈔本作「香翹」。

③急：紫芝本、吴鈔本作「繫」。繡：毛本、四庫本作「綉」。

【箋　注】

〔一〕紅房：指閨房。唐曹唐《小遊仙詩》：「細腰侍女瑶花外，爭向紅房報玉妃。」

〔二〕金翹：金制首飾，形如鳥尾上的長羽。唐李賀《河南府試十二月樂辭·二月》：「薇帳逗煙生綠塵，金翹峨髻愁暮雲。」

〔三〕雪香花語：形容女子嬌態。

〔四〕好是：猶好在，妙在。表示讚美。唐司空圖《楊柳枝壽杯詞》之十七：「好是梨花相映處，更勝松雪日初晴。」

〔五〕急：《花間集注》曰：「急爲緩之反，緊也。言以手緊其腰之裙，謂人已消瘦也。」

【疏　解】

詞寫嬌女春思。上片描寫閨中女子宿醉晚起之嬌態：綠鬟雲散，金翹斜裊，肌膚白如散香之雪，聲音美如解語之花。下片寫她自憐嬌媚、柔弱依人的動作和心理，襯出她被春心牽惹的無聊之感。詞中女子形象嬌美魅惑，情思綺怨撩人，讀之使人魂銷。

【集　評】

李冰若《花間集評注·栩莊漫記》：平淡之狀而出以濃麗，使人之意也消。

蕭繼宗《評點校注花間集》：「雪香花語」，四字尖新。「玉纖」句，細膩，亦常見之狀，特爲常人所忽。

其四

一隻横釵墜髻叢。靜眠珍簟起來慵①〔一〕。繡羅紅嫩抹酥胸②〔二〕。羞斂細蛾魂暗斷③，困迷無語思猶濃④。小屏香靄碧山重〔三〕。

【校記】

①來：吴鈔本作「木」，誤。

②繡：毛本、四庫本作「綉」。酥胸：晁本、鄂本、陸本、毛本、後印本、正本、四庫本、清刻本、徐本、四印齋本、影刊本、全本、王輯本、林大椿《唐五代詞》作「蘇胸」。

③羞斂：雪本作「羞臉」。蛾：王輯本作「峨」。

④困迷：鄂本、紫芝本、陸本、吴鈔本、四印齋本作「因迷」。

【箋注】

〔一〕珍簟：精美的竹席。南朝宋孝武帝《傷宣貴妃擬漢武李夫人賦》：「寶羅暍兮春幌垂，珍簟空兮夏幬扃。」

〔二〕酥胸：白潤如酥之胸。唐李洞《贈龐煉師》：「兩臉酒醺紅杏妒，半胸酥嫩白雲饒。」

〔三〕香靄：焚香的煙氣。碧山重：言屏風所繪之重重碧山。

【疏　解】

詞寫女子嬌慵情思。上片描寫珍簟靜眠的女子，嬌柔懶起，釵墜髻叢，紅羅抹胸，模樣慵懶而又嫵媚。詞語纖穠，筆法細膩。下片寫懶起的女子羞斂眉黛、困迷無語的情態，「魂暗斷」、「思猶濃」，見出睡眠對她觸動甚深，讓她兀自留戀不捨。大約總不外銷魂春夢、惹思春情，但這一層意思未予挑明。結以小屏香煙繚繞、碧山重疊的畫面，詞情顯得深隱藴藉。

【集　評】

鍾本評語：詞語纖穠，情致小損耳。

李冰若《花間集評注·栩莊漫記》：細膩風光。

蕭繼宗《評點校注花間集》：全篇匀整，院畫之美人春睡圖也。

其五

雲薄羅裙綬帶長①〔一〕。滿身新裛瑞龍香②〔二〕。翠鈿斜映豔梅粧③〔三〕。　佯不覷人空婉約〔四〕，笑和嬌語太猖狂④〔五〕。忍教牽恨暗形相⑤〔六〕。

【校記】

①羅裙：晁本、陸本、茅本、湯評本、張本、徐本、影刊本小注曰：「『裙』一作『裾』。」《草堂詩餘別集》作「裾」。

②裛：湯評本、合璧本作「裹」。文治堂本作「裛」。瑞龍香：王輯本作「瑞羅香」。

③梅粧：鍾本作「紅粧」。

④猖：紫芝本、吴鈔本、玄本作「娼」。

⑤形相：雪本作「相將」。

【箋注】

〔一〕綬帶：此指衣帶。

〔二〕裛：薰染。瑞龍香：即龍腦香。明李時珍《本草綱目》卷三四《龍腦香》：「唐天寶中交趾貢龍腦，皆如蟬、蠶之形。彼人云：老樹根節方有之，然極難得。禁中呼爲瑞龍腦，帶之衣衿，香聞十餘步外。」

〔三〕黦梅粧：即梅花妝。參見卷四牛嶠《酒泉子》「記得去年」注〔六〕。

〔四〕婉約：嬌柔貌。漢王粲《神女賦》：「揚娥微眄，懸藐流離。婉約綺媚，舉動多宜。」唐康駢《劇談録·玉蕊院真人降》：「峨髻雙鬟，無簪珥之飾，容色婉約，迥出於衆。」

〔五〕猖狂：又作倡狂。謂隨心所欲，無所束縛。《莊子·在宥》：「浮游，不知所求；倡狂，不知所往。」成玄英疏：「無心妄行，無的當也。」南朝宋鮑照《侍郎報滿辭閣疏》：「幼性倡狂，因頑慕勇，釋擔受書，廢耕學文。」此言女子之嬌縱。

〔六〕形相：端詳，細看。唐温庭筠《南歌子》：「偷眼暗形相。不如從嫁與，作鴛鴦。」

【疏　解】

詞賦美人嬌態，而采男子視角。上片描寫她的美麗妝扮，羅裙雲薄，絲帶長裊，龍香新裛，芳氣襲人，翠鈿梅妝，明黦嬌媚。下片轉寫她的風韻儀態之美，她佯不覷人，癡語憨笑，無拘無束，儼然無視男子的存在，這讓男子大受刺激，也更增愛慕。結句即寫男子欲近不得、欲罷不捨、暗中偷覷、牽愁惹恨的情形，男子的反應更襯出女子之嬌美動人。

【集評】

沈際飛《草堂詩餘别集》卷一：説風騷，千真萬真。可敵光憲。

蕭繼宗《評點校注花間集》：後起一聯，寫女兒作態，又掩飾不盡。

其六

碧玉冠輕裊燕釵①〔一〕。捧心無語步香堦〔二〕。緩移弓底繡羅鞋②〔三〕。暗想歡娱何計好〔四〕，豈堪期約有時乖〔五〕。日高深院正忘懷〔六〕。

【校記】

① 裊：全本作「嫋」。

② 緩：吴鈔本作「綬」，誤。弓：紫芝本、吴鈔本作「兮」，誤。

【箋注】

〔一〕碧玉冠：碧玉爲飾之冠。唐曹唐《小遊仙詩》之四七：「紅雲塞路東風緊，吹破芙蓉碧玉冠。」燕釵：即玉燕釵，玉制的燕形釵。唐李賀《湖中曲》：「燕釵玉股照青渠，越王嬌郎小字書。」葉蔥奇注：「燕釵，指燕子形的釵。」參見卷七顧敻《酒泉子》「掩卻菱花」注〔三〕。

〔二〕捧心：即西施捧心。《莊子·天運》：「故西施病心而矉其里，其里之醜人見之而美之，歸亦捧心而矉其里。其里之富人見之，堅閉門而不出；貧人見之，挈妻子而去走。彼知矉美，而不知矉之所以美。」後因以「西子捧心」謂美女之病態，愈增其妍。唐韋蟾《句》：「傷頰詎關舞，捧心非效嚬。」

〔三〕弓底繡羅鞋：纏足女子之鞋。即「弓鞋」。宋黄庭堅《滿庭芳》：「直待朱幡去後，從伊便窄襪弓鞋。」宋張世南《游宦紀聞》卷四：「又有富室攜少女求頌。僧曰：『好弓鞋，敢求一隻。』語再四，不得已遺之。即裂其底得襯紙，乃佛經也。」

〔四〕何計：如何。唐曹松《己亥歲二首》：「澤國江山入戰圖，生民何計樂樵蘇。」

〔五〕期約：約期，約會。唐崔櫓《春晚泊船江村》：「自憐愛失心期約，看取花時更遠遊。」乖：違背。

〔六〕忘懷：不介意，不放在心上。晉陶潛《五柳先生傳》：「忘懷得失，以此自終。」此指女子因專心懷人而忘情事物。

【疏　解】

詞寫閨思。上片描寫女子香階獨步的情態，起句的冠輕釵裊，三句的緩移羅鞋，都是展示女子的步態之美。捧心無語，緩步香階，透露出女子的孤寂心緒。下片轉寫女子的心理活動，她暗想歡娱，卻無計可施；對方乖違期約，讓她特别痛苦。結句寫她耽情沉浸之狀，見其用情之專深。

【集　評】

《逸老堂詩話》：《墨莊漫録》載婦人弓足始于五代李後主，非也。予觀六朝樂府有《雙行纏》，其詞云：「新羅繡行纏，足趺如春妍。他人不言好，獨我知可憐。」《花間集》詞云：「慢移弓底繡羅鞋。」則此飾不始於五代也。或謂起於妲己，乃瞽史以欺閭巷者，士夫或信以爲真，亦可笑哉。

《蓮子居詞話》卷三：《花間詞》：「慢移弓底繡羅鞋。」婦人纏足，見詠於詞者始此。劉熙《釋名》：「晚下如舄，婦人短者著之。」今人緣以爲高底之制，即古重臺履也。

李冰若《花間集評注·栩莊漫記》：毛熙震詞：「緩移弓底繡羅鞋。」當爲以弓鞋入詞之始。著一「緩」字，神態具足。

蕭繼宗《評點校注花間集》：後半直而淺。

其　七

半醉凝情卧繡茵①〔一〕。睡容無力卸羅裙。玉籠鸚鵡猒聽聞②。　慵整落釵金翡翠〔二〕，象梳欹鬢月生雲③〔三〕。錦屏綃幌麝煙薰④。

【校　記】

①　繡：毛本、四庫本作「綉」。

②　猒：玄本、鍾本、湯本、合璧本、正本、四庫本、清刻本、全本、王輯本、林大椿《唐五代詞》作「厭」。晁本、鄂本、毛本、後印本、四印齋本作「猒」。

③　象梳：玄本作「像梳」，湯本、合璧本、鍾本作「象紗」。鬢：紫芝本、吴鈔本作「髮」。月生雲：《花間集評注》、《評點校注花間集》作「月初生」。月：《全五代詩》作「欲」。

④　幌：吴鈔本作「愰」，誤。薰：紫芝本、吴鈔本作「熏」。

【箋　注】

〔一〕凝情：情意專注。唐李康成《玉華仙子歌》：「轉態凝情五雲裏，嬌顔千歲芙蓉花。」繡茵：繡褥。

〔二〕金翡翠：指釵頭所飾金玉。

〔三〕象梳：象牙梳。唐虞世南《北堂書鈔》卷一三六《服飾部》五：「《東宫舊事》云太子納妃，有瑇瑁梳三枚，有象牙梳一枚。」唐崔涯《嘲李端端》：「獨把象牙梳插鬢，崑崙山上月初明。」月生雲：言梳鬟相倚，如月從雲出。月喻梳，雲喻鬟。

【疏　解】

詞寫閨中女子情態。起句「半醉凝情」四字，是理解詞意的關鍵。「半醉」應是宿酒殘醉，可知她昨夜曾借酒消愁；「凝情」見其意有所屬，用志不分。這四個字告知讀者，她乃是爲相思懷人而生愁怨。明乎此，以下寫她和衣而卧、睡容無力、厭聽鸎鵡、慵整金釵、斜插象梳的疏懶之態和煩悶心情，看上去也都順理成章，其中的意藴也可迎刃而解。結句以閨中麝煙烘染女子的苦悶慵倦情緒，收情景相生相融之效。這一組七首《浣溪沙》，如一幅春閨美人長卷，辭藻綺麗不爲儇薄，風格濃豔復饒情致，「麗字名句，巧韻纖詞，故自相逼，然氣韻和平，猶中土之音也」（湯顯祖評《花間集》卷四）。

【集　評】

湯顯祖評《花間集》卷四：七首中麗字名句，巧韻纖詞，故自相逼，然氣韻和平，猶中土之音也。

沈雄《古今詞話·詞評》上卷引《柳塘詞話》：毛熙震詞，「象梳欹鬟月生雲」，「玉纖時急繡裙腰」……不止以濃豔見長也，卒章情致尤爲可愛。

况周頤《餐櫻廡詞話》：閨人時妝，鬟髮覆額，如黝鬖可鑒，以梳之小而精者，約正中片髮入其齒中，闊與梳相若，梳齒向上局曲，而旋覆之，令齒仍向上，髮密而厚，梳齒藏不見，則翦起爲美觀。《花間集》毛熙震《浣溪沙》云「象梳欹鬢月生雲」，清姒嘗改爲「象梳扶鬢雲藏月」，蓋賦此也。

蕭繼宗《評點校注花間集》：「象梳欹鬢月初生」，亦是佳句。

臨江仙①

南齊天子寵嬋娟②〔一〕。六宮羅綺三千③〔二〕。潘妃嬌豔獨芳妍〔三〕。椒房蘭洞〔四〕，雲雨降神仙〔五〕。

縱態迷歡心不足，風流可惜當年。纖腰婉約步金蓮。妖君傾國④〔六〕，猶自至今傳⑤。

【校記】

① 紫芝本、吴鈔本作「臨江仙二首」。

② 南齊：王輯本作「南朝」。

③ 羅綺：四庫本作「羅衣」。

④ 妖君：雪本作「妖妃」。

⑤ 猶自：湯本、合璧本作「猶是」。

【箋注】

〔一〕南齊天子：指南齊廢帝東昏侯。寵嬋娟：謂貪戀美色。嬋娟：指美人。唐方干《贈趙崇侍御》：「卻教鸚鵡呼桃葉，便遣嬋娟唱竹枝。」

〔二〕六宮：古代皇后的寢宮，正寢一，燕寢五，合爲六宮。《禮記·昏義》：「古者，天子后立六宮，三夫人、九嬪、二十七世婦、八十一御妻，以聽天下之内治，以明章婦順，故天下内和而家理。」鄭玄注：「天子六寢，而六宮在後，六官在前，所以承副施外内之政也。」因用以稱后妃或其所居之地。《周禮·天官·内宰》：「以陰禮教六宮。」鄭玄注：「六宮謂后也。」《周禮·天官·内宰》：「上春，詔王后帥六宮之人，而生穜稑之種，而獻之於王。」鄭玄注：「六宮之人，夫人以下分居後之六宮者。」晉干寶《晉紀·總論》：「故賈后肆虐於六宮，韓午助亂於外内，其所由來者漸矣，豈特繫一婦人之惡乎？」唐白居易《長恨歌》：「回眸一笑百媚生，六宮粉黛無顔色。」羅綺三千：言宮女衆多。唐白居易《長恨歌》：「後宮佳麗三千人，三千寵愛在一身。」

〔三〕潘妃：東昏侯妃。《南史·齊東昏侯紀》：「東昏侯之潘妃，名玉兒，侯寵之甚，嘗鑿地爲金蓮花，令妃行其上，曰：『此步步生蓮花也。』後梁武帝入建康，見潘妃色美，欲納之，王茂諫曰，

『此尤物也，不可留。』將以贈田安啟，玉兒不從，自縊死。」

〔四〕椒房蘭洞：指潘妃所居之奢華宫殿。椒房：漢皇后所居的宫殿。殿内以花椒子和泥塗壁，取温暖、芬芳、多子之義。《三輔黄圖·未央宫》：「椒房殿在未央宫，以椒和泥塗，取其温而芬芳也。」泛指后妃居住的宫室。《北史·周紀下·高祖武帝》：「椒房丹地，有衆如雲，本由嗜欲之情，非關風化之義。」蘭洞：蘭香氤氲的深宫洞室。

〔五〕雲雨句：用《高唐賦》典事，代指東昏侯與潘妃縱欲享樂。

〔六〕妖君：指潘妃。

【疏　解】

詞詠南齊廢帝東昏侯事。以絶大篇幅鋪寫東昏侯耽樂後宫、寵倖潘妃、縱情聲色的情形，詞采香豔，格調綺靡。只在結末點出「女色誤國」的題旨，「猶自」句説明詞人或亦有感於現實。此詞具有一定的歷史認識和現實批判意義，但「敷衍史實」，韻味稍乏。

【集　評】

湯顯祖評《花間集》卷四：長短句盛于宋人，然往往有曲詩、曲論之弊，非詞之本色也。此等漫衍無情，亦復未能免此。

李冰若《花間集評注·栩莊漫記》：敷衍史實，味如土飯塵羹。

蕭繼宗《評點校注花間集》：栩莊所見極是。

其二

幽閨欲曙聞鶯囀①，紅窗月影微明②〔一〕。好風頻謝落花聲③。隔幃殘燭，猶照綺屏箏④〔二〕。繡被錦茵眠玉暖⑤〔三〕，炷香斜裊煙輕⑥〔四〕。澹蛾羞斂不勝情⑦。暗思閑夢，何處逐雲行⑧〔五〕。

【校記】

① 囀：全本作「轉」。

② 月：《續詞選》作「日」。

③ 謝：雪本作「聽」。落花：王輯本作「花花」。

④ 猶：紫芝本作「獨」。

⑤ 繡：毛本、四庫本作「綉」。暖：玄本作「煖」，全本作「煗」。

⑥ 煙輕：玄本作「輕煙」。

⑦ 斂：紫芝本、吴鈔本作「歛」。

⑧ 何處：雪本作「何事」。雲行：全本作「行雲」。

【箋　注】

〔一〕紅窗：閨房之窗。唐杜牧《八六子》：「聽夜雨，冷滴芭蕉，驚斷紅窗好夢。」

〔二〕綺屏：即錦屏。

〔三〕眠玉：睡眠之女子。玉，言其肌膚如玉，玉人。

〔四〕炷香：燃香。唐柯崇《宫怨》二首之一：「塵滿金爐不炷香，黄昏獨自立重廊。」

〔五〕逐雲行：言夢中追雲逐雨。用巫山雲雨典事。

【疏　解】

詞寫閨情。選擇天將亮前、女子尚未起床之時切入。上片描寫女子聞鶯驚夢，此時天色欲曙，窗外月影微明，風中落花簌簌。卧室之内，隔幃殘燭猶燃，照著錦屏前女子昨宵卸下的鈿箏首飾。下片轉寫女子的睡態和表情。其不勝嬌羞，蓋因爲回憶夢中光景，就是結句所寫的「暗思閑夢」。既曰「閑夢」，爲何還讓女子回味不已？「何處逐雲行」五字透露了底藴，但仍恍惚其詞，不欲過露。此詞從鶯聲驚夢起，到回味夢境結，前後照應，結構完整。詞筆既「婉轉纏綿，情深一往」，又「麗而有則，耐人玩味」（陳廷焯《白雨齋詞話》），此種「風流淒婉」的格調，下開北宋「晏、歐先聲」（陳廷焯《詞則》）。

【集　評】

許昂霄《詞綜偶評》：「好風頻謝落花聲」三句，與顧敻《玉樓春》後段意同。

陳廷焯《詞則・閒情集》卷一：風流淒婉，晏、歐先聲。

陳廷焯《雲韶集》卷二十四：已與北宋筆墨無二，風流淒婉，歐陽公之祖。

陳廷焯《白雨齋詞話》卷五：閒情之作，雖屬詞中下乘，然亦不易工。蓋摹色繪聲，礙難著筆，第言姚冶，易近纖佻。兼寫幽貞，又病迂腐。然則何爲而可，曰：「根柢於風騷，涵泳於温、韋，以之作正聲也可，以之作豔體亦無不可。」古人詞如毛熙震之「暗思閑夢，何處逐雲行」……似此則婉轉纏綿，情深一往，麗而有則，耐人玩味。

俞陛雲《唐五代兩宋詞選釋》：月斜將曙，而殘燭猶明，隱寓懷人不寐之意。結句夢逐行雲，即己亦不知其處。上、下闋之結句，皆善用紆回之筆。

唐圭璋《詞學論叢・唐宋兩代蜀詞》：其綴語之濃麗，則頗似學飛卿也。

蕭繼宗《評點校注花間集》：「好風頻謝落花聲」，自是佳句；然不過佳句而已，以論全篇，仍有未至。至於「暗思閑夢，何處逐雲行」，意尚宛轉，終嫌辭費。以視「百草千花寒食路，香車繫在誰家樹」，韻味大減。蓋一語已足，何用「暗思」，何用「閑夢」，虚占篇幅？使果如亦峰所云「麗而有則」，學此奉此以爲圭臬，滿紙空洞語，何有「耐人尋味」者乎？

更漏子①

秋色清，河影澹②〔一〕。深户燭寒光暗③〔二〕。綃幌碧④〔三〕，錦衾紅。博山香炷融。　更漏咽。蛩鳴切。滿院霜華如雪⑤。新月上，薄雲收。映簾懸玉鉤〔四〕。

【校　記】

①紫芝本、吴鈔本作「更漏子二首」。

②澹：毛本、正本、四庫本、清刻本作「淡」。

③深户燭寒：吴鈔本作「燭深户寒」。

④碧：王輯本作「河碧」。

⑤霜華如雪：王輯本作「霜如華雪」。

【箋　注】

〔一〕河影：天河雲影。唐曹唐《萼緑華將歸九疑留别許真人》：「河影暗吹雲夢月，花聲閑落洞庭風。」

〔二〕深户：幽深的居室。韓翃《題薦福寺衡岳暕師房》：「疏簾看雪卷，深户映花關。」此指女子深閨。

〔三〕綃幌：薄紗帳幔。

〔四〕玉鉤：指新月。南朝宋鮑照《翫月城西門廨中》：「蛾眉蔽珠櫳，玉鉤隔瑣窓。」

【疏　解】

詞寫秋閨寂寞。上片由室外的秋色淒清、河影淺淡，寫到室内的燭寒光暗、鑪香静燃。下片由聽覺的更漏聲咽、蛩鳴聲切，寫到視覺的霜華滿院、月映簾鉤。全詞不見人的活動，但「綃幌」、「錦衾」、「玉鉤」等物象，表明是女子閨幃。詞人通過深秋寒夜閨幃内外淒清蕭瑟的景物描寫，烘染出女子空閨獨守的孤寂冷落之感。

【集　評】

蕭繼宗《評點校注花間集》：亦用題意。全篇寫景，前結温馨，後結清寒，又非有意對比，終不辨其爲歡愉，爲慘戚也。

其　二

煙月寒，秋夜靜①。漏轉金壺初永〔一〕。羅幕下②，繡屏空。燈花結碎紅〔二〕。　人悄悄。愁無了。思夢不成難曉③。長憶得，與郎期。竊香私語時〔三〕。

【校　記】

①秋：合璧本、文治堂本作「初」。

②羅幕二句：《詞的》作「羅幕繡屏空」五字一句。繡：毛本、四庫本作「綉」。羅幕下：王輯本作「幕下羅」。

③難：吴鈔本作「𡅏」。

【箋　注】

〔一〕金壺：銅漏壺的美稱。晉陸機《漏刻賦》：「挈金壺以南羅，藏幽水而北戢。」唐崔液《蹋歌詞》：「金壺催夜盡，羅袖舞寒輕。」

〔二〕碎：華鍾彦《花間集注》曰：「各本如字，疑當爲穗之誤。燈花常出現若干圓點，略呈穗狀，故言『結穗紅』。」

〔三〕竊香：《晉書·賈充傳》：「時西域有貢奇香，一著人則經月不歇，帝甚貴之，惟以賜充及大司馬陳騫。其女密盜以遺壽，充僚屬與壽燕處，聞其芬馥，稱之於充。自是充意知女與壽通。」後「遂以女妻壽」。詳參《世説新語·惑溺》。唐薛能《贈解詩歌人》：「朝天御史非韓壽，莫竊香來帶累人。」

【疏　解】

詞寫秋夜懷人。起三句從寒月靜夜、漏聲初長切入，接寫空寂的羅幕繡屏之内，燈花紅結，似有吉兆，這對女子是一種强烈的心理暗示，讓她心情激動，懷有期待。下片逆接，燈花報喜，卻不見遠人歸來，徒然撩起女子的無限情思。無奈之下，女子只好寄希望於夢中相逢，但空閨寂寞，愁思不盡，又讓她難以成眠，無法致夢。於是只能靠回憶昔日的歡會，來挨度眼前這長夜難明的時光。結三句點出懷人題旨，構成今昔悲歡對比，「餘情幾許」，讓人回味。

【集　評】

卓人月《古今詞統》卷六徐士俊評語：詞尾餘情幾許。

蕭繼宗《評點校注花間集》：「燈花結碎紅」五字，造語尚佳。後半草草，至「長憶得」兩句，直是技短才窮。

女冠子①

碧桃紅杏。遲日媚籠光影。綵霞深。香暖薰鶯語②，風清引鶴音〔一〕。　翠鬟冠玉葉③〔二〕，霓袖捧瑤琴④〔三〕。應共吹簫侶⑤〔四〕，暗相尋⑥。

【校　記】

①紫芝本、吳鈔本作「女冠子二首」。《草堂詩餘別集》調下題作《女冠》。

②暖：玄本、文治堂本作「煖」。薰：吳鈔本作「董」。全本、《歷代詩餘》作「熏」。

③鬟：紫芝本作「鬟」，吳鈔本作「鬟」。

④琴：玄本作「琹」。

⑤簫：晁本作「蕭」。

⑥相：四印齋本作「香」。

【箋　注】

〔一〕鶴音：鶴鳴聲。唐孟郊《投贈張端公》：「鸞步獨無侣，鶴音仍寡儔。」

〔二〕冠玉葉：即戴玉葉冠。唐高宗武后女太平公主冠名。其冠以玉爲飾，爲稀世之寶。唐鄭處誨《明皇雜録》卷下：「太平公主玉葉冠，虢國夫人夜光枕，楊國忠鎖子帳，皆稀代之寶，不能計其直。」唐李群玉《玉真觀》：「高情帝女慕乘鸞，紺髮初簪玉葉冠。」此指女冠頭飾。

〔三〕霓袖：彩袖。唐李商隱《李肱所遺畫松詩書兩紙得四十一韻》：「濃藹深霓袖，色映琅玕中。」馮浩箋注：「琅玕，謂竹也，色與青霓之衣相映。與杜詩『翠袖倚修竹』相似。」瑶琴：用玉裝飾的琴。南朝宋鮑照《擬古》之七：「明鏡塵匣中，瑶琴生網羅。」唐王昌齡《和振上人秋夜懷士會》：「瑶琴多遠思，更爲客中彈。」宋何薳《春渚紀聞·古琴品説》：「秦漢之間所製琴品，多飾以犀玉金彩，故有瑶琴、緑綺之號。」

〔四〕吹簫侣：用弄玉簫史典事。參見卷五牛希濟《臨江仙》「渭城宫闕秦樹凋」注〔三〕。

【疏　解】

詞詠本調。上片描寫麗日芳景，唤醒女冠的青春生命意識，興起她對愛情幸福的内在渴望。下片轉寫女冠脱俗的裝束和清雅的生活，結二句用典故意象，展示她的深度心理。此詞雖將宗教題材豔情化，但清風鶴音、玉葉瑶琴等意象，適度沖淡了懷春的俗豔，使女冠的情思顯出幾分「神清氣肅」的雅美格調，從而達成和人物身份的某種程度契合。

【集　評】

沈際飛《草堂詩餘別集》卷一：神清氣肅。

蕭繼宗《評點校注花間集》：兒女情與方外境，「鶯語」、「鶴音」兩句，尚能關合。

其　二

修蛾慢臉①〔一〕。不語檀心一點〔二〕。小山粧〔三〕。蟬鬢低含緑，羅衣澹拂黄。　悶來深院裏②，閑步落花傍。纖手輕輕整，玉鑪香③。

【校　記】

① 蛾：玄本作「娥」。

② 悶：全本作「閑」。裏：玄本作「裡」。傍：王輯本作「旁」。

③ 鑪：吴鈔本、玄本、毛本、後印本、正本、四庫本、清刻本作「爐」。湯本作「鑪」。

【箋注】

〔一〕修蛾：修眉。亦以指代美女。唐温庭筠《黄曇子歌》：「萋芊小城路，馬上修蛾懶。」慢臉：美麗的臉頰。慢：曼，柔美。南朝梁劉遵《繁華應令》：「鮮膚勝粉白，慢臉若桃紅。」

〔二〕檀心：檀注塗抹的口唇。或謂指女子額上所點梅花妝。

〔三〕小山粧：女子粧式，鬟髮高攏如小山。

【疏解】

詞寫女子閑愁。起二句是美麗女子的面部特寫鏡頭，以「不語」暗示其情緒低抑。接三句描寫女子的服飾裝束，詞筆細膩精工。「低含」、「淡拂」雖形容鬢式衣色，其中也隱約著人物情緒的暗示意味。下片轉寫女子花院散步、玉鑪燃香的行爲舉止，總是愁悶無聊的表現。詞作言情僅及「不語」、「悶來」，並未説明原因和内容，用筆較含蓄。是寫女冠還是泛寫女性，不能確定。

【集評】

湯顯祖評《花間集》卷四：「香暖」、「蟬鬢」四語，俱絶對。而「薰」字、「引」字，「低含」、「淡拂」字，尤見精工。

鍾本評語：「小院花落春寂寂」與「悶來深院裏，閒步落花傍」，語同一致，然不及「小院」句含蓄多矣，孰謂後人不如先輩也。

蕭繼宗《評點校注花間集》：女冠憂鬱之情，於「不語」、「低含」、「悶」、「閒」諸字見之。「輕輕整」三字，亦寫無聊之狀，語仍欠工。

清平樂

春光欲暮①。寂寞閑庭户。粉蝶雙雙穿檻舞。簾卷晚天疎雨②。　含愁獨倚閨幃③〔一〕。玉鑪煙斷香微④〔二〕。正是銷魂時節⑤，東風滿樹花飛⑥。

【校　記】

①暮：毛本、四庫本作「莫」。

②卷：《樂府雅詞・拾遺》作「外」。疎：晁本、鄂本、紫芝本、吴鈔本、茅本、玄本、明殘本、正本、四印齋本、影刊本作「踈」。

③含愁：《樂府雅詞・拾遺》作「殘妝」。獨倚：王輯本作「燭倚」。

④鑪：吴鈔本、毛本、後印本、湯本、正本、清刻本、全本、《歷代詩餘》作「爐」。玄本作「鑪」。

⑤銷魂：《樂府雅詞·拾遺》作「魂銷」。

⑥滿樹：毛本《唐宋諸賢絶妙詞選》、全本、《歷代詩餘》、王輯本作「滿院」。

【箋注】

〔一〕闈幃：閨房的帷幕。借指女子所居。《後漢書·劉瑜傳》：「今女嬖令色，充積閨帷，皆當盛其玩飾，冗食空宫，勞散精神，生長六疾。此國之費也，生之傷也。」

〔二〕香微：香快要燃完。或言香氣微弱。唐貫休《古塞上曲》：「赤落蒲桃葉，香微甘草花。」

【疏解】

詞寫春愁。上片描暮春景色，下片抒閨婦愁怨。詞中庭户閑寂、鑪香煙斷的闈幃内景，粉蝶雙舞、晚天疏雨、風中落花的室外之景，都是愁情的觸媒、載體、象喻和外化。結句攝取「東風滿樹花飛」的眼前景，映襯女子空閨獨守、黄昏難耐的「銷魂」之情，含蓄入妙。

【集評】

沈雄《古今詞話·詞評》上卷引《柳塘詞話》：《清平樂》云：「正是銷魂時節，東風滿院花飛。」……試問今人弄筆，能出一頭地否？

陳廷焯《詞則·别調集》卷一：情味宛然。

陳廷焯《雲韶集》卷一：「東風」六字精湛，淒豔。

俞陛雲《唐五代兩宋詞選釋》：僅爲清穩之作，結意含蓄，自是正軌。

李冰若《花間集評注·栩莊漫記》：毛熙震詞如《清平樂》之蘊藉。……豈與夫人豐豔曼眼淚睩競麗者比。《菩薩蠻》亦妙。

蕭繼宗《評點校注花間集》：全詞骨肉停勻，情餘辭外，庶幾佳作。

南歌子①

遠山愁黛碧〔一〕，横波慢臉明〔二〕。膩香紅玉茜羅輕〔三〕。深院晚堂人靜、理銀箏〔四〕。　鬢動行雲影〔五〕，裙遮點屐聲〔六〕。嬌羞愛問曲中名〔七〕。楊柳杏花時節、幾多情。

【校　記】

①《歷代詩餘》調下注曰：「又一體，一名風蝶令，一名望秦川。『歌』亦作『柯』。雙調五十二字。」《草堂詩餘别集》調下題作「佳人」。紫芝本、吴鈔本作「南歌子二首」。

【箋注】

〔一〕遠山愁黛：參見卷一温庭筠《菩薩蠻》「雨晴夜合玲瓏日」注〔六〕。

〔二〕横波：比喻女子眼神流動如水波。《文選·傅毅〈舞賦〉》：「眉連娟以增繞兮，目流睇而横波。」李善注：「横波，言目邪視，如水之横流也。」借指婦女之目。北周庾信《擬詠懷》之七：「纖腰減束素，别淚損横波。」唐張碧《古意》：「手持紈扇獨含情，秋風吹落横波血。」

〔三〕膩香紅玉：言肌膚細膩紅潤。茜羅：亦作蒨羅。絳色絲羅。唐韓偓《淨興寺杜鵑》：「一園紅豔醉坡陀，自地連梢簇蒨羅。」

〔四〕理銀箏：彈奏銀箏。

〔五〕鬟動句：言女子行走時鬟髮如雲影飄動。

〔六〕點屐聲：木屐著地聲。《世説新語·容止》：「庾太尉（亮）在武昌，秋夜氣佳景清，使吏殷浩、王胡之之徒登南樓理詠。音調始遒，聞函道中有屐聲甚厲，定是庾公。俄而率左右十許人步來。」唐齊己《夏日言懷》：「樹枎燒爐響，崖棱躡屐聲。」

〔七〕曲中名：曲調名稱。

【疏解】

詞寫彈箏女子情態。起三句描寫她的容貌、肌膚、衣飾之美，接寫她在深院晚堂中閑理銀箏，以見其人色藝雙佳。過片二句承接起三句，再寫其鬢髮和衣著之美。「問曲名」承接前結「理銀箏」，而曰「愛問」，説明有人在旁不厭其詳地解説應答。借曲寫心、嬌羞相問之中，含有女子幾多脈脈春情。確如陳廷焯所評：「風流藴藉，妖而不妖」（《雲韶集》卷一）。

【集　評】

玄本頁眉朱批：嬌情欲滴。

沈際飛《草堂詩餘别集》卷一：圓潤。

又：鎖處嬌孌。

沈雄《古今詞話·詞評》上卷引《柳塘詞話》：《南歌子》云：「嬌羞愛問曲中名，楊柳杏花時節，幾多情。」試問今人弄筆，能出一頭地否？

陳廷焯《雲韶集》卷一：風流藴藉，妖而不妖。

姜方錟《蜀詞人評傳》：弄筆神化，當時頗能出一頭地。

蕭繼宗《評點校注花間集》：「鬢動行雲影，裙遮點屐聲」，語新而詞煉。

其　二

惹恨還添恨，牽腸即斷腸。凝情不語一枝芳〔一〕。獨映畫簾閑立①〔二〕，繡衣香②。暗想爲雲女③〔三〕，應憐傅粉郎〔四〕。晚來輕步出閨房。髻慢釵横無力，縱猖狂④。

【校　記】

①畫：玄本作「画」。

②繡：毛本、四庫本作「綉」。

③雲女：紫芝本、吴鈔本作「雲雨」。

④猖狂：陸本、茅本、玄本、林大椿《唐五代詞》作「倡狂」。

【箋　注】

〔一〕凝情：情意專注。唐李康成《玉華仙子歌》：「轉態凝情五雲裏，嬌顔千歲芙蓉花。」一枝芳：一枝花。前蜀韋莊《下第題青龍寺僧房》：「千蹄萬轂一枝芳，要路無媒果自傷。」此言女子凝情不語如一枝花。

〔二〕閑立：靜立。唐徐鉉《寒食宿陳公塘上》：「折花閑立久，對酒遠情多。」

〔三〕爲雲女：巫山神女。此爲女子自喻。

〔四〕傅粉郎：指三國魏人何晏。南朝宋劉義慶《世説新語·容止》：「何平叔（何晏）美姿儀，面至白。魏明帝疑其傅粉，正夏月，與熱湯餅。既噉，大汗出，以朱衣自拭，色轉皎然。」後以「傅粉何郎」稱美男子。此指女子所戀之人。唐韋莊《白牡丹》：「閨中莫妒新妝婦，陌上面慚傅粉郎。」

【疏　解】

詞寫閨情。上片寫女子的情感心緒和動作情態，「惹恨」、「牽腸」二句情語對起，疊言成文，醒豁質重。接三句筆致輕靈，用比喻手法形容女子美豔如花，畫簾閑立、凝情不語的動作情態描寫，暗示女子的心理活動，爲下片回憶張本。下片「暗想」二字領起，承上「凝情」，回憶昔日與情人幽會的銷魂情景，纏綿悱惻而又嬌縱癡狂。在毛熙震詞中，此首言情較爲大膽直露。

【集　評】

蕭繼宗《評點校注花間集》：起筆兩句陋。餘亦輕俗。

花間集校注卷十 五十首

毛秘書熙震 十三首

河滿子 二首　小重山 一首

定西番 一首　木蘭花 一首

後庭花 三首　酒泉子 二首

菩薩蠻 三首

李秀才珣 三十七首

浣溪沙 四首　漁歌子 四首

巫山一段雲　二首　臨江仙　二首
南鄉子　十首　女冠子　二首
酒泉子　四首　望遠行　二首
菩薩蠻　三首　西溪子　一首
虞美人　一首　河　傳　二首

河滿子

毛秘書熙震①

寂寞芳菲暗度〔一〕，歲華如箭堪驚〔二〕。緬想舊歡多少事〔三〕，轉添春思難平。曲檻絲垂金柳，小窗絃斷銀箏②。　深院空聞燕語，滿園閑落花輕。一片相思休不得〔四〕，忍教長日愁生〔五〕。誰見夕陽孤夢③，覺來無限傷情。

【校　記】

①《歷代詩餘》調下注曰：「又一體，雙調七十四字。」《草堂詩餘別集》題作《閨情》。晁本、鄂本等宋明清各本《花間集》、《唐宋人選唐宋詞》本《花間集》均作「河滿子」。茅本調下注

曰：「『河』當作『何』。」紫芝本、吴鈔本作「河滿子二首」。張本於調上一行朱筆加「花間集卷第十，毛熙震十三首」。毛本同底本。明殘本調前作「毛熙震十三首」。四庫本作「河滿子，毛熙震」。徐本調前作「花間集卷第十，毛熙震十三首」。

② 絃：晁本、影刊本缺末筆。

③ 夢：王輯本無「夢」字。限：紫芝本作「恨」。

【箋　注】

〔一〕芳菲：花草盛美。南朝陳顧野王《陽春歌》：「春草正芳菲，重樓啟曙扉。」以喻大好青春。

〔二〕歲華：時光，年華。南朝梁沈約《卻東西門行》：「歲華委徂貌，年霜移暮髮。」

〔三〕緬想：追思，緬懷。《宋書·隱逸傳·孔淳之傳》：「遇沙門釋法崇，因留共止，遂停三載。法崇嘆曰：『緬想人外，三十年矣，今乃傾蓋於兹，不覺老之將至也。』」唐陳子昂《秋園卧病呈暉上人》：「緬想赤松游，高尋白雲逸。」

〔四〕休不得：止不住。唐韋莊《癸丑年下第獻新先輩》：「何事欲休休不得，來年公道似今年。」

〔五〕長日：本指冬至或夏至。《禮記·郊特牲》：「郊之祭也，迎長日之至也。」此指漫長的白天。唐張固《幽閒鼓吹》：「令狐相進李遠爲杭州。宣宗曰：『比聞李遠詩云「長日唯銷一局碁」，豈可以臨郡哉！』」

【疏　解】

詞寫閨怨。起二句慨歎歲華如流，青春虚度，唤起情緒，籠罩全篇。接二句回憶舊日歡情，觸起眼前無限春思。「曲檻」句以柳垂金絲之景點染芳菲歲華，「小窗」句以銀箏斷弦之象喻示愁多難遣。過片深院燕語、滿園落花二句暮春景語，承上「芳菲暗度」，烘染「春思」。「一片」二句，直抒暮春時節長日相思的愁怨之情。結二句以「夕陽孤夢」烘托「無限傷情」，意境惝恍迷離，情味愈出。

【集　評】

李冰若《花間集評注·栩莊漫記》：「誰見夕陽孤夢」二句，稍有情味。

蕭繼宗《評點校注花間集》：全文拙率，「夕陽孤夢」四字差勝。

其　二

無語殘粧澹薄，含羞嚲袂輕盈〔一〕。幾度香閨眠過曉①，綺窗疎日微明②〔二〕。雲母帳中偷惜③〔三〕，水精枕上初驚④〔四〕。笑靨嫩疑花拆⑤，愁眉翠斂山橫。相望只教添悵恨⑥，整鬟時見纖瓊⑦〔五〕。獨倚朱扉閑立，誰知別有深情。

【校　記】

① 眠過曉：鄂本、紫芝本、四印齋本作「眠曉」。紫芝本「眠曉」下空一格。

② 踈日：晁本、鄂本、紫芝本、陸本、吴鈔本、茅本、明殘本、正本、影刊本作「踈日」，玄本作「初日」。

③ 毋：張本作「毋」，誤。惜：張本頁眉朱筆校：「『惜』抄作『睹』。」

④ 水精：茅本、玄本、湯本、合璧本、《歷代詩餘》作「水晶」。

⑤ 花拆：紫芝本、茅本、湯本、合璧本作「花折」，玄本作「花析」。鄂本、毛本、後印本、正本、四庫本、清刻本、四印齋本、《歷代詩餘》、王輯本、林大椿《唐五代詞》作「花坼」。

⑥ 悵恨：紫芝本作「惆悵」。

⑦ 瓊：紫芝本作「裙」。

【箋　注】

〔一〕 彈袂：下垂的衣袂。彈：《廣韻》：「垂下貌。」《唐虞世南《應詔嘲司花女》：「學畫鴉黃半未成，垂肩嚲袖太憨生。」

〔二〕綺窗：雕刻或繪飾得很精美的窗户。《文選·左思〈蜀都賦〉》：「開高軒以臨山，列綺窗而瞰江。」吕向注：「綺窗，彫畫若綺也。」唐王維《雜詩》：「來日綺窗前，寒梅著花未。」

〔三〕雲母帳：以雲母爲飾的帳幔。唐宋之問《明河篇》：「雲母帳前初泛濫，水精簾外轉逶迤。」

〔四〕水晶枕：精美的枕頭。邵博《邵氏聞見後録》卷二六：「楚氏洛陽舊族元輔者，爲予言：家藏一黑水晶枕，中有半開繁杏一枝，希代之寶也。初，避虜入潁陽，凡先世奇玩悉棄之，獨負枕以行。」

〔五〕纖瓊：細白如玉的手指。

【疏　解】

詞寫閨情。起二句寫女子殘妝澹薄、含羞無語之態，應是睡起無心妝梳模樣。接四句折回，補寫女子香閨貪睡情形，「偷惜」、「初驚」四字，寫女子心中暗惜好夢驚醒，寓意豐富。過片二句形容女子容貌之美，宜笑宜顰，應是妝成之後。「相望」句見出相思無益，「理鬢」乃女子下意識動作。結二句轉寫女子妝罷獨自倚門閑立，别有深情而無人解會，「遐淵沖妙」，韻味悠然。

【集　評】

湯顯祖評《花間集》卷四：豔麗亦復温文，更不易得。若徒事鋪排，即中調厭人，況長調乎。

沈際飛《草堂詩餘別集》卷三評前半闋：端麗。（又評結句）不解其所以，而遐淵沖妙。

蕭繼宗《評點校注花間集》：拙率。「幾度」四句差可。

小重山

梁燕雙飛畫閣前。寂寥多少恨①，懶孤眠②。曉來閑處想君憐③。紅羅帳，金鴨冷沉煙〔一〕。

誰信損嬋娟④。倚屏啼玉筯⑤，濕香鈿。四支無力上鞦韆⑥〔二〕。群花謝⑦，愁對豔陽天〔三〕。

【校記】

① 寂寥：紫芝本作「寂寞」。

② 懶：正本作「嬾」。

③ 曉：晁本、雪本作「暗」，從鄂本改。

④ 損：紫芝本、吴鈔本作「指」，誤。

⑤ 玉筯：毛本作「玉筋」，誤。

⑥ 四支：陸本、紫芝本、吴鈔本、茅本、玄本、湯本、合璧本、張本、影刊本、王輯本作「四肢」。鞦

韆：紫芝本作「秋千」。

⑦ 謝：晁本、雪本、吴鈔本作「榭」。

【箋注】

〔一〕金鴨：鍍金的鴨形銅香爐。唐戴叔倫《春怨》：「金鴨香消欲斷魂，梨花春雨掩重門。」

〔二〕四支：即四肢。《周易·坤》：「君子黄中通理，正位居體，美在其中，而暢於四支，發於事業，美之至也。」孔穎達疏：「四支，猶人手足，比於四方物務也。」唐陸龜蒙《和襲美新秋即事次韻三首》：「愁尋冷落驚雙鬢，病得清涼減四支。」

〔三〕豔陽天：參見卷五毛文錫《虞美人》「寶檀金縷鴛鴦枕」注〔六〕。

【疏解】

詞寫閨怨。上片由「梁燕雙飛」興起女子的孤寂之感，引發曉來懶卧「想君憐」的舊日歡情回憶。下片轉寫女子愁損儀容、淚濕香鈿的憔悴感傷。「群花謝」二句以景結情，饒有韻致。

【集評】

李冰若《花間集評注·栩莊漫記》：春思無限，而以「愁對豔陽天」點出，故是有致。

蕭繼宗《評點校注花間集》：視前二首爲勝，後結殊佳。

定西番①

蒼翠濃陰滿院，鶯對語，蝶交飛。戲薔薇〔一〕。　斜日倚欄風好②，餘香出繡衣〔二〕。未得玉郎消息，幾時歸。

【校　記】

①《歷代詩餘》調下注曰：「唐教坊曲名，雙調三十五字。」紫芝本、吴鈔本不分片。

② 欄：紫芝本、吴鈔本、毛本、後印本、正本、四庫本、林大椿《唐五代詞》作「闌」。

【箋　注】

〔一〕薔薇：落葉灌木，莖細長，蔓生，枝上密生小刺，羽狀複葉，花白色或淡紅色，有芳香。南朝梁江洪《詠薔薇》：「當户種薔薇，枝葉太葳蕤。」唐韓愈《題于賓客莊》：「榆莢車前蓋地皮，薔薇蘸水笋穿籬。」

〔三〕餘香：剩留的香氣。唐丘爲《左掖梨花詩》：「冷艷全欺雪，餘香乍入衣。」此指女子衣飾燻香的氣息。

【疏　解】

詞寫春日懷人。上片描寫爛漫春光，以「鶯對語，蝶交飛」反襯女子空閨獨守的孤寂。下片轉寫女子黄昏臨風、憑欄盼歸的情態，「餘香出繡衣」順接「風好」，閑筆點染女子的芳潔可愛。結二句直抒對遠人的思念牽掛之情。

【集　評】

鍾本評語：「戲薔薇」三字絶幽。

蕭繼宗《評點校注花間集》：前半風光淡蕩，後結歸到題面。「餘香」句從上文「風好」來，「出」字頗有致。

木蘭花①

掩朱扉，鉤翠箔。滿院鶯聲春寂寞。勻粉淚②〔一〕，恨檀郎〔二〕，一去不歸花又落。　對斜暉，臨小閣。前事豈堪重想着③。金帶冷〔三〕，畫屏幽④，寶帳慵薰蘭麝薄〔四〕。

【校記】

①《詞譜》調名作《木蘭花令》。《歷代詩餘》調下注曰：「雙調五十二字。」玄本「花間集卷十一」此首終。此首《記紅集》卷一作毛滂詞，然毛滂《東堂詞》未收録。《全唐詩》卷八九五、《歷代詩餘》卷二三、《全宋詞》毛滂存目詞，皆作毛熙震詞。當從《花間集》作毛熙震詞。

②淚：紫芝本、吴鈔本作「浪」，誤。

③豈堪：王輯本作「不堪」。着：紫芝本、吴鈔本、玄本、毛本、後印本、正本、徐本作「著」。

④畫：玄本作「画」。

⑤薰：《歷代詩餘》作「熏」。

【箋注】

〔一〕粉淚：女子的眼淚。唐張文琮《昭君怨》：「玉痕垂粉淚，羅袂拂胡塵。」

〔二〕檀郎：《晉書·潘岳傳》、《世説新語·容止》載：晉潘岳美姿容，嘗乘車出洛陽道，路上婦女慕其豐儀，手挽手圍之，擲果盈車。岳小字檀奴，後因以「檀郎」爲婦女對夫婿或所愛慕的男子的美稱。唐温庭筠《蘇小小歌》：「一自檀郎逐便風，門前春水年年緑。」

〔三〕金帶：指金帶枕。見卷二温庭筠《訴衷情》「鶯語」注〔四〕。

〔四〕寶帳：華美的帳子。南朝宋鮑照《代陳思王京洛篇》：「寶帳三千萬，爲爾一朝容。」

【疏　解】

詞寫閨怨。起三句描寫居處環境，突出女子的春閨寂寞之感。接三句寫花落春盡，檀郎不歸，女子傷心落淚。過片寫黄昏時分，女子登樓憑眺，回憶昔日歡情，情懷愈覺不堪。結三句寫入夜之後，閨中枕冷屏幽、帳幃慵薰，進一步展示女子的内心痛苦。小詞選取暮春黄昏的時段，將傷春傷别之情融合起來加以表現，是其藝術上的一大特點。

【集　評】

蕭繼宗《評點校注花間集》：「前事」句稍嫌空泛，末三句，一結委婉。

後庭花①

鶯啼燕語芳菲節〔一〕。瑞庭花發②〔二〕。昔時歡宴歌聲揭③〔三〕。管絃清越④〔四〕。　自從陵谷追遊歇〔五〕。畫梁塵黦⑤〔六〕。傷心一片如珪月〔七〕。閑鎖宫闕⑥〔八〕。

【校　記】

①吴鈔本作「後庭花三首」。玄本調前二行分作「花間集卷十二」,「毛熙震八首」。全本調下注曰:「或加『玉樹』二字。」

②瑞庭:紫芝本、吴鈔本作「後庭」。張本頁眉朱校:「『庭』抄作『香』。」

③歡:晁本、陸本、茅本、鍾本、張本、明殘本、徐本、四印齋本、影刊本作「懽」。揭:吴鈔本作「歇」,旁校爲「褐」,誤。

④絃:晁本、影刊本缺末筆。

⑤畫:紫芝本、吴鈔本作「幽」。玄本作「画」。黦:吴鈔本、雪本作「點」。

⑥鎖:湯本、合璧本作「瑣」。宫:玄本作「官」,誤。

【箋　注】

〔一〕芳菲節:花草繁盛之時,春天。唐上官儀《和太尉戲贈高陽公》:「傾城比態芳菲節,絶世相嬌是六年。」

〔二〕瑞庭:宫庭之美稱。或謂庭院之美稱。華鍾彦《花間集注》曰:「各如本字,《詞律》以爲應作後庭，正合題名，不爲無見。」

〔三〕揭：聲音高亢。唐貫休《新猿》：「風清聲更揭，月苦意彌哀。」

〔四〕清越：清脆悠揚。《禮記・聘義》：「叩之，其聲清越以長。」唐劉禹錫《謝柳子厚寄疊石硯》：「清越敲寒玉，參差疊碧雲。」

〔五〕陵谷：《詩經・小雅・十月之交》：「高岸爲谷，深谷爲陵。」毛傳：「言易位也。」鄭玄箋：「易位者，君子居下，小人處上之謂也。」後因以「陵谷」比喻君臣高下易位。或以喻自然和人世的滄桑變遷。北周庾信《周大將軍司馬裔神道碑》：「是以勒此豐碑，懼從陵谷，植之松柏，不忍凋枯。」唐韓偓《亂後春日途經野塘》：「眼看朝市成陵谷，始信昆明是劫灰。」

〔六〕塵甑：參見卷二韋莊《應天長》「別來半歲音書絶」注〔七〕。

〔七〕如珪月：如玉珪般皎潔的月亮。南朝梁江淹《別賦》：「秋露如珠，秋月如珪。明月白露，光陰往來。」唐李咸用《倢伃怨》：「不得團圓長近君，珪月鈋時泣秋扇。」

〔八〕宫闕：帝王所居宫門前有雙闕，故稱宫殿爲宫闕。《史記・高祖本紀》：「蕭丞相營作未央宫，立東闕、北闕、前殿、武庫、太倉。高祖還，見宫闕甚壯。」南朝齊謝朓《始出尚書省》：「趨事辭宫闕，載筆陪旌棨。」

【疏　解】

此詞弔古。上片追憶太平時節，宫中鶯啼燕語、姹紫嫣紅、歌聲嘹亮、管弦清越的宴樂繁華之景。下片轉寫而今繁華消歇、畫梁塵黦、月照宫闕的荒寂敗落之象，寄託陵谷變遷的今昔盛衰之感。王灼認爲這首《後庭花》乃「賦後主故事」（《碧雞漫志》），寓有詞人的家國之恨，非泛泛之作。全詞今昔對比，悲歡映襯，感慨深沉。王國維指出：此詞「不獨意勝，即以調論，亦有雋上清越之致」。（《〈毛秘監詞輯本跋〉》）

【集　評】

王灼《碧雞漫志》卷五：僞蜀時，孫光憲、毛熙震、李珣有《後庭花》曲，皆賦後主故事，不著宫調，兩段各四句，似令也。

湯顯祖評《花間集》卷四：「黦」字，詩詞中不多見，即集中惟韋莊《應天長》「淚沾紅袖黦」一語，語本周處《風土記》：「梅雨沾衣服，皆敗黦。」皆黑而有文者。

沈雄《古今詞話·詞評》上卷引《柳塘詞話》：其《後庭花》云：「傷心一片如珪月，閑鎖宫闕。」……試問今人弄筆，能出一頭地否？

蕭繼宗《評點校注花間集》：小詞而大筆淋漓，遠勝以前諸作。

其二

輕盈舞妓含芳豔①〔一〕。競粧新臉〔二〕。步搖珠翠修蛾斂②〔三〕。膩鬟雲染〔四〕。　歌聲慢發開檀點〔五〕。繡衫斜掩③。時將纖手匀紅臉。笑拈金靨。

【校記】

①舞妓：全本、王輯本、林大椿《唐五代詞》作「舞伎」。

②摇：玄本作「瑶」。珠翠：湯本、合璧本作「朱翠」。

③繡：毛本、四庫本作「綉」。

【箋注】

〔一〕舞妓：即舞伎，歌舞藝人。唐韋莊《秦婦吟》：「舞伎歌姬盡暗捐，嬰兒稚女皆生棄。」芳豔：芬芳豔麗如花。唐白居易《鄧魴張徹落第》：「衆目悦芳豔，松獨守其貞。」

〔二〕競粧新臉：競相往臉上塗飾粉脂，描畫新妝。

〔三〕步摇：附在簪釵上的一種首飾。見卷三薛昭藴《浣溪沙》「越女淘金春水上」注〔二〕。

〔四〕膩鬟雲染：言女子髮髻豐美光潔，如雲染出。唐羅虬《比紅兒》：「照耀金釵簇膩鬟，見時直向畫屏間。」

〔五〕檀點：檀口。唐伊夢昌《句》：「露凝金盞滴殘酒，檀點佳人噴異香。」

【疏　解】

此詞題詠舞妓。上片描寫舞妓容貌妝飾之美豔，下片描寫她唱曲時的撩人風姿。人物形象較爲生動活潑，然著意外貌，缺乏情感内涵。

【集　評】

李冰若《花間集評注·栩莊漫記》：堆綴麗字，羌無情致。

蕭繼宗《評點校注花間集》：板重失靈。詞中「競」、「膩」、「繡」、「笑」四字，均用去聲，以襯托四上韻，可見秘書于聲律漸細矣。惟「臉」字重韻，或有訛文。

其　三

越羅小袖新香蒨〔一〕。薄籠金釧①〔二〕。倚欄無語搖輕扇②。半遮勻面。　春殘日暖鶯嬌懶。滿庭花片③〔三〕。爭不教人長相見。畫堂深院④。

【校　記】

① 釧：吴鈔本作「馴」，誤，旁校爲「釧」。林大椿《唐五代詞》作「釗」，誤。

② 欄：紫芝本、吴鈔本、玄本、毛本、後印本、正本、四庫本、清刻本、毛本《詞林萬選》、林大椿《唐五代詞》作「闌」。搖：湯墨本（四册）作「擢」；湯評本、文治堂本作「擢」。合璧本作「擢」。輕：紫芝本、吴鈔本作「紈」，王輯本作「金」。

③ 花片：吴鈔本作「花綻」。

④ 畫：玄本、毛本《詞林萬選》作「画」。

【箋　注】

〔一〕小袖：短小的衣袖。《漢書·王莽傳下》：「乃身短衣小袖，乘牝馬柴車。」《魏書·咸陽王禧傳》：高祖「責留京之官曰：『昨望見婦女之服，仍爲夾領小袖……卿等何爲而違前詔？』」。唐李賀《秦宫詩》：「禿襟小袖調鸚鵡，紫繡麻鞾踏哮虎。」蒨：絳紅色，蒨草所染。

〔二〕薄籠：微微地遮住。金釧：金質手鐲。唐徐賢妃《賦得北方有佳人》：「腕摇金釧響，步轉玉環鳴。」

〔三〕花片：飄落的花瓣。唐陸龜蒙《置酒行》：「落塵花片排香痕，闌珊醉露棲愁魂。」

【疏　解】

詞寫女子春情。上片描寫女子華美的衣飾和嫻雅的情態，詞采鮮麗。「倚欄無語」四字，暗示女子别有心事。過片轉寫滿庭落花、鶯聲嬌懶的殘春之景，興起傷春遲暮之意。因良辰美景虚度，女子的相思之情格外强烈，所以便有了「爭不教人長相見」的直白詰問，表達了與如花美眷在「畫堂深院」裏共度似水流年的深切嚮往。或謂此詞從男子角度，向慕女子之嬌媚，致慨于無緣相見，説亦可通。

【集　評】

鍾本評語：「越羅小袖秋香蒨」，詞致鮮麗。

王國維《人間詞話附録》：周密《齊東野語》稱其詞新警而不爲儇薄。余尤愛其《後庭花》，不獨意勝，即以調論，亦有雋上清越之致，視文錫蔑如也。

華鍾彦《花間集注》卷十：毛秘書詞三首，皆四十四字，就題發揮。

蕭繼宗《評點校注花間集》：視前首靈動。讀「半遮勻面」兩句，試想近時婦女側身綺席，出鏡合脂盝，修唇理睫之狀，情態宛然。以「畫堂深院」四字陡結上文，省一「於」字，韻味轉長。讀者宜細味之。

酒泉子①

閑卧繡幃②，慵想萬般情寵〔一〕。錦檀偏，翹股重。翠雲欹〔二〕。　暮天屏上春山碧③。映香煙霧隔④。蕙蘭心，魂夢役⑤〔三〕。斂蛾眉。

【校　記】

①《歷代詩餘》調下注曰：「此調體最多，皆雙調，此爲四十一字之一體也。」紫芝本、吴鈔本作「酒泉子二首」，此首不分片。湯本二首皆連排作單調不分片。

②繡：毛本、四庫本作「綉」。

③暮：毛本、四庫本作「莫」。

④煙：王輯本無「煙」字。

⑤魂夢役：紫芝本、吴鈔本作「魂役」，「役」字下空格。

【箋　注】

〔一〕慵想：懶散地想。情寵：寵愛之情。唐段成式《遊長安諸寺聯句》：「昔時知出衆，情寵占横陳。」

〔二〕錦檀三句：寫女子無心裝飾，枕偏釵重鬟欹的無聊之態。翹股：釵股。

〔三〕魂夢役：夢魂不安。役：役使，驅使。《尚書·大誥》：「予造天役，遺大投艱於朕身。」

【疏　解】

詞寫相思愁怨。起二句寫女子繡幃閑卧，懷想往事，昔日萬般恩愛的情景，一幕幕浮現眼前。接三句寫她懶散的卧姿，見其耽於回憶的癡迷。下片描寫屏山凝碧、香霧繚繞的黄昏室内之景，烘托氛圍。結三句抒發女子芳心難寄、夢魂不安的相思痛苦之情。湯顯祖認爲曲句「手抵著牙腮，慢慢的想」係從「慵想萬般情寵」變出，「兩兩尖新」，審美感覺不確，詞曲有别，一雅一俗，美感差異還是相當明顯的。

【集　評】

湯顯祖評《花間集》卷四：「手抵著牙腮，慢慢的想」，知從此處翻案，覺兩兩尖新。

鍾本評語：毛熙震「暮天屏上春山碧」，温廷筠「剪斷鮫綃破春碧」，押二「碧」字，俱晚唐佳境。

蕭繼宗《評點校注花間集》：「映香」句稍拙。

其　二①

鈿匣舞鸞②〔一〕。隱映豔紅修碧〔二〕。月梳斜〔三〕，雲鬢膩③。粉香寒。曉花微斂輕呵展〔四〕。裊釵金燕軟④〔五〕。日初昇。簾半捲⑤。對粧殘⑥。

【校　記】

①徐本此首與前首連排，漏「其二」。

②匣：王輯本作「畫」。

③鬢：毛本、後印本、正本、四庫本作「髩」。

④軟：全本作「輭」。

⑤捲：《唐宋人選唐宋詞》本《花間集》校曰：鄂本作「掩」。按：鄂本實作「捲」。四印齋本、林大椿《唐五代詞》作「掩」。

⑥ 粧殘：宋明清各本均作「殘粧」，兹從《詞律》、全本、《歷代詩餘》校改，以叶「寒」韻。

【箋注】

〔一〕鈿匣：金銀、珠玉等鑲嵌的小箱子。如鏡匣、硯匣、書畫匣等。五代齊己《謝人惠端溪硯》：「保重更求裝鈿匣，閒將濡染寄知音。」此指鏡匣。舞鸞：鏡上之舞鸞圖案。

〔二〕豔紅修碧：指女子的臉和眉。

〔三〕月梳：插於髮鬟的月牙形小梳。

〔四〕呵展：呵氣使之展開。

〔五〕金燕：燕形金釵。

【疏解】

詞寫晨妝女子之美。集中描寫梳髮、傅粉、簪花、插釵的化妝過程，起句照以鸞鏡，結句映以旭日，全詞既運筆細膩，又虛實相生。尤其是「曉花微斂輕呵展，裊釵金燕軟」二句，精緻入微，形神兼備，「不止以濃豔見長也」（沈雄《古今詞話》）。

【集評】

沈雄《古今詞話·詞評》上卷引《柳塘詞話》：毛熙震詞「象梳欹鬢月生雲」，「玉纖時急繡裙腰」，「曉花微斂輕呵展，裊釵金燕軟」，不止以濃豔見長也，卒章情致尤爲可愛。

蕭繼宗《評點校注花間集》：匀整而乏深意。

菩薩蠻①

梨花滿院飄香雪②〔一〕。高樓夜靜風箏咽③〔二〕。斜月照簾帷。憶君和夢稀④。　小窗燈影背。燕語驚愁態⑤。屏掩斷香飛〔三〕。行雲山外歸〔四〕。

【校　記】

① 紫芝本、吴鈔本作「菩薩蠻三首」。蠻：毛本、正本、四庫本、毛本《唐宋諸賢絶妙詞選》作「鬘」。玄本作「蛮」。

② 梨花：鍾本作「梨風」。滿院：毛本《唐宋諸賢絶妙詞選》作「滿地」。

③ 高樓句：紫芝本作「高樓風箏咽」，吴鈔本作「高樓風箏咽箏咽」，誤。

④ 和：雪本作「知」。

⑤ 燕語：毛本《唐宋諸賢絶妙詞選》作「無語」。

【箋注】

〔一〕梨花句：唐李白《宮中行樂詞》八首其二：「柳色黄金嫩，梨花白雪香。」香雪：言梨花芬芳潔白。

〔二〕風箏：懸掛在殿閣塔簷下的金屬片，風起作聲。又稱「鐵馬」。唐李白《登瓦官閣》：「兩廊振法鼓，四角吟風箏。」明楊慎《升庵詩話·風箏詩》：「古人殿閣簷稜間有風琴、風箏，皆因風動成音，自諧宫商。」

〔三〕斷香：一陣陣的香氣。唐王勃《對酒春園作》：「狹水牽長鏡，高花送斷香。」

〔四〕行雲：喻思婦。或謂指夢境，用宋玉《高唐賦》典事。

【疏解】

詞寫春夜閨思。因是夜晚，梨花色白可見，故而一起即從滿院梨花雪切入，表明是仲春時節。接寫高樓夜靜，風箏聲咽，聽覺意象側寫思婦夜不成眠。月色映入簾帷，格外撩動思婦的懷人之情，她期待著在夢中與離人相會，但寢寐不安的她，輾轉反側，卻難以入夢。至此境況，思婦情已不堪。下片轉寫小窗燈影，燕語驚愁，進一步烘托空閨靜夜的暗淡愁苦氛圍。結二句承上「和夢稀」，寫一夜罏香燃盡，思婦化作行雲飛出屏山與離人相會的願望落空。行雲空歸，表明入夢不成，一結淒怨沉哀。此詞

「以風華之筆，運幽麗之思」，藻采和句法，都與温詞爲近（俞陛雲《唐五代兩宋詞選釋》）。

【集評】

湯顯祖評《花間集》卷四：西域諸國歸人，編髮垂髻，飾以襟花，即中國塑佛像瓔珞之飾。曲名取此。

鍾本評語：「高樓夜靜風箏咽」與「小樓吹徹玉笙寒」，並爲佳句。以唐詩論，一爲開元大曆，一爲西崑香奩，此等處正當辨。

陳廷焯《詞則·别調集》卷一：幽豔，得飛卿之意。

俞陛雲《唐五代兩宋詞選釋》：《菩薩蠻》詞宜以風華之筆，運幽麗之思，此作頗似飛卿。「香斷」、「雲歸」句尤爲俊逸。

李冰若《花間集評注·栩莊漫記》：淒清怨抑。

蕭繼宗《評點校注花間集》：《花間》豔詞多寫侵曉之景，故簾月窗燈，與鶯啼燕語同時並見。「屏掩斷香飛，行雲山外歸」，頗具想像。山非真山，雲非真雲，於「屏掩」、「香飛」中得知耳。

其二

繡簾高軸臨塘看①〔一〕。雨翻荷芰真珠散〔二〕。殘暑晚初涼〔三〕。輕風渡水香②〔四〕。無憀悲往事。爭那牽情思③〔五〕。光影暗相催④。等閒秋又來。

【校　記】

①繡：毛本、正本、四庫本作「綉」。

②風：王輯本作「水」，誤。渡水：湯本、文治堂本、合璧本、毛本《唐宋諸賢絶妙詞選》、《歷代詩餘》作「度水」。

③爭那：鍾本作「爭奈」。

④光影：《歷代詩餘》作「光景」。

【箋　注】

〔一〕高軸：高捲。軸，畫簾之軸，用如動詞。唐韋莊《謁金門》：「樓外翠簾高軸，倚遍闌干幾曲。」

〔二〕真珠：指荷葉、菱葉上的雨珠。唐吴融《微雨》：「惆悵池塘上，荷珠點點傾。」

〔三〕殘暑：初秋殘餘的暑氣。唐沈佺期《酬蘇員外味道夏晚寓直省中見贈》：「小池殘暑退，高樹早涼歸。」唐白居易《曲江早秋》：「早涼晴後至，殘暑暝來散。」

〔四〕輕風句：言荷芰的香氣隨風飄過水面。

〔五〕爭那：怎奈。情思：情感思緒。唐顧況《悲歌》序：「情思發動，聖賢所不免也。」

【疏　解】

此詞感時憶舊。上片描寫捲簾所見荷塘雨景，筆致清麗淡雅。下片轉寫獨自捲簾憑眺之際，因寂寞無聊而回憶往事，牽動相思之情。暗示出曾經與人在此共賞這一層意思，這是一種條件反射心理。結句感歎光影相催，暑往秋來，節序如流，往事成空，言外含有「無限怊悵」之意。

【集　評】

李冰若《花間集評注·栩莊漫記》：「等閒秋又來」，無限怊悵。

蕭繼宗《評點校注花間集》：正喜殘暑初涼，又驚秋到，即「待屈指西風幾時來，卻不道流年暗中偷換」意。惜後起三句皆空泛語，未免辭費。

其　三①

天含殘碧融春色②〔一〕。五陵薄幸無消息③〔二〕。盡日掩朱門。離愁暗斷魂④。　鶯啼芳樹暖⑤。燕拂迴塘滿。寂寞對屏山⑥。相思醉夢間。

【校　記】

①吴鈔本此首後作「唐毛秘書詞畢」，下接「唐牛給事詞」。湯評本錯亂，此首下行接「斷魂何處一蟬新」一句，下行接《漁家傲》「楚山青」等四首，第四首至「扁舟自得」爲頁末，下頁起爲李珣《浣溪沙》。

②天含：湯本、文治堂本作「天寒」。

③薄幸：鄂本、紫芝本、吴鈔本、鍾本、湯本、合璧本、毛本、後印本、正本、四庫本、清刻本、四印齋本、全本、《歷代詩餘》、王輯本、林大椿《唐五代詞》作「薄倖」。張本作「薄幸」，朱校描「幸」爲「倖」。

④暗：雪本作「欲」。

⑤暖：玄本作「煖」。全本作「暝」。

⑥寂寞：紫芝本、吴鈔本作「寂寥」。

【箋　注】

〔一〕殘碧：淺碧色。唐白居易《見紫薇花憶微之》：「一藂暗淡將何比，殘碧籠裙襯紫巾。」

〔二〕五陵：長陵、安陵、陽陵、茂陵、平陵五縣的合稱。均在渭水北岸今陝西咸陽市附近。以西漢高祖長陵、惠帝安陵、景帝陽陵、武帝茂陵、昭帝平陵五個皇帝陵墓所在而得名。漢元帝以前，每立陵墓，輒遷徙四方富豪及外戚于此居住，令供奉園陵，稱爲陵縣。故五陵多豪家紈絝子弟，即唐詩中多有寫及的「五陵豪」、「五陵年少」之屬。《漢書·遊俠傳·原涉》：「郡國諸豪及長安五陵諸爲氣節者，皆歸慕之。」南朝陳徐陵《〈玉臺新詠〉序》：「有麗人焉，其人五陵豪族，充選掖庭。」《文選·班固〈西都賦〉》：「南望杜霸，北眺五陵。」劉良注：「宣帝杜陵，文帝霸陵在南，高、惠、景、武、昭帝此五陵皆在北。」唐韋應物《驪山行》：「秦川入水長繚繞，漢氏五陵空崔嵬。」薄幸：薄情，負心。唐施肩吾《代征婦怨》：「寒窗羞見影相隨，嫁得五陵輕薄兒。」宋晏幾道《河滿子》所謂「五陵年少渾薄幸」是也。

【疏　解】

詞寫相思怨情。上片寫春光大好，男子卻遊蕩不歸，音信斷絶。女子只能長日閉門，暗自神傷。「五陵薄幸」四字，爲男子定性，責怨之意甚明。下片再寫鶯啼芳樹、燕拂迴塘的陽春美景，以之反襯女子幽居空閨、寄情醉夢的寂寞悲傷之情。詞筆以樂寫哀，言情效果良好。

【集　評】

蕭繼宗《評點校注花間集》：朱門中多怨婦，以五陵裘馬，皆浮薄少年也。

題跋叙録

王國維《毛秘監詞輯本跋》：案熙震，蜀人，官秘書監。周密《齊東野語》稱其詞新警而不爲儇薄。余尤愛其《後庭花》，不獨意勝，即以調論，亦有雋上清越之致，視文錫蔑如也。其詞存者僅《花間集》所載二十九首，兹録爲一卷。光緒戊申季夏，海寧王國維記。（《唐五代二十一家詞輯》）

總評

周密《齊東野語》：蜀人毛熙震，官秘書監，其集止二十餘調，中多新警而不爲儇薄者也。（《古今詞話·詞評》上卷引）

陳廷焯《白雨齋詞話》卷五：閒情之作，雖屬詞中下乘，然亦不易工。蓋摹色繪聲，礙難著筆；第言姚冶，易近纖佻；兼寫幽貞，又病迂腐。然則何爲而可？曰根柢於風騷，涵泳於温韋，以之作正聲也可，以之作豔體亦無不可。古人詞如毛熙震之「暗思閑夢，何處逐雲行」……似此則婉轉纏綿，情深一往，麗而有則，耐人玩味。

沈曾植《菌閣瑣談》：劉公戫謂詞須上脱《香奩》，下不落元曲，乃稱作手，亦爲一時名語。……若所謂上脱《香奩》者，則韋莊、光憲既與致光同時，延巳、熙震亦與成績並世，波瀾不二，風習相通，方當於此津逮唐餘，求欲脱之，是欲升而去其階已。

況周頤《歷代詞人考略》卷五：毛熙震詞豔處、質處並近温方城。……或筆豔而凝，或體麗而清，其於五季卓然名家矣。

李冰若《花間集評注·栩莊漫記》：其詞濃麗處似學飛卿，然亦有清淡者，要當在毛文錫上，歐陽炯、牛松卿間耳。

唐圭璋《詞學論叢·唐宋兩代蜀詞》：熙震，蜀人，官秘書監，今《花間集》録其詞二十九首，語多新警。

姜方錟《蜀詞人評傳》：熙震詞，含意藴藉，綴句清新，非陳腐直率者可比。……《古今詞話》云：「毛文錫不及熙震。」按詞貴含蓄，不貴顯露，顯露則乏味矣。《古今詞話》所謂不及處，指此。

李　珣

【小　傳】

李珣，生卒年不詳，字德潤，梓州（今四川三臺）人。其先世爲波斯人，後入蜀中。其妹舜絃，爲前蜀王衍昭儀，能詩。珣少小苦學，有詩名，亦通藥理。以秀才豫賓貢，事前蜀王衍，與成都才士尹鶚相善。前蜀亡，不仕。事蹟見《鑒戒録》卷四、《茅亭客話》卷二、《十國春秋》卷四四本傳。李詞有《瓊瑤集》，已佚。《花間集》存詞三十七首，《尊前集》存詞十七首，共計五十四首。

浣溪沙

李秀才珣①

入夏偏宜澹薄粧②〔一〕。越羅衣褪鬱金黄③〔二〕。翠鈿檀注助容光④〔三〕。　相見無言還有恨，幾迴拚却又思量⑤〔四〕。月窗香逕夢悠颺⑥〔五〕。

【校　記】

①宋明清各本調名多作《浣沙溪》。湯本、合璧本、鍾本、四庫本、清刻本調名作《浣溪沙》，從改。陸本、茅本、玄本、徐本、影刊本於調前行作「李珣三十七首」。吴鈔本作「唐李秀才詞」、「李詢」、「浣沙溪」。張本作「浣沙溪，李珣」，朱校圈去姓名，於調上一行加「李珣三十六首」。鄂本、毛本作「浣沙溪，李秀才珣」。湯本、合璧本作「李珣，浣溪沙」。明殘本調前作「李珣三十七首」。正本作「李珣，浣沙溪」。四庫本作「浣溪沙，李珣」。毛本《唐宋諸賢絶妙詞選》作「李詢」。清刻本作「浣溪沙，李秀才珣」。

②澹薄：玄本作「淡薄」。

③裩：晁本作「健」，從鄂本、陸本、茅本、毛本改。

④檀注：湯本、合璧本作「檀炷」。

⑤拚：鄂本、毛本、後印本、正本、清刻本、四印齋本、全本、林大椿《唐五代詞》作「判」。王輯本《瓊瑶集詞》作「拋」。

⑥逕：湯本、合璧本、全本、王輯本作「徑」。飏：正本作「揚」。

【箋注】

〔一〕偏宜：最宜，特别合適。唐張謂《同王徵君湘中有懷》：「不用開書帙，偏宜上酒樓。」澹薄粧：淡妝薄衣。唐韓偓《裊娜》：「裊娜腰肢澹薄妝，六朝宫様窄衣裳。」

〔二〕鬱金黄：用鬱金草根染成的黄色，亦泛指黄色。《本草綱目》卷十四《草》之三《鬱金》：《唐本草》集解：宗曰：「鬱金不香。今人將染婦人衣最鮮明，而不耐日炙，微有鬱金之氣。」時珍曰：「鬱金有二：鬱金香是用花，見本條；此是用根者。其苗如薑，其根大小如指頭，長者寸許，體圓有横紋如蟬腹狀，外黄内赤。人以浸水染色，亦微有香氣。」唐白居易《重陽席上賦白菊》：「滿園花菊鬱金黄，中有孤叢色似霜。」

〔三〕容光：儀容風采。漢徐幹《室思》之一：「端坐而無爲，髣髴君容光。」唐元稹《鶯鶯傳》：

「自從消瘦減容光，萬轉千回懶下床。」

〔四〕拚卻：捨棄，不顧惜。唐韋同則《仲月賞花》：「把酒且須拚卻醉，風流何必待歌筵。」

〔五〕香逕：花間小路，或指落花滿地的小徑。唐戴叔倫《游少林寺》：「石龕苔蘚積，香徑白雲深。」夢悠颺：夢境迷離飄蕩。唐徐鉉《夢遊》三首之一：「魂夢悠颺不奈何，夜來還在故人家。」

【疏　解】

詞寫女子矛盾複雜的愛情心理。上片先寫女子衣飾的得體和容光的明豔。下片細緻刻畫女子的心理狀態，見出其欲罷不能的情感掙扎之痛苦。麗語香豔，詞淺意深，耐人咀味。一結小窗花徑，月光夢影，化實入虛，賦予全詞幽眇的意境情韻。

【集　評】

鍾本評語：「越羅衣褪鬱金黄」，麗語之香豔者。

李冰若《花間集評注·栩莊漫記》：《浣溪沙》云：「相見無言還有恨，幾回拚卻又思量。」又：「暗思何事立殘陽。」……皆詞淺意深，耐人涵泳。

蕭繼宗《評點校注花間集》：豔而能清，疏而有致。

其二

晚出閑庭看海棠。風流學得内家粧〔一〕。小釵横戴一枝芳。　鏤玉梳斜雲鬢膩①，縷金衣透雪肌香〔二〕。暗思何事立殘陽②。

【校　記】

① 鏤玉：《歷代詩餘》作「琢玉」。

② 殘陽：鍾本、湯本、合璧本、王輯本、《詞的》作「斜陽」。

【箋　注】

〔一〕内家粧：皇宫内的粧式。内家：指皇宫，宫廷。唐王建《宫詞》之五十：「盡送春毬出内家，記巡傳把一枝花。」亦指宫女。唐薛能《吴姬》之十：「身是三千第一名，内家叢裏獨分明。」

〔二〕雪肌香：唐蘇鶚《杜陽雜編》卷上：元載寵姬薛瑶英「攻詩書，善歌舞，仙姿玉質，肌香體輕。瑶英之母趙娟，亦本岐王之愛妾，後出爲薛氏之妻，生瑶英而幼以香啖之，故肌香也」。

【疏　解】

詞寫女子難言之心曲。前五句工筆細描女子的妝飾儀態之美，風流閒雅，楚楚動人，堪稱「如畫」。這五句人物描寫，美則美矣，而未入妙。此詞之妙，全在結句「暗思何事立殘陽」七字，唯是「説不出處」，方顯「情深無際」。李冰若《栩莊漫記》對此詞結構上虛實安排的分析，深得詞藝要領。

【集　評】

沈際飛《草堂詩餘別集》卷一：情深無際。

茅暎《詞的》卷一：與「心在阿誰邊」意同。

陳廷焯《雲韶集》卷一：如畫。「暗思何事立殘陽」，其妙在説不出處。

李冰若《花間集評注·栩莊漫記》：前五句實寫，而結句一筆提醒，遂覺全詞俱化空靈，實者亦虛矣。此之謂筆妙。

蕭繼宗《評點校注花間集》：落落大方，無忸怩態。

其　三①

訪舊傷離欲斷魂。無因重見玉樓人〔一〕。六街微雨鏤香塵②〔二〕。　早爲不逢巫峽夢③，那堪虚度錦江春〔三〕。遇花傾酒莫辭頻。

【校　記】

①毛本《詞林萬選》録此首，於李珣名下注曰：「向誤季珣。」

②鏤：鍾本、正本作「縷」。

③夢：毛本《詞林萬選》作「夜」。

【箋　注】

〔一〕無因：無緣。陸龜蒙《離騷》：「天問復招魂，無因徹帝閽。」玉樓人：指所思之女子。唐孟浩然《長安早春》：「草迎金埒馬，花伴玉樓人。」

〔二〕六街：唐京都長安的六條中心大街。北宋汴京也有六街。《資治通鑑·唐睿宗景雲元年》：

「中書舍人韋元徽巡六街。」胡三省注:「長安城中左、右六街,金吾街使主之;左、右金吾將軍掌晝夜巡警之法,以執禦非違。」唐司空圖《省試》:「閒繫長安千匹馬,今朝似減六街塵。」泛指京都的大街和鬧市。鏤香塵:雨入香塵,不見形跡。《關尹子·一宇》:「言之如吹影,思之如鏤塵,聖智造迷,鬼神不識。」香塵:芳香之塵。多指女子之步履而起者。語出晉王嘉《拾遺記·晉時事》:石崇「又屑沉水之香如塵末,布象牀上,使所愛者踐之」。唐沈佺期《洛陽道》:「行樂歸恒晚,香塵撲地遥。」

〔三〕錦江春:錦江的大好春光。唐杜甫《登樓》:「錦江春色來天地,玉壘浮雲變古今。」

【疏解】

詞寫舊情難尋的感傷,采男子角度。一起「訪舊傷離欲斷魂」七字,實已概括説盡全詞情事,以下皆是起句的具體展開。「玉樓人」即男子尋訪的舊交,而今已是無因重見。六街微雨香塵的微茫之景,烘托出男子訪舊不果的滿腔遺憾之情。過片二句,曾被當時「詞家互相傳誦」(吴任臣《十國春秋》),其好處在於對句呼應映襯,寫出既不逢賞心樂事又虚度良辰美景的雙重失落痛苦,是雪上加霜的倍增之法。結句寫無緣重温舊夢的男子,在極度惆悵之時的自救努力。頻頻對花傾酒,「非曰及時行樂,實乃以酒澆愁」,故而詞情顯得「温厚而不儇薄」(李冰若《栩莊漫記》)。

【集評】

湯顯祖評《花間集》卷四：「鏤香塵」句妙，然「鏤塵」二字出《關尹子》。李易安「清露晨流，新桐初引」，乃《世説》全文。詞雖小技，亦須多讀書者方許爲之。

李調元《雨村詞話》卷一：「鏤」字則尖新少意味矣。

吴任臣《十國春秋》卷四十四：有「早爲不逢巫峽夢，那堪虚度錦江春」，詞家互相傳誦。

俞陛雲《唐五代兩宋詞選釋》：「微雨鏤塵」，琢句殊新。「頻」字韻相思無益，不如沉醉消愁。《珠玉詞》「酒筵歌席莫辭頻」亦即此意。

李冰若《花間集評注·栩莊漫記》：「無因重見玉樓人」，故「遇花傾酒莫辭頻」，非曰及時行樂，實乃以酒澆愁，故其詞温厚而不儇薄。

蕭繼宗《評點校注花間集》：無限感傷，出之藴藉。「六街」句一「鏤」字，頗見用心，讀者往往不察。

其四①

紅藕花香到檻頻②〔一〕。可堪閑憶似花人。舊歡如夢絶音塵③。　翠疊畫屏山隱隱④〔二〕，冷鋪紋簟水潾潾⑤〔三〕。斷魂何處一蟬新〔四〕。

【校記】

① 此首湯評朱墨套印本錯亂，頁末爲「水潾潾」，下頁接「逍遥志。任東西，無定止。不議人間醒醉」。下接《巫山一段雲》「有客」一首。

② 到檻：吴鈔本作「頻檻」。

③ 音塵：吴鈔本作「青塵」。

④ 畫：玄本作「画」。

⑤ 紋簟：鍾本、全本作「文簟」。潾潾：《歷代詩餘》作「粼粼」。

【箋注】

〔一〕紅藕句：與卷七顧敻《醉公子》「紅藕香侵檻」義同。

〔二〕隱隱：隱約不分明貌。南朝宋鮑照《還都道中》之二：「隱隱日没岫，瑟瑟風發谷。」

〔三〕潾潾：同粼粼，水清貌。《詩經·唐風·揚之水》：「揚之水，白石粼粼。」《傳》：「粼粼，清澈貌。」唐杜甫《雜述》：「泰山冥冥崒以高，泗水潾潾瀰以清。」此言簟紋似水。

〔四〕斷魂：銷魂神往。形容一往情深或哀傷。唐宋之問《江亭晚望》：「望水知柔性，看山欲斷魂。」一蟬新：一聲新蟬。指初夏的鳴蟬。唐白居易《六月三日夜聞蟬》：「微月初三夜，新蟬第一聲。」

【疏　解】

詞寫男子懷人。上片觸景生情，由紅藕花香想到如花之人，已是音塵斷絶，點出懷人題旨，抒發舊歡如夢的感慨。下片轉寫畫屏、竹簟等室内擺設服用之物，屏山隱隱、紋簟瀠瀠的描寫形容，給人以迢遥、幽眇、冷清之感，乃是男子懷人心緒的投射。二句雖寫眼前景物，卻「如隔山水萬重，小橋南畔，不異天涯也」（俞陛雲《唐五代兩宋詞選釋》）。結句一聲新蟬，驀然驚秋，令人魂斷，言外含有不盡之情意。

【集　評】

鍾本評語：「可堪閑憶似花人」與「只看如花柳下人」，語不同，意致正相似。

李調元《雨村詞話》卷一：李珣工於《浣溪沙》詞。其詞類七言，須於一句中含無限遠神方妙。如「入夏偏宜淺淡妝」，又「暗思何事立殘陽」，又「斷魂何處一蟬新」，皆有不盡之意。至「六街微雨鏤香塵」，「鏤」字則尖新少意味矣。

俞陛雲《唐五代兩宋詞選釋》：「屏山」、「紋簟」句雖眼前景物，如隔山水萬重，小橋南畔，不異天涯也。作者言情之詞，尚有《酒泉子》、《西溪子》、《河傳》、《巫山一段雲》諸首，皆意境易盡，不若此詞之藴藉。

蕭繼宗《評點校注花間集》：「似花人」由花香引起，可知回憶從嗅覺來，如此心情轉折，何等自然！顧惟善感者有之耳。「斷魂何處一蟬新」，情境交融，盡遺俗腐。

漁歌子①

楚山青②〔一〕，湘水渌。春風澹蕩看不足③〔二〕。草芊芊④〔三〕，花簇簇〔四〕。漁艇棹歌相續⑤。

信浮沉〔五〕，無管束⑥。釣迴乘月歸灣曲⑦〔六〕。酒盈樽⑧，雲滿屋⑨。不見人間榮辱⑩。

【校　記】

①《歷代詩餘》調下注曰：「又一體，雙調五十字。」毛本《詩餘圖譜》録此首，作「李詢」。

②楚山二句：《沅湘耆舊集》前編卷二六作「山光青，水色緑」。渌：玄本、湯本、合璧本、毛本《詩餘圖譜》、王輯本作「緑」。

③澹：毛本、正本、四庫本作「淡」。

④草芊二句：《沅湘耆舊集》前編作「草綿芊，花撲簌」。
⑤棹：《沅湘耆舊集》前編作「移」。
⑥管：《沅湘耆舊集》前編作「拘」。
⑦迴：王輯本作「迥」。灣：湯本、合璧本作「彎」。
⑧樽：晁本、鄂本、四印齋本、《唐宋人選唐宋詞》本《花間集》作「罇」。吴鈔本、王輯本、林大椿《唐五代詞》作「尊」。
⑨滿屋：吴鈔本作「滿座」。
⑩人：《沅湘耆舊集》前編作「世」。

【箋注】

〔一〕楚山：荆山或商山。此泛指楚地之山。唐張説《對酒行巴陵作》：「鳥哭楚山外，猿啼湘水陰。」
〔二〕澹蕩：猶駘蕩。謂使人和暢。多形容春天的景物。南朝宋鮑照《代白紵曲》之二：「春風澹蕩俠思多，天色淨渌氣妍和。」
〔三〕芊芊：草木茂盛貌。《列子·力命》：「美哉國乎，鬱鬱芊芊。」唐張聿《餘瑞麥》：「仁風吹靡靡，甘雨長芊芊。」

〔四〕簇簇：花叢聚貌。唐李建勳《采菊》：「簇簇竟相鮮，一枝開幾番。」

〔五〕信浮沉：聽任漁艇漂流。以喻曠達超脱，不爲外物所動。《詩經·小雅·菁菁者莪》：「泛泛揚舟，載沉載浮。」唐牟融《贈歐陽詹》：「爲客囊無季子金，半生蹤跡任浮沉。」

〔六〕灣曲：水灣，水曲。

【疏　解】

李珣四首《漁歌子》詞，詠隱逸情懷，皆「緣題自抒胸境，灑然高逸」（李冰若《栩莊漫記》），當作於「蜀亡不仕」以後。此首上片描繪山青水緑、清麗野逸的楚湘風光，表達漁父的熱愛之情。下片抒寫漁父任天而動、無拘無束的生活理想。「酒盈樽，云滿屋」六字，將醉鄉和白雲鄉融合爲一，是漁父在江湖中爲自己覓得的避難逍遥之所。漁父實爲詞人化身，詞句表現了經歷過仕途蹭蹬、故國淪亡等諸般坎坷磨難的詞人，了卻塵緣、不以「人間榮辱」爲念的歸隱之志。

【集　評】

李冰若《花間集評注·栩莊漫記》：「楚山」三句，淡秀可愛。

夏承燾《瞿髯論詞絶句》評李珣《漁歌子》四首：波斯估客醉巫山，一棹悠然泊水灣。唱到玄真漁父曲，數聲清越出花間。

華鍾彥《花間集注》卷十：按李秀才另有《漁父歌》云：「水接衡門十里餘（略）。」其亮節高風，可以隅反。

蕭繼宗《評點校注花間集》：「酒盈樽，雲滿屋」，自饒意境，視起筆六字爲勝。

其二

荻花秋〔一〕，瀟湘夜。橘洲佳景如屏畫①〔二〕。碧煙中，明月下②。小艇垂綸初罷〔三〕。水爲鄉，蓬作舍〔四〕。魚羹稻飯常餐也③。酒盈杯，書滿架④。名利不將心挂。

【校記】

①洲：玄本作「州」。如：雪本作「入」。畫：玄本作「画」。

②下：王輯本作「夜」。

③飯：晁本、鄂本、毛本、正本、四庫本、四印齋本作「飰」。餐：晁本、鄂本等宋明清各本均作「飡」，全本作「湌」。

④滿架：雪本作「滿案」。

【箋注】

〔一〕荻花：蘆荻之花。荻，多年生草本植物，生水邊，葉長，似蘆葦，秋開紫花，莖可編席箔。唐朱長文《吴興送梁補闕歸朝賦得荻花》：「柳家汀洲孟冬月，雲寒水清荻花發。」

〔二〕橘洲：洲名。在今湖南省長沙市西湘江中。多美橘，故名。今稱「橘子洲」。北魏酈道元《水經注·湘水》：「湘水又北，逕南津城西，西對橘洲。」唐杜易簡《湘川新曲》之一：「昭潭深無底，橘洲淺而浮。」

〔三〕垂綸：垂釣。三國魏嵇康《兄秀才公穆入軍贈詩》之十五：「流磻平皋，垂綸長川。」《南史·王彧傳》：「文帝嘗與群臣臨天泉池，帝垂綸良久不獲。」

〔四〕水爲鄉，蓬作舍：以水爲家，以船作屋。唐孟浩然《送杜十四之江南》：「荆吴相接水爲鄉，君去春江正渺茫。」

【疏解】

詞詠本調，題旨同前首。季節和時間背景由前首的春日，轉爲瀟湘秋月之夜。上片寫秋江美景，下片寫日常生活。漁父淡泊名利，以水爲鄉，以船爲家，一日三餐，魚羹稻飯，更有美酒盈樽可以暢飲，圖書滿架可以閲覽，生活快適自足。詞中抒寫的江湖漁隱的高情逸致，讓人心嚮往之。

【集　評】

鍾本評語：此闋字字堪畫。

劉永濟《唐五代兩宋詞簡析》：此亦以漁父自由爲可樂也。

蕭繼宗《評點校注花間集》：「書滿架」不如「雲滿屋」佳。白無咎《鸚鵡曲》云「是個不識字漁父」，視飽讀詩書者更雅，蓋真能做到「名利不將心挂」也。

其　三

柳垂絲，花滿樹。鶯啼楚岸春天暮①〔一〕。棹輕舟，出深浦。緩唱漁歌歸去②〔二〕。罷垂綸，還酌醑〔三〕。孤村遥指雲遮處。下長汀〔四〕，臨淺渡③。驚起一行沙鷺。

【校　記】

① 春天：《花間集校》作「春山」，校曰：「從鄂本，他本均作『春天暮』，意不協。」《唐宋人選唐宋詞》本《花間集》校亦曰：「『天』，鄂本作『山』。」按：鄂本實作「春天」。四印齋本作

「春山」。《花間集注》、《評點校注花間集》作「春山」。暮：毛本、四庫本作「莫」。

②漁歌：全本作「漁郎」。

③淺渡：全本作「深渡」。

【箋注】

〔一〕楚岸：楚江之岸。唐杜甫《纜船苦風戲題四韻》：「楚岸朔風疾，天寒鶬鴰呼。」唐黄滔《雁》：「楚岸花晴塞柳衰，年年南北去來期。」

〔二〕漁歌：漁人唱的民歌小調。唐王勃《上巳浮江宴序》：「榜謳齊引，漁歌互起。」

〔三〕酌醑：飲酒。《玉篇》：「醑，美酒也。」南朝宋謝靈運《石門岩上宿》：「妙物莫爲賞，芳醑誰與伐。」

〔四〕長汀：水邊或水中狹長形平地。南朝宋謝靈運《白石巖下徑行田》：「千頃帶遠堤，萬里瀉長汀。」唐杜甫《雕賦》：「晨飛絶壑，暮起長汀。」

【疏解】

詞詠本調，題旨同第一首。詞寫漁父晚歸情景。起三句描寫緑柳垂絲、鮮花滿樹、啼鶯聲聲的楚岸春山暮景，極爲清新優美。接三句寫漁父輕舟划出深浦，唱著漁歌，緩緩歸去，自在從容。

過片寫他結束一天的垂釣，小飲數杯，自爲犒勞。接以「遥指」二字，引出漁父家住白雲遮處的孤村，那裏遠離俗世紅塵。結三句寫漁父扁舟歸家的水程。此首白描手法，清新明麗，通篇寫景，不著議論，因而更饒江湖漁樂之逸氣，幾可與張志和「斜風細雨不須歸」比美，允推同調四首之「尤佳」者。

【集　評】

湯顯祖評《花間集》卷四：《漁歌子》即《漁家傲》也，老不如漁，良愧其言。

李調元《雨村詞話》卷一：世皆推張志和《漁父》詞以「西塞山前」一首爲第一。余獨愛李詢詞云：「柳垂絲，花滿樹（略）。」不減「斜風細雨不須歸」也。

況周頤《歷代詞人考略》卷五：宋人《黄氏客話》稱李德潤國亡不仕，詞多感慨之音。《漁父》及《漁歌子》數闋，具見襟情高澹，故能晚節堅貞。

李冰若《花間集評注·栩莊漫記》：詞雖緣飾題意，而風趣灑然。此首不作説明語，尤佳也。

蕭繼宗《評點校注花間集》：栩莊所見甚是。齋中有妓，心中無妓，方是高著，況齋中本無妓耶？「下長汀，臨淺渡」，語雖平泛，然此在漁父心中，地形水勢，無不了然，故不可以平泛論。

其四①

九疑山〔一〕，三湘水〔二〕。蘆花時節秋風起。水雲間②，山月裏③。棹月穿雲遊戲④〔三〕。

鼓清琴⑤〔四〕，傾淥蟻⑥〔五〕。扁舟自得逍遥志。任東西，無定止⑦〔六〕。不議人間醒醉⑧〔七〕。

【校記】

① 湯評朱墨套印本錯亂，此首「自得」二字至頁末，下頁接「李珣，浣溪沙」。

② 間：《唐宋人選唐宋詞》本《花間集》校曰：「『間』原作『問』，據鄂本改。」

③ 山月：鍾本作「三月」。裏：玄本作「裡」。

④ 棹：吴鈔本、湯評本、合璧本作「掉」。

⑤ 清琴：湯本、合璧本作「青琴」，誤。琴：玄本作「栞」。

⑥ 淥：湯本、合璧本、《歷代詩餘》、王輯本作「緑」。

⑦ 定止：雪本作「定主」。

⑧ 不議人間：《評點校注花間集》作「不問人間」。人間：晁本、陸本、茅本、明殘本、影刊本作「人問」。鄂本、湯評本、玄本、毛本、後印本、徐本、四庫本、全本、《歷代詩餘》、《唐宋人選唐宋

詞》本《花間集》作「人間」，從改。吴鈔本作「人日」。

【箋注】

〔一〕九疑山：參見卷九鹿虔扆《虞美人》「卷荷香澹浮煙渚」注〔五〕。

〔二〕三湘：沅湘、瀟湘、資湘。晉陶潛《贈長沙公族祖》：「遥遥三湘，滔滔九江。」陶澍集注：「湘水發源會瀟水，謂之瀟湘；及至洞庭陵子口，會資江謂之資湘；又北與沅水會於湖中，謂之沅湘。」又：王應麟《小學紺珠》卷二《地理類·三湘五渚》謂長江、湘江、沅江合稱「三湘」。唐王維《漢江臨眺》：「楚塞三湘接，荆門九派通。」

〔三〕棹月穿雲：言在月華煙雲裹行船，狀漁翁之瀟灑自在。唐王昌齡《緱氏尉沈興宗置酒南溪留贈》：「山尊在漁舟，棹月情已醉。」唐秦韜玉《釣翁》：「朝攜輕棹穿雲去，暮背寒塘戴月回。」

〔四〕清琴：音調清雅的琴。三國魏曹丕《善哉行》之四：「有客從南來，爲我彈清琴。」

〔五〕渌蟻：酒上泛起的緑色碎沫。用爲酒的別稱。渌，同「醁」。《文選·謝朓〈在郡卧病呈沈尚書詩〉》：「嘉魴聊可薦，渌蟻方獨持。」李善注引《釋名》：「酒有泛齊，浮蟻在上，泛泛然也。」

〔六〕定止：固定的處所；止息之處。晉葛洪《抱朴子·清鑒》：「或外候同而用意異，或氣性殊而所務合，非若天地有常候，山川有定止也。」唐高適《漁父歌》：「料得孤舟無定止，日暮持竿何處歸。」

〔七〕人間醒醉：人世的是非曲直。《楚辭·漁父》：「舉世皆濁我獨清，衆人皆醉我獨醒。」

【疏解】

詞詠本調，題旨同第一首，而更突出遊戲逍遥一層意思。漁父既已忘卻人間名利榮辱、是非曲直，身心也就得到了最大限度的自我解放，擺去物累，舒展自由。於是，九嶷三湘，雲間月裏，清琴寄情，緑酒助興，信流東西，烏有定止，無往而非快活之地也。其遊戲人生、逍遥自放的旨趣，有著明顯的道家思想影響痕跡。這等高逸的行爲方式、價值取向和生命境界，自非《花間》艷詞所可比數，故而瞿髯贊曰「波斯估客醉巫山，一棹悠然泊水灣。唱到玄真漁父曲，數聲清越出花間」（夏承燾《論詞絶句》）。

【集評】

鍾本評語：歌此數闋，張志和詞不能獨擅千古。

姜方錟《蜀詞人評傳》：《漁歌子》三闋，專寫田園之佳趣。名利塵埃，高節可風矣。

李冰若《花間集評注·栩莊漫記》：《漁歌子》……諸詞，緣題自抒胸境，灑然高逸，均可誦也。

蕭繼宗《評點校注花間集》：不問醒醉，爲三閭大夫更下一轉語也。蓋不獨衆醉獨醒，無所用傷；即歠醨餔糟，仍嫌多事。古無飛行機，度月穿雲之樂，只有於水面得之。

巫山一段雲①

有客經巫峽，停橈向水湄②〔一〕。楚王曾此夢瑶姬③〔二〕。一夢杳無期。　麈暗珠簾卷④，香銷翠幄垂⑤。西風迴首不勝悲⑥。暮雨灑空祠⑦〔三〕。

【校記】

① 張本此首在《臨江仙》後，朱校「前」。段：晁本、吴鈔本、合璧本、明殘本、正本、影刊本作「叚」。

② 向：吴鈔本作「問」。

③ 瑶姬：雪本作「仙姬」。

④ 卷：合璧本作「捲」。

⑤ 幄：吴鈔本作「幙」。

⑥ 迴首：陸本、茅本、湯評本、合璧本、玄本、雪本、張本、明殘本、影刊本作「迴首」，誤。湯評本注

曰：「『迴』字應作『思』。」按：「思」似爲「迴」之誤。張本朱校爲「迴」。

⑦ 暮：毛本、四庫本作「莫」。灑：玄本、正本作「洒」。

【箋注】

〔一〕水湄：水邊。《詩經·秦風·蒹葭》：「所謂伊人，在水之湄。」《疏》曰：「水草交爲湄。謂水草交際之處，水之岸也。」晉王嘉《拾遺記·洞庭山》：「楚懷王之時，舉群才賦詩於水湄。」唐武平一《妾薄命》：「有女妖且麗，裴回湘水湄。水湄蘭杜芳，采之將寄誰。」

〔二〕楚王句：用宋玉《高唐賦》典事，見卷二韋莊《歸國遥》「春欲晚」注〔六〕。瑶姬：巫山神女。宋范成大《吴船録》卷下：「瑶姬，西王母之女，稱雲華夫人，助驅鬼神，斬石疏波，有功見紀，今封妙用真人，廟額曰『凝真觀』。」

〔三〕空祠：指巫山神女廟。在巫山縣東巫山飛鳳峰麓。《清一統志·夔州府·祠廟》引晉習鑿齒《襄陽耆舊傳》：「赤帝女曰瑶姬，未行而卒，葬於巫山之陽，故曰巫山之女。楚懷王游於高唐，夢與神遇，遂爲置觀於巫山之南，號爲朝雲。」清顧祖禹《讀史方輿紀要·四川一·名山》：「巫山亦曰巫峽，在夔州府巫山縣東三十里，下有神女廟。」唐羅隱《渚宫秋思》：「襄王臺下水無賴，神女廟前雲有心。」

【疏　解】

詞詠本調。上片叙寫行客經過巫峽，泊舟江邊，來到神女廟前，聯想起楚王當年在此夢見神女之事，不禁生出天人懸隔、幽眇難詳之感慨。下片轉回現實，珠簾塵黯，翠幄香消，是行客眼中所見神女廟之荒寂景象。古今茫茫，同歸一夢，神女不見，楚王安在？此時秋風吹雨，灑落空祠，行客心中翻湧著弔古的無窮悲涼之感。

【集　評】

黄昇《唐宋諸賢絶妙詞選》卷一：唐詞多緣題所賦，《臨江仙》則言仙事，《女冠子》則述道情，《河瀆神》則詠祠廟，大概不失本題之意。爾後漸變，去題遠矣。如此二詞，實唐人本來詞體如此。

蕭繼宗《評點校注花間集》：緣題寫巫山神女，初不異人。然行文暢朗，視拘牽補綴者，終高一著。

其　二①

古廟依青嶂〔一〕，行宫枕碧流〔二〕。水聲山色鎖粧樓〔三〕。往事思悠悠。　雲雨朝還暮②，煙花春復秋。啼猿何必近孤舟。行客自多愁③〔四〕。

【校記】

①《草堂詩餘别集》調下題作《巫峽》，注曰：「一作『感懷』。」《歷代詩餘》調下題作《巫峽》。

②暮：毛本、四庫本作「莫」。

③行：張本作「竹」，誤。朱描校爲「行」。

【箋注】

〔一〕古廟：指神女廟。青嶂：如屏障的青山。《文選·沈約〈鍾山詩應西陽王教〉》：「鬱律構丹巘，崚嶒起青嶂。」吕向注：「山横曰嶂。」此指巫山十二峰。宋陸游《入蜀記》云：神女廟後，「山半有石壇。壇上觀十二峰，宛如屏障」。

〔二〕行宫：猶離宫。京城以外供帝王巡遊時居住的宫室。這裏指楚靈王所築細腰宫遺址。宋陸游《入蜀記》卷六：「早抵巫山縣。……游楚故離宫，俗謂之細腰宫。有一池，亦當時宫中燕遊之地，今堙没略盡矣。三面皆荒山，南望江山奇麗。」

〔三〕粧樓：指楚王行宫裏嬪妃所居樓閣。

〔四〕行客：過客；旅客。《淮南子·精神訓》：「是故視珍寶珠玉猶礫石也，視至尊窮寵猶行客也。」高誘注：「行客，猶行路過客。」《南史・夷貊傳下・文身國》：「土俗歡樂，物豐而賤，行客不齎糧。」皇甫冉《潤州南郭留别》：「故人勞見愛，行客自無聊。」

【疏　解】

詞詠本調。起句從神女廟切入，自是題中應有之義，對句由神女廟帶出細腰宫。「依」、「枕」二字，狀出古廟、行宫倚山臨水的位置和形勢。接以「水聲山色」，總收前二句。「妝樓」言細腰宫裏嬪妃的寢殿，著一「鎖」字，傳寫出宫人幽閉的生活和孤寂的心境；復以「往事思悠悠」收束上片，逗人遐想。過片承前，雲雨朝暮寫神女，煙花春秋寫宫人，而又互文見義，彼此映襯。襄王靈王，同一荒淫。而時序流轉，神人皆空，往事如煙，古今一慨。這就是結句「行客自多愁」所包含的内藴。所以不待聞猿聲，弔古的行客已是滿腹惆悵，況又孤舟聽聞猿聲淒切呢。一結「語淺情深」，而意藴曲折，令人低迴。

【集　評】

湯顯祖評《花間集》卷四：客子常畏人，酸語不減楚些。

沈際飛《草堂詩餘别集》卷一：宛行湘川廟竹之下。

鍾本評語：閲此等詞，宛行湘川廟竹之下。

陳廷焯《雲韶集》卷一：「啼猿」二語，語淺情深。不必猿啼，行客已自多愁，又況聞猿啼乎！況周頤《餐櫻廡詞話》：其《巫山一段雲》云：「啼猿何必近孤舟，行客自多愁。」《河傳》云：「依舊十二峰前，猿聲到客船。」則誠蜀人之言矣。

蕭繼宗《評點校注花間集》：仍爲神女祠而作，然遠勝前章。全詞字字精切，無懈可擊。起筆兩句分寫實景，第三句合寫，不嫌重還。「妝樓」與「古廟」、「行宮」，用語略分今昔，故以「往事」句爲小結。「往事」謂行雲入夢事，非尋常虛設之辭，便不落空。「朝還暮」與「春復秋」，同言時間，然一繫「雲雨」，一繫「煙花」，古今虛實，故自不同。至「啼猿」兩句，歸到作者自身，而以「行客自多愁」爲總結，推進一層，筆飛墨舞。

臨江仙

簾捲池心小閣虛。暫涼閑步徐徐〔一〕。芰荷經雨半凋疎①〔二〕。拂堤垂柳②，蟬噪夕陽餘。

不語低鬟幽思遠〔三〕，玉釵斜墜雙魚〔四〕。幾迴偷看寄來書。離情別恨，相隔欲何如。

【校　記】

① 疎：晁本、鄂本、吴鈔本、茅本、玄本、明殘本、四印齋本、影刊本作「踈」。

②堤：王輯本作「提」，誤。

【箋注】

〔一〕徐徐：遲緩，緩慢。《周易·困》：「來徐徐，困於金車。」高亨注：「徐徐，遲緩也。」漢桓寬《鹽鐵論·國疾》：「夫辯國家之政事，論執政之得失，何不徐徐道理相喻，何至切切如此乎？」

〔二〕凋疎：零落稀疏。唐胡傳美《武康碧落觀》：「欲脱儒衣陪羽客，傷心齒髮已凋疏。」

〔三〕幽思：鬱結於心的思想感情。南朝梁鍾嶸《詩品·總論》：「資生知之上才，體沉鬱之幽思。」唐孟郊《古妾薄命》：「空令後代人，采掇幽思攢。」

〔四〕雙魚：釵頭的魚形飾物。或謂指書信，言低鬟釵墜於書信上。唐唐彦謙《寄臺省知己》：「久懷聲籍甚，千里致雙魚。」

【疏解】

詞寫閨思。上片寫女子在池心小閣旁晚涼閒步，雨後凋疏的芰荷和黄昏柳樹上的蟬噪，是其所見所聞，景中隱約寓有衰颯遲暮之意。下片寫女子從徐步中停下來，低頭不語，情思幽遠。原來她是在「偷看」來信，「幾回」見出思念遠人之切，「偷」見出心性羞澀，不欲人知。幾番看信，更加重了她的離愁别恨，但兩地睽隔，相見無因，亦屬莫可奈何。結二句以「不了語作結」，抒發女子無可奈何的深重怨情。

【集評】

湯顯祖評《花間集》卷四：不了語作結，亦自有法。

茅暎《詞的》卷三：幽恨如新。

蕭繼宗《評點校注花間集》：不脱《花間》窠臼，而韻味迥殊。

其二

鶯報簾前暖日紅①。玉鑪殘麝猶濃②。起來閨思尚疎慵③〔一〕。别愁春夢④，誰解此情悰。

强整嬌姿臨寶鏡⑤，小池一朵芙蓉⑥〔二〕。舊歡無處再尋蹤。更堪迴顧，屏畫九疑峰⑦〔三〕。

【校記】

① 暖：玄本作「煖」。

②鑪：玄本、湯本、合璧本作「罏」，毛本、後印本、四庫本、清刻本作「爐」。

③思：吴鈔本作「恩」，誤。疎：晁本、鄂本、吴鈔本、茅本、玄本、明殘本、正本、四印齋本、影刊本作「踈」。

④别愁：全本、林大椿《唐五代詞》作「引愁」。

⑤强：全本作「彊」。鏡：晁本、影刊本缺末筆。

⑥芙蓉：吴鈔本作「芰蓉」，毛本、後印本、四庫本作「芙容」。

⑦畫：玄本作「画」。

【箋注】

〔一〕疎慵：疏懶；懶散。唐元稹《臺中鞫獄憶開元觀舊事》：「疏慵日高卧，自謂輕人寰。」

〔二〕小池句：言鏡中佳人如池中芙蓉。池喻鏡，芙蓉喻臉頰。

〔三〕九疑峰：即九嶷山。唐張署《贈韓退之》：「九疑峰畔二江前，戀闕思鄉日抵年。」

【疏解】

詞寫閨情，從晨起切入。起二句寫閨房内外晨景，日照簾櫳，見其起來之遲，而猶覺疏懶，原因爲何？這就引出「别愁春夢」無人解知的心事。過片二句比擬修辭，寫女子臨鏡梳妝，「是人是花，一而二，二而一。句中絶無曲折，卻極形容之妙」（況周頤《蕙風詞話》）。「舊歡」句回應「别愁春夢」，是説夢醒了無痕。結二句用屏風所繪的九嶷峰圖，來烘襯舊歡無處覓蹤，頗有巧思。

【集　評】

況周頤《蕙風詞話》卷二：李德潤《臨江仙》云：「强整嬌姿臨寶鏡，小池一朵芙蓉。」是人是花，一而二，二而一。句中絶無曲折，卻極形容之妙。昔人名作此等佳處，讀者每易忽之。

吴世昌《詞林新話》卷二：李珣《臨江仙》有「强整嬌姿臨寶鏡，小池一朵芙蓉」，此從温詞「衰桃一樹臨前池，似惜容顔鏡中老」化出，反其意而用之，遂覺别致。

李冰若《花間集評注·栩莊漫記》：德潤「强整嬌姿臨寶鏡，小池一朵芙蓉」，工於形容，語妙天下。世之笨詞，當以此爲换骨金丹。

蕭繼宗《評點校注花間集》：「屏畫九疑峰」，似不相干。謂往事朦朧，疑雲疑霧，故以朦朧之境界作結，手法亦自殊勝。

南鄉子①

煙漠漠②〔一〕，雨凄凄③。岸花零落鷓鴣啼〔二〕。遠客扁舟臨野渡〔三〕。思鄉處。潮退水平春色暮④。

【校　記】

①《記紅集》調名作《鷓鴣啼》。《歷代詩餘》調下注曰：「又一體，單調三十字。」

②煙：玄本、毛本、四庫本、清刻本作「烟」。

③雨淒淒：雪本作「草萋萋」。

④暮：毛本、四庫本作「莫」。

【箋　注】

〔一〕漠漠：迷蒙貌。漢王逸《九思·疾世》：「時咄咄兮旦旦，塵漠漠兮未晞。」唐杜甫《茅屋爲秋風所破歌》：「俄頃風定雲墨色，秋天漠漠向昏黑。」

〔二〕鷓鴣：鳥名。古人諧其鳴聲爲「行不得也哥哥」，詩文中常用以表思鄉之情。唐李涉《鷓鴣詞》：「惟有鷓鴣啼，獨傷行客心。」

〔三〕野渡：荒落村野的渡口。唐韋應物《滁州西澗》：「春潮帶雨晚來急，野渡無人舟自横。」

【疏　解】

李珣《南鄉子》十七首，《花間集》收録十首，皆題詠本調，描寫南土風俗人情，擴大了詞的表現領域，拓寬了《花間》詞狹窄的題材範圍，爲詞體文學創生了新的美感。俞陛雲曾指出《南鄉子》組詞「爲詞家特開新采」的功勞。此首寫南國暮春煙雨之景，抒遠客黄昏思鄉之情。詞中所寫岸花零落、鷓鴣啼鳴、扁舟野渡、潮退水平之景，有著鮮明的地域特色。

【集　評】

鍾本評語：「潮退水平春色暮」，便是《草堂》雋句。

沈雄《古今詞話·詞評》上卷：周草窗曰：「李珣輩俱蜀人，各制《南鄉子》數首以志風土，《竹枝》體也。」

蕭繼宗《評點校注花間集》：夏始春餘景色，寥寥三語，亦足移人。

其　二

蘭棹舉①，水紋開②。競攜藤籠採蓮來③〔一〕。迴塘深處遥相見④〔二〕。邀同宴。淥酒一巵紅上面⑤〔三〕。

【校　記】

①蘭棹：毛本、後印本、正本、四庫本、清刻本、全本、《歷代詩餘》、王輯本、林大椿《唐五代詞》作「蘭橈」。吴鈔本作「蘭掉」，誤。

②紋：全本作「文」。

③藤：玄本作「藤」。

④塘：湯評本作「瑭」。

⑤淥：湯本、合璧本作「绿」。

【箋　注】

〔一〕藤籠：採蓮所用之藤筐。

〔二〕迴塘：環曲的水池。南朝梁蕭綱《入溆浦詩》：「泛水入迴塘，空枝度日光。」唐温庭筠《商山早行》：「因思杜陵夢，鳧雁滿迴塘。」

〔三〕巵：酒巵，盛酒的器皿。北周庾信《北園新齋成應趙王教》：「玉節調笙管，金船代酒巵。」紅上面：酒紅現於面頰。

【疏　解】

此首詠寫採蓮。前三句寫採蓮女划船攜籠前來採蓮，「競」字見出人數之多，和她們對這種特殊勞動的喜愛。后三句寫她們荷塘深處相邀飲酒的場面，反映了民風之醇厚和人情之親密。「緑酒」一句寫採蓮女不勝酒力，臉飛紅雲，生動傳神，嬌態如見。

【集　評】

湯顯祖評《花間集》卷四：這般染法，亦畫家七十二色之最上乘也。墨子當此，定無素絲之悲。

陳廷焯《雲韶集》卷一：嬌態如見。

蕭繼宗《評點校注花間集》：寫風土，但未見特出。不知白雨齋何處見其嬌態也。

其　三①

歸路近，扣舷歌〔一〕。採真珠處水風多②〔二〕。曲岸小橋山月過。煙深鎖。荳蔻花垂千萬朶③。

【校　記】

①鄂本此首至「沙月淨」一首，字跡剥落，模糊較甚。

②多：《全五代詩》注作「和」。

③荳蔻：湯評本、合璧本、鍾本、全本、《歷代詩餘》作「豆蔻」。

【箋　注】

〔一〕扣舷歌：敲擊船邊以爲節拍而歌。唐王維《送綦毋校書棄官還江東》：「清夜何悠悠，扣舷明月中。」參見卷八孫光憲《菩薩蠻》「青巖碧洞經朝雨」注〔二〕。

〔二〕真珠：即珍珠。形圓如豆，乳白色，有光澤，爲蚌等軟體動物殼内所産。爲珍貴裝飾品，並可入藥。唐賈島《贈圓上人》：「一雙童子澆紅藥，百八真珠貫綵繩。」

【疏　解】

詞寫採珠晚歸。比之採蓮，採珠是更富於南中地方色彩的勞動，前三句描寫水風吹送、棹歌歸來的情景，洋溢著收穫的快樂氣息。后三句寫月上東山，晚煙迷蒙，沐著煙月，小船穿過荳蔻萬朵的曲岸小橋，一路駛向村口門前。荳蔻花和珍珠，都是南中特有的地域風物意象。

【集　評】

蕭繼宗《評點校注花間集》：真珠豆蔻，略見南中風物。

其　四

乘綵舫〔一〕，過蓮塘。棹歌驚起睡鴛鴦①。遊女帶香偎伴笑②。爭窈窕③〔二〕。競折團荷遮晚照④〔三〕。

【校　記】

①　棹：吴鈔本作「掉」，誤。

②　遊女帶香：鄂本、毛本、正本、四庫本、清刻本、全本、《歷代詩餘》、林大椿《唐五代詞》作「帶香遊女」；玄本、湯本、合璧本、影刊本、《詞的》作「遊女帶花」。陸本、張本、徐本作「遊女帶益」，誤。張本「益」朱校爲「香」。王輯本作「帶春遊女」。偎：鄂本、毛本、後印本、正本、四庫本、清刻本、四印齋本作「隈」。

③ 爭窈窕：鄂本、四印齋本作「窈窕」。

④ 折：吳鈔本作「拆」。團荷：吳鈔本作「圓花」，王輯本作「圓荷」。

【箋　注】

〔一〕綵舫：綵船，畫船。唐權德輿《雜言和常州李員外副使春日戲題十首》之六：「彩舫入花津，香車依柳陌。」

〔二〕窈窕：嫺靜美好貌。《詩經·周南·關雎》：「窈窕淑女，君子好逑。」毛傳：「窈窕，幽閒也。」爭：競比也。競比窈窕，似微含妖冶之意。《後漢書·列女傳·曹世叔妻》：「入則亂髮壞形，出則窈窕作態。」李賢注：「窈窕，妖冶之貌也。」

〔三〕團荷：指圓形的荷葉。五代孫光憲《思帝鄉》：「看盡滿池疏雨，打團荷。」晚照：夕陽餘暉。南朝宋劉裕《七夕》之一：「白日傾晚照，弦月升初光。」

【疏　解】

詞寫士著少女荷塘遊樂情景。少女們乘坐彩舫，駛過蓮塘，驚起了塘裏交頸而眠的鴛鴦。繡羽鮮麗的鴛鴦是愛情鳥，這引起了她們莫大的好奇興趣，但又似有幾分害羞，於是互相偎依著觀看笑鬧了一陣兒。這時夕陽猶熱，斜照過來，少女們便爭先恐後折來團團的荷葉，以爲遮陽防曬之用。

競折團荷,少女們仿佛是在爭相展示自己窈窕的體態;緑荷遮面,又爲她們增添了幾許婀娜美豔。然則競折團荷,爲遮陽乎,抑爲遮羞乎?是愛美呢,還是出於實用?小詞攝取的這個場面,生動活潑,洋溢著醉人的青春氣息,誘發讀者生出無限豐富的審美想像。

【集評】

茅暎《詞的》卷一:景真意趣。

鍾本評語:「競折團荷遮晚照」,韻致風流,大勝東坡所記鬼仙詩「摘將荷葉蓋頭歸」句。

李冰若《花間集評注·栩莊漫記》:「競折團荷遮晚照」,生動入畫。

夏承燾《唐宋詞欣賞·花間詞體》評《南鄉子》二首:這兩首詞很形象地刻畫人物的情態。第一首(指此首)寫一群小姑娘在蓮塘裏乘船嬉戲的情景,靈活、逼真地描繪了少女們的害羞、嬌憨。

蕭繼宗《評點校注花間集》:折荷遮日,隔水抛蓮,皆兒女採蓮常見之事,顧未有人寫出。至脱裙裹鴨,則不常見而更妙矣。

其五

傾渌蟻①〔一〕,泛紅螺②〔二〕。閑邀女伴簇笙歌〔三〕。避暑信船輕浪裏③〔四〕。閒遊戲④。夾岸荔枝紅蘸水⑤〔五〕。

【校　記】

①渌：湯本、合璧本、王輯本作「緑」。

②紅螺：《全唐詩》作「紅蠃」。

③裹：玄本作「裡」。

④閑：從陸本補。鄂本、四印齋本無此字，晁本、吴鈔本作空格。雪本同。

⑤荔枝：全本、林大椿《唐五代詞》作「荔支」。王輯本作「荔子」。紅：吴鈔本無此字。蘸水：毛本、正本、清刻本、王輯本作「醮水」，誤。《花間集評注》、《評點校注花間集》作「照水」。

【箋　注】

〔一〕傾：傾杯，飲酒。晉陶潛《乞食》：「談諧終日夕，觴至輒傾杯。」唐杜甫《又觀打魚》：「東津觀魚已再來，主人罷鱠還傾盃。」

〔二〕泛：泛溢。紅螺：亦稱「紅蠃」。軟體動物名。殻薄而紅，可制爲酒杯。唐劉恂《嶺表録異》卷下：「紅螺，大小亦類鸚鵡螺，殻薄而紅，亦堪爲酒器。刳小螺爲足，綴以膠漆，尤可佳尚。」

因用作酒杯或酒的代稱。唐陸龜蒙《襲美醉中寄一壺並一絶走筆次韻奉酬》:「酒痕衣上雜莓苔,猶憶紅螺一兩杯。」

〔三〕簇笙歌:聚集在一起歌舞娱樂。

〔四〕信船:聽任小船漂流。唐皇甫松《採蓮子》:「船動湖光灩灩秋,貪看年少信船流。」

〔五〕夾岸句:言兩岸荔枝紅熟,累累果實垂接水面。

【疏　解】

詞寫乘船避暑遊樂情景。前三句寫女伴閒來無事,相邀歌酒作樂。「簇笙歌」三字寫出一群女伴,一團熱鬧的場面。讀「避暑信船輕浪裏」一句,方知女伴們是在船上,水浪輕輕地摇晃著,船兒漫無目的地漂流著,她們一面飲酒,一面奏樂唱歌,這種遊戲般的避暑方式,真是快活極了。結句「夾岸荔枝紅蘸水」,是隨手拈取的眼前實景,可「爲閩粤諸村傳譜」(卓人月《古今詞統》)。李珣早年曾漫遊各地,聞見廣泛,閲歷豐富,熟悉南國風土,所以有此寫實而又傳神的妙句。

【集　評】

卓人月《古今詞統》卷三徐士俊評語:爲閩粤諸村傳譜。

鍾本評語:「夾岸荔枝紅蘸水」,爲閩粤諸村傳譜。

李冰若《花間集評注·栩莊漫記》：「夾岸荔枝紅蘸水」，設色明蒨，非熟於南方景物不能道。

蕭繼宗《評點校注花間集》：夾岸荔枝，的是南中風物，然綠蟻紅螺，用語不稱，嚴格言之，未始無趁韻之嫌。

其　六

雲帶雨，浪迎風。釣翁迴棹碧灣中①〔一〕。春酒香熟鱸魚美②〔二〕。誰同醉。纜卻扁舟蓬底睡③〔三〕。

【校　記】

① 迴：茅本作「迴」，誤。棹：吴鈔本作「掉」。

② 酒：吴鈔本作「醪」。

③ 蓬：全本、《歷代詩餘》、林大椿《唐五代詞》作「篷」。

【箋　注】

〔一〕迴棹：返棹，回船。祖詠《泗上馮使君南樓作》：「明晨擬回棹，鄉思恨風波。」

〔二〕春酒：冬釀春熟之酒；亦指春釀秋冬熟之酒。《詩經·豳風·七月》：「爲此春酒，以介眉壽。」毛傳：「春酒，凍醪也。」孔穎達疏：「此酒凍時釀之，故稱凍醪。」馬瑞辰《通釋》：「春酒即酎酒也。漢制，以正月旦作酒，八月成，名酎酒。周制，蓋以冬釀經春始成，因名春酒。」《文選·張衡〈東京賦〉》：「因休力以息勤，致歡忻於春酒。」李善注：「春酒，謂春時作，至冬始熟也。」晉陶潛《讀山海經》：「歡言酌春酒，摘我園中蔬。」唐岑參《喜韓樽相過》：「甕頭春酒黄花脂，禄米只充沽酒資。」此泛指酒。鱸魚：明李時珍《本草綱目》卷四四《鱗》之三《鱸魚》：「黑色曰盧。此魚白質黑章，故名。淞人名四鰓魚。鱸出吴中，淞江尤盛，四五月方出。長僅數寸，黑點，巨口細鱗，有四鰓。」唐李白《秋下荊門》：「此行不爲鱸魚鱠，自愛名山入剡中。」

〔三〕纜卻：以繩繫船。蓬底：船篷下。

【疏　解】

詞寫漁父生活。起二句六字，「雲雨風浪」具足，皆爲漁父所慣經。僅此六字，即已活畫出一個出没於雲濤煙浪裏的沖風冒雨的漁父形象。接寫漁父從「雲雨風浪」裏回棹水灣，扁舟泊岸，暢飲飽食之後篷底酣睡的情形。小詞展示了漁父生活中櫛風沐雨的艱辛的一面，但詞的重心在於表現漁父生活的自足和自在。「誰同醉」三字，並非説漁父感覺孤獨，希望與人同醉，而是酒熟魚美，陶然自樂，不需與人同醉之意。讀者於此不可不察。

【集　評】

湯顯祖評《花間集》卷四：帆底一樽，馬頭千里，亦自有榮辱。如此睡，仿佛希夷千日矣。

蕭繼宗《評點校注花間集》：「春酒」句拗，宜有訛文，無從訂正。「酒」字似可作「醪」。「誰同醉」三字一問，以無人同醉耳；下句結以「纜却扁舟蓬底睡」，則逕不欲與人同醉矣，妙。

其　七[①]

沙月靜〔一〕，水煙輕[②]〔二〕。芰荷香裏夜船行[③]。綠鬟紅臉誰家女。遥相顧。緩唱棹歌極浦去[④]。

【校　記】

① 鄂本至此首，以下殘缺十八首。

② 煙：玄本、毛本、四庫本、清刻本作「烟」。

③ 裏：玄本作「裡」。船：玄本、四印齋本作「舡」。

④ 棹：吴鈔本作「掉」。極浦：吴鈔本作「前浦」。

【箋　注】

〔一〕沙月：灑在沙灘上的月光。唐黄滔《寄邊上從事》：「吟餘多獨坐，沙月對樓生。」

〔二〕水煙：水面上浮起的煙靄。唐王勃《泥溪》：「水煙籠翠渚，山照落丹崖。」

【疏　解】

詞寫月夜行船，邂逅相遇。起二句極清幽，結一句極有韻，中間描寫月下行船擦舷而過時的偶遇一瞥，而緑鬢紅臉，已自印象鮮明，遥相回顧，似覺牽情不捨。詞如淡淡的水墨，在宣紙上氤氲開來，大片的留白中，只芰荷少女敷彩著色，格外醒人眼目。

【集　評】

鍾本評語：伊法中不嫌膚嫩。

蕭繼宗《評點校注花間集》：「芰荷香裏夜船行」，涼靜幽芳，兼備之矣。結句亦拗，「極浦去」三字頗損調風，疑應作「歸極浦」，姑志於是。

其八①

漁市散〔一〕，渡船稀。越南雲樹望中微〔二〕。行客待潮天欲暮②〔三〕。送春浦〔四〕。愁聽猩猩啼瘴雨③〔五〕。

【校記】

① 鄂本自此首起，末三葉十八首係鈔補。

② 暮：毛本、四庫本作「莫」。

③ 瘴雨：王輯本作「夜雨」。

【箋注】

〔一〕漁市：買賣魚類的場所。唐姚合《聽僧雲端講經》：「遠近持齋來諦聽，酒坊魚市盡無人。」

〔二〕越南：即南越，南粵，古百越之地。指今兩廣、閩浙及越南河内以北地區。班固《漢書·地理志》顔師古注：「自交趾至會稽七八千里，百越雜處，各有種姓。」唐杜佑《通典·州郡·古南越》：「自嶺而南，當唐虞三代蠻夷之國，是百越之地，亦謂南越，古謂之雕題。」雲樹：唐王維《桃源行》：「遥看一處攢雲樹，近入千家散花竹。」望中微：在視線中一片微茫。

〔三〕待潮：待晚潮漲起渡水。

〔四〕送春浦：送客於春日的水濱。春浦：春日水濱。北齊魏收《櫂歌行》：「雪溜添春浦，花水足新流。」

〔五〕瘴雨：指南方含有瘴氣的雨。唐鄭谷《將之瀘郡旅次遂州遇裴晤員外謫居於此話舊凄凉因寄二首》之一：「黄鳥晚啼愁瘴雨，青梅早落中蠻煙。」

【疏解】

詞寫行客晚渡。漁市散后，渡船稀少，放眼一望，雲樹微茫，黄昏渡口的冷清之景描寫中，已暗寫了人物，這人物就是待潮而渡的行客，亦即眺望雲樹的人。天涯孤旅，又值日暮，行客心情可知，故而在他聽來，瘴雨蠻煙裏傳出的猩猩叫聲，竟似啼哭一般，令人生愁。這是以我觀物、主觀情感投射於客觀物象的結果。詞中所寫渡頭漁市、越南雲樹、猩猩啼雨，地域色彩鮮明，具有某種程度的不可移易性，作品因之有了特色和個性。

【集評】

鍾本評語：「愁聽猩猩啼瘴雨」，讀之生巴蜀之思。

陳廷焯《雲韶集》卷一：「啼瘴雨」三字，筆力精湛，仿佛古詩。

蕭繼宗《評點校注花間集》：通篇寫越中風土，無一閒筆，末句尤悍。

其九

攏雲髻①，背犀梳〔一〕。焦紅衫映綠羅裾②〔二〕。越王臺下春風暖③〔三〕。花盈岸。遊賞每邀隣女伴④。

【校記】

①攏：湯本、合璧本作「櫳」。

②焦紅：《歷代詩餘》作「蕉紅」。映：鍾本作「暎」。裾：吴鈔本、湯評本、合璧本作「裙」。

③暖：文治堂本、玄本作「煖」。

④每邀：玄本、雪本作「與邀」。隣：毛本、四庫本作「鄰」。

【箋注】

〔一〕背犀梳：反插犀梳。犀梳：犀角制的梳子。明李時珍《本草綱目》卷五一《獸》之二《犀》

引《嶺表録異》曰：「有避塵犀，爲簪梳帶胯，塵不近身。」唐唐彦謙《無題》之二：「醉倚闌干花下月，犀梳斜彈鬢雲邊。」

〔二〕焦紅：即蕉紅。參見卷五毛文錫《中興樂》：「荳蔻花繁煙豔深」注〔四〕。

〔三〕越王臺：西漢初南越王趙佗所建之臺。故址在今廣州越秀山。唐曹松《南海旅次》：「憶歸休上越王臺，歸思臨高不易裁。」

【疏　解】

詞寫女伴相邀遊春。前三句描寫少女雲鬢倒插犀梳、紅衫映襯緑裙的衣飾裝束，襯托出人物的美麗明豔。接寫越王臺下東風送暖、花滿江岸的大好春光，更渲染出一種熱烈的氣氛。結句點題，交待美麗少女在這美好的季節裏，時常邀請鄰家女伴來到越王臺下遊賞。小詞散發著動人的青春氣息，寫人寫景，均有可觀。

【集　評】

鍾本評語：「焦紅衫暎緑羅裾」，出句自是飄灑有致。

蕭繼宗《評點校注花間集》：明點越王臺而已，風物不足以烘托出色。

其十

相見處，晚晴天①。刺桐花下越臺前②〔一〕。暗裏迴眸深屬意③〔二〕。遺雙翠④〔三〕。騎象背人先過水⑤〔四〕。

【校　記】

①晚：鍾本作「暎」。

②刺：晁本、陸本、合璧本、玄本、正本、清刻本、影刊本作「刺」。前：吳鈔本作「邊」。

③迴：晁本、徐本、王輯本作「迴」，誤。

④遺：王輯本作「遺」，誤。翠：王輯本作「醉」，誤。

⑤過水：王輯本作「渡水」。

【箋　注】

〔一〕刺桐：亦稱海桐、山芙蓉。落葉喬木。花、葉可供觀賞，枝幹間有圓錐形棘刺，故名。原產印度、馬來亞等地，我國廣東閩粵一帶亦多栽培。舊時多入詩。亦以指刺桐之花。宋吴處厚《青箱雜記》卷六：「刺桐花深紅，每一枝數十蓓蕾，而葉頗大，類桐，故謂之刺桐。」唐朱慶餘《南嶺路》：「經冬來往不踏雪，盡在刺桐花下行。」越臺：即越王臺。

〔二〕深屬意：深表傾心。屬意：猶傾心。指男女相愛悦。唐許堯佐《章臺柳傳》：「柳氏自門窺之，謂其侍者曰：『韓夫子豈長貧賤者乎！』遂屬意焉。」

〔三〕遺雙翠：贈以雙翠羽首飾。或解「遺」爲丢下，言女子故意把自己飾有翠羽的首飾丢下來，好讓小夥子撿起送還她。

〔四〕騎象：明李時珍《本草綱目》卷五一《獸》之二《象》：「象出交廣雲南及西域諸國。野象多至成群，番人皆畜以負重，酋長則飾而乘之。」唐李商隱《送從翁從東川弘農尚書幕》：「蠻童騎象舞，江市賣鮫綃。」背人：避開别人。唐李賀《美人梳頭歌》：「背人不語向何處，下階自折櫻桃花。」

【疏　解】

李珣《南鄉子》組詞，不僅描寫南粵風物十分出色，展示南粵的民情風俗也非常動人，「開《花間集》之新境」，應從寫景言情兩個方面理解。這首《南鄉子》其十，表現的男女愛情方式就很有風俗畫意味，烙上了明顯的地域環境、民族習俗色彩。雨過天晴的傍晚，越王臺前的刺桐花開得如火如荼，一對男女在這裏相逢了。天真爛漫的少女對小夥子一見鍾情，暗裏回眸，頻送秋波，「目成」之後，贈以翠羽。她自己則趁人不注意的時候，騎象先過河那邊等待去了。這裏所寫南粵地方青年男女的愛情，既不同於花間文人的狹邪豔遇，也沒有中土那麽多的禮教束縛，它健康而又樸實，含蓄而又大膽，尤其是那位騎象約會的少女形象，在古典詩詞中實屬絶無僅有。此詞所寫與歐陽炯《南鄉子》「水上遊人沙上女。回顧。笑指芭蕉林裏住」，情形略相仿佛，有異曲同工之妙。

【集　評】

湯顯祖評《花間集》卷四：輕弓短箭，獨擅所長，故十調皆有超語。

陳廷焯《詞則·閑情集》卷一：情態可想。

況周頤《餐櫻廡詞話》：周草窗云：李珣、歐陽炯輩，俱蜀人，各制《南鄉子》數首以志風土，亦《竹枝》體也。珣所作《南鄉子》十七闋，首闋云：「思鄉處。潮退水平春色暮。」似乎志風土之作矣。乃後闋句云：「采真珠處水風多。」又云：「夾岸荔支紅蘸水。」又云：「越南雲樹望中微。」又云：「愁聽猩猩啼瘴雨。」又云：「越王臺下春風暖。」又云：「刺桐花下越臺前。」又云：「騎象背人先過水。」又云：「出向桄榔樹下立。」又云：「拾翠采珠能幾許。」又云：「孔雀雙雙迎日舞。」又云：「謝娘家接越王臺，一曲鄉歌齊撫掌。」又云：「椰子酒傾鸚鵡醆。」又云：「慣隨潮水采珠來。」珣蜀人，顧所詠皆東粵景物，何耶？

李冰若《花間集評注·栩莊漫記》：李珣《南鄉子》均寫廣南風土，歐陽炯作此調亦然。珣波斯人，或曾至粵中，豈炯亦曾入粵？不然，則《南鄉子》一調，或專爲詠南粵風土而製，故作者一本調意爲之也。珣詞如「騎象背人先過水」、「競折團荷遮晚照」、「愁聽猩猩啼瘴雨」、「夾岸荔枝紅蘸水」諸句，均以淺語寫景而極生動可愛，不下劉禹錫巴渝《竹枝》，亦《花間集》中之新境也。

夏承燾《唐宋詞欣賞·花間詞體》評《南鄉子》二首：這兩首詞很形象地刻畫人物的情態。……下一首（指此首）描寫少女細膩的感情和行動。這是寫一個女孩子遇到自己喜愛的情人，怕人看見，只好偷偷地用眼神傳達對他的情意，並且假裝掉下了雙翠羽（是女子的首飾），背著人騎象先過河去等候他。詞中所寫的「刺桐花」、「越臺」、「騎象」也都是南方特有的風光。

夏承燾《瞿髯論詞絶句》：李家兄妹錦城中，小閣宫詞並比工。待喚周韓商畫境，淡眉騎象上屏風。

唐圭璋《詞學論叢·唐宋兩代蜀詞》：其《南鄉子》十首，均寫廣南風土，不下劉禹錫之巴渝《竹枝》。兹録其二首如下（詞略）。所寫皆生動入畫。至於「愁聽猩猩啼瘴雨」、「騎象背人先過水」亦皆寫南方風土，開《花間集》之新境。

吴世昌《詞林新話》卷二，《南鄉子》又一首：「相思處（略）。」或注「遺雙翠」爲故意掉下一雙翠羽裝飾的釵子。按：翠羽而已，何來釵子？「遺」即饋贈，何必「掉下」？既有「屬意」，則贈以翠羽，若掉在地上，知道給誰拾去？自己屬意之人豈非反而落了空？注家之穿鑿，往往如此！

蕭繼宗《評點校注花間集》：騎象渡河，亦是廣南風土，他處所不見也。李秀才《南鄉子》十首，各首最後兩字，皆著重去上，此中已漏泄少許消息。

女冠子

星高月午①〔一〕。丹桂青松深處〔二〕。醮壇開②。金磬敲清露〔三〕，珠幢立翠苔③〔四〕。　步虛聲縹緲④〔五〕，想像思徘徊⑤。曉天歸去路⑥，指蓬萊。

【校　記】

①月午：鍾本作「日午」，誤。

②醮：合璧本作「醮」。

③翠苔：雪本作「碧苔」。苔：王輯本作「台」。

④縹緲：王輯本作「縹」。

⑤思：王輯本作「緲思」。

⑥去路：《歷代詩餘》作「路去」。

【箋　注】

〔一〕月午：月至午夜。即半夜。唐劉禹錫《送惟良上人》：「燈明香滿室，月午霜凝地。」《太平廣記》卷三七二引唐戴孚《廣異記·蔡四》：「世間月午，即地下齋時。」

〔二〕丹桂：桂樹的一種。晉嵇含《南方草木狀》卷中：「桂有三種。葉如柏葉，皮赤者爲丹桂。」唐白居易《有木詩》之八：「有木名丹桂，四時香馥馥。」

〔三〕磬：古代打擊樂器，形狀像曲尺，用玉、石或金屬製成，可懸掛。此指寺觀中敲擊之鉢型金屬樂器。唐姚合《寄無可上人》：「多年松色別，後夜磬聲秋。」

〔四〕珠幢：以珠爲飾之幡。唐元稹《琵琶歌》：「一彈既罷又一彈，珠幢夜靜風珊珊。」

〔五〕步虛聲：道士誦經禮懺之聲。見卷九鹿虔扆《女冠子》「步虛壇上」注〔一〕。

【疏　解】

詞詠本調。上片描寫女冠夜半時分在「丹桂青松深處」設壇作法的場景，下片揭示女冠誦經時的聯翩浮想，其心理指向非常明確，就是蓬萊成仙。此詞純粹詠寫女冠的修行生活和理想，不染豔情化色彩。

【集　評】

蕭繼宗《評點校注花間集》：「星高月午」四字，非尋常寫景，須與「醮壇」結合，見黄冠禮斗之儀。此《女冠子》之佳制，起筆高絶；繼以松桂，轉入幽深，「醮壇開」，三字點題；「金磬」兩句，鋪寫法儀。後起「步虚聲」裏，已敻離人境；「想像」句，又略示凡情；至「曉天歸去路，指蓬萊」，直上三清，非塵土中人所能攀仰矣。

其　二

春山夜静。愁聞洞天疎磬①〔一〕。玉堂虚。細霧垂珠珮，輕煙曳翠裾②。　對花情脈脈，望月步徐徐。劉阮今何處〔二〕，絶來書。

【校　記】

① 疎：晁本、吴鈔本、茅本、玄本、明殘本、正本、四印齋本、影刊本作「踈」。

② 煙：玄本、毛本、四庫本作「烟」。

【箋　注】

〔一〕洞天：道教稱神仙的居處，意謂洞中别有天地。道教典籍有十大洞天、三十六洞天之説。《雲笈七籤》卷二七：「太上曰十大洞天者，處大地名山之間，是上天遣群仙統治之所。」「三十六小洞天，在諸名山之中，亦上仙統治之處也。」南朝梁任昉《述異記》卷下：「人間三十六洞天，知名者十耳，餘二十六天，出《九微志》，不行於世也。」唐杜光庭《洞天福地記》列出十大洞天、三十六小洞天、七十二福地的名稱。後常以洞天泛指風景勝地。唐陳子昂《送中岳二三真人序》：「楊仙翁玄默洞天，賈上士幽棲牝谷。」

〔二〕劉阮：用劉阮天台山采藥遇仙典事。參見卷二温庭筠《思帝鄉》「花花」注〔二〕。

【疏　解】

詞詠本調，但表現内容已不是前一首的道教徒清修生活，而是《花間》此調常常題寫的女冠春情凡心。春山静夜的輕煙薄霧之中，珠珮翠裾的女道士是那樣美豔，她顯然已經無心修行，愁聽洞天傳響的法器聲，感覺道觀裏空虚寂寞，其思凡之意已經呼之欲出。過片寫她含情看花、徐步望月，已是春心蕩漾的光景。此刻女冠的心理指向，已非上一首的蓬萊成仙，而是關切情人身在何處，見出其内心深處的隱秘渴慕。但情人音書斷絶，讓女冠惆悵不已。一結三字，斬絶有力。

【集　評】

蕭繼宗《評點校注花間集》：同詠女冠，視前章遠遜矣。然對花望月一聯，亦尚不惡。「愁聞」句「聞」字宜仄，疑「聽」字之誤。

酒泉子①

寂寞青樓。風觸繡簾珠碎撼②〔一〕。月朦朧，花暗澹③。鎖春愁④。　尋思往事依稀夢⑤〔二〕。淚臉露桃紅色重。鬢欹蟬，釵墜鳳⑥。思悠悠。

【校　記】

① 《歷代詩餘》調下注曰：「又一體。」

② 繡：毛本、四庫本作「綉」。珠碎：鄂本、四印齋本、林大椿《唐五代詞》作「珠翠」。合璧本作「珠卒」，誤。

③ 澹：毛本、正本、四庫本作「淡」。

④ 鎖：吴鈔本作「鎮」。

⑤ 尋思：雪本作「愁思」。往事：毛本、後印本、四庫本、徐本作「枉事」，誤。稀：晁本、陸本、茅本、張本、明殘本、徐本、影刊本作「俙」。

⑥ 墜：玄本作「墮」。

【箋　注】

〔一〕珠碎撼：簾珠淩亂地晃動。

〔二〕尋思：思索，考慮。《後漢書·循吏傳·劉矩》：「民有爭訟，矩常引之於前，提耳訓告，以爲忿恚可忍，縣官不可入，使歸尋思。訟者感之，輒各罷去。」唐白居易《南池早春有懷》：「倚棹忽尋思，去年池上伴。」依稀夢：言往事依稀，仿佛一場夢。

【疏　解】

詞寫閨怨。上片描寫閨閣月夜景物，以朦朧暗淡的色調光感，烘染女子心中的寂寞愁怨。下片轉寫女子回憶往事，但覺歡情成空，舊夢依稀，讓她黯然淚下，感傷不已。結三句刻畫女子鬢鼓釵墜的情態，展示其相思懷人的低迷心緒。此首麗字豔情，是常見的《花間》風格，在李詞中屬平平之作。

【集　評】

蕭繼宗《評點校注花間集》：瑕瑜互見。

其　二

雨漬花零①〔一〕。紅散香凋池兩岸②。別情遥，春歌斷③。掩銀屏。孤帆早晚離三楚〔二〕。閑理鈿箏愁幾許④〔三〕。曲中情，絃上語⑤。不堪聽。

【校　記】

①雨漬：鄂本、毛本、正本、四庫本、四印齋本作「雨清」。

②兩岸：雪本、張本作「雨岸」，張本朱校爲「兩岸」。

③歌：雪本、《歷代詩餘》作「欲」。

④鈿箏：雪本作「銀箏」。鈿：王輯本作「細」，誤。

⑤絃：晁本、影刊本缺末筆。

【箋　注】

〔一〕雨漬花零：言花朵在雨中零落。漬：水浸。

〔二〕三楚：戰國楚地疆域遼闊，秦漢時分爲西楚、東楚、南楚，合稱三楚。《史記·貨殖列傳》以淮北、沛、陳、汝南、南郡爲西楚；彭城以東，東海、吴、廣陵爲東楚；衡山、九江、江南、豫章、長沙爲南楚。《漢書·高帝紀上》：「羽自立爲西楚霸王。」顔師古注引孟康《音義》，以江陵（即南郡）爲南楚，吴爲東楚，彭城爲西楚。二説不盡同。後人多以泛指長江中游以南，今湖南、湖北一帶。唐李商隱《過鄭廣文舊居》：「宋玉平生恨有餘，遠循三楚吊三閭。」

〔三〕愁幾許：多少愁。唐蘇鬱《鸚鵡詞》：「忽然更向君前言，三十六宫愁幾許。」幾許：多少，若干。《古詩十九首·迢迢牽牛星》：「河漢清且淺，相去復幾許？」

【疏　解】

詞寫相思愁情。起二句寫暮春凋殘之景，烘托别情。接三句寫别後女子無心娱樂、掩屏獨處的孤寂情態。换頭寫女子對離人行程的揣想，見出關愛牽掛之意。以下寫女子彈箏寄情，箏聲愁苦不堪。此首類同上首，亦平平之作，惟琢句小有可觀，如上首的「風觸繡簾珠碎撼」，此首的「雨漬花零」，俱見功夫。

【集　評】

蕭繼宗《評點校注花間集》：視前章又遜矣。

其　三①

秋雨聯綿②，聲散敗荷叢裏〔一〕，那堪深夜枕前聽③。酒初醒。　牽愁惹思更無停。燭暗香凝天欲曉④〔二〕。細和煙⑤，冷和雨，透簾旌⑥〔三〕。

【校　記】

①《歷代詩餘》調下注曰：「又一體。」《康熙詞譜》注曰：「雙調，四十三字。前段四句，兩平韻；後段五句，兩平韻。」

②聯綿：全本、《歷代詩餘》、林大椿《唐五代詞》作「連綿」。

③那：吴鈔本作「郡」，誤。枕前：玄本、雪本作「枕上」。

④曉：明殘本、《詞律》、全本、《歷代詩餘》、王輯本作「曙」。

⑤ 煙：毛本、四庫本作「烟」。

⑥ 旌：宋明清各本均作「中」。清刻本、全本作「旌」，從改以叶「醒」韻。

【箋注】

〔一〕敗荷：殘荷。唐白居易《詠菊》：「一夜新霜著瓦輕，芭蕉新折敗荷傾。」

〔二〕香凝：鑪香停止燃燒，意即鑪香燃盡。凝：古冰字，從水，從疑。疑，止也。《廣雅》：「凝，定也。」引申有停止、靜止之意。江淹《别賦》：「舟凝滯于水濱，車逶遲於山側。」

〔三〕簾旌：簾端所綴之布帛。亦泛指簾幕。唐白居易《舊房》：「牀帷半故簾旌斷，仍是初寒欲夜時。」參見卷二皇甫松《夢江南》「樓上寢」注〔二〕。

【疏解】

詞寫雨夜愁思。起二句從聽覺切入，寫雨打敗荷之聲，喚起蕭瑟淒涼之感。接二句交待聽雨之人，深夜枕前，宿酒初醒，連綿不斷的殘荷雨聲，聒耳驚心，讓其深覺不堪。下片寫這牽愁惹思的雨聲不歇不停，折磨得人徹夜不眠。結三句寫黎明之時，寒意和著雨煙，透簾而入，更添一層愁苦。此首語淡而情悲，辭淺而意深，較耐涵泳尋味，風調與韋詞爲近。

【集評】

李冰若《花間集評注·栩莊漫記》：李德潤詞大氐清婉近端己。……《酒泉子》云：「秋雨聯綿，聲散敗荷叢裏，那堪深夜枕前聽，酒初醒。」皆詞淺意深，耐人涵泳。

蕭繼宗《評點校注花間集》：此首及後首，皆以首句爲主題——後首言「秋月」，此首則言「秋雨」也。自首句點明後，「聲散」句緊接，至「枕前聽」兩句小結，皆謂雨聲，後起「牽」、「惹」、「透」等動詞，皆以「雨」爲主語，文理甚明。然後結有「冷和雨」三字，「雨」字重見，極是無理。此首文字有訛，各家訂正，皆從聲律著眼；如從文理看，「雨」字必爲「霧」字之訛也。

其四

秋月嬋娟〔一〕，皎潔碧紗窗外，照花穿竹冷沉沉。印池心①〔二〕。　凝露滴②，砌蛩吟〔三〕。驚覺謝娘殘夢〔四〕，夜深斜傍枕前來。影徘徊〔五〕。

【校記】

① 池心：玄本、雪本作「他心」。

②凝露二句：《評點校注花間集》作「霜凝露滴砌蛩吟」，按曰：「後起首句准前章，必奪一字，如作三字兩句，聲文兩礙，疑『凝』字上落一『霜』字，故注於此。」王輯本、林大椿《唐五代詞》作「凝露滴□砌蟲吟」七字句。

【箋注】

〔一〕嬋娟：月色美好。唐孟郊《嬋娟篇》：「月嬋娟，真可憐。」

〔二〕印池心：言月影映於池水中間。

〔三〕砌蛩：台階縫隙裏的蟋蟀。唐李中《秋夕書事寄友人》：「砌蛩聲咽咽，簷月影沈沈。」

〔四〕驚覺：驚醒。賈島《送田卓入華山》：「幽深足暮蟬，驚覺石床眠。」

〔五〕影徘徊：月影徘徊。南朝梁蕭繹《關山月》：「月中含桂樹，流影自徘徊。」

【疏解】

此首兩解：一謂詠月，一謂言情，著眼點不同，説皆可通。從詠月的角度看，起句四字爲全詞定調，以下逐層鋪寫月映紗窗、照花穿竹、影印池心、斜傍枕前的種種皎潔美好，寫出了月亮從初升到中天再到西斜的一夜運行的全過程。謝娘與窗紗、花竹、池水、清露、蛩吟一樣，都是嬋娟月色的映襯點綴。從言情的角度看，則恰好相反，謝娘成爲全詞的關鍵，詞中自首至尾無處不在的月光，都是爲了烘托謝娘的夢境。夢醒之後，那斜傍枕前、徘徊不去的月影，似有情意，也是爲了慰藉謝娘的孤寂心情。全詞藉助月光，把女子的一種相思之意，表現得藴籍含蓄，不落跡象。

【集　評】

湯顯祖評《花間集》卷四：一意空翻到底，而點綴古雅，殊不强人意，似富於才而貧於學者。

況周頤《餐櫻廡詞話》：李秀才詞，清疏之筆，下開北宋人體格。五代人小詞，大都奇豔如古蕃錦，惟李德潤詞，有以清勝者，如《酒泉子》云：「秋雨聯綿（略）。」前調云：「秋月嬋娟（略）。」《浣溪沙》云：「翠疊畫屏山隱隱，冷鋪紋簟水潾潾，斷魂何處一蟬新。」所云下開北宋體格者也。有以質勝者，《西溪子》云：「歸去想嬌嬈，暗魂銷。」《中興樂》云：「忍孤前約，教人花貌，虚老風光。」宋人惟吴夢窗能爲此等質句，愈質愈厚，蓋五代詞已開其先矣。

華鍾彦《花間集注》卷十：按此詠秋月詞也。自首至尾，無處無月。古人爲文，用心若此。

蕭繼宗《評點校注花間集》：與前章同一機杼，特以「秋月」爲主耳，詞中「照」、「穿」、「印」、「驚」、「來」、「徘徊」諸字，皆以「月」爲主語，讀者自明。後起首句准前章，必奪一字，如作三字兩句，聲文兩礙，疑「凝」字上落一「霜」字，姑注于此。

望遠行①

春日遲遲思寂寥〔一〕。行客關山路遥。瓊窗時聽語鶯嬌②〔二〕。柳絲牽恨一條條。休暈繡③〔三〕，罷吹簫。貌逐殘花暗凋④。同心猶結舊裙腰〔四〕。忍辜風月度良宵⑤。

【校　記】

①《歷代詩餘》調下注曰：「雙調，五十三字。」

②語鶯：湯評本、合璧本作「語聲」。

③繡：毛本、四庫本作「綉」。

④貌：晁本、陸本、吳鈔本、茅本、張本、明殘本、徐本、影刊本作「皃」。

⑤辜：吳鈔本、全本作「孤」。正本作「辠」。

【箋　注】

〔一〕春日遲遲：春天日長，陽光温暖，光線充足。《詩經・豳風・七月》：「春日遲遲，采蘩祁祁。」

毛《傳》：「遲遲，舒緩也。」《疏》：「遲遲者，日長而暄之意。故爲舒緩。」

〔二〕瓊窗：雕飾精美的窗户。唐温庭筠《照影曲》：「景陽妝罷瓊窗暖，欲照澄明香步懶。」

〔三〕暈繡：一種刺繡工藝。華鍾彦《花間集注》曰：「謂以綵線纂成花紋，使其色深淺逐漸調和也。」

〔四〕同心句：言舊裙腰帶仍打著同心結。

【疏　解】

詞寫閨中懷人。起句直抒女子春日寂寥之情，呼起對遠隔關山的行客的思念。接以瓊窗鶯聲嬌囀，襯寫女子憑窗懷人、魂不守舍的情態。窗前萬條柳絲垂裊，也只供女子牽愁惹恨之用。過片寫相思之情攪擾得女子心緒繚亂，折磨得女子憔悴不堪。結二句寫同心結雖仍繫在昔日的裙腰之上，但人已别離，也只能辜負風月，虚度良宵了。言外有無可奈何的無窮悲感。

【集　評】

況卜娱《織餘續述》：蜀李珣詞《望遠行》云：「休暈繡，罷吹簫。」閨人刺繡，顔色濃淡深淺之間，細意熨貼，務令化盡針線痕跡，與畫家設色無異，謂之「暈繡」。此二字入詞絶新。

蕭繼宗《評點校注花間集》：緣題之作，於次句見之。詞意平平，然文氣暢達，「暈繡」二字新，要於大局無補。

其二①

露滴幽庭落葉時②〔一〕。愁聚蕭娘柳眉③〔二〕。玉郎一去負佳期。水雲迢遞鴈書遲。屏半掩，枕斜欹。蠟淚無言對垂④。吟蛩斷續漏頻移。入窗明月鑒空帷〔三〕。

【校記】

①吴鈔本此首錯亂，「負」字以下抄録《西溪子》「金樓（按：應作「金縷」）翠鈿浮動」一首。後接《虞美人》「金籠鶯報」一首。落下部分接於《河傳》其二之後。

②落葉：玄本、雪本、毛本《唐宋諸賢絶妙詞選》作「葉落」。

③蕭娘：玄本作「簫娘」。

④蠟：晁本、四印齋本作「蠋」。

【箋注】

〔一〕幽庭：幽寂的庭院。唐趙存約《鳥散餘花落》：「春曉游禽集，幽庭幾樹花。」

〔二〕蕭娘：參見卷八孫光憲《更漏子》「聽寒更」注〔二〕。

〔三〕明月鑒空帷：三國魏阮籍《詠懷詩》其一：「薄幃鑒明月，清風吹我襟。」

【疏解】

詞寫秋閨懷人。上片叙寫情郎一去，逾期不歸，水雲迢遞，雁書來遲，使得女子在歲華將盡的蕭瑟秋日裏，愁聚柳眉，痛苦不堪。過片三句，描寫秋夜閨中女子的感傷慵懶之態。「吟蛩」二句以景結情，淒怨哀婉，前一句的聽覺意象和後一句的視覺意象，共同暗示著女子的輾轉反側，夜不成眠。「入窗明月鑒空帷」一句，義兼比興，含有「自表孤貞」的言外之意。

【集評】

李冰若《花間集評注·栩莊漫記》：「明月鑒空帷」，自表孤貞，意在言外。

蕭繼宗《評點校注花間集》：通篇匀整，但乏精警處。

菩薩蠻①

迴塘風起波紋細②。刺桐花裏門斜閉③〔一〕。殘日照平蕪〔二〕。雙雙飛鷓鴣。　征帆何處客〔三〕。相見還相隔。不語欲魂銷，望中煙水遥④。

【校　記】

①吴鈔本《菩薩蠻》三首接《河傳》後。蠻：毛本、正本、四庫本、毛本《唐宋諸賢絶妙詞選》作「鬘」。

②紋：《全唐詩》作「文」。

③刺：晁本、陸本、玄本、湯本、合璧本、張本、清刻本、影刊本作「剌」。裏：玄本作「裡」。

④煙：玄本、毛本、四庫本、清刻本作「烟」。

【箋　注】

〔一〕斜閉：斜掩。唐王建《長安縣後亭看畫》：「縣門斜掩無人吏，看畫雙飛白鷺鷥。」

〔二〕平蕪：草木叢生的曠野。南朝梁江淹《去故鄉賦》：「窮陰匝海，平蕪帶天。」唐丘爲《題農父廬舍》：「溝塍流水處，耒耜平蕪間。」

〔三〕征帆：指遠行的船。南朝梁何遜《贈諸舊遊》：「無由下征帆，獨與暮潮歸。」

【疏　解】

詞寫相思閨情。起二句描寫女子的居處環境，筆觸細膩婉美，構境小巧可人。接二句忽然境界大開，描寫女子望中所見，落日照耀著無邊的原野，鷓鴣鳥雙雙飛入蒼茫暮靄之中。過片交待女子所思，乃是一位乘船路過的行客，短暫相遇之後，一帆風快，便告離别。女子銷魂不語，眺望遠去的帆影，眼前但見一片煙水茫茫，行客已消失在視線的盡頭。詞中出色的寫景，拓開巨大的感情空間，很好地完成了女子相思别情的抒發。「落日照平蕪」、「望中煙水遥」，此等景語，只在孫光憲詞中可以看到。

【集評】

鍾本評語：「刺桐花裏門斜閉」，詞中只消此等句便佳。

陳廷焯《雲韶集》卷一：「殘日照平蕪」五字，精絶秀絶。

又：此首音節淒斷。

蕭繼宗《評點校注花間集》：景語勝於情語。

其二

等閑將度三春景①〔一〕。簾垂碧砌參差影。曲檻日初斜。杜鵑啼落花。　恨君容易處②〔二〕。又話瀟湘去〔三〕。凝思倚屏山。淚流紅臉斑③〔四〕。

【校　記】

①度：王輯本作「渡」。

②恨君：鄂本、毛本、後印本、正本、四庫本、四印齋本作「恨去」。易：茅本作「昜」。

③斑：晁本、王輯本作「班」。從陸本校改。

【箋　注】

〔一〕等閑：輕易；隨便。唐白居易《新昌新居書事四十韻因寄元郎中張博士》：「等閒栽樹木，隨分占風煙。」三春景：春天的時光。三春：農曆正月稱孟春，二月稱仲春，三月稱季春，合稱三春。漢班固《終南山賦》：「三春之季，孟夏之初，天氣肅清，周覽八隅。」唐李白《別氈帳火爐》：「離恨屬三春，佳期在十月。」

〔二〕恨君二句：華鍾彦《花間集注》曰：「謂輕易言遠別也。」容易處：輕易就決定。容易：草率，輕易。《敦煌變文集·妙法蓮華經講經文》：「轉精勤，莫容易，夜靖（靜）三更思妙理。」處，決斷，定奪。《漢書·谷永傳》：「臣愚不能處也。」注曰：「斷決也。」

〔三〕又話：又說。唐儲光羲《至嵩陽觀觀即天皇故宅》：「一聞步虛子，又話逍遥篇。」瀟湘去：離開瀟湘。

〔四〕淚流句：言淚水在面妝脂粉上留下斑痕。

【疏解】

詞寫女子怨情。所寫爲别前抑或别後，理解頗費推敲。若是别前，則「等閒將度三春景」一句，是説良辰美景兼有賞心樂事，表達的是歡樂易過之感。若是别後，則此句所寫，就成了無人相守、良時虚度之意。還有過片「恨君容易處，又話瀟湘去」二句，若解作别前，則係女子猶當歡樂未厭之際，男子已生去意，女子當面怨責。若解作别後，則是寫女子心理獨白。

【集評】

蕭繼宗《評點校注花間集》：换頭兩句，文氣欠順，恐有訛文，秀才不當如是也。

其三①

隔簾微雨雙飛燕②。砌花零落紅深淺。捻得寶箏調③〔一〕。心隨征棹遥〔二〕。　楚天雲外路。動便經年去④〔三〕。香斷畫屏深⑤。舊歡何處尋⑥。

【校 記】

①吴鈔本此首後作「花間集終」。影刊本此首誤作「其四」。

②簾：吴鈔本作「廛」，誤。雙飛：《續詞選》作「飛雙」。燕：吴鈔本無此字。

③捻：四印齋本作「拈」。

④便：茅本作「使」。

⑤畫：玄本作「画」。

⑥歡：吴鈔本作「征」。四印齋本作「懽」。

【箋 注】

〔一〕捻：彈撥絲絃之指法。唐白居易《琵琶行》：「輕攏慢捻抹復挑，初爲霓裳後六腰。」

〔二〕征棹：指遠行的船。北周庾信《應令》：「浦喧征棹發，亭空送客還。」唐張旭《清溪泛月》：「旅人倚征棹，薄暮起勞歌。」

〔三〕動便：動輒。唐吕巖《贈喬二郎》：「與君相見皇都裏，陶陶動便經年醉。」經年去：一去經年。經年：經過一年或若干年。唐白居易《除夜寄弟妹》：「萬里經年別，孤燈此夜情。」

【疏　解】

詞寫相思閨怨。起二句描寫暮春景物，含有比興之義，落花時節，微雨天氣，本來就容易引起人的悵惘情緒，況有雨中雙飛的燕子，更加反襯出女子的孤單，觸動她的傷離懷人之情。論者認爲：晏幾道《臨江仙》名句「落花人獨立，微雨燕雙飛」，即以此爲藍本（李冰若《栩莊漫記》）。其實，晏詞「落花」二句，原是五代翁宏五律《春殘》的頷聯，小晏借爲己用，並非直接化自李珣詞句。接二句寫女子彈箏排遣，但是一顆心早又飛到離人的身邊。換頭二句承接前結，言楚天路遠，離人動輒經年不歸。結二句寫畫屏香斷，舊歡難尋，表現閨中的冷落和女子的憾恨。

【集　評】

湯顯祖評《花間集》卷四：《菩薩蠻》集中最多，而佳者亦不少。以此殿之，不爲貂續。

李冰若《花間集評注·栩莊漫記》：「隔簾」二句，即是「落花人獨立，微雨燕雙飛」藍本。

蕭繼宗《評點校注花間集》：前結二句，極寫相思，寄意寶箏，空餘結想。

西溪子①

金縷翠鈿浮動②〔一〕。粧罷小窗圓夢③〔二〕。日高時，春已老〔三〕。人未到④。滿地落花慵掃。無語倚屏風⑤。泣殘紅。

【校　記】

①《歷代詩餘》調下注曰：「又一體，單調三十五字。」吴鈔本此首錯接《望遠行》其二「負」字下。

②金縷：吴鈔本作「金樓」。鈿：王輯本作「細」，誤。縷：玄本作「鏤」。

③小：顧本、毛本、彊村本《尊前集》作「倚」。

④未到：晁本、陸本、吴鈔本、茅本、玄本、湯評本、合璧本、鍾本、張本、毛本、後印本、明殘本、清刻本、徐本、四印齋本、影刊本、全本、王輯本、《唐宋人選唐宋詞》本《花間集》作「來到」。據《尊前集》、《歷代詩餘》、《續詞選》校改。《花間集注》曰：「『來』，對上下文意均相反，疑爲『未』字之誤，若换一『未』字，全篇無滯塞之虞。」《評點校注花間集》曰：「『人來到』三字，與下文齟齬，語亦不佳。恐『來』字係『未』字之訛。」

⑤無語二句：毛本《尊前集》、林大椿《唐五代詞》作「離思正難緘，燕喃喃」。全本、王輯本注曰：「一作『離思正難緘，燕喃喃』。」

【箋　注】

〔一〕浮動：晃動，飄動。唐施肩吾《曉光詞》：「日輪浮動羲和推，東方一軋天門開。」

〔二〕圓夢：亦作原夢。解説夢中事，從而附會、預測人事吉凶。清趙翼《陔餘叢考》卷三四《圓夢》：「又有梅溪子者，姓宇文氏，精於太乙數，且善圓夢，以術授樂平人汪經。近世圓夢之術，蓋本諸此。」

〔三〕春已老：言已是暮春。唐岑參《喜韓樽相過》：「三月灞陵春已老，故人相逢耐醉倒。」

【疏　解】

詞寫春閨懷人。起句形容女子富麗的妝姿，二句寫她晨妝一罷，即在小窗前回味昨宵夢境，祈得吉兆，女子的心情是有幾分興奮的。但是等到日高之時，仍未見所思之人歸來，女子的情緒轉趨低落，聽任落花滿地，也懶得去打掃收拾。她無力地倚靠在屏風上，對著枝頭殘花，暗自飲泣。此詞「小有情致」，體現在三個方面：一是短小的篇幅之内，寫出了女子情緒由興奮、期待到失望、悲傷的起伏變化過程；二是詞句前後照應，「落花」回應「春老」，「殘紅」回應「落花」，意脈貫通；三是春老花殘之景中，融入的相思之怨和遲暮之悲。

【集　評】

鍾本評語：小有情致。

蕭繼宗《評點校注花間集》：小詞清越可喜，結句亦温婉。「人來到」三字，與下文齟齬，語亦不佳。恐「來」字係「未」字之訛。

虞美人①

金籠鸚報天將曙②〔一〕。驚起分飛處〔二〕。夜來潛與玉郎期〔三〕。多情不覺酒醒遲。失歸期。

映花避月遥相送。膩髻偏垂鳳③。却迴嬌步入香閨④〔四〕。倚屏無語撚雲篦〔五〕。翠眉低。

【校　記】

①《歷代詩餘》調下注曰：「又一體，雙調五十八字。」此首又見馮延巳《陽春集》，誤。《花間集》、《花草粹編》卷六、全本、《歷代詩餘》卷三七均作李珣詞，是。

②鸚報：陸本、吴鈔本、茅本、玄本、湯評本、合璧本、張本、毛本、後印本、明殘本、四庫本、四印齋本、影刊本、全本、《歷代詩餘》、王輯本、林大椿《唐五代詞》作「鶯報」。正本、清刻本作「鸎報」。《蘭畹曲會》作「鸚鵡」。

③髻：湯本、合璧本作「鬟」。

④迴：玄本作「逥」。嬌步：雪本作「蓮步」。

【箋　注】

〔一〕鸚報：鸚語報曉。

〔二〕驚起句：言鸚聲驚醒將要分别的情侣。

〔三〕潛與：暗與。

〔四〕却迴：回轉。唐杜甫《自京竄至鳳翔喜達行在所》之一：「西憶岐陽信，無人遂卻迴。」

〔五〕雲篦：雲頭篦。唐白居易《琵琶行》：「鈿頭雲篦擊節碎，血色羅裙翻酒汙。」

【疏　解】

詞寫幽歡别愁。上片先寫早鶯報曙、驚起分飛，再倒入夜來幽會，因貪歡醉酒，以致男子天亮未歸。下片順接「分飛」，描寫她依依不捨，悄悄相送。結三句寫她送别之後回到閨房，倚屏無語，手捻雲篦，低眉含愁的情態，揭示她留戀昨夜幽歡、感傷今朝别離的複雜心理。

【集　評】

蕭繼宗《評點校注花間集》：豔不傷雅，曲而能達。

河傳①

去去②〔一〕。何處。迢迢巴楚〔二〕。山水相連。朝雲暮雨③〔三〕。依舊十二峰前。猿聲到客船。　愁腸豈異丁香結④。因離別。故國音書絶〔四〕。想佳人花下，對明月春風。恨應同。

【校　記】

①《歷代詩餘》調下注曰：「又一體，雙調五十五字。」《記紅集》調名作《十二峰》。

②去去二句：陸本斷作「去去何處」四字句。

③暮：毛本、四庫本作「莫」。

④豈異：毛本《唐宋諸賢絶妙詞選》作「容易」。

【箋　注】

〔一〕去去：謂遠去。漢蘇武《古詩》之三：「參辰皆已没，去去從此辭。」唐孟郊《感懷》之二：「去去勿復道，苦飢形貌傷。」

〔二〕巴楚：巴地和楚地。巴，古國名，即巴子國，在原川東一帶，即今重慶市。楚：楚國。

〔三〕朝雲三句：用楚王夢神女、巫山十二峰、巫峽猿聲等典事，均已詳前注，可參看。

〔四〕故國：參見卷二韋莊《清平樂》「春愁南陌」注〔二〕。

【疏　解】

詞寫旅愁。一起「去去」二字，即予人以旅途匆促、漸行漸遠的强烈感覺。接以問句，帶出巴山楚水的迢遥旅程。以下三句，選取最有表現力的一段路途，集中描寫行經巫峽的見聞感受，雲雨唤起相思別情，猿聲映襯客船離愁。下片叙寫因故鄉遥遠，音書斷絶，而愁腸百結。結三句宕開眼前，透過一層，以客代主，遥想佳人花前月下的懷遠春恨，與自己旅途客舟的思家之情，應是一般無二。全詞「一氣卷舒，有水流花放之致。結六字温厚」（陳廷焯《詞則》）。

【集　評】

陳廷焯《詞則·別調集》卷一：一氣卷舒，有水流花放之致。結六字温厚。

況周頤《餐櫻廡詞話》：李德潤《河傳》云：「想佳人花下，對明月春風，恨應同。」高竹屋《齊天樂·中秋夜懷梅溪》云：「古驛煙零，幽垣夢冷，應念秦樓十二。」兩家用意略同。高詞傷格不可學，李詞則否。其故當細思之。

蕭繼宗《評點校注花間集》：此詞爲行客立言，故前云「依舊十二峰前」，惟所聞者，只「猿聲到客船」，歡戚大殊。後結四句，則行客想像「佳人」心境之辭。語意甚明。至高竹屋詞，則題面指明懷史梅溪，是竹屋想像梅溪于幽垣古驛間之心境，與此詞主客異勢，故遣詞微有不同，「傷格」云云，殊不可解。

其二①

春暮②。微雨。送君南浦〔一〕。愁斂雙蛾③。落花深處。啼鳥似逐離歌④。粉檀珠淚和〔二〕。　臨流更把同心結。情哽咽。後會何時節⑤。不堪迴首，相望已隔汀洲。櫓聲幽⑥。

【校記】

①《歷代詩餘》調下注曰「又一體」。晁本此首後爲晁謙之跋語。吴鈔本此首不分片，詞末連鈔《望遠行》其二落下的上片「佳期，水雲迢遞雁書遲」九字，另起一行鈔下片；後接《菩薩蠻》三首。上圖藏茅本第十卷後附「花間集音釋」，分十卷。茅本《花間集》六册，第六册

爲《花間集補》。張本此首末「已上共三十七調」,朱筆劃去。此頁末行空,有朱筆加補「花間集卷第十」字樣,頁邊線上有墨筆「牛嶠二首」。邊線外有「臨安府洪橋南陳宅經籍鋪印」字樣,與「牛嶠二首」應是同一手筆。影刊本此首後有晁謙之題跋、正德辛巳吳郡陸元大宋本重刻、吳昌綬跋。

②暮:毛本、四庫本作「莫」。

③蛾:王輯本作「娥」。

④啼鳥:文治堂本、雪本作「啼鳥」。上圖藏茅本此首「鳥」字以下剥落三十七字,插活頁墨筆行書鈔補。上二首剥落十字亦鈔補。

⑤後:吳鈔本作「復」。

⑥櫓:玄本、湯本作「櫓」。毛本、四庫本、四印齋本、毛本、後印本、正本、清刻本、徐本、《唐宋諸賢絶妙詞選》、《歷代詩餘》、王輯本、林大椿《唐五代詞》作「艣」。晁本、陸本、吳鈔本、明殘本、影刊本作「槦」。

【箋　注】

〔一〕送君南浦:南朝梁江淹《别賦》:「送君南浦,傷如之何。」唐武元衡《鄂渚送友》:「江上梅花無數落,送君南浦不勝情。」

〔二〕粉檀句：眼淚和脂粉混合。

【疏　解】

詞寫南浦别愁。上片叙寫暮天雨中南浦送别的情景。起三句所寫黄昏的特殊時段，微雨的黯淡天氣，南浦這一積澱了無數離愁的地點，均具有原型意象的性質，共同渲染烘托出濃郁的别情。然後聚焦愁斂蛾眉、淚流粉面的女子，她是送别畫面的中心。這時分别在即，驪歌唱起，落花啼鳥，似與相和，復用景語烘染，加重别離的傷感愁怨氣氛。過片描寫别前一刻，男女臨流再結同心，這是一個十分感人的細節。他們想到此時一别，後會無期，不禁悲從中來，哽咽失聲，難以自持。「不堪迴首」一句，既説眼前，亦兼往事，情感内涵豐富複雜。結二句寫客船已去，女子猶自不捨，隔著汀洲遥遥相望，目送行人，直至櫓聲漸漸幽微下去，一葉帆影也隱没在水天盡頭。結以景語，畫面中含蘊著惜别者的無限低迴之意。一首别情小詞，讀罷令人不勝唏噓，尤難爲懷。以此「深情綿渺」之作「結束《花間》」，與温庭筠濃豔嫵媚的開卷《菩薩蠻》前後呼應，「可謂珪璧相映」（李冰若《栩莊漫記》）。

【集　評】

李冰若《花間集評注·栩莊漫記》：昔閲片玉《蘭陵王》詞云：「回首迢遞便數驛，望人在天北。」愛其能描摹别緒，入木三分，使人誦之，黯然魂銷。及閲李德潤：「不堪回首，相望已隔汀洲，櫓聲幽。」正是一般寫法，乃知周詞本此也。

又：深情綿渺。以此結束《花間》，可謂珪璧相映。

蕭繼宗《評點校注花間集》：《河傳》繁弦促柱，往往不能貫氣，而此首通篇暢達，已是難能。後結「不堪」以下十字，微嫌語滯，恐有訛文，亦未可知。

《花間集》未收詞

中興樂

後庭寂寂日初長。翩翩蝶舞紅芳。繡簾垂地，金鴨無香。誰知春思如狂。憶蕭郎。等閒一去，程遥信斷，五嶺三湘。　休開鸞鏡學宫妝。可能更理笙簧。倚屏凝睇，淚落成行。手尋裙帶鴛鴦。暗思量。忍孤前約，教人花貌，虚老風光。

漁　父

水接衡門十里餘。信船歸去卧看書。輕爵禄，慕玄虚。莫道漁人只爲魚。

其　二

避世垂綸不記年。官高爭得似君閑。傾白酒，對青山。笑指柴門待月還。

其　三

棹驚鷗飛水濺袍。影隨潭面柳垂絛。終日醉，絶塵勞。曾見錢塘八月濤。

南鄉子

攜籠去，采菱歸。碧波風起雨霏霏。趁岸小船齊棹急。羅衣濕。出向桄榔樹下立。

其　二

雲髻重，葛衣輕。見人微笑亦多情。拾翠採珠能幾許。來還去。爭及村居織機女。

其　三

登畫舸，泛清波。採蓮時唱採蓮歌。欄棹聲齊羅袖斂。池光颭。驚起沙鷗八九點。

其　四

雙髻墜，小眉彎。笑隨女伴下春山。玉纖遥指花深處。爭回顧。孔雀雙雙迎日舞。

其　五

紅豆蔻，紫玫瑰。謝娘家傍越王臺。一曲鄉歌齊撫掌。堪遊賞。酒酌螺杯流水上。

其　六

山果熟，水花香。家家風景有池塘。木蘭舟上珠簾捲。歌聲遠。椰子酒傾鸚鵡琖。

其七

新月上，遠煙開。慣隨潮水採珠來。棹穿花過歸溪口。沽春酒。小艇纜牽垂岸柳。

定風波

志在煙霞慕隱淪。功成歸看五湖春。一葉舟中吟復醉。雲水。此時方認自由身。

花島爲鄰鷗作侶。深處。經年不見市朝人。已得希夷微妙旨。潛喜。荷衣蕙帶絶纖塵。

其二

十載逍遥物外居。白雲流水似相於。乘興有時攜短棹。江島。誰知求道不求魚。

到處等閒邀鶴伴。春岸。野花香氣撲琴書。更飲一杯紅霞酒。回首。半鉤新月貼清虚。

其三

又見新巢燕子歸。阮郎何事絶音徽。簾外西風黄葉落。池閣。隱莎蛩叫雨霏霏。

愁坐算程千萬里。頻跂。等閒經歲兩心違。聽鵲憑龜無定處。不知。淚痕留在畫羅衣。

其四

雁過秋空夜未央。隔窗煙月鎖蓮塘。往事豈堪容易想。惆悵。故人迢遞在瀟湘。

縱有回文重疊意。誰寄。解鬟臨鏡泣殘妝。沉水香消金鴨冷。愁永。候蟲聲接杵聲長。

其五

簾外煙和月滿庭。此時閑坐若爲情。小閣擁爐殘酒醒。愁聽。寒風葉落一聲聲。

惟恨玉人芳信阻。雲雨。屏帷寂寞夢難成。斗轉更闌心杳杳。將曉。銀缸斜照綺琴横。

西溪子

馬上見時如夢。認得臉波相送。柳堤長，無限意。夕陽裏。醉把金鞭欲墜。歸去想嬌嬈。暗魂銷。以上十七首彊村本《尊前集》

題跋叙録

王國維《李珣瓊瑶集輯本跋》：案《歷代詩餘》曰：「李珣，字德潤，先世本波斯人，家於梓州，王衍昭儀李舜弦兄也。爲蜀秀才，常與賓貢，有《瓊瑶集》一卷。」其集至南宋尚存。王灼《碧雞漫志》所引珣作《倒排甘州》、《河滿子》、《長命女》三闋，今宋人選本皆無之。是灼猶及見此書矣。兹從《花間集》録三十七首，補以《尊前集》十七首，録爲一卷。光緒戊申季夏，海寧王國維記。（《唐五代二十一家詞輯》）

總評

王灼《碧雞漫志》卷五：李珣《瓊瑶集》有《鳳臺》一曲，注云：「俗謂之《喝馱子》。」不載何宫調，今世道調宫有慢，句讀與古不類耳。……《花間集》和凝有《長命曲》。僞蜀李珣《瓊瑶集》亦有之，句讀各異。

楊希閔《詞軌》卷二：周稚圭題李德潤詞云：「雜傳紛紛定幾人，秀才高節抗峨岷。和舷自唱南鄉子，翻是波斯有逸民。」考《十國春秋》，本波斯之種，故周詩云爾。其《瓊瑶集》足與《浣花》雁行，聲情淒麗，令人迴腸盪氣也。

況周頤《餐櫻廡詞話》：李秀才詞，清疏之筆，下開北宋人體格。五代人小詞，大都奇豔如古蕃錦，惟李德潤詞，有以清勝者，如《酒泉子》云：「秋雨聯綿（略）。」前調云：「秋月嬋娟（略）。」《浣溪沙》云：「翠疊畫屏山隱隱，冷鋪紋簟水潾潾，斷魂何處一蟬新。」所云下開北宋體格者也。有以質勝者，《西溪子》云：「歸去想嬌嬈，暗魂銷。」《中興樂》云：「忍孤前約，教人花貌，虛老風光。」宋人惟吴夢窗能爲此等質句，愈質愈厚，蓋五代詞已開其先矣。宋人《黄氏客話》稱李德潤國亡不仕，詞多感慨之音。

李冰若《花間集評注·栩莊漫記》：李德潤詞大抵清婉近端己，其寫南越風物，尤極真切可愛。在《花間》詞人中自當比肩和凝，而深秀處且似過之。《花間》詞人能如李氏多面抒寫者甚鮮。故余謂德潤詞在《花間》可成一派，而可介立温、韋之間也。

姜方錟《蜀詞人評傳》：珣詞今存者，僅《花間集》三十七闋，《尊前集》十七闋。王靜安輯爲一卷，見《唐五代二十一家詞輯》中。其詞之風格，有異於《花間》諸人者，時而悲歌喟歎，時而瀟灑風流，故其詞不純以婉豔爲長。

又：德潤詞，内容極富，意者，受地域之影響特大故耳。波斯來蜀，跋涉萬里，政教風化，聞見必多，内容充實，固必然者也。

唐圭璋《夢桐詞話》卷二：李珣，《花間集》稱之爲李秀才，蓋未嘗仕蜀爲顯官也，有詞集曰

《瓊瑶集》。宋王灼《碧雞漫志》引珣作《倒排甘州》、《何滿子》、《長命女》三首，今宋人選本皆無之，是灼尤及見此書。尤可驚異者，則劉子庚先生常謂少時于蘇州見秀水杜氏藏有宋本李珣《瓊瑶集》，不知確否。今所傳者，則《花間集》中三十七首，《尊前集》中十七首，共五十四首，多感慨之音。

附録

一、温博《花間集補》

花間集補序

烏程温博允文甫撰

夫三百篇變而騷、賦，騷、賦變而古樂府，古樂府變而詞，詞變而曲。余初讀詩至小詞，嘗廢卷歎曰：嗟哉，靡靡乎，豈風會之始然耶！即師涓所弗道者。已而睹范希文《蘇幕遮》、司馬君實《西江月》、朱晦翁《水調歌頭》等篇，始知大儒故所不廢。何者？衆女蛾眉，芳蘭杜若，騷人之意，各有託也。然古今詞選，無慮數家，而《花間》、《草堂》二集最著者也。《花間》近無善本，會茅貞叔氏語余曰：「昔人稱『長短句情真而調逸，思同轉音入聲而始叶；歐陽舍人《浣溪沙》，『泥』當作『義』之類；苟不釋，奚知焉？今欲校而刻之，吾子云何？」余曰：「善。故吾意也。」貞叔遂會中土之音，氣韻平調者什其文。出家藏建康本校讐焉，而屬余點句。點者讀，圈者句，句韻腳也。已，貞叔又屬余補其未備，以足李唐一代之製。余故未知趙氏當時詮次意，乃於此往往歎遺珠舊矣。因自李翰林而下，十有四人，通得六十七首（按：實選詞七十二首，重出一首，得詞七十一首），爲二卷，命曰《花間集補》。大都卑調小令之略當余心者略備。如《菩薩蠻》、《憶秦娥》，世所稱調祖也。如《清平樂令》，或以爲非太白作，而近代楊用修、王元美已愉快之，未爲無據。如《清平調》、《欸乃曲》、《楊柳枝》、《竹枝詞》，即七言絶，而實古詞。古詞多四句也。如《漁歌子》、《古調笑》，比切聲調，並入古詞而采之云。嘻，聲律之道，難言哉，難言哉！自唐迄今，八百年來，作者凡幾。宋無詩而有詞，元無詞而有曲；至本朝始兼之。然當家詞手，可屈指也。余不佞，雖不諳新聲之艷耳，假令登高弔古，食酒而酣，按拍歌唐人之調，便翩翩乎不知有人間矣。況《三百篇》哉！是編也，余且與貞叔起而試歌之。烏程温博允文甫撰。

花間集補叙目

上卷

下卷

花間集補卷上

西吴温博編次　茅一楨訂釋

李白　七首

菩薩蠻

平林漠漠煙如織。寒山一帶傷心碧。暝色入高樓。有人樓上愁。　闌干空佇立。宿鳥歸飛急。何處是歸程。長亭更短亭。

憶秦娥

簫聲咽。秦娥夢斷秦樓月。秦樓月。年年柳色，霸陵傷别。樂游原上清秋節。咸陽古道音塵絶。音塵絶。西風殘照，漢家陵闕。

清平樂令

禁庭春晝。鶯羽披新繡。百草巧求花下鬭。只賭珠璣滿斗。日晚卻理殘妝。御前閑舞霓裳。誰道腰支窈窕，折旋消得君王。

其　二

禁闈秋夜。月探金窗罅。玉帳鴛鴦噴沉麝。時落銀燈香灺。女伴莫話孤眠。六宫羅綺三千。一笑皆生百媚，宸遊教在誰邊。

清平調辭

名花傾國兩相歡。長得君王帶笑看。解釋春風無限意，沉香亭北倚闌干。

其　二

一枝紅豔露凝香。雲雨巫山枉斷腸。借問漢宫誰得似，可憐飛燕倚新粧。

其　三

雲想衣裳花想容。春風拂檻露華濃。若非群玉山頭見，定向瑶臺月下逢。

張志和　五首

漁歌子

西塞山前白鷺飛。桃花流水鱖魚肥。青箬笠，緑蓑衣。斜風細雨不須歸。

其二

青草湖中月正圓。巴陵漁父棹歌連。釣車子，橛頭船。樂在風波不用僊。

其三

松江蟹舍主人歡。菰飯蒓羹亦共飡。楓葉落，荻花乾。醉宿漁舟不覺寒。

其四

霅溪灣裏釣魚翁。舴艋爲家西復東。江上雪，浦邊風。笑著荷衣不歎窮。

其五

釣臺漁父褐爲裘。兩兩三三舴艋舟。能縱棹，慣乘流。長江白浪不須憂。

元結 四首

欸乃曲

千里楓林煙雨深。無朝無暮有猿吟。停橈靜聽曲中意，好似雲山韶濩音。

其二

零陵郡北湘水東。浯溪形勝滿湘中。溪口石顛堪自逸，誰人能伴作漁翁。

其三

湘江二月春水平。滿月和風宜夜行。唱橈欲過平陽戍，守吏相呼問姓名。

其四

下瀧船似入深淵。上瀧船似欲升天。瀧南始到九嶷郡，應絶高人乘興船。

劉禹錫　十一首（應爲十五首）

楊柳枝

煬帝行宫汴水濱。數株殘柳不勝春。晚來風起花如雪，飛入空牆不見人。

其　二

城外春風吹酒旗。行人揮袂日西時。長安陌上無窮樹，唯有垂楊管别離。

其　三

楊子江頭煙景迷。隋家宫樹拂金堤。嵯峨猶有當時色，半蘸波中水鳥棲。

其　四

花萼樓前初種時。美人樓上鬬腰肢。如今抛擲長街裏，露葉如啼欲恨誰。

其　五

和風煙雨九重城。夾路春陰十里營。惟向邊頭不堪望，一株憔悴少人行。

竹枝詞

白帝城頭春草生。白鹽山下蜀江清。南人上來歌一曲，北人莫上動鄉情。

其　二

山桃紅花滿上頭。蜀江春水拍山流。花紅易衰似郎意，水流無限似儂愁。

其　三

江上朱樓新雨晴。瀼西春水縠紋生。橋東橋西好楊柳，人來人去唱歌行。

其　四

日出三竿春霧消。江頭蜀客駐蘭橈。憑寄狂夫書一紙，家住成都萬里橋。

其　五

兩岸山花似雪開。家家春酒滿銀杯。昭君坊中多女伴，永安宫外踏青來。

其　六

瞿塘嘈嘈十二灘。此中道路古來難。長恨人心不如水，等閒平地起波瀾。

其　七

巫峽蒼蒼煙雨時。清猿啼在最高枝。個裏愁人腸自斷，由來不是此聲悲。

其八

城西門前灩澦堆。年年波浪不能摧。懊惱人心不如石，少時東去復西來。

其九

山上層層桃李花。雲間煙火是人家。銀釧金釵來負水，長刀短笠去燒畬。

其十

楊柳青青江水平。聞郎江上唱歌聲。東邊日出西邊雨，道是無情還有情。

李　涉　三首

竹枝詞

十二峰頭月欲低。空舲灘上子規啼。孤舟一夜東歸客，泣向東風憶建溪。

其　二

荆門灘急水潺潺。兩岸猿啼煙滿山。渡頭年少應官去，月落西陵望不還。

其　三

石壁千重樹萬重。白雲斜掩碧芙蓉。昭君溪上年年月，獨自嬋娟色最濃。

王　建 六首

古調笑

團扇。團扇。美人並來遮面。玉顔憔悴三年。誰復商量管絃。絃管。絃管。春草昭陽路斷。

其　二

胡蝶。胡蝶。飛上金花枝葉。君前對舞春風。百葉桃花樹紅。紅樹。紅樹。燕語鶯啼日暮。

其　三

羅袖。羅袖。暗舞春風已舊。遥看歌舞玉樓。好日新粧坐愁。愁坐。愁坐。一世虚生虚過。

其　四

楊柳。楊柳。日暮白沙渡口。船頭江水茫茫。商人少婦斷腸。腸斷。腸斷。鷓鴣夜來失伴。

三臺令

池北池南草緑，殿前殿后花紅。天子千秋萬歲，未央明月清風。

其　二

魚藻池邊射鴨。芙蓉苑裏看花。日色赭黄相似，不着紅鸞扇遮。

花間集補卷下

白樂天 八首

長相思

深畫眉。淺畫眉。蟬鬢鬅鬙雲滿衣。陽臺行雨回。巫山高，巫山低。暮雨瀟瀟郎不歸。空房獨守時。

其　二

汴水流。泗水流。流到瓜州古渡頭。吴山點點愁。思悠悠。恨悠悠。恨到歸時方始休。月明人倚樓。

憶江南

江南好，風景舊曾諳。日出江花紅勝火，春來江水緑如藍。能不憶江南。

其　二

江南憶，最憶是杭州。山寺月中尋桂子，郡亭枕上看潮頭。何日更重遊。

其　三

江南憶，其次憶吴宫。吴酒一杯春竹葉，吴娃雙舞醉芙蓉。早晚復相逢。

楊柳枝

依依嫋嫋復青青。勾引春風無限情。白雪花繁空撲地，絲絲條弱不勝鶯。

其　二

紅板江橋買酒旗。館娃宫暖日斜時。可憐雨歇東風定，萬樹千條各自垂。

竹枝詞

瞿塘峽口冷煙低。白帝城頭月向西。唱到竹枝聲咽處，寒猿晴鳥一時啼。

薛　能　一首

楊柳枝

和風煙雨九重城。夾路春陰十里營。惟向邊頭不堪望，一株憔悴少人行。

徐昌圖　一首

木蘭花令

沉檀煙起盤紅霧。一剪霜風吹繡户。漢宮花面學梅粧，謝女雪詩裁柳絮。長垂天幕

孤鸞舞。旋炙銀笙雙鳳語。紅窗酒病對寒冰，永覺相思無夢處。

伎劉燕哥　一首

太常引

故人别我出陽關。無計鎖雕鞍。今古别離難。兀誰畫、蛾眉遠山。一樽别酒，一聲杜宇，寂寞又春殘。明月小樓閑。第一夜，相思淚彈。

無名氏　二首

後庭宴

千里故鄉，十年華屋，亂魂飛過屏山簇。眼重眉褪不勝春，菱花知我銷香玉。雙雙燕子歸來，應解笑人幽獨。斷歌零舞。遺恨清江曲。萬樹緑低迷，一庭紅撲簌。

撲蝴蝶

煙條雨葉，緑遍江南岸。思歸倦客，尋芳來較晚。岫邊紅日初斜，陌上飛花正滿。淒涼數聲羌管。

怨春短。玉人應在，明月樓中，畫眉懶。鸞箋錦字，多時魚雁斷。恨隨去水東流，事與行雲共遠。羅衾舊香猶暖。

李中主　一首

望遠行

碧砌花光照眼明。朱扉長日鎮長扃。餘寒欲去夢難成。爐香煙冷自亭亭。　遼陽月，秣陵砧。不傳消息但傳情。黄金臺下忽然驚，征人歸日二毛生。

李後主　十四首（實爲十五首）

搗練子

雲鬟亂。晚粧殘。帶恨眉兒遠岫攢。斜托香腮春笋嫩，爲誰和淚倚闌干。

長相思

一重山。兩重山。山遠天高煙水寒。相思楓葉丹。　菊花開，菊花殘。塞雁高飛人未還。一簾風月閑。

烏夜啼

無言獨上西樓。月如鈎。寂寞梧桐深院鎖清秋。　剪不斷。理還亂。是離愁。別是一般滋味在心頭。

菩薩蠻

銅簧韻脆鏘寒竹。新聲慢奏移纖玉。眼色暗相鈎。秋波横欲流。　雨雲深繡户。來便諧衷素。宴罷又成空。夢迷春睡中。

浣溪沙

紅日已高三丈透。金爐次第添香獸。紅錦地衣隨步皺。佳人舞點金釵溜。酒惡時拈花蕊嗅。別殿遥聞簫鼓奏。

醜奴兒令

轆轤金井梧桐晚，幾樹驚秋。晝雨和愁。百尺蝦須上玉鉤。瓊窗春斷雙娥皺，回首邊頭。欲寄鱗游，九曲寒波不泝流。

阮郎歸

東風吹水日銜山。春來長是閑。落花狼籍酒闌珊。笙歌醉夢間。春睡覺，晚粧殘。無人整翠鬟。留連光景惜朱顔。黄昏人倚闌。

山花子

菡萏香銷翠葉殘。西風愁起緑波間。還與韶光共憔悴，不堪看。細雨夢回雞塞遠。小樓吹徹玉笙寒。多少淚珠何限恨，倚闌干。

其二

手捲珠簾上玉鉤。依前春恨鎖重樓。風裏落花誰似主，思悠悠。青鳥不傳雲外信，丁香空結雨中愁。回首緑波三峽暮，接天流。

浪淘沙

簾外雨潺潺。春意闌珊。羅衾不暖五更寒。夢裏不知身是客，一餉貪歡。獨自莫凭闌。無限江山。别時容易見時難。流水落花歸去也，天上人間。

望江南

多少恨，昨夜夢魂中。還是舊時游上苑，車如流水馬如龍。花月正春風。

多少淚，斷臉復横頤。心事莫將和淚説，鳳笙休向淚時吹。腸斷更無疑。

虞美人

春花秋月何時了。往事知多少。小樓昨夜又東風。故國不堪回首月明中。

雕欄玉砌應猶在。只是朱顔改。問君還有幾多愁。恰似一江春水向東流。

玉樓春

晚妝初了明肌雪。春殿嬪娥魚貫列。笙簫吹斷水雲閑，重按霓裳歌遍徹。

臨春誰更飄香屑。醉拍闌干情未切。歸時休照燭花紅，待放馬蹄清夜月。

一斛珠

晚妝初過。沉檀輕注些兒個。向人微露丁香顆。一曲清歌，暫引櫻桃破。羅袖裛殘殷色可。杯深旋被香膠涴。繡床斜凭嬌無那。爛嚼紅茸，笑向檀郎唾。

馮延巳　二首（應爲三首）

謁金門

風乍起。吹皺一池春水。閑引鴛鴦香徑裏。手挼紅杏蕊。鬭鴨闌干遍倚。碧玉搔頭斜墜。終日望君君不至。舉頭聞鵲喜。

更漏子

夜初長，人近別。夢覺一窗殘月。鸚鵡卧，蟪蛄鳴。西風寒未成。紅蠟燭。彈棋局。床上畫屏山緑。褰繡幌，倚瑶琴。前歡淚滴襟。

長相思

紅滿枝。緑滿枝。宿雨厭厭睡起遲。閒庭花影移。　憶歸期。數歸期。夢見雖多相見稀。相逢知幾時。

二、《花間續集》目録

浙西卓長齡蔗村、金張介山、吴卜雄震一、卓松齡丹崖仝較

李白　四首

張志和　一首

漁歌子　一首　西塞山前白鷺飛

劉長卿　一首

謫仙怨　一首　晴川落日初低

韋應物　四首

三臺令　二首　一年一年老去　冰泮寒塘始緑

調笑令　二首　胡馬胡馬　河漢河漢

劉禹錫　二十八首

望江南 二首
春去也，共惜豔陽年　春去也，多謝洛陽人

瀟湘神 二首
湘水流　斑竹枝

竹　枝 六首
楊柳青青江水平　楚水巴山江雨多　山桃紅花滿上頭
江上朱樓新雨晴　巫峽蒼蒼煙雨時　山上層層桃李花

柳　枝 七首
迎得春光先到來　金谷園中鶯亂飛　花萼樓前初種時
煬帝行宫汴水濱　御陌青門拂地垂　城外春風吹酒旗
輕盈嫋娜占年華

浪淘沙 九首
九曲黄河萬里沙　洛水橋邊春日斜　汴水東流虎眼文
鸚鵡洲頭浪颭沙　濯錦江邊兩岸花　日照澄洲江霧開
八月濤聲吼地來　莫道讒言如浪深　流水淘沙不暫停

拋毬樂 二首
五色繡團圓　春早見花枝

白居易　十六首

花非花　一首　花非花

望江南　三首　江南好，風景舊曾諳　江南憶，最憶是杭州　江南憶，其次憶吴宫

竹　枝　二首　瞿塘峽口冷煙低　巴東船舫上巴西

柳　枝　六首　依依嫋嫋復青青　紅板江橋青酒旗　蘇家小女舊知名
葉含濃露如啼眼　人言柳葉似愁眉　一樹春風萬萬枝

浪淘沙　三首　青草湖中萬里程　借問江潮與海水　海底飛塵終有日

長相思　一首　汴水流。泗水流

王　建　七首

三臺令　三首　青草臺邊草色　樹頭花落花開　魚藻池邊射鴨

調笑令　四首　團扇團扇　羅袖羅袖　楊柳楊柳　蝴蝶蝴蝶

和凝　一首（重見）

喜遷鶯　一首　曉月墜，宿雲披

皇甫松　一首（重見）

竹枝　一首　檳郎花發　木棉花盡　芙蓉並蒂　宴中蠟燭　斜江風起　山頭桃花

崔液　二首

踏歌　二首　綵女迎金屋　夜際花微落

陶　縠　一首

明月斜　一首　明月斜，秋風冷

姚月華　四首

阿那曲　四首　銀燭清尊夕延佇　梧桐葉落黄金井　春草萋萋春水緑　與君形影分胡越

崔公達　一首

阿那曲　一首　晴天霜落寒風急

周德華　一首

玉川叟　一首

無名氏　十一首

點絳唇　一首　蹴罷秋千，起來慵整纖纖手

柳梢青　一首　曉星明滅

菩薩蠻　一首　牡丹帶露珍珠顆

摘紅英　一首　風摇盪，雨濛茸

後庭宴　一首　千里故鄉

撲蝴蝶　一首　煙條雨葉

後唐莊宗　二首

如夢令　一首　曾宴桃源深洞

一葉落　一首　一葉落，褰珠箔

牛希濟　一首（重見）

生查子　一首　新月曲如眉

南唐元宗　五首

李後主　二十六首

謝新恩　一首　冉冉秋光留不住
玉樓春　一首　晚粧初了明肌雪
採桑子　二首　轆轤金井梧桐晚　亭前春逐紅英盡
相見歡　一首　林花謝了春紅
長相思　二首　一重山。兩重山　雲一窩。玉一梭
蝶戀花　一首　遥夜亭皋閒信步
臨江仙　二首　秦樓不見吹簫女　櫻桃落盡春歸去
望江南　四首　閑夢遠，南國正芳春　閑夢遠，南國正清秋　多少恨，昨夜夢魂中
　　　　　　　多少淚，斷臉複横頤
清平樂　一首　别來春半
烏夜啼　一首　昨夜風兼雨
浪淘沙二首　簾外雨潺潺　往事只堪哀
虞美人二首　春花秋月何時了　風迴小院庭蕪緑

馮延巳　一百零二首

酒泉子　六首　深院空幃　春色融融　雲散更深　庭樹霜凋　芳草長川

庭下花飛

採桑子　十三首　小庭雨過春將盡　微風簾幙清明近　寒蟬欲報三秋候

洞房深夜笙歌散　笙歌放散人歸去　花前失卻遊春侶

昭陽記得神仙侶　畫堂燈煖簾櫳捲　酒闌睡覺天香煖

西風半夜簾櫳冷　小堂深靜無人到　畫堂昨夜愁無睡

馬嘶人語春風岸

思越人　一首　酒醒情懷惡

浣溪沙　三首　醉憶春衫獨倚樓　轉燭飄蓬一夢歸　春到青門柳色黄

菩薩蠻　八首　西風嫋嫋菱歌扇　沉沉朱户横金鎖　梅花吹入誰家笛

嬌鬟堆枕釵横鳳　金波遠逐行雲去　回廊遠砌生秋草

欹鬟墜髻摇雙槳　畫堂昨夜西風過

謁金門　二首　風乍起　楊柳陌

更漏子　五首　夜初長　金剪刀　風帶寒　秋水平　孤雁飛

清平樂　三首　深冬寒月　西園春早　雨晴煙晚

畫堂新霽情蕭索

臨江仙　三首　南苑池館花似雪　秣陵江上多離別　冷紅飄起桃花片

憶江南　二首　去歲迎春樓上月　今日相逢花未發

蝶戀花　十二首　芳草滿園花滿目　六曲闌杆偎碧樹　誰道閒情拋棄久

梅落繁枝千萬片　秋入蠻蕉風半裂　幾度鳳樓同飲宴

叵耐爲人情太薄　花外寒雞天欲曙　蕭索清秋珠淚墜

幾日行雲何處去　煩惱韶光能幾許　霜落小園瑤草短

盧絳　一首

菩薩蠻　一首　玉京人去秋蕭索

蜀後主王衍　一首

甘州曲　一首　畫羅裙

三、《花間集》詞人傳記資料

温庭筠

劉昫《舊唐書》卷一九〇《文苑傳》下《温庭筠傳》：温庭筠者，太原人，本名岐，字飛卿。大中初應進士，苦心硯席，尤長於詩賦。初至京師，人士翕然推重。然士行塵雜，不脩邊幅，能逐絃吹之音，爲側艷之詞，公卿家無賴子弟裴誠（諴）、令狐縞之徒，相與蒱飲，酣醉終日，由是累年不第。徐商鎮襄陽，往依之，署爲巡官。咸通中，失意歸江東，路由廣陵，心怨令狐綯在位時不爲成名。既至，與新進少年狂遊狹邪，久不刺謁。又乞索於楊子院，醉而犯夜，爲虞候所擊，敗面折齒，方還揚州訴之。令狐綯捕虞候治之，極言庭筠狹邪醜迹，乃兩釋之。自是汙行聞于京師。庭筠自至長安，致書公卿間雪冤。屬徐商知政事，頗爲言之。無何，商罷相出鎮，楊收怒之，貶爲方城尉。再遷隋縣尉，卒。子憲，以進士擢第。弟庭皓，咸通中爲徐州從事，節度使崔彦曾爲龐勛所殺，庭皓亦被害。庭筠著述頗多，而詩賦韻格清拔，文士稱之。

歐陽修、宋祁《新唐書》卷九一《温皇甫二李姜崔傳》附《温廷筠傳》：彦博裔孫廷筠，少敏悟，工爲辭章，與李商隱皆有名，號「温李」。然薄於行，無檢幅，又多作側辭豔曲，與貴胄裴諴、令狐滈等蒲飲狎昵。數舉進士不中第。思神速，多爲人作文。大中末試有司，廉視尤謹，廷筠不樂，上書千餘言。然私占授者已八人，執政鄙其爲，授方山尉。徐商鎮襄陽，署巡官，不得志，去歸江東。令狐綯方鎮淮南，廷筠怨居中時不爲助力，過府不肯謁。丐錢揚子院，夜醉，爲邏卒擊折其齒，訴於綯。綯爲劾吏，吏具道其汙行，綯兩置之。事聞京師，廷筠偏見公卿，言爲吏誣染。俄而徐商執政，頗右之，欲白用。會商罷，楊收疾之，遂廢卒。本名岐，字飛卿。

辛文房《唐才子傳》卷八《温庭筠》：庭筠，字飛卿，舊名岐，并州人，宰相彦博之孫也。少敏悟，天才雄贍，能走筆成萬言。善鼓琴吹笛，云：「有絃即彈，有孔即吹，何必爨桐與柯亭也。」側詞豔曲，與李商隱齊名，時號「温、李」。才情綺麗，尤工律賦。每試，押官韻，燭下未嘗起草，但籠袖憑几，每一韻一吟而已，場中曰「温八吟」。又謂八叉手成八韻，名「温八叉」。多爲臨鋪假手。然薄行無檢幅，與貴胄裴誠（諴）、令狐滈等飲博。後中夜嘗醉詬狹邪間，爲邏卒折齒，訴不得理。舉進士，數上又不第。出入令狐相國書館中，待遇甚優。時宣宗喜歌《菩薩蠻》，綯假其新撰進之，戒令勿洩，而遽言於人。綯又嘗問玉條脱事，對以出《南華經》，且曰：「非僻書，相公燮理之暇，亦宜覽古。」又有言曰：「中書省内坐將軍。」譏綯無學。由是漸疏之。自傷云：「因知此恨人多積，悔讀《南華》第二篇。」徐商鎮襄陽，辟巡官，不得志，游江東。大中末，山北沈侍郎主文，特召庭筠試於簾下，恐其潛救。是日不樂，逼暮，先請出，仍獻啟千餘言，詢之，已占授八人矣。執政鄙其所爲，留長安中待除。宣宗微行，遇於傳舍，庭筠不識，傲然詰之曰：「公非司馬、長史之流乎？」又曰：「得非六參、簿尉之類？」帝曰：「非也。」後謫方城尉。中書舍人裴坦當制，忸怩含毫久之，詞曰：「孔門以德行居先，文章爲末。爾既早隨計吏，宿負雄名，徒誇不羈之才，罕有適時之用。放騷人於湘浦，移賈誼于長沙，尚有前席之期，未爽抽毫之思。」庭筠之官，文士詩人爭賦詩祖餞，惟紀唐夫擅場，曰：「鳳皇詔下雖霑命，鸚鵡才高卻累身。」唐夫舉進士，有詞名。庭筠仕終國子助教，竟流落而死。今有《漢南真稿》十卷，《握蘭集》三卷，《金荃集》十卷，《詩集》五卷，及《學海》三十卷。又《採茶録》一卷，及著《乾䐣子》一卷，《序》云：「不爵不觥，非炮非炙，能説諸心，聊甘衆口，庶乎乾䐣子之義歟！」並傳於世。

王定保《唐摭言》卷七：蔣凝，江東人，工於八韻，然其形不稱名。隨計途次襄陽，謁徐商相公，疑其假手，因試《峴山懷古》一篇。凝于客次賦成，尤得意。時温飛卿居幕下，大加稱譽。

王定保《唐摭言》卷十：温憲，先輩庭筠之子，光啟中及第，尋爲山南從事。辭人李巨川草薦表，盛述憲先人之屈。略曰：「蛾眉先妒，明妃爲去國之人；猿臂自傷，李廣乃不侯之將。」

又：温庭皓，庭筠之弟，辭藻亞于兄，不第而卒。

又：李濤，長沙人也，篇詠甚著，如「水聲長在耳，山色不離門」，又「掃地樹留影，拂床琴有聲」，又「落日長安道，秋槐滿地花」，皆膾炙人口。温飛卿任太學博士，主秋試，濤與衛丹、張郃等詩賦，皆榜於都堂。

又：周繁，池州青陽人也。兄繇，以詩篇中第。繁工八韻，有飛卿之風。

王定保《唐摭言》卷十一：開成中，温庭筠才名籍甚，然罕拘細行，以文爲貨，識者鄙之。無何，執政間復有惡奏庭筠攪擾場屋，黜隨州縣尉。時中書舍人裴坦當制，忸泥含毫久之。時有老吏在側，因訊之升黜，對曰：「舍人合爲責辭，何者？入策進士，與望州長馬一齊資。」坦釋然，故有「澤畔長沙」之比。庭筠之任，文士詩人爭爲辭送，惟紀唐夫得其尤。詩曰：「何事明時泣玉頻，長安不見杏園春。鳳皇詔下雖霑命，鸚鵡才高卻累身。且飲緑醽銷積恨，莫辭黄綬拂行塵。方城若比長沙遠，猶隔千山與萬津。」

王定保《唐摭言》卷十三：温庭筠燭下未嘗起草，但籠袖憑几，每賦一韻，一吟而已，故場中號爲「温八吟」。（又見《太平廣記》卷一八二引）

又：山北沈侍郎主文年，特召温飛卿於簾前試之，爲飛卿愛救人故也。適屬翌日，飛卿不樂，其日晚，請開門先出，仍獻啟千餘字。或曰「潛救八人矣」。

孫光憲《北夢瑣言》卷四：温庭雲，字飛卿，或云作「筠」字，舊名岐，與李商隱齊名，時號曰「温李」。才思豔麗，工於小賦，每入試，押官韻作賦，凡八叉手而八韻成，多爲鄰鋪假手，號曰「救數人」也。而士行有缺，縉紳薄之。李義山謂曰：「近得一聯句云『遠比召公，三十六年宰輔』，未得偶句。」温曰：「何不云『近同郭令，二十四考中書』。」宣宗嘗賦詩，上句有「金步摇」，未能對，遣未第進士對之，庭雲乃以「玉條脱」續也，宣宗賞焉。又藥名有「白頭翁」，温以「蒼耳子」爲對，他皆此類也。宣宗愛唱《菩薩蠻》詞，令狐相國假其新撰密進之，戒令勿他泄，而遽言於人，由是疏之。温亦有言云：「中書堂内坐將軍。」譏相國無學也。宣宗好微行，遇於逆旅，温不識龍顔，傲然而詰之曰：「公非司馬、長史之流？」帝曰：「非也。」又謂曰：「得非大參、簿尉之類？」帝曰：「非也。」謫爲方城縣尉。其制詞曰「孔門以德行爲先，文章爲末。爾既德行無取，文章何以補焉？徒負不羈之才，罕有適時之用」云云。竟流落而死也。杜豳公自西川除淮海，温庭雲詣韋曲杜氏林亭，留詩云：「卓氏爐前金線柳，隋家堤畔錦帆風。貪爲兩地行霖雨，不見池蓮照水紅。」豳公聞之，遺絹一千匹。吴興沈徽云：「温舅曾于江淮爲親表檟楚，由是改名焉。」庭雲又每歲舉場多借舉人爲其假手。沈詢侍郎知舉，别施鋪席授庭雲，不與諸公鄰比。翌日，簾前謂庭雲曰：「向來策名者，皆是文賦託於學士，某今歲場中並無假託學士。勉旃！」因遣之，由是不得意也。（又見《太平廣記》卷一九九引）

孫光憲《北夢瑣言》卷十：唐裴晉公度，風貌不揚，自撰真贊云：「爾身不長，爾貌不揚。胡爲而將？胡爲而相？」幕下從事，遜以美之，且曰：「明公以内相爲優。」公笑曰：「諸賢好信謙也。」幕僚皆悚而退。李洸者，渤海人，昆仲皆有文章。洸因旅次至江村，宿於民家，見覆斗上安錫佛一軀，洸詭詞以贊之。民曰：「偶未慶贊，爲去僧院地遠爾。」洸曰：「何必須僧，只我而已。」民信之，明發隨分具齋餐炷香虔誠，洸俯仰朗稱曰：「錫鑞佛子，柔軟世尊。斗上莊嚴，爲有十升功德。」念「摩訶波若波羅蜜」。又趙璘員外爲裴坦相漢南從事。璘甚陋，裴公戲之曰：「趙公本不醜，孩抱時，乳母憐惜，往往撫弄云『作醜子，作醜子』，因此一定。」趙公大咍。薛侍郎昭緯氣貌昏濁，杜紫微脣厚，温庭筠號「温鍾馗」，不稱才名也。

孫光憲《北夢瑣言》卷二十：吴興沈徽，乃温庭筠諸甥也。嘗言其舅善鼓琴吹笛，亦云有弦即彈，有孔即吹，不獨柯亭、爨桐也。」制《曲江吟》十調，善雜畫，每理髮則思來，輒罷櫛而綴文也。有温顗者，乃飛卿之孫，憲之子。仕蜀，官至常侍，無它能，唯以隱僻繪事爲克紹也。中間出官，旋遊臨邛，欲以此獻於州牧，爲謁者拒之。然温氏之先貌陋，時號「鍾馗」。顗之子郢，魁形，克肖其祖，亦以奸穢而流之。

《新唐書》卷二〇三《李商隱傳》：商隱初爲文瑰邁奇古，及在令狐楚府，楚本工章奏，因授其學。商隱儷偶長短，而繁縟過之。時温庭筠、段成式俱用是相誇，號「三十六體」。

《太平廣記》卷一七四引《尚書故實》：會昌毁寺時，分遣御史檢天下所廢寺，及收録金銀佛像。有蘇監察者不記名，巡檢兩街諸寺，見銀佛一尺已下者，多袖之而歸，人謂之「蘇扛佛」。或問温庭筠：「將何對好？」遽曰：「無以過『密陀僧』也。」

《太平廣記》卷三五一引《南楚新聞》：太常卿段成式，相國文昌子也，與舉子温庭筠親善，咸通四年六月卒。庭筠居閑輦下，是歲十一月十三日冬至，大雪，淩晨有扣門者。僕夫視之，乃隔扉授一竹筒，云：「段少常送書來。」庭筠初謂誤，發筒獲書，其上無字，開之，乃成式手札也。庭筠大驚，馳出户，其人已滅矣。乃焚香再拜而讀，但不諭其理。辭曰：「慟發幽門，哀歸短數。平生已矣，後世何云。況復男紫悲黄，女青懼緑。杜陵分絶，武子成糿。自是井障流鸚，庭鐘舞鵠。交昆之故，永斷私情。慷慨所深，力占難盡。不具。荆州牧段成式頓首。」自後寂無所聞。書云糿字，字書所無，以意讀之，當作「群」字耳。温段二家，皆傳其本。子安節，前沂王傅，乃庭筠婿也，自説之。

李昉《太平廣記》卷四九八引《玉泉子》：温庭筠有詞賦盛名，初將從鄉里舉，客游江淮間，揚子留後姚勖厚遺之。庭筠少年，其所得錢帛，多爲狹邪所費。勖大怒，笞且逐之，以故庭筠卒不中第。其姊趙顓之妻也，每以庭筠下第，輒切齒於勖。一日，廳有客，温氏偶問客姓氏，左右以勖對。温氏遂出廳事，前執勖袖大哭。勖殊驚異，且持袖牢固，不可脱，不知所爲。移時，温氏方曰：「我弟年少宴游，人之常情，奈何笞之？迄今無有成遂，得不由汝致之？」復大哭，久之方得解。勖歸憤訝，竟因此得疾而卒。

錢易《南部新書》庚：令狐相綯，以姓氏少，族人有投者，不吝其力，由是遠近皆趨之，至有姓胡冒令狐者。進士温庭筠戲爲詞曰：「自從元老登庸後，天下諸胡悉帶令。」

吴處厚《青箱雜記》卷八：（王）安國俊邁而貌陋黑肥。熙寧中，與余同官於洛下。嘗謂余曰：「子可作詩贈我。」余因援筆戲之曰：「飛卿昔號温鍾馗，思道通俯還魁肥。江淹善啖筆五色，庾信能文腰十圍。只知外貌乏粉澤，誰料滿腹填珠璣。相逢把酒洛陽社，不管淋漓身上衣。」安國由此不悦。

阮閲《詩話總龜》前集卷四引《雅言雜録》：温庭筠，彦博之裔孫，本名岐，字飛卿。少敏悟，薄行，無檢幅。多作側詞豔曲，與貴胄裴誠（諴）、令狐滈等飲博。與李商隱皆有名，號「温李」。醉爲邏卒擊折齒，由汙行，訴不得理。連舉不第，徐商鎮襄陽，辟官，不得志，歸江東。紀唐夫贈詩曰：「鳳凰詔下雖沾命，鸚鵡才多卻累身。」人多諷之。庭筠既以才廢，引長沙事，自云：「豈司命重文章而輕爵禄，虚有授焉？」浮於行者，必有怨尤，不自咎也。

計有功《唐詩紀事》卷五十四：彦博裔孫，與李商隱俱有名，號「温李」。與貴胄裴諴、令狐滈等蒲飲狎昵。爲襄陽巡官。

又：庭筠才思豔麗，工於小賦，每入試，押官韻作賦，凡八叉手而八韻成，時號「温八叉」。多爲鄰鋪假手，號曰「救數人」也。而士行玷缺，縉紳薄之。

王楙《野客叢談》卷二一：《唐書》載温庭筠才思神速，多爲人作文，大中末試，有司廉視尤謹，庭筠私占授者已八人。執政鄙之，授方城尉。僕觀其集，有《開成五年抱疾不赴鄉計書懷百韻……》一詩，其間有云：「賦分知前定，寒心畏厚誣。昔皆言爾志，今亦畏吾徒。有氣干斗牛，無人辨轆轤。稍毁方銷骨，微瑕懼掩瑜。蛇矛猶轉戰，魚服自囚拘。欲就欺人事，何能逭鬼誅。」是時先大中末幾二十年，其不平之氣見於詩者已如此，則知云云不在大中之末。

夏承燾《唐宋詞人年譜·温飛卿繫年》，上海古籍出版社一九七九年版。

萬雲駿《温庭筠評傳》，《中國歷代著名文學家評傳》第二卷，山東教育出版社一九八三年版。

時人寄贈：

李商隱《聞著明凶問哭寄飛卿》：昔歎讒銷骨，今傷淚滿膺。空餘雙玉劍，無復一壺冰。江勢翻銀礫，天文露玉繩。何因攜庾信，同去哭徐陵。

李商隱《有懷在蒙飛卿》：薄宦頻移疾，當年久索居。哀同庾開府，瘦極沈尚書。城緑新陰遠，江清返照虚。所思惟翰墨，從古待雙魚。

段成式《寄温飛卿箋紙》：三十六鱗充使時，數番猶得裹相思。待將袍襖重抄了，盡寫襄陽播掿詞。

段成式《嘲飛卿七首》：

曾見當壚一個人，入時裝束好腰身。少年花蒂多芳思，只向詩中寫取真。

醉袂幾侵魚子纈，飄纓長罥鳳凰釵。知君欲作閒情賦，應願將身作錦鞋。

翠蝶密偎金叉首，青蟲危泊玉釵梁。愁生半額不開靨，只爲多情團扇郎。

柳煙梅雪隱青樓，殘日黄鸝語未休。見説自能裁袙腹，不知誰更著帩頭。

愁機懶織同心苣，悶繡先描連理枝。多少風流詞句裏，愁中空詠早環詩。

燕支山色重能輕，南陽水澤鬬分明。不煩射雉先張翳，自有琴中威鳳聲。

半歲愁中鏡似荷，牽環撩鬢卻須磨。花前不復抱瓶渴，月底還應琢刺歌。

段成式《柔卿解籍戲呈飛卿三首》：

長擔犢車初入門，金牙新醞盈深樽。良人爲漬木瓜粉，遮卻紅腮交午痕。

最宜全幅碧鮫綃，自襞春羅等舞腰。未有長錢求鄴錦，且令裁取一團嬌。

出意挑鬟一尺長，金爲鈿鳥簇釵梁。鬱金種得花茸細，添入春衫領裏香。

魚玄機《冬夜寄温飛卿》：苦思搜詩燈下吟，不眠長夜怕寒衾。滿庭木葉愁風起，透幌紗窗惜月沉。疏散未閑終遂願，盛衰空見本來心。幽棲莫定梧桐處，暮雀啾啾空繞林。

魚玄機《寄飛卿》：階砌亂蛩鳴，庭柯煙露清。月中鄰樂響，樓上遠山明。珍簟涼風著，瑶琴寄恨生。嵇君懶書札，底物慰秋情。

皇甫松

康駢《劇談録》卷下：自大中、咸通之後，每歲試春官者千餘人，其間章句有聞，亹亹不絶，如何植、李玫、皇甫松……以文章著美；温庭筠……以詞賦標名；賈島……以律詩流傳。……皆苦心文華，厄於一第。然其間數公，麗藻英詞，播於海内。

王定保《唐摭言》卷十：皇甫松，著《醉鄉日月》三卷，自叙之矣。或曰：松，丞相奇章公表甥，然公不薦。因襄陽大水，遂爲《大水辨》，極言誹謗。有「夜入真珠室，朝遊瑇瑁宫」之句。公有愛姬名真珠。

李昉《太平廣記》卷二六一：周咸通中，舉人李雲翰行《口脂賦》，又羅虬詩云：「窗前遠岫懸生碧，簾外殘霞掛熟紅。」又李罕《披雲霧見青天》詩：「顔回似青天。」皆遭主司庭責面譴。舉子中有每年撰《無名子》，前有舉人露布。後皇甫松作《齊夔凌纂要》。

洪邁《容齋三筆》卷七《唐昭宗恤録儒士》：唐昭宗光化三年十二月，左補闕韋莊奏：「詞人才子，時有遺賢，不沾一命於聖明，没作千年之恨骨。據臣所知，則有李賀、皇甫松、李群玉、陸龜蒙、趙光遠、温庭筠、劉德仁、陸逵、傅錫、平曾、賈島、劉稚珪、羅鄴、方干，俱無顯遇，皆有奇才，麗句清詞，遍在詞人之口，銜冤抱恨，竟爲冥路之塵。伏望追賜進士及第，各贈補闕、拾遺。見存唯羅隱一人，亦乞特賜科名，録升三署。」敕獎莊而令中書門下詳酌處分。

高似孫《剡録》卷七《剡溪玉葉紙》：皇甫松《非煙傳》曰：臨淮武公業位河南，功曹參軍愛妾曰非煙。北鄰子趙象窺見慕之，象取薛濤詩以剡溪玉葉紙寫之達意於非煙。煙復以金鳳紙題詩酬之。

李日華《六研齋筆記》二筆卷三：皇甫松，湜之子也。作《醉鄉日月》三卷，有云：「凡酒以色清味重爲聖，色如金而苦醇者爲賢，色黑酸醨者爲愚。以家醪糯釀醉人者爲中人，以巷醪粟釀醉人者爲小人。」

嵇曾筠等《浙江通志》卷一八二《人物・文苑・嚴州府》：皇甫松，《嚴陵志》：湜之子，工文詞。著《醉鄉日月》三卷，其《大隱》一賦，尤爲綺麗，而得名在樂府宫辭。

彭定求等《全唐詩》：皇甫松，湜之子，自稱檀欒子。詩十三首。

沈辰垣《歷代詩餘》卷一百一《詞人姓氏》：皇甫松，一作嵩，字子奇，睦州人。工部郎中湜之子。

胡雲翼《詞選》：皇甫松，字子奇，睦州人。

華鍾彦《花間集注》卷二：皇甫先輩，名松，一名嵩，字子奇，睦州人。稱先輩者，尊之也。自號檀欒子。有愛姬名真珠，時爲小令以調之。其詞如初日芙蓉春月柳，與韋相同工。斯集收詞十二首。

劉永濟《唐五代兩宋詞簡析》：松，一作嵩，字子奇，睦州人。工部侍郎湜之子也。松自稱檀欒子，遂以名其集。王國維從《花間》、《尊前》及《全唐詩》共輯得其詞二十二首。

龍榆生《唐宋名家詞選》：皇甫松，一作嵩，字子奇，睦州人。工部侍郎湜之子。《花間集》稱爲「皇甫先輩」，録其詞十二首。

劉大傑《中國文學發展史》中：皇甫松是皇甫湜之子，生卒未詳，《花間集》所載諸詞人，俱稱其官銜，獨於皇甫松只稱爲先輩，想必他是没有做過官的。他是睦州新安人，字子奇，自稱檀欒子，其他事蹟均不可考。《花間集》載其詞十一首，《全唐詩》共十八首。

韋莊

吴任臣《十國春秋》卷四十《韋莊傳》：韋莊，字端己，杜陵人。唐臣見素之後也。曾祖少微，宣宗中書舍人。莊疎曠不拘小節，幼能詩，以豔語見長。應舉時，遇黄巢犯闕，著《秦婦吟》云「内庫燒爲錦繡灰，天街踏盡公卿骨」，人稱爲「秦婦吟秀才」。莊後作家戒，不許垂《秦婦吟》障子。乾寧元年登進士第，爲判官，晉秩左補闕。高祖爲西川節度副使，昭宗命莊與李洵宣諭兩川，遂留蜀，同馮涓並掌書記。文不加點，而語多稱情。時有縣令擾民者，莊爲高祖草牒曰「正當凋瘵之秋，好安凋瘵；勿使瘡痍之後，復作瘡痍」，一時以爲口實。尋擢起居舍人。天復間，高祖遣莊入貢，亦修好于梁王全忠。談言微中，頗得全忠心。隨使押牙王殷報聘。昭宗既遇弑，全忠遣告哀使司馬卿宣諭蜀土，興元節度使王宗綰馳驛上白高祖，頗内懷興復，莊以兵者大事，不可倉卒而行，乃爲高祖答宗綰書曰：「吾蒙主上恩有年矣，衣襟之上，宸翰如新，墨詔之中，淚痕猶在。犬馬尚能報主，而况人之臣子乎？自去年三月東還，連貢二十表，而絶無一使之報。天地阻隔，叫呼何及。聞上至谷水，臣僚及宫妃千餘人，皆爲汴州所害，至洛果遭弑逆。自聞此詔，五内糜潰，方枕戈待旦，思爲主上報仇。今使來，不知以何宣告？」且令宗綰以此意諭之，卿乃惶懼而返。明年，高祖立行台於蜀，承制封拜，以莊爲安撫副使。未幾，梁篡唐改元，莊與諸將佐詣高祖，勸進曰：「大王雖忠於唐，唐已亡矣。此所謂天與不取也。」於是帥吏民哭三日，擁高祖即皇帝位。進左散騎常侍，判中書門下事。凡開國制度號令，刑政禮樂，皆由莊所定。頃之，梁復通好高祖，推高祖爲兄。莊得書笑曰：「此神堯驕李密之意也。」其機敏多此類。累官至門下侍郎、吏部尚書同平章事。武成三年卒于花林坊，葬白沙之陽。是歲，莊日誦杜甫「白沙翠竹江村暮，相送柴門月色新」之詩，吟諷不輟，人以爲詩讖焉。謚曰文靖。有集二十卷，箋表一卷，《蜀程記》一卷，又有《浣花集》五卷，乃莊弟藹所編，以所居即杜氏草堂舊址，故名。莊有美姬，善文翰，高祖託以教宮人爲詞，强奪去。莊作《謁金門》辭憶之，姬聞之，不食而死。莊又常取唐人麗句，勒成《又玄集》，其自序云：「謝元暉文集盈編，只誦澄江之句；曹子建詩名冠古，惟吟清夜之篇。是知美稼千箱，兩岐奚少；繁絃九變，大濩殊稀。入華林而珠樹非多，閱衆籟而紫簫唯一。所以擷芳林下，拾翠巖邊，沙之汰之，始辨辟寒之寶；載雕載琢，方成瑚璉之珍。故知頷下採珠，難求十斛；管中窺豹，但取一斑。思食馬留肝，徒云染指；豈烹魚去乙，或至傷鱗。自慙乎鼴鼠易盈，非嗜其熊蹯獨美。然則律者既采，繁者是除。何知黑白之鵝，强識淄澠之水。左太沖十年三賦，未必無瑕；劉穆之一日百函，焉能盡麗。班張屈宋，亦有蕪辭；沈謝應劉，猶多累句。雖遺妍可惜，而備載斯難。亦由執斧伐山，只求嘉木；挈瓶赴海，但汲井泉。等同於風月煙花，各是其櫨梨橘柚。魚兔雖存，筌蹄是棄。金盤飲露，惟挹沆瀣之精；花界食珍，僅享醍醐之味。」莊文詞甚多，不具録。

論曰：馮涓韋莊，皆翩翩藝苑之雄也。或請以蜀王稱制，或勸以帝位抗梁。議論較殊，而其爲主之心同矣。周庠參贊帷幄，雍容風議，直言無隱，卒秉國鈞。殆所謂社稷臣者非也。

辛文房《唐才子傳》卷十：莊，字端己，京兆杜陵人也。少孤貧，力學，才敏過人。莊應舉時，正黄巢犯闕，兵火交作，遂著《秦婦吟》，有云：「内庫燒爲錦繡灰，天街踏盡卻重回。」亂定，公卿多訝之，號爲「秦婦吟秀才」。乾寧元年，蘇檢榜進士。釋褐，授校書郎。李詢宣諭西川，舉莊爲判官。後王建辟爲掌書記。尋徵起居郎，建表留之。及建開僞蜀，莊託在腹心，首欲謀畫，其郊廟之禮，册書、赦令，皆出莊手。以功臣授吏部侍郎同平章事。莊早嘗寇亂，間關頓躓，攜家來越中，弟妹散居諸郡。西江、湖南，所在曾遊，舉目有山河之異，故於流離漂泛，寓目緣情，子期懷舊之辭，王粲傷時之制，或離群軫慮，或反袂興悲，《四愁》、《九怨》之文，一詠一觴之作，俱能感動人也。莊自來成都，尋得杜少陵所居浣花溪故址，雖蕪没已久，而柱砥猶存，遂誅茅重作草堂而居焉。性儉，秤薪而爨，數米而炊，達人鄙之。弟藹，撰莊詩爲《浣花集》六卷，及莊嘗選杜甫、王維等五十二人詩爲《又玄集》，以續姚合之《極玄》，今並傳世。

張鷟《朝野僉載》卷一：韋莊頗讀書，數米而炊，秤薪而爨，炙少一臠而覺之。一子八歲而卒，妻斂以時服。莊剥取，以故席裹屍，殯訖，擎其席而歸。其憶念也，嗚咽不自勝，惟慳吝耳。（又見《太平廣記》卷一六五）

何光遠《鑒誡録》卷九：咸通中，王建侍御吟詩寒碎，竟不顯榮。乾符末，李洞秀才出意窮愁，不登名第。是知詩者陶人性情，定乎窮通。故韋莊補闕有《長安感懷》云：「大道不將爐冶去，有心重築太平基。」此則苞括生成，末爲台輔。長興末，何僕射瓚有《蜀城書事》云：「到頭須卜林泉隱，自愧無能繼卧龍。」詩後十旬得疾而卒。今録四公全什，用明將來。王建侍郎《寄賈島》詩曰：「盡日吟詩坐忍饑，萬人中覓似君稀。僮眠冷榻朝猶卧，驢放秋田夜不歸。傍暖旋收新落葉，覺寒重著舊生衣。曲江池畔時時到，爲愛鸕鷀雨裏飛。」李洞秀才《上崇賢曹郎中》云：「閑坊宅枕穿宫水，聽水分衾蓋蜀僧。藥杵聲中擣殘夢，茶鐺影裏煮孤燈。刑曹樹蔭千年井，華嶽樓開萬里冰。詩句變風宫漸緊，夜濤春盡海邊藤。」韋補闕《感懷》曰：「長年方悟少年非，人道新詩勝舊詩。十畝野塘留客釣，一軒春雨對僧棋。花間醉任黄鶯語，亭上吟從白鷺窺。大道不將爐冶去，有心重築太平基。」何僕射《書事》云：「果決生涯向洛中，西投知己誤恩容。雲遮劍閣三千里，水隔瞿塘十二峰。頻步文翁坊裏月，閑尋杜甫宅前松。到頭須卜林泉隱，自愧無能繼卧龍。」

孫光憲《北夢瑣言》卷六：唐吴郡陸龜蒙，字魯望，舊名族也。……家於蘇臺。龜蒙幼精六籍，弱冠攻文，與顏蕘、皮日休、羅隱、吴融爲益友，性高潔。家貧，思養親之禄，與張博爲吴興、廬江二郡倅，著《吴興實録》四十卷、《松陵集》十卷、《笠澤叢書》五卷。……唐末以左拾遺授之，詔下之日，疾終。光化三年，贈右補闕，吴侍郎融傳貽史，右補闕韋莊撰誄文，相國陸希聲撰碑文，給事中顏蕘書，皮日休博士爲詩。

孫光憲《北夢瑣言》卷七：唐末，鳳翔判官王超推奉李茂貞，挾曹馬之勢，箋奏文檄，恣意翱翔。王蜀先主初下成都，馮涓節制掌判其奏箋，歲久轉廳，以掌記辟韋莊郎中，於權變之間，未甚愜旨。

孫光憲《北夢瑣言》卷十五：軍容使韓全誨以駕幸鳳翔，李茂貞比懷挾帝以令諸侯之意，懼朱全忠之盛也。西川王公建亦有此慮，乃結汴州同起軍，助其迎駕。汴軍傅城，川軍乃攻興元，其帥王萬洪以無救援遂降成都，由是山南十四州並爲蜀有，方變謀卻助鳳翔。於時命掌書記韋莊奉使至軍前，朱公大怒。自此與西川失歡，而汴帥軍罷。

孫光憲《北夢瑣言》逸文卷四：唐大順、景福已後，蜀路劍、利之間，白衛嶺石筒溪虎暴尤甚，號「税人場」。商旅結伴而行，軍人帶甲列隊而過，亦遭攫搏。時遞鋪卒有周雄者，膂力心膽，有異於常。日夜行役，不肯規避。仍持托杈利劍，前後於税人場連斃數虎，行旅賴之。西川書記韋莊作長語以賞之，蜀帥補軍職以壯之。（又見《太平廣記》卷四三二）

李昉《太平廣記》卷一七五：韋莊幼時，常在華州下邽縣僑居，多與鄰巷諸兒會戲。及廣明亂後，再經舊里，追思往事，但有遺蹤。因賦詩以記之。又途次逢李氏諸昆季，亦嘗賦感舊詩。《下邽》詩曰：「昔爲童稚不知愁，竹馬閑乘繞縣遊。曾爲看花偷出郭，也因逃學暫登樓。招他邑客來還醉，才得先生去始休。今日故人無處問，夕陽衰草盡荒丘。」又《逢李氏弟兄》詩曰：「御溝西面朱門宅，記得當時好弟兄。曉傍柳陰騎竹馬，夜隈燈影弄先生。巡街趁蝶衣裳破，上屋探雛手腳輕。今日相逢俱老大，憂家憂國盡公卿。」

司馬光《資治通鑑》卷二六四：王建出兵攻秦、隴，乘李茂貞之弱也，遣判官韋莊入貢，亦修好於朱全忠。全忠遣押牙王殷報聘，建與之宴。殷言：「蜀甲兵誠多，但乏馬耳。」建作色曰：「當道江山險阻，騎兵無所施。然馬亦不乏，押牙少留，當共閲之。」乃集諸州馬，大閲於星宿山，官馬八千，私馬四千，部隊甚整。殷嘆服。建本騎將，故得蜀之後，于文、黎、維、茂州市胡馬，十年之間，遂及兹數。

司馬光《資治通鑑》卷二六五：昭宗之喪，朝廷遣告哀使司馬卿宣諭王建，至是始入蜀境。西川掌書記韋莊爲建謀，使武定節度使王宗綰諭卿曰：「蜀之將士，世受唐恩，去歲聞乘輿東遷，凡上二十表，皆不報。尋有亡卒自汴來，聞先帝已罹朱全忠弑逆。蜀之將士方日夕枕戈，思爲先帝報仇。不知今兹使來以何事宣諭？舍人宜自圖進退。」卿乃還。

司馬光《資治通鑑》卷二六六：（開平元年九月）蜀王會將佐議稱帝，皆曰：「大王雖忠於唐，唐已亡矣，此所謂『天與不取』者也。」馮涓獨獻議請以蜀王稱制，曰：「朝興則未爽稱臣，賊在則不同爲惡。」王不從，涓杜門不出。王用安撫副使、掌書記韋莊之謀，帥吏民哭三日；己亥，即皇帝位，國號大蜀。辛丑，以前東川節度使兼侍中王宗佶爲中書令，韋莊爲左散騎常侍、判中書門下事，閬州防御使唐道襲爲内樞密使。莊，見素之孫也。蜀主雖目不知書，好與書生談論，粗曉其理。是時唐衣冠之族多避亂在蜀，蜀主禮而用之，使修舉故事，故其典章文物有唐之遺風。

計有功《唐詩紀事》卷六十八：莊字端己，杜陵人，見素之後。曾祖少微，宣宗中書舍人。莊疏曠不拘小節，李詢爲兩川宣諭和協使，辟爲判官。以中原多故，潛欲依王建，建辟爲掌書記。尋召爲起居舍人，建表留之。後相建爲僞平章事。

徐倬《全唐詩録》卷九四：韋莊，字端己，杜陵人，見素之孫，疏曠不拘小節。乾寧元年第進士，授校書郎轉補闕。王建開蜀，昭宗遣李珣宣慰兩川，辟莊判官行。莊以中原多故，欲依建，建辟之掌書記，尋以起居舍人召，建表留。以莊名臣世族，恩禮殊厚。即僞位，拜散騎常侍，進吏部平章事。卒，僞謚文靖。莊《浣花集》，弟藹編録。

況周頤《歷代詞人考略》卷五：莊，字端己，杜陵人，乾寧元年登進士第，授校書郎，轉左補闕。王建爲西川節度使，昭宗遣李珣宣慰，辟莊判官行，遂留掌書記，尋以起居舍人召，建表留之。及稱號，拜左散騎常侍，進吏部侍郎判中書門下事，累官至吏部尚書同平章事。卒謚文靖。有集二十餘卷，《浣花集》五卷。

龍榆生《唐宋名家詞選》：韋莊（八三六—九一〇），字端己，京兆杜陵人。僖宗廣明元年（八八〇），應舉入長安。時值黄巢兵至，莊陷重圍，又爲病困。中和三年（八八三）三月，在洛陽，著《秦婦吟》一篇，内一聯云：「内庫燒爲錦繡灰，天街踏盡公卿骨。」爾後公卿多垂訝，莊乃諱之。時人號「秦婦吟秀才」。旋復南遊，攜家至越，弟妹散居各郡，時已年過五十矣。其游蹤所至，自金陵、蘇州、揚州、浙西、湖北、湖南、江西、安徽，皆有題詠。至昭宗景福二年（八九三），始還京師。次年（乾寧元年，公元八九四），第進士，授職爲校書郎。乾寧四年，兩川宣諭和協使李詢辟爲判官，奉使入蜀，見王建，不久返京。昭宗天復元年（九〇一），再入蜀，王建辟爲掌書記，莊時年六十六歲。尋以起居舍人召，建表留之。二年，於浣花溪尋得杜工部草堂遺址，雖蕪没已久，而砥柱猶存。因命弟藹芟夷，結茆爲室，遂定居焉。三年，藹爲編次歷年所作詩，題曰《浣花集》。昭宣帝天祐四年（九〇七），唐亡，王建稱帝。一切開國制度，多出莊手。拜左散騎常侍，判中書門下事。累官至禮部侍郎，兼平章事。蜀高祖武成三年（九一〇）八月，卒于成都花林坊，謚文靖。

曲瀅生《韋莊年譜》，北平清華園我輩語叢刊社一九三二年版。

夏承燾《唐宋詞人年譜·韋端己年譜》，上海古籍出版社一九七九年版。

王水照《韋莊評傳》，《中國歷代著名文學家評傳》第二卷，山東教育出版社一九八三年版。

薛昭藴

孫光憲《北夢瑣言》卷四：唐薛澄州紹緯（或認爲與薛紹藴爲一人），即保遜之子也，恃才傲物，亦有父風，每入朝省，弄笏而行，旁若無人。好唱《浣溪沙》詞。知舉後，有一門生辭歸鄉里，臨歧獻規曰：「侍郎重德，某乃受恩。爾後請不弄笏與唱《浣溪沙》，即某幸也。」時人謂之至言。有小吏常學其行步揖讓，公知之，召乃謂曰：「試於庭前，學得似則恕爾罪。」於是下簾擁姬妾而觀，小吏安詳傲然，舉動酷似，笑而捨之。

《全唐詩》卷八九四：薛昭藴，蜀侍郎，詞十九首。

李調元《全五代詩》卷四六：昭緯，王衍時，官至侍郎。

王國維《明正德覆晁本花間集題記》：温助教、皇甫先輩、韋相之次，有薛侍郎昭藴。按《唐書・薛廷老傳》：「廷老子保遜，保遜子昭緯，乾寧初至禮部侍郎。性輕率，坐事貶磎州刺史。」《舊書》略同。《北夢瑣言》（十）：「唐薛澄州昭緯，即保遜之子，恃才傲物，亦有父風。每入朝省，弄笏而行，旁若無人；愛唱《浣溪沙》詞。」今此集載昭藴詞十八首，其八首爲《浣溪沙》；又稱爲薛侍郎，恐與昭緯爲一人。緯、藴，二字俱從糸，必有一誤也。

俞平伯《唐宋詞選釋》：薛昭藴，《花間集》稱爲「薛侍郎」，字里無考。新舊《唐書》有薛昭緯傳，言其乾寧中爲禮部侍郎；《北夢瑣言》謂昭緯好唱《浣溪沙》詞。後世乃有以昭緯、昭藴爲一人者，如王國維《庚辛之間讀書記·跋覆宋本花間集》，疑非是。蓋史載昭緯卒於唐末，而《花間集》列昭藴於韋莊、牛嶠之間，當爲前蜀時人。

龍榆生《唐宋名家詞選》：薛昭藴（《北夢瑣言》卷十一作昭緯），唐末官侍郎。……《花間集》録薛詞十九首，《全唐詩》同。

牛　嶠

計有功《唐詩紀事》卷七十一：嶠，字松卿，一字延峰，隴西人，自云僧孺之後。乾符五年進士，歷拾遺，補尚書郎。王建鎮蜀，辟判官。及僭位，爲給事中。

辛文房《唐才子傳》卷九：嶠，字延峰，隴西人，宰相僧孺之後。博學有文，以歌詩著名。乾符五年，孫偓榜第四人進士，仕歷拾遺、補闕、尚書郎。王建鎮西川，辟爲判官。及僞蜀開國，拜給事中，卒。有集，本三十卷，自序云：「竊慕李長吉所爲歌詩，輒效之。」今傳於世。

湯顯祖評《花間集》卷二：公成都人，爲孟蜀學士，世以爲牛給事者，誤也。公尚有「紫陌青門」《酒泉子》一調，亦甚佳。集中何獨遺之？

吴任臣《十國春秋》卷四十四：牛嶠字松卿，一字延峰，隴西人也。唐相僧孺之後。博學有文，以歌詩著名。乾符五年，登進士第。歷官拾遺、補闕、校書郎。高祖以節度使鎮西川，辟爲判官，及開國，拜給事中，卒。有集三十卷，歌詩三卷。自言竊慕李賀長歌，舉筆輒效之。尤善制小詞，《女冠子》云：「繡帶芙蓉帳，金釵芍藥花。」《菩薩蠻》云：「山月照山花，夢回燈影斜。」皆嶠佳句也。

況周頤《歷代詞人考略》卷五：嶠，字松卿，一字延峰。隴西人，唐宰相僧孺之後。乾符五年登進士第，歷拾遺、補闕、校書郎。王建以節度使鎮西川，辟爲判官。及開國，拜給事中。有集三十卷，歌詩三卷。

張　泌

《全唐詩》卷七四二：張泌。字子澄，淮南人，仕南唐爲句容縣尉，官至内史舍人。詩一卷。

馮金伯《詞苑萃編》卷三引《詞暵》：張泌仕南唐，爲内史舍人，工小詞。有《江城子》二闋（詞略）。

吴任臣《十國春秋》卷三〇：張佖，常州人。後主朝仕爲考功員外郎，進中書舍人。開寶五年，貶損制度，改内史舍人，後主雅好文學，雖當末運，猶留意科第，以佖有文，使知禮部貢舉。……佖隨後主入宋，以故臣見叙。太宗朝，佖在史館，一日，問曰：「卿家每食多客，叙談何事？」佖曰：「臣之親舊，多客都下，困窮乏食。臣累輕而俸優，故常過臣飯，臣不得拒焉；然止菜羹而已。」明日，太宗譴快行者伺其饌客，即坐間取食以進，果止糝飲菜羹，仍皆陶器。太宗喜其不隱，遷官郎中，佖第宅在故里，人稱「菜羹張家」云。佖爲人長者，後官河南，每寒食，必親拜後主墓，哭之甚哀。李氏子孫陵替，常分俸贍給焉。

夏承燾等《唐宋詞選》：張泌事蹟不詳，詞見《花間集》。一般人認爲他就是南唐舍人張泌，不可信。

俞平伯《唐宋詞選釋》：張泌，《花間集》列于牛嶠、毛文錫之間，稱爲「張舍人」，字里無考。南唐時别有張泌者，爲李煜舍人，且及見煜之死，則已在九七八年以後，距《花間集》成書遲約四十年。且《花間》不收南唐詞，自非一人也。今從《花間集》，列于牛希濟之前。

龍榆生《唐宋名家詞選》：張泌一作佖，常州人。後主朝，仕爲考功員外郎，改内史舍人。隨後主入宋，以故臣在史館。後官河南，每寒食，必親拜後主墓，哭之甚哀。李氏子孫陵替，常分俸贍給焉。《花間集》收張詞二十七首，《全唐詩》同。

姜方錟《蜀詞人評傳》：張泌，字子澄，舊説淮南人。胡適疑爲蜀人，官至内史舍人。胡適云：舊説張泌淮南人，初官句容尉，上書陳治道，南唐後主徵爲監察御史，官内史舍人。後隨後主歸宋，仍入史館，遷郎中，歸後，寄家毗陵。杜文瀾《詞人姓氏録》、《中國人名大辭典》之説也，此説不知何據。但余以爲此説殊多謬誤。《花間集》結於九四零年，其時南唐建國，不及四年。後主嗣位，在九六一年，相距二十餘年，而《花間集》已稱張舍人泌矣。《花間集》稱人之官爵，皆是結集之官爵，故和凝只稱學士，而不稱相。故疑詞人張泌，另是一人，大概亦是蜀人，其年輩甚早，故其詞在《花間集》列于韋莊、薛昭藴之後。按胡氏之説，持之有故，言之成理，時間不同，稱爵過早，此其最可疑者也。且趙崇祚《花間集》所録詞人，率多蜀人，若其選及南唐，何馮延巳等均未及選。檢張氏詞中，有「浣花溪上見卿卿」之句，陸放翁云：浣花溪在成都縣西四五里。一名百花潭。若泌非在蜀，奚用遠寫蜀地乎？識此以補胡氏之未足。其詞見《花間集》者二十七首，見《尊前集》者《江城子》一首，王國維録爲一卷。泌詞以《江城子》而得名。

毛文錫

張唐英《蜀檮杌》逸文：蜀王建之子元膺嘗射中錢的，翰林學士毛文錫作賦美之。元膺曰：「窮措大畏此神箭否。」

李昉《太平廣記》卷一二三：唐丞相楊收貶死嶺外，於時鄭愚尚書鎮南海。……蜀毛文錫，其先爲潮州牧，曾事鄭愚，熟詳其事。

歐陽修《新五代史》卷六十三《前蜀世家》：是月七夕，元膺召諸王大臣置酒，而集王宗翰、樞密使潘峭、翰林學士毛文錫不至，元膺怒曰：「集王不來，峭與文錫教之耳。」

又：通正元年，遣王宗綰等率兵十二萬出大散關攻岐，取隴州。八月，起文思殿，以清資五品正員官購群書以實之。以内樞密使毛文錫爲文思殿大學士。

司馬光《資治通鑑》卷二六八：乾化三年七月，蜀主將以七夕出遊。丙午，太子召諸王大臣宴飲，集王宗翰、内樞密使潘峭、翰林學士承旨高陽毛文錫不至，太子怒曰：「集王不來，必峭與文錫離間也。」大昌軍使徐瑶、常謙，素爲太子所親信，酒行，屢目少保唐道襲，道襲懼而起。丁未旦，太子入白蜀主曰：「潘峭、毛文錫離間兄弟。」蜀主怒，命貶逐峭、文錫，以前武泰節度使兼侍中潘炕爲内樞密使。太子出，道襲入，蜀主以其事告之，道襲曰：「太子謀作亂，欲召諸將、諸王，以兵錮之，然後舉事耳。」蜀主疑焉，遂不出；道襲請召屯營兵入宿衛，許之。内外戒嚴。太子初不爲備，聞道襲召兵，乃以天武甲士自衛，捕潘峭、毛文錫至，檛之幾死，囚諸東宫；又捕成都尹潘嶠，囚諸得賢門。戊申，徐瑶、常謙與懷勝軍使嚴璘等各帥所部兵奉太子攻道襲。至清風樓，道襲引屯營兵出拒戰；道襲中流矢，逐至城西，斬之。殺屯營兵甚衆，中外驚擾。

司馬光《資治通鑑》卷二六九：（乾化四年）蜀武泰節度使王宗訓鎮黔州，貪暴不法，擅還成都。庚辰，見蜀主，多所邀求，言辭狂悖。蜀主怒，命衛士毆殺之。戊子，以内樞密使潘峭爲武泰節度使、同平章事，翰林學士承旨毛文錫爲禮部尚書，判樞密院。峽上有堰，或勸蜀主乘夏秋江漲，決之以灌江陵。毛文錫諫曰：「高季昌不服，其民何罪！陛下方以德懷天下，忍以鄰國之民爲魚鱉食乎！」蜀主乃止。

司馬光《資治通鑑》卷二七〇：貞明三年，蜀飛龍使唐文扆居中用事，張格附之，與司徒、判樞密院事毛文錫爭權。文錫將以女適左僕射兼中書侍郎、同平章事庾傳素之子，會親族於樞密院用樂，不先表聞，蜀主聞樂聲，怪之，文扆從而譖之。八月，庚寅，貶文錫茂州司馬，其子司封員外郎詢流維州，籍没其家；貶文錫弟翰林學士文晏爲榮經尉；傳素罷爲工部尚書。以翰林學士承旨庾凝績權判内樞密院事。凝績，傳素之再從弟也。

楊慎《詞品》卷二：毛文錫、鹿虔扆、歐陽炯、韓琮、閻選，皆蜀人。事孟後主，有「五鬼」之號。俱工小詞，並見《花間集》。此集久不傳。正德初，予得之於昭覺僧寺，乃孟氏宣華宫故址也。後傳刻於南方云。

吴任臣《十國春秋》卷四十一：毛文錫，字平珪，高陽人也。唐太僕卿龜範子也。年十四，登進士第。已而來成都，從高祖官翰林學士承旨。永平四年，遷禮部尚書，判樞密院事。先是，峽上有堰，或勸高祖宜乘江漲決之，以灌江陵。文錫諫曰：「高季昌不服，其民何罪？陛下方以德懷天下，忍以鄰國之民爲魚鱉食乎？」高祖乃止。通正元年，進文思殿大學士，已又拜司徒，判樞密院如故。天漢時，宦官唐文扆同宰相張格爲表裏，與文錫爭權。會文錫以女適僕射庾傳素子，宴親族於樞密院，用樂不先奏聞。高祖聞鼓吹聲，怪之，文扆因極口摘其短，貶文錫茂州司馬，子詢流維州，籍其家。及國亡，隨後主降唐。未幾，復事孟氏。與歐陽炯等五人以小詞爲後蜀主所賞。文錫有

《前蜀紀事》二卷、《茶譜》一卷。尤工豔語，所撰《巫山一段雲》詞，當世傳詠之。

況周頤《歷代詞人考略》卷五：文錫，字平珪，南陽（按：《十國春秋》作高陽）人。年十四登進士第，仕前蜀爲翰林學士承旨。永平四年，遷禮部尚書判樞密院事。通正元年，進文思殿大學士，拜司徒。天漢時，宦官唐文扆譖之，貶茂州司馬。後復事孟蜀，以詞章供奉内廷。

王易《詞曲史·具體》第三：毛文錫，字平珪，南陽人，唐進士，前蜀爲翰林學士，遷内樞密使，歷文思殿大學士，司徒，復仕後唐。工豔語，其《巫山一段雲》詞，當時傳詠。《花間集》傳詞三十一首，《尊前集》載一首。

牛希濟

何光遠《鑑誡録》卷七：天成初，明宗臨朝，宣亡蜀舊宰臣王鍇、張格、庾傳素、許寂、御史中丞牛希濟等，各賜一韻，試《蜀主降唐》詩，限五十六字成。王鍇等皆諷蜀主僭號，荒淫失國，獨牛希濟得川字，所賦詩意但述數盡，不謗君親。明宗覽詩曰：「如牛希濟才思敏捷，不傷兩國，迴存忠孝者，罕矣！」當日有雍州亞事之拜，至今京洛無不稱之。詩曰：「滿城文物欲朝天，不覺鄰師犯塞煙。唐主再懸新日月，蜀王還卻舊山川。非干將相扶持拙，自是吾君數盡年。古往今來亦如此，幾曾歡笑幾潸然。」

孫光憲《北夢瑣言》逸文卷一：蜀御史中丞牛希濟，文學繁贍，超於時輩，自云早年未出學院，以詞科可以俯拾。或夢一人介金曰：「郎君分無科名，四十五已上方有官禄。」覺而異之。旋遇喪亂，流寓於蜀，依季父也。仍以氣直嗜酒爲季父所責，旅寄巴南。旋聆開國，不預勸進，又以時輩所排，十年不調。爲先主所知，召封，除起居郎，累加至憲長。是知向者之夢何其神也。（又見李昉《太平廣記》卷一五八引）

吴任臣《十國春秋》卷四十四：希濟素以詩辭擅名，所撰《臨江仙》二闋，有云：「月斜江上，征棹動晨鐘。」又云：「皆道勝人間。須知狂客，拼死爲紅顔。」特爲詞家之雋。

況周頤《歷代詞人考略》卷五：希濟，陝西人，嶠兄子。蜀王衍時，累官至翰林學士，御史中丞。蜀亡，降唐。同光三年，拜爲雍州節度副使。

王易《詞曲史·具體》第三：牛希濟，嶠兄子，事蜀爲御史中丞，降於後唐，爲雍州節度使；素以詩詞擅名，所撰《臨江仙》、《女冠子》等時輩稱道。《花間集》傳詞十一首。

歐陽炯

李昉《太平廣記》卷二一四：唐沙門貫休，本婺州蘭溪人也，能詩善書妙畫。王氏建國時，來居蜀中龍華之精舍。因縱筆，用水墨畫羅漢一十六身並一佛二大士。巨石縈雲，枯松帶蔓。其諸古貌，與他人畫不同。或曰：「夢中所睹，覺後圖之，謂之應夢羅漢。」門人曇域、曇弗等，甚秘重之。蜀主曾宣入内，歎其筆跡狂逸，供養經月，卻令分付院中。翰林學士歐陽炯亦曾觀之，贈以歌曰：「西嶽高僧名貫休，孤情峭拔凌清秋。天教水墨畫羅漢，魁岸古容生筆頭。……若將此畫比量看，總在人間爲第一。」

又：西蜀道士張素卿，神仙人也。曾于青城山丈人觀，繪畫五嶽四瀆真形並十二溪女數堵。筆跡遒健，精彩欲活。見之者心竦神悸，足不能進，實畫中之奇絶也。蜀主累遣秘書少監黄筌令取模樣。及下山，終不相類。因生日，或有收得素卿所畫八仙真形八幅，以獻孟昶。觀古人之形相，見古人之筆妙，觀賞者久之。且曰：「非神仙之人，無以寫神仙之質也。」賜物甚厚。一日，令僞翰林學士歐陽炯次第贊之，又遣水部員外郎黄居寶八分題之。每觀其畫，歎筆跡之縱逸；覽其贊，賞文詞之高古；視其書，愛點畫之宏壯。顧謂「八仙」，不讓「三絶」。（八仙者，李己、容成、董仲舒、張道陵、嚴君

平、李八百、長壽、葛永璝）

《宋史》卷四七九《西蜀世家》：歐陽迥，益州華陽人。父珏，通泉令。迥少事王衍，爲中書舍人。後唐同光中，蜀平，隨衍至洛陽，補秦州從事。知祥鎮成都，迥復來入蜀。知祥僭號，以爲中書舍人。廣政十二年，拜翰林學士。明年，知貢舉、判太常寺。遷禮部侍郎，領陵州刺史，轉吏部侍郎，加承旨。二十四年，拜門下侍郎兼户部尚書、平章事，監修國史。嘗擬白居易諷諫詩五十篇以獻，昶手詔嘉美，賚以銀器、錦彩。

李燾《續資治通鑑長編》卷二：（建隆二年五月）是月，蜀以翰林學士承旨、吏部侍郎華陽歐陽炯爲門下侍郎兼户部尚書、平章事。

李燾《續資治通鑑長編》卷六：（乾德三年六月）戊申，歐陽炯爲右散騎常侍。又：（乾德三年八月）辛酉，以左散騎常侍歐陽炯爲翰林學士。炯性坦率，無檢束，雅喜長笛，上聞，召至便殿奏曲。御史中丞劉温叟聞之，叩殿門求見，諫曰：「禁署之職，典司誥命，不可作伶人事。」上曰：「朕頃聞孟昶君臣溺於聲樂，炯至宰相，尚習此伎，故爲我擒。所以召炯，欲驗言者之不誣耳。」温叟謝曰：「臣愚，不識陛下鑒戒之微旨。」自是亦不復召炯也。

李燾《續資治通鑑長編》卷十二：（開寶四年五月）辛酉，上欲遣翰林學士、左散騎常侍歐陽炯祭南海。炯聞之，稱疾不出，上怒。六月辛未，罷職，以本官分司西京。

田況《儒林公議》：僞蜀歐陽炯嘗應命作宫詞，淫靡甚於韓偓。江南李煜時近臣私以豔薄之詞，聞于王聽。蓋將亡之兆也。君臣之間其禮先亡矣。

計有功《唐詩紀事》卷七十四：可朋，丹稜人。少與（盧）延讓爲風雅之友，有詩千餘篇，號《玉壘集》。曾題洞庭詩云：「水涵天影闊，山拔地形高。」《贈友人》曰：「來多不似客，坐久卻垂簾。」歐陽炯以此比孟郊、賈島。言其好飲酒，貧無以償酒債，以詩賙之。可朋自號醉髡。

洪遵《翰苑群書》卷十：（載歐陽迥乾德三年拜翰林學士）開寶四年六月，以本官分司西京，罷。

湯顯祖評《花間集》卷三：毛文錫、鹿虔扆、韓琮、閻選與此公皆蜀人，事孟後主，有「五鬼」之號。皆工小詞，並見《花間集》。今集中獨遺韓琮，殊不可解。

吴任臣《十國春秋》卷五十六：歐陽炯，蜀人。事高祖、後主，歷官武德軍判官、翰林學士、中書舍人。炯善文章，尤工詩辭。唐張素卿常繪《十二真人像》，世稱其妙；安思謙得素卿本，乃於明慶節上獻後主，命炯爲之贊，裝潢成帙，其見重多類此也。炯著有《武信軍衙記》、《花間集序》傳世。序曰：「鏤玉雕瓊，擬化工而迥巧；裁花剪葉，奪春豔以爭鮮。是以唱雲謡則金母詞清，挹霞醴則穆王心醉。名高白雪，聲聲而自合鸞歌；響遏青雲，字字而偏諧鳳律。楊柳大堤之句，樂府相傳；芙蓉曲渚之篇，豪家自製。莫不爭高門下，三千玳瑁之簪；競富樽前，數十珊瑚之樹。則有綺筵公子，繡幌佳人，遞葉葉之花箋，文抽麗錦；舉纖纖之玉指，拍按香檀。不無清絶之辭，用助嬌嬈之態。自南朝之宫體，扇北里之倡風。何止言之不文，所謂秀而不實。有唐已降，率土之濱，家家之香徑春風，寧尋越豔；處處之紅樓夜月，自鎖嫦娥。在明皇朝，則有李太白應制《清平樂》詞四首。近代温飛卿復有《金筌集》。邇來作者，無愧前人。今衛尉少卿趙崇祚，以拾翠洲邊，自得羽毛之異；織綃泉底，獨殊機杼之功。廣會衆賓，時延佳論。因集近來詩客曲子詞五百首，分爲十卷。以炯粗預知音，辱請命題，仍爲序引，乃命曰《花間集》。將使西園英哲，用資羽蓋之歡；南國嬋娟，休唱蓮舟之引。」文，故廣政三年作也。又小辭十七章，人亦時時稱道之。《漁父歌》尤爲辭家所倡和。

吴任臣《十國春秋》卷一一五《拾遺》：歐陽炯性坦率，守儉素。好爲歌詩，嘗擬何氏《諷諫》五十篇獻昶，昶歎賞之。

《全唐詩》卷七六一：歐陽炯，益州華陽人，少事王衍，爲中書舍人，孟昶時拜翰林學士，歷門下侍郎平章事，後從昶歸宋。

王國維《明正德覆晁本花間集題記》：烱爲孟蜀宰相，蜀亡，入宋爲翰林學士。一作歐陽炳，蘇易簡《續翰林志》（下）謂「學士放誕，則有王著、歐陽炳」；又云：「炳以僞蜀順化，旋召入院，常不巾不襪，見客於玉堂之上。尤擅長笛，太祖嘗置酒令奏數弄。後以右貂終於西洛。」又作歐陽迥，《學士年表》：「歐陽迥，乾德三年八月以左散騎常侍拜（按：前曰『右貂』，此云『左散騎常侍』，『左』、『右』必有一誤），開寶四年六月以本官分司西京罷。」則與炳自爲一人。此本與聊城楊氏所藏鄂州本均作歐陽烱。恐烱字不誤。炳與迥因避太宗嫌名而追改也。

王易《詞曲史·具體》第三：歐陽烱，益州人，事王衍爲中書舍人，復仕後蜀，累官翰林學士，進門下侍郎同平章事。歸宋，授散騎常侍；善文章，尤工詩詞。《花間集》有其序，傳詞十七首；《尊前集》傳三十一首。

吴梅《詞學通論》第六章：五季之際，如沸如羹，天宇崩頽。彝教淩廢，深識之士，浮沉其間，懼忠言之觸禍，託俳語以自晦，吾知十國遺黎，必多感歎悲傷之作。……今就此十二家言之，惟歐陽烱、顧夐、鹿虔扆，爲孟蜀顯官。至閻選、李珣亦布衣耳，其他皆王氏舊屬。

和凝

薛居正《舊五代史》卷一二七《和凝傳》：和凝，字成績，汶陽須昌人也。九代祖逢堯，唐高宗時爲監察御史，自逢堯之下，仕皆不顯。曾祖敞、祖濡，皆以凝貴，累贈太師。父矩，贈尚書令。矩性嗜酒，不拘禮節，雖素不知書，見士未嘗有慢色，必罄家財以延接。凝幼而聰敏，姿狀秀拔，神彩射人。少好學，書一覽者咸達其大義。年十七舉明經，至京師，忽夢人以五色筆一束以與之，謂曰：「子有如此才，何不舉進士？」自是才思敏贍，十九登進士第。滑帥賀瓌知其名，辟寘幕下。凝善射，時瓌與唐莊宗相拒於河上，戰胡柳陂，瓌軍敗而北，惟凝隨之。瓌顧曰：「子勿相隨，當自努力。」凝對曰：「丈夫受人知，有難不報，非素志也，但恨未有死所。」旋有一騎士來逐瓌，凝叱之，不止，遂引弓以射，應弦而斃，瓌獲免。既而謂諸子曰：「昨非和公，無以至此。和公文武全才而有志氣，後必享重位，爾宜謹事之。」遂以女妻之，由是聲望益隆。後歷鄆、鄧、洋三府從事。唐天成中，入拜殿中侍御史，歷禮部、刑部員外郎，改主客員外郎、知制誥，尋詔入翰林充學士，轉主客郎中充職，兼權知貢舉。貢院舊例，放牓之日，設棘於門及閉院門，以防下第不逞者。凝令徹棘啟門，是日寂無喧者。所收多才名之士，時議以爲得人。《澠水燕談》：范質初舉進士，時和凝知貢舉，凝常以宰輔自期，登第之日，名第十三人，及覽質文，尤加賞歎，即以第十三名處之，場屋間謂之「傳衣鉢」，若禪宗之相付授也。後質果繼凝登相位。明宗益加器重，遷中書舍人、工部侍郎，皆充學士。晉有天下，拜端明殿學士，兼判度支，轉户部侍郎，會廢端明之職，復入翰林充承旨。晉祖每召問以時事，言皆稱旨。五年，拜中書侍郎平章事。六年秋，晉高祖將幸鄴都，時襄州安從進反狀已彰，凝乃奏曰：「車駕離闕，安從進或有悖逆，何以待之？」晉高祖曰：「卿意如何？」凝曰：「以臣料之，先人有奪人之心，臨事即不及也。欲預出宣敕十數道，密付開封尹鄭王，令有緩急即旋填將校姓名，令領兵擊之。」晉高祖從之。及聞唐、鄧奏報，鄭王如所敕，遣騎將李建崇、監軍焦繼勳等領兵討焉，相遇于湖陽，從進出於不意，甚訝其神速，以至於敗，由凝之力也。少帝嗣位，加右僕射。開運初，罷相守本官，未幾，轉左僕射。漢興，授太子太保。國初，遷太子太傅。顯德二年秋，以背疽卒於其第，年五十八。輟視朝兩日，詔贈侍中。凝性好修整，自釋褐至登臺輔，車服僕從，必加華楚，進退容止偉如也。又好延納後進，士無賢不肖，皆虚懷以待之，或致其仕進，故甚有當時之譽。平生爲文章，長於短歌豔曲，尤好聲譽。有集百卷，自篆於板，模印數百帙，分惠於人焉。《宋朝類苑》：和魯公凝有豔詞一編名《香奩集》，凝後貴，乃嫁其名爲韓偓，今世傳韓偓《香奩集》，乃凝所爲也。凝生平著述，分爲《演綸》、《遊藝》、《孝悌》、《疑獄》、《香奩》、《籯金》六集，自爲《遊藝》集序云：予有《香奩》、《籯金》二集，不行於世。凝在政府，避議論，諱其名，又欲後人知，故於《遊藝》集序實之，此凝之意也。長子峻，卒于省郎，次子峴，仕皇朝爲司勳員外郎。《錦繡萬花谷》：范蜀公《蒙求》云：和峴，晉相和凝之子。峴生，會凝入翰林，加金紫，知貢舉，凝喜曰：我生平美事，三者並集，此子宜於我矣。因名曰三美。

歐陽修《新五代史》卷五十六《和凝傳》：和凝，字成績，鄆州須昌人也。其九世祖逢堯，爲唐監察御史，其後世遂不復宦學。凝父矩，性嗜酒，不拘小節，然獨好禮文士，每傾貲以交之，以故凝得與之遊。而凝幼聰敏，形神秀發。舉進士，梁義成軍節度使賀瓌辟爲從事。……天成中，拜殿中侍御史，累遷主客員外郎，知制誥，翰林學士，知貢舉。是時，進士多浮薄，喜爲諠嘩以動主司。主司每放牓，則圍之以棘，閉省門，絶人出入，以爲常。凝徹棘開門，而士皆肅然無嘩，所取皆一時之秀，稱爲得人。晉初，拜端明殿學士，兼判度支，爲翰林學士承旨。高祖數召之，問以時事，凝所對皆稱旨。天福五年，拜中書侍郎、同中書門下平章事。高祖將幸鄴，而襄州安從進反跡已見。凝曰：「陛下幸鄴，從進必因此時反，則將奈何？」高祖曰：「卿將何以待之？」凝曰：「先人者，所以奪人也。請爲宣敕十餘通，授之鄭王，有急則命將擊之。」高祖以爲然。是時，鄭王爲開封尹，留不從幸，乃授以宣敕。高祖至鄴，從進果反，鄭王即以宣敕命騎將李建崇、焦繼勳等討之。從進謂高祖方幸鄴，不意晉兵之速也，行至花山，遇建崇等兵，以爲神，遂敗走。出帝即位，加右僕射，歲餘，罷平章事，遷左僕射。漢高祖時，拜太子太傅，封魯國公。顯德二年卒，年五十八，贈侍中。凝好飾車服，爲文章以多爲富，有集百餘卷，嘗自鏤板以行於世，識者多非之。然性樂善，好稱道後進之士。唐故事，知貢舉者所放進士，以己及第時名次爲重。凝舉進士及第時第五，後知舉，選范質爲第五。後質位至宰相，封魯國公，官至太子太傅，皆與凝同，當時以爲榮焉。

孫光憲《北夢瑣言》卷六：晉相和凝，少年時好爲曲子詞，布於汴洛。洎入相，專託人收拾焚毀不暇。然相國厚重有德，終爲豔詞玷之。契丹入夷門，號爲「曲子相公」。所謂好事不出門，惡事行千里，士君子得不戒之乎！

王欽若等《册府元龜》卷三三八：周和凝初仕晉爲右僕射平章事，性好修整。自釋褐至登輔相，車馬僕從，必加華楚。

龔鼎臣《東原録》：五代和魯公凝長於歌詩，初辟征西從事，軍務之餘，往往爲歌篇。詔使往來，傳於都下。當時籍籍，以爲宫體復生。俄而時主知之，遣中使馳驛索宫詞百首，即日上焉。

文瑩《玉壺清話》卷二：李瀚及第於和凝相榜下，後與座主同任學士。會凝作相，瀚爲承旨，適當批詔，次日於玉堂輒開和相舊閣，悉取圖書器玩，留一詩於榻，攜之盡去，云：「座主登庸歸鳳閣，門生批詔立鼇頭。玉堂舊閣多珍玩，可作西齋潤筆不？」

文瑩《玉壺清話》卷六：范魯公質舉進士，和凝相主文，愛其私試，因以登第。凝舊在第十三人，謂公曰：「君之辭業合在甲選，暫屈爲第十三人，傳老夫衣鉢可乎？」魯公榮謝之。後至作相，亦復相繼。時門生獻詩，有「從此廟堂添故事，登庸衣鉢亦相傳」之句。

沈括《夢溪筆談》卷十六：和魯公凝有豔詞一編，名《香奩集》。凝後貴，乃嫁其名爲韓偓，今世傳韓偓《香奩集》，乃凝所爲也。凝生平著述，分爲《演綸》、《遊藝》、《孝悌》、《疑獄》、《香奩》、《籯金》六集，自爲《遊藝集序》云：「予有《香奩》、《籯金》二集，不行於世。」凝在政府，避議論，諱其名，又欲後人知，故於《遊藝集序》述之，此凝之意也。予在秀州，其曾孫和惇家藏諸書，皆魯公舊物，末有印記甚完。

孔平仲《續世説》卷三：石晉和凝爲端明殿學士，大署其門：不通賓客。前耀州團練推官襄邑張誼致書於凝，以爲：「切近之職，爲天子耳目，宜周知四方利病，奈何拒絶賓客？身爲便，如負國何。」凝奇之。

葛立方《韻語陽秋》卷五：韓偓《香奩集》百篇，皆豔詞也。沈存中《筆談》

云：「乃和凝所作，凝後貴，悔其少作，故嫁名於韓偓耳。」……稽之於傳與序，無一不合者，則此集韓偓所作無疑。而《筆談》以爲和凝嫁名於偓，特未考其詳耳。

王應麟《困學紀聞》卷十七：和凝爲文，以多爲富，有集百餘卷，自鏤板行於世。識者多非之，此顔之推所謂詅癡符也。

于慎行《穀山筆麈》卷七：後唐長興三年初，命國子監校定《九經》，雕板印賣，至後周廣順乃成。而蜀人毋昭裔亦請刻印《九經》。故雖在亂世而《九經》傳佈甚廣。及後周，和凝始爲文章，有集百餘卷，嘗自鏤板以行於世。雕印書籍，始見於此。不知隋唐以來，雕板之法已有行之者否？

馮金伯《詞苑萃編》卷三引《詞䤖》：和凝舉唐進士，仕後唐，爲翰林學士。晉天福中，拜中書侍郎同中書門下平章事。歸後漢，拜太子太傅，封魯國公。其長短句名《紅葉稿》。

况周頤《歷代詞人考略》卷三：凝，字成績，須昌人。梁舉明經，登進士第。辟義成軍節度使從事，歷鄆、鄧、洋三州從事。唐天成中，入拜殿中侍御史，歷禮部、刑部員外郎，改主客員外郎，轉郎中，知制誥，入翰林充學士兼權知貢舉。明宗朝，遷中書舍人，工部侍郎。晉初，拜端明殿學士兼判度支，爲翰林學士承旨。天福五年，拜中書侍郎同中書門下平章事。少帝即位，加右僕射，轉左僕射。漢高祖時，授太子太保，封魯國公。宋初（按：應是周初），遷太子太傅。卒，輟視朝兩日，詔贈侍中。有《紅葉集》。

龍榆生《唐宋名家詞選》：和凝（八九八—九五五）字成績，汶陽須昌人。年十七，舉明經，十九登進士第。歷事梁、唐、晉、漢、周五代，累官中書侍郎平章事，太子太傅。周顯德二年（九五五）卒，年五十八。凝性好修整，自釋褐至登臺輔，車服僕從，必加華楚，進退容止偉如也。平生爲文章，長於短歌豔曲，有豔詞一編，名《香奩集》。凝後貴，乃嫁名爲韓偓。今世傳韓偓《香奩集》，乃凝所爲也。凝少年時，好爲曲子詞，布於汴洛。洎入相，專託人收拾焚毁不暇。契丹入夷門，號爲曲子相公。《花間集》録凝詞二十首，《全唐詩》録二十四首。劉毓盤輯得二十九首爲《紅葉稿》一卷（北京大學排印本），跋尾云：「余髫齔時，侍先大夫謁秀水杜方伯筱舫（文瀾）丈蘇州寓廬，丈所藏有宋大字本和凝《紅葉稿》一卷，凡百餘首。末附宋人跋曰：『魯公相晉高，悔其少作，悉索而毁之，其存者曰《紅葉稿》，故曰唐人也。』其後人不可問，《紅葉稿》更無知之者。」此「曲子相公」之豔詞，湮没者殆不復重見矣。

顧　敻

吴任臣《十國春秋》卷五十六《顧敻傳》：顧敻，前蜀通正時，以小臣給事内庭。會秃鶖鳥翔于摩訶池上，敻作詩刺之，禍幾不測。久之，擢茂州刺史。已而復事高祖，累官至太尉。敻善小詞，有《醉公子》曲，爲一時豔稱。尤善詼諧。常於前蜀時見隸武職者，多拳勇之夫，戲造《武舉諜》以譏之。人以爲滑稽云。

何光遠《鑒誡録》卷一：同光初，莊宗滅梁，將行大禮。蜀遣翰林學士歐陽彬將禮入洛，顧太尉遠爲之副焉。（按，顧遠當即顧敻）

何光遠《鑒誡録》卷六：通正年有大秃鶖鳥颺於摩訶池上，顧太尉時爲小臣，直於内庭，遂潛吟二十八字詠之。近臣與顧有隙者上聞，詔顧責之，將行黜辱。顧亦善對，上遂捨之。至光天元年帝崩，乃秃鶖之徵也。詩曰：「昔日曾看瑞應圖，萬般祥異不如無。摩訶池上分明見，子細看來是那鶘。」

孫光憲《北夢瑣言》卷十二：蜀朝東川節度許存太師，有功勳臣也。其子承傑即故黔使君禧實之子，隨母嫁許，然其驕貴僭越，少有倫比。作都頭，軍籍只一百二十有七人，是音聲伎術，出即同節使行李，凡從行之物，一切奢大，騎碧暖座，垂魚紛錯。每修書題，印章微有浸漬即必改换，書吏苦之，流輩以爲話端，皆推茂刺顧敻爲首。許公他日有會，乃謂顧曰：「閣下何太談謗。」顧乃分疏，因指同席數人爲證。顧無以對，逡巡乃曰：「三哥不用草草，碧暖座爲衆所知，至於魚袋上鑄蓬萊山，非我唱揚。」席上愈笑，方知魚袋更僭也。刺茂州，入蕃落，爲蕃酋害之。

馬永易《實賓録》卷六：五代蜀王先主起自利閬，親騎軍皆拳勇之士，四百人分爲十團，皆執紫旗，此徒各有曹號，顧敻者將之。亦嘗典郡，多雜談謔，造《武舉榜》曰：大順二年，兵部侍郎李咤咤下進士及第三十三人，狀元張大劍，馬癩子第二，魏憨第三，姜癩子第四，張打胸第五，張少劍第六，青蒿羹第七云。

龍榆生《唐宋名家詞選》：顧敻，前蜀通正時，以小臣給事内庭。……敻善小詞，有《醉公子》曲，爲一時豔稱。《花間集》收敻詞五十五首，《全唐詩》同。

姜方錟《蜀詞人評傳》：顧敻，字里不傳，前蜀時官至茂州刺史，後復事孟知祥，累遷至太尉，小詞頗工。《花間集》載其詞五十五闋，王國維録爲一卷，其詞以《訴衷情》、《醉公子》等闋最爲後人所豔稱。

孫光憲

脱脱《宋史》卷四八三《孫光憲傳》：孫光憲，字孟文，陵州貴平人。世業農畝，惟光憲少好學。游荆渚，高從誨見而重之，署爲從事。歷保融及繼沖，三世皆在幕府，累官至檢校秘書監兼御史大夫，賜金紫。慕容延釗等救朗州之亂，假道荆南，繼沖開門納延釗，光憲乃勸繼沖獻三州之地。太祖聞之甚悦，授光憲黄州刺史，賜賚加等。在郡亦有治聲。乾德六年，卒。時宰相有薦光憲爲學士者，未及召，會卒。光憲博通經史，尤勤學，聚書數千卷，或自鈔寫，孜孜讎校，老而不廢。好著撰，自號葆光子，所著《荆臺集》三十卷，《筆傭集》三卷，《橘齋集》二卷，《北夢瑣言》三十卷，《蠶書》二卷。又撰《續通歷》，紀事頗失實，太平興國初，詔毁之。子謂、讜，並進士及第。

吴任臣《十國春秋》卷一〇二《孫光憲傳》：孫光憲字孟文。貴平人。家世業農。至光憲獨讀書好學。唐時爲陵州刺史，有聲。天成初，避地江陵，武信王奄有荆土，招致四方之士，用梁震薦入掌書記。王方大治戰艦，欲與楚角。光憲諫曰：荆南亂離之後，賴公休息，士民始有生意。若又交惡與楚，一旦他國乘吾弊，良足憂也。王乃止。文獻王立，會梁震乞休，悉以政事委光憲。王居恒羡馬氏豪靡，謂僚佐曰：如馬王，可爲大丈夫矣。光憲曰：天子諸侯，禮有等差，彼乳臭子徒驕侈僭汰，取快一時，危亡無日矣，又何足慕乎。王忽悟曰：公言是也。爲悔謝久之。光憲事南平三世，皆處幕中。累官荆南節度副使，朝儀郎，檢校秘書少監，試御史中丞，賜紫金魚袋。繼沖時，宋使慕容延釗等征湖南，假道於荆，約兵過城外。大將李景威勸繼沖嚴兵備之。光憲斥之曰：汝峽江一民耳，安識成敗。中國自周世宗時已有混一天下之志，況聖宋受命，真主興耶。王師未易當也。因教繼沖去斥堠，封府庫以待，悉獻三州之地。宋太祖嘉其功，授光憲黄州刺史，賜賚加等。在郡亦稱治。乾德末卒。光憲博物稽古。先是唐元和中裴宙鎮荆州，掘地得一石，規模悉仿江陵城制。令徙至他所，輒淫雨不止，仍復舊處，天乃霽。一日文獻王經其地，顧問光憲。光憲曰：昔伯禹治水至荆，定彼泉源之穴，慮萬世下或有氾濫，爰以石屋鎮之耳。王大加歎賞，益重之。性嗜經籍，聚書凡數千卷。或自鈔寫，孜孜校讎，老而不廢。自號葆光子。所著有《荆臺集》、《橘齋集》、《筆傭集》、《鞏湖集》、《北夢瑣言》、《蠶書》若干卷。又撰《續通歷》，紀事頗失實，太平興國初詔毁之。光憲素以文學自負。處荆南，頗怏怏不得志。嘗慕史氏之作，頗恨居諸幕下，不足以展其才力。每謂知交曰：寧知猶麟之筆，反爲倚馬之用。光憲又雅善小詞，蜀人輯《花間集》，采其詞至六十餘篇。

周羽翀《三楚新録》卷三：孫光憲者，本成都人也，旅遊江陵，方圖進取，從誨辟之，用爲掌書記。自是凡箋奏書檄，皆出其手。（李）載仁充位而已。由是載仁遂與光憲有隙。光憲猶能避之。故論者多光憲。光憲每患兵戈之際，書籍不備，遇發使諸道，未嘗不厚與金帛購求焉。於是三年間收書及數萬卷。然自負文學，常怏怏如不得志。又嘗慕史氏之作，自恨諸侯幕府不足展其才力。每謂交親曰：「安知獲麟之筆，反爲倚馬之用。」因吟劉禹錫詩曰：「一生不得文章力，百口空爲飽暖家。」有梁延嗣者，復州景陵人也。……光憲與延嗣年甲相亞，居嘗自謂筋力不衰，一旦赴毬場上馬，左右扶持者甚衆。延嗣且在後笑曰：「孰謂大卿年老而彌壯？觀其上馬輕健，良由扶持者衆耳。」光憲乃回顧曰：「非因衆扶，蓋是老健。」延嗣不勝憤怒，論者少之。

李昉《太平廣記》卷八十：唐廣南節度下元隨軍將鍾大夫，忘其名，晚年流落，旅寓陵州，多止佛寺。仁壽縣主簿歐陽衎愍其衰老，常延待之。三伏間患腹疾，卧於歐陽舍，逾月不食。慮其旦夕溘然，欲陳牒州衙，希取鍾公一狀，以明行止。鍾曰：「病即病矣，死即未也。既此奉煩，何妨申報。」於是聞官。爾後疾愈，孫光憲時爲郡倅，鍾惠然來訪，因問所苦之由，乃曰：「曾在湘潭，遇干戈不進，與同行商人數輩就岳麓寺設齋，寺僧有新合知命丹者，且曰：『服此藥後，要退，即飲海藻湯，或大期將至，即肋下微痛，此丹自下，便須指揮家事，以俟終矣。』遂各與一緡，吞一丸。他日入蜀，至樂温縣，遇同服丹者商人，寄寓樂温，得與話舊，且説所服之效。無何，此公來報肋下痛，不日其藥果下。急區分家事，後凡二十日卒。某方神其藥，用海藻湯下之，香水洗沐，卻吞之。昨來所苦，藥且未下，所以知未死。」兼出藥相示。然鍾公面色紅潤，强飲啗，似得藥力也，他日不知其所終，以其知命有驗，故記之焉。

又：唐鳳州東谷有山人强紳，妙於三戒，尤精雲氣。屬王氏初並秦鳳，張黄於通衢，强公指而謂孫光憲曰：「更十年，天子數員。」又曰：「並汾而來悠悠，梁蜀後何爲哉。」于時蜀兵初攻岐山，謂其旦夕屠之。强曰：「秦王久思妄動，非四海之主，雖然，死於牖下，乃其分也。蜀人終不能克秦，而秦川亦成丘墟矣。」爾後大鹵與王鳳翔不羈，秦王令終，王氏絶祚，果叶强生言。有鹿盧蹻術，自云老夫耄矣，無人可傳，其書藏在深隱處古杉樹中，因與孫光憲偕詣，開樹皮，發蠟緘，取出一通絹書，選吉辰以授，爲强嫗止之。謂孫少年矣，慮致發狂，俾服膺三年，方議可否。

又：僞蜀王先主時，有軍校黄承真就糧於廣漢綿竹縣，遇一叟曰鄭山古，謂黄曰：「此國於五行中少金氣，有剥金之號，曰金煬鬼。此年蜀宫大火，至甲申、乙酉，則殺人無數，我授汝秘術，詣朝堂陳之。倘行吾教以禳鎮，庶幾減於殺伐。救活之功，道家所重，延生試於我而取之。然三陳此術，如不允行，則止亦不免。蓋泄於陰機也，子能從我乎？」黄亦好奇，乃曰：「苟稟至言，死生以之。」乃齎秘文詣蜀，三上不達，乃嘔血而死。其大火與乙酉亡國殺戮之事果驗。孫光憲與承真相識，竊得窺其秘緯，題云《黄帝陰符》，與今《陰符》不同，凡五六千言。黄云受於鄭叟，一畫一點，皆以五行屬配，通暢亹亹。實奇書也。然漢代數賢生於綿竹，妙於讖記之學，所云鄭叟，豈黄扶之流乎。

又：僞王蜀葉逢，少明悟，以詞筆求知，常與孫光憲偕詣術士馬處謙問命通塞。馬曰：「四十已後，方可圖之，未間，苟或先得，於壽不永。」於時州府交辟，以多故參差，不成其事。後充湖南通判官，未除官之前，夢見乘船赴任，江上候吏，旁午而至，迎入石窟。覺後，話於廣成先生杜光庭次，忽報敕下，授檢校水部員外郎。廣成曰：「昨宵之夢，豈小川之謂乎？」自是解維，覆舟於犍爲郡青衣灘而死，即處謙之生知。葉逢之凶夢，何其效哉？光憲自蜀沿流，一夕，夢葉生云：「子於青衣亦不得免。」覺而異之，泊發嘉州，取陽山路，乘小舟以避青衣之險。無何篙折，爲泛流吸入青衣，幸而獲濟。豈鬼神尚能相戲哉。

歐陽修《新五代史》卷六十九：繼沖，字成和。保勖卒，拜節度使。湖南周行逢卒，子保權立，其將張文表作亂。建隆四年，太祖命慕容延釗等討之。延釗假道荆南，約以兵過城外。繼沖大將李景威曰：「兵尚權譎，城外之約不可信也。宜嚴兵以待之。」判官孫光憲叱之曰：「汝峽江一民爾，安識成敗！且中國自周世宗時，已有混一天下之志，況聖宋受命，真主出邪！王師豈易當也。」因勸繼沖去斥候，封府庫以待。繼沖以爲然。景威出而歎曰：「吾言不用，大事去矣。何用生爲！」因扼吭而死。延釗軍至，繼沖出逆於郊，而前鋒遽入其城。繼沖亟歸，見旌旗甲馬，布列衢巷，大懼，即詣延釗納牌印，太祖優詔復命繼沖爲節度使。乾德元年，有事於南郊，繼沖上書，願陪祠。九月，具文告三廟，率其將吏宗族五百餘人朝於京師，拜武寧軍節度使以卒。光憲拜黄州刺史。

司馬光《資治通鑑》卷二七五：（天成元年）徐温、高季興聞莊宗遇弒，益重嚴可求、梁震。梁震薦前陵州判官貴平孫光憲于季興，使掌書記。季興大治戰艦，欲攻楚，光憲諫曰：「荆南亂離之後，賴公休息，士民始有生意。若又與楚國交惡，他國乘吾之弊，良可憂也。」季興乃止。

司馬光《資治通鑑》卷二七九：荆南節度使高從誨，性明達，親禮賢士，委任梁震，以兄事之。震常謂從誨爲郎君。楚王希範好奢靡，遊談者共誇其盛，從誨謂僚佐曰：「如馬王可謂大丈夫矣。」孫光憲對曰：「天子諸侯，禮有等差。彼乳臭子驕侈僭忲，取快一時，不爲遠慮，危亡無日，又足慕乎？」從誨久而悟，曰：「公言是也。」它日，謂梁震曰：「吾自念平生奉養，固已過矣。」乃捐去玩好，以經史自娱，省刑薄賦，境内以安。梁震曰：「先王待我如布衣交，以嗣王屬我。今嗣王能自立，不墜其業，吾老矣，不復事人矣。」遂固請退居。從誨不能留，乃爲之築室於土洲。震披鶴氅，自稱荆臺隱士，每詣府，跨黄牛至聽事。從誨時過其家，四時賜與甚厚。自是悉以政事屬孫光憲。臣光曰：「孫光憲見微而能諫，高從誨聞善而能徙，梁震成功而能退，自古有國家者能如是，夫何亡國敗家喪身之有。」

脱脱《宋史》卷四八三《南平世家》：保勖幼多病，體貌癯瘠，淫佚無度，日召娼妓集府署，擇士卒壯健者令恣調謔，保勖與姬妾垂簾共觀，以爲娱樂。又好營造台榭，窮極土木之工，軍民咸怨。政事不治，從事孫光憲切諫不聽。三年十一月，卒，年三十九。

又：湖南張文表叛，周保權求救於朝廷，詔江陵發水軍三千人赴潭州，繼沖即遣親校李景威將之而往。二月，慕容延釗、李處耘等率衆至，繼沖以牛酒犒師，開門納延釗等，即遣客將王昭濟、蕭仁楷奉表納土。太祖令御廚使郜岳持詔安撫，樞密承旨王仁贍爲荆南都巡檢使，仍令齎衣服、玉帶、器幣、鞍勒馬以賜繼沖，授繼沖馬步都指揮使，梁延嗣爲復州防禦使，節度判官孫光憲爲黄州刺史。

李燾《續資治通鑑長編》卷四：（乾德元年二月）孫光憲爲黄州刺史。

畢沅《續資治通鑑》卷三：（乾德元年）高繼沖自以年幼未能民事，刑政、賦役委節度判官孫光憲，軍旅、調度委衙内指揮使梁延嗣。謂曰：「使事事得中，人無間言，吾何憂也。」李處耘至襄州，先遣閣門使臨洺丁德裕諭繼沖以假道之意，請薪水給軍。繼沖與其僚佐謀，以民庶恐懼爲詞，願供芻餼百里外。處耘又遣德裕往，光憲及延嗣請許之。兵馬副使李景威説繼沖曰：「王師雖假道以收湖、湘，恐因而襲我。願假兵三千設伏荆門險隘處，候其夜行，發伏攻其上將，王師必自退卻，回軍收張文表以獻於朝廷，則公之功業大矣。不然，且有摇尾乞食之禍。」繼沖不聽，曰：「吾家累歲奉朝廷，必無此事。」孫光憲曰：「景威，峽江一民耳，安識勝敗！且中國自周世宗時已有混一天下之志，宋興，凡所措置，規模益弘遠，今伐文表，如以山壓卵爾。湖、湘既平，豈有復假道而去邪！不若早以疆土歸朝廷，則荆楚免禍，公亦不失富貴。」繼沖以爲然。景威知計不行而歎曰：「大事去矣，何用生爲！」因扼吭而死。景威，歸州人也。繼沖遣延嗣與其叔父保寅奉牛酒來犒師，且覘師之所爲。

況周頤《歷代詞人考略》卷六：光憲，字孟文，自號葆光子，資州人。按：《十國春秋》作桂平人，《北夢瑣言》作富春人，自序言生自岷峨，則當爲蜀人。《花間集》曰蜀之資州人，其曰富春，蓋舉郡望。唐時爲陵州判官。天成初，避地江陵。高季興據荆南，辟掌書記。南平三世，在幕府，歷黄州刺史。按：陳振孫曰：光憲仕荆南高從誨爲黄州刺史。《詞林紀事》云：歸宋，授黄州刺史，誤。光憲未嘗拜宋命。拜荆南節度副使，朝議郎，檢校秘書少監，試御史中丞，賜紫金魚袋。隨高繼沖歸宋，以薦將用爲學士，未及而卒。有《荆臺》、《橘齋》、《筆傭》、《鞏湖》諸集。

魏承班

路振《九國志》卷九：（宗弼）送款於魏王，乃還成都，斬宋光嗣等，函首送于魏王。遷衍及母妻於西宫。貴戚納金寶，進妓妾，救死於宗弼者不可勝計。微有絓誤者，咸遭戮焉。盡輦内藏之寶貨歸於其家。魏王遣使徵犒軍錢數千萬，宗弼輒靳之，魏王甚怒。及王師至，令其子承班齎衍玩用直百萬錢獻于魏王，並賂郭崇韜，請以己爲西川節度使。魏王曰：「此我家之物也，焉用獻來！」魏王入城。翌日，數其不忠之罪，並其子斬之於毬埸，軍士取其屍臠而食之。

勾延慶《錦里耆舊傳》卷二：（前蜀咸康元年）閏十二月己丑朔，斬僞齊王宗弼並男駙馬都尉承班等。榜曰：「竊以前件人等，擅廢本主，專殺内臣，潛取資財，將爲己物。爰自收降城邑，又無犒賞三軍。俱是元兇，須加顯戮。」初王宗弼多收内庫並諸節將宅寶貨，於城外獻魏王及招討郭令公。魏王曰：「蜀之山河，皆我家之有，方欲普施惠化，何用寶貨而爲。」遂不受。至是誅之。

歐陽修《新五代史》卷六十三：宗弼，本姓魏，名弘夫。建録爲養子。建攻顧彦暉，宗弼常以建語泄之彦暉者，彦暉敗，建待之如初。建病且卒，宗弼守太師兼中書令、判六軍，輔政。衍已降，宗弼以蜀珍寶奉魏王及郭崇韜，求爲西川節度使，魏王曰：「此我家物也，何用獻爲？」居數日，爲崇韜所殺。

司馬光《資治通鑑》卷二七四：同光三年（九二五），王宗弼之自爲西川留後也，賂（郭）崇韜求爲節度使，崇韜陽許之，既而久未得，乃帥蜀人列狀見繼岌，請留崇韜鎮蜀。從襲等因謂繼岌曰：「郭公父子專横，今又使蜀人請己爲帥，其志難測，王不可不爲之備。」繼岌謂崇韜曰：「主上倚侍中如山岳，不可離廟堂，豈肯棄元老于蠻夷之域乎！且此非余之所敢知也，請諸人詣闕自陳。」由是繼岌與崇韜互相疑。會宋光葆自梓州來，訴王宗弼誣殺宋光嗣等。又，崇韜徵犒軍錢數萬緡于宗弼，宗弼靳之，士卒怨怒。夜，縱火喧噪。崇韜欲誅宗弼以自明，己巳，白繼岌收宗弼及王宗勳、王宗渥，皆數其不忠之罪，族誅之，籍没其家。蜀人爭食宗弼之肉。

李調元《全五代詩》卷四六：承班，宏夫之子。宏夫爲王建養子，賜姓名王宗弼。封齊王。承班爲駙馬都尉，官至太尉。

鹿虔扆

黄休復《茅亭客話》卷三《勾居士》：瓦屋和尚，名能光，日本國人也。嗣洞山悟本禪師，天復年初入蜀，僞永泰軍節度使鹿虔扆舍碧雞坊宅爲禪院居之。

淩迪知《萬姓統譜》卷一一二：鹿虔扆，孟蜀學士，進士。

吴任臣《十國春秋》卷五十六：鹿虔扆，不知何地人。歷官至檢校太尉。與歐陽炯、韓琮、閻選、毛文錫等，俱以工小詞供奉。後主時，人忌之者號曰「五鬼」。虔扆《思越人》詞，有「雙帶繡窠盤錦薦，淚侵花暗香消」之句，辭家推爲絶唱。

唐圭璋《詞學論叢·唐宋兩代蜀詞》：虔扆，字里未詳。後蜀進士，累官學士，永泰軍節度使，進太保。與歐陽炯、韓琮、閻選、毛文錫等俱以小詞供奉後主。時人忌之，號曰「五鬼」。

閻　選

吴任臣《十國春秋》卷五十六：閻選，故布衣也，酷善小詞。……時人目爲閻處士。

王易《詞曲史·具體》第三：閻選，字里無考，後蜀處士，事後主，酷善小詞。《花間集》傳詞八首。

尹　鶚

何光遠《鑒誡録》卷四：賓貢李珣字德潤，本蜀中土生波斯也。少小苦心，屢稱賓貢，所吟詩句，往往動人。尹校書鶚者，錦城煙月之士，與李生常爲善友。遽因戲遂嘲之，李生文章掃地而盡。詩曰：「異域從來重武强，李波斯强學文章。假饒折得東堂桂，深恐熏來也不香。」

吴任臣《十國春秋》卷四十四：尹鶚，成都人也。工詩詞，與賓貢李珣友善。珣本波斯之種，鶚性滑稽，常作詩嘲之。珣名爲頓損。鶚累官至翰林校書。

李調元《全五代詩》卷四六：鶚，成都人也。事王衍，爲翰林校書，累官至參卿。

李玉宣等《同治重修成都縣誌》卷七《人物誌》第八《文苑》：尹鶚，《十國春秋·前蜀》本傳（略）。按：《花間集》稱鶚爲參卿，是鶚累官不止翰林校書矣。鶚有《滿宫花》詞云：「月沉沉（略）。」疑亦有所寄慨而作。

毛熙震

黄休復《茅亭客話》卷三《蘭亭客序》：乾德（九六三—九六七）中，有鬻彩箋王七郎名文昌，與道鄰世舊。道鄰因與文昌石本《蘭亭》，即吴使高弼獻太子者。文昌好博雅，古來名書，多收藏之。羲之真書《樂毅論》、《黄庭經》，草書十七帖，晉魏兩漢至李唐名臣墨蹟及石本，皆萃於家。當時與往還好書者，毛熙震、王著、勾正中、張仁戩、黄居實、張德釗、張文懿。

劉瑞潞《唐五代詩鈔小箋》：熙震，蜀人。孟昶時，官至秘書監。

李珣

何光遠《鑒誡録》卷四：賓貢李珣字德潤，本蜀中土生波斯也。少小苦心，屢稱賓貢，所吟詩句，往往動人。尹校書（鶚）者，錦城煙月之士，與李生常爲善友。遽因戲遇嘲之，李生文章掃地而盡。詩曰：「異域從來不亂常，李波斯强學文章。假饒折得東堂桂，胡臭熏來也不香。」

黄休復《茅亭客話》卷二：李四郎名玹，字廷儀，其先波斯國人。隨僖宗入蜀，授率府率。兄珣，有詩名，預賓貢焉。

湯顯祖評《花間集》卷四：公蜀之梓州人，事王宗衍，有詞名《瓊瑶集》。其妹事王衍爲昭儀，亦有詞藻。

吴任臣《十國春秋》卷四十四：李珣，字德潤，梓州人。昭儀李舜絃之兄也。珣以小辭爲後主所賞，常製《浣溪沙》詞，有「早爲不逢巫峽夜，那堪虚度錦江春」，詞家互相傳誦。所著有《瓊瑶集》若干卷。

姜方錟《蜀詞人評傳》：予嘗論五代蜀國詞人曰：德潤事績，史乘難考，惟云由波斯來蜀而已。循其詞中，有「騎象背人先過水」，「孔雀雙雙迎日舞」，「去向桄榔樹下立」等句，按象也、孔雀也、桄榔也，皆熱帶之生物也。其爲波斯人無疑。至如累云楚山、楚岸、湘水、三湘、瀟湘、楚天、巴楚等辭，亦可證其曾遊巴東兩湖等地，而載籍無據，中心時覺歉歉。今見王氏嶺南之説，始釋然也。然王説亦無依據，其亦據本詞而斷歟。姑識之以俟考。

四、《花間集》詞人著述存目

温庭筠

歐陽炯《花間集叙》:「近代温飛卿復有《金筌集》,邇來作者,無愧前人。」

《新唐書》卷五十九《藝文志》:温庭筠《乾𦠆子》三卷,又《採茶録》一卷。又:温庭筠《學海》三十卷。

《新唐書》卷六十《藝文志》:温庭筠《握蘭集》三卷,又《金筌集》十卷,《詩集》五卷,《漢南真稿》十卷。

晁公武《郡齋讀書志》卷三下:《乾饌子》三卷,右唐温庭筠撰。序謂語怪以悦賓,無異饌味之適口,故以乾饌命篇。

晁公武《郡齋讀書志》卷四中:温庭筠《金荃集》七卷,外集一卷,右唐温庭筠也。庭筠本名岐,字飛卿,宰相彦博之裔。詩賦清麗,與李商隱齊名,時號温李。能逐絃吹之音,爲側豔之辭。爲行塵雜,由是累年不第。終國子助教。宣宗嘗作詩賜宫人,句有「金步摇」，遣場中對之。庭筠對以「玉跳脱」，上喜其敏，欲用之，而嘗作詩忤時相令狐綯，終棄不用。

陳振孫《直齋書録解題》卷十一：《乾䉵子》三卷，唐温庭筠飛卿撰。序言「不爵不觥，非炰非炙，能悦諸心，聊甘衆口，庶乎乾䉵之義」。「䉵」與「饌」同字，從肉，見《古禮經》。

陳振孫《直齋書録解題》卷十九：《温庭筠集》七卷，唐方城尉温庭筠飛卿撰。

《宋史》卷二〇五《藝文志》：温庭筠《採茶録》一卷。

《宋史》卷二〇七《藝文志》：温庭筠《學海》三十卷。

《宋史》卷二〇八《藝文志》：温庭筠《漢南真稿》十卷，又《集》十四卷，《握蘭集》三卷，《記室備要》三卷，《詩集》五卷。

又：《温庭筠集》七卷。

顧嗣立《温飛卿詩集跋》：「今所見宋刻，止《金荃集》七卷，《别集》一卷，《金荃詞》一卷。」

《四庫全書總目提要》卷一五一：《温飛卿集箋注》九卷，内府藏本，明曾益撰，顧予咸補輯，其子嗣立又重訂之。凡注中不署名者，益原注。署「補」字者，予咸注。署

「嗣立案」者，則所續注也。益字予謙，山陰人，其書成於天啟中。予咸字小阮，長洲人，順治丁亥進士，官至吏部考功司員外郎。嗣立字俠君，康熙壬辰進士，由庶吉士改補中書舍人。曾注謬訛頗多。……嗣立悉爲是正，考據頗爲詳核。……《唐藝文志》載庭筠《握蘭集》三卷、《金荃集》十卷、《詩集》五卷、《漢南真稿》十卷，《宋志》亦同。陳振孫《書録解題》作《飛卿集》七卷，又陸游《渭南集》有温庭筠集跋，稱其父所藏舊本，以《華清宮》詩爲首，中有《早行》詩，後得蜀本，則《早行》詩已佚。《文獻統考》則云温庭筠《金荃集》七卷、《别集》一卷，是宋刻已非一本矣。曾本合爲四卷，名曰《八義集》，以作賦之事名其詩，頗爲杜撰。嗣立此注稱從所見宋刻，分《詩集》七卷、《别集》一卷，以還其舊，疑即《通考》所載之本。又稱《文苑英華》《萬首絶句》所録爲《集外詩》一卷，較曾本差爲完備，然總之非唐本之舊也。

丁丙《善本書室藏書志》卷四十：《金荃詞》一卷（精鈔本，何夢華藏書），温飛卿庭筠。唐自大中後詩衰而倚聲作，至庭筠始有專集，名《握蘭》、《金荃》。右一卷，有無名氏跋。飛卿詞繼太白之後開延巳之先，爲倚聲家鼻祖。有錢江何氏夢華館藏、「布衣暖菜根香詩書滋味長」印。

鄭文焯《温飛卿詞集考》：蓋唐宋舊志所稱《金荃集》者，固合詩詞而言，詞即附於詩末，後人别出之以名其詞，非舊編也。證以歐陽炯《花間集》，亦止稱「飛卿復有《金荃集》」。其所收六十六首，極深美宏約之致，方之諸家所作，亦云觀止。誠以衛弘基去晚唐未遠，詞客清芬，猶承光誦，宜其甄采高制，於飛卿所得獨多，或即出於原集之末卷，學者得此，無俟他求已。考飛卿本傳，但記其「能逐絃吹之音，爲側豔之詞」。《唐詩紀事》亦述其爲令狐綯代撰《菩薩蠻》詞，並未載有詞集。（龍沐勳輯《大鶴山人詞話》附録）

劉永濟《唐五代兩宋詞簡析》：唐詞，在庭筠前，詩人偶爾爲之。庭筠專力此體，始有專集。其集名《金筌》，今無傳本。朱孝臧刻温詞名《金奩集》，共一百四十七首，不盡温作，真温詞六十二首，加《尊前集》真温作《菩薩蠻》四闋，實得六十六首。

曾昭岷《温韋馮詞新校·前言》：舊傳詞之有專集者，始自温庭筠《握蘭》、《金荃》。歐陽炯《花間集序》僅稱「近代温飛卿復有《金荃集》」，而未言及《握蘭》。《新唐書·藝文志》著録有《温飛卿詩集》五卷、《握蘭集》三卷、《金荃集》十卷。而清顧嗣立跋《温飛卿詩集》謂見宋刻《金荃詞》僅一卷，與歐陽炯序同。《握蘭》、《金荃》，疑當是詩文集名，而《金荃》又爲詞集名矣。然此顧氏所見之宋本《金荃詞》一卷，既未見藏書家著録，也未聞有流傳，是可疑也。五代後蜀趙崇祚輯《花間集》，收温詞六十六首。近人劉毓盤《唐五代宋遼金元名家詞輯》，有《金荃詞》一卷，收温詞七十二首。其中除見於《花間集》者六十六首外，從《尊前集》補《菩薩蠻》一首，《草堂詩餘》補《木蘭花》一首，《温飛卿詩集》補《新添聲楊柳枝》二首，《歷代詩餘》補《更漏子》一首，《詞律拾遺》補《定西番》一首。又王靜安《唐五代二十一家詞輯》有《金荃詞》一卷，收詞七十首，較之劉輯本，所未收者，即《歷代詩餘》所載之《更漏子》與《詞律拾遺》所録之《定西番》。又盧冀野《温飛卿及其詞》一書輯有《詞録》，稱「此殆最可信之温庭筠詞集矣」，得詞六十七首。乃據《花間集》、《尊前集》而録之也。又有舊題温庭筠撰之《金奩集》，朱祖謀以鮑渌飲從錢塘汪氏借鈔本刊入《彊村叢書》，計詞一百四十七闋。鮑氏云出自明正統辛酉海虞吴訥所編之《四朝名賢詞》，以《全唐詩》校勘，中雜韋莊、張泌、歐陽炯諸人詞六十四首。王輯本跋云「錢塘丁氏善本書室藏有一百四十七闋本」，疑即此。蓋王氏誤《金奩》爲《金荃》矣。王氏云：「除四人外，尚得八十三闋，然此八十三闋盡屬飛卿否，尚待校勘。」按應是「除三人外，尚得八十三闋」，其中有韋莊一闋，鮑氏誤記作温詞者；有失名《和張志和漁父詞》十五首；又《菩薩蠻》二十首中注有「五首已見

《尊前集》」而未録。實録温詞僅六十二首，皆見於《花間集》。

劉學鍇《温庭筠全集校注》凡例（節録）：一、本書係存世温庭筠詩、詞、文之校注箋解本，並輯其存世小説《乾𦠆子》三十三則。二、温庭筠詩校勘以國家圖書館藏明末馮彦淵家鈔宋本《温庭筠詩集》七卷、《别集》一卷爲底本，以下列各本爲校本：（一）國家圖書館藏明弘治十二年李熙刻《温庭筠詩集》七卷、《别集》一卷。簡稱李本。（二）國家圖書館藏明刻《温庭筠詩集》十卷、《補遺》一卷（配清抄）。簡稱十卷本。（三）北京大學圖書館藏明姜道生刻《唐方城令温飛卿集》一卷。簡稱姜本。（四）國家圖書館藏明毛氏汲古閣刻《五唐人詩集》之《金荃集》七卷、《别集》一卷。簡稱毛本。（五）四部叢刊影印清錢氏述古堂鈔本《温飛卿詩集》七卷、《别集》一卷。簡稱述鈔。（六）清康熙席啟寓刻《唐人百家詩》之《温庭筠詩集》七卷、《别集》一卷、《温庭筠集外詩》一卷。簡稱席本。（七）清顧嗣立刻康熙三十六年顧氏秀野草堂刻本《温飛卿詩集》七卷、《别集》一卷、《集外詩》一卷。簡稱顧本。（八）清康熙輯《全唐詩》之温庭筠詩八卷、補遺一卷。簡稱全詩。《集外詩》以顧本爲底本。……三、温庭筠詩注釋以明末曾益原注，清顧予咸補注、顧嗣立重校刪補訂正之《温飛卿詩集》箋注本爲基礎。爲存舊注，概不加刪削，分别以【曾注】、【咸注】、【立注】

標明。……鑒於温詩大部分難以編年，故編次仍從舊本，即正集七卷、别集一卷、集外詩一卷。……四、温庭筠詞絶大部分輯自《花間集》（六十六首）。中華書局出版之曾昭岷等人編校之《全唐五代詞》以晁本《花間集》爲底本，廣搜舊本、總集進行校勘。另據朱本《尊前集》録一首、《稗海》本《雲溪友議》録二首，共計六十九首。……其中《楊柳枝》八首、《添聲楊柳枝》二首已見《詩集》之集外詩，故詞集中只存目。……五、温庭筠文（包括賦、狀、書、啟、榜文）現存二十五題三十四首，絶大部分輯自《文苑英華》。兹以清編《全唐文》爲底本，以《文苑英華》等進行校勘。因温文向無箋注，故每首均作新注，並於校注對題目涉及的人名進行箋證，對寫作時間進行考證。文末不再附編撰者按語。六、温庭筠著有小説《乾𦠆子》三卷，《新唐書·藝文志》小説家類著録，原書已佚，重編《説郛》、《龍威秘書》存一卷，已非原帙。《太平廣記》引録三十三則，另《類説》、《紺珠集》各摘録十餘則。今從《太平廣記》（明談愷刻本）輯録三十三則，僅録原文，不作注釋。間作校記。

皇甫松

《新唐書》卷五十九《藝文志》：皇甫松《醉鄉日月》三卷。

又：劉軻《牛羊日曆》一卷，牛僧孺、楊虞卿事。檀欒子皇甫松序。

《新唐書》卷六十《藝文志》：皇甫松《大隱賦》一卷。

陳振孫《直齋書録解題》卷十一：《醉鄉日月》三卷，唐皇甫松子奇撰。唐人飲酒令，此書詳載，然今人皆不能曉也。

《宋史》卷二〇六《藝文志》：皇甫松《酒孝經》一卷。

《宋史》卷二〇七《藝文志》：皇甫松《醉鄉日月》三卷。

《宋史》卷二〇八《藝文志》：皇甫松《大隱賦》一卷。

韋　莊

張唐英《蜀檮杌》卷上：（韋莊）有《浣花集》二十卷。

王堯臣等《崇文總目》卷十二：韋莊《幽居雜編》一卷，闕。《浣花集》二十卷。韋莊《諫疏集》三卷，闕。

鄭樵《通志·藝文略》第八：韋莊《浣花集》二十卷。

晁公武《郡齋讀書志》卷四中：韋莊《浣花集》五卷。右僞蜀韋莊，字端己。仕王建至吏部侍郎平章事。集乃其弟藹所編，以所居即杜甫草堂舊址故名云。僞史稱莊有集二十卷，今止存此。

陳振孫《直齋書録解題》卷十九：《浣花集》一卷。蜀韋莊撰。唐乾寧元年進士也。

《宋史》卷二〇四：韋莊《蜀程記》一卷，又《峽程記》一卷。

《宋史》卷二〇八：韋莊《浣花集》十卷，《諫草》一卷，《諫疏箋表》四卷。

《宋史》卷二〇九：韋莊《又玄集》三卷。

黄丕烈《蕘圃藏書題識》卷七：《浣花集》十卷（宋刻本）。此殘宋刻本《浣花集》四至十卷，余友陸子東蘿以青蚨一分得諸閶門外上塘街冷攤，特爲持贈余者。東蘿初不知爲宋刻本，但曰有舊人圖書葉陽生，欲就君質之。余曰：此人余卻知之，余將爲言其詳。及觀後一無名氏跋，而益信余所知之人也。近因上津橋葉氏將刊其先世天士所著《本事方釋義》，向余借宋刊許學士《本事方》，因相往還，登眉壽堂。見爲號有陽生道兄，詢悉陽生即天士之父，素精于醫，曾治范伏庵太史初生時無穀道一證。此書所鈐印即其人也。末跋語云，某因病久嗽不愈，以此償藥直。知向時醫家脈藥相連，故云以此償藥直也。是書破爛不堪，命工粗加整理，裝成攜示葉氏後訥人、豐帆輩，各幡陽生手批醫書，皆云跋語字跡實係陽生公書，而康熙乙卯三月去陽生辭世之年庚申尚有六載，此跋洵不誣也。訥人云，陽生公與汪鈍翁有唱酬之作，蓋精於詩者。一書之微，多取印證，余喜而筆諸端。復翁。

又：余藏韋莊《浣花集》，向有三本，一爲黑格精鈔本，一爲藍格舊鈔本，一爲毛氏影鈔宋本。三者之中，影鈔爲上，然得此殘宋刻證之，則又在影鈔者上矣。蓋書以古刻爲第一，一字一句之誤，猶可諦視版刻，審其誤之由來。影鈔則已非廬山真面目，矧其爲泛泛傳鈔者乎。故余佞宋，雖殘麟片甲，亦在珍藏，勿以不全忽之。此册前缺序目及首三卷，若就影鈔本補全，誠爲兩美。然業無宋刻，即影鈔已失其真，故仍願離之，則兩美也。欲卒讀者，有影鈔本在，取而觀之可耳。甲戌六月六日，復翁補書於第九卷尾，以此半葉係裝時補綴，非宋版本有，雖灰之無傷。

又：余家向藏毛氏影宋本《浣花集》，在唐人諸集中，取對此，此實宋版。卷中「徵」、「禎」、「玄」、「樹」，避此四字，而「玄」、「樹」有不盡避者。宋版時或有此。余初付裝，見者或疑此刻之非宋而妄笑余佞宋之太甚，所信未必真。然裝成，同人傳觀，藏書家如周香嚴、鑒賞家如陶朗軒，皆以余言爲信，則誠可信矣。佞宋何嘗佞（妄）哉。

又：昔何義門學士跋宋刊許渾《丁卯集》，云惜板刻黏塗，幸得毛豹孫影寫宋本，一一補其缺失，差異於不知而妄作者。今余收《浣花集》，失其序目及首三卷，亦賴影宋本補全，即守義門之意也。宋刻出自陸東蘿所贈。此屬東蘿影鈔，蓋是書始終成於東蘿云。丁卯季夏裝，復翁記。

陸心源《皕宋樓藏書志》卷七十一《殘宋本〈浣花集〉跋》：《浣花集》十卷，題曰「杜陵韋莊」，前有癸亥年六月九日莊弟韋藹序，宋諱有缺有不缺。每葉二十行，每行十八字，與臨安陸睦親坊陳宅本《孟東野集》行款匡格皆同，當亦南宋書棚本也。宋刊存卷四至十，前三卷黄蕘圃以影宋本抄補，每卷有葉陽生白文方印，後有陽生跋，每册有士禮居朱文方印，前後有蕘圃三跋，陸損之跋。陽生蘇州人，天士之父，與汪鈍翁酬唱，工詩能醫。

《四庫全書總目提要》卷一五一《浣花集提要》：《浣花集》十卷，補遺一卷，唐韋莊撰。莊字端己，杜陵人。乾寧九年第進士，授校書郎，轉補闕。後仕蜀王建，至吏部侍郎同平章事。《文獻通考》載莊集五卷。此本十卷，乃毛晉汲古閣所刻，爲莊弟藹所編，前有藹序。疑後人析五爲十，故第十卷僅詩六首也。末爲補遺一卷，則毛晉所增。然如《癸丑年下第獻新先輩》一首，既見於卷八，又入補遺，殊爲失檢。《全唐詩》所録，較此本多《勉兒子》、《即事》等篇，共三十餘首。蓋藹序作於癸亥年六月，爲唐昭宗之天復三年。莊方得杜甫草堂，故以名集。自是以後，篇什皆未載焉。故往往散見於諸書，後人遞有增入耳。

龍榆生《唐宋名家詞選》：韋詞收入《花間集》者四十七首，收入《金奩集》者四十八首，收入《全唐詩附詞》者五十二首。劉毓盤輯爲《浣花詞》一卷，共得五十五首，刊入《唐五代宋遼金元詞六十種》中。

曾昭岷《温韋馮詞新校·前言》：韋莊詞集未聞著録，《蜀檮杌》稱莊有集二十卷，又有《浣花集》五卷，乃莊弟藹所編。《崇文總目》稱莊有《浣花集》二十卷，《郡齋讀書志》著録《浣花集》五卷，云「僞史稱莊有集二十卷，今止存此」。可知二十卷集，南宋時已亡佚不傳。韋詞在二十卷集中與否，亦已不可考。韋藹所編之《浣花集》，乃詩集。《宋史·藝文志》著録韋莊《浣花集》十卷，與今所存明汲古閣本卷數同。疑當時已析爲十卷矣。今傳韋莊詞，有《花間集》所收四十八首，《金奩集》同。又有劉毓盤輯本、王靜安輯本，皆稱《浣花詞》一卷，從其詩集名也。又有胡鳴盛輯《韋莊詞注》一卷。又有夏承燾審訂、劉金城校注之《韋莊詞校注》一卷。王輯本、胡輯本、劉校本所收韋詞皆五十四首，其中從《花間集》録四十八首，《尊前集》録五首，《草堂詩餘》一首，與《全唐詩》同。劉輯本則另録《歷代詩餘》載《玉樓春》「日照玉樓花似錦」一首，爲五十五首。

牛嶠

晁公武《郡齋讀書志》卷十八：《牛嶠歌詩》三卷。集本三十卷。自序云：「竊慕李長吉所爲歌詩，輒效之。」

毛文錫

陳振孫《直齋書録解題》卷五：《前蜀紀事》二卷，後蜀學士毛文錫平珪撰。起廣明庚子，盡天福甲子，凡二十五年。文錫，唐太僕卿龜範之子，十四歲登進士第，入蜀，仕建至判樞密院，隨衍入洛而卒。

陳振孫《直齋書録解題》卷十四：《茶譜》一卷，後蜀毛文錫撰。

《宋史》卷二〇四《藝文志》：毛文錫《前蜀王氏紀事》二卷。

《宋史》卷二〇五《藝文志》：毛文錫《茶譜》一卷。

和凝

《宋史》卷二〇四《藝文志》：和凝《疑獄集》三卷。

《宋史》卷二〇八《藝文志》：和凝《演論集》三十卷，又《遊藝集》五十卷，《紅藥編》五卷。

《宋史》卷二〇九《藝文志》：和凝《賦格》一卷。

孫光憲

洪邁《容齋隨筆》續筆卷十三：先公自燕歸，得龍圖閣書一策，曰《貽子録》，有「御書」兩印存，不言撰人姓名。而序云：「愚叟受知南平王，政寬事簡。」意必高從誨擅荆渚時，賓僚如孫光憲輩者所編，皆訓儆童蒙。

陳振孫《直齋書録解題》卷十：《蠶書》二卷，孫光憲撰。光憲事蹟，見小説類。

陳振孫《直齋書録解題》卷十一：《北夢瑣言》三十卷，黄州刺史陵井孫光憲孟文撰。載唐末五代及諸國雜事。光憲仕荆南高從誨，三世在幕府。「北夢」者，言在夢澤之北也。後隨繼沖入朝，有薦於太祖者，將用爲學士。未及而卒。光憲自號爲葆光子。

《宋史》卷四八三本傳：光憲博通經史，尤勤學，聚書數千卷，或自鈔寫，孜孜讎校，老而不廢。好著撰，自號葆光子，所著《荆臺集》三十卷，《鞏湖編玩》三卷，《筆傭集》三卷，《橘齋集》二卷，《北夢瑣言》三十卷，《蠶書》二卷。又撰《續通歷》，紀事頗失實。太平興國初，詔毁之。

《宋史》卷二〇三《藝文志》：孫光憲《續通歷》十卷。

《宋史》卷二〇五《藝文志》：孫光憲《蠶書》三卷。

《宋史》卷二〇六《藝文志》：孫光憲《北夢瑣言》十二卷。

《宋史》卷二〇八《藝文志》：孫光憲《荆臺集》四十卷，又《筆傭集》十卷，《紀遇詩》十卷，《鞏湖編玩》三卷，《橘齋集》二卷。

胡應麟《詩藪》雜編卷四：孫光憲《竹枝詞》云：「門前春水白蘋花，岸上無人小艇斜。商女經過江欲暮，散抛殘食飼神鴉。」《柳枝詞》云：「閶門風暖落花乾，飛遍江城雪不寒。獨有晚來臨水驛，遊人多憑赤欄杆。」二詩見郭氏《樂府》，《品彙》已收之。按《三楚新録》云：「光憲，蜀人。高氏辟爲書記，表章文檄，皆出其手。最好聚書，以兵革難致，每發使諸道，必重價募得之，蓄書至萬餘卷。然自負史才，以藩服恒鬱鬱。每吟昔人詩：『一生不得文章力，百口空爲飽暖家。』」《品彙》取其詩入唐，亦未當。如曰凡五代悉繫之唐，則王仁裕等皆不得遺，必仕宦唐世，或撰述聲名已著唐時者，乃可。光憲《北夢瑣言》尚傳。

龍榆生《唐宋名家詞選》：孫詞見《花間集》者六十首，見《尊前集》者二十三首，見《全唐詩》者八十首。劉毓盤於其内戚費文恪公家見所藏宋元殘本，有《荆臺傭稿》一册，因録副，刊入所輯《唐五代宋遼金元名家詞集六十種》，共存詞八十四首。

姜方錟《蜀詞人評傳》：光憲詞，《花間集》選六十一首，《尊前集》二十三首，《全唐詩》共八十首，王國維共八十四首，輯爲一卷。《詞律》復有二首（按《花間集》載光憲詞實六十一首，謂六十首，乃目次之誤。至四部叢書影印明本，竟將《竹枝詞》二首合爲一首，以符其六十之數，而《全唐詩》僅八十首者，蓋《花間》所載之《楊柳枝》未録故也。又按《詞律》卷二，尚有光憲《河滿子》與《望梅花》又一體各一首，未考紅友所據）。

五、《花間集》題跋叙録

宋紹興建康郡齋本晁謙之跋：右《花間集》十卷，皆唐末才士長短句，情真而調逸，思深而言婉。嗟乎！雖文之靡無補於世，亦可謂工矣。建康舊有本。比得往年例卷，猶載郡將、監、司、僚幕之行，有《六朝實録》與《花間集》之贐。又他處本皆訛舛，乃是正而復刊，聊以存舊事云。紹興十八年二月二日，濟陽晁謙之題。

宋陳振孫《直齋書録解題》：《花間集》十卷，蜀歐陽炯作叙，稱衛尉少卿字宏基者所集，未詳何人。其詞自温飛卿以下十八人，凡五百首。此近世倚聲填詞之祖也。詩至晚唐、五季，氣格卑陋，千人一律，而長短句獨精巧高麗，後世莫及，此事之不知曉者。放翁陸務觀之言云爾。

明正德陸元大覆晁本王國維題記：《花間集》十卷，明覆刊宋本。前有蜀廣政三年武德軍節度判官歐陽炯序，後有紹興十八年濟陽晁謙之跋。炯爲孟蜀宰相，蜀亡，入宋爲翰林學士。一作歐陽炳，蘇易簡《續翰林志》（下）謂「學士放誕，則有王著，歐陽炳」；又云：「炳以僞蜀順化，旋召入院，嘗不巾不韈，見客於玉堂之上。尤善長笛，太祖嘗置酒令奏數弄。後以右貂終於西洛。」又作歐陽迥，學士年表：「歐陽迥，乾德三年八月以左散騎常侍拜（前曰「右貂」，此云「左散騎常侍」，左、右必有一誤），開寶四年六月以本官分司西京罷。」則與炳自爲一人。此本與聊城楊氏所藏鄂州本均作歐陽炯，恐炯字不誤。炳與迥因避太宗嫌名而追改也。集中詞十八家。温助教、皇甫先輩、韋相之次，有薛侍郎昭藴。按《唐書・薛廷老傳》：「廷老子保遜，保遜子昭緯，乾寧初至禮部侍郎。性輕率，坐事貶磎州刺史。」舊書略同。《北夢瑣言》（十）：「唐薛澄州昭緯，即保遜之子，恃才傲物，亦有父風。每入朝省，弄笏而行，旁若無人。愛唱《浣溪沙》詞。」今此集載昭藴詞十九首，其八首爲《浣溪沙》；又稱爲薛侍郎，恐與昭緯爲一人。緯、藴，二字俱從糸，必有一誤也。李洵，則鄂州本作李珣，毛本亦同。《鑑誡録》（四）：「李洵字德潤，本蜀中土生波斯也。少小苦心，屢稱賓貢。所吟詩句，往往動人。尹校書鶚者，錦城煙月之士也，與李生常爲善友，遽因戲遇嘲之。李生文章，掃地而盡。詩曰：『異域從來不亂常，李波斯强學文章。假饒折得東堂桂，胡臭薰來也不香。』」黄休復《茅亭客話》亦紀爲波斯人。以異域之人而所造若此，誠爲異事。王灼《碧雞漫志》屢稱洵《瓊瑶集》，其所舉《倒排甘州》、《河滿子》、《長命女》、《喝駄子》四首，均此集與《尊前集》所未載。則南宋之初，蜀中尚有此書，未識佚於何時也。唐五代人詞有專集者：《南唐二主詞》，《陽春集》，均宋人所編。飛卿《金荃詞》一卷，顧嗣立《温飛卿詩集跋》謂有宋本，未知可信否。和凝《紅葉稿》之名，則係竹垞杜撰。凝《紅藥編》五卷，見於宋志者，乃制誥之文（焦竑國史《經籍志》列之制誥類，其書竑時已亡，殆由其名定之是也），非詞集，亦非《紅葉稿》也。惟洵《瓊瑶集》見於宋人所記。當爲詞人專集之始矣。（録自《庚辛之間讀書記》）

明正德陸元大覆晁本羅振玉題識：此集楊用修遊蜀昭覺寺，始得其本。明末，汲古毛氏得南宋本，重刊；後有陸放翁跋二則。不聞别有他仿宋本。此本每半葉十行，行十八字；前有歐陽炯序，前署「武德軍節度判官歐陽炯撰」，後署「大蜀廣政三年夏四月日序」。序後爲目録，首行作「《花間集》一部十卷」，每卷首行作「《花間集》卷第幾」；次行題「銀青光禄大夫行衛尉少卿趙崇祚集」。後有「紹興十八年二月二日濟陽晁謙之題」。卷内凡筐、敬、竟、鏡、競、絃等字皆缺末筆。近年，邵武徐氏幹曾據宋濟陽晁氏本，重刊於杭州。證以徐氏跋語所述無錫朱氏所藏原本，一一與此吻合，蓋即此本也。臨桂王氏所刻聊城楊氏海源閣本及汲古本，與此均有不同。是此書傳世宋刻有三本矣。邵武徐氏謂此爲宋刻，以此本證之，其楮墨皆似明本。殆是明人翻雕，然宛然宋刊之舊。徐氏謂可訂正毛氏者甚夥。異日當取臨桂王氏本、毛本，與此一對勘之，俾成完善之本。此本卷首有「沈顥朗倩」印，後有「太史公牛馬走」、「侍直清暇」二印，乃沈朗倩先生舊藏。世人但知其善書，不知其亦藏書家，余所藏明葉林宗鈔《金石録》，亦有沈跋。（録自《大雲書庫題識》）

清徐氏叢書覆陸元大正德本徐幹叙：趙宏基輯《花間集》盛行宋代。降及元、明，寖以失傳。楊用修遊蜀昭覺寺，始得其本。湯臨川又評隲之。《花間集》始復顯於世。崇禎年，隱湖毛氏得宋刻重刊，後有陸放翁二跋，最稱善本。同官無錫朱達夫藏書極富，以宋濟陽晁氏本《花間集》借示。其書刻於紹興年，書内筐、敬、竟、絃字皆缺筆，可證宋刊。歐陽炯、趙崇祚名上，皆題官銜，與昭覺寺所得、隱湖所刻，微不同。末有晁謙之跋。幹方有徐氏叢書二刻之舉，請於達夫，重寫付梓。宋刊原書，每半葉十行，每行十八字，旁分句讀。書中字可資訂正毛氏本者甚夥。間有毛本不誤而此本誤者，讀者自能會意。今重寫，字從其舊，無少更改，冀存晁氏真面。夫唐詞於今存者尠矣。使無《花間集》、《花庵詞選》之采輯，則亡佚必更甚。而《花間集》譌字頗多，今得此本，重爲刊佈，海内填詞家其愉快爲何如。幹益嘆達夫之慨然肯以善本見借，毫無吝色，爲有功藝苑也。達夫名鑑章，同治辛未榜進士，宰蘭谿，有惠政，以憂去官。今署錢塘縣事，奸宄屏跡；膺煩劇而不廢開卷，所謂仕而學者歟？光緒戊子邵武徐幹識。

雙照樓覆陸元大正德本吴昌綬叙：宋紹興十八年，晁謙之刻《花間集》，十卷，半葉十行，行十八字。謙之字恭道，無咎從弟，敷文閣直學士，知建康府。跋稱「建康舊有本」，「是正復刊」，蓋其守郡時也。明翻本，晁跋後有「正德辛巳吴郡陸元大宋本重刻」一行，他印本多剗去，以充宋刊。自《敏求記》以降，諸家書目所收，大率皆是本。都穆跋《晉二俊文集》謂：「余家藏本，吴士陸元大爲重刻之。」袁翼刻淳熙本《李翰林別集》，亦稱得於元大。王惕甫《淵雅堂集》引顧元慶《夷白齋詩話》：「陸子元大，本洞庭涵村世家。性疏懶，好遠遊。晚歲業書，浮沉吴市。嘗刻漫稿，中有寄余云：『嘗記尋君過滸墅，竹青塘上喚輕橈。』」據此：則元大乃書賈之能詩者。周宏祖《古今書刻》，蘇州府有《花間集》，當即是本。陸其清《佳趣堂書目》，《花間集》十卷，震澤王氏刻。案《李翰林別集》版在怡老園，豈此刻後來亦歸王氏歟？臨桂王鵬運以海源閣宋本覆刻，據紙背官文書，證爲淳熙鄂州刊印。汲古《詞苑英華》本，有陸務觀兩跋，題開禧元年。南宋三刻，實以晁爲最古；前人有謂汲古出北宋本者，殆未考也。今以陸本重摹上板。正德刊書，古雅實勝嘉靖。近代刊工，即乾、嘉間刻且不能仿佛萬一，此則時代爲之，非人力所可强幾已。意有感觸，聊發其凡。甲寅八月仁和吴昌綬。

清四印齋覆淳熙鄂州本王鵬運跋：右《花間集》十卷，宋十行、行十七字本，現藏聊城楊氏海源閣。卷首有傳是樓徐氏、聽雨樓查氏藏印。係用淳熙十一、十二等年册子紙印行。其紙背官銜略可辨識者，曰「儒林郎觀察支使措置酒務施、成忠郎監在城酒務賈、成□郎本州指使差監拜斛場吴、江夏縣丞兼拜斛場温、□□郎本州指使差監大江渡潘、進□尉差監豬羊欄董、進義副尉本州指使監公使庫范、鄂州司户參軍戴、成義郎添差本州排岸差監本津關發收税劉、信義郎本州準備差使監公使庫朱」。除江夏縣丞、鄂州司户參軍二官，餘皆添差官。監酒税者二，監拜斛場者二，監公使庫者二，監大江渡者一，監豬羊欄者一，監本津關發收税者一，凡十人。觀察支使，從八品。宋《職官志》云：「幕職官縣丞從八品。」宋志云：「諸路州軍繁劇，今户二萬以上，增置司户參軍，從九品。」《文獻通考》云：「諸州置司户參軍，掌户籍，賦税，倉庫、交納。」儒林郎等階，宋志云：「儒林郎爲觀察掌書記、支使、防團判官等文階。」今結銜與志合。成忠郎、進□尉（似是進義尉）、進義副尉，皆武職階。成義郎、信義郎均不見於《職官志》。志又云：「監當官掌茶、鹽、酒税，場務，征輸及冶鑄之事，諸州軍隨事置官。」建炎初，詔：「監當官闕，許轉運使具名奏辟，一次以二年爲任。實有六考，方許闕升煩劇去處。許添差一員，合選差文臣處，更不差武臣。」淳熙二年，詔：「二萬貫以下庫，分選有才幹存留一員，指揮諸班官，直親從親事官，保義郎以下差充。」建炎四年，詔：「每州以五員爲額。」今監場、監大江渡、監豬羊櫃、監本津關發收税，皆在添差官之列，然已不止五員矣。鄂州酒務，《中興繫年録》云：「紹興十二年右司鮑琚總領鄂州大軍錢糧。先是，琚奏岳飛軍中利源鄂州並公使激賞備邊回易十四庫，歲次息錢一百六十萬五千餘緡。詔以鄂州七酒庫隸田師中爲軍需，餘令總所椿收。」是鄂州酒務爲最旺之所。公使庫，《朝野雜記》云：「公使庫，諸道監司以及州、軍、邊縣與戎帥皆有之，然正賜不多，而著令許收遺利。以此，州郡得以自恣。開抵當，賣熟藥，無所不爲。其實以助公使耳。」餘皆無考。册紙皆鄂州公文，此書其刻於鄂州乎？鳳阿同年出以見視，如式影寫，付工精刻，並爲考其崖略如右。光緒癸巳長至，臨桂王鵬運識於四印齋。

四印齋本鄭文焯題記：詞者，意内而言外，理隱而文貴，其源出於變風、小雅，而流濫於漢、魏樂府、歌謡。臯文所謂「不敢同詩賦而並誦之」者，亦以風、雅之罄遺，文章之流别；其體微，其道尊也。詞選以《花間》爲最古且精。是本爲王半塘前輩影宋淳熙鄂州舊刊，間有誤奪，任筆校正，諷誦之餘，時復點註，不忍去口。嗟嗟！自實甫、芸閣、子復諸賢去後，此事頓廢。憶十年前，連情發藻，出言哀斷；今更世變，其爲衰世之音，不其然乎！叔問記。

《汲古閣秘本書目》有北宋本《花間集》四本，世無傳者；又南宋板精鈔二本，未審與此有無異同，惜無他本校讐也。

《孫氏祠堂書目》有《花間集》十卷，注「蜀趙崇祚編，仿宋晁謙之刊本」；又四卷，「湯顯祖評本」。今並無傳。

明萬曆茅刊《花間集補》温博叙：夫三百篇變而騷、賦，騷、賦變而古樂府，古樂府變而詞，詞變而曲。余初讀詩至小詞，嘗廢卷歎曰：嗟哉！靡靡乎！豈風會之始然耶！即師涓所弗道者。已而睹范希文《蘇幕遮》、司馬君實《西江月》、朱晦翁《水調歌頭》等篇，始知大儒故所不廢。何者？衆女蛾眉，芳蘭杜若，騷人之意，各有託也。然古今詞選，無慮數家，而《花間》、《草堂》二集最著者也。《花間》近無善本，會茅貞叔氏語余曰：「昔人稱『長短句情真而調逸，思深而言婉者』，莫過《花間》。第觀時本多誤而鮮釋，如韋相《應天長》，『騑』與『涴』同轉音入聲而始叶；歐陽舍人《浣溪沙》，『泥』當作『義』之類；苟不釋，奚知焉？今欲校而刻之，吾子云何？」余曰：「善。故吾意也。」貞叔遂會中土之音，氣韻平調者什其文。出家藏建康本校讐焉，而屬余點句。點者讀，圈者句，句韻腳也。已，貞叔又屬余補其未備，以足李唐一代之製。余故未知趙氏當時詮次意，乃於此往往歎遺珠舊矣。因自李翰林而下，十有四人，通得六十七首，爲二卷，命曰《花間集補》。大都皁調小令之略當余心者略備。如《菩薩蠻》、《憶秦娥》，世所稱調祖也。如《清平樂令》，或以爲非太白作，而近代楊用修、王元美已愉快之，未爲無據。如《清平調》、《欸乃曲》、《楊柳枝》、《竹枝詞》，即七言絶，而實古詞。古詞多四句也。如《漁歌子》、《古調笑》，比切聲調，並入古詞而采之云。嘻，聲律之道，難言哉，難言哉！自唐迄今，八百年來，作者凡幾。宋無詩而有詞，元無詞而有曲；至本朝始兼之。然當家詞手，可屈指也。余不佞，雖不諳新聲之艷耳，假令登高弔古，食酒而酣，按拍歌唐人之調，便翩翩乎不知有人間矣。況三百篇哉！是編也，余且與貞叔起而試歌之。烏程温博允文甫撰。

明鍾人傑《花間草堂合集》張師繹序：天下無無情之人，則無無情之詩。情之所鍾，正在吾輩，然非直吾輩也。夫子裁詩嬴三百，周召二南，厥爲風始。彼所謂房中之樂，床笫之言耳。推而廣之，江濱之遊女，陌上之狂童，桑中之私奔，東門之密約，情實爲之，聖人寧推波而助之瀾？蓋直寄焉。以情還情，以旁行之情還正行之情，要其指歸，有情脗合於無情，斯已而已矣。鄒孟氏識得此意，齊王好貨好勇，至於好色，猶曰足用爲善，此何所足爲乎？正以王有此情，可以導而之善也。而佛氏苦空寂滅，捐棄倫理，厭離居室，雖其癖好焉者，抗而與吾儒爭道，而異端外學，如焦芽之不生，冷灰之不煖，土鼓之不韻，究竟歸於斷滅焉。其人存，其情先亡矣。古卿大夫皆稱詩以言志，其子弟爲國子學，歌九德，誦六詩，習六舞，五聲八音之和，被服其風，光輝日新，化上遷善，而不知其所以。今之言詩者，如漢樂家制氏，能言其鏗鏘鼓舞，而不能言其義者，斯已爲難。即鏤冰刻楮，無益殿最之數，安所勤太師氏之采擇而獻之賁鼓樅業之間乎？予友鍾瑞先氏，閎覽博物，篤嗜古文奇字，每與予閑商風雅，今人與居也，輒進而求之古人。所稽經史異書，盈笥充棟，次第就梓。而《花間》之集，《草堂》之餘，復得博南善本，先刻之爲禁臠侯鯖，豎詞林之嚆矢，自此湖光山色，雜遝笙簧，鳥語花香，間咽絲肉，而被以新聲，佐之小令，作者骨蘦，歌者魂銷，遂使紅牙㼆客，翠袖留髡，子仲之子，雖復不韻，無冬無夏，市也婆娑。予今而知詩與詞之有扶於風教也。天啟甲子初夏蘭陵張師繹克僞撰。

明《花間草堂合集》鍾人傑叙：弇州云：「花間以小語致巧，世説靡也；草堂以麗字取妍，六朝隃也。」可謂定論。然《花間》柔艷婉約，自是温韋和李諸才子香奩中物，微致軗《草堂》爲短，評者乃謂傷於促碎，非也。政致稍盡也。即隋煬、太白之雄，

《望江南》、《憶秦娥》非不聲調宏美，一種悽婉近人，猶不得與耆卿、子野、少游輩爭長。蓋宋人之詞語淺而遥，唐人之詞才穠而近，各有深致，不可優劣。而宋尤厥體當家。《草堂》中俊語，如「滿院落花春寂寂」、「淚花落枕紅綿冷」、「海棠經雨臙脂透」，又「彈到斷腸時，春山眉黛低」、「秋千外，緑水橋平」，入《花間》不復可辨。《花間》中欲拈如「簾捲西風，人比黄花瘦」、「斷送一生憔悴，能消幾個黄昏」、「楊柳外，曉風殘月」、「燕子銜將春色去，紗窗幾陣黄梅雨」，一段天然之美，豈易得耶。間有之，如馮延巳「風乍起，吹皺一池春水」、李後主「問君還有幾多愁，恰似一江春水向東流」數語耳。第《花間》無俗調，《草堂》人數闋而外悉惡道，語不耐檢。想當時村學究所竄入，恨無善本一披沙揀金也。近自友人得升庵所評注，蔭映最佳；而《草堂》本則程仲權所删，可稱快絶。邇來風流日永，人士動稱才情。才情之美，無過詩餘。因取合刻之，而漫論及此。錢塘鍾人傑瑞先甫撰。

明汲古閣覆宋本陸游跋一：《花間集》，皆唐五代時人作。方斯時，天下岌岌，生民救死不暇，士大夫乃流宕至此。可歎也哉！或者，出於無聊故耶！笠澤翁書。

明汲古閣覆宋本陸游跋二：唐自大中後，詩家日趣淺薄。其間傑出者亦不復有前輩宏妙渾厚之作，久而自厭；然梏於俗尚，不能拔出。會有倚聲作詞者，本欲酒間易曉，頗擺落故態，適與六朝跌宕意氣差近。此集所載是也。故歷唐季、五代，詩愈卑而倚聲輒簡古可愛。蓋天寶以後詩人常恨文不逮，大中以後詩衰而倚聲作，使諸人以其所長，格力施於所短，則後世孰得而議。筆墨馳騁則一，能此而不能彼，未能以理推也。開禧元年十二月乙卯，務觀東籬書。

明汲古閣本毛晉跋一：據陳氏云：「《花間集》十卷，自温飛卿而下十八人，凡五百首。」今逸其二，已不可考。近來坊刻，往往謬其姓氏，續其卷帙，大非趙宏基氏本來面目。余家藏宋刻，前有歐陽炯序，後有陸放翁二跋，真完璧也。隱湖毛晉識。

明汲古閣本毛晉跋二：近來填詞家輒效柳屯田作閨帷穢媟之語，無論筆墨勸淫，應墮犁舌地獄；於紙窗竹屋間，令人掩鼻而過，不慚惶無地耶。若彼白眼罵座，臧否人物，自詑辛稼軒後身者；譬如雷大起舞，縱使極工，要非本色。張宛丘云：「幽索如屈、宋，悲壯如蘇、李，始可與言詞也已矣。」急梓斯集，以爲倚聲填詞之祖。但李翰林《菩薩蠻》、《憶秦娥》及南唐二主、馮延巳諸篇，俱未選入，不無遺珠之恨云。晉又識。

明萬曆湯評本湯顯祖叙：自三百篇降而騷、賦，騷、賦不便入樂；降而古樂府，古樂府不入俗；降而以絶句爲樂府，絶句少宛轉；則又降而爲詞。故宋人遂以爲詞者詩之餘也。乃北地李獻吉之言曰：「詩至唐，古調亡矣。然自有唐調可歌詠，猶足被管絃。宋人主理不主調，於是唐調亦亡。」嘗考唐調所始，必以李太白《菩薩蠻》、《憶秦娥》及楊用修所傳《清平樂》爲開山。而陶宏景之《寒夜怨》，梁武帝之《江南弄》，陸瓊之《飲酒樂》，隋煬帝之《望江南》，又爲太白開山。若唐宣宗所稱「牡丹帶露珍珠顆」《菩薩蠻》一闋，又不知何時何許人，而其爲《花間集》之先聲蓋可知已。《花間集》久失其傳。正德初，楊用修遊昭覺寺，寺故孟氏宣華宮故址，始得其本，行於南方。《詩餘》流遍人間，棗梨充棟，而譏評賞譽之者亦復稱是，不若留心《花間集》者之寥寥也。余於《牡丹亭》亭夢之暇，結習不忘，試取而點次之，評隲之，期世之有志風雅者，與《詩餘》互賞。而唐調之反而樂府，而騷、賦，而三百篇也。詩其不亡也夫！詩其不亡也夫！萬曆乙卯春日，清遠道人湯顯祖題於玉茗堂。

明萬曆湯評本無瑕道人跋：余自幼讀經，讀史，至仁人、孝子有被讒謗者，爲之扼腕，輒欲手刃之而後稱快焉。乃戊申梁谿肆毒，爰及於余。余於是廢舉業，忘寢食，不復欲居人間世矣。縉紳同袍力解之弗得，忽一友出袖中二小書授余曰：「旦暮玩閱之。吟詠之，牢騷不平之氣，庶幾稍什其一二。」余視之，則楊升庵、湯海若兩先生所批選《草堂詩餘》、《花間集》也。於是散髮披襟，遍歷吳、楚、閩、粵間，登山涉水，臨風對月，靡不以此二書相校讐。始知宇宙之精英，人情之機巧，包括殆盡；而可興、可觀、可群、可怨，寧獨在風雅乎！嗟嗟！風雅而下，一變爲排律，再變爲樂府、爲彈詞；若元人之《會真》、《琵琶》、《幽閨》、《繡襦》，非樂府中所稱膾炙人口者歟？然亦不過摭拾二三書之餘緒云爾。烏足羨哉！烏足羨哉！時萬曆歲庚申菊月，苕上無瑕道人書於貝錦齋中。

明朱之蕃《詞壇合璧》序：聲詩之作，根柢性情，緣染時代，泥古而厭薄目前，溺今而倦追往昔，胥失之矣。遡詞之興，固詩之餘事，實風之末流。三百篇中，不廢里巷歌謠，而與雅頌並列，豈得謂詞爲卑鄙，而不足與漢魏三唐繼響千載乎？升庵楊公博極群書，淹洽百代，而猶於詞品注意研搜。至若《草堂詩餘》一編，詳加評騭，當與唐人所選《花間集》並傳無疑矣。《詞的》蒐羅彌廣，《宮詞》摹寫最真，信爲崑圃球琳，總屬藝林鴻寶。匯梓成帙，致足佳觀，時一披閱，無論光彩陸離，宮商協合，而作者之神情恍然目接，輯者之見解燦矣畢陳，視《粹編》之淆雜，《妙選》之掛漏，大有徑庭矣。各刻自有叙述，揚確既備，藻繪益彰，不肖何能更贊一詞，以助觀聽。惟嘉與共刻之舉，遂題簡端。家置一編於座右，當通今古而常新云爾。金陵朱之蕃撰並書。

明張尚友本袁克文跋：此《花間集》出自正德十卷本，蓋其字句中訛誤皆同，如温庭筠《歸國遥》第一首三句，正德本作「鈿筐」，此本即訛「筐」作「筐」，又其明證也。此本頗不經見，豈可以其經明人之竄易而忽之耶？乙卯九月克文。

清錢曾《讀書敏求記》：《花間集》十卷，趙崇祚集唐末才士長短句，歐陽炯爲之弁言，可繼孝穆《玉臺新叙》。紹興十八年濟晁謙之刊正，題於後。鏤板精好，楮墨絶佳，宋刊本中之最難得者也。

清朱彝尊《書花間集後》：《花間集》十卷，蜀衛尉少卿趙崇祚編。作者凡一十七人，蜀之士大夫外，有仕石晉者，有仕南唐、南漢者。方兵戈俶擾之會，道路梗塞，而詞章乃得遠播。選者不以境外爲嫌，人亦不之罪，可以見當日文網之疎矣。坊版訛字最多，至不能句讀。此舊刻稍善，爰藏之而書其後。（《曝書亭集》）

清康熙十七年《刻正續花間集自序》：今談藝者輒云唐詩宋詞，不知詞亦以唐勝。毋論倚聲創調爲不祧之祖，而擷麗搴芳，態濃致遠，極其吞吐藴蓄，俱言不盡意，仍以開天之詩法行之，陸渭南所謂簡古可愛是也。趙少卿《花間》一集所收，温助教庭筠、皇甫先輩松、韋相莊、薛侍郎昭藴、牛給事嶠、張舍人泌、毛司徒文錫、牛學士希濟、歐陽舍人炯、和學士凝、顧太尉敻、孫少監光憲、魏太尉承班、鹿太保虔扆、閻處士選、尹參卿鶚、毛秘書熙震、李秀才珣□□十八人，收詞計四百九十八首，即屬歐陽舍人序□□同時授受，見而知之，無傳聞異詞之疑，與後代編輯影響者不同矣。且人各爲鈔，不旁不雜，一以高渾藴藉者爲宗，使千載下猶得明白溯其本末，審其取捨。猗歟盛哉！唐詞莫不備於此，亦莫精嚴於此。因感毛晉跋語，惜李翰林《菩薩蠻》、《憶秦娥》及南唐二主、馮延巳諸篇，俱未入選，不無遺珠之憾。於是同吴子震一、卓子蔗村、丹崖，廣索遺編斷什，除無名氏外，共存二十七人，重見四人，總存詞又二百三十八首。非不詳慎商榷，删汰幾半，而其間傅會假借，正復不少。昔孔北海慕蔡中郎爲人，有虎賁卒貌似者，恒引之共飲，曰：雖無老成，人尚有典型。則僕輩之續斯編也，意亦如是而已矣。雖然，僕獨有感者，今人論唐詩動以大中而後，日趨儇薄，咎其無復有閎妙渾厚之氣。抑知唐自二三百年内，桎梏格律，幾于人人自厭，詩法不能别開生面。至於宿傳舊習，不忍汩没，則一一以新聲被之，頗見古人巧于變化，惜乎曾未有窺及此也。□但論唐詩，則晚季五代與初盛有異，□□□□□詞論之，則晚季五代仍與初盛無異。尚友□□□外頌讀，神而明之，存乎其人。夫以陸渭南之鴻才卓識，尚有能此不能彼，未易以理推之説。嗚呼，豈不誣哉！康熙戊午上巳日西陵金張介山氏撰於横潭客舍。

《天禄琳琅續》卷七：《花間集》一函二册，五代趙崇祚撰。崇祚字宏基，揭銜銀青光禄大夫行衛尉少卿，孟蜀時臣，里貫無考。書十卷。唐一代凡作者十八人，詞三百九十四首。前有蜀廣政三年武德軍節度判官歐陽炯叙。後有紹興十八年晁謙之跋稱：「建康舊有本。比得往年例卷，猶載郡將、監、司、僚幕之行，有《六朝實録》與

《花間集》之贜。又他處本皆誤舛，乃是正而復刊，聊以存舊事云。」蓋南宋重雕本。

《四庫全書總目提要》卷一百九十九：《花間集》十卷，後蜀趙崇祚編。崇祚字宏基，事孟昶爲衛尉少卿，而不詳其里貫。《十國春秋》亦無傳。案：蜀有趙崇韜，爲中書令廷隱之子，崇祚疑即其兄弟行也。詩餘體變自唐，而盛行於五代。自宋以後，體製益繁，選録益衆。而遡源星宿，當以此集爲最古。唐末名家詞曲，俱賴以僅存。其中《漁父詞》、《楊柳枝》、《浪淘沙》諸調，唐人仍載入詩集，蓋詩與詞之轉變在此數調故也。於作者不題名而題官，蓋即《文選》書字之遺意。惟一人之詞，時割數首入前後卷，以就每卷五十首之數，則體例爲古所未有耳。陳振孫謂所録「自温庭筠而下十八人，凡五百首」。今逸其二。坊刻妄有增加，殊失其舊。此爲明毛晉重刊宋本，尤爲精審。前有蜀翰林學士中書舍人歐陽炯序，作於孟昶之廣政三年，乃晉高祖之天福五年也。後有陸游二跋。其一稱：「斯時天下岌岌，士大夫乃流宕如此，或者出於無聊。」不知惟士大夫流宕如此，天下所以岌岌，游未反思其本耳。其二稱：「唐季、五代，詩愈卑而倚聲輒簡古可愛，能此不能彼，未易以理推也。」不知文之體格有高卑，人之學力有强弱。學力不足副其體格，則舉之不足；學力足以副其體格，則舉之有餘。律詩降於古詩，故中、晚唐古詩多不工，而律詩則時有佳作。詞又降於律詩，故五季人詩不及唐，詞乃獨勝。此猶能舉七十斤者舉百斤則蹶，舉五十斤則運掉自如，有何不可理推乎！

四庫本《花間集》卷首：臣等謹案：《花間集》十卷，後蜀趙崇祚編。崇祚字宏基，事孟昶爲衛尉少卿，而不詳其里貫，《十國春秋》亦不爲立傳。案：蜀有趙崇韜，爲中書令廷隱之子，崇祚疑即其兄弟行也。詩餘體變，濫觴于唐，而盛行於五代。自宋以後，家數益繁，選録益衆。而遡源星宿，當以此集爲最古。唐末名家詞曲，俱賴以僅存。陳振孫謂所録「自温庭筠而下十八人，五百首」。今逸其二。坊刻妄有增加，殊失其舊。此爲明毛晉以家藏宋刻重刊之本，尤爲精審。前有歐陽炯序，後有陸游跋。炯序作於孟昶廣政三年，乃晉高祖之天福五年。炯仕蜀官翰林學士中書舍人，工於詩詞，其《漁父歌》尤爲詞家所稱道云。乾隆四十一年四月恭校上。

清楊紹和《楹書隅録》卷五：宋本《花間集》十卷一册，謹按：四庫所收《花間集》十卷，爲汲古閣毛氏刊本。子晉所刊各書，往往與所藏宋本不合，此猶其精審者也。此本爲宋淳熙十四年丁未，鄂州使庫所刊，板印精良；其紙則皆鄂州使庫公文册也。《花間》一集，爲詞家之祖；斯刻則又是刻之祖也。温庭筠以下十八人，凡詞五百首，與書録解題合。卷一前四葉，卷十後三葉，及歐陽炯叙，陸游二跋均佚。毛氏抄補極工。惟卷尾三葉及子晉三印，辛酉之秋遭亂，復失。世鮮宋刊，無由補寫，致可惜也！予藏明人鈔本，末附貫酸齋跋，所佚《女冠子》以下十五首在焉。而以毛刻校之，調同而字異者五首。每葉十行，行十七、八字不等。有「冬生草堂」、「乾學之印」、「健庵」、「崑山徐氏家藏」、「聽雨樓查氏有圻珍賞書畫」各印。咸豐己未，獲於都門，水西莊故物也。

民國李冰若《花間集評注》自序：昔在南雍，從長洲吴霜崖先生游，側聞倚聲緒論。顧性既檮昧，習焉仍若面牆。渡海以還，兹事遂廢。洎來滬上，得彊村翁《宋詞三百首》，愛其掄次謹嚴，昭示正軌，偶爲箋釋，取便講授。適舊友唐君圭璋新爲是書作注，搜集弘富，將付印行，乃輒自毀其稿。今年秋，倭寇陷東北，罷講病痁。芹蓀自京來視，言唐君書殺青有日，宋詞已獲一精本。循流溯源，《花間》不可無箋。因其慫恿，勉爲掇拾。爰就藥鼎茶壚之側，日繕數紙。行篋乏書，賴龍榆生教授時假善本勘校，陳斠玄先生多所是正。經時三月，得數萬言。念此戔戔小書，且資師友教益。則知天下事無巨細，成就良未易言。夫晚唐五代之亂極矣。學士大夫，骫骳承流，曲學阿世。長圖大計，載籍寡存。觀《花間》一集，録詞凡五百首。其中不無憤發悱惻之詞，實多流連風月之作。蓋情既極乎閨闥，氣自少於風雲。評文論世，有餘恫焉。今者世變方殷，河山破碎。民有偕亡之憤，士無致果之勇。而江南歌舞，宛若承平。幕燕釜魚，爲歡能幾。昔人一念精微，遂使神州陸沉。玄言可誦，賢哲猶譏。矧乃箋注魚蟲，得毋玩物喪志？張彦遠云：不爲無益之事，安能悦有涯之生。燈窗擱筆，隱心焉耳。民國二十年十二月除夕李冰若。

民國顧隨《花間集注》敘：文之隸事，其起于文之將衰乎。六朝蘭成、孝穆之文也，晚唐義山、樊川之詩也，南宋白石、夢窗之詞也，幾非隸事不能成篇，而六朝之文，唐之詩，宋之詞，於是乎衰。蓋王静安先生曾先我言之矣。意足則不暇代，妙語則不必代，代字且不必用，何有於隸事。《詩三百》爲後來韻語不祧之祖，沃若擬桑，灼灼言桃，何必代字，何必隸事，方爲妙文乎。元遺山《論詩絶句》曰：「詩家都愛西崑好，但恨無人作鄭箋。」夫詩之必待箋注而後解者，則其爲詩亦可知矣。華子鍾彦與余同學于北大，又俱愛讀《花間集》，又先後講詞于河北女師學院。今歲之春，以所注《花間集》屬余爲叙。蓋其講義本也。夫五代詞人之作，本不以隸事爲工，似亦無需於箋注。然又有不盡然者。《花間》一集，簡古精潤，事長則約之使短，意廣則淳之使深，及夫當時之服飾、習語、風俗、地域，在其時固人人口熟而耳習之者，千百年後，時移世改，誦讀之下，輒覺格格不相入。今得華子此編，遂使千載上古人心事昭然若揭，而所謂格格不相入者，亦一筆而廓清之，其嘉惠後學，豈淺鮮哉。余故樂爲之序。民國二十四年仲春之月，河北顧隨叙於舊京東城之習堇庵。

民國華鍾彦《花間集注》發凡（節録）：《花間》爲詞中總集之始，唐五代名作之所匯歸也。當時詞家别集，傳者無多，賴《花間》之存，足資考鏡。惟時衰政散，詞尚倡風，閨思道情，俱入絃管，徒資羽蓋之歡，無補於世。然其中不無美人香草，託物寓言，取逕甚微，陳義至廣。真贋有别，未可等量齊觀。況鏤玉雕瓊，低回要眇，又皆兩宋婉約派之所導源也。取而注之，以彰先河後海之義。《花間集》之存者，當以宋紹興十八年晁謙之刊本爲最善。聊城楊氏海源閣藏本亦佳。余論次是編，以明萬曆玄覽齋巾箱本爲藍本，以影宋晁謙之刊本、及明毛氏汲古閣本、清王氏四印齋本副之。惟巾箱本十二卷，與陳振孫《直齋書録解題》原録《花間集》十卷不合，故本編仍依影宋晁謙之刊本改爲十卷。……遇各本有分歧處，論列是非，校定臧否。其所不決，則並存其説以俟賢者。……唐五代詞人所詠，大率詞與調合，良以當時創調者多，或去創調之時未遠也。……吾師德清俞平伯先生謂詞之作當分二體：一爲就題發揮，即前所謂《女冠子》、《河瀆神》之類是也；一爲借題抒寫，若《菩薩蠻》、《酒泉子》之類，詞與調無關者是也。本注中凡詞之創調者，或就題發揮者，竝皆注明。其無注者，皆借題抒寫之類也。詞調之名，類皆教坊樂工及閭井做賺人所命，究其原意，傳者甚少。本注所考得者，約分二端。一、集中共收七十七調，見於崔令欽《教坊記》者，五十有五，崔氏唐玄宗時人，未曾豫於天寶之亂，故載於《教坊記》中之詞調，其起源之時，可得而説也。二、群書中徵引詞調有歧出者，則按其醇醨，辨其正僞。或分析之，或綜合之，以期統歸於正。

民國陳匪石《聲執》卷下：《花間集》，爲最古之總集，皆唐五代之詞。輯者後蜀趙崇祚，甄選之旨，蓋擇其詞之尤雅者，不僅爲歌唱之資，名之曰詩客曲子詞，蓋有由也。所録諸家，與前後蜀不相關者，唐惟温庭筠、皇甫松。五代惟和凝、張泌、孫光憲。其外十有三人，則非仕於蜀，即生於蜀。當時海内俶擾，蜀以山谷四塞，苟安之餘，絃歌不輟，于此可知。若馮延巳與張泌時相同，地相近，竟未獲與，乃限於聞見所及耳。考《花間》結集，依歐陽烱序，爲後蜀廣政三年，即南唐昇元四年。馮方爲李璟齊王府書記，其名未著。陳世脩所編《陽春集》，有與《花間》互見者，如温庭筠之《更漏子》「玉爐煙」、《酒泉子》「楚女不歸」、《歸國遥》「雕香玉」，韋莊之《菩薩蠻》「人人盡説江南好」、《清平樂》「春愁南陌」、《應天長》「緑槐陰裏」，以及薛昭藴、張泌、牛希濟、顧夐、孫光憲各一首，疑宋人羼入馮集。王國維謂馮及二主堂廡特大，故《花間》

不登其隻字，則逞臆之談，未考其年代也。然唐五代之詞，能存於今，且流傳極溥，實惟此是賴。明人刊本，頗多未經羼亂。清有汲古閣本，四印齋本。民國有雙照樓本，四部叢刊本，皆影刊明以前舊本者。

蕭繼宗《評點校注花間集》自序：《花間》爲詞集之祖，自來作家，莫不覽誦。探源星宿，仰止岱宗，殆若不可幾及；即有品衡，率視衆作爲一篇，諸家爲一手。玩物者惟採擷其芳馨，尊體者則侈陳其寄託。定評真賞，敻矣希聞。近日講論之餘，偶取陳編，逐一披覽。粗加點校，次以論析。自忘固陋，妄有短長，求當吾心而已。蓋一人之私言，而欲盡洽乎衆心，吾知其必不可得也。六十四年五月幹侯蕭繼宗序。

六、《花間集》總評

沈括《夢溪筆談》卷五：詩之外又有和聲，則所謂曲也。古樂府皆有聲有詞，連屬書之。如曰賀賀賀、何何何之類，皆和聲也。今管弦之中纏聲，亦其遺法也。唐人乃以詞填入曲中，不復用和聲。此格雖云自王涯始，然貞元、元和之間，爲之者已多，亦有在涯之前者。……今聲詞相從，唯里巷間歌謡，及《陽關》、《擣練》之類，稍類舊俗。

然唐人填曲，多詠其曲名，所以哀樂與聲尚相諧會。今人則不復知有聲矣，哀聲而歌樂詞，樂聲而歌怨詞。故語雖切而不能感動人情，由聲與意不相諧故也。

李之儀《姑溪居士集》卷四十《跋吴思道小詞》：至唐末遂因其聲之長短句，而以意填之，始一變以成音律，大抵以《花間集》中所載爲宗，然多小闋。至柳耆卿始鋪叙展衍，備足無餘，形容盛明，千載如逢當日。較之《花間》所集，韻終不勝。

王灼《碧雞漫志》卷二：唐末五代文章之陋極矣，獨樂章可喜，雖乏高韻，而一種奇巧，各自立格，不相沿襲。

胡寅《向薌林酒邊集後序》：及眉山蘇氏，一洗綺羅香澤之態，擺脱綢繆宛轉之度，使人登高望遠，舉首高歌，而逸懷浩氣，超然乎塵垢之外。於是《花間》爲皁隸，而柳氏爲輿臺矣

陳善《捫蝨新話》：唐末詩體卑陋，而小詞最爲奇絶，今人盡力追之有不能及者。

予故嘗以唐《花間集》當爲長短句之宗。

周必大《文忠集》卷一九一《上范致能參政》：樂府措之《花間集》中，誰曰不然。……《七夕篇》尤道盡人間情意，蓋必履之而後知之耳。奇絶奇絶。

羅泌《六一詞跋》：今觀延巳之詞，往往自與唐《花間集》、《尊前集》相混。

朱晞顔《瓢泉吟稿》：舊傳唐人《麟角》、《蘭畹》、《尊前》、《花間》等集，富豔流麗，動盪心目，其源蓋出於王建宫詞，而其流則韓偓香奩、李義山西崑之餘波也。』

辛棄疾《唐河傳・效花間集》：春水。千里。孤舟浪起。夢攜西子。覺來村巷夕陽斜。幾家。短牆紅杏花。　晚雲做造些兒雨。折花去。岸上誰家女。太狂顛。那岸邊。柳綿。被風吹上天。

樓鑰《求定齋詩餘序》：平日遊戲，爲長短句甚多，深得唐人風韻。其得意處，雖雜之《花間》、《香奩集》中，未易辨也。

劉克莊《跋楊補之詞畫》：所製梅詞《柳梢青》十闋，不減《花間》、《香奩》及小晏、秦郎得意之作。

劉克莊《回葉寺丞啟》：沉酣古製，可追《芝房》、《寶鼎》之歌；遊戲新腔，不減《花間》、《香奩》之作。

劉克莊《回諸詩友啟》：蟠屈雄才，入《花間》、《香奩》之體；鋪張鉅典，待《芝房》、《寶鼎》之歌。

劉克莊《滿江紅・夜雨涼甚忽動從戎之興》：金甲雕戈，記當日、轅門初立。磨盾鼻、一揮千紙，龍蛇猶濕。鐵馬曉嘶營壁冷，樓船夜渡風濤急。有誰憐、猿臂故將軍，無功級。平戎策，從軍什。零落盡，慵收拾。把茶經香傳，時時温習。生怕客談榆塞事，且教兒誦《花間集》。歎臣之壯也不如人，今何及。

羅大經《鶴林玉露》：楊東山嘗謂余曰：『歐陽公（歐陽修）……雖遊戲作小詞，亦無愧唐人《花間集》。』

陳振孫《直齋書録解題》：《花間集》十卷……此近世倚聲填詞之祖也。

又：（《家宴集》）所集皆唐末五代人樂府，視《花間》不及也。

又：《小山集》一卷，晏幾道叔原撰。其詞在諸名勝中，獨可追逼《花間》，高處或過之。

趙以夫《虚齋樂府自序》：唐以詩鳴者千餘家，詞自《花間集》外，不多見，而慢詞尤不多。我朝太平盛時，柳耆卿、周美成羨爲新譜，諸家又增益之，腔調備矣。

黄昇《絶妙詞選自序》：長短句始于唐，唐詞具載《花間集》。

陳宗禮《賓退録序》：古律清潤閑遠，不作時世粧，長短句亦不效《花間》靡麗之光。

王槱《題周密徵招〈酹江月〉詞後》：昔登霞翁之門，翁爲予言《草窗樂府》妙天下。因請其所賦觀之，不寧惟協比律吕，而意味迥不凡，《花間》、柳氏真可爲輿臺矣，翁之賞音，信夫！

俞德鄰《奥屯提刑樂府序》樂府，古詩之流也。麗者易失之淫，雅者易鄰於拙，求其麗以則者鮮矣。自《花間集》後，迄宋之世，作者殆數百家，雕鏤組織，牢籠萬態，恩怨爾汝，于于喁喁，佳趣政自不乏，然才有餘，德不足，識者病之。

張炎《詞源》卷下：古之樂章、樂府、樂歌、樂曲，皆出於雅正。粤自隋、唐以來，聲詩間爲長短句。至唐人則有《尊前》、《花間》集。

沈義父《樂府指迷》：要求字面，當看温飛卿、李長吉、李商隱及唐人諸家詩句中字面好而不俗者，採摘用之。即如《花間集》小詞，亦多好句。

劉將孫《新城饒克明集詞序》：樂府有集自《花間》始，皆唐詞。然歌喉所爲喜於諧婉者，或玩辭者所不滿；騷人墨客樂稱道之者，又知音者有所不合。

陸文圭《詞源跋》：《花間》以前無集譜，秦周以後無雅聲，源遠而派别也。

戴表元《剡源文集》卷十九《題陳强甫樂府》：少時閲唐人樂府《花間集》等作，其體去五七言律詩不遠。遇情愫不可直致，輒略加隱括以適之，故亦謂之曲。然而繁聲碎句，一無有也。

王禮《麟原文集》前集卷五《胡澗翁樂府序》：自《花間集》後，雅而不俚，麗而不浮，合中有開，急處能緩，用事而不爲事用，叙實而不至塞滯，惟清真爲然，少游、小晏次之，宋季諸賢至斯事所詣尤至。

楊慎《詞品序》：詩詞同工而異曲，共源而分派。在六朝，若陶弘景之《寒夜怨》，梁武帝之《江南弄》，陸瓊之《飲酒樂》，隋煬帝之《望江南》，填詞之體已具矣。……

張綖《草堂詩餘別録》卷二：陸務觀嘗怪晚唐諸人之詩纖麗委薾，千篇一律，而其詞獨精工高雅，非後人所及，以爲此事之不可解者。然其故可知也。蓋唐人最長於詠情，詩則末流而失其真，詞乃初變而存其義，此所以非後人所及歟。

王世貞《藝苑卮言》：花間以小語致巧，世説靡也。草堂以麗字取妍，六朝隃也。

又：《花間》猶傷促碎，至南唐李王父子而妙矣。

陳耀文《花草粹編自序》：夫填詞者，古樂府流也，自昔選次者衆矣。唐則有《花間集》，宋則《草堂詩餘》。詩盛于唐衰于晚葉，至夫詞調，獨妙絶無倫。然世之《草堂》盛行，而《花間》不顯，故知宣情易感，含思難諧者矣。

俞彦《爰園詞話》：晚唐五代小令，填詞用韻，多詭譎不成文者，聊爲之可耳，不足多法。

沈際飛《草堂詩餘序》：借美人以喻君、借佳人以喻友，其旨遠，其諷微；豈僅如歐陽舍人所云「葉葉花箋，文抽麗錦；纖纖玉指，拍案香檀。不無清絶之詞，用助嬌嬈之態」而已哉！

潘游龍《古今詩餘醉自序》：《花間》長短各體，大小異今。

毛晉《小山詞跋》：獨小山集直逼《花間》，字字娉娉裊裊，如攬嬙施之袂，恨不能起蓮、鴻、蘋、雲，按紅牙板唱和一過。

陳作楫《陽春集箋自序》：湯若士《玉茗堂集》曰：「詞至西蜀、南唐極盛，往往情至文生，纏綿流露。豈獨蘇、黄、秦、柳之開山，即宣和、紹興之盛，皆兆於此。」

顧景星《瑶華集序後》：《花間》、《草堂》之慎選於先，《嘯餘》韻譜之贍論於後。

嚴繩孫《詞律序》：詞始於唐，盛於江南，而大備于宋，《花間》、《草堂》，爛然一代之著作。

陳其年《詞選序》：今之不屑爲詞者，固無論，其學爲詞者，又復極意《花間集》，學步《蘭畹》，矜香弱爲當家，以清真爲本色。

董以寧《蓉渡詞話》：余嘗與文友論詞，謂：小調不學《花間》，則當學歐、晏、秦、黄。《花間》綺琢處，於詩爲靡。

高珩《珂雪詞序》：況區區《花間》、《蘭畹》，遽至仰溯虚空耶。

佟世南《東白堂詞選初集小引》：唐宋之詞，業有《花間》、《草堂》二集，選訂精確，無容更贅。

陸進《東白堂詞選序》：余故謂唐《花間》一選，則詞之發源也，宋之《草堂》、《尊前》、《絶妙》諸選，則放而爲江河也。

王又華《古今詞論》：徐伯魯曰：自樂府亡而聲律乖，謫仙始作《清平調》、《憶秦娥》、《菩薩蠻》諸詞，時因效之。厥後行衛尉少卿趙崇祚輯爲《花間集》，凡五百闋，此近代倚聲填詞之祖也。放翁云：「詩至晚唐五季，氣格卑陋，千人一律，而長短句獨精巧高麗，後世莫及，此事之不可曉者。」蓋傷之也。

又：劉公㦷曰：詞亦有初盛中晚，不以代也。牛嶠、和凝、張泌、歐陽烱、韓偓、鹿虔扆輩，不離唐絶句，如唐之初，未脱隋調也，然皆小令耳。（又見劉體仁《七頌堂詞繹》）

又：毛稚黄曰：南曲將開，填詞先之，《花間》、《草堂》是也。北曲將開，絃索調先之，董解元《西厢記》是也。

鄒祇謨《遠志齋詞衷》：至於《花間集》同一調名，而人各一體，如《荷葉杯》、《訴衷情》之類，至《河傳》、《酒泉子》等尤甚。當時何不另創一名耶，殊不可曉。

又：俞少卿云：《花間集》内三十二調，《草堂》諸本所無。《尊前集》僅當《花間》三分之一，而《草堂》所無者二十八調。内八調與《花間》同，餘又皆《花間》所無。有《喜遷鶯》、《應天長》、《三臺》，名與《草堂》同，而詞調不同。又有調同而名異者。又有調同而微不同者。餘叵殫述。

又：詞有一體而數名者，亦有數體而一名者。詮叙字數，不無次第參錯。其一二字之間，在於作者研詳綜變，譜中譜外，多取唐宋人本詞較合，便得指南。……沈天羽謂《花間》無定體，不必派入體中。但就《河傳》、《酒泉子》諸調言之可耳，要之亦非定論。前人著令，後人爲律，如樂府鐃歌諸曲，歷晉宋六朝以迄三唐，名同實異，參稽互變。必謂《花間》無定體，《草堂》始有定體，則作小令者，何不短長任意耶。

又：《詞品》云：「唐詞多緣題所賦，《臨江仙》則言水仙，《女冠子》則述道情，《河瀆神》則緣祠廟，《巫山一段雲》則狀巫峽，《醉公子》則詠公子醉也。」

又：余常與文友論詞，謂小調不學《花間》，則當學歐、晏、秦、黄。《花間》綺琢處，於詩爲靡。而于詞則如古錦紋理，自有黯然異色。歐、晏蘊藉，秦、黄生動，一唱三歎，總以不盡爲佳。

又：《柳枝》、《竹枝》、《清平調引》、《小秦王》、《陽關曲》、《八拍蠻》、《浪淘沙》，七言絶句也。《阿那曲》、《雞叫子》，仄韻七言絶句也。《花間集》中多收諸體。

又：大約《花間》、《草堂》，亦宋人選集之偶傳者耳，此外不傳者何限。况並不入選中，則佳詞滅没，又不知其幾矣。

又：金粟云：阮亭《衍波》一集，體備唐宋，珍逾琳琅，美非一族，目不給賞。……約而言之，其工致而綺靡者，《花間》之致語也。其婉孌而流動者，《草堂》之麗字也。

鄒祗謨《衍波詞序》：《花間》句雕字琢，調或未諧，句無不致，是昌谷之靡也。

朱彝尊《詞綜發凡》：詞人姓氏爵里，選家書法不一。先系爵後書名者，《花間集》、《中州樂府》體也。

又：《花間》體制，調即是題。如《女冠子》則詠女道士，《河瀆神》則爲送迎神曲，《虞美人》則詠虞姬是也。

王士禛《花草蒙拾》：《花間》字法，最著意設色，異紋細豔，非後人纂組所及。

又：絶調不可强擬，近張杞有《和花間詞》一卷，雖不無可采，要如妄男子擬徧十九首，與郊祀鐃歌耳。

又：或問《花間》之妙，曰：蹙金結繡而無痕跡。

又：近日雲間作者論詞有云：「五季猶有唐風，入宋便開元曲，故專意小令，冀復古音，屏去宋調，庶防流失。」僕謂此論雖高，殊屬孟浪。

彭孫遹《金粟詞話》：柳耆卿「卻傍金籠教鸚鵡，念粉郎言語」，《花間》之麗句也。

沈雄《古今詞話·詞品》上卷：張炎曰：粤自隋唐以來，聲詩間出爲長短句。至於《尊前》、《花間》，迄于崇寧，立大晟府，命周邦彦諸人，討論古昔，由此八十四調之聲始傳。

又：黄昇曰：長短句始于唐，盛于宋。唐詞具載《花間集》，宋詞多見於曾端伯所編《復雅》一集，兼采唐宋，迄于宣和之季，凡四千三百餘首，吁，亦備矣。

又：徐師曾曰：自樂府亡而聲律乖，李白始作《清平調》、《憶秦娥》、《菩薩蠻》諸詞，時因效之。厥後行衛尉少卿趙崇祚輯《花間》詞五百闋，爲近代填詞之祖。

又：《柳塘詞話》曰：唐宋諸詞《花間》、《草堂》，習久傳多，僻調異名，每置不問。近來異體怪目，渺不可極，故詞選須用舊名。

又：《倚聲集》曰：小令不學《花間》，當效歐、晏、秦、黄。夫《花間》之綺琢處，於詩爲靡，於詞如古錦，闇然異色。若歐、晏，則饒蘊藉，秦、黄，則最生動，更有一唱三歎之致。

沈雄《古今詞話·詞品》下卷：朱竹垞曰：選家書法不一，先系爵，後書名者，《花間集》、《中州樂府》體也。

又：《柳塘詞話》曰：《花間》、《尊前》，絶少長調。

沈雄《古今詞話·詞評》上卷：花庵詞客曰：元鎮詞章婉媚，不減《花間》，名《得全居士詞》。

沈雄《古今詞話·詞評》下卷：《詞統》曰：西蜀南唐而下，獨開北宋之壘，又轉爲南宋之派，《花間》致語，幾於盡矣。黄陂張迂公，得起而全和之，使人不流於庸濫之句，謂非其大力與。

魯超《今詞初集題辭》：詩三百篇，音節參差，不名一格。至漢魏，詩有定則，而長短句乃專歸之樂府，此《花間》、《草堂》諸詞所託始歟。

陳聶恒《栩圓詞棄稿自序》：余兒時于故紙中搜得《花間》、《草堂》詞，妄以意爲句讀，十餘年來，當代之君子，薄填詞爲小道，求新不得，而好爲澀體。耳，不足多法。

徐釚《詞苑叢談》卷一：唐晚、五代小令，填詞用韻，多詭譎不成文者。聊爲之可

徐釚《詞苑叢談》卷二：古體詩辭以及南北曲……用韻自别。善乎陳其年之言曰：「使擬贈婦、述祖之篇，而必押『家』爲『姑』，作吴歈、越豔之體，而乃激『些』成『亂』，染指《花間》，而預爲『車』、『遮』勸進，耽情南曲，而仍爲關、鄭殘客，實大雅之罪人，抑亦閨襜之别録也。」

徐釚《詞苑叢談》卷二：毛氏《唐詞通韻説》云：唐詞多守詩韻。然亦有通别韻用之，略如宋詞韻者。……「東」、「冬」通用：温庭筠《定西番》云：「一枝春豔濃。樓上月明三五，瑣窗中。」按此詞，則上之「董」、「腫」通用，去之「送」、「宋」通用，俱可類推。他韻上、去例亦倣此。……「真」、「文」及「十三元」後段通用：韋莊《小重山》云：「一閉昭陽春又春。夜寒宫漏永，夢君恩。」又温庭筠《清平樂》云：「鳳帷鴛被徒燻。寂寞花鎖千門。競把長門買賦，爲妾將上明君。」「寒」「删」通用：顧敻《虞美人》云：「小屏屈曲掩青山。翠帷香粉玉鑪寒。兩眉攢。」……「覃」、「咸」通用：薛昭藴《女冠子》云：「去住島經三。正遇劉郎使，啟瑶緘。」

「語」、「麌」通用：牛嶠《玉樓春》云：「小玉窗前嗔燕語。紅淚滴穿金線縷。」……「筱」、「皓」通用：牛希濟《生查子》云：「語已多，情未了。回首猶重道。記得綠羅裙，處處憐芳草。」又尹鶚《滿宫花》云：「月沉沉，人悄悄。一炷後庭香嫋。風流帝子不歸來，滿地禁花慵掃。」

徐釚《詞苑叢談》卷四：阮亭云：《花間》字法，最著意設色，異紋細豔，非後人纂組所及。如「淚沾紅袖黦」，「猶結同心苣」，「荳蔻花間趖晚日」，「畫梁塵黦」，「洞庭波浪颭晴天」，山谷所謂「古蕃錦」者，其殆是耶。

徐釚《詞苑叢談》卷一〇：宋人小詞，僧徒惟二人最佳：覺範之作類山谷，仲殊之作似《花間》。

宋犖《瑶華集序》：蔣子京少篤學嗜書，不屑爲章句之業，尤肆心風雅於《花間》、《草堂》，蓋兼綜而條貫之。

蔣景祁《瑶華集詞話》卷一：古詞皆無題。《花間》諸公，調即題也。宋詞間有標識，而《草堂》所録，大抵閨情閨怨，亦可無用蛇足。若今作者率命題矣。

蔣景祁《瑶華集詞話》卷二：鄒祗謨曰：己丑、庚寅間常與文友取唐人《尊前》、《花間集》、宋人《花庵詞選》及《六十家詞》，摹仿僻調將遍，因爲錯綜諸家，考合音節，見短調字數多協，而長調不無出入，以是知刻舟記柱，非善用趙卒者也。

王奕清等《歷代詞話》卷二：當開元盛日，王之涣、高適、王昌齡詞句流播旗亭，而李白《菩薩蠻》等詞亦被之歌曲。逮及《花間》、《蘭畹》、《香奩》、《金荃》，作者日盛。古詩之於樂府，律詩之於詞，分鑣並轡，非有後先。有謂詩降而爲詞，以詞爲詩之餘者，殆非通論。（玉茗堂選《花間集序》）

王奕清等《歷代詞話》卷三：詞至西蜀、南唐，作者日盛，往往情至文生，纏綿流露。不獨爲蘇、黄、秦、柳之開山，即宣和、紹興之盛，皆兆於此矣。論者乃有世代升降之感。不知天地之運日開，山川之秀不盡，有不知其然而然者，非可膠柱而鼓瑟也。（《玉茗堂集》）

聶先等《名家詞鈔評》卷一：鄧孝威漢儀曰：《文江詞》，清真澹雅，而無富縟之累；深微高邈，而無膚淺之譏；體格樸雅，而風神自爾秀暢；胸懷磊落，而氣韻復極安閒。其得《花間》之正傳者乎。

又：學士之詞，實得《花間》、《絶妙》之致，似有《蘭畹》、《金荃》之麗。

又：王阮亭士禛曰：《百末》諸調，不蹈《花間》、《草堂》一字，而有追魂瀝魄之妙。

又：彭駿孫孫遹曰：《草堂》景勝於情，《花間》情浮于景，能兼之者，唯我蒼水。

又：方渭仁象瑛曰：毛子會侯，夙著名山之業，早懸國門之書。偶爾摛詞，便同《金荃》、《蘭畹》，浪得名耳。（董俞《玉鳧詞》）

聶先等《名家詞鈔評》卷二：今觀先生諸闋，芊綿婉麗中，有排空兀奡之致，辛柳《蘭畹》；暇時選韻，無異《金荃》。允稱樂府元音，洵是《花間》絶調。

又：宋梅岑元鼎曰：懋嘉之詞，香豔温和則頡頏周秦而化其褻，清新流暢則規摹蘇黄合爲一家。固知金鐘玉鏞之才，雖闌入《花間》、《草堂》，猶不忘正始元音也。

又：《蕊棲詞》，婉麗清芬，不減《花間》飄渺，真足奴七郎而婢清照。才人無所不辛蘇而去其豪。《花間》、《草堂》，兼擅其勝。真大雅之遺音，詞家之哲匠。

能，於斯益信。

又：以《花間》、《草堂》不同時，小令、長調又不同體也。或曰：宗《花間》宜屏《草堂》，則作古體者，必無近體；宗淮海宜卻柳七，則作沈宋短律，必務絶盧駱諸曼章矣。

又：曾道扶王孫曰：河右論詞，幾如哪吒太子，析骨還父，析肉還母。其自運小令，琢字雕句，刻意不墮太平興國以後。近代能合《花間》者，此公而外，又如宋長白、吴伯憩、金子闇。

聶先等《名家詞鈔評》卷三：楊丹崖鳳毛曰：詞至宋而體制大備，至元盡脱《花間》、《草堂》之習。

又：蔣京少景祁曰：制詞綺琢，則高史失其清新；煉格瓌奇，則劉辛輸其雄傑。方諸《金荃》、《紅葉》，不愧矣，雜之《花間》、《草堂》，吾無間然。（狄億《綺霞詞》）

又：聶晉人先曰：《吹香》善學唐詞，故能一語之豔，令人魂絶；一字之工，令人色飛。

紀昀等《御定歷代詩餘一百二十卷提要》：洎乎五季，詞格乃成。其岐爲别集，始於馮延巳之《陽春詞》；其岐爲總集，則始於趙崇祚之《花間集》。

紀昀等《詞林萬選四卷提要》：考《書録解題》所載唐至五代自趙崇祚《花間集》外，唯《南唐二主詞》一卷、馮延巳《陽春録》一卷，此外别無詞集。

紀昀等《類編草堂詩餘四卷提要》：今觀所録，雖未免雜而不純，不及《花間》諸集之精善，然利鈍互陳，瑕瑜不掩，名章俊句，亦錯出其間，一概詆排，亦未爲公論。

紀昀等《東坡詞一卷提要》：詞自晚唐五代以來，以清切婉麗爲宗。至柳永而一變，如詩家之有白居易。至軾而又一變，如詩家之有韓愈。遂開南宋辛棄疾等一派。

尋源溯流，不能不謂之别格。然謂之不工則不可。故至今日，尚與《花間》一派並行而不能偏廢。

紀昀等《審齋詞一卷提要》：其體本《花間》，而出入於東坡門徑，風格秀拔，要自不雜俚音。

紀昀等《克齋詞一卷提要》：考《花間》諸集，往往調即是題，如《女冠子》則詠女道士，《河瀆神》則爲送迎神曲，《虞美人》則詠虞姬之類。唐末五代諸詞，例原如是。後人題詠漸繁，題與調兩不相涉，若非存其本事，則詞意俱不可詳。

王昶《琴畫樓詞鈔序》：有明三百餘年，率以《花間》、《草堂》爲宗，粗厲媟褻之氣乘之，不能如南宋之舊。

王昶《明詞綜序》：及永樂以後，南宋諸名家詞皆不顯於世，惟《花間》、《草堂》諸集盛行。

王昶《詞雅序》：仍不出《花間》、《草堂》之習，是以辭之爲藝益卑。

李調元《雨村詞話序》：温、韋以流麗爲宗，《花間集》所載南唐、西蜀諸人最爲古豔。

田同之《西圃詞説》：漁洋王司寇云：「詩之爲功既窮，而聲音之祕，勢不能無所寄，於是温、韋生而《花間》作，李、晏出而《草堂》興，此詩之餘，而樂府之變也。……有詩人之詞，唐、蜀、五代諸人是也。……詞之爲功，雖百變而不窮。《花間》、《草堂》尚已。」

又：《花間》體制，調即是題，如《女冠子》則詠女道士，《河瀆神》則爲送迎神曲，《虞美人》則詠虞姬是也。宋人詞集，大約無題。自《花庵》、《草堂》，增入閨情、閨思、四時景等，深爲可憎。（按此則見《詞綜》凡例）

楊芳燦《納蘭詞序》：先生之詞，則真《花間》也。先生所著《飲水詞》，僅百餘闋耳。然《花間》逸格，原以少許勝人多許。

郭麐《靈芬館詞話》卷二：叔原自許續南部餘緒，故所作足闖《花間》之室。

張惠言《詞選序》：五代之際，孟氏、李氏君臣爲謔，競作新調，詞之雜流，由此起矣。至其工者，往往絶倫。

金應珪《詞選後序》：樂府既衰，填詞斯作，三唐引其序，五季暢其支。……昔之選詞者，蜀則《花間》，宋有《草堂》，下降元明，種别十數。推其好尚，亦有優劣。然皆雅鄭無别，朱紫同貫，是以乖方之士，罔識别裁。

焦循《雕菰樓詞話》：詞韻無善本，以《花間》、《尊前》詞核之，其韻通葉甚寬，蓋寄情託興，不比詩之嚴也。

焦循《董晉綝雅詞跋》：詞之有《花間》、《尊前》，猶詩之有漢魏六朝也。蓋樂府之義，至唐季而絶，遂遁而歸於詞。論詞欲舍《花間》、《尊前》，不猶王柏之徒，欲舉「桑中」、「鶉奔」之篇，一舉而去之乎？

秦恩復《元草堂詩餘跋》：晚唐五季，柔曼綺靡之首，化爲側豔，一時文人學士，競撰新聲，别開生面。專集肇自《金荃》、《陽春》，雖《金荃》佚而《陽春》尚在，選録始於《家宴》、《花間》，迨《家宴》亡而《花間》爲冠。

郭麐《靈芬館詞自序》：側豔之辭，以《花間》爲宗。

郭麐《靈芬館詞話》卷一：詞之爲體，大略有四：風流華美，渾然天成，如美人臨粧，卻扇一顧，《花間》諸人是也。晏元獻、歐陽永叔諸人繼之。

張祥河《心日齋十六家詞録序》：《尊前》、《花間》，集句長短。

陸鎣《問花樓詞話》：詞之選本，以蜀人趙崇祚《花間集》爲最古。唐末佳詞，賴以不没者，此也。《草堂》本，不著編者姓氏，大抵宋慶元以前人輯耳。其間去取，雖遜《花間》，而詞家小令、中調、長調之分，要皆權輿此書。

杜文瀾《憩園詞話》卷一：《四庫全書·克齋詞提要》云：「考《花間》諸集，

往往調即是題。如《女冠子》則詠女道士，《河瀆神》則爲送迎神曲，《虞美人》則詠虞姬之類。唐末五代諸詞，例原如是。後人題詠漸繁，題與調始不相涉。」

劉熙載《藝概·詞概》：齊梁小賦，唐末小詩，五代小詞，雖小卻好，雖好卻小，蓋所謂兒女情多，風雲氣少也。

俞樾《詞律拾遺序》：萬氏《詞律》一書，宗《花間》、《尊前》之典型，而辟《嘯餘圖譜》之紕繆。

俞樾《玉可庵詞存序》：詞之正宗則貴清空，不貴餖飣，貴微婉，不貴豪放。《花間》、《尊前》，其規矱固如是也。

謝章鋌《賭棋山莊詞話》卷三：有唐中葉，始創倚聲。俎豆青蓮，宗祧囉嗊。易梵唄爲豔曲，雜紇那於鐃吹。……迨至五代，風流彌劭。孟蜀《花間》，南唐《蘭畹》……綺縟爲多，柔靡不少。

謝章鋌《賭棋山莊詞話續編》三：儲長源曰：「自《花間》、《草堂》之集盛行，而詞之弊已極，明三百年直謂之無詞可也。」

許增《重斠刻憶雲詞書後》：喜填詞，奉《花間》爲宗旨，以爲詞之有晚唐五代，猶文之先秦諸子，詩之漢魏六朝也。故所著小令，抑揚抗墜之音，獨擅勝場，蓋浸淫於此久矣。

諸可寶《國朝詞綜續編序》：填詞後起，抉擇載繁。《花間》、《草堂》，蜚聲於曩哲；竹垞、蘭泉，標雋於今世。

沈曾植《菌閣瑣談》：弇州云：「温飛卿詞曰《金荃》，唐人詞有集曰《蘭畹》，蓋取其香而弱也。然則雄壯者固次之矣。」此弇州妙語。自明季國初諸公，瓣香《花間》者，人人意中擬似一境而莫可名之者，公以「香弱」二字攝之，可謂善於侔色揣稱者矣。

又：劉公戫謂詞須上脱香歛，下不落元曲，乃稱作手，亦一時名語。……明季諸公宗《花間》者，乃往往不免。

又：《巵言》謂《花間》猶傷促碎，至南唐李主父子而妙。殊不知促碎正是唐餘本色。所謂詞之境界，有非詩之所能至者，此亦一端也。五代之詞促數，北宋盛時嘽緩，皆緣燕樂音節蜕變而然。即其詞可懸想其纏拍。《花間》之促碎，羯鼓之白雨點也。《樂章》之嘽緩，玉笛之遲其聲以媚之也。慶曆以前詞情，可以追想。

又：管色字譜遠自唐傳。……世謂字譜始宋人，誤也。讌樂飲曲，文譜相承，而猶有篇無定句、句無定字之弊，於《花間》小令字句多參差可徵之。詞家不爲音家束縛類然。景祐以後，乃漸齊一矣。抑《花間》多蜀詞，宋初教坊樂工，得之西蜀者多。歐陽炯所叙録，意固蜀伶工所私記者耶？

陳廷焯《白雨齋詞話》卷八：《花間》、《草堂》、《尊前》諸選，背謬不可言矣。所寶在此，詞欲不衰得乎。

陳廷焯《白雨齋詞話》卷八：五代人詞，高者升飛卿之堂，俚者直近于曲矣。故去取宜慎。《花間》、《尊前》等集，更欲揚其波而張其焰。吾不解是何心也。

陳廷焯《白雨齋詞話》卷八：六朝詩，所以遠遜唐人者，魄力不充也。魄力不充者，以纖穠損其真氣故也。……五代詞不及兩宋者，亦猶是耳。

鄭文焯《大鶴山人詞話·附録》：唐五代及兩宋詞人，皆文章爾雅，碩宿耆英，雖理學大儒，亦工爲之，可徵詞體固尊，非近世所鄙爲淫曲簉弄者可同日而語也。

又：余爲詞實自丙戌歲始，入手即愛白石騷雅，勤學十年，乃悟清真之高妙，進求《花間》，據宋刻制令曲，往往似張舍人，其哀豔不數小晏風流也。

況周頤《蕙風詞話》卷一：唐五代詞並不易學，五代詞尤不必學。何也？五代詞人丁運會，遷流至極，燕酣成風，藻麗相尚。其所爲詞，即能沉至，祇在詞中。豔而有骨，祇是豔骨。學之能造其域，未爲斯道增重。矧徒得其似乎。其錚錚佼佼者，如李重光之性靈，韋端己之風度，馮正中之堂廡，豈操觚之士能方其萬一。自餘風雲月露之作，本自華而不實。吾復皮相求之，則嬴秦氏所云甚無謂矣。晚近某詞派，其地與時，並距常州派近。爲之倡者，揭櫫《花間》，自附高格，塗飾金粉，絶無内心。與評文家所云「浮煙漲墨」曷以異。

況周頤《蕙風詞話》卷二：詞有穆之一境，静而兼厚、重、大也。淡而穆不易，濃而穆更難。知此，可以讀《花間集》。

況周頤《蕙風詞話》卷二：《花間》至不易學。其蔽也，襲其貌似，其中空空如也。所謂麒麟楦也。或取前人句中意境，而紆折變化之，而雕琢、句勒等弊出焉。以尖爲新，以纖爲豔，詞之風格日靡，真意盡漓，反不如國初名家本色語，或猶近於沉著、濃厚也。庸詎知《花間》高絶，即或詞學甚深，頗能窺兩宋堂奥，對於《花間》，猶爲望塵卻步耶。

況周頤《蕙風詞話》卷三：懿德皇后《回心院詞》，其詞既屬長短句，十闋一律。以氣格言，尤必不可謂詩。音節入古，香豔入骨，自是《花間》之遺。北宋人未易克辨。

沈祥龍《論詞隨筆》：詞出於古樂府，得樂府遺意，則抑揚高下，自中乎節，纏綿沉鬱，胥洽乎情。徒襲《花間》、《草堂》之膚貌，縱極富麗，古意微矣。

張德瀛《詞徵》卷一：晚唐五季小詞，沾沾自喜，未足言極軌也。

張德瀛《詞徵》卷五：鄧析子《轉辭篇》云，上古之樂，質而不悲。五代時樂府，實與斯言相反。故語其綢繆宛轉之致，若無以加。然君臣爲謔，覆其宗社而不知悟，亦重可哀矣。

張德瀛《詞徵》卷五：五代豔詞與李樊南無題詩異轍。李詩託諸寓言，吴修齡謂其專指令狐綯説。五代詞，嘲風笑月，惆悵自憐，其能如韋端己、鹿虔扆之寄託深遠者，亦僅矣。

陳洵《海綃説詞》：唐五代令詞，極有拙致，北宋猶近之。南渡以後，雖極名雋，而氣質不逮矣。

夏敬觀《蕙風詞話詮評》：穆乃詞中最高之一境，況氏以讀《花間集》明之，可謂要訣。

又：《花間》詞全在神穆，詞之境最高者也，況氏説此最深。所指近人之弊，確切之至。小令比慢詞爲難，今初學入手便爲小令，便令讀《花間》，從何得其塗徑耶。

王國維《人間詞話》：詞以境界爲最上。有境界則自成高格，自有名句。五代北宋之詞所以獨絶者在此。

王國維《人間詞話》：馮正中詞雖不失五代風格，而堂廡特大，開北宋一代風氣。與中後二主詞皆在《花間》範圍之外，宜《花間集》中不登其隻字也。

王國維《人間詞話删稿》：唐五代北宋之詞，可謂生香真色。若雲間諸公，則綵花耳。

王國維《人間詞話删稿》：唐五代北宋之詞家，倡優也。南宋後之詞家，俗子也。

王國維《人間詞話删稿》：唐五代之詞，有句而無篇。南宋名家之詞，有篇而無句。有篇有句，唯李後主降宋後之作，及永叔、子瞻、少游、美成、稼軒數人而已。

王國維《人間詞話删稿》：讀《花間》、《尊前》集，令人回想徐陵《玉臺新詠》。

蔣兆蘭《詞説》：清初諸公，猶不免守《花間》、《草堂》之陋。小令競趨側豔，慢詞多效蘇、辛。

林大椿《歐陽文忠近體樂府跋》：元人吴師道《吴禮部詩話》云：「歐公小詞，間見諸詞集。」陳氏《書録》云：一卷，其間多有與《陽春》，《花間》相雜者，亦有鄙褻之語一二廁其中，當是仇人無名子所爲。

梁令嫻《藝蘅館詞選序》：選本則自《花間集》、《樂府雅詞》、《陽春白雪》、《絶妙好詞》、《草堂詩餘》等皆斷代取材，未由盡正變之軌。

趙尊岳《中洲草堂詞一卷（南海陳子升）》：陳喬生，所撰《中洲草堂集》，詞二十四首，附集以傳。有學《花間》者，《荷葉盃》云：「綉户忽來紅雨，如舞。閉户不看他，惹得頻嘶白鼻。花麽花，花麽花。」其「閉户不看他」之詞意決絶，得古樂府之遺，自《花間》之流派矣。

蔡嵩雲《柯亭詞論》：詞尚自然固矣，但亦不可一概論。無論何種文藝，其在初期，莫不出乎自然，本無所謂法。漸進則法立，更進則法密。文學技術日進，人工遂多於自然矣。詞之進展，亦不外此軌轍。唐五代小令，爲詞之初期，故《花間》、後主、正中之詞，均自然多於人工。宋初小令，如歐秦二晏之流，所作以精到勝，與唐五代稍異，蓋人工勝於自然矣。

又：少游詞，雖間有《花間》遺韻，其小令深婉處，實出自六一，仍是《陽春》一派。慢詞清新淡雅，風骨高騫，更非《花間》所能範圍矣。

李冰若《栩莊漫記》：《花間》詞十八家，約可分爲三派：鏤金錯彩，縟麗擅長，而意在閨帷，語無寄託者，飛卿一派也；清綺明秀，婉約爲高，而言情之外，雜書感興者，端己一派也；抱朴守質，自然近俗，而詞亦疏朗，雜記風土者，德潤一派也。

七、《花間》詞入選歷代重要詞選、詞譜篇目

南宋何士信《草堂詩餘》，吴昌綬《景刊宋金元明詞本》：温庭筠《更漏子》「玉爐香」；韋莊《小重山》「一閉昭陽春又春」；和凝《小重山》「春入神京萬木芳」；鹿虔扆《臨江仙》「金鎖重門荒苑静」。

南宋黄昇《花庵詞選》，中華書局一九五八年版：温庭筠《菩薩蠻》「小山重疊金明滅」、《菩薩蠻》「水晶簾裏頗黎枕」、《菩薩蠻》「翠翹金縷雙鸂鶒」、《菩薩蠻》「南園滿地堆輕絮」、《更漏子》「柳絲長」、《更漏子》「星斗稀」、《更漏子》「背江樓」、《更漏子》「玉爐香」、《清平樂》「洛陽愁絶」、《河傳》「湖上，閑望」；韋莊《菩薩蠻》「人人盡説江南好」、《菩薩蠻》「洛陽城裏春光好」、《應天長》「緑槐蔭裏黄鶯語」、《清平樂》「野花芳草」、《謁金門》「空相憶」、《木蘭花》「獨上小樓春欲暮」、《小重山》「一閉昭陽春又春」；薛昭藴《浣溪沙》「握手河橋柳似金」、《浣溪沙》「傾國傾城恨有餘」、《小重山》「春到長門春草青」、《小重山》「秋到長門秋草黄」；牛嶠《更漏子》「南浦情，紅粉淚」、《菩薩蠻》「舞裙香暖金泥鳳」；張泌《滿宫花》「花正芳，

樓似綺」、《江城子》「碧闌干外小中庭」、《江城子》「浣花溪上見卿卿」；毛文錫《更漏子》「春夜闌，春恨切」、《醉花間》「休相問」、《醉花間》「深相憶」、《河滿子》「紅粉樓前月照」；牛希濟《生查子》「春山煙欲收」、《謁金門》「秋已暮」；歐陽炯《浣溪沙》「落絮殘鶯半日天」、《賀明朝》「憶昔花間初識面」；和凝《小重山》「春入神京萬木芳」、《薄命女》「天欲曉」、《采桑子》「蝤蠐領上訶梨子」；顧敻《河傳》「棹舉，舟去」、《玉樓春》「拂水雙飛來去燕」、《浣溪沙》「春色迷人恨正賒」、《臨江仙》「幽閨小檻春光晚」；孫光憲《浣溪沙》「花漸凋疏不耐風」、《浣溪沙》「攬鏡無言淚欲流」、《浣溪沙》「輕打銀箏墜燕泥」、《菩薩蠻》「花冠頻鼓牆頭翼」、《菩薩蠻》「小庭花落無人掃」、《菩薩蠻》「木綿花映叢祠小」；魏承班《菩薩蠻》「羅衣隱約金泥畫」、《生查子》「寂寞畫堂空」；鹿虔扆《臨江仙》「金鎖重門荒苑靜」；閻選《浣溪沙》「寂寞流蘇冷繡茵」；尹鶚《菩薩蠻》「隴雲暗合秋天白」；毛熙震《更漏子》「秋色清，河影淡」、《更漏子》「煙月寒，秋夜靜」、《清平樂》「春光欲暮」、《菩薩蠻》「梨花滿院飄香雪」、《菩薩蠻》「繡簾高軸臨塘看」；李珣《浣溪沙》「入夏偏宜淡薄妝」、《浣溪沙》「晚出閒庭看海棠」、《巫山一段雲》「有客經巫峽」、《巫山一段雲》「古廟依青嶂」、《望遠行》「露滴幽庭落葉時」、《菩薩蠻》「回塘風起波紋細」、《河傳》

「去去，何處」、《河傳》「春暮，微雨」。

明陳耀文《花草粹編》，《四庫全書》本：温庭筠《菩薩蠻》「小山重疊金明滅」、《菩薩蠻》「水晶簾裏頗黎枕」、《菩薩蠻》「蕊黄無限當山額」、《菩薩蠻》「翠翹金縷雙鸂鶒」、《菩薩蠻》「杏花含露團香雪」、《菩薩蠻》「玉樓明月長相憶」、《菩薩蠻》「鳳凰相對盤金縷」、《菩薩蠻》「牡丹花謝鶯聲歇」、《菩薩蠻》「滿宫明月梨花白」、《菩薩蠻》「寶函鈿雀金鸂鶒」、《菩薩蠻》「南園滿地堆輕絮」、《菩薩蠻》「夜來皓月才當午」、《菩薩蠻》「竹風輕動庭除冷」、《更漏子》「柳絲長」、《更漏子》「星斗稀」、《更漏子》「金雀釵」、《更漏子》「相見稀」、《更漏子》「背江樓」、《更漏子》「玉爐香」、《歸國遥》「香玉」、《歸國遥》「雙臉」、《酒泉子》「花映柳條」、《酒泉子》「羅帶惹香」、《定西番》「漢使昔年離别」、《定西番》「細雨曉鶯春晚」、《楊柳枝》「宜春苑外最長條」、《南歌子》「鬝墮低梳髻」、《南歌子》「轉盼如波眼」、《南歌子》「懶拂鴛鴦枕」、《河瀆神》「河上望叢祠」、《女冠子》「含嬌含笑」、《玉蝴蝶》「秋風淒切傷離」、《清平樂》「上陽春晚」、《清平樂》「洛陽愁絶」、《遐方怨》「憑繡檻」、《遐方怨》「花半拆」，《訴衷情》「鶯語，花舞」、《思帝鄉》「花花，滿枝紅似霞」、《夢江南》「千萬恨」、《夢江南》「梳洗罷」、《河傳》「江畔，相唤」、《河傳》「湖上，閑望」、《蕃女怨》

「萬枝香雪開已遍」、《蕃女怨》「磧南沙上驚雁起」、《荷葉杯》「鏡水夜來秋月」、《荷葉杯》「楚女欲歸南浦」；皇甫松《天仙子》「晴野鷺鷥飛一隻」、《摘得新》「酌一巵」、《摘得新》「摘得新」、《採蓮子》「菡萏香連十頃陂」、《採蓮子》「船動湖光灩灩秋」；韋莊《浣溪沙》「夜夜相思更漏殘」、《菩薩蠻》「紅樓別夜堪惆悵」、《菩薩蠻》「人人盡説江南好」、《菩薩蠻》「勸君今夜須沉醉」、《菩薩蠻》「洛陽城裏春光好」、《歸國遥》「春欲暮」、《歸國遥》「金翡翠」、《應天長》「緑槐蔭裏黄鶯語」、《應天長》「別來半載音書絶」、《荷葉杯》「絶代佳人難得」、《荷葉杯》「記得那年花下」、《清平樂》「春愁南陌」、《清平樂》「野花芳草」、《清平樂》「何處游女」、《清平樂》「鶯啼殘月」、《望遠行》「欲別無言倚畫屏」、《謁金門》「春漏促」、《謁金門》「空相憶」、《江城子》「恩重嬌多情易傷」、《江城子》「髻鬟狼籍黛眉長」、《河傳》「何處，煙雨」、《河傳》「春晚，風暖」、《河傳》「錦浦，春女」、《天仙子》「悵望前回夢裏期」、《天仙子》「深夜歸來長酩酊」、《天仙子》「蟾彩華霜夜不分」、《天仙子》「夢覺銀屏依舊空」、《訴衷情》「燭燼香殘簾未捲」、《上行杯》「芳草灞陵春岸」、《上行杯》「白馬玉鞭金轡」、《女冠子》「四月十七」、《女冠子》「昨夜夜半」、《更漏子》「鍾鼓寒」、《酒泉子》「月落星沉」、《木蘭花》「獨上小樓春欲暮」、《小重山》「一閉昭陽春又春」；薛昭蘊

《浣溪沙》「握手河橋柳似金」、《浣溪沙》「傾國傾城恨有餘」、《喜遷鶯》「殘蟾落」、《喜遷鶯》「金門曉」、《喜遷鶯》「清明節」、《小重山》「春到長門春草青」、《小重山》「秋到長門秋草黄」；牛嶠《女冠子》「雙飛雙舞」、《感恩多》「兩條紅粉淚」、《感恩多》「自從南浦别」、《應天長》「玉樓春望晴煙滅」、《應天長》「雙眉澹薄藏心事」、《更漏子》「星漸稀，漏頻轉」、《更漏子》「春夜闌，更漏促」、《更漏子》「南浦情，紅粉淚」、《望江怨》「東風急」、《菩薩蠻》「舞裙香暖金泥鳳」、《菩薩蠻》「玉釵風動春幡急」、《菩薩蠻》「畫屏重疊巫陽翠」、《菩薩蠻》「風簾燕舞鶯啼柳」、《菩薩蠻》「緑雲鬢上飛金雀」、《菩薩蠻》「玉爐冰簟鴛鴦錦」、《定西番》「紫塞月明千里」、《西溪子》「捍撥雙盤金鳳」、《江城子》「鵁鶄飛起郡城東」、《江城子》「極浦煙消水鳥飛」；張泌《浣溪沙》「馬上凝情憶舊遊」、《浣溪沙》「獨立閑階望月華」、《浣溪沙》「翡翠屏開綉幄紅」、《浣溪沙》「枕障熏爐隔綉幃」、《女冠子》「露花煙草」、《河傳》「渺莽，雲水」、《河傳》「紅杏，交枝相映」、《酒泉子》「春雨打窗」、《思越人》「燕雙飛，鶯百囀」、《滿宫花》「花正芳，樓似綺」、《南歌子》「柳色遮樓暗」、《南歌子》「岸柳拖煙緑」、《江城子》「碧闌干外小中庭」、《江城子》「浣花溪上見卿卿」、《蝴蝶兒》「蝴蝶兒，晚春時」；毛文錫《虞美人》「寶檀金縷鴛鴦枕」、《酒泉子》「緑樹春深」、《喜遷鶯》「芳春景，曖晴煙」、《贊成功》「海棠未坼」、《西溪子》「昨夜西溪遊賞」、《中興樂》「豆蔻花繁煙豔深」、《更漏子》「春夜闌，春恨切」、《接賢賓》「香韉鏤襜五花驄」、《贊浦子》「錦帳添香睡」、《紗窗恨》「新春燕子還來至」、《紗窗恨》「雙雙蝶翅塗鉛粉」、《柳含煙》「隋堤柳」、《柳含煙》「河橋柳」、《柳含煙》「章臺柳」、《醉花間》「休相問」、《醉花間》「深相憶」、《浣溪沙》「春水輕波浸緑苔」、《月宮春》「水晶宮裏桂花開」、《戀情深》「滴滴銅壺寒漏咽」、《訴衷情》「桃花流水漾縱橫」、《訴衷情》「鴛鴦交頸繡衣輕」、《河滿子》「紅粉樓前月照」、《巫山一段雲》「雨霽巫山上」、《臨江仙》「暮蟬聲盡落斜陽」；牛希濟《臨江仙》「峭碧參差十二峰」、《臨江仙》「江繞黄陵春廟閑」、《臨江仙》「素洛春光瀲灩平」、《臨江仙》「柳帶摇風漢水濱」、《臨江仙》「洞庭波浪颭晴天」、《生查子》「春山煙欲收」、《中興樂》「池塘暖碧浸晴暉」、《謁金門》「秋已暮」；歐陽炯《浣溪沙》「天碧羅衣拂地垂」、《浣溪沙》「相見休言有淚珠」、《三字令》「春欲暮，日遲遲」、《南鄉子》「嫩草如煙」、《南鄉子》「洞口誰家」、《南鄉子》「二八花鈿」、《獻衷心》「見好花顔色」、《賀明朝》「憶昔花間相見後」、《鳳樓春》「鳳髻緑雲叢」；和凝《小重山》「春入神京萬木芳」、《小重山》「正是神京爛熳時」、《菩薩蠻》「越梅半坼」、《何滿子》「寫得魚箋無限」、《薄命女》「天欲曉」、《望梅花》「春草全無消息」、《天仙子》「柳色披衫金縷鳳」、《天仙子》「洞口春紅飛簌簌」、《春光好》「紗窗暖，畫屏閑」、《春光好》「蘋葉軟，杏花明」、《采桑子》「蛸蟜領上訶梨子」、《漁父》「白芷汀寒立鷺鷥」；顧敻《虞美人》「碧梧桐鎖深深院」、《虞美人》「深閨春色勞思想」、《河傳》「燕颺，晴景」、《河傳》「曲檻，春晚」、《河傳》「棹舉，舟去」、《甘州子》「一爐龍麝錦幃旁」、《甘州子》「每逢清夜與良晨」、《甘州子》「曾如劉阮訪仙蹤」、《玉樓春》「月照玉樓春漏促」、《玉樓春》「柳映玉樓春日晚」、《玉樓春》「拂水雙飛來去燕」、《浣溪沙》「紅藕香寒翠渚平」、《浣溪沙》「惆悵經年別謝娘」、《浣溪沙》「庭菊飄黄玉露濃」、《浣溪沙》「雁響遥天玉漏清」、《浣溪沙》「露白蟾明又到秋」、《酒泉子》「楊柳舞風」、《酒泉子》「羅帶縷金」、《酒泉子》「黛薄紅深」、《酒泉子》「黛怨紅羞」、《楊柳枝》「秋夜香閨思寂寥」、《遐方怨》「簾影細，簟紋平」、《獻衷心》「繡鴛鴦帳暖」、《應天長》「瑟瑟羅裙金線縷」、《訴衷情》「香滅簾垂春漏永」、《訴衷情》「永夜抛人何處去」、《荷葉杯》「春盡小庭花落」、《荷葉杯》「記得那時相見」、《荷葉杯》「夜久歌聲怨咽」、《荷葉杯》「金鴨香濃鴛被」、《荷葉杯》「一去又乖期信」、《臨江仙》「碧染長空池似鏡」、《醉公子》「漠漠秋雲淡」、《醉公子》「岸柳垂金線」、《更漏子》「舊歡娱，新悵望」；孫光憲《浣溪沙》「蘭沐初休曲檻前」、《浣溪沙》「輕打銀箏墜燕泥」、《河傳》「太平天子」、《河傳》「花落，煙薄」、《河傳》「風颭，波斂」、《菩薩蠻》「月華如水籠香砌」、《菩薩蠻》「花冠頻鼓牆頭翼」、《菩薩蠻》「小庭花落無人掃」、《菩薩蠻》「木綿花映叢祠小」、《河瀆神》「江上草芊芊」、《虞美人》「紅窗寂寂無人語」、《後庭花》「石城依舊空江國」、《生查子》「寂寞掩朱門」、《清平樂》「愁腸欲斷」、《清平樂》「等閑無語」、《更漏子》「聽寒更，聞遠雁」、《更漏子》「今夜期，來日别」、《風流子》「樓倚長衢欲暮」、《風流子》「金絡玉銜嘶馬」、《河滿子》「冠劍不隨君去」、《玉蝴蝶》「春欲盡，景仍長」、《竹枝》「亂繩千結絆人深」、《思帝鄉》「如何，遺情情更多」、《謁金門》「留不得」、《思越人》「古臺平，芳草遠」、《思越人》「渚蓮枯，宫樹老」、《望梅花》「數枝開與短牆平」、《漁歌子》「草芊芊，波漾漾」；魏承班《菩薩蠻》「羅裙薄薄秋波染」、《菩薩蠻》「羅衣隱約金泥畫」、《滿宫花》「雪霏霏，風凜凜」、《木蘭花》「小芙蓉，香旖旎」、《玉樓春》「寂寂畫堂梁上燕」、《訴衷情》「高歌宴罷入蘭房」、《訴衷情》「銀漢雲晴玉漏長」、《訴衷情》「金風輕透碧窗紗」、《訴衷情》「春情滿眼臉紅銷」、《生查子》「煙雨晚晴天」、《生查子》「寂寞畫堂空」、《黄鍾樂》「池塘煙暖草萋萋」、《漁歌子》「柳如眉，雲似髪」；鹿虔扆《臨江仙》「金鎖重門荒苑静」、《女冠子》「風樓琪樹」、《思越人》「翠屏欹，銀燭背」、《虞美人》「卷荷香淡浮煙渚」；閻選《虞美人》「楚腰蠐領團香玉」、《臨江仙》「雨停荷芰逗濃香」、《浣溪沙》「寂寞流蘇冷繡茵」、《八拍蠻》「雲鎖嫩黄煙柳細」、《八拍蠻》「愁鎖黛眉煙易慘」、《河傳》「秋雨，秋雨」；尹鶚《滿宫花》「月沉沉，人悄悄」、《杏園芳》「嚴妝嫩臉花明」、《醉公子》「暮煙籠蘚砌」、《菩薩蠻》「隴雲暗合秋天白」；毛熙震《浣溪沙》「花謝香紅煙景迷」、《更漏子》「秋色清，河影澹」、《更漏子》「煙月寒，秋夜静」、《女冠子》「修蛾慢臉」、《清平樂》「春光欲暮」、《河滿子》「寂寞芳菲暗度」、《河滿子》「無語殘妝淡薄」、《小重山》「梁燕雙飛畫閣前」、《定西番》「蒼翠濃陰滿院」、《木蘭花》「掩朱扉，鉤翠箔」、《後庭花》「鶯啼燕語芳菲節」、《後庭花》「越羅小袖新香蒨」、《菩薩蠻》「梨花滿院飄香雪」、《菩薩蠻》「繡簾高軸臨塘看」、《菩薩蠻》「天含殘碧融春色」；李珣《浣溪沙》「訪舊傷離欲斷魂」、《浣溪沙》「紅藕花香到檻頻」、《漁歌子》「荻花秋，瀟湘夜」、《漁歌子》「柳垂絲，花滿樹」、《漁歌子》「九疑山，三湘水」、《巫山一段雲》「有客經巫峽」、《巫山一段雲》「古廟依青嶂」、《南鄉子》「煙漠漠，雨淒淒」、《南鄉子》「傾緑蟻，泛紅螺」、《南鄉子》「雲帶雨，浪迎風」、《女冠子》「春山夜静」、《酒泉子》「雨漬花零」、《酒泉子》「秋月嬋娟」、《望遠行》「春日遲遲思寂寥」、《望遠行》「露滴幽庭落葉時」、《菩薩蠻》「回塘風起波紋細」、《菩薩蠻》「等閒將度三春景」、《菩薩蠻》「隔簾微雨雙飛燕」、《西溪子》「金縷翠鈿浮動」、《虞美人》「金籠鶯報天將曙」、《河傳》「去去，何處」、《河傳》「春暮，微雨」。

明楊慎《詞林萬選》，毛晉《詞苑英華》本：温庭筠《蕃女怨》「萬枝香雪開已遍」、《蕃女怨》「磧南沙上驚雁起」；韋莊《菩薩蠻》「人人盡説江南好」、《菩薩蠻》「如今卻憶江南樂」、《河傳》「何處，煙雨」、《女冠子》「昨夜夜半」；張泌《酒泉子》「紫陌青門」；牛希濟《生查子》「春山煙欲收」；顧敻《甘州子》「一爐龍麝錦幃旁」、《甘州子》「每逢清夜與良晨」、《甘州子》「曾如劉阮訪仙蹤」、《甘州子》「露桃花裏小樓深」、《楊柳枝》「秋夜香閨思寂寥」、《醉公子》「漠漠秋雲淡」；孫光憲《河傳》「太平天子」；尹鶚《杏園芳》「嚴妝嫩臉花明」；毛熙震《後庭花》「越羅小袖新香蒨」；李珣《浣溪沙》「訪舊傷離欲斷魂」。

明卓人月《詩餘廣選》，清初刊本：温庭筠《菩薩蠻》「小山重疊金明滅」、《菩薩蠻》「水晶簾裏頗黎枕」、《菩薩蠻》「竹風輕動庭除冷」、《更漏子》「玉爐香」、《歸國遥》「香玉」、《歸國遥》「雙臉」、《酒泉子》「日映紗窗」、《酒泉子》「楚女不歸」、《楊柳枝》「金縷毵毵碧瓦溝」、《楊柳枝》「織錦機邊鶯語頻」、《南歌子》「手裏金鸚鵡」、

《南歌子》「撲蕊添黃子」、《女冠子》「含嬌含笑」、《蕃女怨》「萬枝香雪開已遍」、《蕃女怨》「磧南沙上驚雁起」、《遐方怨》「憑繡檻」、《遐方怨》「花半拆」、《思帝鄉》「花花」、《望江南》「千萬恨」、《望江南》「梳洗罷」、《荷葉杯》「鏡水夜來秋月」、《荷葉杯》「楚女欲歸南浦」、《河傳》「湖上，閑望」；皇甫松《天仙子》「晴野鷺鷥飛一隻」、《天仙子》「躑躅花開紅照水」、《摘得新》「酌一巵」、《夢江南》「蘭燼落」、《夢江南》「樓上寢」、《採蓮子》「菡萏香連十頃陂」、《採蓮子》「船動湖光灩灩秋」、《浪淘沙》「蠻歌豆蔻北人愁」、《浪淘沙》「灘頭細草接疎林」；韋莊《菩薩蠻》「人人盡説江南好」、《菩薩蠻》「如今卻憶江南樂」、《應天長》「別來半歲音書絶」、《謁金門》「春漏促」、《思帝鄉》「春日遊」、《訴衷情》「燭燼香殘簾未卷」、《女冠子》「四月十七」、《玉樓春》「獨上小樓春欲暮」；薛昭蘊《女冠子》「求仙去也」、《女冠子》「雲羅霧縠」、《小重山》「春到長門春草青」、《離別難》「寶馬曉鞴雕鞍」；牛嶠《柳枝》「吴王宮裏色偏深」、《柳枝》「橋北橋南千萬條」、《女冠子》「緑雲高髻」、《女冠子》「錦江煙水」、《菩薩蠻》「柳花飛處鶯聲急」、《菩薩蠻》「玉釵風動春幡急」、《菩薩蠻》「風簾燕舞鶯啼柳」、《菩薩蠻》「玉樓冰簟鴛鴦錦」、《望江怨》「東風急」、《定西番》「紫塞月明千里」、《西溪子》「捍撥雙盤金鳳」、《江城子》「鵁鶄飛起郡城東」、《應天長》「雙眉淡薄藏心事」；張泌《浣溪沙》「鈿轂香車過柳堤」、《浣溪沙》「馬上凝情憶舊遊」、《浣溪沙》「晚逐香車入鳳城」、《浣溪沙》「小市東門欲雪天」、《柳枝》「膩粉瓊妝透碧紗」、《河傳》「渺莽，雲水」、《南歌子》「柳色遮樓暗」、《江城子》「碧闌干外小中庭」、《江城子》「浣花溪上見卿卿」；毛文錫《醉花間》「休相問」、《醉花間》「深相憶」、《巫山一段雲》「雨霽巫山上」；牛希濟《生查子》「春山煙欲收」；歐陽炯《浣溪沙》「落絮殘鶯半日天」、《浣溪沙》「相見休言有淚珠」、《南鄉子》「嫩草如煙」、《南鄉子》「畫舸停橈」、《南鄉子》「岸遠沙平」、《南鄉子》「路入南中」、《南鄉子》「袖斂鮫綃」、《江城子》「晚日金陵岸草平」、《玉連環》（即《三字令》）「春欲盡」；和凝《臨江仙》「海棠香老春江晚」、《河滿子》「正是破瓜年幾」、《河滿子》「寫得魚箋無限」、《薄命女》「天欲曉」、《醜奴兒令》（即《採桑子》）「蛸蠐領上訶梨子」、《漁父》「白芷汀寒立鷺鷥」、《柳枝》「軟碧摇煙似送人」、《柳枝》「瑟瑟羅裙金縷腰」；顧敻《荷葉杯》「記得那時相見」、《荷葉杯》「夜久歌聲怨咽」、《荷葉杯》「我憶君詩最苦」、《荷葉杯》「一去又乖期信」、《訴衷情》「永夜抛人何處去」、《醉公子》「河漢（漠漠）秋雲澹」、《醉公子》「岸柳垂金線」、《浣溪沙》「荷芰風輕簾幕香」、《虞美人》「深閨春色勞思想」、《河傳》「燕颺，晴景」、《河傳》「曲檻，春晚」、《河傳》「棹舉，舟去」、《玉樓春》「月照玉樓春漏促」、《玉樓春》「拂水雙飛來去燕」；孫光憲《浣溪沙》「半踏長裾宛約行」、《浣溪沙》「蘭沐初休曲檻前」、《浣溪沙》「風遞殘香出繡簾」、《浣溪沙》「輕打銀箏墜燕泥」、《浣溪沙》「烏帽斜欹倒佩魚」、《河傳》「風颭，波斂」、《菩薩蠻》「月華如水籠香砌」、《菩薩蠻》「青巖碧洞經朝雨」、《菩薩蠻》「木綿花映叢祠小」、《謁金門》「留不得」、《清平樂》「愁腸欲斷」、《河瀆神》「汾水碧依依」、《河瀆神》「江上草芊芊」、《生查子》「寂寞掩朱門」、《酒泉子》「斂態窗前」、《女冠子》「蕙風芝露」、《女冠子》「澹花瘦玉」、《風流子》「樓倚長衢欲暮」、《風流子》「金絡玉銜嘶馬」、《定西番》「雞禄山前遊騎」、《八拍蠻》「孔雀尾拖金線長」、《竹枝》「門前春水白蘋花」、《柳枝》（《楊柳枝》）「閶門風暖落花乾」、《思帝鄉》「如何，遣情情更多」；魏承班《訴衷情》「銀漢雲晴玉漏長」、《訴衷情》「春情滿眼臉紅銷」、《生查子》「煙雨晚晴天」；鹿虔扆《臨江仙》「金鎖重門荒苑靜」、《思越人》「翠屏欹，銀燭背」；閻選《八拍蠻》「愁鎖黛眉煙易慘」、《河傳》「秋雨，秋雨」；尹鶚《菩薩蠻》「隴雲暗合秋天白」；毛熙震《更漏子》「煙月寒，秋夜靜」、《後庭花》「鶯啼燕語芳菲節」；李珣《巫山一段雲》「古廟依青嶂」、《南鄉子》「傾綠蟻，泛紅螺」、《南鄉子》「相見處，晚晴天」、《酒泉子》「雨漬花零」、《酒泉子》「秋雨聯綿」。

清朱彝尊《詞綜》，上海古籍出版社一九七八年版：温庭筠《菩薩蠻》「小山重疊金明滅」、《菩薩蠻》「水晶簾裏頗黎枕」、《菩薩蠻》「玉樓明月長相憶」、《菩薩蠻》「牡丹花謝鶯聲歇」、《菩薩蠻》「滿宫明月梨花白」、《菩薩蠻》「寶函鈿雀金鸂鶒」、《菩薩蠻》「竹風輕動庭除冷」、《更漏子》「柳絲長」、《更漏子》「星斗稀」、《更漏子》「玉爐香」、《歸國遥》「香玉」、《歸國遥》「雙臉」、《酒泉子》「楚女不歸」、《南歌子》「手裏金鸚鵡」、《南歌子》「似帶如絲柳」、《南歌子》「鬝墮低梳髻」、《南歌子》「轉盼如波眼」、《南歌子》「懶拂鴛鴦枕」、《河瀆神》「河上望叢祠」、《河瀆神》「孤廟對寒潮」、《玉蝴蝶》「秋風淒切傷離」、《女冠子》「含嬌含笑」、《清平樂》「洛陽愁絶」、《遐方怨》「憑繡檻」、《遐方怨》「花半坼」、《訴衷情》「鶯語，花舞」、《思帝鄉》「花花，滿枝紅似霞」、《夢江南》「梳洗罷」、《河傳》「江畔，相唤」、《河傳》「湖上，閑望」、《蕃女怨》「萬枝香雪開已遍」、《蕃女怨》「磧南沙上驚雁起」、《荷葉杯》「鏡水夜來秋月」、《荷葉杯》「楚女欲歸南浦」；皇甫松《天仙子》「晴野鷺鷥飛一隻」、《天仙子》「躑躅花開紅照水」、《摘得新》「酌一卮」、《夢江南》「樓上寢」；韋莊《菩薩蠻》「紅樓別夜堪惆悵」、《菩薩蠻》「人人盡説江南好」、《菩薩蠻》「如今卻憶江南樂」、《菩薩蠻》「洛陽城裏春光好」、《歸國遥》「金翡翠」、《應天長》「緑槐陰裏黄鶯語」、《應天長》「別來半載音書絶」、《荷葉杯》「絶代佳人難得」、《荷葉杯》「記得那年花下」、《清平樂》「野花芳草」、《清平樂》「鶯啼殘月」、《河傳》「何處，煙雨」、《河傳》「春晚，風暖」、《河傳》「錦浦，春女」、《訴衷情》「燭燼香殘簾未卷」、《訴衷情》「碧沼紅芳煙雨淨」、《上行杯》「芳草灞陵春岸」、《女冠子》「四月十七」、《更漏子》「鍾鼓寒」；薛昭藴《浣溪沙》「粉上依稀有淚痕」、《相見歡》「羅襦繡袂香紅」、《女冠子》「求仙去也」、《謁金門》「春滿院」；牛嶠《女冠子》「錦江煙水」、《感恩多》「兩條紅粉淚」、《望江怨》「東風急」、《菩薩蠻》「舞裙香暖金泥鳳」、《菩薩蠻》「緑雲鬢上飛金雀」、《西溪子》「捍撥雙盤金鳳」、《江城子》「鵁鶄飛起郡城東」；張泌《酒泉子》「紫陌青門」、《南歌子》「柳色遮樓暗」、《江城子》「碧闌干外小中庭」、《江城子》「浣花溪上見卿卿」；毛文錫《虞美人》「鴛鴦對浴銀塘暖」、《虞美人》「寶檀金縷鴛鴦枕」、《更漏子》「春夜闌，春恨切」、《紗窗恨》「新春燕子還來至」、《紗窗恨》「雙雙蝶翅塗鉛粉」、《醉花間》「休相問」、《醉花間》「深相憶」、《巫山一段雲》「雨霽巫山上」；牛希濟《生查子》「春山煙欲收」；歐陽炯《三字令》「春欲暮，日遲遲」、《南鄉子》「嫩草如煙」、《南鄉子》「畫舸停橈」、《南鄉子》「岸遠沙平」、《南鄉子》「洞口誰家」、《南鄉子》「路入南中」、《南鄉子》「袖斂鮫綃」、《賀明朝》「憶昔花間初識面」、《江城子》「晚日金陵岸草平」、《鳳樓春》「鳳髻緑雲叢」；和凝《春光好》「蘋葉軟，杏花明」、《采桑子》「蝤蠐領上訶梨子」、《漁父》「白芷汀寒立鷺鷥」；顧敻《河傳》「燕颺，晴景」、《河傳》「棹舉，舟去」、《玉樓春》「月照玉樓春漏促」、《楊柳枝》「秋夜香閨思寂寥」、《訴衷情》「香滅簾垂春漏永」、《訴衷情》「永夜拋人何處去」、《臨江仙》「碧染長空池似鏡」、《醉公子》「漠漠秋雲淡」、《醉公子》「岸柳垂金線」；孫光憲《浣溪沙》「蓼岸風多橘柚香」、《河瀆神》「汾水碧依依」、《河瀆神》「江上草芊芊」、《後庭花》「石城依舊空江國」、《清平樂》「愁腸欲斷」、《女冠子》「澹花瘦玉」、《風流子》「樓倚長衢欲暮」、《風流子》「金絡玉銜嘶馬」、《思帝鄉》「如何，遣情情更多」、《上行杯》「離棹逡巡欲動」、《謁金門》「留不得」、《思越人》「古臺平，芳草遠」、《思越人》「渚蓮枯，宮樹老」；魏承班《玉樓春》「寂寂畫堂梁上燕」、《生查子》「煙雨晚晴天」；鹿虔扆《臨江仙》「金鎖重門荒苑靜」；閻選《浣溪沙》「寂寞流蘇冷繡茵」；尹鶚《臨江仙》「深秋寒夜銀河靜」、《菩薩蠻》「隴雲暗合秋天白」；毛熙震《臨江仙》「幽閨欲曙聞鶯囀」、《清平樂》「春光欲暮」、《南歌子》「遠山愁黛碧」、《河滿子》「寂寞芳菲暗度」、《後庭花》「越羅小袖新香蒨」；李珣《巫山一段雲》「古廟依青嶂」、《南鄉子》「煙漠漠，雨淒淒」、《南鄉子》「蘭棹舉，水紋開」、

《南鄉子》「歸路近，扣舷歌」、《南鄉子》「乘采舫，過蓮塘」、《南鄉子》「傾緑蟻，泛紅螺」、《南鄉子》「沙月靜，水煙輕」、《南鄉子》「漁市散，渡船稀」、《南鄉子》「相見處，晚晴天」、《菩薩蠻》「回塘風起波紋細」、《菩薩蠻》「隔簾微雨雙飛燕」、《西溪子》「金縷翠鈿浮動」、《河傳》「去去，何處」。

清沈辰垣《歷代詩餘》，蟫隱盧影印康熙四十六年内府刻本：温庭筠《菩薩蠻》「小山重疊金明滅」、《菩薩蠻》「水晶簾裏頗黎枕」、《菩薩蠻》「蕊黄無限當山額」、《菩薩蠻》「翠翹金縷雙鸂鶒」、《菩薩蠻》「杏花含露團香雪」、《菩薩蠻》「玉樓明月長相憶」、《菩薩蠻》「鳳凰相對盤金縷」、《菩薩蠻》「牡丹花謝鶯聲歇」、《菩薩蠻》「寶函鈿雀金鸂鶒」、《菩薩蠻》「南園滿地堆輕絮」、《菩薩蠻》「夜來皓月才當午」、《菩薩蠻》「雨晴夜合玲瓏日」、《菩薩蠻》「竹風輕動庭除冷」、《更漏子》「柳絲長」、《更漏子》「星斗稀」、《更漏子》「金雀釵」、《更漏子》「相見稀」、《更漏子》「背江樓」、《更漏子》「玉爐香」、《歸國遥》「香玉」、《酒泉子》「日映紗窗」、《酒泉子》「楚女不歸」、《酒泉子》「羅帶惹香」、《定西番》「漢使昔年離別」、《定西番》「海燕欲飛調羽」、《定西番》「細雨曉鶯春晚」、《楊柳枝》「館娃宫外鄴城西」、《楊柳枝》「兩兩黄鸝色似金」、《南歌子》「手裏金鸚鵡」、《南歌子》「似帶如絲柳」、《南歌子》「撲蕊添黄子」、《南歌子》「懶拂鴛鴦枕」、《河瀆神》「河上望叢祠」、《河瀆神》「孤廟對寒潮」、《河瀆神》「銅鼓賽神來」、《女冠子》「含嬌含笑」、《女冠子》「霞帔雲髮」、《訴衷情》「鶯語，花舞」、《思帝鄉》「花花，滿枝紅似霞」、《夢江南》「梳洗罷」、《河傳》「同伴，相喚」、《河傳》「江畔，相喚」、《河傳》「湖上，閑望」、《蕃女怨》「萬枝香雪開已遍」、《荷葉杯》「一點露珠凝冷」、《荷葉杯》「鏡水夜來秋月」、《荷葉杯》「楚女欲歸南浦」；皇甫松《天仙子》「晴野鷺鷥飛一隻」、《天仙子》「躑躅花開紅照水」、《摘得新》「酌一巵」、《摘得新》「摘得新」、《夢江南》「蘭燼落」、《夢江南》「樓上寢」、《採蓮子》「菡萏香連十頃陂」、《採蓮子》「船動湖光灩灩秋」；韋莊《浣溪沙》「夜夜相思更漏殘」、《菩薩蠻》「紅樓別夜堪惆悵」、《菩薩蠻》「人人盡説江南好」、《菩薩蠻》「如今卻憶江南樂」、《歸國遥》「春欲暮」、《歸國遥》「金翡翠」、《歸國遥》「春欲晚」、《應天長》「緑槐蔭裏黄鶯語」、《應天長》「別來半歲音書絶」、《荷葉杯》「絶代佳人難得」、《清平樂》「春愁南陌」、《清平樂》「野花芳草」、《清平樂》「何處游女」、《清平樂》「鶯啼殘月」、《望遠行》「欲別無言倚畫屏」、《謁金門》「春漏促」、《謁金門》「空相憶」、《河傳》「春晚，風暖」、《河傳》「錦浦，春女」、《天仙子》「悵望前回夢裏期」、《喜遷鶯》「人洶洶」、《喜遷鶯》「街鼓動」、《思帝鄉》「雲髻墜」、《訴衷情》「燭燼香殘簾未卷」、《訴衷情》「碧沼紅芳煙雨淨」、《上行杯》「芳草灞陵春岸」、《女冠子》「四月十七」、《女冠子》「昨夜夜半」、《更漏子》「鍾鼓寒」、《酒泉子》「月落星沉」、《木蘭花》「獨上小樓春欲暮」；薛昭藴《浣溪沙》「粉上依稀有淚痕」、《浣溪沙》「握手河橋柳似金」、《浣溪沙》「江館清秋攬客船」、《喜遷鶯》「殘蟾落」、《喜遷鶯》「金門曉」、《喜遷鶯》「清明節」、《小重山》「春到長門春草青」、《小重山》「秋到長門秋草黄」、《離别難》「寶馬曉鞴雕鞍」、《相見歡》「羅襦繡袂香紅」、《謁金門》「春滿院」；牛嶠《女冠子》「錦江煙水」、《女冠子》「星冠霞帔」、《女冠子》「雙飛雙舞」、《夢江南》「銜泥燕」、《應天長》「雙眉澹薄藏心事」、《更漏子》「星漸稀，漏頻轉」、《更漏子》「南浦情，紅粉淚」、《望江怨》「東風急」、《菩薩蠻》「舞裙香暖金泥鳳」、《菩薩蠻》「柳花飛處鶯聲急」、《菩薩蠻》「玉釵風動春幡急」、《菩薩蠻》「畫屏重疊巫陽翠」、《菩薩蠻》「風簾燕舞鶯啼柳」、《菩薩蠻》「緑雲鬢上飛金雀」、《菩薩蠻》「玉樓冰簟鴛鴦錦」、《酒泉子》「記得去年」、《玉樓春》「春入横塘摇淺浪」、《西溪子》「捍撥雙盤金鳳」、《江城子》「鵁鶄飛起郡城東」、《江城子》「極浦煙消水鳥飛」；張泌《浣溪沙》「鈿轂香車過柳堤」、《浣溪沙》「馬上凝情憶舊遊」、《臨江仙》「煙收湘渚秋江靜」、《女冠子》「露花煙草」、《河傳》「渺莽，雲水」、《河傳》「紅杏，交枝相映」、《酒泉子》「春雨打窗」、《酒泉子》「紫陌青門」、《思越人》「燕雙飛，鶯百囀」、《滿宫花》「花正芳，樓似綺」、《南歌子》「柳色遮樓暗」、《南歌子》「岸柳拖煙緑」、《南歌子》「錦薦紅鸂鶒」、《江城子》「碧闌干外小中庭」、《河瀆神》「古樹噪寒鴉」、《蝴蝶兒》「蝴蝶兒，晚春時」；毛文錫《虞美人》「鴛鴦對浴銀塘暖」、《虞美人》「寶檀金縷鴛鴦枕」、《酒泉子》「緑樹春深」、《喜遷鶯》「芳春景，曖晴煙」、《贊成功》「海棠未坼」、《西溪子》「昨夜西溪遊賞」、《中興樂》「豆蔻花繁煙豔深」、《更漏子》「春夜闌，春恨切」、《接賢賓》「香韉鏤襜五花驄」、《甘州遍》「春光好」、《紗窗恨》「新春燕子還來至」、《紗窗恨》「雙雙蝶翅塗鉛粉」、《柳含煙》「河橋柳」、《柳含煙》「章臺柳」、《柳含煙》「御溝柳」、《醉花間》「休相問」、《醉花間》「深相憶」、《浣溪沙》「春水輕波浸緑苔」、《浣溪沙》「七夕年年信不違」、《月宫春》「水晶宫裏桂花開」、《應天長》「平江波暖鴛鴦語」、《巫山一段雲》「雨霽巫山上」、《臨江仙》「暮蟬聲盡落斜陽」；牛希濟《臨江仙》「峭碧參差十二峰」、《臨江仙》「謝家仙觀寄雲岑」、《臨江仙》「渭闕宫城秦樹凋」、《臨江仙》「素洛春光瀲灩平」、《臨江仙》「柳帶摇風漢水濱」、《臨江仙》「洞庭波浪颭晴天」、《酒泉子》「枕轉簟涼」、《生查子》「春山煙欲收」、《中興樂》「池塘暖碧浸晴暉」、《謁金門》「秋已暮」；歐陽炯《浣溪沙》「落絮殘鶯半日天」、《浣溪沙》「天碧羅衣拂地垂」、《三字令》「春欲暮，日遲遲」、《南鄉子》「嫩草如煙」、《南鄉子》「畫舸停橈」、《南鄉子》「岸遠沙平」、《南鄉子》「洞口誰家」、《南鄉子》「路入南中」、《南鄉子》「袖斂鮫綃」、《南鄉子》「翡翠鵁鶄」、《獻衷心》「見好花顏色」、《賀明朝》「憶昔花間初識面」、《賀明朝》「憶昔花間相見後」、《風樓春》「鳳髻綠雲叢」；和凝《小重山》「春入神京萬木芳」、《小重山》「正是神京爛熳時」、《臨江仙》「海棠香老春江晚」、《菩薩蠻》「越梅半拆」、《薄命女》「天欲曉」、《望梅花》「春草全無消息」、《天仙子》「柳色披衫金縷鳳」、《春光好》「紗窗暖，畫屏閑」、《春光好》「蘋葉軟，杏花明」、《采桑子》「蝤蠐領上訶梨子」、《漁父》「白芷汀寒立鷺鷥」；顧夐《虞美人》「曉鶯啼破相思夢」、《虞美人》「觸簾風送景陽鐘」、《虞美人》「翠屏閑掩垂珠箔」、《虞美人》「碧梧桐鎖深深院」、《虞美人》「深閨春色勞思想」、《虞美人》「少年豔質勝瓊英」、《河傳》「燕颺，晴景」、《河傳》「曲檻，春晚」、《河傳》「棹舉，舟去」、《甘州子》「露桃花裏小樓深」、《甘州子》「紅爐深夜醉調笙」、《玉樓春》「月照玉樓春漏促」、《玉樓春》「月皎露華窗影細」、《玉樓春》「柳映玉樓春日晚」、《玉樓春》「拂水雙飛來去燕」、《酒泉子》「楊柳舞風」、《酒泉子》「羅帶縷金」、《酒泉子》「小檻日斜」、《酒泉子》「黛薄紅深」、《酒泉子》「掩卻菱花」、《酒泉子》

「水碧風清」、《酒泉子》「黛怨紅羞」、《楊柳枝》「秋夜香閨思寂寥」、《獻衷心》「繡鴛鴦帳暖」、《應天長》「瑟瑟羅裙金線縷」、《訴衷情》「香滅簾垂春漏永」、《荷葉杯》「春盡小庭花落」、《荷葉杯》「夜久歌聲怨咽」、《漁歌子》「曉風清，幽沼緑」、《臨江仙》「碧染長空池似鏡」、《臨江仙》「幽閨小檻春光晚」、《醉公子》「漠漠秋雲淡」、《醉公子》「岸柳垂金線」；孫光憲《浣溪沙》「蓼岸風多橘柚香」、《浣溪沙》「蘭沐初休曲檻前」、《浣溪沙》「風遞殘香出繡簾」、《浣溪沙》「輕打銀箏墜燕泥」、《浣溪沙》「烏帽斜欹倒佩魚」、《河傳》「花落，煙薄」、《河傳》「風颭，波斂」、《菩薩蠻》「月華如水籠香砌」、《菩薩蠻》「花冠頻鼓牆頭翼」、《菩薩蠻》「小庭花落無人掃」、《菩薩蠻》「青巖碧洞經朝雨」、《菩薩蠻》「木綿花映叢祠小」、《河瀆神》「汾水碧依依」、《河瀆神》「江上草芊芊」、《虞美人》「紅窗寂寂無人語」、《虞美人》「好風微揭簾旌起」、《後庭花》「景陽鐘動宮鶯囀」、《後庭花》「石城依舊空江國」、《生查子》「寂寞掩朱門」、《臨江仙》「霜拍井梧乾葉墮」、《臨江仙》「暮雨淒淒深院閉」、《酒泉子》「斂態窗前」、《清平樂》「愁腸欲斷」、《清平樂》「等閒無語」、《更漏子》「聽寒更，聞遠雁」、《女冠子》「蕙風芝露」、《女冠子》「澹花瘦玉」、《風流子》「茅舍槿籬溪曲」、《風流子》「金絡玉銜嘶馬」、《定西番》「雞禄山前遊騎」、《玉蝴蝶》「春欲盡，景仍長」、《八拍蠻》「孔雀尾拖金線長」、《竹枝》「門前春水白蘋花」、《竹枝》「亂繩千結絆人深」、《思帝鄉》「如何，遺情情更多」、《上行杯》「離棹逡巡欲動」、《思越人》「古臺平，芳草遠」、《思越人》「渚蓮枯，宫樹老」、《望梅花》「數枝開與短牆平」、《漁歌子》「草芊芊，波漾漾」、《漁歌子》「泛流螢，明又滅」；魏承班《菩薩蠻》「羅裙薄薄秋波染」、《菩薩蠻》「羅衣隱約金泥畫」、《木蘭花》「小芙蓉，香旖旎」、《玉樓春》「寂寂畫堂梁上燕」、《玉樓春》「輕斂翠蛾呈皓齒」、《訴衷情》「春情滿眼臉紅銷」、《生查子》「煙雨晚晴天」、《黄鍾樂》「池塘煙暖草萋萋」、《漁歌子》「柳如眉，雲似髮」；鹿虔扆《臨江仙》「無賴曉鶯驚夢斷」、《思越人》「翠屏欹，銀燭背」、《虞美人》「卷荷香澹浮煙渚」；閻選《虞美人》「粉融紅膩蓮房綻」、《虞美人》「楚腰蠐領團香玉」、《臨江仙》「雨停荷芰逗濃香」、《臨江仙》「十二高峰天外寒」、《浣溪沙》「寂寞流蘇冷繡茵」、《八拍蠻》「雲鎖嫩黄煙柳細」、《河傳》「秋雨，秋雨」；尹鶚《臨江仙》「深秋寒夜銀河靜」、《杏園芳》「嚴妝嫩臉花明」、《醉公子》「暮煙籠蘚砌」、《菩薩蠻》「隴雲暗合秋天白」；毛熙震《浣溪沙》「春暮黄鶯下砌前」、《浣溪沙》「雲薄羅裙綬帶長」、《臨江仙》「幽閨欲曙聞鶯囀」、《更漏子》「秋色清，河影澹」、《更漏子》「煙月寒，秋夜靜」、《女冠子》「碧桃紅杏」、《女冠子》「修蛾慢臉」、《清平樂》「春光欲暮」、

《南歌子》「遠山愁黛碧」、《河滿子》「寂寞芳菲暗度」、《河滿子》「無語殘妝淡薄」、《定西番》「蒼翠濃陰滿院」、《木蘭花》「掩朱扉，鈎翠箔」、《後庭花》「鶯啼燕語芳菲節」、《後庭花》「越羅小袖新香蒨」、《酒泉子》「閑卧繡幃」、《酒泉子》「鈿匣舞鸞」、《菩薩蠻》「梨花滿院飄香雪」、《菩薩蠻》「繡簾高軸臨塘看」、《菩薩蠻》「天含殘碧融春色」；李珣《浣溪沙》「晚出閒庭看海棠」、《浣溪沙》「紅藕花香到檻頻」、《漁歌子》「楚山青，湘水緑」、《漁歌子》「荻花秋，瀟湘夜」、《漁歌子》「柳垂絲，花滿樹」、《漁歌子》「九疑山，三湘水」、《巫山一段雲》「有客經巫峽」、《巫山一段雲》「古廟依青嶂」、《臨江仙》「簾卷池心小閣虚」、《臨江仙》「鶯報簾前暖日紅」、《南鄉子》「煙漠漠，雨淒淒」、《南鄉子》「蘭棹舉，水紋開」、《南鄉子》「歸路近，扣舷歌」、《南鄉子》「乘彩舫，過蓮塘」、《南鄉子》「雲帶雨，浪迎風」、《南鄉子》「漁市散，渡船稀」、《南鄉子》「攏雲髻，背犀梳」、《女冠子》「星高月午」、《酒泉子》「寂寞青樓」、《酒泉子》「雨漬花零」、《酒泉子》「秋雨聯綿」、《酒泉子》「秋月嬋娟」、《望遠行》「春日遲遲思寂寥」、《望遠行》「露滴幽庭落葉時」、《菩薩蠻》「回塘風起波紋細」、《菩薩蠻》「隔簾微雨雙飛燕」、《西溪子》「金縷翠鈿浮動」、《虞美人》「金籠鶯報天將曙」、《河傳》「去去，何處」、《河傳》「春暮，微雨」。

清張惠言《詞選》，《四部備要》本：温庭筠《菩薩蠻》「小山重疊金明滅」、《菩薩蠻》「水晶簾裏頗黎枕」、《菩薩蠻》「蕊黄無限當山額」、《菩薩蠻》「翠翹金縷雙鸂鶒」、《菩薩蠻》「杏花含露團香雪」、《菩薩蠻》「玉樓明月長相憶」、《菩薩蠻》「鳳凰相對盤金縷」、《菩薩蠻》「牡丹花謝鶯聲歇」、《菩薩蠻》「滿宫明月梨花白」、《菩薩蠻》「寶函鈿雀金鸂鶒」、《菩薩蠻》「南園滿地堆輕絮」、《菩薩蠻》「夜來皓月才當午」、《菩薩蠻》「雨晴夜合玲瓏日」、《菩薩蠻》「竹風輕動庭除冷」、《更漏子》「柳絲長」、《更漏子》「星斗稀」、《更漏子》「玉爐香」、《夢江南》「梳洗罷」；韋莊《菩薩蠻》「紅樓別夜堪惆悵」、《菩薩蠻》「人人盡説江南好」、《菩薩蠻》「如今卻憶江南樂」、《菩薩蠻》「洛陽城裏春光好」；牛嶠《菩薩蠻》「舞裙香暖金泥鳳」、《菩薩蠻》「緑雲鬢上飛金雀」、《西溪子》「捍撥雙盤金鳳」；牛希濟《生查子》「春山煙欲收」；歐陽炯《三字令》「春欲盡，日遲遲」；鹿虔扆《臨江仙》「金鎖重門荒苑静」。

清周濟《詞辨》，《清人選評詞集三種》本，齊魯書社一九八八年版：温庭筠《菩薩蠻》「小山重疊金明滅」、《菩薩蠻》「水晶簾裏頗黎枕」、《菩薩蠻》「玉樓明月長相憶」、《菩薩蠻》「寶函鈿雀金鸂鶒」、《菩薩蠻》「南園滿地堆輕絮」、《更漏子》「玉爐香」、《夢江南》「梳洗罷」；韋莊《菩薩蠻》「紅樓別夜堪惆悵」、《菩薩蠻》「人人盡説江南好」、《菩薩蠻》「如今卻憶江南樂」、《菩薩蠻》「洛陽城裏春光好」；歐陽炯《三字令》「春欲盡，日遲遲」；鹿虔扆《臨江仙》「金鎖重門荒苑静」。

清成肇麐《唐五代詞選》，上海書店一九八七年版：温庭筠《菩薩蠻》「小山重疊金明滅」、《菩薩蠻》「水晶簾裏頗黎枕」、《菩薩蠻》「蕊黄無限當山額」、《菩薩蠻》「翠翹金縷雙鸂鶒」、《菩薩蠻》「杏花含露團香雪」、《菩薩蠻》「玉樓明月長相憶」、《菩薩蠻》「鳳凰相對盤金縷」、《菩薩蠻》「牡丹花謝鶯聲歇」、《菩薩蠻》「滿宫明月梨花白」、《菩薩蠻》「寶函鈿雀金鸂鶒」、《菩薩蠻》「南園滿地堆輕絮」、《菩薩蠻》「夜來皓月才當午」、《菩薩蠻》「雨晴夜合玲瓏日」、《菩薩蠻》「竹風輕動庭除冷」、《更漏子》「柳絲長」、《更漏子》「星斗稀」、《更漏子》「相見稀」、《更漏子》「玉爐香」、《歸國遥》「香玉」、《歸國遥》「雙臉」、《酒泉子》「花映柳條」、《酒泉子》「日映紗窗」、《酒泉子》「楚女不歸」、《定西番》「漢使昔年離别」、《定西番》「細雨曉鶯春晚」、《南歌子》「似帶如絲柳」、《南歌子》「鬟墮低梳髻」、《河瀆神》「河上望叢祠」、《河瀆神》「孤廟對寒潮」、《河瀆神》「銅鼓賽神來」、《玉蝴蝶》「秋風淒切傷離」、《清平樂》「上陽春晚」、《清平樂》「洛陽愁絶」、《遐方怨》「憑繡檻」、《遐方怨》「花半坼」、《夢江南》「梳洗罷」、《蕃女怨》「萬枝香雪開已遍」、《荷葉杯》「楚女欲歸南浦」；皇甫松《摘得新》「酌一巵」、《夢江南》「蘭燼落」、《夢江南》「樓上寢」；韋莊《浣溪沙》「夜夜相思更漏殘」、《菩薩蠻》「紅樓别夜堪惆悵」、《菩薩蠻》「人人盡説江南好」、《菩薩蠻》「如今卻憶江南樂」、《菩薩蠻》「洛陽城裏春光好」、《歸國遥》「金翡翠」、《應天長》「緑槐蔭裏黄鶯語」、《應天長》「别來半歲音書絶」、《荷葉杯》「絶代佳人難得」、《荷葉杯》「記得那年花下」、《清平樂》「春愁南陌」、《清平樂》「野花芳草」、《清平樂》「鶯啼殘月」、《望遠行》「欲别無言倚畫屏」、《謁金門》「空相憶」、《天仙子》「蟾彩華霜夜不分」、《思帝鄉》「雲髻墜」、《上行杯》「芳草灞陵春岸」、《更漏子》「鍾鼓寒」、《木蘭花》「獨上小樓春欲暮」、《小重山》「一閉昭陽春又春」；薛昭藴《浣溪沙》「粉上依稀有淚痕」、《浣溪沙》「握手河橋柳似金」、《浣溪沙》「江館清秋攬客船」、《浣溪沙》「越女淘金春水上」、《喜遷鶯》「清明節」、《小重山》「春到長門春草青」、《小重山》「秋到長門秋草黄」、《相見歡》「羅襦繡袂香紅」、《女冠子》「求仙去也」、《謁金門》「春滿院」；牛嶠《感恩多》「兩條紅粉淚」、《應天長》「玉樓春望晴煙滅」、《更漏子》「南浦情，紅粉淚」、《望江怨》「東風急」、《菩薩蠻》「舞裙香暖金泥鳳」、《菩薩蠻》「緑雲鬢上飛金雀」、《定西番》「紫塞月明千里」、《江城子》「鵁鶄飛起郡城東」、《江城子》「極浦煙消水鳥飛」；張泌《浣溪沙》「鈿轂香車過柳堤」、《浣溪沙》「翡翠屏開繡幄紅」、《浣溪沙》「偏戴花冠白玉簪」、《臨江仙》「煙收湘渚秋江靜」、《河傳》「渺莽，雲水」、《南歌子》「柳色遮樓暗」、《南歌子》「岸柳拖煙緑」、《南歌子》「錦薦紅鸂鶒」、《河瀆神》「古樹噪寒鴉」；毛文錫《虞美人》「鴛鴦對浴銀塘暖」、《虞美人》「寶檀金縷鴛鴦枕」、《更漏子》「春夜闌，春恨切」、《甘州遍》「秋風緊」、《醉花間》「休相問」、《醉花間》「深相憶」、《臨江仙》「暮蟬聲盡落斜陽」；牛希濟《臨江仙》「峭碧參差十二峰」、《生查子》「春山煙欲收」、《謁金門》「秋已暮」；歐陽炯《三字令》「春欲盡，日遲遲」、《南鄉子》「嫩草如煙」、《南鄉子》「畫舸停橈」、《南鄉子》「岸遠沙平」、《南鄉子》「洞口誰家」、《南鄉子》「路入南中」、《南鄉子》「袖斂鮫綃」、《江城子》「晚日金陵岸草平」；和凝《薄命女》「天欲曉」、《天仙子》「洞口春紅飛簌簌」、《春光好》「蘋葉軟，杏花明」、《漁父》「白芷汀寒立鷺鷥」；顧夐《河傳》「燕颺，晴景」、《河傳》「棹舉，舟去」、《玉樓春》「月照玉樓春漏促」、《浣溪沙》「雲澹風高葉亂飛」、《楊柳枝》「秋夜香閨思寂寥」、《訴衷情》「香滅簾垂春漏永」、《荷葉杯》「夜久歌聲怨咽」、《荷葉杯》「一去又乖期信」、《臨江仙》「碧染長空池似鏡」、《醉公子》「漠漠秋雲淡」、《醉公子》「岸柳垂金線」；孫光憲《浣溪沙》「蓼岸風多橘柚香」、《浣溪沙》「花漸凋疏不耐風」、《浣溪沙》「輕打銀箏墜燕泥」、《河傳》「花落，煙薄」、《河傳》「風颭，波斂」、《菩薩蠻》「月華如水籠香砌」、《菩薩蠻》「花冠頻鼓牆頭翼」、《菩薩蠻》「木棉花映叢祠小」、《河瀆神》「汾水碧依依」、《河瀆神》「江上草芊芊」、《後庭花》「石城依舊空江國」、《酒泉子》「空磧無邊」、《酒泉子》「曲檻小樓」、《清平樂》「等閒無語」、《風流子》「茅舍槿籬溪曲」、《風流子》「金絡玉銜嘶馬」、《定西番》「雞祿山前遊騎」、《定西番》「帝子枕前秋夜」、《八拍蠻》「孔雀尾拖金線長」、《竹枝》「門前春水白蘋花」、《竹枝》「亂繩千結絆人深」、《謁金門》「留不得」、《思越人》「古臺平，芳草遠」、《思越人》「渚蓮枯，宮樹老」、《望梅花》「數枝開與短牆平」；魏承班《生查子》「煙雨晚晴天」；鹿虔扆《臨江仙》「金鎖重門荒苑靜」、《女冠子》「步墟壇上」；尹鶚《臨江仙》「深秋寒夜銀河靜」、《滿宮花》「月沉沉，人悄悄」、《菩薩蠻》「隴雲暗合秋天白」；毛熙震《浣溪沙》「花榭香紅煙景迷」、《臨江仙》「幽閨欲曙聞鶯囀」、《更漏子》「秋色清，河影淡」、《清平樂》「春光欲暮」、《河滿子》「寂寞芳菲暗度」、《菩薩蠻》「梨花滿院飄香雪」；李珣《浣溪沙》「訪舊傷離欲斷魂」、《浣溪沙》「紅藕花香到檻頻」、《漁歌子》「柳垂絲，花滿樹」、《巫山一段雲》「古廟依青嶂」、《南鄉子》「煙漠漠，雨淒淒」、《南鄉子》「蘭棹舉，水紋開」、《南鄉子》「歸路近，扣舷歌」、《南鄉子》「乘彩舫，過蓮塘」、《南鄉子》「傾綠蟻，泛紅螺」、《南鄉子》「雲帶雨，浪迎風」、《南鄉子》「沙月靜，水煙輕」、《南鄉子》「漁市散，渡船稀」、《南鄉子》「攏雲髻，背犀疏」、《南鄉子》「相見處，晚晴天」、《酒泉子》「雨漬花零」、《酒泉子》「秋雨聯綿」、《菩薩蠻》「回塘風起波紋細」、《菩薩蠻》「隔簾微雨雙飛燕」、《西溪子》「金縷翠鈿浮動」、《河傳》「去去，何處」、《河傳》「春暮，微雨」。

清陳廷焯《詞則》，上海古籍出版社一九八四年影印本：温庭筠《菩薩蠻》「小山重疊金明滅」、《菩薩蠻》「水晶簾裏頗黎枕」、《菩薩蠻》「蕊黄無限當山額」、《菩薩蠻》「翠翹金縷雙鸂鶒」、《菩薩蠻》「杏花含露團香雪」、《菩薩蠻》「玉樓明月長相憶」、《菩薩蠻》「鳳凰相對盤金縷」、《菩薩蠻》「牡丹花謝鶯聲歇」、《菩薩蠻》「滿宫明月梨花白」、《菩薩蠻》「寶函鈿雀金鸂鶒」、《菩薩蠻》「南園滿地堆輕絮」、《菩薩蠻》「夜來皓月才當午」、《菩薩蠻》「雨晴夜合玲瓏日」、《菩薩蠻》「竹風輕動庭除冷」、《更漏子》「柳絲長」、《更漏子》「星斗稀」、《更漏子》「玉爐香」、《南歌子》「手裏金鸚鵡」、《南歌子》「鬝墮低梳髻」、《南歌子》「懶拂鴛鴦枕」、《河瀆神》「河上望叢祠」、《河瀆神》「孤廟對寒潮」、《河瀆神》「銅鼓賽神來」、《玉蝴蝶》「秋風淒切傷離」、《女冠子》「含嬌含笑」、《清平樂》「洛陽愁絶」、《遐方怨》「憑繡檻」、《遐方怨》

「花半坼」、《訴衷情》「鶯語，花舞」、《思帝鄉》「花花，滿枝紅似霞」、《夢江南》「梳洗罷」、《蕃女怨》「萬枝香雪開已遍」、《蕃女怨》「磧南沙上驚雁起」、《荷葉杯》「楚女欲歸南浦」；皇甫松《天仙子》「晴野鷺鷥飛一隻」、《天仙子》「躑躅花開紅照水」、《浪淘沙》「蠻歌豆蔻北人愁」、《摘得新》「酌一巵」、《夢江南》「蘭燼落」、《夢江南》「樓上寢」、《採蓮子》「菡萏香連十頃陂」；韋莊《菩薩蠻》「紅樓別夜堪惆悵」、《菩薩蠻》「人人盡説江南好」、《菩薩蠻》「如今卻憶江南樂」、《菩薩蠻》「洛陽城裏春光好」、《歸國遥》「金翡翠」、《應天長》「緑槐蔭裏黄鶯語」、《荷葉杯》「絶代佳人難得」、《謁金門》「空相憶」、《天仙子》「蟾彩華霜夜不分」、《訴衷情》「碧沼紅芳煙雨静」、《上行杯》「芳草灞陵春岸」、《女冠子》「四月十七」、《更漏子》「鍾鼓寒」、《小重山》「一閉昭陽春又春」；薛昭藴《浣溪沙》「粉上依稀有淚痕」、《浣溪沙》「握手河橋柳似金」、《浣溪沙》「越女淘金春水上」、《浣溪沙》「江館清秋攬客船」、《小重山》「春到長門春草青」、《小重山》「秋到長門秋草黄」、《謁金門》「春滿院」；牛嶠《感恩多》「兩條紅粉淚」、《望江怨》「東風急」、《菩薩蠻》「舞裙香暖金泥鳳」、《菩薩蠻》「緑雲鬢上飛金雀」、《西溪子》「捍撥雙盤金鳳」、《江城子》「鵁鶄飛起郡城東」；張泌《江城子》「浣花溪上見卿卿」、《蝴蝶兒》「蝴蝶兒，晚春時」；毛文錫《更漏子》

「春夜闌，春恨切」、《甘州遍》「秋風緊」、《醉花間》「休相問」、《醉花間》「深相憶」、《巫山一段雲》「雨霽巫山上」、《臨江仙》「暮蟬聲盡落斜陽」；牛希濟《生查子》「春山煙欲收」、《謁金門》「秋已暮」；歐陽炯《三字令》「春欲盡，日遲遲」、《江城子》「晚日金陵岸草平」；和凝《采桑子》「蛸蠐領上訶梨子」、《漁父》「白芷汀寒立鷺鷥」；顧敻《河傳》「棹舉，舟去」、《玉樓春》「月照玉樓春漏促」、《浣溪沙》「雲澹風高葉亂飛」、《訴衷情》「永夜抛人何處去」、《醉公子》「岸柳垂金線」；孫光憲《浣溪沙》「蓼岸風多橘柚香」、《浣溪沙》「蘭沐初休曲檻前」、《浣溪沙》「烏帽斜欹倒佩魚」、《河瀆神》「汾水碧依依」、《後庭花》「石城依舊空江國」、《清平樂》「愁腸欲斷」、《定西番》「雞禄山前遊騎」、《定西番》「帝子枕前秋夜」、《謁金門》「留不得」、《思越人》「渚蓮枯，宫樹老」；魏承班《玉樓春》「寂寂畫堂梁上燕」；鹿虔扆《臨江仙》「金鎖重門荒苑静」；閻選《浣溪沙》「寂寞流蘇冷繡茵」、《河傳》「秋雨，秋雨」；尹鶚《菩薩蠻》「隴雲暗合秋天白」；毛熙震《臨江仙》「幽閨欲曙聞鶯囀」、《清平樂》「春光欲暮」、《南歌子》「遠山愁黛碧」、《菩薩蠻》「梨花滿院飄香雪」；李珣《浣溪沙》「晚出閒庭看海棠」、《巫山一段雲》「古廟依青嶂」、《南鄉子》「蘭棹舉，水紋開」、《南鄉子》「歸路近，扣舷歌」、《南鄉子》「乘彩舫，過蓮塘」、《南鄉子》

「漁市散，渡船稀」、《南鄉子》「相見處，晚晴天」、《菩薩蠻》「回塘風起波紋細」、《河傳》「去去，何處」。

清夏秉衡《清綺軒詞選》，民國二十三年上海掃葉山房石印本：温庭筠《更漏子》「玉爐香」、《遐方怨》「憑繡檻」、《夢江南》「千萬恨」、《夢江南》「梳洗罷」；皇甫松《天仙子》「晴野鷺鷥飛一隻」；韋莊《浣溪沙》「夜夜相思更漏殘」、《荷葉杯》「絶代佳人難得」、《訴衷情》「燭燼香殘簾未卷」、《女冠子》「四月十七」；薛昭藴《女冠子》「求仙去也」、《謁金門》「春滿院」；牛嶠《應天長》「雙眉澹薄藏心事」、《西溪子》「捍撥雙盤金鳳」；張泌《蝴蝶兒》「蝴蝶兒，晚春時」；毛文錫《巫山一段雲》「雨霽巫山上」；歐陽炯《浣溪沙》「相見休言有淚珠」；顧敻《甘州子》「紅樓深夜醉調笙」、《楊柳枝》「秋夜香閨思寂寥」、《醉公子》「漠漠秋雲淡」；孫光憲《浣溪沙》「蘭沐初休曲檻前」、《浣溪沙》「烏帽斜欹倒佩魚」、《風流子》「樓倚長衢欲暮」；魏承班《生查子》「煙雨晚晴天」；尹鶚《滿宫花》「月沉沉，人悄悄」；毛熙震《清平樂》「春光欲暮」、《後庭花》「輕盈舞妓含芳豔」；李珣《浣溪沙》「晚出閒庭看海棠」。

梁啟超《藝蘅館詞選》，廣東人民出版社一九八一年版：温庭筠《菩薩蠻》「小山重疊金明滅」、《菩薩蠻》「水晶簾裏頗黎枕」、《菩薩蠻》「蕊黄無限當山額」、《菩薩蠻》「翠翹金縷雙鸂鶒」、《菩薩蠻》「杏花含露團香雪」、《菩薩蠻》「玉樓明月長相憶」、《菩薩蠻》「鳳凰相對盤金縷」、《菩薩蠻》「牡丹花謝鶯聲歇」、《菩薩蠻》「滿宫明月梨花白」、《菩薩蠻》「寶函鈿雀金鸂鶒」、《菩薩蠻》「南園滿地堆輕絮」、《菩薩蠻》「夜來皓月才當午」、《菩薩蠻》「雨晴夜合玲瓏日」、《菩薩蠻》「竹風輕動庭除冷」、《更漏子》「柳絲長」、《更漏子》「星斗稀」、《更漏子》「玉爐香」、《歸國遥》「香玉」、《定西番》「漢使昔年離别」、《夢江南》「梳洗罷」、《河傳》「湖上，閑望」；皇甫松《摘得新》「酌一卮」、《夢江南》「蘭燼落」；韋莊《菩薩蠻》「紅樓别夜堪惆悵」、《菩薩蠻》「人人盡説江南好」、《菩薩蠻》「如今卻憶江南樂」、《菩薩蠻》「洛陽城裏春光好」、《應天長》「緑槐蔭裏黄鶯語」、《荷葉杯》「絶代佳人難得」、《清平樂》「野花芳草」、《謁金門》「空相憶」；薛昭藴《浣溪沙》「粉上依稀有淚痕」、《浣溪沙》「握手河橋柳似金」、《相見歡》「羅襦繡袂香紅」；牛嶠《應天長》「玉樓春望晴煙滅」、《菩薩蠻》「舞裙香暖金泥鳳」；張泌《南歌子》「柳色遮樓暗」；毛文錫《虞美人》「寶檀金縷鴛鴦枕」、《醉花間》「深相憶」；牛希濟《生查子》「春山煙欲收」、《謁金門》「秋已暮」；歐陽炯《三字令》「春欲暮，日遲遲」；顧敻《荷葉杯》「夜久歌聲怨咽」、《荷葉杯》「一去又乖期信」；孫光憲《清平樂》「等閒無語」、《竹枝》「門前春水白蘋花」、《謁金門》「留不得」；鹿虔扆《臨江仙》「金鎖重門荒苑静」；毛熙震《清平樂》「春光欲暮」；李珣《南鄉子》「歸路近，扣舷歌」、《南鄉子》「漁市散，渡船稀」、《南鄉子》「相見處，晚晴天」、《菩薩蠻》「迴塘風起波紋細」、《西溪子》「金縷翠鈿浮動」。

胡適《詞選》，中華書局二〇〇七年版：温庭筠《菩薩蠻》「小山重疊金明滅」、《菩薩蠻》「玉樓明月長相憶」、《菩薩蠻》「南園滿地堆輕絮」、《更漏子》「玉爐香」、《酒泉子》「花映柳條」、《南歌子》「鬌墮低梳髻」、《訴衷情》「鶯語，花舞」、《夢江南》「梳洗罷」；韋莊《菩薩蠻》「人人盡説江南好」、《菩薩蠻》「如今卻憶江南樂」、《菩薩蠻》「勸君今夜須沉醉」、《菩薩蠻》「洛陽城裏春光好」、《歸國遥》「金翡翠」、《謁金門》「春漏促」、《謁金門》「空相憶」、《思帝鄉》「春日遊」、《訴衷情》「燭燼香殘簾未卷」、《女冠子》「四月十七」、《女冠子》「昨夜夜半」；牛嶠《江城子》「鵁鶄飛起郡城東」；張泌《浣溪沙》「枕障熏爐隔繡幃」、《浣溪沙》「晚逐香車入鳳城」、《江城子》「碧闌干外小中庭」、《蝴蝶兒》「蝴蝶兒，晚春時」；顧夐《訴衷情》「永夜抛人何處去」、《荷葉杯》「夜久歌聲怨咽」、《荷葉杯》「一去又乖期信」；孫光憲《風流子》「茅舍槿籬溪曲」、《思帝鄉》「如何，遣情情更多」；毛熙震《清平樂》「春光欲暮」、《菩薩蠻》「繡簾高軸臨塘看」。

俞陛雲《唐五代兩宋詞選釋》，上海古籍出版社一九八五年版：温庭筠《菩薩蠻》「小山重疊金明滅」、《菩薩蠻》「水晶簾裏頗黎枕」、《菩薩蠻》「翠翹金縷雙鸂鶒」、《菩薩蠻》「南園滿地堆輕絮」、《更漏子》「柳絲長」、《更漏子》「星斗稀」、《更漏子》「背江樓」、《更漏子》「玉爐香」、《清平樂》「洛陽愁絶」、《夢江南》「梳洗罷」、《河傳》「湖上，閑望」、《蕃女怨》「萬枝香雪開已遍」、《蕃女怨》「磧南沙上驚雁起」；皇甫松《摘得新》「酌一卮」、《夢江南》「蘭燼落」；韋莊《浣溪沙》「夜夜相思更漏殘」、《菩薩蠻》「紅樓别夜堪惆悵」、《菩薩蠻》「人人盡説江南好」、《菩薩蠻》「如今卻憶江南樂」、《菩薩蠻》「洛陽城裏春光好」、《荷葉杯》「絶代佳人難得」、《荷葉杯》「記得那年花下」、《清平樂》「野花芳草」、《望遠行》「欲别無言倚畫屏」、《謁金門》「春漏促」、《天仙子》「蟾彩霜華夜不分」、《思帝鄉》「雲髻墜」、《上行杯》「芳草灞陵春岸」、《木蘭花》「獨上小樓春欲暮」、《小重山》「一閉昭陽春又春」；薛昭藴《浣溪沙》「粉上依稀有淚痕」、《浣溪沙》「握手河橋柳似金」、《浣溪沙》「江館清秋攬客船」、《浣溪沙》「越女淘金春水上」、《小重山》「春到長門春草青」、《小重山》「秋到長門秋草黄」、《女冠子》「求仙去也」；牛嶠《更漏子》「南浦情，紅粉淚」、《望江怨》「東風急」、《菩薩蠻》「舞裙香暖金泥鳳」、《菩薩蠻》「緑雲鬢上飛金雀」、《定西番》「紫塞月明千里」、《江城子》「鵁鶄飛起郡城東」；張泌《浣溪沙》「鈿轂香車過柳堤」、《浣溪沙》「翡翠屏開繡幄紅」、《浣溪沙》「偏戴花冠白玉簪」、《南歌子》「柳色遮樓暗」、《南歌子》「岸柳拖煙緑」；毛文錫《更漏子》「春夜闌，春恨切」、《醉花間》「休相問」、《醉花間》「深相憶」、《臨江仙》「暮蟬聲盡落斜陽」；牛希濟《生查子》「春山煙欲收」；歐陽炯《三字令》「春欲暮，日遲遲」、《南鄉子》「畫舸停橈」、《南鄉子》「岸遠沙平」、《南鄉子》「路入南中」、《南鄉子》「袖斂鮫綃」；和凝《小重山》「春入神京萬木芳」、《薄命女》「天欲曉」、《天仙子》「洞口春紅飛簌簌」、《春光好》「蘋葉軟，杏花明」、《漁父》「白芷汀寒立鷺鷥」；顧敻《河傳》「棹舉，舟去」、《玉樓春》「月照玉樓春漏促」、《浣溪沙》「雲澹風高葉亂飛」、《楊柳枝》「秋夜香閨思寂寥」、《荷葉杯》「夜久歌聲怨咽」、《荷葉杯》「一去又乖期信」、《臨江仙》「碧染長空池似鏡」、《醉公子》「漠漠秋雲澹」、《醉公子》「岸柳垂金線」；孫光憲《浣溪沙》「蓼岸風多橘柚香」、《浣溪沙》「花漸凋疏不耐風」、《浣溪沙》「輕打銀箏墜燕泥」、《河傳》「花落，煙薄」、《河傳》「風颭，波斂」、《菩薩蠻》「月華如水籠香砌」、《菩薩蠻》「花冠頻鼓牆頭翼」、《菩薩蠻》「木棉花映叢祠小」、《定西番》「雞禄山前遊騎」、《定西番》「帝子枕前秋夜」；魏承班《生查子》「煙雨晚晴天」；鹿虔扆《臨江仙》「金鎖重門荒苑靜」；尹鶚《臨江仙》「深秋寒夜銀河靜」、《滿宫花》「月沉沉，人悄悄」；毛熙震《清平樂》「春光欲暮」、《菩薩蠻》「梨花滿院飄香雪」；李珣《浣溪沙》「訪舊傷離欲斷魂」、《浣溪沙》「紅藕花香到檻頻」、《南鄉子》「傾緑蟻，泛紅螺」、《南鄉子》「漁市散，渡船稀」、《南鄉子》「攏雲髻，背犀梳」、《南鄉子》「相見處，晚晴天」。

龍榆生《唐宋名家詞選》，上海古籍出版社一九八〇年版：温庭筠《菩薩蠻》「小山重疊金明滅」、《菩薩蠻》「水晶簾裏頗黎枕」、《菩薩蠻》「杏花含露團香雪」、《菩薩蠻》「玉樓明月長相憶」、《菩薩蠻》「寶函鈿雀金鸂鶒」、《菩薩蠻》「南園滿地堆輕絮」、《更漏子》「柳絲長」、《更漏子》「星斗稀」、《更漏子》「玉爐香」、《楊柳枝》「宜春苑外最長條」、《楊柳枝》「蘇小門前柳萬條」、《楊柳枝》「館娃宫外鄴城西」、《楊柳枝》「兩兩黄鸝色似金」、《楊柳枝》「織錦機邊鶯語頻」、《南歌子》「手裏金鸚鵡」、《南歌子》「似帶如絲柳」、《夢江南》「千萬恨」、《夢江南》「梳洗罷」；皇甫松《浪淘沙》「灘頭細草接疏林」、《浪淘沙》「蠻歌豆蔻北人愁」、《夢江南》「蘭燼落」、

「船動湖光灩灩秋」；《夢江南》「樓上寢」、《採蓮子》「菡萏香連十頃陂」、《採蓮子》「船動湖光灩灩秋」；韋莊《浣溪沙》「清曉妝成寒食天」、《浣溪沙》「惆悵夢餘山月斜」、《菩薩蠻》「紅樓別夜堪惆悵」、《菩薩蠻》「人人盡説江南好」、《菩薩蠻》「如今卻憶江南樂」、《菩薩蠻》「洛陽城裏春光好」、《歸國遥》「金翡翠」、《荷葉杯》「絶代佳人難得」、《荷葉杯》「記得那年花下」、《清平樂》「野花芳草」、《清平樂》「鶯啼殘月」、《天仙子》「蟾彩霜華夜不分」、《天仙子》「夢覺銀屏依舊空」、《思帝鄉》「春日遊」、《女冠子》「四月十七」、《女冠子》「昨夜夜半」、《木蘭花》「獨上小樓春欲暮」、《小重山》「一閉昭陽春又春」；薛昭藴《浣溪沙》「傾國傾城恨有餘」、《小重山》「春到長門春草青」；牛嶠《望江怨》「東風急」；張泌《浣溪沙》「鈿轂香車過柳堤」、《浣溪沙》「枕障熏爐隔繡幃」、《柳枝》「膩粉瓊妝透碧紗」、《蝴蝶兒》「蝴蝶兒，晚春時」；毛文錫《醉花間》「休相問」、《應天長》「平江波暖鴛鴦語」；牛希濟《生查子》「春山煙欲收」；歐陽炯《南鄉子》「畫舸停橈」、《南鄉子》「岸遠沙平」、《南鄉子》「路入南中」、《獻衷心》「見好花顔色」、《江城子》「晚日金陵岸草平」；顧敻《虞美人》「深閨春色勞思想」、《河傳》「棹舉，舟去」、《訴衷情》「永夜抛人何處去」、《醉公子》「漠漠秋雲澹」、《醉公子》「岸柳垂金線」；孫光憲《浣溪沙》「蓼岸風多橘柚香」、《浣溪沙》「半踏長裾宛約行」、《浣溪沙》「輕打銀箏墜燕泥」、《浣溪沙》「烏帽斜欹倒佩魚」、《酒泉子》「空磧無邊」、《八拍蠻》「孔雀尾拖金線長」、《竹枝》「門前春水白蘋花」、《竹枝》「亂繩千結絆人深」、《思帝鄉》「如何，遣情情更多」、《謁金門》「留不得」、《楊柳枝》「有池有榭即濛濛」、《漁歌子》「泛流螢，明又滅」；鹿虔扆《臨江仙》「金鎖重門荒苑靜」；閻選《八拍蠻》「愁鎖黛眉煙易慘」；尹鶚《菩薩蠻》「隴雲暗合秋天白」；李珣《漁歌子》「荻花秋，瀟湘夜」、《漁歌子》「九疑山，三湘水」、《巫山一段雲》「古廟依青嶂」、《南鄉子》「蘭棹舉，水紋開」、《南鄉子》「乘采舫，過蓮塘」、《南鄉子》「傾綠蟻，泛紅螺」、《南鄉子》「漁市散，渡船稀」、《南鄉子》「相見處，晚晴天」、《河傳》「去去，何處」。

俞平伯《唐宋詞選釋》，人民文學出版社一九七九年版：温庭筠《菩薩蠻》「小山重疊金明滅」、《菩薩蠻》「水晶簾裏頗黎枕」、《菩薩蠻》「滿宫明月梨花白」、《菩薩蠻》「夜來皓月才當午」、《更漏子》「柳絲長」、《更漏子》「玉爐香」、《楊柳枝》「織錦機邊鶯語頻」、《南歌子》「手裏金鸚鵡」、《夢江南》「梳洗罷」；皇甫松《浪淘沙》「灘頭細草接疏林」、《夢江南》「蘭燼落」、《夢江南》「樓上寢」、《採蓮子》「菡萏香連十頃陂」、《採蓮子》「船動湖光灩灩秋」；韋莊《浣溪沙》「惆悵夢餘山月斜」、《浣溪沙》「夜夜相思更漏殘」、《菩薩蠻》「紅樓别夜堪惆悵」、《菩薩蠻》「人人盡説江南好」、《菩薩蠻》「洛陽城裏春光好」、《思帝鄉》「春日遊」、《女冠子》「四月十七」；薛昭藴《浣溪沙》「紅蓼渡頭秋正雨」、《浣溪沙》「粉上依稀有淚痕」；張泌《浣溪沙》「馬上凝情憶舊遊」、《胡蝶兒》「胡蝶兒，晚春時」；牛希濟《生查子》「春山煙欲收」；歐陽炯《南鄉子》「畫舸停橈」、《南鄉子》「岸遠沙平」、《南鄉子》「路入南中」、《江城子》「晚日金陵岸草平」；顧敻《訴衷情》「永夜抛人何處去」；孫光憲《浣溪沙》「蓼岸風多橘柚香」、《菩薩蠻》「木棉花映叢祠小」、《竹枝》「門前春水白蘋花」；李珣《南鄉子》「乘彩舫，過蓮塘」、《南鄉子》「漁市散，渡船稀」、《南鄉子》「相見處，晚晴天」。

唐圭璋《唐宋詞簡釋》，上海古籍出版社一九八一年版：温庭筠《菩薩蠻》「小山重疊金明滅」、《菩薩蠻》「玉樓明月長相憶」、《菩薩蠻》「寶函鈿雀金鸂鶒」、《更漏子》「玉爐香」、《南歌子》「鬌墮低梳髻」、《夢江南》「千萬恨」、《夢江南》「梳洗罷」、《河傳》「湖上，閑望」；皇甫松《夢江南》「蘭燼落」、《夢江南》「樓上寢」；韋莊《浣溪沙》「夜夜相思更漏殘」、《菩薩蠻》「紅樓别夜堪惆悵」、《菩薩蠻》「人人盡説江南好」、《菩薩蠻》「如今卻憶江南樂」、《菩薩蠻》「洛陽城裏春光好」、《應天長》

「緑槐蔭裏黄鶯語」、《荷葉杯》「記得那年花下」、《女冠子》「四月十七」、《女冠子》「昨夜夜半」；薛昭藴《謁金門》「春滿院」；牛嶠《菩薩蠻》「舞裙香暖金泥鳳」、《西溪子》「捍撥雙盤金鳳」；牛希濟《生查子》「春山煙欲收」；歐陽炯《三字令》「春欲暮，日遲遲」；顧敻《荷葉杯》「一去又乖期信」；孫光憲《謁金門》「留不得」；鹿虔扆《臨江仙》「金鎖重門荒苑静」。

唐圭璋、潘君昭、曹濟平等《唐宋詞選注》，北京出版社一九八二年版：温庭筠《菩薩蠻》「小山重疊金明滅」、《菩薩蠻》「寶函鈿雀金鸂鶒」、《更漏子》「玉爐香」、《南歌子》「手裏金鸚鵡」、《南歌子》「懶拂鴛鴦枕」、《夢江南》「千萬恨」、《夢江南》「梳洗罷」、《河傳》「湖上，閑望」；皇甫松《夢江南》「蘭燼落」、《摘得新》「酌一卮」；韋莊《菩薩蠻》「紅樓别夜堪惆悵」、《菩薩蠻》「人人盡説江南好」、《菩薩蠻》「如今卻憶江南樂」、《菩薩蠻》「勸君今夜須沉醉」、《菩薩蠻》「洛陽城裏春光好」、《荷葉杯》「絶代佳人難得」、《荷葉杯》「記得那年花下」、《思帝鄉》「春日遊」、《女冠子》「四月十七」、《女冠子》「昨夜夜半」；牛嶠《夢江南》「銜泥燕」、《夢江南》「紅繡被」；牛希濟《生查子》「春山煙欲收」；歐陽炯《南鄉子》「畫舸停橈」、《南鄉子》「岸遠沙平」、《南鄉子》「路入南中」；和凝《春光好》「蘋葉軟，杏花明」；顧敻

《訴衷情》「永夜抛人何處去」；孫光憲《浣溪沙》「蓼岸風多橘柚香」、《漁歌子》「泛流螢」、《謁金門》「留不得」、《風流子》「茅舍槿籬溪曲」；鹿虔扆《臨江仙》「金鎖重門荒苑静」；李珣《巫山一段雲》「古廟依青嶂」、《南鄉子》「乘彩舫」、《南鄉子》「傾緑蟻」、《南鄉子》「漁市散」、《南鄉子》「相見處」、《河傳》：「去去，何處」。

夏承燾《唐宋詞選》，中國青年出版社一九五九年版：温庭筠《菩薩蠻》「寶函鈿雀金鸂鶒」、《夢江南》「梳洗罷」；皇甫松《夢江南》「蘭燼落」；韋莊《菩薩蠻》「人人盡説江南好」、《思帝鄉》「春日遊」、《木蘭花》「獨上小樓春欲暮」；張泌《蝴蝶兒》「蝴蝶兒，晚春時」；牛希濟《生查子》「春山煙欲收」；歐陽炯《南鄉子》「畫舸停橈」、《南鄉子》「岸遠沙平」、《南鄉子》「路入南中」；李珣《南鄉子》「乘彩舫，過蓮塘」、《南鄉子》「相見處，晚晴天」。

中國社會科學院文學研究所《唐宋詞選》，人民文學出版社一九八一年版：温庭筠《菩薩蠻》「水晶簾裏頗黎枕」、《菩薩蠻》「南園滿地堆輕絮」、《更漏子》「玉爐香」、《夢江南》「梳洗罷」；皇甫松《夢江南》「蘭燼落」；韋莊《菩薩蠻》「人人盡説江南好」、《菩薩蠻》「洛陽城裏春光好」、《謁金門》「春漏促」；張泌《浣溪沙》「鈿轂香車過柳堤」、《甘州遍》「秋風緊」；牛希濟《生查子》「春山煙欲收」；歐陽炯《南鄉子》「畫舸停橈」、《南鄉子》「岸遠沙平」、《南鄉子》「洞口誰家」、《江城子》「晚日金陵岸草平」；孫光憲《風流子》「茅舍槿籬溪曲」、《定西番》「雞禄山前遊騎」、《思帝鄉》「如何，遣情情更多」；鹿虔扆《臨江仙》「金鎖重門荒苑靜」；李珣《巫山一段雲》「古廟依青嶂」、《南鄉子》「歸路近，扣舷歌」。

張璋《歷代詞萃》，河南人民出版社一九八三年版：温庭筠《菩薩蠻》「小山重疊金明滅」、《菩薩蠻》「玉樓明月長相憶」、《南歌子》「手裏金鸚鵡」、《夢江南》「千萬恨」、《夢江南》「梳洗罷」；皇甫松《摘得新》「摘得新」、《夢江南》「蘭燼落」、《採蓮子》「菡萏香連十頃陂」、《採蓮子》「船動湖光灩灩秋」；韋莊《浣溪沙》「惆悵夢餘山月斜」、《菩薩蠻》「紅樓別夜堪惆悵」、《菩薩蠻》「人人盡説江南好」、《菩薩蠻》「如今卻憶江南樂」、《菩薩蠻》「洛陽城裏春光好」、《荷葉杯》「記得那年花下」、《謁金門》「空相憶」、《思帝鄉》「春日遊」、《女冠子》「四月十七」、《女冠子》「昨夜夜半」；薛昭藴《浣溪沙》「粉上依稀有淚痕」；牛嶠《感恩多》「兩條紅粉淚」、《望江怨》「東風急」；張泌《江城子》「碧闌干外小中庭」、《江城子》「浣花溪上見卿卿」、《蝴蝶兒》「蝴蝶兒，晚春時」；毛文錫《醉花間》「休相問」、《醉花間》「深相憶」；牛希濟《生查子》「春山煙欲收」；歐陽炯《南鄉子》「嫩草如煙」、《南鄉子》「畫舸停橈」、《江城子》「晚日金陵岸草平」；和凝《春光好》「蘋葉軟，杏花明」、《漁父》「白芷汀寒立鷺鷥」；顧敻《訴衷情》「永夜抛人何處去」；孫光憲《酒泉子》「空磧無邊」、《定西番》「帝子枕前秋夜」、《思帝鄉》「如何，遣情情更多」、《謁金門》「留不得」；魏承班《生查子》「煙雨晚晴天」；鹿虔扆《臨江仙》「金鎖重門荒苑靜」；閻選《河傳》「秋雨，秋雨」；尹鶚《滿宮花》「月沉沉，人悄悄」；毛熙震《清平樂》「春光欲暮」；李珣《浣溪沙》「晚出閒庭看海棠」、《巫山一段雲》「古廟依青嶂」、《南鄉子》「蘭棹舉，水紋開」、《南鄉子》「乘彩舫，過蓮塘」、《河傳》「去去，何處」。

劉永濟《唐五代兩宋詞簡析》，上海古籍出版社一九八一年版：温庭筠《菩薩蠻》「小山重疊金明滅」、《菩薩蠻》「翠翹金縷雙鸂鶒」；皇甫松《採蓮子》「菡萏香連十頃陂」、《採蓮子》「船動湖光灩灩秋」；韋莊《女冠子》「四月十七」、《女冠子》「昨夜夜夜半」、《小重山》「一閉昭陽春又春」；牛嶠《夢江南》「銜泥燕」、《夢江南》「紅繡被」、《菩薩蠻》「玉爐冰簟鴛鴦錦」、《西溪子》「捍撥雙盤金鳳」；張泌《江城子》「碧闌干外小中庭」、《江城子》「浣花溪上見卿卿」；歐陽炯《南鄉子》「嫩草如煙」、《南鄉子》「畫舸停橈」、《南鄉子》「岸遠沙平」、《南鄉子》「路入南中」；和凝《采桑子》「蝤蠐領上訶梨子」；顧敻《訴衷情》「永夜抛人何處去」；孫光憲《浣溪沙》

「風遞殘香出繡簾」、《謁金門》「留不得」；李珣《漁歌子》「楚山青，湘水緑」、《漁歌子》「荻花秋，瀟湘夜」、《南鄉子》「歸路近，扣舷歌」、《南鄉子》「傾緑蟻，泛紅螺」、《南鄉子》「相見處，晚晴天」。

《唐宋詞鑒賞辭典》，上海辭書出版社一九八八年版：温庭筠《菩薩蠻》「小山重疊金明滅」、《菩薩蠻》「水晶簾裏頗黎枕」、《菩薩蠻》「翠翹金縷雙鸂鶒」、《菩薩蠻》「杏花含露團香雪」、《菩薩蠻》「玉樓明月長相憶」、《菩薩蠻》「寶函鈿雀金鸂鶒」、《菩薩蠻》「南園滿地堆輕絮」、《菩薩蠻》「夜來皓月才當午」、《更漏子》「柳絲長」、《更漏子》「星斗稀」、《更漏子》「玉爐香」、《酒泉子》「楚女不歸」、《酒泉子》「羅帶惹香」、《楊柳枝》「館娃宫外鄴城西」、《楊柳枝》「織錦機邊鶯語頻」、《南歌子》「懶拂鴛鴦枕」、《夢江南》「千萬恨」、《夢江南》「梳洗罷」、《河傳》「湖上，閑望」、《蕃女怨》「萬枝香雪開已遍」、《蕃女怨》「磧南沙上驚雁起」；皇甫松《天仙子》「晴野鷺鷥飛一隻」、《浪淘沙》「灘頭細草接疏林」、《夢江南》「蘭燼落」、《夢江南》「樓上寢」、《採蓮子》「菡萏香連十頃陂」、《採蓮子》「船動湖光灩灩秋」；韋莊《浣溪沙》「惆悵夢餘山月斜」、《浣溪沙》「夜夜相思更漏殘」、《菩薩蠻》「紅樓別夜堪惆悵」、《菩薩蠻》「人人盡説江南好」、《菩薩蠻》「如今卻憶江南樂」、《菩薩蠻》「勸君今夜須沉醉」、《菩薩蠻》「洛陽城裏春光好」、《歸國遥》「金翡翠」、《應天長》「緑槐蔭裏黄鶯語」、《應天長》「别來半歲音書絶」、《荷葉杯》「記得那年花下」、《清平樂》「野花芳草」、《清平樂》「鶯啼殘月」、《謁金門》「春漏促」、《謁金門》「空相憶」、《天仙子》「夢覺銀屏依舊空」、《思帝鄉》「春日遊」、《女冠子》「四月十七」、《女冠子》「昨夜夜半」、《更漏子》「鐘鼓寒」、《木蘭花》「獨上小樓春欲暮」；薛昭藴《浣溪沙》「紅蓼渡頭秋正雨」、《浣溪沙》「傾國傾城恨有餘」、《謁金門》「春滿院」；牛嶠《楊柳枝》「吴王宮裏色偏深」、《更漏子》「星漸稀，漏頻轉」、《望江怨》「東風急」、《菩薩蠻》「舞裙香暖金泥鳳」、《菩薩蠻》「玉爐冰簟鴛鴦錦」、《定西番》「紫塞月明千里」、《江城子》「鵁鶄飛起郡城東」；張泌《浣溪沙》「鈿轂香車過柳堤」、《浣溪沙》「晚逐香車入鳳城」、《臨江仙》「煙收湘渚秋江静」、《柳枝》「膩粉瓊妝透碧紗」、《江城子》「碧闌干外小中庭」、《江城子》「浣花溪上見卿卿」、《河瀆神》「古樹噪寒鴉」、《蝴蝶兒》「蝴蝶兒，晚春時」、《更漏子》「春夜闌，春恨切」、《甘州遍》「秋風緊」；毛文錫《醉花間》「休相問」、《應天長》「平江波暖鴛鴦語」、《臨江仙》「暮蟬聲盡落斜陽」；牛希濟《臨江仙》「洞庭波浪颭晴天」、《生查子》「春山煙欲收」；歐陽炯《三字令》「春欲暮，日遲遲」、《南鄉子》「岸遠沙平」、《南鄉子》「路入南中」、《獻衷心》

「見好花顔色」、《江城子》「晚日金陵岸草平」；和凝《天仙子》「洞口春紅飛蔌蔌」、《春光好》「蘋葉軟，杏花明」；顧夐《虞美人》「深閨春色勞思想」、《楊柳枝》「秋夜香閨思寂寥」、《訴衷情》「永夜抛人何處去」；孫光憲《浣溪沙》「蓼岸風多橘柚香」、《浣溪沙》「半踏長裾宛約行」、《風流子》「茅舍槿籬溪曲」、《竹枝》「門前春水白蘋花」、《思帝鄉》「如何，遣情情更多」、《上行杯》「離棹逡巡欲動」、《謁金門》「留不得」、《漁歌子》「泛流螢，明又滅」；魏承班《訴衷情》「銀漢雲晴玉漏長」；鹿虔扆《臨江仙》「金鎖重門荒苑靜」；閻選《浣溪沙》「寂寞流蘇冷繡茵」、《八拍蠻》「愁鎖黛眉煙易慘」；尹鶚《臨江仙》「深秋寒夜銀河靜」、《菩薩蠻》「隴雲暗合秋天白」；毛熙震《臨江仙》「幽閨欲曙聞鶯囀」、《清平樂》「春光欲暮」、《菩薩蠻》「梨花滿院飄香雪」；李珣《浣溪沙》「訪舊傷離欲斷魂」、《浣溪沙》「紅藕花香到檻頻」、《巫山一段雲》「古廟依青嶂」、《南鄉子》「煙漠漠，雨淒淒」、《南鄉子》「乘彩舫，過蓮塘」、《菩薩蠻》「迴塘風起波紋細」、《河傳》「去去，何處」。

黄進德《唐五代詞選集》，上海古籍出版社一九九三年版：温庭筠《菩薩蠻》「小山重疊金明滅」、《菩薩蠻》「水晶簾裏頗黎枕」、《菩薩蠻》「蕊黄無限當山額」、《菩薩蠻》「翠翹金縷雙鸂鶒」、《菩薩蠻》「杏花含露團香雪」、《菩薩蠻》「玉樓明月長相憶」、《菩薩蠻》「牡丹花謝鶯聲歇」、《菩薩蠻》「滿宮明月梨花白」、《菩薩蠻》「夜來皓月才當午」、「寶函鈿雀金鸂鶒」、《菩薩蠻》「南園滿地堆輕絮」、《菩薩蠻》「夜來皓月才當午」、《更漏子》「星斗稀」、《菩薩蠻》「竹風輕動庭除冷」、《更漏子》「柳絲長」、《更漏子》「星斗稀」、「金雀釵」、《更漏子》「相見稀」、《更漏子》「背江樓」、《更漏子》「玉爐香」、《酒泉子》「楚女不歸」、《酒泉子》「羅帶惹香」、《楊柳枝》「宜春苑外最長條」、《楊柳枝》「館娃宮外鄴城西」、《楊柳枝》「織錦機邊鶯語頻」、《南歌子》「手裏金鸚鵡」、《南歌子》「鬌墮低梳髻」、《清平樂》「洛陽愁絶」、《訴衷情》「鶯語，花舞」、《夢江南》「千萬恨」、《夢江南》「梳洗罷」、《河傳》「湖上，閑望」、《蕃女怨》「萬枝香雪開已遍」、《蕃女怨》「磧南沙上驚雁起」；皇甫松《天仙子》「晴野鷺鷥飛一隻」、《浪淘沙》「灘頭細草接疏林」、《摘得新》「酌一巵」、《夢江南》「蘭燼落」、《夢江南》「樓上寢」、《採蓮子》「菡萏香連十頃陂」、《採蓮子》「船動湖光灩灩秋」；韋莊《浣溪沙》「惆悵夢餘山月斜」、《浣溪沙》「夜夜相思更漏殘」、《菩薩蠻》「紅樓別夜堪惆悵」、《菩薩蠻》「人人盡説江南好」、《菩薩蠻》「如今却憶江南樂」、《菩薩蠻》「勸君今夜須沉醉」、《菩薩蠻》「洛陽城裏春光好」、《歸國遥》「金翡翠」、《應天長》「緑槐蔭裏黄鶯語」、《應天長》「別來半歲音書絶」、《荷葉杯》「絶代佳人難得」、《荷葉杯》「記得那年花下」、《清平樂》「野花芳草」、《清平樂》「鶯啼殘月」、《謁金門》「春漏促」、《謁金門》「空相憶」、《河傳》「何處，煙雨」、《河傳》「春晚，風暖」、《天仙子》「蟾彩霜華夜不分」、《天仙子》「夢覺銀屏依舊空」、《女冠子》「四月十七」、《女冠子》「昨夜夜半」、《更漏子》「鐘鼓寒」、《木蘭花》「獨上小樓春欲暮」、《小重山》「一閉昭陽春又春」；薛昭藴《浣溪沙》「紅蓼渡頭秋正雨」、《浣溪沙》「粉上依稀有淚痕」、《浣溪沙》「握手河橋柳似金」、《浣溪沙》「傾國傾城恨有餘」、《離別難》「寶馬曉鞴雕鞍」、《謁金門》「春滿院」；牛嶠《楊柳枝》「解凍風來末上青」、《夢江南》「銜泥燕」、《夢江南》「紅繡被」、《更漏子》「星漸稀，漏頻轉」、《望江怨》「東風急」、《菩薩蠻》「舞裙香暖金泥鳳」、《菩薩蠻》「玉爐冰簟鴛鴦錦」、《定西番》「紫塞月明千里」、《西溪子》「捍撥雙盤金鳳」、《江城子》「鵁鶄飛起郡城東」；張泌《浣溪沙》「鈿轂香車過柳堤」、《臨江仙》「煙收湘渚秋江靜」、《江城子》「碧闌干外小中庭」、《江城子》「浣花溪上見卿卿」、《蝴蝶兒》「蝴蝶兒，晚春時」、《更漏子》「春夜闌，春恨切」、《甘州遍》「秋風緊」、《醉花間》「休相問」、《臨江仙》「暮蟬聲盡落斜陽」；牛希濟《臨江仙》「洞庭波浪颭晴天」、《生查子》「春山煙欲收」；歐陽炯《三字令》「春欲暮，日遲遲」、《南鄉子》「嫩草如煙」、《南鄉子》「畫舸停橈」、《南鄉子》「岸遠沙平」、《南鄉子》「洞口誰家」、《南鄉子》「路入南中」、《獻衷心》「見好花顔色」、《江城子》「晚日金陵岸草平」；和凝《薄命女》「天欲曉」、《天仙子》「洞口春紅飛簌簌」、《春光好》「蘋葉軟，杏花明」、《采桑子》「蝤蠐領上訶梨子」、《漁父》「白芷汀寒立鷺鷥」；顧夐《虞美人》「深閨春色勞思想」、《河傳》「棹舉，舟去」、《楊柳枝》「秋夜香閨思寂寥」、《訴衷情》「永夜抛人何處去」、《荷葉杯》「一去又乖期信」、《醉公子》「岸柳垂金線」；孫光憲《浣溪沙》「蓼岸風多橘柚香」、《浣溪沙》「半踏長裾宛約行」、《浣溪沙》「蘭沐初休曲檻前」、《浣溪沙》「輕打銀箏墜燕泥」、《浣溪沙》「烏帽斜欹倒佩魚」、《菩薩蠻》「木棉花映叢祠小」、《後庭花》「石城依舊空江國」、《酒泉子》「空磧無邊」、《風流子》「茅舍槿籬溪曲」、《風流子》「樓倚長衢欲暮」、《定西番》「雞禄山前遊騎」、《八拍蠻》「孔雀尾拖金線長」、《竹枝》「門前春水白蘋花」、《思帝鄉》「如何，遣情情更多」、《上行杯》「離棹逡巡欲動」、《謁金門》「留不得」、《漁歌子》「泛流螢，明又滅」；魏承班《玉樓春》「寂寂畫堂梁上燕」、《訴衷情》「銀漢雲晴玉漏長」；鹿虔扆《臨江仙》「金鎖重門荒苑静」、《思越人》「翠屏欹，銀燭背」；閻選《浣溪沙》「寂寞流蘇冷繡茵」、《八拍蠻》「愁鎖黛眉煙易慘」、《河傳》「秋雨，秋雨」；尹鶚《臨江仙》「深秋寒夜銀河静」、《醉公子》「暮煙籠蘚砌」、《菩薩蠻》「隴雲暗合秋天白」；毛熙震《臨江仙》「幽閨欲曙聞鶯囀」、《清平樂》「春光欲暮」、《後庭花》「鶯啼燕語芳菲節」、《菩薩蠻》「梨花滿院飄香雪」；李珣《浣溪沙》「晚出閒庭看海棠」、《浣溪沙》「訪舊傷離欲斷魂」、《浣溪沙》「紅藕花香到檻頻」、《漁歌子》「楚山青，湘水緑」、《漁歌子》「荻花秋，瀟湘夜」、《漁歌子》「柳垂絲，花滿樹」、《巫山一段雲》「古廟依青嶂」、《南鄉子》「蘭棹舉，水紋開」、《南鄉子》「歸路近，扣舷歌」、《南鄉子》「乘彩舫，過蓮塘」、《南鄉子》「傾緑蟻，泛紅螺」、《南鄉子》「漁市散，渡船稀」、《南鄉子》「相見處，晚晴天」、《酒泉子》「秋雨聯綿」、《酒泉子》「秋月嬋娟」、《菩薩蠻》「迴塘風起波紋細」、《菩薩蠻》「隔簾微雨雙飛燕」、《河傳》「去去，何處」。

明程明善《嘯餘譜》，《續修四庫全書》本：温庭筠《菩薩蠻》「玉樓明月長相憶」、《更漏子》「玉爐香」、《歸國遥》「香玉」、《酒泉子》「羅帶惹香」、《楊柳枝》「館娃宫外鄴城西」、《南歌子》「轉盼如波眼」、《河瀆神》「孤廟對寒潮」、《玉蝴蝶》「秋風淒切傷離」、《遐方怨》「憑繡檻」、《夢江南》「千萬恨」、《河傳》「湖上，閑望」、《蕃女怨》「萬枝香雪開已遍」、《荷葉杯》「楚女欲歸南浦」；皇甫松《天仙子》「晴野鷺鷥飛一隻」、《浪淘沙》「灘頭細草接疏林」、《摘得新》「摘得新」、《夢江南》「蘭燼落」、《採蓮子》「菡萏香連十頃陂」；韋莊《菩薩蠻》「洛陽城裏春光好」、《歸國遥》

「春欲暮」、《應天長》「緑槐陰裏黄鶯語」、《荷葉杯》「絶代佳人難得」、《清平樂》「鶯啼殘月」、《望遠行》「欲别無言倚畫屏」、《謁金門》「空相憶」、《河傳》「錦浦，春女」、《思帝鄉》「春日遊」、《訴衷情》「碧沼紅芳煙雨淨」、《上行杯》「芳草灞陵春岸」、《女冠子》「四月十七」、《酒泉子》「月落星沉」、《木蘭花》「獨上小樓春欲暮」、《小重山》「一閉昭陽春又春」；薛昭藴《浣溪沙》「紅蓼渡頭秋正雨」、《浣溪沙》「粉上依稀有淚痕」、《喜遷鶯》「金門曉」、《離别難》「寶馬曉鞴雕鞍」、《相見歡》「羅襦繡袂香紅」、《女冠子》「求仙去也」；牛嶠《感恩多》「兩條紅粉淚」、《感恩多》「自從南浦别」、《應天長》「雙眉澹薄藏心事」、《望江怨》「東風急」、《酒泉子》「記得去年」、《西溪子》「捍撥雙盤金鳳」、《江城子》「鵁鶄飛起郡城東」、《江城子》「極浦煙消水鳥飛」；張泌《河傳》「渺莽，雲水」、《河傳》「紅杏，交枝相映」、《酒泉子》「紫陌青門」、《生查子》「相見稀，喜相見」、《滿宫花》「花正芳，樓似綺」、《南歌子》「岸柳拖煙緑」；毛文錫《虞美人》「寶檀金縷鴛鴦枕」、《酒泉子》「緑樹春深」、《喜遷鶯》「芳春景，曖晴煙」、《贊成功》「海棠未坼」、《西溪子》「昨夜西溪遊賞」、《中興樂》「豆蔻花繁煙豔深」、《更漏子》「春夜闌，春恨切」、《接賢賓》「香韉鏤襜五花驄」、《贊浦子》「錦帳添香睡」、《甘州遍》「春光好」、《紗窗恨》「新春燕子還來至」、《紗窗恨》

「雙雙蝶翅塗鉛粉」、《柳含煙》「隋堤柳」、《柳含煙》「河橋柳」、《醉花間》「深相憶」、《月宫春》「水晶宫裏桂花開」、《戀情深》「滴滴銅壺寒漏咽」、《訴衷情》「桃花流水漾縱横」、《應天長》「平江波暖鴛鴦語」、《河滿子》「紅粉樓前月照」、《巫山一段雲》「雨霽巫山上」；牛希濟《生查子》「春山煙欲收」、《中興樂》「池塘暖碧浸晴暉」；歐陽炯《南鄉子》「嫩草如煙」、《南鄉子》「岸遠沙平」、《獻衷心》「見好花顔色」、《賀明朝》「憶昔花間初識面」、《賀明朝》「憶昔花間相見後」、《江城子》「晚日金陵岸草平」、《鳳樓春》「鳳髻緑雲叢」；和凝《小重山》「春入神京萬木芳」、《臨江仙》「海棠香老春江晚」、《山花子》「銀字笙寒調正長」、《河滿子》「寫得魚箋無限」、《薄命女》「天欲曉」、《望梅花》「春草全無消息」、《春光好》「紗窗暖，畫屏閑」、《春光好》「蘋葉軟，杏花明」、《采桑子》「蝤蠐領上訶梨子」、《漁父》「白芷汀寒立鷺鷥」；顧夐《虞美人》「曉鶯啼破相思夢」、《河傳》「燕颺，晴景」、《河傳》「曲檻，春晚」、《河傳》「棹舉，舟去」、《甘州子》「每逢清夜與良晨」、《玉樓春》「月照玉樓春漏促」、《酒泉子》「掩卻菱花」、《酒泉子》「水碧風清」、《酒泉子》「黛怨紅羞」、《楊柳枝》「秋夜香閨思寂寥」、《遐方怨》「簾影細，簟紋平」、《獻衷心》「繡鴛鴦帳暖」、《訴衷情》「永夜抛人何處去」、《荷葉杯》「歌發誰家筵上」、《漁歌子》「曉風清，幽沼緑」、

《臨江仙》「碧染長空池似鏡」、《醉公子》「岸柳垂金線」；孫光憲《河傳》「太平天子」、《河傳》「柳拖金縷」、《河傳》「風颭，波斂」、《後庭花》「景陽鐘動宮鶯囀」、《後庭花》「石城依舊空江國」、《生查子》「暖日策花驄」、《生查子》「金井墮高桐」、《酒泉子》「空磧無邊」、《清平樂》「愁腸欲斷」、《定西番》「帝子枕前秋夜」、《河滿子》「冠劍不隨君去」、《玉蝴蝶》「春欲盡，景仍長」、《八拍蠻》「孔雀尾拖金線長」、《思帝鄉》「如何，遣情情更多」、《上行杯》「草草離亭鞍馬」、《上行杯》「離棹逡巡欲動」、《思越人》「古臺平，芳草遠」、《楊柳枝》「閶門風暖落花乾」、《望梅花》「數枝開與短牆平」、《漁歌子》「泛流螢，明又滅」；魏承班《木蘭花》「小芙蓉，香旖旎」、《生查子》「煙雨晚晴天」、《黄鐘樂》「池塘煙暖草萋萋」、《漁歌子》「柳如眉，雲似髮」；鹿虔扆《臨江仙》「金鎖重門荒苑靜」；閻選《臨江仙》「十二高峰天外寒」、《八拍蠻》「雲鎖嫩黄煙柳細」、《河傳》「秋雨，秋雨」；尹鶚《滿宮花》「月沉沉，人悄悄」、《杏園芳》「嚴妝嫩臉花明」；毛熙震《女冠子》「碧桃紅杏」、《清平樂》「春光欲暮」、《南歌子》「遠山愁黛碧」、《河滿子》「寂寞芳菲暗度」、《木蘭花》「掩朱扉，鉤翠箔」、《後庭花》「鶯啼燕語芳菲節」、《酒泉子》「鈿匣舞鸞」；李珣《南鄉子》「煙漠漠，雨淒淒」、《酒泉子》「秋雨聯綿」、《酒泉子》「秋月嬋娟」、《望遠行》「春日遲遲思寂寥」、《菩薩蠻》

「迴塘風起波紋細」、《西溪子》「金縷翠鈿浮動」、《河傳》「去去，何處」。

清賴以邠《填詞圖譜》，《詞學全書》本，北京書店一九八四年版：温庭筠《更漏子》「玉爐香」、《歸國遥》「雙臉」、《酒泉子》「羅帶惹香」、《南歌子》「轉盼如波眼」、《河瀆神》「孤廟對寒潮」、《玉蝴蝶》「秋風淒切傷離」、《遐方怨》「憑繡檻」、《夢江南》「千萬恨」、《河傳》「湖上，閑望」、《蕃女怨》「萬枝香雪開已遍」、《荷葉杯》「楚女欲歸南浦」；皇甫松《天仙子》「晴野鷺鷥飛一隻」、《浪淘沙》「蠻歌豆蔻北人愁」、《摘得新》「摘得新」、《採蓮子》「菡萏香連十頃陂」、《採蓮子》「船動湖光灩灩秋」；韋莊《應天長》「緑槐蔭裏黄鶯語」、《荷葉杯》「絶代佳人難得」、《望遠行》「欲别無言倚畫屏」、《謁金門》「空相憶」、《河傳》「錦浦，春女」、《思帝鄉》「雲髻墜」、《思帝鄉》「春日遊」、《訴衷情》「碧沼紅芳煙雨淨」、《女冠子》「四月十七」、《酒泉子》「月落星沉」、《木蘭花》「獨上小樓春欲暮」、《小重山》「一閉昭陽春又春」；薛昭藴《浣溪沙》「粉上依稀有淚痕」、《喜遷鶯》「金門曉」、《離别難》「寶馬曉鞴雕鞍」、《相見歡》「羅襦繡袂香紅」；牛嶠《感恩多》「兩條紅粉淚」、《感恩多》「自從南浦别」、《望江怨》「東風急」、《酒泉子》「記得去年」、《西溪子》「捍撥雙盤金鳳」、《江城子》「鵁鶄飛起郡城東」、《江城子》「極浦煙消水鳥飛」；張泌《河傳》「渺莽，雲水」、《河傳》「紅杏，交枝相映」、《酒泉子》「春雨打窗」、《酒泉子》「紫陌青門」、《生查子》「相見稀，喜相見」、《滿宫花》「花正芳，樓似綺」、《南歌子》「岸柳拖煙緑」、《蝴蝶兒》「蝴蝶兒，晚春時」；毛文錫《酒泉子》「緑樹春深」、《喜遷鶯》「芳春景，曖晴煙」、《贊成功》「海棠未坼」、《西溪子》「昨夜西溪遊賞」、《中興樂》「豆蔻花繁煙豔深」、《接賢賓》「香韉鏤襜五花驄」、《贊浦子》「錦帳添香睡」、《甘州遍》「春光好」、《紗窗恨》「新春燕子還來至」、《紗窗恨》「雙雙蝶翅塗鉛粉」、《柳含煙》「隋堤柳」、《柳含煙》「河橋柳」、《醉花間》「深相憶」、《月宫春》「水晶宫裏桂花開」、《戀情深》「滴滴銅壺寒漏咽」、《訴衷情》「桃花流水漾縱横」、《應天長》「平江波暖鴛鴦語」、《河滿子》「紅粉樓前月照」、《巫山一段雲》「雨霽巫山上」；牛希濟《生查子》「春山煙欲收」、《中興樂》「池塘暖碧浸晴暉」、《三字令》「春欲暮，日遲遲」、《南鄉子》「嫩草如煙」、《南鄉子》「岸遠沙平」、《獻衷心》「見好花顔色」、《賀明朝》「憶昔花間初識面」、《賀明朝》「憶昔花間相見後」、《江城子》「晚日金陵岸草平」、《鳳樓春》「鳳髻緑雲叢」；和凝《臨江仙》「海棠香老春江晚」、《山花子》「鶯錦蟬縠馥麝臍」、《薄命女》「天欲曉」、《望梅花》「春草全無消息」、《春光好》「紗窗暖，畫屏閑」、《采桑子》「蝤蠐領上訶梨子」、《漁父》「白芷汀寒立鷺鷥」；顧敻《河傳》「燕颺，晴

景」、《河傳》「曲檻，春晚」、《河傳》「棹舉，舟去」、《甘州子》「曾如劉阮訪仙蹤」、《玉
樓春》「月照玉樓春漏促」、《酒泉子》「水碧風清」、《酒泉子》「黛怨紅羞」、《楊柳枝》
「秋夜香閨思寂寥」、《遐方怨》「簾影細，簟紋平」、《獻衷心》「繡鴛鴦帳暖」、《訴衷
情》「永夜抛人何處去」、《荷葉杯》「歌發誰家筵上」、《漁歌子》「曉風清，幽沼緑」、
《臨江仙》「碧染長空池似鏡」、《醉公子》「岸柳垂金線」；孫光憲《河傳》「太平天
子」、《河傳》「柳拖金縷」、《河傳》「風颭，波斂」、《後庭花》「景陽鐘動宫鶯囀」、《後
庭花》「石城依舊空江國」、《生查子》「暖日策花驄」、《酒泉子》「空磧無邊」、《風流
子》「茅舍槿籬溪曲」、《定西番》「帝子枕前秋夜」、《河滿子》「冠劍不隨君去」、《八
拍蠻》「孔雀尾拖金線長」、《思帝鄉》「如何，遣情情更多」、《上行杯》「草草離亭鞍
馬」、《上行杯》「離棹逡巡欲動」、《思越人》「古臺平，芳草遠」、《望梅花》「數枝開與
短牆平」；鹿虔扆《臨江仙》「金鎖重門荒苑静」；閻選《八拍蠻》「雲鎖嫩黄煙柳
細」、《河傳》「秋雨，秋雨」；尹鶚《滿宫花》「月沉沉，人悄悄」、《杏園芳》「嚴妝嫩
臉花明」；毛熙震《河滿子》「寂寞芳菲暗度」、《木蘭花》「掩朱扉，鉤翠箔」、《後庭
花》「鶯啼燕語芳菲節」、《酒泉子》「鈿匣舞鸞」；李珣《酒泉子》「秋雨聯綿」、《酒
泉子》「秋月嬋娟」、《望遠行》「春日遲遲思寂寥」、《河傳》「去去，何處」。

清萬樹《詞律》，上海古籍出版社據光緒二年本影印：温庭筠《更漏子》「玉爐香」、《歸國遥》「雙臉」、《酒泉子》「楚女不歸」、《定西番》「漢使昔年離別」、《楊柳枝》「金縷毿毿碧瓦溝」、《南歌子》「手裏金鸚鵡」、《女冠子》「含嬌含笑」、《玉蝴蝶》「秋風淒切傷離」、《遐方怨》「憑繡檻」、《訴衷情》「鶯語，花舞」、《思帝鄉》「花花，滿枝紅似霞」、《河傳》「湖上，閑望」、《蕃女怨》「萬枝香雪開已遍」、《荷葉杯》「鏡水夜來秋月」；皇甫松《天仙子》「躑躅花開紅照水」、《浪淘沙》「蠻歌豆蔻北人愁」、《摘得新》「酌一卮」、《夢江南》「蘭燼落」、《採蓮子》「菡萏香連十頃陂」；韋莊《歸國遥》「春欲晚」、《應天長》「緑槐陰裏黄鶯語」、《荷葉杯》「記得那年花下」、《望遠行》「欲別無言倚畫屏」、《謁金門》「空相憶」、《河傳》「錦浦，春女」、《天仙子》「深夜歸來長酩酊」、《天仙子》「夢覺銀屏依舊空」、《喜遷鶯》「街鼓動」、《思帝鄉》「雲髻墜」、《思帝鄉》「春日遊」、《訴衷情》「碧沼紅芳煙雨淨」、《上行杯》「芳草灞陵春岸」、《酒泉子》「月落星沉」、《木蘭花》「獨上小樓春欲暮」；薛昭藴《喜遷鶯》「金門曉」、《離別難》「寳馬曉鞴雕鞍」；牛嶠《感恩多》「兩條紅粉淚」、《感恩多》「自從南浦別」、《應天長》「玉樓春望晴煙滅」、《望江怨》「東風急」、《酒泉子》「記得去年」、《玉樓春》「春入横塘摇淺浪」、《西溪子》「捍撥雙盤金鳳」、《江城子》「鵁鶄飛起郡城東」；張泌《河傳》「渺莽，雲水」、《河傳》「紅杏，交枝相映」、《酒泉子》「春雨打窗」、《酒泉子》「紫陌青門」、《生查子》「相見稀，喜相見」、《滿宮花》「花正芳，樓似綺」、《南歌子》「柳色遮樓暗」、《江城子》「浣花溪上見卿卿」、《河瀆神》「古樹噪寒鴉」、《蝴蝶兒》「蝴蝶兒，晚春時」；毛文錫《酒泉子》「緑樹春深」、《贊成功》「海棠未坼」、《西溪子》「昨夜西溪遊賞」、《中興樂》「豆蔻花繁煙豔深」、《接賢賓》「香韉鏤襜五花驄」、《贊浦子》「錦帳添香睡」、《甘州遍》「春光好」、《紗窗恨》「新春燕子還來至」、《紗窗恨》「雙雙蝶翅塗鉛粉」、《醉花間》「休相問」、《醉花間》「深相憶」、《月宫春》「水晶宫裏桂花開」、《戀情深》「滴滴銅壺寒漏咽」、《應天長》「平江波暖鴛鴦語」；牛希濟《臨江仙》「柳帶摇風漢水濱」、《生查子》「春山煙欲收」、《中興樂》「池塘暖碧浸晴暉」；歐陽炯《三字令》「春欲暮，日遲遲」、《南鄉子》「岸遠沙平」、《南鄉子》「路入南中」、《獻衷心》「見好花顔色」、《賀明朝》「憶昔花間初識面」、《賀明朝》「憶昔花間相見後」、《江城子》「晚日金陵岸草平」、《鳳樓春》「鳳髻緑雲叢」；和凝《臨江仙》「海棠香老春江晚」、《河滿子》「寫得魚箋無限」、《薄命女》「天欲曉」、《望梅花》「春草全無消息」、《春光好》「紗窗暖，畫屏閑」、《春光好》「蘋葉軟，杏花明」、《采桑子》「蝤蠐領上訶梨子」；顧敻《虞美人》「觸簾風送景陽鐘」、《虞美人》「少年豔質勝瓊英」、《河傳》「燕颺，晴景」、《河傳》「曲檻，春晚」、《河傳》「棹舉，舟去」、《甘州子》「紅樓深夜醉調笙」、《玉樓春》「柳映玉樓春日晚」、《浣溪沙》「紅藕香寒翠渚平」、《酒泉子》「楊柳舞風」、《酒泉子》「羅帶縷金」、《酒泉子》「小檻日斜」、《酒泉子》「黛薄紅深」、《酒泉子》「掩卻菱花」、《酒泉子》「水碧風清」、《酒泉子》「黛怨紅羞」、《楊柳枝》「秋夜香閨思寂寥」、《遐方怨》「簾影細，簟紋平」、《獻衷心》「繡鴛鴦帳暖」、《應天長》「瑟瑟羅裙金線縷」、《訴衷情》「永夜拋人何處去」、《荷葉杯》「春盡小庭花落」、《臨江仙》「碧染長空池似鏡」、《醉公子》「漠漠秋雲澹」；孫光憲《河傳》「太平天子」、《河傳》「柳拖金縷」、《河傳》「花落，煙薄」、《河傳》「風颭，波斂」、《河瀆神》「江上草芊芊」、《後庭花》「景陽鐘動宮鶯囀」、《後庭花》「石城依舊空江國」、《生查子》「暖日策花驄」、《酒泉子》「斂態窗前」、《風流子》「樓倚長衢欲暮」、《定西番》「帝子枕前秋夜」、《河滿子》「冠劍不隨君去」、《玉蝴蝶》「春欲盡，景仍長」、《竹枝》「門前春水白蘋花」、《竹枝》「亂繩千結絆人深」、《上行杯》「草草離亭鞍馬」、《上行杯》「離棹逡巡欲動」、《思越人》「古臺平，芳草遠」、《望梅花》「數枝開與短牆平」、《漁歌子》「泛流螢，明又滅」；魏承班《滿宮花》「雪霏霏，風凜凜」、《木蘭花》「小芙蓉，香旖旎」、《訴衷情》「春情滿眼臉紅銷」、《生查子》「煙雨晚晴天」、《黄鐘樂》「池塘煙暖草萋萋」；鹿虔扆《臨江仙》「金鎖重門荒苑静」；閻選《虞美人》「粉融紅膩蓮房綻」、《臨江仙》「雨停荷芰逗濃香」、《八拍蠻》「雲鎖嫩黄煙柳細」、《河傳》「秋雨，秋雨」；尹鶚《臨江仙》「深秋寒夜銀河静」、《滿宫花》「月沉沉，人悄悄」、《杏園芳》「嚴妝嫩臉花明」；毛熙震《河滿子》「無語殘妝淡薄」、《木蘭花》「掩朱扉，鉤翠箔」、《後庭花》「輕盈舞妓含芳豔」、《酒泉子》「閑卧繡幃」；李珣《巫山一段雲》「古廟依青嶂」、《南鄉子》「煙漠漠，雨淒淒」、《酒泉子》「寂寞青樓」、《酒泉子》「秋雨聯綿」、《酒泉子》「秋月嬋娟」、《望遠行》「露滴幽庭落葉時」、《河傳》「去去，何處」、《河傳》「春暮，微雨」。

清王奕清等《欽定詞譜》，中國書店據清康熙五十年内務府刻本影印，一九八三年版：温庭筠《更漏子》「玉爐香」、《歸國遥》「雙臉」、《酒泉子》「花映柳條」、《酒泉子》「楚女不歸」、《酒泉子》「羅帶惹香」、《定西番》「漢使昔年離別」、《楊柳枝》「金縷毿毿碧瓦溝」、《南歌子》「手裏金鸚鵡」、《河瀆神》「河上望叢祠」、《女冠子》「含嬌含笑」、《玉蝴蝶》「秋風淒切傷離」、《遐方怨》「憑繡檻」、《訴衷情》「鶯語，花舞」、《思帝鄉》「花花，滿枝紅似霞」、《河傳》「湖上，閑望」、《蕃女怨》「萬枝香雪開已遍」、《荷葉杯》「一點露珠凝冷」；皇甫松《天仙子》「晴野鷺鷥飛一隻」、《浪淘沙》

「蠻歌豆蔻北人愁」、《摘得新》「摘得新」、《採蓮子》「菡萏香連十頃陂」；韋莊《歸國遥》「春欲暮」、《應天長》「緑槐蔭裏黄鶯語」、《荷葉杯》「記得那年花下」、《望遠行》「欲別無言倚畫屏」、《謁金門》「空相憶」、《河傳》「錦浦，春女」、《天仙子》「悵望前回夢裏期」、《天仙子》「深夜歸來長酩酊」、《喜遷鶯》「街鼓動」、《思帝鄉》「雲髻墜」、《思帝鄉》「春日遊」、《訴衷情》「碧沼紅芳煙雨淨」、《上行杯》「芳草灞陵春岸」、《更漏子》「鐘鼓寒」、《酒泉子》「月落星沉」、《木蘭花》「獨上小樓春欲暮」；薛昭藴《浣溪沙》「紅蓼渡頭秋正雨」、《喜遷鶯》「金門曉」、《小重山》「春到長門春草青」、《離別難》「寶馬曉鞴雕鞍」、《相見歡》「羅襦繡袂香紅」；牛嶠《感恩多》「兩條紅粉淚」、《感恩多》「自從南浦別」、《望江怨》「東風急」、《酒泉子》「記得去年」、《玉樓春》「春入横塘摇淺浪」、《西溪子》「捍撥雙盤金鳳」、《江城子》「極浦煙消水鳥飛」；張泌《臨江仙》「煙收湘渚秋江靜」、《河傳》「渺莽，雲水」、《河傳》「紅杏，交枝相映」、《酒泉子》「春雨打窗」、《酒泉子》「紫陌青門」、《生查子》「相見稀，喜相見」、《滿宫花》「花正芳，樓似綺」、《南歌子》「錦薦紅鸂鶒」、《河瀆神》「古樹噪寒鴉」、《蝴蝶兒》「蝴蝶兒，晚春時」；毛文錫《虞美人》「寶檀金縷鴛鴦枕」、《酒泉子》「緑樹春深」、《喜遷鶯》「芳春景，曖晴煙」、《贊成功》「海棠未坼」、《西溪子》「昨夜西溪遊賞」、《中興樂》「豆蔻花繁煙豔深」、《接賢賓》「香韉鏤襜五花驄」、《贊浦子》「錦帳添香睡」、《甘州遍》「春光好」、《紗窗恨》「新春燕子還來至」、《紗窗恨》「雙雙蝶翅塗鉛粉」、《柳含煙》「河橋柳」、《醉花間》「休相問」、《醉花間》「深相憶」、《月宫春》「水晶宫裏桂花開」、《戀情深》「滴滴銅壺寒漏咽」、《戀情深》「玉殿春濃花爛熳」、《訴衷情》「桃花流水漾縱横」、《應天長》「平江波暖鴛鴦語」、《巫山一段雲》「雨霽巫山上」；牛希濟《臨江仙》「柳帶摇風漢水濱」、《生查子》「春山煙欲收」、《中興樂》「池塘暖碧浸晴暉」；歐陽炯《三字令》「春欲暮，日遲遲」、《南鄉子》「畫舸停橈」、《南鄉子》「路入南中」、《獻衷心》「見好花顔色」、《賀明朝》「憶昔花間初識面」、《賀明朝》「憶昔花間相見後」、《江城子》「晚日金陵岸草平」、《鳳樓春》「鳳髻緑雲叢」；和凝《臨江仙》「海棠香老春江晚」、《河滿子》「正是破瓜年幾」、《河滿子》「寫得魚箋無限」、《望梅花》「春草全無消息」、《天仙子》「洞口春紅飛簌簌」、《春光好》「紗窗暖，畫屏閑」、《春光好》「蘋葉軟，杏花明」、《采桑子》「蝤蠐領上訶梨子」；顧夐《虞美人》「觸簾風送景陽鐘」、《虞美人》「少年豔質勝瓊英」、《河傳》「燕颺，晴景」、《河傳》「曲檻，春晚」、《河傳》「棹舉，舟去」、《甘州子》「一爐龍麝錦帷旁」、《玉樓春》「月照玉樓春漏促」、《玉樓春》「拂水雙飛來去燕」、《浣溪沙》「紅藕香寒翠渚平」、《酒泉子》「羅帶縷金」、《酒泉子》「小檻日斜」、《酒泉子》「黛薄紅深」、《酒泉子》「掩卻菱花」、《酒泉子》「水碧風清」、《酒泉子》「黛怨紅羞」、《楊柳枝》「秋夜香閨思寂寥」、《獻衷心》「繡鴛鴦帳暖」、《應天長》「瑟瑟羅裙金線縷」、《訴衷情》「永夜拋人何處去」、《荷葉杯》「春盡小庭花落」、《漁歌子》「曉風清，幽沼緑」、《臨江仙》「碧染長空池似鏡」、《醉公子》「漠漠秋雲澹」、《醉公子》「岸柳垂金線」；孫光憲《河傳》「太平天子」、《河傳》「柳拖金縷」、《河傳》「花落，煙薄」、《河傳》「風颭，波斂」、《後庭花》「景陽鐘動宮鶯囀」、《後庭花》「石城依舊空江國」、《生查子》「暖日策花驄」、《酒泉子》「曲檻小樓」、《風流子》「樓倚長衢欲暮」、《定西番》「雞禄山前遊騎」、《玉蝴蝶》「春欲盡，景仍長」、《八拍蠻》「孔雀尾拖金線長」、《竹枝》「門前春水白蘋花」、《上行杯》「草草離亭鞍馬」、《上行杯》「離棹逡巡欲動」、《謁金門》「留不得」、《思越人》「古臺平，芳草遠」、《望梅花》「數枝開與短牆平」、《漁歌子》「泛流螢，明又滅」；魏承班《木蘭花》「小芙蓉，香旖旎」、《訴衷情》「春深花簇小樓臺」、《黄鐘樂》「池塘煙暖草萋萋」；閻選《河傳》「秋雨，秋雨」；尹鶚《滿宫花》「月沉沉，人悄悄」、《杏園芳》「嚴妝嫩臉花明」、《醉公子》「暮煙籠蘚砌」；毛熙震《南歌子》「惹恨還添恨」、《河滿子》「寂寞芳菲暗度」、《木蘭花》「掩朱扉，鉤翠箔」、《後庭花》「輕盈舞妓含芳豔」；李珣《南鄉子》「煙漠漠，雨淒淒」、《酒泉子》「寂寞青樓」、《酒泉子》「秋雨聯綿」、《酒泉子》「秋月嬋娟」、《望遠行》「春日遲遲思寂寥」、《河傳》「去去，何處」、《河傳》「春暮，微雨」。

清葉申薌《天籟軒詞譜》，清道光九年刊本：温庭筠《更漏子》「玉爐香」、《歸國遥》「香玉」、《酒泉子》「日映紗窗」、《定西番》「漢使昔年離別」、《南歌子》「手裏金鸚鵡」、《河瀆神》「河上望叢祠」、《女冠子》「含嬌含笑」、《玉蝴蝶》「秋風淒切傷離」、《遐方怨》「花半坼」、《訴衷情》「鶯語，花舞」、《思帝鄉》「花花，滿枝紅似霞」、《河傳》「湖上，閑望」、《蕃女怨》「萬枝香雪開已遍」、《荷葉杯》「楚女欲歸南浦」；皇甫松《天仙子》「晴野鷺鷥飛一隻」、《摘得新》「摘得新」；韋莊《歸國遥》「春欲暮」、《應天長》「緑槐蔭裏黄鶯語」、《荷葉杯》「絶代佳人難得」、《望遠行》「欲別無言倚畫屏」、《河傳》「錦浦，春女」、《天仙子》「悵望前回夢裏期」、《天仙子》「深夜歸來長酩酊」、《喜遷鶯》「街鼓動」、《思帝鄉》「雲髻墜」、《思帝鄉》「春日遊」、《訴衷情》「燭燼香殘簾未卷」、《上行杯》「白馬玉鞭金轡」、《酒泉子》「月落星沉」、《木蘭花》「獨上小樓春欲暮」；薛昭藴《小重山》「春到長門春草青」、《離別難》「寶馬曉鞴雕鞍」；牛嶠《感恩多》「兩條紅粉淚」、《應天長》「玉樓春望晴煙滅」、《望江怨》

「東風急」、《酒泉子》「記得去年」、《玉樓春》「春入横塘摇淺浪」、《西溪子》「捍撥雙盤金鳳」、《江城子》「鵁鶄飛起郡城東」；張泌《河傳》「渺莽，雲水」、《河傳》「紅杏，交枝相映」、《酒泉子》「春雨打窗」、《生查子》「相見稀，喜相見」、《滿宫花》「花正芳，樓似綺」、《南歌子》「柳色遮樓暗」、《江城子》「浣花溪上見卿卿」、《河瀆神》「古樹噪寒鴉」、《蝴蝶兒》「蝴蝶兒，晚春時」；毛文錫《喜遷鶯》「芳春景，曖晴煙」、《贊成功》「海棠未坼」、《西溪子》「昨夜西溪遊賞」、《中興樂》「豆蔻花繁煙豔深」、《接賢賓》「香韉鏤襜五花驄」、《贊浦子》「錦帳添香睡」、《甘州遍》「春光好」、《紗窗恨》「新春燕子還來至」、《紗窗恨》「雙雙蝶翅塗鉛粉」、《柳含煙》「河橋柳」、《醉花間》「深相憶」、《月宫春》「水晶宫裏桂花開」、《戀情深》「滴滴銅壺寒漏咽」、《訴衷情》「桃花流水漾縱横」、《河滿子》「紅粉樓前月照」、《巫山一段雲》「雨霽巫山上」、《臨江仙》「暮蟬聲盡落斜陽」；牛希濟《中興樂》「池塘暖碧浸晴暉」；歐陽炯《三字令》「春欲暮，日遲遲」、《南鄉子》「畫舸停橈」、《南鄉子》「洞口誰家」、《獻衷心》「見好花顔色」、《賀明朝》「憶昔花間相見後」、《鳳樓春》「鳳髻緑雲叢」；和凝《臨江仙》「披袍窣地紅宫錦」、《河滿子》「正是破瓜年幾」、《望梅花》「春草全無消息」、《春光好》「紗窗暖，畫屏閑」、《春光好》「蘋葉軟，杏花明」、《采桑子》「蝤蠐領上訶梨子」；顧夐《虞美人》「觸簾風送景陽鐘」、《河傳》「燕颺，晴景」、《河傳》「曲檻，春晚」、《甘州子》「露桃花裏小樓深」、《酒泉子》「楊柳舞風」、《酒泉子》「羅帶縷金」、《酒泉子》「小檻日斜」、《酒泉子》「黛薄紅深」、《酒泉子》「黛怨紅羞」、《楊柳枝》「秋夜香閨思寂寥」、《獻衷心》「繡鴛鴦帳暖」、《訴衷情》「永夜抛人何處去」、《荷葉杯》「春盡小庭花落」、《臨江仙》「碧染長空池似鏡」、《醉公子》「漠漠秋雲澹」；孫光憲《河傳》「花落，煙薄」、《河傳》「風颭，波斂」、《定西番》「雞禄山前遊騎」、《玉蝴蝶》「春欲盡，景仍長」、《上行杯》「草草離亭鞍馬」、《上行杯》「離棹逡巡欲動」、《思越人》「古臺平，芳草遠」、《望梅花》「數枝開與短牆平」；魏承班《木蘭花》「小芙蓉，香旖旎」、《黄鐘樂》「池塘煙暖草萋萋」；尹鶚《滿宫花》「月沉沉，人悄悄」、《杏園芳》「嚴妝嫩臉花明」；毛熙震《南歌子》「惹恨還添恨」、《河滿子》「寂寞芳菲暗度」、《木蘭花》「掩朱扉，鉤翠箔」、《後庭花》「鶯啼燕語芳菲節」；李珣《漁歌子》「荻花秋，瀟湘夜」、《南鄉子》「煙漠漠，雨淒淒」、《望遠行》「春日遲遲思寂寥」、《河傳》「春暮，微雨」。

清舒夢蘭《白香詞譜》，謝朝徵箋，顧學頡校訂本，中華書局一九八二年版：温庭筠《更漏子》「玉爐香」。

清錢裕《有真意齋詞譜》，清道光二年辛丑刻本：温庭筠《更漏子》「玉爐香」、《夢江南》「梳洗罷」；歐陽炯《浣溪沙》「相見休言有淚珠」；魏承班《生查子》「煙雨晚晴天」。

清謝元淮《碎金詞譜》，《續修四庫全書》本據清道光年間朱墨套印本影印：温庭筠《菩薩蠻》「小山重疊金明滅」、《定西番》「漢使昔年離别」、《南歌子》「手裏金鸚鵡」、《河瀆神》「河上望叢祠」、《女冠子》「含嬌含笑」、《玉蝴蝶》「秋風淒切傷離」、《訴衷情》「鶯語，花舞」、《思帝鄉》「花花，滿枝紅似霞」、《河傳》「湖上，閑望」、《荷葉杯》「一點露珠凝冷」；皇甫松《天仙子》「晴野鷺鷥飛一隻」；韋莊《應天長》「緑槐蔭裏黄鶯語」、《荷葉杯》「記得那年花下」、《河傳》「錦浦，春女」、《天仙子》「悵望前回夢裏期」、《天仙子》「深夜歸來長酩酊」、《思帝鄉》「雲髻墜」、《上行杯》「芳草灞陵春岸」、《小重山》「一閉昭陽春又春」；薛昭藴《喜遷鶯》「金門曉」；牛嶠《感恩多》「兩條紅粉淚」、《望江怨》「東風急」、《菩薩蠻》「舞裙香暖金泥鳳」、《江城子》「極浦煙消水鳥飛」；張泌《河傳》「渺莽，雲水」、《南歌子》「錦薦紅鸂鶒」、《河瀆神》「古樹噪寒鴉」；毛文錫《中興樂》「豆蔻花繁煙豔深」、《接賢賓》「香韉鏤襜五花驄」、《贊浦子》「錦帳添香睡」、《紗窗恨》「新春燕子還來至」、

《醉花間》「深相憶」、《月宫春》「水晶宫裏桂花開」、《戀情深》「滴滴銅壺寒漏咽」、《訴衷情》「桃花流水漾縱横」、《巫山一段雲》「雨霽巫山上」；牛希濟《中興樂》「池塘暖碧浸晴暉」；歐陽炯《三字令》「春欲盡，日遲遲」、《南鄉子》「嫩草如煙」、《南鄉子》「岸遠沙平」；和凝《春光好》「紗窗暖，畫屏閑」；顧夐《虞美人》「觸簾風送景陽鐘」、《甘州子》「一爐龍麝錦幃旁」、《楊柳枝》「秋夜香閨思寂寥」、《荷葉杯》「春盡小庭花落」、《漁歌子》「曉風清，幽沼緑」、《醉公子》「漠漠秋雲澹」、《醉公子》「岸柳垂金線」；孫光憲《河傳》「柳拖金縷」、《風流子》「茅舍槿籬溪曲」、《竹枝》「門前春水白蘋花」；魏承班《黄鐘樂》「池塘煙暖草萋萋」；鹿虔扆《臨江仙》「金鎖重門荒苑靜」；尹鶚《滿宫花》「月沉沉，人悄悄」、《杏園芳》「嚴妝嫩臉花明」；毛熙震《南歌子》「惹恨還添恨」、《後庭花》「鶯啼燕語芳菲節」；李珣《南鄉子》「蘭棹舉，水紋開」。

後記

這部《花間集校注》，是河南省高等學校哲學社會科學創新團隊支持計劃項目「中古文學文獻整理研究與理論闡釋」（二〇一三—CXTD—〇二）的系列成果之一。

大約十年前，筆者完成一本《温韋詞校注》稿，一直没有修訂付梓。四年前，在京拜晤俞國林先生時，提及此稿，俞先生説何不在此基礎上，下工夫把《花間集》好好整理一番，當有更大的價值和意義。筆者素嗜唐五代詞，於是欣然接受俞先生的高議，暫時放下手頭的研究任務，利用繁重的教務、家務之餘的時間，轉入《花間集》的校勘、箋注、疏解、集評工作。至二〇一二年十一月，這些工作基本完成，然後又用了將近一年的時間，對全書加以修訂完善，這部書稿的模樣至此基本定型。

整理《花間集》的過程中，所體驗的種種甘苦，俱已過往。惟訪求、比勘版本的勞累繁瑣，似難忘卻。看一個本子，把五百首詞逐字認真校對一遍，大約需要三天的時間。各大圖書館古籍閲覽室的慣例是開館晚，閉館早，爲了抓緊時間看書，總是從上午九點開館始，一直看到下午五點閉館，往往連吃午飯的時間都捨不得浪費。這樣一天下來，眼睛、頸椎、腰身可説是無不酸疼，然後蹣跚著到讀者餐廳吃點飯，爲節省開支，找一處簡陋的小旅館住下來，倒頭便睡。這種小旅館多是地下室，床鋪潮乎乎的，但睡眠質量竟是出奇的好，平時失眠的毛病竟然不治自愈。待一覺醒來，已是翌晨，簡單洗刷一下，路邊買杯米粥，便又往圖書館趕去。就這樣，在幾年内陸續擠出時間，遍跑國内藏有《花間集》的圖書館，看了幾十個宋、明、清時期的《花間集》本子和重要選本。爲了保證校勘的準確性，有些版本不止看過一遍。

若從做《温韋詞校注》算起，整理《花間集》的工作，前後持續了十有餘年。其間，馬興榮先生、趙山林先生、王兆鵬先生、鍾振振先生、高建中先生等詞學名家，曾賜予過許多寶貴的教導；俞國林先生更是始終關心工作的進展，隨時給予專業和技術上的指導、關照；天津圖書館古籍部的李國慶先生，北京大學圖書館古籍部的丁世良先生，北京師範大學圖書館古籍部的葛瑞華先生，以及上海圖書館、南京圖書館、山東圖書館、國家圖書館古籍部的先生們，爲我比勘版本提供了熱情的幫助；王兆鵬先生於百忙中撥冗爲拙書賜序；李天飛先生在編審拙書的過程中，多所是正，付出了許多艱辛的勞動；劉顔濤先生慨然爲拙書題簽；李志遠、劉冰傑、李津津等同學，幫我録入了部分文獻資料；成書之際，一併向他們致以衷心的謝忱！

限於筆者的學識水平，書中疏誤之處在所難免，熱誠歡迎方家同好和讀者朋友們大力教正！

楊景龍　二〇一四年八月